U0925767

聊斋志异

中国古典文学名著丛书

[清] 蒲松龄 著

華夏出版社
HUAXIA PUBLISHING HOUSE

唐　序

谚有之云:“见橐驼谓马肿背。”此言虽小,可以喻大矣。夫人以目所见者为有,所不见者为无。曰,此其常也,倏有而倏无则怪之。至于草木之荣落,昆虫之变化,倏有倏无,又不之怪,而独于神龙则怪之。彼万窍之刁刁,百川之活活,无所持之而动,无所激之而鸣,岂非怪乎?又习而安焉。独至于鬼狐则怪之,至于人则又不怪。夫人,则亦谁持之而动,谁激之而鸣者乎?莫不曰:“我实为之。”夫我之所以为我者,目能视而不能视其所以视,耳能闻而不能闻其所以闻,而况于闻见所不能及者乎?夫闻见所及以为有,所不及以为无,其为闻见也几何矣。人之言曰:“有形形者;有物物者。”而不知有以无形为形,无物为物者。夫无形无物,则耳目穷矣,而不可谓之无也。有见蚊腹者,有不见泰山者;有闻蚁斗者,有不闻雷鸣者。见闻之不同者,盲瞽未可妄论也。自小儒为“人死如风火散”之说,而原始要终之道,不明于天下;于是所见者愈少,所怪者愈多,而“马肿背”之说昌行于天下。无可如何,辄以“孔子不语”之词了之,而齐谐志怪,虞初记异之编,疑之者参半矣。不知孔子之所不语者,乃中人以下不可得而闻者耳,而谓《春秋》尽删怪神哉!

留仙蒲子,幼而颖异,长而特达,下笔风起云涌,能为载记之言。于制艺举业之暇,凡所见闻,辄为笔记,大要多鬼狐怪异之事。向得其一卷,辄为同人取去;今再得其一卷阅之。凡为余所习知者,十之三四,最足以破小儒拘墟之见,而与夏虫语冰也。余谓事无论常怪,但以有害于人者为妖,故日食星陨,鹢飞鹆巢,石言龙斗,不可谓异;惟土木甲兵之不时,与乱臣贼子,乃为妖异耳。今观留仙所著,其论断大义,皆本于赏善罚淫与安义命之旨,足以开物而成务;正如扬云《法言》,桓谭谓其必传矣。

康熙壬戌仲秋既望,豹岩樵史唐梦赉拜题

聊斋自志

披萝带荔，三闾氏[①]感而为骚[②]；牛鬼蛇神，长爪郎[③]吟而成癖。自鸣天籁[④]，不择好音，有由然矣。松[⑤]落落秋萤之火，魑魅[⑥]争光；逐逐野马之尘[⑦]，罔两[⑧]见笑。才非干宝[⑨]，雅爱搜神；情类黄州[⑩]，喜人谈鬼。闻则命笔，遂以成编。久之，四方同人，又以邮筒相寄，因而物以好聚，所积益夥[⑪]。甚者：人非化外[⑫]，事或奇于断发之乡[⑬]；睫在眼前，怪有过于飞头之国[⑭]。遄[⑮]飞逸兴，狂固难辞；永托旷怀，痴且不讳。展如之人，得毋向我胡卢[⑯]耶？然五父衢[⑰]头，或涉滥听；而三生石[⑱]上，颇悟前因。放纵之言，有未可概以人废者。

松悬弧[⑲]时，先大人梦一病瘠瞿昙[⑳]，偏袒入室，药膏如钱，圆粘乳际。寤而松生，果符墨志。且也：少羸[㉑]多病，长命不犹。门庭之凄寂，则冷淡如僧；笔墨之耕耘，则萧条似钵。每搔头自念：勿亦面壁人[㉒]果是吾前身

---

① 三闾氏——指屈原，战国时楚国诗人，曾官三闾大夫。
② 骚——即《离骚》，此指以《离骚》为代表的“楚辞文体”。
③ 长爪郎——指李贺，唐代诗人，喜欢以荒诞不经的鬼怪作为诗歌的题材。
④ 天籁(lài)——泛指自然界声音。
⑤ 松——指作者本人。
⑥ 魑魅(chī mèi)——传说中的山林妖怪。
⑦ 野马之尘——喻指污浊的现实社会。
⑧ 罔两(wǎng liǎng)——即“魍魉”，传说中的怪物。
⑨ 干宝——东晋文学家，著有《搜神记》一书。
⑩ 黄州——指苏轼，宋代文学家，曾被贬谪黄州(今湖北黄冈县)。
⑪ 夥(huǒ)——通“伙”，多。
⑫ 化外——泛指中国封建统治所管辖不到的周边边远地区。
⑬ 断发之乡——泛指古代吴越地区(今江苏南部、浙江、福建一带)。
⑭ 飞头之国——传说中人头会飞的国家。
⑮ 遄(chuán)——快，瞬间。
⑯ 胡卢——笑声，此指嘲笑。
⑰ 五父衢(qú)——原是春秋时鲁国都城中繁华街道，此泛指热闹之处。
⑱ 三生石——今杭州天竺寺后的山石，此泛指人的过去、现在、未来(“三世”，或“三生”)的因缘前定。
⑲ 悬弧时——指男孩出生时。
⑳ 瞿昙(qú tán)——佛门僧人。
㉑ 羸(léi)——瘦弱。
㉒ 面壁人——泛指和尚。

耶？盖有漏根因[①]，未结人天之果[②]；而随风荡堕，竟成藩溷[③]之花。茫茫六道[④]，何可谓无其理哉！独是子夜荧荧，灯昏欲蕊；萧斋瑟瑟，案冷疑冰。集腋为裘，妄续幽冥之录[⑤]；浮白[⑥]载笔，仅成孤愤之书[⑦]；寄托如此，亦足悲矣！嗟乎！惊霜寒雀，抱树无温；吊[⑧]月秋虫，偎阑自热。知我者，其在青林黑塞间[⑨]乎！

康熙己未[⑩]春日。

---

① 漏根因——佛教用语：漏，烦恼；根、因，产生烦恼的根本原因。
② 果——佛教用语，果报。
③ 藩溷(hùn)——藩，篱笆；溷，粪坑。
④ 六道——佛教用语，指人在所谓的“天”、“人”、“阿修罗”、“饿鬼”、“畜牲”、“地狱”六道中生死轮回，永无休止。
⑤ 幽冥之录——即《幽冥录》，南朝宋刘义庆著。
⑥ 浮白——饮酒。
⑦ 孤愤之书——借《韩非子·孤愤》，喻自己的作品是发愤之作。
⑧ 吊——悲伤。
⑨ 青林黑塞间——指阴间。
⑩ 康熙己未——即公元 1679 年。

高序

志而曰异，明其不同于常也。然而圣人曰："君子以同而异。"何耶？其义广矣、大矣。夫圣人之言，虽多主于人事，而吾谓三才之理，六经之文，诸圣之义，可一以贯之，则谓异之为义，即易之冒道，无不可也。夫人但知居仁由义，克己复礼，为善人君子矣；而陟降而在帝左右，祷祝而感召风雷，乃近于巫祝之说者，何耶？神禹创铸九鼎，而山海一经，复垂万世，岂上古圣人而喜语怪乎？抑争子虚乌有之赋心，而预为分道扬镳者地乎？后世拘墟之士，双瞳如豆，一叶迷山，目所不见，率以仲尼"不语"为辞，不知鷁飞石陨，是何人载笔尔尔也？倘概以左氏之诬蔽之，无异掩耳者高语无雷矣。引而伸之，即"阊阖九天，衣冠万国"之句，深山穷谷中人，亦以为欺我无疑也。余谓：欲读天下之奇书，须明天下之大道。盖以人伦大道淑世者，吾人之所以为木铎也。然而天下有解人，则虽孔子之所不语者，皆足辅功令教化之所不及；而《诺皋》、《夷坚》，亦可与六经同功。苟非其人，则虽日述孔子之所常言，而皆足以佐慝；如读南子之见，则以为淫辟皆可周旋；泥佛肸之往，则以为叛逆不妨共事；不止《诗》、《书》发塚，《周官》资篡已也。

彼拘墟之士多疑者，其言则未尝不近于正也。一则疑曰：政教自堪治世，因果无乃渺茫乎？曰：是也。然而阴骘上帝，幽有鬼神，亦圣人之言否乎？彼彭生豕面，申生语巫，武曌宫中，田蚡枕畔，九幽斧钺，严于王章多矣。而世人往往多疑者，以报应之或爽，诚有可疑。即如圣门之士，贤隽无多，德行四人，二者夭亡；一厄继母，几乎同于伯奇。天道愦愦，一至此乎？是非远洞三世，不足消释群憾。释迦马麦，袁盎人疮，亦安能知之？故非天道愦愦，人自愦愦故也。或曰：报应示戒可矣，妖邪不宜黜乎？曰：是也。然而天地大矣，无所不有；古今变矣，未可舟胶。人世不皆君子，阴曹反皆正人乎？岂夏姬谢世，便侪共姜；荣公撤瑟，可参孤竹乎？有以知其必不然矣。且江河日下，人鬼颇同，不则幽冥之中，反是圣贤道场，日日唐虞三代，有是理乎？或又疑而且规之曰：异事，世固间有之矣，或亦不妨抵掌；而竟驰想天外，幻迹人区，无乃为《齐谐》滥觞乎？曰：是也。然子长列传，不厌滑稽；卮言寓言，蒙庄嚆矢。且二十一史果皆实录乎？仙人之议李郭也，固有遗憾久矣。而况勃窣文心，笔补造化，不止生花，且同炼石。佳狐佳鬼之奇俊也，降福既以孔皆，敦伦更复无斁，人中大贤，犹有愧焉。是在解人不为法缚，不死句下可也。

夫中郎帐底，应饶子家之异味；邺侯架上，何须兔册之常诠？余愿为婆娑艺林者，职调人之役焉。古人著书，其正也，则以天常民彝为则，使天下之人，听一事，如闻雷霆，奉一言，如亲日月。外此而书或奇也，则新鬼故鬼，鲁庙依稀；内蛇外蛇，郑门踯躅，非尽矫诬也。倘尽以“不语”二字奉为金科，则萍实、商羊，羵羊、楛矢，但当摇首闭目而谢之足矣。然乎否耶？吾愿读书之士，揽此奇文，须深慧业，眼光如电，墙壁皆通，能知作者之意，并能知圣人或雅言或罕言或不语之故，则六经之义，三才之统，诸圣之衡，一一贯之。异而同者，忘其异焉可矣。不然，痴人每苦情深，入耳便多濡首。一字魂飞，心月之精灵冉冉；三生梦渺，牡丹之亭下依依。檀板动而忽来，桃茢遣而不去，君将为魍魉曹丘生，仆何辞齐谐鲁仲连乎？

康熙己未春日谷旦，紫霞道人高珩题

目　　录

卷 三

卷 四

卷　五

卷　六

卷 七

卷 八

卷　九

卷　十

卷十一

卷十二

附 录

卷 一

考 城 隍

予姊丈之祖，宋公讳①焘，邑廪生②。一日，病卧，见吏人持牒，牵白颠马③来，云："请赴试。"公言："文宗④未临，何遽得考？"吏不言，但敦促之。公力疾⑤乘马从去。路甚生疏。至一城郭，如王者都。移时入府廨⑥，宫室壮丽。上坐十余官，都不知何人，惟关壮缪⑦可识。檐下设几、墩各二，先有一秀才坐其末，公便与连肩。几上各有笔札。俄题纸飞下。视之，八字云："一人二人，有心无心。"二公文成，呈殿上。公文中有云："有心为善，虽善不赏；无心为恶，虽恶不罚。"诸神传赞不已。召公上，谕曰："河南缺一城隍⑧，君称其职。"公方悟，顿首泣曰："辱膺宠命⑨，何敢多辞？但老母七旬，奉养无人，请得终其天年，惟听录用。"上一帝王像者，即命稽母寿籍⑩。有长须吏，捧册翻阅一过，白："有阳算⑪九年。"共筹躇⑫间，关帝曰："不妨令张生摄篆⑬九年，瓜代⑭可也。"乃谓公："应即赴任，今推仁孝之心，给假九年，及期当复相召。"又勉励秀才数语。二公稽首⑮并下。秀才握手，送诸郊野，自言长山⑯张某。以诗赠别，都忘其词，中有"有花有酒

① 讳——不直称其名。
② 廪生——习称"秀才"。
③ 白颠马——白额头的马。
④ 文宗——清代省级学官的誉称。
⑤ 力疾——强支病体。
⑥ 府廨(xiè)——官署。
⑦ 关壮缪(mù)——关羽，三国时蜀汉大将，死后追谥壮缪侯。
⑧ 城隍——古传说中守护城池的神。
⑨ 辱膺宠命——古时接受命令或任务时的感谢词。
⑩ 寿籍——传说中的"生死簿"。
⑪ 阳算——阳寿，寿算。
⑫ 筹躇——同"踌躇"。
⑬ 摄篆——代掌印信。
⑭ 瓜代——"及瓜而代"的略称，意指接任。
⑮ 稽(qǐ)首——伏地叩头。
⑯ 长山——旧县名，辖境为今山东省邹平县东部。

春常在，无烛无灯夜自明”之句。公既骑，乃别而去。及抵里，豁若梦寤。时卒已三日。母闻棺中呻吟，扶出，半日始能语。问之长山，果有张生，于是日死矣。后九年，母果卒。营葬既毕，浣濯入室而没。其岳家居城中西门内，忽见公镂膺朱幩①，舆马甚众，登其堂，一拜而行。相共惊疑，不知其为神。奔讯乡中，则已殁矣。公有自记小传，惜乱后无存，此其略耳。

耳中人

谭晋玄，邑诸生②也。笃信导引之术③，寒暑不辍，行之数月，若有所得。一日，方趺坐④，闻耳中小语如蝇，曰：“可以见⑤矣。”开目即不复闻；合眸定息，又闻如故。谓是丹⑥将成，窃喜，自是每坐辄闻。因俟其再言，当应以觇⑦之。一日，又言。乃微应曰：“可以见矣。”俄觉耳中习习然，似有物出。微睨⑧之，小人长三寸许，貌狞恶如夜叉⑨状，旋转地上。心窃异之，姑凝神以观其变。忽有邻人假物，扣门而呼。小人闻之，意张皇，绕屋而转，如鼠失窟。谭觉神魂俱失，复不知小人何所之矣。遂得颠疾⑩，号叫不休，医药半年，始渐愈。

尸变

阳信⑪某翁者，邑之蔡店人。村去城五六里，父子设临路店，宿行商。

---

① 镂膺朱幩(fén)——喻马饰华美。
② 诸生——在学儒生。
③ 导引之术——中国古代的一种养生术，后被道教吸收为迷信法术之一。
④ 趺(fū)坐——即“结跏趺坐”的略称，佛教徒坐禅的一种姿式。
⑤ 见(xiàn)——同“现”。
⑥ 丹——道教法术之一。
⑦ 觇(chān)——窥视。
⑧ 睨(nì)——斜眼看。
⑨ 夜叉——古诗文小说中常指丑恶凶暴之人或鬼。
⑩ 颠疾——疯癫病。
⑪ 阳信——县名，今山东省北部。

有车夫数人，往来负贩，辄寓其家。一日昏暮，四人偕来，望门投止[1]，则翁家客宿邸[2]满。四人计无复之，坚请容纳。翁沉吟思得一所，似恐不当客意。客言："但求一席厦宇[3]，更不敢有所择。"时翁有子妇新死，停尸室中，子出购材木[4]未归。翁以灵所室寂，遂穿衢导客往。入其庐，灯昏案上；案后有搭帐衣[5]，纸衾[6]覆逝者。又观寝所，则复室[7]中有连榻。四客奔波颇困，甫就枕，鼻息渐粗。惟一客尚蒙眬，忽闻灵床上察察有声，急开目，则灵前灯火，照视甚了：女尸已揭衾起；俄而下，渐入卧室。面淡金色，生绢抹额[8]。俯近榻前，遍吹卧客者三。客大惧，恐将及己，潜引被覆首，闭息忍咽以听之。未几，女果来，吹之如诸客。觉出房去，即闻纸衾声。出首微窥，见僵卧犹初矣。客惧甚，不敢作声，阴以足踏诸客；而诸客绝无少动。顾念无计，不如着衣以窜。裁起振衣[9]，而察察之声又作。客惧，复伏，缩首衾中。觉女复来，连续吹数数[10]始去。少间，闻灵床作响，知其复卧。乃从被底渐渐出手得裤，遽就着之，白足[11]奔出。尸亦起，似将逐客。比其离帏，而客已拔关出矣。尸驰从之。客且奔且号，村中人无有警者。欲扣主人之门，又恐迟为所及。遂望邑城路，极力窜去。至东郊，瞥见兰若[12]，闻木鱼声，乃急挝[13]山门。道人[14]讶其非常，又不即纳。旋踵，尸已至，去身盈尺。客窘益甚。门外有白杨，围四五尺许，因以树自幛[15]；彼右则左之，彼左则右之。尸益怒。然各寖倦[16]矣。尸顿立。客汗促气逆[17]，庇树间。尸暴起，伸两臂隔树探扑之。客惊仆。尸捉之不得，抱树

---

① 望门投止——投宿。
② 邸(dǐ)——旅舍。
③ 一席厦宇——廊檐下一席之地。
④ 材木——棺木。
⑤ 搭帐衣——灵堂中障隔灵休的帷幛。
⑥ 衾(qīn)——被子。
⑦ 复室——套房中的里间。
⑧ 抹额——以巾束额。
⑨ 振衣——穿衣。
⑩ 数数(shuò shuò)——多次。
⑪ 白足——光脚。
⑫ 兰若——全称"阿兰若"，佛寺。
⑬ 挝(zhuā)——敲。
⑭ 道人——指和尚。
⑮ 幛——遮蔽。
⑯ 寖(jìn)倦——渐渐疲倦。
⑰ 气逆——直喘粗气。

而僵。

道人窃听良久，无声，始渐出，见客卧地上。烛之死，然心下丝丝有动气。负入，终夜始苏。饮以汤水而问之，客具以状对。时晨钟已尽，晓色迷蒙，道人觇树上，果见僵女。大骇，报邑宰。宰亲诣质验。使人拔女手，牢不可开。审谛之，则左右四指，并卷如钩，入木没甲。又数人力拔，乃得下。视指穴如凿孔然。遣役探翁家，则以尸亡客毙，纷纷正哗。役告之故。翁乃从往，舁[①]尸归。客泣告宰曰："身四人出，今一人归，此情何以信乡里?"宰与之牒，赍[②]送以归。

喷 水

莱阳宋玉叔[③]先生为部曹[④]时，所僦第[⑤]，甚荒落。一夜，二婢奉太夫人宿厅上，闻院内扑扑有声，如缝工之喷水者。太夫人促婢起，穴窗窥视，见一老妪，短身驼背，白发如帚，冠一髻，长二尺许，周院环走，疏急作鹤步[⑥]，行且喷，水出不穷。婢愕返白。太夫人亦惊起，两婢扶窗下聚观之。妪忽逼窗，直喷棂[⑦]内；窗纸破裂，三人俱仆，而家人不之知也。东曦既上，家人毕集，叩门不应，方骇。撬扉入，见一主二婢，骈死[⑧]一室。一婢鬲[⑨]下犹温。扶灌之，移时而醒，乃述所见。先生至，哀愤欲死。细穷没处，掘深三尺余，渐露白发；又掘之，得一尸，如所见状，面肥肿如生。令击之，骨肉皆烂，皮内尽清水。

① 舁(yú)——共同抬东西。
② 赍(jī)——以钱或物送人。
③ 宋玉叔——即宋琬，清初著名诗人，莱阳人。
④ 部曹——泛指京官。
⑤ 僦(jiù)第——租房。
⑥ 鹤步——如鹤飞行一样快的脚步。
⑦ 棂(líng)——窗格。
⑧ 骈死——同死。
⑨ 鬲(gé)下——胸腹之间。

瞳 人 语

长安[①]士方栋，颇有才名，而佻脱[②]不持仪节。每陌上[③]见游女，辄轻薄尾缀之。清明前一日，偶步郊郭，见一小车，朱茀绣幰[④]，青衣[⑤]数辈，款段[⑥]以从。内一婢，乘小驷[⑦]，容光绝美。稍稍近觇之，见车幔洞开，内坐二八女郎，红妆艳丽，尤生平所未睹。目炫神夺，瞻恋弗舍，或先或后，从驰数里。忽闻女郎呼婢近车侧，曰："为我垂帘下。何处风狂儿郎，频来窥瞻！"婢乃下帘，怒顾生曰："此芙蓉城[⑧]七郎子新妇归宁[⑨]，非同田舍娘子[⑩]，放教秀才胡觑[⑪]！"言已，掬辙土飏[⑫]生。

生眯目不可开。才一拭视，而车马已渺。惊疑而返。觉目终不快。倩人启睑拨视，则睛上生小翳[⑬]；经宿益剧，泪簌簌不得止；翳渐大，数日厚如钱；右睛起旋螺，百药无效。懊闷欲绝，颇思自忏悔。闻《光明经》[⑭]能解厄[⑮]。持一卷，浼人[⑯]教诵。初犹烦躁，久渐自安。旦晚无事，惟趺坐捻珠。持之一年，万缘俱净。忽闻左目中小语如蝇，曰："黑漆似，叵耐杀人[⑰]！"右目中应云："可同小遨游，出此闷气。"渐觉两鼻中，蠕蠕作痒，似有物出，离孔而去。久之乃返，复自鼻入眶中。又言曰："许时不窥园亭，

---

① 长安——今陕西省西安市。
② 佻（tiǎo，音挑）脱——轻佻。
③ 陌（mò）上——郊野路上。
④ 朱茀（fú）绣幰（xiǎn）——大红车帘，绣花车帷，女子出嫁时所乘。
⑤ 青衣——代指婢女。
⑥ 款段——骑马慢行。
⑦ 驷——马。
⑧ 芙蓉城——传说中的仙境。
⑨ 归宁——回娘家探视。
⑩ 田舍娘子——乡下妇女。
⑪ 觑（qū）——专注地看。
⑫ 飏（yáng）——飞扬，飘扬。
⑬ 翳（yì）——目疾。
⑭ 《光明经》——佛教经典之一。
⑮ 厄——灾难。
⑯ 浼（měi）人——请人。
⑰ 叵（pǒ）耐杀人——令人不可忍耐。

珍珠兰[①]遽枯瘠死!”生素喜香兰,园中多种植,日常自灌溉;自失明,久置不问。忽闻此言,遽问妻:“兰花何使憔悴死?”妻诘其所自知,因告之故。妻趋验之,花果槁矣。大异之。静匿房中以俟之,见有小人自生鼻内出,大不及豆,营营然[②]竟出门去。渐远,遂迷所在。俄,连臂归,飞上面,如蜂蚁之投穴者。如此二三日。又闻左言曰:“隧道[③]迂,还往甚非所便,不如自启门。”右应云:“我壁子厚,大不易。”左曰:“我试辟,得与而俱[④]。”遂觉左眶内隐似抓裂。有顷,开视,豁见几物。喜告妻。妻审之,则脂膜破小窍,黑睛荧荧,如劈椒[⑤]。越一宿,幛尽消。细视,竟重瞳也,但右目旋螺如故,乃知两瞳人合居一眶矣。生虽一目眇[⑥],而较之双目者,殊更了了[⑦]。由是益自检束,乡中称盛德焉。

异史氏曰[⑧]:“乡有士人,偕二友于途,遥见少妇控驴出其前,戏而吟曰:‘有美人兮!’顾二友曰:‘驱之!’相与笑骋。俄追及,乃其子妇。心赧气丧,默不复语。友伪为不知也者,评骘殊亵[⑨]。士人忸怩,吃吃[⑩]而言曰:‘此长男妇也。’各隐笑而罢。轻薄者往往自侮,良可笑也。至于眯目失明,又鬼神之惨报矣。芙蓉城主,不知何神,岂菩萨[⑪]现身耶?然小郎君生辟门户,鬼神虽恶,亦何尝不许人自新哉。”

---

① 珍珠兰——一种常绿小灌木。
② 营营然——往来飞声。
③ 隧道——暗道。
④ 得与而俱——如果启门成功,我和你共同使用。
⑤ 劈椒——裂开的花椒籽。
⑥ 眇(miǎo)——眼瞎。
⑦ 了了——清楚。
⑧ 异史氏曰——《聊斋志异》所用的一种论赞体例,以发表作者自己的议论。
⑨ 评骘(zhì)殊亵——评论得十分下流。
⑩ 吃吃(jī jī)——说话结巴。
⑪ 菩萨——“菩提萨埵”的略称,佛教用以指自觉本性而又善度众生的修行者,地位仅次于佛。

画　壁

江西[①]孟龙潭，与朱孝廉[②]客都中。偶涉一兰若，殿宇禅舍[③]，俱不甚弘敞[④]，惟一老僧挂搭[⑤]其中。见客入，肃衣出迓[⑥]，导与随喜[⑦]。殿中塑志公[⑧]像。两壁画绘精妙，人物如生。东壁画散花天女[⑨]，内一垂髫[⑩]者，拈花微笑，樱唇欲动，眼波将流。朱注目久，不觉神摇意夺，恍然凝想。身忽飘飘，如驾云雾，已到壁上。见殿阁重重，非复人世。一老僧说法座上，偏袒绕视者甚众。朱亦杂立其中。少间，似有人暗牵其裾[⑪]。回顾，则垂髫儿，辴然[⑫]竟去。履即从之。过曲栏，入一小舍，朱次且[⑬]不敢前。女回首，举手中花，遥遥作招状，乃趋之。舍内寂无人，遽拥之，亦不甚拒，遂与狎好。既而闭户去，嘱勿咳，夜乃复至，如此二日。女伴共觉之，共搜得生，戏谓女曰："腹内小郎已许大，尚发蓬蓬学处子耶？"共捧簪珥[⑭]，促令上鬟[⑮]。女含羞不语。一女曰："妹妹姊姊，吾等勿久住，恐人不欢。"群笑而去。生视女，髻云高簇，鬟凤低垂，比垂髫时尤艳绝也。四顾无人，渐入猥亵，兰麝[⑯]熏心，乐方未艾。忽闻吉莫靴[⑰]铿铿甚厉，缧锁[⑱]锵然；旋有纷嚣腾辨之声。女惊起，与生窃窥，则见一金甲使者，黑面如漆，绾锁挈[⑲]

---

① 江西——清代省名，略与今同。
② 孝廉——举人。
③ 禅(chán)舍——僧舍。
④ 弘敞——宽阔明亮。
⑤ 挂搭——行脚僧暂住之处。
⑥ 迓(yà)——迎接。
⑦ 随喜——佛教用语，原指随己所喜做善事，此处指游观寺院。
⑧ 志公——保志，南朝僧人，有"神僧"之誉。
⑨ 散花天女——佛经故事中的神女。
⑩ 垂髫(tiáo)——未束发的少女。
⑪ 裾(jù)——衣服的前大襟。
⑫ 辴(chǎn)然——笑的样子。
⑬ 次且(zī jū)——同"趑趄"，进退无主。
⑭ 簪珥(ěr)——发簪和耳环。
⑮ 上鬟——俗称"上头"，女子出嫁时的梳妆。
⑯ 兰麝——兰草和麝香。
⑰ 吉莫靴——皮靴。
⑱ 缧(léi)锁——拘系犯人的锁链。
⑲ 挈(xié)——持。

槌，众女环绕之。使者曰："全未？"答言："已全。"使者曰："如有藏匿下界人，即共出首，勿贻伊戚[①]。"又同声言："无。"使者反身鹗[②]顾，似将搜匿。女大惧，面如死灰，张皇谓朱曰："可急匿榻下。"乃启壁上小扉，猝遁去。

朱伏，不敢少息。俄闻靴声至房内，复出。未几，烦喧渐远，心稍安；然户外辄有往来语论者。朱局蹐[③]既久，觉耳际蝉鸣，目中火出，景状殆不可忍，惟静听以待女归，竟不复忆身之何自来也。时孟龙潭在殿中，转瞬不见朱，疑以问僧。僧笑曰："往听说法去矣。"问："何处？"曰："不远。"少时，以指弹壁而呼曰："朱檀越[④]何久游不归？"旋见壁间画有朱像，倾耳伫立，若有听察。僧又呼曰："游侣久待矣。"遂飘忽自壁而下，灰心木立[⑤]，目瞪足耎[⑥]。孟大骇，从容问之，盖方伏榻下，闻扣声如雷，故出房窥听也。共视拈花人，螺髻翘然[⑦]，不复垂髫矣。朱惊拜老僧，而问其故。僧笑曰："幻由人生，贫道何能解。"朱气结而不扬，孟心骇叹而无主。即起，历阶而出。

异史氏曰："幻由人作，此言类有道[⑧]者。人有淫心，是生亵境；人有亵心，是生怖境。菩萨点化愚蒙，千幻并作，皆人心所自动耳。老婆[⑨]心切，惜不闻其言下大悟，披发入山也。"

山 魈[⑩]

孙太白尝言：其曾祖肄业[⑪]于南山柳沟寺。麦秋旋里，经旬始返。启斋门，则案上尘生，窗间丝满。命仆粪除[⑫]，至晚始觉清爽可坐。乃拂榻

---

① 勿贻伊戚——不要自招罪罚。
② 鹗(è)——通称鱼鹰。
③ 局蹐(jú jí)——恐惧的样子。
④ 檀越——佛教用语，施主。
⑤ 灰心木立——心如死灰，形似槁木。
⑥ 耎(ruǎn)——同"软"。
⑦ 螺髻翘然——已婚妇女的发式。
⑧ 有道——深明哲理。
⑨ 老婆——佛教用语，指亲切教导学人的修行者。
⑩ 山魈(xiāo)——即"山臊"，传说中的山怪。
⑪ 肄(yì)业——修习学业。
⑫ 粪除——扫除。

陈卧具，扃扉[①]就枕，月色已满窗矣。辗转移时，万籁俱寂。忽闻风声隆隆，山门豁然作响。窃谓寺僧失扃。注念间[②]，风声渐近居庐，俄而房门辟矣。大疑之。思未定，声已入屋；又有靴声铿铿然，渐傍寝门。心始怖。俄而寝门辟矣。急视之，一大鬼鞠躬塞入，突立榻前，殆与梁齐。面似老瓜皮色；目光睒闪[③]，绕室四顾；张巨口如盆，齿疏疏[④]长三寸许；舌动喉鸣，呵喇之声，响连四壁。公惧极，又念咫尺之地，势无所逃，不如因而刺之。乃阴抽枕下佩刀，遽拔而斫之，中腹，作石缶[⑤]声。鬼大怒，伸巨爪攫[⑥]公。公少缩。鬼攫得衾，捽[⑦]之，忿忿而去。公随衾堕，伏地号呼。家人持火奔集，则门闭如故，排窗入，见状，大骇。扶曳[⑧]登床，始言其故。共验之，则衾夹于寝门之隙。启扉检照，见有爪痕如箕，五指着处皆穿。既明，不敢复留，负笈[⑨]而归。后问僧人，无复他异。

咬　鬼

沈麟生云：其友某翁者，夏月昼寝，蒙眬间，见一女子搴[⑩]帘入，以白布裹首，缞服麻裙[⑪]，向内室去。疑邻妇访内人者；又转念，何遽以凶服入人家？正自皇惑，女子已出。细审之，年可三十余，颜色黄肿，眉目蹙蹙[⑫]然，神情可畏。又逡巡不去，渐逼卧榻。遂伪睡，以观其变。无何，女子摄[⑬]衣登床，压腹上，觉如百钧重。心虽了了，而举其手，手如缚；举其足，足如痿[⑭]也。急欲号救，而苦不能声。女子以喙嗅翁面，颧鼻眉额殆遍。

---

① 扃(jiōng)扉——插门。
② 注念间——凝思时。
③ 睒(shǎn)闪——像闪电一样。
④ 疏疏——稀落。
⑤ 缶(fǒu)——一种口小腹大的盛器。
⑥ 攫(jué)——抓。
⑦ 捽(zuó)——揪扯。
⑧ 曳(yè)——拖。
⑨ 笈(jí)——书箱。
⑩ 搴(qiān)——掀。
⑪ 缞(cuī)服麻裙——古时丧服。
⑫ 蹙蹙(cù cù)——愁苦的样子。
⑬ 摄——提起。
⑭ 痿(wěi)——肢体麻痹。

觉喙冷如冰,气寒透骨。翁窘急中,思得计:待嗅至颐颊[①],当即因而啮[②]之。未几,果及颐。翁乘势力龁[③]其齤,齿没于肉。女负痛身离,且挣且啼。翁龁益力。但觉血液交颐,湿流枕畔。相持正苦,庭外忽闻夫人声,急呼有鬼,一缓颊,而女子已飘忽遁去。夫人奔入,无所见,笑其魇[④]梦之诬。翁述其异,且言有血证焉。相与检视,如屋漏之水,流枕浃席[⑤]。伏而嗅之,腥臭异常。翁乃大吐。过数日,口中尚有余臭云。

捉 狐

孙翁者,余姻家清服之伯父也。素有胆。一日,昼卧,仿佛有物登床,遂觉身摇摇如驾云雾。窃意无乃压狐[⑥]耶?微窥之,物大如猫,黄毛而碧嘴,自足边来。蠕蠕伏行,如恐翁寤。逡巡附体:着足足痿,着股股耎。甫及腹,翁骤起,按而捉之,握其项。物鸣急莫能脱。翁亟呼夫人,以带絷[⑦]其腰。乃执带之两端,笑曰:"闻汝善化,今注目在此,看作如何化法。"言次,物忽缩其腹,细如管,几脱去。翁大愕,急力缚之,则又鼓其腹,粗于碗,坚不可下;力稍懈,又缩之。翁恐其脱,命夫人急杀之。夫人张皇四顾,不知刀之所在。翁左顾示以处。比回首,则带在手如环然,物已渺矣。

荍[⑧]中怪

长山安翁者,性喜操农功。秋间荞熟,刈[⑨]堆陇畔。时近村有盗稼

---

① 颐(yí)颊——脸的下部。
② 啮——同"咬"。
③ 龁(hé)——咬。
④ 魇(yǎn)——噩梦。
⑤ 流枕浃(jiā)席——流遍床席。
⑥ 压狐——俗称"压狐子",即做噩梦。
⑦ 絷(zhí)——拴缚。
⑧ 荍(qiáo)——同"荞"。
⑨ 刈(yì)——割。

者，因命佃人，乘月辇[①]运登场；俟其装载归，而自留逻守，遂枕戈露卧。目稍瞑[②]，忽闻有人践荞根，咋咋作响。心疑暴客[③]，急举首，则一大鬼，高丈余，赤发髩须[④]，去身已近。大怖，不遑[⑤]他计，踊身暴起，狠刺之。鬼鸣如雷而逝。恐其复来，荷戈而归。迎佃人于途，告以所见，且戒勿往。众未深信。越日，曝麦于场，忽闻空际有声。翁骇曰："鬼物来矣！"乃奔，众亦奔。移时复聚，翁命多设弓弩以俟之。翼[⑥]日，果复来。数矢齐发，物惧而遁。二三日竟不复来。麦既登仓，禾秸杂遝[⑦]，翁命收积为垛，而亲登践实之，高至数尺。忽遥望骇曰："鬼物至矣！"众急觅弓矢，物已奔翁。翁仆，龁其额而去。共登视，则去额骨如掌，昏不知人。负至家中，遂卒。后不复见。不知其何怪也。

宅　妖

长山李公，大司寇[⑧]之侄也。宅多妖异。尝见厦有春凳[⑨]，肉红色，甚修润。李以故无此物，近抚按之，随手而曲，殆如肉耎。骇而却走。旋回视，则四足移动，渐入壁中。又见壁间倚白梃[⑩]，洁泽修长。近扶之，腻然而倒，委蛇[⑪]入壁，移时始没。

康熙十七年[⑫]，王生俊升设帐其家[⑬]。日暮，灯火初张，生着履卧榻上。忽见小人，长三寸许，自外入，略一盘旋，即复去。少顷，荷二小凳来，设堂中，宛如小儿辈用粱秸心[⑭]所制者。又顷之，二小人舁一棺入，长四

---

① 辇——手推车。
② 瞑——合眼。
③ 暴客——盗贼。
④ 髩(níng)须——凶恶的样子。
⑤ 不遑——来不及。
⑥ 翼——同"翌"。
⑦ 禾秸(jiē)杂遝(tà)——荞麦秆杂乱堆放。
⑧ 大司寇——官名，指李化熙，历仕明清两朝，官至司寇。
⑨ 春凳——一种长条形木凳。
⑩ 白梃——白色木棒。
⑪ 委蛇(wēi yí)——曲折而进。
⑫ 康熙十七年——公元 1678 年。
⑬ 设帐其家——在他人家中设馆授徒。
⑭ 粱秸(jiē)心——高粱秆心。

寸许，停置凳上。安厝[1]未已，一女子率厮婢数人来，率细小如前状。女子衰衣，麻绠束腰际，布裹首；以袖掩口，嘤嘤而哭，声类巨蝇。生睥睨[2]良久，毛森立，如霜被于体。因大呼，遽走，颠床下，摇战莫能起。馆中人闻声毕集，堂中人物杳然矣。

王 六 郎

许姓，家淄[3]之北郭，业渔。每夜，携酒河上，饮且渔。饮则酹地[4]，祝[5]云："河中溺鬼得饮。"以为常。他人渔，迄无所获，而许独满筐。一夕，方独酌，有少年来，徘徊其侧。让之饮，慨与同酌。既而终夜不获一鱼，意颇失。少年起曰："请于下流为君驱之。"遂飘然去。少间，复返，曰："鱼大至矣。"果闻唼呷[6]有声。举网而得数头，皆盈尺。喜极，申谢。欲归，赠以鱼，不受，曰："屡叨[7]佳酝，区区何足云报。如不弃，要当以为长耳。"许曰："方共一夕，何言屡也？如肯永顾，诚所甚愿，但愧无以为情。"询其姓字，曰："姓王，无字[8]，相见可呼王六郎。"遂别。明日，许货鱼，益沽酒。晚至河干[9]，少年已先在，遂与欢饮。饮数杯，辄为许驱鱼。

如是半载。忽告许曰："拜识清扬[10]，情逾骨肉。然相别有日矣。"语甚凄楚。惊问之。欲言而止者再，乃曰："情好如吾两人，言之或勿讶耶？今将别，无妨明告：我实鬼也。素嗜酒，沉醉溺死，数年于此矣。前君之获鱼，独胜于他人者，皆仆之暗驱，以报酹奠耳。明日业满[11]，当有代者，将往投生。相聚只今夕，故不能无感。"许初闻甚骇，然亲狎既久，不复恐怖。

---

① 厝(cuò)——停柩待葬。
② 睥睨(bì nì)——窥察。
③ 淄——县名，今山东淄博市。
④ 酹(lèi)地——浇酒于地以祭鬼神。
⑤ 祝——祷告。
⑥ 唼呷(shà xiā)——群鱼吞食、呼吸声。
⑦ 屡叨(tāo)——多次受到(好处)。
⑧ 字——据本名而相应另起别名。
⑨ 河干——河岸。
⑩ 清扬——丰采。
⑪ 业满——佛教用语，业报已满。

因亦欷歔，酹而言曰："六郎饮此，勿戚也。相见遽违，良足悲恻，然业满劫脱[①]，正宜相贺，悲乃不伦[②]。"遂与畅饮。因问："代者何人？"曰："兄于河畔视之，亭午[③]，有女子渡河而溺者，是也。"听村鸡既唱，洒涕而别。明日，敬伺河边，以觇其异。果有女人抱婴儿来，及河而堕。儿抛岸上，扬手掷足而啼。妇沉浮者屡矣，忽淋淋攀岸以出，藉地少息，抱儿径去。当妇溺时，意良不忍，思欲奔救，转念是所以代六郎者，故止不救。及妇自出，疑其言不验。抵暮，渔旧处。少年复至，曰："今又聚首，且不言别矣。"问其故。曰："女子已相代矣。仆怜其抱中儿，代弟一人，遂残二命，故舍之。更代不知何期，或吾两人之缘未尽耶？"许感叹曰："此仁人之心，可以通上帝矣。"由此相聚如初。数日，又来告别。许疑其复有代者。曰："非也。前一念恻隐，果达天帝。今授为招远县邬镇土地[④]，来日赴任。倘不忘故交，当一往探，勿惮修阻。"许贺曰："君正直为神，甚慰人心。但人神路隔，即不惮修阻，将复如何？"少年曰："但往，勿虑。"再三叮咛而去。

许归，即欲治装东下。妻笑曰："此去数百里，即有其地，恐土偶[⑤]不可以共语。"许不听，竟抵招远。问之居人，果有邬镇。寻至其处，息肩逆旅[⑥]，问祠所在。主人惊曰："得无客姓为许？"许曰："然。何见知？"又曰："得勿客邑为淄？"曰："然。何见知？"主人不答，遽出。俄而丈夫抱子，媳女窥门，杂沓而来，环如墙堵。许益惊。众乃告曰："数夜前，梦神言：淄川许友当即来，可助以资斧[⑦]。祗候[⑧]已久。"许亦异之，乃往祭于祠而祝曰："别君后，寤寐不去心，远践曩[⑨]约。又蒙梦示居人，感篆中怀[⑩]。愧无腆物[⑪]，仅有卮酒[⑫]；如不弃，当如河上之饮。"祝毕，焚钱纸。俄见风起座后，旋转移时，始散。夜梦少年来，衣冠楚楚，大异平时。谢曰："远劳顾问，喜

---

① 劫脱——劫难已尽。
② 不伦——不合情理。
③ 亭午——中午。
④ 土地——古称"社神"，土地神。
⑤ 土偶——泥塑神像。
⑥ 息肩逆旅——住在旅馆里。
⑦ 资斧——路费。
⑧ 祗候——恭候。
⑨ 曩(nǎng)——以往，从前。
⑩ 感篆中怀——感激之情，铭刻在心。
⑪ 腆(tiǎn)物——丰厚的礼物。
⑫ 卮(zhī)酒——一杯酒。

泪交并。但任微职，不便会面，咫尺河山，甚怆于怀。居人薄有所赠，聊酬夙好[①]。归如有期，尚当走送。”居数日，许欲归。众留殷勤，朝请暮邀，日更数主。许坚辞欲行。众乃折柬抱襆[②]，急来致赆[③]，不终朝[④]，馈遗盈橐。苍头[⑤]稚子毕集，祖送[⑥]出村。歘[⑦]有羊角风[⑧]起，随行十余里。许再拜曰：“六郎珍重！勿劳远涉。君心仁爱，自能造福一方，无庸故人嘱也。”风盘旋久之，乃去。村人亦嗟讶而返。许归，家稍裕，遂不复渔。后见招远人问之，其灵应如响云。或言：即章丘石坑庄。未知孰是。

异史氏曰：“置身青云，无忘贫贱，此其所以神也。今日车中贵介[⑨]，宁复识戴笠人[⑩]哉？余乡有林下者[⑪]，家綦贫[⑫]。有童稚交，任肥秩。计投之必相周顾。竭力办装，奔涉千里，殊失所望，泻囊货骑[⑬]，始得归。其族弟甚谐，作月令[⑭]嘲之云：‘是月也，哥哥至，貂帽解，伞盖不张，马化为驴，靴始收声。’念此可为一笑。”

偷 桃

童时赴郡试[⑮]，值春节[⑯]。旧例，先一日，各行商贾，彩楼鼓吹赴藩司，名曰“演春”[⑰]。余从友人戏瞩[⑱]。是日游人如堵。堂上四官[⑲]，皆赤衣，东

---

① 夙(sù)好——旧交。
② 折柬抱襆——拿着礼帖，抱着礼品。
③ 致赆(jìn)——送赠礼。
④ 朝(zhāo)——早晨。
⑤ 苍头——老者。
⑥ 祖送——饯行送别。
⑦ 歘(chuā)——象声词，喻风起之快。
⑧ 羊角风——旋风。
⑨ 贵介——高贵的大人物。
⑩ 戴笠人——贫贱时的故交。
⑪ 林下者——乡居不仕之人。
⑫ 綦(qí)贫——十分贫困。
⑬ 泻囊货骑(jì)——花空钱袋，卖掉坐骑。
⑭ 月令——《礼记》篇名，以“月令”文式描写林下者的遭遇。
⑮ 郡试——指济南府童试。
⑯ 春节——立春日。
⑰ 演春——立春前一天的迎春活动。
⑱ 戏瞩——游玩观看。
⑲ 四官——指总督、巡抚、布政使、按察使。

西相向坐。时方稚，亦不解其何官。但闻人语哜嘈[①]，鼓吹聒[②]耳。忽有一人，率披发童，荷担而上，似有所白，万声汹动，亦不闻为何语。但视堂上作笑声。即有青衣人大声命作剧。其人应命方兴[③]，问："作何剧？"堂上相顾数语。吏下宣问所长。答言："能颠倒生物[④]。"吏以白官。少顷复下，命取桃子。

术人声诺，解衣覆笥[⑤]上，故作怨状，曰："官长殊不了了！坚冰未解，安所得桃？不取，又恐为南面者[⑥]所怒。"奈何！"其子曰："父已诺之，又焉辞？"术人惆怅良久，乃云："我筹之烂熟。春初雪积，人间何处可觅？惟王母[⑦]园中，四时常不凋卸[⑧]，或有之。必窃之天上，乃可。"子曰："嘻！天可阶而升乎？"曰："有术在。"乃启笥，出绳一团，约数十丈，理其端，望空中掷去；绳即悬立空际，若有物以挂之。未几，愈掷愈高，渺入云中，手中绳亦尽。乃呼子曰："儿来！余老惫，体重拙，不能行，得汝一往。"遂以绳授子，曰："持此可登。"子受绳，有难色，怨曰："阿翁亦大愦愦[⑨]！如此一线之绳，欲我附之，以登万仞之高天。倘中道断绝，骸骨何存矣！"父又强呜拍[⑩]之，曰："我已失口，悔无及。烦儿一行。儿勿苦，倘窃得来，必有百金赏，当为儿娶一美妇。"子乃持索，盘旋而上，手移足随，如蛛趁丝，渐入云霄，不可复见。久之，坠一桃，如碗大。术人喜，持献公堂。堂上传示良久，亦不知其真伪。忽而绳落地上，术人惊曰："殆矣！上有人断吾绳，儿将焉托！"移时，一物堕。视之，其子首也。捧而泣曰："是必偷桃，为监者所觉。吾儿休矣！"又移时，一足落。无何，肢体纷堕，无复存者。术人大悲，一一拾置笥中而合之，曰："老夫止此儿，日从我南北游。今承严命，不意罹[⑪]此奇惨！当负去瘗[⑫]之。"乃升堂而跪，曰："为桃故，杀吾子矣！如

---

① 哜嘈(jì cáo)——喧闹。
② 聒(guō)——声音嘈杂，使人心烦。
③ 方兴——刚刚站起。
④ 颠倒生物——能按颠倒季节生长的植物。
⑤ 笥(sì)——盛装食物或衣物的方形竹器。
⑥ 南面者——堂上长官。
⑦ 王母——古神话中的女神。
⑧ 凋卸——凋谢。
⑨ 愦愦(kuì kuì)——糊涂。
⑩ 强呜拍——极力抚拍哄劝。
⑪ 罹(lí)——遭遇。
⑫ 瘗(yì)——埋葬。

怜小人而助之葬，当结草以图报耳。”坐官骇诧，各有赐金。术人受而缠诸腰，乃扣笥而呼曰：“八八儿，不出谢赏，将何待？”忽一蓬头僮，首抵笥盖而出，望北稽首，则其子也。以其术奇，故至今犹记之。后闻白莲教[①]能为此术，意此其苗裔[②]耶？

种 梨

有乡人货梨于市，颇甘芳，价腾贵。有道士破巾絮衣，丐于车前。乡人咄之，亦不去；乡人怒，加以叱骂。道士曰：“一车数百颗，老衲[③]止丐其一，于居士[④]亦无大损，何怒为？”观者劝置劣者一枚令去，乡人执不肯。肆中佣保者[⑤]，见喋聒[⑥]不堪，遂出钱市一枚，付道士。道士拜谢，谓众曰：“出家人不解吝惜。我有佳梨，请出供客。”或曰：“既有之，何不自食？”曰：“我特需此核作种。”于是掬梨大啖[⑦]。且尽，把核于手，解肩上镵[⑧]，坎地深数寸，纳之而覆以土。向市人索汤沃灌。好事者于临路店索得沸渖[⑨]，道士接浸坎处。万目攒[⑩]视，见有勾萌[⑪]出，渐大；俄成树，枝叶扶苏；倏而花，倏而实，硕大芳馥，累累满树。道士乃即树头摘赐观者，顷刻向尽，已，乃以馋伐树，丁丁[⑫]良久，方断；带叶荷肩头，从容徐步而去。

初，道士作法时，乡人亦杂立众中，引领[⑬]注目，竟忘其业。道士既去，始顾车中，则梨已空矣。方悟适所俵散[⑭]，皆己物也。又细视车上一

---

① 白莲教——元明清时的民间秘密宗教组织。
② 苗裔——远末子孙。
③ 老衲(nà)——原是僧人自称，此指道士自称。
④ 居士——佛教居家弟子。
⑤ 肆中佣保者——店铺雇用的杂役人员。
⑥ 喋聒(dié guō)——没完没了地讲。
⑦ 啖(dàn)——吃。
⑧ 镵(chán)——掘土工具。
⑨ 渖——汁水。
⑩ 攒(cuán)——聚。
⑪ 勾萌——弯曲的幼芽。
⑫ 丁丁(zhēng zhēng)——伐木声。
⑬ 引领——伸长脖子。
⑭ 俵(biào)散——分发。

靶[1]亡，是新凿断者。心大愤恨。急迹之，转过墙隅，则断靶弃垣下，始知所伐梨本，即是物也。道士不知所在。一市粲然[2]。

异史氏曰：“乡人愦愦，憨状可掬，其见笑于市人，有以哉。每见乡中称素封[3]者，良朋乞米，则怫然[4]，且计曰：‘是数日之资也。’也劝济一危难，饭一茕独[5]，则又忿然，又计曰：‘此十人、五人之食也。’甚而父子兄弟，较尽锱铢[6]。及至淫博迷心，则顷囊不吝；刀锯临颈，则赎命不遑。诸如此类，正不胜道。蠢尔乡人，又何足怪。”

劳山道士

邑有王生，行七，故家子[7]。少慕道[8]，闻劳山[9]多仙人，负笈往游。登一顶，有观宇[10]，甚幽。一道士坐蒲团上，素发垂领，而神光爽迈。叩而与语，理甚玄妙。请师之。道士曰：“恐娇惰不能作苦。”答言：“能之。”其门人甚众，薄暮毕集。王俱与稽首，遂留观中。凌晨，道士呼王去，授以斧，使随众采樵。王谨受教。过月余，手足重茧[11]，不堪其苦，阴有归志。

一夕归，见二人与师共酌，日已暮，尚无灯烛。师乃剪纸如镜，粘壁间。俄顷，月明辉室，光鉴毫芒。诸门人环听奔走。一客曰：“良宵胜乐[12]，不可不同。”乃于案上取壶酒，分赉[13]诸徒，且嘱尽醉。王自思：七八

---

① 靶——车把。
② 粲然——大笑露齿的样子。
③ 素封——无官爵俸禄而十分富有的人家。
④ 怫(fú)然——气愤的样子。
⑤ 饭一茕(qióng)独——施给一个孤苦人饭食。
⑥ 锱铢(zī zhū)——古时极小的重量单位，喻指小气精细。
⑦ 故家子——世家大族之子。
⑧ 道——道教的道术。
⑨ 劳山——即今青岛市东北的崂山。
⑩ 观宇——道教庙宇。
⑪ 重(chóng)茧——一层层老茧。
⑫ 胜(shèng)乐——美乐盛事。
⑬ 赉(lài)——赏赐。

人，壶酒何能遍给？遂各觅盎盂①，竞饮先釂②，惟恐樽③尽；而往复挹注④，竟不少减。心奇之。俄一客曰："蒙赐月明之照，乃尔⑤寂饮。何不呼嫦娥来？"乃以箸⑥掷月中。见一美人，自光中出。初不盈尺，至地遂与人等。纤腰秀项，翩翩作"霓裳舞⑦"。已而歌曰："仙仙乎，而还乎，而幽我于广寒⑧乎！"其声清越，烈如箫管。歌毕，盘旋而起，跃登几上，惊顾之间，已复为箸。三人大笑。又一客曰："今宵最乐，然不胜酒力矣。其饯我于月宫可乎？"三人移席，渐入月中。众视三人，坐月中饮，须眉毕见，如影之在镜中。移时，月渐暗；门人然⑨烛来，则道士独坐而客杳矣。几上肴核⑩尚故。壁上月，纸圆如镜而已。道士问众："饮足乎？"曰："足矣。""足宜早寝，勿误樵苏⑪。"众诺而退。王窃欣慕，归念遂息。

又一月，苦不可忍，而道士并不传教一术，心不能待，辞曰："弟子数百里受业仙师，纵不能得长生术，或小有传习，亦可慰求教之心，今阅⑫两三月，不过早樵而暮归。弟子在家，未谙⑬此苦。"道士笑曰："我固谓不能作苦，今果然。明早当遣汝行。"王曰："弟子操作多日，师略授小技，此来不负也。"道士问："何术之求？"王曰："每见师行处，墙壁所不能隔，但得此法足矣。"道士笑而允之。乃传以诀⑭，令自咒毕，呼曰："入之！"王面墙，不敢入。又曰："试入之。"王果从容入，及墙而阻。道士曰："俯首骤入，勿逡巡！"王果去墙数步，奔而入；及墙，虚若无物；回视，果在墙外矣。大喜，入谢。道士曰："归宜洁持⑮，否则不验。"遂助资斧，遣之归。

抵家，自诩⑯遇仙，坚壁所不能阻。妻不信。王效其作为，去墙数尺，

---

① 盎盂——盛汤水的容器。
② 釂(jiào)——满饮一杯。
③ 樽——酒壶。
④ 挹(yì)注——倒酒。
⑤ 乃尔——如此。
⑥ 箸——筷子。
⑦ 霓裳舞——唐代中期盛行的一种宫廷舞蹈。
⑧ 广寒——月宫名。
⑨ 然——通"燃"。
⑩ 肴核——菜肴果品。
⑪ 樵苏——砍柴割草。
⑫ 阅——经历。
⑬ 谙——熟习。
⑭ 诀——施行法术的口诀。
⑮ 洁持——以纯洁心地保持。
⑯ 诩——夸耀。

奔而入，头触硬壁，蓦然而踣[1]。妻扶视之，额上坟起，如巨卵焉。妻揶揄[2]之。王惭忿，骂老道士之无良而已。

异史氏曰："闻此事，未有不大笑者，而不知世之为王生者，正复不少。今有伧父[3]，喜疢毒[4]而畏药石，遂有舐痈吮痔[5]者，进宣威逞暴之术，以迎其旨，绐[6]之曰：'执此术也以往，可以横行而无碍。'初试未尝不小效，遂谓天下之大，举可以如是行矣，势不至触硬壁而颠蹶不止也。"

长 清 僧

长清[7]僧，道行高洁。年七十余犹健。一日，颠仆不起，寺僧奔救，已圆寂[8]矣。僧不自知死，魂飘去，至河南[9]界。河南有故绅子，率十余骑，按鹰猎兔。马逸，堕毙。魂适相值，翕然[10]而合，遂渐苏。厮仆还问之。张目曰："胡至此！"众扶归。入门，则粉白黛绿[11]者，纷集顾问。大骇曰："我僧也，胡至此！"家人以为妄，共提耳悟之。僧亦不自申解，但闭目不复有言。饷以脱粟则食，酒肉则拒。夜独宿，不受妻妾奉。

数日后，忽思少步[12]。众皆喜。既出，少定，即有诸仆纷来，钱簿谷籍，杂请会计。公子托以病倦，悉卸绝[13]之。惟问："山东长清县，知之否？"共答："知之。"曰："我郁无聊赖，欲往游瞩，且即治任[14]。"众谓新瘳[15]，未应远涉。不听，翼日遂发。抵长清，视风物如昨。无烦问途，竟至兰若。

① 踣——跌倒。
② 揶揄(yé yú)——讥笑嘲讽。
③ 伧(cāng)父——鄙贱匹夫。
④ 疢(chèn)毒——灾患。
⑤ 舐(shì)痈吮痔——吸痈脓，舔痔疮。
⑥ 绐——骗。
⑦ 长清——县名，今属山东省济南市。
⑧ 圆寂——佛教用语，对死亡的美称。
⑨ 河南——约略今同。
⑩ 翕(xī)然——迅疾的样子。
⑪ 粉白黛绿——妇女的妆饰。
⑫ 少步——略微走一下。
⑬ 卸绝——拒绝。
⑭ 治任——置办行装。
⑮ 瘳(chōu)——病愈。

弟子数人见贵客至,伏谒①甚恭。乃问:"老僧焉往?"答云:"吾师曩已物化。"问墓所。群导以往,则三尺孤坟,荒草犹未合也。众僧不知何意。既而戒②马欲归,嘱曰:"汝师戒行③之僧,所遗手泽④,宜恪守,勿俾损坏。"众唯唯。乃行,既归,灰心木坐,了不勾当⑤家务。

居数月,出门自遁,直抵旧寺,谓弟子:"我即汝师。众疑其谬,相视而笑。乃述返魂之由,又言生平所为,悉符。众乃信,居以故榻,事之如平日。后公子家屡以舆马来,哀请之,略不顾瞻。又年余,夫人遣纪纲⑥至,多所馈遗⑦。金帛皆却之,惟受布袍一袭⑧而已。友人或至其乡,敬造之。见其人默然诚笃,年仅而立,而辄道其七十余年事。

异史氏曰:"人死则魂散,其千里而不散者,性定故耳。余于僧,不异之乎其再生,而异之乎其入纷华靡丽之乡,而能绝人以逃世也。若眼睛一闪,而兰麝熏心,有求死而不得者矣,况僧乎哉!"

蛇　　人

东郡⑨某甲,以弄蛇为业。尝蓄驯蛇二,皆青色:其大者呼之大青,小曰二青。二青额有赤点,尤灵驯,盘旋无不如意。蛇人爱之,异于他蛇。期年⑩,大青死,思补其缺,未暇遑也。一夜,寄宿山寺。既明,启笥,二青亦渺。蛇人怅恨欲死。冥搜亟呼,迄无影兆。然每值丰林茂草,辄纵之去,俾得自适,寻复返,以此故,冀其自至。坐伺之,日既高,亦已绝望,怏怏遂行。出门数武,闻丛薪错楚⑪中,窸窣⑫作响。停趾愕顾,则二青来

① 谒——通名进见长者。
② 戒——备。
③ 戒行——佛教用语,指出家人在身、语、意三方面须恪守戒律。
④ 手泽——先人遗墨。
⑤ 勾当——办理。
⑥ 纪纲——泛指管家。
⑦ 馈遗(wèi)——赠送。
⑧ 一袭——一套。
⑨ 东郡——今山东聊城、菏泽地区。
⑩ 期(jī)年——一周年。
⑪ 丛薪错楚——草木杂错。
⑫ 窸窣(xī sū)——细碎的声音。

也。大喜，如获拱璧[①]。息肩路隅，蛇亦顿止。视其后，小蛇从焉。抚之曰："我以汝为逝矣。小侣而所荐耶？"出饵饲之，兼饲小蛇。小蛇虽不去，然瑟缩不敢食。二青含哺之，宛似主人之让客者。蛇人又饲之，乃食。食已。随二青俱入笥中。荷去教之，旋折辄中规矩，与二青无少异，因名之小青。衒[②]技四方，获利无算。

大抵蛇人之弄蛇也，止以二尺为率[③]；大则过重，辄便更易。——缘二青驯，故未遽弃。又二三年，长三尺余，卧则笥为之满，遂决去之。一日，至淄邑东山间，饲以美饵，祝而纵之。既去，顷之复来，蜿蜒笥外。蛇人挥曰："去之！世无百年不散之筵。从此隐身大谷，必且为神龙，笥中何可以久居也？"蛇乃去。蛇人目送之。已而复返，挥之不去，以首触笥。小青在中，亦震震而动。蛇人悟曰："得毋欲别小青也？"乃发笥。小青径出，因与交首吐舌，似相告语。已而委蛇并去。方意小青不返，俄而踽踽[④]独来，竟入笥卧。由此随在物色，迄无佳者。而小青亦渐大，不可弄。后得一头，亦颇驯，然终不如小青良。而小青粗于儿臂矣。先是，二青在山中，樵人多见之。又数年，长数尺，围如碗；渐出逐人，因而行旅相戒，罔敢出其途。一日，蛇人经其处，蛇暴出如风。蛇人大怖而奔。蛇逐益急，回顾已将及矣。而视其首，朱点俨然，始悟为二青。下担呼曰："二青，二青！"蛇顿止。昂首久之，纵身绕蛇人，如昔弄状。觉其意殊不恶，但躯巨重，不胜其绕；仆地呼祷，乃释之。又以首触笥。蛇人悟其意，开笥出小青。二蛇相见，交缠如饴糖状，久之始开。蛇人乃祝小青："我久欲与汝别，今有伴矣。"谓二青曰："原君引之来，可还引之去。更嘱一言：深山不乏食饮，勿扰行人，以犯天谴[⑤]。"二蛇垂头，似相领受。遽起，大者前，小者后，过处林木为之中分。蛇人伫立望之，不见乃去。自此行人如常，不知其何往也。

异史氏曰："蛇，蠢然一物耳，乃恋恋有故人之意。且其从谏也如转圜[⑥]。独怪俨然而人也者，以十年把臂之交，数世蒙恩之主，辄思下井复

---

① 拱璧——大璧。
② 衒——卖。
③ 率(lǜ)——标准。
④ 踽踽(jǔ jǔ)——独行状。
⑤ 天谴——天罚。
⑥ 圜(yuán)——通"圆"。

投石焉;又不然,则药石相投,悍然不顾,且怒而仇焉者,亦羞此蛇也已。”

斫 蟒

胡田村[1]胡姓者,兄弟采樵,深入幽谷,遇巨蟒。兄在前,为所吞;弟初骇欲奔,见兄被噬,遂奋怒出樵斧,斫蟒首。首伤而吞不已。然头虽已没,幸肩际不能下。弟急极无计,乃两手持兄足,力与蟒争,竟曳兄出。蟒亦负痛去。视兄,则鼻耳俱化,奄[2]将气尽。肩负以行,途中凡十余息,始至家。医养半年,方愈。至今面目皆瘢痕,鼻耳惟孔存焉。噫!农人中,乃有弟[3]弟如此者哉!或言:“蟒不为害,乃德义所感。”信然!

犬 奸

青州贾[4]某,客于外,恒经岁不归。家畜一白犬,妻引与交,犬习为常。一日,夫至,与妻共卧。犬突入,登榻,啮贾人竟死。后里舍稍闻之,共为不平,鸣于官。官械妇,妇不肯伏,收之。命缚犬来,始取妇出。犬忽见妇,直前碎衣作交状。妇始无词。使两役解部院[5],一解人而一解犬。有欲观其合者,共敛钱赂役,役乃牵聚令交。所止处,观者常数百人,役以此网利焉。后人犬俱寸磔[6]以死。呜呼!天地之大,真无所不有矣。然人面而兽交者,独一妇也乎哉?

异史氏为之判曰:“会于濮上,古所交讥;约于桑中,人且不齿[7]。乃某者,不堪雌守[8]之苦,浪思苟合之欢。夜叉伏床,竟是家中牝兽;捷卿[9]

---

① 胡田村——今山东淄博张店区湖田村。
② 奄(yǎn)——行将断气。
③ 弟——通“悌”,敬事兄长。
④ 贾(gǔ)——商人。
⑤ 部院——此指巡抚衙门。
⑥ 寸磔(jié)——古代酷刑之一。
⑦ 会于濮上,古所交讥;约于桑中,人且不齿——男女苟且交合,一直为人们看不起。
⑧ 雌守——以妇节自持。
⑨ 捷卿——代指白狗。

人窦[1],遂为被底情郎。云雨台[2]前,乱摇续貂之尾[3];温柔乡里,频款[4]曳象之腰。锐锥处于皮囊,一纵股而脱颖;留情结于镞项[5],甫饮羽[6]而生根。忽思异类之交,真属匪夷[7]之想。龙吠奸而为奸[8],妒残凶杀,律难治以萧曹[9];人非兽而实兽,奸秽淫腥,肉不食于豺虎。呜呼!人奸杀,则拟女以剐[10];至于狗奸杀,阳世遂无其刑。人不良,则罚人作犬;至于犬不良,阴曹应穷于法。宜支解以追魂魄,请押赴以问阎罗。"

雹　神

王公筠苍[11],莅任[12]楚中[13]。拟登龙虎山[14]谒天师[15]。及湖[16],甫登舟,即有一人驾小艇来,使舟中人为通。公见之,貌修伟。怀中出天师刺[17],曰:"闻驺从[18]将临,先遣负弩[19]。"公讶其预知,益神之,诚意而往。天师治具相款。其服役者,衣冠须鬣,多不类常人。前使者亦侍其侧。少间,向天师细语。天师谓公曰:"此先生同乡,不之识耶?"公问之。曰:"此即世所传雹神李左车[20]也。"公愕然改容。天师曰:"适言奉旨雨雹,故告辞耳。"公问:"何处?"曰:"章丘。"公以接壤关切,离席乞免。天师曰:"此上

---

① 窦——同"洞",暗指性交。
② 云雨台——古代男女幽会交欢的场所。
③ 续貂之尾——狗尾。
④ 款——动。
⑤ 镞项——指狗咬死贾人。
⑥ 饮(yìn)羽——没进箭尾,亵语。
⑦ 匪夷——超出常理。
⑧ 龙(máng)吠奸而为奸——狗本是看家吠警奸夫,今却自作奸夫。
⑨ 萧曹——萧,即萧何,汉初政治家;曹,即曹参,汉初政治家,此处指国法。
⑩ 剐(guǎ)——古代酷刑之一。
⑪ 王公筠苍——即王孟震,字筠苍,淄川(今属山东淄博市)人。
⑫ 莅任——上任。
⑬ 楚中——约今湖北、湖南两省。
⑭ 龙虎山——在今江西贵溪县西南,道教名山之一。
⑮ 天师——指张道陵,东汉人,道教创始人。
⑯ 湖——今江西鄱阳湖。
⑰ 刺——名帖。
⑱ 驺从(zōu zòng)——古代达官贵人出行时的卫士。
⑲ 负弩——负弩矢前驱。
⑳ 李左车——汉初人,从韩信屡有战功,俗传死后为雹神。

帝玉敕，雹有额数，何能相徇[①]？”公哀不已。天师垂思良久，乃顾而嘱曰：“其多降山谷，勿伤禾稼可也。”又嘱：“贵客在坐，文去勿武。”神出，至庭中，忽足下生烟，氤氲匝地[②]。俄延逾刻，极力腾起，才高于庭树；又起，高于楼阁。霹雳一声，向北飞去，屋宇震动，筵器摆簸。公骇曰：“去乃作雷霆耶！”天师曰：“适戒之，所以迟迟。不然，平地一声，便逝去矣。”公别归，志其月日，遣人问章丘。是日果大雨雹，沟渠皆满，而田中仅数枚焉。

狐 嫁 女

历城[③]殷天官[④]，少贫，有胆略。邑有故家之第，广数十亩，楼宇连亘。常见怪异，以故废无居人；久之，蓬蒿渐满，白昼亦无敢入者。会公与诸生饮，或戏云：“有能寄此一宿者，共醵[⑤]为筵。”公跃起曰：“是亦何难！”携一席往。众送诸门，戏曰：“吾等暂候之，如有所见，当急号。”公笑云：“有鬼狐，当捉证耳。”遂入，见长莎蔽径，蒿艾如麻。时值上弦[⑥]，幸月色昏黄，门户可辨。摩挲[⑦]数进，始抵后楼。登月台[⑧]，光洁可爱，遂止焉。西望月明，惟衔[⑨]山一线耳。坐良久，更无少异，窃笑传言之讹，席地枕石，卧看牛女[⑩]。

一更向[⑪]尽，恍惚欲寐，楼下有履声，籍籍[⑫]而上。假寐睨之，见一青衣人，挑莲灯[⑬]，猝见公，惊而却退。语后人曰：“有生人在。”下问：“谁也？”答云：“不识。”俄一老翁上，就公谛视，曰：“此殷尚书，其睡已酣，但办

---

① 徇——告诉。
② 氤氲匝(yīn yūn zā)地——烟雾缭绕。
③ 历城——今山东济南市。
④ 殷天官——即殷士儋，世称棠川先生，曾任吏部尚书。
⑤ 醵(jù)——凑份子买酒喝。
⑥ 上弦——农历每月初七、八日。
⑦ 摩挲——同“摸索”。
⑧ 月台——楼上赏月的台榭。
⑨ 衔——含。
⑩ 牛女——即牛郎星、织女星。
⑪ 向——将要。
⑫ 籍籍——纷乱状。
⑬ 莲灯——状如莲花的灯，常供嫁娶用。

吾事。相公倜傥[①],或不叱怪。"乃相率入楼,楼门尽辟。移时,往来者益众。楼上灯辉如昼。公稍稍转侧,作嚏咳。翁闻公醒,乃出,跪而言曰:"小人有箕帚女[②],今夜于归[③],不意有触贵人,望勿深罪。"公起,曳之曰:"不知今夕嘉礼,惭无以贺。"翁曰:"贵人光临,压除凶煞,幸矣。即烦陪坐,倍益光宠。"公喜,应之。入视楼中,陈设芳丽。遂有妇人出拜,年可四十余。翁曰:"此拙荆[④]。"公揖之。俄闻笙乐聒耳,有奔而上者,曰:"至矣!"翁趋迎,公亦立俟。少选,笼纱一簇,导新郎入。年可十七八,丰采韶秀。翁命先与贵客为礼。少年目公,公若为傧[⑤],执半主礼。次翁婿交拜,已,乃即席。少间,粉黛云从,酒胾雾霈[⑥],玉碗金瓯[⑦],光映几案。酒数行,翁唤女奴,请小姐来。女奴诺而入,良久不出。翁自起,搴帏促之。俄婢媪数辈拥新人出,环珮璆然[⑧],麝兰散馥。翁命向上拜。起,即坐母侧。微目之,翠凤明珰[⑨],容华绝世。既而酌以金爵,大容数斗。公思此物可以持验同人,阴内[⑩]袖中,伪醉隐几,颓然而寝。皆曰:"相公醉矣。"居无何,新郎告行,笙乐暴作,纷纷下楼而去。已而主人敛酒具,少一爵,冥搜不得。或窃议卧客。翁急戒勿语,惟恐公闻。移时,内外俱寂。公始起,暗无灯火,惟脂香酒气,充溢四堵,视东方既白,乃从容出,探袖中,金爵犹在。及门,则诸生先俟,疑其夜出而早入者。公出爵示之。众骇问,公以状告。共思此物非寒士所有,乃信之。

后公举进士,任于肥丘[⑪]。有世家朱姓宴公,命取巨觥[⑫],久之不至。有细奴[⑬]掩口与主人语,主人有怒色。俄奉金爵劝客饮。谛视之,款式雕文,与狐物更无殊别。大疑,问所从制。答云:"爵凡八只,大人为京卿[⑭]

---

① 倜傥(tì tǎng)——豪放不羁。
② 箕帚(jī zhǒu)女——古人谦称自己女儿无才貌,只能胜任家务事。
③ 于归——出嫁。
④ 拙荆——对外人谦称自己妻子。
⑤ 傧(bīn)——代主人接客人的人。
⑥ 酒胾(zì)雾霈——美酒佳肴,热气蒸腾。
⑦ 瓯(ōu)——茶、酒器具。
⑧ 璆(qiú)然——玉器相互撞击声。
⑨ 珰——珍珠做成的耳饰。
⑩ 内——通"纳"。
⑪ 肥丘——地名,今属山东。
⑫ 巨觥(gōng)——大酒杯。
⑬ 细奴——小僮。
⑭ 京卿——京堂。

时，觅良工监制。此世传物，什袭[1]已久。缘明府[2]辱临，适取诸箱簏，仅存其七，疑家人所窃取；而十年尘封如故，殊不可解。”公笑曰：“金杯羽化[3]矣。然世守之珍不可失。仆有一具，颇近似之，当以奉赠。”终筵归署，拣爵驰送之。主人审视，骇绝。亲诣谢公，诘所自来。公乃历陈颠末。始知千里之物，狐能摄致，而不敢终留也。

娇　娜

孔生雪笠，圣裔[4]也。为人蕴藉[5]，工诗。有执友令天台[6]，寄函招之。生往，令适卒。落拓不得归，寓菩陀寺，佣为寺僧抄录。寺西百余步，有单先生第。先生故公子，以大讼萧条，眷口寡，移而乡居，宅遂旷焉。一日，大雪崩腾，寂无行旅。偶过其门，一少年出，丰采甚都。见生，趋与为礼，略致慰问，即屈降临。生爱悦之，慨然从入。屋宇都不甚广，处处悉悬锦幕，壁上多古人书画。案头书一册，签云[7]《琅嬛琐记》。翻阅一过，皆目所未睹。生以居单第，意为第主，即亦不审官阀[8]。少年细诘行踪，意怜之，劝设帐授徒。生叹曰：“羁旅之人，谁作曹丘[9]者？”少年曰：“倘不以驽骀[10]见斥，愿拜门墙[11]。”生喜，不敢当师，请为友。便问：“宅何久锢？”答曰：“此为单府，曩以公子乡居，是以久旷。仆皇甫氏，祖居陕，以家宅焚于野火，暂借安顿。”生始知非单。当晚，谈笑甚欢，即留共榻。昧爽[12]，即有僮子炽炭火于室。少年先起入内，生尚拥被坐。僮入，白：“太公来。”生惊

---

① 什袭——将物品重重叠叠包起来，意指珍藏。
② 明府——明代对郡守的尊称。
③ 羽化——道教徒成仙飞升称羽化，此戏指酒杯丢失。
④ 圣裔——孔子的后代。
⑤ 蕴藉——宽厚有涵养。
⑥ 天台——今浙江天台县。
⑦ 签云——书籍封面上的题字。
⑧ 官阀——官位和门第。
⑨ 曹丘——即曹丘生，汉初人，善推荐人。此指推荐人。
⑩ 驽骀(tái)——劣马。
⑪ 门墙——师门。
⑫ 昧爽——拂晓。

起。一叟入，鬓发皤然[①]，向生殷谢曰："先生不弃顽儿，遂肯赐教。小子初学涂鸦，勿以友故，行辈[②]视之也。"已而进锦衣一袭，貂帽、袜、履各一事[③]。视生盥栉[④]已，乃呼酒荐馔[⑤]。几、榻、裙、衣，不知何名，光彩射目。酒数行，叟兴辞[⑥]，曳杖而去。餐讫，公子呈课业，类皆古文词，并无时艺[⑦]，问之。笑云："仆不求进取也。"抵暮，更酌曰："今夕尽欢，明日便不许矣。"呼僮曰："视太公寝未？已寝，可暗唤香奴来。"僮去，先以绣囊将琵琶至。少顷，一婢入，红妆艳绝。公子命弹湘妃[⑧]。婢以牙拨[⑨]勾动，激扬哀烈，节拍不类夙闻。又命以巨觞[⑩]行酒，三更始罢。次日，早起共读。公子最惠，过目成咏，二三月后，命笔警绝。相约五日一饮，每饮必招香奴。一夕，酒酣气热，目注之。公子已会其意，曰："此婢乃为老父所豢养。兄旷邈无家，我夙夜代筹久矣。行当为君谋一佳耦[⑪]。"生曰："如果惠好，必如香奴者。"公子笑曰："君诚'少所见而多所怪'者矣。以此为佳，君愿亦易足也。"

居半载，生欲翱翔[⑫]郊郭，至门，则双扉外扃，问之。公子曰："家君恐交游纷意念，故谢客耳。"生亦安之。时盛暑溽[⑬]热，移斋[⑭]园亭。生胸间肿起如桃，一夜如碗，痛楚呻吟。公子朝夕省视，眠食都废。又数日，创剧，益绝食饮。太公亦至，相对太息。公子曰："儿前夜思先生清恙[⑮]，娇娜妹子能疗之。遣人于外祖处呼令归，何久不至？"俄，僮入白："娜姑至，姨与松姑同来。"父子疾趋入内。少间，引妹来视生。年约十三四，娇波流慧，细柳生姿。生望见颜色，嚬呻顿忘，精神为之一爽。公子便言："此兄

---

① 皤(pó)然——白的样子。
② 行辈——同辈人。
③ 一事——一件。
④ 盥栉(guàn zhì)——梳洗。
⑤ 荐馔——上菜。
⑥ 兴辞——起身告辞。
⑦ 时艺——明清科举时应试的八股文。
⑧ 湘妃——原指神话中舜的两个妃子娥皇、女英，此指乐曲名。
⑨ 牙拨——用象牙做成的拨弹乐器丝弦的工具。
⑩ 巨觞(shāng)——大酒杯。
⑪ 耦——通"偶"。
⑫ 翱翔——遨游。
⑬ 溽(rù)——湿润。
⑭ 斋——书房。
⑮ 清恙——对别人生病的婉称。

良友，不啻胞也，妹子好医之。”女乃敛羞容，揄[①]长袖，就榻诊视，把握之间，觉芳气胜兰。女笑曰：“宜有是疾，心脉动矣。然症虽危，可治；但肤块已凝，非伐皮削肉不可。”乃脱臂上金钏安患处，徐徐按下之。创突起寸许，高出钏外，而根际余肿，尽束在内，不似前如碗阔矣。乃一手启罗衿[②]，解佩刀，刃薄于纸，把钏握刃，轻轻附根而割。紫血流溢，沾染床席，而贪近娇姿，不惟不觉其苦，且恐速竣割事，偎傍不久。未几，割断腐肉，团团然如树上削下之瘿[③]。又呼水来，为洗割处。口吐红丸，如弹大，着肉上，按令旋转。才一周，觉热火蒸腾；再一周，习习作痒；三周已，遍体清凉，沁入骨髓。女收丸入咽，曰：“愈矣！”趋步出。生跃起走谢，沉痼若失，而悬想容辉，苦不自已。自是废卷痴坐，无复聊赖。公子已窥之，曰：“弟为兄物色，得一佳偶。”问：“何人？”曰：“亦弟眷属。”生凝思良久，但云：“勿须。”面壁吟曰：“曾经沧海难为水，除去巫山不是云。”公子会其指，曰：“家君仰慕鸿才，常欲附为婚姻。但止一少妹，齿太稚。有姨女阿松，年十八矣，颇不粗陋。如不见信，松姊日涉园亭，伺前厢，可望见之。”生如其教，果见娇娜偕丽人来，画黛弯蛾，莲钩蹴凤，与娇娜相伯仲[④]也。生大悦，请公子作伐[⑤]。公子翼日自内出，贺曰：“谐矣。”乃除别院，为生成礼。是夕，鼓吹阗咽[⑥]，尘落漫飞，以望中仙人，忽同衾幄[⑦]，遂疑广寒宫殿，未必在云霄矣。合卺之后，甚惬心怀。一夕，公子谓生曰：“切磋之惠，无日可以忘之。近单公子解讼归，索宅甚急，意将弃此而西，势难复聚，因而离绪萦怀。”生愿从之而去。公子劝还乡闾，生难之。公子曰：“勿虑，可即送君行。”无何，太公引松娘至，以黄金百两赠生。公子以左右手与生夫妇相把握，嘱闭眸勿视。飘然履空，但觉耳际风鸣，久之。曰：“至矣。”启目，果见故里，始知公子非人。喜叩家门，母出非望，又睹美妇，方共忻慰。及回顾，则公子逝矣。松娘事姑[⑧]孝，艳色贤名，声闻遐迩。

---

① 揄——挥。
② 罗衿(jīn)——罗衣下摆。
③ 瘿(yǐng)——树瘤。
④ 伯仲——兄为伯，弟为仲。
⑤ 作伐——做媒。
⑥ 阗咽(tián yīn)——乐声大起。
⑦ 衾幄——锦被与罗帐。
⑧ 姑——公婆。

后生举进士，授延安司李[①]，携家之任。母以道远不行。松娘举一男，名小宦。生以迕直指[②]，罢官，罣[③]碍不得归。偶猎郊野，逢一美少年，跨骊驹，频频瞻顾。细看，则皇甫公子也。揽辔停骖[④]，悲喜交至。邀生去，至一村，树木浓昏，荫翳天日。入其家，则金沤浮钉[⑤]，宛然世族。问妹子，则嫁；岳母，已亡。深相感悼。经宿别去，偕妻同返。娇娜亦至，抱生子掇提而弄[⑥]曰："姊姊乱吾种矣。"生拜谢曩德。笑曰："姊夫贵矣。创口已合，未忘痛耶？"妹夫吴郎，亦来拜谒。信宿[⑦]乃去。

一日，公子有忧色，谓生曰："天降凶殃，能相救否？"生不知何事，但锐自任。公子趋出，招一家俱入，罗拜堂上。生大骇，亟问。公子曰："余非人类，狐也。今有雷霆之劫。君肯以身赴难，一门可望生全；不然，请抱子而行，无相累。"生矢共生死。乃使仗剑于门，嘱曰："雷霆轰击，勿动也！"生如所教。果见阴云昼暝，昏黑如蟹[⑧]。回视旧居，无复闬闳[⑨]，惟见高冢岿然，巨穴无底。方错愕间，霹雳一声，摆簸山岳，急雨狂风，老树为拔。生目眩耳聋，屹不少动。忽于繁烟黑絮之中，见一鬼物，利喙长爪，自穴攫一人出，随烟直上。瞥睹衣履，念似娇娜。乃急跃离地，以剑击之，随手堕落。忽而崩雷暴裂，生仆，遂毙。少间，晴霁，娇娜已能自苏。见生死于旁，大哭曰："孔郎为我而死，我何生矣！"松娘亦出，共舁生归。娇娜使松娘捧其首，兄以金簪拨其齿，自乃撮其颐，以舌度红丸入，又接吻而呵之。红丸随气入喉，格格作响。移时，醒然而苏。见眷口满前，恍如梦寤。于是一门团圞[⑩]，惊定而喜。生以幽旷不可久居，议同旋里。满堂交赞，惟娇娜不乐。生请与吴郎俱，又虑翁媪不肯离幼子，终日议不果。忽吴家一小奴，汗流气促而至。惊致研诘，则吴郎家亦同日遭劫，一门俱没。娇娜顿足悲伤，涕不可止。共慰劝之。而同归之计遂决。生入城，勾当数日，遂

---

① 延安司李——延安府推官。
② 直指——"直指使"略称，类似于御史。
③ 罣(guà)——羁留。
④ 骖——泛指马。
⑤ 金沤(ōu)浮钉——指大门上的装饰物。
⑥ 弄——逗弄。
⑦ 信宿——住两天。
⑧ 蟹(yī)——黑石。
⑨ 闬闳(hàn hóng)——里巷门。
⑩ 团圞(luán)——团圆。

连夜趣装①。既归，以闲园寓公子，恒反关之；生及松娘至，始发扃。生与公子兄妹，棋酒谈宴，若一家然。小宦长成，貌韶秀，有狐意，出游都市，共知为狐儿也。

异史氏曰："余于孔生，不羡其得艳妻，而羡其得腻友②也。观其容可以忘饥，听其声可以解颐③。得此良友，时一谈宴，则'色授魂与'④，尤胜于'颠倒衣裳'⑤矣。"

僧　孽

张姓暴卒，随鬼使①去，见冥王②。王稽簿，怒鬼使误捉，责令送。张下，私浼③鬼使，求观冥狱④。鬼导历九幽⑤，刀山、剑树，一一指点。末至一处，有一僧孔股穿绳而倒悬之，号痛欲绝。近视，则其兄也。张见之惊哀，问："何罪至此？"鬼曰："是为僧，广募金钱，悉供淫赌，故罚之。欲脱此厄，须其自忏。"张既苏，疑兄已死。时其兄居兴福寺⑥，因往探之。入门，便闻其号痛声。入室，见疮生股间，脓血崩溃，挂足壁上，宛冥司倒悬状。骇问其故。曰："挂之稍可，不则痛彻心腑。"张因告以所见。僧大骇，乃戒荤酒，虔诵经咒。半月寻愈，遂为戒僧。

异史氏曰："鬼狱渺茫，恶人每以自解；而不知昭昭⑦之祸，即冥冥⑧之罚也。可勿惧哉！"

---

① 趣(cù)装——急忙准备行装。
② 腻友——美丽亲密的女友。
③ 解颐——开口笑状。
④ 色授魂与——男女精神恋爱。
⑤ 颠倒衣裳——暗指男女性生活。
① 鬼使——迷信传说中到人世摄人魂魄的鬼卒。
② 冥王——传说中的阎罗王。
③ 浼——央求。
④ 冥狱——地狱。
⑤ 九幽——九泉之下。
⑥ 兴福寺——佛寺，今位于淄博境内。
⑦ 昭昭——人世，阳世。
⑧ 冥冥——阴曹、地府。

妖　术

于公者，少任侠，喜拳勇，力能持高壶①，作旋风舞。崇祯②间，殿试③在都，仆疫不起，患之。会市上有善卜者，能决人生死，将代问之。既至，未言。卜者曰："君莫欲问仆病乎？"公骇应之。曰："病者无害，君可危。"公乃自卜。卜者起卦，愕然曰："君三日当死！"公惊诧良久。卜者从容曰："鄙人有小术，报我十金，当代禳④之。"公自念，生死已定，术岂能解，不应而起，欲出。卜者曰："惜此小费，勿悔勿悔！"爱公者皆为公惧，劝罄橐以哀之。公不听。

倏忽至三日，公端坐旅舍，静以觇之，终日无恙。至夜，阖户挑灯，倚剑危坐。一漏向尽，更无死法。意欲就枕，忽闻窗隙窣窣有声。急视之，一小人荷戈入，及地，则高如人。公捉剑起，急击之，飘忽未中。遂遽小，复寻窗隙，意欲遁去。公疾斫之，应手而倒。烛之，则纸人，已腰断矣。公不敢卧，又坐待之。逾时，一物穿窗入，怪狞如鬼，才及地，急击之，断而为两，皆蠕动。恐其复起，又连击之，剑剑皆中，其声不耎。审视，则土偶，片片已碎。于是移坐窗下，目注隙中。久之，闻窗外如牛喘，有物推窗棂，房壁震摇，其势欲倾。公惧覆压，计不如出而斗之，遂劃然⑤脱扃，奔而出。见一巨鬼，高与檐齐。昏月中，见其面黑如煤，眼闪烁有黄光，上无衣，下无履，手弓而腰矢。公方骇，鬼则弯⑥矣。公以剑拨矢，矢堕，欲击之，则又关矣。公急跃避，矢贯于壁，战战有声。鬼怒甚，拔佩刀，挥如风，望公力劈。公猱进⑦，刀中庭石，石立断。公出其股间，削鬼中踝，铿然有声。鬼益怒，吼如雷，转身复剁。公又伏身入；刀落，断公裙。公已及胁下，猛斫之，亦铿然有声，鬼仆而僵。公乱击之，声硬如柝⑧。烛之，则一木偶，

---

① 高壶——一种锻炼臂力的器械，又称"壶铃"。
② 崇祯——明思宗朱由检的年号。
③ 殿试——廷试，举人进京参加会考。
④ 禳——驱除。
⑤ 劃(huò)然——猛力拔关开门的声音。
⑥ 弯——拉弓射箭。
⑦ 猱(náo)进——似猿一样敏捷进入。
⑧ 柝(tuò)——木梆。

高大如人。弓矢尚缠腰际,刻画狰狞;剑击处,皆有血出。公因秉烛待旦,方悟鬼物皆卜人遣之,欲致人于死,以神其术也。

次日,遍告交知,与共诣卜所。卜人遥见公,瞥不可见。或曰:"皆翳形术也,犬血可破。"公如言,戒备而往。卜人又匿如前。急以犬血沃立处,但见卜人头面,皆为犬血模糊,且灼灼如鬼立,乃执付有司而杀之。

异史氏曰:"尝谓买卜为一痴。世之讲此道而不爽[1]于生死者几人?卜之而爽,犹不卜也。且即明明告我以死期之至,将复如何?况借人命以神其术者,其可畏尤甚耶!"

野 狗

于七之乱[2],杀人如麻。乡民李化龙,自山中窜归。值大兵宵进,恐罹炎昆之祸[3],急无所匿,僵卧于死人之丛,诈作尸。兵过既尽,未敢遽出。忽见阙[4]头断臂之尸,起立如林。内一尸,断首犹连肩上,口中作语曰:"野狗子来,奈何?"群尸参差而应曰:"奈何!"俄顷,蹶然尽倒,遂寂无声。李方惊颤欲起,有一物来,兽首人身,伏啮人首,遍吸其脑。李惧,匿首尸下。物来拨李肩,欲得李首。李力伏,俾不可得。物乃推覆尸而移之,首见。李大惧,手索腰下,得巨石如碗,握之。物俯身欲龁。李骤起,大呼,击其首,中嘴。物嗥如鸮[5],掩口负痛而奔,吐血道上。就视之,于血中得二齿,中曲而端锐,长四寸余。怀归以示人,皆不知其何物也。

---

① 爽——差错、过失。
② 于七之乱——指清初发生在山东半岛由于七领导的一次大规模反清暴动,长达 15 年(1648—1662)之久。
③ 炎昆之祸——玉石俱焚之祸。
④ 阙——通"缺"。
⑤ 鸮——猫头鹰。

三　生

刘孝廉[①]，能记前身事[②]。与先文贲兄[③]为同年，尝历历言之：一世为缙绅[④]，行多玷。六十二岁而殁。初见冥王，待如乡先生[⑤]礼，赐坐，饮以茶。觑冥王盏中，茶色清彻；己盏中，浊如醪[⑥]。暗疑迷魂汤得勿此耶？乘冥王他顾，以盏就案角泻之，伪为尽者。俄顷，稽前生恶录；怒，命群鬼捽下，罚作马。即有厉鬼絷去。行至一家，门限甚高，不可逾。方趑趄间，鬼力楚[⑦]之，痛甚而蹶。自顾，则身已在枥下矣。但闻人曰："骊马生驹矣，牡也。"心甚明了，但不能言。觉大馁，不得已，就牝马求乳。逾四五年，体修伟，甚畏挞楚，见鞭则惧而逸。主人骑，必覆障泥，缓辔徐徐，犹不甚苦。惟奴仆圉人[⑧]，不加鞯装[⑨]以行，两踝夹击，痛彻心腑。于是愤甚，三日不食，遂死。

至冥司，冥王查其罚限未满，责其规避，剥其皮革，罚为犬。意懊丧，不欲行。群鬼乱挞之，痛极而窜于野。自念不如死，愤投绝壁，颠莫能起。自顾，则身伏窦中，牝犬舐而腓字[⑩]之，乃知身已复生于人世矣。稍长，见便液亦知秽；然嗅之而香，但立念不食耳。为犬经年，常忿欲死，又恐罪其规避。而主人又豢养，不肯戮。乃故啮主人，脱股肉。主人怒，杖杀之。

冥王鞫状[⑪]，怒其狂猘[⑫]，笞数百，俾作蛇。囚于幽室，暗不见天。闷甚，缘壁而上，穴屋而出。自视，则伏身茂草，居然蛇矣。遂矢志不残生类，饥吞木实。积年余，每思自尽不可，害人而死又不可；欲求一善死之策

① 孝廉——举人。
② 前身事——前生的经历。
③ 先文贲兄——作者族兄蒲兆昌。
④ 缙绅——退职，乡居官员。
⑤ 乡先生——乡中有德望致仕后隐居的士大夫。
⑥ 醪(láo)——浊酒。
⑦ 楚——刑杖，由荆木做成。
⑧ 圉(yǔ)人——马佚。
⑨ 鞯装——骑具。
⑩ 腓(féi)字——爱抚喂养。
⑪ 鞫(jū)状——审问罪状。
⑫ 猘(zhì)——狂犬。

而未得也。一日,卧草中,闻过车,遽出当路;车驰压之,断为两。

冥王讶其速至,因蒲伏自剖[①]。冥王以无罪见杀,原之,准其满限复为人,是为刘公。公生而能言,文章书史,过辄成诵。辛酉[②]举孝廉,每劝人:乘马必厚其障泥,股夹之刑,胜于鞭楚也。

异史氏曰:“毛角之俦[③],乃有王公大人在其中。所以然者,王公大人之内,原未必无毛角者在其中也。故贱者为善,如求花而种其树;贵者为善,如已花而培其木;种者可大,培者可久。不然,且将负盐车,受羁馽[④],与之为马[⑤];不然,且将啖便液,受烹割,与之为犬;又不然,且将披鳞介,葬鹤鹳[⑥],与之为蛇。”

狐　入　瓶

万村石氏之妇,祟[⑦]于狐,患之,而不能遣。扉后有瓶,每闻妇翁来,狐辄遁匿其中。妇窥之熟,暗计而不言。一日,窜入,妇急以絮塞其口,置釜中,燂汤[⑧]而沸之。瓶热,狐呼曰:“热甚!勿恶作剧。”妇不语。号益急,久之无声。拔塞而验之,毛一堆,血数点而已。

鬼　哭

谢迁之变[⑨],宦第皆为贼窟。王学使七襄[⑩]之宅,盗聚尤众。城破兵入,扫荡群丑,尸填墀[⑪],血至充门而流。公入城,扛尸涤血而居。往往白

① 剖——表白。
② 辛酉——指明熹宗天启元年(1631 年)。
③ 俦——类、群。
④ 受羁馽(zhí)——受束缚控制。
⑤ 与之为马——让他变成马。
⑥ 葬鹤鹳——葬身鹤、鹳之腹。
⑦ 祟——鬼神带给人的灾患。
⑧ 燂(tán)汤——烧热水。
⑨ 谢迁之变——指清初谢迁领导的一次农民起义。
⑩ 王学使七襄——学使,官名;王七襄,即王昌胤。
⑪ 墀(chí)——台阶上面的空地。

昼见鬼；夜则床下磷飞[①]，墙角鬼哭。

一日，王生皞迪，寄宿公家，闻床底小声连呼："皞迪！皞迪！"已而声渐大，曰："我死得苦！"因哭，满庭皆哭。公闻，仗剑而入，大言曰："汝不识我王学院耶？"但闻百声嗤嗤，笑之以鼻。公于是设水陆道场[②]，命释道忏度之。夜抛鬼饭，则见燐火营营，随地皆出。先是，阍人王姓者疾笃[③]，昏不知人者数日矣。是夕，忽欠伸若醒。妇以食进。王曰："适主人不知何事，施饭于庭，我亦随众啗噉[④]。食已方归，故不饥耳。"由此鬼怪遂绝。岂钹铙钟鼓[⑤]，焰口瑜伽[⑥]，果有益耶？

异史氏曰："邪怪之物，惟德可以已之。当陷城之时，王公势正烜赫，闻声者皆股栗；而鬼且揶揄之，想鬼物逆知其不令终耶？普告天下大人先生：出人面犹不可以吓鬼，愿无出鬼面以吓人也！"

真　定　女

真定[⑦]界，有孤女，方六七岁，收养于夫家。相居一二年，夫诱与交而孕。腹膨膨而以为病也，告之母。母曰："动否？"曰："动。"又益异之。然以其齿太稚，不敢决。未几，生男。母叹曰："不图拳母，竟生锥儿[⑧]！"

焦　　螟

董侍读默庵[⑨]家，为狐所扰，瓦砾砖石，忽如雹落。家人相率奔匿，待

---

① 磷飞——鬼火飞动。
② 水陆道场——原为佛教徒举办的法会，后演变为民间为超度亡灵而举办的一种仪式。
③ 疾笃——病重。
④ 啗噉(dàn dàn)——吃。
⑤ 钹铙(bó náo)钟鼓——水陆法会上使用的四种打击乐器。
⑥ 焰口瑜伽——焰口，佛经中饿鬼名；瑜伽，指密宗僧侣。此指作佛事、超度亡灵。
⑦ 真定——旧县名，今河北正定县。
⑧ 不图拳母，竟生锥儿——想不到拳头大的母亲，竟生下锥子大的儿子。
⑨ 董侍读默庵——即董讷，字默庵，曾官至侍读学士。

其间歇，乃敢出操作。公患之，假怍庭孙司马[①]第移避之，而狐扰犹故。一日，朝中待漏[②]，适言其异。大臣或言：关东[③]道士焦螟，居内城，总持敕勒之术[④]，颇有效。公造庐而请之。道士朱书符[⑤]，使归粘壁上。狐竟不惧，抛掷有加焉。公复告道士。道士怒，亲诣[⑥]公家，筑坛作法。俄见一巨狐，伏坛下。家人受虐已久，衔恨綦[⑦]深，一婢近击之。婢忽仆地气绝。道士曰："此物猖獗，我尚不能遽服之，女子何轻犯尔尔[⑧]。"既而曰："可借鞫狐词，亦得[⑨]。"戟指[⑩]咒移时，婢忽起，长跪。道士诘其里居。婢作狐言："我西域产，入都者一十八辈。"道士曰："辇毂下[⑪]，何容尔辈久居？可速去！"狐不答。道士击案怒曰："汝欲梗吾令耶？再若迁延，法不汝宥！"狐乃蹙怖作色，愿谨奉教。道士又速之。婢又仆绝，良久始甦。俄见白块四五团，滚滚如毬，附檐际而行，次第追逐，顷刻俱去。由是遂安。

叶 生

淮阳[⑫]叶生者，失其名字。文章词赋，冠绝当时，而所如不偶[⑬]，困于名场[⑭]。会关东丁乘鹤来令是邑，见其文，奇之；召与语，大悦。使即官署，受灯火[⑮]；时赐钱谷恤其家。值科试，公游扬于学使[⑯]，遂领冠军。公

---

① 怍庭孙司马——即孙光祀，字溯玉，号祚庭，曾官至司马。
② 待漏——等待早朝。
③ 关东——泛指山海关以外的东三省地区。
④ 总持敕勒之术——主管道教的符法之事。
⑤ 朱书符——用朱砂画符。
⑥ 诣——到。
⑦ 綦——极。
⑧ 尔尔——如此。
⑨ 亦得——也是个办法。
⑩ 戟指——以食指、中指指点，类戟状。
⑪ 辇毂(gǔ)下——皇帝车驾下。
⑫ 淮阳——今河南东部。
⑬ 不偶——运气不好。
⑭ 名场——科举考场。
⑮ 受灯火——提供照明费用。
⑯ 学使——提督学政。

期望綦切。闱后[①]，索文读之，击节称叹。不意时数限人，文章憎命[②]，榜既放，依然铩羽[③]。生嗒丧[④]而归，愧负知己，形销骨立，痴若木偶。公闻，召之来而慰之。生零涕不已。公怜之，相期考满入都[⑤]，携与俱北。生甚感佩，辞而归，杜门不出。

无何，寝疾。公遗问不绝。而服药百裹[⑥]，殊罔所效。公适以忤上官免，将解任去，函致生，其略云："仆东归有日，所以迟迟者，待足下耳。足下朝至，则仆夕发矣。"传之卧榻，生持书啜泣，寄语来使："疾革难遽瘥[⑦]，请先发。"使人返白，公不忍去，徐待之。逾数日，门者忽通叶生至。公喜，逆而问之。生曰："以犬马病，劳夫子久待，万虑不宁。今幸可从杖履[⑧]。"公乃束装戒旦[⑨]。抵里，命子师事生，夙夜与俱。公子名再昌，时年十六，尚不能文，然绝慧，凡文艺三两过，辄无遗忘。居之期岁[⑩]，便能落笔成文。益之公力，遂入邑庠[⑪]。生以生平所拟举子业[⑫]，悉录授读。闱中七题[⑬]，并无脱漏，中亚魁[⑭]。公一日谓生曰："君出馀绪[⑮]，遂使孺子成名。然黄钟长弃[⑯]奈何？"生曰："是殆有命。借福泽为文章吐气，使天下人知半生沦落，非战之罪[⑰]也，愿亦足矣。且士得一人知己，可无憾，何必抛却白纻，乃谓之利市[⑱]哉。"公以其久客，恐误岁试，劝令归省。生惨然不乐。

---

① 闱后——秋闱(乡试)之后。
② 文章憎命——好文章会妨碍命运。
③ 铩(shā)羽——鸟羽凌落，喻指落榜。
④ 嗒(tà)丧——沮丧。
⑤ 考满入都——明清两代地方官员任职一定期限后，经考核政绩，或留任，或迁调，或降职，或革职。
⑥ 百裹——一百副。
⑦ 疾革(jí)难遽瘥(chài)——病重难以速愈。
⑧ 从杖履——随侍身边。
⑨ 戒旦——准备早起。
⑩ 期(jī)岁——满一年。
⑪ 邑庠——县学。
⑫ 举子业——八股文。
⑬ 闱中七题——明清乡试、会试的头场试题多半是七题。
⑭ 亚魁——乡试第二名。
⑮ 馀绪——残余部分。
⑯ 黄钟长弃——喻贤才之士久被埋没。
⑰ 非战之罪——命不好，非人力所为。
⑱ 利市——经商获利、发迹。

公不忍强，嘱公子至都，为之纳粟。公子又捷南宫[①]，授部中主政[②]。携生赴监，与共晨夕。逾岁，生入北闱[③]，竟领乡荐[④]。会公子差南河典务[⑤]，因谓生曰："此去离贵乡不远。先生奋迹云霄，锦还为快。"生亦喜，择吉就道。抵淮阳界，命仆马送生归。

归见门户萧条，意甚悲恻。逡巡至庭中，妻携簸具以出，见生，掷具骇走。生凄然曰："我今贵矣。三四年不觌[⑥]，何遂顿不相识？"妻遥谓曰："君死已久，何复言贵？所以久淹君柩者，以家贫子幼耳。今阿大亦已成立，将卜窀穸[⑦]，勿作怪异吓生人。"生闻之，怃然惆怅，逡巡入室，见灵柩俨然，扑地而灭。妻惊视之，衣冠履舄[⑧]如脱委焉。大恸，抱衣悲哭。子自塾中归，见结驷于门，审所自来，骇奔告母。母挥涕告诉。又细询从者，始得颠末。从者返，公子闻之，涕堕垂膺。即命驾哭诸其室，出橐营丧，葬以孝廉礼。又厚遗其子，为延师教读。言于学使，逾年游泮[⑨]。

异史氏曰："魂从知己，竟忘死耶？闻者疑之，余深信焉。同心倩女，至离枕上之魂[⑩]；千里良朋，犹识梦中之路[⑪]。而况茧丝蝇迹，呕学士之心肝；流水高山，通我曹之性命者哉！嗟乎！遇合难期，遭逢不偶。行踪落落，对影长愁；傲骨嶙嶙，搔头自爱。叹面目之酸涩，来鬼物之揶揄。频居康了之中，则须发之条条可丑；一落孙山之外，则文章之处处皆疵。古今痛哭之人，卞和[⑫]惟尔；颠倒逸群之物，伯乐[⑬]伊谁？抱刺于怀，三年灭字；侧身以望，四海无家。人生世上，只须合眼放步，以听造物之低昂而已。天下之昂藏[⑭]沦落如叶生其人者，亦复不少，顾安得令威[⑮]复来，而生死从

---

① 捷南宫——考中进士。
② 部中主政——中央六部之一的主事。
③ 北闱——在北京举行的乡试。
④ 乡荐——考中举人。
⑤ 南河典务——南河河道办理公务。
⑥ 觌——见面，通"睹"。
⑦ 卜窀穸（zhūn xī）——选择墓地。
⑧ 履舄——鞋子。
⑨ 游泮——考中秀才。
⑩ 同心倩女，至离枕上之魂——典出《离魂记》，指知心情侣可离魂相随。
⑪ 千里良朋，犹识梦中之路——指真挚的友谊可使远方的朋友在梦中相会。
⑫ 卞和——相传春秋时楚人卞和献和氏璧于楚王，楚王不识货而刑罚献璧人。
⑬ 伯乐——春秋时秦人，善识马。
⑭ 昂藏——气概不凡。
⑮ 令威——指淮阳县令丁令威，学道成仙，升天而去。

之也哉？噫！”

四十千

新城[①]王大司马，有主计仆[②]，家称素封。忽梦一人奔入，曰：“汝欠四十千[③]，今宜还矣。”问之，不答，径入内去。既醒，妻产男。知为夙孽[④]，遂以四十千捆置一室，凡儿衣食病药，皆取给焉。过三四岁，视室中钱，仅存七百。适乳媪抱儿至，调笑于侧。因呼之曰：“四十千将尽，汝宜行矣。”言已，儿忽颜色蹙变，项折目张。再抚之，气已绝矣。乃以馀资置葬具而瘗[⑤]之。此可为负欠者戒也。

昔有老而无子者，问诸高僧。僧曰：“汝不欠人者，人又不欠汝者，乌得子？”盖生佳儿，所以报我之缘；生顽儿，所以取我之债。生者勿喜，死者勿悲也。

成仙

文登[⑥]周生，与成生少共笔砚，遂订为杵臼交[⑦]。而成贫，故终岁常依周。以齿则周为长，呼周妻以嫂。节序登堂，如一家焉。周妻生子，产后暴卒。继聘王氏。成以少故，未尝请见之也。一日，王氏弟来省姊，宴于内寝。成适至。家人通白，周坐命邀之。成不入，辞去。周移席外舍，追之而还。甫坐，即有人白别业[⑧]之仆，为邑宰重笞者。先是，黄吏部家牧佣，牛蹊[⑨]周田，以是相诟，牧佣奔告主，捉仆送官，遂被笞责。周诘得其

---

① 新城——旧县名，今山东桓台县。
② 主计仆——管家。
③ 四十千——旧时以文计算铜钱，一千文为一贯或一吊；四十千即四十贯或四十吊。
④ 夙孽——极深的前世罪孽果报。
⑤ 瘗——埋葬。
⑥ 文登——今山东文登县。
⑦ 杵臼交——不计贫富贵贱的朋友。
⑧ 别业——别墅。
⑨ 蹊——践越，穿行。

故，大怒曰："黄家牧猪奴，何敢尔！其先世为大父服役；促得志，乃无人耶！"气填吭臆①，忿而起，欲往寻黄。成捺而止之，曰："强梁世界，原无皂白。况今日官宰半强寇不操矛弧者耶？"周不听。成谏止再三，至泣下，周乃止。怒终不释，转侧达旦，谓家人曰："黄家欺我，我仇也，姑置之。邑令为朝廷官，非势家官，纵有互争，亦须两造②，何至如狗之随嗾③者？我亦呈治其佣，视彼将何处分。"家人悉怂恿④之，计遂决。具状赴宰，宰裂而掷之。周怒，语侵宰。宰惭恚⑤，因逮系之。

辰⑥后，成往访周，始知入城讼理。急奔劝止，则已在囹圄⑦矣。顿足无所为计。时获海寇三名，宰与黄赂嘱之，使捏周同党。据词申黜顶衣⑧，搒掠⑨酷惨。成入狱，相顾凄酸，谋叩阙⑩。周曰："身系重犴⑪，如鸟在笼；虽有弱弟⑫，止足供囚饭耳。"成锐身自任，曰："是予责也。难而不急，乌用友也！"乃行。周弟赆⑬之，则去已久矣。至都，无门入控。相传驾将出猎，成预隐木市中；俄驾过，伏舞哀号，遂得准。驿送而下，着部院审奏。时阅十月余，周已诬服论辟⑭。院接御批，大骇，复提躬谳⑮。黄亦骇，谋杀周。因赂监者，绝其食饮；弟来馈问，苦禁拒之。成又为赴院声屈，始蒙提问。业已饥饿不起，院台怒，杖毙监者。黄大怖，纳数千金，嘱为营脱，以是得朦胧题免。宰以枉法拟流⑯。周放归，益肝胆成。

成自经讼系，世情尽灰，招周偕隐。周溺少妇，辄迂笑之。成虽不言，而意甚决，别后，数日不至。周使探诸其家，家人方疑其在周所。两无所见，始疑。周心知其异，遣人踪迹之，寺观壑谷，物色殆遍。时以金帛恤其

---

① 吭臆——气愤填膺。
② 两造——原告和被告。
③ 嗾(sǒu)——指挥狗咬人的声音。
④ 怂恿——怂恿。
⑤ 恚——气愤。
⑥ 辰——上午七点至九点。
⑦ 囹圄(líng yǔ)——牢狱。
⑧ 申黜顶衣——申请革去周生的功名。
⑨ 搒掠——拷打。
⑩ 叩阙——告御状。
⑪ 重犴(chóng àn)——牢狱深处。
⑫ 弱弟——幼弟。
⑬ 赆(jìn)——赠送路费。
⑭ 辟——死刑。
⑮ 复提躬谳(yàn)——亲自重审案犯。
⑯ 流——流刑，流放。

子。又八九年，成忽自至，黄巾氅服①，岸然道貌。周喜把臂曰："君何往，使我寻欲遍？"笑曰："孤云野鹤，栖无定所。别后幸复顽健。"周命置酒，略道间阔②，欲为变易道装。成笑不语。周曰："愚哉！何弃妻孥犹敝屣也？"成笑曰："不然。人将弃予，其何人之能弃。"问所栖止，答在劳山之上清宫。既而抵足寝，梦成裸伏胸上，气不得息。讶问何为，殊不答。忽惊而寤，呼成不应；坐而索之，杳然不知所往。定移时，始觉在成榻，骇曰："昨不醉，何颠倒至此耶！"乃呼家人。家人火之，俨然成也。周固多髭，以手自捋，则疎无几茎。取镜自照，讶曰："成生在此，我何往？"已而大悟，知成以幻术招隐。意欲归内，弟以其貌异，禁不听前。周亦无以自明，即命仆马往寻成。数日，入劳山。马行疾，仆不能及。休止树下，见羽客③往来甚众。内一道人目周，周因以成问。道士笑曰："耳其名矣，似在上清。"言已，径去。周目送之，见一矢之外，又与一人语，亦不数言而去。与言者渐至，乃同社生④。见周，愕曰："数年不晤，人以君学道名山，今尚游戏人间耶？"周述其异。生惊曰："我适遇之，而以为君也。去无几时，或当不远。"周大异，曰："怪哉！何自己面目觌面而不之识？"仆寻至，急驰之，竟无踪兆。一望寥阔，进退难以自主。自念无家可归，遂决意穷追。而怪险不复可骑，遂以马付仆归，迤逦⑤自往。遥见一童独坐，趋近问程，且告以故。童自言为成弟子，代荷衣粮，导与俱行。星饭露宿，逴⑥行殊远，三日始至，又非世之所谓上清。时十月中，山花满路，不类初冬。童入报客，成即遽出，始认己形。执手入，置酒宴语。见异彩之禽，驯人不惊，声如笙簧，时来鸣于座上。心甚异之。然尘俗念切，无意留连。地下有蒲团二，曳与并坐。至二更后，万虑俱寂，忽似瞥然一盹，身觉与成易位。疑之，自捋颔下，则于思者如故矣。既曙，浩然思返。成固留之。越三日，乃曰："乞少寐息，早送君行。"甫交睫，闻成呼曰："行装已具矣。"遂起从之。

所行殊非旧途。觉无几时，里居已在望中。成坐候路侧，俾自归。周强之不得，因踽踽至家门。叩不能应。思欲越墙，觉身飘似叶，一跃已过。

---

① 黄巾氅(chǎng)服——道士装束。
② 间阔——久别之情。
③ 羽客——道士的美称。
④ 同社生——社学时的同学。
⑤ 迤逦(yǐ lǐ)——通"迤逦"，曲折连绵。
⑥ 逴(chuò)行——高一步低一步地走。

凡逾数重垣，始抵卧室。灯烛荧然，内人未寝，哝哝与人语。舐窗以窥，则妻与一厮仆同杯饮，状甚狎亵。于是怒火如焚，计将掩执，又恐孤力难胜，遂潜身脱扃而出，奔告成，且乞为助。成慨然从之，直抵内寝。周举石挝门，内张皇甚；擂愈急，内闭益坚。成拨以剑，划然顿辟。周奔入，仆冲户而走。成在门外，以剑击之，断其肩臂。周执妻拷讯，乃知被收时即与仆私。周借剑决其首，罥肠庭树间，乃从成出，寻途而返。蓦然忽醒，则身在卧榻，惊而言曰："怪梦参差，使人骇惧！"成笑曰："梦者兄以为真，真者乃以为梦。"周愕而问之。成出剑示之，溅血犹存。周惊怛[①]欲绝，窃疑成诪张为幻[②]。成知其意，乃促装送之归。荏苒至里门，乃曰："畴昔之夜，倚剑而相待者，非此处耶！吾厌见恶浊，请还待君于此；如过晡[③]不来，予自去。"周至家，门户萧索，似无居人，还入弟家。弟见兄，双泪遽堕，曰："兄去后，盗夜杀嫂，刳肠去，酷惨可悼。于今官捕未获。"周如梦醒，因以情告，戒勿究。弟错愕良久。周问其子，乃命老媪抱至。周曰："此襁褓物[④]，宗绪所关[⑤]，弟好视之。兄欲辞人世矣。"遂起，径出。弟涕泗追挽，笑行不顾。至野外，见成，与俱行。遥回顾曰："忍事最乐。"弟欲有言，成阔袖一举，即不可见。怅立移时，痛哭而返。

周弟朴拙，不善治家人生产，居数年，家益贫。周子渐长，不能延师，因自教读。一日，早至斋，见案头有函书，缄封甚固，签题"仲氏启[⑥]"。审之，为兄迹；开视，则虚无所有，只见爪甲一枚，长二指许。心怪之，以甲置砚上，出问家人所自来，并无知者。回视，则砚石灿灿，化为黄金，大惊，以试铜铁，皆然。由此大富。以千金赐成氏子，因相传两家有点金术[⑦]云。

---

① 怛（dá）——忧伤，悲苦。
② 诪（zhōu）张为幻——施弄幻术骗人。
③ 晡（bū）——申时，下午三点至五点。
④ 襁褓物——乳婴。
⑤ 宗绪所关——关联宗族的延续。
⑥ 仲氏启——二弟启。
⑦ 点金术——道教所谓点化他物成金银的法术。

新　郎

江南[1]梅孝廉耦长，言其乡孙公，为德州宰[2]，鞫一奇案。

初，村人有为子娶妇者，新人入门，戚里毕贺。饮至更余，新郎出，见新妇炫装，趋转舍后，疑而尾之。宅后有长溪，小桥通之。见新妇渡桥径去，益疑。呼之不应。遥以手招婿。婿急趁之，相去盈尺，而卒不可及。行数里，入村落。妇止，谓婿曰："君家寂寞，我不惯住。请与郎暂居妾家数日，便同归省。"言已，抽簪叩扉，轧然有女童出应门。女先入。不得已，从之。既入，则岳父母俱在堂上。谓婿曰："我女少娇惯，未尝一刻离膝下，一旦去故里，心辄戚戚。今同郎来，甚慰系念。居数日，当送两人归。"乃为除室，床褥备具，遂居之。

家中客见新郎久不至，共索之。室中惟新妇在，不知婿之所往。由此遐迩访问，并无耗息。翁媪零涕，谓其必死。将半载，妇家悼女无偶，遂请于村人父，欲别醮女[3]。村人父益悲，曰："骸骨衣裳无可验证，何知吾儿遂为异物[4]？纵其奄丧，周岁而嫁当亦未晚，胡为如是急也？"妇父益衔之，讼于庭。孙公怪疑，无所措力，断令待以三年，存案遣去。

村人子居女家，家人亦大相忻待。每与妇议归，妇亦诺之，而因循不即行。积半年余，中心徘徊，万虑不安。欲独归，而妇固留之。一日，合家惶遽，似有急难。仓卒谓婿曰："本拟三二日遣夫妇偕归，不意仪装未备，忽遘闵凶[5]；不得已，即先送郎还。"于是送出门，旋踵急返，周旋言动，颇甚草草。方欲觅途行，回视院宇无存，但见高冢。大惊，寻路急归。至家，历言端末，因与投官陈诉。孙公拘妇父谕之，送女于归[6]，始合卺焉。

---

① 江南——清代泛指今江苏、安徽省地区。
② 德州宰——今山东德州市；宰，州县长官通称。
③ 醮(jiào)女——已婚妇女再嫁。
④ 异物——死的婉转说法。
⑤ 忽遘闵凶——遘，遭遇；忽遇忧患。
⑥ 于归——本指女子出嫁，此指重返夫家。

灵　官

朝天观[①]道士某，喜吐纳之术[②]。有翁假寓观中，适同所好，遂为玄友[③]。居数年，每至郊祭[④]时，辄先旬日而去，郊后乃返。道士疑而问之。翁曰："我两人莫逆，可以实告：我狐也。郊期至，则诸神清秽，我无所容，故行遁耳。"又一年，及期而去，久不复返。疑之。一日忽至，因问其故。答曰："我几不复见子矣！曩欲远避，心颇怠，视阴沟甚隐，遂潜伏卷瓮下。不意灵官[⑤]粪除至此，瞥为所睹，愤欲加鞭。余惧而逃。灵官追逐甚急。至黄河上，濒将及矣。大窘无计，窜伏溷中。神恶其秽，始返身去。既出，臭恶沾染，不可复游人世，乃投水自濯讫。又蛰隐穴中几百日，垢浊始净。今来相别，兼以致嘱：君亦宜隐身他去，大劫将来，此非福地也。"言已，辞去。道士依言别徙。未几而有甲申之变[⑥]。

王　兰

利津[⑦]王兰暴病死。阎王覆勘，乃鬼卒之误勾也。责送还生，则尸已败。鬼惧罪，谓王曰："人而鬼也则苦，鬼而仙也则乐。苟乐矣，何必生？"王以为然。鬼曰："此处一狐，金丹成矣。窃其丹吞之，则魂不散，可以长存。但凭所之，罔不如意。子愿之否？"王从之。鬼导去，入一高第，见楼阁渠然[⑧]，而悄无一人。有狐在月下，仰首望空际。气一呼，有丸自口中出，直上入于月中；一吸，辄复落，以口承之，则又呼之，如是不已。鬼潜伺

---

① 朝天观——指北京朝天宫，今已不存。

② 吐纳之术——原是中国古代的一种养生术，后被道教用作修炼成仙的法术之一。

③ 玄友——道友。

④ 郊祭——古代帝王祭祀天地的一种典礼。

⑤ 灵官——即王灵官，相传宋代人，名善，死后被玉皇大帝封为执掌上天、人间纠察之职的"先天主将"。

⑥ 甲申之变——指明崇祯十七年(1644 年)，李自成入京、明朝灭亡和清军入关。

⑦ 利津——今山东利津县。

⑧ 渠然——高大深广状。

其侧，俟其吐，急掇[①]于手，付王吞之。狐惊，盛气相向。见二人在，恐不敌，愤恨而去。王与鬼别，至其家。妻子见之，咸惧却走。王告以故，乃渐集。由此在家，寝处如平时。

其友张姓者，闻而省之，相见话温凉。因谓张曰："我与若家夙贫，今有术，可以致富。子能从我游乎？"张唯唯。曰："我能不药而医，不卜而断。我欲现身，恐识我者相惊以怪。附子而行，可乎？"张又唯唯。于是即日趣装，至山西界。富室有女，得暴疾，眩然瞀瞑[②]。前后药禳既穷，张造其庐，以术自炫。富翁止此女，常珍惜之，能医者，愿以千金为报。张请视之。从翁入室，见女瞑卧；启其衾，抚其体，女昏不觉。王私告张曰："此魂亡也，当为觅之。"张乃告翁："病虽危，可救。"问："需何药？"俱言不须，"女公子魂离他所，业遣神觅之矣。"约一时许，王忽来，具言已得。张乃请翁再入，又抚之。少顷，女欠伸，目遽张。翁大喜，抚问。女言："向戏园中，见一少年郎，挟弹弹雀，数人牵骏马，从诸其后。急欲奔避，横被阻止。少年以弓授儿，教儿弹。方羞诃之，便携儿马上，累骑[③]而行。笑曰：'我乐与子戏，勿羞也。'数里，入山中，我马上号且骂；少年怒，推堕路旁，欲归无路。适有一人至，捉儿臂，疾若驰，瞬息至家，忽若梦醒。"翁神之，果贻千金。王夜与张谋，留二百金作路用，余尽摄去，款门而付其子；又命以三百馈张氏，乃复还。次日，与翁别，不见金藏何所，益异之，厚礼而送之。

逾数日，张于郊外遇同乡人贺才。才饮博不事生产，奇贫如丐。闻张得异术，获金无算，因奔寻之。王劝薄赠令归。才不改故行，旬日荡尽，将复觅张。王已知之，曰："才狂悖[④]，不可与处，只宜赂之使去，纵祸犹浅。"逾日，才果至，强从与俱。张曰："我固知汝复来。日事酗赌，千金何能满无底窦？诚改若所为，我百金相赠。"才诺之。张泻囊授之。才去，以百金在橐，赌益豪；益之狭邪游[⑤]，挥洒如土。邑中捕役疑而执之，质于官，拷掠酷惨。才实告金所自来。乃遣隶押才捉张。数日，创剧，毙于途。魂不忘张，复往依之，因与王会。一日，聚饮于烟墩[⑥]，才大醉狂呼，王止之不

---

① 掇（duō）——拾取。
② 瞀（mào）瞑——闭目昏死。
③ 累骑——同骑一马。
④ 悖（bèi）——违背常理。
⑤ 狭邪游——逛妓院。
⑥ 烟墩——明清用于防卫报警的设施。

听。适巡方御史[①]过，闻呼搜之，获张。张惧，以实告。御史怒，笞而牒于神。夜梦金甲人告曰："查王兰无辜而死，今为鬼仙。医亦仁术，不可律以妖魅。今奉帝命，授为清道使[②]。贺才邪荡，已罚窜铁围山[③]。张某无罪，当宥之。"御史醒而异之，乃释张。张治装旋里。囊中存数百金，敬以半送王家。王氏子孙，以此致富焉。

鹰 虎 神

郡城[④]东岳庙[⑤]，在南郭。大门左右，神高丈余，俗名"鹰虎神"，狰狞可畏。庙中道士任姓，每鸡鸣，辄起焚诵。有偷儿预匿廊间，伺道士起，潜入寝室，搜括财物。奈室无长物，惟于荐底得钱三百，纳腰中，拔关而出，将登千佛山[⑥]。南窜许时，方至山下。见一巨丈夫，自山上来，左臂苍鹰，适与相遇。近视之，面铜青色，依稀似庙门中所习见者。大恐，蹲伏而战。神诧曰："盗钱安往？"偷儿益惧，叩不已。神揪令还，入庙，使倾所盗钱，跪守之。道士课毕，回顾骇愕。盗历历自述。道士收其钱而遣之。

王 成

王成，平原[⑦]故家子，性最懒。生涯日落，惟剩破屋数间，与妻卧牛衣[⑧]中，交谪[⑨]不堪。时盛夏燠热，村外故有周氏园，墙宇尽倾，惟存一亭。村人多寄宿其中，王亦在焉。既晓，睡者尽去；红日三竿，王始起，逡巡欲

---

① 巡方御史——即巡按御史，职掌各地巡察。
② 清道使——此指为尊神清路的下级神官。
③ 铁围山——传说中极为遥远的边塞之地。
④ 郡城——府治所在地。
⑤ 东岳庙——道教所奉泰山神所居地，因泰山神称"东岳天齐仁圣大帝"。
⑥ 千佛山——即历山，距济南城南五里。
⑦ 平原——今山东平原县。
⑧ 牛衣——一种以草、麻编织而成的御寒物。
⑨ 交谪——妻子责怨。

归。见草际金钗一股，拾视之，镌有细字云："仪宾[①]府造。"王祖为衡府[②]仪宾，家中故物，多此款式，因把钗踌躇。欻一妪来寻钗。王虽故贫，然性介，遽出授之。妪喜，极赞盛德，曰："钗值几何，先夫之遗泽[③]也。"问："夫君伊谁？"答云："故仪宾王柬之也。"王惊曰："吾祖也。何以相遇？"妪亦惊曰："汝即王柬之之孙耶？我乃狐仙。百年前，与君祖缱绻[④]。君祖殁，老身遂隐，过此遗钗，适入子手，非天数耶！"王亦曾闻祖有狐妻，信其言，便邀临顾。妪从之。王呼妻出见，负败絮，菜色黯焉。妪叹曰："嘻！王柬之孙子，乃一贫至此哉！"又顾败灶无烟，曰："家计若此，何以聊生？"妻因细述贫状，呜咽饮泣。妪以钗授妇，使姑质钱市米，三日外请复相见。王挽留之。妪曰："汝一妻犹不能自存活；我在，仰屋而居[⑤]，复何裨益？"遂径去。王为妻言其故，妻大怖。王诵其义，使姑事之，妻诺。逾三日，果至。出数金，籴[⑥]粟麦各一石。夜与妇共短榻。妇初惧之，然察其意殊拳拳，遂不之疑。

翌日，谓王曰："孙勿惰，宜操小生业，坐食乌可长也！"王告以无资。曰："汝祖在时，金帛凭所取，我以世外人，无需是物，故未尝多取，积花粉之金四十两，至今犹存。久贮亦无所用，可将去悉以市葛，刻日[⑦]赴都，可得微息。"王从之，购五十余端[⑧]以归。妪命趣装，计六七日可达燕都[⑨]。嘱曰："宜勤勿懒，宜急勿缓；迟之一日，悔之已晚！"王敬诺，囊货就路。中途遇雨，衣履浸濡。王生平未历风霜，委顿不堪，因暂休旅舍。不意淙淙彻暮，檐雨如绳。过宿，泞益甚。见往来行人，践淖没胫，心畏苦之。待至亭午，始渐燥，而阴云复合，雨又大作。信宿乃行。将近京，传闻葛价翔贵，心窃喜。入都，解装客店，主人深惜其晚。先是，南道初通，葛至绝少。贝勒府购致甚急，价顿昂，较常可三倍。前一日方购足，后来者并皆失望。主人以故告王，王郁郁不得志。越日，葛至愈多，价益下。王以无利不肯

---

① 仪宾——明代亲王或郡王之女婿称"仪宾"。
② 衡府——指青州衡王府。
③ 遗泽——遗物。
④ 缱绻（qiǎn quǎn）——情意深厚，难舍难分。
⑤ 仰屋而居——愁苦无计之状。
⑥ 籴（dí）——买进粮食。
⑦ 刻日——严限日期。
⑧ 端——旧时布的计量单位，二丈为一端。
⑨ 燕都——今北京市。

售，迟十余日，计食耗烦多，倍益忧闷。主人劝令贱鬻，改而他图。从之。亏资十余两，悉脱去。早起，将作归计，遍视囊中，则金亡矣。惊告主人。主人无所为计。或劝鸣官，责主人偿。王叹曰："此我数也，于主人何尤？"主人闻而德之，赠金五两，慰之使归。自念无以见祖母，蹀踱[①]内外，进退维谷。

适见斗鹑者，一赌辄数千；每市一鹑，恒百钱不止。意忽动，计囊中资，仅足贩鹑，以商主人。主人亟怂恿之，且约假寓饮食，不取其直。王喜，遂行。购鹑盈儋[②]，复入都。主人喜，贺其速售。至夜，大雨彻曙。天明，衢水如河，淋零犹未休也。居以待晴。连绵数日，更无休止。起视笼中，鹑渐死。王大惧，不知计之所出。越日，死愈多；仅余数头，并一笼饲之；经宿往窥，则一鹑仅存。因告主人，不觉涕堕。主人亦为扼腕。王自度金尽罔归，但欲觅死。主人劝慰之。共往视鹑。审谛之曰："此似英物。诸鹑之死，未必非此之斗杀之也。君暇亦无所事，请把之；如其良也，赌亦可以谋生。"王如其教。既驯，主人令持向街头，赌酒食。鹑健甚，辄赢。主人喜，以金授王，使复与子弟决赌，三战三胜。半年许，积二十金。心益慰，视鹑如命。先是，大亲王好鹑，每值上元，辄放民间把鹑者入邸相角。主人谓王曰："今大富宜可立致；所不可知者，在子之命矣。"因告以故，导与俱往。嘱曰："脱败，则丧气出耳。倘有万分一，鹑斗胜，王必欲市之，君勿应；如固强之，惟予首是瞻，待首肯而后应之。"王曰："诺。"至邸，则鹑人肩摩于墀下。顷之，王出御殿。左右宣言："有愿斗者上。"即有一人把鹑，趋而进。王命放鹑，客亦放；略一腾踔[③]，客鹑已败。王大笑。俄顷，登而败者数人。主人曰："可矣。"相将俱登。王相之，曰："睛有怒脉[④]，此健羽[⑤]也，不可轻敌。"命取铁喙者当之。一再腾跃，而王鹑铩羽。更选其良，再易再败。王急命取宫中玉鹑。片时把出，素羽如鹭，神骏不凡。王成意馁，跪而求罢，曰："大王之鹑，神物也，恐伤吾禽，丧吾业矣。"王笑曰："纵之。脱斗而死，当厚尔偿。"成乃纵之。玉鹑直奔之。而玉鹑方来，则

---

① 蹀踱（dié duó）——踱来踱去。
② 儋——通"担"。
③ 腾踔（zhuó）——跳跃。
④ 怒脉——突起的脉络。
⑤ 健羽——善斗之鸟。

伏如怒鸡以待之；玉鹑健啄，则起如翔鹤以击之；进退颉颃[①]，相持约一伏时[②]。玉鹑渐懈，而其怒益烈，其斗益急。未几，雪毛摧落，垂翅而逃。观者千人，罔不叹羡。王乃索取而亲把之，自喙至爪，审周一过，问成曰："鹑可货否？"答云："小人无恒产，与相依为命，不愿售也。"王曰："赐尔重值，中人之产可致。颇愿之乎？"成俯思良久，曰："本不乐置；顾大王既爱好之，苟使小人得衣食业，又何求？"王请直，答以千金。王笑曰："痴男子！此何珍宝，而千金直也？"成曰："大王不以为宝，臣以为连城之璧不过也。"王曰："如何？"曰："小人把向市廛，日得数金，易升斗粟，一家十余食指，无冻馁忧，是何宝如之？"王言："予不相亏，便与二百金。"成摇首，又增百数。成目视主人，主人色不动。乃曰："承大王命，请减百价。"王曰："休矣！谁肯以九百易一鹑者！"成囊鹑欲行。王呼曰："鹑人来，鹑人来！实给六百。肯则售，否则已耳。"成又目主人，主人仍自若。成心愿盈溢，惟恐失时，曰："以此数售，心实怏怏；但交而不成，则获戾滋[③]大。已无，即如王命。"王喜，即秤付之。成囊金，拜赐而出。主人怼[④]曰："我言如何，子乃急自鬻也？再少靳[⑤]之，八百金在掌中矣。"成归，掷金案上，请主人自取之，主人不受。又固让之，乃盘计饭直而受之。

王治装归，至家，历述所为，出金相庆。妪命置良田三百亩，起屋作器，居然世家。妪早起，使成督耕，妇督织；稍惰，辄诃之。夫妇相安，不敢有怨词，过三年，家益富。妪辞欲去。夫妻共挽之，至泣下。妪亦遂止。旭旦[⑥]候之，已杳矣。

异史氏曰："富皆得于勤；此独得于惰，亦创闻也。不知一贫彻骨，而至性不移，此天所以始弃之而终怜之也。懒中岂果有富贵乎哉！"

---

① 颉颃(jié háng)——跳跃搏击。
② 一伏时——屏息一次的时间。
③ 戾(lì)——罪过。
④ 怼(duì)——埋怨。
⑤ 靳——坚持要价。
⑥ 旭旦——清早。

青凤

太原[①]耿氏，故大家，第宅弘阔。后凌夷，楼舍连亘，半旷废之。因生怪异，堂门辄自开掩，家人恒中夜骇哗。耿患之，移居别墅，留老翁门焉。由此荒落益甚，或闻笑语歌吹声。耿有从子去病，狂放不羁，嘱翁有所闻见，奔告之。至夜，见楼上灯光明灭，走报生。生欲入觇其异。止之，不听。门户素所习识，竟拨蒿蓬，曲折而入。登楼，殊无少异。穿楼而过，闻人语切切。潜窥之，见巨烛双烧，其明如昼。一叟儒冠南面坐，一媪相对，俱年四十余。东向一少年，可二十许；右一女郎，裁及笄[②]耳。酒胾满案，团坐笑语。生突入，笑呼曰："有不速之客一人来！"群惊奔匿。独叟出，叱问："谁何入人闺闼[③]？"生曰："此我家闺闼，君占之，旨酒自饮，不邀一主人，毋乃太吝？"叟审睇之，曰："非主人也。"生曰："我狂生耿去病，主人之从子耳。"叟致敬曰："久仰山斗[④]！"乃揖生入，便呼家人易馔。生止之。叟乃酌客。生曰："吾辈通家[⑤]，座客无庸见避，还祈招饮。"叟呼："孝儿！"俄少年自外入。叟曰："此豚儿[⑥]也。"揖而坐。略审门阀。叟自言："义君姓胡。"生素豪，谈议风生，孝儿亦倜傥；倾吐间，雅相爱悦。生二十一，长孝儿二岁，因弟之。叟曰："闻君祖纂《涂山外传》[⑦]，知之乎？"答："知之。"叟曰："我涂山氏之苗裔[⑧]也。唐以后，谱系犹能忆之；五代[⑨]而上无传焉。幸公子一垂教也。"生略述涂山女佐禹之功[⑩]，粉饰多词，妙绪泉涌。叟大喜，谓子曰："今幸得闻所未闻。公子亦非他人，可请阿母及青凤来，共听之，亦令知我祖德也。"孝儿入帏中。少时，媪偕女郎出。审顾之，弱态生

---

① 太原——今山西太原市。
② 及笄(jī)——古人以女子十五岁为成年，始可议婚。
③ 闺闼——内寝、私室。
④ 山斗——泰斗，大名。
⑤ 通家——有累世之好的世家。
⑥ 豚儿——对人称己子的谦虚说法。
⑦ 涂山外传——狐叟杜撰的书名。
⑧ 苗裔——后代子孙。
⑨ 五代——指唐、虞、夏、商、周五个朝代。
⑩ 涂山女佐禹之功——传说大禹娶涂山女为妻，涂山女乃助禹治水成功。

娇,秋波流慧,人间无其丽也。叟指妇云:"此为老荆。"又指女郎:"此青凤,鄙人之犹女[①]也。颇惠,所闻见辄记不忘,故唤令听之。"生谈竟而饮,瞻顾女郎,停睇不转。女觉之,辄俯其首。生隐蹑莲钩,女急敛足,亦无愠怒。生神志飞扬,不能自主,拍案曰:"得妇如此,南面王不易也!"媪见生渐醉,益狂,与女俱起,遽搴帏去。生失望,乃辞叟出,而心萦萦,不能忘情于青凤也。

至夜,复往,则兰麝犹芳,而凝待终宵,寂无声咳。归与妻谋,欲携家而居之,冀得一遇。妻不从,生乃自往,读于楼下。夜方凭几,一鬼披发入,面黑如漆,张目视生。生笑,染指研墨自涂,灼灼然相与对视。鬼惭而去。次夜,更既深,灭烛欲寝,闻楼后发扃,避之闸然[②]。急起窥觇,则扉半启,俄闻履声细碎,有烛光自房中出,视之,则青凤也。骤见生,骇而却退,遽阖双扉。生长跽[③]而致词曰:"小生不避险恶,实以卿故。幸无他人,得一握手为笑,死不憾耳。"女遥语曰:"惓惓深情,妾岂不知?但吾叔闺训严,不敢奉命。"生固哀之,云:"亦不敢望肌肤之亲,但一见颜色足矣。"女似肯可,启关出,捉之臂而曳之。生狂喜,相将入楼下,拥而加诸膝。女曰:"幸有夙分[④]。过此一夕,即相思无用矣。"问:"何故?"曰:"阿叔畏君狂,故化厉鬼以相吓,而君不动也。今已卜居他所,一家皆移什物赴新居,而妾留守,明日即发矣。"言已,欲去,云:"恐叔归。"生强止之,欲与为欢。方持论间,叟掩入。女羞惧无以自容,俯首倚床,拈带不语。叟怒曰:"贱辈辱吾门户!不速去,鞭挞且从其后!"女低头急去,叟亦出。尾而听之,诃诟万端,闻青凤嘤嘤啜泣,生心意如割,大声曰:"罪在小生,于青凤何与?倘宥凤也,刀锯铁钺[⑤],小生愿身受之!"良久寂然,生乃归寝。自此第内绝不复声息矣。生叔闻而奇之,愿售以居,不较直。生喜,携家口而迁焉。居逾年,甚适,而未尝须臾忘凤也。

会清明上墓归,见小狐二,为犬逼逐。其一投荒窜去,一则皇急道上。望见生,依依哀啼,阘耳辑首[⑥],似乞其援。生怜之,启裳衿,提抱以归。闭

---

① 犹女——侄女。
② 闸(pēng)然——门扇撞击声。
③ 长跽(jì)——长跪。
④ 夙分(sù fèn)——早有缘分。
⑤ 铁钺(fǔ yuè)——铁,同"斧";钺,大斧。
⑥ 阘(tā)耳辑首——畏惧驯服之状。

门，置床上，则青凤也。大喜，慰问。女曰："适与婢子戏，遘此大厄。脱非郎君，必葬犬腹。望无以非类见憎。"生曰："日切怀思，系于魂梦。见卿如获异宝，何憎之云！"女曰："此天数也，不因颠覆[①]，何得相从？然幸矣，婢子必以妾为已死，可与君坚永约耳。"生喜，另舍舍之。积二年余，生方夜读，孝儿忽入。生辍读，讶诘所来。孝儿伏地，怆然曰："家君有横难，非君莫拯。将自诣恳，恐不见纳，故以某来。"问："何事？"曰："公子识莫三郎否？"曰："此吾年家子[②]也。"孝儿曰："明日将过，倘携有猎狐，望君之留之也。"生曰："楼下之羞，耿耿在念，他事不敢预闻。必欲仆效绵薄，非青凤来不可！"孝儿零涕曰："凤妹已野死三年矣！"生拂衣曰："既尔，则恨滋深耳！"执卷高吟，殊不顾瞻。孝儿起，哭失声，掩面而去。生如青凤所，告以故。女失色曰："果救之否？"曰："救则救之；适不之诺者，亦聊以报前横耳。"女乃喜曰："妾少孤，依叔成立。昔虽获罪，乃家范[③]应尔。"生曰："诚然，但使人不能无介介[④]耳。卿果死，定不相援。"女笑曰："忍哉！"次日，莫三郎果至，镂膺虎韔[⑤]，仆从甚赫。生门逆之，见获禽甚多。中一黑狐，血殷毛革，抚之，皮肉犹温。便托裘敝，乞得缀补。莫慨然解赠。生即付青凤，乃与客饮。客既去，女抱狐于怀，三日而苏，展转复化为叟。举目见凤，疑非人间。女历言其情。叟乃下拜，惭谢前愆[⑥]。喜顾女曰："我固谓汝不死，今果然矣。"女谓生曰："君如念妾，还乞以楼宅相假，使妾得以申返哺之私[⑦]。"生诺之。叟赧然谢别而去。入夜，果举家来。由此如家人父子，无复猜忌矣。生斋居，孝儿时共谈宴。生嫡出子[⑧]渐长，遂使傅之[⑨]；盖循循善教，有师范[⑩]焉。

---

① 颠覆——严重的挫折、灾患。
② 年家子——科举同年的晚辈子侄。
③ 家范——家规。
④ 介介——耿耿。
⑤ 镂膺虎韔(chàng)——喻主人和坐骑的英武华贵。
⑥ 愆(qiān)——过失。
⑦ 申返哺之私——报答对长辈的恩德。
⑧ 嫡出子——正妻所生之子。
⑨ 傅之——当孩子的老师。
⑩ 师范——老师的风度。

画　皮

太原王生，早行，遇一女郎，抱襆[①]独奔，甚艰于步。急走趁之，乃二八姝丽[②]。心相爱乐，问："何夙夜踽踽独行？"女曰："行道之人，不能解愁忧，何劳相问。"生曰："卿何愁忧？或可效力，不辞也。"女黯然曰："父母贪赂，鬻妾朱门。嫡妒甚，朝詈[③]而夕楚辱之，所弗堪也，将远遁耳。"问："何之？"曰："在亡之人，乌有定所。"生言："敝庐不远，即烦枉顾。"女喜，从之。生代携襆物，导与同归。女顾室无人，问："君何无家口？"答云："斋[④]耳。"女曰："此所良佳。如怜妾而活之，须秘密勿泄。"生诺之。乃与寝合。使匿密室，过数日而人不知也。生微告妻。妻陈，疑为大家媵妾[⑤]，劝遣之。生不听。

偶适市，遇一道士，顾生而愕。问："何所遇？"答言："无之。"道士曰："君身邪气萦绕，何言无？"生又力白。道士乃去，曰："惑哉！世固有死将临而不悟者。"生以其言异，颇疑女，转思明明丽人，何至为妖，意道士借魇禳以猎食者。无何，至斋门，门内杜，不得入。心疑所作，乃逾垝垣[⑥]，则室门亦闭，蹑迹而窗窥之，见一狞鬼，面翠色，齿巉巉[⑦]如锯。铺人皮于榻上，执彩笔而绘之；已而掷笔，举皮，如振衣状，披于身，遂化为女子。睹此状，大惧，兽伏而出。急追道士，不知所往。遍迹之，遇于野，长跪乞救。道士曰："请遣除之。此物亦良苦，甫能觅代者，予亦不忍伤其生。"乃以蝇拂[⑧]授生，令挂寝门。临别，约会于青帝庙[⑨]。生归，不敢入斋，乃寝内室，悬拂焉。一更许，闻门外戢戢[⑩]有声，自不敢窥，使妻窥之。但见女子来，

① 襆(fú)——以被单包扎的包袱。
② 姝丽——美丽。
③ 詈——同"骂"。
④ 斋——书房。
⑤ 媵(yìng)妾——通房丫头。
⑥ 垝(guǐ)垣——残缺的院墙。
⑦ 巉巉(chán chán)——喻女鬼牙齿长而尖利。
⑧ 蝇拂——拂尘，驱蝇用。
⑨ 青帝庙——神话中祭祀主宰东方的天帝，即青帝庙。
⑩ 戢戢(jí jí)——小心翼翼时所发出的轻微声。

望拂子不敢进；立而切齿，良久乃去。少时复来，骂曰："道士吓我，终不然宁入口而吐之耶！"取拂碎之，坏寝门而入。径登生床，裂生腹，掬生心而去。妻号，婢入烛之。生已死，腔血狼藉。陈骇涕不敢声。明日，使弟二郎奔告道士。道士怒曰："我固怜之，鬼子乃敢尔！"即从生弟来。女子已失所在。既而仰首四望，曰："幸遁未远。"问："南院谁家？"二郎曰："小生所舍也。"道士曰："现在君所。"二郎愕然，以为未有。道士问曰："曾否有不识者一人来？"答曰："仆早赴青帝庙，良不知。当归问之。"去少顷而返，曰："果有之。晨间一妪来，欲佣为仆家操作，室人止[①]之，尚在也。"道士曰："即是物矣。"遂与俱往。仗木剑，立庭心，呼曰："孽魅！偿我拂子来！"妪在室，惶遽无色，出门欲遁。道士逐击之。妪仆，人皮划然而脱，化为厉鬼，卧嗥如猪。道士以木剑枭[②]其首，身变作浓烟，匝地作堆。道士出一葫芦，拔其塞置烟中，飗飗然[③]如口吸气，瞬息烟尽。道士塞口入囊。共视人皮，眉目手足，无不备具。道士卷之，如卷画轴声，亦囊之，乃别欲去，陈氏拜迎于门，哭求回生之法。道士谢不能。陈益悲，伏地不起。道士沉思曰："我术浅，诚不能起死。我指一人，或能之，往求必合有效。"问："何人？"曰："市上有疯者，时卧粪土中。试叩而哀之。倘狂辱夫人，夫人勿怒也。"二郎亦习知之，乃别道士，与嫂俱往。

见乞人颠歌道上，鼻涕三尺，秽不可近。陈膝行而前。乞人笑曰："佳人爱我乎？"陈告以故。又大笑曰："人尽夫[④]也，活之何为？"陈固哀之。乃曰："异哉！人死而乞活于我。我阎摩[⑤]耶？"怒以杖击陈，陈忍痛受之。市人渐集如堵。乞人咯痰唾盈把，举向陈吻曰："食之！"陈红涨于面，有难色，既思道士之嘱，遂强啖焉。觉入喉中，硬如团絮，格格而下，停结胸间。乞人大笑曰："佳人爱我哉！"遂起，行已不顾。尾之，入于庙中。追而求之，不知所在；前后冥搜，殊无端兆，惭恨而归。既悼夫亡之惨，又悔食唾之羞，俯仰哀啼，但愿即死。方欲展血敛尸，家人伫望，无敢近者。陈抱尸收肠，且理且哭，哭极声嘶，顿欲呕，觉鬲中结物，突奔而出，不及回首，已落腔中。惊而视之，乃人心也。在腔中突突犹跃，热气腾蒸如烟然。大异

① 止——留下。

② 枭——砍。

③ 飗飗(liú liú)然——微风轻轻吹动之状。

④ 人尽夫——人人都能成为你的丈夫。

⑤ 阎摩——即阎罗。

之,急以两手合腔,极力抱挤。少懈,则气氤氲自缝中出。乃裂缯帛急束之。以手抚尸,渐温。覆以衾裯[①]。中夜启视,有鼻息矣。天明,竟活。为言:"恍惚若梦,但觉隐痛耳。"视破处,痂结如钱,寻愈。

异史氏曰:"愚哉世人!明明妖也,而以为美。迷哉愚人!明明忠也,而以为妄。然爱人之色而渔之,妻亦将食人之唾而甘之矣。天道好还[②],但愚而迷者不悟耳。可哀也夫!"

贾　儿

楚某翁,贾于外。妇独居,梦与人交;醒而扪之,小丈夫[③]也。察其情,与人异,知为狐。未几,下床去,门未开而已逝矣。入暮,邀庖媪伴焉。有子十岁,素别榻卧,亦招与俱。夜既深,媪儿皆寐,狐复来。妇喃喃如梦语。媪觉,呼之,狐遂去。自是,身忽忽若有亡。至夜,不敢息烛,戒子睡勿熟。夜阑,儿及媪倚壁少寐。既醒,失妇,意其出遗[④];久待不至,始疑。媪惧,不敢往觅。儿执火遍烛之,至他室,则母裸卧其中;近扶之,亦不羞缩。自是遂狂,歌哭叫詈,日万状。夜厌与人居,另榻寝,儿、媪亦遣去。儿每闻母笑语,辄起火之。母反怒诃儿,儿亦不为意,因共壮儿胆[⑤]。然嬉戏无节,日效杇者[⑥],以砖石叠窗上,止之不听。或去其一石,则滚地作娇啼,人无敢气触之[⑦]。过数日,两窗尽塞,无少明。已乃合泥涂壁孔,终日营营,不惮其劳。涂已,无所作,遂把厨刀霍霍磨之。见者皆憎其顽,不以人齿。

儿宵分隐刀于怀,以瓢覆灯,伺母呓语,急启灯,杜门声喊。久之无异,乃离门扬言,诈作欲搜状。欻有一物,如狸,突奔门隙。急击之,仅断其尾,约二寸许,湿血犹滴。初,挑灯起,母便诟骂。儿若弗闻,击之不中,

① 衾裯(qīn chóu)——被子。
② 天道好(hào)还——天道善恶相报,勿作恶。
③ 小丈夫——短小男子。
④ 出遗——外出便溺。
⑤ 共壮儿胆——都称赞贾儿胆大。
⑥ 杇(wū)者——泥瓦匠。
⑦ 气触之——言语、面色上稍有触犯贾儿之母。

懊恨而寝。自念虽不即戮,可以幸其不来。及明,视血迹逾垣而去。迹之,入何氏园中。至夜果绝,儿窃喜。但母痴卧如死。未几,贾人归,就榻问讯。妇嫚骂,视若仇。儿以状对。翁惊,延医药之。妇泻药诟骂。潜以药入汤水杂饮之,数日渐安。父子俱喜。一夜睡醒,失妇所在;父子又觅得于别室。由是复颠,不欲与夫同室处。向夕,竟奔他室。挽之,骂益甚。翁无策,尽扃他扉。妇奔去,则门自辟。翁患之,驱禳备至,殊无少验。

儿薄暮潜入何氏园,伏莽中,将以探狐所在。月初升,乍闻人语,暗拨蓬科[①],见二人来饮,一长鬣[②]奴捧壶,衣老棕色。语俱细隐,不甚可辨。移时,闻一人曰:"明日可取白酒一瓻[③]来。"顷之,俱去,惟长鬣奴独留,脱衣卧庭石上。审顾之,四肢皆如人,但尾垂后部。儿欲归,恐狐觉,遂终夜伏。未明,又闻二人以次复来,哝哝入竹丛中,儿乃归。翁问所往。答:"宿阿伯家。"适从父入市,见帽肆挂狐尾,乞翁市之。翁不顾。儿牵父衣,娇聒之。翁不忍过拂[④],市焉。父贸易廛中,儿戏弄其侧,乘父他顾,盗钱去,沽白酒,寄肆廊[⑤]。有舅氏城居,素业猎。儿奔其家。舅他出,妗[⑥]诘母疾,答云:"连朝稍可[⑦]。又以耗子啮衣,怒涕不解,故遣我乞猎药[⑧]耳。"妗捡椟[⑨],出钱许,裹付儿。儿少之。妗欲作汤饼啖儿。儿觑室无人,自发药裹,窃盈掬而怀之,乃趋告妗,俾勿举火[⑩],"父待市中,不遑食也。"遂径出,隐以药置酒中,遨游市上,抵暮方归。父问所在,托在舅家。儿自是日游廛肆间。

一日,见长鬣人亦杂俦中。儿审之确,阴缀系之。渐与语,诘其居里。答言:"北村。"亦询儿,儿伪云:"山洞。"长鬣怪其洞居。儿笑曰:"我世居洞府,君固否耶?"其人益惊,便诘姓氏。儿曰:"我胡氏子。曾在何处,见君从两郎,顾忘之耶?"其人熟审之,若信若疑。儿微启下裳,少少露其假

① 蓬科——野生的杂草。
② 鬣——胡须。
③ 瓻(chī)——盛酒器。
④ 拂——违拗。
⑤ 肆廊——店铺的廊檐下。
⑥ 妗(jìn)——舅母。
⑦ 连朝稍可——近日稍稍好转。
⑧ 猎药——狩猎时拌和诱饵用的毒药。
⑨ 椟——木箱。
⑩ 举火——生火做饭。

尾，曰："我辈混迹人中，但此物犹存，为可恨耳。"其人问："在市欲何作？"儿曰："父遣我沽。"其人亦以沽告。儿问："沽未？"曰："吾侪多贫，故常窃时多。"儿曰："此役亦良苦，耽惊忧。"其人曰："受主人遣，不得不尔。"因问："主人伊谁？"曰："即曩所见两郎兄弟也。一私北郭王氏妇，一宿东村某翁家。翁家儿大恶，被断尾，十日始瘥①，今复往矣。"言已，欲别，曰："勿误我事。"儿曰："窃之难，不若沽之易。我先沽寄廊下，敬以相赠。我囊中尚有余钱，不愁沽也。"其人愧无以报。儿曰："我本同类，何靳些须②？暇时，尚当与君痛饮耳。"遂与俱去，取酒授之，乃归。

至夜，母竟安寝，不复奔。心知有异，告父同往验之，则两狐毙于亭上，一狐死于草中，喙津津尚有血出。酒瓶犹在，持而摇之，未尽也。父惊问："何不早告？"曰："此物最灵，一泄，则彼知之。"翁喜曰："我儿，讨狐之陈平③也。"于是父子荷狐归。见一狐秃尾，刀痕俨然。自是遂安。而妇瘠殊甚，心渐明了，但益之嗽④，呕痰辄数升，寻愈。北郭王氏妇，向祟于狐，至是问之，则狐绝而病亦愈。翁由此奇儿，教之骑射，后至总戎⑤。

蛇　癖

予乡王蒲令之仆吕奉宁，性嗜蛇。每得小蛇，则全吞之，如啖葱状。大者，以刀寸寸断之，始掬以食。嚼之铮铮，血水沾颐⑥。且善嗅，尝隔墙闻蛇香，急奔墙外，果得蛇盈尺。时无佩刀，先噬其头，尾尚蜿蜒于口际。

---

① 瘥——病愈。
② 何靳些须——那里吝惜这点东西。
③ 陈平——汉初人，善用奇计，有大功于汉室。
④ 嗽——咳嗽病。
⑤ 总戎——官名，即总兵。
⑥ 颐——两腮。

卷 二

金世成

金世成，长山人。素不检。忽出家作头陀[①]。类颠[②]，啖不洁以为美。犬羊遗秽于前，辄伏啖之。自号为佛。愚民妇异其所为，执弟子礼者以千万计。金诃使食矢[③]，无敢违者。创殿阁，所费不赀[④]，人咸乐输之。邑令南公[⑤]恶其怪，执而笞之，使修圣庙[⑥]。门人竞相告曰："佛遭难！"急募救之。宫殿旬月而成，其金钱之集，尤捷于酷吏之追呼也。

异史氏曰："予闻金道人，人皆就其名而呼之，谓为'金世成佛[⑦]'。品至啖秽，极矣。笞之不足辱，罚之适有济[⑧]，南令公处法何良也！然学宫圮而烦妖道，亦士大夫之羞矣。"

董生

董生，字遐思，青州之西鄙[⑨]人。冬月薄暮，展被于榻而炽炭焉。方将篝灯[⑩]，适友人招饮，遂扃户去。至友人所，座有医人，善太素脉[⑪]，遍诊诸客。末顾王生九思及董曰："余阅人多矣，脉之奇无如两君者：贵脉而有贱兆，寿脉而有促征。此非鄙人所敢知也。然而董君实甚。"共惊问之。曰："某至此亦穷于术，未敢臆决。愿两君自慎之。"二人初闻甚骇，既以为

---

① 头陀——和尚，此指行脚僧。
② 颠——疯颠。
③ 食矢——吃屎。
④ 不赀——钱财不可计算。
⑤ 邑令南公——即南之杰，清康熙年间人，曾任长山知县。
⑥ 圣庙——又称"文庙"，即孔庙。
⑦ 金世成佛——"今世成佛"的谐音。
⑧ 适有济——恰能成事。
⑨ 青州之西鄙——青州，今山东青州市；西鄙，青州最西部边远地带。
⑩ 篝灯——点灯夜读。
⑪ 太素脉——据考为北宋后流传的一种荒谬的切脉术。

模棱语，置不为意。

半夜，董归，见斋门虚掩，大疑。醺中自忆，必去时忙促，故忘扃键。入室，未遑爇火，先以手入衾中，探其温否。才一探入，则腻有卧人。大愕，敛手。急火之，竟为姝丽，韶颜稚齿，神仙不殊。狂喜。戏探下体，则毛尾修然[①]。大惧，欲遁。女已醒，出手捉生臂，问："君何往？"董益惧，战栗哀求："愿仙人怜恕！"女笑曰："何所见而畏我？"董曰："我不畏首而畏尾。"女又笑曰："君误矣。尾于何有？"引董手，强使复探，则髀[②]肉如脂，尻骨童童[③]。笑曰："何如？醉态蒙瞳，不知所见伊何，遂诬人若此。"董固喜其丽，至此益惑，反自咎适然之错[④]，然疑其所来无因。女曰："君不忆东邻之黄发女乎？屈指移居者，已十年矣。尔时我未笄，君垂髫也。"董恍然曰："卿周氏之阿琐耶？"女曰："是矣。"董曰："卿言之，我仿佛忆之。十年不见，遂苗条如此！然何遽能来？"女曰："妾适痴郎四五年，翁姑相继逝，又不幸为文君[⑤]。剩妾一身，茕[⑥]无所依。忆孩时相识者惟君，故来相见就。入门已暮，邀饮者适至，遂潜隐以待君归。待之既久，足冰肌粟，故借被以自温耳，幸勿见疑。"董喜，解衣共寝，意殊自得。月余，渐羸瘦，家人怪问，辄言不自知。久之，面目益支离，乃惧，复造善脉者诊之。医曰："此妖脉也。前日之死征验矣，疾不可为也。"董大哭，不去。医不得已，为之针手灸脐，而赠以药。嘱曰："如有所遇，力绝之。"董亦自危，既归，女笑要[⑦]之。佛然[⑧]曰："勿复相纠缠，我行且死！"走不顾。女大惭，亦怒曰："汝尚俗生耶！"至夜，董服药独寝，甫交睫，梦与女交，醒已遗矣。益恐，移寝于内，妻子火守[⑨]之。梦如故。窥女子已失所在。积数日，董吐血斗余而死。

王九思在斋中，见一女子来，悦其美而私之。诘所自[⑩]，曰："妾遐思

① 修然——长长的样子。
② 髀(bì)——大腿。
③ 尻(kāo)骨童童——没有尾巴。
④ 适然之错——偶然弄错。
⑤ 文君——指卓文君，喻指新寡。
⑥ 茕(qióng)——孤单。
⑦ 要——通"邀"。
⑧ 佛然——愤怒状。
⑨ 火守——点灯守候。
⑩ 所自——从哪儿来。

之邻也。渠[①]旧与妾善,不意为狐惑而死。此辈妖气可畏,读书人宜慎相防。"王益佩之,遂相欢待。居数日,迷罔病瘠。忽梦董曰:"与君好者,狐也,杀我矣,又欲杀我友。我已诉之冥府,泄此幽愤。七日之夜,当炷香室外,勿忘却!"醒而异之。谓女曰:"我病甚,恐将委沟壑,或劝勿室[②]也。"女曰:"命当寿,室亦生;不寿,勿室亦死也。"坐与调笑。王心不能自持,又乱之。已而悔之,而不能绝。及暮,插香户上。女来,拨弃之。夜又梦董来,让其违嘱。次夜,暗嘱家人,俟寝后潜炷之。女在榻上,忽惊曰:"又置香耶?"王言不知。女急起得香,又折灭之。入曰:"谁教君为此者?"王曰:"或室人忧病,信巫家作厌禳[③]耳。"女彷徨不乐。家人潜窥香灭,又炷之。女忽叹曰:"君福泽良厚。我误害遐思而奔[④]子,诚我之过。我将与彼就质于冥曹。君如不忘夙好,勿坏我皮囊也。"逡巡下榻,仆地而死。烛之,狐也。犹恐其活,遽呼家人,剥其革而悬焉。王病甚,见狐来曰:"我诉诸法曹。法曹谓董君见色而动,死当其罪;但咎我不当惑人,追金丹去,复令还生。皮囊何在?"曰:"家人不知,已脱之矣。"狐惨然曰:"余杀人多矣,今死已晚;然忍哉君乎!"恨恨而去。王病几危,半年乃瘥。

龁 石[⑤]

新城王钦文[⑥]太翁家,有圉人王姓,幼入劳山学道。久之,不火食[⑦],惟啖松子及白石,遍体生毛。既数年,念母老归里,渐复火食,犹啖石如故。向日视之,即知石之甘苦酸咸,如啖芋[⑧]然。母死,复入山,今又十七八年矣。

---

① 渠——他。
② 勿室——不要娶妻,此指勿近女色。
③ 厌禳(yā ráng)——以法术或祭祀祛恶除邪。
④ 奔——私奔。
⑤ 龁(hé)石——吃石头。
⑥ 王钦文——清著名诗人王士禛之父。
⑦ 不火食——生吃食物。
⑧ 芋——芋头。

庙　鬼

新城诸生王启后者，方伯中宇公象坤[①]曾孙。见一妇人入室，貌肥黑不扬，笑近坐榻，意甚亵。王拒之，不去。由此坐卧辄见之，而意坚定，终不摇。妇怒，批其颊，有声，而亦不甚痛。妇以带悬梁上，捽[②]与并缢。王不觉自投梁下，引项作缢状。人见其足不履地，挺然立空中，即亦不能死。自是病颠。忽曰："彼将与我投河矣。"望河狂奔，曳之乃止。如此百端，日常数作，术药罔效。一日，忽见有武士绾[③]锁而入，怒叱曰："朴诚者汝何敢扰！"即絷妇项，自棂中出。才至窗外，妇不复人形，目电闪，口血赤如盆。忆城隍庙门中有泥鬼四，绝类[④]其一焉。于是病若失。

陆　判

陵阳[⑤]朱尔旦，字小明。性豪放。然素钝，学虽笃，尚未知名。一日，文社[⑥]众饮。或戏之云："君有豪名，能深夜赴十王殿[⑦]，负得左廊判官[⑧]来，众当醵[⑨]作筵。"盖陵阳有十王殿，神鬼皆以木雕，妆饰如生。东庑[⑩]有立判，绿面赤须，貌尤狞恶。或夜闻两廊拷讯声。入者，毛皆森竖。故众以此难朱。朱笑起，径去。居无何，门外大呼曰："我请髯宗师[⑪]至矣！"众

---

① 方伯中宇公象坤——方伯，明清时对布政使的尊称；中宇公象坤，王象坤，字中宇，明代人，官至山西左布政使。
② 捽(zuó)——揪住头发。
③ 绾(wǎn)——盘握。
④ 类——像。
⑤ 陵阳——旧县名，今属安徽青阳县。
⑥ 文社——科举时代士子们讲学作文而结社。
⑦ 十王殿——佛教教义中十个主管地狱的阎王总称。
⑧ 判官——传说中为阎王主管簿册的佐吏。
⑨ 醵(jù)——凑钱饮酒。
⑩ 东庑(wǔ)——东廊。
⑪ 宗师——代指陆判。

皆起。俄负判入，置几上，奉觞，酹[①]之三。众睹之，瑟缩不安于座，仍请负去。朱又把酒灌地，祝曰："门生狂率不文，大宗师谅不为怪。荒舍匪遥，合乘兴来觅饮，幸勿为畛畦[②]。"乃负之去。

次日，众果招饮。抵暮，半醉而归，兴未阑，挑灯独酌。忽有人搴帘入，视之，则判官也。朱起曰："意吾殆将死矣！前夕冒渎，今来加斧锧[③]耶！"判启浓髯，微笑曰："非也。昨蒙高义相订，夜偶暇，敬践达人[④]之约。"朱大悦，牵衣促坐，自起涤器爇火。判曰："天道温和，可以冷饮。"朱如命，置瓶案上，奔告家人治肴果。妻闻，大骇，戒勿出。朱不听，立俟治具以出。易盏交酬，始询姓氏。曰："我陆姓，无名字。"与谈古曲，应答如响。问："知制艺[⑤]否？"曰："妍媸亦颇辨之。阴司诵读，与阳世略同。"陆豪饮，一举十觥。朱因竟日饮，遂不觉玉山倾颓[⑥]，伏几醺睡。比醒，则残烛昏黄，鬼客已去。

自是三两日辄一来，情益洽，时抵足卧。朱献窗稿[⑦]，陆辄红勒[⑧]之，都言不佳。一夜，朱醉，先寝，陆犹自酌。忽醉梦中，觉脏腹微痛；醒而视之，则陆危坐床前，破腔出肠胃，条条整理。愕曰："夙无仇怨，何以见杀？"陆笑云："勿惧，我为君易慧心耳。"从容纳肠已，复合之，末以裹足布束朱腰。作用毕，视榻上亦无血迹。腹间觉少麻木。见陆置肉块几上。问之，曰："此君心也。作文不快，知君之毛窍塞耳。适在冥间，于千万心中，拣得佳者一枚，为君易之，留此以补阙数。"乃起，掩扉去。天明解视，则创缝已合，有线而赤者存焉。自是文思大进，过眼不忘。数日，又出文示陆。陆曰："可矣。但君福薄，不能大显贵，乡、科[⑨]而已。"问："何时？"曰："今

---

① 酹(lèi)——以酒浇地祭鬼神。
② 畛畦(zhěn qí)——田间小路。
③ 斧锧——古时杀人刑具。
④ 达人——豁达之人。
⑤ 制艺——八股文。
⑥ 玉山倾颓——喻酒醉。
⑦ 窗稿——平日习作。
⑧ 红勒——批阅。
⑨ 乡、科——乡试、科试略称。

岁必魁[①]。”未几，科试冠军，秋闱[②]果中经元[③]。同社生素揶揄之；及见闱墨[④]，相视而惊，细询始知其异。共求朱先容[⑤]，愿纳交陆。陆诺之。众大设以待之。更初，陆至，赤髯生动，目炯炯如电。众茫乎无色，齿欲相击；渐引去。

朱乃携陆归饮。既醺，朱曰：“湔肠伐胃[⑥]，受赐已多。尚有一事欲相烦，不知可否？”陆便请命。朱曰：“心肠可易，而目想亦可更。山荆[⑦]，予结发人[⑧]，下体颇亦不恶，但头面不甚佳丽。尚欲烦君刀斧，如何？”陆笑曰：“诺，容徐图之。”过数日，半夜来叩关。朱急起延入。烛之，见襟裹一物。诘之，曰：“君曩所嘱，向艰物色。适得一美人首，敬报君命。”朱拨视，颈血犹湿。陆立促急入，勿惊禽犬。朱虑门户夜扃。陆至，一手推扉，扉自辟。引至卧室，见夫人侧身眠。陆以头授朱抱之；自于靴中出白刃如匕首，按夫人项，着力如切腐状，迎刃而解，首落枕畔；急于生怀，取美人首合项上，详审端正，而后按捺。已而移枕塞肩际，命朱瘗首静所，乃去。朱妻醒，觉颈间微麻，面颊甲错[⑨]；搓之，得血片，甚骇。呼婢汲盥；婢见面血狼藉，惊绝。濯之，盆水尽赤。举首则面目全非，又骇极。夫人引镜自照，错愕不能自解。朱入告之；因反覆细视，则长眉掩鬓，笑靥承颧，画中人也。解领验之，有红线一周，上下肉色，判然而异。

先是，吴侍御[⑩]有女甚美，未嫁而丧二夫，故年十九犹未醮[⑪]也。上元游十王殿，时游人甚杂，内有无赖贼窥而艳之，遂阴访居里，乘夜梯入，穴寝门，杀一婢于床下，逼女与淫；女力拒声喊，贼怒，亦杀之。吴夫人微闻闹声，呼婢往视，见尸骇绝。举家尽起，停尸堂上，置首项侧，一门啼号，纷腾终夜。诘旦启衾，则身在而失其首。遍挞侍女，谓所守不恪[⑫]，致葬犬

① 魁——第一名。
② 秋闱——乡试。
③ 经元——即经魁。
④ 闱墨——清代科试后将中式试卷编辑成书，称“闱墨”。
⑤ 先容——事先介绍。
⑥ 湔(jiān)肠伐胃——洗肠剖胃。
⑦ 山荆——对己妻的谦称。
⑧ 结发人——元配妻子。
⑨ 甲错——指血污结成鱼鳞状痂。
⑩ 侍御——御史的别称。
⑪ 醮(jiào)——女子再嫁。
⑫ 不恪(kè)——不谨慎。

腹。侍御告郡[①]。郡严限捕贼，三月而罪人弗得。渐有以朱家换头之异闻吴公者。吴疑之，遣媪探诸其家；入见夫人，骇走以告吴公。公视女尸故存，惊疑无以自决，猜朱以左道[②]杀女，往诘朱。朱曰："室人梦易其首，实不解其何故；谓仆杀之，则冤也。"吴不信，讼之。收家人鞫之，一如朱言。郡守不能决。朱归，求计于陆。陆曰："不难，当使伊女[③]自言之。"吴夜梦女曰："儿为苏溪杨大年所贼，无与朱孝廉。彼不艳于其妻，陆判官取儿头与之易之。是儿身死而头生也。愿勿相仇。"醒告夫人，所梦同。乃言于官。问之，果有杨大年；执而械之，遂伏其罪。吴乃诣朱，请见夫人，由此为翁婿。乃以朱妻首合女尸而葬焉。

朱三入礼闱[④]，皆以场规[⑤]被放。于是灰心仕进，积三十年。一夕，陆告曰："君寿不永矣。"问其期，对以五日。"能相救否？"曰："惟天所命，人何能私？且自达人观之，生死一耳，何必生之为乐，死之为悲？"朱以为然。即治衣衾棺椁；既竟，盛服而没。

翌日，夫人方扶柩哭，朱忽冉冉自外至。夫人惧。朱曰："我诚鬼，不异生时，虑尔寡母孤儿，殊恋恋耳。"夫人大恸，涕垂膺[⑥]；朱依依慰解之，夫人曰："古有还魂之说，君既有灵，何不再生？"朱曰："天数不可违也。"问："在阴司作何务？"曰："陆判荐我督案务[⑦]，授有官爵，亦无所苦。"夫人欲再语，朱曰："陆公与我同来，可设酒馔。"趋而出。夫人依言营备。但闻室中笑饮，亮气高声，宛若生前。半夜窥之，窅然[⑧]已逝。自是三数日辄一来，时而留宿缱绻，家中事就便经纪[⑨]。子玮方五岁，来辄捉抱；至七八岁，则灯下教读。子亦慧，九岁能文，十五入邑庠，竟不知无父也。从此来渐疏，日月至焉[⑩]而已。又一夕来，谓夫人曰："今与卿永诀矣。"问："何往？"曰："承帝命为太华卿[⑪]，行将远赴，事烦途隔，故不能来。"母子持之

① 告郡——向郡衙告状。
② 左道——邪术。
③ 伊女——他的女儿。
④ 礼闱——会试。
⑤ 场规——考场规矩。
⑥ 膺——胸。
⑦ 案务——案牍方面事务。
⑧ 窅(yǎo)然——深远不可见状。
⑨ 经纪——代理。
⑩ 日月至焉——偶而来一次。
⑪ 太华卿——华山山神。

哭,曰:“勿尔!儿已成立,家计尚可存活,岂有百岁不拆之鸾凤耶!”顾子曰:“好为人,勿堕父业。十年后一相见耳。”径出门去,于是遂绝。

后玮二十五举进士,官行人①。奉命祭西岳②,道经华阴③,忽有舆从羽葆④,驰冲卤簿⑤。讶之。审视车中人,其父也。下车哭伏道左。父停舆曰:“官声好,我目瞑矣。”玮伏不起;朱促舆行,火驰不顾。去数步,回望,解佩刀遣人持赠。遥语曰:“佩之当贵。”玮欲追从,见舆马人从,飘忽若风,瞬息不见。痛恨良久;抽刀视之,制极精工,镌⑥字一行,曰:“胆欲大而心欲小,智欲圆而行欲方。”玮后官至司马⑦。生五子,曰沉,曰潜,曰沕,曰浑,曰深。一夕,梦父曰:“佩刀宜赠浑也。”从之。浑仕为总宪⑧,有政声。

异史氏曰:“断鹤续凫,矫作者妄;移花接木,创始者奇;而况加凿削于肝肠,施刀锥于颈项者哉!陆公者,可谓媸皮裹妍骨矣。明季至今,为岁不远,陵阳陆公犹存乎?尚有灵焉否也?为之执鞭,所忻慕焉。”

婴　宁

王子服,莒⑨之罗店人。早孤。绝惠,十四入泮⑩。母最爱之,寻常不令游郊野。聘萧氏,未嫁而夭,故求凰未就也。会上元⑪,有舅氏子吴生,邀同眺瞩⑫。方至村外,舅家有仆来,招吴去。生见游女如云,乘兴独遨。有女郎携婢,拈梅花一枝,容华绝代,笑容可掬。生注目不移,竟忘顾忌。女过去数武,顾婢曰:“个儿郎目灼灼似贼!”遗花地上,笑语自去。

---

① 行人——明代官职,职责颁诏、祭祀一类事务。
② 西岳——即华山,今位于陕西境内。
③ 华阴——县名,今属陕西省。
④ 舆从羽葆——车马仪仗。
⑤ 卤簿——达官显贵出行时的仪仗。
⑥ 镌——刻。
⑦ 司马——武官名。
⑧ 总宪——明清都察院左都御史的别称。
⑨ 莒——古国名,今山东莒县一带。
⑩ 泮——县学。
⑪ 上元——旧历正月十五日。
⑫ 眺瞩——登高望远。

生拾花怅然，神魂丧失，怏怏遂返。至家，藏花枕底，垂头而睡，不语亦不食。母忧之。醮禳[①]益剧，肌革锐减。医师诊视，投剂发表[②]，忽忽若迷。母抚问所由，默然不答。适吴生来，嘱密诘之。吴至榻前，生见之泪下。吴就榻慰解，渐致研诘。生具吐其实，且求谋画。吴笑曰："君意亦复痴！此愿有何难遂？当代访之。徒步于野，必非世家。如其未字[③]，事固谐矣；不然，拚以重赂，计必允遂。但得痊瘳，成事在我。"生闻之，不觉解颐。吴出告母，物色女子居里，而探访既穷，并无踪绪。母大忧，无所为计。然自吴去后，颜顿开，食亦略进。数日，吴复来。生问所谋。吴绐[④]之曰："已得之矣。我以为谁何人，乃我姑氏女，即君姨妹行，今尚待聘。虽内戚有婚姻之嫌，实告之，无不谐者。"生喜溢眉宇，问："居何里？"吴诡曰："西南山中，去此可三十余里。"生又付嘱再四，吴锐身自任而去。

生由是饮食渐加，日就平复。探视枕底，花虽枯，未便雕落。凝思把玩，如见其人。怪吴不至，折柬招之。吴支托不肯赴招。生恚[⑤]怒，悒悒不欢。母虑其复病，急为议姻；略与商确，辄摇首不愿，惟日盼吴。吴迄无耗，益怨恨之。转思三十里非遥，何必仰息[⑥]他人？怀梅袖中，负气自往，其家人不知也。伶仃独步，无可问程，但望南山行去。约三十余里，乱山合沓[⑦]，空翠爽肌，寂无人行，止有鸟道[⑧]。遥望谷底，丛花乱树中，隐隐有小里落。下山入村，见舍宇无多，皆茅屋，而意甚修雅。北向一家，门前皆丝柳，墙内桃杏尤繁，间以修竹；野鸟格磔[⑨]其中。意其园亭，不敢遽入。回顾对户，有巨石滑洁，因据坐少憩[⑩]。俄闻墙内有女子，长呼"小荣"，其声娇细。方伫听间，一女郎由东而西，执杏花一朵，俯首自簪。举头见生，遂不复簪，含笑拈花而入。审视之，即上元途中所遇也。心骤喜，但念无以阶进，欲呼姨氏，顾从无还往，惧有讹误。门内无人可问。坐卧徘徊，自

① 醮禳(jiào ráng)——祈福消灾。
② 投剂发表——中医治病方法之一。
③ 字——女子许婚。
④ 绐——说谎话骗人。
⑤ 恚——恼怒、气愤。
⑥ 仰息——依赖。
⑦ 合沓(tà)——重叠。
⑧ 鸟道——喻山路狭窄而险峻。
⑨ 格磔(zhé)——鸟鸣声。
⑩ 憩——休息。

朝至于日昃①，盈盈望断，并忘饥渴。时见女子露半面来窥，似讶其不去者。忽一老媪扶杖出，顾生曰："何处郎君，闻自辰刻便来，以至于今。意将何为？得勿饥耶？"生急起揖之，答云："将以盼亲②。"媪聋聩不闻。又大言之。乃问："贵戚何姓？"生不能答。媪笑曰："奇哉！姓名尚自不知，何亲可探？我视郎君，亦书痴耳。不如从我来，啖以粗粝③，家有短榻可卧。待明朝归，询知姓名，再来探访，不晚也。"生方腹馁思啖，又从此渐近丽人，大喜。从媪入，见门内白石砌路，夹道红花，片片堕阶上；曲折而西，又启一关，豆棚花架满庭中。肃客④入舍，粉壁光明如镜；窗外海棠枝朵，探入室中；裀藉⑤几榻，罔不洁泽。甫坐，即有人自窗外隐约相窥。媪唤："小荣！可速作黍⑥。"外有婢子噭声而应。坐次⑦，具展宗阀⑧。媪曰："郎君外祖，莫姓吴否？"曰："然。"媪惊曰："是吾甥也！尊堂，我妹子。年来以家窭贫⑨，又无三尺男⑩，遂至音问梗塞。甥长成如许，尚不相识。"生曰："此来即为姨也，匆遽遂忘姓氏。"媪曰："老身秦姓，并无诞育；弱息⑪仅存，亦为庶产⑫。渠母改醮，遗我鞠养。颇亦不钝，但少教训，嬉不知愁，少顷，使来拜识。"

未几，婢子具饭，雏尾⑬盈握。媪劝餐已，婢来敛具。媪曰："唤宁姑来。"婢应去。良久，闻户外隐有笑声。媪又唤曰："婴宁，汝姨兄在此。"户外嗤嗤笑不已。婢推之以入，犹掩其口，笑不可遏。媪嗔目⑭曰："有客在，咤咤叱叱，是何景像？"女忍笑而立，生揖之。媪曰："此王郎，汝姨子。一家尚不相识，可笑人也。"生问："妹子年几何矣？"媪未能解。生又言之。

---

① 日昃(zè)——太阳偏西。
② 盼亲——探亲。
③ 粗粝(lì)——糙米饭。
④ 肃客——请客人入内。
⑤ 裀(yīn)藉——垫席。
⑥ 作黍——作饭。
⑦ 坐次——依次坐定。
⑧ 宗阀——宗族门第。
⑨ 窭(jù)贫——极贫。
⑩ 三尺男——喻指男人。
⑪ 弱息——女儿。
⑫ 庶产——由妾生下的孩子。
⑬ 雏尾——雏鸡。
⑭ 嗔目——生气地看对方。

女复笑，不可仰视。媪谓生曰："我言少教诲，此可见矣。年已十六，呆痴裁[①]如婴儿。"生曰"小于甥一岁。"曰："阿甥已十七矣，得非庚午属马者[②]耶?"生首应之。又问："甥妇阿谁?"答云："无之。"曰："如甥才貌，何十七岁犹未聘? 婴宁亦无姑家，极相匹敌；惜有内亲之嫌。"生无语，目注婴宁，不遑他瞬。婢向女小语云："目灼灼，贼腔未改!"女又大笑。顾婢曰："视碧桃开未?"遽起，以袖掩口，细碎连步而出。至门外，笑声始纵。媪亦起，唤婢襆被，为生安置。曰："阿甥来不易，宜留三五日，迟迟送汝归。如嫌幽闷，舍后有小园，可供消遣；有书可读。"次日，至舍后，果有园半亩，细草铺毡，杨花糁径[③]；有草舍三楹[④]，花木四合其所。穿花小步，闻树头苏苏有声，仰视，则婴宁在上。见生来，狂笑欲堕。生曰："勿尔，堕矣!"女且下且笑，不能自止。方将及地，失手而堕，笑乃止。生扶之，阴捘[⑤]其腕。女笑又作，倚树不能行，良久乃罢。生俟其笑歇，乃出袖中花示之。女接之，曰："枯矣。何留之?"曰："此上元妹子所遗，故存之。"问："存之何意?"曰："以示相爱不忘也。自上元相遇，凝思成病，自分化为异物[⑥]；不图得见颜色，幸垂怜悯。"女曰："此大细事[⑦]。至戚何所靳惜[⑧]? 待郎行时，园中花，当唤老奴来，折一巨捆负送之。"生曰："妹子痴耶?"女曰："何便是痴?"生曰："我非爱花，爱拈花之人耳。"女曰："葭莩[⑨]之情，爱何待言。"生曰："我所谓爱，非瓜葛之爱[⑩]，乃夫妻之爱。"女曰："有以异乎?"曰："夜共枕席耳。"女俯思良久，曰："我不惯与生人睡。"语未已，婢潜至，生惶恐遁去。少时，会母所。母问："何往?"女答以园中共话。媪曰："饭熟已久，有何长言，周遮[⑪]乃乐。"女曰："大哥欲我共寝。"言未已，生大窘，急目瞪之。女微笑而止。幸媪不闻，犹絮絮究诘。生急以他词掩之，因小语责女，女曰："适此语不应说耶?"生曰："此背人语。"女曰："背他人，岂得背老母。且寝

---

① 裁——通"才"。
② 庚午属马者——庚午年生人，应属马。
③ 糁(sǎn)径——像碎米屑撒在小路上。
④ 楹——间。
⑤ 捘(zùn)——捏。
⑥ 异物——死亡的婉称。
⑦ 大细事——极小事。
⑧ 靳惜——吝惜。
⑨ 葭莩(jiā fú)之情——亲戚情谊。
⑩ 瓜葛之爱——亲戚间的爱情。
⑪ 周遮——言词啰嗦。

处亦常事，何讳之?”生恨其痴，无术可以悟之。食方竟，家中人捉双卫[①]来寻生。

先是，母待生久不归，始疑；村中搜觅几遍，竟无踪兆。因往询吴。吴忆曩言，因教于西南山村行觅。凡历数村，始至于此。生出门，适相值，便入告媪，且请偕女同归。媪喜曰：“我有志，匪伊朝夕[②]。但残躯不能远涉，得甥携妹子去，识认阿姨，大好!”呼婴宁。宁笑至。媪曰：“有何喜，笑辄不辍？若不笑，当为全人。”因怒之以目。乃曰：“大哥欲同汝去，可便装束。”又饷家人酒食，始送之出，曰：“姨家田产丰裕，能养冗人。到彼且勿归，小学诗礼，亦好事翁姑。即烦阿姨，为汝择一良匹。”二人遂发。至山坳，回顾，犹依稀见媪倚门北望也。

抵家，母睹姝丽，惊问为谁。生以姨女对。母曰：“前吴郎与儿言者，诈也。我未有姊，何以得甥?”问女，女曰：“我非母出。父为秦氏，没时，儿在褓中，不能记忆。”母曰：“我一姊适秦氏，良确；然殂谢[③]已久，那得复存?”因审诘面庞、志赘[④]，一一符合。又疑曰：“是矣。然亡已多年，何得复存?”疑虑间，吴生至，女避入室。吴询得故，惘然久之。忽曰：“此女名婴宁耶?”生然之。吴亟称怪事。问所自知，吴曰：“秦家姑去世后，姑丈鳏居[⑤]，祟于狐，病瘠死。狐生女名婴宁，绷卧床上，家人皆见之。姑丈没，狐犹时来；后求天师符粘壁上，狐遂携女去。将勿此耶?”彼此疑参[⑥]，但闻室中吃吃皆婴宁笑声。母曰：“此女亦太憨。”吴请面之。母入室，女犹浓笑不顾。母促令出，始极力忍笑，又面壁移时，方出。才一展拜，翻然遽入，放声大笑。满室妇女，为之粲然。吴请往觇其异，就便执柯[⑦]。寻至村所，庐舍全无，山花零落而已。吴忆姑葬处，仿佛不远；然坟垅湮没，莫可辨识，诧叹而返。母疑其为鬼。入告吴言，女略无骇意；又吊其无家，亦殊无悲意，孜孜憨笑而已。众莫之测。母令与少女同寝止。昧爽即来省问，操女红精巧绝伦。但善笑，禁之亦不可止；然笑处嫣然，狂而不损其

---

① 双卫——两头驴子。
② 匪伊朝夕——不止一日。
③ 殂谢——去世。
④ 志赘——身体上的特征或标记。
⑤ 鳏居——男人无妻独居。
⑥ 疑参——疑惑讯问。
⑦ 执柯——做媒。

媚，人皆乐之。邻女少妇，争承迎之。母择吉日，将为合卺，而终恐为鬼物。窃于日中窥之，形影殊无少异。至日，使华装行新妇礼；女笑极不能俯仰，遂罢。生以其憨痴，恐泄漏房中隐事；而女殊密秘，不肯道一语。每值母忧怒，女至，一笑即解。奴婢小过，恐遭鞭楚，辄求诣母共话；罪婢投见，恒得免。而爱花成癖，物色遍戚党；窃典金钗，购佳种，数月，阶砌藩溷，无非花者。

庭后有木香一架，故邻西家。女每攀登其上，摘供簪玩。母时遇见，辄诃之。女卒不改。一日，西人子见之，凝注倾倒。女不避而笑。西人子谓女意已属，心益荡。女指墙底，笑而下，西人子谓示约处，大悦。及昏而往，女果在焉。就而淫之，则阴如锥刺，痛彻于心，大号而踣。细视非女，则一枯木卧墙边，所接乃水淋窍也。邻父闻声，急奔研问，呻而不言。妻来，始以实告。爇火烛窍，见中有巨蝎，如小蟹然。翁碎木捉杀之，负子至家，半夜寻卒。邻人讼生，讦[①]发婴宁妖异。邑宰素仰生才，稔知其笃行士，谓邻翁讼诬，将杖责之。生为乞免，逐释而出。母谓女曰："憨狂尔尔，早知过喜而伏忧也。邑令神明，幸不牵累；设鹘突[②]官宰，必逮妇女质公堂，我儿何颜见戚里？"女正色，矢不复笑。母曰："人罔不笑，但须有时。"而女由是竟不复笑，虽故逗，亦终不笑，然竟日未尝有戚容。

一夕，对生零涕。异之。女哽咽曰："曩以相从日浅，言之恐致骇怪。今日察姑及郎，皆过爱无有异心，直告或无妨乎？妾本狐产。母临去，以妾托鬼母，相依十余年，始有今日。妾又无兄弟，所恃者惟君。老母岑寂山阿[③]，无人怜而合厝[④]之，九泉辄为悼恨。君倘不惜烦费，使地下人消此怨恫，庶养女者不忍溺弃。"生诺之，然虑坟冢迷于荒草。女但言无虑。刻日，夫妻舆榇[⑤]而往。女于荒烟错楚[⑥]中，指示墓处，果得媪尸，肤革犹存。女抚哭哀痛。舁归，寻秦氏墓合葬焉。是夜，生梦媪来称谢，寤而述之。女曰："妾夜见之，嘱勿惊郎君耳。"生恨不邀留。女曰："彼鬼也。生人多，阳气胜，何能久居？"生问小荣，曰："是亦狐，最黠。狐母留以视妾，每摄饵

① 讦(jié)——攻击，揭发。
② 鹘(hú)突——糊涂。
③ 山阿——山中曲坳处。
④ 合厝(cuò)——合葬。
⑤ 舆榇——以车载柩。
⑥ 错楚——荒芜的树丛。

相哺[①],故德之常不去心。昨问母,云已嫁之。”由是岁值寒食,夫妻登秦墓,拜扫无缺。女逾年,生一子。在怀抱中,不畏生人,见人辄笑,亦大有母风云。

异史氏曰:“观其孜孜憨笑,似全无心肝者;而墙下恶作剧,其黠孰甚焉。至凄恋鬼母,反笑为哭,我婴宁殆隐于笑者矣。窃闻山中有草,名‘笑矣乎’。嗅之,则笑不可止。房中植此一种,则合欢、忘忧[②],并无颜色矣。若解语花[③],正嫌其作态[④]耳。

聂 小 倩

宁采臣,浙人。性慷爽,廉隅[⑤]自重。每对人言:“生平无二色[⑥]。”适赴金华[⑦],至北郭,解装兰若。寺中殿塔壮丽;然蓬蒿没人,似绝行踪。东西僧舍,双扉虚掩;惟南一小舍,扃键如新。又顾殿东隅,修竹拱把[⑧];阶下有巨池,野藕已花。意甚乐其幽杳。会学使[⑨]案临,城舍价昂,思便留止,遂散步以待僧归。日暮,有士人来,启南扉。宁趋为礼,且告以意。士人曰:“此间无房主,仆亦侨居。能甘荒落,旦暮惠教,幸甚。”宁喜,藉藁代床,支板作几,为久客计。是夜,月明高洁,清光似水,二人促膝殿廊,各展姓字。士人自言:“燕姓,字赤霞。”宁疑为赴试诸生,而听其音声,殊不类浙。诘之,自言:“秦人[⑩]。”语甚朴诚。既而相对词竭,遂拱别归寝。

宁以新居,久不成寐。闻舍北喁喁[⑪],如有家口。起伏北壁石窗下,

---

① 相哺——喂养。
② 合欢、忘忧——合欢,即合欢花;忘忧,即忘忧草。
③ 解语花——喻指善于迎合人意的美女。
④ 作态——装模作样。
⑤ 廉隅——喻品行端正。
⑥ 无二色——男子不娶妾、不嫖妓。
⑦ 金华——府名,今浙江金华县。
⑧ 拱把——一手满握。
⑨ 学使——提督学政。
⑩ 秦人——今陕西人。
⑪ 喁喁(yú yú)——低语声。

微窥之。见短墙外一小院落，有妇可四十余；又一媪衣黦绯[①]，插蓬沓[②]，鲐背龙钟[③]，偶语[④]月下。妇曰："小倩何久不来？"媪曰："殆好至矣。"妇曰："将无向姥姥有怨言否？"曰："不闻，但意似蹙蹙[⑤]。"妇曰："婢子不宜好相识。"言未已，有一十七八女子来，仿佛艳绝。媪笑曰："背地不言人，我两个正谈道，小妖婢悄来无迹响。幸不訾[⑥]着短处。"又曰："小娘子端好是画中人，遮莫[⑦]老身是男子，也被摄魂去。"女曰："姥姥不相誉，便阿谁道好？"妇人女子又不知何言。宁意其邻人眷口，寝不复听。又许时，始寂无声。方将睡去，觉有人至寝所。急起审顾，则北院女子也。惊问之。女笑曰："月夜不寐，愿修燕好[⑧]。"宁正容曰："卿防物议，我畏人言；略一失足，廉耻道丧。"女云："夜无知者。"宁又咄之。女逡巡若复有词。宁叱："速去！不然，当呼南舍生知。"女惧，乃退。至户外复返，以黄金一锭置褥上。宁掇掷庭墀，曰："非义之物，污吾囊橐！"女惭，出，拾金自言曰："此汉当是铁石。"

诘旦，有兰溪生携一仆来候试，寓于东厢，至夜暴亡。足心有小孔，如锥刺者，细细有血出。俱莫知故。经宿，一仆死，症亦如之。向晚，燕生归，宁质之。燕以为魅。宁素抗直，颇不在意。宵分，女子复至，谓宁曰："妾阅人多矣，未有刚肠如君者。君诚圣贤，妾不敢欺。小倩，姓聂氏，十八夭殂，葬寺侧，辄被妖物威胁，历役贱务；觍颜[⑨]向人，实非所乐。今寺中无可杀者，恐当以夜叉[⑩]来。"宁骇求计。女曰："与燕生同室可免。"问："何不惑燕生？"曰："彼奇人也，不敢近。"问："迷人若何？"曰："狎昵我者，隐以锥刺其足，彼即茫若迷，因摄血以供妖饮；又或以金，非金也，乃罗刹鬼[⑪]骨，留之能截取人心肝。二者，凡以投时好耳。"宁感谢。问戒备之

---

① 黦绯(yè fēi)——褪色的红衣。
② 蓬沓——古时妇女的头饰。
③ 鲐(tái)背龙钟——驼背，行动迟缓。
④ 偶语——相对私语。
⑤ 蹙蹙——忧愁状。
⑥ 訾——指责他人短处。
⑦ 遮莫——如果。
⑧ 修燕好——结为夫妻。
⑨ 觍颜——无颜。
⑩ 夜叉——恶鬼。
⑪ 罗刹鬼——佛经故事中食人血肉的恶鬼。

期，答以明宵。临别泣曰："妾堕玄海[①]，求岸不得。郎君义气干云，必能拔生救苦。倘肯囊妾朽骨，归葬安宅，不啻再造。"宁毅然诺之。因问葬处，曰："但记取白杨之上，有乌巢者是也。"言已出门，纷然而灭。

明日，恐燕他出，早诣邀致。辰后具酒馔，留意察燕。既约同宿，辞以性癖耽寂。宁不听，强携卧具来。燕不得已，移榻从之，嘱曰："仆知足下丈夫，倾风良切[②]。某有微衷，难以遽白。幸勿翻窥箧襆，违之两俱不利。"宁谨受教。既而各寝，燕以箱箧置窗上，就枕移时，齁[③]如雷吼。宁不能寐。近一更许，窗外隐隐有人影。俄而近窗来窥，目光睒闪。宁惧，方欲呼燕，忽有物裂箧而出，耀若匹练，触折窗上石棂，飙然一射，即遽敛入，宛如电灭。燕觉而起，宁伪睡以觇之。燕捧箧检征[④]，取一物，对月嗅视，白光晶莹，长可二寸，径韭叶许。已而数重包固，仍置破箧中。自语曰："何物老魅，直尔大胆，致坏箧子。"遂复卧。宁大奇之，因起问之，且告以所见。燕曰："既相知爱，何敢深隐。我，剑客也。若非石棂，妖当立毙；虽然，亦伤。"问："所缄何物？"曰："剑也。适嗅之，有妖气。"宁欲观之。慨出相示，荧荧然一小剑也。于是益厚重燕。明日，视窗外，有血迹。遂出寺北，见荒坟累累，果有白杨，乌巢其颠。迨营谋既就，趣装欲归。燕生设祖帐，情义殷渥[⑤]。以破革囊赠宁，曰："此剑袋也。宝藏可远魑魅。"宁欲从授其术。曰："如君信义刚直，可以为此。然君犹富贵中人，非此道中人也。"宁乃托有妹葬此，发掘女骨，敛以衣衾，赁舟而归。

宁斋临野，因营坟葬诸斋外。祭而祝曰："怜卿孤魂，葬近蜗居，歌哭相闻，庶不见陵[⑥]于雄鬼。一瓯浆水饮，殊不清旨，幸不为嫌！"祝毕而返。后有人呼曰："缓待同行！"回顾，则小倩也。欢喜谢曰："君信义，十死不足以报。请从归，拜识姑嫜[⑦]，媵[⑧]御无悔。"审谛之，肌映流霞，足翘细笋，白昼端相，娇艳尤绝。遂与俱至斋中。嘱坐少待，先入白母。母愕然。时宁妻久病，母戒勿言，恐所骇惊。言次，女已翩然入，拜伏地下。宁曰："此小

---

① 玄海——佛教用语，苦海。
② 倾风良切——十分倾慕。
③ 齁——鼾声。
④ 征——痕迹。
⑤ 殷渥——情谊深厚。
⑥ 陵——通"凌"，欺凌。
⑦ 姑嫜——公婆。
⑧ 媵(yìng)——泛指婢妾。

倩也。”母惊顾不遑。女谓母曰：“儿飘然一身，远父母兄弟。蒙公子露覆[①]，泽被发肤[②]，愿执箕帚，以报高义。”母见其绰约可爱，始敢与言，曰：“小娘子惠顾吾儿，老身喜不可已。但生平止此儿，用承祧绪[③]，不敢令有鬼偶。”女曰：“儿实无二心。泉下人，既不见信于老母，请以兄事，依高堂，奉晨昏，如何？”母怜其诚，允之。即欲拜嫂，母辞以疾，乃止。女即入厨下，代母尸饔[④]，入房穿榻，似熟居者。日暮，母畏惧之，辞使归寝，不为设床褥。女窥知母意，即竟去。过斋欲入，却退，徘徊户外，似有所惧。生呼之。女曰：“室有剑气畏人。向道途中不奉见者，良以此故。”宁悟为革囊，取悬他室，女乃入，就烛下坐。移时，殊不一语。久之，问：“夜读否？妾少诵《楞严经》[⑤]，今强半遗忘。浼求一卷，夜暇，就兄正之。”宁诺。又坐，默然，二更向尽，不言去。宁促之。愀然曰：“异域孤魂，殊怯荒墓。”宁曰：“斋中别无床寝，且兄妹亦宜远嫌。”女起，眉颦[⑥]蹙而欲啼，足劻儴[⑦]而懒步，从容出门，涉阶而没。宁窃怜之，欲留宿别榻，又惧母嗔。女朝旦朝母，捧匜[⑧]沃盥，下堂操作，无不曲承母志。黄昏告退，辄过斋头，就烛诵经。觉宁将寝，始惨然去。

先是，宁妻病废，母劬[⑨]不堪；自得女，逸甚，心德之。日渐稔，亲爱如己出，竟忘其为鬼；不忍晚令去，留与同卧起。女初来未尝饮食，半年渐啜稀饨[⑩]。母子皆溺爱之，讳言其鬼，人亦不之辨也。无何，宁妻亡。母隐有纳女意，然恐于子不利。女微窥之，乘间告母曰：“居年余，当知儿肝膈。为不欲祸行人，故从郎君来。区区无他意，止以公子光明磊落，为天人所钦瞩，实欲依赞三数年，借博封诰[⑪]，以光泉壤。”母亦知无恶，但惧不能延

---

① 露覆——恩泽所惠。
② 发肤——全部身体。
③ 承祧(tiāo)绪——传宗接代。
④ 尸饔(yōng)——料理饮食。
⑤ 《楞严经》——佛教经典之一。
⑥ 颦——皱眉头。
⑦ 劻儴(kuāng ráng)——急迫胆怯。
⑧ 匜(yí)——盛水的盥器。
⑨ 劬——辛苦。
⑩ 饨(yì)——稀粥。
⑪ 封诰——皇帝授予的荣誉职称。

宗嗣。女曰："子女惟天所授。郎君注福籍①，有亢宗子②三，不以鬼妻而遂夺也。"母信之，与子议。宁喜，因列筵告戚党。或请觌③新妇，女慨然华妆出，一堂尽眙④，反不疑其鬼，疑为仙。由是五党⑤诸内眷，咸执贽以贺，争拜识之。女善画兰梅，辄以尺幅酬答，得者藏什袭，以为荣。

一日，俯颈窗前，怊怅⑥若失。忽问："革囊何在？"曰："以卿畏之，姑缄置他所。"曰："妾受生气已久，当不复畏，宜取挂床头。"宁诘其意，曰："三日来，心怔忡⑦无停息，意金华妖物，恨妾远遁，恐旦晚寻及也。"宁果携革囊来。女反复审视，曰："此剑仙将盛人头者也。敝败至此，不知杀人几何许！妾今日视之，肌犹粟慄⑧。"乃悬之。次日，又命移悬户上。夜对烛坐，约宁勿寝。欻有一物，如飞鸟堕。女惊匿夹幕⑨间。宁视之，物如夜叉状，电目血舌，睒闪攫拿而前。至门却步；逡巡久之，渐近革囊，以爪摘取，以将抓裂。囊忽格然一响，大可合蒉⑩；恍惚有鬼物，突出半身，揪夜叉入，声遂寂然，囊亦顿缩如故。宁骇诧。女亦出，大喜曰："无恙矣！"共视囊中，清水数斗而已。后数年，宁果登进士。女举一男。纳妾后，又各生一男，皆仕进有声。

义　鼠

杨天一言：见二鼠出，其一为蛇所吞；其一瞪目如椒⑪，似甚恨怒，然遥望不敢前。蛇果腹⑫，蜿蜒入穴；方将过半，鼠奔来，力嚼其尾。蛇怒，

---

① 福籍——地狱记录人间福禄的簿册。
② 亢宗子——兴盛宗族之子。
③ 觌——通"睹"。
④ 眙(chì)——喻惊诧得目瞪口呆。
⑤ 五党——五服内的亲族。
⑥ 怊(chāo)怅——恍恍忽忽。
⑦ 怔忡(zhēng chōng)——恐惧不安。
⑧ 粟慄——因恐惧而起鸡皮疙瘩。
⑨ 夹幕——帷幕。
⑩ 大可合蒉(kuì)——相当于两个竹筐合起来那样大。
⑪ 椒——花椒粒。
⑫ 果腹——吃饱。

退身出。鼠故[①]便捷，欻然遁去。蛇追不及而返。及入穴，鼠又来，嚼如前状。蛇入则来，蛇出则往，如是者久。蛇出，吐死鼠于地上。鼠来嗅之，啾啾如悼息[②]，衔之而去。友人张历友[③]为作《义鼠行》。

地　震

康熙七年[④]六月十七日戌刻[⑤]，地大震。余适客稷下[⑥]，方与表兄李笃之对烛饮。忽闻有声如雷，自东南来，向西北去。众骇异，不解其故。俄而几案摆簸，酒杯倾覆；屋梁椽柱，错折有声。相顾失色。久之，方知地震，各疾趋出。见楼阁房舍，仆而复起；墙倾屋塌之声，与儿啼女号，喧如鼎沸。人眩晕不能立，坐地上，随地转侧。河水倾泼丈余，鸭鸣犬吠满城中。逾一时许，始稍定。视街上，则男女裸聚，竞相告语，并忘其未衣也。后闻某处井倾仄，不可汲；某家楼台南北易向；栖霞山[⑦]裂；沂水[⑧]陷穴，广数亩。此真非常之奇变也。

有邑人妇，夜起溲溺[⑨]，回则狼衔其子。妇急与狼争。狼一缓颊[⑩]，妇夺儿出，携抱中。狼蹲不去。妇大号。邻人奔集，狼乃去。妇惊定作喜，指天画地，述狼衔儿状，己夺儿状。良久，忽悟一身未着寸缕，乃奔。此与地震时男妇两忘者，同一情状也。人之惶急无谋，一何[⑪]可笑！

---

① 故——本来。
② 悼息——悲伤叹息。
③ 张历友——蒲松龄的诗友。
④ 康熙七年——即 1668 年。
⑤ 戌刻——晚七点至九点。
⑥ 稷(jì)下——此指临淄。
⑦ 栖霞山——今属山东省。
⑧ 沂水——县名，今属山东省。
⑨ 溲溺(sōu niào)——小便。
⑩ 缓颊——松嘴。
⑪ 一何——多么。

海 公 子

东海古迹岛，有五色耐冬花，四时不凋。而岛中古无居人，人亦罕到之。登州[①]张生，好奇，喜游猎。闻其佳胜，备酒食，自棹扁舟而往。至则花正繁，香闻数里；树有大至十余围者。反复留连，甚慊[②]所好。开尊自酌，恨无同游。忽花中一丽人来，红裳眩目，略无伦比。见张，笑曰："妾自谓兴致不凡，不图先有同调[③]。"张惊问："何人？"曰："我胶娼[④]也。适从海公子来。彼寻胜翱翔，妾以艰于步履，故留此耳。"张方苦寂，得美人，大悦，招坐共饮。女言词温婉，荡人神志。张爱好之。恐海公子来，不得尽欢，因挽与乱。女忻从之。相狎未已，忽闻风肃肃，草木偃折有声。女急推张起，曰："海公子至矣。"张束衣愕顾，女已失去。旋见一大蛇，自丛树中出，粗于巨筒。张惧，幛身大树后，冀蛇不睹。蛇近前，以身绕人并树，纠缠数匝；两臂直束胯间，不可少屈。昂其首，以舌刺张鼻。鼻血下注，流地上成洼，乃俯就饮之。张自分[⑤]必死，忽忆腰中佩荷囊，有毒狐药，因以二指夹出，破裹堆掌中；又侧颈自顾其掌，令血滴药上，顷刻盈把。蛇果就掌吸饮。饮未及尽，遽伸其体，摆尾若霹雳声，触树，树半体崩落，蛇卧地如梁而毙矣。张亦眩莫能起，移时方苏，载蛇而归，大病月余，疑女子亦蛇精也。

丁 前 溪

丁前溪，诸城[⑥]人。富有钱谷。游侠好义，慕郭解[⑦]之为人。御史行

① 登州——今山东蓬莱县。
② 慊(qiè)——满足。
③ 同调——曲调相同。
④ 胶娼——胶州(今山东胶县)的娼妓。
⑤ 自分——自料。
⑥ 诸城——县名，今属山东省。
⑦ 郭解(xiè)——汉代轵(今河南济源县)人，以任侠著称于世，后被杀。

台按访之①。丁亡去。至安丘②,遇雨,避身逆旅。雨日中不止。有少年来,馆谷③丰隆。既而昏暮,止宿其家;莝④豆饲畜,给食周至。问其姓字,少年云:"主人杨姓,我其内侄也。主人好交游,适他出,家惟娘子在。贫不能厚客给,幸能垂谅。"问主人何业,则家无资产,惟日设博场,以谋升斗⑤。次日,雨仍不止,供给弗懈。至暮,剉⑥刍;刍束湿,颇极参差。丁怪之。少年曰:"实告客:家贫无以饲畜,适娘子撤屋上茅耳。"丁益异之,谓其意在得直⑦。天明,付之金,不受;强付,少年持入。俄出,仍以返客,云:"娘子言,我非业此猎食者。主人在外,尝数日不携一钱;客至吾家,何遂索偿乎?"丁赞叹而别。嘱曰:"我诸城丁某,主人归,宜告之。暇幸见顾。"

数年无耗⑧。值岁大饥,杨困甚,无所为计。妻漫劝诣丁,从之。至诸,通姓名于门者。丁茫不忆;申言始忆之。踊⑨履而出,揖客入。见其衣敝踵决⑩,居之温室,设筵相款,宠礼异常。明日,为制冠服,表里温暖。杨义之⑪;而内顾增忧,褊心⑫不能无少望。居数日,殊不言赠别,杨意甚亟,告丁曰:"顾不敢隐:仆来时,米不满升。今过蒙推解⑬,固乐,妻子如何矣!"丁曰:"是无烦虑,已代经纪矣。幸舒意少留,当助资斧。"走伻⑭招诸博徒,使杨坐而乞头⑮,终夜得百金,乃送之还。归见室人⑯,衣履鲜整,小婢侍焉。惊问之。妻言:"自若去后,次日即有车徒赍送布帛菽粟,堆积满屋,云是丁客所赠。又婢十指⑰,为妾驱使。"杨感不自已。由此小康,

---

① 御史行台按访之——御史,官名;行台,临时派出机构;按访之,微服私访,调查案情。
② 安丘——县名,今属山东省。
③ 馆谷——供给客人食宿。
④ 莝(cuò)——铡。
⑤ 升斗——微薄收入。
⑥ 剉(cuò)——铡。
⑦ 直——通"值"。
⑧ 无耗——没有音讯。
⑨ 踊——趿拉。
⑩ 踵决——脚后跟露出鞋子外。
⑪ 义之——认为他讲义气。
⑫ 褊(biǎn)心——心胸狭隘。
⑬ 推解——推食解衣,至诚相待。
⑭ 走伻(bēng)——派人前往。
⑮ 乞头——抽头为利。
⑯ 室人——妻子。
⑰ 十指——即一个人。

不屑旧业矣。

异史氏曰："贫而好客，饮博浮荡者优为之；最异者，独其妻耳。受之施而不报，岂人也哉？然一饭之德不忘，丁其有焉。"

海　大　鱼

海滨故无山。一日，忽见峻岭重迭，绵亘数里，众悉骇怪。又一日，山忽他徙，化而乌有。相传海中大鱼①，值清明节，则携眷口②往拜其墓，故寒食③时多见之。

张 老 相 公

张老相公，晋④人。适将嫁女，携眷至江南，躬市奁妆⑤。舟抵金山⑥，张先渡江，嘱家人在舟，勿爆⑦膻腥。盖江中有鼋怪⑧，闻香辄出，坏舟吞行人，为害已久。张去，家人忘之，炙肉舟中。忽巨浪覆舟，妻女皆没。张回棹⑨，悼恨欲死。因登金山，谒寺僧，询鼋之异，将以仇鼋。僧闻之，骇言："吾侪⑩日与习近，惧为祸殃，惟神明奉之，祈勿怒；时斩牲牢⑪，投以半体⑫，则跃吞而去。谁复能相仇哉！"张闻，顿思得计。便招铁工，起炉山半，冶赤铁，重百余斤。审知所常伏处，使二三健男子，以大箝举投之。鼋跃出，疾吞而下。少时，波涌如山。顷之浪息，则鼋死，已浮水上矣。行旅

---

① 大鱼——指鲸鱼。
② 眷口——家眷。
③ 寒食——清明节前两天，称"寒食节"。
④ 晋——今山西一带。
⑤ 奁(lián)妆——嫁妆。
⑥ 金山——在今江苏镇江市西北。
⑦ 爆(bó)——煎炒。
⑧ 鼋(yuán)怪——大龟精。
⑨ 棹——桨。
⑩ 吾侪(chái)——吾辈。
⑪ 牲牢——以牛、羊、豕祭祀。
⑫ 投以半体——把牲体一半投下去。

寺僧并快之，建张老相公祠，肖像其中，以为水神，祷之辄应。

水 莽 草

水莽，毒草也。蔓生似葛，花紫，类扁豆。悮[①]食之，立死，即为水莽鬼。俗传此鬼不得轮回[②]，必再有毒死者，始代之。以故楚中桃花江一带，此鬼尤多云。

楚人以同岁生者为同年，投刺相谒[③]，呼庚兄庚弟[④]，子侄呼庚伯，习俗然也。有祝生造[⑤]其同年某，中途燥渴思饮。俄见道旁一媪，张棚施饮，趋之。媪承迎入棚，给奉甚殷。嗅之有异味，不类茶茗，置不饮，起而出。媪急止客，便唤："三娘，可将好茶一杯来。"俄有少女，捧茶自棚后出。年约十四五，姿容艳绝，指环臂钏[⑥]，晶莹鉴影。生受盏神驰；嗅其茶，芳烈无伦。吸尽再索。觑媪出，戏捉纤腕，脱指环一枚。女赪[⑦]颊微笑，生益惑。略诘门户[⑧]，女曰："郎暮来，妾犹在此也。"生求茶叶一撮，并藏指环而去。至同年家，觉心头作恶，疑茶为患，以情告某。某骇曰："殆[⑨]矣！此水莽鬼也。先君死于是。是不可救，且为奈何？"生大惧，出茶叶验之，真水莽草也。又出指环，兼述女子情状。某悬想[⑩]曰："此必寇三娘也。"生以其名确符，问："何故知？"曰："南村富室寇氏女，夙有艳名。数年前，悮食水莽而死，必此为魅。"或言受魅者，若知鬼姓氏，求其故裆[⑪]，煮服可痊。某急诣寇所，实告以情，长跪哀恳；寇以其将代女死，故靳[⑫]不与。某忿而返，以告生。生亦切齿恨之，曰："我死，必不令彼女脱生！"某舁送之，

① 悮——同"误"。
② 轮回——佛教用语，指人像车轮一样生死相续、流转不停。
③ 谒——拜访。
④ 庚兄庚弟——以年龄大小论兄弟。
⑤ 造——登门拜访。
⑥ 钏(chuàn)——手镯。
⑦ 赪(chēng)——红色，指因羞而脸红。
⑧ 略诘门户——询问夜间住何处。
⑨ 殆——危险。
⑩ 悬想——猜测。
⑪ 故裆——穿用过的裤裆。
⑫ 靳——吝啬。

将至家门而卒。母号涕葬之。遗一子,甫周岁。妻不能守柏舟节[①],半年改醮去。母留孤自哺,劬瘁不堪,朝夕悲啼。一日,方抱儿哭室中,生悄然忽入。母大骇,挥涕问之。答云:“儿地下闻母哭,甚怆于怀,故来奉晨昏耳。儿虽死,已有家室,即同来分母劳,母其勿悲。”母问:“儿妇何人?”曰:“寇氏坐听儿死,儿甚恨之。死后欲寻三娘,而不知其处;近遇其庚伯,始相指示。儿往,则三娘已投生任侍郎[②]家;儿驰去,强捉之来。今为儿妇,亦相得,颇无苦。”移时,门外一女子入,华妆艳丽,伏地拜母。生曰:“此冠三娘也。”虽非生人,母视之,情怀差慰[③]。生便遣三娘操作。三娘雅不习惯,然承顺殊怜人。由此居故室,遂留不去。女请母告诸家。生意勿告;而母承女意,卒告之。寇家翁媪,闻而大骇,命车疾至。视之,果三娘。相向哭失声,女劝止之。媪视生家良贫,意甚忧悼。女曰:“人已鬼,又何厌贫?祝郎母子,情义拳拳,儿固已安之矣。”因问:“茶媪谁也?”曰:“彼倪姓,自惭不能惑行人,故求儿助之耳。今已生于郡城卖浆者之家。”因顾生曰:“既婿矣,而不拜岳,妾复何心?”生乃投拜。女便入厨下,代母执炊,供翁媪。媪视之凄心。既归,即遣两婢来,为之服役;金百斤、布帛数十匹;酒胾不时馈送,小阜[④]祝母矣。冠亦时招归宁。居数日,辄曰:“家中无人,宜早送儿还。”或故稽之,则飘然自归。翁乃代生起夏屋[⑤],营备臻至。然生终未尝至翁家。

一日,村中有中水莽毒者,死而复苏,相传为异。生曰:“是我活之也。彼为李九所害,我为之驱其鬼而去之。”母曰:“汝何不取人以自代?”曰:“儿深恨此等辈,方将尽驱除之,何屑此为!且儿事母最乐,不愿生也。”由是中毒者,往往具丰筵,祷诸其庭,辄有效。

积十余年,母死。生夫妇亦哀毁,但不对客,惟命儿缞麻[⑥]擗踊,教以礼仪而已。葬母后,又二年余,为儿娶妇。妇,任侍郎之孙女也。先是,任公妾生女,数月而殇[⑦]。后闻祝生之异,遂命驾其家,订翁婿焉。至是,遂

---

① 柏舟节——指妻子在丈夫死后矢志不嫁。
② 侍郎——官名。
③ 差慰——稍微得到安慰。
④ 小阜——稍稍富裕。
⑤ 夏屋——大房子。
⑥ 缞(cuī)麻擗(bì)踊——身穿丧服,极度悲哀。
⑦ 殇——夭折。

以孙女妻其子，往来不绝矣。一日，谓子曰："上帝以我有功人世，策为四渎牧龙君[①]，今行矣。"俄见庭下有四马，驾黄幨车[②]，马四股皆鳞甲[③]。夫妻盛装出，同登一舆。子及妇皆泣拜，瞬息而渺。是日，寇家见女来，拜别翁媪，亦如生言。媪泣挽留，女曰："祝郎先去矣。"出门遂不复见。

其子名鹗，字离尘，请诸寇翁，以三娘骸骨，与生合葬焉。

造畜

魇昧[④]之术，不一其道，或投美饵，绐[⑤]之食之，则为迷罔，相从而去，俗名曰"打絮巴"，江南谓之"扯絮"。小儿无知，辄受其害。又有变人为畜者，名曰"造畜"。此术江北犹少，河[⑥]以南辄有之。扬州[⑦]旅店中，有一人牵驴五头，暂縶枥下，云："我少选[⑧]即返。"兼嘱："勿令饮啖。"遂去。驴暴日中，蹄啮殊喧[⑨]。主人牵着[⑩]凉处。驴见水，奔之，遂纵饮之，一滚尘，化为妇人。怪之，诘其所由，舌印强而不能答。乃匿诸室中。既而驴主至，驱五羊于院中，惊问驴之所在。主人曳客坐，便进餐饮，且云："客姑饭，驴即至矣。"主人出，悉饮五羊[⑪]，辗转皆为童子。阴报郡，遣役捕获，遂械杀之。

---

① 四渎牧龙君——四渎之神，指长江、黄河、淮水、济水。
② 幨(chān)——车帷。
③ 马四股皆鳞甲——传说中的神马。
④ 魇昧——以迷信方法害人。
⑤ 绐(dài)——欺骗。
⑥ 河——黄河。
⑦ 扬州——今江苏扬州市。
⑧ 少选——一小会儿。
⑨ 蹄啮(niè)殊喧——又踢又咬，叫闹异常。
⑩ 着——拴。
⑪ 饮(yìn)五羊——给五只羊喝水。

凤阳士人

凤阳[①]一士人，负笈远游。谓其妻曰："半年当归。"十余月，竟无耗问。妻翘盼綦切。一夜，才就枕，纱月摇影，离思萦怀。方反侧间，有一丽人，珠鬟绛帔[②]，搴帷而入，笑问："姊姊，得无欲见郎君乎？"妻急起应之。丽人邀与共往。妻惮修阻，丽人但请勿虑。即挽女手出，并踏月色，约行一矢[③]之远。觉丽人行迅速，女步履艰涩，呼丽人少待，将归着复履[④]。丽人牵坐路侧，自乃捉足，脱履相假。女喜着之，幸不凿枘[⑤]，复起从行，健步如飞。移时，见士人跨白骡来。见妻大惊，急下骑，问："何往？"女曰："将以探君。"又顾问丽者伊谁。女未及答，丽人掩口笑曰："且勿问讯。娘子奔波匪易；郎君星驰夜半，人畜想以俱殆。妾家不远，且请息驾，早旦而行，不晚也。"顾数武[⑥]之外，即有村落，遂同行。入一庭院，丽人促睡婢起供客，曰："今夜月色皎然，不必命烛，小台石榻可坐。"士人絷蹇檐梧[⑦]，乃即坐。丽人曰："履大不适于体，途中颇累赘否？归有代步，乞赐还也。"女称谢付之。

俄顷，设酒果，丽人酌曰："鸾凤久乖[⑧]，圆在今夕；浊醪一觞，敬以为贺。"士人亦执盏酬报。主客笑言，履舄交错[⑨]。士人注视丽者，屡以游词[⑩]相挑。夫妻乍聚，并不寒暄一语。丽人亦美目流情，妖言隐谜。女惟默坐，伪为愚者。久之渐醺，二人语益狎。又以巨觥劝客，士人以醉辞。劝之益苦，士人笑曰："卿为我度一曲[⑪]，即当饮。"丽人不拒，即以牙拨抚提琴而歌曰："黄昏卸得残妆罢，窗外西风冷透纱。听蕉声，一阵一阵细雨

---

① 凤阳——今安徽凤阳县西。
② 帔(pèi)——披肩。
③ 一矢——一箭。
④ 复履——夹底鞋。
⑤ 凿枘——喻不合脚。
⑥ 武——通"步"。
⑦ 絷(zhí)蹇檐梧——将驴拴在檐前柱上。
⑧ 鸾凤久乖——夫妻久离。
⑨ 履舄(xì)交错——鞋子乱放，喻客人之多。
⑩ 游词——嬉戏轻薄之语。
⑪ 度(duó)一曲——按曲谱弹一支曲子。

下。何处与人闲磕牙？望穿秋水，不见还家，潸潸[①]泪似麻。又是想他，又是恨他，手拿着红绣鞋儿占鬼卦[②]。”歌竟，笑曰：“此市井里巷之谣，不足污君听。然因流俗所尚，姑效颦耳。”音声靡靡[③]，风度狎亵。士人摇惑，若不自禁。

少间，丽人伪醉离席；士人亦起，从之而去。久之不至，婢子乏疲，伏睡廊下。女独坐，块然无侣，中心愤恚，颇难自堪，思欲遁归，而夜色微茫，不忆道路，辗转无以自主，因起而觇之。裁近其窗，则断云零雨之声，隐约可闻。又听之，闻良人与己素常猥亵之状，尽情倾吐。女至此，手颤心摇，殆不可遏，念不如出门窜沟壑以死。愤然方行，忽见弟三郎乘马而至，遽便下问。女具以告。三郎大怒，立与姊回，直入其家，则室门扃闭，枕上之语犹喁喁也。三郎举巨石如斗，抛击窗棂，三五碎断。内大呼曰：“郎君脑破矣！奈何？”女闻之，愕然，大哭，谓弟曰：“我不谋与汝杀郎君，今且若何？”三郎撑目[④]曰：“汝呜呜促我来，甫能消此胸中恶，又护男儿、怨弟兄，我不惯与婢子供指使！”返身欲去，女牵衣曰：“汝不携我去，将何之？”三郎挥姊仆地，脱体而去。女顿惊寤，始知其梦。

越日，士人果归，乘白骡。女异之而未言。士人是夜亦梦，所见所遭，述之悉符，互相骇怪。既而三郎闻姊夫远归，亦来省问。语次，谓士人曰：“昨宵梦君归，今果然，亦大异。”士从笑曰：“幸不为巨石所毙。”三郎愕然问故，士以梦告。三郎大异之。盖是夜，三郎亦梦遇姊泣诉，愤激投石也。三梦相符，但不知丽人何许耳。

耿 十 八

新城耿十八，病危笃，自知不起，谓妻曰：“永诀在旦晚耳。我死后，嫁守由汝，请言所志。”妻默不语。耿固问之，且云：“守固佳，嫁亦恒情。明言之，庸何伤！行[⑤]与子诀，子守，我心慰；子嫁，我意断也。”妻乃惨然曰：

① 潸潸（shān shān）——流泪状。
② 占鬼卦——妇思夫归的占卜游戏。
③ 靡靡——柔细委靡。
④ 撑目——瞪眼。
⑤ 行——即将。

"家无儋石①，君在犹不给，何以能守？"耿闻之，遽握妻臂，作恨声曰："忍哉！"言已而没，手握不可开。妻号，家人至。两人攀指，力擘②之，始开。

耿不自知其死，出门，见小车十余两③，两各十人，即以方幅书名字，粘车上。御人见耿，促登车。耿视车中已有九人，并已而十。又视粘单上，已名最后。车行咋咋④，响震耳际，亦不自知何往。俄至一处，闻人言曰："此思乡地也。"闻其名，疑之。又闻御人偶语云："今日剬⑤三人。"耿又骇。及细听其言，悉阴间事，乃自悟曰："我岂不作鬼物耶？"顿念家中，无复可悬念，惟老母腊高⑥，妻嫁后，缺于奉养；念之，不觉涕涟。又移时，见有台，高可数仞，游人甚夥⑦；囊头械足之辈，呜咽而下上，闻人言为"望乡台⑧"。诸人至此，俱踏辕下，纷然竞登。御人或挞之，或止之，独至耿，则促令登。登数十级，始至颠顶。翘首一望，则门闾庭院，宛在目中。但内室隐隐，如笼烟雾。凄恻不自胜，回顾，一短衣人立肩下，即以姓氏问耿。耿具以告。其人亦自言为东海⑨匠人。见耿零涕，问："何事不了于心？"耿又告之。匠人谋与越台而遁。耿惧冥追，匠人固言无妨。耿又虑台高倾跌，匠人但令从己。遂先跃，耿果从之。及地，竟无恙，喜无觉者。视所乘车，犹在台下。二人急奔。数武，忽自念名字粘车上，恐不免执名之追；遂反身近车，以手指染唾，涂去已名，始复奔，哆口坌息⑩，不敢少停。少间，入里门，匠人送诸其室。蓦睹已尸，醒然而苏。

觉乏疲躁渴，骤呼水。家人大骇，与之水，饮至石余。乃骤起，作揖拜伏；既而出门拱谢，方归。归则僵卧不转。家人以其行异，疑非真活；然渐觇之，殊无他异。稍稍近问，始历历言其本末。问："出门何故？"曰："别匠人也。""饮水何多？"曰："初为我饮，后乃匠人饮也。"投之汤羹，数日而瘥。由此厌薄其妻，不复共枕席云。

---

① 儋(dàn)石——口粮。
② 擘(bāi)——分开。
③ 两——通"辆"。
④ 咋咋(zē zē)——喻车声。
⑤ 剬(cuì)——铡断。
⑥ 腊高——年老。
⑦ 夥——通"伙"。
⑧ 望乡台——传说中可以望见阳世的阴间之地。
⑨ 东海——郡名，今山东郯城县。
⑩ 哆(chǐ)口坌(bèn)息——张口喘粗气。

珠 儿

常州[①]民李化，富有田产。年五十余，无子。一女名小惠，容质秀美，夫妻最怜爱之。十四岁，暴病夭殂，冷落庭帏，益少生趣。始纳婢，经年余，生一子，视如拱璧[②]，名之珠儿。儿渐长，魁梧可爱。然性绝痴，五六岁尚不辨菽麦，言语蹇涩[③]。李亦好而不知其恶。会有眇[④]僧，募缘于市，辄知人闺闼，于是相惊以神，且云，能生死祸福人。几十百千，执名以索，无敢违者。诣李募百缗[⑤]。李难之。给十金，不受；渐至三十金。僧厉色曰："必百缗，缺一文不可！"李亦怒，收金遽去。僧忿然而起曰："勿悔，勿悔！"无何，珠儿心暴痛，巴刮[⑥]床席，色如土灰。李惧，将八十金诣僧乞救。僧笑曰："多金大不易！然山僧何能为？"李归而儿已死。李恸甚，以状诉邑宰。宰拘僧讯鞫，亦辨给无情词[⑦]。笞之，似击鞔革[⑧]。令搜其身，得木人二、小棺一、小旗帜五。宰怒，以手叠诀举示之。僧乃惧，自投无数[⑨]。宰不听，杖杀之。李叩谢而归。

时已曛暮[⑩]，与妻坐床上。忽一小儿，伛儴入室，曰："阿翁行何疾？极力不能得追。"视其体貌，当得七八岁。李惊，方将诘问，则见其若隐若现，恍惚如烟雾，宛转间，已登榻坐。李推下之，堕地无声。曰："阿翁何乃尔！"瞥然复登。李惧，与妻俱奔。儿呼阿父、阿母，呕哑不休。李入妾室，急阖[⑪]其扉；还顾，儿已在膝下。李骇，问何为。答曰："我苏州[⑫]人，姓詹

---

① 常州——府名，今江苏常州市。
② 拱璧——泛指珍宝。
③ 蹇涩——不连贯。
④ 眇——一目失明。
⑤ 缗(mín)——穿钱用的绳子，一千文为一缗。
⑥ 巴刮——抓挠。
⑦ 辨给(jǐ)无情词——多方巧辩而不讲实话。
⑧ 鞔(mán)革——蒙鼓的皮革。
⑨ 自投无数——叩头无数。
⑩ 曛(xūn)暮——黄昏。
⑪ 阖——关门。
⑫ 苏州——府名，今江苏苏州市。

氏。六岁失怙恃①,不为兄嫂所容,逐居外祖家。偶戏门外,为妖僧迷杀桑树下,驱使如伥鬼②,冤闭穷泉③,不得脱化。幸赖阿翁昭雪,愿得为子。"李曰:"人鬼殊途,何能相依?"儿曰:"但除斗室④,为儿设床褥,日浇一杯冷浆粥,余都无事。"李从之。儿喜,遂独卧室中。晨来出入闺阁,如家生。闻妾哭子声,问:"珠儿死几日矣?"答以七日。曰:"天严寒,尸当不腐。试发冢启视,如未损坏,儿当得活。"李喜,与儿去,开穴验之,躯壳如故。方此忉怛⑤,回视,失儿所在。异之,舁尸归。方置榻上,目已瞥动;少顷呼汤,汤已而汗,汗已遂起。

群喜珠儿复生,又加之慧黠便利,迥异曩昔。但夜间僵卧,毫无气息,共转侧之,冥然若死。众大愕,谓其复死;天将明,始若梦醒。群就问之。答云:"昔从妖僧时,有儿等二人,其一名哥子。昨追阿父不及,盖在后与哥子作别耳。今在冥间,与姜员外作义嗣⑥,亦甚优游。夜分,固来邀儿戏。适以白鼻騧⑦送儿归。"母因问:"在阴司见珠儿否?"曰:"珠儿已转生矣。渠与阿翁无父子缘,不过金陵⑧严子方,来讨百十千债负耳。"初,李贩于金陵,欠严货价未偿,而严翁死,此事无知者。李闻之,大骇。母问:"儿见惠姊否?"儿曰:"不知。再去当访之。"

又二三日,谓母曰:"惠姊在冥中大好,嫁得楚江王小郎子,珠翠满头髻;一出门,便十百作呵殿声。"母曰:"何不一归宁?"曰:"人既死,都与骨肉无关切。倘有人细述前生,方豁然动念耳。昨托姜员外,夤缘⑨见姊,姊姊呼我坐珊瑚床上,与言父母悬念,渠都如眠睡。儿云:'姊在时,喜绣并蒂花,剪刀刺手爪,血涴⑩绫子上,姊就刺作赤水云。今母犹挂床头壁,顾念不去心,姊忘之乎?'姊始凄感,云:'会须白郎君,归省阿母。'"母问其期,答言不知。

---

① 怙恃——指父母。
② 伥鬼——传说中的一种鬼,据说它被虎咬死,又助虎吃人。
③ 穷泉——指墓中。
④ 斗室——小室。
⑤ 忉怛(dāo dá)——悲痛。
⑥ 义嗣——义子。
⑦ 白鼻騧(guā)——白鼻黑嘴的黄马。
⑧ 金陵——今江苏南京市。
⑨ 夤缘——攀附关系。
⑩ 涴(wò)——污染。

一日谓母:“姊行且至,仆从大繁,当多备浆酒。”少间,奔入室曰:“姊来矣!”移榻中堂,曰:“姊姊且憩坐,少悲啼。”诸人悉无所见。儿率人焚纸酹饮于门外,返曰:“驺从[①]暂令去矣。姊言:‘昔日所覆绿锦被,曾为烛花烧一点如豆大,尚在否?’”母曰:“在。”即启笥出之。儿曰:“姊命我陈旧闺中。乏疲,且小卧,翌日再与阿母言。”

东邻赵氏女,故与惠为绣阁交。是夜,忽梦惠幞头紫帔来相望,言笑如平生。且言:“我今异物,父母觌面,不啻[②]河山。将借妹子与家人共话,勿须惊恐。”质明[③],方与母言,忽仆地闷绝,逾刻始醒,向母曰:“小惠与阿婶别几年矣,顿鬖鬖[④]白发生!”母骇曰:“儿病狂耶?”女拜别即出。母知其异,从之。直达李所,抱母哀啼。母惊不知所谓。女曰:“儿昨归,颇委顿,未遑一言。儿不孝,中途弃高堂,劳父母哀念,罪何可赎!”母顿悟,乃哭。已而问曰:“闻儿今贵,甚慰母心。但汝栖身王家,何遂能来?”女曰:“郎君与儿极燕好,姑舅亦相抚爱,颇不谓妒丑。”惠生时,好以手支颐;女言次,辄作故态,神情宛似。未几,珠儿奔入曰:“接姊者至矣。”女乃起,拜别泣下,曰:“儿去矣。”言讫,复踣,移时乃苏。

后数月,李病剧,医药罔效。儿曰:“旦夕恐不救也!二鬼坐床头,一执铁杖子,一挽苎麻绳,长四五尺许,儿昼夜哀之不去。”母哭,乃备衣衾。既暮,儿趋入曰:“杂人妇,且避去,姊夫来视阿翁。”俄顷,鼓掌而知。母问之,曰:“我笑二鬼,闻姊夫来,俱匿床下如龟鳖。”又少时,望空道寒暄,问姊起居。既而拍手曰:“二鬼奴哀之不去,至此大快!”乃出至门外,却回,曰:“姊夫去矣。二鬼被锁马鞅[⑤]上。阿父当即无恙。姊夫言:‘归白大王,为父母乞百年寿也。’”一家俱喜。至夜,病良已,数日寻瘥。

延师教儿读。儿甚慧,十八入邑庠,犹能言冥间事。见里中病中者,辄指鬼祟所在,以火爇之,往往得瘳。后暴病,体肤青紫,自言鬼神责我绽露[⑥],由是不复言。

---

① 驺从(zōu zòng)——古时达官贵人出行时的卫队。
② 不啻(chì)——不止。
③ 质明——天刚亮。
④ 鬖鬖(sān sān)——毛发下垂状。
⑤ 马鞅——套在马脖子上的皮带。
⑥ 绽露——泄露。

小　官　人

太史[①]某公，忘其姓氏。昼卧斋中，忽有小卤簿[②]，出自堂陬[③]。马大如蛙，人细如指。小仪仗以数十队；一官冠皂纱，着绣襆，乘肩舆[④]，纷纷出门而去。公心异之，窃疑睡眠之讹。顿见一小人，返入舍，携一毡包，大如拳，竟造床下。自言："家主人有不腆之仪[⑤]，敬献太史。"言已，对立，即又不陈其物。少间，又自笑曰："医药费戋戋[⑥]微物，想太史亦无所用，不如即赐小人。"太史颔之[⑦]。欣然携之而去。后不复见。惜太史中馁[⑧]，不曾诘所自来。

胡　四　姐

尚生，太山[⑨]人。独居清斋。会值秋夜，银河高耿，明月在天，徘徊花阴，颇存遐想。忽一女子逾垣来，笑曰："秀才何思之深？"生就视，容华若仙。惊喜拥入，穷极狎昵。自言："胡氏，名三姐。"问其居第，但笑不言。生亦不复置问，惟相期永好而已。自此，临无虚夕。

一夜，与生促膝灯幕，生爱之，瞩盼不转。女笑曰："眈眈视妾何为？"曰："我视卿如红药碧桃[⑩]，即竟夜视，不为厌也。"三姐曰："妾陋质，遂蒙青盼[⑪]如此；若见吾家四妹，不知如何颠倒。"生益倾动，恨不一见颜色，长

---

① 太史——官名，后亦称翰林为太史。
② 卤簿——旧时官员的仪仗。
③ 陬(zōu)——角落。
④ 肩舆——轿子。
⑤ 不腆(tiǎn)之仪——薄礼。
⑥ 戋戋(jiān jiān)——微少状。
⑦ 颔(hàn)之——点头同意。
⑧ 中馁——内心害怕。
⑨ 太山——郡名，今山东泰安市。
⑩ 红药碧桃——红药，芍药花；碧桃，碧桃花，此喻女子美艳。
⑪ 青盼——垂青。

跽[①]哀请。逾夕，果偕四姐来。年方及笄，荷粉露垂，杏花烟润，嫣然含笑，媚丽欲绝。生狂喜，引坐。三姐与生同笑语，四姐惟手引绣带，俯首而已。未几，三姐起别，妹欲从行。生曳之不释，顾三姐曰："卿卿[②]烦一致声。"三姐乃笑曰："狂郎情急矣！妹子一为少留。"四姐无语，姊遂去。二人备尽欢好，既而引臂替枕，倾吐生平，无复隐讳。四姐自言为狐。生依恋其美，亦不之怪。四姐因言："阿姊狠毒，业杀三人矣。惑之，罔不毙者。妾幸承溺爱，不忍见灭亡，当早绝之。"生惧，求所以处。四姐曰："妾虽狐，得仙人正法，当书一符粘寝门，可以却之。"遂书之。既晓，三姐来，见符却退，曰："婢子负心，倾意新郎，不忆引线人矣。汝两人合有夙分[③]，余亦不相仇，但何必尔？"乃径去。

数日，四姐他适，约以隔夜。是日，生偶出门眺望，山下故有槲林[④]，苍莽中，出一少妇，亦颇风韵。近谓生曰："秀才何必日沾沾恋胡家姊妹？渠又不能以一钱相赠。"即以一贯授生，曰："先持归，贳[⑤]良酝；我即携小肴馔来，与君为欢。"生怀钱归，果如所教。少间，妇果至，置几上燔鸡[⑥]、咸彘肩[⑦]各一，即抽刀子缕切为脔[⑧]；酾[⑨]酒调谑，欢洽异常。继而灭烛登床，狎情荡甚。既曙始起。方坐床头，捉足易舄，忽闻人声；倾听，已入帏幕，则胡姊妹也。妇乍睹，仓惶而遁，遗舄于床。二女遂叱曰："骚狐！何敢与人同寝处！"追去，移时始返。四姐怨生曰："君不长进，与骚狐相匹偶，不可复近！"遂悻悻欲去。生惶恐自投，情词哀恳。三姊从旁解免，四姐怒稍释，由此相好如初。

一日，有陕人骑驴造门曰："吾寻妖物，匪伊朝夕，乃今始得之。"生父以其言异，讯所由来。曰："小人日泛烟波，游四方，终岁十余月，常八九离桑梓[⑩]，被妖物蛊杀吾弟。归甚悼恨，誓必寻而殄[⑪]灭之。奔波数千里，殊

---

① 跽(jì)——跪。
② 卿卿——男女间爱称。
③ 夙分——生前注定的缘分。
④ 槲(hú)林——槲树林。
⑤ 贳(shì)——买。
⑥ 燔鸡——烧鸡。
⑦ 咸彘肩——咸猪肘。
⑧ 脔(luán)——小块。
⑨ 酾(shī)——斟酒。
⑩ 桑梓——代指家乡。
⑪ 殄(tiǎn)——灭绝。

无迹兆。今在君家。不剪，当有继吾弟而亡者。”时生与女密迩，父母微察之，闻客言，大惧，延入，令作法。出二瓶，列地上，符咒良久。有黑雾四团，分投瓶中。客喜曰：“全家都到矣。”遂以猪脬[①]裹瓶口，缄封甚固。生父亦喜，坚留客饭。生心恻然，近瓶窃视，闻四姐在瓶中言曰：“坐视不救，君何负心？”生益感动，急启所封，而结不可解。四姐又曰：“勿须尔，但放倒坛上旗，以针刺脬作空，予即出矣。”生如其请。果见白气一丝，自孔中出，凌霄而去。客出，见旗横地，大惊曰：“遁矣！”此必公子所为。”摇瓶俯听，曰：“幸止亡其一。此物合不死，犹可赦。”乃携瓶别去。

后生在野，督佣刈麦，遥见四姐坐树下。生近就之，执手慰问。且曰：“别后十易春秋，今大丹[②]已成。但思君之念未忘，故复一拜问。”生欲与偕归，女曰：“妾今非昔比，不可以尘情染，后当复见耳。”言已，不知所在。又二十年余，生适独居，见四姐自外至。生喜与语。女曰：“我今名列仙籍，本不应再履尘世。但感君情，敬报撤瑟之期[③]。可早处分后事，亦勿悲忧，妾当度君为鬼仙，亦无苦也。”乃别而去。至日，生果卒。尚生乃友人李文玉之戚好，尝亲见之。

祝　　翁

济阳[④]祝村有祝翁者，年五十余，病卒。家人入室理缞绖，忽闻翁呼甚急。群奔集灵寝，则见翁已复活。群喜慰问。翁但谓媪曰：“我适去，拚不复返。行数里，转思抛汝一副老皮骨在儿辈手，寒热仰人，亦无复生趣，不如从我去。故复归，欲偕尔同行也。”咸以其新苏妄语，殊未深信。翁又言之。媪云：“如此亦复佳。但方生，如何便得死？”翁挥之曰：“是不难。家中俗务，可速作料理。”媪笑不去。翁又促之。乃出户外，延数刻而入，绐[⑤]之曰：“处置安妥矣。”翁命速妆。媪不去，翁催益急。媪不忍拂其意，遂裙妆以出。媳女皆匿笑。翁移首于枕，手拍令卧。媪曰：“子女皆在，双

① 猪脬(pāo)——猪膀胱。
② 大丹——道教修炼成仙的法术之一。
③ 撤瑟之期——死期。
④ 济阳——县名，今属山东。
⑤ 绐——欺骗。

双挺卧，是何景像？”翁捶床曰：“并死有何可笑！”子女见翁躁急，共劝媪姑从其意。媪如言，并枕僵卧。家人又共笑之。俄视，媪笑容忽敛，又渐而两眸俱合，久之无声，俨如睡去。众始近视，则肤已冰而鼻无息矣，试翁亦然，始共惊怛①。康熙二十一年②，翁弟妇佣于毕刺史③之家，言之甚悉。

异史氏曰：“翁其夙有畸行④与？泉路茫茫⑤，去来由尔，奇矣！且白头者欲其去，则呼令去，抑何其暇也！人当属纩⑥之时，所最不忍诀者，床头之昵人⑦耳。苟广其术，则卖履分香⑧，可以不事矣。”

猪 婆 龙

猪婆龙⑨，产于西江⑩。形似龙而短，能横飞；常出，沿江岸扑食鹅鸭。或猎得之，则货其肉于陈、柯。此二姓皆友谅⑪之裔，世食婆龙肉，他族不敢食也。一客自江右⑫来，得一头，縶舟中。一日，泊舟钱塘，缚稍懈，忽跃入江。俄顷，波涛大作，估舟⑬倾沉。

某 公

陕右⑭某公，辛丑⑮进士，能记前身。尝言前生为士人⑯，中年而死，死

---

① 怛（dá）——悲痛。
② 康熙二十一年——即 1682 年。
③ 毕刺史——即毕际有，淄川（今山东淄博市）人，曾官至知州（清代称知州为刺史）。
④ 畸行——与常人不同的美德。
⑤ 泉路茫茫——阴世之路漫漫。
⑥ 纩（kuàng）——新丝棉，古人验明人是否断气时，将新丝棉放在病人鼻端，称“属纩”。
⑦ 昵人——此指妻子。
⑧ 卖履分香——指人临终时念念不忘妻妾。
⑨ 猪婆龙——即“扬子鳄”。
⑩ 西江——长江下游以西地区。
⑪ 友谅——即陈友谅，元末人，反元暴动领袖之一，后陆续被徐寿辉、朱元璋消灭。
⑫ 江右——长江下游以西地区。
⑬ 估舟——商船。
⑭ 陕右——陕原（今河南陕县西南）以西地区。
⑮ 辛丑——清顺治十八年（1661 年）。
⑯ 士人——读书人。

后见冥王判事，鼎铛油镬[①]，一如世传。殿东隅，设数架，上搭猪羊犬马诸皮。簿吏呼名，或罚作马，或罚作猪；皆裸之，于架上取皮被之。俄至公，闻冥王曰："是宜作羊。"鬼取一白羊皮来，捺覆公体。吏白："是曾拯一人死。"王检籍覆视，示曰："免之。恶虽多，此善可赎。"鬼又褫[②]其毛革。革已粘体，不可复动。两鬼捉臂按胸，力脱之，痛苦不可名状；皮片片断裂，不得尽净。既脱，近肩处犹粘羊皮大如掌。公既生，背上有羊毛丛生，剪去复出。

快 刀

明末，济属[③]多盗。邑各置兵，捕得辄杀之。章丘盗尤多。有一兵佩刀甚利，杀辄导窾[④]。一日，捕盗十余名，押赴市曹。内一盗识兵，逡巡告曰："闻君刀最快，斩首无二割。求杀我！"兵曰："诺，其谨依我，无离也。"盗从之刑处，出刀挥之，豁然头落。数步之外，犹圆转而大赞曰："好快刀！"

侠 女

顾生，金陵人。博于才艺，而家綦贫。又以母老，不忍离膝下，惟日为人书画，受贽以自给。行年二十有五，伉俪[⑤]犹虚。对户旧有空第，一老妪及少女税居其中。以其家无男子，故未问其谁何。一日，偶自外入，见女郎自母房中出，年约十八九，秀曼都雅，世罕其匹，见生甚避，而意凛如也。生入问母。母曰："是对户女郎，就吾乞刀尺。适言其家亦止一母。此女不似贫家产。问其何为不字，则以母老为辞。明日当往拜其母，便风以意；倘所望不奢，儿可代养其母。"明日造其室，其母一聋媪耳。视其室，

① 鼎铛(dāng)油镬(huò)——古代酷刑之一。
② 褫(chǐ)——剥除。
③ 济属——济南府所辖地区。
④ 窾(kuǎn)——空处，穴位。
⑤ 伉俪——配偶，此指妻子。

并无隔宿粮。问所业，则仰女十指[①]。徐以同食之谋试之，媪意似纳，而转商其女；女默然，意殊不乐。母乃归。详其状而疑之曰：“女子得非嫌吾贫乎？为人不言亦不笑，艳如桃李，而冷如霜雪，奇人也！”母子猜叹而罢。

一日，生坐斋头，有少年来求画。姿容甚美，意颇儇佻[②]，诘所自，以“邻村”对。嗣后三两日辄一至，稍稍稔熟，渐以嘲谑。生狎抱之，亦不甚拒，遂私焉。由此往为昵甚。会女郎过，少年目送之，问为谁，对以“邻女”。少年曰：“艳丽如此，神情何可畏？”少间，生入内。母曰：“适女子来乞米，云不举火者经日矣。此女至孝，贫极可悯，宜少周恤之。”生从母言，负斗粟，款门而达母意。女受之，亦不申谢。日尝至生家，见母作衣履，便代缝纫；出入堂中，操作如妇。生益德之。每获馈饵，必分给其母，女亦略不置齿颊[③]。母适疽生隐处，宵旦号咷。女时就榻省视，为之洗创敷药，日三四作，母意甚不自安，而女不厌其秽。母曰：“唉！安得新妇如儿，而奉老身以死也！”言讫，悲哽。女慰之曰：“郎子大孝，胜我寡母孤女什百矣。”母曰：“床头蹀躞之役[④]，岂孝子所能为者？且身已向暮，旦夕犯雾露[⑤]，深以祧续为忧耳。”言间，生入，母泣曰：“亏娘子良多，汝无忘报德。”生伏拜之。女曰：“君敬我母，我勿谢也，君何谢焉？”于是益敬爱之，然其举止生硬，毫不可干。

一日，女出门，生目注之。女忽回首，嫣然而笑。生喜出意外，趋而从诸其家。挑之，亦不拒，欣然交欢。已，戒生曰：“事可一而不可再！”生不应而归。明日，又约之。女厉色不顾而去。日频来，时相遇，并不假[⑥]以词色。少游戏之，则冷语冰人。忽于空处问生：“日来少年谁也？”生告之。女曰：“彼举止态状，无礼于妾频矣。以君之狎昵，故置之。请更寄语：再复尔，是不欲生也已！”生至夕，以告少年，且曰：“子必慎之，是不可犯！”少年曰：“既不可犯，君何私犯之？”生白其无。曰：“如其无，则猥亵之语，何以达君听哉？”生不能答。少年曰：“亦烦寄告：假惺惺勿作态；不然，我将遍播扬。”生甚怒之，情见于色，少年乃去。一夕，方独坐，女忽至，笑曰：

---

① 十指——即双手。
② 儇(xuān)佻——轻薄。
③ 略不置齿颊——不说感激话。
④ 床头蹀躞(dié xiè)之役——床前侍奉其母的杂活。
⑤ 犯雾露——此指外感风寒而死。
⑥ 假——给予。

“我与君情缘未断，宁非天数。”生狂喜而抱于怀。欻闻履声籍籍，两人惊起，则少年推扉入矣。生惊问：“子胡为者？”笑曰：“我来观贞洁人耳。”顾女曰：“今日不怪人耶？”女眉竖颊红，默不一语，急翻上衣，露一革囊，应手而出，则尺许晶莹匕首也。少年见之，骇而却走，追出户外，四顾渺然。女以匕首望空抛掷，戛然有声，灿若长虹，俄一物堕地作响。生急烛之，则一白狐，身首异处矣。大骇。女曰：“此君之娈童[①]也。我固恕之，奈渠定不欲生何！”收刃入囊。生曳令入。曰：“适妖物败意，请来宵。”出门径去。次夕，女果至，遂共绸缪。诘其术，女曰：“此非君所知。宜须慎秘，泄恐不为君福。”又订以嫁娶，曰：“枕席[②]焉，提汲[③]焉，非妇伊何也？业夫妇矣，何必复言嫁娶乎？”生曰：“将勿憎吾贫耶？”曰：“君固贫，妾富耶？今宵之聚，正以怜君贫耳。”临别嘱曰：“苟且之行[④]，不可以屡。当来，我自来；不当来，相强无益。”后相值，每欲引与私语，女辄走避，然衣绽炊薪，悉为纪理，不啻妇也。

积数月，其母死，生竭力葬之。女由是独居。生意孤寝可乱，逾垣入，隔窗频呼，迄不应。视其门，则空室扃焉。窃疑女有他约，夜复往，亦如之。遂留佩玉于窗间而去之。越日，相遇于母所。既出，而尾其后曰：“君疑妾耶？人各有心，不可以告人。今欲使君无疑，乌得可？然一事烦急为谋。”问之。曰：“妾体孕已八月矣，恐旦晚临盆。‘妾身未分明’[⑤]，能为君生之，不能为君育之。可密告母，觅乳媪，伪为讨螟蛉[⑥]者，勿言妾也。”生诺，以告母。母笑曰：“异哉此女！聘之不可，而顾私于我儿。”喜从其谋，以待之。又月余，女数日不至。母疑之，往探其门，萧萧闭寂。叩良久，女始蓬头垢面自内出。启而入之，则复阖之。入其室，则呱呱者在床上矣。母惊问：“诞儿时矣？”答云：“三日。”捉绷席[⑦]而视之，则男也，且丰颐而广额。喜曰：“儿已为老身育孙子，伶仃一身，将焉所托？”女曰：“区区隐衷，不敢掬示老母。俟夜无人，可即抱儿去。”母归与子言，窃共异之，夜往抱

① 娈(luán)童——古代被当成女性玩弄的漂亮男孩。
② 枕席——指男女同居。
③ 提汲——喻做家务。
④ 苟且之行——男女私会。
⑤ 妾身未分明——此指两人未正式结为夫妻。
⑥ 螟蛉(míng líng)——养子。
⑦ 绷席——襁褓。

子归。

更数夕，夜将半，女忽款门入，手提革囊，笑曰："我大事已了，请从此别。"急询其故，曰："养母之德，刻刻不去诸怀。向云'可一而不可再'者，以相报不在床第①也。为君贫不能婚，将为君延一线之续。本期一索而得②，不意信水③复来，遂至破戒而再。今君德既酬，妾志亦遂，无憾矣。"问："囊中何物？"曰："仇人头耳。"检而窥之，须发交而血模糊。骇绝，复致研诘。曰："向不与君言者，以机事不密，惧有宣泄。今事已成，不妨相告：妾，浙人。父官司马，陷于仇，彼籍④吾家。妾负老母出，隐姓名，埋头项⑤，已三年矣。所以不即报者，徒以有母在；母去，又一块肉累腹中，因而迟之又久。曩夜出非他，道路门户未稔，恐有讹误耳。"言已，出门。又嘱曰："所生儿，善视之。君福薄无寿，此儿可光门闾。夜深不得惊老母，我去矣！"方凄然欲询所之，女一闪如电，瞥尔间遂不复见。生叹惋木立，若丧魂魄，明以告母，相为叹异而已。后三年，生果卒。子十八举进士，犹奉祖母以终老云。

异史氏曰："人必室有侠女，而后可以畜娈童也。不然，尔爱其艾豭，彼爱尔娄猪矣⑥！"

酒 友

车生者，家不中资，而耽饮，夜非浮⑦三白⑧不能寝也，以故床头樽⑨常不空。一夜睡醒，转侧间，似有人共卧者，意是覆裳堕耳。摸之，则茸茸有物，似猫而巨；烛之，狐也，酣醉而犬卧。视其瓶，则空矣。因笑曰："此我酒友也。"不忍惊，覆衣加臂，与之共寝。留烛以观其变。半夜，狐欠伸。

① 床第（zǐ）——指男女同居。
② 一索而得——初次性交而怀孕。
③ 信水——月经。
④ 籍——抄没。
⑤ 埋头项——隐姓埋名。
⑥ 尔爱其艾豭，彼爱尔娄猪矣——你爱他这个公猪，他就爱你的那个母猪。
⑦ 浮——原是一种罚酒令，此指满饮。
⑧ 白——一种酒杯，供罚酒用。
⑨ 樽——通"尊"，酒杯。

生笑曰："美哉睡乎！"启覆视之，儒冠之俊人也。起拜榻前，谢不杀之恩。生曰："我癖于曲蘖[①]，而人以为痴；卿，我鲍叔[②]也。如不见疑，当为糟丘[③]之良友。"曳登榻，复寝。且言："卿可常临，无相猜。"狐诺之。生既醒，则狐已去，乃治旨酒一盛[④]，专伺狐。

抵夕，果至，促膝欢饮。狐量豪，善谐，于是恨相得晚。狐曰："屡叨良酝，何以报德？"生曰："斗酒之欢，何置齿颊！"狐曰："虽然，君贫士，杖头钱大不易。当为君少谋酒资。"明夕，来告曰："去此东南七里，道侧有遗金，可早取之。"诘旦而往，果得二金，乃市佳肴，以佐夜饮。狐又告曰："院后有窖藏，宜发之。"如其言，果得钱百余千。喜曰："囊中已自有，莫漫愁沽[⑤]矣。"狐曰："不然，辙中水胡可以久掬？合更谋之。"异日，谓生曰："市上荞价廉，此奇货可居。"从之，收荞四十余石。人咸非笑之。未几，大旱，禾豆尽枯，惟荞可种；售种，息十倍。由此益富，治沃田二百亩。但问狐，多种麦则麦收，多种黍则黍收，一切种植之早晚，皆取决于狐。日稔[⑥]密，呼生妻以嫂，视子犹子焉。后生卒，狐遂不复来。

莲　　香

桑生，名晓，字子明，沂州[⑦]人。少孤，馆于红花埠。桑为人静穆自喜，日再出[⑧]，就食东邻，余时坚坐而已。东邻生偶至，戏曰："君独居不畏鬼狐耶？"笑答曰："丈夫何畏鬼狐？雄来吾有利剑，雌者尚当开门纳之。"邻生归，与友谋，梯妓于垣而过之，弹指叩扉。生窥问其谁，妓自言为鬼。生大惧，齿震震有声。妓逡巡自去。邻生早至生斋，生述所见，且告将归。邻生鼓掌曰："何不开门纳之？"生顿悟其假，遂安居如初。

积半年，一女子夜来叩斋。生意友人之复戏也，启门延入，则倾国之

---

① 癖于曲蘖(niè)——嗜酒成癖。
② 鲍叔——春秋时齐国人，与管仲是知己。
③ 糟丘——此代指酒。
④ 一盛(chéng)——一杯。
⑤ 莫漫愁沽——不要为酒发愁。
⑥ 稔(rěn)——熟悉。
⑦ 沂州——州名，治所在今山东临沂县。
⑧ 日再出——每日出去两次。

姝。惊问所来,曰:“妾莲香,西家妓女。”埠上青楼[1]故多,信之。息烛登床,绸缪甚至。自此三五宿辄一至。

一夕,独坐凝思,一女子翩然入。生意其莲,承逆与语。觌面殊非:年仅十五六,亸袖垂髫[2],风流秀曼,行步之间,若还若往。大愕,疑为狐。女曰:“妾,良家女,姓李氏。慕君高雅,幸能垂盼。”生喜。握其手,冷如冰,问:“何凉也?”曰:“幼质单寒,夜蒙霜露,那得不尔!”既而罗襦衿解,俨然处子。女曰:“妾为情缘,葳蕤之质[3],一朝失守,不嫌鄙陋,愿常侍枕席。房中得无有人否?”生曰;“无他,止一邻娼,顾亦不常。”女曰:“当谨避之。妾不与院中人[4]等,君秘勿泄。彼来我往,彼往我来可耳。”鸡鸣欲去,赠绣履一钩[5],曰:“此妾下体所著,弄之足寄思慕。然有人慎勿弄也!”受而视之,翘翘如解结锥。心甚爱悦。越夕无人,便出审玩。女飘然忽至,遂相款昵。自此每出履,则女必应念而至。异而诘之,笑曰:“适当其时耳。”

一夜莲来,惊曰:“郎何神气萧索?”生言:“不自觉。”莲便告别,相约十日。去后,李来恒无虚夕。问:“君情人何久不至?”因以相约告。李笑曰:“君视妾何如莲香美?”曰:“可称两绝。但莲卿肌肤温和。”李变色曰:“君谓双美,对妾云尔。渠必月殿仙人[6],妾定不及。”因而不欢。乃屈指计,十日之期已满,嘱勿漏,将窃窥之。

次夜,莲香果至,笑语甚洽。及寝,大骇曰:“殆矣! 十日不见,何益惫损? 保无有他遇否?”生询其故。曰:“妾以神气验之,脉析析如乱丝,鬼症也。”次夜,李来,生问:“窥莲香何似?”曰:“美矣。妾固谓世间无此佳人,果狐也。去,吾尾之,南山而穴居。”生疑其妒,漫应之。

逾夕,戏莲香曰:“余固不信,或谓卿狐者。”莲亟问:“是谁所云?”笑曰:“我自戏卿。”莲曰:“狐何异于人?”曰:“惑之者病,甚则死,是以可惧。”莲香曰:“不然。如君之年,房后三日,精气可复,纵狐何害? 设旦旦而伐

---

① 青楼——妓院。
② 亸(duǒ)袖垂髫(tiáo)——双肩削瘦,头发下垂,此指未成年少女。
③ 葳蕤(wēi ruí)之质——葳蕤,草名,也称“丽草”、“女草”、“娃草”;此指少女的娇嫩柔弱。
④ 院中人——指妓女。
⑤ 一钩——一只。
⑥ 月殿仙人——即嫦娥,喻此女美丽。

之[1]，人有甚于狐者矣。天下痨尸瘵鬼[2]，宁皆狐蛊死耶？虽然，必有议我者。”生力白其无，莲诘益力。生不得已，泄之。莲曰：“我固怪君惫也。然何遽至此？得勿非人乎？君勿言，明宵，当如渠窥妾者。”是夜，李至，才三数语，闻窗外嗽声，急亡去。莲入曰：“君殆矣！是真鬼物！昵其美而不速绝，冥路近矣！”生意其妒，默不语。莲曰：“固知君不忘情，然不忍视君死。明日，当携药饵，为君以除阴毒。幸病蒂犹浅，十日恙当已。请同榻以视痊可。”次夜，果出刀圭药[3]啖生。顷刻，洞下三两行[4]，觉脏腑清虚，精神顿爽，心虽德之，然终不信为鬼。

莲香夜夜同衾偎生；生欲与合，辄止之。数日后，肤革充盈。欲别，殷殷嘱绝李。生谬应之。及闭户挑灯，辄捉履倾想。李忽至。数日隔绝，颇有怨色。生曰：“彼连宵为我作巫医，请勿为怼[5]，情好在我。”李稍怿[6]。生枕上私语曰：“我爱卿甚，乃有谓卿鬼者。”李结舌良久，骂曰：“必淫狐之惑君听也！若不绝之，妾不来矣！”遂呜呜饮泣。生百词慰解，乃罢。隔宿，莲香至，知李复来，怒曰：“君必欲死耶！”生笑曰：“卿何相妒之深？”莲益怒曰：“君种死根，妾为若除之，不妒者将复何如？”生托词以戏曰：“彼云前日之病，为狐祟耳。”莲乃叹曰：“诚如君言，君迷不悟，万一不虞[7]，妾百口何以自解？请从此辞。百日后，当视君于卧榻中。”留之不可，怫然[8]径去。由是与李夙夜必偕。约两月余，觉大困顿。初犹自宽解；日渐羸瘠，惟饮饘粥[9]一瓯，欲归就奉养，尚恋恋不忍遽去，因循数日，沉绵不可复起。邻生见其病惫，日遣馆僮馈给食饮。生至是疑李，因谓李曰：“吾悔不听莲香之言，以至于此！”言讫而瞑。移时复苏，张目四顾，则李已去，自是遂绝。

生羸卧空斋，思莲香如望岁。一日，方凝想间，忽有搴帘入者，则莲香

---

① 旦旦而伐之——天天砍伐树木，此指天天放纵淫欲。
② 痨尸瘵（zhài）鬼——指患肺病而死的人。
③ 刀圭药——一小匙药。
④ 洞下三两行——泻了两三次。
⑤ 怼（duì）——怨恨。
⑥ 怿（yì）——喜欢，高兴。
⑦ 不虞——想不到。
⑧ 怫（fú）然——气恼状。
⑨ 饘（zhān）粥——稀粥。

也。临榻哂[①]曰："田舍郎[②]，我岂妄哉！"生哽咽良久，自言知罪，但求拯救。莲曰："病入膏肓，实无救法。姑来永诀，以明非妒。"生大悲曰："枕底一物，烦代碎之。"莲搜得履，持就灯前，反复展玩。李女欻入，猝见莲香，返身欲遁。莲以身蔽门，李窘急不知所出。生责数之，李不能答。莲笑曰："妾今始得与阿姊面相质。昔谓郎君旧疾，未必非妾致，今竟何如？"李俯首谢过。莲曰："佳丽如此，乃以爱结仇耶？"李即投地陨泣[③]，乞垂怜救。莲遂扶起，细诘生平。曰："妾，李通判[④]女，早夭，瘗于墙外。已死春蚕，遗丝未尽。与郎偕好，妾之愿也；致郎于死，良非素心。"莲曰："闻鬼利人死，以死后可常聚，然否？"曰："不然。两鬼相逢，并无乐处；如乐也，泉下少年郎岂少哉！"莲曰："痴哉！夜夜为之，人且不堪，而况于鬼！"李问："狐能死人，何术独否？"莲曰："是采补者流，妾非其类。故世有不害人之狐，断无不害人之鬼，以阴气盛也。"生闻其语，始知狐鬼皆真。幸习常见惯，颇不为骇，但念残息如丝，不觉失声大痛。莲顾问："何以处郎君者？"李赧然逊谢。莲笑曰："恐郎强健，醋娘子要食杨梅也。"李敛衽[⑤]曰："如有医国手，使妾得无负郎君，便当埋首地下，敢复靦然于人世耶！"莲解囊出药，曰："妾早知有今，别后采药三山[⑥]，凡三阅[⑦]月，物料始备，瘵蛊[⑧]至死，投之无不苏者。然症何由得，仍以何引，不得不转求效力。"问："何需？"曰："樱口中一点香唾耳。我一丸进，烦接口而唾之。"李晕生颐颊，俯首转侧而视其履。莲戏曰："妹所得意惟履耳！"李益惭，俯仰若无所容。莲曰："此平时熟技，今何吝焉？"遂以丸纳生吻，转促逼之。李不得已，唾之。莲曰："再！"又唾之。凡三四唾，丸已下咽。少间，腹殷然如雷鸣。复纳一丸，自乃接唇而布以气。生觉丹田[⑨]火热，精神焕发。莲曰；"愈矣！"李听鸡鸣，彷徨别去。莲以新瘥，尚须调摄[⑩]，就食非计；因将户外反关，

---

① 哂(shěn)——微笑。
② 田舍郎——农家子，乡巴佬。
③ 陨泣——落泪。
④ 通判——官名，明清时职掌粮运、督捕、农田水利等事务。
⑤ 衽(rèn)——衣襟。
⑥ 三山——神话中的三神山：方丈、蓬莱、瀛洲。
⑦ 阅——经历。
⑧ 瘵蛊(zhài gǔ)——即"色痨"，指纵欲过度而患不治之症。
⑨ 丹田——人身脐下三寸处。
⑩ 调摄——调理保养。

伪示生归，以绝交往，日夜守护之。李亦每夕必至，给奉殷勤，事莲犹姊。莲亦深怜爱之。居三月，生健如初。李遂数夕不至；偶至，一望即去。相对时，亦悒悒不乐。莲常留与共寝，必不肯。生追出，提抱以归，身轻若刍灵[①]。女不得遁，遂着衣偃卧，踡其体不盈二尺。莲益怜之，阴使生狎抱之，而撼摇亦不得醒。生睡去；觉而索之，已杳。后十余日，更不复至。生怀思殊切，恒出履共弄。莲曰："窈娜如此，妾见犹怜，何况男子。"生曰："昔日弄履则至，心固疑之，然终不料其鬼。今对履思容，实所怆恻[②]。"因而泣下。

先是，富室张姓有女字燕儿，年十五，不汗而死。终夜复苏，起顾欲奔。张扃户，不得出。女自言："我通判女魂，感桑郎眷注[③]，遗舄犹存彼处。我真鬼耳，锢我何益？"以其言有因，诘其至此之由。女低徊反顾，茫不自解。或有言桑生病归者，女执辨其诬。家人大疑。东邻生闻之，逾垣往窥，见生方与美人对语；掩入逼之，张皇间已失所在。邻生骇诘。生笑曰："向固与君言，雌者则纳之耳。"邻生述燕儿之言。生乃启关，将往侦探，苦无由。张母闻生果未归，益奇之。故使佣媪索履，生遂出以授。燕儿得之喜。试着之，鞋小于足者盈寸，大骇。揽镜自照，忽恍然悟已之借躯以生也者，因陈所由。母始信之。女镜面大哭曰："当日形貌，颇堪自信，每见莲姊，犹增惭怍。今反若此，人也不如其鬼也！"把履号咷，劝之不解。蒙衾僵卧。食之，亦不食，体肤尽肿；凡七日不食，卒不死，而肿渐消；觉饥不可忍，乃复食。数日，遍体瘙痒，皮尽脱。晨起，睡舄遗堕，索着之，则硕大无朋矣。因试前履，肥瘦吻合，乃喜。复自镜，则眉目颐颊，宛肖生平，益喜。盥栉见母，见者尽眙[④]。莲香闻其异，劝生媒通之；而以贫富悬邈，不敢遽进。会媪初度[⑤]，因从其子婿行，往为寿。媪睹生名，故使燕儿窥帘志客[⑥]。生最后至，女骤出，捉袂，欲从与俱归。母诃谯[⑦]之，始惭而入。生审视宛然，不觉零涕，因拜伏不起。媪扶之，不以为侮。生出，浼女

---

① 刍灵——古时为送葬而扎的稻草人。
② 怆恻——伤心。
③ 眷注——眷恋垂爱。
④ 眙（chì）——惊视。
⑤ 初度——生日。
⑥ 志客——辨识客人。
⑦ 诃谯——呵斥。

舅执柯[1]。媪议择吉赘[2]生。

生归告莲香，且商所处。莲怅然良久，便欲别去。生大骇泣下。莲曰："君行花烛于人家，妾从而往，亦何形颜？"生谋先与旋里[3]，而后迎燕，莲乃从之。生以情白张。张闻其有室，怒加诮让。燕儿力白之，乃如所请。至日，生往亲迎。家中备具，颇甚草草；及归，则自门达堂，悉以罽[4]毯贴地，百千笼烛，灿列如锦。莲香扶新妇入青庐[5]，搭面既揭，欢若生平。莲陪卺饮，因细诘还魂之异。燕曰："尔日抑郁无聊，徒以身为异物，自觉形秽。别后愤不归墓，随风漾泊。每见生人则羡之，昼凭草木，夜则信足浮沉。偶至张家，见少女卧床上，近附之，未知遂能活也。"莲闻之，默默若有所思。逾两月，莲举一子。产后暴病，日就沉绵。捉燕臂曰："敢以孽种相累，我儿即若儿。"燕泣下，姑慰藉之。为召巫医，辄却之。沉痼弥留，气如悬丝。生及燕儿皆哭。忽张目曰："勿尔！子乐生，我乐死。如有缘，十年后可复得见。"言讫而卒。启衾将敛，尸化为狐。生不忍异视，厚葬之。子名狐儿，燕抚如己出。每清明，必抱儿哭诸其墓。

后生举于乡，家渐裕。而燕苦不育。狐儿颇慧，然单弱多疾。燕每欲生置媵。一日，婢忽白："门外一妪，携女求售。"燕呼入，卒见，大惊曰："莲姊复出耶！"生视之，真似，亦骇。问："年几何？"答云："十四。""聘金几何？"曰："老身止此一块肉，但俾得所，妾亦得啖饭处，后日老骨不至委沟壑，足矣。"生优价而留之。燕握女手，入密室，撮其颔而笑曰："汝识我否？"答言："不识。"诘其姓氏，曰："妾韦姓。父徐城卖浆者，死三年矣。"燕屈指停思，莲死恰十有四载。又审视女，仪容态度，无一不神肖者。乃拍其顶而呼曰："莲姊，莲姊！十年相见之约，当不欺吾！"女忽如梦醒，豁然曰："咦！"熟视燕儿。生笑曰："此'似曾相识燕归来'也。女泫然[6]曰："是矣。闻母言，妾生时便能言，以为不祥，犬血饮之，遂昧宿因[7]。今日始如梦寤。娘子其耻于为鬼之李妹耶？"共话前生，悲喜交至。

---

① 浼(měi)女舅执柯——请女方的舅父做媒人。
② 赘——男方就女家成婚，即民间的"倒插门"。
③ 旋里——回家乡。
④ 罽(jì)——一种珍贵的毛织品。
⑤ 青庐——古时北方举行婚礼的场所。
⑥ 泫然——流涕状。
⑦ 宿因——佛教用语，前世因缘。

一日，寒食，燕曰："此每岁妾与郎君哭姊日也。"遂与亲登其墓，荒草离离[①]，木已拱[②]矣。女亦太息。燕谓生曰："妾与莲姊，两世情好，不忍相离，宜令白骨同穴。"生从其言，启李冢得骸，舁归而合葬之。亲朋闻其异，吉服临穴，不期而会者数百人。余庚戌[③]南游至沂，阻雨，休于旅舍。有刘生子敬，其中表亲，出同社王子章所撰桑生传，约万余言，得卒读。此其崖略[④]耳。

异史氏曰："嗟乎！死者而求其生，生者又求其死，天下所难得者，非人身哉？奈何具此身者，往往而置之，遂至觍然而生不如狐，泯然而死不如鬼。"

阿　宝

粤西[⑤]孙子楚，名士也。生有枝指[⑥]。性迂讷，人诳之，辄信为真。或值座有歌妓，则必遥望却走。或知其然，诱之来，使妓狎逼之，则赪颜[⑦]彻颈，汗珠珠下滴。因共为笑。遂貌其呆状，相邮传作丑语，而名之"孙痴"。

邑大贾某翁，与王侯埒[⑧]富。姻戚皆贵胄。有女阿宝，绝色也。日择良匹，大家儿争委禽妆[⑨]，皆不当翁意。生时失俪[⑩]，有戏之者，劝其通媒。生殊不自揣，果从其教。翁素耳其名，而贫之。媒媪将出，适遇宝，问之，以告女戏曰："渠去其枝指，余当归之。"媪告生。生曰："不难。"媒去，生以斧自断其指，大痛彻心，血益倾注，滨死。过数日，始能起，往见媒而示之。媪惊，奔告女。女亦奇之，戏请再去其痴。生闻而哗辨，自谓不痴；然无由见而自剖。转念阿宝未必美如天人，何遂高自位置如此？由是曩念顿冷。

---

① 离离——高高状。
② 拱——两手相握那般粗。
③ 庚戌——康熙九年(1670年)。
④ 崖略——梗概，大略。
⑤ 粤西——相当于今天的广西。
⑥ 枝指——骈指。
⑦ 赪(chēng)颜——脸红。
⑧ 埒(liè)——相等。
⑨ 委禽妆——送订婚聘礼。
⑩ 失俪——丧妻。

会值清明,俗于是日,妇女出游,轻薄少年,亦结队随行,恣其月旦[①]。有同社数人,强邀生去。或嘲之曰:“莫欲一观可人[②]否?”生亦知其戏己;然以受女揶揄故,亦思一见其人,忻然随众物色之。遥见有女子憩树下,恶少年环如墙堵。众曰:“此必阿宝也。”趋之,果宝也。审谛之,娟丽无双。少顷,人益稠。女起,遽去。众情颠倒,品头题足,纷纷若狂。生独默然。及众他适,回视,生犹痴立故所,呼之不应。群曳之曰:“魂随阿宝去耶?”亦不答。众以其素讷,故不为怪,或推之、或挽之以归。至家,直上床卧,终日不起,冥如醉,唤之不醒。家人疑其失魂,招于旷野,莫能效。强拍问之,则蒙眬应云:“我在阿宝家。”及细诘之,又默不语。家人惶惑莫解。初,生见女去,意不忍舍,觉身已从之行,渐傍其衿带间,人无呵者。遂从女归,坐卧依之,夜辄与狎,甚相得;然觉腹中奇馁,思欲一返家门,而迷不知路。女每梦与人交,问其名,曰:“我孙子楚也。”心异之,而不可以告人。生卧三日,气休休若将澌灭。家人大恐,托人婉告翁,欲一招魂其家。翁笑曰:“平昔不相往还,何由遗魂吾家?”家人固哀之,翁始允。巫执故服、草荐以往。女诘得其故,骇极,不听他往,直导入室,任招呼而去。巫归至门,生榻上已呻。既醒,女室之香奁什具,何色何名,历言不爽[③]。女闻之,益骇,阴感其情之深。

生既离床寝,坐立凝思,忽忽若忘,每伺察阿宝,希幸一再遘之。浴佛节[④],闻将降香水月寺,遂早旦往候道左,目眩睛劳。日涉午,女始至,自车中窥见生,以掺手[⑤]搴帘,凝睇不转。生益动,尾从之。女忽命青衣来诘姓字。生殷勤自展,魂益摇。车去,始归。归复病,冥然绝食,梦中辄呼宝名。每自恨魂不复灵。家旧养一鹦鹉,忽毙,小儿持弄于床。生自念:倘得身为鹦鹉,振翼可达女室。心方注想,身已翩然鹦鹉,遽飞而去,直达宝所。女喜而扑之,锁其肘,饲以麻子。大呼曰:“姐姐勿锁!我孙子楚也!”女大骇,解其缚,亦不去。女祝曰:“深情已篆中心。今已人禽异类,姻好何可复圆?”鸟云:“得近芳泽,于愿已足。”他人饲之,不食;女自饲之,

① 恣其月旦——肆意评论。
② 可人——意中人。
③ 不爽——无差错。
④ 浴佛节——佛诞节,即佛祖释迦牟尼诞生的日子,以农历四月初八日为佛诞。
⑤ 掺(shàn)手——纤手。

则食。女坐，则集其膝；卧，则依其床。如是三日。女甚怜之，阴使人瞷[①]生，生则僵卧，气绝已三日，但心头未冰耳。女又祝曰："君能复为人，当誓死相从。"鸟云："诳我！"女乃自矢。鸟侧目若有所思。少间，女束双弯[②]，解履床下，鹦鹉骤下，衔履飞去。女急呼之，飞已远矣。女使妪往探，则生已寤。家人见鹦鹉衔绣履来，堕地死，方共异之。生既苏，即索履。众莫知故。适妪至，入视生，问履所在。生曰："是阿宝信誓物。借口相覆：小生不忘金诺也。"妪反命。女益奇之，故使婢泄其情于母。母审之确，乃曰："此子才名亦不恶，但有相如[③]之贫。择数年得婿若此，恐将为显者[④]笑。"女以履故，矢不他。翁媪从之。驰报生。生喜，疾顿瘳。翁议赘诸家。女曰："婿不可久处岳家。况郎又贫，久益为人贱。儿既诺之，处蓬茅而甘藜藿[⑤]，不怨也。"生乃亲迎成礼，相逢如隔世欢。

自是家得奁妆，小阜，颇增物产。而生痴于书，不知理家人生业；女善居积，亦不以他事累生。居三年，家益富。生忽病消渴，卒。女哭之痛，泪眼不晴，至绝眠食。劝之不纳，乘夜自经。婢觉之，急救而醒，终亦不食。三日，集亲党，将以殓生。闻棺中呻以息，启之，已复活。自言："见冥王，以生平朴诚，命作部曹。忽有人白：'孙部曹之妻将至。'王稽鬼录，言：'此未应便死。'又白：'不食三日矣。'王顾谓：'感汝妻节义，姑赐再生。'因使驭卒控马送余还。"由此体渐平。值岁大比[⑥]，入闱之前，诸少年玩弄之，共拟隐僻之题七，引生僻处与语，言："此某家关节[⑦]，敬秘相授。"生信之，昼夜揣摩，制成七艺[⑧]。众隐笑之。时典试者，虑熟题有蹈袭弊，力反常经[⑨]。题纸下，七艺皆符。生以是抡魁[⑩]。明年，举进士，授词林[⑪]。上闻异，召问之。生具启奏。上大嘉悦，后召见阿宝，赏赉有加焉。

异史氏曰："性痴则其志凝，故书痴者文必工，艺痴者技必良；世之落

---

① 瞷(jiàn)——看望。
② 束双弯——指缠足。
③ 相如——即司马相如，汉代人，有才名；此喻贫穷而有才华。
④ 显者——富贵之人。
⑤ 处蓬茅而甘藜藿——蓬茅，草屋；藜藿，野菜；此指心甘情愿受穷。
⑥ 大比——明清两代每三年举行一次乡试，称"大比"。
⑦ 关节——考生行贿主考官。
⑧ 七艺——七篇应试文章。
⑨ 常经——常规。
⑩ 抡魁——被选为第一。
⑪ 授词林——授官翰林。

拓而无成者，皆自谓不痴者也。且如粉花荡产，卢雉倾家[①]，顾痴人事哉！以是知慧黠而过，乃是真痴，彼孙子何痴乎！”

集痴类十：“窖镪食贫。对客辄夸儿慧。爱儿不忍教读。讳病恐人知。出资赚人嫖。窃赴饮会赚人赌。倩人作文欺父兄。父子帐目太清。家庭用机械。喜弟子善赌。”

九　山　王

曹州[②]李姓者，邑诸生。家素饶，而居宅故不甚广，舍后有园数亩，荒置之。一日，有叟来税屋，出直百金。李以无屋为辞。叟曰：“请受之，但无烦虑。”李不喻其意，姑受之，以觇其异。

越日，村人见舆马眷口入李家，纷纷甚夥，共疑李第无安顿所。问之，李殊不自知；归而察之，并无迹响。过数日，叟忽来谒，且云：“庇宇下已数晨夕。事事都草创，起炉作灶，未暇一修客子[③]礼。今遣小女辈作黍，幸一垂顾。”李从之。则入园中，欻见舍宇华好，崭然一新。入室，陈设芳丽。酒鼎沸于廊下，茶烟袅于厨中。俄而行酒荐馔，备极甘旨。时见庭下少年人，往来甚众。又闻儿女喁喁，幕中作笑语声。家人婢仆，似有数十百口。李心知其狐，席终而归，阴怀杀心。每入市，市硝硫[④]，积数百斤，暗布园中殆满。骤火之，焰亘霄汉，如黑灵芝[⑤]，燔臭灰眯不可近；但闻鸣啼嗥动之声，嘈杂聒耳。既熄入视，则死狐满地，焦头烂额者，不可胜计。方阅视间，叟自外来，颜色惨恸，责李曰：“夙无嫌怨，荒园报岁百金，非少；何忍遂相族灭？此奇惨之仇，无不报者！”忿然而去。疑其掷砾为殃，而年余无少怪异。

时顺治初年[⑥]，山中群盗窃发，啸聚万余人，官莫能捕。生以家口多，

---

① 粉花荡产，卢雉倾家——因嫖妓、赌博而倾家荡产。
② 曹州——州名，治所在今山东菏泽县。
③ 客子——旅居异地的人。
④ 硝硫——火药。
⑤ 如黑灵芝——喻火焰燃腾形成烟雾如灵芝状。
⑥ 顺治初年——即 1644 年。

日忧离乱。适村中来一星者①，自号“南山翁”，言人休咎②，了若目睹，名大噪③。李召至家，求推甲子④。翁愕然起敬，曰：“此真主⑤也！”李闻大骇，以为妄。翁正容固言之。李疑信半焉，乃曰：“岂有白手受命而帝者乎？”翁谓：“不然。自古帝王，类多起于匹夫，谁是生而天子者？”生惑之，前席而请。翁毅然以“卧龙”⑥自任，请先备甲胄数千具、弓弩数千事⑦。李虑人莫之归。翁曰：“臣请为大王连诸山，深相结。使讹言者⑧谓大王真天子，山中士卒，宜必响应。”李喜，遣翁行。发藏镪⑨，造甲胄。翁数日始还，曰：“借大王威福，加臣三寸舌，诸山莫不愿执鞭靮⑩，从戏下⑪。”浃旬⑫之间，果归命者数千人。于是拜翁为军师；建大纛⑬，设彩帜若林；据山立栅，声势震动。邑令率兵来讨，翁指挥群寇，大破之。令惧，告急于兖⑭。兖兵远涉而至，翁又伏寇进击，兵大溃，将士杀伤者甚众。势益震，党以万计，因自立为“九山王”。翁患马少，会都中解马赴江南，遣一旅要路篡取之。由是“九山王”之名大噪。加翁为“护国大将军”。高卧山巢，公然自负，以为黄袍之加⑮，指日可俟矣。东抚⑯以夺马故，方将进剿；又得兖报，乃发精兵数千，与六道合围而进。军旅旌旗，弥满山谷。“九山王”大惧，召翁谋之，则不知所往。“九山王”窘急无术，登山而望曰：“今而知朝廷之势大矣！”山破，被擒，妻孥戮之。始悟翁即老狐，盖以族灭报李也。

异史氏曰：“夫人拥妻子，闭门科头⑰，何处得杀？即杀，亦何由族哉？

---

① 星者——算命先生。
② 休咎——吉凶。
③ 噪——喧嚷。
④ 推甲子——推生辰八字。
⑤ 真主——真龙天子。
⑥ 卧龙——即诸葛亮，代指军师。
⑦ 事——件。
⑧ 讹言者——爱传播流言之人。
⑨ 镪(qiǎng)——此指钱。
⑩ 靮(dí)——马缰绳。
⑪ 戏(huī)下——同“麾下”，部下。
⑫ 浃(jiā)旬——十日。
⑬ 大纛(dào)——大旗，主帅的标志。
⑭ 兖——府名，治所在今山东兖州县。
⑮ 黄袍之加——指做皇帝。
⑯ 东抚——山东巡抚。
⑰ 科头——闲散。

狐之谋亦巧矣。而壤无其种者，虽溉不生；彼其杀狐之残，方寸[1]已有盗根，故狐得长其萌而施之报。今试执途人而告之曰：'汝为天子！'未有不骇而走者。明明导以族灭之为，而犹乐听之，妻子为戮，又何足云？然人听匪言也，始闻之而怒，继而疑，又既而信；迨至身名俱殒，而始悟其误也，大率类此矣。"

遵化署狐

诸城[2]邱公为遵化道[3]，署中故多狐。最后一楼，绥绥者族而居之，以为家。时出殃人，遣之益炽。官此者惟设牲祷之，无敢迕。邱公莅任，闻而怒之。狐亦畏公刚烈，化一妪告家人曰："幸白大人：勿相仇。容我三日，将携细小避去。"公闻，亦默不言。次日，阅兵已，戒勿散，使尽扛诸营巨炮骤入，环楼千座并发；数仞之楼，顷刻摧为平地，革肉毛血，自天雨而下。但见浓尘毒雾之中，有白气一缕，冒烟冲空而去。众望之曰："逃一狐矣。"而署中自此平安。

后二年，公遣干仆[4]赍银如干数赴都，将谋迁擢[5]。事未就，姑窖藏于班役[6]之家。忽有一叟诣阙声屈，言妻子横被杀戮；又讦公克削军粮，夤缘当路[7]，现顿[8]某家，可以验证。奉旨押验，至班役家，冥搜不得。叟惟以一足点地。悟其意，发之，果得金；金上镌有"某郡解"字。已而觅叟，则失所在。执乡里乡名以求其人，竟亦无之。公由此罹难，乃知叟即逃狐也。

异史氏曰："狐之祟人，可诛甚矣。然服而舍之，亦以全吾仁。公可云'疾之已甚'者矣。抑使关西[9]为此，岂百狐所能仇哉！"

---

① 方寸——心。
② 诸城——县名，今属山东省。
③ 遵化道——遵化，州名，治所在今河北遵化县；道，官名，省以下、州以上一级官员。
④ 干仆——精干的仆役。
⑤ 迁擢——提升。
⑥ 班役——衙役。
⑦ 当路——当权。
⑧ 顿——暂存。
⑨ 关西——指杨震，东汉人，以"关西孔子"著称于世。

张　诚

豫①人张氏者,其先齐②人。明末齐大乱,妻为北兵③掠去。张常客豫,遂家焉。娶于豫,生子讷。无何,妻卒,又娶继室,生子诚。继室牛氏悍,每嫉讷,奴畜之,啖以恶草具④。使樵,日责柴一肩;无则挞楚诟诅,不可堪。隐畜甘脆饵诚,使从塾师读。诚渐长,性孝友,不忍兄劬,阴劝母,母弗听。一日,讷入山樵,未终,值大风雨,避身岩下,雨止而日已暮。腹中大馁,遂负薪归。母验之少,怒不与食;饥火烧心,入室僵卧。诚自塾中来,见兄嗒然⑤,问:“病乎?”曰:“饿耳。”问其故,以情告。诚愀然便去,移时,怀饼来饵兄。兄问其所自来,曰:“余窃面倩⑥邻妇为之,但食勿言也。”讷食之,嘱弟曰:“后勿复然,事泄累弟。且日一啖,饥当不死。”诚曰:“兄故弱,乌能多樵!”次日,食后,窃赴山,至兄樵处。兄见之,惊问:“将何作?”答曰:“将助樵采。”问:“谁之遣?”曰:“我自来耳。”兄曰:“无论弟不能樵,纵或能之,且犹不可。”于是速之归。诚不听,以手足断柴助兄,且云:“明日当以斧来。”兄近止之。见其指已破,履已穿,悲曰:“汝不速归,我即以斧自刭死!”诚乃归。兄送之半途,方复回。樵既归,诣塾,嘱其师曰:“吾弟年幼,宜闭之。山中虎狼多。”师曰:“午前不知何往,业夏楚之⑦。”归谓诚曰:“不听吾言,遭笞责矣。”诚笑曰:“无之。”明日,怀斧又去。兄骇曰:“我固谓子勿来,何复尔?”诚不应,刈薪且急,汗交颐不少休。约足一束,不辞而返。师又责之,乃实告之。师叹其贤,遂不之禁。兄屡止之,终不听。

一日,与数人樵山中,欻有虎至。众惧而伏。虎竟衔诚去。虎负人行缓,为讷追及。讷力斧之,中胯。虎痛狂奔,莫可寻逐,痛哭而返。众慰解

---

① 豫——今河南省。
② 齐——今山东省。
③ 北兵——指清八旗兵。
④ 恶草具——粗劣食物。
⑤ 嗒(tà)然——沮丧状。
⑥ 倩——请。
⑦ 业夏(jiǎ)楚之——已体罚了他。

之，哭益悲，曰："吾弟，非犹夫人之弟①；况为我死，我何生焉！"遂以斧自刎其项。众急救之，入肉者已寸许，血溢如涌，眩瞀殒绝②。众骇，裂之衣而约之，群扶而归。母哭骂曰："汝杀吾儿，欲劙③项以塞责耶！"讷呻云："母勿烦恼。弟死，我定不生！"置榻上，疮痛不能眠，惟昼夜依壁坐哭。父恐其亦死，时就榻少哺之，牛辄诟责。讷遂不食，三日而毙。村中有巫走无常者④，讷途遇之，缅诉曩苦。因询弟所，巫言不闻。遂反身导讷去。至一都会，见一皂衫人，自城中出。巫要遮⑤代问之。皂衫人于佩囊中检牒审顾，男妇百余，并无犯而张者。巫疑在他牒。皂衫人曰："此路属我，何得差逮。"讷不信，强巫入内城。城中新鬼、故鬼往来憧憧⑥，亦有故识，就问，迄无知者。忽共哗言："菩萨至！"仰见云中，有伟人，毫光彻上下，顿觉世界通明。巫贺曰："大郎有福哉！菩萨几十年一入冥司，拔诸苦恼，今适值之。"便捽讷跪。众鬼囚纷纷籍籍，合掌齐诵慈悲救苦之声，哄腾震地。菩萨以杨柳枝遍洒甘露，其细如尘。俄而雾收光敛，遂失所在。讷觉颈上沾露，斧处不复作痛。巫仍导与俱归。望见里门，始别而去。讷死二日，豁然竟苏，悉述所遇，谓诚不死。母以为撰造之诬，反诟骂之。讷负屈无以自伸，而摸创痕良瘥。自力起，拜父曰："行将穿云入海往寻弟，如不可见，终此身勿望返也。愿父犹以儿为死。"翁引空处与泣，无敢留之。

讷乃去，每于冲衢⑦访弟耗⑧，途中资斧断绝，丐而行。逾年，达金陵，悬鹑⑨百结，伛偻道上。偶见十余骑过，走避道侧。内一人如官长，年四十已来，健卒怒马，腾踔前后。一少年乘小驷，屡视讷。讷以其贵公子，未敢仰视。少年停鞭少驻，忽下马，呼曰："非吾兄耶！"讷举首审视，诚也。握手大痛，失声。诚亦哭曰："兄何漂落以至于此？"讷言其情，诚益悲。骑者并下问故，以白官长。官命脱骑载讷，连辔归诸其家，始详诘之。初，虎

① 非犹夫人之弟——不同于别人家的弟弟。
② 眩瞀(mào)殒绝——昏死过去。
③ 劙(lí)——浅割。
④ 走无常者——指传说中阴间勾摄阳间人代服鬼役。
⑤ 要遮——中途拦截。
⑥ 憧憧(chōng chōng)——形影摇晃状。
⑦ 冲衢——四通八达的要道。
⑧ 耗——音讯。
⑨ 悬鹑——喻衣衫褴褛。

衔诚去，不知何时置路侧，卧途中经宿。适张别驾[1]自都中来，过之，见其貌文，怜而抚之，渐苏。言其里居，则相去已远。因载与俱归。又药敷伤处，数日始痊。别驾无长君[2]，子之。盖适从游瞩也。诚具为兄告。言次，别驾入，讷拜谢不已。诚入内，捧帛衣出，进兄，乃置酒燕叙。别驾问："贵族在豫，几何丁壮？"讷曰："无有。父少齐人，流寓于豫。"别驾曰："仆亦齐人。贵里何属？"答曰："曾闻父言，属东昌[3]辖。"惊曰："我同乡也！何故迁豫？"讷曰："明季清兵入境，掠前母去。父遭兵燹[4]，荡无家室。先贾于西道，往来颇稔，故止焉。"又惊问："君家尊何名？"讷告之。别驾瞠而视，俯首若疑，疾趋入内。无何，太夫人出。共罗拜，已，问讷曰："汝是张炳之之孙耶？"曰："然。"太夫人大哭，谓别驾曰："此汝弟也。"讷兄弟莫能解。太夫人曰："我适汝父三年，流离北去，身属黑固山[5]半年，生汝兄。又半年，固山死，汝兄补秩旗下迁此官。今解任矣。每刻刻念乡井，遂出籍[6]，复故谱[7]。屡遣人至齐，殊无所觅耗，何知汝父西徙哉！"乃谓别驾曰："汝以弟为子，折福死矣！"别驾曰："曩问诚，诚未尝言齐人，想幼稚不忆耳。"乃以齿序[8]：别驾四十有一，为长；诚十六，最少；讷二十二，则伯而仲矣。别驾得两弟，甚欢，与同卧处，尽悉离散端由，将作归计。太夫人恐不见容，别驾曰："能容则共之，否则析之。天下岂有无父之国？"于是鬻宅办装，刻日西发。

既抵里，讷及诚先驰报父。父自讷去，妻亦寻卒，块然一老鳏，形影自吊。忽见讷入，暴喜，恍恍以惊；又睹诚，喜极，不复作言，潸潸以涕。又告以别驾母子至，翁辍辍泣愕然，不能喜，亦不能悲，蚩蚩[9]以立。未几，别驾入，拜已；太夫人把翁相向哭。既见婢媪厮卒，内外盈塞，坐立不知所为。诚不见母，问之，方知已死，号嘶气绝，食顷始苏。别驾出资，建楼阁，延师教两弟，马腾于槽，人喧于室，居然大家矣。

---

① 别驾——官名，州官佐吏。
② 长君——成年的公子。
③ 东昌——府名，治所在今山东聊城县。
④ 兵燹(xiǎn)——战争灾难。
⑤ 黑固山——黑，满族姓氏；固山，即旗主，后改为"都统"。
⑥ 出籍——脱离旗籍。
⑦ 复故谱——恢复原来的宗族。
⑧ 齿序——长幼次序。
⑨ 蚩蚩——痴呆状。

异史氏曰:“余听此事至终,涕凡数堕:十余岁童子,斧薪助兄,慨然曰:‘王览[①]固再见乎!’于是一堕。至虎衔诚去,不禁狂呼曰:‘天道愦愦[②]如此!’于是一堕。及兄弟猝遇,则喜而亦堕;转增一兄,又益一悲,则为别驾堕。一门团圞,惊出不意,喜出不意,无从之涕,则为翁堕也。不知后世,亦有善涕如某者乎?”

汾州狐

汾州[③]判[④]朱公者,居廨[⑤]多狐。公夜坐,有女子往来灯下。初谓是家人妇,未遑顾瞻;及举目,竟不相识,而容光艳艳。心知其狐,而爱好之,遽呼之来。女停履笑曰:“厉声加人,谁是汝婢媪耶?”朱笑而起,曳坐谢过。遂与款密,久如夫妻之好。忽谓曰:“君秩当迁,别有日矣。”问:“何时?”答曰:“目前。但贺者在门,吊者即在闾,不能官也。”

三日,迁报果至。次日,即得太夫人讣音[⑥]。公解任,欲与偕旋,狐不可。送之河上,强之登舟。女曰:“君自不知,狐不能过河也。”朱不忍别,恋恋河畔。女忽出,言将一谒故旧。移时归,即有客来答拜。女别室与语。客去乃来,曰:“请便登舟,妾送君渡。”朱曰:“向言不能渡,今何以云?”曰:“曩所谒非他,河神也。妾以君故,特请之。彼限我十天往复,故可暂依耳。”遂同济。至十日,果别而去。

① 王览——晋人,其经历与张诚相似。
② 愦愦——糊涂。
③ 汾州——府名,在今山西汾阳县。
④ 判——通判,官名。
⑤ 廨(xiè)——官署。
⑥ 讣音——报丧的音讯。

巧　娘

广东[1]有搢绅[2]傅氏，年六十余。生一子，名廉。甚慧，而天阉[3]，十七岁，阴才如蚕。遐迩闻知，无以女女[4]者。自分宗绪已绝，昼夜忧怛，而无如何。廉从师读。师偶他出，适门外有猴戏者，廉视之，废学焉。度师将至而惧，遂亡去。离家数里，见一素衣女郎，偕小婢出其前。女一回首，妖丽无比。莲步蹇缓，廉趋过之。女回顾婢曰："试问郎君，得无欲如琼[5]乎？"婢果呼问。廉诘其何为。女曰："倘之琼也，有尺一书[6]，烦便道寄里门[7]。老母在家，亦可为东道主。"廉出本无定向，念浮海亦得，因诺之。女出书付婢，婢转付生。问其姓名居里，云："华姓，居秦女村，去北郭三四里。"生附舟便去。

至琼州北郭，日已曛暮。问秦女村，迄无知者。望北行四五里，星月已灿，芳草迷目，旷无逆旅，窘甚。见道侧一墓，思欲傍坟栖止，大惧虎狼。因攀树猱升[8]，蹲踞其上。听松声谡谡[9]，宵虫哀奏，中心忐忑，悔至如烧。忽闻人声在下，俯瞰之，庭院宛然；一丽人坐石上，双鬟[10]挑画烛，分侍左右。丽人左顾曰："今夜月白星疏，华姑所赠团茶[11]，可烹一盏，赏此良夜。"生意其鬼魅，毛发森竖，不敢少息。忽婢子仰视曰："树上有人！"女惊起曰："何处大胆儿，暗来窥人！"生大惧，无所逃隐，遂盘旋下，伏地乞宥。女近临一睇[12]，反恚为喜，曳与并坐。睨之，年可十七八，姿态丰绝。听其

---

① 广东——略与今同。
② 搢(jìn)绅——仕宦之家，此指离职乡居的官员。
③ 天阉——先天无生殖力的男子。
④ 女女——女，将女嫁与他为妻；女，女儿。
⑤ 琼——琼州，今海南省。
⑥ 尺一书——尺一牍。
⑦ 里门——此指族居地。
⑧ 猱(náo)升——像猴攀缘而升。
⑨ 谡谡(sù sù)——风声。
⑩ 鬟——丫环。
⑪ 团茶——宋代的一种茶。
⑫ 睇——倾视。

言，亦非土音①。问："郎何之？"答云："为人作寄书邮。"女曰："野多暴客，露宿可虞。不嫌蓬荜②，愿就税驾③。"邀生入。室惟一榻，命婢展两被其上。生自惭形秽，愿在下床。女笑曰："佳客相逢，女元龙④何敢高卧？"生不得已，遂与共榻，而惶恐不敢自舒。未几，女暗中以纤手探入，轻捻胫股。生伪寐，若不觉知。又未几，启衾入，摇生，迄不动。女便下探隐处，乃停手怅然，悄悄出衾去。俄闻哭声。生惶愧无以自容，恨天公之缺陷而已。女呼婢篝灯。婢见啼痕，惊问所苦。女摇首曰："我自叹吾命耳。"婢立榻前，耽望颜色。女曰："可唤郎醒，遣放去。"生闻之，倍益惭怍；且惧宵半，茫茫无所复之。

筹念间，一妇人排闼⑤入。婢白："华姑来。"微窥之，年约五十余，犹风格⑥。见女未睡，便致诘问。女未答。又视榻上有卧者，遂问："共榻何人？"婢代答："夜一少年郎寄此宿。"妇笑曰："不知巧娘谐花烛。"见女啼泪未干，惊曰："合卺之夕，悲啼不伦；将勿郎君粗暴也？"女不言，益悲。妇欲捋衣视生，一振衣，书落榻上。妇取视，骇曰："我女笔意也！"拆读叹咤。女问之。妇云："是三姐家报，言吴郎已死，茕无所依，且为奈何？"女曰："彼固云为人寄书，幸未遣之去。"妇呼生起，究询书所自来。生备述之。妇曰："远烦寄书，当何以报？"又熟视生，笑问："何迕巧娘？"生言："不自知罪。"又诘女。女叹曰："自怜生适阉寺⑦，没奔椓人⑧，是以悲耳。"妇顾生曰："慧黠儿，固雄而雌者耶？是我之客，不可久溷他人。"遂导生入东厢，探手于袴而验之。笑曰："无怪巧娘零涕。然幸有根蒂，犹可为力。"挑灯遍翻箱簏，得黑丸，授生，令即吞下，秘嘱勿吪⑨，乃出。生独卧筹思，不知药医何症。将比五更，初醒，觉脐下热气一缕，直冲隐处，蠕蠕然似有物垂股际；自探之，身已伟男。心惊喜，如乍膺九锡⑩。棂色才分，妇即入，以

① 土音——本地口音。
② 蓬荜(bì)——草舍。
③ 税驾——停车，留宿。
④ 元龙——即陈元龙，三国时人，以豪气著称。
⑤ 闼(tà)——小门。
⑥ 风格——风韵。
⑦ 阉寺——宦官，代指傅廉。
⑧ 椓(zhuó)人——阉人。
⑨ 勿吪(é)——勿动。
⑩ 如乍膺九锡——像刚得到九锡封赠一样兴奋。

炊饼纳生室,叮嘱耐坐,反关其户。出语巧娘曰:"郎有寄书劳,将留招三娘来,与订姊妹交。且复闭置,免人厌恼。"乃出门去。生回旋无聊,时近门隙,如鸟窥笼。望见巧娘,辄欲招呼自呈,惭讷而止。延及夜分,妇始携女归。发扉曰:"闷煞郎君矣!三娘可来拜谢。"途中人逡巡入,向生敛衽。妇命相呼以兄妹。巧娘笑曰:"姊妹亦可。"并出堂中,团坐置饮。饮次,巧娘戏问:"寺人亦动心佳丽否?"生曰:"跛者不忘履,盲者不忘视。"相与粲然。

巧娘以三娘劳顿,迫令安置。妇顾三娘,俾与生俱。三娘羞晕,不行。妇曰:"此丈夫而巾帼者,何畏之?"敦促偕去。私嘱生曰:"阴为吾婿,阳为吾子,可也。"生喜,捉臂登床,发硎[①]新试,其快可知。既于枕上问女:"巧娘何人?"曰:"鬼也。才色无匹,而时命蹇落。适毛家小郎子,病阉,十八岁而不能人,因悒悒不畅,赍恨如冥。"生惊,疑三娘亦鬼。女曰:"实告君,妾非鬼,狐耳。巧娘独居无偶,我母子无家,借庐栖止。"生大愕。女云:"无惧,虽故鬼狐,非相祸者。"由此日共谈宴。虽知巧娘非人,而心爱其娟好,独恨自献无隙。生蕴藉[②],善诙噱[③],颇得巧娘怜。一日,华氏母子将他往,复闭生室中。生闷气,绕室隔扉呼巧娘。巧娘命婢历试数钥,乃得启。生附耳请间。巧娘遣婢去。生挽就寝榻,偎向之。女戏掬脐下,曰:"惜可儿此处阙然。"未竟,触手盈握。惊曰:"何前之渺渺,而遽累然!"生笑曰:"前羞见客,故缩;今以诮谤难堪,聊作蛙怒耳。"遂相绸缪。已而恚曰:"今乃知闭户有因。昔母子流荡栖无所,假庐居之。三娘从学刺绣,妾曾不少秘惜。乃妒忌如此!"生劝慰之,且以情告。巧娘终衔之。生曰:"密之,华姑嘱我严。"语未及已,华姑掩入。二人皇遽方起。华姑嗔目,问:"谁启扉?"巧娘笑逆自承。华益怒,聒絮不已。巧故哂曰:"阿姥亦大笑人!是丈夫而巾帼者,何能为?"三娘见母与巧娘苦相抵[④],意不自安,以一身调停两间,始各拗怒[⑤]为喜。巧娘言虽愤烈,然自是屈意事三娘。但华姑昼夜闲防,两情不得自展,眉目含情而已。

一日,华姑谓生曰:"吾儿姊妹皆已奉事君。念居此非计,君宜归告父

① 硎(xíng)——磨刀石。

② 蕴藉——宽和,有修养。

③ 诙噱(jué)——以逗乐使别人高兴。

④ 抵(zhǐ)——攻击,通"诋"。

⑤ 拗怒——抑制愤怒。

母，早订永约。”即治装促生行。二女相向，容颜悲恻；而巧娘尤不可堪，泪滚滚如断贯珠，殊无已时。华姑排[1]止之，便曳生出。至门外，则院宇无存，但见荒冢。华姑送至舟上，曰：“君行后，老身携两女僦[2]屋于贵邑。倘不忘夙好，李氏废园中，可待亲迎。”生乃归。

时傅父觅子不得，正切焦虑，见子归，喜出非望。生略述崖末[3]，兼至华氏之订。父曰：“妖言何足听信？汝尚能生还者，徒以庵废故；不然，死矣！”生曰：“彼虽异物，情亦犹人，况又慧丽，娶之亦不为戚党笑。”父不言，但嗤之。生乃退而技痒，不安其分，辄私婢，渐至白昼宣淫，意欲骇闻翁媪。一日，为小婢所窥，奔告母。母不信，薄观之，始骇。呼婢研究，尽得其状。喜极，逢人宣暴，以示子不阉，将论婚于世族。生私白母：“非华氏不娶。”母曰：“世不乏美妇人，何必鬼物？”生曰：“儿非华姑，无以知人道，背之不祥。”傅父从之，遣一仆一妪往觇之。出东郭四五里，寻李氏园。见败垣竹树中，缕缕有炊烟。妪下乘，直造其闼，则母子拭几濯溉，似有所伺。妪拜致主命。见三娘，惊曰：“此即吾家小主妇耶？我见犹怜，何怪公子魂思而梦绕之。”便问阿姊。华姑叹曰：“是我假女[4]。三日前，忽殂谢去。”因以酒食饷妪及仆。妪归，备道三娘容止，父母皆喜。末陈巧娘死耗，生恻恻欲涕。至亲迎之夜，见华姑亲问之。答云：“已投生北地矣。”生欷歔久之。迎三娘归，而终不能忘情巧娘，凡有自琼来者，必召见问之。或言秦女墓夜闻鬼哭。生诧其异，入告三娘。三娘沉吟良久，泣下曰：“妾负姊矣！”诘之，答云：“妾母子来时，实未使闻。兹之怨啼，将无是？向欲相告，恐彰母过。”生闻之，悲已而喜。即命舆，宵昼兼程，驰诣其墓。叩墓木而呼曰：“巧娘，巧娘！某在斯。”俄见女郎捧婴儿，自穴中出，举首酸嘶，怨望无已。生亦涕下。探怀问谁氏子，巧娘曰：“是君之遗孽也，诞三月矣。”生叹曰：“误听华姑言，使母子埋忧地下，罪将安辞！”乃与同舆，航海而归。抱子告母。母视之，体貌丰伟，不类鬼物，益喜。二女谐和，事姑孝。后傅父病，延医来。巧娘曰：“疾不可为，魂已离舍。”督治冥具，既竣而卒。儿长，绝肖父；尤慧，十四游泮。高邮翁紫霞，客于广而闻之。地名

---

① 排——劝解。
② 僦(jiù)——租赁。
③ 崖末——首尾。
④ 假女——义女。

遗脱,亦未知所终矣。

吴 令

吴令[①]某公,忘其姓字。刚介有声。吴俗最重城隍之神,木肖之[②],衣以锦,藏机如生。值神寿节,则居民敛资为会,辇游通衢;建诸旗幢[③],杂卤簿[④],森森部列,鼓吹行且作,阗阗咽咽然[⑤],一道相属[⑥]也。习以为俗,岁无敢懈。公出,适相值,止而问之。居民以告。又诘知所费颇奢。公怒,指神而责之曰:"城隍实主一邑。如冥顽无灵,则淫昏之鬼,无足奉事;其有灵,则物力宜惜,何得以无益之费,耗民脂膏?"言已,曳神于地,笞之二十。从此习俗顿革。公清正无私,惟少年好戏。居年余,偶于廨中梯檐探雀鷇[⑦],失足而堕,折股,寻卒。人闻城隍祠中,公大声喧怒,似与神争,数日不止。吴人不忘公德,群集祝而解之,别建一祠祠公,声乃息。祠亦以城隍名,春秋祀之,较故神尤著。吴至今有二城隍云。

口 技

村中来一女子,年二十有四五。携一药囊,售[⑧]其医。有问病者,女不能自为方,俟暮夜问诸神。晚洁斗室,闭置其中。众绕门窗,倾耳寂听,但窃窃语,莫敢咳。内外动息俱冥。至半更许,忽闻帘声。女在内曰:"九姑来耶?"一女子答云:"来矣。"又曰:"腊梅从九姑耶?"似一婢答云:"来矣。"三人絮语间杂,刺刺不休。俄闻帘钩复动,女曰:"六姑至矣。"乱言

---

① 吴令——吴县(今江苏苏州市)县令。
② 木肖之——用木头雕刻成城隍神的肖像。
③ 幢——仪仗用的旗。
④ 卤簿——官员仪仗。
⑤ 阗阗咽咽(yuān yuān)然——鼓乐声。
⑥ 相属(zhǔ)——相连。
⑦ 雀鷇(kòu)——幼雀。
⑧ 售——行。

曰:"春梅亦抱小郎子来耶?"一女曰:"拗[1]哥子!呜之不睡,定要从娘子来。身如百钧重,负累煞人!"旋闻女子殷勤声,九姑问讯声,六姑寒暄声,二婢慰劳声,小儿嬉笑声,猫子声,一齐嘈杂。即闻女子笑曰:"小郎君亦大好耍,远迢迢抱猫儿来。"既而声渐疏,帘又响,满室俱哗,曰:"四姑来何迟也?"有一小女子细声答曰:"路有千里且溢[2],与阿姑走尔许时始至。阿姑行且缓。"遂各各道温凉声,并移座声,唤添座声,参差并作,喧繁满室,食顷始定。即闻女子问病。九姑以为宜得参[3],六姑以为宜得芪[4],四姑以为宜得术[5]。参酌移时,即闻九姑唤笔砚。无何,折纸戢戢然,拔笔掷帽丁丁然,磨墨隆隆然,既而投笔触几,震笔作响,便闻撮药包裹苏苏然。顷之,女子推帘,呼病者授药并方。反身入室,即闻三姑作别,三婢作别,小儿哑哑,猫儿唔唔,又一时并起。九姑之声清以越,六姑之声缓以苍,四姑之声娇以婉,以及三婢之声,各有态响,听之了了可辨。群讶以为真神。而试其方,亦不甚效。此即所谓口技,特借之以售其术耳。然亦奇矣!

昔王心逸[6]尝言:在都偶过市廛[7],闻弦歌声,观者如堵。近窥之,则见一少年曼声度曲[8],并无乐器,惟以一指捺颊际,且捺且讴;听之铿铿,与弦索[9]无异。亦口技之苗裔[10]也。

狐　联

焦生,章丘石虹先生[11]之叔弟也。读书园中,宵分[12],有二美人来,颜

---

① 拗——倔犟。
② 溢——超出。
③ 参——人参。
④ 芪(qí)——黄芪。
⑤ 术(zhú)——白术、苍术,中药。
⑥ 王心逸——清顺治进士。
⑦ 市廛(chán)——集市。
⑧ 曼声度曲——舒缓歌唱。
⑨ 弦索——指弦乐器。
⑩ 苗裔——后世子孙。
⑪ 石虹先生——即焦毓瑞,清顺治年间进士。
⑫ 宵分——子夜。

色双绝。一可十七八，一约十四五，抚几展笑。焦知其狐，正色拒之。长者曰："君髯如戟①，何无丈夫气？"焦曰："仆生平不敢二色②。"女笑曰："迂哉！子尚守腐局③耶？下无鬼神，凡事皆以黑为白，况床第间琐事乎？"焦又咄之。女知不可动，乃云："君名下士④，妾有一联，请为属对⑤，能对我自去：'戊戌同体，腹中止欠一点。'"焦凝思不就。女笑曰："名士固如此乎？我代对之可矣：'己巳连踪，足下何不双挑。'"一笑而去。

潍　水　狐

潍邑⑥李氏有别第⑦。忽一翁来税居，岁出直金五十，诺之。既去无耗，李嘱家人别租。翌日，翁至，曰："租宅已有关说⑧，何欲更僦他人？"李白所疑。翁曰："我将久居是；所以迟迟者，以涓吉⑨在十日之后耳。"因先纳一岁之直，曰："终岁空之，勿问也。"李送出，问期，翁告之。过期数日，亦竟渺然。及往觇之，则双扉内闭，炊烟起而人声杂矣。讶之，投刺往谒。翁趋出，逆而入，笑语可亲。既归，遣人馈遗其家；翁犒赐丰隆。又数日，李设筵邀翁，款洽甚欢。问其居里，以秦中⑩对。李讶其远。翁曰："贵乡福地也。秦中不可居，大难将作。"时方承平⑪，置未深问。越日，翁折柬报居停之礼，供帐饮食，备极侈丽。李益惊，疑为贵官。翁以交好，因自言为狐。李骇绝，逢人辄道。

邑搢绅闻其异，日结驷于门⑫，愿纳交翁，翁无不伛偻⑬接见。渐而郡

---

① 君髯如戟——暗指南朝褚彦回绝山阴公主的典故。
② 二色——娶妾，有外遇或去妓院。
③ 腐局——迂腐的规矩。
④ 名下士——负有盛名的士人。
⑤ 属(zhǔ)对——对句。
⑥ 潍邑——潍县，今属山东潍坊市。
⑦ 别第——别墅。
⑧ 关说——彼此协商过。
⑨ 涓吉——选择吉日。
⑩ 秦中——今陕西中部。
⑪ 承平——太平。
⑫ 结驷于门——喻门庭若市。
⑬ 伛偻——恭敬状。

官亦时还往。独邑令求通，辄辞以故。令又托主人先容，翁辞。李诘其故。翁离席近客而私语曰："君自不知，彼前身为驴，今虽俨然民上，乃饮糙而亦醉者也①。仆固异类，羞与为伍。"李乃托词告令，谓狐畏其神明，故不敢见。令信之而止。此康熙十一年②事。未几，秦罹兵燹③。狐能前知，信矣。

异史氏曰："驴之为物，庞然也。一怒则踶趹④嗥嘶，眼大于盎，气粗于牛；不惟声难闻，状亦难见。倘执束刍而诱之，则帖耳辑首，喜受羁勒矣。以此居民上，宜其饮糙而亦醉也。愿临民者⑤，以驴为戒，而求齿于狐，则德日进矣。"

红 玉

广平⑥冯翁有一子，字相如。父子俱诸生。翁年近六旬，性方鲠⑦，而家屡空。数年间，媪与子妇又相继逝，井臼⑧自操之。一夜，相如坐月下，忽见东邻女自墙上来窥。视之，美；近之，微笑。招以手，不来亦不去。固请之，乃梯而过，遂共寝处。问其姓名，曰："妾邻女红玉也。"生大爱悦，与订永好。女诺之。夜夜往来，约半年许。翁夜起，闻子舍笑语，窥之，见女。怒，唤出，骂曰："畜产所为何事！如此落寞，尚不刻苦，乃学浮荡耶？人知之，丧汝德；人不知，促汝寿！"生跪自投，泣言知悔。翁叱女曰："女子不守闺戒，既自玷，而又以玷人。倘事一发，当不仅贻寒舍羞！"骂已，愤然归寝。女流涕曰："亲庭罪责，良足愧辱！我二人缘分尽矣！"生曰："父在不得自专。卿如有情，尚当含垢为好。"女言辞决绝，生乃洒涕。女止之曰："妾与君无媒妁之言，父母之命，逾墙钻隙，何能白首？此处有一佳耦，可聘也。"告以贫。女曰："来宵相俟，妾为君谋之。"次夜，女果至，出白金

① 饮糙(duī)而亦醉者——吃蒸饼也会醉的人。
② 康熙十一年——即 1672 年。
③ 兵燹(xiǎn)——战争灾难，此指康熙年间陕西提督王辅臣叛乱一事。
④ 踶趹(dì jué)——前踢后蹶。
⑤ 临民者——地方官。
⑥ 广平——县名，今属河北省。
⑦ 方鲠——耿直。
⑧ 井臼——指家务。

四十两赠生。曰:"此去六十里,有吴村卫氏,年十八矣,高其价,故未售也。君重啖之[①],必合谐允。"言已,别去。

生乘间语父,欲往相之,而隐馈金不敢告。翁自度无资,以是故,止之。生又婉言:"试可乃已。"翁颔之。生遂假仆马,诣卫氏。卫故田舍翁。生呼出,引与间语。卫知生望族,又见仪采轩豁,心许之,而虑其靳于资。生听其词意吞吐,会其旨,倾囊陈几上。卫乃喜,浼邻生居间,书红笺而盟焉。生入拜媪。居室偪[②]侧,女依母自幛。微睨之,虽荆布[③]之饰,而神情光艳,心窃喜。卫借舍款婿,便言:"公子无须亲迎。待少作衣妆,即合舁送去。"生与期而归。诡告翁,言卫爱清门[④],不责资。翁亦喜。至日,卫果送女至。女勤俭,有顺德,琴瑟甚笃。逾二年,举一男,名福儿。会清明抱子登墓,遇邑绅宋氏。宋官御史[⑤],坐行赇[⑥]免,居林下,大煽威虐。是日亦上墓归,见女艳之。问村人,知为生配。料冯贫士,诱以重赂,冀可摇,使家人风示之。生骤闻,怒形于色,即思势不敌,敛怒为笑,归告翁。翁大怒奔出,对其家人,指天画地,诟骂万端。家人鼠窜而去。宋氏亦怒,竟遣数人入生家,殴翁及子,汹若沸鼎。女闻之,弃儿于床,披发号救。群篡[⑦]舁之,哄然便去。父子伤残,吟呻在地,儿呱呱啼室中。邻人共怜之,扶之榻上。经日,生杖而能起。翁忿不食,呕血寻毙。生大哭,抱子兴词,上至督抚,讼几遍,卒不得直。后闻妇不屈死,益悲。冤塞胸吭,无路可伸。每思要路刺杀宋,而虑其扈从繁,儿又罔托,日夜哀思,双睫为不交。

忽一丈夫吊诸其室,虬髯阔颔,曾与无素[⑧]。挽坐,欲问邦族。客遽曰:"君有杀父之仇,夺妻之恨,而忘报乎?"生疑为宋人之侦,姑伪应之。客怒眦[⑨]欲裂,遽出曰:"仆以君人也,今乃知不足齿之伧[⑩]!"生察其异,跪而挽之,曰:"诚恐宋人餂[⑪]我。今实布腹心:仆之卧薪尝胆者,固有日矣。

---

① 重啖之——以重金行贿。
② 偪(bī)——狭窄。
③ 荆布——荆钗布裙,喻贫寒。
④ 清门——清白人家。
⑤ 御史——官名。
⑥ 赇(qiú)——贿赂。
⑦ 篡——抢夺。
⑧ 无素——无旧交。
⑨ 眦——愤怒状。
⑩ 伧——无能之辈。
⑪ 餂(tiǎn)——勾取,此指引诱上当。

但怜此褓中物，恐坠宗祧。君义士，能为我杵臼[①]否？”客曰：“此妇人女子之事，非所能。君所欲托诸人者，请自任之；所欲自任者，愿得而代庖[②]焉。”生闻，崩角[③]在地。客不顾而出。生追问姓字，曰：“不济[④]，不任受怨；济，亦不任受德。”遂去。生惧祸及，抱子亡去。至夜，宋家一门俱寝，有人越重垣入，杀御史父子三人，及一媳一婢。宋家具状告官。官大骇。宋执谓相如，于是遣役捕生，生遁不知所之，于是情益真。宋仆同官役诸处冥搜。夜至南山，闻儿啼，踪得之，系缧[⑤]而行。儿啼愈嗔，群夺儿抛弃之。生冤愤欲绝。见邑令，问：“何杀人？”生曰：“冤哉！某以夜死，我以昼出，且抱呱呱者，何能逾垣杀人？”令曰：“不杀人，何逃乎？”生词穷，不能置辩，乃收诸狱。生泣曰：“我死无足惜，孤儿何罪？”令曰：“汝杀人子多矣，杀汝子，何怨？”生既褫革，屡受梏惨，卒无词。令是夜方卧，闻有物击床，震震有声，大惧而号。举家惊起，集而烛之，一短刀，铦利[⑥]如霜，剁床入木者寸余，牢不可拔。令睹之，魂魄丧失，荷戈遍索，竟无踪迹。心窃馁，又以宋人死，无可畏惧，乃详诸宪[⑦]，代生解免，竟释生。

生归，瓮无升斗，孤影对四壁。幸邻人怜馈食饮，苟且自度。念大仇已报，则辗然喜；思惨酷之祸，几于灭门，则泪潸潸堕；及思半生贫彻骨，宗支不续，则于无人处大哭失声，不复能自禁。如此半年，捕禁益懈。乃哀邑令，求判还卫氏之骨。及葬而归，悲怛欲死，辗转空床，竟无生路。忽有款门者，凝神寂听，闻一人在门外，哝哝与小儿语。生急起窥觇，似一女子。扉初启，便问：“大冤昭雪，可幸无恙！”其声稔熟，而仓卒不能追忆。烛之，则红玉也。挽一小儿，嬉笑跨下。生不暇问，抱女呜哭。女亦惨然，既而推儿曰：“汝忘尔父耶？”儿牵女衣，目灼灼视生。细审之，福儿也。大惊，泣问：“儿那得来？”女曰：“实告君：昔言邻女者，妄也。妾实狐。适宵行，见儿啼谷口，抱养于秦。闻大难既息，故携来与君团聚耳。”生挥涕拜谢。儿在女怀，如依其母，竟不复能识父矣。天未明，女即遽起。问之，答

① 杵臼——指公孙杵臼，春秋时人，为晋大夫赵朔的门客，朔后被权臣所杀，满门抄斩，杵臼与程婴定计救出赵氏孤儿，并将其抚养成人，终报冤仇。此指为冯相如代保其子。

② 代庖——代替别人做事。

③ 崩角——叩头如山响。

④ 济——成功。

⑤ 缧——此指抓获。

⑥ 铦(xiān)利——锋利。

⑦ 详诸宪——将案情呈报上级。

曰："奴欲去。"生裸跪床头，涕不能仰。女笑曰："妾诳君耳。今家道新创，非夙兴夜寐不可。"乃剪莽拥篲[①]，类男子操作。生忧贫乏，不自给。女曰："但请下帷读，勿问盈歉，或当不殍饿死。"遂出金治织具；租田数十亩，雇佣耕作。荷镵诛茅，牵萝补屋，日以为常。里党闻妇贤，益乐资助之。约半年，人烟腾茂，类素封家。生曰："灰烬之余，卿白手再造矣。然一事未就安妥，如何？"诘之，答曰："试期已迫，巾服尚未复也。"女笑曰："妾前以四金寄广文[②]，已复名在案。若待君言，误之已久。"生益神之。是科遂领乡荐，时年三十六。腴田连阡，夏屋渠渠矣。女袅娜如随风欲飘去，而操作过农家妇；虽严冬自苦，而手腻如脂。自言二十八岁，人视之，常若二十许人。

异史氏曰："其子贤，其父德，故其报之也侠。非特人侠，狐亦侠也。遇亦奇矣！然官宰悠悠[③]，竖人毛发[④]，刀震震入木，何惜不略移床上半尺许哉？使苏子美读之，必浮白曰：'惜乎击之不中！'"

龙

北直界有堕龙入村。其行重拙，入某绅家。其户仅可容躯，塞而入。家人尽奔。登楼哗噪，铳[⑤]炮轰然。龙乃出。门外停贮潦水[⑥]，浅不盈尺。龙入，转侧其中，身尽泥涂；极力腾跃，尺余辄堕。泥蟠三日，蝇集鳞甲。忽大雨，乃霹雳拏空[⑦]而去。

房生与友人登牛山，入寺游瞩。忽椽间一黄砖堕，上盘一小蛇，细裁如蚓。忽旋一周，如指；又一周，已如带。共惊，知为龙，群趋而下。方至山半，闻寺中霹雳一声，震动山谷。天上黑云如盖，一巨龙夭矫[⑧]其中，移时而没。

---

① 剪莽拥篲(huì)——铲杂草，清扫庭院。
② 广文——指广文馆的学官。
③ 悠悠——荒谬之极。
④ 竖人毛发——令人发指。
⑤ 铳(chòng)——火枪。
⑥ 潦(lǎo)水——积水，死水。
⑦ 拏空——凌空。
⑧ 夭矫——屈伸自如。

章丘小相公庄，有民妇适野，值大风，尘沙扑面。觉一目眯，如含麦芒，揉之吹之，迄不愈。启睑而审视之，睛固无恙，但有赤线蜿蜒于肉分。或曰："此蛰龙也。"妇忧惧待死。积三月余，天暴雨，忽巨霆一声，裂眦而去，妇无少损。

袁宣四[①]言："在苏州，值阴晦，霹雳大作。众见龙垂云际，鳞甲张动，爪中抟一人头，须眉毕见，移时，入云而没。亦未闻有失其头者。"

林 四 娘

青州道[②]陈公宝钥[③]，闽人。夜独坐，有女子搴帏入。视之，不识；而艳绝，长袖宫装。笑云："清夜兀坐，得勿寂耶？"公惊问："何人？"曰："妾家不远，近在西邻。"公意其鬼，而心好之，捉袂挽坐，谈词风雅，大悦。拥之，不甚抗拒。顾曰："他无人耶？"公急阖户，曰："无。"促其缓裳，意殊羞怯。公代为之殷勤。女曰："妾年二十，犹处子也，狂将不堪。"狎亵既竟，流丹浃席。既而枕边私语，自言"林四娘"。公详诘之。曰："一世坚贞，业为君轻薄殆尽矣。有心爱妾，但图永好可耳，絮絮何为？"无何，鸡鸣，遂起而去。由此夜夜必至。每与阖户雅饮。谈及音律，辄能剖悉宫商[④]。公遂意其工于度曲。曰："儿时之所习也。"公请一领雅奏。女曰："久矣不托于音，节奏强半[⑤]遗忘，恐为知者笑耳。"再强之，乃俯首击节，唱伊凉之调，其声哀婉。歌已，泣下。公亦为酸恻，抱而慰之曰："卿勿为亡国之音，使人悒悒。"女曰："声以宣意，哀者不能使乐，亦犹乐者不能使哀。"两人燕昵，过于琴瑟。

既久，家人窃听之，闻其歌者，无不流涕。夫人窥见其容，疑人世无此妖丽，非鬼必狐；惧为厌蛊，劝公绝之。公不能听，但固诘之。女愀然曰："妾，衡府[⑥]宫人也。遭难而死，十七年矣。以君高义，托为燕婉，然实不

---

① 袁宣四——淄川人，有文名。
② 青州道——青州巡道。
③ 陈公宝钥——福建人，清康熙二年(1663年)出任青州道佥事。
④ 宫商——引申为乐理。
⑤ 强半——多半。
⑥ 衡府——指明代衡王朱祐楎的封地。

敢祸君。倘见疑畏，即从此辞。”公曰：“我不为嫌，但燕好若此，不可不知其实耳。”乃问宫中事。女缅述[1]，津津可听。谈及式微之际[2]，则哽咽不能成语。女不甚睡，每夜辄起诵准提、金刚[3]诸经咒。公问：“九原[4]能自忏耶？”曰：“一也。妾思终身沦落，欲度来生耳。”又每与公评骘诗词，瑕辄疵之；至好句，则曼声娇吟。意绪风流，使人忘倦。以问：“工诗乎？”曰：“生时亦偶为之。”公索其赠。笑曰：“儿女之语，乌足为高人道。”

居三年。一夕，忽惨然告别。公惊问之。答云：“冥王以妾生前无罪，死犹不忘经咒，俾生王家。别在今宵，永无见期。”言已，怆然，公亦泪下。乃置酒相与痛饮。女慷慨而歌，为哀曼之音，一字百转；每至悲处，辄便呜咽。数停数起，而后终曲，饮不能畅。乃起，逡巡欲别。公固挽之，又坐少时。鸡声忽唱，乃曰：“必不可以久留矣。然君每怪妾不肯献丑；今将长别，当率成一章。”索笔构成，曰：“心悲意乱，不能推敲，乖音错节，慎勿出以示人。”掩袖而去。公送诸门外，湮然没。公怅悼良久，视其诗，字态端好，珍而藏之。诗曰：“静镇深宫十七年，谁将故国问青天？闲看殿宇封乔木，泣望君王化杜鹃。海国波涛斜夕照，汉家箫鼓静烽烟。红颜力弱难为厉，惠质心悲只问禅。日诵菩提千百句，闲看贝叶两三篇。高唱梨园歌代哭，请君独听亦潸然。”诗中重复脱节，疑有错误。

---

① 缅述——追述。
② 式微之际——衰落之时。
③ 准提、金刚——准提，佛教密宗莲花部所尊奉的六观音之一，主破众生惑业；金刚，佛经名，即《金刚般若经》。
④ 九原——九泉之下。

卷 三

江 中

王圣俞南游，泊舟江心。既寝，视月明如练[①]，未能寐，使童仆为之按摩。忽闻舟顶如小儿行，踏芦席作响，远自舟尾来，渐近舱户。虑为盗，急起问童。童亦闻之。问答间，见一人伏舟顶上，垂首窥舱内。大愕，按剑呼诸仆，一舟俱醒。告以所见。或疑错误。俄响声又作。群起四顾，渺然无人，惟疏星皎月，漫漫江波而已。众坐舟中，旋见青火如灯状，突出水面，随水浮游；渐近舡[②]，则火顿灭。即有黑人骤起，屹立水上，以手攀舟而行。众噪曰："必此物也！"欲射之。方开弓，则遽伏水中，不可见矣。问舟人。舟人曰："此古战场，鬼时出没，其无足怪。"

鲁 公 女

招远[③]张于旦，性疏狂不羁。读书萧寺[④]。时邑令鲁公，三韩[⑤]人。有女好猎。生适遇诸野，见其风姿娟秀，着锦貂裘，跨小骊驹，翩然若画。归忆容华，极意钦想。后闻女暴卒，悼叹欲绝。鲁以家远，寄灵寺中，即生读所。生敬礼如神明，朝必香，食必祭。每酹而祝曰："睹卿半面，长系梦魂；不图玉人[⑥]，奄然物化。今近在咫尺，而邈若河山，恨如何也！然生有拘束，死无禁忌，九泉有灵，当珊珊而来，慰我倾慕。"日夜祝之，几半月。

一夕，挑灯夜读，忽举首，则女子含笑立灯下。生惊起致问。女曰："感君之情，不能自已，遂不避私奔之嫌。"生大喜，遂共欢好。自此无虚

---

① 练——白色熟绢。
② 舡（chuán）——船。
③ 招远——县名，今山东招远县。
④ 萧寺——佛寺。
⑤ 三韩——朝鲜。
⑥ 玉人——貌美之人。

夜。谓生曰:“妾生好弓马,以射獐杀鹿为快,罪孽深重,死无归所。如诚心爱妾,烦代诵《金刚经》一藏数①,生生世世不忘也。”生敬受教,每夜起,即柩前捻珠讽诵。偶值节序,欲与偕归。女忧足弱,不能跋履。生请抱负以行,女笑从之。如抱婴儿,殊不重累。遂以为常。考试亦载与俱。然行必以夜。生将赴秋闱,女曰:“君福薄,徒劳驰驱。”遂听其言而止。积四五年,鲁罢官,贫不能舆其榇②,将就窆③之,苦无葬地。生乃自陈:“某有薄壤近寺,愿葬女公子。”鲁公喜。生又力为营葬。鲁德之,而莫解其故。鲁去,二人绸缪如平日。

一夜,侧倚生怀,泪落如豆,曰:“五年之好,于今别矣!受君恩义,数世不足以酬!”生惊问之。曰:“蒙惠及泉下人,经咒藏满,今得生河北卢户部家。如不忘今日,过此十五年,八月十六日,烦一往会。”生泣下曰:“生三十余年矣,又十五年,将就木焉,会将何为?”女亦泣曰:“愿为奴婢以报。”少间曰:“君送妾六七里。此去多荆棘,妾衣长难度。”乃抱生项。生送至通衢,见路傍车马一簇,马上或一人,或二人;车上或三人、四人、十数人不等;独一钿车④,绣缨朱幰,仅一老媪在焉。见女至,呼曰:“来乎?”女应曰:“来矣。”乃回顾生云:“尽此,且去;勿忘所言。”生诺。女行近车,媪引手上之,展軨⑤即发,车马阗咽⑥而去。

生怅怅而归,志时日于壁。因思经咒之效,持诵益虔。梦神人告曰:“汝志良嘉。但须要到南海⑦去。”问:“南海多远?”曰:“近在方寸地。”醒而会其旨,念切菩提⑧,修行倍洁。三年后,次子明、长子政,相继擢高科。生虽暴贵,而善行不替。夜梦青衣人邀去,见宫殿中坐一人,如菩萨状,逆之曰:“子为善可喜,惜无修龄,幸得请于上帝矣。”生伏地稽首。唤起,赐坐;饮以茶,味芳如兰。又令童子引去,使浴于池。池水清洁,游鱼可数,入之而温,掬之有荷叶香。移时,渐入深处,失足而陷,过涉灭顶。惊寤,异之。由此身益健,目益明。自捋其须,白者尽簌簌落,又久之,黑者益

---

① 一藏数——五千零四十八遍。
② 榇——棺材。
③ 窆(biǎn)——下葬。
④ 钿(diàn)车——镶有金属饰物的车。
⑤ 展軨——车轮转动。
⑥ 阗咽(tián yè)——喻车马多。
⑦ 南海——指观世音菩萨的所居地。
⑧ 念切菩提——渴望领悟佛理。

落。面纹亦渐舒。至数月后，颔秃面童，宛如十五六时。辄兼好游戏事，亦犹童。过饰边幅[①]；二子辄匡救[②]之。未几，夫人以老病卒。子欲为求继室于朱门。生曰："待吾至河北，来而后娶。"

屈指已及约期，遂命仆马至河北。访之，果有卢户部。先是，卢公生一女，生而能言，长益慧美，父母最钟爱之。贵家委禽，女辄不欲。怪问之，具述生前约。共计其年，大笑曰："痴婢！张郎计今年已半百，人事变迁，其骨已朽；纵其尚在，发童而齿壑矣。"女不听。母见其志不摇，与卢公谋，戒阍人勿通客，过期以绝其望。未几，生至，阍人拒之。退返旅舍，怅恨无所为计。闲游郊郭，因循而暗访之。女谓生负约，涕不食。母言："渠不来，必已殂谢；即不然，背盟之罪，亦不在汝。"女不语，但终日卧。卢患之，亦思一见生之为人，乃托游遨，遇生于野。视之，少年也，讶之。班荆[③]略谈，甚倜傥。公喜，邀至其家。方将探问，卢即遽起，嘱客暂独坐，匆匆入内告女。女喜，自力起。窥审其状不符，零涕而返，怨父欺罔。公力白其是。女无言，但泣不止。公出，意绪懊丧，对客殊不款曲[④]。生问："贵族有为户部者乎？"公漫应之。首他顾，似不属客。生觉其慢，辞出。女啼数日而卒。生夜梦女来，曰："下顾者果君耶？年貌舛异[⑤]，觌面遂致违隔。妾已忧愤死。烦向土地祠速招我魂，可得活，迟则无及矣。"既醒，急探卢氏之门，果有女，亡二日矣。生大恸，进而吊诸其室。已而以梦告卢。卢从其言，招魂而归。启其衾，抚其尸，呼而视之。俄闻喉中咯咯有声。忽见朱樱乍启，坠痰块如冰。扶移榻上，渐复吟呻。卢公悦，肃客[⑥]出，置酒宴会。细展官阀，知其巨家，益喜。择吉成礼。居半月，携女而归。卢送至家，半年乃去。夫妇居室，俨如小耦[⑦]，不知者多误以子妇为姑嫜焉。卢公逾年卒。子最幼，为豪强所中伤，家产几尽。生迎养之，遂家焉。

---

① 过饰边幅——过于修饰打扮。
② 匡救——矫正。
③ 班荆——席草而坐。
④ 款曲——热情招待。
⑤ 年貌舛异——年岁与相貌不符。
⑥ 肃客——领客人走。
⑦ 小耦——少年夫妻。

道　士

韩生，世家也。好客。同村徐氏，常饮于其座。会宴集，有道士托钵门上。家人投钱及粟，皆不受；亦不去。家人怒，归不顾。韩闻击剥之声甚久，询之，家人以情告。言未已，道士竟入。韩招之坐。道士向主客皆一举手，即坐。略致研诘，始知其初居村东破庙中。韩曰："何日栖鹤[①]东观，竟不闻知，殊缺地主之礼。"答曰："野人新至，无交游。闻居士挥霍，深愿求饮焉。"韩命举觞。道士能豪饮。徐见其衣服垢敝，颇偃蹇，不甚为礼。韩亦海客[②]遇之。道士倾饮二十余杯，乃辞而去。

自是每宴会，道士辄至，遇食则食，遇饮则饮，韩亦稍厌其频。饮次，徐嘲之曰："道长日为客，宁不一作主？"道士笑曰："道人与居士等，惟双肩承一喙耳。"徐惭不能对。道士曰："虽然，道人怀诚久矣，会当竭力作杯水之酬。"饮毕，嘱曰："翌午幸赐光宠[③]。"次日，相邀同往，疑其不设。行去，道士已候于途；且语且步，已至寺门。入门，则院落一新，连阁云蔓。大奇之，曰："久不至此，创建何时？"道士答："竣工未久。"比入其室，陈设华丽，世家所无。二人肃然起敬。甫坐，行酒下食，皆二八狡童[④]，锦衣朱履，酒馔芳美，备极丰渥。饭已，另有小进[⑤]。珍果多不可名，贮以水晶玉石之器，光照几榻。酌以玻璃盏，围尺许。道士曰："唤石家姊妹来。"童去少时，二美人入。一细长，如张柳；一身短，齿最稚；媚曼双绝。道士即使歌以侑[⑥]酒。少者拍板而歌，长者和以洞箫，其声清细。既阕[⑦]，道士悬爵促釂[⑧]，又命遍酌。顾问美人："久不舞，尚能之否？"遂有僮仆展氍毹[⑨]于筵下，两女对舞，长衣乱拂，香尘四散；舞罢，斜倚画屏。二人心旷神飞，不觉

---

① 栖鹤——道士住宿。
② 海客——流浪四方的人。
③ 幸赐光宠——希望赐宠光临，客套用语。
④ 狡童——聪明、善解人意的年幼童仆。
⑤ 小进——小吃。
⑥ 侑——劝。
⑦ 既阕——已吹打、歌唱完毕。
⑧ 釂(jiào)——干杯。
⑨ 氍毹(qú shū)——毛织物，地毯。

醺醉。

道士亦不顾客，举杯饮尽，起谓客曰："姑烦自酌，我稍憩，即复来。"即去。南屋壁下，设一螺钿[①]之床，女子为施锦裀，扶道士卧。道士乃曳长者共寝，命少者立床下为之爬搔[②]。二人睹此状，颇不平。徐乃大呼："道士不得无礼！"往将挠[③]之。道士急起而遁。见少女犹立床下，乘醉拉向北榻，公然拥卧。视床上美人，尚眠绣榻。顾韩曰："君何太迂？"韩乃径登南榻；欲与狎亵，而美人睡去，拨之不转。因抱与俱寝。天明，酒梦俱醒，觉怀中冷物冰人；视之，则抱长石，卧青阶下。急视徐，徐尚未醒；见其枕遗屙之石[④]，酣寝败厕中。蹴起[⑤]，互相骇异。四顾，则一庭荒草，两间破屋而已。

胡　　氏

直隶[⑥]有巨家，欲延师。忽一秀才，踵门自荐。主人延入。词语开爽，遂相知悦。秀才自言胡氏，遂纳贽馆之。胡课业良勤，淹洽[⑦]非下士等。然时出游，辄昏夜始归；扃闭俨然，不闻款叩而已在室中矣，遂相惊以狐。然察胡意固不恶，优重之，不以怪异废礼。

胡知主人有女，求为姻好，屡示意，主人伪不解。一日，胡假而去。次日，有客来谒，絷黑卫[⑧]于门。主人逆而入。年五十余，衣履鲜洁，意甚恬雅。既坐，自达[⑨]，始知为胡氏作冰[⑩]。主人默然，良久曰："仆与胡先生，交已莫逆，何必婚姻？且息女已许字矣。烦代谢先生。"客曰："确知令媛待聘，何拒之深？"再三言之，而主人不可。客有惭色，曰："胡亦世族，何遽

---

① 螺钿——金银一类的饰片。
② 爬搔——挠痒。
③ 挠——阻止。
④ 遗屙之石——粪坑旁的垫脚石。
⑤ 蹴起——踢起。
⑥ 直隶——清代省名，今河北省。
⑦ 淹洽——学识渊博贯通。
⑧ 黑卫——黑驴。
⑨ 自达——自述来意。
⑩ 作冰——做媒。

不如先生?"主人直告曰:"实无他意,但恶非其类耳。"客闻之怒;主人亦怒,相侵益亟。客起,抓主人。主人命家人杖逐之,客乃遁。遗其驴,视之,毛黑色,批耳修尾[①],大物也。牵之不动,驱之则随手而蹶,喓喓[②]然草虫耳。

主人以其言忿,知必相仇,戒备之。次日,果有狐兵大至:或骑或步,或戈或弩,马嘶人沸,声势汹汹。主人不敢出。狐声言火屋,主人益惧。有健者,率家人噪出,飞石施箭,两相冲击,互有夷伤。狐渐靡,纷纷引去。遗刀地上,亮如霜雪;近拾之,则高粱叶也。众笑曰:"技止此耳。"然恐其复至,益备之。明日,众方聚语,忽一巨人自天而降:高丈余,身横数尺;挥大刀如门,逐人而杀。群操矢石乱击之,颠踣而毙,则刍灵[③]耳。众益易之。狐三日不复来,众亦少懈。主人适登厕,俄见狐兵,张弓挟矢而至,乱射之;集矢于臀。大惧,急喊众奔斗,狐方去。拔矢视之,皆蒿梗。如此月余,去来不常,虽不甚害,而日日戒严,主人患苦之。

一日,胡生率众至。主人身出,胡望见,避于众中。主人呼之,不得已,乃出。主人曰:"仆自谓无失礼于先生,何故兴戎?"群狐欲射,胡止之。主人近握其手,邀入故斋,置酒相款。从容曰:"先生达人,当相见谅。以我情好,宁不乐附婚姻?但先生车马、宫室,多不与人同,弱女相从,即先生当知其不可。且谚云:'瓜果之生摘者,不适于口。'先生何取焉?"胡大惭。主人曰:"无伤,旧好故在。如不以尘浊见弃,在门墙[④]之幼子,年十五矣,愿得坦腹床下[⑤]。不知有相若者否?"胡喜曰:"仆有弱妹,少公子一岁,颇不陋劣。以奉箕帚,如何?"主人起拜,胡答拜。于是酬酢甚欢,前郤[⑥]俱忘。命罗酒浆,遍犒从者,上下欢慰。乃详问居里,将以奠雁[⑦]。胡辞之,日暮继烛,醺醉乃去。由是遂安。

年余,胡不至。或疑其约妄,而主人坚持之。又半年,胡忽至。既道温凉已,乃曰:"妹子长成矣。请卜良辰,遣侍翁姑。"主人喜,即同定期而

① 批耳修尾——尖耳长尾。
② 喓喓——蝈蝈的叫声。
③ 刍灵——草扎的送葬物。
④ 在门墙——在师门。
⑤ 坦腹床下——做某家女婿。
⑥ 郤——嫌隙。
⑦ 奠雁——献雁,指迎亲。

去。至夜，果有舆马送新妇至。奁妆丰盛，设室中几满。新妇见姑嫜，温丽异常。主人大喜。胡生与一弟来送女，谈吐俱风雅，又善饮。天明乃去。新妇且能预知年岁丰凶，故谋生之计，皆取则[1]焉。胡生兄弟以及胡媪，时来望女，人人皆见之。

戏 术

有桶戏者，桶可容升；无底，中空，亦如俗戏[2]。戏人以二席置街上，挂一升入桶中；旋出，即有白米满升，倾注席上；又取又倾，顷刻两席皆满。然后一一量入，毕而举之，犹空桶。奇在多也。

利津[3]李见田[4]，在颜镇[5]闲游陶场，欲市巨瓮，与陶人争直，不成而去。至夜，窑中未出者六十余瓮，启视一空。陶人大惊，疑李，踵门求之。李谢不知。固哀之，乃曰："我代汝出窑，一瓮不损，在魁星楼下非与？"如言往视，果一一俱在。楼在镇之南山[6]，去场三里馀。佣工运之，三日乃尽。

丐 僧

济南一僧，不知何许人。赤足衣百衲[7]，日于芙蓉、明湖诸馆[8]，诵经抄募[9]。与以酒食、钱、粟，皆弗受；叩所需，又不答。终日未尝见其餐饭。或劝之曰："师既不茹[10]荤酒，当募山村僻巷中，何日日往来于膻闹[11]之

---

① 取则——据为标准。
② 俗戏——魔术，戏法。
③ 利津——县名，今山东利津县。
④ 李见田——利津人，以占卜最为灵验而著称，号为"李神仙"。
⑤ 颜镇——镇名，今属淄博市。
⑥ 南山——位于颜镇之南。
⑦ 百衲——僧服。
⑧ 芙蓉、明湖诸馆——芙蓉街、大明湖是济南旧城的繁华场所。
⑨ 抄募——零星化缘。
⑩ 茹——吃。
⑪ 膻闹——膻腥喧闹。

场?”僧合眸讽诵①,睫毛长指许,若不闻。少旋,又语之。僧遽张目厉声曰:“要如此化!”又诵不已。久之,自出而去。或从其后,固诘其必如此之故,走不应。叩之数四,又厉声曰:“非汝所知!老僧要如此化!”积数日,忽出南城,卧道侧如僵,三日不动。居民恐其饿死,贻累近郭,因集劝他徙,欲饭饭之,欲钱钱之。僧瞑然不动。群摇而语之。僧怒,于衲中出短刀,自剖其腹;以手入内,理肠于道,而气随绝。众骇告郡,藁葬之。异日为犬所穴,席见。踏之似空;发视之,席封如故,犹空茧然。

伏　狐

太史②某,为狐所魅,病瘠。符禳既穷,乃乞假归,冀可逃避。太史行,而狐从之。大惧,无所为谋。一日,止于涿③。门外有铃医④,自言能伏狐。太史延之入。投以药,则房中术⑤也。促令服讫,入与狐交,锐不可当。狐辟易⑥,哀而求罢;不听,进益勇。狐展转营脱,苦不得去。移时无声,视之,现狐形而毙矣。

昔余乡某生者,素有嫪毐⑦之目,自言生平未得一快意。夜宿孤馆,四无邻。忽有奔女,扉未启而已入;心知其狐,亦欣然乐就狎之。衿襦甫解,贯革直入。狐惊痛,啼声吱然,如鹰脱韝⑧,穿窗而去。某犹望窗外作狎昵声,哀唤之,冀其复回,而已寂然矣。此真讨狐之猛将也!宜榜门“驱狐”,可以为业。

---

① 讽诵——念佛号、诵经文。
② 太史——翰林的别称。
③ 涿——州名,今河北涿县。
④ 铃医——江湖郎中。
⑤ 房中术——男女阳阴交合之术。
⑥ 辟易——躲避。
⑦ 嫪毐(lào ǎi)——战国时秦相吕不韦的舍人,与秦太后私通,秉持朝政,后被诛。此为淫徒的代称。
⑧ 脱韝(gōu)——韝,架鹰用的皮制臂衣;脱韝,放鹰飞捉。

蛰　　龙

于陵[①]曲银台[②]公,读书楼上。值阴雨晦瞑,见一小物,有光如萤,蠕蠕而行。过处,则黑如蚰[③]迹。渐盘卷上,卷亦焦。意为龙,乃捧卷送之。至门外,持立良久,蠖[④]曲不少动。公曰:"将无谓我不恭?"执卷返,仍置案上,冠带长揖送之。方至檐下,但见昂首乍伸,离卷横飞,其声嗤然,光一道如缕;数步外,回首向公,则头大于瓮,身数十围矣;又一折反,霹雳震惊,腾霄而去。回视所行处,盖曲曲自书笥[⑤]中出焉。

苏　　仙

高公明图知郴州[⑥]时,有民女苏氏,浣衣于河。河中有巨石,女踞其上。有苔一缕,绿滑可爱,浮水漾动,绕石三匝。女视之,心动。即归而娠,腹渐大。母私诘之,女以情告。母不能解。数月,竟举[⑦]一子。欲置隘巷,女不忍也,藏诸椟[⑧]而养之。遂矢志不嫁,以明其不二也。然不夫而孕,终以为羞。儿至七岁,未尝出以见人。儿忽谓母曰:"儿渐长,幽禁何可长也?去之,不为母累。"问所之。曰:"我非人种,行将腾霄昂壑耳。"女泣询归期。答曰:"待母属纩[⑨],儿始来。去后,倘有所需,可启藏儿椟索之,必能如愿。"言已,拜母竟去。出而望之,已杳矣。女告母,母大奇之。

女坚守旧志,与母相依,而家益落。偶缺晨炊,仰屋无计。忽忆儿言,

---

① 于(wū)陵——长山县(今属山东邹平县)的别称。
② 银台——通政使的别称。
③ 蚰——俗名鼻涕虫。
④ 蠖——虫名,即尺蠖。
⑤ 笥——方形竹制的盛物。
⑥ 郴(chēn)州——清代州名,今湖南郴州市。
⑦ 举——生育。
⑧ 椟——木柜或木匣。
⑨ 属(zhǔ)纩——将死。

往启椟，果得米，赖以举火。由是有求辄应。逾三年，母病卒；一切葬具，皆取给于椟。既葬，女独居三十年，未尝窥户①。一日，邻妇乞火者，见其兀坐空闺，语移时始去。居无何，忽见彩云绕女舍，亭亭如盖，中有一人盛服立，审视，则苏女也。回翔久之，渐高不见。邻人共疑之。窥诸其室，见女靓妆②凝坐，气则已绝。众以其无归，议为殡殓。忽一少年人，丰姿俊伟，向众申谢。邻人向亦窃知女有子，故不之疑。少年出金葬母，植二桃于墓，乃别而去。数步之外，足下生云，不可复见。后，桃结实甘芳，居人谓之"苏仙桃"，树年年华茂，更不衰朽。官是地者，每携实以馈亲友。

李 伯 言

李生伯言，沂水人。抗直有肝胆。忽暴病，家人进药，却之曰："吾病非药饵可疗。阴司阎罗缺，欲吾暂摄其篆③耳。死勿埋我，宜待之。"是日果死。

驺从④导去，入一宫殿，进冕服⑤；隶胥祗候甚肃。案上簿书丛沓。一宗，江南某，稽生平所私⑥良家女八十二人。鞫之，佐证不诬。按冥律，宜炮烙⑦。堂下有铜柱，高八九尺，围可一抱；空其中而炽炭焉，表里通赤。群鬼以铁蒺藜挞驱使登，手移足盘而上。甫至顶，则烟气飞腾，崩然一响如爆竹，人乃堕；团伏移时，始复苏。又挞之，爆堕如前。三堕，则匝地如烟而散，不复能成形矣。

又一起，为同邑王某，被婢父讼盗占生女。王即生姻家⑧。先是，一人卖婢。王知其所来非道，而利其直廉，遂购之。至是王暴卒。越日，其友周生遇于途，知为鬼，奔避斋中。王亦从入。周惧而祝，问所欲为。王曰："烦作见证于冥司耳。"惊问："何事？"曰："余婢实价购之，今被误控。

---

① 窥户——出屋门。
② 靓妆——盛妆。
③ 篆——印信。
④ 驺从（zōu zòng）——达贵出行时的卫队。
⑤ 冕服——指阎罗冠服。
⑥ 私——奸污。
⑦ 炮烙——古酷刑之一。
⑧ 姻家——亲家。

此事君亲见之，惟借季路一言[①]，无他说也。”周固拒之。王出曰：“恐不由君耳。”未几，周果死，同赴阎罗质审。李见王，隐存左袒意[②]。忽见殿上火生，焰烧梁栋。李大骇，侧足立。吏急进曰：“阴曹不与人世等，一念之私不可容。急消他念，则火自熄。”李敛神寂虑，火顿灭。已而鞫状，王与婢父反复相苦。问周，周以实对。王以故犯论[③]笞，笞讫，遣人俱送回生。周与王皆三日而甦。

李视事毕，舆马而返。中途见阙头断足者数百辈，伏地哀鸣。停车研诘，则异乡之鬼，思践故土，恐关隘阻隔，乞求路引。李曰：“余摄任三日，已解任矣，何能为力？”众曰：“南村胡生，将建道场，代嘱可致。”李诺之。至家，驺从都去，李乃甦。

胡生字水心，与李善，闻李再生，便诣探省。李遽问：“清醮[④]何时？”胡讶曰：“兵燹之后，妻孥瓦全，向与室人作此愿心，未向一人道也。何知之？”李具以告。胡叹曰：“闺房一语，遂播幽冥，可惧哉！”乃敬诺而去。次日，如王所，王犹惫卧。见李，肃然起敬，申谢佑庇。李曰：“法律不能宽假。今幸无恙乎？”王云：“已无他症，但笞疮脓溃耳。”又二十余日始痊；臂肉腐落，瘢痕如杖者。

异史氏曰：“阴司之刑，惨于阳世；责亦苛于阳世。然关说不行，则受残酷者不怨也。谁谓夜台无天日哉？第[⑤]恨无火烧临民之堂廨[⑥]耳！”

黄 九 郎

何师参，字子萧，斋于苕溪[⑦]之东，门临旷野。薄暮偶出，见妇人跨驴来，少年从其后。妇约五十许，意致清越。转视少年，年可十五六，丰采过于姝丽。何生素有断袖之癖[⑧]，睹之，神出于舍；翘足目送，影灭方归。次

① 惟借季路一言——只借重你一句诚实话。
② 左袒意——偏护一方的想法。
③ 论——判罪。
④ 醮——祭祀神灵。
⑤ 第——只。
⑥ 堂廨——官署。
⑦ 苕(tiáo)溪——苕水，在今浙江吴县境内。
⑧ 断袖之癖——有男宠癖好。

日，早伺之。落日暝闭[①]，少年始过。生曲意承迎，笑问所来。答以"外祖家"。生请过斋少憩，辞以不暇；固曳之，乃入。略坐兴辞，坚不可挽。生挽手送之，殷嘱便道相过[②]。少年唯唯而去。生由是凝思如渴，往来眺注，足无停趾。

一日，日衔半规[③]，少年欻至。大喜，要入，命馆童行酒。问其姓字，答曰："黄姓，第九。童子无字。"问："过往何频？"曰："家慈[④]在外祖家，常多病，故数省之。"酒数行，欲辞去。生捉臂遮留，下管钥[⑤]。九郎无如何，赪颜复坐。挑灯共语，温若处子[⑥]；而词涉游戏[⑦]，便含羞，面向壁。未几，引与同衾。九郎不许，坚以睡恶[⑧]为辞。强之再三，乃解上下衣，着裤卧床上。何灭烛；少时，移与同枕，曲肘加髀而狎抱之，苦求私昵。九郎怒曰："以君风雅士，故与流连；乃此之为，是禽处而兽爱之也！"未几，晨星荧荧，九郎径去。生恐其遂绝，复伺之，蹀躞[⑨]凝盼，目穿北斗。过数日，九郎始至。喜逆谢过；强曳入斋，促坐笑语，窃幸其不念旧恶。无何，解屦登床，又抚哀之。九郎曰："缠绵之意，已镂肺鬲，然亲爱何必在此？"生甘言纠缠，但求一亲玉肌。九郎从之。生俟其睡寐，潜就轻薄。九郎醒，揽衣遽起，乘夜遁去。生邑邑若有所失，忘啜废枕，日渐委悴，惟日使斋童逻侦焉。

一日，九郎过门，即欲径去。童牵衣入之。见生清癯，大骇，慰问。生实告以情，泪涔涔随声零落。九郎细语曰："区区之意，实以相爱无益于弟，而有害于兄，故不为也。君既乐之，仆何惜焉？"生大悦。九郎去后，病顿减，数日平复。九郎果至，遂相缱绻。曰："今勉承君意，幸勿以此为常。"既而曰："欲有所求，肯为力乎？"问之，答曰："母患心痛，惟太医齐野王先天丹可疗。君与善，当能求之。"生诺之。临去又嘱。生入城求药，及暮付之。九郎喜，上手称谢。又强与合。九郎曰："勿相纠缠。谨为君图

① 暝闭——幽暗昏沉。
② 过——拜访。
③ 日衔半规——太阳半落西山。
④ 家慈——家母。
⑤ 下管钥——关门上锁。
⑥ 处子 ——处女。
⑦ 游戏——调戏。
⑧ 睡恶——睡相不雅。
⑨ 蹀躞——徘徊。

一佳人，胜弟万万矣。”生问谁。九郎曰：“有表妹，美无伦。倘能垂意，当报柯斧[①]。”生微笑不答。九郎怀药便去。三日乃来，复求药。生恨其迟，词多诮让。九郎曰：“本不忍祸君，故疏之；既不蒙见谅，请勿悔焉。”由是燕会无虚夕。

凡三日必一乞药。齐怪其频，曰：“此药未有过三服者，胡久不瘥？”因裹三剂并授之。又顾生曰：“君神色黯然，病乎？”曰：“无。”脉之，惊曰：“君有鬼脉[②]，病在少阴[③]，不自慎者殆矣！”归语九郎。九郎叹曰：“良医也！我实狐，久恐不为君福。”生疑其诳，藏其药，不以尽予，虑其弗至也。居无何，果病。延齐诊视，曰：“曩不实言，今魂气已游墟莽[④]，秦缓[⑤]何能为力？”九郎日来省侍，曰：“不听吾言，果至于此！”生寻死。九郎痛哭而去。

先是，邑有某太史，少与生共笔砚[⑥]；十七岁擢翰林。时秦藩[⑦]贪暴，而赂通朝士[⑧]，无有言者。公抗疏劾其恶，以越俎免。藩升是省中丞[⑨]，日伺公隙。公少有英称，曾邀叛王青盼[⑩]，因购得旧所往来札，胁公。公惧，自经。夫人亦投缳[⑪]死。公越宿忽醒，曰：“我何子萧也。”诘之，所言皆何家事，方悟其借躯返魂。留之不可，出奔旧舍。抚疑其诈，必欲排陷之，使人索千金于公。公伪诺，而忧闷欲绝。忽通九郎至，喜共话言，悲欢交集。既欲复狎。九郎曰：“君有三命[⑫]耶？”公曰：“余悔生劳，不如死逸。”因诉冤苦。九郎悠忧以思。少间曰：“幸复生聚。君旷[⑬]无偶，前言表妹，慧丽多谋，必能分忧。”公欲一见颜色。曰：“不难。明日将取伴老母，此道所经。君伪为弟也兄者[⑭]，我假渴而求饮焉。君曰‘驴子亡’[⑮]，则诺也。”计

① 报柯斧——以做媒报答。
② 鬼脉——将死的征兆。
③ 少阴——肾经。
④ 墟莽——荒陇、丘坟。
⑤ 秦缓——春秋时秦国名医。
⑥ 共笔砚——指共桌同塾的同学。
⑦ 秦藩——陕西省布政使。
⑧ 朝士——京官。
⑨ 中丞——明清巡抚的代称。
⑩ 青盼——青眼、看重。
⑪ 投缳(huán)——上吊。
⑫ 三命——迷信说法，人有三条命。
⑬ 旷——男子中年无妻为“旷”。
⑭ 伪为弟也兄者——假称是我的哥哥。
⑮ 驴子亡——驴子跑了。

已而别。

明日亭午，九郎果从女郎经门外过。公拱手絮絮与语。略睨女郎，娥眉秀曼，诚仙人也。九郎索茶，公请入饮。九郎曰："三妹勿讶，此兄盟好，不妨少休止。"扶之而下，系驴于门而入。公自起瀹茗[①]。因目九郎曰："君前言不足以尽[②]。今得死所矣！"女似悟其言之为己者，离榻起立，嘤喔[③]而言曰："去休！"公外顾曰："驴子其亡！"九郎火急驰出。公拥女求合。女颜色紫变，窘若囚拘，大呼九兄，不应。曰："君自有妇，何丧人廉耻也？"公自陈无室。女曰："能矢山河[④]，勿令秋扇见捐[⑤]，则惟命是听。"公乃誓以皦日[⑥]。女不复拒。事已，九郎至。女色然怒让之。九郎曰："此何子萧，昔之名士，今之太史。与兄最善，其人可依。即闻诸妗氏，当不相见罪。"日向晚，公邀遮不听去。女恐姑母骇怪。九郎锐身自任，跨驴径去。居数日，有妇携婢过，年四十许，神情意致，雅似三娘。公呼女出窥，果母也。瞥睹女，怪问："何得在此？"女惭不能对。公邀入，拜而告之。母笑曰："九郎稚气，胡再不谋[⑦]？"女自入厨下，设食供母，食已乃去。

公得丽偶，颇快心期；而恶绪萦怀，恒蹙蹙有忧色。女问之，公缅述颠末。女笑曰："此九兄一人可得解，君何忧？"公诘其故。女曰："闻抚公溺声歌而比顽童[⑧]，此皆九兄所长也。投所好而献之，怨可消，仇亦可复。"公虑九郎不肯。女曰："但请哀之。"越日，公见九郎来，肘行而逆之。九郎惊曰："两世之交，但可自效，顶踵所不敢惜[⑨]。何忽作此态向人？"公具以谋告。九郎有难色。女曰："妾失身于郎，谁实为之？脱令中途雕丧[⑩]，焉置妾也？"九郎不得已，诺之。公族[⑪]与谋，驰书与所善之王太史，而致[⑫]九

---

① 瀹(yuè)茗——烹茶。
② 尽——尽致。
③ 嘤喔——鸟鸣声，喻女子声音娇美。
④ 矢山河——对山河发誓。
⑤ 捐——弃，赠送。
⑥ 誓以皦日——指着太阳发誓。
⑦ 胡再不谋——为何不与我商量。
⑧ 比(pì)顽童——亲近娈童。
⑨ 顶踵所不敢惜——全力以赴。
⑩ 脱令中途雕丧——如果让翰林半路而死。
⑪ 族——聚。
⑫ 致——奉献。

郎焉。王会其意，大设，招抚公饮。命九郎饰女郎，作天魔舞[①]，宛然美女。抚惑之，亟请于王，欲以重金购九郎，惟恐不得当。王故沉思以难之。迟之又久，始将公命以进。抚喜，前郤顿释。自得九郎，动息不相离；侍妾十余，视同尘土。九郎饮食供具如王者，赐金万计。半年，抚公病。九郎知其去冥路近也，遂辇金帛，假归公家[②]。既而抚公薨。九郎出资，起屋置器，畜婢仆，母子及妗并家焉。九郎出，舆马甚都[③]，人不知其狐也。余有"笑判"[④]，并志之：

男女居室，为夫妇之大伦；燥湿互通，乃阴阳之正窍[⑤]。迎风待月，尚有荡检之讥[⑥]；断袖分桃，难免掩鼻之丑[⑦]。人必力士，鸟道乃敢生开[⑧]；洞非桃源，渔篙宁许误入[⑨]？今某从下流而忘返，舍正路而不由。云雨未兴，辄尔上下其手；阴阳反背，居然表里为奸。华池置无用之乡，谬说老僧入定[⑩]；蛮洞乃不毛之地，遂使眇帅称戈[⑪]。系赤兔于辕门，如将射戟；探大弓于国库，直欲斩关[⑫]。或是监内黄鳣，访知交于昨夜[⑬]；分明王家朱李，索钻报于来生[⑭]。彼黑松林戎马顿来，固相安矣[⑮]；设黄龙府潮水忽至，何以御之[⑯]？宜断其钻刺之根，兼塞其送迎之路[⑰]。

---

① 天魔舞——元末盛行的一种宫廷舞。
② 假归公家——告假回翰林家。
③ 都——华美。
④ 笑判——开玩笑的判词。
⑤ 阴阳之正窍——男女性器官。
⑥ 荡检之讥——指唐元稹《莺莺传》中的莺莺邀张生私会，有逾礼法。
⑦ 掩鼻之丑——指汉哀帝宠幸男宠董贤、战国时卫国国君宠幸男宠弥子瑕，丑恶不堪。
⑧ 鸟道乃敢生开——指男性的性关系，今男同性恋。
⑨ 宁许误入——喻男性间发生不正当关系。
⑩ 老僧入定——指喜好男宠者假称清心寡欲。
⑪ 眇帅称戈——指倾心于同性苟合。
⑫ 直欲斩关——砍断关隘大门的横闩，即破门入关。
⑬ 访知交于昨夜——男色故事。
⑭ 索钻报于来生——指同性相交，两世也不会有后代子嗣。
⑮ 固相安矣——指爱男宠者。
⑯ 何以御之——指男宠。
⑰ 送迎之路——指对爱男宠者应当判处阉割之罚，对男宠应当判处堵塞肛门之罚。

金陵女子

沂水居民赵某，以故自城中归，见女子白衣哭路侧，甚哀。睨之，美。悦之，凝注不去。女垂涕曰："夫夫也，路不行而顾我[①]！"赵曰："我以旷野无人，而子哭之恸，实怆于心。"女曰："夫死无路，是以哀耳。"赵劝其复择良匹。曰："渺此一身，其何能择？如得所托，媵之可也。"赵忻然自荐，女从之。赵以去家远，将觅代步。女曰："无庸。"乃先行，飘若仙奔。至家，操井臼甚勤。积二年余，谓赵曰："感君恋恋，猥相从[②]，忽已三年。今宜且去。"赵曰："曩言无家，今焉往？"曰："彼时漫为是言耳，何得无家？身父货药金陵。倘欲再晤，可载药往，可助资斧。"赵经营，为贳[③]舆马。女辞之，出门径去；追之不及，瞬息遂杳。

居久之，颇涉怀想，因市药诣金陵。寄货旅邸，访诸衢市。忽药肆一翁望见，曰："婿至矣。"延入之。女方浣裳庭中，见之不言亦不笑，浣不辍。赵衔恨遽出。翁又曳之返。女不顾如初。翁命治具作饭。谋厚赠之，女止之曰："渠[④]福薄，多将不任；宜少慰其苦辛，再检十数医方与之，便吃著不尽矣。"翁问所载药。女云："已售之矣，直在此。"翁乃出方付金，送赵归。试其方，有奇验。沂水尚有能知其方者。以蒜臼接茅檐雨水，洗瘊赘[⑤]，其方之一也，良效。

汤　公

汤公名聘[⑥]，辛丑进士。抱病弥留。忽觉下部热气，渐升而上：至股，则足死；至腹，则股又死；至心，心之死最难。凡自童稚以及琐屑久忘之

---

① 夫夫也，路不行而顾我——一个男人家，不走你的路，看我干什么。
② 猥相从——苟且跟了你。
③ 贳(shì)——租赁。
④ 渠——他。
⑤ 瘊赘——瘊子。
⑥ 汤公名聘——汤聘，清顺治年间进士，曾官至知县。

事,都随心血来,一一潮过。如一善,则心中清净宁帖;一恶,则懊侬烦燥,似油沸鼎中,其难堪之状,口不能肖似之。犹忆七八岁时,曾探雀雏而毙之,只此一事,心头热血潮涌,食顷方过。直待平生所为,一一潮尽,乃觉热气缕缕然,穿喉入脑,自顶颠出,腾上如炊,逾数十刻期,魂乃离窍,忘躯壳矣。

而渺渺无归,漂泊郊路间。一巨人来,高几盈寻①,掇拾之,纳诸袖中。入袖,则叠肩压股,其人甚伙,薅脑②闷气,殆不可过。公顿思惟佛能解厄,因宣佛号③,才三四声,飘堕袖外。巨人复纳之。三纳三堕,巨人乃去之。公独立彷徨,未知何往之善。忆佛在西土,乃遂西。无何,见路侧一僧趺坐,趋拜问途。僧曰:"凡士子生死录,文昌④及孔圣司之,必两处销名,乃可他适。"公问其居,僧示以途,奔赴。

无几,至圣庙,见宣圣⑤南面坐。拜祷如前。宣圣言:"名籍之落,仍得帝君。"因指以路。公又趋之。见一殿阁,如王者居。俯身入,果有神人,如世所传帝君像。伏祝之。帝君检名曰:"汝心诚正,宜复有生理。但皮囊腐矣,非菩萨莫能为力。"因指示令急往。公从其教。俄见茂林修竹,殿宇华好。入,见螺髻庄严,金容满月;瓶浸杨柳,翠碧垂烟。公肃然稽首,拜述帝君言。菩萨难之。公哀祷不已。旁有尊者⑥白言:"菩萨施大法力,撮土可以为肉,折柳可以为骨。"菩萨即如所请,手断柳枝,倾瓶中水,合净土为泥,拍附公体,使童子携送灵所,推而合之。棺中呻动,霍然病已。家人骇然集,扶而出之,计气绝已断七⑦矣。

阎 罗

莱芜⑧秀才李中之,性直谅不阿。每数日,辄死去,僵然如尸,三四日

---

① 寻——八尺为一寻。
② 薅(hāo)脑——烦闷。
③ 宣佛号——高诵佛的名号。
④ 文昌——即文昌帝君,旧时传说为主宰天下文教之神。
⑤ 宣圣——即孔子。
⑥ 尊者——德行兼备的僧人。
⑦ 断七——人死后七七四十九天,招佛道超度,称"断七"。
⑧ 莱芜——县名,今山东莱芜县。

始醒。或问所见，则隐秘不泄。时邑有张生者，亦数日一死。语人曰："李中之，阎罗也。余至阴司，亦其属曹①。"其门殿②对联，俱能述之。或问："李昨赴阴司何事？"张曰："不能具述，惟提勘曹操③，笞二十。"

异史氏曰："阿瞒④一案，想更⑤数十阎罗矣。畜道、剑山，种种具在⑥，宜得何罪，不劳挹取⑦；乃数千年不决，何也？岂以临刑之囚，快于速割⑧，故使之求死不得也？异已⑨！"

连　　琐

杨于畏，移居泗水⑩之滨。斋临旷野，墙外多古墓，夜闻白杨萧萧，声如涛涌。夜阑秉烛，方复凄断。忽墙外有人吟曰："玄夜凄风却倒吹，流萤惹草复沾帏⑪。"反复吟诵，其声哀楚。听之，细婉似女子。疑之。明日，视墙外，并无人迹。惟有紫带一条，遗荆棘中；拾归，置诸窗上。向夜二更许，又吟如昨。杨移杌⑫登望，吟顿辍。悟其为鬼，然心向慕之。

次夜，伏伺墙头。一更向尽，有女子珊珊自草中出，手扶小树，低首哀吟。杨微嗽，女忽入荒草而没。杨由是伺诸墙下，听其吟毕，乃隔壁而续之曰："幽情苦绪何人见？翠袖单寒月上时。"久之，寂然。杨乃入室。方坐，忽见丽者自外来，敛衽曰："君子固风雅士，妾乃多所畏避。"杨喜，拉坐。瘦怯凝寒，若不胜衣。问："何居里，久寄此间？"答曰："妾陇西⑬人，随父流寓。十七暴疾殂谢，今二十余年矣。九泉荒野，孤寂如鹜⑭。所

---

① 属曹——属官。
② 门殿——大门和正殿。
③ 曹操——代指奸臣。
④ 阿瞒——曹操的小名。
⑤ 更——经历。
⑥ 畜道、剑山，种种具在——指地狱里如罚恶人为畜、赴剑山受刑之类的规定均十分清楚。
⑦ 挹取——斟酌量刑。
⑧ 快于速割——以速死为快。
⑨ 异已——真奇怪。
⑩ 泗水——泗河，源出今山东泗水县。
⑪ 沾帏——附着裙的正前方。
⑫ 杌（wù）——短凳。
⑬ 陇西——县名，今甘肃陇西县。
⑭ 鹜（wù）——野鸭。

吟，乃妾自作，以寄幽恨者。思久不属[①]；蒙君代续，欢生泉壤。”杨欲与欢。蹙然曰：“夜台朽骨，不比生人，如有幽欢，促人寿数。妾不忍祸君子也。”杨乃止。戏以手探胸，则鸡头之肉[②]，依然处子。又欲视其裙下双钩。女俯首笑曰：“狂生太罗唣[③]矣！”杨把玩之，则见月色锦袜，约彩线一缕。更视其一，则紫带系之。问：“何不俱带？”曰：“昨宵畏君而避，不知遗落何所。”杨曰：“为卿易之。”遂即窗上取以授女。女惊问何来，因以实告。女乃去线束带。既翻案上书，忽见《连昌宫词》[④]，慨然曰：“妾生时最爱读此。今视之，殆如梦寐！”与谈诗文，慧黠可爱，剪烛西窗[⑤]，如得良友。自此每夜但闻微吟，少顷即至。辄嘱曰：“君秘勿宣。妾少胆怯，恐有恶客见侵。”杨诺之。两人欢同鱼水，虽不至乱，而闺阁之中，诚有甚于画眉者[⑥]。女每于灯下为杨写书，字态端媚。又自选宫词百首，录诵之。使杨治棋枰[⑦]，购琵琶。每夜教杨手谈[⑧]，不则挑弄弦索[⑨]。作“蕉窗零雨”之曲[⑩]，酸人胸臆；杨不忍卒听，则为“晓苑莺声”之调[⑪]，顿觉心怀畅适。挑灯作剧[⑫]，乐辄忘晓。视窗上有曙色，则张皇遁去。

一日，薛生造访，值杨昼寝。视其室，琵琶、棋枰俱在，知非所善。又翻书得宫词，见字迹端好，益疑之。杨醒，薛问：“戏具何来？”答：“欲学之。”又问诗卷，托以假诸友人。薛反复检玩，见最后一页细字一行云：“某月日连琐书。”笑曰：“此是女郎小字[⑬]，何相欺之甚？”杨大窘，不能置词。薛诘之益苦，杨不以告。薛卷挟[⑭]，杨益窘，遂告之。薛求一见。杨因述所嘱。薛仰慕殷切；杨不得已，诺之。夜分，女至，为致意焉。女怒曰：“所言伊何？乃已喋喋向人！”杨以实情自白。女曰：“与君缘尽矣！”杨百词慰

---

① 思久不属(zhǔ)——文思不畅通。
② 鸡头之肉——女子乳头。
③ 罗唣——纠缠。
④ 《连昌宫词》——唐代元稹的七言长篇叙事诗。
⑤ 剪烛西窗——夜深灯前，亲切对语。
⑥ 甚于画眉者——感情亲密比东汉时张敞为妻描眉还要深。
⑦ 棋枰——围棋棋盘。
⑧ 手谈——下围棋。
⑨ 弦索——弦乐器。
⑩ “蕉窗零雨”之曲——指声情凄惋的曲子。
⑪ “晓苑莺声”之调——指声情欢快的曲子。
⑫ 剧——游戏。
⑬ 小字——乳名。
⑭ 卷挟——卷起诗书，夹于腋下。

解，终不欢，起而别去，曰："妾暂避之。"明日，薛来，杨代致其不可。薛疑支托，暮与窗友①二人来，淹留不去，故挠②之；恒终夜哗，大为杨生白眼，而无如何。众见数夜杳然，浸有去志，喧嚣渐息。忽闻吟声，共听之，凄婉欲绝。薛方倾耳神注，内一武生王某，掇巨石投之，大呼曰："作态不见客，那得好句？呜呜恻恻，使人闷损！"吟顿止。众甚怨之。杨恚愤见于词色。次日，始共引去。杨独宿空斋，冀女复来，而殊无影迹。逾二日，女忽至，泣曰："君致恶宾，几吓煞妾！"杨谢过不遑。女遽出，曰："妾固谓缘分尽也，从此别矣。"挽之已渺。由是月余，更不复至。杨思之，形销骨立，莫可追挽。

一夕，方独酌，忽女子搴帏入。杨喜极，曰："卿见宥耶？"女涕垂膺，默不一言。亟问之，欲言复忍，曰："负气去，又急而求人，难免愧恧。"杨再三研诘，乃曰："不知何处来一龌龊隶③，逼充媵妾。顾念清白裔④，岂屈身舆台⑤之鬼？然一线弱质，乌能抗拒？君如齿妾在琴瑟之数⑥，必不听自为生活⑦。"杨大怒，愤将致死；但虑人鬼殊途，不能为力。女曰："来夜早眠，妾邀君梦中耳。"于是复共倾谈，坐以达曙。女临去，嘱勿昼眠，留待夜约。杨诺之。因于午后薄饮，乘醺登榻，蒙衣偃卧。忽见女来，授以佩刀，引手去。至一院宇，方阖门语，闻有人掿石⑧挝门。女惊曰："仇人至矣！"杨启户骤出，见一人赤帽青衣，猬毛绕喙⑨。怒咄之。隶横目相仇，言词凶谩。杨大怒，奔之。隶捉石以投，骤如急雨，中杨腕，不能握刃。方危急所，遥见一人，腰矢野射⑩。审视之，王生也。大号乞救。王生张弓急至，射之中股；再射之，殪⑪。杨喜感谢。王问故，具告之。王自喜前罪可赎，遂与共入女室。女战惕羞缩，遥立不作一语。案上有小刀，长仅尺余，而装以金玉；出诸匣，光芒鉴影。王叹赞不释手。与杨略话，见女惭惧可怜，乃

---

① 窗友——同学。
② 挠——扰乱。
③ 龌龊(wò chuò)隶——下贱衙役。
④ 清白裔——清白人家的子孙。
⑤ 舆台——舆和台，同是奴隶。
⑥ 琴瑟之数——夫妻缘分。
⑦ 生活——求生存。
⑧ 掿石——拿石头。
⑨ 绕喙——围在嘴四周。
⑩ 腰矢野射——腰佩弓箭，郊外狩猎。
⑪ 殪——死。

出，分手去。杨亦自归，越墙而仆，于是惊寤，听村鸡已乱鸣矣。觉腕中痛甚；晓而视之，则皮肉赤肿。

停时①，王生来，便言夜梦之奇。杨曰："未梦射否？"王怪其先知。杨出手示之，且告以故。王忆梦中颜色，恨不真见；自幸有功于女，复请先容②。夜间，女来称谢。杨归功王生，遂达诚恳。女曰："将伯之助③，义不敢忘。然彼赳赳④，妾实畏之。"既而曰："彼爱妾佩刀。刀实妾父出使粤中⑤，百金购之。妾爱而有之，缠以金丝，瓣以明珠。大人怜妾夭亡，用以殉葬。今愿割爱相赠，见刀如见妾也。"次日，杨致此意。王大悦。至夜，女果携刀来，曰："嘱伊珍重，此非中华⑥物也。"由是往来如初。

积数月，忽于灯下笑而向杨，似有所语，面红而止者三。生抱问之。答曰："久蒙眷爱，妾受生人气，日食烟火，白骨顿有生意。但须生人精血，可以复活。"杨笑曰："卿自不肯，岂我故惜之？"女云："交接后，君必有念余日大病，然药之可愈。"遂与为欢。既而着衣起，又曰："尚须生血一点，能拚痛以相爱乎？"杨取利刃刺臂出血；女卧榻上，便滴脐中。乃起曰："妾不来矣。君记取百日之期，视妾坟前，有青鸟⑦鸣于树头，即速发冢。"杨谨受教。出门又嘱曰："慎记勿忘，迟速皆不可！"乃去。越十余日，杨果病，腹胀欲死。医师投药，下恶物如泥，浃辰⑧而愈。计至百日，使家人荷插⑨以待。日既夕，果见青鸟双鸣。杨喜曰："可矣。"乃斩荆发圹。见棺木已朽，而女貌如生。摩之微温。蒙衣舁归，置暖处，气咻咻然，细于属丝。渐进汤酏⑩，半夜而苏。每谓杨曰："二十余年，如一梦耳。"

---

① 停时——过了一会儿。
② 先容——事先介绍。
③ 将(qiāng)伯之助——他人对自己的帮助。
④ 赳赳——威武状。
⑤ 粤中——泛指今广东、广西。
⑥ 中华——中国。
⑦ 青鸟——传说是西王母的使者，传递男女相爱的音讯。
⑧ 浃辰——十二天。
⑨ 插——通"锸"，铁锹。
⑩ 酏(yí)——米汤、稀粥。

单道士

韩公子，邑世家。有单道士，工作剧[①]，公子爱其术，以为座上客。单与人行坐，辄忽不见。公子欲传其法，单不肯。公子固恳之。单曰："我非吝吾术，恐坏吾道也。所传而君子则可；不然，有借此以行窃者矣。公子固无虑此，然或出见美丽而悦，隐身入人闺闼，是济恶而宣淫也。不敢从命。"公子不能强，而心怒之，阴与仆辈谋挞辱之。恐其遁匿，因以细灰布麦场上，思：左道[②]能隐形，而履处必有印迹，可随印处急击之。于是诱单往，使人执牛鞭立挞之。单忽不见，灰上果有履迹，左右乱击，顷刻已迷。公子归，单亦至。谓诸仆曰："吾不可复居矣！向劳服役，今且别，当有以报。"袖中出旨酒一盛[③]，又探得肴一簋[④]，并陈几上。陈已，复探；凡十余探[⑤]，案上已满。遂邀众饮，俱醉；一一仍内袖中。韩闻其异，使复作剧。单于壁上画一城，以手推挝，城门顿阔。因将囊衣箧物，悉掷门内，乃拱别曰："我去矣！"跃身入城，城门遂合，道士顿杳。后闻在青州市上，教儿童画墨圈于掌，逢人戏抛之，随所抛处，或面或衣，圈辄脱去，落印其上。又闻其善房中术，能令下部吸烧酒，尽一器。公子尝面试之。

白于玉

吴青庵，筠，少知名。葛太史见其文，每嘉叹之。托相善者邀至其家，领[⑥]其言论风采。曰："焉有才如吴生，而长贫贱者乎？"因俾邻好致之[⑦]

① 剧——此指幻术。
② 左道——邪门歪道。
③ 盛(chéng)——容器。
④ 簋(guǐ)——古盛器。
⑤ 探——掏取。
⑥ 领——领略。
⑦ 致之——传话给吴生。

曰："使青庵奋志云霄[①]，当以息女奉巾栉[②]。"时太史有女绝美。生闻大喜，确自信。既而秋闱被黜，使人谓太史："富贵所固有，不可知者迟早耳。请待我三年，不成而后嫁。"于是刻志益苦。

一夜，月明之下，有秀才造谒，白晰短须，细腰长爪。诘所来，自言："白氏，字于玉。"略与倾谈，豁人心胸。悦之，留同止宿。迟明欲去，生嘱便道频过。白感其情殷，愿即假馆，约期而别。至日，先一苍头送炊具来。少间，白至，乘骏马如龙。生另舍舍之。白命奴牵马去。遂共晨夕，忻然相得。生视所读书，并非常所见闻，亦绝无时艺。讶而问之。白笑曰："士各有志，仆非功名中人也。"夜每招生饮，出一卷授生，皆吐纳之术[③]，多所不解，因以迂缓置之。他日谓生曰："曩所授，乃'黄庭'[④]之要道，仙人之梯航[⑤]。"生笑曰："仆所急不在此。且求仙者必断绝情缘，使万念俱寂，仆病未能也。"白问："何故？"生以宗嗣为虑。白曰："胡久不娶？"笑曰："'寡人有疾，寡人好色[⑥]。'"白亦笑曰："'王请无好小色。'所好何如？"生具以情告。白疑未必真美。生曰："此遐迩所共闻，非小生之目贱也。"白微哂而罢。次日，忽促装言别。生凄然与语，刺刺不能休。白乃命童子先负装行。两相依恋。俄见一青蝉鸣落案间，白辞曰："舆已驾矣，请自此别。如相忆，拂我榻而卧之。"方欲再问，转瞬间，白小如指，翩然跨蝉背上，嘲哳[⑦]而飞，杳入云中。生乃知其非常人，错愕良久，怅怅自失。

逾数日，细雨忽集，思白綦切。视所卧榻，鼠迹碎琐；慨然[⑧]扫除，设席即寝。无何，见白家童来相招，忻然从之。俄有桐凤[⑨]翔集，童捉谓生曰："黑径难行，可乘此代步。"生虑细小不能胜任。童曰："试乘之。"生如所请，宽然殊有余地，童亦附其尾上；戛然一声，凌升空际。未几，见一朱门。童先下，扶生亦下。问："此何所？"曰："此天门也。"门边有巨虎蹲伏。

---

① 奋志云霄——指科举求功名。
② 奉巾栉——指女子许婚。
③ 吐纳之术——古养生术之一。
④ 黄庭——即《黄庭经》，道教徒养生修炼的经典之一。
⑤ 梯航——梯子和渡船，成仙的凭借。
⑥ 寡人有疾，寡人好色——借用齐宣王搪塞孟子的话以拒之。
⑦ 嘲哳（zhāo zhā）——蝉叫声。
⑧ 慨然——叹悔状。
⑨ 桐凤——鸟名，即桐花凤。

生骇惧，童一身障之。见处处风景，与世殊异。童导入广寒宫[①]，内以水晶为阶，行人如在镜中。桂树两章[②]，参空合抱；花气随风，香无断际。亭宇皆红窗，时有美人出入，冶容秀骨，旷世并无其俦。童言："王母宫佳丽尤胜。"然恐主人伺久，不暇留连，导与趋出。移时，见白生候于门。握手入，见檐外清水白沙，涓涓流溢；玉砌雕阑，殆疑桂阙[③]。甫坐，即有二八妖鬟，来荐香茗。少间，命酌。有四丽人，敛衽鸣珰[④]，给事左右。才觉背上微痒，丽人即纤指长甲，探衣代搔。生觉心神摇曳，罔所安顿。既而微醺，渐不自持，笑顾丽人，兜搭[⑤]与语。美人辄笑避。白令度曲侑[⑥]觞。一衣绛绡者，引爵向客，便即筵前，宛转清歌。诸丽者笙管敖曹[⑦]，呜呜杂和。既阕，一衣翠裳者，亦酌亦歌。尚有一紫衣人，与一淡白软绡者，吃吃笑暗中，互让不肯前。白令一酌一唱。紫衣人便来把盏。生托接杯，戏挠纤腕。女笑失手，酒杯倾堕。白谯诃之。女拾杯含笑，俯首细语云："冷如鬼手馨，强来捉人臂[⑧]。"白大笑，罚令自歌且舞。舞已，衣淡白者又飞一觥[⑨]。生辞不能釂[⑩]。女捧酒有愧色，乃强饮之。细视四女，风致翩翩，无一非绝世者。遽谓主人曰："人间尤物[⑪]，仆求一而难之；君集群芳，能令我真个销魂否？"白笑曰："足下意中自有佳人，此何足当巨眼之顾[⑫]？"生曰："吾今乃知所见之不广也。"白乃尽招诸女，俾自择。生颠倒不能自决。白以紫衣人有把臂之好，遂使襆被奉客。既而衾枕之爱，极尽绸缪。生索赠，女脱金腕钏付之。忽童入曰："仙凡路殊，君宜即去。"女急起，遁去。生问主人，童曰："早诣待漏[⑬]，去时嘱送客耳。"生怅然从之，复寻旧途。将及门，回视童子，不知何时已去。虎哮骤起，生惊窜而去。望之无底，而

---

① 广寒宫——月宫。
② 章——株。
③ 桂阙——月宫。
④ 鸣珰——腰间玉饰物相撞击的音响。
⑤ 兜搭——搭讪。
⑥ 侑(yòu)——劝酒。
⑦ 敖曹——嘈杂声。
⑧ 冷如鬼手馨，强来捉人臂——手凉如鬼，强要抓人的胳臂。
⑨ 觥——一杯酒。
⑩ 釂(jiào)——饮酒。
⑪ 尤物——绝色美女。
⑫ 巨眼之顾——恭维词，远见卓识的眼光。
⑬ 待漏——百官等待早朝。

足已奔堕。一惊而寤，则朝暾[①]已红。方将振衣，有物腻然坠褥间，视之，钏也。心益异之。由是前念灰冷，每欲寻赤松[②]游，而尚以胤续[③]为忧。过十余月，昼寝方酣，梦紫衣姬自外至，怀中绷婴儿[④]曰："此君骨肉。天上难留此物，敬持送君。"乃寝诸床，牵衣覆之，匆匆欲去。生强与为欢。乃曰："前一度为合卺，今一度为永诀，百年夫妇，尽于此矣。君倘有志，或有见期。"生醒，见婴儿卧袱褥间，绷以告母。母喜，佣媪哺之，取名梦仙。生于是使人告太史，自己将隐，令别择良匹。太史不肯。生固以为辞。太史告女，女曰："远近无不知儿身许吴郎矣。今改之，是二天[⑤]也。"因以此意告生。生曰："我不但无志于功名，兼绝情于燕好。所以不即入山者，徒以有老母在。"太史又以商女。女曰："吴郎贫，我甘其藜藿；吴郎去，我事其姑嫜：定不他适。"使人三四返，迄无成谋[⑥]，遂诹[⑦]日备车马妆奁，嫔[⑧]于生家。生感其贤，敬爱臻至。女事姑孝，曲意承顺，过贫家女。逾二年，母亡，女质奁作具[⑨]，罔不尽礼。生曰："得卿如此，吾何忧！顾念一人得道，拔宅飞升[⑩]。余将远逝，一切付之于卿。"女坦然，殊不挽留。生遂去。

女外理生计，内训孤儿，井井有法。梦仙渐长，聪慧绝伦。十四岁，以神童领乡荐；十五入翰林。每褒封，不知母姓氏，封葛母一人而已。值霜露之辰[⑪]，辄问父所，母具告之。遂欲弃官往寻。母曰："汝父出家，今已十有余年，想已仙去，何处可寻？"后奉旨祭南岳[⑫]，中途遇寇。窘急中，一道人仗剑入，寇尽披靡，围始解。德之，馈以金，不受。出书一函，付嘱曰："余有故人，与大人同里，烦一致寒暄。"问："何姓名？"答曰："王林。"因忆村中无此名。道士曰："草野微贱，贵官自不识耳。"临行，出一金钏曰："此闺阁物，道人拾此，无所用处，即以奉报。"视之，嵌镂精绝。怀归以授夫

---

① 朝暾(tūn)——朝阳。

② 赤松——即赤松子，传说中的仙人。

③ 胤续——后代。

④ 绷婴儿——用布幅束裹着幼婴。

⑤ 二天——两个丈夫。

⑥ 成谋——协议。

⑦ 诹(zōu)——咨询。

⑧ 嫔(pīn)——新妇嫁往夫家。

⑨ 质奁作具——典押妆奁，为婆母治葬具。

⑩ 一人得道，拔宅飞升——传说中东晋道士许逊成仙后，全家 42 口人随之成仙。

⑪ 霜露之辰——祭祖日。

⑫ 南岳——指安徽天柱山，为南岳神所居地。

人。夫人爱之，命良工依式配造，终不及其精巧。遍问村中，并无王林其人者。私发其函，上云："三年鸾凤，分拆各天；葬母教子，端赖卿贤。无以报德，奉药一丸；剖而食之，可以成仙。"后书"琳娘夫人妆次①"。读毕，不解何人，持以告母。母执书以泣，曰："此汝父家报②也。琳，我小字。"始恍然悟"王林"为拆白谜③也。悔恨不已。又以钏示母。母曰："此汝母遗物。而翁在家时，尝以相示。"又视丸，如豆大。喜曰："我父仙人，啖此必能长生。"母不遽吞，受而藏之。会葛太史来视甥，女诵吴生书，便进丹药为寿。太史剖而分食之。顷刻，精神焕发。太史时年七旬，龙钟颇甚；忽觉筋力溢于肤革，遂弃舆而步，其行健速，家人坌息④始能及焉。逾年，都城有回禄⑤之灾，火终日不熄。夜不敢寐，毕集庭中。见火热拉杂，侵及邻舍。一家徊徨，不知所计。忽夫人臂上金钏，戛然有声，脱臂飞去。望之，大可数亩；团覆宅上，形如月阑⑥；口降⑦东南隅，历历可见。众大愕。俄顷，火自西来，近阑则斜越而东。迨火势既远，窃意钏亡不可复得；忽见红火乍敛，钏铮然堕足下。都中延烧民舍数万间，左右前后，并为灰烬，独吴第无恙，惟东南一小阁，化为乌有，即钏口漏覆处也。葛母年五十余，或见之，犹似二十许人。

夜　叉　国

交州⑧徐姓，泛海为贾。忽被大风吹去。开眼至一处，深山苍莽。冀有居人，遂缆船而登，负糗腊⑨焉。

方入，见两崖皆洞口，密如蜂房；内隐有人声。至洞外，伫足一窥，中

① 妆次——奉达妆台左右。
② 家报——家信。
③ 拆白谜——拆白道字，一种修辞格式。
④ 坌息——呼吸急促。
⑤ 回禄——火神。
⑥ 月阑——月晕。
⑦ 降——坐落。
⑧ 交州——古地名，相当于今广东、广西至印度支那半岛一带。
⑨ 糗腊(xī)——干粮、肉干。

有夜叉[1]二，牙森列戟，目闪双灯，爪劈生鹿而食。惊散魂魄，急欲奔下，则夜叉已顾见之，辍食执入。二物相语，如鸟兽鸣，争裂徐衣，似欲啗噉。徐大惧，取囊中糗精[2]，并牛脯[3]进之。分啖甚美。复翻徐橐，徐摇手以示其无。夜叉怒，又执之。徐哀之曰："释我。我舟中有釜甑[4]，可烹饪。"夜叉不解其语，仍怒。徐再与手语，夜叉似微解。从至舟，取具入洞，束薪燃火，煮其残鹿，熟而献之。二物啖之喜。夜以巨石杜门，似恐徐遁。徐曲体遥卧，深惧不免。天明，二物出，又杜之。少顷，携一鹿来付徐。徐剥革，于深洞处流水，汲煮数釜。俄有数夜叉至，群集吞啖讫，共指釜，似嫌其小。过三四日，一夜叉负一大釜来，似人所常用者。于是群夜叉各致狼麋[5]。既熟，呼徐同啖。居数日，夜叉渐与徐熟，出亦不施禁锢，聚处如家人。徐渐能察声知意，辄效其音，为夜叉语。夜叉益悦，携一雌来妻徐。徐初畏惧，莫敢伸；雌自开其股就徐，徐乃与交。雌大欢悦。每留肉饵徐，若琴瑟之好。

一日，诸夜叉早起，项下各挂明珠一串，更番出门，若伺贵客状，命徐多煮肉。徐以问雌。雌云："此天寿节[6]。"雌出，谓众夜叉曰："徐郎无骨突子[7]。"众各摘其五，并付雌。雌又自解十枚，共得五十之数，以野苎为绳，穿挂徐项。徐视之，一珠可直百十金。俄顷俱出。徐煮肉毕，雌来邀去，云："接天王。"至一大洞，广阔数亩。中有石，滑平如几；四围俱有石坐；上一坐蒙一豹革，余皆以鹿。夜叉二三十辈，列坐满中。少顷，大风扬尘，张皇都出。见一巨物来，亦类夜叉状，竟奔入洞，踞坐鹗[8]顾。群随入，东西列立，悉仰其首，以双臂作十字交。大夜叉按头点视，问："卧眉山[9]众，尽于此乎？"群阂[10]应之。顾徐曰："此何来？"雌以"婿"对。众又赞其烹调。即有二三夜叉，奔取熟肉陈几上。大夜叉掬啖尽饱，极赞嘉美，

---

① 夜叉——传说中能吃、善跑的怪物。
② 糗精——干粮。
③ 牛脯——牛肉干。
④ 釜甑——炊具，锅、蒸笼。
⑤ 狼麋——狼、麋鹿一类动物。
⑥ 天寿节——指夜叉王的生日。
⑦ 骨突子——类似珍珠状的珠串。
⑧ 鹗——雀鹰。
⑨ 卧眉山——位于卧眉国（夜叉国之一）的山。
⑩ 阂——同"哄"。

且责常供。又顾徐云:“骨突子何短?”众白:“初来未备。”物于项上摘取珠串,脱十枚付之,俱大如指顶,圆如弹丸。雌急接,代徐穿挂。徐亦交臂作夜叉语谢之。物乃去,蹑风而行,其疾如飞。众始享其余食而散。

居四年余,雌忽产,一胎而生二雄一雌,皆人形,不类其母。众夜叉皆喜其子,辄共拊[①]弄。一日,皆出攫食,惟徐独坐。忽别洞来一雌,欲与徐私。徐不肯,夜叉怒,扑徐踣地上。徐妻自外至,暴怒相搏,龁断其耳。少顷,其二亦归,解释令去。自此雌每守徐,动息不相离。又三年,子女俱能行步。徐辄教以人言,渐能语,啁啾[②]之中,有人气焉。虽童也,而奔山如履坦途;依依有父子意。一日,雌与一子一女出,半日不归。而北风大作。徐恻然念故乡,携子至海岸,见故舟犹存,谋与同归。子欲告母,徐止之。父子登舟,一昼夜达交。至家,妻已醮。出珠二枚,售金盈兆[③],家颇丰。子取名彪。十四五岁,能举百钧[④],粗莽好斗。交帅[⑤]见而奇之,以为千总[⑥]。值边乱,所向有功,十八为副将[⑦]。

时一商泛海,亦遭风飘至卧眉。方登岸,见一少年,视之而惊。知为中国人,便问居里。商以告。少年曳入幽谷一小石洞,洞外皆丛棘;且嘱勿出。去移时,挟鹿肉来啖商。自言:“父亦交人。”商问之,而知为徐,商在客中尝识之。因曰:“我故人也。今其子为副将。”少年不解何名。商曰:“此中国之官名。”又问:“何以为官?”曰:“出则舆马,入则高堂;上一呼而下百诺;见者侧目视,侧足立:此名为官。”少年甚歆[⑧]动。商曰:“既尊君在交,何久淹此?”少年以情告。商劝南旋。曰:“余亦常作是念。但母非中国人,言貌殊异;且同类觉之,必见残害:因是辗转。”乃出曰:“待北风起,我来送汝行。烦于父兄处,寄一耗问。”商伏洞中几半年。时自棘中外窥,见山中辄有夜叉往还;大惧,不敢少动。一日,北风策策[⑨],少年忽至,引与急窜。嘱曰:“所言勿忘却。”商应之。又以肉置几上,商乃归。

---

① 拊——同“抚”。
② 啁啾(zhōu jiū)——鸟鸣声,喻小儿学语。
③ 盈兆——极多,一兆为一百万,十万为亿,十亿为兆。
④ 钧——三十斤为一钧。
⑤ 交帅——交州军事统领。
⑥ 千总——武官名。
⑦ 副将——副总兵。
⑧ 歆——兴奋。
⑨ 策策——风吹枯草声。

敬抵交,达副总府,备述所见。彪闻而悲,欲往寻之。父虑海涛妖薮[①],险恶难犯,力阻之。彪抚膺痛哭,父不能止。乃告交帅,携两兵至海内。逆风阻舟,摆簸海中者半月。四望无涯,咫尺迷闷,无从辨其南北。忽而涌波接汉,乘舟倾覆。彪落海中,逐浪浮沉。久之,被一物曳去;至一处,竟有舍宇。彪视之。一物如夜叉状。彪乃作夜叉语。夜叉惊讯之,彪乃告以所往。夜叉喜曰:"卧眉,我故里也。唐突[②]可罪!君离故道[③]已八千里。此去为毒龙国,向卧眉非路。"乃觅舟来送彪。夜叉在水中推行如矢,瞬息千里,过一宵,已达北岸。见一少年,临流瞻望。彪知山无人类,疑是弟;近之,果弟。因执手哭。既而问母及妹,并云健安。彪欲偕往,弟止之,仓忙便去。回谢夜叉,则已去。未几,母妹俱至,见彪俱哭。彪告其意。母曰:"恐去为人所凌。"彪曰:"儿在中国甚荣贵,人不敢欺。"归计已决,苦逆风难渡。母子方徊徨间,忽见布帆南动,其声瑟瑟。彪喜曰:"天助吾也!"相继登舟,波如箭激;三日抵岩。见者皆奔。彪向三人脱分袍裤。抵家,母夜叉见翁怒骂,恨其不谋。徐谢过不遑。家人拜见家主母,无不战栗。彪劝母学作华言,衣锦,厌粱肉,乃大欣慰。

母女皆男儿装,类满制[④]。数月稍辨语言,弟妹亦渐白晰。弟曰豹,妹曰夜儿,俱强有力。彪耻不知书,教弟读。豹最慧,经史一过辄了[⑤],又不欲操儒业[⑥],仍使挽强弩,驰怒马,登武进士弟[⑦],聘阿游击[⑧]女,夜儿以异种,无与为婚。会标下袁守备失偶,强妻之。夜儿开百石弓[⑨],百余步射小鸟,无虚落。袁每征,辄与妻俱。历任同知将军,奇勋半出于闺门。豹三十四岁挂印[⑩]。母尝从之南征,每临巨敌,辄擐甲执锐[⑪],为子接应,

---

① 妖薮——怪异聚集地。
② 唐突——冒犯。
③ 故道——原来的航道。
④ 类满制——颇像满族服制。
⑤ 了——通晓。
⑥ 儒业——读书习文,科举以求功名。
⑦ 登武进士弟——考中武进士。
⑧ 游击——武官名。
⑨ 开百石弓——极言勇猛有力。
⑩ 挂印——挂印将军。
⑪ 擐(guān)甲执锐——穿甲胄,拿武器。

见者莫不辟易[①]。诏封男爵[②]。豹代母疏辞，封夫人。

异史氏曰："夜叉夫人，亦所罕闻，然细思之而不罕也：家家床头有个夜叉[③]在。"

小　　鬐

长山居民某，暇居，辄有短客[④]来，久与扳谈[⑤]。素不识其生平，颇注疑念。客曰："三数日将便徙居，与君比邻矣。"过四五日，又曰："今已同里，旦晚可以承教。"问："乔居何所？"亦不详告，但以手北指。自是，日辄一来。时向人假器具；或吝不与，则自失之。群疑其狐。村北有古冢，陷不可测，意必居此。共操兵杖往。伏听之，久无少异。一更向尽，闻穴中戢戢然，似数十百人作耳语。众寂不动。俄而尺许小人，连遱[⑥]而出，至不可数。众噪起，并击之。杖杖皆火，瞬息四散。惟遗一小鬐，如胡桃壳然，纱饰而金线。嗅之，骚臭不可言。

西　　僧

两僧自西域[⑦]来，一赴五台[⑧]，一卓锡[⑨]泰山[⑩]。其服色言貌，俱与中国殊异。自言："历火焰山[⑪]，山重重，气熏腾若炉灶。凡行必于雨后，心凝目注，轻迹步履之；误蹴山石，则飞焰腾灼焉。又经流沙河[⑫]，河中有水

① 辟易——躲避。
② 男爵——特例授与女子和男人同样的爵位。
③ 夜叉——此指悍妇。
④ 短客——身材矮小的客人。
⑤ 扳(pān)谈——主动找人聊天。
⑥ 连遱(lóu)——络绎不绝。
⑦ 西域——玉门关以西、巴尔喀什湖以东的广大地区。
⑧ 五台——即五台山，佛教四大名山之一。
⑨ 卓锡——悬挂锡杖。
⑩ 泰山——即山东泰安境内的泰山。
⑪ 火焰山——吴承恩《西游记》中的西土地名。
⑫ 流沙河——同⑤。

晶山，峭壁插天际，四面莹澈，似无所隔。又有隘，可容单车；二龙交角对口把守之。过者先拜龙；龙许过，则口角自开。龙色白，鳞鬣[①]皆如晶然。”僧言：“途中历十八寒暑矣。离西土者十有二人，至中国仅存其二。西土[②]传中国名山四：一泰山，一华山[③]，一五台，一落伽[④]也。相传山上遍地皆黄金，观音、文殊[⑤]犹生。能至其处，则身便是佛，长生不死。”听其所言状，亦犹世人之慕西土[⑥]也。倘有西游人[⑦]，与东渡者[⑧]中途相值，各述所有，当必相视失笑，两免跋涉矣。

老 饕

邢德，泽州[⑨]人，绿林之杰也。能挽强弩，发连矢，称一时绝技。而生平落拓，不利营谋，出门辄亏其资。两京大贾，往往喜与邢俱，途中恃以无恐。会冬初，有二三估客，薄假以资[⑩]，邀同贩鬻；邢复自罄其囊，将并居货。有友善卜，因诣之。友占曰：“此爻为‘悔’[⑪]，所操之业，即不母[⑫]而子[⑬]亦有损焉。”邢不乐，欲中止，而诸客强速之行。至都，果符所占，腊将半，匹马出都门。自念新岁无资，倍益怏闷。

时晨雾闭闭，暂趋临路店，解装觅饮。见一颁白叟[⑭]，共两少年，酌北牖下。一僮侍，黄发蓬蓬然。邢于南座，对叟休止[⑮]。僮行觞，误翻柈

---

① 鬣(liè)——鱼鳍。
② 西土——西域。
③ 华山——即今陕西华阴县境内的华山。
④ 落伽——即今浙江普陀县境内的普陀山。
⑤ 观音、文殊——菩萨名。
⑥ 西土——指佛国。
⑦ 西游人——赴西土礼佛求经的僧人。
⑧ 东渡者——西土东来的僧人。
⑨ 泽州——州名，故治在今山西晋城县。
⑩ 薄假以资——少量借给本钱。
⑪ 悔——易经卦名，不吉。
⑫ 母——本钱。
⑬ 子——利息。
⑭ 颁白叟——须发参白的老人。
⑮ 休止——坐下。

具[1]，污叟衣。少年怒，立摘[2]其耳。捧巾持帨，代叟揩试。既见僮手拇俱有铁箭镮[3]，厚半寸；每一镮，约重二两余。食已，叟命少年，于革囊中探出镪物，堆累几上，称秤握算，可饮数杯时，始缄裹完好。少年于枥中牵一黑跛骡来，扶叟乘之；僮亦跨羸马相从，出门去。两少年各腰弓矢，捉马俱出。邢窥多金，穷睛旁睨，馋焰若炙。辍饮，急尾之。视叟与僮犹款段于前，乃下道斜驰出叟前，紧啣[4]关弓，怒相向。叟俯脱左足靴，微笑云："而不识得老饕[5]也？"邢满引一矢去。叟仰卧鞍上，伸其足，开两指如箝，夹矢住。笑曰："技但止此，何须而翁手敌？"邢怒，出其绝技，一矢刚发，后矢继至。叟手掇一，似未防其连珠；后矢直贯其口，踣然而堕，啣矢僵眠。僮亦下。邢喜，谓其已毙，近临之。叟吐矢跃起，鼓掌曰："初会面，何便作此恶剧？"邢大惊，马亦骇逸。以此知叟异，不敢复返。

走三四十里，值方面纲纪[6]，囊物赴都；要取之，略可千金，意气始得扬。方疾骛间，闻后有蹄声；回首，则僮易跛骡来，驶若飞。叱曰："男子勿行！猎取之货，宜少瓜分。"邢曰："汝识'连珠箭邢某'否？"僮云："适已承教矣。"邢以僮貌不扬，又无弓矢，易之。一发三矢，连遝不断，如群隼[7]飞翔。僮殊不忙迫，手接二，口衔一。笑曰："如此技艺，辱寞煞人！乃翁偬遽[8]，未暇寻得弓来；此物亦无用处，请即掷还。"遂于指上脱铁镮，穿矢其中，以手力掷，呜呜风鸣。邢急拨以弓；弦适触铁镮，铿然断绝，弓亦绽裂。邢惊绝。未及覷避，矢过贯耳，不觉翻坠。僮下骑，便将搜括。邢以弓卧挞之。僮夺弓去，拗折为两；又折为四，抛置之。已，乃一手握邢两臂，一足踏邢两股；臂若缚，股若压，极力不能少动。腰中束带双叠，可骈三指许；僮以一手捏之，随手断如灰烬。取金已，乃超乘，作一举手，致声"孟浪[9]"，霍然径去。

---

① 柈具——盘中菜肴。
② 摘——揪。
③ 箭镮——以骨或象牙制作，戴在拇指上，用于射箭时拉弓。
④ 啣——勒紧马勒。
⑤ 老饕(tāo)——老财迷、老馋鬼。
⑥ 方面纲纪——地方大员的仆人。
⑦ 隼(sǔn)——即鹘。
⑧ 偬遽——匆忙。
⑨ 孟浪——莽撞。

邢归，卒为善士。每向人述往事不讳。此与刘东山[①]事，盖仿佛焉。

连　城

乔生，晋宁[②]人。少负才名。年二十余，犹淹蹇。为人有肝胆。与顾生善；顾卒，时恤其妻子。邑宰以文相契重；宰终于任，家口淹滞不能归，生破产扶柩，往返二千余里。以故士林益重之，而家由此益替[③]。史孝廉有女，字连城，工刺绣，知书。父娇保之。出所刺"倦绣图"，征少年题咏，意在择婿。生献诗云："慵鬟高髻绿婆娑，早向兰窗绣碧荷；刺到鸳鸯魂欲断，暗停针线蹙双蛾。"又赞挑绣之工云："绣线挑来似写生，幅中花鸟自天成；当年织锦非长技，幸把回文[④]感圣明。"女得诗喜，对父称赏。父贫之。女逢人辄称道；又遣媪矫父命，赠金以助灯火。生叹曰："连城我知己也！"倾怀结想，如饥思啗。

无何，女许字于鹾贾[⑤]之子王化成，生始绝望；然梦魂中犹佩戴之。未几，女病瘵，沉痼不起。有西域头陀，自谓能疗；但须男子膺肉一钱，捣合药屑。史使人诣王家告婿。婿笑曰："痴老翁，欲我剜心头肉也！"使返。史乃言于人曰："有能割肉者，妻之。"生闻而往，自出白刃，刲[⑥]膺授僧。血濡袍裤，僧敷药始止。合药三丸。三日服尽，疾若失。史将践其言，先告王。王怒，欲讼官。史乃设筵招生，以千金列几上，曰："重负大德，请以相报。"因具白背盟之由。生怫然曰："仆所以不爱膺肉者，聊以报知己耳，岂货肉哉！"拂袖而归。女闻之，意良不忍，托媪慰谕之。且云："以彼才华，当不久落。天下何患无佳人？我梦不祥，三年必死，不必与人争此泉下物也。"生告媪曰："'士为知己者死'，不以色也。诚恐连城未必真知我；不谐何害？"媪代女郎矢诚自剖。生曰："果尔，相逢时，当为我一笑，死无憾！"媪既去，逾数日，生偶出，遇女自叔氏归，睨之。女秋波转顾，启齿嫣

① 刘东山——明人，自号连珠箭，擅捕盗。
② 晋宁——州县名，州治在今云南晋宁县。
③ 替——衰败。
④ 回文——指连城刺绣之美超过晋人苏蕙将回文图诗织在锦缎上的技巧。
⑤ 鹾(cuó)贾——盐商。
⑥ 刲(kuí)——割。

然。生大喜曰:"连城真知我者!"会王氏来议吉期,女前症又作,数月寻死。生往临吊,一痛而绝。史舁送其家。

生自知已死,亦无所戚。出村去,犹冀一见连城。遥望南北一道,行人连续如蚁,因亦混身杂迹其中。俄顷,入一廨署,值顾生,惊问:"君何得来?"即把手将送令归。生太息,言:"心事殊未了。"顾曰:"仆在此典牍①,颇得委任。倘可效力,不惜也。"生问连城。顾即导生旋转多所,见连城与一白衣女郎,泪睫惨黛,藉坐廊隅。见生至,骤起似喜,略问所来。生曰:"卿死,仆何敢生!"连城泣曰:"如此负义人,尚不吐弃之,身殉何为?然已不能许君今生,原矢来世耳。"生告顾曰:"有事君自去,仆乐死不愿生矣。但烦稽连城托生何里,行与俱去耳。"顾诺而去。白衣女郎问生何人,连城为缅述之。女郎闻之,若不胜悲。连城告生曰:"此妾同姓,小字宾娘,长沙②史太守女。一路同来,遂相怜爱。"生视之,意态怜人。方欲研问,而顾已反,向生贺曰:"我为君平章已确③,即教小娘子从君返魂,好否?"两人各喜。方将拜别,宾娘大哭曰:"姊去,我安归?乞垂怜救,妾为姊捧帨耳。"连城凄然,无所为计,转谋生。生又哀顾。顾难之,峻辞以为不可。生固强之。乃曰:"试妄为之。"去食顷而返,摇手曰:"何如!诚万分不能为力矣?"宾娘闻之,宛转娇啼,惟依连城肘下,恐其即去。惨怛无术,相对默默;而睹其愁颜戚容,使人肺腑酸柔。顾生愤然曰:"请携宾娘去。脱有愆尤④,小生拚身受之!"宾娘乃喜,从生出。生忧其道远无侣。宾娘曰:"妾从君去,不愿归也。"生曰:"卿大痴矣。不归,何以得活也?他日至湖南,勿复走避,为幸多矣。"适有两媪摄牒赴长沙,生属之,宾娘泣别而去。

途中,连城行蹇缓,里余辄一息;凡十余息,始见里门。连城曰;"重生后,惧有反覆。请索妾骸骨来,妾以君家生,当无悔也。"生然之。偕归生家。女惕惕若不能步,生伫待之。女曰:"妾至此,四肢摇摇,似无所主。志恐不遂,尚宜审谋;不然,生后何能自由?"相将入侧厢中。默定少时,连城笑曰:"君憎妾耶?"生惊问其故。赧然曰:"恐事不谐,重负君矣。请先以鬼报也。"生喜,极尽欢恋。因徘徊不敢遽生,寄厢中者三日。连城曰:

① 典牍——主管文书案卷。
② 长沙——略与今同。
③ 平章已确——商办已妥。
④ 愆尤——过失。

"谚有之:'丑妇终须见姑嫜。'戚戚于此,终非久计。"乃促生入。才至灵寝[①],豁然顿苏。家人惊异,进以汤水。生乃使人要史来,请得连城之尸,自言能活之。史喜,从其言。方舁入室,视之已醒。告父曰:"儿已委身乔郎矣,更无归理。如有变动,但仍一死!"史归,遣婢往役给奉。王闻,具词申理。官受赂,判归王。生愤懑欲死,亦无之奈何。连城至王家,忿不饮食,惟乞速死。室无人,则带悬梁上。越日,益惫,殆将奄逝。王惧,送归史。史复舁归生。王知之,亦无如何,遂安焉。连城起,每念宾娘,欲遣信往侦之,以道远而艰于往。一日,家人进曰:"门有车马。"夫妇出视,则宾娘已至庭中矣。相见悲喜。太守亲诣送女,生延入。太守曰:"小女子赖君复生,誓不他适,今从其志。"生叩谢如礼。孝廉亦至,叙宗好[②]焉。生名年,字大年。

异史氏曰:"一笑之知,许之以身,世人或议其痴;彼田横五百人[③],岂尽愚哉!此知希之贵[④],贤豪所以感结而不能自已也。顾茫茫海内,遂使锦绣才人,仅倾心于蛾眉之一笑也,亦可慨矣!"

霍　生

文登[⑤]霍生,与严生少相狎,长相谑也。口给交御[⑥],惟恐不工。霍有邻妪,曾与严妻导产。偶与霍妇语,言其私处有赘疣。妇以告霍。霍与同党者谋,窥严将至,故窃语云:"某妻与我最昵。"众不信。霍因捏造端末,且云:"如不信,其阴侧有双疣。"严止窗外,听之既悉,不入径去。至家,苦掠其妻;妻不伏,搒益残。妻不堪虐,自经死。霍始大悔,然亦不敢向严而白其诬矣。

严妻既死,其鬼夜哭,举家不得宁焉。无何,严暴卒,鬼乃不哭。霍妇

① 灵寝——灵床。
② 叙宗好——叙同宗族之谊。
③ 彼田横五百人——以秦末齐人田横因耻于向刘邦称臣而逃往海岛,与岛上五百人自杀的故事说明"士为知己者死"。
④ 此知希之贵——知己难求,所以特别珍惜。
⑤ 文登——县名,今属山东烟台市。
⑥ 口给交御——斗嘴,开玩笑。

梦女子披发大叫曰："我死得良苦，汝夫妻何得欢乐耶！"既醒而病，数日寻卒。霍亦梦女子指数诟骂，以掌批其吻。惊而寤，觉唇际隐痛，扪之高起，三日而成双疣，遂为痼疾。不敢大方笑；启吻太骤，则痛不可忍。

异史氏曰："死能为厉，其气冤也。私病加于唇吻，神而近于戏矣。"

邑王氏，与同窗某狎。其妻归宁[①]，王知其驴善惊，先伏丛莽中，伺妇至，暴出；驴惊妇堕，惟一僮从，不能扶妇乘。王乃殷勤抱控[②]甚至，妇亦不识谁何。王扬扬以此得意，谓僮逐驴去，因得私其妇于莽中，述袙裤履[③]甚悉。某闻，大惭而去。少间，自窗隙中见某一手握刃，一手捉妻来，意甚怒恶。大惧，逾垣而逃。某从之，追二三里地不及，始返。王尽力极奔，肺叶开张，以是得吼疾，数年不愈焉。

汪　士　秀

汪士秀，庐州[④]人。刚勇有力，能举石舂[⑤]。父子善蹴鞠[⑥]。父四十余，过钱塘没焉。积八九年，汪以故诣[⑦]湖南，夜泊洞庭[⑧]。时望月东升，澄江如练。方眺瞩间，忽有五人自湖中出，携大席，平铺水面，略可半亩。纷陈酒馔，馔器磨触作响，然声温厚，不类陶瓦[⑨]。已而三人践席坐，二人侍饮。坐者一衣黄，二衣白；头上巾皆皂色，峨峨然[⑩]下连肩背，制绝奇古，而月色微茫，不甚可晰。侍者俱褐衣；其一似童，其一似叟也。但闻黄衣人曰："今夜月色大佳，足供快饮。"白衣者曰："此夕风景，大似广利王[⑪]宴梨花岛时。"三人互劝，引釂竞浮白[⑫]。但语略小，即不可闻。舟人隐

---

① 归宁——回娘家看望。
② 抱控——扶某妻上车。
③ 袙(nì)裤履——内衣和鞋。
④ 庐州——府名，今安徽合肥市。
⑤ 石舂——捣米的石臼。
⑥ 蹴鞠——类似踢球。
⑦ 诣——抵达。
⑧ 洞庭——今湖南洞庭湖。
⑨ 陶瓦——陶器。
⑩ 峨峨然——高大状。
⑪ 广利王——南海神的封号。
⑫ 浮白——用大杯罚酒。

伏，不敢动息。

汪细审侍者，叟酷类父；而听其言，又非父声。二漏将残，忽一人曰："趁此明月，宜一击毬为乐。"即见僮没水中，取一圆[①]出，大可盈抱，中如水银满贮，表里通明。坐者尽起。黄衣人呼叟共蹴之。蹴起丈余，光摇摇射人眼。俄而訇然[②]远起，飞堕舟中。汪技痒，极力踏去，觉异常轻耎。踏猛似破，腾寻丈[③]；中有漏光，下射如虹；蚩然[④]疾落，又如经天之彗[⑤]，直投水中，滚滚作沸泡声而灭。席中共怒曰："何物生人，败我清兴！"叟笑曰："不恶不恶，此吾家流星拐[⑥]也。"白衣人嗔其语戏，怒曰："都方厌恼，老奴何得作欢？便同小乌皮[⑦]捉得狂子来；不然，胫股当有椎[⑧]吃也！"汪计无所逃，即亦不畏，捉刀立舟中。

倏见僮叟操兵来。汪注视，真其父也，疾呼："阿翁！儿在此。"叟大骇，相顾凄断[⑨]。僮即反身去。叟曰："儿急作匿。不然，都死矣！"言未已，三人忽已登舟。面皆漆黑，睛大于榴，攫叟出。汪力与夺，摇舟断缆。汪以刀截其臂落，黄衣者乃逃。一白衣人奔汪；汪剁其颅，堕水有声；阒然俱没。方谋夜渡，旋见巨喙出水面，深若井，四面湖水奔注，砰砰作响。俄一喷涌，则浪接星斗，万舟簸荡。湖人大恐。舟上有石鼓[⑩]二，皆重百斤。汪举一以投，激水雷鸣，浪渐消；又投其一，风波悉平。

汪疑父为鬼。叟曰："我固未尝死也。溺江者十九人，皆为妖物所食；我以蹋圆得全。物得罪于钱塘君[⑪]，故移避洞庭耳。三人鱼精，所蹴鱼胞[⑫]也。"父子聚喜，中夜击棹而去。天明，见舟中有鱼翅[⑬]，径四五尺许，乃悟是夜间所断臂也。

---

① 圆——形状类似毬状物。
② 訇(hōng)然——声音大状。
③ 寻丈——一丈左右。
④ 蚩然——嗤嗤声。
⑤ 彗——流星，彗星。
⑥ 流星拐——蹴鞠的一种玩法。
⑦ 小乌皮——侍者的绰号。
⑧ 椎(chuí)——棒槌。
⑨ 凄断——极度伤心。
⑩ 石鼓——此指石墩。
⑪ 钱塘君——钱塘江神。
⑫ 鱼胞(pāo)——鱼脬。
⑬ 鱼翅——鱼鳍。

商 三 官

故诸葛城[①],有商士禹者,士人也。以醉谑忤邑豪。豪嗾[②]家奴乱捶之。舁归而死。禹二子,长曰臣,次曰礼。一女曰三官。三官年十六,出阁[③]有期,以父故不果。两兄出讼,终岁不得结。婿家遣人参母[④],请从权[⑤]毕姻事。母将许之。女进曰:"焉有父尸未寒而行吉礼者?彼独无父母乎?"婿家闻之,惭而止。无何,两兄讼不得直,负屈归。举家悲愤。兄弟谋留父尸,张再讼之本[⑥]。三官曰:"人被杀而不理,时事可知矣。天将为汝兄弟专生一阎罗包老[⑦]耶?骨骸暴露,于心何忍矣。"二兄服其言,乃葬父。葬已,三官夜遁,不知所往。母惭怍,惟恐婿家知,不敢告族党,但嘱二子冥冥[⑧]侦察之。几半年,杳不可寻。

会豪诞辰,招优[⑨]为戏。优人孙淳,携二弟子往执役。其一王成,姿容平等,而音词清彻,群赞赏焉。其一李玉,貌韶秀如好女。呼令歌,辞以不稔[⑩];强之,所度曲半杂儿女俚谣,合座为之鼓掌。孙大惭,白主人:"此子从学未久,只解行觞耳。幸勿罪责。"即命行酒。玉往来给奉,善觑主人意向。豪悦之。酒阑人散,留与同寝。玉代豪拂榻解履,殷勤周至。醉语狎之,但有展笑[⑪]。豪惑益甚,尽遣诸仆去,独留玉。玉伺诸仆去,阖扉下楗[⑫]焉。诸仆就别室饮。移时,闻厅事中格格有声。一仆往觇之,见室内冥黑,寂不闻声。行将旋踵,忽有响声甚厉,如悬重物而断其索。亟问之,并无应者。呼众排阖入,则主人身首两断;玉自经死,绳绝堕地上,梁间颈

① 故诸葛城——疑指山东诸城县旧治。
② 嗾——指使。
③ 出阁——出嫁。
④ 参母——拜见母亲。
⑤ 从权——变通行事。
⑥ 张再讼之本——作为第二次向官府申诉的凭证。
⑦ 包老——即包拯。
⑧ 冥冥——暗地里。
⑨ 优——优伶。
⑩ 稔——熟悉。
⑪ 展笑——微笑。
⑫ 楗——门闩。

际，残绠俨然。众大骇，传告内闼[①]，群集莫解。众移玉尸于庭，觉其袜履虚若无足；解之，则素舄[②]如钩，盖女子也。益骇。呼孙淳诘之。淳骇极，不知所对。但云："玉月前投作弟子，愿从寿主人，实不知从来。"以其服凶，疑是商家刺客。暂以二人逻守之。女貌如生；抚之，肢体温耎。二人窃谋淫之。一人抱尸转侧，方将缓其结束[③]，忽脑如物击，口血暴注，顷刻已死。其一大惊，告众。众敬若神明焉，且以告郡。郡官问臣及礼，并言："不知。但妹亡去，已半载矣。"俾往验视，果三官。官奇之，判二兄领葬，敕豪家勿仇。

异史氏曰："家有女豫让[④]而不知，则兄之为丈夫者可知矣。然三官之为人，即萧萧易水，亦将羞而不流；况碌碌与世浮沉者耶！愿天下闺中人，买丝绣之，其功德当不减于奉壮缪[⑤]也。"

于 江

乡民于江，父宿田间，为狼所食。江时年十六，得父遗履，悲恨欲死。夜俟母寝，潜持铁槌[⑥]去，眠父所，冀报父仇。少间，一狼来，逡巡嗅之。江不动。无何，摇尾扫其额，又渐俯首舐[⑦]其股。江迄不动。既而欢跃直前，将龁其领。江急以锤击狼脑，立毙。起置草中。少间，又一狼来，如前状。又毙之。以至中夜，杳无至者。忽小睡，梦父曰："杀二物，足泄我恨。然首杀我者，其鼻白；此都非是。"江醒，坚卧以伺之。既明，无所复得。欲曳狼归，恐惊母，遂投诸眢井[⑧]而归。至夜复往，亦无至者。如此三四夜。忽一狼来，啮[⑨]其足，曳之以行。行数步，棘刺肉，石伤肤。江若死者。狼乃置之地上，意将龁腹。江骤起锤之，仆；又连锤之，毙。细视之，真白鼻

---

① 内闼——内宅，指内眷。
② 素舄——白鞋。
③ 结束——解开带子。
④ 女豫让——女刺客。
⑤ 壮缪(móu)——即关羽，死后被追封为壮缪侯，后世称"关圣"。
⑥ 槌——同"锤"。
⑦ 舐(shì)——舔。
⑧ 眢(yuān)井——枯井。
⑨ 啮(niè)——啃。

也。大喜,负之以归,始告母。母泣从去,探智井,得二狼焉。

异史氏曰:"农家者流,乃有此英物[①]耶?义烈发于血诚[②],非直[③]勇也,智亦异焉。"

小　二

滕邑[④]赵旺,夫妻奉佛,不茹荤血,乡中有"善人"之目[⑤]。家称小有[⑥]。一女小二,绝慧美,赵珍爱之。年六岁,使与兄长春,并从师读,凡五年而熟五经焉。同窗丁生,字紫陌,长于女三岁,文采风流,颇相倾爱。私以意告母,求婚赵氏。赵期以女字大家,故弗许。未几,赵惑于白莲教;徐鸿儒[⑦]既反,一家俱陷为贼。小二知书善解,凡纸兵豆马[⑧]之术,一见辄精。小女子师事徐者六人,惟二称最,因得尽传其术。赵以女故,大得委任。

时丁年十八,游滕泮[⑨]矣,而不肯论婚,意不忘小二也。潜亡去,投徐麾下。女见之喜,优礼逾于常格。女以徐高足,主军务;昼夜出入,父母不得闲[⑩]。丁每宵见,尝斥绝诸役,辄至三漏。丁私告曰:"小生此来,卿知区区之意否?"女云:"不知。"丁曰:"我非妄意攀龙,所以故,实为卿耳。左道无济,止取灭亡。卿慧人,不念此乎?能从我亡,则寸心诚不负矣。"女怃然为间[⑪],豁然梦觉,曰:"背亲而行,不义,请告。"二人入陈利害,赵不悟,曰:"我师神人,岂有舛错?"女知不可谏,乃易髫而髻[⑫]。出二纸鸢[⑬],

① 英物——杰出人物。
② 发于血诚——出于父子天性。
③ 直——只。
④ 滕邑——今山东滕县。
⑤ 目——名声。
⑥ 小有——小康。
⑦ 徐鸿儒——山东巨野人,明后期反明暴动首领,后遭镇压被杀。
⑧ 纸兵豆马——剪纸为兵,撒豆成马,以邪术被纳入传说中。
⑨ 游滕泮——为滕县县学生员。
⑩ 闲——同"间",参与。
⑪ 怃(wǔ)然为间——茫然自失,停顿无语。
⑫ 易髫(tiáo)而髻——指少女已经出嫁。
⑬ 纸鸢——鹞鹰状风筝。

与丁各跨其一；鸢肃肃展翼，似鹣鹣[①]之鸟，比翼而飞。质明，抵莱芜[②]界。女以指拈鸢项，忽即敛堕。遂收鸢。更以双卫，驰至山阴里，托为避乱者，僦屋[③]而居。

二人草草出，啬于装[④]，薪储不给。丁甚忧之。假粟比舍[⑤]，莫肯贷以升斗。女无愁容，但质簪珥。闭门静对，猜灯谜，忆亡书[⑥]，以是角低昂；负者，骈二指击腕臂焉。西邻翁姓，绿林之雄也。一日，猎归，女曰："'富以其邻[⑦]'，我何忧？暂假千金，其与我乎！"丁以为难。女曰："我将使彼乐输[⑧]也。"乃剪纸作判官状，置地下，覆以鸡笼。然后握丁登榻，煮藏酒，检《周礼》为觞政[⑨]：任言[⑩]是某册第几叶，第几人，即共翻阅。其人得食旁、水旁、酉旁者饮，得酒部者倍之[⑪]。既而女适得"酒人"[⑫]，丁以巨觥引满促釂。女乃祝曰："若借得金来，君当得饮部。"丁翻卷，得"鳖人"[⑬]。女大笑曰："事已谐矣！"滴沥授爵。丁不服。女曰："君是水族，宜作鳖饮。"方喧竞所，闻笼中戛戛。女起曰："至矣。"启笼验视，则布囊中有巨金，累累充溢。丁不胜愕喜。后翁家媪抱儿来戏，窃言："主人初归，篝灯夜坐。地忽暴裂，深不可底。一判官自内出，言：'我地府司隶[⑭]也。太山帝君[⑮]会诸冥曹，造暴客恶箓[⑯]，须银灯千架，架计重十两；施百架，则消灭罪愆。'主人骇惧，焚香叩祷，奉以千金。判官荏苒而入，地亦遂合。"夫妻听其言，故啧啧[⑰]诧异之。而从此渐购牛马，蓄厮婢，自营宅第。

---

① 鹣鹣(jiān jiān)——鸟名，比翼鸟。
② 莱芜——县名。
③ 僦屋——租屋。
④ 啬于装——行装不多。
⑤ 比舍——邻居。
⑥ 亡书——指读过而今失落的书籍。
⑦ 富以其邻——因邻人致富。
⑧ 乐输——自愿拿出。
⑨ 觞政——行酒令。
⑩ 任言——随便说出。
⑪ 其人得食旁、水旁、酉旁者饮，得酒部者倍之——随意翻《周礼》，翻得以"食"、"水、"酉"偏旁的字的人，罚饮酒；翻到"酒"部的字的人，加倍罚饮酒。
⑫ "酒人"——《周礼》篇名。
⑬ "鳖人"——《周礼·天官》篇名。
⑭ 司隶——负责督捕盗贼的官吏。
⑮ 太山帝君——泰山神。
⑯ 暴客恶箓——犯有暴行的人的罪恶簿。
⑰ 啧啧(zé zé)——惊叹声。

里无赖子窥其富，纠诸不逞[①]，逾垣劫丁。丁夫妇始自梦中醒，则编菅[②]爇照，寇集满屋。二人执丁；又一人探手女怀。女袒而起，戟指而呵曰："止，止！"盗十三人，皆吐舌呆立，痴若木偶。女始着裤下榻，呼集家人，一一反接其臂[③]，逼令供吐明悉。乃责之曰："远方人埋头[④]涧谷，冀得相扶持；何不仁至此！缓急[⑤]人所时有，窘急者不妨明告，我岂积殖自封[⑥]者哉？豺狼之行，本合尽诛；但吾所不忍，姑释去，再犯不宥！"诸盗叩谢而去。居无何，鸿儒就擒，赵夫妇妻子俱被夷诛。生赍金往赎长春之幼子以归。儿时三岁，养为己出，使从姓丁，名之承祧。于是里中人渐知为白莲教戚裔[⑦]。适蝗害稼，女以纸鸢数百翼放田中，蝗远避，不入其陇，以是得无恙。里人共嫉之，群首于官[⑧]，以为鸿儒余党。官瞰其富，肉视之，收丁。丁以重赂啖令，始得免。女曰："货殖之来也苟[⑨]，固宜有散亡。然蛇蝎之乡，不可久居。"因贱售其业而去之，止于益都[⑩]之西鄙。

女为人灵巧，善居积。经纪过于男子。常开琉璃厂[⑪]，每进[⑫]工人而指点之，一切棋灯，其奇式幻采，诸肆莫能及，以故直昂得速售。居数年，财益称雄。而女督课婢仆严，食指数百无冗口[⑬]。暇辄与丁烹茗着棋，或观书史为乐。钱谷出入，以及婢仆业，凡五日一课；女自持筹，丁为之点籍唱名数焉。勤者赏赉有差，惰者鞭挞罚膝立。是日，给假不夜作，夫妻设肴酒，呼婢辈度俚曲为笑。女明察如神，人无敢欺。而赏辄浮于其劳，故事易办。村中二百余家，凡贫者俱量给资本，乡以此无游惰。值大旱，女令村人设坛于野，乘舆野出，禹步[⑭]作法，甘霖倾注，五里内悉获沾足。人益神之。女出未尝障面，村人皆见之。或少年群居，私议其美；及觌面逢

---

① 不逞——为非作歹。
② 编菅(jiān)——用茅草编的草苫。
③ 反接其臂——将双臂交叉绑在身后。
④ 埋头——隐居。
⑤ 缓急——窘困。
⑥ 积殖自封——积财自富。
⑦ 戚裔——亲属和后代。
⑧ 群首于官——集体向官府告发。
⑨ 苟——不正当。
⑩ 益都——县名，今属山东省。
⑪ 琉璃厂——烧制琉璃器皿的手工作坊。
⑫ 进——传唤。
⑬ 冗(rǒng)口——闲人。
⑭ 禹步——巫师、道士作法时的一种步态。

之,俱肃肃无敢仰视者。每秋日,村中童子不能耕作者,授以钱,使采荼蓟[1],几二十年,积满楼屋。人窃非笑之。会山左[2]大饥,人相食;女乃出菜,杂粟赡饥者,近村赖以全活,无逃亡焉。

异史氏曰:"二所为,殆天授,非人力也。然非一言之悟,骈死[3]已久。由是观之,世抱非常之才,而误入匪僻[4]以死者,当亦不少。焉知同学六人,遂无其人乎?使人恨不遇丁生耳。"

庚 娘

金大用,中州[5]旧家子也。聘尤太守[6]女,字庚娘,丽而贤。逑好甚敦[7]。以流寇之乱[8],家人离逷[9]。金携家南窜。途遇少年,亦偕妻以逃者,自言广陵[10]王十八,愿为前驱。金喜,行止与俱。至河上,女隐告金曰:"勿与少年同舟。彼屡顾我,目动而色变,中叵测也。"金诺之。王殷勤觅巨舟,代金运装,劬劳臻至。金不忍却。又念其携有少妇,应亦无他。妇与庚娘同居,意度亦颇温婉。王坐舡[11]头上,与橹人倾语,似甚熟识戚好。未几,日落,水程迢递[12],漫漫不辨南北。金四顾幽险,颇涉疑怪。顷之,皎月初升,见弥望皆芦苇。既泊,王邀金父子出户一豁[13],乃乘间挤金入水。金有老父,见之欲号。舟人以篙筑之,亦溺。生母闻声出窥,又筑溺之。王始喊救。母出时,庚娘在后,已微窥之。既闻一家尽溺,即亦不惊,但哭曰:"翁姑俱没,我安适归!"王入劝:"娘子勿忧,请从我至金陵。

① 荼蓟——苦菜和蓟菜。
② 山左——山东省旧称。
③ 骈死——一同被杀死。
④ 匪僻——邪僻,歧途。
⑤ 中州——指河南省。
⑥ 太守——明清知州、知府的别称。
⑦ 逑好甚敦——夫妻感情极好。
⑧ 流寇之乱——指明末李自成义军由陕入豫。
⑨ 离逷(tì)——远离家乡。
⑩ 广陵——郡名,今江苏扬州市。
⑪ 舡(chuán)——船。
⑫ 迢递——遥远。
⑬ 一豁——望远散心。

家中田庐，颇足赡给，保无虞也。”女收涕曰：“得如此，愿亦足矣。”王大悦，给奉良殷。既暮，曳女求欢。女托体姅[①]，王乃就妇宿。初更既尽，夫妇喧竞，不知何由。但闻妇曰：“若所为，雷霆恐碎汝颅矣！”王乃挝妇。妇呼云：“便死休！诚不愿为杀人贼妇！”王吼怒，捽妇出。便闻骨董一声，遂哗言妇溺矣。

未几，抵金陵，导庚娘至家，登堂见媪。媪讶非故妇。王言：“妇堕水死，新娶此耳。”归房，又欲犯。庚娘笑曰：“三十许男子，尚未经人道[②]耶？市儿初合卺，亦须一杯薄浆酒；汝家沃饶，当即不难。清醒相对，是何体段[③]？”王喜，具酒对酌。庚娘执爵，劝酬殷恳。王渐醉，辞不饮。庚娘引巨碗，强媚劝之。王不忍拒，又饮之。于是酣醉，裸脱促寝。庚娘撤器烛，托言溲溺；出房，以刀入，暗中以手索王项，王犹捉臂作昵声。庚娘力切之，不死，号而起；又挥之，始殪。媪仿佛有闻，趋问之，女亦杀之。王弟十九觉焉。庚娘知不免，急自刎；刀钝缺不可入，启户而奔。十九逐之，已投池中矣；呼告居人，救之已死，色丽如生。共验王尸，见窗上一函，开视，则女备述其冤状。群以为烈，谋敛资作殡。天明，集视者数千人；见其容，皆朝拜之。终日间，得金百，于是葬诸南郊。好事者为之珠冠袍服，瘗藏丰满焉。

初，金生之溺也，浮片板上，得不死。将晓，至淮上，为小舟所救。舟盖富民尹翁专设以拯溺者。金既苏，诣翁申谢。翁优厚之，留教其子。金以不知亲耗，将往探访，故不决。俄白：“捞得死叟及媪。”金疑是父母，奔验果然。翁代营棺木。生方哀恸，又白：“拯一溺妇，自言金生其夫。”生挥涕惊出，女子已至，殊非庚娘，乃十八妇也。向金大哭，请勿相弃。金曰：“我方寸已乱，何暇谋人？”妇益悲。尹审其故，喜为天报，劝金纳妇。金以居丧为辞，“且将复仇，惧细弱[④]作累。”妇曰：“如君言，脱庚娘犹在，将以报仇居丧去之耶？”翁以其言善，请暂代收养，金乃许之。卜葬翁媪，妇缞绖哭泣，如丧翁姑。既葬，金怀刃托钵，将赴广陵。妇止之曰：“妾唐氏，祖居金陵，与豺子同乡，前言广陵者，诈也。且江湖水寇，半伊同党，仇不能

① 体姅(bàn)——月经期内。
② 人道——指男女性交之事。
③ 体段——体统。
④ 细弱——妇孺家小。

复，只取祸耳。”金徘徊不知所谋。忽传女子诛仇事，洋溢河渠，姓名甚悉。金闻之一快，然益悲，辞妇曰：“幸不污辱。家有烈妇如此，何忍负心再娶？”妇以业有成说①，不肯中离，愿自居于媵妾。会有副将军②袁公，与尹有旧，适将西发，过尹；见生，大相知爱，请为记室③。无何，流寇犯顺④，袁有大勋；金以参机务，叙劳，授游击以归。夫妇始成合卺之礼。居数日，携妇诣金陵，将以展庚娘之墓。暂过镇江，欲登金山⑤。漾舟中流，欻一艇过，中有一妪及少妇，怪少妇颇类庚娘。舟疾过，妇自窗中窥金，神情益肖。惊疑不敢追问，急呼曰：“看群鸭儿飞上天耶！”少妇闻之，亦呼云：“馋猧⑥儿欲吃猫子腥⑦耶！”盖当年闺中之隐谑也。金大惊，反棹近之，真庚娘。青衣⑧扶过舟，相抱哀哭，伤感行旅。唐氏以嫡礼见庚娘。庚娘惊问，金始备述其由。庚娘执手曰：“同舟一话，心常不忘，不图吴越一家⑨矣。蒙代葬翁姑，所当首谢，何以此礼相向？”乃以齿序，唐少庚娘一岁，妹之。

先是，庚娘既葬，自不知历几春秋。忽一人呼曰：“庚娘，汝夫不死，尚当重圆。”遂如梦醒。扪之，四面皆壁，始悟身死已葬。只觉闷闷，亦无所苦。有恶少窥其葬具丰美，发冢破棺，方将搜括，见庚娘犹活，相共骇惧。庚娘恐其害己，哀之曰：“幸汝辈来，使我得睹天日。头上簪珥，悉将去。愿鬻我为尼，更可少得直。我亦不泄也。”盗稽首曰：“娘子贞烈，神人共钦。小人辈不过贫乏无计，作此不仁。但无漏言，幸矣，何敢鬻作尼！”庚娘曰：“此我自乐之。”又一盗曰：“镇江耿夫人，寡而无子，若见娘子，必大喜。”庚娘谢之。自拔珠饰，悉付盗。盗不敢受；固与之，乃共拜受。遂载去，至耿夫人家，托言舡风所迷⑩。耿夫人，巨家，寡媪自度⑪，见康娘大喜，以为己出。适母子自金山归也。庚娘缅述其故。金乃登舟拜母，母款

---

① 业有说成——将夫妻关系确定。
② 副将军——副总兵。
③ 记室——官名，职掌文秘事务。
④ 犯顺——造反。
⑤ 金山——山名，在今镇江境内。
⑥ 猧(wō)——狗。
⑦ 腥——鱼。
⑧ 青衣——侍女。
⑨ 吴越一家——原是仇人，今合一家。
⑩ 舡风所迷——船遇风迷路。
⑪ 寡媪自度——老寡妇一人独自生活。

之若婿。邀至家，留数日始归。后往来不绝焉。

异史氏曰："大变当前，淫者生之，贞者死焉。生者裂人眦[①]，死者雪人涕耳。至如谈笑不惊，手刃仇雠，千古烈丈夫中，岂多匹俦哉！谁谓女子，遂不可比踪[②]彦云[③]也？"

宫 梦 弼

柳芳华，保定[④]人。财雄一乡，慷慨好客，座上常百人。急人之急，千金不靳。宾友假贷常不还。惟一客宫梦弼，陕人，生平无所乞请。每至，辄经岁。词旨清洒，柳与寝处时最多。柳子名和，时总角[⑤]，叔之[⑥]。宫亦喜与和戏。每和自塾归，辄与发贴地砖[⑦]，埋石子，伪作埋金为笑。屋五架，掘藏几遍。众笑其行稚，而和独悦爱之，尤较诸客昵。后十余年，家渐虚，不能供多客之求，于是客渐稀；然十数人彻宵谈讌[⑧]，犹是常也。年既暮，日益落，尚割亩得直，以备鸡黍。和亦挥霍，学父结小友，柳不之禁。无何，柳病卒，至无以治凶具。宫乃自出囊金，为柳经纪。和益德之。事无大小，悉委宫叔。宫时自外入，必袖瓦砾，至室则抛掷暗陬[⑨]，更不解其何意。和每对宫忧贫。宫曰："子不知作苦之难。无论无金；即授汝千金，可立尽也。男子患不自立，何患贫？"一日，辞欲归。和泣嘱速返，宫诺之，遂去。和贫不自给，典质渐空。日望宫至，以为经理，而宫灭迹匿影，去如黄鹤矣。

先是，柳生时，为和论亲于无极[⑩]黄氏，素封也。后闻柳贫，阴有悔心。柳卒，讣告之，即亦不吊；犹以道远曲原之。和服除，母遣自诣岳所，

---

① 眦——眼眶，喻愤怒。
② 比踪——并驾。
③ 彦云——即王凌，三国末年人，因反对司马氏专权被杀，借喻庚娘英烈，可与男子相比。
④ 保定——府名，今河北保定市。
⑤ 总角——指儿时。
⑥ 叔之——称宫为叔父。
⑦ 发贴地砖——揭开房内铺地的砖。
⑧ 谈讌——设宴畅谈。
⑨ 陬——角落。
⑩ 无极——县名，今河北无极县。

定婚期，冀黄怜顾。比至，黄闻其衣履穿敝，斥门者不纳。寄语云："归谋百金，可复来；不然，请自此绝。"和闻言痛哭。对门刘媪，怜而进之食，赠钱三百，慰令归。母亦哀愤无策。因念旧客负欠者十常八九，俾诣富贵者求助焉。和曰："昔之交我者，为我财耳。使儿驷马高车，假千金，亦即匪难。如此景象，谁犹念曩恩、忆故好耶？且父与人金资，曾无契保，责负亦难凭也。"母固强之。和从教。凡二十余日，不能致一文；惟优人李四，旧受恩恤，闻其事，义赠一金。母子痛哭，自此绝望矣。

黄女年已及笄，闻父绝和，窃不直之。黄欲女别适。女泣曰："柳郎非生而贫者也。使富倍他日，岂仇我者所能夺乎？今贫而弃之，不仁！"黄不悦，曲谕百端。女终不摇。翁妪并怒，旦夕唾骂之，女亦安焉。无何，夜遭寇劫，黄夫妇炮烙几死，家中席卷一空。荏苒三载，家益零替。有西贾闻女美，愿以五十金致聘。黄利而许之，将强夺其志。女察知其谋，毁装涂面，乘夜遁去。丐食于途，阅两月，始达保定，访和居址，直造其家。母以为乞人妇，故咄之。女呜咽自陈。母把手泣曰："儿何形骸至此耶！"女又惨然而告以故。母子俱哭。便为盥沐，颜色光泽，眉目焕映。母子俱喜。然家三口，日仅一啗。母泣曰："吾母子固应尔；所怜者，负吾贤妇！"女笑慰之曰："新妇在乞人中，稔其况味，今日视之，觉有天堂地狱之别。"母为解颐。

女一日入闲舍中，见断草丛丛，无隙地；渐入内室，尘埃积中，暗陬有物堆积，蹴之迕足，拾视皆朱提[①]。惊走告和。和同往验视，则宫往日所抛瓦砾，尽为白金[②]。因念儿时常与瘗石室中，得毋皆金？而故第已典于东家。急赎归。断砖残缺，所藏石子俨然露焉，颇觉失望；及发他砖，则灿灿皆白镪也。顷刻间，数巨万矣。由是赎田产，市奴仆，门庭华好过昔日。因自奋曰："若不自立，负我宫叔！"刻志下帷，三年中乡选。乃躬赍白金，往酬刘媪。鲜衣射目；仆十余辈，皆骑怒马如龙。媪仅一屋，和便坐榻上。人哗马腾，充溢里巷。黄翁自女失亡，西贾逼退聘财，业已耗去殆半，售居宅，始得偿。以故困窘如和曩日。闻旧婿烜耀，闭户自伤而已。媪沽酒备馔款和，因述女贤，且惜女遁。问和："娶否？"和曰："娶矣。"食已，强媪往

① 朱提(shí)——山名，在今云南昭通境内，因此山出产优质白银，后遂以"朱提"代指优质银。

② 白金——白银。

视新妇，载与俱归。至家，女华妆出，群婢簇拥若仙。相见大骇，遂叙往旧，殷问父母起居。居数日，款洽优厚，制好衣，上下一新，始送令返。

媪诣黄许，报女耗，兼致存问。夫妇大惊。媪劝往投女，黄有难色。既而冻馁难堪，不得已如保定。既到门，见闬闳峻丽，阍人怒目张，终日不得通。一妇人出，黄温色卑词，告以姓氏，求暗达女知。少间，妇出，导入耳舍[①]，曰："娘子极欲一觐；然恐郎君知，尚候隙也。翁几时来此？得毋饥否？"黄因诉所苦。妇人以酒一盛、馔二簋，出置黄前。又赠五金，曰："郎君宴房中，娘子恐不得来。明旦，宜早去，勿为郎闻。"黄诺之。早起趣装，则管钥未启，止于门中，坐襆囊以待。忽哗主人出。黄将敛避，和已睹之，怪问谁何，家人悉无以应。和怒曰："是必奸宄[②]！可执赴有司。"众应声，出短绠，绷系树间。黄惭惧不知置词。未几，昨夕妇出，跪曰："是某舅氏。以前夕来晚，故未告主人。"和命释缚。妇送出门，曰："忘嘱门者，遂致参差。娘子言：相思时，可使老夫人伪为卖花者，同刘媪来。"黄诺，归述于妪。妪念女若渴，以告刘媪，媪果与俱至和家。凡启十余关，始达女所。女着帔顶髻，珠翠绮纨，散香气扑人；嘤咛一声，大小婢媪，奔入满侧。移金椅床，置双夹膝。慧婢瀹茗[③]；各以隐语道寒暄，相视泪荧。至晚，除室安二媪；裀褥温耎，并昔年富时所未经。居三五日，女义殷渥。媪辄引空处，泣白前非。女曰："我子母有何过不忘？但郎忿不解，妨他闻也。"每和至，便走匿。一日，方促膝，和遽入，见之，怒诟曰："何物村妪，敢引身与娘子接坐！宜撮鬓毛令尽！"刘媪急进曰："此老身瓜葛，王嫂卖花者。幸勿罪责。"和乃上手谢过。即坐曰："姥来数日，我大忙，未得展叙。黄家老畜产尚在否？"笑云："都佳。但是贫不可过。官人大富贵，何不一念翁婿情也？"和击桌曰："曩年非姥怜，赐一瓯粥，更何得旋乡土！今欲得而寝处之[④]，何念焉！"言至忿际，辄顿足起骂。女恚曰："彼即不仁，是我父母。我迢迢远来，手皴瘃[⑤]，足趾皆穿，亦自谓无负郎君。何乃对子骂父，使人难堪？"和始敛怒，起身去。

黄妪愧丧无色，辞欲归。女以二十金私付之。既归，旷绝音问，女深

---

① 耳舍——正屋两旁的小屋，又称"耳房"。
② 奸宄（guǐ）——歹徒。
③ 瀹（yuè）茗——烹茶。
④ 寝处之——剥其皮而坐卧之上。
⑤ 皴瘃（cūn zhú）——冻疮、皴裂。

以为念。和乃遣人招之。夫妻至，惭怍无以自容。和谢曰："旧岁辱临，又不明告，遂是开罪良多。"黄但唯唯。和为更易衣履。留月余，黄心终不自安，数告归。和遗白金百两，曰："西贾五十金，我今倍之。"黄汗颜受之。和以舆马送还，暮岁称小丰焉。

异史氏曰："雍门泣后①，珠履杳然，令人愤气杜门，不欲复交一客。然良朋葬骨，化石成金，不可谓非慷慨好客之报也。闺中人坐享高奉，俨然如嫔嫱，非贞异如黄卿，孰克当此而无愧者乎？造物之不妄降福泽也如是。"

乡有富者，居积取盈，搜算入骨。窖镪数百，惟恐人知，故衣败絮、啖糠秕以示贫。亲友偶来，亦曾无作鸡黍之事。或言其家不贫，便嗔目作怒，其仇如不共戴天。暮年，日餐榆屑②一升，臂上皮摺垂一寸长，而所窖终不肯发。后渐尪羸③。濒死，两子环问之，犹未遽告；迨觉果危急，欲告子，子至，已舌蹇不能声，惟爬抓心头，呵呵而已。死后，子孙不能具棺木，遂藁葬焉。呜呼！若窖金而以为富，则大帑④数千万，何不可指为我有哉？愚已！

鸲 鹆

王汾滨言：其乡有养八哥⑤者，教以语言，甚狎习，出游必与之俱，相将数年矣。一日，将过绛州⑥，而资斧已罄，其人愁苦无策。鸟云："何不售我？送我王邸⑦，当得善价，不愁归路无资也。"其人云："我安忍。"鸟言："不妨。主人得价疾行，待我城西二十里大树下。"其人从之。携至城，相问答，观者渐众。有中贵⑧见之，闻诸王。王召入，欲买之。其人曰："小人相依为命，不愿卖。"王问鸟："汝愿往否？"言："愿往。"王喜。鸟又

① 雍门泣后——富贵人家衰败以后。
② 榆屑——榆树皮末。
③ 尪羸(wāng léi)——瘦弱。
④ 大帑(tǎng)——储藏金帛的国库。
⑤ 八哥——鸲鹆(qú yù)的别名。
⑥ 绛州——州名，今山西新绛县。
⑦ 王邸——指明代灵丘王朱荣顺在绛州的王府。
⑧ 中贵——灵丘王府内的宦官。

言:"给价十金,勿多予。"王益喜,立畀[①]十金。其人故作懊恨状而去。王与鸟言,应对便捷。呼肉啖之。食已,鸟曰:"臣要浴。"王命金盆贮水,开笼令浴。浴已,飞檐间,梳翎抖羽,尚与王喋喋不休。顷之,羽燥,翩跹而起,操晋声曰:"臣去呀!"顾盼已失所在。王及内侍,仰面咨嗟。急觅其人,则已渺矣。后有往秦中者,见其人携鸟在西安市上。毕载积[②]先生记。

刘 海 石

刘海石,蒲台[③]人,避乱于滨州[④]。时十四岁,与滨州生刘沧客同函丈[⑤],因相善,订为昆季[⑥]。无何,海石失怙恃,奉丧而归,音问遂阙。沧客家颇裕。年四十,生二子:长子吉,十七岁,为邑名士;次子亦慧。沧客又内邑中倪氏女,大嬖之。后半年,长子患脑痛卒,夫妻大惨。无几何,妻病又卒;逾数月,长媳又死;而婢仆之丧亡,且相继也:沧客哀悼,殆不能堪。

一日,方坐愁间,忽阍人通海石至。沧客喜,急出门迎以入。方欲展寒温,海石忽惊曰:"兄有灭门之祸,不知耶?"沧客愕然,莫解所以。海石曰:"久失闻问,窃疑近况未必佳也。"沧客泫然,因以状对。海石欷歔。既而笑曰;"灾殃未艾,余初为兄吊也。然幸而遇仆,请为兄贺。"沧客曰:"久不晤,岂近精'越人术[⑦]'耶?"海石曰:"是非所长。阳宅风鉴[⑧],颇能习之。"沧客喜,便求相宅。

海石入宅,内外遍观之。已而请睹诸眷口;沧客从其教,使子媳婢妾,俱见于堂。沧客一一指示。至倪,海石仰天而视,大笑不已。众方惊疑,但见倪女战慄无色,身暴缩,短仅二尺余。海石以界方[⑨]击其首,作石缶

---

① 畀(bì)——给予。
② 毕载积——即毕际有,淄川人,为作者友人。
③ 蒲台——县名,今属山东博兴县。
④ 滨州——州名,今山东滨州市。
⑤ 同函丈——同学。
⑥ 昆季——兄弟的代称。
⑦ 越人术——医术。
⑧ 阳宅风鉴——看风水、相面。
⑨ 界方——界尺。

声。海石揪其发,检脑后,见白发数茎,欲拔之。女缩项跪啼,言即去,但求勿拔。海石怒曰:"汝凶心尚未死耶?"就项后拔去之。女随手而变,黑色如狸。众大骇。

海石掇纳袖中,顾子妇曰:"媳受毒已深,背上当有异,请验之。"妇羞,不肯袒示。刘子固强之,见背上白毛,长四指许。海石以针挑出,曰:"此毛已老,七日即不可救。"又视刘子,亦有毛,才二指,曰:"似此可月余死耳。"沧客以及婢仆,并刺之。曰:"仆适不来,一门无噍类[①]矣。"问:"此何物?"曰:"亦狐属。吸人神气以为灵,最利人死。"沧客曰:"久不见君,何能神异如此!无乃仙乎?"笑曰:"特从师习小技耳,何遽云仙。"问其师,答云:"山石道人。适此物,我不能死之,将归献俘于师。"

言已,告别。觉袖中空空,骇曰:"忘之矣!尾末有大毛未去,今已遁去。"众俱骇然。海石曰:"领毛已尽,不能化人,止能化兽,遁当不远。"于是入室而相其猫,出门而嗾其犬,皆曰无之。启圈[②]笑曰:"在此矣。"沧客视之,多一豕。闻海石笑,遂伏,不敢少动。提耳捉出,视尾上白毛一茎,硬如针。方将检拔,而豕转侧哀鸣,不听拔。海石曰:"汝造孽既多,拔一毛犹不肯耶?"执而拔之,随手复化为狸。

纳袖欲出。沧客苦留,乃为一饭。问后会,曰:"此难预定。我师立愿弘,常使我等遨世上,拔救众生,未必无再见时。"及别后,细思其名,始悟曰:"海石殆仙矣!'山石'合一'岩'字,盖吕仙[③]讳也。"

谕 鬼

青州石尚书茂华[④]为诸生时,郡门外有大渊[⑤],不雨亦不涸。邑[⑥]中获大寇数十名,刑于渊上。鬼聚为祟,经过者辄被曳入。一日,有某甲正遭

① 无噍(jiào)类——无活人。
② 圈——猪圈。
③ 吕仙——即吕洞宾,传说中的八仙之一。
④ 石尚书茂华——石茂华,青州益都(今山东益都县)人,累官至三边总督、兵部尚书等职。
⑤ 渊——水塘。
⑥ 邑——指益都县。

困厄，忽闻群鬼惶窜曰："石尚书至矣！"未几，公至，甲以状告。公以垩灰[①]题壁示云："石某为禁约事：照得厥念无良，致婴雷霆之怒；所谋不轨，遂遭𫓧钺之诛。只宜返魍魉之心，争相忏悔；庶几洗髑髅[②]之血，脱此沉沦。尔乃生已极刑，死犹聚恶。跳踉[③]而至，披发成群；踯躅[④]以前，搏膺作厉。黄泥塞耳，辄逞鬼子之凶；白昼为妖，几断行人之路！彼丘陵[⑤]三尺外，管辖由人；岂乾坤两大中[⑥]，凶顽任尔？谕后各宜潜踪，勿犹怙恶。无定河[⑦]边之骨，静待轮回；金闺梦里之魂，还践乡土。如蹈前愆，必贻后悔！"自此鬼患遂绝，渊亦寻干。

泥　鬼

余乡唐太史济武[⑧]，数岁时，有表亲某，相携戏寺中。太史童年磊落，胆气最豪。见庑[⑨]中泥鬼，睁琉璃眼，甚光而巨；爱之，阴以指抉取[⑩]，怀之而归。既抵家，某暴病，不语移时。忽起，厉声曰："何故掘我睛！"噪叫不休。众莫之知，太史始言所作。家人乃祝曰："童子无知，戏伤尊目，行[⑪]奉还也。"乃大言曰："如此，我便当去。"言讫，仆地遂绝。良久而甦；问其所言，茫不自觉。乃送睛仍安鬼眶中。

异史氏曰："登堂索睛，土偶何其灵也。顾太史抉睛，而何以迁怒于同游？盖以玉堂[⑫]之贵，而且至性觥觥[⑬]，观其上书北阙，拂袖南山[⑭]，神且惮之，而况鬼乎？"

---

① 垩灰——白石灰粉。
② 髑髅(dú lóu)——死人头骨。
③ 跳踉(liáng)——跳跃。
④ 踯躅(zhí zhú)——徘徊。
⑤ 丘陵——坟堆。
⑥ 乾坤两大中——人间。
⑦ 无定河——原指位于陕北的无定河，此指地狱中的河名。
⑧ 唐太史济武——即唐梦赉，淄川人，曾官至翰林。
⑨ 庑(wǔ)——走廊或廊屋。
⑩ 抉(jué)取——挖取。
⑪ 行——即将。
⑫ 玉堂——宋代以后翰林院的别称。
⑬ 觥觥(gōng gōng)——刚直的样子。
⑭ 上书北阙，拂袖南山——指唐上书言朝政而辞官归隐。

梦 别

王春李先生①之祖，与先叔祖玉田公②交最善。一夜，梦公至其家，黯然相语。问："何来？"曰："仆将长往，故与君别耳。"问："何之？"曰："远矣。"遂出。送至谷中，见石壁有裂罅③，便拱手作别，以背向罅，逡巡倒行而入；呼之不应，因而惊寤。及明，以告太公敬一④，且使备弔具，曰："玉田公捐舍⑤矣！"太公请先探之，信，而后弔之。不听，竟以素服往。至门，则提旛⑥挂矣。呜呼！古人于友，其死生相信如此；丧舆待巨卿⑦而行，岂妄哉！

犬 灯

韩光禄大千⑧之仆，夜宿厦⑨间，见楼上有灯，如明星。未几，荧荧飘落，及地化为犬。睨之，转舍后去。急起，潜尾之，入园中，化为女子。心知其狐，还卧故所。俄，女子自后来，仆阳寐⑩以观其变。女俯而撼之。仆伪作醒状，问其为谁。女不答。仆曰："楼上灯光，非子也耶？"女曰："既知之，何问焉？"遂共宿止。昼别宵会，以为常。

主人知之，使二人夹仆卧；二人既醒，则身卧床下，亦不知堕自何时。主人益怒，谓仆曰："来时，当捉之来；不然，则有鞭楚！"仆不敢言，诺而退。因念：捉之难；不捉，惧罪。展转无策。忽忆女子一小红衫，密着其体，未

---

① 王春李先生——即李宪，字王春，淄川人，作者挚友李尧臣之父。
② 先叔祖玉田公——即蒲生汶，作者叔祖。
③ 裂罅(xià)——裂缝。
④ 太公敬一——李宪之父。
⑤ 捐舍——死的讳称。
⑥ 提旛——丧家门前所挂的纸旛。
⑦ 巨卿——指东汉人范式，字巨卿；此指范为挚友张劭送葬。
⑧ 韩光禄大千——即韩茂椿，字大千，淄川人。
⑨ 厦——房廊。
⑩ 阳寐——假装睡着。

肯暂脱，必其要害，执此可以胁之。夜分，女至，问："主人嘱汝捉我乎？"曰："良有之。但我两人情好，何肯此为？"及寝，阴掬其衫。女急啼，力脱而去。从此遂绝。

后仆自他方归，遥见女子坐道周[①]；至前，则举袖障面。仆下骑，呼曰："何作此态？"女乃起，握手曰："我谓子已忘旧好矣。既恋恋有故人意，情尚可原。前事出于主命，亦不汝怪也。但缘分已尽，今设小酌，请入为别。"时秋初，高粱正茂。女携与俱入，则中有巨第。系马而入，厅堂中酒肴已列。甫坐，群婢行炙[②]。日将暮，仆有事，欲覆主命，遂别。既出，则依然田陇耳。

番　僧

释体空[③]言："在青州，见二番僧，像貌奇古；耳缀双环，被黄布，须发鬈如。自言从西域来。闻太守重佛，谒之。太守[④]遣二隶，送诣丛林[⑤]。和尚灵辔，不甚礼之。执事者见其人异，私款之。止宿焉。或问：'西域多异人，罗汉得无有奇术否？'其一辴然笑，出手于袖，掌中托小塔，高裁盈尺，玲珑可爱。壁上最高处，有小龛[⑥]，僧掷塔其中，矗然端立，无少偏倚。视塔上有舍利[⑦]放光，照耀一室。少间，以手招之，仍落掌中。其一僧乃袒臂，伸左肱，长可六七尺，而右肱缩无有矣；转伸右肱，亦如左状。"

---

① 道周——路旁。
② 行炙——斟酒摆菜。
③ 释体空——即体空和尚，法名体空。
④ 太守——指青州知府。
⑤ 丛林——指寺院。
⑥ 小龛(kān)——供奉佛像的小阁。
⑦ 舍利——即舍利子，泛指释迦牟尼佛或有大德的和尚遗体火化后结成的珠状物。

狐 妾

莱芜[①]刘洞九，官汾州[②]。独坐署中，闻亭外笑语渐近。入室，则四女子：一四十许，一可三十，一二十四五已来，末后一垂髫者。并立几前，相视而笑。刘固知官署多狐，置不顾。少间，垂髫者出一红巾，戏抛面上。刘拾掷窗间，仍不顾。四女一笑而去。一日，年长者来，谓刘曰："舍妹与君有缘，愿无弃葑菲[③]。"刘漫应之。女遂去。俄偕一婢，拥垂髫儿来，俾与刘并肩坐。曰："一对好凤侣，今夜谐花烛。勉事刘郎，我去矣。"刘谛视，光艳无俦，遂与燕好。诘其行踪，女曰："妾固非人，而实人也。妾，前官之女，蛊于狐，奄忽以死，窆园内。众狐以术生我，遂飘然若狐。"刘因以手探尻际。女觉之，笑曰："君将无谓狐有尾耶?"转身云："请拭扪之。"自此，遂留不去。每行坐，与小婢俱。家人俱尊以小君[④]礼。婢媪参谒，赏赍甚丰。

值刘寿辰，宾客烦多，共三十余筵，须庖人甚众；先期牒拘[⑤]，仅一二到者。刘不胜恚。女知之，便言："勿忧。庖人既不足用，不如并其来者遣之。妾固短于才，然三十席亦不难办。"刘喜，命以鱼肉姜桂，悉移内署。家中人但闻刀砧声，繁碎不绝。门内设一几，行炙者置柈其上；转视，则肴俎已满。托去复来，十余人络绎于道，取之不竭。末后，行炙人来索汤饼。内言曰："主人未尝预嘱，咄嗟[⑥]何以办?"既而曰："无已，其假之。"少顷，呼取汤饼。视之，三十余碗，蒸腾几上。客既去，乃谓刘曰："可出金资，偿某家汤饼。"刘使人将直去。则其家失汤饼，方共惊异；使至，疑始解。一夕，夜酌，偶思山东苦醁[⑦]。女请取之。遂出门去，移时返曰："门外一罂[⑧]，可供数日饮。"刘视之，果得酒，真家中瓮头春也。

① 莱芜——今山东莱芜县。
② 汾州——府名，今山西汾阳县。
③ 葑菲——蔓菁和萝卜。
④ 小君——原为诸侯夫人之称，此指仆人以夫人之礼对待狐妾。
⑤ 先期牒拘——事先发文征调。
⑥ 咄嗟——命令声。
⑦ 苦醁——略带苦味的家酿甜酒。
⑧ 罂——一种酒坛子。

越数日，夫人遣二仆如汾。途中一仆曰："闻狐夫人犒赏优厚，此去得赏金，可买一裘。"女在署已知之，向刘曰："家中人将至。可恨伧奴[①]无礼，必报之。"明日，仆甫入城，头大痛，至署，抱首号呼。共拟进医药。刘笑曰："勿须疗，时至当自瘥。"众疑其获罪小君。仆自思：初来未解装，罪何由得？无所告诉，漫膝行而哀之。帘中语曰："尔谓夫人，则亦已耳，何谓'狐'也？"仆乃悟，叩不已。又曰："既欲得裘，何得复无礼？"已而曰："汝愈矣。"言已，仆病若失。仆拜欲出，忽自帘中掷一裹出，曰："此一羔羊裘也，可将去。"仆解视，得五金。刘问家中消息，仆言，都无事，惟夜失藏酒一罂。稽其时日，即取酒夜也。群惮其神，呼之"圣仙"。刘为绘小像。

时张道一为提学使[②]，闻其异，以桑梓谊[③]诣刘，欲乞一面。女拒之。刘示以像，张强携而去。归悬座右，朝夕祝之云："以卿丽质，何之不可？乃托身于鬖鬖[④]之老！下官殊不恶于洞九，何不一惠顾？"女在署，忽谓刘曰："张公无礼，当小惩之。"一日，张方祝，似有人以界方击额，崩然甚痛。大惧，反卷[⑤]。刘诘之，使隐其故而诡对之。刘笑曰："主人额上得毋痛否？"使不能欺，以实告。

无何，婿亓[⑥]生来，请觐之。女固辞。亓请之坚。刘曰："婿非他人，何拒之深？"女曰："婿相见，必当有以赠之。渠望我奢，自度不能满其志，故适不欲见耳。既固请之，乃许以十日见。"及期，亓人，隔帘揖之，少致存问。仪容隐约，不敢审谛；既退，数步之外，辄回眸注盼。但闻女言曰："阿婿回首矣！"言已，大笑，烈烈如鸮鸣。亓闻之，胫股皆软，摇摇然若丧魂魄。既出，坐移时，始稍定。乃曰："适闻笑声，如听霹雳，竟不觉身为己有。"少顷，婢以女命，赠亓二十金。亓受之，谓婢曰："圣仙日与丈人居，宁不知我素性挥霍，不惯使小钱耶？"女闻之曰："我固知其然。囊底适罄；向结伴至汴梁[⑦]，其城为河伯[⑧]占据，库藏皆没水中，入水各得些须，何能饱无餍之求？且我纵能厚馈，彼福薄，亦不能任。"

---

① 伧（chēng）奴——下贱奴才。
② 提学使——学官。
③ 桑梓谊——老乡的身份。
④ 鬖鬖（sān sān）——白发下垂状。
⑤ 反卷——归还画卷。
⑥ 亓（qí）——姓。
⑦ 汴梁——今河南开封市。
⑧ 河伯——传说中的黄河之神。

女凡事能先知，遇有疑难，与议，无不剖。一日，并坐，忽仰天大惊曰："大劫将至，为之奈何！"刘惊问家口，曰："余悉无恙，独二公子可虑。此处不久将为战场，君当求差远去，庶免于难。"刘从之，乞于上官，得解饷云贵间[①]。道里辽远，闻者弔之，而女独贺。无何，姜瓖[②]叛，汾州没为贼窟。刘仲子自山东来，适遭其变，遂被害。城陷，官僚皆罹于难，惟刘公以出得免。盗平，刘始归。寻以大案罣误[③]，贫至饔飧[④]不给；而当道者又多所需索，因而窘忧欲死。女曰："勿忧，床下三千金，可资用度。"刘大喜，问："窃之何处？"曰："天下无主之物，取之不尽，何庸窃乎。"刘借谋得脱归，女从之。后数年忽去，纸裹数事留赠，中有丧家挂门之小旛，长二寸许，群以为不祥。刘寻卒。

雷　曹

乐云鹤、夏平子，二人少同里，长同斋，相交莫逆。夏少慧，十岁知名。乐虚心事之，夏亦相规不倦，乐文思日进，由是名并著。而潦倒场屋[⑤]，战辄北。无何，夏遘疫，卒，家贫不能葬，乐锐身自任之。遗襁褓子及未亡人，乐以时恤诸其家；每得升斗，必析而二之，夏妻子赖以活。于是士大夫益贤乐。乐恒产无多，又代夏生忧，内顾家计日蹙，乃叹曰："文如平子，尚碌碌以殁，而况于我！人生富贵须及时，戚戚终岁，恐先狗马填沟壑，负此生矣，不如早自图也。"于是去读而贾，操业半年，家资小泰。

一日，客金陵，休于旅舍。见一人颀然而长，筋骨隆起，彷徨坐侧，色黯淡，有戚容。乐问："欲得食耶？"其人亦不语。乐推食食之；则以手掬啗，顷刻已尽。乐又益以兼人之馔，食复尽。遂命主人割豚肩，堆以蒸饼；又尽数人之餐，始果腹而谢曰："三年以来，未尝如此饫饱。"乐曰："君固壮士，何飘泊若此？"曰："罪膺天谴，不可说也。"问其里居，曰："陆无屋，水无舟，朝村而暮郭耳。"乐整装欲行，其人相从，恋恋不去。乐辞之。告曰：

---

① 云贵间——云南、贵州一带。
② 姜瓖——明末清初人，官至大同总兵，先降清，后复叛，兵败被杀。
③ 罣误——因他人他事而被贬官。
④ 饔飧(yōng sūn)——三餐不继。
⑤ 场屋——科举考场。

"君有大难，吾不忍忘一饭之德。"乐异之，遂与偕行。途中曳与同餐。辞曰："我终岁仅数餐耳。"益奇之。次日，渡江，风涛暴作，估舟尽覆，乐与其人悉没江中。俄风定，其人负乐踏波出，登客舟，又破浪去；少时，挽一船至，扶乐入，嘱乐卧守，复跃入江，以两臂夹货出，掷舟中；又入之。数入数出，列货满舟。乐谢曰："君生我亦良足矣，敢望珠还哉！"检视货财，并无亡失。益喜，惊为神人。放舟欲行；其人告退，乐苦留之，遂与共济。乐笑云："此一厄也，止失一金簪耳。"其人欲复寻之。乐方劝止，已投水中而没。惊愕良久。忽见含笑而出，以簪授乐曰："幸不辱命。"江上人罔不骇异。

乐与归，寝处共之。每十数日始一食，食则啖嚼无算。一日，又言别，乐固挽之。适昼晦欲雨，闻雷声。乐曰："云间不知何状？雷又是何物？安得至天上视之，此疑乃可解。"其人笑曰："君欲作云中游耶？"少时，乐倦甚，伏榻假寐。既醒，觉身摇摇然，不似榻上；开目，则在云气中，周身如絮。惊而起，晕如舟上。踏之，耎无地。仰视星斗，在眉目间。遂疑是梦。细视星箝天上，如老莲实之在蓬也，大者如瓮，次如瓿①，小如盎盂。以手撼之，大者坚不可动；小星动摇，似可摘而下者。遂摘其一，藏袖中。拨云下视，则银海苍茫，见城郭如豆。愕然自念：设一脱足，此身何可复问。俄见二龙夭矫②，驾缦车③来。尾一掉，如鸣牛鞭。车上有器，围皆数丈，贮水满之。有数十人，以器掬水，遍洒云间。忽见乐，共怪之。乐审所与壮士在焉，语众曰："是吾友也。"因取一器，授乐令洒。时苦旱，乐接器排云，约望故乡，尽情倾注。未几，谓乐曰："我本雷曹④。前误行雨，罚谪三载；今天限已满，请从此别。"乃以驾车之绳万尺掷前，使握端缒下。乐危之。其人笑言："不妨。"乐如其言，飗飗然瞬息及地。视之，则堕立村外；绳渐收入云中，不可见矣。时久旱，十里外，雨仅盈指，独乐里沟浍⑤皆满。

归探袖中，摘星仍在。出置案上，黯黝如石；入夜，则光明焕发，映照四壁。益宝之，什袭而藏。每有佳客，出以照饮。正视之，则条条射目。

---

① 瓿——比瓮小的盛器。
② 夭矫——屈伸自如状。
③ 缦车——无装饰物的车子。
④ 雷曹——此指雷神。
⑤ 沟浍(kuài)——沟渠。

一夜,妻坐对握发[①],忽见星光渐小如萤,流动横飞。妻方怪咤,已入口中,咯之不出,竟已下咽。愕奔告乐,乐亦奇之。既寝,梦夏平子来,曰:"我少微星[②]也。君之惠好,在中不忘。又蒙自天上携归,可云有缘。今为君嗣,以报大德。"乐三十无子,得梦甚喜。自是,妻果娠;及临蓐,光耀满室,如星在几上时,因名"星儿"。机警非常。十六岁,及进士第。

异史氏曰:"乐子文章名一世,忽觉苍苍之位置我者不在是,遂弃毛锥[③]如脱屣,此与燕颔投笔[④]者,何以少异?至雷曹感一饭之德,少微酬良友之知,岂神人之私报恩施哉,乃造物之公报贤豪耳。"

赌 符

韩道士,居邑中之天齐庙[⑤]。多幻术,共名之"仙"。先子[⑥]与最善,每适城,辄造之。一日,与先叔赴邑,拟访韩,适遇诸途。韩付钥曰:"请先往启门坐,少旋我即至。"乃如其言。诣庙发扃,则韩已坐室中。诸如此类。

先是,有敝族人嗜博赌,因先子亦识韩。值大佛寺来一僧,专事摴蒱[⑦],赌甚豪。族人见而悦之,罄资往赌,大亏;心益热,典质田产复往,终夜尽丧。邑邑[⑧]不得志,便道诣韩,精神惨澹,言语失次。韩问之,具以实告。韩笑云:"常赌无不输之理。倘能戒赌,我为汝复之[⑨]。"族人曰:"倘得珠还合浦[⑩],花骨头[⑪]当铁杵碎之!"韩乃以纸书符,授佩衣带间。嘱曰:"但得故物即已,勿得陇复望蜀也。"又付千钱,约赢而偿之。

族人大喜而往。僧验其资,易之,不屑与赌。族人强之,请以一掷为期。僧笑而从之。乃以千钱为孤注。僧掷之无所胜负,族人接色,一掷成

① 握发——梳理头发。
② 少微星——又称处士星,象征士大夫命运之星。
③ 毛锥——毛笔。
④ 燕颔投笔——燕颔,指东汉人班超,曾有过一段投笔从戎的经历。
⑤ 天齐庙——供奉泰山神的庙宇。
⑥ 先子——指作者父亲蒲槃。
⑦ 摴蒱(chū pú)——掷色子赌博。
⑧ 邑邑——通"悒悒",不快活。
⑨ 复之——赢回输的钱。
⑩ 珠还合浦——同⑦。
⑪ 花骨头——指色子。

采；僧复以两千为注，又败；渐增至十余千，明明枭色，呵之，皆成卢雉[①]：计前所输，顷刻尽复。阴念再赢数千亦更佳，乃复博，则色渐劣；心怪之，起视带上，则符已亡矣，大惊而罢。载钱归庙，除偿韩外，追而计之，并末后所失，适符原数也，已乃愧谢失符之罪。韩笑曰："已在此矣。固嘱勿贪，而君不听，故取之。"

异史氏曰："天下之倾家者，莫速于博；天下之败德者，亦莫甚于博。入其中者，如沉迷海，将不知所底[②]矣。夫商农之人，俱有本业；诗书之士，尤惜分阴。负耒横经[③]，固成家之正路；清谈薄饮，犹寄兴之生涯。尔乃狎比淫朋，缠绵永夜。倾囊倒箧，悬金于崄巇[④]之天；呵雉呼卢，乞灵于淫昏之骨。盘旋五木[⑤]，似走圆珠[⑥]；手握多章，如擎团扇[⑦]。左觑人而右顾己，望穿鬼子之睛；阳示弱而阴用强，费尽魍魉之技。门前宾客待，犹恋恋于场头；舍上火烟生，尚眈眈于盆里。忘餐废寝，则久入成迷；舌敝唇焦，则相看似鬼。

"迨夫全军尽没，热眼空窥。视局中则叫号浓焉，技痒英雄之臆；顾橐底而贯索空矣，灰寒壮士之心。引颈徘徊，觉白手之无济；垂头萧索，始玄夜以方归。幸交谪之人[⑧]眠，恐惊犬吠；苦久虚之腹饿，敢怨羹残。既而鬻子质田，冀珠还于合浦；不意火灼毛尽，终捞月于沧江。及遭败后我方思，已作下流之物；试问赌中谁最善，群指无裤之公。甚而枵腹[⑨]难堪，遂栖身于暴客；搔头莫度，至仰给于香奁[⑩]。呜呼！败德丧行，倾产亡身，孰非博之一途致之哉！"

---

① 明明枭色，呵之，皆成卢雉——明明可得上彩，一报，却成了中下彩。
② 所底（zhǐ）——所终。
③ 负耒横经——勤学不倦。
④ 崄巇（xiǎn xī）——艰险莫测。
⑤ 五木——赌博用具。
⑥ 圆珠——珍珠，喻指赌具。
⑦ 多章、团扇——多章，纸牌；团扇，如宫女手持圆扇一样顾盼得意。
⑧ 交谪之人——指妻子。
⑨ 枵腹——饿肚子。
⑩ 香奁——妻子的陪嫁物品。

阿 霞

文登景星者，少有重名。与陈生比邻而居，斋隔一短垣。一日，陈暮过荒落之墟，闻女子啼松柏间；近临，则树横枝有悬带，若将自经。陈诘之，挥涕而对曰："母远去，托妾于外兄①。不图狼子野心，畜我不卒②。伶仃如此，不如死！"言已，复泣。陈解带，劝令适人。女虑无可托者。陈请暂寄其家，女从之。既归，挑灯审视，丰韵殊绝。大悦，欲乱之。女厉声抗拒，纷纭之声，达于间壁。景生逾垣来窥，陈乃释女。女见景，凝目停睇，久乃奔去。二人共逐之，不知去向。

景归，阖门欲寝，则女子盈盈自房中出。惊问之，答曰："彼德薄福浅，不可终托。"景大喜，诘其姓氏。曰："妾祖居于齐。为齐姓，小字阿霞。"入以游词，笑不甚拒，遂与寝处。斋中多友人来往，女恒隐闭深房。过数日，曰："妾姑去。此处烦杂，困人甚。继今，请以夜卜③。"问："家何所？"曰："正不远耳。"遂早去。夜果复来，欢爱綦笃。又数日，谓景曰："我两人情好虽佳，终属苟合。家君宦游西疆④，明日将从母去，容即乘间禀命，而相从以终焉。"问："几日别？"约以旬终。既去，景思斋居不可常；移诸内，又虑妻妒。计不如出妻。志既决，妻至辄诟詈。妻不堪其辱，涕欲死。景曰："死恐见累，请蚤归。"遂促妻行。妻啼曰："从子十年，未尝有失德，何决绝如此！"景不听，逐愈急。妻乃出门去。自是垩壁清尘，引领翘待；不意信杳青鸾⑤，如石沉海。妻大归后，数浼知交，请复于景，景不纳；遂适夏侯氏。夏侯里居与景接壤，以田畔之故，世有郤⑥。景闻之，益大恚恨。然犹冀阿霞复来，差足自慰。越年余，并无踪绪。

会海神寿，祠内外士女云集，景亦在。遥见一女，甚似阿霞。景近之，入于人中；从之，出于门外；又从之，飘然竟去。景追之不及，恨悒而返。

① 外兄——表哥。
② 卒——终。
③ 夜卜——选定某夜。
④ 宦游西疆——在西部省份做官。
⑤ 信杳青鸾——杳无音信。
⑥ 郤(xì)——仇怨。

后半载，适行于途，见一女郎，着朱衣，从苍头，鞚[①]黑卫来。望之，霞也。因问从人："娘子为谁？"答曰："南村郑公子继室。"又问："娶几时矣？"曰："半月耳。"景思，得毋误耶？女郎闻语，回眸一睇，景视，真霞。见其已适他姓，愤填胸臆，大呼："霞娘！何忘旧约？"从人闻呼主妇，欲奋老拳。女急止之，启幛纱谓景曰："负心人何颜相见？"景曰："卿自负仆，仆何尝负卿？"女曰："负夫人甚于负我！结发者如是，而况其他？向以祖德厚，名列桂籍[②]，故委身相从；今以弃妻故，冥中削尔禄秩，今科亚魁[③]王昌，即替汝名者也。我已归郑君，无劳复念。"景俯首贴耳，口不能道一词，视女子，策蹇去如飞，怅恨而已。

是科，景落第，亚魁果王氏昌名。郑亦捷。景以是得薄倖名。四十无偶，家益替，恒趁食于亲友家。偶诣郑，郑款之，留宿焉。女窥客，见而怜之，问郑曰："堂上客，非景庆云[④]耶？"问所自识，曰："未适君时，曾避难其家，亦深得其豢养。彼行虽贱，而祖德未斩[⑤]；且与君为故人，亦宜有绨袍之义[⑥]。"郑然之，易其败絮，留以数日。夜分欲寝，有婢持廿余金赠景。女在窗外言曰："此私贮，聊酬夙好，可将去，觅一良匹。幸祖德厚，尚足及子孙。无复丧检[⑦]，以促余龄。"景感谢之。既归，以十余金买搢绅家婢，甚丑悍。举一子，后登两榜。郑官至吏部郎。既没，女送葬归，启舆则虚无人矣，始知其非人也。噫！人之无良，舍其旧而新是谋，卒之卵覆而鸟亦飞，天之所报亦惨矣！

李　司　鉴

李司鉴，永年[⑧]举人也。于康熙四年[⑨]九月二十八日，打死其妻李氏。

① 鞚——骑。
② 桂籍——科举及第人员的名籍。
③ 亚魁——乡举第二名。
④ 景庆云——景星，字庆云。
⑤ 斩——断绝。
⑥ 绨袍之义——扶贫济弱的仁义之举。
⑦ 丧检——行为不端。
⑧ 永年——今河北永年县。
⑨ 康熙四年——即 1665 年。

地方[①]报广平[②]，行永年查审。司鉴在府前，忽于肉架下夺一屠刀，奔入城隍庙，登戏台上，对神而跪。自言："神责我不当听信奸人，在乡党颠倒是非，着我割耳。"遂将左耳割落，抛台下。又言："神责我不应骗人银钱，着我剁指。"遂将左指剁去。又言："神责我不当奸淫妇女，使我割肾。"遂自阉，昏迷僵仆。时总督朱云门[③]题参革褫究拟，已奉俞旨[④]，而司鉴已伏冥诛矣。邸抄[⑤]。

五羖大夫

河津[⑥]畅体元[⑦]，字汝玉。为诸生时，梦人呼为"五羖大夫[⑧]"，喜为佳兆。及遇流寇之乱，尽剥其衣，夜闭置空室。时冬月，寒甚，暗中摸索，得数羊皮护体，仅不至死。质明，视之，恰符五数。哑然自笑神之戏己也。后以明经[⑨]授雒南[⑩]知县。毕载积先生志。

毛 狐

农子[⑪]马天荣，年二十余。丧偶，贫不能娶。偶芸[⑫]田间，见少妇盛妆，践禾越陌而过，貌赤色，致亦风流。马疑其迷途，顾四野无人，戏挑之。妇亦微纳。欲与野合。笑曰："青天白日，宁宜为此。子归，掩门相候，昏夜我当至。"马不信，妇矢之。马乃以门户向背具告之，妇乃去。夜分，果

① 地方——里长。
② 广平——府名。
③ 朱云门——即朱昌祚，官至直隶、山东、河南三省总督。
④ 俞旨——允准的圣旨。
⑤ 邸抄——摘自邸报。
⑥ 河津——今山西河津县。
⑦ 畅体元——清初人，科贡出身，官至知县，有政绩。
⑧ 五羖大夫——指春秋时秦国大夫百里奚，助秦称霸，此借指升官的好兆头。
⑨ 明经——贡生。
⑩ 雒南——县名，今属陕西省。
⑪ 农子——农家子弟。
⑫ 芸——除草。

至，遂相悦爱。觉其肤肌嫩甚；火之，肤赤薄如婴儿，细毛遍体，异之。又疑其踪迹无据，自念得非狐耶？遂戏相诘。妇亦自认不讳。

马曰："既为仙人①，自当无求不得。既蒙缱绻，宁不以数金济我贫？"妇诺之。次夜来，马索金。妇故愕曰："适忘之。"将去，马又嘱。至夜，问："所乞或勿忘耶？"妇笑，请以异日。逾数日，马复索。妇笑向袖中出白金二铤②，约五六金，翘边细纹，雅可爱玩。马喜，深藏于椟。积半岁，偶需金，因持示人。人曰："是锡也。"以齿龁之，应口而落。马大骇，收藏而归。至夜，妇至，愤致诮让。妇笑曰："子命薄，真金不能任也。"一笑而罢。

马曰："闻狐仙皆国色，殊亦不然。"妇曰："吾等皆随人现化。子且无一金之福，落雁沉鱼，何能消受？以我蠢陋，固不足以奉上流；然较之大足驼背者，即为国色。"过数月，忽以三金赠马，曰："子屡相索，我以子命不应有藏金。今媒聘有期，请以一妇之资相馈，亦借以赠别。"马自白无聘妇之说。妇曰："一二日，自当有媒来。"马问："所言姿貌如何？"曰："子思国色，自当是国色。"马曰："此即不敢望。但三金何能买妇？"妇曰："此月老③注定，非人力也。"马问："何遽言别？"曰："戴月披星，终非了局。'使君自有妇④'，搪塞⑤何为？"天明而去，授黄末一刀圭⑥，曰："别后恐病，服此可疗。"

次日，果有媒来。先诘女貌，答："在妍媸之间。""聘金几何？""约四五数。"马不难其价，而必欲一亲见其人。媒恐良家子不肯衒露⑦。既而约与俱去，相机因便。既至其村，媒先往，使马待诸村外。久之，来曰："谐矣。余表亲与同院居，适往，见女坐室中。请即伪为谒表亲者而过之，咫尺可相窥也。"马从之。果见女子坐堂中，伏体于床，倩人爬背⑧。马趋过，掠之以目，貌诚如媒言。及议聘，并不争直，但求得一二金，装女出阁。马益廉之，乃纳金；并酬媒氏及书券者，计三两已尽，亦未多费一文。择吉

---

① 仙人——指狐精。
② 铤(dìng)——通"锭"。
③ 月老——月下老人，即媒人。
④ 使君自有妇——你(指马氏)命中注定另有其妇。
⑤ 搪塞——敷衍。
⑥ 刀圭——量药物用具，容量很少。
⑦ 衒露——抛头露面。
⑧ 爬背——搔痒。

迎女归，入门，则胸背皆驼，项缩如龟，下视裙底，莲舡[1]盈尺，乃悟狐言之有因也。

异史氏曰："随人现化，或狐女之自为解嘲；然其言福泽，良可深信。余每谓：非祖宗数世之修行，不可以博高官；非本身数世之修行，不可以得佳人。信因果[2]者，必不以我言为河汉[3]也。"

翩 翩

罗子浮，邠[4]人。父母俱蚤[5]世。八九岁，依叔大业。业为国子左厢[6]，富有金缯而无子，爱子浮若己出。十四岁，为匪人诱去作狭邪游[7]。会有金陵娼，侨寓郡中，生悦而惑之。娼返金陵，生窃从遁去。居娼家半年，床头金尽，大为姊妹行[8]齿冷。然犹未遽绝之。无何，广疮[9]溃臭，沾染床席，遂逐而出。丐于市，市人见辄遥避。自恐死异域，乞食西行；日三四十里，渐至邠界。又念败絮脓秽，无颜入里门，尚趑趄近邑间。

日既暮，欲趋山寺宿。遇一女子，容貌若仙。近问："何适？"生以实告。女曰："我出家人，居有山洞，可以下榻，颇不畏虎狼。"生喜，从去。入深山中，见一洞府。入则门横溪水，石梁驾之。又数武，有石室二，光明彻照，无须灯烛。命生解悬鹑[10]，浴于溪流。曰："濯之，疮当愈。"又开幛拂褥促寝，曰："请即眠，当为郎作裤。"乃取大叶类芭蕉，剪缀作衣。生卧视之。制无几时，折叠床头，曰："晓取着之。"乃与对榻寝。生浴后，觉疮疡无苦。既醒，摹之，则痂厚结矣。诘旦，将兴，心疑蕉叶不可着。取而审视，则绿锦滑绝。少间，具餐。女取山叶呼作饼，食之，果饼；又剪作鸡、鱼

---

① 莲舡(chuán)——戏称女鞋。
② 因果——佛教因果报应说。
③ 河汉——银河，喻迂阔渺茫。
④ 邠——州名，治今在陕西彬县。
⑤ 蚤——早。
⑥ 国子左厢——明清时国子祭酒的别称。
⑦ 狭邪游——嫖妓。
⑧ 姊妹行(háng)——妓女间的互称。
⑨ 广疮——梅毒。
⑩ 悬鹑——喻破衣。

烹之，皆如真者。室隅一罂，贮佳酝，辄复取饮；少减，则以溪水灌益之。数日，疮痂尽脱，就女求宿。女曰："轻薄儿！甫能安身，便生妄想！"生云："聊以报德。"遂同卧处，大相欢爱。

一日，有少妇笑入，曰："翩翩小鬼头快活死！薛姑子好梦，几时做得？"女迎笑曰："花城娘子，贵趾久弗涉，今日西南风紧，吹送来也！小哥子抱得未？"曰："又一小婢子。"女笑曰："花娘子瓦窑[1]哉！那弗将[2]来？"曰："方呜之，睡却矣。"于是坐以款饮。又顾生曰："小郎君焚好香也。"生视之，年廿有三四，绰有余妍。心好之。剥果误落案下，俯假拾果，阴捻翘凤。花城他顾而笑，若不知者。生方怳然[3]神夺，顿觉袍裤无温；自顾所服，悉成秋叶。几骇绝。危坐移时，渐变如故。窃幸二女之弗见也。少顷，酬酢间，又以指搔纤掌；城坦然笑谑，殊不觉知。突突怔忡[4]间，衣已化叶，移时始复变。由是惭颜息虑，不敢妄想。城笑曰："而家小郎子，大不端好！若弗是醋葫芦娘子[5]，恐跳迹入云霄去[6]。"女亦哂曰："薄倖儿，便直得寒冻杀！"相与鼓掌。花城离席曰："小婢醒，恐啼肠断矣。"女亦起曰："贪引他家男儿，不忆得小江城啼绝矣。"花城既去，惧贻诮责；女卒晤对如平时。

居无何，秋老风寒，霜零木脱，女乃收落叶，蓄旨御冬。顾生肃缩，乃持襆掇拾洞口白云为絮复衣，着之温暖如襦，且轻松常如新绵。逾年，生一子，极惠美。日在洞中弄儿为乐。然每念故里，乞与同归。女曰："妾不能从；不然，君自去。"因循二三年，儿渐长，遂与花城订为姻好。生每以叔老为念。女曰："阿叔腊[7]故大高，幸复强健，无劳悬耿[8]。待保儿婚后，去住由君。"女在洞中，辄取叶写书教儿读，儿过目即了。女曰："此儿福相，放教入尘寰，无忧至台阁[9]。"未几，儿年十四。花城亲诣送女。女华妆至，容光照人。夫妻大悦，举家讌集。翩翩扣钗而歌曰："我有佳儿，不羡贵官。我有佳妇，不羡绮纨。今夕聚首，皆当欢喜。为君行酒，劝君加餐。"既而花城去。与儿夫妇

---

① 瓦窑——喻指专生女孩的妇女。
② 将——携带。
③ 怳(huǎng)然——恍忽状。
④ 突突怔忡(zhēng chōng)——惊惧不安。
⑤ 醋葫芦娘子——戏指妒妇。
⑥ 跳迹入云霄——想入非非。
⑦ 腊——年岁。
⑧ 悬耿——耿耿悬念。
⑨ 台阁——宰相、尚书类大官

对室居。新妇孝，依依膝下，宛如所生。生又言归。女曰："子有俗骨，终非仙品。儿亦富贵中人，可携去，我不误儿生平。"新妇思别其母，花城已至。儿女恋恋，涕各满眶。两母慰之曰："暂去，可复来。"翩翩乃剪叶为驴，令三人跨之以归。大业已老归林下①，意侄已死，忽携佳孙美妇归，喜如获宝。入门，各视所衣，悉蕉叶；破之，絮蒸蒸腾去。乃并易之。后生思翩翩，偕儿往探之，则黄叶满径，洞口路迷，零涕而返。

异史氏曰："翩翩、花城，殆仙者耶？餐叶衣云，何其怪也！然帏幄诽谑②，狎寝生雏，亦复何殊于人世？山中十五载，虽无'人民城郭'之异③；而云迷洞口，无迹可寻，睹其景况，真刘阮返棹时④矣。"

黑 兽

闻李太公敬一言："某公在沈阳⑤，宴集山颠。俯瞰山下，有虎啣物来，以爪穴地，瘗之而去。使人探所瘗，得死鹿。乃取鹿而虚掩其穴。少间，虎导一黑兽至，毛长数寸。虎前驱，若邀尊客。既至穴，兽眈眈蹲伺。虎探穴失鹿，战伏⑥不敢少动。兽怒其诳，以爪击虎额，虎立毙。兽亦径去。"

异史氏曰："兽不知何名。然问其形，殊不大于虎，而何延颈受死，惧之如此其甚哉？凡物各有所制⑦，理不可解。如獮⑧最畏狨；遥见之，则百十成群，罗而跪，无敢遁者。凝睛定息，听狨至，以爪遍揣其肥瘠；肥者则以片石志颠顶⑨。獮戴石而伏，悚⑩若木鸡，惟恐堕落。狨揣志已，乃次第按石取食，馀始閧散。余尝谓贪吏似狨，亦且揣民之肥瘠而志之，而裂食之；而民之戢耳听食，莫敢喘息，蚩蚩之情，亦犹是也。可哀也夫！"

---

① 林下——喻归隐乡下。
② 帏幄诽谑——指闺房内的玩笑。
③ '人民城郭'之异——古事沧桑，人事变迁。
④ 真刘阮返棹时——刘，即刘晨；阮，即阮肇。二人均为东汉人，入山采药迷路，遇二仙女，滞留半年方归，而此时子孙已历七代，复访仙女，已无踪迹。
⑤ 沈阳——今辽宁沈阳市。
⑥ 战伏——颤抖着趴在地上。
⑦ 制——制约。
⑧ 獮(mí)畏狨(róng)——獮猴怕金丝猴。
⑨ 志颠顶——将石片放在头顶作记号。
⑩ 悚(sǒng)——惊恐。

卷　四

余　德

武昌尹图南，有别第，尝为一秀才税居。半年来，亦未尝过问。一日，遇诸其门，年最少，而容仪裘马，翩翩甚都。趋与语，即又蕴藉可爱。异之。归语妻。妻遣婢托遗问以窥其室。室有丽姝，美艳逾于仙人；一切花石服玩，俱非耳目所经。尹不测其何人，诣门投谒，适值他出。翼日，即来答拜。展其刺呼[①]，始知余姓德名。语次，细审官阀，言殊隐约。固诘之，则曰："欲相还往，仆不敢自绝。应知非寇窃逋逃者，何须逼知来历。"尹谢之。命酒款宴，言笑甚欢。向暮，有昆仑[②]捉马挑灯，迎导以去。

明日，折简报主人。尹至其家，见屋壁俱用明光纸裱，洁如镜。金狻猊[③]爇异香。一碧玉瓶，插凤尾孔雀羽各二，各长二尺余。一水晶瓶，浸粉花一树，不知何名，亦高二尺许，垂枝覆几外；叶疏花密，含苞未吐；花状似湿蝶敛翼；蒂[④]即如须。筵间不过八簋，而丰美异常。既，命童子击鼓催花为令。鼓声既动，则瓶中花颤颤欲拆[⑤]；俄而蝶翅渐张；既而鼓歇，渊然一声，蒂须顿落，即为一蝶，飞落尹衣。余笑起，飞一巨觥；酒方引满，蝶亦飏去。顷之，鼓又作，两蝶飞集余冠。余笑云："作法自弊矣。"亦引二觥。三鼓既终，花乱堕，翩翻而下，惹袖沾衿。鼓僮笑来指数：尹得九筹[⑥]，余四筹。尹已薄醉，不能尽筹，强引三爵，离席亡去。由是益奇之。

然其为人寡交与，每阖门居，不与国人[⑦]通吊庆。尹逢人辄宣播；闻其异者，争交欢余，门外冠盖常相望。余颇不耐，忽辞主人去。去后，尹入其家，空庭洒扫无纤尘；烛泪堆掷青阶下；窗间零帛断线，指印宛然。惟舍

---

① 展其刺呼——打开他的名帖。
② 昆仑——奴仆的代称。
③ 狻猊——动物名，狮子，此指熏香炉。
④ 蒂——花蒂。
⑤ 拆——开放。
⑥ 筹——一种饮酒计数的器具。
⑦ 国人——指社会上的人们。

后遗一小白石缸，可受石许。尹携归，贮水养朱鱼。经年，水清如初贮。后为佣保移石，误碎之。水蓄并不倾泻。视之，缸宛在，扪之虚耎。手入其中，则水随手泄；出其手，则复合。冬月亦不冰。一夜，忽结为晶，鱼游如故。尹畏人知，常置密室，非子婿不以示也。久之渐播，索玩者纷错于门。腊夜，忽解为水，荫湿满地，鱼亦渺然。其旧缸残石犹存。忽有道士踵门求之。尹出以示。道士曰："此龙宫蓄水器也。"尹述其破而不泄之异。道士曰："此缸之魂也。"殷殷然乞得少许。问其何用，曰："以屑合药[①]，可得永寿。"予一片，欢谢而去。

杨千总

毕民部公[②]即家起备兵洮岷[③]时，有千总[④]杨化麟来迎。冠盖在途，偶见一人遗便路侧。杨关弓欲射之，公急呵止。杨曰："此奴无礼，合小怖之。"乃遥呼曰："遗屙者！奉赠一股会稽籐簪绾[⑤]髻子。"即飞矢去，正中其髻。其人急奔，便液污地。

瓜异

二十六年六月[⑥]，邑[⑦]西村民圃中，黄瓜上复生蔓，结西瓜一枚，大如碗。

---

① 合药——配药。
② 毕民部公——即毕自严，毕际有之父，官至户部（也称民部）尚书。
③ 洮岷——洮水、岷山，今属甘肃省。
④ 千总——下级武官。
⑤ 绾（wǎn）——挽结。
⑥ 二十六年六月——指康熙年。
⑦ 邑——指淄川县城。

青　梅

白下[①]程生，性磊落，不为畛畦[②]。一日，自外归，缓其束带，觉带端沉沉，若有物堕。视之，无所见。宛转间，有女子从衣后出，掠发微笑，丽绝。程疑其鬼，女曰："妾非鬼，狐也。"程曰："倘得佳人，鬼且不惧，而况于狐。"遂与狎。二年，生一女，小字青梅。每谓程："勿娶，我且为君生男。"程信之，遂不娶。戚友共诮姗之。程志夺，聘湖东王氏。狐闻之怒，就女乳之，委于程曰："此汝家赔钱货，生之杀之，俱由尔。我何故代人作乳媪乎！"出门径去。

青梅长而慧；貌韶秀，酷肖其母。既而程病卒，王再醮去。青梅寄食于堂叔；叔荡无行，欲鬻以自肥。适有王进士者，方候铨[③]于家，闻其慧，购以重金，使从女阿喜服役。喜年十四，容华绝代。见梅忻悦，与同寝处。梅亦善候伺，能以目听，以眉语，由是一家俱怜爱之。

邑有张生，字介受。家窭贫，无恒产，税居王第。性纯孝，制行不苟[④]，又笃于学。青梅偶至其家，见生据石啖糠粥；入室与生母絮语，见案上具豚蹄焉。时翁卧病，生入，抱父而私[⑤]。便液污衣，翁觉之而自恨；生掩其迹，急出自濯，恐翁知。梅以此大异之。归述所见，谓女曰："吾家客，非常人也。娘子不欲得良匹则已；欲得良匹，张生其人也。"女恐父厌其贫。梅曰："不然，是在娘子。如以为可，妾潜告，使求伐[⑥]焉。夫人必召商之；但应之曰'诺'也，则谐矣。"女恐终贫为天下笑。梅曰："妾自谓能相天下士，必无谬误。"明日，往告张媪。媪大惊，谓其言不祥。梅曰："小姐闻公子而贤之也，妾故窥其意以为言。冰人往，我两人袒焉，计合允遂。纵其否也，于公子何辱乎？"媪曰："诺。"乃托侯氏卖花者往。夫人闻之而笑，以告王。王亦大笑。唤女至，述侯氏意。女未及答，青梅亟赞其贤，决

① 白下——古地名，今南京市西北。
② 畛畦——界域、规范。
③ 候铨——等待铨选。
④ 苟——品行端正。
⑤ 私——指便溺。
⑥ 求伐——请人做媒。

其必贵。夫人又问曰:“此汝百年事。如能啜糠覈①也,即为汝允之。”女俛首久之,顾壁而答曰:“贫富命也。倘命之厚,则贫无几时;而不贫者无穷期矣。或命之薄,彼锦绣王孙,其无立锥者岂少哉,是在父母。”初,王之商女也;将以博笑;及闻女言,心不乐曰:“汝欲适张氏耶?”女不答;再问,再不答。怒曰:“贱骨,了不长进!欲携筐作乞人妇,宁不羞死!”女涨红气结,含涕引去。媒亦遂奔。

青梅见不谐,欲自谋。过数日,夜诣生。生方读,惊问所来;词涉吞吐。生正色却之。梅泣曰:“妾良家子,非淫奔者;徒以君贤,故愿自托。”生曰:“卿爱我,谓我贤也。昏夜之行,自好者不为,而谓贤者为之乎?夫始乱之而终成之,君子犹曰不可;况不能成,彼此何以自处?”梅曰:“万一能成,肯赐援拾②否?”生曰:“得人如卿,又何求?但有不可如何者三,故不敢轻诺耳。”曰:“若何?”曰:“不能自主,则不可如何;即能自主,我父母不乐,则不可如何;即乐之,而卿之身直必重,我贫不能措,则尤不可如何。卿速退,瓜李之嫌③可畏也!”梅临去,又嘱曰:“君倘有意,乞共图之。”生诺。梅归,女诘所往,遂跪而自投。女怒其淫奔,将施扑责。梅泣白无他,因而实告。女叹曰:“不苟合,礼也;必告父母,孝也;不轻然诺,信也;有此三德,天必祐之,其无患贫也已。”既而曰:“子将若何?”曰:“嫁之。”女笑曰:“痴婢能自主耶?”曰:“不济,则以死继之。”女曰:“我必如所愿。”梅稽首而拜之。又数日,谓女曰:“曩而言之戏乎,抑果欲慈悲耶?果尔,尚有微情,并祈垂怜焉。”女问之,答曰:“张生不能致聘,婢又无力可以自赎,必取盈④焉,嫁我犹不嫁也。”女沉吟曰:“是非我之能为力矣。我曰嫁汝,且恐不得当;而曰必无取直焉,是大人所必不允,亦余所不敢言也。”青梅闻之,泣数行下,但求怜拯。女思良久,曰:“无已,我私蓄数金,当倾囊相助。”梅拜谢,因潜告张。张母大喜,多方乞贷,共得如干数,藏待好音。会王授曲沃宰⑤,喜乘间告母曰:“青梅年已长,今将莅任,不如遣之。”夫人固以青梅太黠,恐导女不义,每欲嫁之,而恐女不乐也,闻女言甚喜。逾两日,有佣保妇白张氏意。王笑曰:“是只合偶婢子,前此何妄也!然鬻媵高

---

① 糠覈(hé)——粗劣食物。
② 援拾——收留。
③ 瓜李之嫌——涉嫌的处境。
④ 取盈——取满所定的限量。
⑤ 曲沃宰——曲沃(今属山西)县令。

门，价当倍于曩昔。”女急进曰：“青梅侍我久，卖为妾，良不忍。”王乃传语张氏，仍以原金署券[①]，以青梅嫔于生。入门，孝翁姑，曲折承顺，尤过于生；而操作更勤，餍糠秕不为苦。由是家中无不爱重青梅。梅又以刺绣作业，售且速，贾人候门以购，惟恐弗得。得资稍可御穷。且劝勿以内顾误读，经纪皆自任之。因主人之任[②]，往别阿喜。喜见之，泣曰：“子得所[③]矣，我固不如。”梅曰：“是何人之赐，而敢忘之？然以为不如婢子，恐促婢子寿。”遂泣相别。

王如晋，半载，夫人卒，停柩寺中。又二年，王坐行赇免，罚赎万计，渐贫不能自给，从者逃散。是时，疫大作，王染疾亦卒。惟一媪从女。未几，媪又卒。女伶仃益苦。有邻妪劝之嫁，女曰：“能为我葬双亲者，从之。”媪怜之，赠以斗米而去。半月复来，曰：“我为娘子极力，事难合也：贫者不能为葬，富者又嫌子为陵夷[④]嗣。奈何！尚有一策，但恐不能从也。”女曰：“若何？”曰：“此间有李郎，欲觅侧室[⑤]，倘见姿容，即遣厚葬，必当不惜。”女大哭曰：“我搢绅裔而为人妾耶！”媪无言，遂去。日仅一餐，延息待价。居半年，益不可支。一日，媪至。女泣告曰：“困顿如此，每欲自尽；犹恋恋而苟活者，徒以有两柩在。己将转沟壑，谁收亲骨者？故思不如依汝言也。”媪于是导李来，微窥女，大悦。即出金营葬，双櫘[⑥]具举。已，乃载女去，入参冢室[⑦]。冢室故悍妒，李初未敢言妾，但托买婢。乃见女，暴怒，杖逐而出，不听入门。女披发零涕，进退无所。

有老尼过，邀与同居，喜从之。至庵中，拜求祝发[⑧]。尼不可，曰：“我视娘子，非久卧风尘者。庵中陶器脱粟[⑨]，粗可自支，姑寄此以待之。时至，子自去。”居无何，市中无赖窥女美，辄打门游语为戏，尼不能制止。女号泣欲自尽。尼往求吏部某公揭示[⑩]严禁，恶少始稍敛迹。后有夜穴寺

---

① 署券——签署契约。
② 之任——赴任。
③ 得所——如愿。
④ 陵夷——衰落。
⑤ 侧室——妾。
⑥ 櫘——薄棺材。
⑦ 冢室——正妻。
⑧ 祝发——削发为尼姑。
⑨ 陶器脱粟——指简朴的生活。
⑩ 揭示——张贴告示。

壁者，尼惊呼始去。因复告吏部，捉得首恶者，送郡笞责，始渐安。又年余，有贵公子过庵，见女惊绝，强尼通殷勤，又以厚赂啖尼。尼婉语之曰："渠簪缨胄[①]，不甘媵御。公子且归，迟迟当有以报命。"既去，女欲乳药死。夜梦父来，疾首曰："我不从汝志，致汝至此，悔之已晚。但缓须臾勿死，夙愿尚可复酬。"女异之。天明，盥已，尼望之而惊曰："睹子面，浊气尽消，横逆不足忧也。福且至，勿忘老身矣。"语未已，闻叩户声。女失色，意必贵家奴。尼启扉，果然。骤问所谋。尼甘语承迎，但请缓以三日。奴述主言，事若无成，俾尼自复命。尼唯唯敬应，谢令去。女大悲，又欲自尽。尼止之，女虑三日复来，无词可应。尼曰："有老身在，斩杀自当之。"次日，方晡，暴雨翻盆，忽闻数人挝户大哗。女意变作，惊怯不知所为。尼冒雨启关，见有肩舆停驻；女奴数辈，捧一丽人出；仆从煊赫，冠盖甚都。惊问之，云："是司李内眷，暂避风雨。"导入殿中，移榻肃坐。家人妇群奔禅房，各寻休憩。入室见女，艳之，走告夫人。无何，雨息，夫人起，请窥禅室。尼引入，睹女艳绝，凝眸不瞬。女亦顾盼良久。夫人非他；盖青梅也。各失声哭，因道行踪。盖张翁病故，生起复[②]后，连捷授司理[③]。生先奉母之任，后移诸眷口。女叹曰："今日相看，何啻霄壤！"梅笑曰："幸娘子挫折无偶，天正欲我两人完聚耳。倘非阻雨，何以有此邂逅？此中具有鬼神，非人力也。"乃取珠冠锦衣，催女易妆。女俛首徘徊。尼从中赞劝之。女虑同居其名不顺，梅曰："昔日自有定分，婢子敢忘大德！试思张郎，岂负义者？"强妆之。别尼而去。

抵住，母子皆喜。女拜曰："今无颜见母。"母笑慰之。因谋涓吉合卺。女曰："庵中但有一丝生路，亦不肯从夫人至此。倘念旧好，得受一庐，可容蒲团足矣。"梅笑而不言。及期，抱艳妆来。女左右不知所可。俄闻乐鼓大作，女亦无以自主。梅率婢媪强衣之，挽扶而出。见生朝服而拜，遂不觉盈盈而亦拜也。梅曳入洞房，曰："虚此位以待君久矣。"又顾生曰："今夜得报恩，可好为之。"返身欲去。女捉其裾，梅笑曰："勿留我，此不能相代也。"解指脱去。青梅事女谨，莫敢当夕[④]。而女终惭沮不自安。于

---

① 缨胄——名门之后。
② 起复——守父母丧制期限满后应召任职。
③ 司理——主狱讼之官。
④ 当夕——值夕，指青梅视阿喜为正妻。

是母命相呼以夫人。梅终执婢妾礼，罔敢懈。三年，张行取[①]入都，过庵，以五百金为尼寿。尼不受。强之，乃受二百金，起大士[②]祠，建王夫人碑。后张仕至侍郎[③]。程夫人举二子一女，王夫人四子一女。张上书陈情，俱封夫人。

异史氏曰："天生佳丽，固将以报名贤；而世俗之王公，乃留以赠纨袴。此造物所必争也。而离离奇奇，致作合者无限经营，化工亦良苦矣。独是青夫人能识英雄于尘埃，誓嫁之志，期以必死；曾俨然而冠裳也者，顾弃德行而求膏粱，何智出婢子下哉！"

罗 刹 海 市

马骥，字龙媒，贾人子。美丰姿。少倜傥，喜歌舞。辄从梨园子弟[④]，以锦帕缠头，美如好女，因复有"俊人"之号。十四岁，入郡痒，即知名。父衰老，罢贾而居。谓生曰："数卷书，饥不可煮，寒不可衣。吾儿可仍继父贾。"马由是稍稍权子母[⑤]。

从人浮海，为飓风引去，数昼夜至一都会。其人皆奇丑；见马至，以为妖，群哗而走。马初见其状，大惧；迨知国中之骇己也，遂反以此欺国人。遇饮食者，则奔而往；人惊遁，则啜其余。久之，入山村。其间形貌亦有似人者，然褴褛如丐。马息树下，村人不敢前，但遥望之。久之，觉马非噬人者，始稍稍近就之。马笑与语。其言虽异，亦半可解。马遂自陈所自。村人喜，遍告邻里，客非能搏噬者。然奇丑者望望即去，终不敢前；其来者，口鼻位置，尚皆与中国同。共罗浆酒奉马。马问其相骇之故，答曰："尝闻祖父言：西去二万六千里，有中国，其人民形象率诡异。但耳食之，今始信。"问其何贫。曰："我国所重，不在文章，而在形貌。其美之极者，为上

① 行取——有政绩的官员被选作京官。
② 大士——即菩萨。
③ 侍郎——官名，中央各部的副长官。
④ 梨园子弟——戏曲艺人。
⑤ 权子母——指经商。

卿[①]；次任民社[②]；下焉者，亦邀贵人宠，故得鼎烹[③]以养妻子。若我辈初生时，父母皆以为不祥，往往置弃之；其不忍遽弃者，皆为宗嗣耳。”问：“此名何国？”曰：“大罗刹国[④]。都城在北去三十里。”马请导往一观。于是鸡鸣而兴，引与俱去。天明，始达都。都以黑石为墙，色如墨，楼阁近百尺。然少瓦，覆以红石；拾其残块磨甲上，无异丹砂。时值朝退，朝中有冠盖出，村人指曰：“此相国[⑤]也。”视之，双耳皆背生，鼻三孔，睫毛覆目如帘。又数骑出，曰：“此大夫[⑥]也。”以次各指其官职，率鬇鬡怪异；然位渐卑，丑亦渐杀[⑦]。无何，马归，街衢人望见之，噪奔跌蹶，如逢怪物。村人百口解说，市人始敢遥立。既归，国中咸知村有异人，于是搢绅大夫，争欲一广见闻，遂令村人要马。然每至一家，阍人辄阖户，丈夫女子窃窃自门隙中窥语；终一日，无敢延见者。村人曰：“此间一执戟郎[⑧]，曾为先王出使异国，所阅人多，或不以子为惧。”造郎门。郎果喜，揖为上客。视其貌，如八九十岁人。目睛突出，须卷如猬。曰：“仆少奉王命，出使最多；独未尝至中华。今一百二十余岁，又得睹上国人物，此不可不上闻于天子。然臣卧林下，十余年不践朝阶，早旦，为君一行。”乃具饮馔，修主客礼。酒数行，出女乐十余人，更番歌舞。貌类夜叉，皆以白锦缠头，拖朱衣及地。扮唱不知何词，腔拍恢诡[⑨]。主人顾而乐之，问：“中国亦有此乐乎？”曰：“有。”主人请拟其声，遂击桌为度一曲。主人喜曰：“异哉！声如凤鸣龙啸，从未曾闻。”翼日，趋朝，荐诸国王。王忻然下诏。有二三大夫，言其怪状，恐惊圣体。王乃止。郎出告马，深为扼腕。居久之，与主人饮而醉，把剑起舞，以煤涂面作张飞。主人以为美，曰：“请君以张飞见宰相，宰相必乐用之，厚禄不难致。”马曰：“嘻！游戏犹可，何能易面目图荣显？”主人固强之，马乃诺。主人设筵，邀当路者饮，令马绘面以待。未几，客至，呼马出见客。客

---

① 上卿——最尊贵的诸侯。
② 民社——人民和社稷。
③ 鼎烹——美食。
④ 罗刹——佛教用语，恶鬼；此指国名。
⑤ 相国——宰相。
⑥ 大夫——比相国官位低的高级官员。
⑦ 杀——减。
⑧ 执戟郎——警卫宫门的官员。
⑨ 恢诡——离奇。

讶曰:“异哉!何前媸而今妍也!”遂与共饮,甚欢。马婆娑歌“弋阳曲[①]”,一座无不倾倒。明日,交章[②]荐马。王喜,召以旌节。既见,问中国治安之道,马委曲上陈,大蒙嘉叹,赐宴离宫。酒酣,王曰:“闻卿善雅乐,可使寡人得而闻之乎?”马即起舞,亦效白锦缠头,作靡靡之音。王大悦,即日拜下大夫[③]。时与私宴[④],恩宠殊异。久而官僚百执事颇觉其面目之假;所至,辄见人耳语,不甚与款洽。马至是孤立,惘然不自安。遂上疏乞休致,不许;又告休沐[⑤],乃给三月假。于是乘传载金宝,复归山村。村人膝行以迎。马以金资分给旧所与交好者,欢声雷动。村人曰:“吾侪小人受大夫赐,明日赴海市,当求珍玩,用报大夫。”问:“海市何地?”曰:“海中市,四海鲛人[⑥],集货珠宝;四方十二国,均来贸易。中多神人游戏。云霞障天,波涛间作。贵人自重,不敢犯险阻,皆以金帛付我辈,代购异珍。今其期不远矣。”问所自知,曰:“每见海上朱鸟来往,七日,即市。”马问行期,欲同游瞩。村人劝使自贵。马曰:“我顾沧海客,何畏风涛?”

未几,果有踵门寄资者,遂与装资入船。船容数十人,平底高栏。十人摇橹,激水如箭。凡三日,遥见水云幌漾之中,楼阁层叠;贸迁之舟,纷集如蚁。少时,抵城下。视墙上砖,皆长与人等。敌楼高接云汉。维舟而入,见市上所陈,奇珍异宝,光明射目,多人世所无。一少年乘骏马来,市人尽奔避,云是“东洋三世子[⑦]”。世子过,目生曰:“此非异域人?”即有前马者来诘乡籍。生揖道左,具展邦族。世子喜曰:“既蒙辱临,缘分不浅!”于是授生骑,请与连辔。乃出西城。方至岛岸,所骑嘶跃入水。生大骇失声。则见海水中分,屹如壁立。俄睹宫殿,玳瑁[⑧]为梁,鲂鳞作瓦;四壁晶明,鉴影炫目。下马揖入。仰视龙君在上,世子启奏:“臣游市廛,得中华贤士,引见大王。”生前拜舞。龙君乃言:“先生文学士,必能衙官屈、宋[⑨]。

---

① 弋阳曲——南曲腔调的一种。
② 交章——纷纷上奏章。
③ 下大夫——古官名。
④ 与私宴——参加皇帝的家宴。
⑤ 休沐——休息、沐浴。
⑥ 鲛人——神话中人物,居南海,善纺织,常哭泣,泪凝为珠。
⑦ 世子——帝王或诸侯的嫡妻所生之子。
⑧ 玳瑁——龟类动物。
⑨ 屈、宋——即屈原、宋玉。

欲烦椽笔赋‘海市[①]’，幸无吝珠玉。”生稽首受命。授以水精[②]之砚，龙鬣[③]之毫，纸光似雪，墨气如兰。生立成千余言，献殿上。龙君击节曰：“先生雄才，有光水国矣！”遂集诸龙族，宴集采霞宫。酒炙数行，龙君执爵而向客曰：“寡人所怜女，未有良匹，愿累先生。先生倘有意乎？”生离席愧荷[④]，唯唯而已。龙君顾左右语。无何，宫人数辈，扶女郎出。珮环声动，鼓吹暴作。拜竟，睨之，实仙人也。女拜已而去。少时，酒罢，双鬟挑画灯，导生入副宫。女浓妆坐伺。珊瑚之床，饰以八宝[⑤]；帐外流苏[⑥]，缀明珠如斗大；衾褥皆香耎。天方曙，则雏女妖鬟，奔入满侧。生起，趋出朝谢。拜为驸马都尉[⑦]。以其赋驰传诸海。诸海龙君，皆耑员[⑧]来贺；争折简招驸马饮。生衣绣裳，驾青虬[⑨]，呵殿[⑩]而出。武士数十骑，背雕弧，荷白棓，晃耀填拥。马上弹筝，车中奏玉。三日间，遍历诸海。由是“龙媒”之名，噪于四海。宫中有玉树一株，围可合抱；本莹澈，如白琉璃，中有心，淡黄色，稍细于臂；叶类碧玉，厚一钱许，细碎有浓阴。常与女啸咏其下。花开满树，状类薝蔔[⑪]。每一瓣落，锵然作响。拾视之，如赤瑙雕镂，光明可爱。时有异鸟来鸣，毛金碧色，尾长于身，声等哀玉，恻人肺腑。生闻之，辄念乡土。因谓女曰：“亡出三年，恩慈间阻，每一念及，涕膺汗背。卿能从我归乎？”女曰：“仙尘路隔，不能相依。妾亦不忍以鱼水之爱[⑫]，夺膝下之欢[⑬]。容徐谋之。”生闻之，涕不自禁。女亦叹曰：“此势之不能两全者也！”明日，生自外归。龙君曰：“闻都尉有故土之思，诘旦趣装，可乎？”生谢曰：“逆旅孤臣，过蒙优宠，衔报之诚，结于肺肝。容暂归省，当图复聚耳。”入暮，女置酒话别。生订后会。女曰：“情缘尽矣。”生大悲，女曰：“归

---

① 海市——海中的都市。
② 水精——水晶。
③ 龙鬣(liè)——龙鬣毛。
④ 愧荷——心怀惭愧的感谢。
⑤ 八宝——泛指各种珍宝。
⑥ 流苏——以彩丝或鸟羽制成的垂缨。
⑦ 驸马都尉——官名，由皇帝女婿担任的非实职性闲官。
⑧ 耑员——专人。
⑨ 青虬(qiú)——传说中的神物，与龙相似，无角。
⑩ 呵殿——前后随从的吆喝声。
⑪ 薝(zhān)蔔——栀子花。
⑫ 鱼水之爱——喻夫妻之爱。
⑬ 膝下之欢——父子之情。

养双亲，见君之孝。人生聚散，百年犹旦暮耳，何用作儿女哀泣？此后妾为君贞，君为妾义，两地同心，即伉俪也，何必旦夕相守，乃谓之偕老乎？若渝此盟，婚姻不吉。倘虑中馈乏人[1]，纳婢可耳。更有一事相嘱：自奉衣裳[2]，似有佳朕[3]，烦君命名。"生曰："其女耶，可名龙宫；男耶，可名福海。"女乞一物为信。生在罗刹国所得赤玉莲花一对，出以授女。女曰："三年后四月八日，君当泛舟南岛，还君体胤。"女以鱼革为囊，实以珠宝，授生曰："珍藏之，数世吃著不尽也。"天微明，王设祖帐，馈遗甚丰。生拜别出宫。女乘白羊车，送诸海涘[4]。生上岸下马。女致声珍重，回车便去，少顷便远。海出复合，不可复见。

生乃归。自浮海去，咸谓其已死；及至家，家人无不诧异。幸翁媪无恙，独妻已他适。乃悟龙女"守义"之言，盖已先知也。父欲为生再婚；生不可，纳婢焉。谨志三年之期，泛舟岛中。见两儿坐浮水面，拍流嬉笑，不动亦不沉。近引之，儿哑然捉生臂，跃入怀中。其一大啼，似嗔生之不援己者。亦引上之。细审之，一男一女，貌皆婉秀。额上花冠缀玉，则赤莲在焉。背有锦囊，拆视，得书云："翁姑计各无恙。忽忽三年，红尘永隔；盈盈一水，青鸟[5]难通。结想为梦，引领[6]成劳，茫茫蓝蔚，有恨如何也！顾念奔月姮娥，且虚桂府[7]；投梭织女，犹怅银河[8]。我何人斯[9]，而能永好？兴思及此，辄复破涕为笑。别后两月，竟得孪生。今已啁啾怀抱，颇解言笑；觅枣抓梨，不母可活。敬以还君。所贻赤玉莲花，饰冠作信。膝头抱儿时，犹妾在左右也。闻君克践旧盟，意愿斯慰。妾此生不二，之死靡他。奁中珍物，不蓄兰膏；镜里新妆，久辞粉黛。君似征人，妾作荡妇[10]，即置而不御[11]，亦何得谓非琴瑟[12]哉？独计翁姑亦既抱孙，曾未一觌新妇，揆之

---

① 中馈乏人——无人持家。
② 自奉衣裳——自结婚以来。
③ 佳朕——佳兆，怀孕。
④ 涘(sì)——海边。
⑤ 青鸟——借指使者。
⑥ 引领——殷切盼望。
⑦ 桂府——传说中月宫的别称。
⑧ 银河——天河。
⑨ 斯——语气词。
⑩ 荡妇——出游不归的妻子。
⑪ 置而不御——两地远隔，仍保持夫妻名义。
⑫ 琴瑟——喻夫妇。

情理,亦属缺然。岁后阿姑窀穸[①],当往临穴[②],一尽妇职。过此以往,则'龙宫'无恙,不少把握[③]之期;'福海'长生,或有往还之路。伏惟珍重,不尽欲言。"生反覆省书揽涕。两儿抱颈曰:"归休乎!"生益恸,抚之曰:"儿知家在何许?"儿啼,呕哑言归。生视海水茫茫,极天无际;雾鬟人渺,烟波路穷。抱儿返棹,怅然遂归。生知母寿不永,周身物悉为预具,墓中植松槚[④]百余。逾岁,媪果亡。灵舆至殡宫[⑤],有女子缞绖临穴。众方惊顾,忽而风激雷轰,继以急雨,转瞬已失所在。松柏新植多枯,至是皆活。福海稍长,辄思其母,忽自投入海,数日始还。龙宫以女子不得往,时掩户泣。一日,昼暝,龙女忽入,止之曰:"儿自成家,哭泣何为?"乃赐八尺珊瑚一树,龙脑香一帖[⑥],明珠百颗,八宝嵌金合一双,为嫁资。生闻之突入,执手啜泣。俄顷,疾雷破屋,女已无矣。

异史氏曰:"花面逢迎,世情如鬼。嗜痂之癖,举世一辙。'小惭小好,大惭大好'[⑦]。若公然带须眉以游都市,其不骇而走者盖几希矣。彼陵阳痴子,将抱连城玉[⑧]向何处哭也?呜呼!显荣富贵,当于蜃楼海市中求之耳!"

田七郎

武承休,辽阳[⑨]人。喜交游,所与皆知名士。夜梦一人告之曰:"子交游遍海内,皆滥交耳。惟一人可共患难,何反不识?"问:"何人?"曰:"田七郎非与?"醒而异之。诘朝,见所与游,辄问七郎。客或识为东村业猎者。武敬谒诸家,以马箠挝门。未几,一人出,年二十余,貙[⑩]目蜂腰,着腻

---

① 窀穸(zhūn xī)——墓穴,下葬。
② 临穴——亲临墓地。
③ 把握——握手,指见面。
④ 槚——楸树。
⑤ 殡宫——停放棺材的墓穴。
⑥ 一帖——一包。
⑦ 小惭小好,大惭大好——指世人的虚假逢迎。
⑧ 连城玉——指价值连城的稀世之宝。
⑨ 辽阳——州名,今辽宁辽阳市辽阳县。
⑩ 貙(chū)——兽名。

帢[①],衣皂犊鼻[②],多白补缀。拱手于额而问所自。武展姓氏;且托途中不快,借庐憩息。问七郎,答曰:“我即是也。”遂延客入。见破屋数椽,木岐支壁。入一小室,虎皮狼蜕[③],悬布楹间,更无杌榻可坐。七郎就地设皋比[④]焉。武与语,言词朴质,大悦之。遽贻金作生计,七郎不受。固予之,七郎受以白母。俄顷将还,固辞不受。武强之再四。母龙钟而至,厉色曰:“老身止此儿,不欲令事贵客!”武惭而退。归途展转,不解其意。适从人于舍后闻母言,因以告武。先是,七郎持金白母,母曰:“我适睹公子,有晦纹[⑤],必罹奇祸,闻之:受人知者分人忧,受人恩者急人难。富人报人以财,贫人报人以义。无故而得重赂,不祥,恐将取死报于子 矣。”武闻之,深叹母贤;然益倾慕七郎。

翼日,设筵招之,辞不至。武登其堂,坐而索饮。七郎自行酒,陈鹿脯,殊尽情礼。越日,武邀酬之,乃至。款洽甚欢。赠以金,即不受。武托购虎皮,乃受之。归视所蓄,计不足偿,思再猎而后献之。入山三日,无所猎获。会妻病,守视汤药,不遑操业。浃[⑥]旬,妻淹忽以死。为营斋葬,所受金稍稍耗去。武亲临唁送,礼仪优渥。既葬,负弩山林,益思所以报武,而迄无所得。武探得其故,辄劝勿亟。切望七郎姑一临存;而七郎终以负债为憾,不肯至。武因先索旧藏,以速其来。七郎检视故革,则蠹蚀殃败,毛尽脱,懊丧益甚。武知之,驰行其庭,极意慰解之。又视败革,曰:“此亦复佳。仆所欲得,原不以毛。”遂轴鞟[⑦]出,兼邀同往。七郎不可,乃自归。七郎念终以不足报武,裹粮入山,凡数夜,得一虎,全而馈之。武喜,治具,请三日留。七郎辞之坚。武键庭户,使不得出。宾客见七郎朴陋,窃谓公子妄交。而武周旋七郎,殊异诸客。为易新服,却不受;承其寐而潜易之,不得已而受之。既去,其子奉媪命,返新衣,索其敝裰[⑧]。武笑曰:“归语老媪,故衣已拆作履衬矣。”自是,七郎日以兔鹿相贻,召之即不复至。武

① 腻帢(qià)——油污的便帽。
② 皂犊鼻——黑色遮膝围裙。
③ 狼蜕——狼皮。
④ 皋比——虎皮。
⑤ 晦纹——晦气的纹理。
⑥ 浃——圆满。
⑦ 轴鞟(kuò)——鞟,去毛的皮革;将皮革卷起来。
⑧ 敝裰——破衣。

一日诣七郎，值出猎未返。媪出，踦[1]门语曰："再勿引致吾儿，大不怀好意！"武敬礼之，惭而退。

半年许，家人忽白："七郎为争猎豹，殴死人命，捉将官里去。"武大惊，驰视之，已械收在狱。见武无言，但云："此后烦恤老母。"武惨然出，急以重金赂邑宰；又以百金赂仇主。月余无事，释七郎归。母慨然曰："子发肤[2]受之武公子，非老身所得而爱惜者矣。但祝公子终百年无灾患，即儿福。"七郎欲诣谢武，母曰："往则往耳，见公子勿谢也。小恩可谢，大恩不可谢。"七郎见武；武温言慰藉，七郎唯唯。家人咸怪其疏；武喜其诚笃，益厚遇之。由是恒数日留公子家。馈遗辄受，不复辞，亦不言报。

会武初度[3]，宾从烦多，夜舍履满。武偕七郎卧斗室中，三仆即床下藉刍藁。二更向尽，诸仆皆睡去，两人犹刺刺[4]语。七郎佩刀挂壁间，忽自腾出匣数寸许，铮铮作响，光闪烁如电。武惊起。七郎亦起，问："床下卧者何人？"武答："皆厮仆。"七郎曰："此中必有恶人。"武问故，七郎曰："此刀购诸异国，杀人未尝濡缕[5]。迄今佩三世矣。决首至千计，尚如新发于硎[6]。见恶人则鸣跃，当去杀人不远矣。公子宜亲君子，远小人，或万一可免。"武颔之。七郎终不乐，辗转床席。武曰："灾祥数耳，何忧之深？"七郎曰："我诸无恐怖，徒以有老母在。"武曰："何遽至此？"七郎曰："无则便佳。"盖床下三人：一为林儿，是老弥子[7]，能得主人欢；一僮仆，年十二三，武所常役者；一李应，最拗拙，每因细事与公子裂眼争，武恒怒之。当夜默念，疑必此人。诘旦，唤至，善言绝令去。武长子绅，娶王氏。一日，武他出，留林儿居守。斋中菊花方灿。新妇意翁出，斋庭当寂，自诣摘菊。林儿突出勾戏。妇戏遁，林儿强挟入室。妇啼拒，色变声嘶。绅奔入，林儿始释手逃去。武归闻之，怒觅林儿，竟已不知所之。过二三日，始知其投身某御史家。某官都中，家务皆委决于弟。武以同袍[8]义，致书索林儿，某弟竟置不发。武益恚，质词邑宰。勾牒虽出，而隶不捕，官亦不

① 踦——通"倚"，倚靠。
② 发肤——代指身体。
③ 初度——生日。
④ 刺刺——话多不休。
⑤ 濡缕——沾湿衣服。
⑥ 硎——磨刀石。
⑦ 老弥子——久受宠爱的娈童。
⑧ 同袍——同事。

问。武方愤怒，适七郎至。武曰："君言验矣。"因与告愬。七郎颜色惨变，终无一语，即迳去。武嘱干仆逻察林儿。林儿夜归，为逻者所获，执见武。武掠楚之。林儿语侵武。武叔恒，故长者，恐侄暴怒致祸，劝不如治以官法。武从之，絷赴公庭。而御史家刺书邮至；宰释林儿，付纪纲以去。林儿意益肆，倡言丛众中，诬主人妇与私。武无奈之，忿塞欲死。驰登御史门，俯仰叫骂。里舍慰劝令归。逾夜，忽有家人白："林儿被人脔割，抛尸旷野间。"武惊喜，意稍得伸。俄闻御史家讼其叔侄，遂偕叔赴质。宰不听辨，欲笞恒。武抗声曰："杀人莫须有！至辱詈搢绅，则生实为之，无与叔事。"宰置不闻。武裂眦欲上，群役禁捽之。操杖隶皆绅家走狗，恒又老耄，签数[①]未半，奄然已死。宰见武叔垂毙，亦不复究。武号且骂，宰亦若弗闻也者。遂舁叔归，哀愤无所为计。因思欲得七郎谋，而七郎更不一吊问。窃自念：待七郎不薄，何遽如行路人？亦疑杀林儿必七郎。转念：果尔，胡得不谋？于是遣人探索其家，至则扃镝寂然，邻人并不知耗。一日，某弟方在内廨，与宰关说。值晨进薪水，忽一樵人至前，释担抽利刃，直奔之。某惶急，以手格刃，刃落断腕；又一刀，始决其首。宰大惊，窜去。樵人犹张皇四顾。诸役吏急阖署门，操杖疾呼。樵人乃自刭死。纷纷集认，识者知为田七郎也。宰惊定，始出复验。见七郎僵卧血泊中，手犹握刃。方停盖审视，尸忽崛然跃起，竟决宰首，已而复踣。衙官捕其母、子，则亡去已数日矣。武闻七郎死，驰哭尽哀。咸谓其主使七郎。武破产夤缘当路[②]，始得免。七郎尸弃原野三十余日，禽犬环守之。武取而厚葬。其子流寓于登[③]，变姓为佟。起行伍，以功至同知将军[④]。归辽，武已八十余，乃指示其父墓焉。

异史氏曰："一钱不轻受，正一饭不敢忘者也。贤哉母乎！七郎者，愤未尽雪，死犹伸之，抑何其神？使荆卿[⑤]能尔，则千载无遗恨矣。苟有其人，可以补天网之漏；世道茫茫，恨七郎少也。悲夫！"

① 签数——杖刑的杖数。
② 夤缘当路——经关系，行贿赂，买通当权者。
③ 登——州名，今山东弁平县。
④ 同知将军——副将军。
⑤ 荆卿——即荆轲，战国末年人，为燕太子丹刺杀秦王，未果，被杀。

产 龙

壬戌[①]间，邑邢村[②]李氏妇，良人[③]死，有遗腹，忽胀如瓮，忽束如握。临蓐，一昼夜不能产。视之，见龙首，一见辄缩去。家人大惧，不敢近。有王媪者，焚香禹步[④]，且捺且咒。未几，胞堕，不复见龙；惟数鳞，皆大如盏。继下一女，肉莹澈如晶，脏腑可数。

保 住

吴藩[⑤]未叛时，尝谕将士：有独力能擒一虎者，优以廪禄[⑥]，号"打虎将"。将中一人，名保住，健捷如猱。邸中建高楼，梁木初架。住沿楼角而登，顷刻至颠；立脊檩上，疾趋而行，凡三四返；已，乃踊身跃下，直立挺然。

王有爱姬，善琵琶。所御琵琶，以暖玉为牙柱[⑦]，抱之一室生温。姬宝藏，非王手谕，不出示人。一夕宴集，客请一观其异。王适惰，期以翼日。时住在侧，曰："不奉王命，臣能取之。"王使人驰告府中，内外戒备，然后遣之。

住逾十数重垣，始达姬院。见灯辉室中，而门扃锢，不得入。廊下有鹦鹉宿架上。住乃作猫子叫；既而学鹦鹉鸣，疾呼"猫来"。摆扑之声且急。闻姬云："绿奴可急视，鹦鹉被扑杀矣！"住隐身暗处。俄一女子挑灯出，身甫离门，住已塞入。见姬守琵琶在几上，径携趋出。姬愕呼"寇至"，防者尽起。见住抱琵琶走，逐之不及，攒矢如雨。住跃登树上。墙下故有大槐三十余章，住穿行树杪，如鸟移枝；树尽登屋，屋尽登楼；飞奔殿阁，不

---

① 壬戌——指康熙二十一年(1682 年)。
② 邢村——位于淄川县。
③ 良人——丈夫。
④ 禹步——行巫术时的一种步法。
⑤ 吴藩——指吴三桂的藩地云南。
⑥ 廪禄——官俸。
⑦ 牙柱——乐器上的弦枕。

啻翅翎，瞥然间不知所在。客方饮，住抱琵琶飞落筵前，门扃如故，鸡犬无声。

公孙九娘

于七[①]一案，连坐被诛者，栖霞、莱阳两县最多。一日，俘数百人，尽戮于演武场中。碧血满地，白骨撑天。上官慈悲，捐给棺木，济城工肆，材木一空。以故伏刑东鬼[②]，多葬南郊。甲寅[③]间，有莱阳生至稷下[④]，有亲友二三人亦在诛数，因市楮帛[⑤]，酹奠榛墟[⑥]。就税舍于下院之僧。明日，入城营干，日暮未归。忽一少年，造室来访。见生不在，脱帽登床，着履仰卧。仆人问其谁何，合眸不对。既而生归，则暮色朦胧，不甚可辨。自诣床下问之。瞠目曰："我候汝主人，絮絮逼问，我岂暴客耶！"生笑曰："主人在此。"少年即起着冠，揖而坐，极道寒暄。听其音，似曾相识。急呼灯至，则同邑朱生，亦死于七之难者。大骇却走。朱曳之云："仆与君文字交，何寡于情？我虽鬼，故人之念，耿耿不去心。今有所渎，愿无以异物遂猜薄之[⑦]。"生乃坐，请所命。曰："令女甥寡居无偶，仆欲得主中馈。屡通媒妁，辄以无尊长之命为辞。幸无惜齿牙余惠[⑧]。"先是，生有女甥，早失恃，遗生鞠养，十五始归其家。俘至济南，闻父被刑，惊恸而绝。生曰："渠自有父，何我之求？"朱曰："其父为犹子启榇[⑨]去，今不在此。"问："女甥向依阿谁？"曰："与邻媪同居。"生虑生人不能作鬼媒。朱曰："如蒙金诺，还屈玉趾。"遂起握生手。生固辞，问："何之？"曰："第行！"勉从与去。北行里许，有大村落，约数十百家。至一第宅，朱叩扉，即有媪出。豁开二扉，问朱："何为？"曰："烦达娘子，阿舅至。"媪旋反，顷复出，邀生入。顾朱曰：

---

① 于七——山东人，清初举行反清暴动，后遭镇压，被杀。
② 东鬼——指栖霞、莱阳两地受牵连被杀者。
③ 甲寅——指康熙十三年(1674 年)。
④ 稷下——今山东淄博市临淄区。
⑤ 楮帛——纸钱。
⑥ 酹奠榛墟——在杂草丛生的坟地祭奠亡灵。
⑦ 猜薄之——猜疑、轻视我。
⑧ 齿牙余惠——赞扬人的好话。
⑨ 启榇——迁葬。

"两椽茅舍子大隘，劳公子门外少坐候。"生从之入。见半亩荒庭，列小室二。女甥迎门啜泣，生亦泣。室中灯火荧然。女貌秀洁如生时。凝眸含涕，遍问妗姑。生曰："具各无恙，但荆人物故矣。"女又呜咽曰："儿少受舅妗抚育，尚无寸报，不图先葬沟渎，殊为恨恨。旧年，伯伯家大哥迁父去，置儿不一念；数百里外，伶仃如秋燕。舅不以沉魂可弃，又蒙赐金帛，儿已得之矣。"生乃以朱言告，女俛首无语。媪曰："公子曩托杨姥三五返。老身谓是大好；小娘子不肯自草草，得舅为政，方此意慊得。"言次，一十七八女郎，从一青衣，遽掩入；瞥见生，转身欲遁。女牵其裾曰："勿须尔！是阿舅，非他人。"生揖之。女郎亦敛衽。甥曰："九娘，栖霞公孙氏。阿爹故家子，今亦'穷波斯'[①]，落落不称意。旦晚与儿还往。"生睨之，笑弯秋月，羞晕朝霞，实天人也。曰："可知是大家，蜗庐人那如此娟好。"甥笑曰："且是女学士，诗词俱大高。昨儿稍得指教。"九娘微哂曰："小婢无端败坏人，教阿舅齿冷也。"甥又笑曰："舅断弦未续，若个小娘子，颇能快意否？"九娘笑奔出，曰："婢子颠疯作也！"遂去。言虽近戏，而生殊爱好之。甥似微察，乃曰："九娘才貌无双，舅倘不以粪壤致猜，儿当请诸其母。"生大悦。然虑人鬼难匹。女曰："无伤，彼与舅有夙分。"生乃出。女送之，曰："五日后，月明人静，当遣人往相迓。"生至户外，不见朱。翘首西望，月啣半规，昏黄中犹认旧径。见南面一第，朱坐门石上，起逆曰："相待已久，寒舍即劳垂顾。"遂携手入，殷殷展谢。出金爵一、晋珠百枚，曰："他无长物，聊代禽仪。"既而曰："家有浊醪，但幽室之物，不足款嘉宾，奈何！"生㧑谢而退。朱送至中途，始别。生归，僧仆集问。隐之曰："言鬼者，妄也。适赴友人饮耳。"后五日，果见朱来，整履摇箑[②]，意甚欣适。才至户庭，望尘即拜。少间，笑曰："君嘉礼既成，庆在今夕，便烦枉步。"生曰："以无回音，尚未致聘，何遽成礼？"朱曰："仆已代致之矣。"生深感荷，从与俱去。直达卧所，则女甥华妆迎笑。生问："何时于归？"女曰："三日矣。"生乃出所赠珠，为甥助妆。女三辞乃受，谓生曰："儿以舅意白公孙老夫人，夫人作大欢喜。但言老耄无他骨肉，不欲九娘远嫁，期今夜舅往赘诸其家。伊家无男子，便可同郎往也。"朱乃导去。村将尽，一第门开，二人登其堂。俄白："老夫

① 穷波斯——穷而胡乱奔忙。
② 箑(jié)——扇子。

人至。”有二青衣，扶妪升阶。生欲展拜，夫人云：“老朽龙钟，不能为礼，当即脱边幅[①]。”乃指画青衣，进酒高会。朱乃唤家人，另出肴俎，列置生前；亦别设一壶，为客行觞。筵中进馔，无异人世。然主人自举，殊不劝进。既而席罢，朱归。青衣导生去。入室，则九娘华烛凝待。邂逅含情，极尽欢昵。初，九娘母子，原解赴都。至郡，母不堪困苦死，九娘亦自刭。枕上追述往事，哽咽不成眠。乃口占两绝云：“昔日罗裳化作尘，空将业果恨前身。十年露冷枫林月，此夜初逢画阁春。”“白杨风雨绕孤坟，谁想阳台更作云？忽启镂金箱里看，血腥犹染旧罗裙。”天将明，即促曰：“君宜且去，勿惊厮仆。”自此昼来宵往，嬖惑殊甚。一夕，问九娘：“此村何名？”曰：“莱霞里[②]。里中多两处新鬼[③]，因以为名。”生闻之欷歔。女悲曰：“千里柔魂，蓬游无底；母子零孤，言之怆恻。幸念一夕恩义，收儿骨归葬墓侧，使百年得所依栖，死且不朽。”生诺之。女曰：“人鬼路殊，君不宜久滞。”乃以罗袜赠生，挥泪促别。生凄然出，忉怛不忍归。因过拍朱氏之门。朱白足出逆；甥亦起，云鬓鬅鬆，惊来省问。生惆怅移时，始述九娘语。女曰：“妗氏不言，儿亦夙夜图之。此非人世，久居诚非所宜。”于是相对汍澜[④]，生亦含涕而别。叩寓归寝，展转申旦。欲觅九娘之墓，则忘问志表。及夜复往，则千坟累累，竟迷村路，叹恨而返。展视罗袜，着风寸断，腐如灰烬，遂治装东旋。

半载不能自释，复如稷门，冀有所遇。及抵南郊，日势已晚，息驾庭树，趋诣丛葬所。但见坟兆万接，迷目榛荒；鬼火狐鸣，骇人心目。惊悼归舍。失意遨游，返辔遂东。行里许，遥见女郎独行丘墓间，神情意致，怪似九娘。挥鞭就视，果九娘。下与语，女竟走，若不相识；再逼近之，色作怒，举袖自障。顿呼“九娘”，则烟然灭矣。

异史氏曰：“香草沉罗，血满胸臆；东山佩玦，泪渍泥沙：古有孝子忠臣，至死不谅于君父者。公孙九娘岂以负骸骨之托，而怨怼不释于中耶？脾鬲间物，不能掬以相示，冤乎哉！”

---

① 边幅——指人的一举一动合乎礼仪。
② 莱霞里——借指因于七案受牵连的众人被杀之地。
③ 两处新鬼——指莱阳、栖霞两地新死的人。
④ 汍澜——流泪状。

促 织

宣德[①]间，宫中尚促织[②]之戏，岁征民间。此物故非西产[③]；有华阴[④]令欲媚上官，以一头进，试使斗而才，因责常供。令以责之里正[⑤]。市中游侠儿，得佳者笼养之，昂其直，居为奇货。里胥猾黠，假此科敛丁口，每责一头，辄倾数家之产。邑有成名者，操童子业[⑥]，久不售。为人迂讷，遂为猾胥报充里正役，百计营谋不能脱。不终岁，薄产累尽。会征促织，成不敢敛户口，而又无所赔偿，忧闷欲死。妻曰："死何裨益？不如自行搜觅，冀有万一之得。"成然之。早出暮归，提竹筒铜丝笼，于败堵丛草处探石发穴，靡计不施，迄无济；即捕得三两头，又劣弱不中于款。宰严限追比[⑦]；旬余，杖至百，两股间脓血流离，并虫亦不能行捉矣。转侧床头，惟思自尽。

时村中来一驼背巫，能以神卜。成妻具资诣问。见红女白婆，填塞门户。入其舍，则密室垂帘，帘外设香几。问者爇香于鼎，再拜。巫从旁望空代祝，唇吻翕辟，不知何词。各各竦立以听。少间，帘内掷一纸出，即道人意中事，无毫发爽[⑧]。成妻纳钱案上，焚拜如前人。食顷，帘动，片纸抛落。拾视之，非字而画：中绘殿阁，类兰若；后小山下，怪石乱卧，针针丛棘，青麻头[⑨]伏焉；旁一蟆[⑩]，若将跳舞。展玩不可晓。然睹促织，隐中胸怀。摺藏之，归以示成。成反复自念，得无教我猎虫所耶？细瞻景状，与村东大佛阁真逼似。乃强起扶杖，执图诣寺后。有古陵蔚起；循陵而走，见蹲石鳞鳞，俨然类画。遂于蒿莱中，侧听徐行，似寻针芥；而心目耳力俱

---

① 宣德——明宣宗朱瞻基年号（1426—1435）。
② 促织——蟋蟀。
③ 西产——指陕西出产。
④ 华阴——今陕西华阴县。
⑤ 里正——最基层的地方官。
⑥ 童子业——读书欲考秀才。
⑦ 追比——按期检查催逼。
⑧ 爽——差错。
⑨ 青麻头——蟋蟀上品的一种。
⑩ 蟆——虾蟆。

穷，绝无踪响。冥搜未已，一癞头蟆[①]猝然跃去。成益愕，急逐趁之。蟆入草间。蹑迹披求，见有虫伏棘根；遽扑之，入石穴中。掭[②]以尖草，不出；以筒水灌之，始出。状极俊健，逐而得之。审视，巨身修尾，青项金翅。大喜笼归，举家庆贺，虽连城拱璧不啻也。土于盆而养之，蟹白栗黄[③]，备极护爱，留待限期，以塞官责。

成有子九岁，窥父不在，窃发盆，虫跃掷径出，迅不可捉，及扑入手，已股落腹裂，斯须就毙。儿惧，啼告母。母闻之，面色灰死，大骂曰："业根[④]！死期至矣！而翁归，自与汝复算耳！"儿涕而出。未几成归，闻妻言，如被冰雪。怒索儿，儿渺然不知所往。既得其尸于井，因而化怒为悲，抢呼欲绝。夫妻向隅，茅舍无烟，相对默然，不复聊赖。日将暮，取儿藁葬。近抚之，气息惙然[⑤]。喜置榻上，半夜复苏。夫妻心稍慰。但蟋蟀笼虚，顾之则气断声吞，亦不敢复究儿。自昏达曙，目不交睫。

东曦既驾，僵卧长愁。忽闻门外虫鸣，惊起觇视，虫宛然尚在。喜而捕之。一鸣辄跃去，行且速。覆之以掌，虚若无物；手才举，则又超忽而跃。急趁之。折过墙隅，迷其所往。徘徊四顾，见虫伏壁上。审谛之，短小，黑赤色，顿非前物。成以其小，劣之。惟彷徨瞻顾，寻所逐者。壁上小虫，忽跃落衿袖间，视之，形若土狗，梅花翅，方首长胫，意似良。喜而收之。将献公堂，惴惴恐不当意，思试之斗以觇之。村中少年好事者，驯养一虫，自名"蟹壳青"，日与子弟角，无不胜。欲居之以为利，而高其直，亦无售者。径造庐访成。视成所蓄，掩口胡卢而笑。因出己虫，纳比笼中。成视之，庞然修伟，自增惭怍，不敢与较。少年固强之。顾念蓄劣物终无所用，不如拚博一笑。因合纳斗盆。小虫伏不动，蠢若木鸡。少年又大笑。试以猪鬣毛，撩拨虫须，仍不动。少年又笑。屡撩之，虫暴怒，直奔，遂相腾击，振奋作声。俄见小虫跃起，张尾伸须，直龁敌领。少年大骇，解令休止。虫翘然矜鸣，似报主知。成大喜。方共瞻玩，一鸡瞥来，径进以啄。成骇立愕呼。幸啄不中，虫跃去尺有咫；鸡健进，逐逼之，虫已在爪下矣。成仓猝莫知所救，顿足失色。旋见鸡伸颈摆扑；临视，则虫集冠上，力

---

① 癞头蟆——癞虾蟆。
② 掭(tiàn)——轻微拨动。
③ 蟹白栗黄——蟹肉、栗子仁。
④ 业根——佛教用语，此借指祸根。
⑤ 惙(chuò)然——呼吸微弱状。

叮不释。成益惊喜,掇置笼中。

翼日进宰。宰见其小,怒诃成。成述其异,宰不信。试与他虫斗,虫尽靡;又试之鸡,果如成言。乃赏成。献诸抚军[①]。抚军大悦,以金笼进上,细疏其能。既入宫中,举天下所贡蝴蝶、螳螂、油利挞、青丝额[②]……一切异状,遍试之,无出其右者。每闻琴瑟之声,则应节而舞。益奇之。上大嘉悦,诏赐抚臣名马衣缎。抚军不忘所自;无何,宰以"卓异"[③]闻。宰悦,免成役。又嘱学使,俾入邑痒。由此以善养虫名,屡得抚军殊宠。不数岁,田百顷,楼阁万椽,牛羊蹄躈各千计。一出门,裘马过世家焉。

异史氏曰:"天子偶用一物,未必不过此已忘;而奉行者即为定例。加之官贪吏虐,民日贴妇卖儿,更无休止。故天子一跬步[④],皆关民命,不可忽也。独是成氏子以蠹贫,以促织富,裘马扬扬。当其为里正、受扑责时,岂意其至此哉!天将以酬长厚者,遂使抚臣、令尹,并受促织恩荫。闻之:一人飞升,仙及鸡犬。信夫!"

柳 秀 才

明季,蝗生青兖间[⑤],渐集于沂。沂令忧之。退卧署幕,梦一秀才来谒,峨冠绿衣,状貌修伟。自言御蝗有策。询之,答云:"明日西南道上,有妇跨硕腹牝驴子[⑥],蝗神也。哀之,可免。"令异之,治具出邑南。伺良久,果有妇高髻褐帔,独控老苍卫,缓蹇北度[⑦]。即爇香,捧卮酒,迎拜道左,捉驴不令去。妇问:"大夫将何为?"令便哀恳:"区区小治,幸悯脱蝗口。"妇曰:"可恨柳秀才饶舌,泄我密机!当即以其身受,不损禾稼可耳。"乃尽三卮,瞥不复见。后蝗来,飞蔽天日,然不落禾田,但集杨柳,过处柳叶都尽。方悟秀才柳神也。或云:"是宰官忧民所感。"诚然哉!

---

① 抚军——明清时巡抚的别称。
② 蝴蝶、螳螂、油利挞、青丝额——均为蟋蟀上品。
③ 卓异——突出贡献。
④ 跬(kuǐ)步——指一举一动。
⑤ 青兖间——青州、兖州府一带。
⑥ 牝(pìn)驴子——母驴。
⑦ 缓骞北度——艰难迟缓向北走。

水 灾

康熙二十一年，苦旱，自春徂夏，赤地无青草。六月十三日小雨，如有种粟者。十八日大雨沾足①，乃种豆。一日，石门庄有老叟，暮见二牛斗山上，谓村人曰："大水将至矣！"遂携家播迁。村人共笑之。无何，雨暴注，彻夜不止，平地水深数尺，居庐尽没。一农人弃其两儿，与妻扶老母奔避高阜②。下视村中，已为泽国，并不复念及儿矣。水落归家，见一村尽成墟墓。入门视之，则一屋仅存，两儿并坐床头，嬉笑无恙。咸谓夫妻之孝报云。此六月二十二日事。

康熙三十四年，平阳③地震，人民死者十之七八。城郭尽墟；仅存一屋，则孝子某家也。茫茫大劫中，惟孝嗣无恙，谁谓天公无皂白耶？

诸城某甲

学师孙景夏④先生言：其邑中某甲者，值流寇乱，被杀，首坠胸前。寇退，家人得尸，将舁瘗之。闻其气缕缕然；审视之，咽不断者盈指。遂扶其头，荷之以归。经一昼夜始呻，以匕箸稍稍哺饮食，半年竟愈。又十余年，与二三人聚谈，或作一解颐语，众为閧堂。甲亦鼓掌。一俯仰间，刀痕暴裂，头堕血流。共视之，气已绝矣。父讼笑者。众敛金赂之，又葬甲，乃解。

异史氏曰："一笑头落，此千古第一大笑也。颈连一线而不死，直待十年后成一笑狱，岂非二三邻人负债前生者耶！"

---

① 沾足——沾润、充足。
② 阜——土丘。
③ 平阳——府名，今山西临汾市。
④ 孙景夏——即孙瑚，字景夏，山东诸城人，曾任淄川县儒学教谕。

库 官

邹平张华东公①,奉旨祭南岳。道出江淮间,将宿驿亭。前驱白:"驿中有怪异,宿之必致纷纭。"张弗听。宵分,冠剑而坐。俄闻靴声入,则一颁白叟,皂纱黑带。怪而问之。叟稽首曰:"我库官也。为大人典藏有日矣。幸节钺遥临,下官释此重负。"问:"库存几何?"答言:"二万三千五百金。"公虑多金累缀,约归时盘验。叟唯唯而退。

张至南中②,馈遗颇丰。及还,宿驿亭,叟乖复出谒。及问库物,曰:"已拨辽东兵饷矣。"深讶其前后之乖。叟曰:"人世禄命,皆有额数,锱铢不能增损。大人此行,应得之数已得矣,又何求?"言已,竟去。张乃计其所获,与所言库数适相吻合。方叹饮啄有定,不可以妄求也。

酆都御史

酆都县③外有洞,深不可测,相传阎罗天子署。其中一切狱具,皆借人工。桎梏朽败,辄掷洞口,邑宰即以新者易之,经宿失所在。供应度支,载之经制④。

明有御史行台⑤华公,按及酆都,闻其说,不以为信,欲入洞以决其惑。人辄言不可。公弗听,秉烛而入,以二役从。深抵里许,烛暴灭。视之,阶道阔朗,有广殿十余间,列坐尊官,袍笏俨然;惟东首虚一坐。尊官见公至,降阶而迎,笑问曰:"至矣乎!别来无恙否?"公问:"此何处所?"尊官曰:"此冥府也。"公愕然告退。尊官指虚坐曰:"此为君坐,那可复还。"公益惧,固请宽宥。尊官曰:"定数何可逃也!"遂检一卷示公,上注云:"某月日,某以肉身归阴。"公览之,战栗如濯冰水。念母老子幼,泫然涕流。

---

① 张华东公——即张延登,号华东,山东邹平人。
② 南中——南方一带。
③ 酆都县——今四川丰都县。
④ 经制——巧立名目以收取附加税。
⑤ 御史行台——又称行台御史,元以后代表御史台巡察地方。

俄有金甲神人，捧黄帛书至。群拜舞启读已，乃贺公曰："君有回阳之机矣。"公喜致问。曰："适接帝诏，大赦幽冥，可为君委折，原例[①]耳。"乃示公途而出。

数武之外，冥黑如漆，不辨行路。公甚窘苦。忽一神将，轩然而入，赤面长髯，光射数尺。公迎拜而哀之。神人曰："诵佛经可出。"言已而去。公自计经咒多不记忆，惟《金刚经》颇曾习之，遂乃合掌而诵，顿觉一线光明，映照前路。忽有遗忘之句，则目前顿黑；定想移时，复诵复明。乃始得出。其二从人，则不可问矣。

龙　无　目

沂水大雨，忽堕一龙，双睛俱无，奄有余息。邑令公[②]以八十席覆之，未能周身。又为设野祭。犹反复以尾击地，其声堛然[③]。

狐　谐

万福，字子祥，博兴[④]人也。幼业儒。家少有而运殊蹇，行年二十有奇，尚不能掇一芹[⑤]。乡中浇俗，多报富户役，长厚者至碎破其家。万适报充役，惧而逃，如[⑥]济南，税居逆旅。夜有奔女，颜色颇丽。万悦而私之，请其姓氏。女自言："实狐，但不为君祟耳。"万喜而不疑。女嘱勿与客共，遂日至，与共卧处。凡日用所需，无不仰给于狐。

居无何，二三相识，辄来造访，恒信宿不去。万厌之，而不忍拒；不得已，以实告客。客愿一睹仙容。万白于狐。狐谓客曰："见我何为哉？我亦犹人耳。"闻其声，呖呖在目前，四顾即又不见。客有孙得言者，善俳谑，

---

① 委折，原例——援引旧例，委曲折免华御史之罪。
② 邑令公——沂水知县。
③ 堛(bì)然——土块坠地声。
④ 博兴——县名。
⑤ 掇一芹——取得秀才资格。
⑥ 如——往。

固请见，且谓："得听娇音，魂魄飞越；何吝容华，徒使人闻声相思？"狐笑曰："贤哉孙子！欲为高曾母作行乐图[①]耶？"诸客俱笑。狐曰："我为狐，请与客言狐典，颇愿闻之否？"众唯唯。狐曰："昔某村旅舍，故多狐，辄出祟行客。客知之，相戒不宿其舍，半年，门户萧索。主人大忧，甚讳言狐。忽有一远方客，自言异国人，望门休止。主人大悦。甫邀入门，即有途人阴告曰：'是家有狐。'客惧，白主人，欲他徙。主人力白其妄，客乃止。入室方卧，见群鼠出于床下。客大骇，骤奔，急呼：'有狐！'主人惊问。客怨曰：'狐巢于此，何诳我言无？'主人又问：'所见何状？'客曰：'我今所见，细细幺幺，不是狐儿，必当是狐孙子！'"言罢，座客为之粲然。孙曰："既不赐见，我辈留宿，宜勿去，阻其阳台。"狐笑曰："寄宿无妨；倘小有迕犯，幸勿滞怀。"客恐其恶作剧，乃共散去。然数日必一来，索狐笑骂。狐谐甚，每一语，即颠倒宾客，滑稽者不能屈也。群戏呼为"狐娘子"。

一日，置酒高会，万居主人位，孙与二客分左右座，上设一榻屈狐。狐辞不善酒。咸请坐谈，许之。酒数行，众掷骰为瓜蔓之令[②]。客值瓜色，会当饮，戏以觥移上座曰："狐娘子大清醒，暂借一觞[③]。"狐笑曰："我故不饮。愿陈一典，以佐诸公饮。"孙掩耳不乐闻。客皆言曰："骂人者当罚。"狐笑曰："我骂狐何如？"众曰："可。"于是倾耳共听。狐曰："昔一大臣，出使红毛国[④]，着狐腋冠[⑤]，见国王。王见而异之，问：'何皮毛，温厚乃尔？'大臣以狐对。王言：'此物生平未曾得闻。狐字字画[⑥]何等？'使臣书空而奏曰：'右边是一大瓜[⑦]，左边是一小犬。'"主客又复哄堂。二客，陈氏兄弟，一名所见，一名所闻。见孙大窘，乃曰："雄狐何在，而纵雌流毒若此？"狐曰："适一典，谈犹未终，遂为群吠所乱，请终之。国王见使臣乘一骡，甚异之。使臣告曰：'此马之所生。'又大异之。使臣曰：'中国马生骡，骡生驹驹[⑧]。'王细问其状。使臣曰：''马生骡，乃臣所见；骡生驹驹，是臣所闻。''"举坐又大笑。众知不敌，乃相约：后有开谑端者，罚作东道主。顷

---

① 行乐图——指个人画像。
② 瓜蔓之令——一种酒令。
③ 觞——杯。
④ 红毛国——明清人称荷兰为红毛国。
⑤ 狐腋冠——以狐腋下的皮毛缝制的名贵帽子。
⑥ 字画——笔画。
⑦ 大瓜——山东方言，妓女。
⑧ 驹驹——狐女编造的一种畜牲名。

之，酒酣，孙戏谓万曰："一联请君属之。"万曰："何如？"孙曰："妓者出门访情人，来时'万福'，去时'万福'[①]。"合座属思不能对。狐笑曰："我有之矣。"众共听之。曰："龙王下诏求直谏，鳖也'得言'，龟也'得言[②]'。"四座无不绝倒。孙大恚曰："适与尔盟，何复犯戒？"狐笑曰："罪诚在我；但非此，不成确对耳。明旦设席，以赎吾过。"相笑而罢。狐之诙谐，不可殚述。

居数月，与万偕归。及博兴界，告万曰："我此处有葭莩亲[③]，往来久梗，不可不一讯。日且暮，与君同寄宿，待旦而行可也。"万询其处，指言："不远。"万疑前此故无村落，姑从之。二里许，果见一庄，生平所未历。狐往叩关，一苍头出应门。入则重门叠阁，宛然世家。俄见主人，有翁与媪，揖万而坐。列筵丰盛，待万以姻娅，遂宿焉。狐早谓曰："我遽偕君归，恐骇闻听。君宜先往，我将继至。"万从其言，先至，预白于家人。未几，狐至，与万言笑，人尽闻之，而不见其人。逾年，万复事于济，狐又与俱。忽有数人来，狐从与语，备极寒暄，乃语万曰："我本陕中人，与君有夙因，遂从尔许时。今我兄弟至矣，将从以归，不能周事。"留之不可，竟去。

雨　钱

滨州一秀才，读书斋中。有款门者，启视，则皤然[④]一翁，形貌甚古。延之入，请问姓氏。翁自言："养真，姓胡，实乃狐仙。慕君高雅，愿共晨夕。"秀才故旷达，亦不为怪。遂与评驳今古。翁殊博洽，镂花雕缋[⑤]，粲于牙齿[⑥]；时抽经义[⑦]，则名理湛深，尤觉非意所及。秀才惊服，留之甚久。一日，密祈翁曰："君爱我良厚。顾我贫若此，君但一举手，金钱宜可立致。何不小周给？"翁默然，似不以为可。少间，笑曰："此大易事。但须得十数

① 万福——旧时女子向客人行礼时的祝福语。
② 得言——可以讲话。
③ 葭莩亲——远亲。
④ 皤(pó)然——须发皆白状。
⑤ 雕缋(huì)——彩饰锦绣。
⑥ 粲于牙齿——谈吐优雅。
⑦ 抽经义——阐发儒学经书的义理。

钱作母①。”生如其请。翁乃与共入密室中，禹步②作咒。俄顷，钱有数十百万，从梁间锵锵而下，势如骤雨，转瞬没膝；拔足而立，又没踝。广丈之舍，约深三四尺已来。乃顾语秀才：“颇厌③君意否？”曰：“足矣。”翁一挥，钱即画然而止。乃相与扃户出。秀才窃喜，自谓暴富。顷之，入室取用，则满室阿堵物皆为乌有，惟母钱十余枚寥寥尚在。秀才失望，盛气向翁，颇怼其诳。翁怒曰：“我本与君文字交，不谋与君作贼！便如秀才意，只合寻梁上君④交好得，老夫不能承命！”遂拂衣去。

妾击贼

益都⑤西鄙之贵家某者，富有巨金，蓄一妾，颇婉丽。而冢室⑥凌折之，鞭挞横施。妾奉事之惟谨。某怜之，往往私语慰抚。妾殊未尝有怨言。一夜，数十人逾垣入，撞其屋扉几坏。某与妻惶遽丧魄，摇战不知所为。妾起，默无声息，暗摸屋中，得挑水木杖⑦一，拔关遽出。群贼乱如蓬麻。妾舞杖动，风鸣钩响，击四五人仆地；贼尽靡，骇愕乱奔墙，急不得上，倾跌咿哑，亡魂失命。妾拄杖于地，顾笑曰：“此等物事，不直下手插打⑧得，亦学作贼！我不汝杀，杀嫌辱我。”悉纵之逸去。某大惊，问：“何自能尔？”则妾父故枪棒师⑨，妾得尽传其术，殆不啻百人敌也。妻尤骇甚，悔向之迷于物色。由是善颜视妾，妾终无纤毫无礼。邻妇或谓妾：“嫂击贼若豚犬，顾奈何俯首受挞楚？”妾曰：“是吾分耳，他何敢言。”闻者益贤之。

异史氏曰：“身怀绝技，居数年而人莫之知，而卒之捍患御灾，化鹰为

---

① 母——本钱。

② 禹步——行巫术时的一种步态。

③ 厌——满足。

④ 梁上君——即梁上君子，指陈寔，东汉人，夜间发现藏于屋顶的小偷，以此教育子女应做好人，否则和小偷一样；小偷闻言后，自己下来请罪。

⑤ 益都——县名。

⑥ 冢室——正妻。

⑦ 挑水木杖——扁担。

⑧ 插打——亲与厮打。

⑨ 枪棒师——武师。

鸠[①]。呜呼！射雉既获，内人展笑[②]；握槊方胜，贵主同车[③]。技之不可以已也如是夫！”

驱　怪

长山徐远公，故明诸生也。鼎革[④]后，弃儒访道，稍稍学敕勒之术[⑤]，远近多耳其名。某邑一巨公，具币，致诚款书，招之以骑。徐问：“召某何意？”仆辞以不知，“但嘱小人务屈临降耳”。徐乃行。

至则中庭宴馔，礼遇甚恭；然终不道其所以致迎之旨。徐不耐，因问曰：“实欲可为？幸祛疑抱。”主人辄言：“无何也。”但劝杯酒。言辞闪烁，殊所不解。言话之间，不觉向暮。邀徐饮园中。园构造颇佳胜，而竹树蒙翳[⑥]，景物阴森，杂花丛丛，半没草莱中。抵一阁，覆板[⑦]上悬蛛错缀，大小上下，不可以数。酒数行，天色曛暗，命烛复饮。徐辞不胜酒，主人即罢酒呼茶。诸仆仓皇撤肴器，尽纳阁之左室几上。茶啜未半，主人托故竟去。仆人便持烛引宿左室。烛置案上，遽返身去，颇甚草草。徐疑或携襆被来伴，久之，人声殊杳。即自起扃户寝。窗外皎月，入室侵床；夜鸟秋虫，一时啾唧。心中怛然，不成梦寝。

顷之，板上橐橐，似踏蹴声，甚厉。俄下护梯[⑧]，俄近寝门。徐骇，毛发蝟立，急引被覆首，而门已豁然顿开。徐展被角微伺之，则一物，兽首人身；毛周其体，长如马鬐[⑨]，深黑色；牙粲群峰，目炯双炬。及几，伏饫器中剩肴；舌一过，连数器辄净如扫。已而趋近榻，嗅徐被。徐骤起，翻被幂[⑩]怪头，按之狂喊。怪出不意，惊脱，启外户窜去。徐披衣起遁，则园门外

① 化鹰为鸠——使正妻由悍恶而变温柔。
② 展笑——露出笑容。
③ 贵主同车——指妻子自豪。
④ 鼎革——清取代明。
⑤ 敕勒之术——道术之一。
⑥ 蒙翳——遮蔽。
⑦ 覆板——顶阁盖板。
⑧ 护梯——有扶手的楼梯。
⑨ 马鬐——马颈鬃毛。
⑩ 幂——覆盖。

扃，不可得出。缘墙而走，择短垣逾，则主人马厩也。厩人惊；徐告以故，即就乞宿。

将旦，主人使伺徐，失所在，大骇。已而得之厩中。徐出，大恨，怒曰：“我不惯作驱怪术；君遣我，又秘不一言；我橐中蓄如意钩[①]一，又不送达寝所：是死我也！”主人谢曰：“拟即相告，虑君难之。初亦不知橐有藏钩。幸宥十死！”徐终怏怏，索骑归。自是而怪遂绝。主人宴集园中，辄笑向客曰：“我不忘徐生功也。”

异史氏曰：“‘黄狸黑狸，得鼠者雄[②]。’此非空言也。假令翻被狂喊之后，隐其所骇惧，而公然以怪之遁为己能，天下必将谓徐生真神人不可及。”

姊妹易嫁

掖县相国毛公[③]，家素微。其父常为人牧牛。时邑世族张姓者，有新阡[④]在东山之阳。或经其侧，闻墓中叱咤声曰：“若等速避去，勿久溷贵人宅！”张闻，亦未深信。既又频得梦，警曰：“汝家墓地，本是毛公佳城[⑤]，何得久假[⑥]此？”由是家数不利。客劝徙葬吉，张听之，徙焉。一日，相国父牧，出张家故墓，猝遇雨，匿身废圹中。已而雨益倾盆，潦水奔穴，崩渹[⑦]灌注，遂溺以死。相国时尚孩童。母自诣张，愿丐咫尺地，掩儿父。张徵知其姓氏，大异之。行视溺死所，俨当置棺处，又益骇。乃使就故圹窆[⑧]焉。且令携若儿来。葬已，母偕儿诣张谢。张一见，辄喜，即留其家，教之读，以齿子弟行。又请以长女妻儿。母不敢应。张妻云：“既已有言，奈何中改！”卒许之。

然此女甚薄毛家，怨惭之意，形于言色。有人或道及，辄掩其耳；每向

① 如意钩——如船锚状的可攀墙登高用的工具。
② 黄狸黑狸，得鼠者雄——黄狸黑狸，捉住老鼠才是好狸。
③ 毛公——即毛纪，山东掖县人，明代官至大学士。
④ 新阡——新墓。
⑤ 佳城——指墓地。
⑥ 假——通“借”，此指占有。
⑦ 崩渹(hōng)——浪涛冲击声。
⑧ 窆(biǎn)——下葬。

人曰:“我死不从牧牛儿!”及亲迎,新郎入宴,彩舆在门,而女掩袂向隅而哭。催之妆,不妆;劝亦不解。俄而新郎告行[①],鼓乐大作,女犹眼零雨而首飞蓬也。父止婿自入劝女,女涕若罔闻。怒而逼之,益哭失声。父无奈之。又有家人传白:新郎欲行。父急出,言:“衣妆未竟,乞郎少停待。”即又奔入视女。往来者,无停履。迁延少时,事愈急,女终无回意。父无计,周张欲自死。其次女在侧,颇非其姊,苦逼劝之。姊怒曰:“小妮子,亦学人喋聒!尔何不从他去?”妹曰:“阿爷原不曾以妹子属毛郎;若以妹子属毛郎,何烦姊姊劝驾也?”父以其言慷爽,因与伊母窃议,以次易长。母即向女曰:“忤逆婢不遵父母命,今欲以儿代若姊,儿肯之否?”女慨然曰:“父母教儿往,即乞丐不敢辞;且何以见毛家郎便终身饿莩[②]死乎?”父母闻其言,大喜,即以姊妆妆女,仓猝登车而去。入门,夫妇雅敦逑好。然女素病赤鬝[③],稍稍介公意。久之浸知易嫁之说,益以知己德女。居无何,公补博士弟子[④],应秋闱试。道经王舍人店[⑤],店主人先一夕梦神曰:“旦夕当有毛解元[⑥]来,后且脱汝于厄。”以故晨起,耑[⑦]伺察东来客。及得公,甚喜。供具殊丰善,不索直。特以梦兆厚自托。公亦颇自负;私以细君发鬑鬑[⑧],虑为显者笑,富贵后念当易之。已而晓榜既揭,竟落孙山,咨嗟蹇步,懊惋丧志。心赧[⑨]旧主人,不敢复由王舍,以他道归。后三年,再赴试,店主人延候如初。公曰:“尔言初不验,殊惭祗奉。”主人曰:“秀才以阴欲易妻,故被冥司黜落,岂妖梦[⑩]不足以践?”公愕而问故。盖别后复梦而云。公闻之,惕然悔惧,木立若偶。主人谓:“秀才宜自爱,终当作解首[⑪]。”未几,果举贤书第一人[⑫]。夫人发亦寻长,云鬟委绿,转更增媚。

姊适里中富室儿,意气颇自高。夫荡惰,家渐陵夷,空舍无烟火。闻

① 告行——请行。
② 饿莩(piǎo)——饿死。
③ 赤鬝(qiān)——头发稀秃。
④ 博士弟子——指秀才。
⑤ 王舍人店——今济南市东郊。
⑥ 解元——乡试第一名。
⑦ 耑——通“专”。
⑧ 鬑鬑(lián lián)——头发稀秃。
⑨ 赧(nǎn)——羞愧。
⑩ 妖梦——指前店主人所梦。
⑪ 解首——同“解元”。
⑫ 贤书第一人——乡试第一名,即举人。

妹为孝廉妇，弥增惭怍。姊妹辄避路而行。又无何，良人卒，家落。顷之，公又擢进士。女闻，刻骨自恨，遂忿然废身为尼。及公以宰相归，强遣女行者[①]诣府谒问，冀有所贻。比至，夫人馈以绮縠罗绢若干疋，以金纳其中，而行者不知也。携归见师。师失所望，恚曰："与我金钱，尚可作薪米费；此等仪物我何须尔！"遂令将回。公及夫人疑之。启视而金具在，方悟见却之意。发金笑曰："汝师百余金尚不能任，焉有福泽从我老尚书也。"遂以五十金付尼去，曰："将去作尔师用度。多恐福薄人难承荷耳。"行者归，具以告。师嘿然自叹，念平生所为，辄自颠倒，美恶避就[②]，繄[③]岂由人耶？后店主人以人命逮系囹圄，公为力解释罪。

异史氏曰："张家故墓，毛氏佳城，斯已奇矣。余闻时人有'大姨夫作小姨夫[④]，前解元为后解元[⑤]'之戏，此岂慧黠者所能较计耶？呜呼！彼苍者天，久不可问，何至毛公，其应如响？"

续 黄 粱

福建曾孝廉，高捷南宫[⑥]时，与二三新贵，遨游郊郭。偶闻毗卢禅院[⑦]，寓一星者[⑧]，因并骑往诣问卜。入揖而坐。星者见其意气，稍佞谀[⑨]之。曾摇箑[⑩]微笑，便问："有蟒玉分[⑪]否？"星者正容，许二十年太平宰相。曾大悦，气益高。值小雨，乃与游侣避雨僧舍。舍中一老僧，深目高鼻，坐蒲团上，淹蹇不为礼。众一举手，登榻自话，群以宰相相贺。曾心气殊高，

① 女行者——女尼姑。
② 美恶避就——避美就恶。
③ 繄（yì）——语气助词。
④ 大姨夫作小姨夫——指毛纪娶张家小女儿为妻。
⑤ 前解元为后解元——指毛纪考中后届解元。
⑥ 南宫——古称尚书省为南宫，此指礼部主会试。
⑦ 毗卢禅院——佛寺。
⑧ 星者——算命人。
⑨ 佞谀——巧言奉承、恭维。
⑩ 箑——扇子。
⑪ 分——缘分。

指同游曰:“某为宰相时,推张年丈[①]作南抚,家中表为参、游[②],我家老苍头亦得小千把[③],于愿足矣。”一坐大笑。

俄闻门外雨益倾注,曾倦伏榻间。忽见有二中使[④],赍[⑤]天子手诏,召曾太师决国计。曾得意,疾趋入朝。天子前席,温语良久。命三品以下,听其黜陟。赐蟒玉名马。曾被服稽拜以出。入家,则非旧所居第,绘栋雕榱,穷极壮丽。自亦不解,何以遽至于此。然拈须微呼,则应诺雷动。俄而公卿赠海物[⑥],伛偻足恭[⑦]者,叠出其门。六卿[⑧]来,倒屣而迎[⑨];侍郎辈,揖与语;下此者,颔之而已。晋抚[⑩]馈女乐十人,皆是好女子。其尤者[⑪]为袅袅,为仙仙,二人尤蒙宠顾。科头休沐[⑫],日事声歌。一日,念微时尝得邑绅王子良周济,我今置身青云,渠尚蹉跎仕路,何不一引手?早旦一疏,荐为谏议[⑬],即奉俞旨,立行擢用。又念郭太仆曾睚眦[⑭]我,即传吕给谏[⑮]及侍御[⑯]陈昌等,授以意旨;越日,弹章[⑰]交至,奉旨削职以去。恩怨了了,颇快心意。偶出郊衢,醉人适触卤簿,即遣人缚付京尹[⑱],立毙杖下。接第连阡者,皆畏势献沃产。自此,富可埒国。无何而袅袅、仙仙,以次殂谢,朝夕遐想。忽忆曩年见东家女绝美,每思购充媵御,辄以绵薄违宿愿,今日幸可适志。乃使干仆数辈,强纳资于其家。俄顷,藤舆舁至,则较昔之望见时,尤艳绝也。自顾生平,于愿斯足。

---

① 年丈——同科考中的同学的父辈或父辈的同学。
② 参、游——参将、游击,中级武官。
③ 小千把——低级武官。
④ 中使——太监。
⑤ 赍——持奉。
⑥ 海物——海外珍宝。
⑦ 伛偻足(jù)恭——巴结奉承。
⑧ 六卿——中央六部的尚书。
⑨ 倒屣而迎——急起迎接尊贵之客。
⑩ 晋抚——山西巡抚。
⑪ 其尤者——其中最美的。
⑫ 科头休沐——家居休假。
⑬ 谏议——官名。
⑭ 睚眦——怒目而视。
⑮ 给谏——官名。
⑯ 侍御——官名。
⑰ 弹章——弹劾的奏章。
⑱ 京尹——京城行政长官。

又逾年，朝士[①]窃窃，似有腹非之者。然各为立仗马[②]；曾亦高情盛气，不以置怀。有龙图学士包[③]上疏，其略曰："窃以曾某，原一饮赌无赖，市井小人。一言之合，荣膺圣眷，父紫儿朱，恩宠为极。不思捐躯摩顶，以报万一；反恣胸臆，擅作威福。可死之罪，擢发难数！朝廷名器，居为奇货，量缺肥瘠，为价重轻。因而公卿将士，尽奔走于门下，估计夤缘，俨如负贩，仰息望尘，不可算数。或有杰士贤臣，不肯阿附，轻则置之闲散[④]，重则褫[⑤]以编氓。甚且一臂不袒，辄迕鹿马之奸；片语方干，远窜豺狼之地。朝士为之寒心，朝廷因而孤立。又且平民膏腴，任肆蚕食；良家女子，强委禽妆。沴气[⑥]冤氛，暗无天日！奴仆一到，则守、令[⑦]承颜；书函一投，则司、院[⑧]枉法。或有厮养之儿，瓜葛之亲，出则乘传[⑨]，风行雷动。地方之供给稍迟，马上之鞭挞立至。荼毒人民，奴隶官府，扈从所临，野无青草。而某方炎炎赫赫，怙宠无悔。召对方承于阙下，萋菲辄进于君前；委蛇才退于自公，声歌已起于后苑。声色狗马，昼夜荒淫；国计民生，罔存念虑。世上宁有此宰相乎！内外骇讹，人情汹汹。若不急加斧锧之诛，势必酿成操、莽之祸[⑩]。臣夙夜祗惧，不敢宁处，冒死列款，仰达宸听[⑪]。伏祈断奸佞之头，籍贪冒之产，上回天怒，下快舆情。如果臣言虚谬，刀锯鼎镬，即加臣身。"云云。疏上，曾闻之，气魄悚骇，如饮冰水。幸而皇上优容，留中不发。又继而科、道、九卿[⑫]，交章劾奏；即昔之拜门墙、称假父者，亦反颜相向。奉旨籍家，充云南军。子任平阳太守，已差员前往提问。曾方闻旨惊怛，旋有武士数十人，带剑操戈，直抵内寝，褫其衣冠，与妻并系。俄见数夫运资于庭，金银钱钞以数百万，珠翠瑙玉数百斛，幄幕帘榻之属，又数千事，以至儿襁女舄，遗坠庭阶。曾一一视之，酸心刺目。又俄

---

① 朝士——朝廷官员。
② 立仗马——喻贪鄙朝臣，如皇帝临朝时立于宫门外的八匹马一样安静。
③ 龙图学士包——即包拯，此指刚直的朝臣。
④ 闲散——闲置不用，挂起来。
⑤ 褫——剥夺。
⑥ 沴(lì)气——灾害恶气。
⑦ 守、令——太守、县令，此指地方官员。
⑧ 司、院——法司、部院，泛指朝廷高级官员。
⑨ 乘传(zhuàn)——乘公家的车马。
⑩ 操、莽之祸——指曹操代汉、王莽篡汉之事。
⑪ 宸听——皇帝所听所闻。
⑫ 科、道、九卿——泛指全体朝臣。

而一人掠美妾出，披发娇啼，玉容无主。悲火烧心，含愤不敢言。俄楼阁仓库，并已封志。立叱曾出。监者牵罗曳而出。夫妻吞声就道，求一下驷劣车，少作代步，亦不得。十里外，妻足弱，欲倾跌，曾时以一手相攀引。又十余里，已亦困惫。欻见高山，直插霄汉，自忧不能登越，时挽妻相对泣。而监者狞目来窥，不容稍停驻。又顾斜日已坠，无可投止，不得已，参差蹩躠[①]而行。比至山腰，妻力已尽，泣坐路隅。曾亦憩止，任监者叱骂。忽闻百声齐噪，有群盗各操利刃，跳梁而前。监者大骇，逸去。曾长跪，言："孤身远谪，橐中无长物。"哀求宥免。群盗裂眦宣言："我辈皆被害冤民，只乞得佞贼头，他无索取。"曾叱怒曰："我虽待罪，乃朝廷命官，贼子何敢尔！"贼亦怒，以巨斧挥曾项。觉头堕地作声，魂方骇疑，即有二鬼来，反接其手，驱之行。

行逾数刻，入一都会。顷之，睹宫殿；殿上一丑形王者，凭几决罪福。曾前，匍匐请命。王者阅卷，才数行，即震怒曰："此欺君误国之罪，宜置油鼎！"万鬼群和，声如雷霆。即有巨鬼捽至墀下。见鼎高七尺已来，四围炽炭，鼎足尽赤。曾觳觫哀啼，窜迹无路。鬼以左手抓发，右手握踝，抛置鼎中。觉块然一身，随油波而上下；皮肉焦灼，痛彻于心；沸油入口，煎烹肺腑。念欲速死，而万计不能得死。约食时，鬼方以巨叉取曾出，复伏堂下。王又检册籍，怒曰："倚势凌人，合受刀山狱！"鬼复捽去。见一山，不甚广阔；而峻峭壁立，利刃纵横，乱如密笋。先有数人刿肠刺腹于其上，呼号之声，惨绝心目。鬼促曾上，曾大哭退缩。鬼以毒锥刺脑，曾负痛乞怜。鬼怒，捉曾起，望空力掷。觉身在云霄之上，晕然一落，刃交于胸，痛苦不可言状。又移时，身躯重赘，刀孔渐阔；忽焉脱落，四支蠖屈。鬼又逐以见王。王命会计生平卖爵鬻名，枉法霸产，所得金钱几何。即有髯须人持筹握算，曰："三百二十一万。"王曰："彼既积来，还令饮去！"少间，取金钱堆阶上，如丘陵。渐入铁釜，熔以烈火。鬼使数辈，更以杓灌其口，流颐则皮肤臭裂，入喉则脏腑腾沸。生时患此物之少，是时患此物之多也。半日方尽。王者令押去甘州[②]为女。

行数步，见架上铁梁，围可数尺，绾一火轮，其大不知几百由旬[③]，焰

① 参差蹩躠(bié xiè)——前后匍匐而行。
② 甘州——府名，今甘肃张掖市。
③ 由旬——古印度计里程单位，言极远。

生五采，光耿云霄。鬼挞使登轮。方合眼跃登，则轮随足转，似觉倾坠，遍体生凉。开目自顾，身已婴儿，而又女也。视其父母，则悬鹑败絮。土室之中，瓢杖犹存。心知为乞人子。日随乞儿托钵，腹辘辘然常不得一饱。着败衣，风常刺骨。十四岁，鬻与顾秀才备媵妾，衣食粗足自给。而冢室悍甚，日以鞭箠从事，辄用赤铁烙胸乳。幸良人颇怜爱，稍自宽慰。东邻恶少年，忽逾墙来逼与私。乃自念前身恶孽，已被鬼责，今那得复尔。于是大声疾呼。良人与嫡妇尽起，恶少年始窜去。居无何，秀才宿诸其室，枕上喋喋，方自诉冤苦。忽震厉一声，室门大辟，有两贼持刀入，竟决秀才首，囊括衣物。团伏被底，不敢复作声。既而贼去，乃喊奔嫡室。嫡大惊，相与泣验。遂疑妾以奸夫杀良人，因以状白刺史。刺史严鞫，竟以酷刑诬服，依律凌迟[①]处死。縶赴刑所，胸中冤气扼塞，距踊声屈，觉九幽十八狱[②]，无此黑黯也。

正悲号间，闻游者呼曰："兄梦魇耶？"豁然而寤，见老僧犹跏趺座上。同侣竞相谓曰："日暮腹枵，何久酣睡？"曾乃惨淡而起。僧微笑曰："宰相之占验否？"曾益惊异，拜而请教。僧曰："修德行仁，火坑中有青莲[③]。山僧何知焉。"曾胜气而来，不觉丧气而返。台阁之想，由此淡焉。入山不知所终。

异史氏曰："福善祸淫，天之常道。闻作宰相而忻然于中者，必非喜其鞠躬尽瘁可知矣。是时方寸中，宫室妻妾，无所不有。然而梦固为妄，想亦非真。彼以虚作，神以幻报。黄粱将熟，此梦在所必有，当以附之邯郸[④]之后。"

---

① 凌迟——古酷刑之一。

② 九幽十八狱——即阴间十八层地狱。

③ 火坑中有青莲——应修仁行德以求佛祐。

④ 邯郸——唐小说《枕中记》中卢生在邯郸旅店梦仙人吕翁，吕翁给他一枕头，在梦中享尽荣华富贵，醒时却子虚乌有，店主人的饭尚未熟。此指应将这篇文章当作黄粱梦的续编。

龙 取 水

俗传，龙取江河之水以为雨，此疑似之说耳。徐东痴[①]南游，泊舟江岸，见一苍龙自云中垂下，以尾搅江水，波浪涌起，随龙身而上。遥望水光睒烱[②]，阔于三疋练[③]。移时，龙尾收去，水亦顿息；俄而大雨倾注，渠道皆平。

小 猎 犬

山右卫中堂[④]为诸生时，厌冗扰，徙斋僧院。苦室中蜚虫[⑤]蚊蚤甚多，竟夜不成寝。

食后，偃息在床。忽一小武士，首插雉尾，身高两寸许；骑马大如蜡[⑥]；臂上青鞲[⑦]，有鹰如蝇；自外而入，盘旋室中，行且驶。公方凝注，忽又一人入，装亦如前，腰束小弓矢，牵猎犬如巨蚁。又俄顷，步者骑者，纷纷来以数百辈，鹰亦数百臂[⑧]，犬亦数百头。有蚊蝇飞起，纵鹰腾击，尽扑杀之。猎犬登床缘壁，搜噬虱蚤，凡罅隙之所伏藏，嗅之无不出者。顷刻之间，决杀殆尽。公伪睡睨之。鹰集犬窜于其身。既而一黄衣人，着平天冠[⑨]，如王者，登别榻，系驷苇篾[⑩]间。从骑皆下，献飞献走[⑪]，纷集盈侧，亦不知作何语。无何，王者登小辇，卫士仓皇，各命鞍马；万蹄攒奔，纷如撒菽，烟飞雾腾，斯须散尽。

---

① 徐东痴——即徐元善，明清之际人，隐士。
② 睒(shǎn)烱——闪烁。
③ 练——白色熟绢。
④ 山右卫中堂——山西太行山右侧的卫周祚，曾官内阁大学士。
⑤ 蜚(fěi)虫——臭虫。
⑥ 蜡(zhà)——蚂蚱。
⑦ 鞲——停猎鹰于胳臂上的皮制臂衣。
⑧ 数百臂——数百只鹰。
⑨ 平天冠——皇帝的冠冕。
⑩ 苇篾(miè)——以苇片、竹篾编成的炕席。
⑪ 献飞献走——献纳飞禽走兽。

公历历在目，骇诧不知所由。蹑履外窥，渺无迹响。反身周视，都无所见；惟壁砖上遗一细犬。公急捉之，且驯。置砚匣中，反覆瞻玩。毛极细茸，项上有小环。饲以饭颗，一嗅辄弃去。跃登床榻，寻衣缝，啮杀虮虱。旋复来伏卧。逾宿，公疑其已往；视之，则盘伏如故。公卧，则登床箦[①]，遇虫辄啖毙，蚊蝇无敢落者。公爱之，甚于拱璧。一日，昼卧，犬潜伏身畔。公醒转侧，压于腰底。公觉有物，固疑是犬，急起视之，已匾[②]而死，如纸剪成者然。然自是壁虫无噍类[③]矣。

棋　　鬼

扬州督同将军[④]梁公，解组[⑤]乡居，日携棋酒，游翔林丘间。会九日[⑥]登高，与客弈。忽有一人来，逡巡局侧，耽玩不去。视之，面目寒俭，悬鹑结焉。然而意态温雅，有文士风。公礼之，乃坐。亦殊㧑谦[⑦]。公指棋谓曰："先生当必善此，何勿与客对垒？"其人逊谢移时，始即局。局终而负，神情懊热[⑧]，若不自已。又着又负，益惭愤。酌之以酒，亦不饮，惟曳客弈。自晨至于日昃[⑨]，不遑溲溺。

方以一子争路，两互喋聒，忽书生离席悚立，神色惨沮。少间，屈公座，败颡[⑩]乞救。公骇疑，起扶之曰："戏耳，何至是？"书生曰："乞付嘱圉人[⑪]，勿缚小生颈。"公又异之，问："圉人谁？"曰："马成。"先是，公圉役马成者，走无常[⑫]，常十数日一入幽冥，摄牒作勾役。公以书生言异，遂使人往视成，则僵卧已二日矣。公乃叱成不得无礼。瞥然间，书生即地而灭。

① 箦——卧席。
② 匾——扁。
③ 噍类——存活者。
④ 督同将军——即都督同知，副总兵。
⑤ 解组——被罢官。
⑥ 九日——即重阳节，农历九月九日。
⑦ 㧑(huī)谦——谦逊。
⑧ 懊热——虽懊丧却不罢手。
⑨ 日昃——太阳偏西。
⑩ 败颡——叩头出血。
⑪ 圉人——马伕。
⑫ 走无常——临时代替阴间鬼使的阳世人。

公叹咤良久，乃悟其鬼。

越日，马成瘖，公召诘之。成曰："书生湖襄[①]人，癖嗜弈，产荡尽。父忧之，闭置斋中。辄逾垣出，窃引空处，与弈者狎。父闻诟詈，终不可制止。父愤悒赍恨而死。阎摩王[②]以书生不德，促其年寿，罚入饿鬼狱[③]，于今七年矣。会东岳凤楼成，下牒诸府，征文人作碑记。王出之狱中，使应召自赎。不意中道迁延，大愆限期。岳帝使直曹问罪于王。王怒，使小人辈罗搜之。前承主人命，故未敢以缧绁系之。"公问："今日作何状？"曰："仍付狱吏，永无生期矣。"公叹曰："癖之误人也，如是夫！"

异史氏曰："见弈遂忘其死；及其死也，见弈又忘其生。非其所欲有甚于生者哉？然癖嗜如此，尚未获一高着[④]，徒令九泉下，有长生不死之弈鬼也。可哀也哉！"

辛十四娘

广平[⑤]冯生，正德[⑥]间人。少轻脱，纵酒。昧爽偶行，遇一少女，着红帔，容色娟好。从小奚奴[⑦]，蹑露奔波，履袜沾濡。心窃好之。薄暮醉归，道侧故有兰若，久芜废，有女子自内出，则向丽人也。忽见生来，即转身入。阴念：丽者何得在禅院中？絷驴于门，往觇其异。入则断垣零落，阶上细草如毯。彷徨间，一斑白叟出，衣帽整洁，问："客何来？"生曰："偶过古刹，欲一瞻仰。翁何至此？"叟曰："老夫流寓无所，暂借此安顿细小。既承宠降，有山茶可以当酒。"乃肃宾入。见殿后一院，石路光明，无复榛莽。入其室，则帘幌床幕，香雾喷人。坐展姓字，云："蒙叟姓辛。"生乘醉遽问曰："闻有女公子，未遭良匹[⑧]。窃不自揣，愿以镜台自献[⑨]。"辛笑曰："容

---

① 湖襄——即洞庭湖、襄江一带。
② 阎摩王——阎王。
③ 饿鬼狱——传说中地狱之一。
④ 高着——高明的弈法。
⑤ 广平——县名，今属河北省。
⑥ 正德——明武宗朱厚照年号(1506—1521 年)。
⑦ 奚奴——指婢女。
⑧ 良匹——佳偶。
⑨ 镜台自献——自媒求婚。

谋之荆人。”生即索笔为诗曰：“千金觅玉杵，殷勤手自将。云英如有意，亲为捣元霜。”主人笑付左右。少间，有婢与辛耳语。辛起慰客耐坐，牵幕入。隐约三数语，即趋出。生意必有佳报；而辛乃坐与嗢噱[①]，不复有他言。生不能忍，问曰：“未审意旨，幸释疑抱。”辛曰：“君卓荦士[②]，倾风已久。但有私衷，所不敢言耳。”生固请之。辛曰：“弱息[③]十九人，嫁者十有二。醮[④]命任之荆人，老夫不与焉。”生曰：“小生只要得今朝领小奚奴带露行者。”辛不应，相对默然。闻房内嘤嘤腻语，生乘醉搴帘曰：“伉俪既不可得，当一见颜色，以消吾憾。”内闻钩动，群立愕顾。果有红衣人，振袖倾鬟，亭亭拈带。望见生入，遍室张皇。辛怒，命数人捽生出。酒愈涌上，倒榛芜中。瓦石乱落如雨，幸不着体。

卧移时，听驴子犹龁草路侧，乃起跨驴，踉跄而行。夜色迷闷，误入涧谷，狼奔鸱[⑤]叫，竖毛寒心。踟蹰四顾，并不知其何所。遥望苍林中，灯火明灭，疑必村落，竟驰投之。仰见高闳，以策[⑥]挝门。内有问者曰：“何处郎君，半夜来此？”生以失路告，问者曰：“待达主人。”生累足鹄俟[⑦]。忽闻振管阏扉，一健仆出，代客捉驴。生入，见室甚华好，堂上张灯火。少坐。有妇人出，问客姓氏。生以告。逾刻，青衣数人，扶一老妪出，曰：“郡君[⑧]至。”生起立，肃身欲拜。妪止之，坐谓生曰：“尔非冯云子之孙耶？”曰：“然。”妪曰：“子当是我弥甥[⑨]。老身钟漏并歇[⑩]，残年向尽，骨肉之间，殊所乖阔。”生曰：“儿少失怙，与我祖父处者，十不识一焉。素未拜省，乞便指示。”妪曰：“子自知之。”生不敢复问，坐对悬想。妪曰：“甥深夜何得来此？”生以胆力自矜诩，遂一一历陈所遇。妪笑曰：“此大好事。况甥名士，殊不玷于姻娅，野狐精何得强自高？甥勿虑，我能为若致之。”生谢唯唯。妪顾左右曰：“我不知辛家女儿，遂如此端好。”青衣人曰：“渠有十九女，都

---

① 嗢噱——谈笑。
② 卓荦士——卓越的士子。
③ 弱息——此称女儿。
④ 醮——许婚。
⑤ 鸱——雀鹰，一种猛禽。
⑥ 策——马鞭。
⑦ 累足鹄俟——驻足等候。
⑧ 郡君——妇人封号。
⑨ 弥甥——外甥的儿子。
⑩ 钟漏并歇——暗喻死亡。

翩翩有风格，不知官人所聘行几？”生曰：“年约十五余矣。”青衣曰：“此是十四娘。三月间，曾从阿母寿郡君，何忘却？”妪笑曰：“是非刻莲瓣为高履①，实以香屑，蒙纱而步者乎？”青衣曰：“是也。”妪曰：“此婢大会作意②，弄媚巧。然果窕窈，阿甥赏鉴不谬。”即请青衣曰：“可遣小狸奴③唤之来。”青衣应诺去。移时，入白：“呼得辛家十四娘至矣。”旋见红衣女子，望妪俯拜。妪曳之曰：“后为我家甥妇，勿得修婢子礼。”女子起，娉娉而立，红袖低垂。妪理其鬓发，捻其耳环，曰：“十四娘近在闺中作么生④？”女低应曰：“闲来只挑绣。”回首见生，羞缩不安。妪曰：“此吾甥也。盛意与儿作姻好，何便教迷途，终夜窜溪谷？”女俛首无语。妪曰：“我唤汝非他，欲为吾甥作伐耳。”女默默而已。妪命扫榻展裀褥，即为合卺。女觍然曰：“还以告之父母。”妪曰：“我为汝作冰⑤，有何舛谬？”女曰：“郡君之命，父母当不敢违。然如此草草，婢子即死，不敢奉命！”妪笑曰：“小女子志不可夺，真吾甥妇也！”乃拔女头上金花一朵，付生收之。命归家检历，以良辰为定。乃使青衣送女去。听远鸡已唱，遣人持驴送生出。数步外，欻一回顾，则村舍已失；但见松楸浓黑，蓬颗蔽冢而已。定想移时，乃悟其处为薛尚书墓。薛故生祖母弟，故相呼以甥。心知遇鬼，然亦不知十四娘何人。咨嗟而归，漫检历以待之，而心恐鬼约难恃。再往兰若，则殿宇荒凉。问之居人，则寺中往往见狐狸云。阴念：若得丽人，狐亦自佳。至日，除舍扫途，更仆眺望，夜半犹寂。生已无望。顷之，门外哗然。蹝屣⑥出窥，则绣幰⑦已驻于庭，双鬟扶女坐青庐⑧中。妆奁亦无长物，惟两长鬣奴⑨扛一扑满⑩，大如瓮，息肩置堂隅。生喜得佳丽偶，并不疑其异类。问女曰：“一死鬼，卿家何帖服之甚？”女曰：“薛尚书，今作五都巡环使，数百里鬼狐皆备扈从，故归墓时常少。”生不忘蹇修⑪，翼日，往祭其墓。归见二青衣，持

---

① 刻莲瓣为高履——将莲瓣花纹刻在鞋的木底上。
② 作意——花样，别出心裁。
③ 小狸奴——即小猫，指精灵演化成的奴婢。
④ 作么生——山东方言，干什么。
⑤ 作冰——做媒人。
⑥ 蹝(xǐ)屣——匆促急迫。
⑦ 绣幰——花轿。
⑧ 青庐——代指新房。
⑨ 长鬣奴——满脸胡须的仆人。
⑩ 扑满——储钱用的器皿。
⑪ 蹇修——代指媒人。

贝锦[1]为贺,竟委几上而去。生以告女,女视之曰:“此郡君物也。”

邑有楚银台[2]之公子,少与生共笔砚,相狎。闻生得狐妇,馈遗为馔[3],即登堂称觞。越数日,又折简来招饮。女闻,谓生曰:“曩公子来,我穴壁窥之,其人猿睛鹰準[4],不可与久居也。宜勿往。”生诺之。翼日,公子造门,问负约之罪,且献新什[5]。生评涉嘲笑,公子大惭,不欢而散。生归,笑述于房。女惨然曰:“公子豺狼,不可狎也!子不听吾言,将及于难!”生笑谢之。后与公子辄相谀噱,前郤渐释。会提学试[6],公子第一,生第二。公子沾沾自喜,走伻[7]来邀生饮。生辞,频招乃往。至则知为公子初度,客从满堂,列筵甚盛。公子出试卷示生。亲友叠肩叹赏。酒数行,乐奏于堂,鼓吹伧伫[8],宾主甚乐。公子忽谓生曰:“谚云:‘场中莫论文[9]。’此言今知其谬。小生所以忝出君上者,以起处[10]数语,略高一筹耳。”公子言已,一座尽赞。生醉不能忍,大笑曰:“君到于今,尚以为文章至是耶!”生言已,一座失色。公子惭忿气结。客渐去,生亦遁。醒而悔之,因以告女。女不乐曰:“君诚乡曲之儇子[11]也!轻薄之态,施之君子,则丧吾德;施之小人,则杀吾身。君祸不远矣!我不忍见君流落,请从此辞。”生惧而涕,且告之悔。女曰:“如欲我留,与君约:从今闭户绝交游,勿浪饮。”生谨受教。十四娘为人勤俭洒脱,日以纴织为事。时自归宁,未尝逾夜。又时出金帛作生计。日有赢余,辄投扑满。日杜门户,有造访者辄嘱苍头谢去。一日,楚公子驰函来,女焚爇不以闻。翼日,出吊于城,遇公子于丧者之家,捉臂苦邀。生辞以故。公子使圉人挽辔,拥之以行。至家,立命洗腆[12]。继辞夙退。公子要遮[13]无已,出家姬弹筝为乐。生素不

---

① 贝锦——一种织有贝形花纹的锦缎。
② 银台——官名,通政使的别称。
③ 馔(nuǎn)——女子出嫁后三日得到母家或亲友送来的食物。
④ 準——鼻梁。
⑤ 新什——新作诗或文。
⑥ 提学试——此指岁试或科试,由提督学政主持。
⑦ 伻(bēng)——使者。
⑧ 伧伫——喻音调嘈杂浑浊。
⑨ 场中莫论文——考场中不靠文章,靠命运。
⑩ 起处——八股文正式议论前的过渡部分。
⑪ 乡曲之儇(xuān)子——识见寡陋的轻薄子弟。
⑫ 腆(tiǎn)——丰盛。
⑬ 要(yāo)遮——阻拦。

羁，向闭置庭中，颇觉闷损；忽逢剧饮，兴顿豪，无复萦念。因而酣醉，颓卧席间。公子妻阮氏，最悍妒，婢妾不敢施脂泽①。日前，婢入斋中，为阮掩执，以杖击首，脑裂立毙。公子以生嘲慢故衔生，日思所报，遂谋醉以酒而诬之。乘生醉寐，扛尸床间，合扉径去。生五更醒解②，始觉身卧几上；起寻枕榻，则有物腻然，绁绊③步履；摸之，人也：意主人遗僮伴睡。又蹴之不动而僵。大骇，出门怪呼。厮役尽起，爇之，见尸，执生怒闹。公子出验之，诬生逼奸杀婢，执送广平。隔日，十四娘始知，潸然曰："早知今日矣！"因按日以金钱遗生。生见府君，无理可伸，朝夕搒掠，皮肉尽脱。女自诣问。生见之，悲气塞心，不能言说。女知陷阱已深，劝令诬服，以免刑宪④。生泣听命。女还往之间，人咫尺不相窥。归家咨惋，遽遣婢子去。独居数日，又托媒媪购良家女，名禄儿，年及笄，容华颇丽；与同寝食，抚爱异于群小⑤。生认误杀拟绞⑥。苍头得信归，恸述不成声。女闻，坦然若不介意。既而秋决⑦有日，女始皇皇躁动，昼去夕来，无停履。每于寂所，于邑悲哀，至损眠食。一日，日晡，狐婢忽来。女顿起，相引屏语。出则笑色满容，料理门户如平时。翼日，苍头至狱，生寄语娘子一往永诀。苍头复命。女漫应之，亦不怆恻，殊落落置之。家人窃议其忍。忽道路沸传：楚银台革爵；平阳观察⑧奉特旨治冯生案。苍头闻之，喜告主母。女亦喜，即遣入府探视，则生已出狱，相见悲喜。俄捕公子至，一鞫，尽得其情。生立释宁家，归见闱中人，泫然流涕，女亦相对怆楚，悲已而喜。然终不知何以得达上听。女笑指婢曰："此君之功臣也。"生愕问故。先是，女遣婢赴燕都，欲达宫闱，为生陈冤。婢至，则宫中有神守护，徘徊御沟间⑨，数月不得入。婢惧误事，方欲归谋，忽闻今上将幸大同⑩，婢乃预往，伪作流

① 脂泽——化妆用的脂粉、头油等。
② 醒解——酒醒。
③ 绁(xiè)绊——缠绕阻拦。
④ 刑宪——刑法，刑罚。
⑤ 群小——一般婢妾。
⑥ 拟绞——绞死。
⑦ 秋决——秋季处决犯人。
⑧ 平阳观察——平阳，府名；观察，道员的别称。
⑨ 御沟间——环绕宫墙的河沟一带。
⑩ 大同——今山西大同。

妓。上至构栏[①],极蒙宠眷。疑婢不似风尘人[②],婢乃垂泣。上问:“有何冤苦?”婢对:“妾原籍隶广平,生员冯某之女。父以冤狱将死,遂鬻妾构栏中。”上惨然,赐金百两。临行,细问颠末,以纸笔记姓名;且言欲与共富贵。婢言:“但得父子团聚,不愿华膴[③]也。”上颔之,乃去。婢以此情告生。生急拜,泪眥双荧[④]。

居无几何,女忽谓生曰:“妾不为情缘,何处得烦恼?君被逮时,妾奔走戚眷间,并无一人代一谋者。尔时酸衷,诚不可以告愬。今视尘俗益厌苦。我已为君蓄良偶,可从此别。”生闻,泣伏不起。女乃止。夜遣禄儿侍生寝,生拒不纳。朝视十四娘,容光顿减;又月余,渐以衰老;半载,黯黑如村妪:生敬之,终不替。女忽复言别,且曰:“君自有佳侣,安用此鸠盘[⑤]?”生哀泣如前日。又逾月,女暴疾,绝饮食,羸卧闺闼。生侍汤药,如奉父母。巫医无灵,竟以溘逝。生悲怛欲绝。即以婢赐金,为营斋葬。数日,婢亦去,遂以禄儿为室。逾年,举一子。然比岁[⑥]不登,家益落。夫妻无计,对影长愁。忽忆堂陬扑满,常见十四娘投钱于中,不知尚在否。近临之,则豉具盐盎[⑦],罗列殆满。头头置去[⑧],箸探其中,坚不可入;扑而碎之,金钱溢出。由此顿大充裕。后苍头至太华[⑨],遇十四娘,乘青骡,婢子跨蹇以从,问:“冯郎安否?”且言:“致意主人,我已名列仙籍矣。”言讫,不见。

异史氏曰:“轻薄之词,多出于士类,此君子所悼惜也。余尝冒不韪之名,言冤则已迂;然未尝不刻苦自励,以勉附于君子之林,而祸福之说不与焉。若冯生者,一言之微,几至杀身,苟非室有仙人,亦何能解脱囹圄,以再生于当世耶?可惧哉!”

---

① 构栏——妓馆。
② 风尘人——妓女。
③ 华膴(wǔ)——华服美味。
④ 泪眥双荧——双眼闪烁泪光。
⑤ 鸠盘——佛教用语,冬瓜鬼,后喻指丑妇。
⑥ 比岁——连年。
⑦ 豉(chǐ)具盐盎——器皿类用具。
⑧ 头头置去——一件件移走。
⑨ 太华——即西岳华山。

白 莲 教

白莲教某者，山西人，忘其姓名，大约徐鸿儒[①]之徒。左道惑众，慕其术者多师之。

某一日将他往，堂中置一盆，又一盆覆之，嘱门人坐守，戒勿启视。去后，门人启之，视盆贮清水，水上编草为舟，帆樯具焉。异而拨以指，随手倾侧；急扶如故，仍覆之。俄而师来，怒责："何违吾命?"门人立白其无。师曰："适海中舟覆，何得欺我?"又一夕，烧巨烛于堂上，戒恪守，勿以风灭。漏二滴[②]，师不至。儽然而殆[③]，就床暂寐；及醒，烛已意灭，急起爇之。既而师入，又责之。门人曰："我固不曾睡，烛何得息?"师怒曰："适使我暗行十余里，尚复云云耶?"门人大骇。如此奇行，种种不胜书。

后有爱妾与门人通。觉之，隐而不言。遣门人饲豕；门人入圈，立地化为豕。某即呼屠人杀之，货其肉。人无知者。门人父以子不归，过问之，辞以久弗至。门人家诸处探访，绝无消息。有同师者，隐知其事，泄诸门人父。门人父告之邑宰。宰恐其遁，不敢捕治；达于上官，请甲士千人，围其第，妻子皆就执。闭置樊笼，将以解都。途经太行山，山中出一巨人，高与树等，目如盎，口如盆，牙长尺许。兵士愕立不敢行。某曰："此妖也，吾妻可以却之。"乃如其言，脱妻缚。妻荷戈往。巨人怒，吸吞之。从愈骇。某曰："既杀吾妻，是须吾子。"乃复出其子，又被吞，如前状。众各对觑，莫知所为。某泣且怒曰："既杀我妻，又杀吾子，情何以甘！然非某自往不可也。"众果出诸笼，授之刃而遣之。巨人盛气而逆。格斗移时，巨人抓攫入口，伸颈咽下，从容竟去。

---

① 徐鸿儒——山东钜野人，明末白莲教首领。

② 漏二滴——二更时分。

③ 儽(lěi)然而殆——十分困倦。

双 灯

魏运旺，益都[①]之盆泉人，故世族大家也。后式微，不能供读。年二十余，废学，就岳业酤[②]。

一夕，魏独卧酒楼上，忽闻楼下踏蹴声。魏惊起悚听。声渐近，寻梯而上，步步繁响。无何，双婢挑灯，已至榻下。后一年少书生，导一女郎，近榻微笑。魏大愕怪。转知为狐，发毛森竖，俯首不敢睨。书生笑曰："君勿见猜。舍妹与有前因，便合奉事。"魏视书生，锦貂炫目，自惭形秽，靦颜不知所对。书生率婢子遗灯竟去。

魏细瞻女郎，楚楚若仙，心甚悦之。然惭怍不能作游语[③]。女郎顾笑曰："君非抱本头者[④]，何作措大[⑤]气？"遽近枕席，暖手于怀。魏始为之破颜，捋裤相嘲，遂与狎昵。晓钟未发，双鬟即来引去。复订夜约。至晚，女果至，笑曰："痴郎何福，不费一钱，得如此佳妇，夜夜自投到也。"魏喜无人，置酒与饮，赌藏枚[⑥]。女子十有九赢。乃笑曰："不如妾约[⑦]枚子，君自猜之，中则胜，否则负。若使妾猜，君当无赢时。"遂如其言，通夕为乐。即而将寝，曰："昨宵衾褥涩冷，令人不可耐。"遂唤婢襆被来，展布榻间，绮縠香耎。顷之，缓带交偎，口脂浓射，真不数汉家温柔乡[⑧]也。自此，遂以为常。

后半年，魏归家。适月夜与妻话窗间，忽见女郎华妆坐墙头，以手相招。魏近就之。女援之，逾垣而出，把手而告曰："今与君别矣。请送我数武，以表半载绸缪之义[⑨]。"魏惊叩其故，女曰："姻缘自有定数，何待说也。"语次，至村外，前婢挑双灯以待；竟赴南山，登高处，乃辞魏言别。魏

---

① 益都——今山东益都县。
② 就岳业酤——随岳父卖酒。
③ 游语——戏谑语。
④ 抱本头者——死读书的呆子。
⑤ 措大——贫困失意的读书人。
⑥ 藏枚——旧时猜赌的一种游戏。
⑦ 约——握。
⑧ 汉家温柔乡——美女迷人的境界。
⑨ 绸缪之义——夫妻之情。

留之不得，遂去。魏伫立徬徨，遥见双灯明灭，渐远不可睹，怏郁而反。是夜山头灯火，村人悉望见之。

捉鬼射狐

李公著明，睢宁令襟卓先生[①]公子也。为人豪爽无馁怯。为新城王季良先生内弟。先生家多楼阁，往往睹怪异。公常暑月寄宿，爱阁上晚凉。或告之异，公笑不听，固命设榻。主人如请。嘱仆辈伴公寝，公辞，言："喜独宿，生平不解怖。"主人乃使炷息香[②]于炉，请衽何趾[③]，始息烛覆扉而去。公即枕移时，于月色中，见几上茗瓯，倾侧旋转，不堕亦不休。公咄之，铿然立止。即若有人拔香炷，炫摇空际，纵横作花缕。公起叱曰："何物鬼魅敢尔！"裸裼[④]下榻，欲就捉之。以足觅床下，仅得一履；不暇冥搜，赤足挝摇处，炷顿插炉，竟寂无兆。公俯身遍摸暗陬，忽一物腾击颊上，觉似履状；索之，亦殊不得。乃启覆下楼，呼从人爇火以烛，空无一物，乃复就寝。既明，使数人搜屦，翻席倒榻，不知所在。主人为公易屦。越日，偶一仰首，见一履夹塞椽间；挑拨而下，则公履也。

公益都人，侨居于淄[⑤]之孙氏第。第綦阔，皆置闲旷，公仅居其半。南院临高阁，止隔一堵。时见阁扉自启闭，公亦不置念。偶与家人话于庭，阁门开，忽有一小人，面北而坐，身不盈三尺，绿袍白袜。众指顾之，亦不动。公曰："此狐也。"急取弓矢，对关[⑥]欲射。小人见之，哑哑作揶揄声，遂不复见。公捉刀登阁，且骂且搜，竟无所睹，乃返。异遂绝。公居数年，安妥无恙。公长公[⑦]友三，为余姻家，其所目触。

异史氏曰："予生也晚，未得奉公杖屦，然闻之父老，大约慷慨刚毅丈夫也。观此二事，大概可睹。浩然中存，鬼狐何为乎哉！"

---

① 襟卓先生——即李襟卓，山东益都人，曾任睢宁（今江苏睢宁县）县令。
② 息香——一种据说能辟邪的香。
③ 请衽何趾——客套话，即如何睡觉休息。
④ 裸裼（xī）——光着身子。
⑤ 淄——即淄川（今山东淄博市）县。
⑥ 关——此指阁门。
⑦ 长公——长子。

蹇 偿 债

李公著明，慷慨好施。乡人某，佣居公室。其人少游惰，不能操农业，家窭贫。然小有技能，常为役务，每赉之厚。时无晨炊，向公哀乞，公辄给以升斗。一日，告公曰："小人日受厚恤，三四口幸不殍饿；然曷可以久？乞主人贷我菉豆[①]一石作资本。"公忻然立命授之。某负去，年余，一无所偿。及问之，豆资已荡然矣。公怜其贫，亦置不索。

公读书于萧寺[②]。后三年余，忽梦某来曰："小人负主人豆直，今来投偿。"公慰之曰："若索尔偿，则平日所负欠者，何可算数？"某愀然曰："固然。凡人有所为而受人千金，可不报也。若无端受人资助，升斗且不容昧，况其多哉！"言已，竟去。公愈疑。既而家人白公："夜牝驴产一驹，且修伟。"公忽悟曰："得毋驹为某耶？"越数日归，见驹，戏呼其名。驹奔赴，如有知识。自此遂以为名。

公乘赴青州，衡府[③]内监见而悦之，愿以重价购之，议直未定。适公以家中急务不及待，遂归。又逾岁，驹与雄马同枥，龁折胫骨，不可疗。有牛医[④]至公家，见之，谓公曰："乞以驹付小人，朝夕疗养，需以岁月。万一得痊，得直与公剖分之。"公如所请。后数月，牛医售驹，得钱千八百，以半献公。公受钱，顿悟，其数适符豆价也。噫！昭昭之债，而冥冥之偿，此足以劝[⑤]矣。

---

① 菉豆——绿豆。
② 萧寺——佛寺。
③ 衡府——指明宪宗第七子衡恭王朱祐楎的王府。
④ 牛医——兽医。
⑤ 劝——鼓励人向上。

头 滚

苏孝廉贞下[①]封公[②]昼卧，见一人头从地中出，其大如斛，在床下旋转不已。惊而中疾，遂以不起。后其次公[③]就荡妇宿，罹杀身之祸，其兆于此耶？

鬼 作 筵

村秀才九畹，内人病。会重阳[④]，为友人招作茱萸会[⑤]。早兴，盥已，告妻所往。冠服欲出，忽见妻昏愦，絮絮若与人言。杜异之，就问卧榻。妻辄"儿"呼之。家人心知其异。时杜有母柩未殡，疑其灵爽[⑥]所凭。杜视曰："得勿吾母耶？"妻骂曰："畜产！何不识尔父？"杜曰："既为吾父，何乃归家祟儿妇？"妻呼小字[⑦]曰："我专为儿妇来，何反怨恨？儿妇应即死；有四人来勾致[⑧]，首者张怀玉。我万端哀乞，甫能得允遂。我许小馈送，便宜付之。"杜如言，于门外焚钱纸。妻又言曰："四人去矣。彼不忍违吾面目，三日后，当治具酬之。尔母老，龙钟不能料理中馈[⑨]。及期，尚烦儿妇一往。"杜曰："幽冥殊途，安能代庖？望父恕宥。"妻曰："儿勿惧，去去即复返。此为渠事，当毋惮劳。"言已，即冥然，良久乃苏。杜问所言，茫不记忆。但曰："适见四人来，欲捉我去。幸阿翁哀请，且解囊赂之，始去。我见阿翁镪袱尚余二铤，欲窃取一铤来，作糊口计。翁窥见，叱曰：'尔欲何

① 苏孝廉贞下——即苏贞下，清初举人。
② 封公——指苏父曾受封赠。
③ 次公——即二公子，苏之弟。
④ 重阳——即重阳节，农历九月九日。
⑤ 茱萸(zhū yú)会——指人们在重阳节这一天登山饮菊花酒。
⑥ 灵爽——此指鬼魂。
⑦ 小字——乳名或小名。
⑧ 勾致——拘捕。
⑨ 中馈——家庭饮食之事。

为！此物岂尔所可用耶！'我乃敛手未敢动。"杜以妻病革[①]，疑信参半。越三日，方笑语间，忽瞪目久之，语曰："尔妇綦贪，曩见我白金，便生觊觎[②]。然大要[③]以贫故，亦不足怪。将以妇去，为我敦庖务[④]，勿虑也。"言甫毕，奄然竟毙。约半日许，始醒，告杜曰："适阿翁呼我去，谓曰：'不用尔操作，我烹调自有人，只须坚坐指挥足矣。我冥中喜丰满，诸物馔都覆器外，切宜记之。'我诺。至厨下，见二妇操刀砧于中，俱绀帔而绿缘之[⑤]，呼我以嫂。每盛炙于簋，必请觇视。曩四人都在筵中。进馔既毕，酒具已列器中，翁乃命我还。"杜大愕异，每语同人。

胡四相公

莱芜[⑥]张虚一者，学使张道一之仲兄也。性豪放自纵。闻邑中某氏宅，为狐狸所居，敬怀刺往谒，冀一见之。投刺[⑦]隙中。移时，扉自辟。仆者大愕，却退。张肃衣敬入，见堂中几榻宛然，而阒寂[⑧]无人，揖而祝曰："小生斋宿而来，仙人既不以门外见斥，何不竟赐光霁？"忽闻虚室中有人言曰："劳君枉驾，可谓跫然足音[⑨]矣。请坐赐教。"即见两座自移相向。甫坐，即有镂漆硃盘，贮双茗盏，悬目前。各取对饮，吸呖有声，而终不见其人。茶已，继之以酒。细审官阀，曰："弟姓胡氏，于行为四；曰相公[⑩]，从人所呼也。"于是酬酢议论，意气颇洽。鳖羞鹿脯，杂以芗蓼[⑪]。进酒行炙者，似小辈[⑫]甚伙。酒后颇思茶，意才少动，香茗已置几上。凡有所思，无不应念而至。张大悦，尽醉始归。自是三数日必一访胡，胡亦时至张

① 病革(jí)——病危。
② 觊觎(jì yú)——非分企图。
③ 大要——大概。
④ 敦(duī)庖务——照管吃喝事。
⑤ 绀(gàn)帔而绿缘之——天青色帔肩，嵌以绿边。
⑥ 莱芜——县名，今属山东省。
⑦ 刺——名帖。
⑧ 阒(qù)寂——寂静无声。
⑨ 跫(qióng)然足音——因听到脚步声而兴奋。
⑩ 相公——年轻人的尊称。
⑪ 芗蓼——香料，调味用。
⑫ 小辈——小厮。

家,并如主客往来礼。

一日,张问胡曰:“南城中巫媪,日托狐神渔病家利[①]。不知其家狐,君识之否?”曰:“彼妄耳,实无狐。”少间,张起溲溺,闻小语曰:“适所言南城狐巫,未知何如人。小人欲从先生往观之,烦一言请于主人。”张知为小狐,乃应曰:“诺。”即席而请于狐曰:“我欲得足下服役者一二辈,往探狐巫,敬请君命。”狐固言不必,张言之再三,乃许之。既而张出,马自至,如有控者。即骑而行,狐相语于途,谓张曰:“后先生于道途间,觉有细沙散落衣襟上,便是吾辈从也。”语次入城,至巫家。巫见张至,笑逆曰:“贵人何忽得临?”张曰:“闻尔家狐子大灵应,果否?”巫正容曰:“若个蹀躞[②]语,不宜贵人出得!何便言狐子?恐吾家花姊不欢!”言未已,空中发半砖来,中巫臂,踉蹡欲跌。惊谓张曰:“官人何得抛击老身也?”张笑曰:“婆子盲也!几曾见自己额颅破,冤诬袖手者?”巫错愕不知所出。正回惑间,又一石子落,中巫,颠蹶;秽泥乱坠,涂巫面如鬼。惟哀号乞命。张请恕之,乃止。巫急起奔,遁房中,阖户不敢出。张呼与语曰:“尔狐如我狐否?”巫惟谢过。张仰首望空中,戒勿复伤巫,巫始惕惕而出。张笑谕之,乃还。

由是每独行于途。觉尘沙淅淅然,则呼狐语,辄应不讹。虎狼暴客,恃以无恐。如是年余,愈与胡莫逆。尝问其甲子[③],殊不自记忆,但言:“见黄巢[④]反,犹如昨日。”一夕共话,忽墙头苏然作响,其声甚厉。张异之,胡曰:“此必家兄。”张言:“何不邀来共坐?”曰:“伊道颇浅,只好攫鸡啖,便了足耳。”张谓狐曰:“交情之好,如吾两人,可云无憾;终未一见颜色,殊属恨事。”胡曰:“但得交好足矣,见面何为?”一日,置酒邀张,且告别。问:“将何往?”曰:“弟陕中产,将归去矣。君每以对面不觌为憾,今请一识数岁之友,他日可相认耳。”张四顾都无所见。胡曰:“君试开寝室门,则弟在焉。”张即推扉一觑,则内有美少年,相视而笑。衣裳楚楚,眉目如画,转瞬之间,不复睹矣。张反身而行,即有履声藉藉随其后,曰:“今日释君憾矣。”张依恋不忍别。狐曰:“离合自有数,何容介介。”乃以巨觥劝酒。饮至中夜,始以纱烛导张归。及明往探,则空屋冷落而已。

① 渔病家利——向病人家勒索财物。
② 蹀躞——同“媟亵”,狎侮。
③ 甲子——年龄。
④ 黄巢——唐末农民暴动首领。

后道一先生为西川学使①。张清贫犹昔,因往视弟,愿望颇奢。月余而归,甚违初意,咨嗟马上,嗒丧若偶。忽一少年骑青驹,蹑其后。张回顾,见裘马甚丽,意亦骚雅,遂与语间,少年察张不豫,诘之。张因欷歔而告以故。少年亦为慰藉。同行里许,至歧路中,少年乃拱手而别,曰:"前途有一人,寄君故人一物,乞笑纳也。"复欲询之,驰马径去。张莫解所由。又二三里许,见一苍头,持小簏②子,献于马前,曰:"胡四相公敬致先生。"张豁然顿悟。受而开视,则白镪满中。及顾苍头,不知所之矣。

念 秧

异史氏曰:人情鬼蜮③,所在皆然;南北冲衢④,其害尤烈。如强弓怒马,御人于国门之外者⑤,夫人而知之矣。或有劙⑥囊刺橐,攫货于市,行人回首,财货已空,此非鬼蜮之尤者耶?乃又有萍水相逢,甘言如醴,其来也渐,其入也深。误认倾盖之交⑦,遂罹丧资之祸。随机设阱,情状不一;俗以其言辞浸润,名曰"念秧"。今北途多有之,遭其害者尤众。

余乡王子巽⑧者,邑诸生。有族先生在都为旗籍太史⑨,将往探讯。治装北上,出济南,行数里,有一人跨黑卫,驰与同行。时以闲语相引,王颇与问答。其人自言:"张姓,为栖霞⑩隶,被令公差赴都。"称谓㧑卑⑪,祗奉殷勤。相从数十里,约以同宿。王在前,则策蹇追及;在后,则祗候道左。仆疑之,因厉色拒去,不使相从。张颇自惭,挥鞭遂去。既暮,休于旅舍,偶步门庭,则见张就外舍饮。方惊疑间,张望见王,垂手拱立,谦若厮仆,稍稍问讯。王亦以泛泛适相值,不为疑,然王仆终夜戒备之。鸡既唱,

---

① 西川学使——即四川学使。
② 簏——圆形小筐。
③ 鬼蜮——传说中伏在水中含沙射影以害人的一种动物。
④ 冲衢——交通要道。
⑤ 御人于国门之外者——在郊野以武力打劫。
⑥ 劙(lí)——割。
⑦ 倾盖之交——交往不深,指误将初交视为知己。
⑧ 王子巽——即王敏入,淄川人,有孝名。
⑨ 旗籍太史——隶籍八旗的翰林院官员。
⑩ 栖霞——县名,今属山东省。
⑪ 㧑(huī)卑——谦卑。

张来呼与同行。仆咄绝之，乃去。

朝暾已上，王始就道。行半日许，前一人跨白卫，年四十已来，衣帽整洁；垂首蹇分，盹寐欲堕。或先之，或后之，因循十数里。王怪问："夜何作，致迷顿乃尔？"其人闻之，猛然欠伸，言："我青苑[①]人，许姓。临淄令高檠[②]是我中表。家兄设帐于官署，我往探省，少获馈贻。今夜旅舍，误同念秧者宿，惊惕不敢交睫，遂致白昼迷闷。"王故问："念秧何说？"许曰："君客时少，未知险诈。今有匪类，以甘言诱行旅，夤缘[③]与同休止，因而乘机骗赚。昨有葭莩亲，以此丧资斧。吾等皆宜警备。"王颔之。先是，临淄宰与王有旧，王曾入其幕，识其门客果有许姓，遂不复疑。因道温凉，兼询其兄况。许约暮共主人[④]，王诺之。仆终疑其伪，阴与主人谋，迟留不进，相失，遂杳。

翼日，日卓午[⑤]，又遇一少年，年可十六七，骑健骡，冠服秀整，貌甚都。同行久之，未尝交一言。日既西，少年忽言曰："前去曲律店[⑥]不远矣。"王微应之。少年因咨嗟欷歔，如不自胜。王略致诘问。少年叹曰："仆江南金姓。三年膏火，冀博一第，不图竟落孙山！家兄为部中主政[⑦]，遂载细小来，冀得排遣。生平不习跋涉，扑面尘沙，使人薅恼[⑧]。"因取红巾拭面，叹咤不已。听其语，操南音，娇婉若女子。王心好之，稍稍慰藉。少年曰："适先驰出，眷口久望不来，何仆辈亦无至者？日已将暮，奈何！"迟留瞻望，行甚缓。王遂先驱，相去渐远。

晚投旅邸，既入舍，则壁下一床，先有客解装其上。王问主人。即有一人入，携之而出，曰："但请安置，当即移他所。"王视之，则许也。王止与同舍，许遂止。因与坐谈。少间，又有携装入者，见王、许在舍，返身遽出，曰："已有客在。"王审视，则途中少年也。王未言，许急起曳留之，少年遂坐。许乃展问邦族，少年又以途中言为许告。俄顷，解囊出资，堆累颇重；秤两余，付主人，嘱治肴酒，以供夜话。二人争劝止之，卒不听。俄而酒炙

① 青苑——即清苑（今河北清苑县）。
② 高檠——清苑人，曾官至知县。
③ 夤缘——拉关系。
④ 共主人——同宿一店。
⑤ 卓午——正午。
⑥ 曲律店——地名。
⑦ 主政——主事。
⑧ 薅（hāo）恼——烦恼。

并陈。筵间，少年论文甚风雅。王问江南闱中题，少年悉告之。且自诵其承破①，及篇中得意之句。言已，意甚不平。共扼腕之。少年又以家口相失，夜无仆役，患不解牧圉②。王因命仆代摄莝豆③。少年深感谢。

居无何，忽蹴然曰："生平蹇滞，出门亦无好况。昨夜逆族与恶人居，掷骰叫呼，聒耳沸心，使人不眠。"南音呼骰为兜，许不解，固问之。少年手摹其状。许乃笑，于橐中出色一枚，曰："是此物否?"少年诺。许乃以色④为令，相欢饮。酒既阑，许请共掷，赢一东道主。王辞不解。许乃与少年相对呼卢，又阴嘱王曰："君勿漏言。蛮公子颇充裕，年又雏，未必深解五木诀⑤。我赢些须，明当奉屈耳。"二人乃入隔舍。旋闻轰赌甚闹，王潜窥之，见栖霞隶亦在其中。大疑，展衾自卧。又移时，众共拉王赌。王坚辞不解。许愿代辨枭雉⑥，王又不肯，遂强代王掷。少间，就榻报王曰："汝赢几筹矣。"王睡梦应之。

忽数人排闼而入，番语啁嗻⑦。前者言佟姓，为旗下逻捉赌者。时赌禁甚严，各大惶恐。佟大声吓王，王亦以太史旗号相抵。佟怒解，与王叙同籍，笑请复博为戏。众果复赌，佟亦赌。王谓许曰："胜负我不预闻。但愿睡，无相溷。"许不听，仍往来报之。既散局，各计筹马，王负欠颇多。佟遂搜王装橐取偿。王愤起相急。金捉王臂，阴告曰："彼都匪人，其情叵测。我辈乃文字交，无不相顾。适局中我赢得如干数，可相抵；此当取偿许君者，今请易之：便令许偿佟，君偿我。弗过暂掩人耳目，过此仍以相还。终不然，以道义之友，遂实取君偿耶?"王故长厚，亦遂信之。少年出，以相易之谋告佟。乃对众发王装物，估入己橐。佟乃转索许、张而去。

少年遂襆被来，与王连枕；衾褥皆精美。王亦招仆人卧榻上，各默然安枕。久之，少年故作转侧，以下体暱就仆。仆移身避之；少年又近就之，肤着股际，滑腻如脂。仆心动，试与狎；而少年殷勤甚至，衾息鸣动。王颇闻之，虽甚骇怪，而终不疑其有他也。昧爽，少年即起，促与早行。且云：

---

① 承破——承，即承题；破，即破题，均指八股文。

② 不解牧圉(yǔ)——不懂喂马。

③ 莝(cuò)豆——牲畜草料。

④ 色——赌具，即色子。

⑤ 五木诀——赌博技巧。

⑥ 枭雉——赌采名，代指输赢。

⑦ 番语啁嗻(zhāo zhà)——呜哩哇啦的满语。

"君蹇疲殆，夜所寄物，前途请相授耳。"王尚无言，少年已加装登骑。王不得已，从之。骡行驶，去渐远。王料其前途相待，初不为意。因以夜间所闻问仆，仆实告之。王始惊曰："今被念秧者骗矣！焉有宦室名士，而毛遂[①]于圉仆者？"又转念其谈词风雅，非念秧者所能。急追数十里，踪迹殊杳。始悟张、许、佟皆其一党，一局不行，又易一局，务求其必入也。偿责易装，已伏一图赖之机；设其携装之计不行，亦必执前说篡夺而去。为数十金，委缀数百里；恐仆发其事，而以身交欢之，其术亦苦矣。

后数年，而有吴生之事。

邑有吴生，字安仁。三十丧偶，独宿空斋。有秀才来与谈，遂相知悦。从一小奴，名鬼头，亦与吴僮报儿善。久而知其为狐。吴远游，必与俱。同室之中，人不能睹。吴客都中，将旋里，闻王生遭念秧之祸，因戒僮警备。狐笑言："勿须，此行无不利。"

至涿[②]，一人系马坐烟肆[③]，裘服济楚[④]。见吴过，亦起，超乘从之。渐与吴语，自言："山东黄姓，提堂户部[⑤]。将东归，且喜同途不孤寂。"于是吴止亦止；每共食，必代吴偿值。吴阳感而阴疑之。私以问狐，狐但言："不妨。"吴意乃释。及晚，同寻寓所，先有美少年坐其中。黄入，与拱手为礼。喜问少年："何时离都？"答云："昨日。"黄遂拉与共寓。向吴曰："此史郎，我中表弟，亦文士，可佐君子谈骚雅[⑥]，夜话当不寥落。"乃出金资，治具共饮。少年风流蕴藉，遂与吴大相爱悦。饮间，辄目示吴作觞弊[⑦]，罚黄，强使釂，鼓掌作笑。吴益悦之。既而史与黄谋博赌，共牵吴，遂各出橐金为质。狐嘱报儿暗锁板扉，嘱吴曰："倘闻人喧，但寐无吪[⑧]。"吴诺。吴每掷，小注则输，大注辄赢。更余，计得二百金。史、黄错囊垂罄，议质其马。忽闻挝门声甚厉，吴急起，投色于火，蒙被假卧。久之，闻主人觅钥不得，破扃起关，有数人汹汹入，搜捉博者。史、黄并言无有。一人竟捋吴被，指为赌者。吴叱咄之。数人强检吴装。方不能与之撑拒，忽闻门外舆

---

① 毛遂——借指主动亲昵仆人。
② 涿——今河北涿县。
③ 烟肆——烟店。
④ 济楚——整齐鲜明。
⑤ 提堂户部——受本省督抚委派赴户部送公文的专使。
⑥ 骚雅——代指诗文。
⑦ 作觞弊——喝酒时舞弊。
⑧ 吪——喊叫。

马呵殿声。吴急出鸣呼，众始惧，曳入之，但求勿声。吴乃从容苞苴[①]付主人。卤簿[②]既远，众乃出门去。黄与史共作惊喜状，取次觅寝。黄命史与吴同榻。吴以腰橐[③]置枕头，方命被而睡。无何，史启吴衾，裸体入怀，小语曰："爱兄磊落，愿从交好。"吴心知其诈，然计亦良得，遂相偎抱。史极力周奉，不料吴固伟男，大为凿枘[④]，嚬呻殆不可任，窃窃哀免。吴固求讫事。手扪之，血流漂杵矣。乃释令归。及明，史惫不能起，托言暴病，但请吴、黄先发。吴临别，赠金为药饵之费。途中语狐，乃知夜来卤簿，皆狐为也。

黄于途，益谄事吴。暮复同舍，斗室甚隘，仅容一榻；颇暖洁，而吴狭之。黄曰："此卧两人则隘，君自卧则宽，何妨？"食已，径去。吴亦喜独宿可接狐友。坐良久，狐不至。倏闻壁上小扉，有指弹声。吴拔关探视，一少女艳妆遽入，自扃门户，向吴展笑，佳丽如仙。吴喜致研诘，则主人之子妇也。遂与狎，大相爱悦。女忽潸然泣下。吴惊问之，女曰："不敢隐匿，妾实主人遣以饵君者。曩时入室，即被掩执；不知今宵何久不至？"又呜咽曰："妾良家女，情所不甘。今已倾心于君，乞垂拔救！"吴闻骇惧，计无所出，但遣速去。女惟俯首泣。忽闻黄与主人搥[⑤]阖鼎沸。但闻黄曰："我一路祗奉，谓汝为人，何遂诱我弟室[⑥]！"吴惧，逼女令去。闻壁扉外亦有腾击声。吴仓卒汗如流沛，女亦伏泣。又闻有人劝止主人。主人不听，椎[⑦]门愈急。劝者曰："请问主人，意将胡为？如欲杀耶，有我等客数辈，必不坐视凶暴。如两人中有一逃者，抵罪安所辞？如欲质之公庭耶，帷薄不修[⑧]，适以取辱。且尔宿行旅，明明陷诈，安保女子无言？"主人张目不能语。吴闻，窃感佩，而不知其谁。初，肆门将闭，即有秀才共一仆来，就外舍宿。携有香酝，遍酌同舍，劝黄及主尤殷。两人辞欲起，秀才牵裾，苦不令去。后乘间得遁，操杖奔吴所。秀才闻喧，始入劝解。吴伏窗窥之，则狐友也，心窃喜。又见主人意稍夺，乃大言以恐之。又谓女子："何默不一

① 苞苴——指包袱、行李。
② 卤簿——官员的侍从。
③ 橐——此指钱袋。
④ 凿枘——难以相容纳。
⑤ 搥——通"敲"。
⑥ 弟室——弟之妻。
⑦ 椎——同⑤。
⑧ 帷薄不修——家中性生活淫乱。

言?”女啼曰:“恨不如人,为人驱役贱务!”主人闻之,面如死灰。秀才叱骂曰:“尔辈禽兽之情,亦已毕露。此客子所共愤者!”黄及主人皆释刀杖,长跽而请。吴亦启户出,顿大怒詈。秀才又劝止吴,两始和解。女子又啼,宁死不归。内奔出妪婢,捽女令入。女子卧地,哭益哀。秀才劝主人重价货吴生。主人俯首曰:“作老娘三十年,今日倒绷孩儿[①],亦复何说。”遂依秀才言。吴固不肯破重资;秀才调停主客间,议定五十金。人财交付后,晨钟已动,乃共促装,载女子以行。

女未经鞍马,驰驱颇殆。午间,稍休憩。将行,唤报儿,不知所往。日已西斜,尚无迹响,颇怀疑讶,遂以问狐。狐曰:“无忧,将自至矣。”星月已出,报儿始至。吴诘之,报儿笑曰:“公子以五十金肥奸伧[②],窃所不平。适与鬼头计,反身索得。”遂以金置几上。吴惊问其故,盖鬼头知女止一兄,远出十余年不返,遂幻化作其兄状,使报儿冒弟行,入门索姊妹。主人惶恐,诡托病殂。二僮欲质官,主人益惧,啖之以金,渐增至四十,二僮乃行。报儿具述其故。吴即赐之。吴归,琴瑟綦笃。家益富。细诘女子,曩美少年即其夫,盖史即金也。袭一槲绸[③]帔,云是得之山东王姓者。盖其党与甚众,逆旅主人,皆其一类。何意吴生所遇,即王子巽连天叫苦之人,不亦快哉!旨哉古言[④]:“骑者善堕[⑤]。”

蛙　曲

王子巽言:“在都时,曾见一人作剧[⑥]于市。携木盒作格,凡十有二孔;每孔伏蛙。以细杖敲其首,辄哇然作鸣。或与金钱,则乱击蛙顶,如拊云锣[⑦],宫商[⑧]词曲,了了可辨。”

---

① 作老娘三十年,今日倒绷孩儿——当时民谚,轻车熟路,谁料翻车。
② 奸伧——奸诈小人。
③ 槲绸——以槲蚕织成的一种丝织品。
④ 旨哉古言——古语讲得好呀。
⑤ 骑者善堕——会骑马的人才挨摔。
⑥ 作剧——玩杂耍。
⑦ 如拊云锣——如敲云锣一般。
⑧ 宫商——代指声调。

鼠　戏

又言:“一人在长安市上卖鼠戏[①]。背负一囊,中蓄小鼠十余头。每于稠人中,出小木架,置肩上,俨如戏楼状。乃拍鼓板,唱古杂剧[②]。歌声甫动,则有鼠自囊中出,蒙假面[③],被小装服,自背登楼,人立而舞。男女悲欢,悉合剧中关目[④]。”

泥 书 生

罗村[⑤]有陈代者,少蠢陋。娶妻某氏,颇丽。自以婿不如人,郁郁不得志,然贞洁自持,婆媳亦相安。一夕独宿,忽闻风动扉开,一书生入,脱衣巾,就妇共寝。妇骇惧,苦相拒;而肌骨顿耎,听其狎亵而去。自是恒无虚夕。月余,形容枯瘁。母怪问之。初惭怍不欲言;固问,始以情告。母骇曰:“此妖也!”百术为之禁咒,终亦不能绝。乃使代伏匿室中,操杖以伺。夜分,书生果复来,置冠几上;又脱袍服,搭椸架[⑥]间。才欲登榻,忽惊曰:“咄咄! 有生人气!”急复披衣。代暗中暴起,击中腰胁,塔然作声。四壁张顾,书生已渺。束薪爇照,泥衣一片堕地上,案头泥巾犹存。

土地夫人

窎桥[⑦]王炳者,出村,见土地神祠中出一美人,顾盼甚殷。挑以亵语,

---

① 卖鼠戏——以要鼠赚钱。
② 古杂剧——古代曲目。
③ 假面——面具。
④ 关目——情节。
⑤ 罗村——今属淄博市。
⑥ 椸(yí)架——衣架。
⑦ 窎(diào)桥——村名,今属淄博市。

欢然乐受。狎昵无所，遂期夜奔。炳因告以居止。至夜，果至，极相悦爱。问其姓名，固不以告。由此往来不绝。时炳与妻共榻，美人亦必来与交，妻竟不觉其有人。炳讶问之。美人曰："我土地夫人也。"炳大骇，亟欲绝之，而百计不能阻。因循半载，病惫不起。美人来更频，家人都能见之。未几，炳果卒。美人犹日一至。炳妻叱之曰："淫鬼不自羞！人已死矣，复来何为？"美人遂去，不返。

土地虽小，亦神也，岂有任妇自奔者？愦愦[1]应不至此。不知何物淫昏，遂使千古下谓此村有污贱不谨之神。冤矣哉！

济南道人

济南道人者，不知何许人，亦不详其姓氏。冬夏着一单袷衣[2]，系黄绦[3]，无袴襦[4]。每用半梳梳发，即以齿衔髻际[5]，如冠状。日赤脚行市上；夜卧街头，离身数尺外，冰雪尽镕。初来，辄对人作幻剧，市人争贻[6]之。有井曲无赖子，遗以酒，求传其术，弗许。遇道人浴于河津，骤抱其衣以胁之。道人揖曰："请以赐还，当不吝术。"无赖者恐其绐[7]，固不肯释。道人曰："果不相授耶？"曰："然。"道人默不与语；俄见黄绦化为蛇，围可数握，绕其身六七匝，怒目昂首，吐舌相向。某大愕，长跪，色青气促，惟言乞命。道人乃竟取绦。绦竟非蛇；另有一蛇，蜿蜒入城去。由是道人之名益著。

缙绅家闻其异，招与游，从此往来乡先生[8]门。司、道[9]俱耳其名，每宴集，辄以道人从。一日，道人请于水面亭[10]报诸宪[11]之饮。至期，各于案

---

① 愦愦——糊涂。
② 袷(jiá)衣——单衣。
③ 黄绦——黄色腰带。
④ 袴襦——套裤为袴，短袄为襦。
⑤ 以齿衔髻际——将梳子插在发髻上。
⑥ 贻——施舍，赠送。
⑦ 绐——欺骗。
⑧ 乡先生——年老辞官乡居之人。
⑨ 司、道——指布政司、按察司属下官员。
⑩ 水面亭——济南大明湖上。
⑪ 诸宪——指司、道官员。

头得道人速客函，亦不知所由至。诸客赴宴所，道人伛偻[1]出迎。既入，则空亭寂然，榻几未设，或疑其妄。道人顾官宰曰："贫道无僮仆，烦借诸扈从，少代奔走。"官宰共诺之。道人于壁上绘双扉，以手挝之。内有应门者，振管而启。共趋觇望，则见憧憧者往来于中；屏幔床几，亦复都有。即有人传送门外。道人命吏胥辈接列亭中，且嘱勿与内人[2]交语。两相授受，惟顾而笑。顷刻，陈设满亭，穷极奢丽。既而旨酒散馥，热炙腾熏，皆自壁中传递而出。座客无不骇异。亭故背湖水，每六月时，荷花数十顷，一望无际。宴时方凌冬，窗外茫茫，惟有烟绿[3]。一官偶叹曰："此日佳集，可惜无莲花点缀！"众俱唯唯。少顷，一青衣吏奔白："荷叶满塘矣！"一座皆惊。推窗眺瞩，果见弥望青葱，间以菡萏[4]。转瞬间，万枝千朵，一齐都开；朔风吹面，荷香沁脑。群以为异。遣吏人荡舟采莲。遥见吏人入花深处；少间返棹，素手来见。官诘之，吏曰："小人乘舟去，见花在远际；渐至北岸，又转遥遥在南荡中。"道人笑曰："此幻梦之空花耳。"无何，酒阑，荷亦凋谢；北风骤起，摧折荷盖，无复存矣。

济东观察[5]公甚悦之，携归署，日与狎玩。一日，公与客饮。公故有家传良酝，每以一斗为率，不肯供浪饮。是日，客饮而甘之，固索倾酿。公坚以既尽为辞。道人笑谓客曰："君必欲满老饕[6]，索之贫道而可。"客请之。道人以壶入袖中，少刻出，遍斟坐上，与公所藏，更无殊别。尽欢始罢。公疑焉，入视酒瓻[7]，则封固宛然，而空无物矣。心窃愧怒，执以为妖，笞之。杖才加，公觉股暴痛；再加，臀肉欲裂。道人虽声嘶阶下，观察已血殷坐上。乃止不笞，逐令去。道人遂离济，不知所往。后有人遇于金陵，衣装如故，问之，笑不语。

---

① 伛偻——喻恭敬。
② 内人——指壁中人。
③ 烟绿——水雾笼罩绿波。
④ 菡萏(hàn dàn)——荷花。
⑤ 观察——道员。
⑥ 老饕(tāo)——指馋欲。
⑦ 瓻(chī)——酒具。

酒　狂

缪永定，江西拔贡生[①]。素酗于酒，戚党多畏避之。偶适族叔家。缪为人滑稽善谑，客与语，悦之，遂共酣饮。缪醉，使酒骂坐，忤客。客怒，一坐大哗。叔以身左右排解。缪谓左袒客，又益迁怒。叔无计，奔告其家。家人来，扶捽以归。才置床上，四肢尽厥[②]；抚之，奄然气尽。

缪死，有皂帽人絷去。移时，至一府署，缥碧[③]为瓦，世间无其壮丽。至墀下，似欲伺见官宰。自思：我罪伊何，当是客讼斗殴。回顾皂帽人，怒目如牛，又不敢问。然自度：贡生与人角口，或无大罪。忽堂上一吏宣言，使讼狱者翼日早候。于是堂下人纷纷藉藉，如鸟兽散。缪亦随皂帽人出，更无归着，缩首立肆檐下。皂帽人怒曰："颠酒无赖子！日将暮，各去寻眠食，而何往？"缪战栗曰："我且不知何事，并未告家人，故毫无资斧，庸将焉归？"皂帽人曰："颠酒贼！若酤自啗，便有用度！再支吾[④]，老拳碎颠骨子[⑤]！"缪垂首不敢声。

忽一人自户内出，见缪，诧异曰："尔何来？"缪视之，则其母舅。舅贾氏，死已数载。缪视之，始恍然悟其已死，心益悲惧，向舅涕零曰："阿舅救我！"贾顾皂帽人曰："东灵非他[⑥]，屈临寒舍。"二人乃入。贾重揖皂帽人，且嘱青眼[⑦]。俄顷，出酒食，团坐相饮。贾问："舍甥何事，遂烦勾致？"皂帽人曰："大王[⑧]驾诣浮罗君[⑨]，遇令甥颠詈，使我捽得来。"贾问："见王未？"曰："浮罗君会花子案，驾未归。"又问："阿甥将得何罪？"答言："未可知也。然大王颇怒此等辈。"缪在侧，闻二人言，觳觫[⑩]汗下，杯箸不能举。

---

① 贡生——县学生员被选入京城者。
② 厥——僵直麻木。
③ 缥碧——淡青色。
④ 支吾——顶撞。
⑤ 颠骨子——醉鬼。
⑥ 东灵非他——东灵大王非同普通神。
⑦ 青眼——关照，垂青。
⑧ 大王——东灵大王神，道教所尊奉的男神。
⑨ 浮罗君——道教所尊奉之神。
⑩ 觳觫(hú sù)——恐惧状。

无何，皂帽人起，谢曰："叨盛酌，已经醉矣。即以令甥相付托。驾归，再容登访。"乃去。

贾谓缪曰："甥别无兄弟，父母爱如掌上珠，常不忍一诃。十六七岁时，每三杯后，喃喃寻人疵；小不合，辄挝门裸骂。犹谓稚齿。不意别十余年，甥了不长进。今且奈何！"缪伏地哭，惟言悔无及。贾曳之曰："舅在此业酤，颇有小声望，必合极力。适饮者乃东灵使者，舅常饮之酒，与舅颇相善。大王日万几[①]，亦未必便能记忆。我委曲与言，浼以私意释甥去，或可允从。"即又转念曰："此事担负颇重，非十万不能了也。"缪谢，锐然自任，诺之。缪即就舅氏宿。次日，皂帽人早来觇望。贾请间，语移时，来谓缪曰："谐矣。少顷即复来。我先罄所有，用压契[②]；余待甥归，从容凑致之。"缪喜曰："共得几何？"曰："十万。"曰："甥何处得如许？"贾曰："只金币钱纸百提[③]，足矣。"缪喜曰："此易办耳。"

待将亭午，皂帽人不至。缪欲出市上，少游瞩。贾嘱勿远荡，诺而出。见街里贸贩，一如人间。至一所，棘垣峻绝，似是囹圄。对门一酒肆，纷纷者往来颇伙。肆外一带长溪，黑潦[④]涌动，深不可底。方伫足窥探，闻肆内一人呼曰："缪君何来？"缪急视之，则邻村翁生，故十年前文字交。趋出握手，欢若平生。即就肆内小酌，各道契阔。缪庆幸中，又逢故知，倾怀尽釂。酣醉，顿忘其死，旧态复作，渐絮絮瑕疵翁。翁曰："数载不见，若复尔耶？"缪素厌人道其酒德[⑤]，闻翁言，益愤，击桌顿骂。翁睨之，拂袖竟出。缪追至溪头，捋翁帽。翁怒曰："是真妄人！"乃推缪颠堕溪中。溪水殊不甚深；而水中利刃如麻，刺穿胁胫，坚难动摇，痛彻骨脑。黑水半杂溲秽，随吸入喉，更不可过。岸上人观笑如堵，并无一引援者。时方危急，贾忽至。望见大惊，提携以归，曰："子不可为也！死犹弗悟，不足复为人！请仍从东灵受斧锧。"缪大惧，泣言："知罪矣。"贾乃曰："适东灵至，候汝为券，汝乃饮荡不归。渠忙迫不能待。我已立券，付千缗[⑥]令去；余者以旬尽为期。子归，宜急措置，夜于村外旷莽中，呼舅名焚之，此愿可结也。"缪

① 万几——通"万机"，日理万机。
② 压契——立文书所支付的费用。
③ 提——挂。
④ 潦——沟中流水。
⑤ 酒德——酒后的行为。
⑥ 缗——穿钱用的绳子。

悉应之。乃促之行。送之郊外，又嘱曰："必勿食言累我。"乃示途令归。

时缪已僵卧三日，家人谓其醉死，而鼻息隐隐如悬丝。是日苏，大呕，呕出黑渖[①]数斗，臭不可闻。吐已，汗湿裀褥，身始凉爽。告家人以异。旋觉刺处痛肿，隔夜成疮，犹幸不大溃腐。十日渐能杖行。家人共乞偿冥负。缪计所费，非数金不能办，颇生吝惜，曰："曩或醉梦之幻境耳。纵其不然，伊以私释我，何敢复使冥主知？"家人劝之，不听。然心惕惕然，不敢复纵饮。里党咸喜其进德，稍稍与共酌。年余，冥报渐忘，志渐肆，故状亦渐萌。一日，饮于子姓[②]之家，又骂主人座。主人摈斥出，阖户径去。缪噪逾时，其子方知，将扶而归。入室，面壁长跪，自投[③]无数，曰："便偿尔负！便偿尔负！"言已，仆地。视之，气已绝矣。

---

① 渖——汁。
② 子姓——同族晚辈。
③ 自投——自己趴下叩头。

卷 五

阳 武 侯

阳武侯薛公禄①，胶薛家岛人。父薛公最贫，牧牛乡先生②家。先生有荒田，公牧其处，辄见蛇兔斗草莱中，以为异；因请于主人为宅兆，构茅而居。后数年，太夫人临蓐，值雨骤至；适二指挥使③奉命稽海，出其途，避雨户中。见舍上鸦鹊群集，竞以翼覆漏处，异之。既而翁出，指挥问："适何作？"因以产告。又询所产，曰："男也。"指挥又益愕，曰："是必极贵。不然，何以得我两指挥护守门户也？"咨嗟而去。

侯既长，垢面垂鼻涕，殊不聪颖。岛中薛姓，故隶军籍④。是年应翁家出一丁口戍辽阳，翁长子深以为忧。时侯十八岁，人以憨生，无与为婚。忽自谓兄曰："大哥啾唧，得无以遣戍无人耶？"曰："然。"笑曰："若肯以婢子妻我，我当任此役。"兄喜，即配婢。侯遂携室赴戍所。行方数十里，暴雨忽集。途侧有危崖，夫妻奔避其下。少间，雨止，始复行。才及数武，崖石崩坠。居人遥望两虎跃出，逼附⑤两人而没。侯自此勇健非常，丰采顿异。后以军功封阳武侯世爵⑥。

至启、祯间⑦，袭侯某公薨⑧，无子，止有遗腹，因暂以旁支代。凡世封家进御者⑨，有娠即以上闻⑩，官遣媪伴守之，既产乃已。年余，夫人生女。产后，腹犹震动，凡十五年，更数媪，又生男。应以嫡派赐爵。旁支噪之，

---

① 薛公禄——即薛禄，明初人，因军功授阳武侯。
② 乡先生——年老辞官乡居的人。
③ 指挥使——武官名。
④ 故隶军籍——原属军户。
⑤ 逼附——逼近依附。
⑥ 世爵——世代承袭爵位。
⑦ 启、祯间——明天启、崇祯年间。
⑧ 薨(hōng)——诸侯死称薨。
⑨ 世封家进御者——进奉给世代袭爵者的侍寝女子。
⑩ 上闻——奏报天子。

以为非薛产。官收诸媪,械梏[①]百端,皆无异言。爵乃定。

赵 城 虎

赵城[②]妪,年七十余,止一子。一日入山,为虎所噬。妪悲痛,几不欲活,号啼而诉于宰。宰笑曰:“虎何可以官法制之乎?”妪愈号咷,不能制之。宰叱之,亦不畏惧。又怜其老,不忍加威怒,遂诺为捉虎。媪伏不去,必待勾牒[③]出,乃肯行。宰无奈之,即问诸役,谁能往者。一隶名李能,醺醉,诣坐下,自言:“能之。”持牒下,妪始去。隶醒而悔之;犹谓宰之伪局,姑以解妪扰耳,因亦不甚为意。持牒报缴[④]。宰怒曰:“固言能之,何答复悔?”隶窘甚,请牒拘猎户[⑤]。宰从之。隶集诸猎人,日夜伏山谷,冀得一虎,庶可塞责。月余,受杖数百,冤苦罔控。遂诣东郭嶽庙,跪而祝之,哭失声。无何,一虎自外来。隶错愕,恐被咥[⑥]噬。虎入,殊不他顾,蹲立门中。隶祝曰:“如杀某子者尔也,其俯听吾缚。”遂出缧索絷虎项,虎帖耳受缚。牵达县署,宰问虎曰:“某子,尔噬之耶?”虎颔之。宰曰:“杀人者死,古之定律。且妪止一子,而尔杀之,彼残年垂尽,何以生活?倘尔能为若子也,我将赦之。”虎又颔之。乃释缚令去。

媪方怨宰之不杀虎以偿子也,迟旦,启扉,则有死鹿;妪货其肉革,用以资度。自是以为常,时衔金帛掷庭中。妪从此致丰裕,奉养过于其子。心窃德虎。虎来,时卧檐下,竟日不去。人畜相安,各无猜忌。数年,妪死,虎来吼于堂中。妪素所积,绰可营葬,族人共瘗之。坟垒方成,虎骤奔来,宾客尽逃。虎直赴冢前,嗥鸣雷动,移时始去。土人立“义虎祠”于东郊,至今犹存。

---

① 械梏(gù)——代指刑讯。
② 赵城——旧县名,治今山西洪洞县境内。
③ 勾牒——拘捕犯人的公文。
④ 持牒报缴——至期交回令牒复命。
⑤ 牒拘猎户——用公文招来猎户服役。
⑥ 咥(dié)——咬。

螳螂捕蛇

张姓者，偶行溪谷，闻崖上有声甚厉。寻途登觇[①]，见巨蛇围如碗，摆扑丛树中，以尾击柳，柳枝崩折。反侧倾跌之状，似有物捉制之。然审视殊无所见，大疑。渐近临之，则一螳螂据顶上，以刺刀攫其首，攧[②]不可去。久之，蛇竟死。视颏[③]上革肉，已破裂云。

武 技

李超，字魁吾，淄之西鄙人。豪爽，好施。偶一僧来托钵，李饱啖之。僧甚感荷，乃曰："吾少林出也。有薄技，请以相授。"李喜，馆之客舍，丰其给，旦夕从学。三月，艺颇精，意得甚。僧问："汝益乎？"曰："益矣。师所能者，我已尽能之。"僧笑，命李试其技。李乃解衣唾手，如猿飞，如鸟落，腾跃移时，诩诩然[④]交叉而立。僧又笑曰："可矣。子既尽吾能，请一角低昂[⑤]。"李忻然，即各交臂作势。既而支撑格拒，李时时蹈僧瑕；僧忽一脚飞掷，李已仰跌丈余。僧抚掌曰："子尚未尽吾能也。"李以掌致，惭沮请教。又数日，僧辞去。

李由此以武名，遨游南北，罔有其对。偶适历下，见一少年尼僧[⑥]，弄艺于场，观者填溢。尼告众客曰："颠倒一身[⑦]，殊大冷落。有好事者，不妨下场一扑为戏。"如是三言。众相顾，迄无应者。李在侧，不觉技痒，意气而进。尼便笑与合掌。才一交手，尼便呵止曰："此少林宗派也。"即问："尊师何人？"李初不言。固诘之，乃以僧告。尼拱手曰："憨和尚汝师耶？

---

① 觇(chān)——窥视。
② 攧(diān)——左摇右摆。
③ 颏(è)——鼻根，即"眉心"。
④ 诩诩然——自得状
⑤ 低昂——高低。
⑥ 尼僧——尼姑。
⑦ 颠倒一身——一人单独表演技艺。

若尔，不必交手，愿拜下风。”李请之再四，尼不可。众怂恿之，尼乃曰：“既是憨师弟子，同是个中人，无妨一戏。但两相会意可耳。”李诺之。然以其文弱故，易之；又年少喜胜，思欲败之，以要一日之名。方颉颃[①]间，尼即遽止。李问其故，但笑不言。李以为怯，固请再角。尼乃起。少间，李腾一踝[②]去。尼骈[③]五指下削其股；李觉膝下如中刀斧，蹶仆不能起。尼笑谢曰：“孟浪迕客，幸勿罪！”李舁归，月余始愈。

后年余，僧复来，为述往事。僧惊曰：“汝大卤莽！惹他何为？幸先以我名告之；不然，股已断矣！”

小 人

康熙间，有术人[④]携一榼[⑤]，榼中藏小人，长尺许。投一钱，则启榼令出，唱曲而退。至掖[⑥]，掖宰索榼入署，细审小人出处。初不敢言。固诘之。始自述其乡族。盖读书童子，自塾中归，为术人所迷，复投以药，四体暴缩；彼遂携之，以为戏具。宰怒，杀术人。留童子欲医之，尚未得其方也。

秦 生

莱州秦生，制药酒，误投毒味，未忍倾弃，封而置之。积年余，夜适思饮，而无所得酒。忽忆所藏，启封嗅之，芳烈喷溢，肠痒涎流，不可制止。取盏将尝，妻苦劝谏。生笑曰：“快饮而死，胜于馋渴而死多矣。”一盏既尽，倒瓶再斟。妻覆其瓶。满屋流溢，生伏地而牛饮之。少时，腹痛口噤[⑦]，

① 颉颃(jié háng)——喻比武时动作状。
② 踝(huái)——脚跟。
③ 骈——并拢。
④ 术人——以幻术谋生之人。
⑤ 榼(kē)——古盛器。
⑥ 掖——县名，今山东掖县。
⑦ 口噤——口不能张。

中夜而卒。妻号，为备棺木，行入殓。次夜，忽有美人入，身长不满三尺，径就灵寝，以瓯水灌之，豁然顿苏。叩而诘之，曰："我狐仙也。适丈夫入陈家，窃酒醉死，往救而归。偶过君家，彼怜君子与己同病，故使妾以余药活之也。"言讫，不见。

余友人丘行素[1]，贡士，嗜饮。一夜思酒，而无可行沽，辗转不可复忍，因思代以醋。谋诸妇，妇嗤之。丘固强之，乃煨醯[2]以进。壶既尽，始解衣甘寝。次日，竭壶酒之资，遣仆代沽。道遇伯弟[3]襄宸，诘知其故，因疑嫂不肯为兄谋酒。仆言："夫人云：'家中蓄醋无多，昨夜已尽其半；恐再一壶，则醋根断矣。'"闻者皆笑之。不知酒兴初浓，即毒药犹甘之，况醋乎？此亦可以传矣。

鸦 头

诸生王文，东昌[4]人，少诚笃。薄游[5]于楚，过六何[6]，休于旅舍，仍步门外。遇里戚赵东楼，大贾也。常数年不归。见王，相执甚欢，便邀临存[7]。至其所，有美人坐室中，愕怪却步。赵曳之，又隔窗呼妮子去，王乃入。赵具酒馔，话温凉。王问："此何处所？"答云："此是小勾栏。余因久客，暂假床寝。"话间，妮子频来出入。王跼促不安，离席告别。赵强捉令坐。俄见一少女，经门外过，望见王，秋波频顾，眉目含情，仪度娴婉，实神仙也。王素方直，至此惘然若失，便问："丽者何人？"赵曰："此媪次女，小字鸦头，年十四矣。缠头者[8]屡以重金啖媪，女执不愿，致母鞭楚，女以齿稚哀免。今尚待聘耳。"王闻言，俯首默然痴坐，酬应悉乖。赵戏之曰："君倘垂意，当作冰斧。"王怃然曰："此念所不敢存。"然日向夕，绝不言去。赵又戏请之。王曰："雅意极所感佩，囊涩奈何！"赵知女性激烈，必当不允，

---

① 丘行素——淄川人，曾官黄县训导。
② 煨醯（xī）——烫醋。
③ 伯弟——大伯家的兄弟。
④ 东昌——旧县名，治今山东聊城县境内。
⑤ 薄游——游历。
⑥ 六河——地名。
⑦ 临存——看望。
⑧ 缠头者——指嫖客。

故许以十金为助。王拜谢趋出，罄资而至，得五数，强赵致媪。媪果少之。鸦头言于母曰："母日责我不作钱树子①，今请得如母所愿。我初学作人，报母有日，勿以区区放却财神去。"媪以女性拗执，但得允从，即甚欢喜。遂诺之，使婢邀王郎。赵难中悔，加金付媪。王与女欢爱甚至。既，谓王曰："妾烟花下流，不堪匹敌；既蒙缱绻，义即至重。君倾囊博此一宵欢，明日如何？"王泫然悲哽。女曰："勿悲。妾委风尘，实非所愿。顾未有敦笃可托如君者。请以宵遁。"王喜，遽起；女亦起。听谯②鼓已三下矣。女急易男装，草草偕出，叩主人扉。王故从双卫，托以急务，命仆便发。女以符系仆股并驴耳上。纵辔极驰，目不容启，耳后但闻风鸣；平明至汉江口，税屋而止。王惊其异。女曰："言之，得无惧乎？妾非人，狐耳。母贪淫，日遭虐遇，心所积懑。今幸脱苦海。百里外，即非所知，可幸无恙。"王略无疑贰，从容曰："室对芙蓉，家徒四壁，实难自慰，恐终见弃置。"女曰："何为此虑。今市货皆可居，三数口，淡薄亦可自给。可鬻驴子作资本。"王如言，即门前设小肆，王与仆人躬同操作，卖酒贩浆其中。女作披肩③，刺荷囊④，日获赢余，顾赡甚优。积年余，渐能蓄婢媪。王自是不着犊鼻⑤，但课督而已。

女一日悄然忽悲，曰："今夜合有难作，奈何？"王问之，女曰："母已知妾消息，必见凌逼。若遣姊来，吾无忧；恐母自至耳。"夜已央，自庆曰："不妨，阿姊来矣。"居无何，妮子排闼入。女笑逆之。妮子骂曰："婢子不羞，随人逃匿！老母令我缚去。"即出索子絷女颈子。女怒曰："从一者得何罪？"妮子益忿，捽女断衿。家中婢媪皆集。妮子惧，奔出。女曰："姊归，母必自至。大祸不远，可速作计。"乃急办装，将更播迁。媪忽掩入，怒容可掬，曰："我固知婢子无礼，须自来也！"女迎跪哀啼。媪不言，揪发提去。王徘徊怆恻，眠食都废。急诣六河，冀得贿赎。至则门庭如故，人物已非。问之居人，俱不知其所徙。悼丧而返。于是俵散⑥客旅，囊资东归。

---

① 钱树子——摇钱树。
② 谯——谯楼。
③ 披肩——即"云肩"，与今"披巾"同。
④ 荷囊——荷包。
⑤ 不着犊鼻——代指不亲自操作。
⑥ 俵散——解散。

后数年，偶入燕都，过育婴堂①，见一儿，七八岁。仆人怪似其主，反复凝注之。王问："看儿何说？"仆笑以对。王亦笑。细视儿，风度磊落。自念乏嗣，因其肖己，爱而赎之。诘其名，自称王孜。王曰："子弃之襁褓，何知姓氏？"曰："本师②尝言，得我时，胸前有字，书山东王文之子。"王大骇曰："我即王文，乌得有子？"念必同己姓名者，心窃喜，甚爱惜之。及归，见者不问而知为王生子。孜渐长，孔武有力，喜田猎，不务生产，乐斗好杀。王亦不能箝制之。又自言能见鬼狐，悉不之信。会里中有患狐者，请孜往觇之。至则指狐隐处，令数人随指处击之，即闻狐鸣，毛血交落，自是遂安。由是人益异之。

王一日游市廛，忽遇赵东楼，巾袍不整，形色枯黯，惊问所来。赵惨然请间③。王乃偕归，命酒。赵曰："媪得鸦头，横施楚掠。既北徙，又欲夺其志。女矢死不二，因囚置之。生一男，弃诸曲巷④；闻在育婴堂，想已长成。此君遗体也。"王出涕曰："天幸孽儿已归。"因述本末。问："君何落拓至此？"叹曰："今而知青楼之好，不可过认真也。夫何言！"先是，媪北徙，赵以负贩从之。货重难迁者，悉以贱售。途中脚直供亿⑤，烦费不赀，因大亏损。妮子索取尤奢。数年，万金荡然。媪见床头金尽，旦夕加白眼。妮子渐寄贵家宿，恒数夕不归。赵愤激不可耐。然亦无奈之。适媪他出，鸦头自窗中呼赵曰："构栏中原无情好，所绸缪者，钱耳。君依恋不去，将掇奇祸。"赵惧，如梦初醒。临行，窃往视女。女授书使达王，赵乃归。因以此情为王述之，即出鸦头书。书云："知孜儿已在膝下矣。妾之厄难，东楼君自能缅悉。前世之孽，夫何可言！妾幽室之中，暗无天日，鞭创裂肤，饥火煎心，易一晨昏，如历年岁。君如不忘汉上⑥雪夜单衾迭互暖抱时，当与儿谋，必能脱妾于厄。母姊虽忍，要是骨肉，但嘱勿致伤残，是所愿耳。"王读之，泣不自禁。以金帛赠赵而去。时孜年十八矣。王为述前后，因示母书。孜怒，眦欲裂，即日赴都，询吴媪居，则车马方盈。孜直入，妮子方与湖客饮，望见孜，愕立变色。孜骤进杀之，宾客大骇，以为寇。及视

① 育婴堂——收养被遗弃婴儿的机构。
② 本师——代指抚养人员。
③ 间(jiàn)——私下交谈。
④ 曲巷——偏僻小巷。
⑤ 脚直供亿——运费和生活供应。
⑥ 汉上——汉江口。

女尸，已化为狐。孜持刃迳入，见媪督婢作羹。孜奔近室门，媪忽不见。孜四顾，急抽矢，望屋梁射之；一狐贯心而堕，遂决其首。寻得母所，投石破扃，母子各失声。母问媪，曰："已诛之。"母怨曰："儿何不听吾言！"命持葬郊野。孜伪诺之，剥其皮而藏之。检媪箱箧，尽卷金资，奉母而归。夫妇重谐，悲喜交至。既问吴媪，孜言："在吾囊中。"惊问之，出两革以献。母怒，骂曰："忤逆儿！何得此为！"号恸自挞，转侧欲死。王极力抚慰，叱儿瘗革。孜忿曰："今得安乐所，顿忘挞楚耶？"母益怒，啼不止。孜葬皮反报，始稍释。

王自女归，家益盛。心德赵，报以巨金。赵始知媪母子皆狐也。孜承奉甚孝；然误触之，则恶声暴吼。女谓王曰："儿有拗筋，不刺去之，终当杀人倾产。"夜伺孜睡，潜絷其手足。孜醒曰："我无罪。"母曰："将医尔虐，其勿苦。"孜大叫，转侧不可开。女以巨针刺踝骨侧，三四分许，用力掘断，崩然有声；又于肘间脑际并如之。已，乃释缚，拍令安卧。天明，奔候父母，涕泣曰："儿早夜忆昔所行，都非人类！"父母大喜，从此温和如处女，乡里贤之。

异史氏曰："妓尽狐也，不谓有狐而妓者；至狐而鸨[①]，则兽而禽矣。灭理伤伦，其何足怪？至百折千磨，之死靡他，此人类所难，而乃于狐也得之乎？唐君谓魏徵更饶妩媚[②]，吾于鸦头亦云。"

酒　　虫

长山刘氏，体肥嗜饮。每独酌，辄尽一瓮。负[③]郭田三百亩，辄半种黍；而家豪富，不以饮为累也。一番僧见之，谓其身有异疾。刘答言："无。"僧曰："君饮尝不醉否？"曰："有之。"曰："此酒虫也。"刘愕然，便求医疗。曰："易耳。"问："需何药？"俱言不需。但令于日中俯卧，絷手足；去[④]首半尺许，置良酝一器。移时，燥渴，思饮为极。酒香入鼻，馋火上炽，而

---

① 鸨（bǎo）——蓄女卖淫者。
② 娬媚——通"妩媚"。
③ 负——靠近。
④ 去——距离。

苦不得饮。忽觉咽中暴痒，哇有物出，直堕酒中。解缚视之，赤肉长三寸许，蠕动如游鱼，口眼悉备。刘惊谢。酬以金，不受，但乞其虫。问："将何用？"曰："此酒之精：瓮中贮水，入虫搅之，即成佳酿。"刘使试之，果然。刘自是恶酒如仇。体渐瘦，家亦日贫，后饮食至不能给。

异史氏曰："日尽一石，无损其富；不饮一斗，适以益贫：岂饮啄固有数乎？或言：'虫是刘之福，非刘之病，僧愚之以成其术。'然欤否欤？"

木雕美人

商人白有功言："在泺口河①上，见一人荷竹簏，牵巨犬二。于簏中出木雕美人，高尺余，手自转动，艳妆如生。又以小锦鞯②被犬身，便令跨坐。安置已，叱犬疾奔。美人自起，学解马③作诸剧，镫而腹藏④，腰而尾赘⑤，跪拜起立，灵变不讹⑥。又作昭君⑦出塞：别取一木雕儿，插雉尾⑧，披羊裘，跨犬从之。昭君频频回顾，羊裘儿扬鞭追逐，真如生者。"

封 三 娘

范十一娘，𬀪城祭酒⑨之女。少艳美，骚雅尤绝。父母钟爱之，求聘者辄令自择；女恒少可。会上元日⑩，水月寺中诸尼，作"盂兰盆会⑪"。是日，游女如云，女亦诣之。方随喜⑫间，一女子步趋相从，屡望颜色，似欲

① 泺(luò)口河——古泺水，至泺口北流入济水，今黄河河道。
② 鞯——马鞍垫。
③ 解马——马戏。
④ 镫而腹藏——一种马戏名。
⑤ 腰而尾赘——从马腰滑至马尾，尔后抓马尾飞身上马。
⑥ 讹(é)——误传。
⑦ 昭君——即王嫱，西汉人，奉诏出塞与匈奴和亲。
⑧ 雉(zhì)尾——野鸡尾羽毛。
⑨ 𬀪城祭酒——𬀪城，地名，不详；祭酒，明清太学主管官员。
⑩ 上元日——农历正月十五日，为"上元节"。
⑪ 盂兰盆会——佛教节日，又称"中元节"，农历七月十五日，后称"鬼节"。
⑫ 随喜——佛教用语，此指游览寺院。

有言。审视之,二八绝代姝也。悦而好之,转用盼注。女子微笑曰:“姊非范十一娘乎?”答曰:“然。”女子曰:“久闻芳名,人言果不虚谬。”十一娘亦审里居。女笑言:“妾封氏,第三,近在邻村。”把臂欢笑,词致温婉,于是大相爱悦,依恋不舍。十一娘问:“何无伴侣?”曰:“父母早世,家中止一老妪,留守门户,故不得来。”十一娘将归,封凝眸欲涕,十一娘亦惘然,遂邀过从。封曰:“娘子朱门绣户,妾素无葭莩亲,虑致讥嫌。”十一娘固邀之。答:“俟异日。”十一娘乃脱金钗一股赠之,封亦摘髻上绿簪为报。十一娘既归,倾想殊切。出所赠簪,非金非玉,家人都不之识,甚异之,日望其来,怅然遂病。父母讯得故,使人于近村谘访,并无知者。

时值重九[①],十一娘羸顿无聊,倩侍儿强扶窥园,设褥东篱下。忽一女子攀垣来窥,觇之,则封女也。呼曰:“接我以力?”侍儿从之,蓦然遂下。十一娘惊喜,顿起,曳坐褥间,责其负约,且问所来。答云:“妾家去此尚远,时来舅家作耍。前言近村者,缘舅家耳。别后悬思颇苦;然贫贱者与贵人交,足未登门,先怀惭怍,恐为婢仆下眼觑,是以不果来。适经墙外过,闻女子语,便一攀望,冀是小姐,今果如愿。”十一娘因述病源。封泣下如雨,因曰:“妾来当须秘密。造言生事者,飞短流长,所不堪受。”十一娘诺。偕归同榻,快与倾怀。病寻愈。订为姊妹,衣服履舄,辄互易着。见人来,则隐匿夹幕间。积五六月,公及夫人颇闻之。一日,两人方对弈,夫人掩入。谛视,惊曰:“真吾儿友也!”因谓十一娘:“闺中有良友,我两人所欢,胡不早白?”十一娘因达封意。夫人顾谓三娘:“伴吾儿,极所忻慰,何昧之?”封羞晕满颊,默然拈带而已。夫人去,封乃告别。十一娘苦留之,乃止。一夕,自门外匆匆皇奔入,泣曰:“我固谓不可留,今果遭此大辱!”惊问之。曰:“适出更衣,一少年丈夫,横来相干,幸而得逃。如此,复何面目!”十一娘细诘形貌,谢曰:“勿须怪,此妾痴兄。会告夫人,杖责之。”封坚辞欲去。十一娘请待天曙。封曰:“舅家咫尺,但须以梯度我过墙耳。”十一娘知不可留,使两婢逾垣送之。行半里许,辞谢自去。婢返,十一娘伏床悲惋,如失伉俪。

后数月,婢以故至东村,暮归,遇封女从老妪来。婢喜,拜问。封亦恻恻,讯十一娘兴居。婢捉袂曰:“三姑过我。我家姑姑盼欲死!”封曰:“我

① 重九——即“重阳节”。

亦思之，但不乐使家人知。归启园门，我自至。”婢归告十一娘。十一娘喜，从其言，则封已在园中矣。相见，各道间阔，绵绵不寐。视婢子眠熟，乃起，移与十一娘同枕，私语曰：“妾固知娘子未字。以才色门地，何患无贵介婿；然纨袴儿，敖不足数。如欲得佳偶，请无以贫富论。”十一娘然之。封曰：“旧年邂逅处，今复作道场，明日再烦一往，当令见一如意郎君。妾少读相人书[①]，颇不参差。”昧爽，封即去，约俟兰若。十一娘果往，封已先在。眺览一周，十一娘便邀同车。携手出门，见一秀才，年可十七八，布袍不饰，而容仪俊伟。封潜指曰：“此翰苑才[②]也。”十一娘略睨之。封别曰：“娘子先归，我即继至。”入暮，果至，曰：“我适物色甚详，其人即同里孟安仁也。”十一娘知其贫，不以为可。封曰：“娘子何亦堕世情哉！此人苟长贫贱者，予当抉眸子，不复相天下士矣。”十一娘曰：“且为奈何？”曰：“愿得一物，持与订盟。”十一娘曰：“姊何草草？父母在，不遂如何？”封曰：“妾此为，正恐其不遂耳。志若坚，生死何可夺也？”十一娘必不可。封曰：“娘子姻缘已动，而魔劫未消。所以故，来报前好耳。请即别，即以所赠金凤钗，矫命赠之。”十一娘方谋更商，封已出门去。时孟生贫而多才，意将择耦，故十八犹未聘也。是日，忽睹两艳，归涉冥想。一更向尽，封三娘款门入。烛之，识为日中所见，喜致诘问。曰：“妾封氏，范十一娘之女伴也。”生大悦，不暇细审，遽前拥抱。封拒曰：“妾非毛遂，乃曹丘生[③]。十一娘愿缔永好，请倩冰也。”生愕然不信。封乃以钗示生。生喜不自已，矢曰：“劳眷注若此，仆不得十一娘，宁终鳏耳。”封遂去。生诘旦，浼邻媪诣范夫人。夫人贫之，竟不商女，立便即去。十一娘知之，心失所望，深怨封之误己也；而金钗难返，只须以死矢之。又数日，有某绅为子求婚，恐不谐，浼邑宰作伐。时某方居权要，范公心畏之。以问十一娘，十一娘不乐。母诘之，嘿嘿不言，但有涕泪。使人潜告夫人，非孟生，死不嫁。公闻，益怒，竟许某绅家。且疑十一娘有私意于生，遂涓吉速成礼。十一娘忿不食，日惟耽卧。至亲迎之前夕，忽起，揽镜自妆。夫人窃喜。俄侍女奔白：“小姐自尽！”举宅惊涕，痛悔无所复及。三日遂葬。

孟生自邻媪反命，愤恨欲绝。然遥遥探访，妄冀复挽。察知佳人有

---

① 相人书——占卜算卦以推断吉凶之书。
② 翰苑才——可入翰林院的人才。
③ 曹丘生——汉人，善推荐人，后代指介绍人。

主，忿火中烧，万虑俱断矣。未几，闻玉葬香埋，慉然[①]悲丧，恨不从丽人俱死。向晚出门，意将乘昏夜一哭十一娘之墓。欻有一人来，近之，则封三娘。向生曰："喜姻好可就矣。"生泫然曰："卿不知十一娘亡耶？"封曰："我所谓就者，正以其亡。可急唤家人发冢，我有异药，能令苏。"生从之，发墓破棺，复掩其穴。生自负尸，与三娘俱归，置榻上；投以药，逾时而苏。顾见三娘，问："此何所？"封指生曰："此孟安仁也。"因告以故，始如梦醒。封惧漏泄，相将去五十里，避匿山村。封欲辞去，十一娘泣留作伴，使别院居。因货殉葬之饰，用为资度，亦称小有。封每遇生来，辄走避。十一娘从容曰："吾姊妹骨肉不啻也。然终无百年聚。计不如效英、皇[②]。"封曰："妾少得异诀，吐纳可以长生，故不愿嫁耳。"十一娘笑曰："世传养生术，汗牛充栋，行而效者谁也？"封曰："妾所得非世人所知。世传并非真诀，惟华佗五禽图差为不妄。凡修炼家，无非欲血气流通耳。若得厄逆症，作虎形立止，非其验耶？"十一娘阴与生谋，使伪为远出者。入夜，强劝以酒；既醉，生潜入污之。三娘醒曰："妹子害我矣！倘色戒不破，道成当升第一天[③]。今堕奸谋，命耳！"乃起告辞。十一娘告以诚意而哀谢之。封曰："实相告：我乃狐也。缘瞻丽容，忽生爱慕，如茧自缠，遂有今日。此乃情魔之劫，非关人力。再留，则魔更生，无底止矣。娘子福泽正远，珍重自爱。"言已而逝。夫妻惊叹久之。

逾年，生乡、会果捷，官翰林，投刺谒范公。公愧悔不见，固请之，乃见。生入，执子婿礼，伏拜甚恭。公愧怒，疑生儇薄。生请间，具道情事。公不深信，使人探诸其家，方大惊喜。阴戒勿宣，惧有祸变。又二年，某绅以关节[④]发觉，父子充辽海[⑤]军。十一娘始归宁焉。

---

① 慉(sè)然——恨恨状。
② 英、皇——即女英、娥皇，同为尧女，共嫁舜。
③ 第一天——道教修炼的最高境界。
④ 关节——暗中行贿、说人情。
⑤ 辽海——即辽海卫，今辽宁开原县境内。

狐 梦

余友毕怡庵[1]，倜傥不群，豪纵自喜。貌丰肥，多髭。士林知名。尝以故至叔刺史[2]公之别业[3]，休憩楼上。传言楼中故多狐。毕每读青凤传[4]，心辄向往，恨不一遇。因于楼上，摄想凝思。既而归斋，日已寖暮。时暑月燠热，当户而寝。睡中有人摇之。醒而却视，则一妇人，年逾不惑[5]，而风雅犹存。毕惊起，问其谁何。笑曰："我狐也。蒙君注念，心窃感纳。"毕闻而喜，投以嘲谑。妇笑曰："妾齿加长矣。纵人不见恶，先自惭沮。有小女及笄，可侍巾栉。明宵，无寓人于室，当即来。"言已而去。至夜，焚香坐伺。妇果携女至。态度娴婉，旷世无匹。妇谓女曰："毕郎与有夙缘，即须留止。明旦早归，勿贪睡也。"毕乃握手入帏，款曲备至。事已，笑曰："肥郎痴重，使人不堪。"未明即去。

既夕自来，曰："姊妹辈将为贺新郎，明日即屈同去。"问："何所？"曰："大姊作筵主，去此不远也。"毕果候之。良久不至，身渐倦惰。才伏案头，女忽入曰："劳君久伺矣。"乃握手而行。奄至一处，有大院落。直上中堂，则见灯烛荧荧，灿若星点。俄而主人至，年近二旬，淡妆绝美。敛衽称贺已，将践席，婢入曰："二娘子至。"见一女子入，年可十八九，笑向女曰："妹子已破瓜[6]矣。新郎颇如意否？"女以扇击背，白眼视之。二娘曰："记儿时与妹相扑[7]为戏，妹畏人数胁骨，遥呵手指，即笑不可耐。便怒我，谓我当嫁僬侥国[8]小王子。我谓婢子他日嫁多髭郎，刺破小吻，今果然矣。"大娘笑曰："无怪三娘子怒诅也！新郎在侧，直尔憨跳！"顷之，合尊促坐，宴笑甚欢。忽一少女，抱一猫至，年可十一二，雏发未燥，而艳媚入骨。大娘曰："四妹妹亦要见姊丈耶？此无坐处。"因提抱膝头，取肴果饵之。移时，

---

① 毕怡庵——毕际有的亲族，作者之友。
② 刺史——清代"知州"的别称。
③ 别业——别墅。
④ 青凤传——指《聊斋志异·青凤》。
⑤ 逾不惑——超过四十岁。
⑥ 破瓜——处女破身称"破瓜"，此指已婚少女。
⑦ 相扑——相互打闹。
⑧ 僬侥国——传说中的矮人国。

转置二娘怀中，曰："压我胫股痠痛！"二姊曰："婢子许大，身如百钧重，我脆弱不堪。既欲见姊丈，姊丈故壮伟，肥膝耐坐。"乃捉置毕怀。入怀香耎，轻若无人。毕抱与同杯饮。大娘曰："小婢勿过饮，醉失仪容，恐姊丈所笑。"少女孜孜展笑，以手弄猫，猫戛然鸣。大娘曰："尚不抛却，抱走蚤虱矣！"二娘曰："请以狸奴为令，执箸交传，鸣处则饮。"众如其教。至毕辄鸣。毕故豪饮，连举数觥。乃知小女子故捉令鸣也，因大喧笑。二姊曰："小妹子归休！压杀郎君，恐三姊怨人。"小女郎乃抱猫去。大姊见毕善饮，乃摘髻子贮酒以劝。视髻仅容升许；然饮之，觉有数斗之多。比干视之，则荷盖也。二娘亦欲相酬。毕辞不胜酒。二娘出一口脂合子，大于弹丸，酌曰："既不胜酒，聊以示意。"毕视之，一吸可尽；接吸百口，更无干时。女在傍以小莲杯易合子去，曰："勿为奸人所弄。"置合案上，则一巨钵。二娘曰："何预汝事！三日郎君，便如许亲爱耶！"毕持杯向口立尽。把之腻软；审之，非杯，乃罗袜一钩，衬饰工绝。二娘夺骂曰："猾婢！何时盗人履子去，怪足冰冷也！"遂起，入室易舄。女约毕离席告别。女送出村，使毕自归。瞥然醒寤，竟是梦景；而鼻口醺醺，酒气犹浓，异之。至暮，女来，曰："昨宵未醉死耶？"毕言："方疑是梦。"女曰："姊妹怖君狂噪，故托之梦，实非梦也。"

女每与毕弈，毕辄负。女笑曰："君日嗜此，我谓必大高着。今视之，只平平耳。"毕求指诲。女曰："弈之为术，在人自悟，我何能益君？朝夕渐染，或当有异。"居数月，毕觉稍进。女试之，笑曰："尚未，尚未。"毕出，与所尝共弈者游，则人觉其异，咸奇之。毕为人坦直，胸无宿物，微泄之。女已知，责曰："无惑乎同道者不交狂生也。屡嘱慎密，何尚尔尔！"怫然欲去。毕谢过不遑，女乃稍解；然由此来寖疏矣。

积年余，一夕来，兀坐相向。与之弈，不弈；与之寝，不寝。怅然良久，曰："君视我孰如青凤？"曰："殆过之。"曰："我自惭弗如。然聊斋[①]与君文字交，请烦作小传，未必千载下无爱忆如君者。"毕曰："夙有此志；曩遵旧嘱，故秘之。"女曰："向为是嘱，今已将别，复何讳？"问："何往？"曰："妾与四妹妹为西王母征作花鸟使[②]，不复得来。曩有姊行[③]，与君家叔兄，临别

① 聊斋——代指作者本人。
② 花鸟使——唐天宝间曾征选风流艳丽女子入宫侍宴，称"花鸟使"。
③ 姊行(háng)——姐辈。

已产二女，今尚未醮；妾与君幸无所累。”毕求赠言。曰：“盛气平，过自寡。”遂起，捉手曰：“君送我行。”至里许，洒涕分手，曰：“彼此有志，未必无会期也。”乃去。

康熙二十一年腊月十九日，毕子与余抵足[①]绰然堂，细述其异。余曰：“有狐若此，则聊斋之笔墨有光荣矣。”遂志之。

布　客

长清[②]某，贩布为业，客于泰安。闻有术人工星命之学[③]，诣问休咎[④]。术人推之曰：“运数大恶，可速归。”某惧，囊资北下。途中遇一短衣人，似是隶胥。渐渍与语，遂相知悦。屡市餐饮，呼与共啜。短衣人甚德之。某问所干营[⑤]，答言：“将适长清，有所勾致。”问为何人，短衣人出牒，示令自审；第一即己姓名。骇曰：“何事见勾？”短衣人曰：“我非生人，乃蒿里山东四司[⑥]隶役。想子寿数尽矣。”某出涕求救。鬼曰：“不能。然牒上名多，拘集尚需时日。子速归，处置后事，我最后相招，此即所以报交好耳。”无何，至河际，断绝桥梁，行人艰涉。鬼曰：“子行死矣，一文亦将不去。请即建桥，利行人；虽颇烦费，然于子未必无小益。”某然之。

某归，告妻子作周身具[⑦]。克日[⑧]鸠工[⑨]建桥。久之，鬼竟不至。心窃疑之。一日，鬼忽来曰：“我已以建桥事上报城隍，转达冥司矣，谓此一节可延寿命。今牒名已除，敬以报命。”某喜感谢。后再至泰山，不忘鬼德，敬赍楮锭[⑩]，呼名酹奠。既出，见短衣人匆遽而来曰：“子几祸我！适司君方莅事，幸不闻知。不然，奈何！”送之数武，曰：“后勿复来。倘有事北往，

---

① 抵足——足相接而眠。
② 长清——今山东长清县。
③ 星命之学——以天体运转推占人的吉凶。
④ 休咎——吉凶。
⑤ 干营——办事。
⑥ 蒿里山东四司——蒿里山，传说中的冥府；东四司，泛指主管人生死轮回的冥府诸司。
⑦ 周身具——葬具。
⑧ 克日——定期。
⑨ 鸠工——招集工匠。
⑩ 赍(jī)楮锭——携带纸钱。

自当迂道过访。”遂别而去。

农　人

有农人芸[①]于山下，妇以陶器为饷。食已，置器垄畔。向暮视之，器中余粥尽空。如是者屡。心疑之，因睨注以觇之。有狐来，探首器中。农人荷锄潜往，力击之。狐惊窜走。器囊头，苦不得脱；狐颠蹶，触器碎落，出首，见农人，窜益急，越山而去。

后数年，山南有贵家女，苦狐缠祟，敕勒无灵。狐谓女曰：“纸上符咒，能奈我何！”女绐之曰：“汝道术良深，可幸永好。顾不知生平亦有所畏者否？”狐曰：“我罔所怖。但十年前在北山时，尝窃食田畔，被一人戴阔笠[②]，持曲项兵[③]，几为所戮，至今犹悸。”女告父。父思投其所畏，但不知姓名、居里，无从问讯。

会仆以故至山村，向人偶道。旁一人惊曰：“此与吾曩年事适相符同，将无[④]向所逐狐，今能为怪耶？”仆异之，归告主人。主人喜，即命仆马招农人来，敬白所求。农人笑曰：“曩所遇诚有之，顾未必即为此物。且既能怪变，岂复畏一农人？”贵家固强之，使披戴如尔日状，入室以锄卓[⑤]地，咤曰：“我日觅汝不可得，汝乃逃匿在此耶！今相值，决杀不宥！”言已，即闻狐鸣于室。农人益作威怒。狐即哀言乞命。农人叱曰：“速去，释汝。”女见狐捧头鼠窜而去。自是遂安。

章　阿　端

卫辉[⑥]戚生，少年蕴藉，有气敢任。时大姓有巨第，白昼见鬼，死亡相

① 芸——锄草。
② 阔笠——宽沿草帽。
③ 持曲项兵——拿锄头作兵器。
④ 将无——莫非。
⑤ 卓——竖立。
⑥ 卫辉——府名，今河南汲县。

继,愿以贱售。生廉其直,购居之。而第阔人稀,东院楼亭,蒿艾成林,亦姑废置。家人夜惊,辄相哗以鬼。两月余,丧一婢。无何,生妻以暮至楼亭,既归得疾,数日寻毙。家人益惧,劝生他徙。生不听。而块然无偶,憭慄[①]自伤。婢仆辈又时以怪异相聒。生怒,盛气襆被,独卧荒亭中,留烛以觇其异。久之无他,亦竟睡去。

忽有人以手探被,反复扪挲[②]。生醒视之,则一老大婢,挛耳蓬头,臃肿无度。生知其鬼,捉臂推之,笑曰:"尊范不堪承教!"婢惭,敛手蹀躞而去。少顷,一女郎自西北隅出,神情婉妙,闯然至灯下,怒骂:"何处狂生,居然高卧!"生起笑曰:"小生此间之第主,候卿讨房税耳。"遂起,裸而捉之。女急遁。生先趋西北隅,阻其归路。女既穷,便坐床上。近临之,对烛如仙;渐拥诸怀。女笑曰:"狂生不畏鬼耶?将祸尔死!"生强解裙襦,则亦不甚抗拒。已而自白曰:"妾章氏,小字阿端。误适荡子,刚愎不仁,横加折辱,愤悒夭逝,瘗此二十余年矣。此宅下皆坟冢也。"问:"老婢何人?"曰:"亦一故鬼,从妾服役。上有生人居,则鬼不安于夜室,适令驱君耳。"问:"扪挲何为?"笑曰:"此婢三十年未经人道,其情可悯;然亦太不自量矣。要之:馁怯者,鬼益侮弄之;刚肠者,不敢犯也。"听邻钟响断,着衣下床,曰:"如不见猜,夜当复至。"

入夕,果至,绸缪益欢。生曰:"室人不幸殂谢,感悼不释于怀。卿能为我致之否?"女闻之益戚,曰:"妾死二十年,谁一致念忆者!君诚多情,妾当极力。然闻投生有地矣,不知尚在冥司否。"逾夕,告生曰:"娘子将生贵人家。以前生失耳环,挞婢,婢自缢死,此案未结,以故迟留。今尚寄药王[③]廊下,有监守者。妾使婢往行贿,或将来也。"生问:"卿何闲散?"曰:"凡枉死鬼不自投见,阎罗天子不及知也。"二鼓向尽,老婢果引生妻而至。生执手大悲,妻含涕不能言。女别去,曰:"两人可话契阔,另夜请相见也。"生慰问婢死事。妻曰:"无妨,行结矣。"上床偎抱,款若平生之欢。由此遂以为常。后五日,妻忽泣曰:"明日将赴山东,乖离苦长,奈何!"生闻言,挥涕流离,哀不自胜。女劝曰:"妾有一策,可得暂聚。"共收涕询之。

---

① 憭(liǎo)慄——凄凉忧伤。
② 扪挲(sūn)——摸索。
③ 药王——佛教菩萨名。

女请以钱纸十提[①]，焚南堂杏树下，持贿押生者，俾缓时日。生从之。至夕，妻至，曰："幸赖端娘，今得十日聚。"生喜，禁女勿去，留与连床，暮以暨晓，惟恐欢尽。过七八日，生以限期将满，夫妻终夜哭。问计于女，女曰："势难再谋。然试为之，非冥资百万不可。"生焚之如数。女来，喜曰："妾使人与押生者关说，初甚难；既见多金，心始摇。今已以他鬼代生矣。"自此，白日亦不复去，令生塞户牖，灯烛不绝。

如是年余，女忽病，瞀闷懊侬[②]，恍惚如见鬼状。妻抚之曰："此为鬼病。"生曰："端娘已鬼，又何鬼之能病？"妻曰："不然。人死为鬼，鬼死为聻[③]。鬼之畏聻，犹人之畏鬼也。"生欲为聘巫医。曰："鬼何可以人疗？邻媪王氏，今行术于冥间，可往召之。然去此十余里，妾足弱不能行，烦君焚刍马[④]。"生从之。马方爇，即见女婢牵赤骝[⑤]，授绥庭下，转瞬已杳。少间，与一老妪叠骑而来，絷马廊柱。妪入，切[⑥]女十指。既而端坐，首儩倲[⑦]作态。仆地移时，蹶而起曰："我黑山大王也。娘子病大笃，幸遇小神，福泽不浅哉！此业鬼为殃，不妨，不妨！但是病有瘳，须厚我供养，金百锭、钱百贯，盛筵一设，不得少缺。"妻一一嗷应[⑧]。妪又仆而苏，向病者呵叱。乃已。既而欲去。妻送诸庭外，赠之以马，欣然而去。入视女郎，似稍清醒。夫妻大悦，抚问之。女忽言曰："妾恐不得再履人世矣。合目辄见冤鬼，命也！"因泣下。越宿，病益沉殆，曲体战栗，妄有所睹。拉生同卧，以首入怀，似畏扑捉。生一起，则惊叫不宁。如此六七日，夫妻无所为计。会生他出，半日而归，闻妻哭声。惊问，则端娘已毙床上，委蜕[⑨]犹存。启之，白骨俨然。生大恸，以生人礼葬于祖墓之侧。一夜，妻梦中呜咽。摇而问之，答云："适梦端娘来，言其夫为聻鬼，怒其改节泉下，衔恨索命去，乞我作道场。"生早起，即将如教。妻止之曰："度鬼非君所可与力也。"乃起去。逾刻而来，曰："余已命人邀僧侣。当先焚纸钱作用度。"生

---

① 提——串。
② 瞀(mào)闷懊侬(náog)——神志迷乱不清，烦躁不安。
③ 聻(jiàn)——传说中鬼死为聻。
④ 刍马——草扎的纸马。
⑤ 赤骝——红骏马。
⑥ 切——摸、按。
⑦ 儩倲(dù sòu)——同"哆嗦"。
⑧ 嗷应——高声答应。
⑨ 委蜕——喻指遗留物。

从之。日方落，僧众毕集，金铙法鼓[①]，一如人世。妻每谓其聒耳，生殊不闻。道场既毕，妻又梦端娘来谢，言："冤已解矣，将生作城隍之女。烦为转致。"

居三年，家人初闻而惧，久之渐习。生不在，则隔窗启禀。一夜，向生啼曰："前押生者，今情弊漏泄，按责甚急，恐不能久聚矣。"数日，果疾，曰："情之所钟，本愿长死，不乐生也。今将永诀，得非数乎！"生皇遽求策。曰："是不可为也。"问："受责乎？"曰："薄有所罚。然偷生罪大，偷死罪小。"言讫，不动。细审之，面庞形质，渐就澌灭矣。生每独宿亭中，冀有他遇，终亦寂然，人心遂安。

馎饦[②]媪

韩生居别墅半载，腊尽始返。一夜，妻方卧，闻人行声。视之，炉中煤火，炽耀甚明。见一媪，可[③]八九十，鸡皮橐背，衰发可数。向女曰："食馎饦否？"女惧，不敢应。媪遂以铁箸拨火，加釜其上；又注以水。俄闻汤沸。媪撩襟启腰橐，出馎饦数十枚，投汤中，历历有声。自言曰："待寻箸来。"遂出门去。女乘媪去，急起捉釜倾箦[④]后，蒙被而卧。少刻，媪至，逼问釜汤所在。女大惧而号。家人尽醒，媪始去，启箦照视，则土鳖虫数十，堆累其中。

金永年

利津[⑤]金永年，八十二岁无子。媪亦七十八岁，自分[⑥]绝望。忽梦神告曰："本应绝嗣，念汝贸贩平准，赐予一子。"醒以告媪。媪曰："此真妄

---

① 金铙法鼓——举行法会所用的打击乐器。

② 馎饦(bó tuō)——即"汤饼"。

③ 可——大约。

④ 箦(zé)——床席。

⑤ 利津——今山东利津县。

⑥ 自分——自料。

想。两人皆将就木[①],何由生子?”无何,媪腹震动;十月,竟举一男。

花 姑 子

安幼舆,陕之拔贡,生为人挥霍好义,喜放生。见猎者获禽,辄不惜重直,买释之。会舅家丧葬,往助执绋[②]。暮归,路经华岳[③],迷窜山谷中。心大恐。一矢之外,忽见灯火,趋投之。数武中,欻见一叟,伛偻曳杖,斜径疾行。安停足,方欲致问,叟先诘谁何。安以迷途告;且言灯火处必是山村,将以投止。叟曰:“此非安乐乡。幸老夫来,可从去,茅庐可以下榻。”安大悦,从行里许,睹小村。叟扣荆扉,一妪出,启关曰:“郎子来耶?”叟曰:“诺。”既入,则舍宇湫隘[④]。叟挑灯促坐,便命随事具食。又谓妪曰:“此非他,是吾恩主。婆子不能行步,可唤花姑子来酾酒。”俄,女郎以馔具入,立叟侧,秋波斜盼。安视之,芳容韶齿,殆类天仙。叟顾令煨酒。房西隅有煤炉,女即入房拨火。安问:“此公何人?”答云:“老夫章姓。七十年止有此女。田家少婢仆,以君非他人,遂敢出妻见子,幸勿哂也。”安问:“婿家何里?”答言:“尚未。”安赞其惠丽,称不容口。叟方谦挹,忽闻女郎惊号。叟奔入,则酒沸火腾。叟乃救止,诃曰:“老大婢,濡[⑤]猛不知耶!”回首,见炉傍有蓶心[⑥]插紫姑[⑦]未竟,又诃曰:“发蓬蓬许,裁如婴儿!”持向安曰:“贪此生涯,致酒腾沸。蒙君子奖誉,岂不羞死!”安审谛之,眉目袍服,制甚精工。赞曰:“虽近儿戏,亦见慧心。”斟酌移时,女频来行酒,嫣然含笑,殊不羞濇。安注目情动。忽闻妪呼,叟便去。安觑无人,谓女曰:“睹仙容,使我魂失。欲通媒妁,恐其不遂,如何?”女把壶向火,默若不闻;屡问不对。生渐入室。女起,厉色曰:“狂郎入闼,将何为!”生长跽哀之。女夺门欲去。安暴起要遮。狎接臄㖂[⑧]。女颤声疾呼,叟忽遽入问。

① 就木——死亡。
② 执绋(fú)——指送葬。
③ 华岳——西岳华山。
④ 湫隘——低湿狭小。
⑤ 濡——水泡,浸。
⑥ 蓶心——高粱秆心。
⑦ 紫姑——传说中的女神,为厕神。
⑧ 臄㖂(jué qí)——接吻。

安释手而出，殊切愧惧。女从容向父曰："酒复涌沸，非郎君来，壶子融化矣。"安闻女言，心始安妥，益德之。魂魄颠倒，丧所怀来[①]。于是伪醉离席，女亦遂去。叟设裀褥，阖扉乃出。安不寐，未曙，呼别。

至家，即浼交好者造庐求聘，终日而返，竟莫得其居里。安遂命仆马，寻途自往。至则绝壁巉岩，竟无村落；访诸近里，则此姓绝少。失望而归，并忘食寝。由此得昏瞀[②]之疾：强啖汤粥，则喠嗗[③]欲吐；溃乱中，辄呼花姑子。家人不解，但终夜环伺之，气势阽危[④]。一夜，守者困怠并寐，生朦胧中，觉有人揣而抗[⑤]之。略开眸，则花姑子立床下，不觉神气清醒。熟视女郎，潸潸涕堕。女倾头笑曰："痴儿何至此耶？"乃登榻，坐安股上，以两手为按太阳穴。安觉脑麝奇香，穿鼻沁骨。按数刻，忽觉汗满天庭，渐达肢体。小语曰："室中多人，我不便住。三日当复相望。"又于绣袪中出数蒸饼置床头，悄然遂去。安至中夜，汗已思食，扪饼啖之。不知所苞何料，甘美非常，遂尽三枚。又以衣覆余饼，懵憕[⑥]酣睡，辰分始醒，如释重负。三日，饼尽，精神倍爽。乃遣散家人。又虑女来不得其门而入，潜出斋庭，悉脱扃键。未几，女果至，笑曰："痴郎子！不谢巫[⑦]耶？"安喜极，抱与绸缪，恩爱甚至。已而曰："妾冒险蒙垢，所以故，来报重恩耳。实不能永谐琴瑟，幸早别图。"安默默良久，乃问曰："素昧生平，何处与卿家有旧？实所不忆。"女不言，但云："君自思之。"生固求永好。女曰："屡屡夜奔，固不可；常谐伉俪，亦不能。"安闻言，邑邑而悲。女曰："必欲相谐，明宵请临妾家。"安乃收悲以忻，问曰："道路辽远，卿纤纤之步，何遂能来？"曰："妾固未归。东头聋媪我姨行，为君故，淹留至今，家中恐所疑怪。"安与同衾，但觉气息肌肤，无处不香。问曰："熏何芗[⑧]泽，致侵肌骨？"女曰："妾生来便尔，非由熏饰。"安益奇之。女早起言别。安虑迷途，女约相候于路。安抵暮驰去，女果伺待，偕至旧所。叟媪欢逆。酒肴无佳品，杂具藜藿。既而请客安寝。女子殊不瞻顾，颇涉疑念。更既深，女始至，曰："父母絮絮

① 丧所怀来——喻指对花姑子非礼行为的念头消失。
② 昏瞀——精神错乱。
③ 喠嗗(zhǒng yǒng)——喘息急促。
④ 阽危——极危。
⑤ 抗——通"吭"。
⑥ 懵憕(méng téng)——朦胧、迷乱。
⑦ 巫——女巫，此为花姑子自指。
⑧ 芗——通"香"。

不寝，致劳久待。”浃洽终夜，谓安曰：“此宵之会，乃百年之别。”安惊问之。答曰：“父以小地孤寂，故将远徙。与君好合，尽此夜耳。”安不忍释，俯仰悲怆。依恋之间，夜色渐曙。叟忽闯入，骂曰：“婢子玷我清门，使人愧怍欲死！”女失色，草草奔去。叟亦出，且行且詈。安惊孱遌[①]怯，无以自容，潜奔而归。

数日徘徊，心景殆不可过。因思夜往，逾墙以观其便。叟固言有恩，即令事泄，当无大谴。遂乘夜窜往，蹀躞山中，迷闷不知所往。大惧。方觅归途，见谷中隐有舍宇；喜诣之，则闬闳高壮，似是世家，重门尚未扃也。安向门者讯章氏之居。有青衣人出，问：“昏夜何人询章氏？”安曰：“是吾亲好，偶迷居向。”青衣曰：“男子无问章也。此是渠妗家，花姑即今在此，容传白之。”入未几，即出邀安。才登廊舍，花姑趋出迎，谓青衣曰：“安郎奔波中夜，想已困殆，可伺床寝。”少间，携手入帏。安问：“妗家何别无人？”女曰：“妗他出，留妾代守。幸与郎遇，岂非夙缘？”然偎傍之际，觉甚膻腥，心疑有异。女抱安颈，遽以舌舐鼻孔，彻脑如刺。安骇绝，急欲逃脱，而身若巨绠[②]之缚。少时，闷然不觉矣。

安不归，家中逐者穷人迹。或言暮遇于山径者。家人入山，则见裸死危崖下。惊怪莫察其由，舁归。众方聚哭，一女郎来吊，自门外噭啕[③]而入。抚尸捺鼻，涕洟其中，呼曰：“天乎，天乎！何愚冥至此！”痛哭声嘶，移时乃已。告家人曰：“停以七日，勿殓也。”众不知何人，方将启问；女傲不为礼，含涕径出，留之不顾。尾其后，转眸已渺。群疑为神，谨遵所教。夜又来，哭如昨。至七夜，安忽苏，反侧以呻。家人尽骇。女子入，相向呜咽。安举手，挥众令去。女出青草一束，燂[④]汤升许，即床头进之，顷刻能言。叹曰：“再杀之惟卿，再生之亦惟卿矣！”因述所遇。女曰：“此蛇精冒妾也。前迷道时，所见灯光，即是物也。”安曰：“卿何能起死人而肉白骨也？勿乃仙乎？”曰：“久欲言之，恐致惊怪。君五年前，曾于华山道上买猎獐而放之否？”曰：“然，其有之。”曰：“是即妾父也。前言大德，盖以此故。君前日已生西村王主政[⑤]家。妾与父讼诸阎摩王，阎摩王弗善也。父愿

① 遌——通“愕”。
② 绠——通“绳”。
③ 噭啕——放声痛哭。
④ 燂(xún)——煮。
⑤ 主政——官名，即中央各部“主事”。

坏道代郎死，哀之七日，始得当。今之邂逅，幸耳。然君虽生，必且痿痹[①]不仁；得蛇血合酒饮之，病乃可除。”生啣恨切齿，而虑其无术可以擒之。女曰：“不难。但多残生命，累我百年不得飞升。其穴在老崖中，可于晡时聚茅焚之，外以强弩戒备，妖物可得。”言已，别曰：“妾不能终身事，实所哀惨。然为君故，业行[②]已损其七，幸悯宥也。月来觉腹中微动，恐是孽根。男与女，岁后当相寄耳。”流涕而去。

安经宿，觉腰下尽死，爬抓无所痛痒。乃以女言告家人。家人往，如其言，炽火穴中。有巨白蛇冲焰而出。数弩齐发，射杀之。火熄入洞，蛇大小数百头，皆焦臭。家人归，以蛇血进。安服三日，两股渐能转侧，半年始起。后独行谷中，遇老媪以绷席抱婴儿授之，曰：“吾女致意郎君。”方欲问讯。瞥不复见。启襁视之，男也。抱归，竟不复娶。

异史氏曰：“人之所以异于禽兽者几希，此非定论也。蒙恩啣结，至于没齿，则人有惭于禽兽者矣。至于花姑，始而寄慧于憨，终而寄情于恝，乃知憨者慧之极，恝者情之至也。仙乎，仙乎！”

武　孝　廉

武孝廉[③]石某，囊资赴都，将求铨叙[④]。至德州，暴病，唾血不起，长卧舟中。仆篡金亡去。石大恚，病益加，资粮断绝，榜人[⑤]谋委弃之。会有女子乘船，夜来临泊，闻之，自愿以舟载石。榜人悦，扶石登女舟。石视之，妇四十余，被服灿丽，神采犹都。呻以感谢。妇临审曰：“君夙有瘵根[⑥]，今魂魄已游墟墓。”石闻之，嗷然哀哭。妇曰：“我有丸药，能起死。苟病瘳，勿相忘。”石洒泣矢盟。妇乃以药饵石；半日，觉少痊。妇即榻供甘旨，殷勤过于夫妇。石益德之。月余，病良已。石膝行而前，敬之如母，

---

① 痿痹——肢体萎缩麻木。
② 业行（xíng）——修行的道业。
③ 武孝廉——武举人。
④ 铨叙——清代科举取官的方法之一。
⑤ 榜人——船家。
⑥ 瘵（zhài）根——肺痨病根。

妇曰："妾茕独[1]无依，如不以色衰见憎，愿侍巾栉。"时石三十余，丧偶经年，闻之，喜惬过望，遂相燕好。妇乃出藏金，使入都营干，相约返与同归。

石赴都夤缘[2]，选得本省司阃[3]；余金市鞍马，冠盖赫奕。因念妇腊[4]已高，终非良偶，因以百金聘王氏为继室。心中悚怯，恐妇闻知，遂避德州道，迂途履任。年余，不通音耗。有石中表[5]，偶至德州，与妇为邻。妇知之，诣问石况。某以实对。妇大骂，因告以情。某亦代为不平，慰解曰："或署中务冗，尚未暇遑。乞修尺一书，为嫂寄之。"妇如其言。某敬以达石，石殊不置意。又年余，妇自往归石，止于旅舍，托官署司宾者[6]通姓氏。石令绝之。一日，方燕饮，闻喧詈声；释杯凝听，则妇已搴帘入矣。石大骇，面色如土。妇指骂曰："薄情郎！安乐耶？试思富若贵，何所自来？我与汝情分不薄，即欲置婢妾，相谋何害？"石累足屏气，不能复作声。久之，长跽自投，诡辞求宥。妇气稍平。石与王氏谋，使以妹礼见妇。王氏雅不欲；石固哀之，乃往。王拜，妇亦答拜。曰："妹勿惧，我非悍妒者。曩事，实人情所不堪，即妹亦当不愿有是郎。"遂为王缅述本末。王亦愤恨，因与交詈石。石不能自为地，惟求自赎，遂相安帖。

初，妇之未入也，石戒阍人勿通。至此，怒阍人，阴诘让之。阍人固言管钥未发，无入者，不服。石疑之而不敢问妇，两虽言笑，而终非所好也。幸妇娴婉，不争夕。三餐后，掩闼早眠，并不问良人夜宿何所。王初犹自危；见其如此，益敬之。厌旦往朝，如事姑嫜。妇御下[7]宽和有体，而明察若神。一日，石失印绶，合署沸腾，屑屑[8]还往，无所为计。妇笑言："勿忧，竭井可得。"石从之，果得之。叩其故，辄笑不言。隐约间，似知盗者姓名，然终不肯泄。居之终岁，察其行多异。石疑其非人，常于寝后使人瞯[9]听之，但闻床上终夜作振衣声，亦不知其何为。妇与王极相怜爱。一夕，

① 茕(qióng)独——孤独。
② 夤缘——攀附权要，求取官位。
③ 司阃(kǔn)——门卫武官。
④ 腊——年岁。
⑤ 中表——即姑(或姨)舅的兄弟。
⑥ 官署司宾者——门房值班人。
⑦ 御下——管理下人。
⑧ 屑屑——不安。
⑨ 瞯(jiàn)——偷看。

石以赴臬司[1]未归，妇与王饮，不觉过醉，就卧席间，化而为狐。王怜之，覆以锦褥。未几，石入，王告以异。石欲杀之。王曰："即狐，何负于君？"石不听，急觅佩刀。而妇已醒，骂曰："虺蝮[2]之行，而豺狼之心，必不可以久居！曩所啖药，乞赐还也！"即唾石面。石觉森寒如浇冰水，喉中习习作痒；呕出，则丸药如故。妇拾之，忿然迳出，追之已杳。石中夜旧症复作，血嗽不止，半载而卒。

异史氏曰："石孝廉，翩翩若书生。或言其折节能下士，语人如恐伤。壮年殂谢，士林悼之。至闻其负狐妇一事，则与李十郎[3]何以少异？"

西 湖 主

陈生弼教，字明允，燕[4]人也。家贫，从副将军贾绾作记室[5]，泊舟洞庭[6]，适猪婆龙[7]浮水面，贾射之中背。有鱼衔龙尾不去，并获之。锁置桅间，奄存气息；而龙吻张翕，似求援拯。生恻然心动。请于贾而释之。携有金创药[8]，戏敷患处，纵之水中，浮沉逾刻而没。

后年余，生北归，复经洞庭，大风覆舟。幸扳一竹簏，漂泊终夜，絓[9]木而止。援岸方升，有浮尸继至，则其僮仆。力引出之，已就毙矣。惨怛无聊，坐对憩息。但见小山耸翠，细柳摇青，行人绝少，无可问途。自迟明以至辰后，怅怅靡之。忽僮仆肢体微动，喜而扪之。无何，呕水数斗，醒然顿苏。相与曝衣石上，近午始燥可着。而枵肠[10]辘辘，饥不可堪。于是越山疾行，冀有村落。才至半山，闻鸣镝声[11]。方疑听所，有二女郎乘骏马

① 臬司——清代巡抚的属官。
② 虺蝮(huǐ fù)——均为毒蛇。
③ 李十郎——唐人小说《霍小玉传》中人物，指李对霍始乱终弃。
④ 燕(yān)——相当于今河北省。
⑤ 记室——掌管文书的官。
⑥ 洞庭——湖南洞庭湖。
⑦ 猪婆龙——即"扬子鳄"。
⑧ 金创药——治刀箭创伤的外用药。
⑨ 絓——通"挂"。
⑩ 枵肠——饥肠。
⑪ 鸣镝声——箭飞行声。

来，骋如撒菽①。各以红绡抹额②，髻插雉尾；着小袖紫衣，腰束绿锦；一挟弹，一臂青鞲③。度过岭头，则数十骑猎于榛莽，并皆姝丽，装束若一。生不敢前。有男子步驰，似是驭卒，因就问之。答曰："此西湖主猎首山也。"生述所来，且告之馁。驭卒解裹粮授之，嘱云："宜即远避，犯驾当死！"生惧，疾趋下山。

茂林中隐有殿阁，谓是兰若。近临之，粉垣围沓，溪水横流；朱门半启，石桥通焉。攀扉一望，则台榭环云，拟于上苑④，又疑是贵家园亭。逡巡而入，横藤碍路，香花扑人。过数折曲栏，又是别一院宇，垂杨数十株，高拂朱檐。山鸟一鸣，则花片齐飞；深苑微风，则榆钱自落。怡目快心，殆非人世。穿过小亭，有秋千一架，上与云齐；而罥索⑤沉沉，杳无人迹。因疑地近闺阁⑥，恇怯⑦未敢深入。俄闻马腾于门，似有女子笑语。生与僮潜伏丛花中。未几，笑声渐近，闻一女子曰："今日猎兴不佳，获禽绝少。"又一女曰："非是公主射得雁落，几空劳仆马也。"无何，红妆数辈，拥一女郎至亭上坐。秃袖⑧戎装，年可十四五。鬟多敛雾，腰细惊风，玉蕊琼英，未足方喻。诸女子献茗熏香，灿如堆锦。移时，女起，历阶而下。一女曰："公主鞍马劳顿，尚能秋千否？"公主笑诺。遂有驾肩者，捉臂者，褰裙者，持履者，挽扶而上。公主舒皓腕，蹑利屣，轻如飞燕，蹴入云宵。已而扶下。群曰："公主真仙人也！"嘻笑而去。生睨良久，神志飞扬。迨人声既寂，出诣秋千下，徘徊凝想。见篱下有红巾，知为群美所遗，喜纳袖中。登其亭，见案上设有文具，遂题巾曰："雅戏何人拟半仙？分明琼女散金莲。广寒队里恐相妒，莫信凌波上九天。"题已，吟诵而出。复寻故径，则重门扃锢矣。踟蹰罔计，反而楼阁亭台，涉历几尽。一女掩入，惊问："何得来此？"生揖之曰："失路之人，幸能垂救。"女问："拾得红巾否？"生曰："有之。然已玷染，如何？"因出之。女大惊曰："汝死无所矣！此公主所常御，涂鸦若此，何能为地？"生失色，哀求脱免。女曰："窃窥宫仪，罪已不赦。念汝

---

① 骋如撒菽——喻马蹄声如撒豆般急促。
② 红绡抹额——头扎红巾。
③ 鞲(gōu)——皮质的箭袖。
④ 上苑——皇家园林。
⑤ 罥(juàn)索——悬挂秋千的绳索。
⑥ 闺阁——内室。
⑦ 框怯——恐惧畏缩。
⑧ 秃袖——窄袖。

儒冠蕴藉，欲以私意相全；今孽乃自作，将何为计！”遂皇皇持巾去。生心悸肌栗，恨无翅翎，惟延颈俟死。迂久，女复来，潜贺曰：“子有生望矣！公主看巾三四遍，輾然无怒容，或当放君去。宜姑耐守，勿得攀树钻垣，发觉不宥矣。”日已投暮，凶祥不能自必；而饿焰中烧，忧煎欲死。无何，女子挑灯至。一婢提壶榼[①]，出酒食饷生。生急问消息，女云：“适我乘间言：‘园中秀才，可恕则放之；不然，饿且死。’公主沉思云：‘深夜教渠何之？’遂命馈君食。此非恶耗也。”生徨徊终夜，危不自安。辰刻向尽，女子又饷之。生哀求缓颊，女曰：“公主不言杀，亦不言放。我辈下人，何敢屑屑渎告？”既而斜日西转，眺望方殷，女子坌息[②]急奔而入，曰：“殆矣！多言者泄其事于王妃；妃展巾抵地，大骂狂伧，祸不远矣！”生大惊，面如灰土，长跽请教。忽闻人语纷拏[③]，女摇手避去。数人持索，汹汹入户。内一婢熟视曰：“将谓何人，陈郎耶？”遂止持索者，曰：“且勿且勿，待白王妃来。”返身急去。少间来，曰：“王妃请陈郎入。”生战惕从之。经数十门户，至一宫殿，碧箔银钩。即有美姬揭帘，唱：“陈郎至。”上一丽者，袍服炫冶。生伏地稽首曰：“万里孤臣，幸恕生命。”妃急起自曳之，曰：“我非君子，无以有今日。婢辈无知，致迕佳客，罪何可赎！”即设华筵，酌以镂杯。生茫然不解其故。妃曰：“再造之恩，恨无所报。息女蒙题巾之爱，当是天缘，今夕即遣奉侍。”生意出非望，神惝恍[④]而无着。

日方暮，一婢前白：“公主已严妆讫。”遂引生就帐。忽而笙管敖曹，阶上悉践花罽[⑤]；门堂藩溷，处处皆笼烛。数十妖姬，扶公主交拜。麝兰之气，充溢殿庭，既而相将入帏，两相倾爱。生曰：“羁旅之臣，生平不省拜侍。点污芳巾，得免斧锧，幸矣；反赐姻好，实非所望。”公主曰：“妾母，湖君妃子，乃扬江王女。旧岁归宁，偶游湖上，为流矢所中。蒙君脱免，又赐刀圭[⑥]之药，一门戴佩，常不去心。郎勿以非类见疑。妾从龙君得长生诀，愿与郎共之。”生乃悟为神人，因问：“婢子何以相识？”曰：“尔日洞庭舟上，曾有小鱼衔尾，即此婢也。”又问：“既不见诛，何迟迟不赐纵脱？”笑曰：

---

① 榼——通“盒”。
② 坌(bèn)息——喘息急促。
③ 纷拏(ná)——杂乱。
④ 惝(chǎng)恍——恍惚。
⑤ 花罽(jì)——花地毯。
⑥ 刀圭——借指药物。

"实怜君才,但不自主。颠倒终夜,他人不及知也。"生叹曰:"卿,我鲍叔[①]也。馈食者谁?"曰:"阿念,亦妾腹心。"生曰:"何以报德?"笑曰:"侍君有日,徐图塞责未晚耳。"问:"大王何在?"曰:"从关圣[②]征蚩尤[③]未归。"

居数日,生虑家中无耗,悬念綦切,乃先以平安书遣仆归。家中闻洞庭舟覆,妻子缞绖已年余矣。仆归,始知不死;而音问梗塞,终恐漂泊难返。又半载,生忽至,裘马甚都,囊中宝玉充盈。由此富有巨万,声色豪奢,世家所不能及。七八年间,生子五人。日日宴集宾客,宫室饮馔之奉,穷极丰盛。或问所遇,言之无少讳。

有童稚之交梁子俊者,宦游南服十余年。归过洞庭,见一画舫,雕槛朱窗,笙歌幽细,缓荡烟波。时有美人推窗凭眺。梁目注舫中,见一少年丈夫,科头叠股其上;傍有二八姝丽,挼莎交摩。念必楚襄贵官,而驺从殊少。凝眸审谛,则陈明允也。不觉凭栏酣叫。生闻呼罢棹,出临鹢首[④],邀梁过舟。见残肴满案,酒雾犹浓。生立命撤去。顷之,美婢三五,进酒烹茗,山海珍错,目所未睹。梁惊曰:"十年不见,何富贵一至于此!"笑曰:"君小觑穷措大不能发迹耶?"问:"适共饮何人?"曰:"山荆耳。"梁又异之。问:"携家何往?"答:"将西渡。"梁欲再诘,生遽命歌以侑酒。一言甫毕,旱雷聒耳,肉竹[⑤]嘈杂,不复可闻言笑。梁见佳丽满前,乘醉大言曰:"明允公,能令我真个销魂否?"生笑云:"足下醉矣!然有一美妾之资,可赠故人。"遂命侍儿进明珠一颗,曰:"绿珠[⑥]不难购,明我非吝惜。"乃趣别曰:"小事忙迫,不及与故人久聚。"送梁归舟,开缆迳去。

梁归,探诸其家,则生方与客饮,益疑。因问:"昨在洞庭,何归之速?"答曰:"无之。"梁乃追述所见,一座尽骇。生笑曰:"君误矣,仆岂有分身术耶?"众异之,而究莫解其故。后八十一岁而终。迨殡,讶其棺轻;开之,则空棺耳。

异史氏曰:"竹簏不沉,红巾题句,此其中具有鬼神;而要皆恻隐之一念所通也。迨宫室妻妾,一身而两享其奉,即又不可解矣。昔有愿娇妻美

① 鲍叔——春秋齐人,与管仲为知己,此代指知己。
② 关圣——即关羽。
③ 蚩尤——传说中的部落酋长。
④ 鹢(yì)首——船头。
⑤ 肉竹——歌乐声。
⑥ 绿珠——晋人,石崇的歌妓,此代指身价高的美女。

妾、贵子贤孙，而兼长生不死者，仅得其半耳。岂仙人中亦有汾阳、季伦①耶？”

孝 子

青州东香山之前，有周顺亭者，事母至孝。母股生巨疽，痛不可忍，昼夜嚬呻。周抚肌进

药，至忘寝食。数月不痊，周忧煎无以为计。梦父告曰：“母疾赖汝孝。然此疮非人膏涂之不能愈，徒劳焦恻也。”醒而异之。乃起，以利刃割胁肉；肉脱落，觉不甚苦。急以布缠腰际，血亦不注。于是烹肉持膏，敷母患处，痛截然顿止。母喜问：“何药而灵效如此？”周诡对之。母疮寻愈。周每掩护割处，即妻子亦不知也。即痊，有巨痕如掌。妻诘之，始得其情。

异史氏曰：“刲股②为伤生之事，君子不贵。然愚夫妇何知伤生之为不孝哉？亦行其心之所不自已者而已。有斯人而知孝子之真，犹在天壤。司③风教者，重务良多，无暇彰表，则阐幽明微，赖兹刍荛④。”

狮 子

暹逻⑤贡狮，每止处，观者如堵。其形状与世传绣画者迥异，毛黑黄色，长数寸。或投以鸡，先以爪抟⑥而吹之；一吹，则毛尽落如扫，亦理之奇也。

---

① 汾阳、季伦——汾阳，即郭子仪，唐人，有军功，富贵至极，子孙绕膝，被封为汾阳郡王；季伦，即石崇，晋人，家巨富。此代指多子多孙、大富大贵之人。

② 刲(kuī)股——割股疗亲。

③ 司——管理。

④ 刍荛——作者自谦词，谦喻文章浅陋。

⑤ 暹(xiān)逻——泰国的古称。

⑥ 抟——以双手捧持转动。

阎　王

李久常，临朐①人。壶榼②于野，见旋风蓬蓬而来，敬酹奠之。后以故他适，路傍有广第，殿阁弘丽。一青衣人自内出，邀李。李固辞，青衣要遮甚殷。李曰："素不识荆，得无误耶？"青衣云："不误。"便言李姓字。问："此谁家？"答云："入自知之。"入，进一层门，见一女子手足钉扉上。近视之，其嫂也。大骇。李有嫂，臂生恶疽，不起者年余矣，因自念何得至此，转疑招致意恶，畏沮却步。青衣促之，乃入。至殿下，上一人。冠带如王者，气像威猛。李跪伏，莫敢仰视。王者命曳起之，慰之曰："勿惧。我以曩昔扰子杯酌，欲一见相谢，无他故也。"李心始安，然终不知其故。王者又曰："汝不忆田野酹奠时乎？"李顿悟，知其为神，顿首曰："适见嫂氏，受此严刑，骨肉之情，实怆于怀。乞王怜宥！"王者曰："此甚悍妒，宜得是罚。三年前，汝兄妾盘肠而产，彼阴以针刺肠上，俾至今脏腑常痛。此岂有人理者！"李固哀之。乃是曰："便以子故宥之。归当劝悍妇改行。"李谢而出，则扉上无人矣。归视嫂，嫂卧榻上，创血殷席。时以妾拂意故，方致诟骂。李遽劝曰："嫂勿复尔！今日恶苦，皆平日忌嫉所致。"嫂怒曰："小郎若个好男儿；又房中娘子贤似孟姑姑③，任郎君东家眠，西家宿，不敢一作声。自当是小郎大好乾纲④，到不得代哥子降伏老媪！"李微哂曰："嫂勿怒，若言其情，恐欲哭不暇矣。"曰："便曾不盗得王母箩中线，又未与玉皇香案吏一眨眼，中怀坦坦，何处可用哭者！"李小语曰："针刺人肠，宜何罪？"嫂勃然色变，问此言之因。李告之故。嫂战惕不已，涕泗流离而哀鸣曰："吾不敢矣！"啼泪未乾，觉痛顿止，旬日而瘥。由是立改前辙，遂称贤淑。后妾再产，腹复堕，针宛然在焉。拔去之，肠痛乃瘳。

异史氏曰："或谓天下悍妒如某者，正复不少，恨阴网之漏多也。余谓不然，冥司之罚，未必无甚于钉扉者，但无回信耳。"

---

① 临朐(qú)——今山东临朐县。
② 壶榼——酒具。
③ 孟姑姑——指孟光，古时有名的贤妻，与梁鸿举案齐眉，成为千古美谈。
④ 乾纲——夫权。

土偶

沂水马姓者，娶妻王氏，琴瑟甚敦。马早逝，王父母欲夺其志，王矢不他。姑怜其少，亦劝之，王不听。母曰："汝志良佳；然齿太幼，儿又无出。每见有勉强于初，而贻羞于后者，固不如早嫁，犹恒情也。"王正容，以死自誓，母乃任之。女命塑工肖[①]夫像，每食酹献如生时。一夕，将寝，忽见土偶人欠伸而下。骇心愕顾，即已暴长如人，真其夫也。女惧，呼母。鬼止之曰："勿尔。感卿情好，幽壤酸辛。一门有忠贞，数世祖宗，皆有光荣。吾父生有损德，应无嗣，遂至促我茂龄[②]。冥司念尔苦节，故令我归，与汝生一子承祧绪。"女亦沾襟。燕好如平生。鸡鸣，即下榻去。如此月余，觉腹微动。鬼乃泣曰："限期已满，从此永诀矣！"遂绝。女初不言；既而腹渐大，不能隐，阴以告母。母疑涉妄；然窥女无他，大惑不解。十月，果举一男。向人言之，闻者罔不匿笑；女亦无以自伸。有里正故与马有隙，告诸邑令。令拘讯邻人，并无异言。令曰："闻鬼子无影，有影者伪也。"抱儿日中，影淡淡如轻烟然。又刺儿指血傅土偶上，立入无痕；取他偶涂之，一拭便去。以此信之。长数岁，口鼻言动，无一不肖马者。群疑始解。

长治女子

陈欢乐，潞之长治[③]人。有女慧美。有道士行乞，睨之而去。由是日持钵近廛间。适一瞽人[④]人自陈家出，道士追与同行，问何来。瞽云："适过陈家推[⑤]造命。"道士曰："闻其家有女郎，我中表亲欲求姻好，但未知其甲子。"瞽为之述之，道士乃别而去。

居数日，女绣于房，忽觉足麻痹，渐至股，又渐至腰腹；俄而晕然倾仆。

---

① 肖——仿造。
② 茂龄——壮年。
③ 潞之长治——潞安府长治县，今山西长治市。
④ 瞽人——盲人。
⑤ 推——算。

定逾刻，始恍惚能立，将寻告母。及出门，则见茫茫黑波中，一路如线；骇而却退，门舍居庐，已被黑水淹没。又视路上，行人绝少，惟道士缓步于前，遂遥尾之，冀见同乡以相告语。走数里以来，忽睹里舍，视之，则己家门。大骇曰："奔驰如许，固犹在村中。何向来迷惘若此！"欣然入门。父母尚未归。复仍至己房，所绣业履，犹在榻上。自觉奔波殆极，就榻憩坐。道士忽入，女大惊欲遁。道士捉而捺之。女欲号，则瘖[①]不能声。道士急以利刃剖女心。女觉魂飘飘离壳而立。四顾家舍全非，惟有崩崖若覆。视道士以己心血点木人上，又复叠指诅咒；女觉木人遂与己合。道士嘱曰："自兹当听差遣，勿得违误！"遂佩戴之。

陈氏失女，举家惶惑。寻至牛头岭，始闻村人传言，岭下一女子剖心而死。陈奔验，果其女也。泣以诉宰。宰拘岭下居人，拷掠几遍，迄无端绪。姑收群犯，以待覆勘。道士去数里外，坐路傍柳树下，忽谓女曰："今遣汝第一差，往侦邑中审狱状。去当隐身暖阁[②]上。倘见官宰用印，即当趋避，切记勿忘！限汝辰去巳来[③]。迟一刻，则以一针刺汝心中，令作急痛；二刻，刺二针；至三针，则使汝魂魄销灭矣。"女闻之，四体惊悚，飘然遂去。瞬息至官廨，如言伏阁上。时岭下人罗跪堂下，尚未讯诘。适将钤印[④]公牒，女未及避，而印已出匣。女觉身躯重耎[⑤]，纸格似不能胜，曝然作响。满堂愕顾。宰命再举，响如前；三举，翻坠地下。众悉闻之。宰起祝曰："如是冤鬼，当便直陈，为汝昭雪。"女哽咽而前，历言道士杀己状、遣己状。宰差役驰去，至柳树下，道士果在。捉还，一鞫而服。人犯乃释。宰问女："冤雪何归？"女曰："将从大人。"宰曰："我署中无处可容，不如暂归汝家。"女良久曰："官署即吾家，我将入矣。"宰又问，音响已寂。退入宅中，则夫人生女矣。

---

① 瘖(yīn)——哑。
② 暖阁——古时官署大堂内的阁子。
③ 辰去巳来——早晨7～9时去，上午9～11时来。
④ 钤(qián)印——加盖官印。
⑤ 耎——同"软"。

义 犬

潞安某甲，父陷狱将死。搜括囊蓄，得百金，将诣郡关说。跨骡出，则所养黑犬从之。呵逐使退；既走，则又从之，鞭逐不返。从行数十里。某下骑，趋路侧私[①]焉。既，乃以石投犬，犬始奔去；某既行，则犬欻然复来，啮骡尾足。某怒鞭之，犬鸣吠不已。忽跃在前，愤龁骡首，似欲阻其去路。某以为不祥，益怒，回骑驰逐之。视犬已远，乃返辔疾驰，抵郡已暮。及扪腰橐，金亡其半。涔涔汗下，魂魄都失。辗转终夜，顿念犬吠有因。候关[②]出城，细审来途。又自计南北冲衢，行人如蚁，遗金宁有存理。逡巡至下骑所，见犬毙草间，毛汗湿如洗。提耳起视，则封金俨然。感其义，买棺葬之，人以为义犬冢云。

鄱 阳 神

翟湛持[③]，司理[④]饶州[⑤]，道经鄱阳湖。湖上有神祠，停盖游瞻。内雕丁普郎[⑥]死节臣像，翟姓一神，最居末座。翟曰："吾家宗人，何得在下！"遂于上易一座。既而登舟，大风断帆，桅樯倾侧，一家哀号。俄一小舟，破浪而来；既近官舟，急挽翟登小舟，于是家人尽登。审视其人，与翟姓神无少异。无何，浪息，寻之已杳。

---

① 私——小便。
② 候关——守候城门开放。
③ 翟湛持——清初山东人，曾任陕西韩城县知县。
④ 司理——官名，掌狱讼。
⑤ 饶州——府名，今江西鄱阳县。
⑥ 丁普郎——元末明初人，从朱元璋攻打陈友谅，战死于鄱阳湖，后追赠为济阳郡公。

伍　秋　月

秦邮[①]王鼎，字仙湖。为人慷慨有力，广交游。年十八，未娶，妻殒。每远游，恒经岁不返。兄鼐，江北名士，友于甚笃。劝弟勿游，将为择偶。生不听，命舟抵镇江访友。友他出，因税居于逆旅阁上。江水澄波，金山[②]在目，心甚快之。次日，友人来，请生移居，辞不去。

居半月余，夜梦女郎，年可十四五，容华端妙，上床与合，既寤而遗。颇怪之，亦以为偶。入夜，又梦之。如是三四夜。心大异，不敢息烛，身虽偃卧，惕然自警。才交睫，梦女复来；方狎，忽自惊寤；急开目，则少女如仙，俨然犹在抱也。见生醒，顿自愧怯。生虽知非人，意亦甚得；无暇问讯，直与驰骤。女若不堪，曰："狂暴如此，无怪人不敢明告也。"生始诘之，答云："妾伍氏秋月。先父名儒，邃于易数[③]。常珍爱妾；但言不永寿，故不许字人。后十五岁果夭殁，即攒瘗[④]阁东，令与地平。亦无冢志[⑤]，惟立片石于棺侧，曰：'女秋月，葬无冢，三十年，嫁王鼎。'今已三十年，君适至。心喜，亟欲自荐；寸心羞怯，故假之梦寐耳。"王亦喜，复求讫事。曰："妾少须阳气，欲求复生，实不禁此风雨。后日好合无限，何必今宵。"遂起而去。次日，复至，坐对笑谑，欢若生平。灭烛登床，无异生人；但女既起，则遗泄流离，沾染裀褥。

一夕，月明莹澈，小步庭中。问女："冥中亦有城郭否？"答曰："等耳。冥间城府，不在此处，去此可三四里。但以夜为昼。"问："生人能见之否？"答云："亦可。"生请往观，女诺之。乘月去，女飘忽若风，王极力追随。欻至一处，女言："不远矣。"生瞻望殊罔所见。女以唾涂其两眥，启之，明倍于常，视夜色不殊白昼。顿见雉堞[⑥]在杳霭中；路上行人，如趋墟市。俄二皂絷三四人过，末一人怪类其兄。趋近视之，果兄。骇问："兄那里来？"

---

① 秦邮——今江苏高邮县。
② 金山——位于今江苏镇江市西北。
③ 邃于易数——精通占卜术。
④ 攒瘗(yì)——掩埋。
⑤ 冢志——坟墓的标志。
⑥ 雉堞——城墙的垛口。

兄见生，潸然零涕，言：“自不知何事，强被拘囚。”王怒曰：“我兄秉礼君子，何至缧绁[①]如此！”便请二皂，幸且宽释。皂不肯，殊大傲睨。生恚，欲与争。兄止之曰：“此是官命，亦合奉法。但余乏用度，索贿良苦。弟归，宜措置。”生把兄臂，哭失声。皂怒，猛掣项索，兄顿颠蹶。生见之，忿火填胸，不能制止，即解佩刀，立决皂首。一皂喊嘶，生又决之。女大惊曰：“杀官使，罪不宥！迟则祸及！请即觅舟北发，归家勿摘提旛[②]，杜门绝出入，七日保无虑也。”王乃挽兄夜买小舟，火急北渡。归见吊客在门，知兄果死。闭门下钥，始入。视兄已渺；入室，则亡者已苏，便呼：“饿死矣！可急备汤饼。”时死已二日，家人尽骇。生乃备言其故。七日启关，去丧旛，人始知其复苏。亲友集问，但伪对之。

转思秋月，想念颇烦。遂复南下，至旧阁，秉烛久待，女竟不至。蒙眬欲寝，见一妇人来，曰：“秋月小娘子致意郎君：前以公役被杀，凶犯逃亡，捉得娘子去，见在监押，押役遇之虐。日日盼郎君，当谋作经纪。”王悲愤，便从妇去。至一城都，入西郭，指一门曰：“小娘子暂寄此间。”王入，见房舍颇繁，寄顿囚犯甚多，并无秋月。又进一小扉，斗室中有灯火。王近窗以窥，则秋月坐榻上，掩袖呜泣。二役在侧，撮颐捉履，引以嘲戏。女啼益急。一役挽颈曰：“既为罪犯，尚守贞耶?”王怒，不暇语，持刀直入，一役一刀，摧斩如麻，篡取女郎而出。幸无觉者。裁至旅舍，蓦然即醒。方怪幻梦之凶，见秋月含睇而立。生惊起曳坐，告之以梦。女曰：“真也，非梦也。”生惊曰：“且为奈何！”女叹曰：“此有定数。妾待月尽，始是生期；今已如此，急何能待！当速发瘗处，载妾同归，日频唤妾名，三日可活。但未满时日，骨耎足弱，不能为君任井臼[③]耳。”言已，草草欲出。又返身曰：“妾几忘之，冥追若何？生时，父传我符书，言三十年后，可佩夫妇。”乃索笔疾书两符，曰：“一君自佩，一粘妾背。”送之出，志其没处[④]，掘尺许，即见棺木，亦已败腐。侧有小碑，果如女言。发棺视之，女颜色如生。抱入房中，衣裳随风尽化。粘符已，以被褥严裹，负至江滨；呼拢泊舟，伪言妹急病，将送归其家。幸南风大竞，甫晓，已达里门。抱女安置，始告兄嫂。一家

---

① 缧绁——此指捆绑。
② 提旛——白色丧旛。
③ 井臼——泛指家务。
④ 志其没处——在其消失的地方。

惊顾，亦莫敢直言其惑。生启衾，长呼秋月，夜辄拥尸而寝。日渐温暖。三日竟苏，七日能步；更衣拜嫂，盈盈然神仙不殊。但十步之外，须人而行！不则随风摇曳，屡欲倾侧。见者以为身有此病，转更增媚。每劝生曰："君罪孽太深，宜积德诵经以忏之。不然，寿恐不永也。"生素不佞佛[①]，至此皈依甚虔。后亦无恙。

异史氏曰："余欲上言定律：'凡杀公役者，罪减平人三等。'盖此辈无有不可杀者也。故能诛锄蠹役者，即为循良[②]；即稍苛之，不可谓虐。况冥中原无定法，倘有恶人，刀锯鼎镬，不以为酷。若人心之所快，即冥王之所善也。岂罪致冥追，遂可倖而逃哉？"

莲 花 公 主

胶州窦旭，字晓晖。方昼寝，见一褐衣人立榻前，逡巡惶顾，似欲有言。生问之，答云："相公奉屈[③]。""相公何人？"曰："近在邻境。"从之而出。转过墙屋，导至一处，叠阁重楼，万椽相接，曲折而行，觉万户千门，迥非人世。又见宫人女官，往来甚夥，都向褐衣人问曰："窦郎来乎？"褐衣人诺。俄，一贵官出，迎见生甚恭。既登堂，生启问曰："素既不叙，遂疏参谒。过蒙爱接，颇注疑念。"贵官曰："寡君以先生清族世德，倾风结慕，深愿思晤焉。"生益骇，问："王何人？"答云："少间自悉。"无何，二女官至，以双旌导生行。入重门，见殿上一王者，见生入，降阶而迎，执宾主礼。礼已，践席，列筵丰盛。仰视殿上一扁曰"桂府"。生局蹙[④]不能致辞。王曰："忝[⑤]近芳邻，缘即至深。便当畅怀，勿致疑畏。"生唯唯。酒数行，笙歌作于下，钲鼓不鸣，声音幽细。稍间，王忽左右顾曰："朕一言，烦卿等属对：'才人登桂府。'"四座方思，生即应云："君子爱莲花。"王大悦曰："奇哉！莲花乃公主小字，何适合如此？宁非夙分？传语公主，不可不出一晤君子。"移时，珮环声近，兰麝香浓，则公主至矣。年十六七，妙好无双。王

① 佞(nìng)佛——过分相信佛教。
② 循良——此指奉公守法的官吏。
③ 奉屈——恭请光临。
④ 局蹙——不安状。
⑤ 忝(tiǎn)——自称的谦词。

命向生展拜,曰:"此即莲花小女也。"拜已而去。生睹之,神情摇动,木坐凝思。王举觞劝饮,目竟罔睹。王似微察其意,乃曰:"息女宜相匹敌,但自惭不类,如何?"生怅然若痴,即又不闻。近坐者蹑之曰:"王揖君未见,王言君未闻耶?"生茫乎若失,懡㦬[①]自惭,离席曰:"臣蒙优渥,不觉过醉,仪节失次,幸能垂宥。然日旰[②]君勤,即告出也。"王起曰:"既见君子,实惬心好,何仓卒而便言离也?卿既不住,亦无敢于强。若烦萦念,更当再邀。"遂命内官导之出。途中,内官语生曰:"适王谓可匹敌,似欲附为婚姻,何默不一言?"生顿足而悔,步步追恨,遂已至家。忽然醒寤,则返照已残,冥坐观想,历历在目。

晚斋灭烛,冀旧梦可以复寻,而邯郸路渺[③],悔叹而已。一夕,与友人共榻,忽见前内官来,传王命相召。生喜,从去。见王伏谒。王曳起,延止隅坐,曰:"别后知劳思眷。谬以小女子奉裳衣,想不过嫌也。"生即拜谢。王命学士[④]大臣,陪侍宴饮。酒阑,宫人前白:"公主妆竟。"俄见数十宫女,拥公主出。以红锦覆首,凌波微步,挽上氍毹[⑤],与生交拜成礼。已而送归馆舍。洞房温清,穷极芳腻。生曰:"有卿在目,真使人乐而忘死。但恐今日之遭,乃是梦耳。"公主掩口曰:"明明妾与君,那得是梦?"诘旦方起,戏为公主匀铅黄[⑥];已而以带围腰,布指度足[⑦]。公主笑问曰:"君颠耶?"曰:"臣屡为梦误,故细志之。倘是梦时,亦足动悬想耳。"

调笑未已,一宫女驰入曰:"妖入宫门,王避偏殿,凶祸不远矣!"生大惊,趋见王。王执手泣曰:"君子不弃,方图永好。讵期孽降自天,国祚将覆,且复奈何!"生惊问何说。王以案上一章,授生启读。章曰:"含香殿大学士臣黑翼,为非常怪异,祈早迁都,以存国脉事:据黄门[⑧]报称:自五月初六日,来一千丈巨蟒,盘踞宫外,吞食内外臣民一万三千八百余口;所过宫殿尽成丘墟,等因[⑨]。臣奋勇前窥,确见妖蟒:头如山岳,目等江海;昂

① 懡㦬(mǒ luǒ)——羞惭。
② 日旰(gàn)——日色已晚。
③ 邯郸路渺——喻指旧梦难寻。
④ 学士——官名,多半为荣誉衔。
⑤ 氍毹(qú shū)——毛织地毯。
⑥ 铅黄——女子化妆品。
⑦ 布指度足——以手指量脚。
⑧ 黄门——代指宦官。
⑨ 等因——公文套语。

首则殿阁齐吞，伸腰则楼垣尽覆。真千古未见之凶，万代不遭之祸！社稷宗庙，危在旦夕！乞皇上早率宫眷，速迁乐土”云云。生览毕，面如灰土。即有宫人奔奏：“妖物至矣！”合殿哀呼，惨无天日。王仓遽不知所为，但泣顾曰：“小女已累先生。”生坌息而返。公主方与左右抱首哀鸣，见生入，牵衿曰：“郎焉置妾？”生怆恻欲绝，乃捉腕思曰：“小生贫贱，惭无金屋[①]。有茅庐三数间，姑同窜匿可乎？”公主含涕曰：“急何能择，乞携速往。”生乃挽扶而出。未几，至家。公主曰：“此大安宅，胜故国多矣。然妾从君来，父母何依？请别筑一舍，当举国相从。”生难之。公主号咷曰：“不能急人之急，安用郎也！”生略慰解，即已入室。公主伏床悲啼，不可劝止。焦思无术，顿然而醒，始知梦也。而耳畔啼声，嘤嘤未绝，审听之，殊非人声，乃蜂子二三头，飞鸣枕上。大叫怪事。

友人诘之，乃以梦告。友人亦诧为异。共起视蜂，依依裳袂间，拂之不去。友人劝为营巢。生如所请，督工构造。方竖两堵，而群蜂自墙外来，络绎如绳。顶尖未合，飞集盈斗。迹所由来，则邻翁之旧圃也。圃中蜂一房，三十余年矣。生息颇繁。或以生事告翁。翁觇之，蜂户寂然。发其壁，则蛇据其中，长丈许。捉而杀之。乃知巨蟒即此物也。蜂入生家，滋息更盛，亦无他异。

绿 衣 女

于生名璟，字小宋，益都人。读书醴泉寺。夜方披诵，忽一女子在窗外赞曰：“于相公勤读哉！”因念：深山何处得女子？方疑思间，女已推扉笑入，曰：“勤读哉！”于惊起，视之，绿衣长裙，婉妙无比。于知非人，固诘里居。女曰：“君视妾当非能咋噬[②]者，何劳穷问？”于心好之，遂与寝处。罗襦既解，腰细殆不盈掬。更筹方尽，翩然遂去。由此无夕不至。

一夕共酌，谈吐间妙解音律。于曰：“卿声娇细，倘度一曲，必能消魂。”女笑曰：“不敢度曲，恐消君魂耳。”于固请之。曰：“妾非吝惜，恐他人

① 金屋——供美人居住的华屋。
② 咋噬——吃人。

所闻。君必欲之，请便献丑；但只微声示意可耳。”遂以莲钩[①]轻点足床[②]，歌云：“树上乌臼鸟[③]，赚奴中夜散。不怨绣鞋湿，只恐郎无伴。”声细如蝇，才可辨认。而静听之，宛转滑裂，动耳摇心。歌已，启门窥曰：“防窗外有人。”绕屋周视，乃入。生曰：“卿何疑惧之深？”笑曰：“谚云：‘偷生鬼子常畏人。’妾之谓矣。”既而就寝，惕然不喜，曰：“生平之分，殆止此乎？”于急问之，女曰：“妾心动，妾禄[④]尽矣。”于慰之曰：“心动眼瞤[⑤]，盖是常也，何遽此云？”女稍怿[⑥]，复相绸缪。更漏既歇，披衣下榻。方将启关，徘徊复返，曰：“不知何故，惿慗[⑦]心怯。乞送我出门。”于果起，送诸门外。女曰：“君伫望我；我逾垣去，君方归。”于曰：“诺。”视女转过房廊，寂不复见。

方欲归寝，闻女号救甚急。于奔往，四顾无迹，声在檐间。举首细视，则一蛛大如弹，抟捉一物，哀鸣声嘶。于破网挑下，去其缚缠，则一绿蜂，奄然将毙矣。捉归室中，置案头。停苏移时，始能行步。徐登砚池，自以身投墨汁，出伏几上，走作“谢”字。频展双翼，已乃穿窗而去。自此遂绝。

黎　氏

龙门[⑧]谢中条者，佻达无行[⑨]。三十余丧妻，遗二子一女，晨夕啼号，萦累甚苦。谋聘继室，低昂未就。暂雇佣媪抚子女。一日，翔步山途，忽一妇人出其后。待以窥觇，是好女子，年二十许。心悦之，戏曰：“娘子独行，不畏怖耶？”妇走不对。又曰：“娘子纤步，山径殊难。”妇仍不顾，谢四望无人，近身侧，遽挲其腕，曳入幽谷，将以强合。妇怒呼曰：“何处强人，横来相侵！”谢牵挽而行，更不休止。妇步履跌蹶，困窘无计，乃曰：“燕婉之求，乃若此耶？缓我，当相就耳。”谢从之。偕入静壑，野合既已，遂相欣

① 莲钩——代指纤足。
② 足床——床前的踏脚板。
③ 乌臼鸟——鸟名，即“鸦舅”，一种候鸟，黎明时啼叫。
④ 禄——福分，暗指寿命。
⑤ 瞤(shùn)——眼跳。
⑥ 怿(yì)——喜悦。
⑦ 惿慗(tí sī)——心中恐惧。
⑧ 龙门——古县名，治今山西河津县境内。
⑨ 佻达无行——轻薄，无德行。

爱。妇问其里居姓氏，谢以实告。既亦问妇，妇言：“妾黎氏。不幸早寡，姑又殒殁，块然一身，无所依倚，故常至母家耳。”谢曰：“我亦鳏也，能相从乎？”妇问：“君有子女无也？”谢曰：“实不相欺：若论枕席之事，交好者亦颇不乏，只是儿啼女哭，令人不耐。”妇踌躇曰：“此大难事！观君衣服袜履款样，亦只平平，我自谓能办。但继母难作，恐不胜诮让也。”谢曰：“请毋疑阻。我自不言，人何干与？”妇亦微纳，转而虑曰：“肌肤已沾，有何不从。但有悍伯①，每以我为奇货，恐不允谐，将复如何？”谢亦忧皇，请与逃窜。妇曰：“我亦思之烂熟。所虑家人一泄，两非所便。”谢云：“此即细事。家中惟一孤媪，立便遣去。”妇喜，遂与同归。先匿外舍；即入遣媪讫，扫榻迎妇，倍极欢好。妇便操作，兼为儿女补缀，辛勤甚至。谢得妇，嬖爱②异常，日惟闭门相对，更不通客。月余，适以公事出，反关③乃去。及归，则中门严闭，扣之不应。排阖而入，渺无人迹。方至寝室，一巨狼冲门跃出，几惊绝。入视，子女皆无，鲜血殷地，惟三头存焉，返身追狼，已不知所之矣。

异史氏曰：“士则无行，报亦惨矣。再娶者，皆引狼入室耳，况将于野合逃窜中求贤妇哉！”

荷花三娘子

湖州④宗湘若，士人也。秋日巡视田垄，见禾稼茂密处，振摇甚动。疑之，越陌往觇，则有男女野合。一笑将返。即见男子靦然结带，草草迳去。女子亦起。细审之，雅甚娟好。心悦之，欲就绸缪，实惭鄙恶。乃略近拂拭曰：“桑中之游⑤乐乎？”女笑不语。宗近身启衣，肤腻如脂。于是挼莎上下几遍，女笑曰：“腐秀才！要如何，便如何耳，狂探何为？”诘其姓

---

① 悍伯——凶悍的丈夫之兄。
② 嬖(bì)爱——宠爱。
③ 反关——自外关闭门户。
④ 湖州——府名，治今浙江吴兴县境内。
⑤ 桑中之游——男女幽会。

氏。曰："春风一度[①]，即别东西，何劳审究？岂将留名字作贞坊[②]耶？"宗曰："野田草露中，乃山村牧猪奴所为，我不习惯。以卿丽质，即私约亦当自重，何至屑屑如此？"女闻言，极意嘉纳。宗言："荒斋不远，请过留连。"女曰："我出已久，恐人所疑，夜分可耳。"问宗门户物志甚悉，乃趋斜径，疾行而去。更初，果至宗斋。殢雨尤云[③]，备极亲爱。积有月日，密无知者。

会一番僧卓锡[④]村寺，见宗惊曰："君身有邪气，曾何所遇？"答言："无之。"过数日，悄然忽病。女每夕携佳果饵之，殷勤抚问，如夫妻之好。然卧后，必强宗与合。宗抱病，颇不耐之。心疑其非人，而亦无术暂绝使去。因曰："曩和尚谓我妖惑，今果病，其言验矣。明日屈之来，便求符咒。"女惨然色变。宗益疑之。次日，遣人以情告僧。僧曰："此狐也。其技尚浅，易就束缚。"乃书符二道，付嘱曰："归以净坛一事[⑤]置榻前，即以一符贴坛口。待狐窜入，急覆以盆。再以一符黏盆上，投釜汤烈火烹煮，少顷毙矣。"家人归，并如僧教。夜深，女始至，探袖中金橘，方将就榻问讯。忽坛口飕飗一声，女已吸入。家人暴起，覆口贴符，方欲就煮。宗见金橘散满地上，追念情好，怆然感动，遽命释之。揭符去覆，女子自坛中出，狼狈颇殆，稽首曰："大道将成，一旦几为灰土！君仁人也，誓必相报。"遂去。

数日，宗益沉绵，若将陨坠。家人趋市，为购材木。途中遇一女子，问曰："汝是宗湘若纪纲[⑥]否？"答云："是。"女曰："宗郎是我表兄。闻病沉笃，将便省视，适有故不得去。灵药一裹，劳寄致之。"家人受归。宗念中表迄无姊妹，知是狐报。服其药，果大瘳，旬日平复。心德之，祷诸虚空，愿一再觏。一夜，闭户独酌，忽闻 弹指敲窗。拔关出视，则狐女也。大悦，把手称谢，延止共饮。女曰："别来耿耿，思无以报高厚。今为君觅一良匹，聊足塞责否？"宗问："何人？"曰："非君所知。明日辰刻，早越南湖[⑦]，如见有采菱女，着冰縠帔[⑧]者，当急舟趁之。苟迷所往，即视堤边有

① 春风一度——男女交合。
② 贞坊——贞节牌坊。
③ 殢(tì)雨尤云——喻男女交合，浸于欢爱中。
④ 卓锡——和尚外出居留称"卓锡"。
⑤ 净坛一事——干净的坛罐一件。
⑥ 纪纲——仆人。
⑦ 南湖——指湖州境内之湖。
⑧ 冰縠(hú)帔——白绉纱披肩。

短干莲花隐叶底,便采归,以蜡火爇其蒂,当得美妇,兼致修龄[①]。"宗谨受教。既而告别,宗固挽之。女曰:"自遭厄劫,顿悟大道。即奈何以衾裯之爱。取人仇怨?"厉色辞去。

宗如言,至南湖,见荷荡佳丽颇多。中一垂髫人,衣冰縠,绝代也。促舟劘逼[②],忽迷所往。即拨荷丛,果有红莲一枝,干不盈尺,折之而归。入门置几上,削蜡于旁,将以爇火。一回头,化为姝丽。宗惊喜伏拜。女曰:"痴生!我是妖狐,将为君祟矣!"宗不听。女曰:"谁教子者?"答曰:"小生自能识卿,何待教?"捉臂牵之,随手而下,化为怪石,高尺许,面面玲珑。乃携供案上,焚香再拜而祝之。入夜,杜门塞窦,惟恐其亡。平旦视之,即又非石,纱帔一袭,遥闻芗泽[③];展视领衿,犹存余腻。宗覆衾拥之而卧。暮起挑灯,既返,则垂髫人在枕上。喜极,恐其复化,哀祝而后就之。女笑曰:"孽障哉!不知何人饶舌,遂教风狂儿屑碎[④]死!"乃不复拒。而款洽间,若不胜任,屡乞休止。宗不听。女曰:"如此,我便化去!"宗惧而罢。由是两情甚谐。而金帛常盈箱箧,亦不知所自来。女见人喏喏,似口不能道辞;生亦讳言其异。怀孕十余月,计日当产。入室,嘱宗杜门禁款者,自乃以刀剖脐下,取子出,令宗裂帛束之,过宿而愈。又六七年,谓宗曰:"夙业偿满,请告别也。"宗闻泣下,曰:"卿归我时,贫苦不自立,赖卿小阜[⑤],何忍遽离逷[⑥]?且卿又无邦族,他日儿不知母,亦一恨事。"女亦怅悒曰:"聚必有散,固是常也。儿福相,君亦期颐[⑦],更何求?妾本何氏。倘蒙思眷,抱妾旧物而呼曰:'荷花三娘子!'当有见耳。"言已解脱,曰:"我去矣。"惊顾间,飞去已高于顶。宗跃起,急曳之,捉得履。履脱及地,化为石燕[⑧];色红于丹朱,内外莹彻,若水精然。拾而藏之。检视箱中,初来时所着冰縠帔尚在。每一忆念,抱呼"三娘子",则宛然女郎,欢容笑黛,并肖生平;但不语耳。

---

① 修龄——长寿。
② 劘(mó)逼——迫近。
③ 芗泽——香气。
④ 屑碎——纠缠。
⑤ 小阜——小富。
⑥ 离逷(tì)——远离。
⑦ 期(jī)颐——百岁。
⑧ 石燕——传说中遇风而飞遇雨而停的石头。

骂 鸭

邑西白家庄居民某，盗邻鸭烹之。至夜，觉肤痒。天明视之，茸生鸭毛，触之则痛。大惧，无术可医。夜梦一人告之曰："汝病乃天罚。须得失者骂，毛乃可落。"而邻翁素雅量，生平失物，未尝征[①]于声色。某诡告翁曰："鸭乃某甲所盗。彼甚畏骂焉，骂之亦可警将来。"翁笑曰："谁有闲气骂人。"卒不骂。某益窘，因实告邻翁。翁乃骂，其病良已。

异史氏曰："甚矣，攘[②]者之可惧也：一攘而鸭毛生！甚矣，骂者之宜戒也：一骂而盗罪减！然为善有术，彼邻翁者，是以骂行其慈者也。"

柳 氏 子

胶州柳西川，法内史[③]之主计仆也。年四十余，生一子，溺爱甚至。纵任之，惟恐拂。既长，荡侈逾检，翁囊积为空。无何，子病。翁故蓄善骡。子曰："骡肥可啖。杀啖我，我病可愈。"柳谋杀蹇劣者。子闻之，即大怒骂，疾益甚。柳惧，杀骡以进。子乃喜；然尝一脔[④]，便弃去。疾卒不减，寻毙。柳悼叹欲绝。

后三四年，村人以香社[⑤]登岱[⑥]。至山半，见一人乘骡驶行而来。怪似柳子。比至，果是。下骡遍揖，各道寒暄。村人共骇，亦不敢诘其死。但问："在此何作？"答云："亦无甚事，东西奔驰而已。"便问逆旅主人姓名，众具告之。柳子拱手曰："适有小故，不暇叙间阔。明日当相谒。"上骡遂去。众既归寓，亦谓其未必即来。厌旦伺之，子果至，系骡厩柱，趋进笑言。众谓："尊大人日切思慕，何不一归省侍？"子讶问："言者何人？"众以

① 征——表现，表露。
② 攘——偷窃。
③ 法内史——即法若真，清初胶州人，曾任中书舍人（习称"内史"）。
④ 脔(luán)——碎肉。
⑤ 香社——结伴朝山进香、祭神。
⑥ 岱——东岳泰山。

柳对。子神色俱变，久之曰："彼既见思，请归传语：我于四月七日，在此相候。"言讫，别去。

众归，以情致翁，翁大哭，如期而往，自以其故告主人。主人止之，曰："曩见公子，情神冷落，似未必有嘉意。以我卜也[1]，殆不可见。"柳涕泣不信。主人曰："我非阻君，神鬼无常，恐遭不善。如必欲见，请伏椟中，待其来，察其词色，可见则出。"柳如其言。既而子果至，问："柳某来否？"主人答云："无。"子盛气骂曰："老畜产那便不来！"主人惊曰："何骂父？"答曰："彼是我何父！初与义为客侣[2]，不图包藏祸心，隐我血赀[3]，悍不还。今愿得而甘心[4]，何父之有！"言已，出门，曰："便宜他！"柳在椟，历历闻之，汗流接踵，不敢出气。主人呼之，乃出，狼狈而归。

异史氏曰："暴得多金，何如其乐？所难堪者偿耳。荡费殆尽，尚不忘于夜台[5]，怨毒之于人甚矣！"

上　仙

癸亥[6]三月，与高季文[7]赴稷下[8]，同居逆旅。季文忽病。会高振美亦从念东先生[9]至郡，因谋医药。闻袁鳞公言：南郭梁氏家有狐仙，善"长桑之术[10]"。遂共诣之。

梁，四十以来女子也，致[11]绥绥有狐意。入其舍，复室[12]中挂红幕。探幕以窥，壁间悬观音像[13]；又两三轴，跨马操矛，驺从纷沓。北壁下有案；

---

① 以我卜也——据我估计。
② 客侣——合伙在外经商。
③ 血赀——血本。
④ 得而甘心——得而杀之，以快心意。
⑤ 不忘于夜台——死后不能忘怀。
⑥ 癸亥——即康熙二十二年(1683年)。
⑦ 高季文——清康熙年间教谕。
⑧ 稷下——古地名，此指济南府城。
⑨ 念东先生——即高珩，淄川人，能诗文。
⑩ 长桑之术——医术。
⑪ 致——情致、意态。
⑫ 复室——内室。
⑬ 观音像——菩萨像。

案头小座，高不盈尺，贴小锦褥，云仙人至，则居此。众焚香列揖。妇击磬三，口中隐约有词。祝已，肃客就外榻坐。妇立帘下，理发支颐与客语，具道仙人灵迹，久之，日渐曛[①]。众恐碍夜难归，烦再祝请。妇乃击磬重祷，转身复立，曰："上仙最爱夜谈，他时往往不得遇。昨宵有候试秀才，携肴酒来与上仙饮；上仙亦出良酝酬诸客，赋诗欢笑。散时，更漏向尽矣。"言未已，闻室中细细繁响，如蝙蝠飞鸣。方凝听间，忽案上若堕巨石，声甚厉。妇转身曰："几惊怖煞人！"便闻案上作叹咤声，似一健叟。妇以蕉扇隔小座。座上大言曰："有缘哉！有缘哉！"抗声让坐，又似拱手为礼。已而问客："何所谕教？"高振美遵念东先生意，问："见菩萨否？"答云："南海[②]是我熟径，如何不见。"又："阎罗亦更代否？"曰："与阳世等耳。""阎罗何姓？"曰："姓曹。"已乃为季文求药。曰："归当夜祀茶水，我于大士[③]处讨药奉赠，何恙不已。"众各有问，悉为剖决。乃辞而归。过宿，季文少愈。余与振美治装先归，遂不暇造访矣。

侯 静 山

高少宰念东先生云："崇祯间[④]，有猴仙，号静山。托神[⑤]于河间[⑥]之叟，与人谈诗文，决休咎，娓娓不倦。以肴核置案上，啖饮狼藉，但不能见之耳。"时先生祖寝疾。或致书云："侯静山，百年人[⑦]也，不可不晤。"遂以仆马往招叟。叟至经日，仙犹未来。焚香祠之。忽闻屋上大声叹赞曰："好人家！"众惊顾。俄檐间又言之。叟起曰："大仙至矣。"群从叟岸帻[⑧]出迎。又闻作拱致声。既入室，遂大笑纵谈。时少宰兄弟尚诸生，方入闱归。仙言："二公闱卷亦佳；但经不熟，再须勤勉，云路[⑨]亦不远矣。"二公

---

① 曛——暮。

② 南海——指浙江定海县海域中的普陀山，相传为观世音显灵说法处。

③ 大士——佛教中对菩萨的通称。

④ 崇祯间——明崇祯年间(1628—1644年)。

⑤ 托神——传说中神灵托附人身，显现灵异。

⑥ 河间——今河北河间县。

⑦ 百年人——修道多年的高深之人。

⑧ 岸帻(zé)——巾高露额。

⑨ 云路——喻仕途。

敬问祖病，曰："生死事大，其理难明。"因共知其不祥。无何，太先生①谢世。

旧有猴人，弄猴于村。猴断锁而逸，不可追，入山中。数十年，人犹见之。其走飘忽，见人则窜。后渐入村中，窃食果饵，人皆莫之见。一日，为村人所睹，逐诸野，射而杀之。而猴之鬼竟不自知其死也，但觉身轻如叶，一息②百里。遂往依河间叟，曰："汝能奉我，我为汝致富。"因自号静山云。

钱流

沂水刘宗玉云：其仆杜和，偶在园中，见钱流如水，深广二三尺许。杜惊喜，以两手满掬，复偃卧其上。既而起视，则钱已尽去；惟握于手者尚存。

郭生

郭生，邑之东山人。少嗜读，但山村无所就正，年二十余，字画多讹。先是，家中患狐，服食器用，辄多亡失，深患苦之。一夜读，卷置案头，被狐涂鸦；甚者，狼藉不辨行墨。因择其稍洁者辑读之，仅得六七十首。心甚恚愤而无如何。又积窗课③二十余篇，待质④名流。晨起，见翻摊案上，墨汁浓泚⑤殆尽。恨甚。会王生者，以故至山，素与郭善，登门造访。见污本，问之。郭具言所苦，且出残课示王。王谛玩之。其所涂留，似有春秋⑥；又复视涴卷⑦，类冗杂可删。讶曰："狐似有意。不惟勿患，当即以为

① 太先生——指高念东之父。
② 一息——喘一口气工夫。
③ 窗课——塾中的八股文习作。
④ 质——就正。
⑤ 浓泚(cǐ)——以浓墨汁涂污。
⑥ 似有春秋——似乎有褒贬之道。
⑦ 涴(wò)卷——被涂抹的文卷。

师。”过数月,回视旧作,顿觉所涂良确。于是改作两题,置案上,以觇其异。比晓,又涂之。积年余,不复涂;但以浓墨洒作巨点,淋漓满纸。郭异之,持以白王。王阅之曰:“狐真尔师也。佳幅可售[①]矣。”是岁,果入邑庠[②]。郭以是德狐,恒置鸡黍,备狐啖饮。每市房书名稿,不自选择,但决于狐。由是两试俱列前名,入闱中副车[③]。时叶、缪诸公稿,风雅艳丽,家弦而户诵之。郭有抄本,爱惜臻至。忽被倾浓墨碗许于上,污荫几无余字;又拟题构作[④],自觉快意,悉浪涂之:于是渐不信狐。无何,叶公以正文体被收,又稍稍服其先见。然每作一文,经营惨淡,辄被涂污。自以屡拔前茅[⑤],心气颇高,以是益疑狐妄。乃录向之洒点烦多者试之,狐又尽泚之。乃笑曰:“是真妄矣!何前是而今非也?”遂不为狐设馔,取读本锁箱簏中。旦见封锢俨然,启视则卷面涂四画,粗于指;第一章画五,二章亦画五,后即无有矣。自是狐竟寂然。后郭一次四等[⑥],两次五等,始知其兆已寓意于画也。

异史氏曰:“满招损,谦受益,天道也。名小立,遂自以为是,执叶、缪之余习,狃[⑦]而不变,势不至大败涂地不止也。满之为害如是夫!”

金 生 色

金生色,晋宁[⑧]人也。娶同村木姓女。生一子,方周岁。金忽病,自分必死,谓妻曰:“我死,子必嫁,勿守也!”妻闻之,甘词厚誓,期以必死。金摇手呼母曰:“我死,劳看阿保[⑨],勿令守也。”母哭应之。既而金果死。木媪来吊,哭已,谓金母曰:“天降凶忧,婿遽遭命。女太幼弱,将何为计?”母悲悼中,闻媪言,不胜愤激,盛气对曰:“必以守!”媪惭而罢。夜伴女寝,

---

① 佳幅可售——佳作可考中。
② 邑庠——县学。
③ 副车——副贡。
④ 构作——写作。
⑤ 前茅——借指考试成绩优秀。
⑥ 一次四等——岁考时中第四等。
⑦ 狃(niǔ)——习以为常。
⑧ 晋宁——州县名,在今云南昆明市南郊。
⑨ 阿(è)保——保护养育。

私谓曰:"人尽夫也①。以儿好手足,何患无良匹?小儿女不早作人家,眈眈守此襁褓物,宁非痴子?倘必令守,不宜以面目好相向②。"金母过,颇闻余语,益恚。明日,谓媪曰:"亡人有遗嘱,本不教妇守也。今既急不能待,乃必以守!"媪怒而去。母夜梦子来,涕泣相劝,心异之。使人言于木,约殡后听妇所适③。而询诸术家④,本年墓向不利⑤。妇思自衒以售⑥,缞绖之中,不忘涂泽⑦。居家犹素妆;一归宁,则崭然新艳。母知之,心弗善也;以其将为他人妇,亦隐忍之。于是妇益肆。

村中有无赖子董贵者,见而好之,以金啖金邻妪,求通殷勤于妇。夜分,由妪家逾垣以达妇所,因与会合。往来积有旬日,丑声四塞,所不知者惟母耳。妇室夜惟一小婢,妇腹心也。一夕,两情方洽,闻棺木震响,声如爆竹。婢在外榻,见亡者自幛后出,戴剑入寝室去。俄闻二人骇诧声。少顷,董裸奔出。无何,金捽妇发亦出。妇大嗥。母惊起,见妇赤体走去,方将启关。问之不答。出门追视,寂不闻声,竟迷所往。入妇室,灯火犹亮。见男子履,呼婢;婢始战惕而出,具言其异,相与骇怪而已。

董窜过邻家,团伏墙隅。移时,闻人声渐息,始起。身无寸缕。苦寒甚战,将假衣于媪。视院中一室,双扉虚掩,因而暂入。暗摸榻上,触女子足,知为邻子妇。顿生淫心,乘其寝,潜就私之。妇醒,问:"汝来乎?"应曰:"诺。"妇竟不疑,狎亵备至。

先是,邻子以故赴北村,嘱妻掩户以待其归。既返,闻室内有声,疑而审听,音态绝秽。大怒,操戈入室。董惧,窜于床下。子就戮之。又欲杀妻;妻泣而告以误,乃释之。但不解床下何人。呼母起,共火之,仅能辨认。视之,奄有气息;诘其所来,犹自供吐。而刃伤数处,血溢不止,少顷已绝。妪仓皇失措,谓子曰:"捉奸而单戮之,子且奈何?"子不得已,遂又杀妻。

是夜,木翁方寝,闻户外拉杂之声;出窥,则火炽于檐,而纵火人犹徬

---

① 人尽夫也——人人均可成为自己的丈夫。
② 以面目好相向——以好脸相对待。
③ 适——出嫁。
④ 术家——指从事迷信活动为生的人。
⑤ 墓向不利——迷信中讲下葬的时间不对。
⑥ 自衒以售——即自我卖弄,想改嫁。
⑦ 涂泽——涂脂抹粉。

徨未去。翁大呼，家人毕集。幸火初燃，尚易扑灭。命人操弓弩，逐搜纵火者。见一人矫捷如猿，竟越垣去。垣外乃翁家桃园，园中四缭周墉[①]皆峻固。数人梯登以望，踪迹殊杳；惟墙下块然微动，问之不应，射之而耎。启扉往验，则女子白身卧，矢贯胸脑。细烛之，则翁女而金妇也。骇告主人。翁媪惊怛欲绝，不解其故。女合眸，面色灰败，口气细于属丝[②]。使人拔脑矢，不可出；足踏顶项而后出之。女嘤然一呻，血暴注，气亦遂绝。翁大惧，计无所出。

既曙，以实情白金母，长跽哀祈。而金母殊不怨怒，但告以故，令自营葬。金有叔兄生光，怒登翁门，诟数前非。翁惭沮，赂令罢归。而终不知妇所私者何人。俄邻子以执奸自首，既薄责释讫；而妇兄马彪素健讼，具词控妹冤。官拘妪；妪惧，悉供颠末。又唤金母；母托疾，遣生光代质，具陈底里。于是前状并发，牵木翁夫妇尽出，一切廉[③]得其情。木以诲女嫁，坐[④]纵淫，笞；使自赎，家产荡焉。邻妪导淫，杖之毙。案乃结。

异史氏曰："金氏子其神乎！谆嘱醮妇，抑何明也！一人不杀，而诸恨并雪，可不谓神乎！邻媪诱人妇，而反淫己妇；木媪爱女，而卒以杀女。呜呼！'欲知后日因，当前作者是[⑤]'，报更速于来生矣！"

彭 海 秋

莱州诸生彭好古，读书别业，离家颇远。中秋未归，岑寂无偶。念村中无可共语；惟丘生是邑名士，而素有隐恶[⑥]，彭常鄙之。月既上，倍益无聊，不得已，折简邀丘。饮次，有剥啄者[⑦]。斋僮出应门，则一书生，将谒主人。彭离席，肃客入。相揖环坐，便询族居。客曰："小生广陵[⑧]人，与君同姓，字海秋。值此良夜，旅邸倍苦。闻君高雅，遂乃不介而见。"视其

① 四缭周墉（yōng）——四面环有围墙。
② 属丝——即将死。
③ 廉——考查。
④ 坐——定罪。
⑤ 欲知后日因，当前作者是——今日所做所为就是未来的果因，即善有善报、恶有恶报。
⑥ 隐恶——隐藏的罪恶。
⑦ 剥啄者——敲门人。
⑧ 广陵——旧郡名，治今江苏扬州市。

人，布衣洁整，谈笑风流。彭大喜曰："是我宗人。今夕何夕，遘此嘉客！"即命酌，款若夙好。察其意，似甚鄙丘；丘仰与攀谈，辄傲不为礼。彭代为之惭，因挠乱其词，请先以俚歌侑饮。乃仰天再咳，歌"扶风豪士之曲①"。相与欢笑。客曰："仆不能韵②，莫报阳春③。倩代者可乎？"彭言："如教。"客问："莱城有名妓无也？"彭答云："无。"客默然良久，谓斋僮曰："适唤一人，在门外，可导入之。"僮出，果见一女子逡巡户外。引之入，年二八已来，宛然若仙。彭惊绝，掖坐。衣柳黄帔，香溢四座。客便慰问："千里颇烦跋涉也。"女含笑唯唯。彭异之，便致研诘。客曰："贵乡苦无佳人，适于西湖舟中唤得来。"谓女曰："适舟中所唱：'薄倖郎曲④'大佳。请再反之⑤。"女歌云："薄倖郎，牵马洗春沼⑥。人声远，马声杳；江天高，山月小。掉头去不归，庭中生白晓。不怨别离多，但愁欢会少。眠何处？勿作随风絮。便是不封侯，莫向临邛⑦去！"客于袜中出玉笛，随声便串。曲终笛止，彭惊叹不已，曰："西湖至此，何止千里，咄嗟⑧招来，得非仙乎？"客曰："仙何敢言，但视万里犹庭户耳。今夕西湖风月，尤盛曩时，不可不一观也，能从游否？"彭留心欲觇其异，诺言："幸甚。"客问："舟乎，骑乎？"彭思舟坐为逸，答言："愿舟。"客曰："此处呼舟较远，天河中当有渡者。"乃以手向空招曰："舡来！舡来！我等要西湖去，不吝偿也。"无何，彩船一只，自空飘落，烟云绕之。众俱登。见一人持短棹；棹末密排修翎，形类羽扇；一摇羽，清风习习。舟渐上入云霄，望南游行，其驶如箭。

逾刻，舟落水中。但闻弦管敖曹，鸣声喤聒。出舟一望，月印烟波，游船成市。榜人⑨罢棹，任其自流。细视，真西湖也。客于舱后，取异肴佳酿，欢然对酌。少间，一楼船渐近，相傍而行。隔窗以窥，中有二三人，围棋喧笑。客飞一觥向女曰："引此送君行。"女饮间，彭依恋徘徊，惟恐其去，蹴之以足。女斜波送盼。彭益动，请要后期。女曰："如相见爱，但问

---

① 扶风豪士之曲——据唐人李白《扶风豪士歌》而谱曲。
② 不能韵——不能唱和。
③ 阳春——古乐曲名。
④ 薄倖郎曲——情郎曲。
⑤ 再反之——再唱一遍。
⑥ 薄倖郎，牵马洗春沼——情郎，牵着马在春季的沼池里洗马。
⑦ 临邛——今四川邛崃县，代指另觅新欢。
⑧ 咄嗟——呼吸之间。
⑨ 榜人——船家。

娟娘名字，无不知者。”客即以彭绫巾授女，曰：“我为若代订三年之约。”即起，托女子于掌中，曰：“仙乎，仙乎！”乃扳邻窗，捉女入；窗目如盘，女伏身蛇游而进，殊不觉隘。俄闻邻舟曰：“娟娘醒矣。”舟即荡去。遥见舟已就泊，舟中人纷纷并去，游兴顿消。遂与客言，欲一登岸，略同眺瞩。

才作商榷，舟已自拢。因而离舟翔步，觉有里余。客后至，牵一马来，令彭捉之。即复去，曰：“待再假两骑来。”久之不至。行人已稀；仰视斜月西转，天色向曙。丘亦不知何往。捉马营营，进退无主。振辔至泊舟所，则人船俱失。念腰橐空匮，倍益忧皇。天大明，见马上有小错囊[①]；探之，得白金三四两。买食凝待，不觉向午。计不如暂访娟娘，可以徐察丘耗。比讯娟娘名字，并无知者，兴转萧索。次日遂行，马调良，幸不蹇劣，半月始归。

方三人之乘舟而上也，斋僮归白：“主人已仙去。”举家哀涕，谓其不返。彭归，系马而入。家人惊喜集问，彭始具白其异。因念独还乡井，恐丘家闻而致诘，戒家人勿播。语次，道马所由来。众以仙人所遗，便悉诣厩验视。及至，则马顿渺，但有丘生，以草缰絷枥边。骇极，呼彭出视。见丘垂首栈下，面色灰死，问之不言，两眸启闭而已。彭大不忍，解扶榻上，若丧魂魄。灌以汤酏[②]，稍稍能咽。中夜少苏，急欲登厕；扶掖而往，下马粪数枚。又少饮啜，始能言。彭就榻研问之，丘云：“下船后，彼引我闲语。至空处，戏拍项领，遂迷闷颠踣。伏定少刻，自顾已马，心亦醒悟，但不能言耳。是大辱耻，诚不可以告妻子，乞勿泄也！”彭诺之，命仆马驰送归。

彭自是不能忘情于娟娘。又三年，以姊丈判[③]扬州，因往省视。州有梁公子，与彭通家[④]，开筵邀饮。即席有歌姬数辈，俱来祗谒。公子问娟娘，家人白以病。公子怒曰：“婢子声价自高，可将索子系之来！”彭闻娟娘名，惊问其谁。公子云：“此娼女，广陵第一人。缘有微名，遂倨而无礼。”彭疑名字偶同；然突突自急，极欲一见之。无何，娟娘至，公子盛气排数[⑤]。彭谛视，真中秋所见者也。谓公子曰：“是与仆有旧，幸垂原恕。”娟娘向彭审顾，似亦错愕。公子未遑深问，即命行觞。彭问：“‘薄倖郎曲’犹

① 小错囊——金线绣制的小袋子。
② 酏（yǐ）——稀粥。
③ 判——出任通判。
④ 通家——世交。
⑤ 盛气排数——十分气愤地斥责。

记之否？"娟娘更骇，目注移时，始度旧曲。听其声，宛似当年中秋时。酒阑，公子命侍客寝。彭捉手曰："三年之约，今始践耶？"娟娘曰："昔日从人泛西湖，饮不数卮，忽若醉。阁胧间，被一人携去，置一村中。一僮引妾入；席中三客，君其一焉。后乘舡至西湖，送妾自窗棂归，把手殷殷。每所凝念，谓是幻梦；而绫巾宛在，今犹什袭藏之。"彭告以故，相共叹咤。娟娘纵体入怀，哽咽而言曰："仙人已作良媒，君勿以风尘[①]可弃，遂舍念此苦海人。"彭曰："舟中之约，一日未尝去心。卿倘有意，则泻囊货马，所不惜耳。"诘旦，告公子；又称贷于别驾[②]，千金削其籍，携之以归。偶至别业，犹能识当年饮处云。

异史氏云："马而人，必其为人而马者也[③]；使为马，正恨其不为人耳。狮象鹤鹏，悉受鞭策，何可谓非神人之仁爱之乎？即订三年约，亦度苦海也。"

堪　舆

沂州宋侍郎[④]君楚家，素尚堪舆[⑤]；即闺阁中亦能读其书，解其理。宋公卒，两公子各立门户，为父卜兆[⑥]。闻有善青乌之术[⑦]者，不惮千里，争罗致之。于是两门术士，召致盈百；日日连骑遍郊野，东西分道出入，如两旅[⑧]。经月余，各得牛眠地[⑨]，此言封侯，彼言拜相。兄弟两不相下，因负气不为谋，并营寿域[⑩]，锦棚彩幢[⑪]，两处俱备。灵舆至岐路，兄弟各率其

① 风尘——代指妓女。
② 别驾——明清时通判的尊称。
③ 马而人，必其为人而马者也——由马而变为人，就必须好好为人而不要像畜牲一样处事。
④ 宋侍郎——即宋之普，官至户部左侍郎。
⑤ 堪舆——看风水。
⑥ 卜兆——选择墓地。
⑦ 青乌之术——看风水之术。
⑧ 两旅——两支军队。
⑨ 牛眠地——好风水的墓地。
⑩ 寿域——墓穴。
⑪ 锦棚彩幢（chuáng）——亲人为死者制作的彩棚、彩幡。

属以争，自晨至于日昃[①]，不能决。宾客尽引去。舁夫凡十易肩，困惫不举，相与委柩路侧。因止不葬，鸠工构庐，以蔽风雨。兄建舍于旁，留役居守，弟亦建舍如兄；兄再建之，弟又建之：三年而成村焉。

积多年，兄弟继逝；嫂与娣[②]始合谋，力破前人水火之议[③]，并车入野，视所择两地，并言不佳，遂同修聘贽[④]，请术人另相之。每得一地，必具图呈闺闼，判其可否。日进数图，悉疵摘之。旬余，始卜一域。嫂览图，喜曰："可矣。"示娣。娣曰："是地当先发一武孝廉。"葬后三年，公长孙果以武庠[⑤]领乡荐[⑥]。

异史氏曰："青乌之术，或有其理；而癖而信之，则痴矣。况负气相争，委柩路侧，其于孝弟[⑦]之道不讲，奈何冀以地理福儿孙哉！如闺中宛若[⑧]，真雅而可传者矣。"

窦氏

南三复，晋阳[⑨]世家也。有别墅，去所居十里余，每驰骑日一诣之。适遇雨，途中有小村，见一农人家，门内宽敞，因投止焉。近村人固皆威重南。少顷，主人出邀，跼蹐[⑩]甚恭。入其舍，斗如[⑪]。客既坐，主人始操篲[⑫]，殷勤氾扫[⑬]。既而泼蜜为茶。命之坐，始敢坐。问其姓名，自言："廷章，姓窦。"未几，进酒烹雏，给奉周至。有笄女行炙[⑭]，时止户外，稍稍露

---

① 日昃(zè)——太阳偏西。
② 娣(dì)——弟妻。
③ 水火之议——截然对立的争论。
④ 聘贽——聘礼。
⑤ 武庠——武学，此指武秀才。
⑥ 领乡荐——考中武举。
⑦ 孝弟——幼尊长为孝，长爱幼为悌。
⑧ 宛(yuān)若——古女子名，后指妯娌。
⑨ 晋阳——古邑名，今山西太原市南古城营。
⑩ 跼蹐——喻小心戒惧状。
⑪ 斗如——如斗大，喻狭小。
⑫ 篲(huì)——扫帚。
⑬ 氾(fàn)扫——洒扫。
⑭ 笄(jī)女行炙——成年女子正在烹饪。

其半体,年十五六,端妙无比。南心动。雨歇既归,系念綦切[①]。越日,具粟帛往酬,借此阶进。是后常一过窦,时携肴酒,相与留连。女渐稔,不甚避忌,辄奔走其前。睨之,则低鬟微笑。南益惑焉,无三日不往者。一日,值窦不在,坐良久,女出应客。南捉臂狎之。女渐急,峻拒曰:"奴虽贫,要嫁,何贵倨凌人也!"时南失偶,便揖之曰:"倘获怜眷,定不他娶。"女要誓;南指矢天日,以坚永约,女乃允之。

自此为始,瞰窦他出,即过缱绻。女促之曰:"桑中之约,不可长也。日在帡幪[②]之下,倘肯赐以姻好,父母必以为荣,当无不谐。宜速为计!"南诺之。转念农家岂堪匹偶,姑假其词以因循之。会媒来为议姻于大家,初尚踌躇;既闻貌美财丰,志遂决。女以体孕,催并益急,南遂绝迹不往。无何,女临蓐,产一男。父怒搒[③]女。女以情告,且言:"南要我矣。"窦乃释女,使人问南;南立却不承。窦乃弃儿,益扑女。女暗哀邻妇,告南以苦。南亦置之。女夜亡,视弃儿犹活,遂抱以奔南。款关而告阍者[④]曰:"但得主人一言,我可不死。彼即不念我,宁不念儿耶?"阍人具以达南,南戒勿内[⑤]。女倚户悲啼,五更始不复闻。质明视之,女抱儿坐僵矣。

窦忿,讼之上官,悉以南不义,欲罪南。南惧,以千金行赂得免。大家梦女披发抱子而告曰:"必勿许负心郎;若许,我必杀之!"大家贪南富,卒许之。既亲迎,而奁妆丰盛。新人亦娟好。然善悲,终日未尝睹欢容;枕席之间,时复有涕洟[⑥]。问之,亦不言。过数日,妇翁来,入门便泪,南未遑问故,相将入室。见女而骇曰:"适于后园,见吾女缢死桃树上;今房中谁也?"女闻言,色暴变,仆然而死。视之,则窦女。急至后园,新妇果自经死。骇极,往报窦。窦发女冢,棺启尸亡。前忿未蠲[⑦],倍益惨怒,复讼于官。官以其情幻,拟罪未决。南又厚饵窦,哀令休结;官亦受其赇嘱,乃罢。而南家自此稍替[⑧],又以异迹传播,数年无敢字者。

南不得已,远于百里外聘曹进士女。未及成礼,会民间讹传,朝廷将

---

① 綦(qí)切——十分急切。
② 帡幪(píng měng)——帷帐。
③ 搒(páng)——笞打。
④ 阍者——看门人。
⑤ 内——同"纳"。
⑥ 涕洟——眼泪鼻涕。
⑦ 蠲(juān)——消除。
⑧ 替——衰落。

选良家女充掖庭[①],以故有女者,悉送归夫家。一日,有妪导一舆至,自称曹家送女者。扶女入室,谓南曰:“选嫔之事已急,仓卒不能如礼,且送小娘子来。”问:“何无客?”曰:“薄有奁妆,相从在后耳。”妪草草径去。南视女亦风致,遂与谐笑。女俯颈引带,神情酷类窦女。心中作恶,第未敢言。女登榻,引被幛首而眠。亦谓是新人常态,弗为意。日敛昏[②]曹人不至,始疑。捋[③]被问女,而女亦奄然冰绝。惊怪莫知其故,驰伻[④]告曹,曹竟无送女之事。相传为异,时有姚孝廉女新葬,隔宿为盗所发,破材失尸。闻其异,诣南所征之,果其女。启衾一视,四体裸然。姚怒,质状于官,官以南屡无行,恶之,坐发冢见尸,论死。

异史氏曰:“始乱之而终成之,非德也;况誓于初而绝于后乎?挞于室,听之;哭于门,仍听之:抑何其忍!而所以报之者,亦比李十郎[⑤]惨矣!”

梁 彦

徐州梁彦,患鼽嚏[⑥],久而不已。一日,方卧,觉鼻奇痒,遽起大嚏。有物突出落地,状类屋上瓦狗[⑦],约指顶大。大嚏,又一枚落。四嚏凡落四枚。蠢然而动,相聚互嗅。俄而强者啮弱者以食,食一枚,则身顿长。瞬息吞并,止存其一,大于鼫鼠[⑧]矣。伸舌周匝[⑨],自舐其吻。梁大愕,踏之。物缘袜而上,渐至股际。捉衣而撼摆之,粘据不可下。顷入衿底,爬搔腰胁。大惧,急解衣掷地。扪之,物已贴伏腰间。推之不动,掐之则痛,竟成赘疣[⑩];口眼已合,如伏鼠然。

---

① 掖庭——宫内旁舍,为妃嫔所居之地。
② 日敛昏——天已黑。
③ 捋(luō)——揭,掀。
④ 伻(bēng)——传信人,使者。
⑤ 李十郎——唐人小说《霍小玉传》中始乱终弃的人物。
⑥ 鼽(qiú)嚏——病名,伤风流鼻涕、打喷嚏。
⑦ 瓦狗——屋脊上似狗样的饰物,用以镇邪。
⑧ 鼫(shí)鼠——鼠名。
⑨ 周匝(zā)——转动。
⑩ 赘疣(yóu)——肉瘤。

龙　　肉

姜太史玉璇[1]言:“龙堆之下,掘地数尺,有龙肉充牣[2]其中。任人割取,但勿言‘龙’字。或言‘此龙肉也’,则霹雳震作,击人而死。”太史曾食其肉,实不谬也。

① 姜太史玉璇——即姜元衡,字玉璇,清初即墨(今山东即墨县)人,曾官至翰林(习称“太史”)。

② 牣(rèn)——满。

卷　六

潞　令

宋国英，东平①人，以教习②授潞城令。贪暴不仁，催科尤酷，毙杖下者，狼藉于庭。余乡徐白山适过之，见其横，讽曰："为民父母，威焰固至此乎？"宋扬扬作得意之词曰："喏！不敢！官虽小，莅任百日，诛五十八人矣。"后半年，方据案视事③，忽瞪目而起，手足挠乱，似与人撑拒状。自言曰："我罪当死！我罪当死！"扶入署中，逾时寻卒。呜呼！幸有阴曹兼摄阳政；不然，颠越货多，则"卓异"声起矣，流毒安穷哉！

异史氏曰："潞子故区④，其人魂魄毅，故其为鬼雄。今有一官握篆于上，必有一二鄙流，风承而痔舐之。其方盛也，则竭攫未尽之膏脂，为之具锦屏；其将败也，则驱诛未尽之肢体，为之乞保留。官无贪廉，每莅一任，必有此两事。赫赫者一日未去，则蚩蚩者不敢不从。积习相传，沿为成规，其亦取笑于潞城之鬼也已！"

马　介　甫

杨万石，大名⑤诸生也。生平有"季常之惧⑥"。妻尹氏，奇悍，少迕之，辄以鞭挞从事。杨父年六十余而鳏，尹以齿⑦奴隶数。杨与弟万钟常窃饵翁，不敢令妇知。然衣败絮，恐贻讪笑，不令见客。万石四十无子，纳

---

① 东平——州名，治今山东东平县境内。
② 教习——明清学官，多由进士出任。
③ 视事——办公。
④ 潞子故区——春秋时潞子封国故地；潞子，即潞子婴儿国，赤狄别族建，后为晋灭，即今山西潞城县东北。
⑤ 大名——府名，治今河北大名县境内。
⑥ 季常之惧——季常，即陈慥，字季常，宋人，有惧妻之名；此代指惧内。
⑦ 齿——列。

妾王，旦夕不敢通一语。兄弟候试郡中，见一少年，容服都雅。与语，悦之。询其姓字，自云："介甫，姓马。"由此交日密，焚香为昆季之盟①。

既别，约半载，马忽携僮仆过杨。值杨翁在门外，暴阳扪虱。疑为佣仆，通姓氏使达主人。翁披絮去。或告马："此即其翁也。"马方惊讶，杨兄弟岸帻出迎。登堂一揖，便请朝父。万石辞以偶恙。促坐笑语，不觉向夕。万石屡言具食，而终不见至。兄弟迭互出入，始有瘦奴持壶酒来。俄顷饮尽。坐伺良久，万石频起催呼，额颊间热汗蒸腾。俄瘦奴以馔具出，脱粟失饪②，殊不甘旨。食已，万石草草便去。万钟襆被来伴客寝。马责之曰："曩以伯仲高义，遂同盟好。今老父实不温饱，行道者羞之！"万钟泫然曰："在心之情，卒难申致，家门不吉，蹇遭悍嫂，尊长细弱，横被摧残。非沥血之好，此丑不敢扬也。"马骇叹移时，曰："我初欲早旦而行，今得此异闻，不可不一目见之。请假闲舍，就便自炊。"万钟从其教，即除室为马安顿。夜深窃馈蔬稻，惟恐妇知。马会其意，力却之。且请杨翁与同食寝。自诣城肆，市布帛，为易袍裤。父子兄弟皆感泣。万钟有子喜儿，方七岁，夜从翁眠。马抚之曰："此儿福寿，过于其父，但少年孤苦耳。"

妇闻老翁安饱，大怒，辄骂，谓马强预人家事。初恶声尚在闺闼，渐近马居，以示瑟歌之意③。杨兄弟汗体徘徊，不能制止；而马若弗闻也者。妾王，体妊五月，妇始知之，褫衣惨掠。已，乃唤万石跪受巾帼④，操鞭逐出。值马在外，惭懅不前。又追逼之，始出。妇亦随出，叉手顿足，观者填溢。马指妇叱曰："去，去！"妇即反奔，若被鬼逐。裤履俱脱，足缠萦绕于道上；徒跣⑤而归，面色灰死。少定，婢进袜履。着已，噭啕大哭。家人无敢问者。马曳万石为解巾帼。万石耸身定息，如恐脱落；马强脱之。而坐立不宁，犹惧以私脱加罪。探妇哭已，乃敢入，次且而前。妇殊不发一语，遽起，入房自寝。万石意始舒，与弟窃奇焉。家人皆以为异，相聚偶语。妇微有闻，益羞怒，遍挞奴婢。呼妾，妾伤剧不能起。妇以为伪，就榻搒之，崩注堕胎。万石于无人处，对马哀啼。马慰解之，呼僮具牢馔，更筹再唱，不放万石归。

① 昆季之盟——结拜为兄弟。
② 脱粟失饪——糙米饭，半生不熟。
③ 瑟歌之意——此指尹氏故意骂给马介甫听。
④ 巾帼——女人的头巾和发饰，此指男子无丈夫气。
⑤ 徒跣（xiǎn）——光着脚。

妇在闺房，恨夫不归，方大恚忿；闻撬扉声，急呼婢，则室门已辟。有巨人入，影蔽一室，狰狞如鬼。俄又有数人入，各执利刃。妇骇绝欲号。巨人以刀刺颈曰："号便杀却！"妇急以金帛赎命。巨人曰："我冥曹使者，不要钱，但取悍妇心耳！"妇益惧，自投败颡①。巨人乃以利刃画妇心而数之曰："如某事，谓可杀否？"即以画。凡一切凶悍之事，责数殆尽，刀画肤革，不啻数十。末乃曰："妾生子，亦尔宗绪，何忍打堕？此事必不可宥！"乃令数人反接其手，剖视悍妇心肠。妇叩头乞命，但言知悔。俄闻中门启闭，曰："杨万石来矣。既已悔过，姑留余生。"纷然尽散。无何，万石入，见妇赤身绷系，心头刀痕，纵横不可数。解而问之，得其故，大骇，窃疑马。明日，向马述之。马亦骇。由是妇威渐敛，经数月不敢出一恶语。马大喜，告万石曰："实告君，幸勿宣泄：前以小术惧之。既得好合，请暂别也。"遂去。

妇每日暮，挽留万石作侣，欢笑而承迎之。万石生平不解此乐，遽遭之，觉坐立皆无所可。妇一夜忆巨人状，瑟缩摇战。万石思媚妇意，微露其假。妇遽起，苦致穷诘。万石自觉失言，而不可悔，遂实告之。妇勃然大骂。万石惧，长跽床下，妇不顾，哀至漏三下。妇曰："欲得我恕，须以刀画汝心头如干数，此恨始消。"乃起捉厨刀。万石大惧而奔，妇逐之。犬吠鸡腾，家人尽起。万钟不知何故，但以身左右翼兄。妇方诟詈，忽见翁来。睹袍服，倍益烈怒；即就翁身条条割裂，批颊而摘翁髭。万钟见之怒，以石击妇，中颅，颠蹶而毙。万钟曰："我死而父兄得生，何憾！"遂投井中，救之已死。移时妇苏，闻万钟死，怒亦遂解。既殡，弟妇恋儿，矢不嫁。妇唾骂不与食，醮去之。遗孤儿，朝夕受鞭楚。俟家人食讫，始啖以冷块。积半岁，儿尪羸②，仅存气息。

一日，马忽至。万石嘱家人，勿以告妇。马见翁褴褛如故，大骇；又闻万钟殒谢，顿足悲哀。儿闻马至，便来依恋，前呼马叔。马不能识，审顾始辨，惊曰："儿何憔悴至此！"翁乃嗫嚅具道情事。马忿然谓万石曰："我曩道兄非人，果不谬。两人止此一线③，杀之，将奈何？"万石不言，惟伏首帖

① 败颡(sǎng)——磕破额头。

② 尪羸(wāng léi)——瘦弱。

③ 一线——一脉单传。

耳而泣。坐语数刻，妇已知之，不敢自出逐客，但呼万石入，批[①]使绝马。含涕而出，批痕俨然。马怒之曰："兄不能威，独不能'断出'[②]耶？殴父杀弟，安然忍受，何以为人！"万石欠伸，似有动容。马又激之曰："如渠不去，理须威劫；即杀却，勿惧。仆有二三知交，都居要地，必合极力，保无亏也。"万石诺，负气疾行，奔而入。适与妇遇，叱问："何为？"万石皇遽失色，以手据地曰："马生教余出妇。"妇益恚，顾寻刀杖，万石惧而却走。马唾之曰："兄真不可教也已！"遂开箧，出刀圭药，合水授万石饮。曰："此丈夫再造散。所以不轻用者，以能病人故耳。今不得已，暂试之。"饮下，少顷，万石觉忿气填胸，如烈焰中烧，刻不容忍，直抵闺闼，叫喊雷动。妇未及诘，万石以足腾起，妇颠去数尺有咫。即复握石成拳，擂击无算，妇体几无完肤，嘲哳[③]犹骂。万石于腰中出佩刀。妇骂曰："出刀子，敢杀我耶？"万石不语，割股上肉，大如掌，掷地下；方欲再割，妇哀鸣乞恕。万石不听，又割之。家人见万石凶狂，相集，死力掖出。马迎出，捉臂相用慰劳。万石余怒未息，屡欲奔寻，马止之。少间，药力渐消，嗒焉若丧。马嘱曰："兄勿馁。乾纲之振，在此一举。夫人之所以惧者，非朝夕之故，其所由来者渐矣。譬昨死而今生，须从此涤故更新；再一馁，则不可为矣。"遣万石入探之。妇股栗心慴[④]，倩婢扶起，将以膝行。止之，乃已。出语马生，父子交贺。马欲去，父子共挽之。马曰："我适有东海之行，故便道相过，还时可复会耳。"月余，妇起，宾事良人。久觉黔驴无技，渐狎，渐嘲，渐骂；居无何，旧态全作矣。翁不能堪，宵遁，至河南，隶道士籍。万石亦不敢寻。

年余，马至，知其状，怫然责数已，立呼儿至，置驴子上，驱策径去。由此乡人皆不齿万石。学使案临，以劣行黜名。又四五年，遭回禄[⑤]，居室财物，悉为煨烬[⑥]；延烧邻舍。村人执以告郡，罚锾[⑦]烦苛。于是家产渐尽，至无居庐。近村相戒，无以舍舍万石。尹氏兄弟，怒妇所为，亦绝拒之。万石既穷，质妾于贵家，偕妻南渡。至河南界，资斧已绝。妇不肯从，

① 批——扇耳光
② 断出——决意休妻。
③ 嘲哳(zhāo zhā)——鸟鸣声，此指细碎杂乱声。
④ 心慴(shè)——心里害怕。
⑤ 回禄——火神；火灾。
⑥ 煨烬——灰烬。
⑦ 罚锾(huán)——罚金。

聒夫再嫁。适有屠而鳏者，以钱三百货去。万石一身，丐食于远村近郭间。至一朱门，阍人诃拒不听前。少间，一官人出，万石伏地啜泣。官人熟视久之，略诘姓名，惊曰："是伯父也！何一贫至此？"万石细审，知为喜儿，不觉大哭。从之入，见堂中金碧焕映。俄顷，父扶童子出，相对悲哽。万石始述所遭。初，马携喜儿至此，数日，即出寻杨翁来，使祖孙同居。又延师教读。十五岁入邑庠，次年领乡荐，始为完婚。乃别欲去。祖孙泣留之。马曰："我非人，实狐仙耳。道侣相候已久。"遂去。孝廉言之，不觉恻楚，因念昔与庶伯母同受酷虐，倍益感伤，遂以舆马赍金赎王氏归。年余，生一子，因以为嫡。

尹从屠半载，狂悖犹昔。夫怒，以屠刀孔其股，穿以毛绠[①]，悬梁上，荷肉竟出。号极声嘶，邻人始知。解缚抽绠；一抽则呼痛之声，震动四邻。以是见屠来，则骨毛皆竖。后胫创虽愈，而断芒遗肉内，终不良于行；犹夙夜服役，无敢少懈。屠既横暴，每醉归，则挞詈不情。至此，始悟昔之施于人者，亦犹是也。

一日，杨夫人及伯母烧香普陀寺[②]，近村农妇并来参谒。尹在中怅立不前。王氏故问："此伊谁？"家人进白："张屠之妻。"便诃使前，与太夫人稽首。王笑曰："此妇从屠，当不乏肉食，何羸瘠乃尔？"尹愧恨，归欲自经，绠弱不得死。屠益恶之。岁余，屠死。途遇万石，遥望之，以膝行，泪下如縻[③]。万石碍仆，未通一言，归告侄，欲谋珠还。侄固不肯。妇为里人所唾弃，久无所归。依群乞以食。万石犹时就尹废寺中。侄以为玷，阴教群乞窘辱之，乃绝。此事余不知其究竟，后数行，乃毕公权[④]撰成之。

异史氏曰："惧内，天下之通病也。然不意天壤之间，乃有杨郎！宁非变异？余尝作妙音经之续言，谨附录以博一噱[⑤]：

'窃以天道化生万物，重赖坤成；男儿志在四方，尤须内助。同甘独苦，劳尔十月呻吟；就湿移干，苦矣三年颦笑。此顾宗祧而动念，君子所以有伉俪之求；瞻井臼而怀思，古人所以有鱼水之爱也。第阴教之旗帜日立，遂乾纲之体统无存。始而不逊之声，或大施而小报；继则如宾之敬，竟

① 毛绠（gěng）——粗绳。
② 普陀寺——此指供奉观世音的寺院。
③ 縻（mí）——牛鼻绳，喻泪水下流如绳。
④ 毕公权——淄川人，清初举人，有文名。
⑤ 噱（jué）——笑。

有往而无来。只缘儿女深情,遂使英雄短气。床上夜叉坐,任金刚亦须低眉;釜底毒烟生,即铁汉无能强项。秋砧之杵可掬,不捣月夜之衣;麻姑之爪能搔,轻试莲花之面。小受大走,直将代孟母投梭;妇唱夫随,翻欲起周婆制礼。婆娑跳掷,停观满道行人;嘲啫鸣嘶,扑落一群娇鸟。恶乎哉!呼天吁地,忽尔披发向银床。丑矣夫!转目摇头,猥欲投缳延玉颈。当是时也:地下已多碎胆,天外更有惊魂。北宫黝未必不逃,孟施舍焉能无惧?将军气同雷电,一入中庭,顿归无何有之乡;大人面若冰霜,比到寝门,遂有不可问之处。岂果脂粉之气,不势而威?胡乃肮脏之身,不寒而栗?犹可解者:魔女翘鬟来月下,何妨俯伏皈依?最冤枉者:鸠盘蓬首到人间,也要香花供养。闻怒狮之吼,则双孔撩天;听牝鸡之鸣,则五体投地。登徒子淫而忘丑,回波词怜而成嘲。设为汾阳之婿,立致尊荣,媚卿卿良有故;若赘外黄之家,不免奴役,拜仆仆将何求?彼穷鬼自觉无颜,任其斫树摧花,止求包荒于悍妇;如钱神可云有势,乃亦婴鳞犯制,不能借助于方兄。岂缚游子之心,惟兹鸟道?抑消霸王之气,恃此鸿沟?然死同穴,生同衾,何尝教吟"白首"?而朝行云,暮行雨,辄欲独占巫山,恨煞"池水清",空按红牙玉板;怜尔妾命薄,独支永夜寒更。蝉壳鹭滩,喜骊龙之方睡;犊车麈尾,恨驽马之不奔。榻上共卧之人,挞去方知为舅;床前久系之客,牵来已化为羊。需之殷者仅俄顷,毒之流者无尽藏。买笑缠头,而作自作之孽,太甲必曰难违;俯首帖耳,而受无妄之刑,李阳亦谓不可。酸风凛冽,吹残绮阁之春;醋海汪洋,淹断蓝桥之月。又或盛会忽逢,良朋即坐,斗酒藏而不设,且由房出逐客之书;故人疏而不来,遂自我广绝交之论。甚而雁影分飞,涕空沾于荆树;鸾胶再觅,变遂起于芦花。古饮酒阳城,一堂中惟有兄弟;吹竽商子,七旬余并无室家。古人为此,有隐痛矣。呜呼!百年鸳偶,竟成附骨之疽;五两鹿皮,或买剥床之痛。髯如戟者如是,胆似斗者何人?固不敢于马栈下断绝祸胎,又谁能向蚕室中斩除孽本?娘子军肆其横暴,苦疗妒之无方;胭脂虎啖尽生灵,幸渡迷之有楫。天香夜爇,全澄汤镬之波;花雨晨飞,尽灭剑轮之火。极乐之境,彩翼双栖;长舌之端,青莲并蒂。拔苦恼于优婆之国,立道场于爱河之滨。咦!愿此几章贝叶文,洒为一滴杨枝水[①]！’”

魁 星

郓城[②]张济宇，卧而未寐，忽见光明满室。惊视之，一鬼执笔立，若魁星[③]状。急起拜叩。光亦寻灭。由此自负，以为元魁[④]之先兆也。后竟落拓无成；家亦雕落，骨肉相继死，惟生一人存焉。彼魁星者，何以不为福而为祸也？

厍[⑤] 将 军

厍大有，字君实，汉中洋县[⑥]人。以武举隶祖述舜麾下。祖厚遇之，屡蒙拔擢，迁伪周总戎[⑦]。后觉大势既去，潜以兵乘祖。祖格拒伤手，因就缚之，纳款于总督蔡。至都，梦至冥司，冥王怒其不义，命鬼以沸汤浇其足。既醒，足痛不可忍。后肿溃，指尽堕。又益之疟。辄呼曰：“我诚负义！”遂死。

异史氏曰：“事伪朝固不足言忠；然国士庸人，因知为报，贤豪之自命

① “异史氏曰”整段——大意：夫妻之乐，苦在女方；夫妻之爱，在于承嗣；悍妇作威，夫权扫地；丈夫懦弱，养成悍妇；男女性爱，男子气丧；悍妇凶妒，丈夫无奈；悍妇气长，硬汉低头；悍妇行泼，凶暴异常；悍妇教夫，如同教子；悍妇吵闹，如同耍猴；悍妇发怒，以死相胁；悍妇丑恶，矫情作态；悍妇胡闹，丈夫胆裂；勇猛之人，畏惧悍妇；文臣武将，威严扫地；何以如此，其因为何；绝代佳人，夫惧可解；丑女陋妇，丈夫最冤；丈夫惧内，跪伏听命；丈夫喜淫，遭人耻笑；妻贵夫显，情在利用；妻富夫赘，何图之有；夫卑自愧，任妻凶悍；权势之家，无奈悍妇；夫妇信誓，生死与共；朝朝暮暮，妒妇之愿；外出嫖妓，妒妇之恨；男子寻欢，胆战心寒；悍妒无限，不觉其羞；悍妒之爱，欢少害多；丈夫嫖妓，咎由自取；夫权沦丧，世人蒙羞；妻之悍妒，情爱顿减；妻之悍妒，没有朋友；悍妒之毒，惨毒无比；孤身不娶，难言之隐；惧内男儿，不齿于世；悍妇如虎，幸有佛法；悍妇自悟，免遭恶报；信佛修养，夫妻和好；超凡入境，去掉欲情；愿吾佛祖，规劝悍妇。

② 郓城——县名，今属山东省。

③ 魁星——即“奎星”，中国古代天文学中二十八星宿之一，掌文运之神。

④ 元魁——科举考试第一名。

⑤ 厍(shě)——姓。

⑥ 洋县——今陕西洋县。

⑦ 伪周总戎——伪周，指明末清初吴三桂建立的地方政权；总戎，军事长官。

宜尔也。是诚可以惕天下之人臣而怀二心者矣。”

绛　妃

癸亥[①]岁，余馆于毕刺史公之绰然堂。公家花木最盛，暇辄从公杖履，得恣游赏。一日，眺览既归，倦极思寝，解屦登床。梦二女郎被服艳丽，近请曰：“有所奉托，敢屈移玉。”余愕然起，问：“谁相见召？”曰：“绛妃耳。”恍惚不解所谓，遽从之去。俄睹殿阁，高接云汉。下有石阶，层层而上，约尽百余级，始至颠头[②]。见朱门洞敞，又有二三丽者，趋入通客。无何，诣一殿外，金钩碧箔，光明射眼。内一女人降阶出，环珮锵然，状若贵嫔。方思展拜，妃便先言：“敬屈先生，理须首谢。”呼左右以毡贴地，若将行礼。余惶悚无以为地，因启曰：“草莽微贱，得辱宠召，已有余荣。况敢公庭抗礼，益臣之罪，折臣之福！”妃命撤毯设宴，对宴相向。酒数行，余辞曰：“臣饮少辄醉，惧有愆仪。教命云何？幸释疑虑。”妃不言，但以巨杯促饮。余屡请命。乃言：“妾，花神也。合家细弱，依栖于此，屡被封家婢子[③]，横见摧残。今欲背城借一[④]，烦君属檄草耳。”余惶然起奏：“臣学陋不文，恐负重托；但承宠命，敢不竭肝鬲之愚[⑤]。”妃喜，即殿上赐笔札。诸丽者拭案拂坐，磨墨濡[⑥]毫。又一垂髫人，折纸为范，置腕下。略写一两句，便二三辈叠背相窥。余素迟钝，此时觉文思若涌。少间，稿脱，争持去，启呈绛妃。妃展阅一过，颇谓不疵[⑦]，遂复送余归。醒而忆之，情事宛然。但檄词强半遗忘，固足而成之：

“谨按封氏：飞扬成性，忌嫉为心。济恶以才，妒同醉骨；射人于暗，奸类含沙。昔虞帝受其狐媚，英、皇不足解忧，反借渠以解愠；楚王蒙其蛊惑，贤才未能称意，惟得彼以称雄。沛上英雄，云飞而思猛士；茂陵天子，

---

① 癸亥——康熙二十二年(1683 年)。
② 颠头——最高处。
③ 封家婢子——对封姨的蔑称，代指风神或风。
④ 背城借一——在己方城下与敌人决一死战。
⑤ 肝鬲(gé)之愚——竭尽忠诚。
⑥ 濡——润。
⑦ 疵 ——缺点。

秋高而念佳人。从此怙宠日恣，因而肆狂无忌。怒号万窍，响碎玉于王宫；澎湃中宵，弄寒声于秋树。倏向山林丛里，假虎之威；时于滟滪堆中，生江之浪。且也，帘钩频动，发高阁之清商；檐铁忽敲，破离人之幽梦。寻帷下榻，反同入幕之宾，排闼登堂，竟作翻书之客。不曾于生平识面，直开门户而来；若非是掌上留裙，几掠妃子而去。吐虹丝于碧落，乃敢因月成阑；翻柳浪于青郊，谬说为花寄信。赋归田者，归途才就，飘飘吹薜荔之衣；登高台者，高兴方浓，轻轻落茱萸之帽。蓬梗卷兮上下，三秋之羊角抟空；筝声入乎云霄，百尺之鸢丝断系。不奉太后之召，欲速花开；未绝坐客之缨，竟吹灯灭。甚则扬尘播土，吹平李贺之山；叫雨呼云，卷破杜陵之屋。冯夷起而击鼓，少女进而吹笙。荡漾以来，草皆成偃；吼奔而至，瓦欲为飞。未施抟水之威，浮水江豚时出拜；陡出障天之势，书天雁字不成行。助马当之轻帆，彼有取尔；牵瑶台之翠帐，于意云何？至于海鸟有灵，尚依鲁门以避；但使行人无恙，愿唤尤郎以归。古有贤豪，乘而破者万里；世无高士，御以行者几人？驾炮车之狂云，遂以夜郎自大；恃贪狼之逆气，漫以河伯为尊。姊妹俱受其摧残，汇族悉为其蹂躏。纷红骇绿，掩苒何穷？擘柳鸣条，萧骚无际。雨零金谷，缀为藉客之裀；露冷华林，去作沾泥之絮。埋香瘗玉，残妆卸而翻飞；朱榭雕阑，杂珮纷其零落。减春光于旦夕，万点正飘愁；觅残红于西东，五更非错恨。翩跹江汉女，弓鞋漫踏春园；寂寞玉楼人，珠勒徒嘶芳草。斯时也：伤春者有难乎为情之怨，寻胜者作无可奈何之歌。尔乃趾高气扬，发无端之踔厉；摧蒙振落，动不已之阑珊。伤哉绿树犹存，簌簌者绕墙自落；久矣朱旛不竖，娟娟者霣涕谁怜？堕溷沾篱，毕芳魂于一日；朝荣夕悴，免荼毒以何年？怨罗裳之易开，骂空闻于子夜；讼狂伯之肆虐，章未报于天庭。诞告芳邻，学作蛾眉之阵；凡属同气，群兴草木之兵。莫言蒲柳无能，但须藩篱有志。且看莺俦燕侣，公覆夺爱之仇；请与蝶友蜂交，共发同心之誓。兰桡桂揖，可教战于昆明；桑盖柳旌，用观兵于上苑。东篱处士，亦出茅庐；大树将军，应怀义愤。杀其气焰，洗千年粉黛之冤；歼尔豪强，销万古风流之恨[1]！”

河　间　生

河间[2]某生，场中积麦穰[3]如丘，家人日取为薪，洞之。有狐居其中，常与主人相见，老翁也。一日，屈主人饮，拱生入洞。生难之，强而后入。入则廊舍华好，即坐，茶酒香烈。但日色苍皇，不辨中夕。筵罢既出，景物俱杳。翁每夜往夙归，人莫能迹。问之，则言友朋招饮。生请与俱，翁不可；固请之，翁始诺。挽生臂，疾如乘风，可炊黍时，至一城市。入酒肆，见坐客良多，聚饮颇哗，乃引生登楼上。下视饮者，几案柈[4]餐，可以指数[5]。翁自下楼。任意取案上酒果，抔[6]来供生。筵中人曾莫之禁。移时，生视一朱衣人前列金橘，命翁取之。翁曰：“此正人[7]，不可近。”生默念：“狐与我游，必我邪也。自今以往，我必正！”方一注想，觉身不自主，眩堕楼下。饮者大骇，相哗以妖。生仰视，竟非楼上，乃梁间耳。以实告众，众审其情

① 檄词段——大意：飞扬的风，妒忌成性；妒忌之性，已入骨髓；暗处伤人，堪称阴险；虞舜之时，欲借风利；楚王受惑，拒谏称雄；高祖刘邦，借风而歌；武帝刘彻，以风思人；风以是故，肆虐狂暴；狂风怒号，宫内不宁；秋风夜起，枯树作响；拂掠山林，假借虎威；风触礁石，浊浪冲天；秋风夜冷，惊散情梦；风入内室，如同幕僚；风乱书扉，意在擅专；此等作为，无礼之甚；横暴异常，卷人入空；狂妄无比，借月晕现；初春拂绿，谎报花开；辞官归隐，加以戏弄；游兴甚浓，吹人帽落；飞蓬不才，反旋高空；风筝翔飞，吹断筝线；违时背令，隆冬花开；宴中灯灭，助奸逞邪；狂风扬尘，移山倒海；携云挟雨，掀卷屋顶；微风鼓浪，兴云作雨；微风吹过，草皆低伏；狂风突至，屋瓦欲飞；掠江而过，江豚畏伏；扬沙遮天，群雁散乱；风助好人，是一善事；风助坏人，是一恶事；有灵之物，尽避风祸；若能平安，不惜捐躯；贤哲乘风，庸人借风；狂风乍起，妄自尊大；暴风之威，水涝为灾；百花凋零，皆是风害；百花摇荡，皆是风为；柳絮风落，污秽不堪；百花已凋，仍受其灾；一片花飞，播散春愁；花落遍地，风是祸首；削减春色，少女伤悲；花落春归，或怨或吟；花劫过后，余威尚存；花落枝存，空寥寂寂；花受风害，无人怜惜；随风荡落，命运堪悲；晨绽夕露，瞬间凋零；少女怀春，遭人嘲骂；狂风作恶，未加惩罚；众花联手，共敌恶风；凡属花草，与风搏击；薄柳虽弱，篱笆护花；蜂蝶觉醒，亦斗恶风；高洁之花，自担其任；桑柳为旗，观敌瞭阵；隐逸之花，亦应参战；大树将军，亦来敌风；齐心讨伐，歼击强暴，伸张正义，致力美好。

② 河间——府名，今河北河间县。

③ 麦穰——麦杆垛。

④ 柈——通“盘”。

⑤ 指数——看清楚。

⑥ 抔(póu)——双手捧物。

⑦ 正人——品格端正之人。

确，赠而遣之。问其处，乃鱼台①，去河间千里云。

云 翠 仙

梁有才，故晋人，流寓于济，作小负贩。无妻子田产。从村人登岱。岱，四月交②，香侣③杂沓。又有优婆夷、塞④，率众男子以百十，杂跪神座下，视香炷为度，名曰“跪香”。才视众中有女郎，年十七八而美，悦之。诈为香客，近女郎跪；又伪为膝困无力状，故以手据女郎足。女回首似嗔，膝行而远之。才又膝行近之；少间，又据之。女郎觉，遽起，不跪，出门去。才亦起，亦出，履其迹，不知其往，心无望，怏怏而行。途中见女郎从媪，似为女也母者。才趋之。媪女行且语。媪云：“汝能参礼娘娘⑤，大好事！汝又无弟妹，但获娘娘冥加护，护汝得快婿。但能相孝顺，都不必贵公子、富王孙也。”才窃喜，渐渍⑥诘媪。媪自言为云氏，女名翠仙，其出也，家西山四十里。才曰：“山路涩，母如此蹜蹜⑦，妹如此纤纤，何能便至？”曰：“日已晚，将寄舅家宿耳。”才曰：“适言相婿，不以贫嫌，不以贱鄙，我又未婚，颇当母意否？”媪以问女，女不应。媪数问，女曰：“渠寡福，又荡无行，轻薄之心，还易翻覆。儿不能为遢伎儿⑧作妇。”才闻，朴诚自表，切矢皦日⑨。媪喜，竟诺之。女不乐，勃然而已。母又强拍咻⑩之。才殷勤，手于橐，觅山兜二，舁媪及女。己步从，若为仆。过隘，辄诃兜夫不得颠摇动，良殷。俄抵村舍，便邀才同入舅家。舅出翁，妗出媪也。云兄之嫂之。谓：“才吾婿。日适良，不须别择，便取今夕。”舅亦喜，出酒肴饵才。既，严妆翠仙出，拂榻促眠。女曰：“我固知郎不义，迫母命，漫相随。郎若人也，

---

① 鱼台——县名，今属山东省。
② 交——初。
③ 香侣——香客。
④ 优婆夷、塞——佛教用语，即女、男居士。
⑤ 娘娘——指碧霞元君，传说为东岳大帝之女。
⑥ 渍——浸渍。
⑦ 蹜蹜（sù sù）——脚步细碎而快。
⑧ 遢伎儿——行为轻薄而猥琐之人。
⑨ 切矢皦（jiǎo）日——手指太阳，恳切发誓。
⑩ 咻（xiū）——同“咻”，抚慰声。

当不须忧偕活。”才唯唯听受。明日早起，母谓才：“宜先去，我以女继至。”

才归，扫户闼。媪果送女至。入视室中，虚无有，便云：“似此何能自给？老身速归，当小助汝辛苦。”遂去，次日，有男女数辈，各携服食器具，布一室满之。不饭俱去，但留一婢。才由此坐温饱，惟日引里无赖朋饮竞赌，渐盗女郎簪珥佐博。女劝之，不听；颇不耐之，惟严守箱奁，如防寇。一日，博党款门访才，窥见女，適適[①]惊。戏谓才曰：“子大富贵，何忧贫耶？”才问故，答曰：“曩见夫人，实仙人也。适与子家道不相称。货为媵，金可得百；为妓，可得千。千金在室，而听饮博无资耶？”才不言，而心然之。归，辄向女欷歔，时时言贫不可度。女不顾，才频频击桌，抛匕箸，骂婢，作诸态。

一夕，女沽酒与饮。忽曰：“郎以贫故，日焦心。我又不能御穷，分郎忧，中岂不愧怍？但无长物，止有此婢，鬻之，可稍稍佐经营。”才摇首曰：“其值几许！”又饮少时，女曰：“妾于郎，有何不相承？但力竭耳。念一贫如此，便死相从，不过均此百年苦，有何发迹？不如以妾鬻贵家，两所便益，得直或较婢多。”才故愕言：“何得至此！”女固言之，色作庄。才喜曰：“容再计之。”遂缘中贵人[②]，货隶乐籍[③]。中贵人亲诣才，见女大悦。恐不能即得，立券八百缗[④]，事滨[⑤]就矣。女曰：“母日以婿家贫，常常萦念，今意断矣，我将暂归省；且郎与妾绝，何得不告母？”才虑母阻。女曰：“我顾自乐之，保无差贷。”才从之。夜将半，始抵母家。挝阖入，见楼舍华好，婢仆辈往来憧憧。才日与女居，每请诣母，女辄止之，故为甥馆[⑥]年余，曾未一临岳家。至此大骇，以其家巨，恐媵妓不甘也。女引才登楼上。媪惊问：“夫妻何来？”女怨曰：“我固道渠不义，今果然。”乃于衣底出黄金二铤[⑦]，置几上，曰：“幸不为小人赚脱，今仍以还母。”母骇问故，女曰：“渠将鬻我，故藏金无用处。”乃指才骂曰：“豺鼠子！曩日负肩担，面沾尘如鬼。初近我，熏熏作汗腥，肤垢欲倾塌，足手皴一寸厚，使人终夜恶。自我归汝

① 適適(tì tì)——吃惊状。
② 中贵人——受宠信的宫内宦官。
③ 乐籍——乐户名籍，即官妓。
④ 八百缗——八百串，即八十万钱。
⑤ 滨——通“濒”，将要。
⑥ 为甥馆——代指做女婿。
⑦ 二铤(dìng)——二锭。

家,安坐餐饭,鬼皮始脱。母在前,我岂诬耶?"才垂首,不敢少出气。女又问:"自顾无倾城姿,不堪奉贵人;似若辈男子,我自谓犹相匹。有何亏负,遂无一念香火情①?我岂不能起楼宇、买良沃?念汝儇薄骨、乞丐相②,终不是白头侣!"言次,婢妪连衿臂,旋旋围绕之。闻女责数,便都唾骂,共言:"不如杀却,何须复云云。"才大惧,据地自投,但言知悔。女又盛气曰:"鬻妻子已大恶,犹未便是剧③;何忍以同衾人赚作娼!"言未已,从眦裂,悉以锐簪、剪刀股攒刺胁踝④。才号悲乞命。女止之,曰:"可暂释却。渠便无仁义,我不忍觳觫⑤。"乃率众下楼去。

才坐听移时,语声俱寂,思欲潜遁。忽仰视,见星汉,东方已白,野色苍莽;灯亦寻灭。并无屋宇,身坐削壁上。俯瞰绝壑,深无底。骇绝,惧堕。身稍移,塌然一声,堕石崩坠。壁半有枯横焉,罥⑥不得堕。以枯受腹,手足无着。下视茫茫,不知几何寻丈。不敢转侧,嗥怖声嘶,一身尽肿,眼耳鼻舌身力俱竭。日渐高,始有樵人望见之;寻绠来,缒而下,取置崖上,奄将溘毙。舁归其家。至则门洞敞,家荒荒如败寺,床鹿什器俱杳,惟有绳床败案,是己家旧物,零落犹存。嗒然自卧。饥时,日一乞食于邻。既而肿溃为癞。里党薄其行,悉唾弃之。才无计,货屋而穴居,行乞于道,以刀自随。或劝以刀易饵,才不肯,曰:"野居防虎狼,用自卫耳。"后遇向劝鬻妻者于途,近而哀语,遽出刀揫⑦而杀之,遂被收。官廉得其情,亦未忍酷虐之,系狱中,寻瘐死⑧。

异史氏曰:"得远山芙蓉⑨,与共四壁,与以南面王岂易哉!己则非人,而怨逢恶之友;故为友者不可不知戒也。凡狭邪子诱人淫博,为诸不义,其事不败,虽则不怨亦不德。迨于身无襦,妇无裤,千人所指,无疾将死,穷败之念,无时不萦于心;穷败之恨,无时不切于齿。清夜牛衣中⑩,

---

① 香火情——此指夫妻情。
② 儇薄骨、乞丐相——相貌轻薄无福。
③ 犹未便是剧——还不算最坏。
④ 胁踝(lěi)——两胁突起处。
⑤ 觳觫(hú sù)——因恐惧而颤抖状。
⑥ 罥(juàn)——挂。
⑦ 揫(áo)——旁击。
⑧ 瘐(yǔ)死——经拷打、饥寒、疾病而死于狱中。
⑨ 远山芙蓉——喻女子貌美。
⑩ 清夜牛衣中——寒夜卧于牛衣中扪心自问。

辗转不寐。夫然后历历[①]想未落时，历历想将落时，又历历想致落之故，而因以及发端致落之人。至于此，弱者起，拥絮坐诅；强者忍冻裸行，篝火索刀，霍霍磨之，不待终夜矣。故以善规人，如赠橄榄[②]；以恶诱人，如馈漏脯[③]也。听者固当省，言者可勿惧哉！”

跳　　神

济俗：民间有病者，闺中以神卜[④]。倩老巫击铁环单面鼓，婆娑作态，名曰“跳神”。而此俗都中[⑤]尤盛。良家少妇，时自为之。堂中肉于案[⑥]，酒于盆，甚设[⑦]几上。烧巨烛，明于昼。妇束短幅裙，屈一足，作“商羊舞[⑧]”。两人捉臂，左右扶掖之。妇刺刺琐絮，似歌，又似祝；字多寡参差，无律带腔。室数鼓乱挝如雷，蓬蓬聒人耳。妇吻辟翕[⑨]，杂鼓声，不甚辨了。既而首垂，目斜睨；立全须人，失扶则仆。旋忽伸颈巨跃，离地尺有咫[⑩]。室中诸女子，凛然愕顾曰：“祖宗来吃食矣。”便一嘘，吹灯矣，内外冥黑。人慄息[⑪]立暗中，无敢交一语；语亦不得闻，鼓声乱也。食顷，闻妇厉声呼翁姑及夫嫂小字，始共爇烛，伛偻问休咎。视樽中、盎中、案中，都复空空。望颜色，察嗔喜。肃肃罗问之，答若响[⑫]。中有腹诽者[⑬]，神已知，便指某姗笑我，大不敬，将褫汝裤。诽者自顾，莹然已裸，辄于门外树头觅得之。满洲[⑭]妇女，奉事尤虔。小有疑，必以决。时严妆，骑假虎、假

---

① 历历——一一分明。
② 橄榄——果木名，又名“青果”。
③ 漏脯——变质的干肉。
④ 闺中以神卜——闺中女子占卜吉凶。
⑤ 都中——指京都北京。
⑥ 肉于案——将肉放在盂内。
⑦ 甚设——设备非常齐全。
⑧ 商羊舞——传说中一种神鸟（商羊）的舞姿，即一足着地而舞。
⑨ 辟翕（xī）——一开一合。
⑩ 尺有咫（zhǐ）——一尺多。
⑪ 慄（dié）息——因畏惧而不敢出声。
⑫ 答若响——有问必答。
⑬ 腹诽者——心里不以为然的人。
⑭ 满洲——即满族。

马，执长兵，舞榻上，名曰“跳虎神”。马、虎势作威怒，尸者[①]声伧伫。或言关、张、玄坛[②]，不一号。赫气惨凛[③]，尤能畏怖人。有丈夫穴窗来窥，辄被长兵破窗刺帽，挑入去。一家媪媳姊若妹，森森蹜蹜[④]，雁行立，无岐念，无懈骨[⑤]。

铁布衫法

沙回子[⑥]得铁布衫大力法[⑦]。骈其指，力斫之，可断牛项；横搠[⑧]之，可洞牛腹。曾有仇公子彭三家，悬木于空，遣两健仆极力撑去，猛反之；沙裸腹受木，砰然一声，木去远矣。又出其势[⑨]即石上，以木椎力击之，无少损。但畏刀耳。

大力将军

查伊璜[⑩]，浙人，清明饮野寺中，见殿前有古钟，大于两石瓮；而上下土痕手迹，滑然如新。疑之，俯窥其下，有竹筐受八升许，不知所贮何物。使数人抠[⑪]耳，力掀举之，无少动。益骇。乃坐饮以伺其人。居无何，有乞儿入，携所得糗糒[⑫]，堆累钟下。乃以一手起钟，一手掬饵置筐内；往返数四，始尽。已，复合之，乃去。移时复来，探取食之。食已复探，轻若启椟。一座尽骇。查问：“若男儿胡行乞？”答以：“啖噉多，无佣者。”查以其

---

① 尸者——指跳大神者。
② 关、张、玄坛——关，关羽；张，张飞；玄坛，赵姓，名公明。
③ 惨凛——阴冷状。
④ 森森蹜蹜（sù sù）——一个接一个紧靠在一起。
⑤ 无懈骨——挺直身躯站立。
⑥ 沙回子——姓沙的回族人。
⑦ 铁布衫大力法——一种武功。
⑧ 搠（shuò）——戳。
⑨ 势——男性生殖器。
⑩ 查伊璜——名继佐，明末清初人，有文名。
⑪ 抠（kōu）——抓牢。
⑫ 糗糒（qiǔ bèi）——干粮。

健，劝投行伍。乞人愀然虑无阶。查遂携归饵之；计其食，略倍五六人。为易衣履，又以五十金赠之行。

后十余年，查犹子[①]令于闽，有吴将军六一者，忽来通谒。款谈间，问："伊璜是君何人？"答言："为诸父行[②]。与将军何处有素？"曰："是我师也。十年之别，颇复忆念。烦致先生一赐临也。"漫应之。自念：叔名贤，何得武弟子？会伊璜至，因告之。伊璜茫不记忆。因其问讯之殷，即命仆马，投刺于门。将军趋出，逆诸大门之外。视之，殊昧生平。窃疑将军误，而将军伛偻益恭。肃客入，深启三四关，忽见女子入来，知为私廨，屏足立。将军又揖之。少间登堂，则卷帘者、移座者，并皆少姬。既坐，方拟展问，将军颐少动，一姬捧朝服至，将军遽起更衣，查不知其何为。众姬捉袖整衿讫，先命数人捺查座上不使动，而后朝拜，如觐[③]君父。查大愕，莫解所以。拜已，以便服侍坐。笑曰："先生不忆举钟之乞人耶？"查乃悟。既而华筵高列，家乐作于下。酒阑，群姬列侍。将军入室，请衽何趾[④]，乃去。查醉起迟，将军已于寝门外三问矣。查不自安，辞欲返。将军投辖下钥[⑤]，锢闭之。见将军日无他作，惟点数姬婢、养厮卒，及骡马服用器具，督造记籍，戒无亏漏。查以将军家政，故未深叩。一日，执籍谓查曰："不才得有今日，悉出高厚之赐。一婢一物，所不敢私，敢以半奉先生。"查愕然不受。将军不听。出藏镪数万，亦两置之。按籍点照，古玩床几，堂内外罗列几满。查固止之，将军不顾。稽婢仆姓名已，即令男为治装，女为敛器，且嘱敬事先生。百声悚应。又亲视姬婢登舆，厩卒捉马骡，阗咽[⑥]并发，乃返别查。后查以修史一案[⑦]，株连被收，卒得免，皆将军力也。

异史氏曰："厚施而不问其名，真侠烈古丈夫哉！而将军之报，其慷慨豪爽，尤千古所仅见。如此胸襟，自不应老于沟渎。以是知两贤之相遇，非偶然也。"

---

① 犹子——侄子。
② 诸父行——伯父、叔父辈。
③ 觐(jìn)——晋见。
④ 请衽何趾——亲自为尊者安排住处。
⑤ 投辖下钥——去掉车轴的键，锁上门，坚意留客。
⑥ 阗咽——喻车声。
⑦ 修史一案——指顺治十八年（1661年），查继佐因庄廷鑨集众编撰《明书》被人告发而被牵连入狱，后因狱初首告被免罪，余皆处死。

白莲教

白莲[①]盗首徐鸿儒，得左道之书[②]，能役鬼神。小试之，观者尽骇，走门下者如鹜。于是阴怀不轨。因出一镜，言能鉴人终身。悬于庭，令人自照，或幞头，或纱帽，绣衣貂蝉，现形不一。人益怪愕。由是道路摇播，踵门求鉴者，挥汗相属。徐乃宣言："凡镜中文武贵官，皆如来佛[③]注定龙华会[④]中人。各宜努力，勿得退缩。"因以对众自照，则冕旒龙衮[⑤]，俨然王者。众相视而惊，大众齐伏。徐乃建旂秉钺[⑥]，罔不欢跃相从，冀符所照。不数月，聚党以万计，滕、峄[⑦]一带，望风而靡。后大兵进剿，有彭都司者[⑧]，长山人，艺勇绝伦。寇出二垂髫女与战。女俱双刃，利如霜；骑大马，喷嘶甚怒。飘忽盘旋，自晨达暮，彼不能伤彭，彭亦不能捷也。如此三日，彭觉筋力俱竭，哮喘而卒。迨鸿儒既诛，捉贼党械问之，始知刃乃木刀，骑乃木凳也。假兵马死真将军，亦奇矣！

颜氏

顺天某生，家贫。值岁饥，从父之洛。性钝，年十七，才不能成幅[⑨]。而丰仪秀美，能雅谑，善尺牍[⑩]。见者不知其中之无有也。无何，父母继殁，孑然一身，授童蒙于洛汭[⑪]。时村中颜氏有孤女，名士裔也。少惠。

---

① 白莲——白莲教，杂佛教和民间信仰为一的宗派之一，元明清三代多以此聚众起事，深受官府打击。

② 左道之书——旁门邪道的方术。

③ 如来佛——即佛祖释迦牟尼。

④ 龙华会——龙华三会，中国民间宗教信奉的宇宙生灭所历经的三个阶段。

⑤ 冕旒(miǎn liú)龙衮(gǔn)——古帝王冠服。

⑥ 建旂秉钺——即自称王侯。

⑦ 滕、峄——滕、峄二县，今属山东省。

⑧ 彭都司者——彭姓的省级武官。

⑨ 成幅——成篇。

⑩ 善尺牍——善写书信。

⑪ 洛汭(ruì)——洛河入黄河处，今河南巩县境。

父在时，尝教之读，一过辄记不忘。十数岁，学父吟咏。父曰："吾家有女学士，惜不弁[①]耳。"钟爱之，期择贵婿。父卒，母执此志，三年不遂，而母又卒。或劝适佳士，女然之而未就也。适邻子妇逾垣来，就与攀谈。以字纸裹绣线，女启视，则某手翰[②]，寄邻生者，反复之而好焉。邻妇窥其意，私语曰："此翩翩一美少年，孤与卿等，年相若也。倘能垂意，妾嘱渠侬聒合[③]之。"女脉脉不语。妇归，以意授夫。邻生故与生善，告之，大悦。有母遗金鸦镮[④]，托委致焉。刻日成礼，鱼水甚欢。及睹生文，笑曰："文与卿似是两人，如此，何日可成？"朝夕劝生研读，严如师友。敛昏，先挑烛据案自哦，为丈夫率[⑤]，听漏三下，乃已。

如是年余，生制艺颇通；而再试再黜，身名蹇落，饔飧[⑥]不给，抚情寂漠，嗷嗷悲泣。女诃之曰："君非丈夫，负此弁耳！使我易髻而冠，青紫直芥视之！"生方懊丧，闻妻言，睒睗[⑦]而怒曰："闺中人，身不到场屋[⑧]，便以功名富贵似汝在厨下汲水炊白粥；若冠加于顶，恐亦犹人[⑨]耳！"女笑曰："君勿怒。俟试期。妾请易装相代。倘落拓如君，当不敢复藐天下士矣。"生亦笑曰："卿自不知蘖苦[⑩]，真宜使请尝试之。但恐绽露，为乡邻笑耳。"女曰："妾非戏语。君尝言燕有故庐，请男装从君归，伪为弟。君以襁褓出，谁得其辨非？"生从之。女入房，巾服而出，曰："视妾可作男儿否？"生视之，俨然一顾影少年也。生喜，遍辞里社。交好者薄有馈遗，买一羸蹇，御妻而归。

生叔兄尚在，见两弟如冠玉[⑪]，甚喜，晨夕恤顾之。又见宵旰[⑫]攻苦，倍益爱敬。雇一剪发雏奴，为供给使。暮后，辄遣去之。乡中吊庆，兄自出周旋，弟惟下帷读，居半年，罕有睹其面者。客或请见。兄辄代辞。读

---

① 不弁(biàn)——不戴男冠。
② 手翰——手笔。
③ 渠侬聒合——由他的邻妇之夫撮合成。
④ 金鸦镮——饰有金乌的指环。
⑤ 率——榜样，表率。
⑥ 饔飧(yōng sūn)——早晚餐。
⑦ 睒睗(shǎn shì)——目光闪烁。
⑧ 场屋——科举考场。
⑨ 犹人——和一般人一样。
⑩ 蘖(bò)苦——指中药黄柏，味极苦。
⑪ 冠玉——喻指美男子。
⑫ 宵旰——日夜。

其文，瞲然[①]骇异。或排闼入而迫之，一揖便亡去。客睹丰采，又共倾慕。由此名大噪，世家争愿赘焉。叔兄商之，惟辗然笑。再强之，则言："矢志青云，不及第，不婚也。"会学使案临，两人并出。兄又落。弟以冠军应试，中顺天第四；明年成进士；授桐城[②]令，有吏治[③]；寻迁河南道掌印御史[④]，富埒王侯。因托疾乞骸骨，赐归田里。宾客填门，迄谢不纳。又自诸生以及显贵，并不言娶，人无不怪之者。归后，渐置婢。或疑其私；嫂察之，殊无苟且。

无何，明鼎革[⑤]，天下大乱。乃告嫂曰："实相告：我小郎妇也。以男子阘茸[⑥]，不能自立，负气自为之。深恐播扬，致天子召问，贻笑海内耳。"嫂不信，脱靴而示之足，始愕；视靴中，则败絮满焉。于是使生承其衔，仍闭门而雌伏矣，而生平不孕，遂出资购妾。谓生曰："凡人置身通显，则买姬媵以自奉；我宦迹十年，犹一身耳。君何福泽，坐享佳丽？"生曰："面首[⑦]三十人，请卿自置耳。"相传为笑。是时生父母，屡受覃恩[⑧]矣。缙绅拜往，尊生以侍御礼。生羞袭闺衔，惟以诸生自安，终身未尝舆盖云。

异史氏曰："翁姑受封于新妇，可谓奇矣。然侍御而夫人也者，何时无之？但夫人而侍御者少耳。天下冠儒冠、称丈夫者，皆愧死矣！"

杜　翁

杜翁，沂水人。偶自市中出，坐墙下，以候同游。觉少倦，忽若梦，见一人持牒摄去。至一府署，从来所未经。一人戴瓦垄冠[⑨]，自内出，则青州张某，其故人也。见杜惊曰："杜大哥何至此？"杜言："不知何事，但有勾牒。"张疑其误，将为查验。乃嘱曰："谨立此，勿他适。恐一迷失，将难救

① 瞲（xuè）然——惊视状。
② 桐城——县名，今属安徽省。
③ 有吏治——有政绩。
④ 掌印御史——即道级的监察御史。
⑤ 鼎革——改朝换代。
⑥ 阘茸——平庸无能。
⑦ 面首——代指男宠。
⑧ 覃恩——深恩，指朝廷赏赐厚恩。
⑨ 瓦垄冠——即瓦楞帽，为平民所戴。

挽。”遂去，久之不出。惟持牒人来，自认其误，释令归。别杜而行。途中遇六七女郎，容色媚好，悦而尾之。下道，趋小径，行十数步，闻张在后大呼曰：“杜大哥，汝将何往？”杜迷恋不已。俄见诸女人入一圭窦[①]，心识为王氏卖酒者之家。不觉探身门内，略一窥瞻，即见身在苙[②]中，与诸小豭[③]同伏。豁然自悟，已化豕矣，而耳中犹闻张呼。大惧，急以首触壁。闻人言曰：“小豕颠痫矣。”还顾，已复为人。速出门，则张候于途。责曰：“固嘱勿他往，何不听信？几至坏事！”遂把手送至市门，乃去。杜忽醒，则身犹倚壁间。诣王氏问之，果有一豕自触死云。

小　谢

渭南[④]姜部郎第，多鬼魅，常惑人。因徙去。留苍头[⑤]门之而死。数易皆死。遂废之。里有陶生望三者，夙倜傥，好狎妓，酒阑辄去之。友人故使妓奔就之，亦笑内不拒；而实终夜无所沾染。常宿部郎家，有婢夜奔，生坚拒不乱，部郎以是契重之。家綦贫，又有“鼓盆之戚[⑥]”，茅屋数椽，溽暑不堪其热。因请部郎，假废第。部郎以其凶故，却之。生因作《续无鬼论》[⑦]献部郎，且曰：“鬼何能为！”部郎以其请之坚，诺之。

生往除[⑧]厅事。薄暮，置书其中；返取他物，则书已亡。怪之。仰卧榻上，静息以伺其变。食顷，闻步履声，睨之，见二女自房中出，所亡书送还案上。一约二十，一可十七八，并皆姝丽。逡巡立榻下。相视而笑。生寂不动。长者翘一足踹生腹，少者掩口匿笑。生觉心摇摇若不自持，即急肃然端念，卒不顾。女近以左手捋髭，右手轻批颐颊，作小响。少者益笑。生骤起，叱曰：“鬼物敢尔！”二女骇奔而散。生恐夜为所苦，欲移归，又耻

---

① 圭窦——墙上凿出的门。
② 苙(lì)——猪圈。
③ 豭(jiā)——猪的别称。
④ 渭南——县名，今属陕西省。
⑤ 苍头——仆人。
⑥ 鼓盆之戚——喻丧妻。
⑦ 《续无鬼论》——以续晋人阮瞻《无鬼论》自居。
⑧ 除——出任。

其言不掩[①]，乃挑灯读。暗中鬼影憧憧，略不顾瞻。夜将半，烛而寝。始交睫，觉人以细物穿鼻，奇痒大嚏；但闻暗处隐隐作笑声。生不语，假寐以俟之。俄见少女以纸条拈细股，鹤行鹭伏[②]而至；生暴起诃之，飘窜而去。既寝，又穿其耳。终夜不堪其扰。鸡既鸣，乃寂无声，生始酣眠，终日无所睹闻。日既下，恍惚出现。生遂夜炊，将以达旦。长者渐曲肱几上，观生读；既而掩生卷。生怒捉之，即已飘散；少间，又抚之。生以手按卷读。少者潜于脑后，交两手掩生目，瞥然去，远立以哂。生指骂曰："小鬼头！捉得便都杀却！"女子即又不惧。因戏之曰："房中纵送，我都不解，缠我无益。"二女微笑，转身向灶，析薪溲米，为生执爨[③]。生顾而奖曰："两卿此为，不胜憨跳耶？"俄顷，粥熟，争以匕、箸、陶碗置几上。生曰："感卿服役，何以报德？"女笑云："饭中溲合砒、酖[④]矣。"生曰："与卿夙无嫌怨，何至以此相加。"啜已，复盛，争为奔走。生乐之，习以为常。日渐稔，接坐倾语，审其姓名。长者云："妾秋容，乔氏；彼阮家小谢也。"又研问所由来。小谢笑曰："痴郎！尚不敢一呈身，谁要汝问门第，作嫁娶耶？"生正容曰："相对丽质，宁独无情，但阴冥之气，中人必死，不乐与居者，行可耳；乐与居者，安可耳。如不见爱，何必玷两佳人？如果见爱，何必死一狂生？"二女相顾动容，自此不甚虐弄之；然时而探手于怀，捋裤于地，亦置不为怪。

一日，录书未卒业而出，返则小谢伏案头，操管[⑤]代录。见生，掷笔睨笑。近视之，虽劣不成书，而行列疏整。生赞曰："卿雅人也！苟乐此，仆教卿为之。"乃拥诸怀，把腕而教之画。秋容自外入，色乍变，意似妒。小谢笑曰："童时尝从父学书，久不作，遂如梦寐。"秋容不语。生喻其意，伪为不觉者，遂抱而授以笔，曰："我视卿能此否？"作数字而起，曰："秋娘大好笔力！"秋容乃喜。生于是折两纸为范，俾共临摹；生另一灯读，窃喜其各有所事，不相侵扰。仿毕，祗立[⑥]几前，听生月旦[⑦]。秋容素不解读[⑧]，涂

---

① 不掩——不检点。
② 鹤行鹭伏——如鹤似鹭行走，喻轻手轻脚。
③ 执爨——烧火做饭。
④ 砒、酖——砒霜、毒酒。
⑤ 操管——执笔。
⑥ 祗立——敬立。
⑦ 月旦——品评。
⑧ 解读——识字。

鸦不可辨认，花判[①]已，自顾不如小谢，有惭色。生奖慰之，颜始霁。二女由此师事生，坐为抓背，卧为按股，不惟不敢侮，争媚之。逾月，小谢书居然端好，生偶赞之。秋容大惭，粉黛淫淫，泪痕如线。生百端慰解之，乃已。因教之读，颖悟非常，指示一过，无再问者。与生竞读，常至终夜。小谢又引其弟三郎来，拜生门下。年十五六，姿容秀美。以金如意一钩为贽[②]；生令与秋容执一经[③]。满堂咿唔；生于此设鬼帐焉。部郎闻之喜，以时给其薪水。积数月，秋容与三郎皆能诗，时相酬唱。小谢阴嘱勿教秋容，生诺之；秋容阴嘱勿教小谢，生亦诺之。一日，生将赴试，二女涕泪持别。三郎曰："此行可以托疾免；不然，恐履不吉。"生以告疾为辱，遂行。

先是，生好以诗词讥切时事，获罪于邑贵介，日思中伤之。阴赂学使，诬以行检，淹禁狱中。资斧绝，乞食于囚人，自分已无生理。忽一人飘忽而入，则秋容也。以馔具餽生。相向悲咽，曰："三郎虑君不吉，今果不谬。三郎与妾同来，赴院[④]申理矣。"数语而出，人不之睹。越日，部院[⑤]出，三郎遮道声屈，收之。秋容入狱报生，返身往侦之，三日不返。生愁饿无聊，度一日如年岁。忽小谢至，怆惋欲绝，言："秋容归，经由城隍祠，被西廊黑判强摄去，逼充御媵。秋容不屈，今亦幽囚。妾驰百里，奔波颇殆；至北郭。被老棘刺吾足心，痛彻骨髓，恐不能再至矣。"因示之足，血殷凌波焉。出金三两，跛踦[⑥]而没。部院勘三郎，素非瓜葛，无端代控，将杖之，扑地遂灭。异之。览其状，情词悲恻，提生面鞫，问："三郎何人？"生伪为不知。部院悟其冤，释之。既归，竟夕无一人。更阑，小谢始至，惨然曰："三郎在部院，被廨神押赴冥司；冥王以三郎义，令托生富贵家。秋容久锢，妾以状投城隍，又被按阁[⑦]，不得入，且复奈何？"生忿然曰："黑老魅何敢如此！明日仆其像，践踏为泥，数城隍而责之。案下吏暴横如此，渠在醉梦中耶！"悲愤相对，不觉四漏将残。秋容飘然忽至。两人惊喜，急问。秋容泣下曰："今为郎万苦矣！判日以刀杖相逼，今夕忽放妾归，曰：'我无他意，

① 花判——原指用骈体判案词，此指评阅意见。
② 贽（zhì）——晋见的礼物。
③ 执一经——学一种经书。
④ 院——指巡抚衙门。
⑤ 部院——指巡抚。
⑥ 跛踦——脚瘸行路状。
⑦ 按阁——按置、压下。

原以爱故;既不愿,固亦不曾污玷。烦告陶秋曹[①],勿见谴责。'"生闻少欢,欲与同寝,曰:"今日愿为卿死。"二女戚然曰:"向受开导,颇知义理,何忍以爱君者杀君乎?"执不可。然俯颈倾头,情均伉俪。二女以遭难故,妒念全消。

会一道士途遇生,顾谓:"身有鬼气。"生以其言异,具告之。道士曰:"此鬼大好,不拟负他。"因书二符付生,曰:"归授两鬼,任其福命:如闻门外有哭女者,吞符急出,先到者可活。"生拜受,归嘱二女。后月余,果闻有哭女者。二女争奔而去。小谢忙急,忘吞其符。见有丧舆过,秋容直出,入棺而没;小谢不得入,痛哭而返。生出视,则富室郝氏殡其女。共见一女子入棺而去,方共惊疑;俄闻棺中有声,息肩发验,女已顿苏。因暂寄生斋外,罗守之。忽开目问陶生。郝氏研诘之,答云:"我非汝女也。"遂以情告。郝未深信,欲舁归;女不从,迳入生斋,偃卧不起。郝乃识婿而去。生就视之,面庞虽异,而光艳不减秋容,喜惬过望,殷叙平生。忽闻呜呜鬼泣,则小谢哭于暗陬。心甚怜之,即移灯往,宽譬哀情,而衿袖淋浪,痛不可解。近晓始去。天明,郝以婢媪赍送香奁,居然翁婿矣。暮入帷房,则小谢又哭。如此六七夜。夫妇俱为惨动,不能成合卺之礼。生忧思无策。秋容曰:"道士,仙人也。再往求,倘得怜救。"生然之,迹道士所在,叩伏自陈。道士力言"无术"。生哀不已。道士笑曰:"痴生好缠人。合与有缘,请竭吾术。"乃从生来,索静室,掩扉坐,戒勿相问。凡十余日,不饮不食。潜窥之,瞑若睡。一日晨兴,有少女搴帘入,明眸皓齿,光艳照人。微笑曰:"跋履终日,惫极矣!被汝纠缠不了,奔驰百里外,始得一好庐舍,道人载与俱来矣。得见其人,便相交付耳。"敛昏,小谢至,女遽起迎抱之,翕然合为一体,仆地而僵。道士自室中出,拱手迳去。拜而送之。及返,则女已苏。扶置床上,气体渐舒,但把足呻言趾股痠痛,数日始能起。后生应试得通籍[②]。有蔡子经者与同谱[③],以事过生,留数日。小谢自邻舍归,蔡望见之,疾趋相蹑;小谢侧身敛避,心窃怒其轻薄。蔡告生曰:"一事深骇物听,可相告否?"诘之,答曰:"三年前,少妹夭殒,经两夜而失其尸,至今疑念。适见夫人,何相似之深也?"生笑曰:"山荆陋劣,何足以方君妹?然

---

① 秋曹——刑部官员的尊称。
② 通籍——通某人籍于朝,指仕宦新进。
③ 同谱——同榜。

既系同谱，义即至切，何妨一献妻孥[①]。”乃入内，使小谢衣殉装出。蔡大惊曰：“真吾妹也！”因而泣下。生乃具述其本末。蔡喜曰：“妹子未死，吾将速归，用慰严慈[②]。”遂去。过数日，举家皆至。后往来如郝焉。

异史氏曰：“绝世佳人，求一而难之，何遽得两哉！事千古而一见，惟不私奔女者能遘之也。道士其仙耶？何术之神也！苟有其术，丑鬼可交耳。”

缢　鬼

范生者，宿于逆旅。食后，烛而假寐。忽一婢来，襆衣置椅上；又有镜奁揥篋[③]，一一列案头，乃去。俄一少妇自房中出，发篋开奁，对镜栉掠[④]；已而髻，已而簪，顾影徘徊甚久。前婢来，进匜[⑤]沃盥。盥已捧帨，既，持沐汤去。妇解襆出裙帔，炫然新制，就着之。掩衿提领，结束周至。范不语，中心疑怪，谓必奔妇，将严装以就客也。妇装讫，出长带，垂诸梁而结焉。讶之。妇从容跂[⑥]双弯，引颈受缢。才一着带，目即合，眉即竖，舌出吻两寸许，颜色惨变如鬼。大骇奔出，呼告主人，验之已渺。主人曰：“曩子妇经于是，毋乃此乎？”吁，异哉！既死犹作其状，此何说也？

异史氏曰：“冤之极而至于自尽，苦矣！然前为人而不知，后为鬼而不觉，所最难堪者，束装结带时耳。故死后顿忘其他，而独于此际此境，犹历历一作，是其所极不忘者也。”

---

① 孥——子女。
② 严慈——父、母。
③ 镜奁(lián)揥(tì)篋——梳妆盒。
④ 栉掠——梳妆。
⑤ 匜(yí)——古盛水洗盥器具。
⑥ 跂(qǐ)——踮起。

吴门画工

吴门[①]画工某，忘其名，喜绘吕祖[②]，每想象而神会之，希幸一遇。虔结在念，靡刻不存。一日，值群丐饮郊郭间，内一人敝衣露肘，而神采轩豁。心忽动，疑为吕祖。谛视，觉愈确，遽捉其臂曰："君吕祖也。"丐者大笑。某坚执为是，伏拜不起。丐者曰："我即吕祖，汝将奈何?"某叩头，但祈指教。丐者曰："汝能相识，可谓有缘。然此处非语所，夜间当相见也。"再欲遮问，转盼已杳。骇叹而归。至夜，果梦吕祖来，曰："念子志虑专凝，特来一见。但汝骨气贪吝，不能为仙。我使子见一人可也。"即向空一招，遂有一丽人蹑空而下，服饰如贵嫔，容光袍仪，焕映一室。吕祖曰："此乃董娘娘[③]，子审志之。"既而又问："记得否?"答："已记之。"又曰："勿忘却。"俄而丽者去，吕祖亦去。醒而异之，即梦中所见，肖而藏之，终亦不解所谓。后数年，偶游于都，会董妃薨，上念其贤，将为肖像。诸工群集，口授心拟，终不能似。某忽触念梦中人，得无是耶? 以图呈进。宫中传览，皆谓神肖。由是授官中书，辞不受；赐万金。于是名大噪。贵戚家争遗重币，乞为先人传影。但悬空摹写，罔不曲似。浃辰[④]之间，累数巨万。莱芜朱拱奎[⑤]曾见其人。

林　　氏

济南戚安期，素佻达，喜狎妓。妻婉戒之，不听。妻林氏，美而贤。会北兵[⑥]入境，被俘去。暮宿途中，欲相犯。林伪诺之。适兵佩刀系床头，急抽刀自刭死；兵举而委诸野。次日，拔舍去。有人传林死，戚痛悼而往。

---

① 吴门——古吴县，今江苏苏州市。
② 吕祖——即道教八仙之一，吕洞宾。
③ 董娘娘——即董贵妃，清顺治初年受封。
④ 浃辰——古时记年法。
⑤ 朱拱奎——不详。
⑥ 北兵——即清兵。

视之,有微息。负而归,目渐动;稍稍嚬呻;扶其项,以竹管滴沥灌饮,能咽。戚抚之曰:“卿万一能活,相负者必遭凶折!”半年,林平复如故;但首为颈痕所牵,常若左顾。戚不以为丑,爱恋逾于平昔。曲巷[①]之游,从此绝迹。林自觉形秽,将为置媵,戚执不可。

居数年,林不育,因劝纳婢。戚曰:“业誓不二,鬼神宁不闻之?即嗣续不承,亦吾命耳。若未应绝,卿岂老不能生者耶?”林乃托疾,使戚独宿;遣婢海棠,襆被卧其床下。既久,阴以宵情问婢。婢言无之。林不信,至夜,戒婢勿往,自诣婢所卧。少间,闻床上睡息已动。潜起,登床扪之。戚醒,问谁,林耳语曰:“我海棠也。”戚却拒曰:“我有盟誓,不敢更也。若似曩年,尚须汝奔就耶?”林乃下床出。戚自是孤眠。林使婢托己往就之。戚念妻生平曾未肯作不速之客,疑焉;摸其项,无痕,知为婢,又咄之。婢惭而退。既明,以情告林,使速嫁婢。林笑云:“君亦不必过执。倘得一丈夫子,即亦幸甚。”戚曰:“苟背盟誓,鬼责将及,尚望延宗嗣乎?”

林翼日笑语戚曰:“凡农家者流,苗与秀不可知,播种常例不可违。晚间耕耨之期至矣。”戚笑会之。既夕,林灭烛呼婢,使卧己衾中。戚入就榻,戏曰:“佃人[②]来矣。深愧钱镈[③]不利,负此良田。”婢不语。既而举事,婢小语曰:“私处小肿,颠猛不任。”戚体意温恤之。事已,婢伪起溺,以林易之。自此时值落红,辄一为之,而戚不知也。

未几,婢腹震。林每使静坐,不令给役于前,故谓戚曰:“妾劝内婢,而君弗听。设尔日冒妾时,君误信之,交而得孕,将复如何?”戚曰:“留犊鬻母。”林乃不言。无何,婢举一子。林暗买乳媪,抱养母家。积四五年,又产一子一女。长子名长生,已七岁,就外祖家读。林半月辄托归宁,一往看视。婢年益长,戚时时促遣之。林辄诺。婢日思儿女,林从其愿,窃为上鬟[④],送诣母所。谓戚曰:“日谓我不嫁海棠,母家有义男[⑤],业配之。”

又数年,子女俱长成。值戚初度[⑥],林先期治具,为候宾友。戚叹曰:“岁月骛过,忽已半世。幸各强健。家亦不至冻馁。所阙者,膝下一点。”

① 曲巷——偏僻之巷,此指妓院。
② 佃人——种田人。
③ 钱镈(jiǎn bó)——古农具中的两种。
④ 上鬟——挽上发髻,指已出嫁女子的发式。
⑤ 义男——养子。
⑥ 初度——生日。

林曰："君执拗，不从妾言，夫谁怨？然欲得男，两亦非难，何况一也？"戚解颜曰："既言不难，明日便索两男。"林言："易耳，易耳！"早起，命驾至母家，严妆子女，载与俱归。入门，令雁行立，呼父叩祝千秋。拜已而起，相顾嬉笑。戚骇怪不解。林曰："君索两男，妾添一女。"始为详述本末。戚喜曰："何不早告？"曰："早告，恐绝其母。今子已成立，尚可绝乎？"戚感极，涕不自禁，乃迎婢归，偕老焉。古有贤姬，如林者，可谓圣矣！

胡大姑

益都[①]岳于九，家有狐祟，布帛器具，辄被抛掷邻堵。蓄细葛，将取作服；见捆卷如故，解视，则边实而中虚，悉被剪去。诸如此类，不堪其苦。乱诟骂之。岳戒止云："恐狐闻。"狐在梁上曰："我已闻之矣。"由是祟益甚。

一日，夫妻卧未起，狐摄衾服去。各白身蹲床上，望空哀祝之。忽见好女子自窗入，掷衣床头。视之，不甚修长；衣绛红，外袭雪花比甲[②]。岳着衣，揖之曰："上仙有意垂顾，即勿相扰。请以为女，如何？"狐曰："我齿较汝长，何得妄自尊？"又请为姊妹，乃许之。于是命家人皆呼以胡大姑。

时颜镇[③]张八公子家，有狐居楼上，恒与人语。岳问："识之否？"答云："是吾家喜姨，何得不识？"岳曰："彼喜姨曾不扰人，汝何不效之？"狐不听，扰如故。犹不甚祟他人，而专祟其子妇：履袜簪珥，往往弃道上；每食，辄于粥碗中埋死鼠或粪秽。妇辄掷碗骂骚狐，并不祷免。岳祝曰："儿女辈皆呼汝姑，何略无尊长体耶？"狐曰："教汝子出若妇，我为汝媳，便相安矣。"子妇骂曰："淫狐不自惭，欲与人争汉子耶？"时妇坐衣笥上，忽见浓烟出尻下，熏热如笼。启视，藏裳俱烬；剩一二事，皆姑服也。又使岳子出其妇，子不应。过数日，又促之，仍不应。狐怒以石击之，额破裂，血流，几毙。岳益患之。

西山李成爻，善符水。因币聘之。李以泥金写红绢作符，三日始成。

---

① 益都——县名，今属山东省。
② 外袭雪花比甲——外套雪白的背心。
③ 颜镇——颜神镇，属山东淄博市。

又以镜缚梃[1]上，捉作柄。遍照宅中。使童子随视，有所见，即急告。至一处，童言："墙上若犬伏。"李即戟手书符其处，既而禹[2]步庭中，咒移时，即见家中犬豕并来，帖耳戢尾，若听教诲。李挥曰："去!"即纷然鱼贯而去。又咒，群鸭即来，又挥去之。已而鸡至。李指一鸡，大叱之。他鸡俱去。此鸡独伏，交翼长鸣，曰："予不敢矣!"李曰："此物是家中所作紫姑[3]也。"家人并言不曾作。李曰："紫姑今尚在。"因共忆三年前，曾为此戏，怪异即自尔日始也。遍搜之，见刍偶在厩梁上。李投火中。乃出一酒瓻[4]，三咒三叱，鸡起径去。闻瓻口言曰："岳四狠哉！数年后，当复来。"岳乞付之汤火;李不可，携去。或见其壁间挂数十瓶，塞口者皆狐也。言其以次纵之，出为祟，因此获聘金，居为奇货云。

细　侯

昌化[5]满生，设帐于余杭[6]。偶涉廛市，经临街阁下，忽有荔壳坠肩头。仰视，一雏姬凭阁上，娇姿要妙，不觉注目发狂。姬俯哂而入。询之，知为娼楼贾氏女细侯也。其声价颇高，自顾不能适愿。归斋冥想，终宵不枕。明日，往投以刺，相见，言笑甚欢，心志益迷。托故假贷同人，敛金如干[7]，携以赴女，款洽臻至。即枕上口占一绝赠之云："膏腻铜盘夜未央[8]，床头小语麝兰香。新鬟明日重妆凤，无复行云梦楚王[9]。"细侯蹙然曰："妾虽污贱，每愿得同心而事之。君既无妇，视妾可当家否?"生大悦，即叮咛，坚相约。细侯亦喜曰："吟咏之事，妾自谓无难，每于无人处，欲效作一首，恐未能便佳，为观听所讥。倘得相从，幸教妾也。"因问生："家田产几何?"答曰："薄田半顷，破屋数椽而已。"细侯曰："妾归君后，当长相守，勿

---

① 梃(tǐng)——木棒。
② 禹——通"踽"，跛行。
③ 紫姑——厕神名。
④ 瓻(chī)——古盛酒具。
⑤ 昌化——旧县名，今属浙江省。
⑥ 余杭——县名，今浙江富阳县北。
⑦ 如干——若干。
⑧ 膏腻铜盘夜未央——指夜色已深，灯光明亮。
⑨ 无复行云梦楚王——指喜新厌旧。

复设帐为也。四十亩聊足自给，十亩可以种桑，织五匹绢，纳太平之税有余矣。闭户相对，君读妾织，暇则诗酒可遣，千户侯[①]何足贵！"生曰："卿身价略可几多？"曰："依媪贪志，何能盈也？多不过二百金足矣。可恨妾齿稚，不知重赀财，得辄归母，所私者区区无多。君能办百金，过此即非所虑。"生曰："小生之落寞，卿所知也，百金何能自致。有同盟友，令于湖南，屡相见招，仆以道远，故惮于行。今为卿故，当往谋之。计三四月，可以归复，幸耐相候。"细侯诺之。

生即弃馆南游，至则令已免官，以罣误居民舍，宦囊空虚，不能为礼。生落魄难返。就邑中授徒焉。三年，莫能归。偶笞弟子，弟子自溺死。东翁[②]痛子而讼其师，因被逮囹圄。幸有他门人，怜师无过，时致馈遗，以是得无苦。

细侯自别生，杜门不交一客。母诘知故，不可夺，亦姑听之。有富贾慕细侯名，托媒于媪，务在必得，不靳直。细侯不可。贾以负贩诣湖南，敬侦生耗。时狱已将解，贾以金赂当事吏，使久锢之。归告媪云："生已瘐死。"细侯疑其信不确。媪问："无论满生已死，纵或不死，与其从穷措大以椎布[③]终也，何如衣锦而厌粱肉乎？"细侯曰："满生虽贫，其骨清也；守龌龊商，诚非所愿。且道路之言，何足凭信！"贾又转嘱他商，假作满生绝命书寄细侯，以绝其望。细侯得书，惟朝夕哀哭。媪曰："我自幼于汝，抚育良劬。汝成人二三年，所得报者，日亦无多。既不愿隶籍，即又不嫁，何以谋生活？"细侯不得已，遂嫁贾。贾衣服簪珥，供给丰侈。年余，生一子。

无何，生得门人力，昭雪而出，始知贾之锢已也。然念素无郤，反复不得其由。门人义助资斧以归。既闻细侯已嫁。心甚激楚，因以所苦，托市媪卖浆者达细侯。细侯大悲，方悟前此多端，悉贾之诡谋。乘贾他出，杀抱中儿，携所有以归满；凡贾家服饰，一无所取。贾归，怒质于官。官原其情，置不问。

呜呼！寿亭侯[④]之归汉，亦复何殊？顾杀子而行，亦天下之忍人[⑤]也！

---

① 千户侯——食邑千户的侯爵。
② 东翁——受雇佣者对雇主的称谓。
③ 椎布——椎髻布裙，指贫家妇女。
④ 寿亭侯——即关羽，此指关羽由曹操处重回到刘备身边。
⑤ 忍人——忍心之人。

狼　三　则

有屠人货肉归，日已暮。欻一狼来，瞰担中肉，似甚涎垂，步亦步，尾行数里。屠惧，示之以刃，则稍却；既走，又从之。屠无计，默念狼所欲者肉。不如姑悬诸树而蚤取之。遂钩肉，翘足挂树间，示以空空。狼乃止。屠即径归。昧爽[①]往取肉，遥望树上悬巨物，似人缢死状，大骇。逡巡近之，则死狼也。仰首审视，见口中含肉，肉钩刺狼腭，如鱼吞饵。时狼革价昂，直十余金，屠小裕焉。缘木求鱼，狼则罹之。亦可笑已！

一屠晚归，担中肉尽，止有剩骨。途中两狼，缀行甚远。屠惧，投以骨，一狼得骨止，一狼仍从；复投之，后狼止而前狼又至；骨已尽，而两狼之并驱如故。屠大窘，恐前后受其敌。顾野有麦场，场主积薪其中，苫蔽成丘。屠乃奔倚其下，弛担持刀。狼不敢前，眈眈相向。少时，一狼径去；其一犬坐于前[②]，久之，目似瞑，意暇甚。屠暴起，以刀劈狼首，又数刀毙之。方欲行，转视积薪后，一狼洞其中，意将隧入以攻其后也。身已半入，止露尻尾。屠自后断其股，亦毙之。乃悟前狼假寐，盖以诱敌。狼亦黠矣！而顷刻两毙，禽兽之变诈几何哉，止增笑耳！

一屠暮行，为狼所逼。道傍有夜耕者所遗行室[③]，奔入伏焉。狼自苫中探爪入。屠急捉之。令不可去。顾无计可以死之。惟有小刀不盈寸，遂割破爪下皮，以吹豕之法吹之。极力吹移时，觉狼不甚动，方缚以带。出视，则狼胀如牛，股直不能屈，口张不得合。遂负之以归。非屠，乌能作此谋也！三事皆出于屠；则屠人之残，杀狼亦可用也。

美　人　首

诸商寓居京舍。舍与邻屋相连，中隔板壁；板有松节脱处，穴如盏。

---

① 昧爽——黎明。
② 犬坐于前——如犬一样蹲坐在面前。
③ 行室——即“窝棚”。

忽女子探首入，挽凤髻，绝美；旋伸一臂，洁白如玉。众骇其妖，欲捉之，已缩去。少顷，又至，但隔壁不见其身。奔之[1]，则又去之。一商操刀伏壁下。俄首出，暴决之，应手而落，血溅尘土。众惊告主人。主人惧。以其首首焉[2]。逮诸商鞫之，殊荒唐。淹系半年，迄无情词，亦未有以人命讼者，乃释商，瘗女首。

刘 亮 采

闻济南怀利仁言：刘公亮采[3]，狐之后身也。初，太翁[4]居南山，有叟造其庐，自言胡姓。问所居，曰："只在此山中，闲处人少，惟我两人，可与数晨夕[5]，故来相拜识。"因与接谈，词旨便利，悦之。治酒相欢，醺而去。越日复来，愈益款厚。刘云："自蒙下交，分即最深。但不识家何里，焉所问兴居？"胡曰："不敢讳，实山中之老狐也。与若有夙因，故敢内[6]交门下。固不能为君福，亦不敢为君祸，幸相信勿骇。"刘亦不疑，更相契重。即叙年齿，胡作兄，往来如昆季。有小休咎，亦以告。时刘乏嗣，叟忽云："公勿忧，我当为君后。"刘讶其言怪。胡曰："仆算数已尽，投生有期矣。与其他适，何如生故人家？"刘曰："仙寿万年，何遂及此？"叟摇首云："非汝所知。"遂去。夜果梦叟来，曰："我今至矣。"既醒，夫人生男，是为刘公。公既长，身短，言词敏谐，绝类胡。少有才名，壬辰成进士。为人任侠，急人之急，以故秦、楚、燕、赵之客，趾错于门；货酒卖饼者，门前成市焉。

蕙 芳

马二混，居青州东门内，以货面为业。家贫，无妇，与母共作苦。一

---

① 奔之——直扑向她。
② 以其首首焉——带美人头向官府自首。
③ 刘公亮采——明末人，官至户部尚书，工诗，善书画，通音律，名噪一时。
④ 太翁——刘亮采之父。
⑤ 数(shuò)晨夕——朝夕相处在一起。
⑥ 内——同"纳"。

日，媪独居，忽有美人来，年可十六七，椎布甚朴，而光华照人。媪惊顾穷诘，女笑曰："我以贤郎诚笃，愿委身母家。"媪益惊曰："娘子天人，有此一言，则折我母子数年寿！"女固请之。意必为侯门亡人①，拒益力。女乃去。越三日，复来，留连不去。问其姓氏。曰："母肯纳我，我乃言；不然，固无庸问。"媪曰："贫贱佣保骨，得妇如此，不称亦不祥。"女笑坐床头，恋恋殊殷。媪辞之，言："娘子宜速去，勿相祸。"女乃出门，媪窥之西去。

又数日，西巷中吕媪来，谓母曰："邻女董蕙芳，孤而无依，自愿为贤郎妇，胡弗纳？"母以所疑虑具白之。吕曰："乌有此耶？如有乖谬，咎在老身。"母大喜，诺之。吕既去，媪扫室布席，将待子归往娶之。日将暮，女飘然自至。入室参母，起拜尽礼。告媪曰："妾有两婢，未得母命，不敢进也。"媪曰："我母子守穷庐，不解役婢仆。日得蝇头利，仅足自给。今增新妇一人，娇嫩坐食，尚恐不充饱；益之二婢，岂吸风所能活耶？"女笑曰："婢来，亦不费母度支，皆能自得食。"问："婢何在？"女乃呼："秋月、秋松！"声未及已，忽如飞鸟堕，二婢已立于前。即令伏地叩母。既而马归，母迎告之，马喜。入室，见翠栋雕梁，侔于宫殿；中之几屏帘幕，光耀夺视。惊极，不敢入。女下床迎笑，睹之若仙。益骇，却退。女挽之，坐与温语。马喜出非分，形神若不相属。即起，欲出行沽。女曰："勿须。"因命二婢治具。秋月出一革袋，执向扉后，格格撼摆之。已而以手探入，壶盛酒，柈盛炙，触类熏腾。饮已而寝，则花罽锦裀②，温腻非常。天明出门，则茅庐依旧。母子共奇之。媪诣吕所，将迹所由。入门，先谢其媒合之德。吕讶云："久不拜访，何邻女之曾托乎？"媪益疑，具言端委。吕大骇，即同媪来视新妇。女笑逆之，极道作合之义。吕见其惠丽，愕眙③良久，即亦不辨，唯唯而已。女赠白木搔具一事④，曰："无以报德，姑奉此为姥姥爬背耳。"吕受以归，审视则化为白金。马自得妇，顿更旧业，门户一新。笥中貂锦无数，任马取着；而出室门，则为布素，但轻暖耳。女所自衣亦然。

积四五年，忽曰："我谪降人间十余载，因与子有缘，遂暂留止。今别矣。"马苦留之。女曰："请别择良偶，以承庐墓。我岁月当一至焉。"忽不

---

① 侯门亡人——公侯府中逃亡的人。
② 花罽锦裀——花毛毯、锦垫褥。
③ 愕眙——惊愕地注视。
④ 搔具一事——挠痒器具一件。

见。马乃娶秦氏。后三年,七夕,夫妻方共语,女忽入,笑曰:“新偶良欢,不念故人耶?”马惊起,怆然曳坐,便道衷曲。女曰:“我适送织女渡河,乘间一相望耳。”两相依依,语无休止。忽空际有人呼“蕙芳”,女急起作别。马问其谁,曰:“余适同双成[①]姊来,彼不耐久伺矣。”马送之。女曰:“子寿八旬,至期,我来收尔骨。”言已,遂逝。今马六十余矣,其人但朴讷[②],并无他长。

异史氏曰:“马生其名混,其业亵,蕙芳奚取哉?于此见仙人之贵朴讷诚笃也。余尝谓友人:若我与尔,鬼狐且弃之矣;所差不愧于仙人者,惟‘混’耳。”

山 神

益都[③]李会斗,偶山行,值数人籍地饮。见李至,欢然并起,曳入坐,竞觞之。视其柈馔,杂陈珍错。移时,饮甚欢;但酒味薄涩。忽遥有一人来,面狭长,可二三尺许;冠之高细称是[④]。众惊曰:“山神至矣!”即都纷纷四去。李亦伏匿坎窞[⑤]中。既而起视,则肴酒一无所有,惟有破陶器贮溲浡[⑥],瓦片上盛蜥蜴[⑦]数枚而已。

萧 七

徐继长,临淄人,居城东之磨房庄。业儒未成,去而为吏。偶适姻家[⑧],道出于氏殡宫[⑨]。薄暮醉归,过其处,见楼阁繁丽,一叟当户坐。徐

---

① 双成——即董双成,传说中西王母的侍女。
② 朴讷——诚实,不善言辞。
③ 益都——县名,今山东青州市。
④ 冠之高细称是——帽子的大小与其狭长面孔相称。
⑤ 坎窞(dàn)——深坑。
⑥ 溲浡(sōu bó)——小便。
⑦ 蜥蜴(xī yì)——爬行动物,如壁虎。
⑧ 姻家——亲家。
⑨ 殡宫——墓地。

酒渴思饮，揖叟求浆。叟起，邀客入，升堂授饮。饮已，叟曰："曛暮难行，姑留宿，早旦而发如何也？"徐亦疲殆，乐遵所请。叟命家具酒奉客，即谓徐曰："老夫一言，勿嫌孟浪：郎君清门令望[①]，可附婚姻。有幼女未字，欲充下陈，幸垂援拾。"徐踧踖[②]不知所对。叟即遣伻[③]告其亲族，又传语令女郎妆束。顷之，峨冠博带者四五辈，先后并至。女郎亦炫妆出，姿容绝俗。于是交坐宴会。徐神魂眩乱，但欲速寝。酒数行，坚辞不任。乃使小鬟引夫妇入帏，馆同爰止[④]。徐问其族姓，女自言："萧姓，行七。"又细审门阀。女曰："身虽贱陋，配吏胥当不辱寞，何苦研穷？"徐溺其色，款昵备至，不复他疑。女曰："此处不可为家。审知汝家姊姊甚平善，或不拗阻，归除一舍，行将自至耳。"徐应之，既而加臂于身，奄忽就寐。

即觉，则抱中已空。天色大明，松阴翳晓，身下籍黍穰尺许厚，骇叹而归。告妻，妻戏为除馆，设榻其中，阖门出，曰："新娘子今夜至矣。"因与共笑。日既暮，妻戏曳徐启门，曰："新人得无已在室耶？"既入，则美人华妆坐榻上。见二人入，桥起[⑤]逆之。夫妻大愕。女掩口局局而笑，参拜恭谨。妻乃治具，为之合欢。女早起操作，不待驱使。一日谓徐："姊姨辈俱欲来吾家一望。"徐虑仓卒无以应客。女曰："都知吾家不饶，将先赍馔具来，但烦吾家姊姊烹饪而已。"徐告妻，妻诺之。晨饮后，果有人荷酒胾[⑥]来，释担而去。妻为职庖人之役。晡后，六七女郎至，长者不过四十以来，围坐并饮，喧笑盈室。徐妻伏窗以窥，惟见夫及七姐相向坐，他客皆不可睹。北斗挂屋角，欢然始去。女送客未返。妻入视案上，杯柈俱空。笑曰："诸婢想俱饿，遂如狗舐砧[⑦]。"少间，女还，殷殷相劳，夺器自涤，促嫡安眠。妻曰："客临吾家，使自备饮馔，亦大笑语。明日合另邀致。"

逾数日，徐从妻言，使女复召客。客至，恣意饮啖；惟留四簋[⑧]，不加匕箸。群笑曰："夫人谓吾辈恶，故留以待'调人[⑨]'。"座间一女，年十八

---

① 清门令望——门第清白，威议令人仰望。
② 踧踖(cù jí)——恭敬不安状。
③ 伻(bēng)——使者。
④ 馆同爰止——居如凤凰双栖。
⑤ 桥起——疾起。
⑥ 胾(zì)——大块肉。
⑦ 砧(zhēn)——案板。
⑧ 簋(guǐ)——古代食具。
⑨ 调人——调味人，即厨师。

九，素舄缟裳，云是新寡，女呼为六姊；情态妖艳，善笑能口。与徐渐洽，辄以谐语相嘲。行觞政，徐为录事[①]，禁笑谑。六姊频犯，连引十余爵，酡然[②]径醉。芳体娇懒，荏弱难持。无何，亡去。徐烛而觅之，则酣寝暗帏中。近接其吻，亦不觉。以手探裤，私处坟起。心旌方摇，席中纷唤徐郎；乃急理其衣，见袖中有绫巾，窃之而出。迨于夜央，众客离席，六姊未醒。七姐入摇之，始呵欠而起，系裙理发从众去。徐拳拳怀念，不释于心，将于空处展玩遗巾，而觅之已渺。疑送客时遗落途间，执灯细照阶除，都复乌有，意顼顼[③]不自得。女问之，徐漫应之。女笑曰："勿诳语，巾子人已将去，徒劳心目。"徐惊，以实告，且言怀思。女曰："彼与君无宿分，缘止此耳。"问其故，曰："彼前身曲中女[④]；君为士人，见而悦之，为两亲所阻，志不得遂，感疾阽危[⑤]。使人语之曰：'我已不起。但得若来，获一扪其肌肤，死无憾！'彼感此意，诺如所请。适以冗羁[⑥]，未遽往；过夕而至，则病者已殒：是前世与君有一扪之缘也。过此即非所望。"后设筵再招诸女，惟六姊不至。徐疑女妒，颇有怨怼。

女一日谓徐曰："君以六姊之故，妄相见罪。彼实不肯至，于我何尤？今八年之好，行将别矣，请为君极力一谋，用解从前之惑。彼虽不来，宁禁我不往？登门就之，或人定胜天，不可知。"徐喜，从之。女握手，飘若履虚，顷刻至其家。黄甓[⑦]广堂，门户曲折，与初见时无少异。岳父母并出，曰："拙女久蒙温煦。老身以残年衰慵，有疏省问，或当不怪耶？"即张筵作会。女便问诸姊妹。母云："各归其家，惟六姊在耳。"即唤婢请六娘子来。久之不出。女入，曳之以至。俯首简默，不似前此之谐。少时，叟媪辞去。女谓六姊曰："姐姐高自重，使人怨我！"六姊微哂曰："轻薄郎何宜相近！"女执两人残卮，强使易饮，曰："吻已接矣，作态何为？"少时，七姐亡去，室中止余二人。徐遽起相逼，六姊宛转撑拒。徐牵衣长跽而哀之，色渐和，相携入室。裁缓襦结，忽闻喊嘶动地，火光射闼。六姊大惊，推徐起曰：

---

① 录事——监酒人。
② 酡(tuó)然——饮酒脸红状。
③ 顼顼(xū xū)——自失状。
④ 曲中女——妓院中的妓女。
⑤ 阽(diàn)危——生命垂危。
⑥ 冗羁——为繁杂事牵扯。
⑦ 甓(pì)——砖。

"祸事忽临,奈何!"徐忙迫不知所为,而女郎已窜避无迹矣。徐怅然少坐,屋宇并失。猎者十余人,按鹰操刃而至,惊问:"何人夜伏于此?"徐托言迷途,因告姓字。一人曰:"适逐一狐,见之否?"答云:"不见。"细认其处,乃于氏殡宫也。怏怏而归,尤冀七姊复至,晨占雀喜,夕卜灯花①,而竟无消息矣。董玉玹谈。

乱 离 二 则

学师刘芳辉,京都人,有妹许聘戴生,出阁②有日矣。值北兵③入境,父兄恐细弱为累,谋妆送戴家。修饰未竟,乱兵纷入,父子分窜。女为牛录④俘去。从之数日,殊不少狎。夜则卧之别榻,饮食供奉甚殷。又掠一少年来,年与女相上下,仪采都雅。牛录谓之曰:"我无子,将以汝继统绪,肯否?"少年唯唯。又指女谓曰:"如肯,即以此为汝妇。"少年喜,愿从所命。牛录乃使同榻,浃洽甚乐。既而枕上各道姓氏,则少年即戴生也。

陕西某公,任盐秩⑤,家累不从。值姜瓖之变⑥,故里陷为盗薮,音信隔绝。后乱平,遣人探问,则百里绝烟,无处可询消息。会以复命入都,有老班役⑦丧偶,贫不能娶,公赉数金使买妇。时大兵凯旋,俘获妇口无算,插标市上,如卖牛马,遂携金就择之。自分金少,不敢问少艾⑧。中一媪甚整洁,遂赎以归。媪坐床上,细认曰:"汝非某班役耶?"问所自知,曰:"汝从我儿服役,胡不识!"役大骇,急告公。公视之,果母也。因而痛哭,倍偿之。班役以金多,不屑谋媪。见一妇年三十余,风范超脱,因赎之。既行,妇且走且顾,曰:"汝非某班役?"又惊问之,曰:"汝从我夫服役,如何不识!"班役益骇,导见公,公视之,真其夫人。又悲失声。一日而母妻重聚,喜不可已。乃以百金为班役娶美妇焉。意必公有大德,故鬼神为之感

① 夕卜灯花——晚间灯芯燃出花的形状,以此来推断亲人归来的征兆。
② 阁——通"阁"。
③ 北兵——清兵。
④ 牛录——清代时始编三百人为一牛录。此指牛录章京,官名。
⑤ 盐秩——盐官。
⑥ 姜瓖之变——指清顺治五年(1684 年),大同总兵姜瓖领导的叛清暴动,后被镇清压。
⑦ 班役——服侍官员的差役。
⑧ 少艾——少女。

应。惜言者忘其姓字,秦中或有能道之者。

异史氏曰:“炎昆之祸,玉石不分[①],诚然哉。若公一门,是以聚而传者也。董思白[②]之后,仅有一孙,今亦不得奉其祭祀,亦朝士之责也。悲夫!”

豢 蛇

泗水[③]山中,旧有禅院,四无村落,人迹罕及,有道士栖止其中。或言内多大蛇,故游人益远之。一少年入山罗鹰。入既深,无所归宿;遥见兰若,趋投之。道士惊曰:“居士[④]何来?幸不为儿辈所见!”即命坐,具饘粥。食未已,一巨蛇入,粗十余围,昂首向客,怒目电瞛[⑤]。客大惧。道士以掌击其额,呵曰:“去!”蛇乃俯首入东室。蜿蜒移时,其躯始尽;盘伏其中,一室尽满。客大惧,摇战。道士曰:“此平时所豢养。有我在,不妨;所患者,客自遇之耳。”客甫坐,又一蛇入,较前略小,约可五六围。见客遽止,睒瞛吐舌如前状。道士又叱之,亦入室去。室无卧处,半绕梁间,壁上土摇落有声。客益惧,终夜不寝。早起欲归,道士送之。出屋门,见墙上阶下,大如盎盏者,行卧不一。见生人,皆有吞噬状。客惧,依道士肘腋而行,使送出谷口,乃归。

余乡有客中州[⑥]者,寄居蛇佛寺。寺僧具晚餐,肉汤甚美,而段段皆圆,类鸡项。疑,问寺僧:“杀鸡几何遂得多项?”僧曰:“此蛇段耳。”客大惊,有出门而哇者。既寝,觉胸上蠕蠕;摸之,则蛇也。顿起骇呼。僧起曰:“此常事,乌足骇怪!”因以火照壁间,大小满墙,榻上下皆是也。次日,僧引入佛殿。佛座下有巨井,井中有蛇,粗如巨瓮,探首井边而不出。爇火下视,则蛇子蛇孙以数百万计,族居其中。僧云,“昔蛇出为害,佛坐其上以镇之,其患始平”云。

---

① 炎昆之祸,玉石不分——焚烧昆山,不分玉或石,即“玉石俱焚”。
② 董思白——即董其昌,号思白,明代著名书画家。
③ 泗水——县名,今属山东省。
④ 居士——佛教的居家弟子。
⑤ 瞛(cōng)——目光。
⑥ 中州——今河南一带。

雷 公

亳州[①]民王从简，其母坐室中，值小雨冥晦，见雷公持锤，振翼而入。大骇，急以器中便溺倾注之。雷公沾秽，若中刀斧，返身疾逃；极力展腾，不得去。颠倒庭际，嗥声如牛。天上云渐低，渐与檐齐。云中萧萧如马鸣[②]，与雷公相应。少时，雨暴澍[③]，身上恶浊尽洗，乃作霹雳而去。

菱 角

胡大成，楚人。其母素奉佛。成从塾师读，道由观音祠，母嘱过必入叩。一日至祠，有少女挽儿遨戏其中，发才掩颈，而风致娟然。时成年十四，心好之。问其姓氏，女笑云："我祠西焦画工女菱角也。问将何为？"成又问："有婿家无？"女酡然[④]曰："无也。"成言："我为若婿，好否？"女惭云："我不能自主。"而眉目澄澄，上下睨成，意似欣属焉。成乃出。女追而遥告曰："崔尔诚，吾父所善，用为媒，无不谐。"成曰："诺。"因念其慧而多情，益倾慕之。归，向母实白心愿。母止此儿，常恐拂之，即浼崔作冰[⑤]。焦责聘财奢，事已不就。崔极言成清族美才，焦始许之。

成有伯父，老而无子，授教职于湖北[⑥]。妻卒任所，母遣成往奔其丧。数月将归，伯又病，亦卒。淹留既久，适大寇据湖南，家耗遂隔。成窜民间，吊影孤惶而已。一日，有媪年四十八九，萦回村中，日昃不去。自言："离乱罔归。将以自鬻。"或问其价，言："不屑为人奴，亦不愿为人妇，但有母我者，则从之，不较直。"闻者皆笑。成往视之，面目间有一二颇肖其母，触于怀而大悲。自念只身无缝纫者，遂邀归，执子礼焉。媪喜，便为炊饭

① 亳(bó)州——州名，治今安徽亳县。
② 云中萧萧如马鸣——喻施雨之龙。
③ 澍(zhù)——浇灌。
④ 酡(tuó)然——饮酒脸红状，指因害羞而脸红。
⑤ 作冰——做媒。
⑥ 湖北——略与今同。

织屦，劬劳若母，拂意辄谴之；而少有疾苦，则濡煦过于所生。忽谓曰："此处太平，幸可无虞。然儿长矣，虽在羁旅，大伦不可废。三两日，当为儿娶之。"成泣曰："儿自有妇，但间阻南北耳。"媪曰："大乱时，人事翻覆，何可株待？"成又泣曰："无论结发之盟不可背，且谁以娇女付萍梗人[①]？"媪不答，但为治帘幌衾枕，甚周备，亦不识所自来。

一日，日既夕，戒成曰："烛坐勿寐，我往视新妇来也未。"遂出门去。三更既尽，媪不返，心大疑。俄闻门外哗，出视，则一女子坐庭中，蓬首啜泣。惊问："何人？"亦不语。良久，乃言曰："娶我来，即亦非福，但有死耳！"成大惊，不知其故。女曰："我少受聘于胡大成；不意胡北去，音信断绝。父母强以我归汝家。身可致，志不可夺也！"成闻而哭曰："即我是胡某。卿菱角耶？"女收涕而骇，不信。相将入室，即灯审顾，曰："得无梦耶？"于是转悲为喜，相道离苦。

先是乱后，湖南百里，涤地无类。焦携家窜长沙之东，又受周生聘。乱中不能成礼，期是夕送诸其家。女泣不盥栉，家中强置车中。至途次，女颠堕车下。遂有四人荷肩舆至，云是周家迎女者，即扶升舆，疾行若飞，至是始停。一老姥曳入，曰："此汝夫家，但入勿哭。汝家婆婆，旦晚将至矣。"乃去，成诘知情事，始悟媪神人也。夫妻焚香共祷，愿得母子复聚。

母自戎马戒严，同侪人妇奔伏涧谷。一夜，噪言寇至，即并张皇四匿。有童子以骑授母。母急不暇问，扶肩而上，轻迅剽遬，瞬息至湖上。马踏水奔腾，蹄下不波。无何，扶下，指一户云："此中可居。"母将启谢；回视其马，化为金毛犼[②]，高丈余，童子超乘而去。母以手挝门，豁然启扉。有人出问，怪其音熟，视之，成也。母子抱哭。妇亦惊起，一门欢慰。疑媪为大士[③]现身，由此持观音经咒益虔。遂流寓湖北，治田庐焉。

饿 鬼

马永，齐人，为人贪，无赖，家卒屡空，乡人戏而名之"饿鬼"。年三十

---

① 萍梗人——四处流浪之人。
② 金毛犼(hǒu)——佛教传说中菩萨的坐骑。
③ 大士——菩萨的称号。

余，日益窭，衣百结鹑，两手交其肩，在市上攫食。人尽弃之，不以齿。

邑有朱叟者，少携妻居于五都之市[①]，操业不雅。暮岁归其乡，大为士类所口；而朱洁行为善，人始稍稍礼貌之。一日，值马攫食不偿，为肆人所苦。怜之，代给其直。引归，赠以数百，俾作本。马去，不肯谋业，坐而食。无何，资复匮，仍蹈旧辙。而常惧与朱遇，去之临邑。暮宿学宫[②]，冬夜凛寒，辄摘圣贤颠上旒[③]而煨[④]其板。学官知之，怒欲加刑。马哀免，愿为先生生财。学官喜，纵之去。马探某生殷富，登门强索资，故挑其怒；乃以刀自劙[⑤]，诬而控诸学。学官勒取重赂，始免申黜。诸生因而共愤，公质县尹[⑥]。尹廉得实，笞四十，梏其颈，三日毙焉。

是夜，朱叟梦马冠带而入，曰："负公大德，今来相报。"既寤，妾举子。叟知为马，名以马儿。少不慧，喜其能读。二十余，竭力经纪，得入邑泮[⑦]。后考试寓旅邸，昼卧床上，见壁间悉糊旧艺[⑧]；视之，有"犬之性"四句题，心畏其难，读而志之。入场，适是其题，录之，得优等，食饩[⑨]焉。六十余，补临邑训导[⑩]。官数年，曾无一道义交。惟袖中出青蚨[⑪]，则作鸬鹚[⑫]笑；不则睫毛一寸长，棱棱若不相识。偶大令以诸生小故，判令薄惩，辄酷掠如治盗贼。有讼士子者，即富来叩门矣。如此多端，诸生不复可耐。而年近七旬，臃肿聋聩，每向人物色乌须药。有狂生某，锉茜根[⑬]给之。天明共视，如庙中所塑灵官状。大怒，拘生；生已早夜亡去。以此愤气中结，数月而死。

---

① 五都之市——五大城市，均为繁华之地。
② 学宫——孔庙。
③ 旒——玉串。
④ 煨——焚烧。
⑤ 劙(lí)——用刀割。
⑥ 县尹——县令。
⑦ 邑泮(pàn)——县学。
⑧ 旧艺——旧时的八股文。
⑨ 饩(xì)——饩廪，代指成为廪生。
⑩ 训导——县级学官。
⑪ 青蚨(fú)——传说中的虫名，此代指钱。
⑫ 鸬鹚(lú cí)——水鸟名，俗称"水老鸦"，此指贪婪。
⑬ 茜(qiàn)根——茜草根，用作大红染料。

考 弊 司

闻人生，河南人。抱病经日，见一秀才入，伏谒床下，谦抑尽礼。已而请生少步，把臂长语。刺刺且行，数里外犹不言别。生伫足，拱手致辞。秀才云："更烦移趾，仆有一事相求。"生问之。答云："吾辈悉属考弊司辖。司主名虚肚鬼王。初见之，例应割髀肉，浼[①]君一缓颊[②]耳。"生惊问："何罪而至于此?"曰："不必有罪，此是旧例。若丰于贿者，可赎也。然而我贫。"生曰："我素不稔鬼王，何能效力?"曰："君前世是伊大父行[③]，宜可听从。"言次，已入城郭。至一府署，廨宇不甚弘敞，惟一堂高广；堂下两碣东西立，绿书大于栲栳[④]，一云"孝弟忠信"，一云"礼义廉耻"。躐[⑤]阶而进，见堂上一匾，大书"考弊司"。楹间，板雕翠字一联云："曰校、曰序、曰痒，两字德行阴教化；上士、中士、下士，一堂礼乐鬼门生[⑥]。"游览未已，官已出，鬈发鲐背[⑦]，若数百年人；而鼻孔撩天，唇外倾，不承其齿。从一主簿吏，虎首人身。又十余人列侍，半狞，恶若山精[⑧]。秀才曰："此鬼王也。"生骇极，欲却退。鬼王已睹，降阶揖生上，便问兴居。生但诺。又问："何事见临?"生以秀才意具白之。鬼王色变曰："此有成例，即父命所不敢承!"气像森凛，似不可入一词。生不敢言，骤起告别。鬼王侧行送之，至门外始返。

生不归，潜入以观其变。至堂下，则秀才已与同辈数人，交臂历指[⑨]，俨然在徽缨[⑩]中。一狞人持刀来，裸其股，割片肉，可骈三指许。秀才大嗥欲嗄[⑪]。生少年负义，愤不自持，大呼曰："惨惨如此，成何世界!"鬼王惊

---

① 浼——请托。
② 缓颊——婉言劝解。
③ 大父行(háng)——祖父辈。
④ 栲栳(kǎo lǎo)——柳制汲水器具。
⑤ 躐——越级。
⑥ 上士、中士、下士，一堂礼乐鬼门生——各类读书人聚于一堂学习，都是鬼王的门生。
⑦ 鬈发鲐(tái)背——喻老态龙钟。
⑧ 山精——即"枭阳"，传说中的山鬼。
⑨ 交臂历指——反手捆绑，手指加以刑具。
⑩ 徽缨——捆绑犯人的绳索。
⑪ 嗄(shā)——大声嗥叫而使声音嘶哑。

起，暂命止割，跻履[①]迎生。生忿然已出，遍告市人，将控上帝。或笑曰："迂哉！蓝蔚苍苍，何处觅上帝而诉之冤也？此辈惟与阎罗近，呼之或可应耳。"乃示之途。趋而往，果见殿陛威赫，阎罗方坐；伏阶号屈。王召诉已，立命诸鬼绾絏提锤而去。少顷，鬼王及秀才并至。审其情确，大怒曰："怜尔夙世攻苦，暂委此任，候生贵家；今乃敢尔！其去若善筋，增若恶骨，罚令生生世世不得发迹也！"鬼乃箠之，仆地，颠落一齿；以刀割指端，抽筋出，亮白如丝。鬼王呼痛，声类斩豕。手足并抽讫，有二鬼押去。

生稽首而出。秀才从其后，感荷殷殷。挽送过市，见一户垂朱帘，帘内一女子露半面，容妆绝美。生问："谁家？"秀才曰："此曲巷也。"既过，生低徊不能舍，遂坚止秀才。秀才曰："君为仆来，而令踽踽以去，心何忍。"生固辞，乃去。生望秀才去远，急趋入帘内。女接见，喜形于色。入室促坐，相道姓名。女自言："柳氏，小字秋华。"一妪出，为具肴酒。酒阑，入帷，欢爱殊浓，切切订婚嫁。既曙妪入曰："薪水告竭，要耗郎君金资，奈何！"生顿念腰橐空虚，惶愧无声。久之，曰："我实不曾携得一文，宜署券保[②]，归即奉酬。"妪变色曰："曾闻夜度娘[③]索逋欠耶？"秋华嚬蹙，不作一语。生暂解衣为质。妪持笑曰："此尚不能偿酒直耳。"呶呶不满志，与女俱入。生惭。移时，犹冀女出展别，再订前约；久久无音，潜入窥之，见妪与秋华，自肩以上化为牛鬼，目睒睒相对立。大惧，趋出；欲归，则百道岐出，莫知所从。问之市人，并无知其村名者。徘徊廛肆之间，历两昏晓，悽意含酸，响肠鸣饿，进退无以自决。忽秀才过，望见之，惊曰："何尚未归，而简亵若此？"生觍颜莫对。秀才曰："有之矣！得勿为花夜叉所迷耶？"遂盛气而往，曰："秋华母子，何遽不少施面目耶！"去少时，即以衣来付生曰："淫婢无礼，已叱骂之矣。"送生至家，乃别而去。生暴绝三日而苏，言之历历。

① 跻履——踮起脚走路。
② 署券保——立下字据作担保。
③ 夜度娘——指娼妓。

阎 罗

沂州徐公星,自言夜作阎罗王。州有马生亦然。徐公闻之,访诸其家,问马:"昨夕冥中处分[①]何事?"马言,"无他事,但送左萝石[②]升天。天上堕莲花,朵大如屋"云。

大 人

长山李孝廉[③]质君诣青州,途中遇六七人,语音类燕[④]。审视两颊,俱有瘢,大如钱。异之,因问何病之同。客曰:旧岁客云南,日暮失道,入大山中,绝壑巉岩,不可得出。因共系马解装,傍树栖止。夜深,虎豹鸮鸱,次第嗥动,诸客抱膝相向。不能寐。忽见一大人来,高以丈许。客团伏,莫敢息。大人至,以手攫马而食,六七匹顷刻都尽。既而折树上长条,捉人首穿腮,如贯鱼状。贯讫,提行数步,条毳[⑤]折有声。大人似恐坠落,乃屈条之两端,压以巨石而去。客觉其去远,出佩刀自断贯条,负痛疾走。见大人又导一人俱来。客惧,伏丛莽中。见后来者更巨,至树下,往来巡视,似有所求而不得。已乃声啁啾,似巨鸟鸣,意甚怒,盖怒大人之绐己也。因以掌批其颊,大人伛偻顺受,不敢少争。俄而俱去。诸客始仓皇出。

荒窜良久,遥见岭头有灯火,群趋之。至则一男子居石室中。客入环拜,兼告所苦。男子曳令坐,曰:"此物殊可恨,然我亦不能箝制。待舍妹归,可与谋也。"无何,一女子荷两虎自外入,问客何来。诸客叩伏而告以故。女子曰:"久知两个为孽,不图凶顽若此!当即除之。"于石室中出铜

① 处分——处理。
② 左萝石——即左懋第,自号萝石,明末人,保明败后,被清俘,不屈而死,时人以南宋文天祥誉之。
③ 李孝廉——李举人,即李斯义,清初人,官至福建巡抚。
④ 燕——古国名,今河北北部和辽宁一部。
⑤ 毳(cuì)——通"脆"。

锤，重三四百斛，出门遂逝。男子煮虎肉饷客。肉未熟，女子已返，曰："彼见我欲遁，追之数十里，断其一指而还。"因以指掷地，大于胫骨焉。众骇极，问其姓氏，不答。少间，肉熟，客创痛不食。女以药屑遍糁之，痛顿止。天明，女子送客至树下，行李俱在。各负装行十余里，经昨夜斗处，女子指示之，石洼中残血尚存盆许。出山，女子始别而返。

向 杲

向杲，字初旦，太原人。与庶兄①晟，友于最敦。晟狎一妓，名波斯，有割臂之盟②；以其母取直奢，所约不遂。适其母欲从良，愿先遣波斯。有庄公子者，素善波斯，请赎为妾。波斯谓母曰："既愿同离水火，是欲出地狱而登天堂也。若妾媵之，相去几何矣！肯从奴志，向生其可。"母诺之，以意达晟。时晟丧偶未婚，喜，竭资聘波斯以归。庄闻，怒夺所好，途中偶逢，大加诟骂。晟不服，遂嗾从人折箠笞之，垂毙乃去。杲闻奔视，则兄已死，不胜哀愤，具造赴郡。庄广行贿赂，使其理不得伸。杲隐忿中结，莫可控诉，惟思要路刺杀庄，日怀利刃，伏于山径之莽。久之，机渐泄。庄知其谋，出则戒备甚严；闻汾州③有焦桐者，勇而善射，以多金聘为卫。杲无计可施，然犹日伺之。

一日，方伏，雨暴作，上下沾濡，寒战颇苦。既而烈风四塞，冰雹继至，身忽然痛痒不能复觉。岭上旧有山神祠，强起奔赴。既入庙，则所识道士在内焉。先是，道士尝行乞村中，杲辄饭之，道士以故识杲。见杲衣服濡湿，乃以布袍授之，曰："姑易此。"杲易衣，忍冻蹲若犬，自视，则毛革顿生，身化为虎。道士已失所在。心中惊恨。转念得仇人而食其肉，计亦良得。下山伏旧处，见己尸卧丛莽中，始悟前身已死；犹恐葬于乌鸢④，时时逻守之。越日，庄始经此，虎暴出，于马上扑庄落，龁其首，咽之。焦桐返马而射，中虎腹，蹶然遂毙。杲在错楚中，恍若梦醒；又经宵，始能行步，厌厌以

① 庶兄——庶母所生的兄长。
② 割臂之盟——男女私订婚约。
③ 汾州——州名，治今山西汾阳县。
④ 葬于乌鸢——指尸首被乌鸢所食。

归。家人以其连夕不返,方共骇疑,见之,喜相慰问。杲但卧,蹇涩[①]不能语。少间,闻庄信,争即床头庆告之。杲乃自言:“虎即我也。”遂述其异。由此传播。庄子痛父之死甚惨,闻而恶之,因讼杲。官以其诞而无据,置不理焉。

异史氏曰:“壮士志酬,必不生返,此千古所悼恨也。借人之杀以为生,仙人之术亦神哉!然天下事足发指者[②]多矣。使怨者常为人,恨不令暂作虎!”

董 公 子

青州董尚书[③]可畏,家庭严肃,内外男女,不敢通一语。一日,有婢仆调笑于中门之外,公子见而怒叱之,各奔去。及夜,公子偕僮卧斋中。时方盛暑,室门洞敞。更深时,僮闻床上有声甚厉,惊醒。月影中,见前仆提一物出门去,以其家人故,弗深怪,遂复寐。忽闻靴声訇然,一伟丈夫赤面修髯,似寿亭侯[④]像,捉一人头入。僮惧,蛇行入床下。闻床上支支格格,如振衣,如摩腹,移时始罢。靴声又响,乃去。僮伸颈渐出,见窗棂上有晓色,以手扪床上,着手粘湿,嗅之血腥。大呼公子,公子方醒。告而火之,血盈枕席。大骇,不知其故。

忽有官役叩门。公子出见,役愕然,但言怪事。诘之,告曰:“适衙前一人神色迷罔,大声曰:‘我杀主人矣!’众见其衣有血污,执而白之官。审知为公子家人。彼言已杀公子,埋首于关庙之侧。往验之,穴土犹新,而首则并无。”公子骇异,趋赴公庭,见其人即前狎婢者也。因述其异。官甚惶惑,重责而释之。公子不欲结怨于小人,以前婢配之,令去。积数日,其邻堵者[⑤],夜闻仆房中一声震响若崩裂,急起呼之,不应。排闼入视,见夫妇及寝床,皆截然断而为两。木肉上俱有削痕,似一刀所断者。关公之灵迹最多,未有奇于此者也。

---

① 蹇涩——迟钝。
② 发指者——令人发指之事。
③ 董尚书——即董可威,明末人,官至工部尚书。
④ 寿亭侯——即关羽。
⑤ 邻堵者——隔墙邻人。

周　三

泰安张太华[①],富吏也。家有狐扰,遣制罔效。陈其状于州尹[②],尹亦不能为力。时州之东亦有狐居村民家,人共见为一白发叟。叟与居人通吊问,如世人礼。自云行二,都呼为胡二爷。适有诸生谒尹,间道其异。尹为吏策,使往问叟。时东村人有作隶者[③],吏访之,果不诬,因与俱往。即隶家设筵招胡。胡至,揖让酬酢,无异常人。吏告所求,胡曰:"我固悉之,但不能为君效力。仆友人周三,侨居岳庙[④],宜可降伏,当代求之。"吏喜,申谢。胡临别与吏约,明日张筵于岳庙之东。吏领教。胡果导周至。周虬髯铁面,服裤褶[⑤]。饮数行,向吏曰:"适胡二弟致尊意,事已尽悉。但此辈实繁有徒[⑥],不可善谕,难免用武。请即假馆君家,微劳所不敢辞。"吏转念:去一狐,得一狐,是以暴易暴也,游移不敢即应。周已知之,曰:"无畏。我非他比,且与君有喜缘,请勿疑。"吏诺之。周又嘱:"明日偕家人阖户坐室中,幸勿哗。"吏归,悉遵所教。俄闻庭中攻击刺斗之声,逾时始定。启关出视,血点点盈阶上。墀中有小狐首数枚,大如碗盏焉。又视所除舍,则周危坐其中,拱手笑曰:"蒙重托,妖类已荡灭矣。"自是馆于其家,相见如主客焉。

① 张太华——不详。
② 州尹——知州。
③ 作隶者——当衙役的人。
④ 岳庙——东岳庙。
⑤ 裤褶(xí)——古代一种便于骑乘的服装。
⑥ 实繁有徒——实在是有很多党羽。

鸽 异

鸽类甚繁,晋有坤星[①],鲁有鹤秀[②],黔有腋蝶[③],梁有翻跳[④],越有诸尖[⑤]:皆异种也。又有靴头、点子、大白、黑石、夫妇雀、花狗眼之类,名不可屈以指,惟好事者能辨之也。邹平[⑥]张公子幼量,癖好之,按经而求,务尽其种。其养之也,如保婴儿;冷则疗以粉草[⑦],热则投以盐颗[⑧]。鸽善睡,睡太甚,有病麻痹而死者。张在广陵[⑨],以十金购一鸽,体最小,善走,置地上,盘旋无已时,不至于死不休也,故常须人把握之。夜置群中使惊诸鸽,可以免痹股之病,是名"夜游"。齐鲁养鸽家,无如公子最;公子亦以鸽自诩。

一夜,坐斋中,忽一白衣少年叩扉入,殊不相识。问之,答曰:"漂泊之人,姓名何足道。遥闻畜鸽最盛,此亦生平所好,愿得寓目。"张乃尽出所有,五色俱备,灿若云锦。少年笑曰:"人言果不虚,公子可谓养鸽之能事矣。仆亦携有一两头,颇愿观之否?"张喜,从少年去。月色冥漠,野圹萧条,心窃疑惧。少年指曰:"请勉行,寓屋不远矣。"又数武,见一道院,仅两楹。少年握手入,昧无灯火。少年立庭中,口中作鸽鸣。忽有两鸽出:状类常鸽,而毛纯白;飞与檐齐,且鸣且斗,每一扑,必作觔斗。少年挥之以肱,连翼而去。复撮口[⑩]作异声。又有两鸽出:大者如鹜,小者才如拳,集阶上,学鹤舞。大者延颈立,张翼作屏,宛转鸣跳,若引之;小者上下飞鸣,时集其顶,翼翩翩如燕子落蒲叶上,声细碎,类鼗鼓[⑪];大者伸颈不敢动,

① 坤星——当时名鸽之一种。
② 鹤秀——当时名鸽之一种。
③ 腋蝶——当时名鸽之一种。
④ 翻跳——当时名鸽之一种。
⑤ 诸尖——当时名鸽之一种。
⑥ 邹平——县名,今属山东省。
⑦ 粉草——中药名,粉甘草。
⑧ 盐颗——盐粒。
⑨ 广陵——古县名,治今江苏扬州市。
⑩ 撮口——嘴唇聚合。
⑪ 鼗(táo)鼓——俗称"拨浪鼓"。

鸣愈急，声变如磬，两两相和，间杂中节[①]。既而小者飞起，大者又颠倒引呼之。张嘉叹不已，自觉望洋可愧。遂揖少年，乞求分爱；少年不许。又固求之。少年乃叱鸽去，仍作前声，招二白鸽来，以手把之，曰："如不嫌憎，以此塞责。"接而玩之：睛映月作琥珀色，两目通透，若无隔阂，中黑珠圆于椒粒；启其翼，胁肉晶莹，脏腑可数。张甚奇之，而意犹未足，诡求不已。少年曰："尚有两种未献，今不敢复请观矣。"方竞论间，家人燎麻炬[②]入寻主人。回视少年，化白鸽，大如鸡，冲霄而去。又目前院宇都渺，盖一小墓，树二柏焉。与家人抱鸽，骇叹而归。试使飞，驯异如初。虽非其尤，人世亦绝少矣。于是爱惜臻至。积二年，育雌雄各三，虽戚好求之，不得也。

有父执某公，为贵官。一日，见公子，问："畜鸽几许？"公子唯唯以退。疑某意爱好之也，思所以报而割爱良难；又念长者之求，不可重拂。且不敢以常鸽应，选二白鸽，笼送之，自以千金之赠不啻也。他日见某公，颇有德色；而其殊无一申谢语。心不能忍，问："前禽佳否？"答云："亦肥美。"张惊曰："烹之乎？"曰："然。"张大惊曰："此非常鸽，乃俗所言'鞑靼'者也！"某回思曰："味亦殊无异处。"张叹恨而返。至夜，梦白衣少年至，责之曰："我以君能爱之，故遂托以子孙。何以明珠暗投，致残鼎镬！今率儿辈去矣。"言已，化为鸽，所养白鸽皆从之，飞鸣径去。天明视之，果俱亡矣。心甚恨之，遂以所畜，分赠知交，数日而尽。

异史氏曰："物莫不聚于所好，故叶公好龙，则真龙入室；而况学士之于良友，贤君之于良臣乎？而独阿堵之物，好者更多，而聚者特少，亦以见鬼神之怒贪，而不怒痴也。"

向有友人馈朱鲫于孙公子禹年[③]，家无慧仆，以老佣往。及门，倾水出鱼，索柈而进之。及达主所，鱼已枯毙。公子笑而不言，以酒犒佣，即烹鱼以飧。既归，主人问："公子得鱼颇欢慰否？"答曰："欢甚。"问："何以知？"曰："公子见鱼便欣然有笑容，立命赐酒，且烹数尾以犒小人。"主人骇甚，自念所赠，颇不粗劣，何至烹赐下人，因责之曰："必汝蠢顽无礼，故公

---

① 间杂中节——声音抑扬顿挫，合乎节拍。
② 燎麻炬——点燃麻杆火把。
③ 孙公子禹年——即孙琰龄，淄川人。

子迁怒耳。”佣扬手力辩曰：“我固陋拙，遂以为非人[①]也！登公子门，小心如许，犹恐筲斗不文[②]，敬索柈出，一一匀排而后进之，有何不周详也？”主人骂而遣之。

灵隐寺[③]僧某，以茶得名，铛臼[④]皆精，然所蓄茶有数等，恒视客之贵贱以为烹献。其最上者，非贵客及知味者，不一奉也。一日，有贵官至，僧伏谒甚恭，出佳茶，手自烹进，冀得称誉。贵官默然。僧惑甚，又以最上一等烹而进之。饮已将尽，并无赞语。僧急不能待，鞠躬曰：“茶何如？”贵官执盏一拱曰：“甚热。”此两事，可与张公子之赠鸽，同一笑也。

聂 政

怀庆潞王[⑤]，有昏德。时行民间，窥有好女子，辄夺之。有王生妻，为王所睹，遣舆马直入其家。女子号泣不伏，强舁而出。王亡去，隐身聂政[⑥]之墓，冀妻经过，得一遥诀。无何，妻至，望见夫，大哭投地。王恻动心怀，不觉失声。从人知其王生，执之，将加搒掠。忽墓中一丈夫出，手握白刃，气象威猛，厉声曰：“我聂政也！良家子岂可强占！念汝辈不能自由，姑且宥恕。寄语无道主：若不改行，不日将抉其首！”众大骇，弃车而走。丈夫亦入墓中而没。夫妻叩墓归，犹惧王命复临。过十余日，竟无消息，心始安。王自是淫威亦少杀云。

异史氏曰：“余读刺客传[⑦]，而独服膺于轵[⑧]深井里也：其锐身而报知

---

① 非人——不干人事的人。
② 筲(shāo)斗不文——小水桶盛鱼以献，不够体面。
③ 灵隐寺——佛寺名，今浙江杭州西湖畔。
④ 铛(chēng)臼——煎、碎茶用具。
⑤ 怀庆潞王——怀庆，府名，治今河南沁阳县；潞王，指明穆宗第四子朱翊镠受封为潞王，在怀庆府内。
⑥ 聂政——战国时的刺客。
⑦ 刺客传——指《史记·刺客列传》。
⑧ 轵(zhǐ)——车轴末端。

己也，有豫[①]之义；白昼而屠卿相，有鱄[②]之勇；皮面自刑，不累骨肉[③]，有曹[④]之智。至于荆轲[⑤]，力不足以谋无道秦，遂使绝裾而去，自取灭亡；轻借樊将军[⑥]之头，何日可能还也？此千古之所恨，而聂政之所嗤者矣。闻之野史：其坟见掘于羊[⑦]、左[⑧]之鬼。果尔，则生不成名，死犹丧义，其视聂之抱义愤而惩荒淫者，为人之贤不肖何如哉！噫！聂之贤，于此益信。"

冷　生

平城[⑨]冷生，少最钝，年二十余，未能通一经。忽有狐来，与之燕处。每闻其终夜语，即兄弟诘之，亦不肯泄。如是多日，忽得狂易病[⑩]：每得题为文，则闭门枯坐；少时，哗然大笑。窥之，则手不停草，而一艺[⑪]成矣。脱稿，又文思精妙。是年入泮，明年食饩[⑫]。每逢场作笑，响彻堂壁，由此"笑生"之名大噪。幸学使退休，不闻。后值某学使规矩严肃，终日危坐堂上。忽闻笑声，怒执之，将以加责。执事官代白其颠。学使怒稍息，释之，而黜其名。从此佯狂诗酒。著有"颠草"四卷，超拔可诵。

异史氏曰："闭门一笑，与佛家顿悟时何殊间哉！大笑成文，亦一快事，何至以此褫革[⑬]？如此主司，宁非悠悠！"

学师孙景夏，往访友人。至其窗外，不闻人语，但闻笑声嗤然，顷刻数作，意其与人戏耳。入视，则居之独也。怪之，始大笑曰："适无事，默熟笑

---

① 豫——指豫让，春秋战国之交的刺客。
② 鱄——即鱄诸，亦作"专诸"，春秋时吴国刺客。
③ 皮面自刑，不累骨肉——指聂政自杀前，自毁面容以不牵累其姐。
④ 曹——即曹沫，春秋时鲁国名刺客。
⑤ 荆轲——战国末燕国刺客。
⑥ 樊将军——即樊于(wū)期，秦国将军，获罪逃至燕，秦以千金购其头，荆轲为取秦王信任，使其自杀，割其头以献秦王。
⑦ 羊——即羊角哀，战国时人。
⑧ 左——即左伯桃，战国时人，相传与羊角哀为友，后因助羊而死，羊发迹后以上卿礼葬之。
⑨ 平城——县名，今山西大同市东。
⑩ 狂易病——精神失常。
⑪ 一艺——一篇八股文。
⑫ 饩——饩廪，代指成为廪生。
⑬ 褫革——革除其生员名籍。

谈耳。”

邑宫生，家畜一驴，性蹇劣。每途中逢徒步客，拱手谢曰：“适忙，不遑下骑，勿罪！”言未已，驴已蹶然伏道上，屡试不爽。宫大惭恨，因与妻谋，使伪作客。己乃跨驴周于庭，向妻拱手，作遇客语。驴果伏。便以利锥毒刺之。适有友人相访，方欲款关，闻宫言于内曰：“不遑下骑，勿罪！”少顷，又言之。心大怪异，叩扉问其故，以实告，相与捧腹。

此二则，可附冷生之笑以传矣。

狐 惩 淫

某生购新第，常患狐。一切服物，多为所毁，且时以尘土置汤饼[①]中。一日，有友过访，值生出，至暮不归。生妻备馔供客，已而偕婢啜食余饵。生素不羁，好蓄媚药，不知何时，狐以药置粥中，妇食之，觉有脑麝气，问婢，婢云不知。食讫，觉欲焰上炽，不可暂忍；强自按抑，燥渴愈急，筹思家中无可奔者，惟有客在，遂往叩斋。客问其谁，实告之。问何作，不答。客谢曰：“我与若夫道义交，不敢为此兽行。”妇尚流连。客叱骂曰：“某兄文章品行，被汝丧尽矣！”隔窗唾之。妇大惭，乃退。因自念：我何为若此？忽忆碗中香，得毋媚药也？检包中药，果狼藉满案，盎盏中皆是也。稔知冷水可解，因就饮之。顷刻，心下清醒，愧耻无以自容。展转既久，更漏已残，愈恐天晓难以见人，乃解带自经。婢觉救之，气已渐绝。辰后，始有微息。客夜间已遁。生晡[②]后方归，见妻卧，问之，不语，但含清涕。婢以状告。大惊，苦诘之。妻遣婢去，始以实告。生叹曰：“此我之淫报也，于卿何尤[③]？幸有良友；不然，何以为人！”遂从此痛改往行，狐亦遂绝。

异史氏曰：“居家者相戒勿蓄砒鸩，从无有相戒不蓄媚药者，亦犹人之畏兵刃而狎床笫也。宁知其毒有甚于砒鸩者哉！顾蓄之不过以媚内耳！乃至见嫉于鬼神；况人之纵淫，有过于蓄药者乎？”

某生赴试，自郡中归，日已暮，携有莲实菱藕，入室，并置几上。又有

---

① 汤饼——类似“面条”一类食物。
② 晡——黄昏时。
③ 尤——责怪。

藤津伪器一事[①]，水浸盎中。诸邻人以生新归，携酒登堂，生仓卒置床下而出，令内子经营供馔，与客薄饮。饮已，入内，急烛床下，盎水已空。问妇，妇曰："适与菱藕并出供客，何尚寻也？"生忆肴中有黑条杂错，举座不知何物。乃失笑曰："痴婆子！此何物事，可供客耶？"妇亦疑曰："我尚怨子不言烹法，其状可丑，又不知何名，只得糊涂脔切[②]耳。"生乃告之，相与大笑。今某生贵矣，相狎者犹以为戏。

山　市

奂山[③]山市，邑景之一[④]也。数年恒不一见。孙公子禹年，与同人饮楼上，忽见山头有孤塔耸起，高插青冥。相顾惊疑，念近中无此禅院。无何，见宫殿数十所，碧瓦飞甍，始悟为山市。未几，高垣睥睨[⑤]，连亘六七里，居然城郭矣。中有楼若者、堂若者、坊若者，历历在目，以亿万计。忽大风起，尘气莽莽然，城市依稀而已。既而风定天清，一切乌有；惟危楼一座，直接霄汉。五架窗扉皆洞开；一行有五点明处，楼外天也。层层指数：楼愈高，则明愈少；数至八层，裁如星点；又其上，则黯然缥缈，不可计其层次矣。而楼上人往来屑屑，或凭或立，不一状。逾时，楼渐低，可见其顶；又渐如常楼；又渐如高舍；倏忽如拳如豆，遂不可见。又闻有早行者，见山上人烟市肆，与世无别，故又名"鬼市"云。

江　城

临江[⑥]高蕃，少慧，仪容秀美。十四岁入邑庠。富室争女之；生选择

---

① 事——件。
② 脔（luán）切——切成小肉块。
③ 奂山——山名，淄川旧城西。
④ 邑景之一——淄川八景（郑公书院、季子石桥、万山石桥、丰水牧唱、梵刹浮图、文庙古桧、般阳晓钟、昆仑山色、天奂山山市）之一。
⑤ 睥睨——有孔的城上矮墙。
⑥ 临江——府名，治今江西清江县。

良苛，屡梗父命。父仲鸿，年六十，止此子，宠惜之，不忍少拂。东村有樊翁者，授童蒙于市肆，携家僦生屋。翁有女，小字江城，与生同甲，时皆八九岁，两小无猜，日共嬉戏。后翁徙去，积四五年，不复闻问。一日，生于隘巷中，见一女郎，艳美绝俗，从以小鬟，仅六七岁。不敢倾顾，但斜睨之。女停睇，若欲有言。细视之，江城也。顿大惊喜。各无所言，相视呆立，移时始别，两情恋恋。生故以红巾遗地而去。小鬟拾之，喜以授女。女入袖中，易以己巾，伪谓鬟曰："高秀才非他人，勿得讳其遗物，可追还之。"小鬟果追付生。生得巾大喜，归见母，请与论婚。母曰："家无半间屋，南北流寓，何足匹偶。"生曰："我自欲之，固当无悔。"母不能决，以商仲鸿；鸿执不可。

生闻之闷闷，嗌[①]不容粒。母大忧之，谓高曰："樊氏虽贫，亦非狙侩[②]无赖者比。我请过其家，倘其女可偶，当亦无害。"高曰："诺。"母托烧香黑帝祠[③]，诣之。见女明眸秀齿，居然娟好，心大爱悦。遂以金帛厚赠之，实告以意。樊媪谦抑而后受盟。归述其情，生始解颜为笑。逾岁，择吉迎女归，夫妻相得甚欢。而女善怒，反眼若不相识；词舌嘲啁[④]，常聒于耳。生以爱故，悉含忍之。翁媪闻之，心弗善也，潜责其子。为女所闻，大恚，诟骂弥加。生稍稍反其恶声，女益怒，挞逐出户，阖其扉。生噜噜[⑤]门外，不敢叩关，抱膝宿檐下。女从此视若仇。其初，长跪犹可以解；渐至屈膝无灵，而丈夫益苦矣。翁姑薄让之，女牴牾[⑥]不可言状。翁姑忿怒，逼令大归[⑦]。樊惭惧，浼交好者请于仲鸿；仲鸿不许。

年余，生出遇岳；岳邀归其家，谢罪不遑。妆女出见，夫妇相看，不觉恻楚。樊乃沽酒款婿，酬劝甚殷。日暮，坚止宿留，扫别榻，使夫妇并寝。既曙辞归，不敢以情告父母，掩饰弥缝。自此三五日，暂一寄岳家宿，而父母不知也。樊一日自诣仲鸿。初不见，迫而后见之。樊膝行而请。高不承，诿诸其子。樊曰："婿昨夜宿仆家，不闻有异言。"高惊问："何时寄宿？"

---

① 嗌——咽喉。
② 狙侩——经纪人，此代指狡诈的市侩。
③ 黑帝祠——道教尊奉的主管北方的真武大帝（又称玄天大帝）。
④ 嘲啁——声音细碎状。
⑤ 噜噜（sǎ sǎ）——忍寒声。
⑥ 牴牾（dǐ wǔ）——顶撞。
⑦ 大归——彻底休妻。

樊具以告。高赧谢曰："我固不知。彼爱之，我独何仇乎？"樊既去，高呼子而骂。生但俯首，不少出气。言间，樊已送女至。高曰："我不能为儿女任过，不如各立门户，即烦主析爨[①]之盟。"樊劝之，不听。遂别院居之，遣一婢给役焉。月余，颇相安，翁妪窃慰。未几，女渐肆，生面上时有指爪痕；父母明知之，亦忍不置问。一日，生不堪挞楚，奔避父所，芒芒然如鸟雀之被鹯[②]殴者。翁媪方怪问，女已横梃追入，竟即翁侧捉而箠之。翁姑涕噪，略不顾瞻，挞至数十，始悻悻以去。高逐子曰："我惟避嚣，故析尔。尔固乐此，又焉逃乎？"生被逐，徙倚无所归。母恐其折挫行死，令独居而给之食。又招樊来，使教其女。樊入室，开谕万端，女终不听，反以恶言相苦。樊拂衣去，誓相绝。无何，樊翁愤生病，与妪相继死。女恨之，亦不临吊，惟日隔壁噪骂，故使翁姑闻。高悉置不知。

生自独居，若离汤火，但觉凄寂，暗以金啖媒媪李氏，纳妓斋中，往来皆以夜。久之，女微闻之，诣斋嫚骂。生力白其诬，矢以天日，女始归。自此，日伺生隙。李媪自斋中出，适相遇，急呼之；媪神色变异，女愈疑，谓媪曰："明告所作，或可宥免；若有隐秘，撮毛[③]尽矣！"媪战而告曰："半月来，惟构栏[④]李云娘过此两度耳。适公子言，曾于玉笥山[⑤]见陶家妇，爱其双翘[⑥]，嘱奴招致之。渠虽不贞，亦未便作夜度娘[⑦]，成否故未必也。"女以其言诚，姑从宽恕。媪欲去，又强止之。日既昏，呵之曰："可先往灭其烛，便言陶家至矣。"媪如其言。女即遽入。生喜极，挽臂促坐，具道饥渴。女默不语。生暗中索其足，曰："山上一觐仙容，介介独恋是耳。"女终不语。生曰："夙昔之愿，今始得遂，何可觌面而不识也。"躬自促火一照，则江城也。大惧失色，堕烛于地，长跪觳觫，若兵在颈。女摘耳提归，以针刺两股殆遍，乃卧以下床，醒则骂之。生以此畏若虎狼；即偶假以颜色，枕席之上，亦震慑不能为人。女批颊而叱去之，益厌弃不以人齿。生日在兰麝之乡，如犴狴[⑧]中人，仰狱吏之尊也。

---

① 析爨(cuàn)——分家单过。
② 鹯(zhān)——鸷鸟。
③ 撮毛——拔头发。
④ 构栏——通"勾栏"，即妓院。
⑤ 玉笥山——位于清江县南。
⑥ 双翘——双脚。
⑦ 夜度娘——娼妓。
⑧ 犴狴(àn bì)——传说中的猛兽，代指牢狱。

女有两姊，俱适诸生。长姊平善，讷于口，常与女不相洽。二姊适葛氏，为人狡黠善辨，顾影弄姿，貌不及江城，而悍妒与埒[①]。姊妹相逢无他语，惟各以阃威自鸣得意，以故二人最善。生适戚友，女辄嗔怒；惟适葛所，知而不禁。一日，饮葛所。既醉，葛嘲曰："子何畏之甚？"生笑曰："天下事顾多不解：我之畏，畏其美也；乃有美不及内人，而畏甚于仆者，惑不滋甚哉！"葛大惭，不能对。婢闻，以告二姊。二姊怒，操杖遽出。生见其凶，跚屣[②]欲走。杖起，已中腰膂；三杖三蹶而不能起。误中颅，血流如沛[③]。二姊去，生蹒跚而归。妻惊问之。初以迕姨故，不敢遽告；再三研诘，始具陈之。女以帛束生首，忿然曰："人家男子，何烦他挞楚耶！"更短袖裳，怀木杵，携婢径去。抵葛家，二姊笑语承迎。女不语，以杵击之，仆；裂裤而痛楚焉，齿落唇缺，遗失溲便。女返，二姊羞愤，遣夫赴诉于高。生趋出，极意温恤。葛私语曰："仆此来，不得不尔。悍妇不仁，幸假手而惩创之，我两人何嫌焉。"女已闻之，遽出，指骂曰："龌龊贼！妻子亏苦，反窃窃与外人交好！此等男子，不宜打煞耶！"疾呼觅杖。葛大窘，夺门窜去。生由此往来全无一所。

同窗王子雅过之，宛转留饮。饮间，以闺阁相谑，颇涉狎亵。女适窥客，伏听尽悉，暗以巴豆[④]投汤中而进之。未几，吐利不可堪，奄存气息。女使婢问之曰："再敢无礼否？"始悟病之所自来，呻吟而哀之，则绿豆汤已储待矣。饮之乃止。从此同人相戒，不敢饮于其家。王有酤肆[⑤]，肆中多红梅，设宴招其曹侣。生托文社，禀白而往。日暮，既酣，王生曰："适有南昌名妓，流寓此间，可以呼来共饮。"众大悦。惟生离座，兴辞。群曳之曰："阃中耳目虽长，亦听睹不至于此。"因相矢缄口。生乃复坐。少间，妓果出。年十七八，玉珮丁冬，云鬟掠削。问其姓，云："谢氏，小字芳兰。"出词吐气，备极风雅，举座若狂。而芳兰犹属意生，屡以色授。为众所觉，故曳两人连肩坐。芳兰阴把生手，以指书掌作"宿"字。生于此时，欲去不忍，欲留不敢，心如乱丝，不可言喻，而倾头耳语，醉态益狂，榻上胭脂虎[⑥]，亦

---

① 埒(liè)——相等。
② 跚屣——急起迎客状。
③ 沛——汁。
④ 巴豆——植物名，主泻。
⑤ 酤肆——酒店。
⑥ 榻上胭脂虎——床上的母老虎(悍妇)。

并忘之。少选，听更漏已动，肆中酒客愈稀；惟遥座一美少年，对烛独酌，有小僮捧巾侍焉。众窃议其高雅。无何，少年罢饮，出门去。僮返身入，向生曰："主人相候一语。"众则茫然，惟生颜色惨变，不遑告别，匆匆便去。盖少年乃江城，僮即其家婢也。生从至家，伏受鞭扑，从此禁锢益严，吊庆皆绝。文宗下学，生以误讲降为青[1]。一日，与婢语，女疑与私，以酒坛囊婢首而挞之。已而缚生及婢，以绣剪剪腹间肉互补之，释缚令其自束。月余，补处竟合为一云。女每以白足踏饼尘土中，叱生摭食之。如是种种。

母以忆子故，偶至其家，见子柴瘠，归而痛哭欲死。夜梦一叟告之曰："不须忧烦，此是前世因。江城原静业和尚所养长生鼠，公子前生为士人，偶游其地，误毙之。今作恶报，不可以人力回也。每早起，虔心诵观音咒一百遍，必当有效。"醒而述于仲鸿，异之。夫妻遵教，虔诵两月余，女横如故，益之狂纵。闻门外钲鼓，辄握发出[2]，憨然引眺，千人指视，恬不为怪。翁姑共耻之，而不能禁。忽有老僧在门外宣佛果，观者如堵。僧吹鼓上革作牛鸣。女奔出，见人众无隙，命婢移行床[3]，翘登其上。众目集视，女如弗觉。逾时，僧敷衍将毕，索清水一盂，持向女而宣言曰："莫要嗔，莫要嗔！前世也非假，今世也非真。咄！鼠子缩头去，忽使猫儿寻。"宣已，吸水噀[4]射女面，粉黛淫淫，下沾衿袖。众大骇，意女暴怒，女殊不语，拭面自归。僧亦遂去。女入室痴坐，嗒然若丧，终日不食，扫榻遽寝。中夜，忽唤生醒。生疑其将遗，捧进溺盆。女却之，暗把生臂，曳入衾。生承命，四体惊悚，若奉丹诏[5]。女慨然曰："使君如此，何以为人！"乃以手抚扪生体，每至刀杖痕，嘤嘤啜泣，辄以爪甲自掐，恨不即死。生见其状，意良不忍，所以慰藉之良厚。女曰："妾思和尚必是菩萨化身。清水一洒，若更腑肺。今回忆曩昔所为，都如隔世。妾向时得毋非人耶？有夫妇而不能欢，有姑嫜而不能事，是诚何心！明日可移家去，仍与父母同居，庶便定省。"絮语终夜，如话十年之别。昧爽即起，折衣敛器，婢携簏，躬襆被，促生前往叩扉。母出骇问，告以意。母尚迟回有难色，女已偕婢入。母从入。女伏地哀泣，但求免死。母察其意诚，亦泣曰："吾儿何遽如此？"生为细述前

---

① 误讲降为青——因错讲考试内容而被革去功名。
② 握发出——未梳妆完就跑出来。
③ 行床——椅凳一类坐具。
④ 噀(xùn)——喷。
⑤ 丹诏——圣旨。

状，始悟曩昔之梦验也。喜，唤厮仆为除旧舍。女自是承颜顺志，过于孝子。见人，则觍如新妇。或戏述往事，则红涨于颊。且勤俭，又善居积；三年翁媪不问家计，而富称巨万矣。生是岁乡捷。每谓生曰："当日一见芳兰，今犹忆之。"生以不受荼毒，愿已至足，妄念所不敢萌，唯唯而已。会以应举入都，数月乃返。入室，见芳兰方与江城对弈。惊而问之，则女以数百金出其籍矣。此事浙中王子雅言之甚详。

异史氏曰："人生业果，饮啄必报，而惟果报之在房中者，如附骨之疽，其毒尤惨。每见天下贤妇十之一，悍妇十之九，亦以见人世之能修善业者少也。观自在愿力宏大，何不将盂中水洒大千世界也？"

孙 生

孙生，娶故家①女辛氏。初入门，为穷袴②，多其带，浑身纠缠甚密，拒男子不与共榻，床头常设锥簪之器以自卫，孙屡被刺剟③，因就别榻眠。月余，不敢问鼎。即白昼相逢，女未尝假以言笑。同窗某知之，私谓孙曰："夫人能饮否？"答云："少饮。"某戏之曰："仆有调停之法，善而可行。"问："何法？"曰："以迷药入酒，给使饮焉，则惟君所为矣。"孙笑之，而阴服其策良。询之医家，敬以酒煮乌头④，置案上。入夜，孙酾⑤别酒，独酌数觥而寝。如此三夕，妻终不饮。一夜，孙卧移时，视妻犹寂坐，孙故作齁声；妻乃下榻，取酒煨炉上。孙窃喜。既而满饮一杯；又复酌，约尽半杯许，以其余仍内壶中，拂榻遂寝。久之无声，而灯煌煌尚未灭也。疑其尚醒，故大呼："锡檠⑥熔化矣！"妻不应，再呼仍不应。白身往视，则醉睡如泥。启衾潜入，层层断其缚结。妻固觉之，不能动，亦不能言，任其轻薄而去。既醒，恶之，投缳自缢。孙梦中闻喘吼声，起而奔视，舌已出两寸许。大惊，断索，扶榻上，逾时始苏。孙自此殊厌恨之，夫妻避道而行，相逢则俯其

① 故家——世代仕宦之家。
② 穷袴——裤裆。
③ 刺剟(duō)——刺。
④ 乌头——中药名，有毒。
⑤ 酾——斟。
⑥ 锡檠(qíng)——锡质灯架。

首。积四五年，不交一语。妻或在室中，与他人嬉笑；见夫至，色则立变，凛如霜雪。孙尝寄宿斋中，经岁不归；即强之归，亦面壁移时，默然就枕而已。父母甚忧之。

一日，有老尼至其家，见妇，亟加赞誉。母不言，但有浩叹。尼诘其故，具以情告。尼曰："此易事耳。"母喜曰："倘能回妇意，当不靳酬也。"尼窥室无人，耳语曰："购春宫一帧[①]，三日后，为若厌[②]之。"尼去，母即购以待之。三日，尼果来，嘱曰："此须甚密，勿令夫妇知。"乃剪下图中人，又针三枚、艾一撮，并以素纸包固，外绘数画如蚓状，使母赚妇出，窃取其枕，开其缝而投之；已而仍合之，返归故处。尼乃去。至晚，母强子归宿。媪往窃听。二更将残，闻妇呼孙小字，孙不答。少间，妇复语，孙厌气作恶声。质明，母入其室，见夫妇面首相背，知尼之术诬也。呼子于无人处，委谕之。孙闻妻名，便怒，切齿。母怒骂之，不顾而去。越日，尼来，告之罔效。尼大疑。媪因述所听。尼笑曰："前言妇憎夫，故偏厌之。今妇意已转，所未转者男耳。请作两制之法，必有验。"母从之，索子枕如前缄置讫，又呼令归寝。更余，犹闻两榻上皆有转侧声，时作咳，都若不能寐。久之，闻两人在一床上唧唧语，但隐约不可辨。将曙，犹闻嬉笑，吃吃不绝。媪以告母，母喜。尼来，厚馈之。孙由是琴瑟和好。生一男两女，十余年从无角口之事。同人私问其故，笑曰："前此顾影生怒，后此闻声而喜，自亦不解其何心也。"

异史氏曰："移憎而爱，术亦神矣。然能令人喜者，亦能令人怒，术人之神，正术人之可畏也。先哲云：'六婆[③]不入门。'有见矣夫！"

八 大 王

临洮[④]冯生，盖贵介裔而凌夷矣。有渔鳖者，负其债，不能偿，得鳖辄献之。一日，献巨鳖，额有白点。生以其状异，放之。后自婿家归，至恒河[⑤]之

① 帧(zhèng)——幅。
② 厌——古代方术之一。
③ 六婆——指虎婆(经纪人，又称"牙婆")、媒婆、师婆、虔婆、药婆、稳婆(接生)。
④ 临洮——县名，今属甘肃省。
⑤ 恒河——古水名，今河北曲阳县北横河。

侧，日已就昏，见一醉者，从二三僮，颠踧而至。遥见生，便问："何人？"生漫应："行道者。"醉人怒曰："宁无姓名，胡言行道者？"生驰驱心急，置不答，径过之。醉人益怒，捉袂使不得行，酒臭熏人。生更不耐，然力解不能脱。问："汝何名？"呓然而对曰："我南都[1]旧令尹也。将何为？"生曰："世间有此等令尹，辱寞世界矣！幸是旧令尹；假新令尹，将无途人耶？"醉人怒甚，势将用武。生大言曰："我冯某非受人挝打者！"醉人闻之，变怒为欢，踉蹡下拜曰："是我恩主，唐突勿罪！"起唤从人，先归治具。

生辞之不得。握手行数里，见一小村。既入，则廊舍华好，似贵人家。醉人酲[2]稍解，生始询其姓字。曰："言之勿惊，我洮水八大王也。适西山青童招饮，不觉过醉，有犯尊颜，实切愧悚。"生知其妖，以其情辞殷渥，遂不畏怖。俄而设筵丰盛，促坐欢饮。八大王最豪，连举数觥。生恐其复醉，再作萦扰，伪醉求寝。八大王已喻其意，笑曰："君得无畏我狂耶？但请勿惧。凡醉人无行，谓隔夜不复记者，欺人耳。酒徒之不德，故犯者十之九。仆虽不齿于侪偶，顾未敢以无赖之行施之长者，何遂见拒如此？"生乃复坐，正容而谏曰："既自知之，何勿改行？"八大王曰："老夫为令尹时，沉湎尤过于今日。自触帝[3]怒，谪[4]归岛屿，力返前辙者十余年矣。今老将就木，潦倒不能横飞，故态复作，我自不解耳。兹敬闻命矣。"

倾谈间，远钟已动。八大王起，捉臂曰："相聚不久。蓄有一物，聊报厚德。此不可以久佩，如愿后，当见还也。"口中吐一小人，仅寸许。因以爪掐生臂，痛苦肤裂；急以小人按捺其上，释手已入革里，甲痕尚在，而漫漫坟起，类痰核状。惊问之，笑而不答。但曰："君宜行矣。"送生出，八大王自返。回顾村舍全渺，惟一巨鳖，蠢蠢入水而没。错愕久之。自念所获，必鳖宝也。由此目最明，凡有珠宝之处，黄泉下皆可见；即素所不知之物，亦随口而知其名。于寝室中，掘得藏镪数百，用度颇充。后有货故宅者，生视其中有藏镪无算，遂以重金购居之。由此与王公埒富矣。火齐木难之类[5]皆蓄焉。得一镜，背有凤纽，环水云湘妃之图，光射里余，须眉皆可数。佳人一照，则影留其中，磨之不能灭也；若改妆重照，或更一美人，则前影消矣。

---

① 南都——南京，与今同。
② 酲（chéng）——醉酒。
③ 帝——指玉帝。
④ 谪——贬谪。
⑤ 火齐木难之类——珍宝一类。

时肃府[①]第三公主绝美，雅慕其名。会主游崆峒[②]，乃往伏山中，伺其下舆，照之而归，设置案头。审视之，见美人在中，拈巾微笑，口欲言而波欲动。喜而藏之。年余，为妻所泄，闻之肃府。王怒，收之。追镜去，拟斩。生大贿中贵人[③]，使言于王曰："王如见赦，天下之至宝，不难致也。不然，有死而已，于王诚无所益。"王欲籍其家而徙之。三公主曰："彼已窥我，十死亦不足解此玷，不如嫁之。"王不许。公主闭户不食。妃子大忧，力言于王。王乃释生囚，命中贵以意示生。生辞曰："糟糠之妻[④]不下堂，宁死不敢承命。王如听臣自赎，倾家可也。"王怒，复逮之。妃召生妻入宫，将鸩之。既见，妻以珊瑚镜台纳妃，词意温恻。妃悦之，使参公主。公主亦悦之，订为姊妹，转使谕生。生告妻曰："王侯之女，不可以先后论嫡庶也。"妻不听，归修聘币纳王邸，赍送者迨千人。珍石宝玉之属，王家不能知其名。王大喜，释生归，以公主嫔焉。公主仍怀镜归。生一夕独寝，梦八大王轩然入曰："所赠之物，当见还也。佩之若久，耗人精血，损人寿命。"生诺之，即留宴饮。八大王辞曰："自聆药石，戒杯中物已三年矣。"乃以口啮生臂，痛极而醒，视之，则核块消矣。后此遂如常人。

异史氏曰："醒则犹人，而醉则犹鳖，此酒人之大都[⑤]也。顾鳖虽日习于酒狂乎，而不敢忘恩，不敢无礼于长者，鳖不过人远哉？若夫己氏则醒不如人，而醉不如鳖矣。古人有龟鉴[⑥]，盍以为鳖鉴乎？乃作'酒人赋'。赋曰：

'有一物焉，陶情适口；饮之则醺醺腾腾，厥名为"酒"。其名最多，为功已久：以宴嘉宾，以速父舅，以促膝而为欢，以合卺而成偶；或以为"钓诗钩"，又以为"扫愁帚"。故曩生频来，则骚客之金兰友；醉乡深处，则愁人之逋逃薮。糟丘之台既成，鸱夷之功不朽；齐臣遂能一石，学士亦称五斗。则酒固以人传，而人或以酒丑。若夫落帽之孟嘉，荷锸之伯伦，山公之倒其接，彭泽之漉以葛巾。酣眠乎美人之侧也，或察其无心；濡首于墨汁之中也，自以为有神。井底卧乘船之士，槽边缚珥玉之臣。甚至效鳖囚而玩

① 肃府——肃庄王府，明太祖朱元璋第十四子的王府。
② 崆峒——山名，属六盘山。
③ 中贵人——宦官。
④ 糟糠之妻——结发患难之妻。
⑤ 大都——大概。
⑥ 龟鉴——龟镜，引申借鉴。

世，亦犹非害物而不仁。至如雨宵雪夜，月旦花晨，风定尘短，客旧妓新，履舄交错，兰麝香沉，细批薄抹，低唱浅斟；忽清商兮一奏，则寂若兮无人。雅谑则飞花粲齿，高吟则戛玉敲金。总陶然而大醉，亦魂清而梦真。果尔，即一朝一醉，当亦名教之所不嗔。尔乃嘈杂不韵，俚词并进；坐起欢哗，呶呶成阵。涓滴忿争，势将投刃；伸颈攒眉，引杯若鸩；倾渖碎觥，拂灯灭烬。绿醑葡萄，狼藉不靳；病叶狂花，觞政所禁。如此情怀，不如弗饮。又有酒隔咽喉，间不盈寸；，呐呐呢呢，犹讥主吝。坐不言行，饮复不任；酒客无品，于斯为甚。甚有狂药下，客气粗；努石棱，磔髯须；袒两臂，跃双趺。尘蒙蒙兮满面，哇浪浪兮沾裾；口狺狺兮乱吠，发蓬蓬兮若奴。其吁地而呼天也，似李郎之呕其肝脏；其扬手而掷足也，如苏相之裂于牛车。舌底生莲者，不能穷其状；灯前取影者，不能为之图。父母前而受忤，妻子弱而难扶。或以父执之良友，无端而受骂于灌夫。婉言以警，倍益眩瞑。此名"酒凶"，不可救拯。惟有一术，可以解酩。厥术维何？只须一梃。絷其手足，与斩豕等。止困其臀，勿伤其顶；捶至百余，豁然顿醒[①]。'"

戏缢

邑人某，佻侻无赖。偶游村外，见少妇乘马来，谓同游者曰："我能令其一笑。"众不信，约赌作筵。某遽奔去，出马前，连声哗曰："我要死！"因于墙头抽梁藍一本[②]，横尺许，解带挂其上，引颈作缢状。妇果过而哂之，众亦粲然。妇去既远，某犹不动，众益笑之。近视，则舌出目瞑，而气真绝矣。梁干自经，不亦奇哉？是可以为儇薄[③]者戒。

① "酒人赋"的大意——酒的作用实在大，用途实在多；酒能成人之美，亦能现人之丑；饮酒之人应以此为借鉴。

② 梁藍(jiē)一本——高粱秸一根。

③ 儇薄——轻薄。

卷　七

罗　祖

罗祖，即墨①人也。少贫。总族中应出一丁戍北边，即以罗往。罗居边数年，生一子。驻防守备雅厚遇之。会守备迁陕西参将②，欲携与俱去。罗乃托妻子于其友李某者，遂西。自此三年不得反。适参将欲致书北塞，罗乃自陈，请以便道省妻子。参将从之。

罗至家，妻子无恙，良慰。然床下有男子遗舄，心疑之。既而至李申谢。李致酒殷勤；妻又道李恩义，罗感激不胜。明日谓妻曰："我往致主命，暮不能归，勿伺也。"出门跨马而去。匿身近处，更定却归。闻妻与李卧语，大怒，破扉。二人惧，膝行乞死。罗抽刃出，已复韬之③曰："我始以汝为人也，今如此，杀之污吾刀耳！与汝约：妻子而④受之，籍名⑤亦而充之，马匹械器具在。我逝矣。"遂去。乡人共闻于官。官笞李，李以实告。而事无验见，莫可质凭，远近搜罗，则绝匿名迹。官疑其因奸致杀，益械李及妻；逾年，并桎梏以死。乃驿送其子归即墨。

后石匣营有樵人入山，见一道人坐洞中，未尝求食。众以为异，赍粮供之。或有识者，盖即罗也。馈遗满洞，罗终不食，意似厌嚣，以故来者渐寡。积数年，洞外蓬蒿成林。或潜窥之，则坐处不曾少移。又久之，见其出游山上，就之已杳；往瞰洞中，则衣上尘蒙如故。益奇之。更数日而往，则玉柱⑥下垂，坐化⑦已久。土人为之建庙；每三月间，香楮⑧相属于道。其子往，人皆呼以小罗祖，香税悉归之；今其后人，犹岁一往，收税金焉。沂水刘宗玉向

① 即墨——县名，今山东青岛市即墨县。
② 参将——清武官名，正三品。
③ 韬之——将刀插回刀鞘。
④ 而——通"尔"，你。
⑤ 籍名——军籍中的姓名。
⑥ 玉柱——佛道两教以人死后鼻孔流出的鼻涕为成道征兆。
⑦ 坐化——佛教用语，死的讳称。
⑧ 香楮（chǔ）——香烛、纸锭。

予言之甚详。予笑曰："今世诸檀越[①]，不求为圣贤，但望成佛祖。请遍告之：若要立地成佛，须放下刀子去。"

刘　姓

邑刘姓，虎[②]而冠者也。后去淄居沂，习气不除，乡人咸畏恶之。有田数亩，与苗某连陇。苗勤，田畔多种桃。桃初实，子往攀摘；刘怒驱之，指为己有。子啼而告诸父。父方骇怪，刘已诟骂在门，且言将讼。苗笑慰之。怒不解，忿而去。

时有同邑李翠石作典商[③]于沂，刘持状入城，适与之遇。以同乡故相熟，问："作何干？"刘以告。李笑曰："子声望众所共知；我素识苗甚平善，何敢占骗。将毋反言之也！"乃碎其词纸，曳入肆，将与调停。刘恨恨不已，窃肆中笔，复造状，藏怀中，期以必告。未几，苗至，细陈所以，因哀李为之解免，言："我农人，半世不见官长。但得罢讼，数株桃何敢执为己有。"李呼刘出，告以退让之意。刘又指天画地，叱骂不休；苗惟和色卑词，无敢少辨。

既罢，逾四五日，见其村中人，传刘已死，李为惊叹。异日他适，见杖而来者，俨然刘也。比至，殷殷问讯，且请顾临。李逡巡问曰："日前忽闻凶讣，一何妄也？"刘不答，但挽入村，至其家，罗浆酒焉。乃言："前日之传，非妄也。曩出门见二人来，捉见官府。问何事，但言不知。自思出入衙门数十年，非怯见官长者，亦不为怖。从去，至公廨，见南面者[④]有怒容曰：'汝即某耶？罪恶贯盈，不自悛悔[⑤]；又以他人之物，占为己有。此等横暴，合置铛鼎！'一人稽簿曰：'此人有一善，合不死。'南面者阅簿，其色稍霁。便云：'暂送他去。'数十人齐声呵逐。余曰：'因何事勾我来？又因何事遣我去？还祈明示。'吏持簿下，指一条示之。上记：崇祯十三年[⑥]，

① 檀越——佛教用语，施主。
② 虎——喻凶暴如虎。
③ 典商——典当、抵押商。
④ 南面者——指坐在正座上的官员。
⑤ 悛(quān)悔——改悔。
⑥ 崇祯十三年——公元 1640 年。

用钱三百，求一人夫妇完聚。吏曰：‘非此，则今日命当绝，宜堕畜生道。’骇极，乃从二人出。二人索贿。怒告曰：‘不知刘某出入公门二十年，专勒人财者，何得向老虎讨肉吃耶？’二人乃不复言。送至村，拱手曰：‘此役不曾啖得一掬水。’二人既去，入门遂苏，时气绝已隔日矣。”

李闻而异之，因诘其善行颠末。初，崇祯十三年，岁大凶，人相食。刘时在淄，为主捕隶。适见男女哭甚哀，问之。答云：“夫妇聚裁年余，今岁荒，不能两全，故悲耳。”少时，油肆前复见之，似有所争。近诘之。肆主马姓者便云：“伊夫妇饿将死，日向我讨麻酱以为活。今又欲卖妇于我。我家中已买十余口矣。此何要紧？贱则售之，否则已耳。如此可笑，生来缠人！”男子因言：“今粟如珠，自度非得三百数，不足供逃亡之费。本欲两生，若卖妻而不免于死，何取焉？非敢言直，但求作阴骘①行之耳。”刘怜之，便问马出几何。马言：“今日妇口，止直百许耳。”刘请勿短其数，且愿助以半价之资。马执不可。刘少负气，便谓男子：“彼鄙琐不足道，我请如数相赠。若能逃荒，又全夫妇，不更佳耶？”遂发囊与之。夫妻泣拜而去。刘述此事，李大加奖叹。

刘自此前行顿改，今七旬犹健。去年，李诣②周村，遇刘与人争，众围劝不能解。李笑呼曰：“汝又欲讼桃树耶？”刘芒然改容，呐呐敛手而退。

异史氏曰：“李翠石兄弟，皆称素封。然翠石又醇谨，喜为善，未尝以富自豪，抑然诚笃君子也。观其解纷劝善，其生平可知矣。古云：‘为富不仁。’吾不知翠石先仁而后富者耶？抑先富而后仁者耶？”

邵　九　娘

柴廷宾，太平③人。妻金氏，不育，又奇妒。柴百金买妾，金暴遇之，经岁而死。柴忿出，独宿数月，不践闺闼。一日，柴初度④，金卑词庄礼，为丈夫寿。柴不忍拒，始通言笑。金设筵内寝，招柴。柴辞以醉。金华妆

① 阴骘(zhì)——积阴德。
② 诣——到，前往。
③ 太平——府名，相当今安徽当涂、繁昌、芜湖等地。
④ 初度——生日。

自诣柴所，曰："妾竭诚终日，君即醉，请一盏而别。"柴乃入，酌酒话言。妻从容曰："前日误杀婢子，今甚悔之。何便仇忌，遂无结发情耶？后请纳金钗十二①，妾不汝瑕疵②也。"柴益喜，烛尽见跋③，遂止宿焉。由此敬爱如初。金便呼媒媪来，嘱为物色佳媵；而阴使迁延勿报，己则故督促之。如是年余。柴不能待，遍嘱戚好为之购致，得林氏之养女。金一见，喜形于色，饮食共之，脂泽花钏，任其所取。然林固燕产④，不习女红，绣履之外，须人而成。金曰："我素勤俭，非似王侯家，买作画图看者。"于是授美锦，使学制，若严师诲弟子。初犹呵骂，继而鞭楚。柴痛切于心，不能为地⑤。而金之怜爱林，尤倍于昔，往往自为妆束，匀铅黄焉。但履跟稍有折痕，则以铁杖击双弯⑥；发少乱，则批两颊：林不堪其虐，自经死。柴悲惨心目，颇致怨怼⑦。妻怒曰："我代汝教娘子，有何罪过？"柴始悟其奸，因复反目，永绝琴瑟之好。阴于别业修房闼，思购丽人而别居之。

荏苒半载，未得其人。偶会友人之葬，见二八女郎，光艳溢目，停睇神驰。女怪其狂顾，秋波斜转之。询诸人，知为邵氏。邵贫士，止此女，少聪慧，教之读，过目能了，尤喜读内经及冰鉴书⑧。父爱溺之，有议婚者，辄令自择，而贫富皆少所可，故十七岁犹未字也。柴得其端末，知不可图，然心低徊之。又冀其家贫，或可利动。谋之数媪，无敢媒者，遂亦灰心，无所复望。忽有贾媪者，以货珠过柴。柴告所愿，赂以重金，曰："止求一通诚意，其成与否，所勿责也。万一可图，千金不惜。"媪利其有，诺之。登门，故与邵妻絮语，睹女，惊赞曰："好个美姑姑！假到昭阳院，赵家姊妹何足数得⑨！"又问："婿家阿谁？"邵妻答："尚未。"媪言："若个娘子，何愁无王侯作贵客也。"邵妻叹曰："王侯家所不敢望，只要个读书种子⑩，便是佳耳。我家小孽冤，翻复遴选，十无一当，不解是何意向。"媪曰："夫人勿须

① 金钗十二——喻姬妾众多。
② 不汝瑕疵——不认为纳妾是缺点。
③ 跋——蜡烛燃尽的残余部分。
④ 燕产——燕地人。
⑤ 不能为地——指不能改变受虐待的处境。
⑥ 双弯——双脚。
⑦ 怨怼——怨恨。
⑧ 内经及冰鉴书——泛指医书。
⑨ 假到昭阳院，赵家姊妹何足数得——昭阳院，汉宫昭阳殿；赵家姊妹，汉名妃赵飞燕、其妹赵合德，同居昭阳殿。此指盛赞他人美貌。
⑩ 读书种子——读书根苗。

烦怨。恁个丽人，不知前身修何福泽，才能消受得。昨一大笑事：柴家郎君云：于某家茔边，望见颜色，愿以千金为聘。此非饿鸱作天鹅想耶？早被老身呵斥去矣！"邵妻微笑不答。媪曰："便是秀才家，难与较计；若在别个，失尺而得丈，宜若可为矣。"邵妻复笑不言。媪抚掌曰："果尔，则为老身计亦左[1]矣。日蒙夫人爱，登堂便促膝赐浆酒；若得千金，出车马，入楼阁，老身再到门，则阍者呵叱及之矣。"邵妻沉吟良久，起而去，与夫语；移时，唤其女；又移时，三人并出。邵妻笑曰："婢子奇特，多少良匹悉不就，闻为贱媵则就之。但恐为儒林[2]笑也！"媪曰："倘入门，得一小哥子，大夫人便如何耶！"言已，告以别居之谋。邵益喜，唤女曰："试同贾姥言之。此汝自主张，勿后悔，致怼父母。"女腼然曰："父母安享厚奉，则养有济矣。况自顾命薄，若得佳偶，必减寿数，少受折磨，未必非福。前见柴郎亦福相，子孙必有兴者。"媪大喜，奔告。

柴喜出非望，即置千金，备舆马，娶女于别业，家人无敢言者。女谓柴曰："君之计，所谓燕巢于幕，不谋朝夕者也[3]。塞口防舌，以冀不漏，何可得乎？请不如早归，犹速发而祸小。"柴虑摧残。女曰："天下无不可化之人。我苟无过，怒何由起？"柴曰："不然。此非常之悍，不可情理动者。"女曰："身为贱婢，摧折亦自分耳。不然，买日为活，何可长也？"柴以为是，终踌躇而不敢决。一日，柴他往。女青衣而出，命苍头控老牝马，一妪携襆从之，竟诣嫡所，伏地而陈。妻始而怒；既念其自首可原，又见容饰谦卑，气亦稍平。乃命婢子出锦衣衣之，曰："彼薄幸人播恶于众，使我横被口语。其实皆男子不义，诸婢无行，有以激之。汝试念背妻而立家室，此岂复是人矣？"女曰："细察渠似稍悔之，但不肯下气耳。谚云：'大者不伏小。'以礼论：妻之于夫，犹子之于父，庶之于嫡也。夫人若肯假以词色，则积怨可以尽捐。"妻云："彼自不来，我何与焉？"即命婢媪为之除舍。心虽不乐，亦暂安之。

柴闻女归，惊惕不已，窃意羊入虎群，狼藉已不堪矣。疾奔而至，见家中寂然，心始稳贴。女迎门而劝，令诣嫡所。柴有难色。女泣下，柴意少纳。女往见妻曰："郎适归，自惭无以见夫人，乞夫人往一姗笑之也。"妻不

---

① 计左——失当的计谋。
② 儒林——读书人。
③ 所谓燕巢于幕，不谋朝夕者也——燕子筑巢天幕，不考虑旦夕危险。此指处境危险。

肯行，女曰："妾已言：夫之于妻，犹嫡之于庶。孟光[①]举案，而人不以为谄，何哉？分在则然耳。"妻乃从之，见柴曰："汝狡兔三窟，何归为？"柴俯不对。女肘之，柴始强颜笑。妻色稍霁，将返。女推柴从之，又嘱庖人备酌。自是夫妻复和。女早起青衣往朝；盥已，授帨，执婢礼甚恭。柴入其室，苦辞之，十余夕始肯一纳。妻亦心贤之；然自愧弗如，积惭成忌，但女奉侍谨，无可蹈瑕，若薄施呵谴，女惟顺受。一夜，夫妇少有反唇，晓妆犹含盛怒。女捧镜，镜堕，破之。妻益恚，握发裂眦。女惧，长跪哀免。怒不解，鞭之至数十。柴不能忍，盛气奔入，曳女出。妻呶呶逐击之。柴怒，夺鞭反扑，面肤绽裂，始退。由是夫妻若仇。柴禁女无往。女弗听，早起，膝行伺幕外。妻搥床怒骂，叱去，不听前。日夜切齿，将伺柴出而后泄愤于女。柴知之，谢绝人事，杜门不通吊庆。妻无如何，惟日挞婢媪以寄其恨，下人皆不可堪。自夫妻绝好，女亦莫敢当夕，柴于是孤眠。妻闻之，意亦稍安。有大婢素狡黠，偶与柴语，妻疑其私，暴之尤苦。婢辄于无人处，疾首怨骂。一夕，轮婢值宿，女嘱柴，禁无往，曰："婢面有杀机，叵测也。"柴如其言，招之来，诈问："何作？"婢惊惧，无所措词。柴益疑，检其衣，得利刃焉。婢无言，惟伏地乞死。柴欲挞之，女止之曰："恐夫人所闻，此婢必无生理。彼罪固不赦，然不如鬻之，既全其生，我亦得直焉。"柴然之。会有买妾者，急货之。妻以其不谋故，罪柴，益迁怒女，诟骂益毒。柴忿，顾女曰："皆汝自取。前此杀却，乌有今日！"言已而走。妻怪其言，遍诘左右，并无知者；问女，女亦不言。心益闷怒，捉裾浪骂。柴乃返，以实告。妻大惊，向女温语；而心转恨其言之不早。柴以为嫌欲尽释，不复作防。适远出，妻乃召女而数之曰："杀主者罪不赦，汝纵之何心？"女造次不能以词自达。妻烧赤铁烙女面，欲毁其容。婢媪皆为之不平。每号痛一声，则家人皆哭，愿代受死。妻乃不烙，以针刺胁二十余下，始挥去之。柴归，见面创，大怒，欲往寻之。女捉襟曰："妾明知火坑而固蹈之。当嫁君时，岂以君家为天堂耶？亦自顾薄命，聊以泄造化之怒耳。安心忍受，尚有满时；若再触焉，是坎已填而复掘之也。"遂以药糁患处，数日寻愈。忽揽镜喜曰："君今日宜为妾贺，彼烙断我晦纹矣！"朝夕事嫡，一如往日。

金前见众哭，自知身同独夫，略有愧悔之萌，时时呼女共事，词色平

---

① 孟光——后汉梁鸿之妻，敬事丈夫，不耻其贫，传为千古美谈。

善。月余，忽病逆，害饮食。柴恨其不死，略不顾问。数日，腹胀如鼓，日夜浸困。女侍伺不遑眠食，金益德之。女以医理自陈；金自觉畴昔过惨，疑其怨报，故谢之。金为人持家严整，婢仆悉就约束；自病后，皆散诞无操作者。柴躬自经理，劬劳甚苦，而家中米盐，不食自尽，由是慨然兴中馈[①]之思，聘医药之。金对人辄自言为“气蛊”[②]，以故医脉之，无不指为气郁者。凡易数医，卒罔效，亦滨危矣。又将烹药，女进曰：“此等药，百裹无益，只增剧耳。”金不信。女暗撮别剂易之。药下，食顷三遗，病若失，遂益笑女言妄，呻而呼之曰：“女华陀，今如何也？”女及群婢皆笑。金问故，始实告之，泣曰：“妾日受子之覆载而不知也！今而后，请惟家政，听子而行。”

无何，病痊，柴整设为贺。女捧壶侍侧；金自起夺壶，曳与连臂，爱异常情。更阑，女托故离席；金遣二婢曳还之，强与连榻。自此，事必商，食必偕，即姊妹无其和也。无何，女产一男。产后多病，金亲为调视，若奉老母。后金患心痗[③]，痛起，则面目皆青，但欲觅死。女急取银针数枚，比至，则气息濒尽，按穴刺之，画然痛止。十余日复发，复刺；过六七日又发。虽应手奏效，不至大苦，然心常惴惴，恐其复萌。夜梦至一处，似庙宇，殿中鬼神皆动。神问：“汝金氏耶？汝罪过多端，寿数合尽，念汝改悔，故仅降灾，以示微谴。前杀两姬，此其宿报。至邵氏何罪，而惨毒如此？鞭打之刑，已有柴生代报，可以相准；所欠一烙、二十三针，今三次止偿零数，便望病根除耶？明日又当作矣！”醒而大惧，犹冀为妖梦之诬。食后果病，其痛倍苦。女至，刺之，随手而瘥。疑曰：“技止此矣，病本何以不拔？请再灼之。此非烂烧不可，但恐夫人不能忍受。”金忆梦中语，以故无难色。然呻吟忍受之际，默思欠此十九针，不知作何变症，不如一朝受尽，庶免后苦。炷尽，求女再针。女笑曰：“针岂可以泛常施用耶？”金曰：“不必论穴，但烦十九刺。”女笑不可。金请益坚，起跪榻上。女终不忍。实以梦告。女乃约略经络，刺之如数。自此平复，果不复病。弥自忏悔，临下亦无戾色。子名曰俊，秀惠绝伦。女每曰：“此子翰苑相也。”八岁有神童之目，十

---

① 中馈——指妇女在家主持饮食之事。

② “气蛊”——即“气鼓”，怒气郁结而腹胀。

③ 痗(mèi)——心病。

五岁以进士授翰林。是时柴夫妇年四十，如夫人[①]三十有二三耳。舆马归宁，乡里荣之。邵翁自鬻女后，家暴富，而士林羞与为伍；至是，始有通往来者。

异史氏曰："女子狡妒，其天性然也。而为妾媵者，又复炫美弄机，以增其怒。呜呼！祸所由来矣。若以命自安，以分自守，百折而不移其志，此岂梃刃所能加乎？乃至于再拯其死，而始有悔悟之萌。呜呼！岂人也哉！如数以偿，而不增之息，亦造物之恕矣。顾以仁术作恶报，不亦傎[②]乎！每见愚夫妇抱疴终日，即招无知之巫，任其刺肌灼肤而不敢呻，心尝怪之，至此始悟。"

闽人有纳妾者，夕入妻房，不敢便去，伪解屦作登榻状。妻曰："去休！勿作态！"夫尚徘徊，妻正色曰："我非似他家妒忌者，何必尔尔。"夫乃去。妻独卧，辗转不得寐，遂起，往伏门外潜听之。但闻妾声隐约，不甚了了；惟"郎罢"二字，略可辨识。郎罢，闽人呼父也。妻听逾刻，痰厥而踣，首触扉作声。夫惊起，启户，尸倒入。呼妾火之，则其妻也。急扶灌之。目略开，即呻曰："谁家郎罢被汝呼！"妒情可哂。

巩 仙

巩道人，无名字，亦不知何里人。尝求见鲁王[③]，阍人不为通。有中贵人出，揖求之。中贵见其鄙陋，逐去之；已而复来。中贵怒，且逐且扑。至无人处，道人笑出黄金二百两，烦逐者覆中贵："为言我亦不要见王；但闻后苑花木楼台，极人间佳胜，若能导我一游，生平足矣。"又以白金赂逐者。其人喜，反命[④]。中贵亦喜，引道人自后宰门[⑤]入，诸景俱历。又从登楼上。中贵方凭窗，道人一推，但觉身堕楼外，有细葛绷腰[⑥]，悬于空际；下视，则高深晕目，葛隐隐作断声。惧极，大号。无何，数监至，骇极。见

① 如夫人——妾的别称。
② 傎(diān)——颠倒。
③ 鲁王——指明太祖朱元璋第十子朱檀，受封鲁王。
④ 反命——复报，回报。
⑤ 后宰门——鲁王府的后门。
⑥ 葛绷腰——藤本植物布缠腰。

其去地绝远，登楼共视，则葛端系棂上；欲解援之，则葛细不堪用力。遍索道人，已杳矣。束手无计，奏之鲁王。王诣视，大奇之。命楼下藉茅铺絮，将因而断之。甫毕，葛崩然自绝，去地乃不咫耳。相与失笑。

王命访道士所在。闻馆于尚秀才家，往问之，则出游未复。既，遇于途，遂引见王。王赐宴坐，便请作剧。道士曰："臣草野之夫，无他庸能。既承优宠，敢献女乐为大王寿。"遂探袖中出美人，置地上，向王稽拜已。道士命扮"瑶池宴"[1]本，祝王万年。女子吊场[2]数语。道士又出一人，自白"王母"。少间，董双成、许飞琼[3]，一切仙姬，次第俱出。末有织女[4]来谒，献天衣一袭，金彩绚烂，光映一室。王意其伪，索观之。道士急言："不可！"王不听，卒观之，果无缝之衣，非人工所能制也。道士不乐曰："臣谒诚以奉大王，暂而假诸天孙，今则浊气所染，何以还故主乎？"王又意歌者必仙姬，思欲留其一二；细视之，则皆宫中乐伎耳。转疑此曲，非所夙谙[5]，问之，果茫然不自知。道士以衣置火烧之，然后纳诸袖中，再搜之，则已无矣。王于是深重道士，留居府内。道士曰："野人之性，视宫殿如藩笼，不如秀才家得自由也。"每至中夜，必还其所；时而坚留，亦遂宿止。辄于筵间，颠倒四时花木为戏。王问曰："闻仙人亦不能忘情，果否？"对曰："或仙人然耳；臣非仙人，故心如枯木矣。"一夜，宿府中，王遣少妓往试之。入其室，数呼不应；烛之，则瞑坐榻上。摇之，目一闪即复合；再摇之，齁声作矣。推之，则遂手而倒，酣卧如雷；弹其额，逆指作铁釜声。返以白王。王使刺以针，针弗入。推之，重不可摇；加十余人举掷床下，若千斤石堕地者。旦而窥之，仍眠地上。醒而笑曰："一场恶睡，堕床下不觉耶！"后女子辈每于其坐卧时，按之为戏：初按犹软，再按则铁石矣。

道士舍秀才家，恒中夜不归。尚锁其户，及旦启扉，道士已卧室中。初，尚与曲妓[6]惠哥善，矢志嫁娶。惠雅善歌，弦索倾一时。鲁王闻其名，召入供奉，遂绝情好。每系念之，苦无由通。一夕，问道士："见惠哥否？"答言："诸姬皆见，但不知其惠哥为谁。"尚述其貌，道其年，道士乃忆之。

---

① 瑶池宴——传说中西王母的寿宴。

② 吊场——戏曲术语，传奇折子戏的开头。

③ 董双成、许飞琼——传说中西王母的侍女。

④ 织女——神话中的"织女"，亦称"天孙"。

⑤ 夙谙——以前熟悉。

⑥ 曲妓——乐妓。

尚求转寄一语。道士笑曰："我世外人，不能为君塞鸿[①]。"尚哀之不已。道士展其袖曰："必欲一见，请入此。"尚窥之，中大如屋。伏身入，则光明洞彻，宽若厅堂；几案床榻，无物不有。居其内，殊无闷苦。道士入府，与王对弈。望惠哥至，阳以袍袖拂尘，惠哥已纳袖中，而他人不之睹也。尚方独坐凝想时，忽有美人自檐间堕，视之，惠哥也。两相惊喜，绸缪臻至。尚曰："今日奇缘，不可不志。请与卿联之[②]。"书壁上曰："侯门似海久无踪。"惠续云："谁识萧郎今又逢。"尚曰："袖里乾坤真个大。"惠曰："离人思妇尽包容。"书甫毕，忽有五人入，八角冠，淡红衣，认之，都与无素。默然不言，捉惠哥去。尚惊骇，不知所由。道士既归，呼之出，问其情事，隐讳不以尽言。道士微笑，解衣反袂示之。尚审视，隐隐有字迹，细裁如虮，盖即所题句也。后十数日，又求一入。前后凡三入。惠哥谓尚曰："腹中震动，妾甚忧之，常以紧帛束腰际。府中耳目较多，倘一朝临蓐，何处可容儿啼。烦与巩仙谋，见妾三叉腰[③]时，便一拯救。"尚诺之。归见道士，伏地不起。道士曳之曰："所言，予已了了。但请勿忧。君宗祧赖此一线，何敢不竭绵薄。但自此不必复入。我所以报君者，原不在情私也。"后数月，道士自外入，笑曰："携得公子至矣。可速把襁褓来！"尚妻最贤，年近三十，数胎而存一子；适生女，盈月而殇。闻尚言，惊喜自出。道士探袖出婴儿，酣然若寐，脐梗犹未断也。尚妻接抱，始呱呱而泣。道士解衣曰："产血溅衣，道家最忌。今为君故，二十年故物，一旦弃之。"尚为易衣。道士嘱曰："旧物勿弃却，烧钱许，可疗难产，堕死胎。"尚从其言。

居之又久，忽告尚曰："所藏旧衲，当留少许自用，我死后亦勿忘也。"尚谓其言不祥。道士不言而去。入见王曰："臣欲死！"王惊问之，曰："此有定数，亦复何言。"王不信，强留之。手谈[④]一局，急起；王又止之。请就外舍，从之。道士趋卧，视之已死。王具棺木，以礼葬之。尚临哭尽哀，始悟曩言盖先告之也。遗衲用催生，应如响，求者踵接于门。始犹以污袖与之；既而剪领衿，罔不效。及闻所嘱，疑妻必有产厄，断血布如掌，珍藏之。会鲁王有爱妃临盆，三日不下，医穷于术。或有以尚生告者，立召入，一剂

---

① 塞鸿——唐传奇《无双传》中人物，曾为主人公王仙客和无双成就姻缘。
② 联之——联句成诗。
③ 三叉(chá)腰——腰围三叉。
④ 手谈——下围棋。

而产。王大喜，赠白金、彩缎良厚，尚悉辞不受。王问所欲，曰："臣不敢言。"再请之，顿首曰："如推天惠，但赐旧妓惠哥足矣。"王召之来，问其年，曰："妾十八入府，今十四年矣。"王以其齿加长，命遍呼群妓，任尚自择；尚一无所好。王笑曰："痴哉书生！十年前定婚嫁耶？"尚以实对。乃盛备舆马，仍以所辞彩缎为惠哥作妆，送之出。惠所生子，名之秀生——秀者袖也——是时年十一矣。日念仙人之恩，清明则上其墓。

有久客川中者，逢道人于途，出书一卷曰："此府中物，来时仓猝，未暇璧返，烦寄去。"客归，闻道人已死，不敢达王；尚代奏之。王展视，果道士所借。疑之，发其冢，空棺耳。后尚子少殇，赖秀生承继，益服巩之先知云。

异史氏曰："袖里乾坤，古人之寓言耳，岂真有之耶？抑何其奇也！中有天地、有日月，可以娶妻生子，而又无催科之苦，人事之烦，则袖中虮虱，何殊桃源鸡犬哉！设容人常住，老于是乡可耳。"

二　商

莒人商姓者，兄富而弟贫，邻垣而居。康熙间，岁大凶，弟朝夕不自给。一日，日向午，尚未举火，枵腹蹀躞，无以为计。妻令往告兄。商曰："无益。倘兄怜我贫也，当早有以处此矣。"妻固强之，商便使其子往。少顷，空手而返。商曰："何如哉！"妻详问阿伯云何，子曰："伯踌躇目视伯母；伯母告我曰：'兄弟析居，有饭各食，谁复能相顾也。'"夫妻无言，暂以残盎败榻①，少易糠秕而生。

里中三四恶少，窥大商饶足，夜逾垣入。夫妻警寤，鸣盥器而号。邻人共嫉之，无援者。不得已，疾呼二商。商闻嫂鸣，欲趋救。妻止之，大声对嫂曰："兄弟析居，有祸各受，谁复能相顾也！"俄，盗破扉，执大商及妇，炮烙之，呼声綦惨。二商曰："彼固无情，焉有坐视兄死而不救者！"率子越垣，大声疾呼。二商父子故武勇，人所畏惧，又恐惊致他援，盗乃去。视兄嫂，两股焦灼。扶榻上，招集婢仆，乃归。大商虽被创，而金帛无所亡失，

① 残盎败榻——破瓦罐、破床，喻家具破烂。

谓妻曰:"今所遗留,悉出弟赐,宜分给之。"妻曰:"汝有好兄弟,不受此苦矣!"商乃不言。二商家绝食,谓兄必有一报;久之,寂不闻。妇不能待,使子捉囊往从贷,得斗粟而返。妇怒其少,欲反之;二商止之。逾两月,贫馁愈不可支。二商曰:"今无术可以谋生,不如鬻宅于兄。兄恐我他去,或不受券[①]而恤焉,未可知;纵或不然,得十余金,亦可存活。"妻以为然,遣子操券诣大商。大商告之妇,且曰:"弟即不仁,我手足也。彼去则我孤立,不如反其券而周之。"妻曰:"不然。彼言去,挟我也;果尔,则适堕其谋。世间无兄弟者,便都死却耶?我高葺墙垣,亦足自固。不如受其券,从所适,亦可以广吾宅。"计定,令二商押署券尾,付直而去。二商于是徙居邻村。

乡中不逞之徒,闻二商去,又攻之。复执大商,搒楚并兼,梏毒惨至,所有金资,悉以赎命。盗临去,开廪呼村中贫者,恣所取,顷刻都尽。次日,二商始闻,及奔视,则兄已昏愦不能语;开目见弟,但以手抓床席而已。少顷遂死。二商忿诉邑宰。盗首逃窜,莫可缉获。盗粟者十余人,皆里中贫民,州守亦莫如何。大商遗幼子,才五岁,家既贫,往往自投叔所,数日不归;送之归,则啼不止。二商妇颇不加青眼。二商曰:"渠父不义,其子何罪?"因市蒸饼数枚,自送之。过数日,又避妻子,阴负斗粟于嫂,使养儿。如此以为常。又数年,大商卖其田宅,母得直足自给,二商乃不复至。

后岁大饥,道殣[②]相望,二商食指益烦,不能他顾。侄年十五,荏弱不能操业,使携篮从兄货胡饼[③]。一夜,梦兄至,颜色惨戚曰:"余惑于妇言,遂失手足之义。弟不念前嫌,增我汗羞。所卖故宅,今尚空闲,宜僦居之。屋后蓬颗下,藏有窖金,发之,可以小阜。使丑儿相从;长舌妇余甚恨之,勿顾也。"既醒,异之。以重直啗第主,始得就,果发得五百金。从此弃贱业,使兄弟设肆廛间,侄颇慧,记算无讹;又诚悫[④],凡出入一锱铢,必告。二商益爱之。一日,泣为母请粟。商妻欲勿与;二商念其孝,按月廪给之。数年家益富。大商妇病死,二商亦老,乃析侄,家资割半与之。

异史氏曰:"闻大商一介不轻取与,亦狷洁自好者也。然妇言是听,愦

---

① 不受券——不接受契约,指不愿卖宅。
② 殣(jìn)——饿死。
③ 胡饼——芝麻烧饼。
④ 诚悫(què)——忠厚。

愦不置一词，恝[1]情骨肉，卒以吝死。呜呼！亦何怪哉！二商以贫始，以素封终。为人何所长？但不甚遵阃教耳。呜呼！一行不同，而人品遂异。”

沂水秀才

沂水某秀才，课业山中。夜有二美人入，含笑不言，各以长袖拂榻，相将坐，衣耎[2]无声。少间，一美人起，以白绫巾展几上，上有草书三四行，亦未尝审其何词。一美人置白金一铤，可三四两许；秀才掇内袖中。美人取巾，握手笑出，曰："俗不可耐！"秀才扪金，则乌有矣。丽人在坐，投以芳泽，置不顾；而金是取，是乞儿相也，尚可耐哉！狐子可儿[3]，雅态可想。

友人言此，并思不可耐事，附志之：对酸俗客。市井人作文语。富贵态状。秀才装名士。旁观谄态。信口谎言不倦。揖坐苦让上下。歪诗文强人观听。财奴哭穷。醉人歪缠。作满洲调[4]。体气苦逼人语[5]。市井恶谑[6]。任憨儿登筵抓肴果。假人馀威装模样。歪科甲[7]谈诗文。语次[8]频称贵戚。

梅　女

封云亭，太行人。偶至郡，昼卧寓屋。时年少丧偶，岑寂之下，颇有所思。凝视间，见墙上有女子影，依稀如画。念必意想所致。而久之不动，亦不灭。异之。起视转真；再近之，俨然少女，容蹙舌伸，索环秀领。惊顾未已，冉冉欲下。知为缢鬼，然以白昼壮胆，不大畏怯。语曰："娘子如有

① 恝(jiá)——冷漠。
② 耎——同"软"。
③ 可儿——可意人儿。
④ 满洲调——满洲腔调说官话。
⑤ 体气苦逼人语——喻身有狐臭，但却紧挨人说话。
⑥ 恶谑——开有损人格的玩笑。
⑦ 歪科甲——无才却中第的坏文人。
⑧ 语次——谈话之间。

奇冤，小生可以极力。”影居然下，曰：“萍水之人，何敢遽以重务浼君子。但泉下槁骸，舌不得缩，索不得除，求断屋梁而焚之，恩同山岳矣。”诺之，遂灭。呼主人来，问所见状。主人言：“此十年前梅氏故宅，夜有小偷入室，为梅所执，送诣典史[①]。典史受盗钱五百，诬其女与通，将拘审验。女闻自经。后梅夫妻相继卒，宅归于余。客往往见怪异，而无术可以靖之。”封以鬼言告主人。计毁舍易楹，费不赀[②]，故难之；封乃协力助作。

既就而复居之。梅女夜至，展谢已，喜气充溢，姿态嫣然。封爱悦之，欲与为欢。瞒然而惭曰：“阴惨之气，非但不为君利；若此之为，则生前之垢，西江不可濯[③]矣。会合有时，今日尚未。”问：“何时？”但笑不言。封问：“饮乎？”答曰：“不饮。”封曰：“对佳人闷眼相看，亦复何味？”女曰：“妾生平戏技，惟谙打马[④]。但两人寥落，夜深又苦无局。今长夜莫遣，聊与君为交线之戏[⑤]。”封从之。促膝戟指，翻变良久，封迷乱不知所从；女辄口道而颐指之，愈出愈幻，不穷于术。封笑曰：“此闺房之绝技。”女曰：“此妾自悟，但有双线，即可成文[⑥]，人自不之察耳。”更阑颇怠，强使就寝，曰：“我阴人不寐，请自休。妾少解按摩之术，愿尽技能，以侑清梦。”封从其请。女叠掌为之轻按，自顶及踵皆遍；手所经，骨若醉。既而握指细擂，如以团絮相触状，体畅舒不可言：擂至腰，口目皆慵；至股，则沉沉睡去矣。及醒，日已向巳，觉骨节轻和，殊于往日。心益爱慕，绕屋而呼之，并无响应。日夕，女始至。封曰：“卿居何所，使我呼欲遍？”曰：“鬼无所，要在地下。”问：“地下有隙可容身乎？”曰：“鬼不见地，犹鱼不见水也。”封握腕曰：“使卿而活，当破产购致之。”女笑曰：“无须破产。”戏至半夜，封苦逼之。女曰：“君勿缠我。有浙娼爱卿者，新寓北邻，颇极风致。明夕，招与俱来，聊以自代，若何？”封允之。次夕，果与一少妇同至，年近三十已来，眉目流转，隐含荡意。三人狎坐，打马为戏。局终，女起曰：“嘉会方殷，我且去。”封欲挽之，飘然已逝。两人登榻，于飞甚乐[⑦]。诘其家世，则含糊不以尽

① 典史——清代职掌缉捕、狱囚事的官。
② 赀——计量。
③ 濯——洗涤。
④ 打马——古时闺中流行颇似棋类的博戏。
⑤ 交线之戏——俗称“翻线”，小儿游戏。
⑥ 文——文采、纹理，此指翻线的花样。
⑦ 于飞甚乐——喻男女性爱情感相合。

道，但曰："郎如爱妾，当以指弹北壁，微呼曰'壶卢子'，即至。三呼不应，可知不暇，勿更招也。"天晓，入北壁隙中而去。次日，女来。封问爱卿。女曰："被高公子招去侑酒，以故不得来。"因而剪烛共话。女每欲有所言，吻已启而辄止；固诘之，终不肯言，唏嘘而已。封强与作戏，四漏始去。自此二女频来，笑声彻宵旦，因而城社[①]悉闻。

典史某，亦浙之世族，嫡室以私仆被黜。继娶顾氏，深相爱好；期月夭殂，心甚悼之。闻封有灵鬼，欲以问冥世之缘，遂跨马造封，封初不肯承，某力求不已。封设筵与坐，诺为招鬼妓。日及曛，叩壁而呼，三声未已，爱卿即入。举头见客，色变欲走。封以身横阻之。某审视，大怒，投以巨碗，溘然而灭。封大惊，不解其故，方将致诘。俄暗室中一老妪出，大骂曰："贪鄙贼！坏我家钱树子！三十贯索要偿也！"以杖击某，中颅。某抱首而哀曰："此顾氏，我妻也。少年而殒，方切哀痛；不图为鬼不贞。于姥乎何与？"妪怒曰："汝本浙江一无赖贼，买得条乌角带，鼻骨倒竖矣！汝居官有何黑白？袖有三百钱，便而翁也！神怒人怨，死期已迫。汝父母代哀冥司，愿以爱媳入青楼，代汝偿贪债，不知耶？"言已，又击。某宛转哀鸣。方惊诧无从救解，旋见梅女自房中出，张目吐舌，颜色变异，近以长簪刺其耳。封惊极，以身幛客。女愤不已。封劝曰："某即有罪，倘死于寓所，则咎在小生。请少存投鼠之忌[②]。"女乃曳妪曰："暂假余息，为我顾封郎也。"某张皇鼠窜而去。至署，患脑痛，中夜遂毙。

次夜，女出笑曰："痛快！恶气出矣！"问："何仇怨？"女曰："曩已言之：受贿诬奸。衔恨已久，每欲浼君，一为昭雪。自愧无纤毫之德，故将言而辄止。适闻纷拏[③]，窃以伺听，不意其仇人也。"封讶曰："此即诬卿者耶？"曰："彼典史于此，十有八年；妾冤殁十六寒暑矣。"问："妪为谁？"曰："老娼也。"又问爱卿，曰："卧病耳。"因冁然曰："妾昔谓会合有期，今真不远矣。君尝愿破家相赎，犹记否？"封曰："今日犹此心也。"女曰："实告君：妾殁日，已投生延安展孝廉家。徒以大怨未伸，故迁延于是。请以新帛作鬼囊，俾妾得附君以往，就展氏求婚，计必允谐。"封虑势分悬殊，恐将不遂。女曰："但去无忧。"封从其言。女嘱曰："途中慎勿相唤；待合卺之夕，以囊

---

① 城社——全城。
② 投鼠之忌——打鼠应避免砸烂器具。
③ 纷拏——纷乱。

挂新人首,急呼曰:'勿忘勿忘!'"封诺之。才启囊,女跳身已入。

携至延安,访之,果有展孝廉,生一女,貌极端好;但病痴,又常以舌出唇外,类犬喘日。年十六岁,无问名者。父母忧念成痗[①]。封到门投刺,具通族阀。既退,托媒。展喜,赘封于家。女痴绝,不知为礼,便两婢扶曳归所。群婢既去,女解衿露乳,对封憨笑。封覆囊呼之。女停眸审顾,似有疑思。封笑曰:"卿不识小生耶?"举之囊而示之。女乃悟,急掩衿,喜共燕笑。诘旦,封入谒岳。展慰之曰:"痴女无知,既承青眷,君倘有意,家中慧婢不乏,仆不靳相赠。"封力辨其不痴。展疑之。无何,女至,举止皆佳,因大惊异。女但掩口微笑。展细诘之,女进退而惭于言;封为略述梗概。展大喜,爱悦逾于平时。使子大成与婿同学,供给丰备。年余,大成渐厌薄之,因而郎舅不相能;厮仆亦刻疵其短。展惑于浸润,礼稍懈。女觉之,谓封曰:"岳家不可久居;凡久居者,尽阘茸也。及今未大决裂,宜速归。"封然之,告展。展欲留女,女不可。父兄尽怒,不给舆马。女自出妆资贳马归。后展招令归宁,女固辞不往。后封举孝廉,始通庆好。

异史氏曰:"官卑者愈贪,其常情然乎?三百诬奸,夜气之牿亡尽[②]矣。夺嘉偶,入青楼,卒用暴死。吁!可畏哉!"

康熙甲子[③],贝丘[④]典史最贪诈,民咸怨之。忽其妻被狡者诱与偕亡。或代悬招状云:"某官因自己不慎,走失夫人一名。身无馀物,止有红绫七尺,包裹元宝一枚,翘边细纹,并无阙坏。"亦风流之小报。

郭 秀 才

东粤[⑤]士人郭某,暮自友人归,入山迷路,窜榛莽中。更许,闻山头笑语,急趋之。见十余人,藉地饮。望见郭,哄然曰:"坐中正欠一客,大佳,大佳!"郭既坐,见诸客半儒巾[⑥],便请指迷。一人笑曰:"君真酸腐!舍此

---

① 痗(mèi)——忧愁之病。
② 夜气之牿(gù)亡尽——喻丧尽天良。
③ 康熙甲子——即康熙二十三年(1648年)。
④ 贝丘——古地名,今在山东博兴一带。
⑤ 东粤——即今广东省。
⑥ 半儒巾——多半是秀才。

明月不赏，何求道路？"即飞一觥来。郭饮之，芳香射鼻，一引遂尽。又一人持壶倾注。郭故善饮，又复奔驰吻燥，一举十觞。众人大赞曰："豪哉！真吾友也！"

郭放达喜谑，能学禽语，无不酷肖。离坐起溲，窃作燕子鸣。众疑曰："半夜何得此耶？"又效杜鹃，众益疑。郭坐，但笑不言。方纷议间，郭回首为鹦鹉鸣曰："郭秀才醉矣，送他归也！"众惊听，寂不复闻。少顷，又作之。既而悟其为郭，始大笑，皆撮口从学，无一能者。一人曰："可惜青娘子未至。"又一人曰："中秋还集于此，郭先生不可不来。"郭敬诺。一人起曰："客有绝技；我等亦献踏肩之戏，若何？"于是哗然并起。前一人挺身矗立；即有一人飞登肩上，亦矗立；累至四人，高不可登；继至者，攀肩踏臂，如缘梯状：十余人，顷刻都尽，望之可接霄汉。方惊顾间，挺然倒地，化为修道[①]一线。

郭骇立良久，遵道得归。翼日，腹大痛；溺绿色，似铜青，着物能染，亦无溺气，三日乃已。往验故处，则肴骨狼籍，四围丛莽，并无道路。至中秋，郭欲赴约，朋友谏止之。设斗胆再往一会青娘子，必更有异，惜乎其见之摇也！

死　　僧

某道士，云游日暮，投止野寺[②]。见僧房扃闭，遂藉蒲团，趺坐廊下。夜既静，闻启阖声。旋见一僧来，浑身血污，目中若不见道士，道士亦若不见之。僧直入殿，登佛座，抱佛头而笑，久之乃去。及明，视室，门扃如故。怪之，入村道所见。众如寺，发扃验之，则僧杀死在地，室中席箧掀腾，知为盗劫。疑鬼笑有因；共验佛首，见脑后有微痕，刓[③]之，内藏三十余金。遂用以葬之。

异史氏曰："谚有之：'财连于命。'不虚哉！夫人俭啬封殖[④]，以予所

① 修道——长路。
② 野寺——荒寺。
③ 刓(wán)——剜。
④ 俭啬封殖——节俭啬吝，聚敛财富。

不知谁何之人，亦已痴矣；况僧并不知谁何之人而无之哉！生不肯享，死犹顾而笑之，财奴之可叹如此。佛云：‘一文将不去，惟有孽[①]随身。’其僧之谓夫！’

阿 英

甘玉，字璧人，庐陵[②]人。父母早丧。遗弟珏，字双璧，始五岁，从兄鞠养。玉性友爱，抚养如子。后珏渐长，丰姿秀出，又惠能文。玉益爱之，每曰："吾弟表表[③]，不可以无良匹。"然简拔过刻[④]，姻卒不就。适读书匡山[⑤]僧寺，夜初就枕，闻窗外有女子声。窥之，见三四女郎席地坐，数婢陈设酒，皆殊色也。一女曰："秦娘子，阿英何不来？"下坐者曰："昨自函谷[⑥]来，被恶人伤右臂，不能同游，方用恨恨。"一女曰："前宵一梦大恶，今犹汗悸。"下坐者摇手曰："莫道，莫道！今宵姊妹欢会，言之吓人不快。"女笑曰："婢子何胆怯尔尔！便有虎狼衔去耶？若要勿言，须歌一曲，为娘行侑酒。"女低吟曰："闲阶桃花取次[⑦]开，昨日踏青小约未应乖。嘱付东邻女伴少待莫相催，着得凤头鞋子即当来。"吟罢，一座无不叹赏。谈笑间，忽一伟丈夫岸然自外入，鹘睛荧荧[⑧]，其貌狞丑。众啼曰："妖至矣！"仓卒哄然，殆如鸟散。惟歌者婀娜不前，被执哀啼，强与支撑。丈夫吼怒，龁手断指，就便嚼食。女郎踣地若死。玉怜恻不可复忍，乃急抽剑拔关出，挥之，中股；股落，负痛逃去。扶女入室，面如尘土，血淋衿袖；验其手，则右拇断矣。裂帛代裹之。女始呻曰："拯命之德，将何以报？"玉自初窥时，心已隐为弟谋，因告以意。女曰："狼疾之人[⑨]，不能操箕帚矣。当别为贤仲[⑩]图

① 有孽——有恶报。
② 庐陵——郡名，治今江西吉安市。
③ 表表——卓异，非凡。
④ 过刻——过于苛刻。
⑤ 匡山——即今江西庐山。
⑥ 函谷——函谷关。
⑦ 取次——任意，随便。
⑧ 鹘睛荧荧——鹰样的眼睛闪闪发光。
⑨ 狼疾之人——喻指身体残疾之人。
⑩ 贤仲——令弟。

之。"诘其姓氏，答言："秦氏。"玉乃展衾，俾暂休养；自乃襆被他所。晓而视之，则床已空，意其自归。而访察近村，殊少此姓；广托戚朋，并无确耗。归与弟言，悔恨若失。

珏一日偶游涂[①]野，遇一二八女郎，姿致娟娟，顾之微笑，似将有言。因以秋波四顾而后问曰："君甘家二郎否？"曰："然。"曰："君家尊曾与妾有婚姻之约，何今日欲背前盟，另订秦家？"珏云："小生幼孤，夙好都不曾闻，请言族阀，归当问兄。"女曰："无须细道，但得一言，妾当自至。"珏以未禀兄命为辞。女笑曰："骙[②]郎君！遂如此怕哥子耶？妾陆氏，居东山望村。三日，当候玉音。"乃别而去。珏归，述诸兄嫂。兄曰："此大谬语！父殁时，我二十余岁，倘有是说，那得不闻？"又以其独行旷野，遂与男儿交语，愈益鄙之。因问其貌。珏红彻面颈，不出一言。嫂笑曰："想是佳人。"玉曰："童子何辨妍媸？纵美，必不及秦；待秦氏不谐，图之未晚。"珏默而退。逾数日，玉在途，见一女子零涕前行。垂鞭按辔而微睨之，人世殆无其匹。使仆诘焉，答曰："我旧许甘家二郎；因家贫远徙，遂绝耗问。近方归，复闻郎家二三其德，背弃前盟。往问伯伯甘璧人，焉置妾也？"玉惊喜曰："甘璧人，即我是也。先人曩约，实所不知。去家不远，请即归谋。"乃下骑授辔，步御[③]以归。女自言："小字阿英，家无昆季[④]，惟外姊秦氏同居。"始悟丽者即其人也。玉欲告诸其家，女固止之。窃喜弟得佳妇，然恐其佻达招议。久之，女殊矜庄，又娇婉善言。母事嫂，嫂亦雅爱慕之。

值中秋，夫妻方狎宴，嫂招之。珏意怅惘。女遣招者先行，约以继至；而端坐笑言良久，殊无去志。珏恐嫂待久，故连促之。女但笑，卒不复去。质旦，晨妆甫竟，嫂自来抚问："夜来相对，何尔怏怏[⑤]？"女微哂之。珏觉有异，质对参差。嫂大骇："苟非妖物，何得有分身术？"玉亦惧，隔帘而告之曰："家世积德，曾无怨仇。如其妖也，请速行，幸勿杀吾弟！"女靦然曰："妾本非人，只以阿翁夙盟，故秦家姊以此劝驾。自分不能育男女，尝欲辞去，所以恋恋者，为兄嫂待我不薄耳。今既见疑，请从此诀。"转眼化为鹦

① 涂——同"途"。
② 骙(ái)——痴呆。
③ 御——牵马。
④ 昆季——弟兄。
⑤ 怏怏——郁闷不乐。

鹉，翩然逝矣。初，甘翁在时，蓄一鹦鹉甚慧，尝自投饵[①]。时珏四五岁，问："饲鸟何为？"父戏曰："将以为汝妇。"间鹦鹉乏食，则呼珏云："不将饵去，饿煞媳妇矣！"家人亦皆以此为戏。后断锁亡去。始悟旧约云即此也。然珏明知非人，而思之不置；嫂悬情犹切，旦夕啜泣。玉悔之而无如何。

后二年为弟聘姜氏女，意终不自得。有表兄为粤司李，玉往省之，久不归。适土寇为乱，近村里落，半为丘墟。珏大惧，率家人避山谷。山上男女颇杂，都不知其谁何。忽闻女子小语，绝类英。嫂促珏近验之，果英。珏喜极，捉臂不释。女乃谓同行者曰："姊且去，我望嫂嫂来。"既至，嫂望见悲哽。女慰劝再三，又谓："此非乐土。"因劝令归。众惧寇至，女固言："不妨。"乃相将俱归。女撮土拦户，嘱安居勿出，坐数语，反身欲去。嫂急握其腕，又令两婢捉左右足，女不得已，止焉。然不甚归私室；珏订之三四，始为之一往。嫂每谓新妇不能当叔意。女遂早起为姜理妆，梳竟，细匀铅黄，人视之，艳增数倍；如此三日，居然丽人。嫂奇之，因言："我又无子。欲购一妾，姑未遑暇。不知婢辈可涂泽否？"女曰："无人不可转移，但质美者易为力耳。"遂遍相诸婢，惟一黑丑者，有宜男相[②]。乃唤与洗濯，已而以浓粉杂药末涂之，如是三日，面色渐黄；四七日，脂泽沁入肌理，居然可观。日惟闭门作笑，并不计及兵火。一夜，噪声四起，举家不知所谋。俄闻门外人马鸣动，纷纷俱去。既明，始知村中焚掠殆尽；盗纵群队穷搜，凡伏匿岩穴者，悉被杀掳。遂益德女，目之以神。女忽谓嫂曰："妾此来，徒以嫂义难忘，聊分离乱之忧。阿伯行至，妾在此，如谚所云，非李非桃[③]，可笑人也。我姑去，当乘间一相望耳。"嫂问："行人无恙乎？"曰："近中有大难。此无与他人事，秦家姊受恩奢，意必报之，固当无妨。"嫂挽之过宿，未明已去。

玉自东粤归，闻乱，兼程进。途遇寇，主仆弃马，各以金束腰间，潜身丛棘中。一秦吉了[④]飞集棘上，展翼覆之。视其足，缺一指，心异之。俄而群盗四合，绕莽殆遍，似寻之。二人气不敢息。盗既散，鸟始翔去。既归，各道所见，始知秦吉了即所救丽者也。

---

① 投饵——喂食。
② 宜男相——有生育男孩的相貌。
③ 非李非桃——不伦不类。
④ 秦吉了——鸟名，类鹦鹉。

后值玉他出不归，英必暮至；计玉将归而早出。珏或会于嫂所，间邀之，则诺而不赴。一夕，玉他往，珏意英必至，潜伏候之。未几，英果来，暴起，要遮[①]而归于室。女曰："妾与君情缘已尽，强合之，恐为造物所忌。少留有余，时作一面之会，如何？"珏不听，卒与狎。天明，诣嫂，嫂怪之。女笑云："中途为强寇所劫，劳嫂悬望矣。"数语趋出。居无何，有巨狸衔鸜鹆经寝门过。嫂骇绝，固疑是英。时方沐，辍洗急号，群起噪击，始得之。左翼沾血，奄存余息。把置膝头，抚摩良久，始渐醒。自以喙理其翼。少选，飞绕中室，呼曰："嫂嫂，别矣！吾怨珏也！"振翼遂去，不复来。

橘　树

陕西[②]刘公，为兴化[③]令。有道士来献盆树，视之，则小橘，细裁如指，摈弗受。刘有幼女，时六七岁，适值初度。道士云："此不足供大人清玩，聊祝女公子福寿耳。"乃受之。女一见，不胜爱悦。置诸闺闼，朝夕护之惟恐伤。刘任满，橘盈把矣。是年初结实。简装将行，以橘重赘，谋弃之。女抱树娇啼。家人绐之曰："暂去，且将复来。"女信之，涕始止。又恐为大力者负之而去，立视家人移栽墀下，乃行。

女归，受庄氏聘。庄丙戌[④]登进士，释褐[⑤]为兴化令。夫人大喜。窃意十余年，橘不复存，及至，则橘已十围，实累累以千计。问之故役，皆云："刘公去后，橘甚茂而不实，此其初结也。"更奇之。庄任三年，繁实不懈；第四年，憔悴无少华。夫人曰："君任此不久矣。"至秋，果解任。

异史氏曰："橘其有夙缘于女与？何遇之巧也。其实也似感恩，其不华也似伤离。物犹如此，而况于人乎？"

---

① 要遮——拦截。
② 陕西——略与今同。
③ 兴化——县名，治今福建莆田县。
④ 丙戌——即康熙四十五年(1706 年)。
⑤ 释褐——脱去平民衣服，换上官服。

赤 字

顺治乙未[①]冬夜，天上赤字如火。其文云："自苕代靖否复议朝冶驰。"

牛 成 章

牛成章，江西之布商也。娶郑氏，生子、女各一。牛三十三岁病死。子名忠，时方十二；女八九岁而已。母不能贞，货产入囊，改醮而去。遗两孤，难以存济。有牛从嫂[②]，年已六袠[③]，贫寡无归，遂与居处。

数年，妪死，家益替[④]。而忠渐长，思继父业而苦无资。妹适毛姓，毛富贾也。女哀婿假数十金付兄。兄从人适金陵，途中遇寇，资斧尽丧，飘荡不能归。偶趋典肆，见主肆者绝类其父；出而潜察之，姓字皆符。骇异不谕其故。惟日流连其傍，以窥意旨，而其人亦略不顾问。如此三日，觇其言笑举止，真父无讹。即又不敢拜识；乃自陈于群小，求以同乡之故，进身为佣。立券[⑤]已，主人视其里居、姓氏，似有所动，问所从来。忠泣诉父名。主人怅然若失。久之，问："而母无恙乎？"忠又不敢谓父死，婉应曰："我父六年前经商不返，母醮而去。幸有伯母抚育，不然，葬沟渎久矣。"主人惨然曰："我即是汝父也。"于是握手悲哀。又导入参其后母。后母姬，年三十余，无出，得忠喜，设宴寝门。牛终欷歔不乐，即欲一归故里。妻虑肆中乏人，故止之。牛乃率子纪理肆务；居之三月，乃以诸籍[⑥]委子，取装西归。

既别，忠实以父死告母。姬乃大惊，言："彼负贩于此，曩所与交好者，

---

① 顺治乙未——即清顺治十二年(1655 年)。
② 从嫂——叔伯嫂。
③ 六袠(zhì)——六十岁，十岁为一袠。
④ 替——衰落。
⑤ 立券——订立契约文书。
⑥ 诸籍——各种账本。

留作当商；娶我已六年矣。何言死耶?”忠又细述之。相与疑念，不谕其由。逾一昼夜，而牛已返，携一妇人，头如蓬葆。忠视之，则其所生母也。牛摘耳顿骂：“何弃吾儿!”妇慑伏不敢少动。牛以口龁其项。妇呼忠曰：“儿救吾！儿救吾!”忠大不忍，横身蔽鬲[①]其间。牛犹忿怒，妇已不见。众大惊，相哗以鬼。旋视牛，颜色惨变，委衣于地，化为黑气，亦寻灭矣。母子骇叹，举衣冠而瘗之。忠席[②]父业，富有万金。后归家问之，则嫁母于是日死，一家皆见牛成章云。

青　　娥

霍桓，字匡九，晋人也。父官县尉[③]，早卒。遗生最幼，聪惠绝人。十一岁，以神童入泮。而母过于爱惜，禁不令出庭户，年十三尚不能辨叔伯甥舅焉。同里有武评事[④]者，好道，入山不返。有女青娥，年十四，美异常伦。幼时窃读父书，慕何仙姑[⑤]之为人。父既隐，立志不嫁。母无奈之。一日，生于门外瞥见之。童子虽无知，只觉爱之极，而不能言；直告母，使委禽焉。母知其不可，故难之。生郁郁不自得。母恐拂儿意，遂托往来者致意武，果不谐。生行思坐筹，无以为计。

会有一道士在门，手握小镵[⑥]，长裁尺许。生借阅一过，问：“将何用?”答云：“此劚[⑦]药之具；物虽微，坚石可入。”生未深信。道士即以斫墙上石，应手落如腐。生大异之，把玩不释于手。道士笑曰：“公子爱之，即以奉赠。”生大喜，酬之以钱，不受而去。持归，历试砖石，略无隔阂，顿念穴墙则美人可见，而不知其非法也。更定，逾垣而出，直至武第；凡穴两重垣，始达中庭。见小厢中，尚有灯火，伏窥之，则青娥卸晚装矣。少顷，烛灭，寂无声。穿墉[⑧]入，女已熟眠。轻解双履，悄然登榻；又恐女郎惊觉，必遭

① 蔽鬲——遮挡。
② 席——承受。
③ 县尉——官名，职掌刑狱缉捕。
④ 评事——官名，职掌评审刑狱。
⑤ 何仙姑——道教八仙之一。
⑥ 镵——铁铲。
⑦ 劚(zhú)——掘，锄。
⑧ 墉(yōng)——墙壁。

呵逐，遂潜伏绣被之侧，略闻香息，心愿窃慰。而半夜经营，疲殆颇甚，少一合眸，不觉睡去。女醒，闻鼻气休休；开目，见穴隙亮入。大骇，暗摇婢醒，拔关轻出，敲窗唤家人妇，共爇火操杖以往。则见一总角①书生，酣眠绣榻；细审，识为霍生。抐②之始觉，遽起，目灼灼如流星，似亦不大畏惧，但靦然不作一语。众指为贼，恐呵之。始出涕曰："我非贼，实以爱娘子故，愿以近芳泽耳。"众又疑穴数重垣，非童子所能者。生出馋以言异。共试之，骇绝，讶为神授。将共告诸夫人。女俯首沉思，意似不以为可。众窥知女意，因曰："此子声名门第，殊不辱玷。不如纵之使去，俾复求媒焉。诘旦，假盗以告夫人，如何也？"女不答。众乃促生行。生索馋。共笑曰："騃儿童！犹不忘凶器耶？"生觑枕边，有凤钗一股，阴纳袖中。已为婢子所窥，急白之。女不言亦不怒。一媪拍颈曰："莫道他騃，若小③意念乖绝④也。"乃曳之，仍自窦中出。既归，不敢实告母，但嘱母复媒致之。母不忍显拒，惟遍托媒氏，急为别觅良姻。青娥知之，中情皇急，阴使腹心者风示媪。媪悦，托媒往。会小婢漏泄前事，武夫人辱之，不胜恚愤。媒至，益触其怒，以杖画地，骂生并及其母。媒惧窜归，具述其状。生母亦怒曰："不肖儿所为，我都梦梦⑤。何遂以无礼相加！当交股时，何不将荡儿淫女一并杀却？"由是见其亲属，辄便披诉。女闻，愧欲死。武夫人大悔，而不能禁之使勿言也。女阴使人婉致生母，且矢之以不他⑥，其词悲切。母感之，乃不复言；而论亲之谋，亦遂辍矣。会秦中⑦欧公宰是邑，见生文，深器之，时召入内署，极意优宠。一日，问生："婚乎？"答言："未。"细诘之，对曰："夙与故武评事女小有盟约；后以微嫌，遂致中寝。"问："犹愿之否？"生靦然不言。"公笑曰："我当为子成之。"即委县尉教谕，纳币于武。夫人喜，婚乃定。逾岁，娶归。女入门，乃以馋掷地曰："此寇盗物，可将去！"生笑曰："勿忘媒妁。"珍佩之，恒不去身。

女为人温良寡默，一日三朝其母；余惟闭门寂坐，不甚留心家务。母

① 总角——未成年。
② 抐(ruì)——揣动。
③ 若小——这小孩。
④ 乖绝——极为机灵。
⑤ 梦梦——昏昧不明。
⑥ 矢之以不他——矢志不嫁他人。
⑦ 秦中——陕西中部。

或以吊庆他往,则事事经纪,罔不井井。年余,生一子孟仙。一切委之乳保[①],似亦不甚顾惜。又四五年,忽谓生曰:"欢爱之缘,于兹八载。今离长会短,可将奈何!"生惊问之,即已默默,盛妆拜母,返身入室。追而诘之,则仰眠榻上而气绝矣。母子痛悼,购良材而葬之。母已衰迈,每每抱子思母,如摧肺肝,由是遘[②]病,遂惫不起。逆害饮食,但思鱼羹,而近地则无,百里外始可购致。时厮骑皆被差遣;生性纯孝,急不可待,怀资独往,昼夜无停趾。返至山中,日已沉冥,两足跛踦,步不能咫。后一叟至,问曰:"足得毋泡乎?"生唯唯。叟便曳坐路隅,敲石取火,以纸裹药末,熏生两足讫。试使行,不惟痛止,兼益矫健。感极申谢。叟问:"何事汲汲[③]?"答以母病,因历道所由。叟问:"何不另娶?"答云:"未得佳者。"叟遥指山村曰:"此处有一佳人,倘能从我去,仆当为君作伐。"生辞以母病待鱼,姑不遑暇。叟乃拱手,约以异日入村,但问老王,乃别而去。生归,烹鱼献母。母略进,数日寻瘳。乃命仆马往寻叟。

至旧处,迷村所在。周章[④]逾时,夕暾渐坠;山谷甚杂,又不可以极望。乃与仆上山头,以瞻里落;而山径崎岖,苦不可复骑,跋履而上,昧色笼烟矣。蹀躞四望,更无村落。方将下山,而归路已迷。心中燥火如烧。荒窜间,冥堕绝壁。幸数尺下有一线荒台,坠卧其上,阔仅容身,下视黑不见底。惧极,不敢少动。又幸崖边皆生小树,约体如栏。移时,见足傍有小洞口;心窃喜,以背着石,螬[⑤]行而入。意稍稳,冀天明可以呼救。少顷,深处有光如星点。渐近之,约三四里许,忽睹廊舍,并无釭烛,而光明若昼。一丽人自房中出,视之,则青娥也。见生,惊曰:"郎何能来。"生不暇陈,抱袪呜恻。女劝止之。问母及儿,生悉述苦况,女亦惨然。生曰:"卿死年余,此得无冥间耶?"女曰:"非也,此乃仙府。曩时非死,所瘗,一竹杖耳。郎今来,仙缘有分也。"因导令朝父,则一修髯丈夫,坐堂上;生趋拜。女白,"霍郎来。"翁惊起,握手略道平素。曰:"婿来大好,分当留此。"生辞以母望,不能久留。翁曰:"我亦知之。但迟三数日,即亦何伤。"乃饵以肴酒,即令婢设榻于西堂,施锦裀焉。生既退,约女同榻寝。女却之曰:

① 乳保——乳娘、保姆。
② 遘——患。
③ 汲汲——心情急切。
④ 周章——彷徨。
⑤ 螬——蛴螬,爬行类软体动物。

“此何处，可容狎亵？”生捉臂不舍。窗外婢子笑声嗤然，女益惭。方争拒间，翁入，叱曰：“俗骨污吾洞府！宜即去！”生素负气，愧不能忍，作色曰：“儿女之情，人所不免，长者何当伺我？无难即去，但令女须便将去。”翁无辞，招女随之，启后户送之；赚生离门，父子阖扉去。回首峭壁巉岩，无少隙缝，只影茕茕，罔所归适。视天上斜月高揭，星斗已稀。怅怅良久，悲已而恨，面壁叫号，迄无应者。愤极，腰中出馋，凿石攻进，瞬息洞入三四尺许。隐隐闻人语曰：“孽障哉！”生奋力凿益急。忽洞底豁开二扉，推娥出曰：“可去，可去！”壁即复合。女怨曰：“既爱我为妇，岂有待丈人如此者？是何处老道士，授汝凶器，将人缠混欲死？”生得女，意愿已慰，不复置辨；但忧路险难归。女折两枝，各跨其一，即化为马，行且驶，俄顷至家。时失生已七日矣。

初，生之与仆相失也，觅之不得，归而告母。母遣人穷搜山谷，并无踪绪。正忧惶无所，闻子自归，欢喜承迎。举首见妇，几骇绝。生略述之，母益忻慰。女以形迹诡异，虑骇物听，求即播迁。母从之。异郡有别业，刻期徙往，人莫之知。偕居十八年，生一女，适同邑李氏。后母寿终。女谓生曰：“吾家茅田中，有雉菢八卵[①]，其地可葬。汝父子扶榇归窆。儿已成立，宜即留守庐墓，无庸复来。”生从其言，葬后自返。月途，孟仙往省之，而父母俱杳。问之老奴，则云：“赴葬未还。”心知其异，浩叹而已。孟仙文名甚噪，而困于场屋，四旬不售。后以拔贡入北闱，遇同号生，年可十七八，神采俊逸，爱之。视其卷，注顺天[②]廪生霍仲仙。瞪目大骇，因自道姓名。仲仙亦异之，便问乡贯，孟悉告之。仲仙喜曰：“弟赴都时，父嘱文场中如逢山右霍姓者，吾族也，宜与款接，今果然矣。顾何以名字相同如此？”孟仙因诘高、曾并严、慈姓讳[③]，已而惊曰：“是我父母也！”仲仙疑年齿之不类。孟仙曰：“我父母皆仙人，何可以貌信其年岁乎？”因述往迹，仲仙始信。场后不暇休息，命驾同归。才到门，家人迎告，是夜失太翁及夫人所在。两人大惊。仲仙入而询诸妇，妇言：“昨夕尚共杯酒，母谓：‘汝夫妇少不更事。明日大哥来，吾无虑矣。’早旦入室，则阒无人矣。”兄弟闻之，顿足悲哀。仲仙犹欲追觅；孟仙以为无益，乃止。是科仲领乡荐。以

① 雉菢（bào）八卵——野鸡抱八个蛋孵化。
② 顺天——今北京市。
③ 高、曾并严、慈姓讳——高祖、曾祖和父亲、母亲的姓名。

晋中祖墓所在，从兄而归。犹冀父母尚在人间，随在探访，而终无踪迹矣。

异史氏曰："钻穴眠榻，其意则痴；凿壁骂翁，其行则狂；仙人之撮合之者，惟欲以长生报其孝耳。然既混迹人间，狎生子女，则居而终焉，亦何不可？乃三十年而屡弃其子，抑独何哉？异已！"

镜 听

益都郑氏兄弟，皆文学士。大郑早知名，父母尝过爱之，又因子并及其妇；二郑落拓，不甚为父母所欢，遂恶次妇，至不齿礼：冷暖相形，颇存芥蒂。次妇每谓二郑："等男子耳，何遂不能为妻子争气？"遂摈，弗与同宿。于是二郑感愤，勤心锐思，亦遂知名。父母稍稍优顾之，然终杀[①]于兄。次妇望夫綦切，是岁大比[②]，窃于除夜以镜听卜[③]。有二人初起，相推为戏，云："汝也凉凉去！"妇归，凶吉不可解，亦置之。闱后，兄弟皆归。时暑气犹盛，两妇在厨下炊饭饷耕，其热正苦。忽有报骑登门，报大郑捷。母入厨唤大妇曰："大男中式矣！汝可凉凉去。"次妇忿恻，泣且炊。俄又有报二郑捷者。次妇力掷饼杖而起，曰："侬[④]也凉凉去！"此时中情所激，不觉出之于口；既而思之，始知镜听之验也。

异史氏曰："贫穷则父母不子，有以也哉！庭帏[⑤]之中，固非愤激之地；然二郑妇激发男儿，亦与怨望无赖者殊不同科。投杖而起，真千古之快事也！"

牛 癀[⑥]

陈华封，蒙山[⑦]人。以盛暑烦热，枕藉野树下。忽一人奔波而来，首

---

① 杀——不如。
② 大比——明清时的乡试。
③ 以镜听卜——镜卜，古人于除夕或岁首以镜占卜吉凶。
④ 侬——我。
⑤ 庭帏——家庭内室。
⑥ 牛癀(huáng)——牛瘟。
⑦ 蒙山——山名，在今山东境内。

着围领，疾趋树阴，掬石而座，挥扇不停，汗下如流渖。陈起坐，笑曰："若除围领，不扇可凉。"客曰："脱之易，再着难也。"就与倾谈，颇极蕴藉。既而曰："此时无他想，但得冰浸良酝，一道冷芳[1]，度下十二重楼[2]，暑气可消一半。"陈笑曰："此愿易遂，仆当为君偿之。"因握手曰："寒舍伊迩，请即迁步。"客笑而从之。

至家，出藏酒于石洞，其凉震齿。客大悦，一举十觥。日已就暮，天忽雨；于是张灯于室，客乃解除领巾，相与磅礴[3]。语次，见客脑后，时漏灯光，疑之。无何，客酩酊，眠榻上。陈移灯窃窥之，见耳后有巨穴，盏大；数道膜间鬲如棂；棂外耎革垂蔽，中似空空。骇极，潜抽髻簪，拨膜觇之，有一物状类小牛，随手飞出，破窗而出。益骇，不敢复拨。方欲转步，而客已醒。惊曰："子窥见吾隐矣！放牛癀出，将为奈何？"陈拜诘其故，客曰："今已若此，尚复何讳。实相告：我六畜瘟神耳。适所纵者牛癀，恐百里内牛无种矣。"陈故以养牛为业，闻之大恐，拜求术解。客曰："余且不免于罪，其何术之能解？惟苦参散[4]最效，其广传此方，勿存私念可也。"言已，谢别出门。又掬土堆壁龛中，曰："每用一合[5]亦效。"拱不复见。

居无何，牛果病，瘟疫大作。陈欲专利，秘其方，不肯传；惟传其弟。弟试之神验。而陈自剉[6]啖牛，殊罔所效。有牛二百蹄躈，倒毙殆尽；遗老牝牛四五头，亦逡巡就死。中心懊恼，无所用力。忽忆龛中掬土，念未必效，姑妄投之。经夜，牛乃尽起。始悟药之不灵，乃神罚其私也。后数年，牝牛繁育，渐复其故。

金 姑 夫

会稽[7]有梅姑祠。神故马姓，族居东莞[8]，未嫁而夫早死，遂矢志不

① 冷芳——冷香、清香。
② 十二重(chóng)楼——指人咽喉管的十二节。
③ 磅礴——不拘形迹。
④ 苦参散——以苦参制作的方药。
⑤ 一合(gě)——容量单位，十合为一升。
⑥ 剉——切，割。
⑦ 会稽——地名，今浙江绍兴市。
⑧ 东莞——古地名，不详。

醮，三旬而卒。族人祠之，谓之梅姑。丙申[①]，上虞[②]金生，赴试经此，入庙徘徊，颇涉冥想。至夜，梦青衣来，传梅姑命招之。从去。入祠，梅姑立候檐下，笑曰："蒙君宠顾，实切依恋。不嫌陋拙，愿以身为姬侍。"金唯唯。梅姑送之曰："君且去。设座成，当相迓耳。"醒而恶之。是夜，居人梦梅姑曰："上虞金生，今为吾婿，宜塑其像。"诘村人语梦悉同。族长恐玷其贞，以故不从。未几，一家俱病。大惧，为肖像于左。既成，金生告妻子曰："梅姑迎我矣。"衣冠而死。妻痛恨，诣祠指女像秽骂；又升座批颊数四，乃去。今马氏呼为金姑夫。

异史氏曰："未嫁而守，不可谓不贞矣。为鬼数百年，而始易其操，抑何其无耻也？大抵贞魂烈魄，未必即依于土偶；其庙貌有灵，惊世而骇俗者，皆鬼狐凭之耳。"

梓潼令

常进士大忠，太原人。候选[③]在都。前一夜，梦文昌[④]投刺。拔签，得梓潼令。奇之，后丁艰[⑤]归，服阕候补，又梦如前。默思岂复任梓潼令？已而果然。

鬼津

李某昼卧，见一妇人自墙中出，蓬首如筐，发垂蔽面；至床前，始以手自分，露面出，肥黑绝丑。某大惧，欲奔。妇猝然登床，力抱其首，便与接唇，以舌度津，冷如冰块，浸浸入喉。欲不咽而气不得息，咽之稠粘塞喉。才一呼吸，而口中又满，气急复咽之。如此良久，气闭不可复忍。闻门外

① 丙申——即清顺治十三年(1656年)。
② 上虞——县名，古属绍兴府。
③ 候选——等待选用。
④ 文昌——此指梓潼帝君。
⑤ 丁艰——为父或母服孝三年。

有人行走,妇始释手去。由此腹胀喘满,数十日不食。或教以参芦汤①探吐之,吐出物如卵清,病乃瘥。

仙 人 岛

王勉,字黾斋,灵山②人。有才思,屡冠文场,心气颇高;善诮骂,多所凌折。偶遇一道士,视之曰:“子相极贵,然被‘轻薄孽’折除几尽矣。以子智慧,若反身修道,尚可登仙籍。”王嗤曰:“福泽诚不可知,然世上岂有仙人!”道士曰:“子何见之卑?无他求,即我便是仙耳。”王乃益笑其诬。道士曰:“我何足异。能从我去,真仙数十,可立见之。”问:“在何处?”曰:“咫尺耳。”遂以杖夹股间,即以一头授生,令如己状。嘱合眼,呵曰:“起!”觉杖粗如五斗囊,凌空翕飞③,潜扪之,鳞甲齿齿焉。骇惧,不敢复动。移时,又呵曰:“止!”即抽杖去,落巨宅中,重楼延阁,类帝王居。有台高丈余;台上殿十一楹,弘丽无比。道士曳客上,即命童子设筵招宾。殿上列数十筵,铺张炫目。道士易盛服以伺。少顷,诸客自空中来,所骑或龙、或虎、或鸾凤,不一类。又各携乐器。有女子,有丈夫,有赤其两足。中独一丽者,跨彩凤;宫样妆束,有侍儿代抱乐具,长五尺以来,非琴非瑟,不知其名。酒既行,珍肴杂错,入口甘芳,并异常馐。王默然寂坐,惟目注丽者;然心爱其人,而又欲闻其乐,窃恐其终不一弹。酒阑,一叟倡言曰:“蒙崔真人雅召,今日可云盛会,自宜尽欢。请以器之同者,共队为曲。”于是各合配旅④。丝竹之声,响彻云汉。独有跨凤者,乐伎无偶。群声既歇,侍儿始启绣囊,横陈几上。女乃舒玉腕,如搊筝⑤状,其亮数倍于琴,烈足开胸,柔可荡魄。弹半炊许,合殿寂然,无有咳者。既阕,铿尔一声,如击清磬。共赞曰:“云和夫人⑥绝技哉!”大众皆起告别,鹤唳龙吟,一时并散。

道士设宝榻锦衾,备生寝处。王初睹丽人,心情已动;闻乐之后,涉想

① 参芦汤——人参和芦根调合而成的中药方剂。
② 灵山——在今山东胶南县境内。
③ 翕(xī)飞——敛翼飞行状。
④ 配旅——配合有序。
⑤ 搊(chōu)筝——以手弹筝弦。
⑥ 云和夫人——作者虚拟的善奏仙女名。

尤劳。念己才调，自合芥拾青紫[1]，富贵后何求弗得。顷刻百绪，乱如蓬麻。道士似已知之，谓曰："子前身与我同学，后缘意念不坚，遂坠尘网。仆不自他于君[2]，实欲拔出恶浊；不料迷晦已深，梦梦不可提悟。今当送君行。未必无复见之期，然作天仙，须再劫[3]矣。"遂指阶下长石，令闭目坐，坚嘱勿视。已，乃以鞭驱石。石飞起，风声灌耳，不知所行几许。忽念下方景界，未审何似；隐将两眸微开一线，则见大海茫茫，浑无边际。大惧，即复合，而身已随石俱堕，砰然一响，汩没若鸥。幸夙近海，略谙泅浮。闻人鼓掌曰："美哉跌乎！"危殆方急，一女子援登舟上，且曰："吉利，吉利，秀才'中湿[4]'矣！"视之，年可十六七，颜色艳丽。王出水寒栗，求火燎之。女子言："从我至家，当为处置。苟适意，勿相忘。"王曰："是何言哉！我中原才子，偶遭狼狈，过此图以身报，何但不忘！"女子以棹催艇，疾如风雨，俄已近岸。于舱中携所采莲花一握，导与俱去。半里许入村，见朱户南开，进历数重门，女子先驰入。少间，一丈夫出，是四十许人，揖王升阶，命侍者取袍袜履，为王更衣。既，询邦族。王曰："某非相欺，才名略可听闻。崔真人切切眷恋，招升天阙。自分功名反掌，以故不愿栖隐。"丈夫起敬曰："此名仙人岛，远绝人世。文若，姓桓。世居幽僻，何幸得近名流。"因而殷勤置酒。又从容而言曰："仆有二女，长者芳云，年十六矣，只今未遭良匹。欲以奉侍高人，如何？"王意必采莲人，离席称谢。桓命于邻党中，招二三齿德[5]来。顾左右，立唤女郎。无何，异香浓射。美姝十余辈，拥芳云出，光艳明媚，若芙蕖之映朝日。拜已，即坐。群姝列侍，则采莲人亦在焉。酒数行，一垂髫女自内出，仅十余龄，而姿态秀曼，笑依芳云肘下，秋波流动。桓曰："女子不在闺中，出作何务？"乃顾客曰："此绿云，即仆幼女。颇惠，能记典、坟[6]矣。"因令对客吟诗。遂诵竹枝词[7]三章，娇婉可听。便令傍姊隅坐。桓因谓："王郎天才，宿构[8]必富，可使鄙人得闻教

---

① 芥拾青紫——取高官如拾芥子般容易。
② 不自他——言不自外。
③ 劫——劫难。
④ 中湿——"中式"谐音。
⑤ 齿德——年高而有德望者。
⑥ 典、坟——五典、三坟，传说是中国最早的书籍，此泛指书籍。
⑦ 竹枝词——仿民歌"竹枝"写成的诗。
⑧ 宿构——此指旧日所作文章。

乎?”王即慨然颂近体[①]一作,顾盼自雄。中二句云:“一身剩有须眉在,小饮能令块磊消。”邻叟再三诵之。芳云低告曰:“上句是孙行者离火云洞,下句是猪八戒过子母河也。”一座抚掌。桓请其他。王述水鸟诗云:“潴头鸣格磔[②]……”忽忘下句。甫一沉吟,芳云向妹咕咕[③]耳语,遂掩口而笑。绿云告父曰:“渠为姊夫续下句矣。云:‘狗腚响弸巴[④]。’”合席粲然。王有惭色。桓顾芳云,怒之以目。王色稍定,桓复请其文艺[⑤]。王意世外人必不知八股业,乃炫其冠军之作,题为“孝哉闵子骞”[⑥]二句,破云:“圣人赞大贤之孝……”绿云顾父曰:“圣人无字门人者,‘孝哉……’一句,即是人言。”王闻之,意兴索然。桓笑曰:“童子何知!不在此,只论文耳。”王乃复诵。每数句,姊妹必相耳语,似是月旦之词[⑦],但嚅嗫不可辨。王诵至佳处,兼述文宗[⑧]评语,有云:“字字痛切。”绿云告父曰:“姊云:‘宜删“切”字。’”众都不解。桓恐其语嫚,不敢研诘。王诵毕,又述总评,有云:“羯鼓一挝,则万花齐落。”芳云又掩口语妹,两人皆笑不可仰。绿云又告曰:“姊云:‘羯鼓当是四挝。’”众又不解。绿云启口欲言,芳云忍笑诃之曰:“婢子敢言,打煞矣!”众大疑,互有猜论。绿云不能忍,乃曰:“去‘切’字,言‘痛’则‘不通’[⑨]。鼓四挝,其声云‘不通又不通’也。”众大笑。桓怒诃之。因而自起泛卮[⑩],谢过不遑。王初以才名自诩,目中实无千古;至此,神气沮丧,徒有汗淫[⑪]。桓谀而慰之曰:“适有一言,请席中属对焉:‘王子身边,无有一点不似玉。’”众未措想,绿云应声曰:“黾翁头上,再着半夕即成龟。”芳云失笑,呵手扭胁肉数四。绿云解脱而走,回顾曰:“何预汝事!汝骂之频频,不以为非;宁他人一句,便不许耶?”桓咄之,始笑而去。邻叟辞别。诸婢导夫妻入内寝,灯烛屏榻,陈设精备。又视洞房中,牙签满架,靡书不有。略致问难,响应无穷。王至此,始觉望洋堪羞。女唤“明珰”,则

---

① 近体——近体诗,即讲究严格的格律诗。
② 潴(zhū)头鸣格磔(gē zhé)——以谐音相调谑,意思是“猪头鸣叫,不是鹧鸪鸟叫”。
③ 咕咕(chè chè)——低声细语。
④ 狗腚响弸巴——与“潴头鸣格磔”相对仗,意思是“胡乱放狗屁”。
⑤ 文艺——此指八股文。
⑥ 闵子骞——孔子所盛赞的孝子。
⑦ 月旦之词——品评之语。
⑧ 文宗——提学官,即主考官。
⑨ 去‘切’字,言‘痛’,则‘不通’——以此讽刺其文句不通。
⑩ 卮——酒杯。
⑪ 汗淫——汗水涔涔。

采莲者趋应，由是始识其名。屡受诮辱，自恐不见重于闺闼；幸芳云语言虽虐，而房帏之内，犹相爱好。王安居无事，辄复吟哦。女曰："妾有良言，不知肯嘉纳否？"问："何言？"曰："从此不作诗，亦藏拙之一法也。"王大惭，遂绝笔。久之，与明珰渐狎。告芳云曰："明珰与小生有拯命之德，愿少假以辞色。"芳云乃即许之。每作房中之戏，招与共事，两情益笃，时色授而手语之。芳云微觉，责词重叠；王惟喋喋，强自解免。一夕，对酌，王以为寂，劝招明珰。芳云不许。王曰："卿无书不读，何不记'独乐乐[①]'数语？"芳云曰："我言君不通，今益验矣。句读尚不知耶？'独要，乃乐于人要；问乐，孰要乎？曰：不[②]。'"一笑而罢。适芳云姊妹赴邻女之约，王得间，急引明珰，绸缪备至。当晚，觉小腹微痛；痛已，而前阴尽肿。大惧，以告芳云。笑曰："必明珰之恩报矣！"王不敢隐，实供之。芳云曰："自作之殃，实无可以方略[③]。既非痛痒，听之可矣。"数日不瘳，忧闷寡欢。芳云知其意，亦不问讯，但凝视之，秋水盈盈，朗若曙星。王曰："卿所谓'胸中正，则眸子瞭焉[④]'。"芳云笑曰："卿所谓'胸中不正，则瞭子眸焉[⑤]'。"盖"没有"之"没"，俗读似"眸"，故以此戏之也。王失笑，哀求方剂。曰："君不听良言，前此未必不疑妾为妒意。不知此婢，原不可近。曩实相爱，而君若东风之吹马耳，故唾弃不相怜。无已，为若治之。然医师必审患处。"乃探衣而咒曰："'黄鸟黄鸟，无止于楚[⑥]！'"王不觉大笑，笑已而瘳。

逾数月，王以亲老子幼，每切怀忆，以意告女。女曰："归即不难，但会合无日耳。"王涕下交颐，哀与同归。女筹思再三，始许之。桓翁张筵祖饯。绿云提篮入，曰："姊姊远别，莫可持赠。恐至海南，无以为家，夙夜代营宫室，勿嫌草创。"芳云拜而受之。近而审谛，则用细草制为楼阁，大如橼[⑦]，小如橘，约二十余座，每座梁栋榱题[⑧]，历历可数；其中供帐床榻，类麻粒焉。王儿戏视之，而心窃叹其工。芳云曰："实与君言：我等皆是地仙。因有夙分，遂得陪从。本不欲践红尘，徒以君有老父，故不忍违。待

① 独乐乐——语出《孟子》。
② 独要，乃乐于人要；问乐，孰要乎？曰：不——此处芳云故意错断读错。
③ 方略——方法。
④ 胸中正，则瞭子眸焉——语出《孟子》，心术端正，则眼光明亮。
⑤ 胸中不正，则瞭子眸焉——借用山东方言"瞭子"（男性生殖器）来巧妙讽刺。
⑥ 黄鸟黄鸟，无止于楚——黄鸟，暗指男性生殖器；楚，痛苦。语出《诗》，此处为戏语。
⑦ 橼（yuán）——柠檬之一种。
⑧ 梁栋榱（cuī）题——高梁大屋，出檐。

父天年，须复还也。”王敬诺。桓乃问：“陆耶？舟耶？”王以风涛险，愿陆。出则车马已候于门。谢别而迈，行踪骛驶。俄至海岸，王心虑其无途。芳云出素练一匹，望南抛去，化为长堤，其阔盈丈。瞬息驰过，堤亦渐收。至一处，潮水所经，四望辽邈。芳云止勿行，下车取篮中草具，偕明珰数辈，布置如法，转眼化为巨第。并入解装，则与岛中居无稍差殊，洞房内几榻宛然。时已昏暮，因止宿焉。早旦，命王迎养。王命骑趋诣故里，至则居宅已属他姓。问之里人，始知母及妻皆已物故，惟老父尚存。子善博，田产并尽，祖孙莫可栖止，暂僦居于西村。王初归时，尚有功名之念，不恝[①]于怀；及闻此况，沉痛大悲，自念富贵纵可携取，与空花何异。驱马至西村见父，衣服滓敝[②]，衰老堪怜。相见，各哭失声。问不肖子，则出赌未归。王乃载父而还。芳云朝拜已毕，燂汤[③]请浴，进以锦裳，寝以香舍。又遥致故老与谈宴，享奉过于世家。子一日寻至其处，王绝之，不听入，但予以廿金，使人传语曰：“可持此买妇，以图生业。再来，则鞭打立毙矣！”子泣而去。王自归，不甚与人通礼；然故人偶至，必延接盘桓，㧑抑[④]过于平时。独有黄子介，夙与同门学，亦名士之坎坷者，王留之甚久，时与秘语，赂遗甚厚。居三四年，王翁卒，王万钱卜兆，营葬尽礼。时子已娶妇，妇束男子严，子赌亦少间矣；是日临丧，始得拜识姑嫜[⑤]。芳云一见，许其能家，赐三百金为田产之费。翼日，黄及子同往省视，则舍宇全渺，不知所在。

异史氏曰：“佳丽所在，人且于地狱中求之，况享受无穷乎？地仙许携姝丽，恐帝阙下虚无人矣。轻薄减其禄籍，理固宜然，岂仙人遂不之忌哉？彼妇之口，抑何其虐也！”

阎 罗 薨

巡抚某公父，先为南服[⑥]总督，殂谢已久。公一夜梦父来，颜色惨栗，

---

① 恝(jiá)——淡漠。
② 滓敝——脏且旧。
③ 燂(qián)汤——烧热水。
④ 㧑抑——谦逊。
⑤ 姑嫜——公婆。
⑥ 南服——南方。

告曰:“我生平无多孽愆[①],只有镇师一旅[②],不应调而误调之,途逢海寇,全军尽覆。今讼于阎君,刑狱酷毒,实可畏凛。阎罗非他,明日有经历[③]解粮至,魏姓者是也。当代哀之,勿忘!”醒而异之,意未深信。既寐,又梦父让之曰:“父罹厄难,尚弗镂心,犹妖梦置之耶?”公大异之。

明日,留心审阅,果有魏经历,转运初至,即刻传入,使两人捺坐,而后起拜,如朝参礼。拜已,长跽涟洏[④]而告以故。魏不自任,公伏地不起。魏乃云:“然,其有之。但阴曹之法,非若阳世懵懵[⑤],可以上下其手,即恐不能为力。”公哀之益切。魏不得已,诺之。公又求其速理。魏筹回虑无静所。公请为粪除宾廨[⑥],许之。公乃起。又求一往窥听,魏不可。强之再四,嘱曰:“去即勿声。且冥刑虽惨,与世不同,暂置若死,其实非死。如有所见,无庸骇怪。”

至夜,潜伏廨侧,见阶下囚人,断头折臂者,纷杂无数。墀中置火铛油镬,数人炽薪其下。俄见魏冠带出,升座,气象威猛,迥与曩殊。群鬼一时都伏,齐鸣冤苦。魏曰:“汝等命戕于寇,冤自有主,何得妄告官长?”众鬼哗言曰:“例不应调,乃被妄檄前来,遂遭凶害,谁贻之冤?”魏又曲为解脱,众鬼嗥冤,其声汹动。魏乃唤鬼役:“可将某官赴油鼎,略入一煠[⑦],于理亦当。”察其意,似欲借此以泄众忿。即有牛首阿旁[⑧],执公父至,即以利叉刺入油鼎。公见之,中心惨怛[⑨],痛不可忍,不觉失声一号,庭中寂然,万形俱灭矣。公叹咤而归。及明,视魏,则已死于廨中。松江[⑩]张禹定言之。以非佳名,故讳其人。

---

① 孽愆——罪过。
② 镇师一旅——所属镇的五百人。
③ 经历——官名,职掌出纳等事。
④ 长跽连洏(ér)——挺直身子跪着,垂泪。
⑤ 懵懵(měng měng)——通“瞢瞢”,昏暗不明。
⑥ 宾廨——接待宾客的公廨。
⑦ 煠(zhá)——食物放入油或汤中,一沸而出称“煠”,此谓将某公父放入油锅一炸。
⑧ 牛首、阿旁——传说中阴间的二恶鬼。
⑨ 惨怛——悲痛。
⑩ 松江——县名,今属上海市。

颠道人

颠道人，不知姓名，寓蒙山[①]寺。歌哭不常[②]，人莫之测，或见其煮石为饭者。会重阳，有邑贵载酒登临，舆盖而往，宴毕过寺，甫及门，则道人赤足着破衲[③]，自张黄盖，作警跸[④]声而出，意近玩弄。邑贵乃惭怒，挥仆辈逐骂之。道人笑而却走。逐急，弃盖，共毁裂之，片片化为鹰隼，四散群飞。众始骇。盖柄转成巨蟒，赤鳞耀目。众哗欲奔，有同游者止之曰："此不过翳眼之幻术[⑤]耳，乌能噬人！"遂操刃直前。蟒张吻怒逆，吞客咽之。众骇，拥贵人急奔，息于三里之外。使数人逡巡往探，渐入寺，则人蟒俱无。方将返报，闻老槐内喘急如驴，骇甚。初不敢前；潜踪移近之，见树朽中空，有窍如盘。试一攀窥，则斗蟒者倒植其中，而孔大仅容两手，无术可以出之。急以刀劈树，比树开而人已死。逾时少苏，舁归。道人不知所之矣。

异史氏曰："张盖游山，厌气浃[⑥]于骨髓。仙人游戏三昧[⑦]，一何可笑！余乡殷生文屏，毕司农[⑧]之妹夫也，为人玩世不恭。章丘[⑨]有周生者，以寒贱起家，出必驾肩[⑩]而行。亦与司农有瓜葛之旧[⑪]。值太夫人[⑫]寿，殷料其必来，先候于道，着猪皮靴，公服持手本。俟周至，鞠躬道左，唱曰：'淄川生员，接章丘生员！'周惭，下舆，略致数语而别。少间，同聚于司农之堂，冠裳满座，视其服色，无不窃笑；殷傲睨自若。既而筵终出门，各命舆马。

---

① 蒙山——在今山东蒙阴县境内。
② 不常——不正常。
③ 破衲——破旧僧服。
④ 警跸(bì)——古时皇帝出行的前卫。
⑤ 翳(yì)眼之幻术——俗称"障眼法"。
⑥ 浃——浸透。
⑦ 三昧——佛教用语，心性专注的精神状态。
⑧ 司农——户部尚书的别称。
⑨ 章丘——县名，今属山东省。
⑩ 驾肩——坐轿子。
⑪ 瓜葛之旧——展转相连的远亲。
⑫ 太夫人——对毕母的尊称。

殷亦大声呼:‘殷老爷独龙车何在?’有二健仆,横扁杖[①]于前,腾身跨之。致声拜谢,飞驰而去。殷亦仙人之亚[②]也。”

胡 四 娘

程孝思,剑南[③]人。少惠能文。父母俱早丧,家赤贫,无衣食业,求佣为胡银台司笔札。胡公试使文,大悦之,曰:“此不长贫,可妻也。”银台有三子四女,皆襁中论亲于大家;止有少女四娘,孽出[④],母早亡,笄年未字,遂赘程。或非笑之,以为惛耄[⑤]之乱命,而公弗之顾也。除馆馆生,供备丰隆。群公子鄙不与同食,婢仆咸揶揄焉。生默默不较短长,研读甚苦。众从旁厌讥之,程读弗辍;群又以鸣钲锽[⑥]聒其侧,程携卷去,读于闺中。

初,四娘之未字也,有神巫知人贵贱,遍观之,都无谀词;惟四娘至,乃曰:“此真贵人也!”乃赘程,诸姊妹皆呼之“贵人”以嘲笑之;而四娘端重寡言,若罔闻之。渐至婢媪,亦率相呼。四娘有婢名桂儿,意颇不平,大言曰:“何知吾家郎君,便不作贵官耶?”二姊闻而嗤之曰:“程郎如作贵官,当抉我眸子去!”桂儿怒而言曰:“到尔时,恐不舍得眸子也!”二姊婢春香曰:“二娘食言,我以两睛代之。”桂儿益恚,击掌为誓曰:“管教两丁[⑦]盲也!”二姊忿其语侵,立批之。桂儿号哗。夫人闻知,即亦无所可否,但微哂焉。桂儿噪诉四娘;四娘方绩[⑧],不怒亦不言,绩自若。会公初度,诸婿皆至,寿仪充庭。大妇嘲四娘曰:“汝家祝仪何物?”二妇曰:“两肩荷一口[⑨]!”四娘坦然,殊无惭怍。人见其事事类痴,愈益狎之。独有公爱妾李氏,三姊所自出也,恒礼重四娘,往往相顾恤。每谓三娘曰:“四娘内慧外朴,聪明浑而不露,诸婢子皆在其包罗中,而不自知。况程郎昼夜攻苦,夫岂久为

---

① 扁杖——肩担。
② 亚——类似。
③ 剑南——今四川剑阁以南的广大地区。
④ 孽出——庶出,妾生。
⑤ 惛耄——年老神志不清。
⑥ 钲锽——钟鼓声。
⑦ 两丁——指春香及二姊两人。
⑧ 绩——捻麻线。
⑨ 两肩荷一口——挖苦其穷而白吃白喝。

人下者？汝勿效尤，宜善之，他日好相见也。”故三娘每归宁，辄加意相欢。

是年，程以公力，得入邑庠。明年，学使科试士，而公适薨，程缞哀如子，未得与试。既离苫块[①]，四娘赠以金，使趋入遗才籍[②]。嘱曰：“曩久居，所不被呵逐者，徒以有老父在；今万分不可矣！倘能吐气，庶回时尚有家耳。”临别，李氏、三娘赂遗优厚。程入闱，砥志研思，以求必售。无何，放榜，竟被黜。愿乖气结，难于旋里，幸囊资小泰，携卷入都。时妻党[③]多任京秩，恐见诮仙，乃易旧名，诡托里居，求潜身于大人之门。东海李兰台[④]见而器之，收诸幕中，资以膏火，为之纳贡[⑤]，使应顺天举；连战皆捷，授庶吉士[⑥]。自乃实言其故。李公假千金，先使纪纲赴剑南，为之治第。时胡大郎以父亡空匮，货其沃墅，因购焉。既成，然后贷舆马，往迎四娘。

先是，程擢第后，有邮报者[⑦]，举宅皆恶闻之；又审其名字不符，叱去之。适三郎完婚，戚眷登堂为脵[⑧]，姊妹诸姑咸在，惟四娘不见招于兄嫂。忽一人驰入，呈程寄四娘函信；兄弟发视，相顾失色。筵中诸眷客，始请见四娘。姊妹惴惴，惟恐四娘衔恨不至。无何，翩然竟来。申贺者，捉坐者，寒暄者，喧杂满屋。耳有听，听四娘；目有视，视四娘；口有道，道四娘也：而四娘凝重如故。众见其靡所短长，稍就安帖，于是争把盏酌四娘。方宴笑间，门外啼号甚急，群致怪问。俄见春香奔入，面血沾染。共诘之，哭不能对。二娘呵之，始泣曰：“桂儿逼索眼睛，非解脱，几抉去矣！”二娘大渐，汗粉交下。四娘漠然。合坐寂无一语，各始告别。四娘盛妆，独拜李夫人及三姊，出门登车而去。众始知买墅者，即程也。四娘初至墅，什物多阙。夫人及诸郎各以婢仆、器具相赠遗，四娘一无所受；惟李夫人赠一婢，受之。

居无何，程假归展墓[⑨]，车马扈从如云。诣岳家，礼公柩，次参李夫人。诸郎衣冠既竟，已升舆矣。胡公殁，群公子日竞资财，柩之弗顾。数

---

① 既离苫块——指居丧期满。
② 遗才籍——取得乡试资格。
③ 妻党——妻方的亲族。
④ 李兰台——即李御史；兰台，御史的别称。
⑤ 纳贡——向政府交钱后，纳贡者有资格参加乡试。
⑥ 庶吉士——官名，隶属翰林院。
⑦ 邮报者——传喜送信人。
⑧ 脵(nuǎn)——旧时女儿嫁后三日，娘家送来的食物。
⑨ 假归展墓——告假回乡扫墓。

年，灵寝漏败，渐将以华屋作山丘[①]矣。程睹之悲，竟不谋于诸郎，刻期营葬，事事尽礼。殡日，冠盖相属，里中咸嘉叹焉。

程十余年历秩清显，凡遇乡党厄急，罔不极力。二郎适以人命被逮，直指[②]巡方者，为程同谱，风规[③]甚烈。大郎浼妇翁王观察[④]函致之，殊无裁答[⑤]，益惧。欲往求妹，而自觉无颜，乃持李夫人手书往。至都，不敢遽进，觑程入朝，而后诣之。冀四娘念手足之义，而忘睚眦之嫌[⑥]。阍人既通，即有旧媪出，导入厅事，具酒馔，亦颇草草。食毕，四娘出，颜温霁，问："大哥人事大忙，万里何暇枉顾?"大郎五体投地，泣述所来。四娘扶而笑曰："大哥好男子，此何大事，直复尔尔？妹子一女流，几曾见呜呜向人?"大郎乃出李夫人书。四娘曰："诸兄家娘子，都是天人[⑦]，各求父兄，即可了矣，何至奔波到此?"大郎无词，但顾哀之。四娘作色曰："我以为跋涉来省妹子，乃以大讼求贵人[⑧]耶!"拂袖径入。大郎惭愤而出。归家详述，大小无不诟詈；李夫人亦谓其忍。逾数日，二郎释放宁家，众大喜，方笑四娘之徒取怨谤也。俄而四娘遣价[⑨]候李夫人。唤入，仆陈金币，言："夫人为二舅事，遣发甚急，未遑字覆[⑩]。聊寄微仪，以代函信。"众始知二郎之归，乃程力也。后三娘家渐贫，程施报逾于常格。又以李夫人无子，迎养若母焉。

僧　术

黄生，故家子。才情颇赡，夙志高骞。村外兰若，有居僧某，素与分[⑪]

---

① 以华屋作山丘——临时寄放灵柩的内堂，将毁败成为埋葬灵柩的荒丘。
② 直指——官名，有权审判大狱，诛杀不法官员。
③ 风规——风教法规。
④ 观察——官名，观察使。
⑤ 殊无裁答——一点回信的消息都没有。
⑥ 睚眦之嫌——小的怨仇。
⑦ 天人——讽刺欺侮四娘夫妇的嫂子们。
⑧ 贵人——四娘自称"贵人"反讥胡家人。
⑨ 价(jiè)——送信、传话的仆人。
⑩ 未遑字覆——来不及写回信。
⑪ 分——情分。

深。既而僧云游，去十余年复归。见黄，叹曰："谓君腾达已久，今尚白纻[①]耶？想福命固薄耳。请为君贿冥中主者。能置十千否？"答言："不能。"僧曰："请勉办其半，余当代假之。三日为约。"黄诺之，竭力典质[②]如数。

三日，僧果以五千来付黄。黄家旧有汲水井，深不竭，云通河海。僧命束置井边，戒曰："约我到寺，即推堕井中。候半炊时，有一钱泛起，当拜之。"乃去。黄不解何术，转念效否未定，而十千可惜。乃匿其九，而以一千投之。少间，巨泡突起，铿然而破，即有一钱浮出，大如车轮。黄大骇。既拜，又取四千投焉。落下，击触有声，为大钱所隔，不得沉。日暮，僧至，谯让之曰："胡不尽投？"黄云："已尽投矣。"僧曰："冥中使者止将一千去，何乃妄言？"黄实告之，僧叹曰："鄙吝者必非大器。此子之命合以明经[③]终；不然，甲科[④]立致矣。"黄大悔，求再禳之。僧固辞而去。黄视井中钱犹浮，以绠约上，大钱乃沉。是岁，黄以副榜[⑤]准贡，卒如僧言。

异史氏曰："岂冥中亦开捐纳[⑥]之科耶？十千而得一第[⑦]，直亦廉矣。然一千准贡，犹昂贵耳。明经不第，何值一钱！"

禄 数

某显者多为不道，夫人每以果报劝谏之，殊不听信。适有方士，能知人禄数，诣之。方士熟视曰："君再食米二十石、面四十石，天禄乃终。"归语夫人。计一人终年仅食面二石，尚有二十余年天禄，岂不善所能绝耶？横如故。逾年，忽病"除中[⑧]"，食甚多而旋饥，一昼夜十余食。未及周岁，死矣。

---

① 尚白纻——身穿白衣，即平民。
② 典质——抵押物产。
③ 明经——对贡生的敬称。
④ 甲科——明清时指进士。
⑤ 副榜——乡试副榜。
⑥ 捐纳——指科举考试中，以捐资纳粟取得功名。
⑦ 一第——一次及第。
⑧ 除中——病名，中医为消渴疾，即糖尿病。

柳　生

周生,顺天宦裔[①]也。与柳生善。柳得异人之传,精袁许之术[②]。尝谓周曰:“子功名无分;万钟[③]之资,尚可以人谋。然尊阃薄相,恐不能佐君成业。”未几,妇果亡。家室萧条,不可聊赖。因诣柳,将以卜姻。入客舍,坐良久,柳归内不出。呼之再三,始方出,曰:“我日为君物色佳偶,今始得之。适在内作小术,求月老[④]系赤绳耳。”周喜,问之。答曰:“甫有一人携囊出,遇之否?”曰:“遇之。褴褛若丐。”曰:“此君岳翁,宜敬礼之。”周曰:“缘相交好,遂谋隐密,何相戏之甚也!仆即式微,犹是世裔,何至下昏[⑤]于市侩?”柳曰:“不然。犁牛尚有子[⑥],何害?”周问:“曾见其女耶?”答曰:“未也。我素与无旧,姓名亦问讯知之。”周笑曰:“尚未知犁牛,何知其子?”柳曰:“我以数[⑦]信之。其人凶而贱,然当生厚福之女。但强合之必有大厄,容复禳之。”周既归,未肯以其言为信,诸方觅之,迄无一成。

一日,柳生忽至,曰:“有一客,我已代折简[⑧]矣。”问:“为谁?”曰:“且勿问,宜速作黍。”周不谕其故,如命治具。俄客至,盖傅姓营卒[⑨]也。心内不合,阳[⑩]浮道与之;而柳生承应甚恭。少间,酒肴既陈,杂恶草具进。柳起告客:“公子向慕已久,每托某代访,曩夕始得晤。又闻不日远征,立刻相邀,可谓仓卒主人矣。”饮间,傅忧马病,不可骑。柳亦俯首为之筹思。既而客去,柳让周曰:“千金不能买此友,何乃视之漠漠?”借马骑归,因假周命,登门持赠傅。周既知,稍稍不快,已无如何。过岁,将如江西,投臬司[⑪]幕。诣柳问卜。柳言:“大吉!”周笑曰:“我意无他,但薄有所猎,当购

---

① 宦裔——世代官宦人家的子弟。
② 袁许之术——袁,袁天纲,唐人,精相术;许,许负,汉人,善相术;此泛指相人之术。
③ 万钟——喻资财极多。
④ 月老——主男女婚姻之神。
⑤ 昏——通“婚”。
⑥ 犁牛尚有子——人虽低贱,其子不一定不好。
⑦ 数——运数。
⑧ 代折简——代为邀请。
⑨ 营卒——营兵。
⑩ 阳——通“佯”。
⑪ 臬司——按察使的别称。

佳妇，几幸前言之不验也，能否？”柳云：“并如君愿。”及至江西，值大寇叛乱，三年不得归。后稍平，选日遵路[①]，中途为土寇所掠，同难人七八位，皆劫其金资，释令去；惟周被掳至巢。盗首诘其家世，因曰：“我有息女[②]，欲奉箕帚，当即无辞。”周不答。盗怒，立命枭斩。周惧，思不如暂从其请，因从容而弃之。遂告曰：“小生所以踟蹰者，以文弱不能从戎，恐益为丈人累耳。如使夫妇得相将俱去，恩莫厚焉。”盗曰：“我方忧女子累人，此何不可从也。”引入内，妆女出见，年可十八九，盖天人也。当夕合卺，深过所望。细审姓氏，乃知其父，即当年荷囊人也。因述柳言，为之感叹。

过三四日，将送之行，忽大军掩至，全家皆就执缚。有将官三员监视，已将妇翁斩讫，寻次及周。周自分已无生理。一员审视曰：“此非周某耶？”盖傅卒已军功授副将军矣。谓僚曰：“此吾乡世家名士，安得为贼。”解其缚，问所从来。周诡曰：“适从江臬娶妇而归，不意途陷盗窟，幸蒙拯救，德戴二天！但室人离散，求借洪威，更赐瓦全。”傅命列诸俘，令其自认，得之。饷以酒食，助以资斧，曰：“曩受解骖之惠[③]，旦夕不忘。但抢攘间，不遑修礼，请以马二匹、金五十两，助君北旋。”又遣二骑持信矢护送之。途中，女告周曰：“痴父不听忠告，母氏死之。知有今日久矣。所以偷生旦暮者，以少时曾为相者所许，冀他日能收亲骨耳。某所窖藏巨金，可以发赎父骨；余者携归，尚足谋生产。”嘱骑者候于路，两人至旧处，庐舍已烬，于灰火中取佩刀掘尺许，果得金；尽装入橐，乃返。以百金赂骑者，使瘗翁尸；又引拜母冢，始行。至直隶界，厚赐骑者而去。

周久不归，家人谓其已死，恣意侵冒，粟帛器具，荡无存者。闻主人归，大惧，哄然尽逃；只有一妪、一婢、一老奴在焉。周以出死得生，不复追问。及访柳，则不知所适矣。女持家逾于男子，择醇笃者[④]授以资本，而均其息。每诸商会计于檐下，女垂帘听之；盘[⑤]中误下一珠，辄指其讹。内外无敢欺。数年，伙商盈百，家数十巨万矣。乃遣人移亲骨，厚葬之。

异史氏曰：“月老可以贿嘱，无怪媒妁之同于牙侩[⑥]矣。乃盗也而有

① 遵路——循路而行。
② 息女——亲生女。
③ 解骖之惠——指周生赠马救其困急事。
④ 醇笃者——朴实忠厚之人。
⑤ 盘——算盘。
⑥ 牙侩——集市上的经纪人。

是女耶？培塿[1]无松柏，此鄙人之论耳。妇人女子犹失之，况以相天下士哉！”

冤　狱

朱生，阳谷[2]人。少年佻达，喜诙谑。因丧偶，往求媒媪。遇其邻人之妻，睨之美，戏谓媪曰：“适睹尊邻，雅少丽，若为我求凰，渠可也。”媪亦戏曰：“请杀其男子，我为若图之。”朱笑曰：“诺。”更月余，邻人出讨负，被杀于野。邑令拘邻保，血肤取实，究无端者；惟媒媪述相谑之词，以此疑朱。捕至，百口不承。令又疑邻妇与私，搒掠之，五毒参至。妇不能堪，诬伏。又讯朱，朱曰：“细嫩不任苦刑，所言皆妄。既是冤死，而又加以不节之名，纵鬼神无知，予心何忍乎？我实供之可矣：欲杀夫而娶其妇，皆我之为，妇不知之也。”问：“何凭？”答言：“血衣可证。”及使人搜诸其家，竟不可得。又掠之，死而复苏者再。朱乃云：“此母不忍出证据死我耳，待自取之。”因押归告母曰：“予我衣，死也；即不予，亦死也：均之死，故迟也不如其速也。”母泣，入室移时，取衣出付之。令审其迹确，拟斩。再驳再审，无异词。

经年余，决有日矣。令方虑囚，忽一人直上公堂，努目视令而大骂曰：“如此愦愦，何足临民！”隶役数十辈，将共执之。其人振臂一挥，颓然并仆。令惧，欲逃。其人大言曰：“我关帝前周将军[3]也！昏官若动，即便诛却！”令战惧悚听。其人曰：“杀人者乃宫标也，于朱某何与？”言已，倒地，气若绝。少顷而醒，面无人色。及问其人，则宫标[4]也。搒之，尽服其罪。盖宫素不逞[5]，知某讨负而归，意腰橐必富，及杀之，竟无所得。闻朱诬服，窃自幸。是日身入公门，殊不自知。令问朱血衣所自来，朱亦不知之。唤其母鞫之，则割臂所染；验其左臂刀痕，犹未平也。令亦愕然。后以此被参揭免官，罚赎羁留而死。年余，邻母欲嫁其妇；妇感朱义，遂嫁之。

---

① 培塿(pǒu lǒu)——小土丘。
② 阳谷——县名，今属山东省。
③ 周将军——周仓，传说中为关羽部将。
④ 宫标——罪犯。
⑤ 不逞——为非作歹。

异史氏曰："讼狱乃居官之首务，培阴骘，灭天理，皆在于此，不可不慎也。燥急污暴，固乖天和；淹滞因循，亦伤民命。一人兴讼，则数农违时；一案既成，则十家荡产：岂故之细哉！余尝谓为官者，不滥受词讼，即是盛德。且非重大之情，不必羁候；若无疑难之事，何用徘徊？即或乡里愚民，山村豪气，偶因鹅鸭之争，致起雀角之忿，此不过借官宰之一言，以为平定而已，无用全人，只须两造，笞杖立加，葛藤悉断，所谓神明之宰非耶？每见今之听讼者矣：一票既出，若故忘之。摄牒者入手未盈，不令消见官之票；承刑者润笔不饱，不肯悬听审之牌。蒙蔽因循，动经岁月，不及登长吏之庭，而皮骨已将尽矣！而俨然而民上也者，偃息在床，漠若无事。宁知水火狱中，有无数冤魂，伸颈延息，以望拔救耶！然在奸民之凶顽，固无足惜；而在良民株累，亦复何堪？况且无辜之干连，往往奸民少而良民多；而良民之受害，且更倍于奸民。何以故？奸民难虐，而良民易欺也。皂隶之所殴骂，胥徒之所需索，皆相良者而施之暴。自入公门，如蹈汤火。早结一日之案，则早安一日之生；有何大事，而顾奄奄堂上若死人！似恐溪壑之不遽饱，而故假之以岁时也者！虽非酷暴，而其实厥罪维均矣。尝见一词之中，其急要不可少者，不过三数人；其余皆无辜之赤子，妄被罗织者也。或平昔以睚眦开嫌，或当前以怀璧致罪，故兴讼者以其全力谋正案，而以其余毒复小仇。带一名于纸尾，遂成附骨之疽；受万罪于公门，竟属切肤之痛。人跪亦跪，状若乌集；人出亦出，还同猱系。而究之官问不及，吏诘不至，其实一无所用，只足以破产倾家，饱蠹役之贪囊；鬻子典妻，泄小人之私愤而已。深愿为官者，每投到时，略一审诘：当逐逐之，不当逐芟之。不过一濡毫、一动腕之间耳，便保全多少身家，培养多少元气。从政者曾不一念及于此，又何必桁杨刀锯能杀人哉！"①

鬼　令

教谕②展先生，洒脱有名士风。然酒狂，不持仪节。每醉归，辄驰马

① "异史氏曰"整段——大意：治理狱讼的官吏一定应慎重断狱，断不可草率从事，或拖迟不决，也不可徇私舞弊，并提出一些审案的基本方法。

② 教谕——县级学官名。

殿阶[①]。阶上多古柏。一日，纵马入，触树头裂，自言："子路[②]怒我无礼，击脑破矣！"中夜遂卒。邑中某乙者，负贩其乡，夜宿古刹。更静人稀，忽见四五人携酒入饮，展亦在焉。酒数行，或以字为令曰："田字不透风，十字在当中；十字推上去，古字赢一锺。"一人曰："回字不透风，口字在当中；口字推上去，吕字赢一锺。"一人曰："囹字不透风，令字在当中；令字推上去，含字赢一锺。"又一人曰："困字不透风，木字在当中；木字推上去，杏字赢一锺。"末至展，凝思不得。众笑曰："既不能令，须当受命。"飞一觥来。展即云："我得之矣：曰字不透风，一字在当中；……"众又笑曰："推作何物？"展吸尽曰："一字推上去，一口一大锺！"相与大笑，未几出门去。某不知展死，窃疑其罢官归也。及归问之，则展死已久，始悟所遇者鬼耳。

甄　　后

洛城[③]刘仲堪，少钝而淫于典籍，恒杜门攻苦，不与世通。一日，方读，忽闻异香满室；少间，珮声甚繁。惊顾之，有美人入，簪珥光采；从者皆宫妆。刘惊伏地下。美人扶之曰："子何前倨而后恭也？"刘益惶恐，曰："何处天仙，未曾拜识。前此几时有侮？"美人笑曰："相别几何，遂尔梦梦！危坐磨砖[④]者，非子耶？"乃展锦荐，设瑶浆，捉坐对饮，与论古今事，博洽非常。刘茫茫不知所对。美人曰："我止赴瑶池一回宴耳；子历几生，聪明顿尽矣！"遂命侍者，以汤沃水晶膏进之。刘受饮讫，忽觉心神澄彻。既而曛黑，从者尽去，息烛解襦，曲尽欢好。未曙，诸姬已复集。美人起，妆容如故，鬓发修整，不再理也。刘依依苦诘姓字，答曰："告郎不妨，恐益君疑耳。妾，甄氏；君，公干后身[⑤]。当日以妾故罹罪，心实不忍，今日之会，亦聊以报情痴也。"问"魏文[⑥]安在？"曰："丕，不过贼父之庸子耳。妾偶从游

① 殿阶——指文庙殿阶。
② 子路——即仲由，字子路，孔子弟子。
③ 洛城——今河南洛阳市。
④ 危坐磨砖——喻指有冤而不得申。
⑤ 妾，甄氏；君，公干后身——甄氏，三国时人，先为袁绍之子熙妻，后改嫁曹丕，丕称帝后被赐死；君，曹丕，曹操之子。
⑥ 魏文——魏文帝曹丕。

嬉富贵者数载，过即不复置念。彼曩以阿瞒[①]故，久滞幽冥 ，今未闻知。反是陈思[②]为帝[③]典籍[④]，时一见之。”旋见龙舆[⑤]止于庭中，乃以玉脂合赠刘，作别登车，云推而去。

刘自是文思大进。然追念美人，凝思若痴。历数月，渐近羸殆。母不知其故，忧之。家一老妪，忽谓刘曰：“郎君意颇有思否？”刘以言隐中情，告之。妪曰：“郎试作尺一书[⑥]，我能邮致之。”刘惊喜曰：“子有异术，向日昧于物色[⑦]。果能之，不敢忘也。”乃折柬为函，付妪便去。半夜而返曰：“幸不误事。初至门，门者以我为妖，欲加缚縶。我遂出郎君书，乃将去。少顷唤入，夫人亦欷歔，自言不能复会。便欲裁答。我言：‘郎君羸惫，非一字所能瘳。’夫人沉思久，乃释笔云：‘烦先报刘郎，当即送一佳妇去。’濒行，又嘱：‘适所言，乃百年计；但无泄，便可永久矣。’”刘喜，伺之。明日，果一老姥率女郎，诣母所，容色绝世，自言陈氏；女其所出[⑧]，名司香，愿求作妇。母爱之，议聘；更不索资，坐待成礼而去。惟刘心知其异，阴问女：“系夫人何人？”答云：“妾铜雀故妓[⑨]也。”刘疑为鬼。女曰：“非也。妾与夫人俱隶仙籍，偶以罪过谪人间。夫人已复旧位；妾谪限未满，夫人请之天曹[⑩]，暂使给役，去留皆在夫人，故得长侍床箦耳。”一日，有瞽媪牵黄犬丐食其家，拍板俚歌。女出窥，立未定，犬断索咋女。女骇走，罗衿断。刘急以杖击犬。犬犹怒，龁断幅，顷刻碎如麻，嚼吞之。瞽媪捉领毛，缚以去。刘入视女，惊颜未定，曰；“卿仙人，何乃畏犬？”女曰：“君自不知：犬乃老瞒所化，盖怒妾不守分香戒[⑪]也。”刘欲买犬杖毙。女不可，曰：“上帝所罚，何得擅诛？”

居二年，见者皆惊其艳，而审所从来，殊恍惚，于是共疑为妖。母诘刘，刘亦微道其异。母大惧，戒使绝之。刘不听。母阴觅术士来，作法于

---

① 阿瞒——曹操的小名。
② 陈思——指曹植，曹操之子，有文名。
③ 帝——传说中的玉帝。
④ 典籍——掌管文籍。
⑤ 龙舆——帝后所乘之车。
⑥ 尺一书——书信。
⑦ 昧于物色——不曾访求。
⑧ 女其所出——此女为其所生。
⑨ 铜雀故妓——曹操的姬妾。
⑩ 天曹——道教所尊奉的天上官府。
⑪ 分香戒——守节之戒。

庭。方规地为坛[①]，女惨然曰："本期白首；今老母见疑，分义绝矣。要我去，亦复非难，但恐非禁咒可遣耳！"乃束薪爇火，抛阶下。瞬息烟蔽房屋，对面相失。忽有声震如雷。已而烟灭，见术士七窍流血死矣。入室，女已渺。呼妪问之，妪亦不知所去。刘始告母。妪盖狐也。

异史氏曰："始于袁，终于曹，而后注意于公干，仙人不应若是。然平心而论：奸瞒之篡子[②]，何必有贞妇哉？犬睹故妓，应大悟分香卖履之痴，固犹然妒之耶？呜呼！奸雄不暇自哀，而后人哀之已！"

宦　娘

温如春，秦之世家也。少癖嗜琴，虽逆旅未尝暂舍。客晋，经由古寺，系马门外，暂憩止。入则有布衲道人，趺坐廊间，筇杖[③]倚壁，花布囊琴。温触所好，因问："亦善此也？"道人云："顾[④]不能工，愿就善者学之耳。"遂脱囊授温，视之，纹理佳妙，略一勾拨，清越异常。喜为抚一短曲。道人微笑，似未许可。温乃竭尽所长。道人哂曰："亦佳，亦佳！但未足为贫道师也。"温以其言夸，转请之。道人接置膝上，才拨动，觉和风自来；又顷之，百鸟群集，庭树为满。温惊极，拜请受业。道人三复之。温侧耳倾心，稍稍会其节奏。道人试使弹，点正疏节，曰："此尘间已无对矣。"温由是精心刻画，遂称绝技。

后归程，离家数十里，日已暮，暴雨莫可投止。路旁有小村，趋之。不遑审择，见一门，匆匆遽入。登其堂，阒无人。俄一女郎出，年十七八，貌类神仙。举首见客，惊而走入。温时未偶，系情殊深。俄一老妪出问客。温道姓名，兼求寄宿。妪言："宿当不妨，但少床榻；不嫌屈体，便可藉藁[⑤]。"少旋，以烛来，展草铺地，意良殷。问其姓氏，答云："赵姓。"又问："女郎何人？"曰："此宦娘，老身之犹子也。"温曰："不揣寒陋，欲求援系，如何？"妪颦蹙足："此即不敢应命。"温诘其故，但云难言，怅然遂罢。妪既

---

① 规地为坛——划地筑坛。
② 奸瞒之篡子——指曹丕。
③ 筇(qióng)杖——竹杖。
④ 顾——只是。
⑤ 藉藁——摊草铺地代床。

去，温视藉草腐湿，不堪卧处，因危坐鼓琴，以消永夜。雨既歇，冒夜遂归。

邑有林下部郎[①]葛公，喜文士。温偶诣之，受命弹琴。帘内隐约有眷客窥听，忽风动帘开，见一及笄人，丽绝一世。盖公有一女，小字良工，善词赋，有艳名。温心动，归与母言，媒通之；而葛以温势式微，不许。然女自闻琴以后，心窃倾慕，每冀再聆雅奏；而温以姻事不谐，志乖意沮，绝迹于葛氏之门矣。一日，女于园中，拾得旧笺一折，上书《惜馀春》词云："因恨成痴，转思作想，日日为情颠倒。海棠带醉，杨柳伤春，同是一般怀抱。甚得新愁旧愁，刬尽还生，便如青草。自别离，只在奈何天里，度将昏晓。今日个蹙损春山，望穿秋水，道弃已拚弃了！芳衾妒梦，玉漏惊魂，要睡何能睡好？漫说长宵似年，侬视一年，比更犹少：过三更已是三年，更有何人不老！"女吟咏数四，心悦好之。怀归，出锦笺，庄书[②]一通，置案间；逾时索之，不可得，窃意为风飘去。适葛经闺门过，拾之；谓良工作，恶其词荡，火之而未忍言，欲急醮之。临邑刘方伯之公子，适来问名，心善之，而犹欲一睹其人。公子盛服而至，仪容秀美。葛大悦，款延优渥。既而告别，坐下遗女舄一钩[③]。心顿恶其儇薄，因呼媒而告以故。公子亟辨其诬；葛弗听，卒绝之。

先是，葛有绿菊种，吝不传，良工以植闺中。温庭菊忽有一二株化为绿，同人闻之，辄造庐观赏；温亦宝之。凌晨趋视，于畦畔得笺写《惜馀春》词，反覆披读，不知其所自至。以"春"为己名，益惑之，即案头细加丹黄，评语亵嫚。适葛闻温菊变绿，讶之，躬诣其斋，见词便取展读。温以其评亵，夺而挼莎[④]之。葛仅读一两句，盖即闺门所拾者也。大疑，并绿菊之种，亦猜良工所赠。归告夫人，使逼诘良工。良工涕欲死，而事无验见，莫有取实。夫人恐其迹益彰，计不如以女归温。葛然之，遥致温。温喜极。是日，招客为绿菊之宴，焚香弹琴，良夜方罢。既归寝，斋童闻琴自作声，初以为僚仆之戏也；既知其非人，始白温。温自诣之，果不妄。其声梗涩，似将效己而未能者。爇火暴入，杳无所见。温携琴去，则终夜寂然。因意为狐，固知其愿拜门墙也者，遂每夕为奏一曲，而设弦任操若师，夜夜潜伏

① 林下部郎——隐居在家的部郎官。

② 庄书——端端正正地书写。

③ 女舄一钩——女鞋一只。

④ 挼莎(nuó suō)——以手揉搓。

听之。至六七夜，居然成曲，雅足听闻。

温既亲迎，各述曩词，始知缔好之由，而终不知所由来。良工闻琴鸣之异，往听之，曰："此非狐也，调凄楚，有鬼声。"温未深信。良工因言其家有古镜，可鉴魑魅。翊日，遣人取至，伺琴声既作，握镜遽入；火之，果有女子在，仓皇室隅，莫能复隐。细审之，赵氏之宦娘也。大骇，穷诘之。泫然曰："代作蹇修①，不为无德，何相逼之甚也?"温请去镜，约勿避；诺之。乃囊镜。女遥坐曰："妾太守之女，死百年矣。少喜琴筝；筝已颇能谙之，独此技未能嫡传，重泉犹以为憾。惠顾时，得聆雅奏，倾心向往；又恨以异物不能奉裳衣，阴为君胹合②佳偶，以报眷顾之情。刘公子之女舄，《惜馀春》之俚词，皆妾为之也。酬师者不可谓不劳矣。"夫妻咸拜谢之。宦娘曰："君之业，妾思过半矣；但未尽其神理。请为妾再鼓之。"温如其请，又曲陈其法。宦娘大悦曰："妾已尽得之矣!"乃起辞欲去。良工故善筝，闻其所长，愿以披聆。宦娘不辞，其调其谱，并非尘世所能。良工击节，转请受业。女命笔为绘谱十八章，又起告别。夫妻挽之良苦。宦娘凄然曰："君琴瑟之好，自相知音；薄命人乌有此福。如有缘，再世可相聚耳。"因以一卷授温曰："此妾小像。如不忘媒妁，当悬之卧室，快意时焚香一炷，对鼓一曲，则儿身受之矣。"出门遂没。

阿　绣

海州③刘子固，十五岁时，至盖④省其舅。见杂货肆中一女子，姣丽无双，心爱好之。潜至其肆，托言买扇。女子便呼父。父出，刘意沮，故折阅⑤之而退。遥睹其父他往，又诣之。女将觅父，刘止之曰："无须，但言其价，我不靳⑥直耳。"女如言，固昂之。刘不忍争，脱贯竟去。明日复往，又如之。行数武，女追呼曰："返来！适伪言耳，价奢过当。"因以半价返

---

① 蹇修——媒人的代称。
② 胹(ér)合——撮合。
③ 海州——海州卫，治今辽宁海城县。
④ 盖——州名，今辽宁盖县。
⑤ 折阅——指压价出卖。
⑥ 不靳——不计较。

之。刘益感其诚，蹈隙辄往，由是日熟。女问："郎居何所？"以实对。转诘之，自言："姚氏。"临行，所市物，女以纸代裹完好，已而以舌舐粘之。刘怀归不敢复动，恐乱其舌痕也。积半月，为仆所窥，阴与舅力要之归。意惓惓不自得。以所市香帕脂粉等类，密置一箧，无人时，辄阖户自检一过，触类凝想。

次年，复至盖，装甫解，即趋女所；至则肆宇阖焉，失望而返。犹意偶出未返，蚤又诣之，扃如故。问诸邻，始知姚原广宁[①]人，以贸易无重息，故暂归去；又不审何时可复来。神志乖丧。居数日，怏怏而归。母为议婚，屡梗之，母怪且怒。仆私以曩事告母，母益防闲之，盖之途由是绝。刘忽忽遂减眠食。母忧思无计，念不如从其志。于是刻日办装，使如盖，转寄语舅媒合之。舅即承命诣姚。逾时而返，谓刘曰："事不谐矣！阿绣已字广宁人。"刘低头丧气，心灰绝望。即归，捧箧啜泣，而徘徊顾念，冀天下有似之者。

适媒来，艳称复州[②]黄氏女。刘恐不确，命驾至复。入西门，见北向一家，两扉半开，内一女郎，怪似阿绣；再属目之，且行且盼而入，真是无讹。刘大动，因僦其东邻居，细诘知为李氏。反复疑念：天下宁有此酷肖者耶？居数日，莫可夤缘[③]，惟目眈眈候其门，以冀女或复出。一日，日方西，女果出。忽见刘，即返身走，以手指其后；又复掌及额，而入。刘喜极，但不能解。凝思移时，信步诣舍后，见芳园寥廓，西有短垣，略可及肩。豁然顿悟，遂蹲伏露草中。久之，有人自墙上露其首，小语曰："来乎？"刘诺而起，细视，真阿绣也。因大恫[④]，涕堕如绠。女隔堵探身，以巾拭其泪，深慰之。刘曰："百计不遂，自谓今生已矣，何期复有今夕？顾卿何以至此？"曰："李氏，妾表叔也。"刘请逾垣。女曰："君先归，遣从人他宿，妾当自至。"刘如言，坐伺之。少间，女悄然入，妆饰不甚炫丽，袍裤犹昔。刘挽坐，备道艰苦，因问："卿已字，何未醮也？"女曰："言妾受聘者，妄也。家君以道里赊远[⑤]，不愿附公子婚，此或托舅氏诡词，以绝君望耳。"既就枕席，宛转万态，款接之欢，不可言喻。四更遽起，过墙而去。刘自是不复措意

---

① 广宁——旧县名，治今辽宁北镇县。
② 复州——州名，治今辽宁复县西北。
③ 夤（yín）缘——攀附。
④ 大恫（dòng）——极为悲痛。
⑤ 赊远——遥远。

黄氏矣。旅居忘返，经月不归。一夜，仆起饲马，见室中灯犹明；窥之，见阿绣，大骇，顾不敢诘主人。旦起，访市肆，始返而诘刘曰："夜与还往者，何人也？"刘初讳之。仆曰："此第岑寂，狐鬼之薮，公子宜自爱。彼姚家女郎，何为而至此？"刘始觍然曰："西邻是其表叔，有何疑沮？"仆言："我已访之审：东邻止一孤媪，西家一子尚幼，别无密戚。所遇当是鬼魅；不然，焉有数年之衣，尚未易者？且其面色过白，两颊少瘦，笑处无微涡，不如阿绣美。"刘反复思，乃大惧曰："然且奈何？"仆谋伺其来，操兵入共击之。至暮，女至，谓刘曰："知君见疑，然妾亦无他，不过了夙分耳。"言未已，仆排闼入。女呵之曰："可弃兵！速具酒来，当与若主别。"仆便自投①，若或夺焉。刘益恐，强设酒馔。女谈笑如常，举手向刘曰："君心事，方将图效绵薄，何竟伏戎？妾虽非阿绣，颇自谓不亚，君视之犹昔否耶？"刘毛发俱竖，噤不语。女听漏三下，把盏一呷，起立曰："我且去，待花烛②后，再与新妇较优劣也。"转身遂杳。

刘信狐言，竟如盖。怨舅之诳己也，不舍其家；寓近姚氏，托媒自通，啖以重赂。姚妻乃言："小郎为觅婿广宁，若翁以是故去，就否未可知。须旋日方可计校。"刘闻之，徬徨无以自主，惟坚守以伺其归。逾十余日，忽闻兵警，犹疑讹传；久之，信益急，乃趣装行。中途遇乱，主仆相失，为侦者所掠。以刘文弱，疏其防，盗马亡去。至海州界，见一女子，蓬鬓垢耳，出履蹉跌，不可堪。刘驰过之，女遽呼曰："马上人非刘郎乎？"刘停鞭审顾，则阿绣也。心仍讶其为狐，曰："汝真阿绣耶？"女问："何为出此言？"刘述所遇。女曰："妾真阿绣也。父携妾自广宁归，遇兵被俘，授马屡堕。忽一女子，握腕趣遁，荒窜军中，亦无诘者。女子健步若飞隼，苦不能从，百步而屦屡褪焉。久之，闻号嘶渐远，乃释手曰：'别矣！前皆坦途，可缓行，爱汝者将至，宜与同归。'"刘知其狐，感之。因述其留盖之故。女言其叔为择婿于方氏，未委禽而乱始作。刘始知舅言非妄。携女马上，叠骑归。入门则老母无恙，大喜。系马入，俱道所以。母亦喜，为女盥濯，竟妆，容光焕发。母抚掌曰："无怪痴儿魂梦不置也！"遂设裀褥，使从己宿。又遣人赴盖，寓书于姚。不数日，姚夫妇俱至，卜吉成礼乃去。

---

① 自投——自动放下兵器。
② 花烛——代指结婚。

刘出藏箧，封识俨然。有粉一函，启之，化为赤土。刘异之。女掩口曰："数年之盗，今始发觉矣。尔日见郎任妾包裹，更不及审真伪，故以此相戏耳。"方嬉笑间，一人搴帘入曰："快意如此，当谢蹇修[①]否？"刘视之，又一阿绣也，急呼母。母及家人悉集，无有能辨识者。刘回眸亦迷；注目移时，始揖而谢之。女子索镜自照，赧然趋出，寻之已杳。夫妇感其义，为位于室而祀之。一夕，刘醉归，室暗无人，方自挑灯，而阿绣至。刘挽问："何之？"笑曰："醉臭熏人，使人不耐！如此盘诘，谁作桑中逃[②]耶？"刘笑捧其颊。女曰："郎视妾与狐姊孰胜？"刘曰："卿过之。然皮相者不辨也。"已而合扉相狎。俄有叩门者，女起笑曰："君亦皮相者也。"刘不解，趋启门，则阿绣入，大愕。始悟适与语者，狐也。暗中又闻笑声。夫妻望空而祷，祈求现像。狐曰："我不愿见阿绣。"问："何不另化一貌？"曰："我不能。"问："何故不能？"曰："阿绣，吾妹也，前世不幸夭殂。生时，与余从母至天宫，见西王母，心窃爱慕，归则刻意效之。妹较我慧，一月神似；我学三月而后成，然终不及妹。今已隔世，自谓过之，不意犹昔耳。我感汝两人诚，故时复一至，今去矣。"遂不复言。自此三五日辄一来，一切疑难悉决之。值阿绣归宁，来常数日住，家人皆惧避之。每有亡失，则华妆端坐，插玳瑁簪长数寸，朝[③]家人而庄语之："所窃物，夜当送至某所；不然，头痛大作，悔无及！"天明，果于某所获之。三年后，绝不复来。偶失金帛，阿绣效其妆，吓家人，亦屡效焉。

杨 疤 眼

一猎人，夜伏山中，见一小人，长二尺已来，踽踽[④]行涧底。少间，又一人来，高亦如之。适相值，交问何之。前者曰："我将往望杨疤眼。前见其气色晦黯，多罹不吉。"后人曰："我亦为此，汝言不谬。"猎者知其非人，厉声大叱，二人并无有矣。夜获一狐，左目上有瘢痕，大如钱。

---

① 蹇修——媒人的代称。
② 作桑中逃——男女幽会。
③ 朝(cháo)——召集。
④ 踽踽(jǔ jǔ)——孤独状。

小　翠

王太常[①]，越[②]人。总角时，昼卧榻上。忽阴晦，巨霆暴作，一物大于猫，来伏身下，展转不离。移时晴霁，物即径出。视之，非猫，始怖，隔房呼兄。兄闻，喜曰："弟必大贵，此狐来避雷霆劫也。"后果少年登进士，以县令入为侍御[③]。生一子，名元丰，绝痴，十六岁不能知牝牡[④]，因而乡党无与为婚。王忧之。适有妇人率少女登门，自请为妇。视其女，嫣然展笑，真仙品也。喜问姓名。自言："虞氏。女小翠，年二八矣。"与议聘金。曰："是从我糠覈[⑤]不得饱，一旦置身广厦，役婢仆，厌膏粱，彼意适，我愿慰矣，岂卖菜也而索直乎！"夫人大悦，优厚之。妇即命女拜王及夫人，嘱曰："此尔翁姑，奉侍宜谨。我大忙，且去，三数日当复来。"王命仆马送之。妇言："里巷不远，无烦多事。"遂出门去。小翠殊不悲恋，便即奁中翻取花样。夫人亦爱乐之。

数日，妇不至。以居里问女，女亦憨然不能言其道路。遂治别院，使夫妇成礼。诸戚闻拾得贫家儿作新妇，共笑姗之；见女皆惊，群议始息。女又甚慧，能窥翁姑喜怒。王公夫妇，宠惜过于常情，然惕惕焉，惟恐其憎子痴；而女殊欢笑，不为嫌。第善谑，刺布作圆[⑥]，蹋蹴为笑。着小皮靴，蹴去数十步，绐公子奔拾之，公子及婢恒流汗相属。一日，王偶过，圆磅然来，直中面目。女与婢俱敛迹去，公子犹踊跃奔逐之。王怒，投之以石，始伏而啼。王以告夫人；夫人往责女，女俯首微笑，以手刓[⑦]床。既退，憨跳如故，以脂粉涂公子，作花面如鬼。夫人见之，怒甚，呼女诟骂。女倚几弄带，不惧，亦不言。夫人无奈之，因杖其子。元丰大号，女始色变，屈膝乞宥。夫人怒顿解，释杖去。女笑拉公子入室，代扑衣上尘，拭眼泪，摩挲杖

---

① 太常——官名，职掌宫中祭祀礼乐事。
② 越——今浙江地区。
③ 侍御——清代御史的别称。
④ 牝牡——雌雄，指男女性别。
⑤ 糠覈(hé)——粗饭。
⑥ 刺布作圆——缝布作球。
⑦ 刓(wán)——刻划。

痕，饵以枣栗。公子乃收涕以忻。女阖庭户，复装公子作霸王，作沙漠人；己乃艳服，束细腰，婆娑作帐下舞；或髻插雉尾，拨琵琶，丁丁缕缕然[①]，喧笑一室，日以为常。王公以子痴，不忍过责妇；即微闻焉，亦若置之。

同巷有王给谏[②]者，相隔十余户，然素不相能。时值三年大计吏，忌公握河南道篆[③]，思中伤之。公知其谋，忧虑无所为计。一夕，早寝。女冠带，饰冢宰[④]状，剪素丝作浓髭，又以青衣饰两婢为虞候[⑤]，窃跨厩马而出，戏云："将谒王先生。"驰至给谏之门，即又鞭挞从人，大言曰："我谒侍御王[⑥]，宁谒给谏王[⑦]耶！"回辔而归。比至家门，门者误以为真，奔白王公。公急起承迎，方知为子妇之戏。怒甚，谓夫人曰："人方蹈我之瑕，反以闺阁之丑，登门而告之。余祸不远矣！"夫人怒，奔女室，诟让之。女惟憨笑，并不一置词。挞之，不忍；出之，则无家：夫妻懊怨，终夜不寝。时冢宰某公赫甚，其仪采服从，与女伪装无少殊别，王给谏亦误为真。屡侦公门，中夜而客未出，疑冢宰与公有阴谋。次日早朝，见而问曰："夜，相公至君家耶？"公疑其相讥，惭言唯唯，不甚响答。给谏愈疑，谋遂寝，由此益交欢公。公探知其情，窃喜，而阴嘱夫人，劝女改行[⑧]；女笑应之。

逾岁，首相[⑨]免，适有以私函致公者，误投给谏。给谏大喜，先托善公者往假万金，公拒之。给谏自诣公所。公觅巾袍，并不可得；给谏伺候久，怒公慢，愤将行。忽见公子衮衣旒冕，有女子自门内推之以出。大骇；已而笑抚之，脱其服冕而去。公急出，则客去远。闻其故，惊颜如土，大哭曰："此祸水也！指日赤吾族矣！"与夫人操杖往。女已知之，阖扉任其诟厉。公怒，斧其门。女在内含笑而告之曰："翁无烦怒。有新妇在，刀锯斧钺，妇自受之，必不令贻害双亲。翁若此，是欲杀妇以灭口耶？"公乃止。给谏归，果抗疏揭王不轨，衮冕作据。上惊验之，其旒冕乃粱藍心所制，袍则败布黄袱也。上怒其诬。又召元丰至，见其憨状可掬，笑曰："此可以作

① "丁丁缕缕然"——以上几句均描写扮演"霸王别姬"、"昭君出塞"嬉戏场景。
② 给谏——官名，给事中的别称。
③ 道篆——明代监察御史的别称。
④ 冢宰——明代吏部尚书的别称。
⑤ 虞候——此指侍卫、随从。
⑥ 侍御王——指王太常。
⑦ 给谏王——指王给谏。
⑧ 改行(xíng)——改变其行为。
⑨ 首相——同"冢宰"。

天子耶?”乃下之法司。给谏又讼公家有妖人,法司严诘臧获[①],并言无他,惟颠妇痴儿,日事戏笑;邻里亦无异词。案乃定,以给谏充云南军。王由是奇女。又以母久不至,意其非人。使夫人探诘之,女但笑不言。再复穷问,则掩口曰:“儿玉皇女,母不知耶?”

无何,公擢京卿。五十余,每患无孙。女居三年,夜夜与公子异寝,似未尝有所私。夫人舁榻去,嘱公子与妇同寝。过数日,公子告母曰:“借榻去,悍不还!小翠夜夜以足股加腹上,喘气不得;又惯掐人股里。”婢妪无不粲然。夫人呵拍令去。一日,女浴于室,公子见之,欲与偕;女笑止之,谕使姑待。既出,乃更泻热汤于瓮,解其袍袴,与婢扶之入。公子觉蒸闷,大呼欲出。女不听,以衾蒙之。少时,无声,启视,已绝。女坦笑不惊,曳置床上,拭体干洁,加复被焉。夫人闻之,哭而入,骂曰:“狂婢何杀吾儿!”女辗然曰:“如此痴儿,不如勿有。”夫人益恚,以首触女;婢辈争曳劝之。方纷噪间,一婢告曰:“公子呻矣!”辍涕抚之,则气息休休,而大汗浸淫,沾浃裀褥。食顷,汗已,忽开目四顾,遍视家人,似不相识,曰:“我今回忆往昔,都如梦寐,何也?”夫人以其言语不痴,大异之。携参其父,屡试之,果不痴。大喜,如获异宝。至晚,还榻故处,更设衾枕以觇之。公子入室,尽遣婢去。早窥之,则榻虚设。自此痴颠皆不复作,而琴瑟静好,如形影焉。

年余,公为给谏之党奏劾免官,小有罣误[②]。旧有广西中丞所赠玉瓶,价累千金,将出以贿当路。女爱而把玩之,失手堕碎,惭而自投。公夫妇方以免官不快,闻之,怒,交口呵骂。女忿而出,谓公子曰:“我在汝家,所保全者不止一瓶,何遂不少存面目?实与君言:我非人也。以母遭雷霆之劫,深受而翁庇翼;又以我两人有五年夙分,故以我来报曩恩、了夙愿耳。身受唾骂,擢发不足以数,所以不即行者,五年之爱未盈。今何可以暂止乎!”盛气而出,追之已杳。公爽然自失,而悔无及矣。公子入室,睹其賸粉遗钩,恸哭欲死;寝食不甘,日就羸瘁。公大忧,急为胶续[③]以解之,而公子不乐。惟求良工画小翠像,日夜浇祷其下,几二年。

偶以故自他里归,明月已皎,村外有公家亭园,骑马墙外过,闻笑语声,停辔,使厩卒捉鞚;登鞍一望,则二女郎游戏其中。云月昏蒙,不甚可

① 臧获——奴婢。
② 罣误——受谴责。
③ 胶续——续娶。

辨，但闻一翠衣者曰："婢子当逐出门！"一红衣者曰："汝在吾家园亭，反逐阿谁？"翠衣人曰："婢子不羞！不能作妇，被人驱遣，犹冒认物产也？"红衣者曰："索胜[①]老大婢无主顾者！"听其音，酷类小翠，疾呼之。翠衣人去曰："姑不与若争，汝汉子来矣。"既而红衣人来，果小翠。喜极。女令登垣承接而下之，曰："二年不见，骨瘦一把矣！"公子握手泣下，具道相思。女言，"妾亦知之，但无颜复见家人。今与大姊游戏，又相邂逅，足知前因不可逃也。"请与同归，不可；请止园中，许之。公子遣仆奔白夫人。夫人惊起，驾肩舆而往，启钥入亭。女即趋下迎拜；夫人捉臂流涕，力白前过，几不自容，曰："若不少记榛梗[②]，请偕归，慰我迟暮。"女峻辞不可。夫人虑野亭荒寂，谋以多人服役。女曰："我诸人悉不愿见，惟前两婢朝夕相从，不能无眷注耳；外惟一老仆应门，余都无所复须。"夫人悉如其言。托公子养疴园中，日供食用而已。

女每劝公子别婚，公子不从。后年余，女眉目音声，渐与曩异，出像质之，迥若两人。大怪之。女曰："视妾今日，何如畴昔美？"公子曰："二十余岁，何得速老。"女笑而焚图，救之已烬。一日，谓公子曰："昔在家时，阿翁谓妾抵死不作茧[③]。今亲老君孤，妾实不能产，恐误君宗嗣。请娶妇于家，旦晚侍奉公姑，君往来于两间，亦无所不便。"公子然之，纳币[④]于锺太史之家。吉期将近，女为新人制衣履，赍送母所。及新人入门，则言貌举止，与小翠无毫发之异。大奇之。往至园亭，则女亦不知所在。问婢，婢出红巾曰："娘子暂归宁，留此贻公子。"展巾，则结玉玦一枚，心知其不返，遂携婢俱归。虽顷刻不忘小翠，幸而对新人如觌旧好焉。始悟锺氏之姻，女预知之，故先化其貌，以慰他日之思云。

异史氏曰："一狐也，以无心之德，而犹思所报；而身受再造之福者，顾失声于破甑[⑤]，何其鄙哉！月缺重圆，从容而去，始知仙人之情，亦更深于流俗也！"

---

① 索胜——总还胜过。
② 榛梗——此指隔阂。
③ 抵死不作茧——至死不能生育。
④ 纳币——下聘礼。
⑤ 失声于破甑——借喻指责王太常毫无涵养。

金　和　尚

金和尚，诸城[①]人。父无赖，以数百钱鬻子五莲山[②]寺。小顽钝，不能肄清业，牧猪赴市，若佣保。后本师[③]死，稍有遗金，卷怀离寺，作负贩去。饮羊、登垄[④]，计最工，数年暴富，买田宅于水坡里。弟子繁有徒，食指日千计。绕里膏田千百亩。里中起第数十处，皆僧，无人[⑤]；即有，亦贫无业，携妻子，僦屋佃田者也。每一门内，四缭连屋，皆此辈列而居。僧舍其中：前有厅事[⑥]，梁楹节棁[⑦]，绘金碧，射人眼；堂上几屏，晶光可鉴；又其后为内寝，朱帘绣幕，兰麝充溢喷人；螺钿雕檀为床，床上锦茵褥，褶叠大尺有咫；壁上美人、山水诸名迹，悬粘几无隙处。一声长呼，门外数十人轰应如雷。细缨革靴[⑧]者，皆乌集鹄[⑨]立；受命皆掩口语，侧耳以听。客仓卒至，十余筵可咄嗟[⑩]办，肥醴蒸薰，纷纷狼藉如雾霈。但不敢公然蓄歌妓；而狡童[⑪]十数辈，皆慧黠能媚人，皂纱缠头，唱艳曲，听睹亦颇不恶。金若一出，前后数十骑，腰弓矢相摩戛。奴辈呼之皆以“爷”；即邑之人若民，或“祖”之，“伯、叔”之，不以“师”，不以“上人”，不以禅号也。其徒出，稍稍杀[⑫]于金，而风鬟云髻，亦略于贵公子等。金又广结纳，即千里外呼吸亦可通，以此挟方面短长，偶气触之，辄惕自惧。而其为人，鄙不文，顶趾[⑬]无雅骨。生平不奉一经，持一咒，迹不履寺院，室中亦未尝蓄铙鼓；此等物，门人辈弗及见，并弗及闻。凡僦屋者，妇女浮丽如京都，脂泽金粉，皆

① 诸城——县名，今属山东省。
② 五莲山——在今山东五莲、日照两县交界处。
③ 本师——指剃度、受戒的师父。
④ 饮羊、登垄——泛指欺行霸市的无赖行为。
⑤ 无人——没有俗家人。
⑥ 厅事——私宅所设处理家务的场所。
⑦ 梁楹节棁(zhuō)——屋梁、楹柱、柱端斗拱、梁上短柱。
⑧ 细缨革靴者——喻仆人妆束华丽。
⑨ 鹄——天鹅。
⑩ 咄嗟——喻时间短暂。
⑪ 狡童——指美貌的少年。
⑫ 杀——减。
⑬ 顶趾——从头到脚。

取给于僧；僧亦不之靳，以故里中不田而农者以百数。时而恶佃决僧首瘗床下，亦不甚穷诘，但逐去之，其积习然也。金又买异姓儿，私子之。延儒师，教帖括业[①]。儿聪慧能文，因令入邑庠；旋援例作太学生[②]；未几，赴北闱，领乡荐。由是金之名以“太公”噪。向之“爷”之者“太”之，膝席者皆垂手执儿孙礼。

无何，太公僧薨。孝廉衰绖卧苫块，北面称孤；诸门人释杖满床榻；而灵帏后嘤嘤细泣，惟孝廉夫人一而已。士大夫妇咸华妆来，搴帏吊唁，冠盖舆马塞道路。殡日，棚阁云连，旛幢[③]翳日。殉葬刍灵，饰以金帛；舆盖仪仗数十事；马千匹，美人百袂[④]，皆如生。方弼、方相[⑤]，以纸壳制巨人，皂帕金铠；空中而横以木架，纳活人内负之行。设机转动，须眉飞舞；目光铄闪，如将叱咤。观者惊怪，或小儿女遥望之，辄啼走。冥宅壮丽如宫阙，楼阁房廊连垣数十亩，千门万户，入者迷不可出。祭品像物，多难指名。会葬者盖相摩，上自方面，皆伛偻入，起拜如朝仪；下至贡监簿史[⑥]，则手据地以叩，不敢劳公子、劳诸师叔也。当是时，倾国瞻仰，男女喘汗属于道；携妇襁儿，呼兄觅妹者声鼎沸。杂以鼓乐喧豗[⑦]，百戏鞺鞳[⑧]，人语都不可闻。观者自肩以下皆隐不见，惟万顶攒动而已。有孕妇痛急欲产，诸女伴张裙为幄，罗守之；但闻儿啼，不暇问雌雄，断幅绷怀中，或扶之，或曳之，蹩躠[⑨]以去。奇观哉！葬后，以金所遗资产，瓜分而二之：子一，门人一。孝廉得半，而居第之南；之北、之西东，尽缁党。然皆兄弟叙，痛痒又相关云。

异史氏曰：“此一派也，两宗[⑩]未有，六祖[⑪]无传，可谓独辟法门者矣。

---

① 帖括业——科举业。
② 太学生——国子监监生的别称。
③ 旛幢(fān chuáng)——丧葬时用的旗。
④ 美人百袂(mèi)——美人五十多。
⑤ 方弼、方相——古驱邪的神像。
⑥ 贡监簿史——泛指府县的杂职官员。
⑦ 喧豗(huī)——喧闹声。
⑧ 鞺鞳(tāng tà)——演戏时的锣鼓声。
⑨ 蹩躠(bié xiè)——喻歪歪倒倒状。
⑩ 两宗——中国佛教的两个宗派：南宗、北宗。
⑪ 六祖——禅宗六祖自达摩至慧能衣钵共传六世。

抑闻之：五蕴[1]皆空，六尘[2]不染，是谓‘和尚’；口中说法，座上参禅[3]，是谓‘和样’；鞋香楚地，笠重吴天[4]，是谓‘和撞’；鼓钲锽聒，笙管敖曹，是谓‘和唱’；狗苟钻缘，蝇营淫赌，是谓‘和幛’。金也者，‘尚’耶？‘样’耶？‘唱’耶？‘撞’耶？抑地狱之‘幛’耶？”

龙　戏　蛛

徐公为齐东[5]令。署中有楼，用藏肴饵，往往被物窃食，狼藉于地。家人屡受谯责，因伏伺之。见一蜘蛛，大如斗。骇走白公。公以为异，日遣婢辈投饵焉。蛛益驯，饥辄出依人，饱而后去。积年余，公偶阅案牍，蛛忽来伏几上。疑其饥，方呼家人取饵；旋见两蛇夹蛛卧，细裁如箸，蛛爪蜷腹缩，若不胜惧。转瞬间，蛇暴长，粗于卵。大骇，欲走。巨霆大作，合家震毙。移时，公苏；夫人及婢仆击死者七人。公病月余，寻卒。公为人廉正爱民，柩发之日，民敛钱以送，哭声满野。

异史氏曰：“龙戏蛛，每意是里巷之讹言耳，乃真有之乎？闻雷霆之击，必于凶人，奈何以循良之吏，罹此惨毒？天公之愦愦，不已多乎！”

商　　妇

天津[6]商人某，将贾远方，往从富人贷资数百。为偷儿所窥，及夕，预匿室中以俟其归。而商以是日良，负资竟发。偷儿伏久，但闻商人妇转侧床上，似不成眠。既而壁上一小门开，一室尽亮。内门有女子出，容齿少好，手引长带一条，近榻授妇，妇以手却之。女固授之；妇乃受带，起悬梁上，引颈自缢。女遂去，壁扉亦阖。偷儿大惊，拔关遁去。既明，家人见妇

① 五蕴——佛教用语，指色（形相）、受（情欲）、想（意念）、行（行为）、识（心灵）。
② 六尘——佛教用语，指色、声、香、味、触、法。
③ 参禅——佛教修行方法，默坐静思、悟求佛理。
④ 鞋香楚地，笠重吴天——指僧人云游四方、寻师问道。
⑤ 齐东——县名，今山东济阳、章丘、高青三县之间。
⑥ 天津——天津卫，今天津市。

死，质诸官。官拘邻人而锻炼之，诬服成狱，不日就决。偷儿愤其冤，自首于堂，告以是夜所见。鞫之情真，邻人遂免。问其里人，言宅之故主曾有少妇经死，年齿容貌，与盗言悉符，因知是其鬼也。俗传暴死[①]者必求代替，其然欤？

阎 罗 宴

静海[②]邵生，家贫。值母初度，备牲酒祀于庭；拜已而起，则案上肴馔皆空。甚骇，以情告母。母疑其困乏不能为寿，故诡言之。邵默然无以自白。无何，学使案临，苦无资斧，薄贷而往。途遇一人，伏候道左，邀请甚殷。从去，见殿阁楼台，弥亘街路[③]。既入，一王者坐殿上，邵伏拜。王者霁颜[④]命坐，即赐宴饮，因曰："前过华居，厮仆辈道路饥渴，有叨盛馔。"邵愕然不解。王者曰："我忤官王[⑤]也。不记尊堂设帨之辰[⑥]乎？"筵终，出白镪一裹[⑦]，曰："豚蹄之扰，聊以相报。"受之而出，则宫殿人物，一时都渺；惟有大树数章[⑧]，萧然道侧。视所赠，则真金，秤之得五两。考终，止耗其半，犹怀归以奉母焉。

役 鬼

山西杨医，善针灸之术；又能役鬼。一出门，则捉骡操鞭者，皆鬼物也。尝夜自他归，与友人同行。途中见二人来，修伟异常。友人大骇。杨便问："何人？"答云："长脚王、大头李，敬迓[⑨]主人。"杨曰："为我前驱。"二

① 暴死——突然死亡。
② 静海——县名，今属天津市。
③ 弥亘街路——远接街路。
④ 霁颜——和颜悦色。
⑤ 忤官王——俗称"十殿阎罗"之一。
⑥ 尊堂设帨之辰——指其母寿辰。
⑦ 白镪一裹——白金一包。
⑧ 数章——数棵。
⑨ 敬迓——敬迎。

人旋踵而行，蹇缓[①]则立候之，若奴隶然。

细　柳

细柳娘，中都[②]之士人女也。若以其腰嫖嫋[③]可爱，戏呼之“细柳”云。柳少慧，解文字，喜读相人书[④]。而生平简默，未尝言人臧否[⑤]；但有问名者，必求一亲窥其人。阅人甚多，俱未可，而年十九矣。父母怒之曰：“天下迄无良匹，汝将以丫角老[⑥]耶？”女曰：“我实欲以人胜天；顾久而不就，亦吾命也。今而后，请惟父母之命是听。”

时有高生者，世家名士，闻细柳之名，委禽焉。既醮，夫妇甚得。生前室遗孤，小字长福，时五岁，女抚养周至。女或归宁，福辄号啼从之，呵遣所不能止。年余，女产一子，名之长怙。生问名字之义，答言：“无他，但望其长依膝下耳。”女于女红疏略，常不留意；而于亩之东南[⑦]，税之多寡，按籍而问，惟恐不详。久之，谓生曰：“家中事请置勿顾，待妾自为之，不知可当家否？”生如言，半载而家无废事，生亦贤之。

一日，生赴邻村饮酒，适有追逋赋者[⑧]，打门而谇[⑨]；遣奴慰之，弗去。乃趣童召生归。隶既去，生笑曰：“细柳，今始知慧女不若痴男耶？”女闻之，俯首而哭。生惊挽而劝之，女终不乐。生不忍以家政累之，仍欲自任，女又不肯。晨兴夜寐，经纪弥勤。每先一年，即储来岁之赋，以故终岁未尝见催租者一至其门；又以此法计衣食，由此用度益纾[⑩]。于是生乃大喜，尝戏之曰：“细柳何细哉：眉细、腰细、凌波细[⑪]，且喜心思更细。”女对曰：“高郎诚高矣：品高、志高、文

---

① 蹇缓——行走缓慢。
② 中都——古邑名，今河南沁阳县东北。
③ 嫖嫋——轻捷嫋娜。
④ 相人书——算命类书籍。
⑤ 臧否（pǐ）——善恶得失。
⑥ 以丫角老——终身当老处女。
⑦ 亩之东南——耕种田地事。
⑧ 追逋（bū）赋者——追讨拖欠赋税者。
⑨ 谇（suì）——叫骂。
⑩ 益纾——越来越宽裕。
⑪ 凌波细——喻脚小。

字高，但愿寿数尤高。”村中有货美材[①]者，女不惜重直致之；价不能足，又多方乞贷于戚里。生以其不急之物，固止之，卒弗听。蓄之年余，富室有丧者，以倍资赎诸其门。生因利而谋诸女，女不可。问其故，不语；再问之，荧荧欲涕。心异之，然不忍重拂焉，乃罢。

又逾岁，生年二十有五，女禁不令远游；归稍晚，僮仆招请者，相属于道。于是同人咸戏谤之。一日，生如友人饮，觉体不快而归，至中途堕马，遂卒。时方溽暑，幸衣衾皆所夙备。里中始共服细娘智。福年十岁，始学为文。父既殁，娇惰不肯读，辄亡去从牧儿遨。谯诃不改，继以夏楚[②]，而顽冥如故。母无奈之，因呼而谕之曰：“既不愿读，亦复何能相强？但贫家无冗人[③]，便更若衣，使与僮仆共操作。不然，鞭挞勿悔！”于是衣以败絮，使牧豕；归则自掇陶器，与诸仆啖饭粥。数日，苦之，泣跪庭下，愿仍读。母返身面壁，置不闻。不得已，执鞭啜泣而出。残秋向尽，桁[④]无衣，足无履，冷雨沾濡，缩头如丐。里人见而怜之，纳继室者，比引细娘为戒，啧有烦言。女亦稍稍闻之，而漠不为意。福不堪其苦，弃豕逃去；女亦任之，殊不追问。积数月，乞食无所，憔悴自归；不敢遽入，哀求邻媪往白母。女曰：“若能受百杖，可来见；不然，早复去。”福闻之，骤入，痛哭愿受杖。母问：“今知改悔乎？”曰：“悔矣。”曰：“既知悔，无须挞楚，可安分牧豕，再犯不宥！”福大哭曰：“愿受百杖，请复读。”女不听。邻妪怂恿之，始纳焉。濯发授衣，令与弟怙同师。勤身锐虑，大异往昔，三年游泮。中丞[⑤]杨公，见其文而器之，月给常廪，以助灯火。怙最钝，读数年不能记姓名。母令弃卷而农。怙游闲惮于作苦。母怒曰：“四民[⑥]各有本业，既不能读，又不能耕，宁不沟瘠死耶？”立杖之。由是率奴辈耕作，一朝晏起，则诟骂从之；而衣服饮食，母辄以美者归兄。怙虽不敢言，而心窃不能平。农工既毕，母出资使学负贩。怙淫赌，入手丧败，诡托盗贼运数，以欺其母。母觉之，杖责濒死。福长跪哀乞，愿以身代，怒始解。自是一出门，母辄探察之。怙行稍敛，而非其心之所得已也。

---

① 美材——上等棺木。
② 夏(jiǎ)楚——鞭打。
③ 冗人——闲散人。
④ 桁(héng)——衣架。
⑤ 中丞——指巡抚。
⑥ 四民——士、农、工、商。

一日，请母，将从诸贾入洛；实借远游，以快所欲，而中心惕惕，惟恐不遂所请。母闻之，殊无疑虑，即出碎金三十两，为之具装；末又以铤金一枚付之，曰："此乃祖宦囊之遗，不可用去，聊以压装，备急可耳。且汝初学跋涉，亦不敢望重息，只此三十金得无亏负足矣。"临又嘱之。怙诺而出，欣欣意自得。至洛，谢绝客侣，宿名娼李姬之家。凡十余夕，散金渐尽。自以巨金在橐，初不意空匮在虑；及取而斫之，则伪金耳。大骇，失色。李媪见其状，冷语侵客。怙心不自安，然囊空无所向往，犹冀姬念夙好，不即绝之。俄有二人握索入，骤絷项领。惊惧不知所为。哀问其故，则姬已窃伪金去首公庭矣。至官，不能置辞，梏掠几死。收狱中，又无资斧，大为狱吏所虐，乞食于囚，苟延余息。初，怙之行也，母谓福曰："记取廿日后，当遣汝之洛。我事烦，恐忽忘之。"福不知所谓，黯然欲悲，不敢复请而退。过二十日而问之。叹曰："汝弟今日之浮荡，犹汝昔日之废学也。我不冒恶名，汝何以有今日？人皆谓我忍，但泪浮枕簟，而人不知耳！"因泣下。福侍立敬听，不敢研诘。泣已，乃曰："汝弟荡心不死，故授之伪金以挫折之，今度已在缧绁中矣。中丞待汝厚，汝往求焉，可以脱其死难，而生其愧悔也。"福立刻而发。比入洛，则弟被逮三日矣。即狱中而望之，怙奄然面目如鬼，见兄涕不可仰。福亦哭。时福为中丞所宠异，故遐迩皆知其名。邑宰知为怙兄，急释之。怙至家，犹恐母怒，膝行而前。母顾曰："汝愿遂耶？"怙零涕不敢复作声，福亦同跪，母始叱之起。由是痛自悔，家中诸务，经理维勤；即偶惰，母亦不呵问之。凡数月，并不与言商贾，意欲自请而不敢，以意告兄。母闻而喜，并力质贷而付之，半载而息倍焉。是年，福秋捷[①]，又三年登第；弟货殖累巨万矣。邑有客洛者，窥见太夫人，年四旬，犹若三十许人，而衣妆朴素，类常家云。

异史氏曰："《黑心符》出，芦花变生，古与今如一丘之貉，良可哀也！或有避其谤者，又每矫枉过正，至坐视儿女之放纵而不一置问，其视虐遇者几何哉？独是日挞所生，而人不以为暴；施之异腹儿，则指摘从之矣。夫细柳因非独忍于前子也；然使所出贤，亦何能出此心以自白于天下？而乃不引嫌，不辞谤，卒使二子一富一贵，表表于世。此无论闺闼，当亦丈夫之铮铮者矣！"

---

① 秋捷——考中举人。

卷 八

画 马

临清[1]崔生，家窭贫。围垣不修。每晨起，辄见一马卧露草间，黑质白章；惟尾毛不整，似火燎断者。逐去，夜又复来，不知所自。崔有好友，官于晋，欲往就之，苦无健步[2]，遂捉马施勒乘去，嘱属家人曰："倘有寻马者，当如晋以告。"

既就途，马骛驶，瞬息百里。夜不甚饺[3]刍豆，意其病。次日紧衔不令驰，而马蹄嘶喷沫，健怒如昨。复纵之，午已达晋。时骑入市廛，观者无不称叹。晋王闻之，以重直购之。崔恐为失者所寻，不敢售。居半年，无耗，遂以八百金货于晋邸，乃自市健骡归。

后王以急务，遣校尉骑赴临清。马逸，追至崔之东邻，入门，不见。索诸主人。主曾姓，实莫之睹。及入室，见壁间挂子昂[4]画马一帧，内一匹毛色浑似，尾处为香炷所烧，始知马，画妖也。校尉难复王命，因讼曾。时崔得马资，居积盈万，自愿以直贷曾，付校尉去。曾甚德之，不知崔即当年之售主也。

局 诈

某御史家人，偶立市间，有一人衣冠华好，近与攀谈。渐问主人姓字、官阀，家人并告之。其人自言："王姓，贵主家之内使也。"语渐款洽，因曰："宦途险恶，显者皆附贵戚之门，尊主人所托何人也？"答曰："无之。"王曰：

---

① 临清——县名，今山东临清市。
② 健步——可供骑乘的大牲口如马、骡之类。
③ 饺(dàn)——同"啖"，吃。
④ 子昂——即赵孟頫，字子昂，号松雪道人、水精宫道人，元代湖州(今浙江吴兴)人，著名书画家、诗人。

“此所谓惜小费而忘大祸者也。”家人曰：“何托而可？”王曰：“公主待人以礼，能覆翼[①]人。某侍郎系仆阶进。倘不惜千金贽，见公主当亦不难。”家人喜，问其居止。便指其门户曰：“日同巷不知耶？”家人归告侍御。侍御喜，即张盛筵，使家人往邀王。王欣然来。筵间道公主情性及起居琐事甚悉，且言：“非同巷之谊，赐即百金赏，不肯效牛马。”御史益佩戴之。临别，订约，王曰：“公但备物，仆乘间言之，旦晚当有报命。”

越数日始至，骑骏马甚都，谓侍御曰：“可速治装行。公主事大烦，投谒者踵相接，自晨及夕，不得一间。今得一间，宜急往，误则相见无期矣。”侍御乃出兼金[②]重币，从之去。曲折十余里，始至公主第，下骑祗候。王先持贽入。久之，出，宣言：“公主召某御史。”即有数人接递传呼。侍御伛偻而入，见高堂上坐丽人，姿貌如仙，服饰炳耀；侍姬皆着锦绣，罗列成行。侍御伏谒尽礼，传命赐坐檐下，金碗进茗。主略致温旨，侍御肃而退。自内传赐缎靴、貂帽。

既归，深德王，持刺谒谢，则门阖无人。疑其侍主未复。三日三诣，终不复见。使人询诸贵主之门，则高扉扃锢。访之居人，并言：“此间曾无贵主。前有数人僦屋而居，今去已三日矣。”使反命，主仆丧气而已。

副将军某，负资入都，将图握篆[③]，苦无阶。一日，有裘马者谒之，自言：“内兄为天子近侍。”茶已，请间云：“目下有某处将军缺，倘不吝重金，仆嘱内兄游扬圣主之前，此任可致，大力者不能夺也。”某疑其妄。其人曰：“此无须踟蹰。某不过欲抽小数于内兄，于将军锱铢无所望。言定如干数，署券为信。待召见后，方求实给；不效，则汝金尚在，谁从怀中而攫之耶？”某乃喜，诺之。次日，复来引某去，见其内兄，云：“姓田。”煊赫如侯家。某参谒，殊傲睨不甚为礼。其人持券向某曰：“适与内兄议，率非万金不可，请即署尾。”某从之。田曰：“人心叵测，事后虑有反复。”其人笑曰：“兄虑之过矣。既能予之，宁不能夺之耶？且朝中将相，有愿纳交而不可得者。将军前程方远，应不丧心至此。”某亦力矢而去。其人送之，曰：“三日即复公命。”

---

① 覆翼——荫护。
② 兼金——精金。
③ 将图握篆——将要图谋做将军。

逾两日，日方西，数人吼奔而入，曰："圣上坐待矣！"某惊甚，疾趋入朝。见天子坐殿上，爪牙森立。某拜舞已。上命赐坐，慰问殷勤，顾左右曰："闻某武烈非常，今见之，真将军才也！"因曰："某处险要地，今以委卿，勿负朕意，侯封有日耳。"某拜恩出。即有前日裘马者从至客邸，依券兑付而去。于是高枕待绶①，日夸荣于亲友。过数日，探访之，则前缺已有人矣。大怒，忿争于兵部之堂②，曰："某承帝简，何得授之他人？"司马③怪之。及述宠遇，半如梦境。司马怒，执下廷尉④。始供其引见者之姓名，则朝中并无此人。又耗万金，始得革职而去。异哉！武弁虽骇⑤，岂朝门亦可假耶？疑其中有幻术存焉，所谓"大盗不操矛弧"⑥者也。

嘉祥⑦李生，善琴。偶适东郊，见工人掘土得古琴，遂以贱直得之。拭之有异光；安弦而操，清烈非常。喜极，若获拱璧，贮以锦囊，藏之密室，虽至戚不以示也。

邑丞⑧程氏，新莅任，投刺谒李。李故寡交游，以其先施故，报之。过数日，又招饮，固请乃往。程为人风雅绝伦，议论潇洒，李悦焉。越日，折柬酬之，欢笑益洽。从此月夕花晨，未尝不相共也。年余，偶于丞廨中，见绣囊裹琴置几上，李便展玩。程问："亦谙此否？"李曰："生平最好。"程讶曰："知交非一日，绝技胡不一闻。"拨炉爇沉香⑨，请为小奏。李敬如教。程曰："大高手！愿献薄技，勿笑小巫也。"遂鼓"御风曲"⑩，其声泠泠，有绝世出尘之意。李更倾倒，愿师事之。

自此二人以琴交，情分益笃。年余，尽传其技。然程每诣李，李以常琴供之，未肯泄所藏也。一夕，薄醉。丞曰："某新肄一曲，亦愿闻之乎？"为奏"湘妃"⑪，幽怨若泣。李亟赞之。丞曰："所恨无良琴；若得良琴，音

---

① 待绶——等待任命。
② 兵部之堂——兵部的办公场所。
③ 司马——兵部尚书的别称。
④ 廷尉——官名，职掌刑狱。
⑤ 骇(ái)——痴呆。
⑥ 大盗不操矛弧——善偷之人不拿武器。
⑦ 嘉祥——县名，今属山东省。
⑧ 邑丞——县丞。
⑨ 沉香——一种香木料。
⑩ 御风曲——杜撰的琴曲。
⑪ 湘妃——琴曲名，即"湘妃怨"。

调益胜。”李欣然曰：“仆蓄一琴，颇异凡品。今遇钟期[①]，何敢终密？”乃启椟负囊而出。程以袍袂拂尘，凭几再鼓，刚柔应节，工妙入神。李击节不置。丞曰：“区区拙技，负此良琴。若得荆人[②]一奏，当有一两声可听者。”李惊曰：“公闺中亦精之耶？”丞笑曰：“适此操乃传自细君[③]者。”李曰：“恨在闺阁，小生不得闻耳。”丞曰：“我辈通家[④]，原不以形迹相限。明日，请携琴去，当使隔帘为君奏之。”李悦，次日，抱琴而往。丞即治具欢饮。少间，将琴入，旋出即坐。俄见帘内隐隐有丽妆，顷之，香流户外。又少时，弦声细作，听之，不知何曲；但觉荡心媚骨，令人魂魄飞越。曲终便来窥帘，竟二十余绝代之姝也。丞以巨白劝釂，内复改弦为“闲情之赋[⑤]”。李形神益惑，倾饮过醉，离席兴辞，索琴。丞曰：“醉后防有蹉跌。明日复临，当令闺人尽其所长。”

李归。次日诣之，则廨舍寂然，惟一老隶应门。问之，云：“五更携眷去，不知何作，言往复可三日耳。”始期往伺之，日暮，并无音耗。吏皂皆疑，白令，破扃而窥其室；室尽空，惟几榻犹存耳。达之上台[⑥]，并不测其何故。李丧琴，寝食俱废，不远数千里访诸其家。程故楚产[⑦]，三年前，捐资授嘉祥[⑧]。执其姓名，询其居里，楚中并无其人。或云：“有程道士者，善鼓琴；又传其有点金术[⑨]。三年前，忽去不复见。疑即其人。”又细审其年甲、容貌，吻合不谬。乃知道士之纳官，皆为琴也。知交年余，并不言及音律；渐而出琴，渐而献技，又渐而惑以佳丽；浸渍三年，得琴而去。道士之癖，更甚于李生也。天下之骗机多端，若道士，骗中之风雅者矣。

---

① 钟期——即钟子期，春秋楚国人，精音律；此借指知音。
② 荆人——对自己妻子的谦称。
③ 细君——原为诸侯妻之称，后为妻子的通称。
④ 通家——喻关系极为亲密。
⑤ 闲情之赋——即《闲情赋》，东晋诗人陶渊明所作。
⑥ 上台——上司。
⑦ 楚产——楚地人。
⑧ 捐资授嘉祥——捐资买得嘉祥县丞。
⑨ 点金术——道教所尊崇的一种法术。

放蝶

长山王进士斗生[①]为令时，每听讼，按罪之轻重，罚令纳蝶自赎；堂上千百齐放，如风飘碎锦，王乃拍案大笑。一夜，梦一女子，衣裳华好，从容而入，曰："遭君虐政，姊妹多物故[②]。当使君先受风流之小谴耳。"言已，化为蝶，回翔而去。明日，方独酌署中，忽报直指使[③]至，皇遽而出，闺中戏以素花簪冠上，忘除之。直指见之，以为不恭，大受诟骂而返。由是罚蝶令遂止。

青城[④]于重寅，性放诞。为司理[⑤]时，元夕[⑥]以火花爆竹缚驴上，首尾并满，牵登太守[⑦]之门，击柝而请，自白："某献火驴，幸出一览。"时太守有爱子患痘，心绪方恶，辞之。于固请之。太守不得已，使阍人启钥。门甫辟，于火发机，推驴入。爆震驴惊，踶趹[⑧]狂奔；又飞火射人，人莫敢近。驴穿堂入室，破瓯毁甑，火触成尘，窗纱都烬。家人大哗。痘儿惊陷，终夜而死。太守痛恨，将揭劾。于浼诸司道[⑨]，登堂负荆，乃免。

男生子

福建总兵杨辅，有娈童，腹震动，十月既满，梦神人剖其两胁出之。及醒，两男夹左右啼。起视胁下，剖痕俨然。儿名之天舍、地舍云。

异史氏曰："按此吴藩[⑩]未叛前事也。吴既叛，闽抚[⑪]蔡公疑杨欲图

---

① 王进士斗(dǒu)生——明末进士，曾官如皋县知县。
② 物故——死亡。
③ 直指使——官名，朝廷派到地方的特派员。
④ 青城——今山东高青县。
⑤ 司理——明清时的推官，职狱讼。
⑥ 元夕——农历正月十五日(元宵节)。
⑦ 太守——指知府。
⑧ 踶趹(tí jué)——驴疾行状。
⑨ 司道——指布政使、按察使司及道员。
⑩ 吴藩——指吴三桂，明末清初人，先降清，后复叛。
⑪ 闽抚——福建巡抚。

之,而恐其为乱,以他故召之。杨妻夙智勇,疑之,沮杨行。杨不听。妻涕而送之。归则传矢诸将,披坚执锐,以待消息。少顷,闻夫被诛,遂反攻蔡。蔡仓皇不知所为,幸标卒①固守,不克乃去。去既远,蔡始戎装突出,率众大噪。人传为笑焉。后数年,盗乃就抚。未几,蔡暴亡。临卒,见杨操兵入,左右亦皆见之。呜呼!其鬼虽雄,而头不可复续矣!生子之妖,其兆于此耶?"

钟　生

钟庆余,辽东②名士。应济南乡试。闻藩邸有道士知人休咎,心向往之。二场后,至趵突泉③,适相值。年六十余,须长过胸,一皤然道人也。集问灾祥者如堵,道士悉以微词授之。于众中见生,忻然握手,曰:"君心术德行,可敬也!"挽登阁上,屏人语,因问:"莫欲知将来否?"曰:"然。"曰:"子福命至薄,然今科乡举可望。但荣归后,恐不复见尊堂矣。"生至孝,闻之泣下,遂欲不试而归。道士曰:"若过此已往,一榜亦不可得矣。"生云:"母死不见,且不可复为人,贵为卿相,何加焉?"道士曰:"某夙世与君有缘,今日必合尽力。"乃以一丸授之曰:"可遣人夙夜将去,服之可延七日。场毕而行,母子犹及见也。"生藏之,匆匆而出,神志丧失。因计终天有期,早归一日,则多得一日之奉养,携仆贳④驴,即刻东迈。驱里许,驴忽返奔,下之不驯,控之则蹶。生无计,燥汗如雨。仆劝止之,生不听。又贳他驴,亦如之。日已衔山,莫知为计。仆又劝曰:"明日即完场矣,何争此一朝夕乎?请即先主而行,计亦良得。"不得已,从之。

次日,草草竣事,立时遂发,不遑啜息⑤,星驰而归。则母病绵惙⑥,下丹药,渐就痊可。入视之,就榻泫泣。母摇首止之,执手喜曰:"适梦之阴

① 标卒——标,清军制,三营为一标;此指巡抚统属的士卒。
② 辽东——郡名,今辽宁东南部。
③ 趵突泉——泉名,今在济南,有"天下第一泉"美誉。
④ 贳(shì)——租借。
⑤ 啜息——休息。
⑥ 绵惙(chuò)——病垂危。

司，见王者颜色和霁。谓稽尔生平，无大罪恶；今念汝子纯孝，赐寿一纪[①]。”生亦喜，历数日，果平健如故。未几，闻捷，辞母如济。因赂内监，致意道士。道士欣然出，生便伏谒。道士曰：“君既高捷，太夫人又增寿数，此皆盛德所致，道人何力焉！”生又讶其先知，因而拜问终身。道士云：“君无大贵，但得耄耋[②]足矣。君前身与我为僧侣，以石投犬，误毙一蛙，今已投生为驴。论前定数[③]，君当横折[④]；今孝德感神，已有解星入命，固当无恙。但夫人前世为妇不贞，数应少寡。今君以德延寿，非其所耦，恐岁后瑶台倾[⑤]也。”生恻然良久，问继室所在。曰：“在中州[⑥]，今十四岁矣。”临别嘱曰：“倘遇危急，宜奔东南。”

后年余，妻病果死。钟舅令于西江[⑦]，母遣往省，以便途过中州，将应继室之谶[⑧]。偶适一村，值临河优戏，士女甚杂。方欲整辔趋过，有一失勒牡驴，随之而行，致骡蹄趹[⑨]，生回首，以鞭击驴耳；驴惊，大奔。时有王世子方六七岁，乳媪抱坐堤上；驴冲过，扈从皆不及防，挤堕河中。众大哗，欲执之。生纵骡绝驰，顿忆道士言，极力趋东南。约三十余里，入一山村，有叟在门，下骑揖之。叟邀入，自言“方姓”，便诘所来。生叩伏在地，具以情告。叟言：“不妨。请即寄居此间，当使儌[⑩]者去。”至晚得耗，始知为世子，叟大骇曰：“他家可以为力，此真爱莫能助矣！”生哀不已。叟筹思曰：“不可为也。请过一宵，听其缓急，倘可再谋。”生愁怖，终夜不枕。次日侦听，则已行牒讥察[⑪]，收藏者弃市[⑫]。叟有难色，无言而入。生疑惧，无以自安。中夜叟来，入坐便问：“夫人年几何矣？”生以鳏对。叟喜曰：“吾谋济矣。”问之，答云：“余姊夫慕道，挂锡南山[⑬]；姊又谢世。遗有孤

---

① 一纪——十二年。
② 耄耋(mào dié)——高寿。
③ 定数——注定的命运。
④ 横折——意外夭折。
⑤ 瑶台倾——妻死。
⑥ 中州——今河南大部。
⑦ 西江——今广东西部地区。
⑧ 谶——谶语，预言。
⑨ 蹄趹——骡马尥蹶子。
⑩ 儌(jiǎo)——巡捕。
⑪ 行牒讥察——发公文，予以调查。
⑫ 弃市——问斩，杀头。
⑬ 挂锡南山——指出家人住在南山佛寺中。

女，从仆鞠养，亦颇慧。以奉箕帚如何?”生喜符道士之言，而又冀亲戚密迩，可以得其周谋，曰:“小生诚幸矣。但远方罪人，深恐贻累丈人。”叟曰:“此为君谋也。姊夫道术颇神，但久不与人事矣。合卺后，自与甥女筹之，必合有计。”生喜极，赘焉。

女十六矣，艳绝无双。生每对之欷歔。女云:“妾即陋，何遂遽见嫌恶?”生谢曰:“娘子仙人，相耦为幸。但有祸患，恐致乖违。”因以实告。女怨曰:“舅乃非人！此弥天之祸，不可为谋，乃不明言，而陷我于坎窞[①]!”生长跪曰:“是小生以死命哀舅，舅慈悲而穷于术，知卿能生死人而肉白骨也。某诚不足称好逑[②]，然家门幸不辱寞。倘得再生，香花供养有日耳。”女叹曰:“事已至此，夫复何辞？然父自削发招提[③]，儿女之爱已绝。无已，同往哀之，恐担挫辱不浅也。”乃一夜不寐，以毡绵厚作蔽膝[④]，各以隐着衣底；然后唤肩舆，入南山十余里。山径拗折绝险，不复可乘。下舆，女跬步[⑤]甚艰，生挽臂拽扶之，竭蹶始得上达。不远，即见山门，共坐少憩。女喘汗淫淫，粉黛交下。生见之，情不可忍，曰:“为某事，遂使卿罹此苦!”女愀然曰:“恐此尚未是苦!”困少苏，相将入兰若，礼佛而进。曲折入禅堂，见老僧趺坐，目若瞑，一僮执拂侍之。方丈[⑥]中，扫除光洁；而光前悉布沙砾，密如星宿。女不敢择，入跪其上；生亦从诸其后。僧开目一瞻，即复合去。女参曰:“久不定省，今女已嫁，故偕婿来。”僧久之，启视曰:“妮子大累人!”即不复言。夫妻跪良久，筋力俱殆，沙石将压入骨，痛不可支。又移时，乃言曰:“将骡来未?”女答曰:“未。”曰:“夫妻即去，可速将来。”二人拜而起，狼狈而行。

既归，如命，不解其意，但伏听之。过数日，相传罪人已得，伏诛讫。夫妻相庆。无何，山中遣僮来，以断杖付生云:“代死者，此君也。”便嘱瘗葬致祭，以解竹木之冤。生视之，断处有血痕焉。乃祝而葬之。夫妻不敢久居，星夜归辽阳。

---

① 坎窞(dàn)——陷井。
② 好逑——好配偶。
③ 削发招提——出家为僧。
④ 蔽膝——跪拜时用的护膝围裙。
⑤ 跬步——指行步。
⑥ 方丈——佛寺长老及住持说法的处所。

鬼 妻

泰安聂鹏云，与妻某，鱼水甚谐。妻遘疾卒。聂坐卧悲思，忽忽若失。一夕独坐，妻忽排扉入。聂惊问："何来？"笑云："妾已鬼矣。感君悼念，哀白地下主者，聊与作幽会。"聂喜，携就床寝，一切无异于常。从此星离月会[①]，积有年余。聂亦不复言娶。伯叔兄弟惧堕宗主，私谋于族，劝聂鸾续；聂从之，聘于良家。然恐妻不乐，秘之。未几，吉期逼迩。鬼知其情，责之曰："我以君义，故冒幽冥之谴；今乃质盟不卒[②]，钟情者固如是乎？"聂述宗党之意。鬼终不悦，谢施而去。聂虽怜之，而计亦得也。迨合卺之夕，夫妇俱寝，鬼忽至，就床上挞新妇，大骂："何得占我床寝！"新妇起，方与挡拒。聂惕然赤蹲，并无敢左右袒。无何，鸡鸣，鬼乃去。新妇疑聂妻故并未死，谓其赚己，投缳欲自缢。聂为之缅述，新妇始知为鬼。日夕复来。新妇惧避之。鬼亦不与聂寝，但以指掐肤肉；已乃对烛目怒相视，默默不语。如是数夕。聂患之。近村有良于术者，削桃为杙[③]，钉墓四隅，其怪始绝。

黄 将 军

黄靖南得功[④]微时，与二孝廉[⑤]赴都，途遇响寇[⑥]。孝廉惧，长跪献资。黄怒甚，手无寸兵，即以两手握骡足，举而投之。贼不及防，马倒人堕。黄拳之臂断，搜索而归。孝廉服其勇，资劝从军，后屡建奇勋，遂腰蟒玉[⑦]。

---

① 星离月会——离散或聚首均在夜间。

② 质盟不卒——不能终守盟誓。

③ 杙(yì)——小木桩。

④ 黄靖南得功——黄靖南，名得功，号虎山，明末清初人，因镇压农民暴动受封靖南伯，后拥南明拒清，以勇猛著称，绰号"黄闯子"。

⑤ 孝廉——指举人。

⑥ 响寇——强盗。

⑦ 腰蟒玉——服蟒衣，腰玉带，喻成为将军，封为侯伯。

晋人某，有勇力，生平不屑格拒之术[①]，而搏击家当之尽靡。过中州，有少林弟子受其辱，忿告其师。群谋设席相邀，将以困之。既至，先陈茗果。胡桃连壳，坚不可食。某取就案边，伸食指敲之，应手而碎。寺众大骇，优礼而散。

三朝元老

某中堂[②]，故明相也。曾降流寇，世论非之。老归林下，享堂[③]落成，数人直宿其中。天明，见堂上一匾云："三朝元老。"一联云："一二三四五六七，孝弟忠信礼义廉。"不知何时所悬。怪之，不解其义。或测之云："首句隐亡八，次句隐无耻也。"

洪经略[④]南征，凯旋。至金陵，醮荐阵亡将士。有旧门人谒见，拜已，即呈文艺。洪久厌文事，辞以昏眊[⑤]。其人云："但烦坐听，容某颂达上闻。"遂探袖出文，抗声朗读，乃故明思宗御制祭洪辽阳死难文[⑥]也。读毕，大哭而去。

医　术

张氏者，沂之贫民。途中遇一道士，善风鉴[⑦]，相之曰："子当以术业富。"张曰："宜何从？"又顾之，曰："医可也。"张曰："我仅识'之无'耳，乌能是？"道士笑曰："迂哉！名医何必多识字乎？但行之耳。"

---

① 格拒之术——拳击、技击之类。

② 中堂——宰相。

③ 享堂——供奉祖先的祠堂。

④ 洪经略——即洪承畴，明末清初人，后降清，官至武英殿大学士，七省经略。

⑤ 昏眊——年老眼昏花。

⑥ 祭洪辽阳死难文——指明崇祯帝朱由检于崇祯十四年(1641年)闻洪承畴死于宁锦之战的误报后，亲自撰文悼念。

⑦ 风鉴——相术。

既归,贫无业,乃摭拾海上方[①],即市廛中除地作肆,设鱼牙蜂房[②],谋升斗于口舌之间,而人亦未之奇也。会青州太守病嗽,牒檄所属征医。沂固山僻,少医工;而令惧无以塞责,又责里中使自报。于是共举张。令立召之。张方痰喘,不能自疗,闻命大惧,固辞。令弗听,卒邮送去。路经深山,渴极,咳愈甚。入村求水,而山中水价与玉液等,遍乞之,无与者。见一妇漉[③]野菜,菜多水寡,盎中浓浊如涎。张燥急难堪,便乞余瀋饮之。少间,渴解,嗽亦顿止。阴念:殆良方也。

比至郡,诸邑医工,已先施治,并未痊减。张入,求得密所,伪出药目,传示内外;复遣人于民间索诸藜藿[④],如法淘汰讫,以汁进太守。一服,病良已。太守大悦,赐赉甚厚,旌以金扁[⑤]。由此名大噪,门常如市,应手无不悉效。有病伤寒者,言症求方。张适醉,误以疟剂予之。醒而悟之,不敢以告人。三日后,有盛仪造门而谢者,问之,则伤寒之人,大吐大下而愈矣。此类甚多。张由此称素封,益以声价自重,聘者非重资安舆不至焉。

益都韩翁,名医也。其未著时,货药于四方。暮无所宿,投止一家,则其子伤寒将死,因请施治。韩思不治则去此莫适,而治之诚无术。往复跮踱[⑥],以手搓体,而汗泥成片,捻之如丸。顿思以此绐[⑦]之,当亦无所害。晓而不愈,已赚得寝食安饱矣。遂付之。中夜,主人挝门甚急。意其子死,恐被侵辱,惊起,逾垣疾遁。主人追之数里,韩无所逃,始止。乃知病者汗出而愈矣。挽回,款宴丰隆;临行,厚赠之。

藏 虱

乡人[⑧]某者,偶坐树下,扪得一虱,片纸裹之,塞树孔中而去,后二三

---

① 摭(zhí)拾海上方——搜集各地偏方。
② 鱼牙蜂房——鱼牙,紬名;蜂房,如蜂房般;此指用鱼牙紬制作的如蜂房般分格的小地摊。
③ 漉(lù)——洗,过滤。
④ 藜藿(lí huò)——两种野菜,初生可食。
⑤ 扁——同"匾"。
⑥ 跮踱(dié duó)——忽进、忽退。
⑦ 绐——欺骗。
⑧ 乡人——同乡人。

年，复经其处，忽忆之，视孔中纸裹宛然。发而验之，虱薄如麸。置掌中审顾之。少顷，掌中奇痒，而虱腹渐盈矣。置之而归。痒处核起，肿痛数日，死焉。

梦　狼

白翁，直隶人。长子甲，筮仕南服[①]，二年无耗。适有瓜葛[②]丁姓造谒，翁款之。丁素走无常[③]。谈次，翁辄问以冥事，丁对语涉幻；翁不深信，但微哂之。

别后数日，翁方卧，见丁方来，邀与同游。从之去，入一城阙。移时，丁指一门曰："此间君家甥也。"公翁有姊子为晋令，讶曰："乌在此？"丁曰："倘不信，入便知之。"翁入，果见甥，蝉冠豸绣[④]坐堂上，戟幢行列，无人可通。丁曳之出，曰："公子衙署，去此不远，亦愿见之否？"翁诺。少间，至一第，丁曰："入之。"窥其门，见一巨狼当道，大惧，不敢进。丁又曰："入之。"又入一门，见堂上、堂下，坐者、卧者，皆狼也。又视墀[⑤]中，白骨如山，益惧。丁乃以身翼翁而进。公子甲，方自内出，见父及丁良喜。少坐，唤侍者治肴蔌[⑥]。忽一巨狼，衔死人入。翁战惕而起，曰："此胡为者？"甲曰："聊充庖厨。"翁急止之。心怔忡不宁，辞欲出，而群狼阻道。进退方无所主，忽见诸狼纷然嗥避，或窜床下，或伏几底。错愕不解其故。俄有两金甲猛士怒目入，出黑索索甲。甲扑地化为虎，牙齿巉巉。一人出利剑，欲枭其首。一人曰："且勿，且勿，此明年四月间事，不如姑敲齿去。"乃出巨锤锤齿，齿零落堕地。虎大吼，声震山岳。翁大惧，忽醒，乃知其梦。心异之，遣人招丁，丁辞不至。

翁志其梦，使次子诣甲，函戒哀切。既至，见兄门齿尽脱；骇而问之，醉中坠马所折。考其时，则父梦之日也。益骇。出父书。甲读之变色，间

① 筮(shì)仕南服——在南方做官。
② 瓜葛——喻远亲。
③ 走无常——迷信所谓当阴差。
④ 蝉冠豸(zhì)绣——饰有貂尾蝉纹的帽子、绣有豸獬的官服，均为贵官所服。
⑤ 墀(chí)——台阶。
⑥ 肴蔌(sù)——菜肴。

曰："此幻梦之适符耳，何足怪。"时方赂当路者，得首荐，故不以妖梦为意。弟居数日，见其蠹役满堂，纳贿关说者中夜不绝，流涕谏止之。甲曰："弟日居衡茅[①]，故不知仕途之关窍耳。黜陟之权，在上台不在百姓。上台喜，便是好官；爱百姓，何术能令上台喜也？"弟知不可劝止，遂归，告父。翁闻之大哭。无可如何，惟捐家济贫，日祷于神，但求逆子之报，不累妻孥。次年，报甲以荐举作吏部，贺者盈门；翁惟欷歔，伏枕托疾不出。未几，闻子归途遇寇，主仆殒命。翁乃起，谓人曰："鬼神之怒，止及其身，佑我家者不可谓不厚也。"因焚香而报谢之。慰藉翁者，咸以为道路讹传，惟翁则深信不疑，刻日为之营兆[②]。而甲固未死。

先是，四月间，甲解任，甫离境，即遭寇，甲倾装以献之。诸寇曰："我等来，为一邑之民泄冤愤耳，宁专为此哉！"遂决其首。又问家人："有司大成者，谁是？"司故甲之腹心，助纣为虐者。家人共指之。贼亦杀之。更有蠹役四人，甲聚敛臣也，将携入都。——并搜决讫，始分资入囊，骛驰而去。甲魂伏道旁，见一宰官过，问："杀者何人？"前驱者曰："某县白知县也。"宰官曰："此白某之子，不宜使老后见此凶惨，宜续其头。"即有一人掇头置腔上，曰："邪人不宜使正，以肩承颔可也。"遂去。移时复苏。妻子往收其尸，见有余息，载之以行；从容灌之，以受饮。但寄旅邸，贫不能归。半年许，翁始得确耗，遣次子致之而归。甲虽复生，而目能自顾其背，不复齿人数矣。翁姊子有政声，是年行取为御史，悉符所梦。

异史氏曰："窃叹天下之官虎而吏狼者，比比也。即官不为虎，而吏且将为狼，况有猛于虎者耶！夫人患不能自顾其后耳；苏而使之自顾，鬼神之教微矣哉！"

邹平[③]李进士匡九，居官颇廉明。常有富民为人罗织，役吓之曰："官索汝二百金，宜速办；不然，败矣！"富民惧，诺备半数。役摇手不可。富民苦哀之，役曰："我无不极力，但恐不允耳。待听鞫时，汝目睹我为若白之，其允与否，亦可明我意之无他也。"少间，公按是事。役知李戒烟，近问："饮烟否？"李摇其首。役即趋下曰："适言其数，官摇首不许，汝见之耶？"富民信之，惧，许如数。役知李嗜茶，近问："饮茶否？"李颔之。役托烹茶，

① 衡茅——平民所居的陋室。
② 营兆——卜兆墓地。
③ 邹平——县名，今属山东省。

趋下曰："谐矣！适首肯，汝见之耶？"既而审结，富民果获免，役即收其苞苴[①]，且索谢金。呜呼！官自以为廉，而骂其贪者载道焉，此又纵狼而不自知者矣。世之如此类者更多，可为居官者备一鉴也。

夜　明

有贾客泛于南海。三更时，舟中大亮似晓。起视，见一巨物，半身出水上，俨若山岳；目如两日初升，光明四射，大地皆明。骇问舟人，并无知者。共伏睹之。移时，渐缩入水，乃复晦。后至闽中[②]，俱言某夜明而复昏，相传为异。计其时，则舟中见怪之夜也。

夏　雪

丁亥年[③]七月初六日，苏州[④]大雪。百姓皇骇，共祷诸大王之庙[⑤]。大王忽附人而言曰："如今称老爷者，皆增一大字；其以我神为小，消不得[⑥]一大字耶？"众悚然，齐呼"大老爷"，雪立止。由此观之，神亦喜谄，宜乎治下部者之得车多[⑦]矣。

异史氏曰："世风之变也，下者益谄，上者益骄。即康熙四十余年中[⑧]，称谓之不古，甚可笑也。举人称爷，二十年始；进士称老爷，三十年始；司、院[⑨]称大老爷，二十五年始。昔者大令[⑩]谒中丞[⑪]，亦不过老大人而止；今则此称久废矣。即有君子，亦素谄媚行乎谄媚，莫敢有异词也。若

① 苞苴——行贿的财物。
② 闽中——今福建一带地区。
③ 丁亥年——清康熙四十六年(1707)。
④ 苏州——与今同。
⑤ 大王之庙——指金龙四大王庙。
⑥ 消不得——承受不起。
⑦ 治下部者之得车多——嘲讽献媚者，其品格低劣为人不齿，而得到好处却多。
⑧ 康熙四十余年中——即 1662～1722 年间。
⑨ 司、院——两司(布政使司、按察使司)、抚院(巡抚)。
⑩ 大令——对县令的敬称。
⑪ 中丞——明清时巡抚的别称。

缙绅[①]之妻呼太太，裁数年耳。昔惟缙绅之母，始有此称；以妻而得此称者，惟淫史中有乔林耳，他未之见也。唐时，上欲加张说[②]大学士。说辞曰：'学士从无大名，臣不敢称。'今之大，谁大之？初由于小人之谄，而因得贵倨者之悦，居之不疑，而纷纷者遂遍天下矣。窃意数年以后，称爷者必进而老，称老爷者必进而大，但不知大上造何尊称？匪夷所思[③]已！"

丁亥年六月初三日，河南归德府[④]大雪尺余，禾皆冻死，惜乎其未知媚大王之术也。悲夫！

化 男

苏州木渎镇，有民女夜坐庭中，忽星陨中颅，仆地而死。其父母老而无子，止此女，哀呼急救。移时始苏，笑曰："我今为男子矣！"验之，果然。其家不以为妖，而窃喜其得丈夫子也。此丁亥间[⑤]事。

禽 侠

天津某寺，鹳鸟巢于鸱尾[⑥]。殿承尘[⑦]上，藏大蛇如盆，每至鹳雏团翼时，辄出吞食净尽。鹳悲鸣数日乃去。如是三年，人料其必不复至，而次岁巢如故。约雏长成，即径去，三日始还。入巢哑哑，哺子如初。蛇又蜿蜒而上。甫近巢，两鹳惊，飞鸣哀急，直上青冥[⑧]。俄闻风声蓬蓬，一瞬间，天地似晦。众骇异，共视一大鸟翼蔽天日，从空疾下，骤如风雨，以爪击蛇，蛇首立堕，连摧殿角数尺许，振翼而去。鹳从其后，若将送之。巢既倾，两雏俱堕，一生一死。僧取生者置钟楼上。少顷，鹳返，仍就哺之，翼

---

① 缙绅——退职乡居官员。
② 张说——唐代人，官至左丞相，封燕国公。
③ 匪夷所思——常理所不能思议的。
④ 归德府——府名，治今河南商丘市。
⑤ 丁亥间——概指康熙四十六年(1707 年)。
⑥ 鹳(guàn)鸟巢于鸱尾——鹳鸟将巢筑在屋脊一端的鸱(屋脊上一种镇邪饰物)尾上。
⑦ 承尘——天花板。
⑧ 青冥——青天。

成而去。

异史氏曰:“次年复至,盖不料其祸之复也;三年而巢不移,则报仇之计已决;三日不返,其去作秦庭之哭[①],可知矣。大鸟必羽族[②]之剑仙也,飙然而来,一击而去,妙手空空儿[③]何以加此?”

济南有营卒,见鹳鸟过,射之,应弦而落。喙中衔鱼,将哺子也。或劝拔矢放之,卒不听。少顷,带矢飞去。后往来郭间,两年余,贯矢如故。一日,卒坐辕门下,鹳过,矢坠地。卒拾视曰:“矢固无恙耶?”耳适痒,因以矢搔耳。忽大风摧门,门骤合,触矢贯脑而死。

鸿

天津弋人[④]得一鸿[⑤]。其雄者随至其家,哀鸣翱翔,抵暮始去。次日,弋人早出,则鸿已至,飞号从之;既而集其足下。弋人将并捉之。见其伸颈俯仰,吐出黄金半铤[⑥]。弋人悟其意,乃曰:“是将以赎妇也。”遂释雌。两鸿徘徊,若有悲喜,遂双飞而去。弋人称金,得二两六钱强。噫!禽鸟何知,而钟情若此!悲莫悲于生别离,物亦然耶?

象

粤中有猎兽者,挟矢如[⑦]山。偶卧憩息,不觉沉睡,被象来鼻摄而去。自分必遭残害。未几,释置树下,顿首一鸣,群象纷至,四面旋绕,若有所求。前象伏树下,仰视树而俯视人,似欲其登。猎者会意,即足踏象背,攀援而升。虽至树巅,亦不知其意向所存。少时,有狻猊[⑧]来,众象皆伏。

① 秦庭之哭——借指哀求支援。
② 羽族——鸟类。
③ 妙手空空儿——唐人传奇小说中的剑客,剑术出神入化。
④ 弋(yì)人——射鸟的人。
⑤ 鸿——大雁。
⑥ 铤——锭。
⑦ 如——往。
⑧ 狻猊(suān ní)——狮子。

狻猊择一肥者，意将捕噬。象战栗，无敢逃者，惟共仰树上，似求怜拯。猎者会意，因望狻猊发一弩，狻猊立殪。诸象瞻空，意若拜舞。猎者乃下，象复伏，以鼻牵衣，似欲其乘。猎者随跨身其上，象乃行。至一处，以蹄穴地，得脱牙无算①。猎人下，束治置象背。象乃负送出山，始返。

负尸

有樵夫赴市，荷杖②而归，忽觉杖头如有重负。回顾，见一无头人悬系其上。大惊，脱杖乱击之，遂不复见。骇奔，至一村，时已昏暮，有数人爇火照地，似有所寻。近问讯，盖众适聚坐，忽空中堕一人头，须发蓬然，倏忽已渺。樵人亦言所见，合之适成一人，究不解其何来。后有人荷篮而行，忽见其中有人头，人讶诘之，始大惊，倾诸地上，宛转而没。

紫花和尚

诸城丁生，野鹤公③之孙也。少年名士，沉病而死，隔夜复苏，曰："我悟道矣。"时有僧善参玄④，遣人邀至，使就榻前讲《楞严》⑤。生每听一节，都言非是，乃曰："使吾病痊，证道⑥何难。惟某生可愈吾疾，宜虔请之。"盖邑有某生者，精岐黄⑦而不以术行，三聘始至，疏方⑧下药，病愈。既归，一女子自外入，曰："我董尚书⑨府中侍儿也。紫花和尚与妾有夙冤，今得追报，君又欲活之耶？再往，祸将及。"言已，遂没。某惧，辞丁。丁病复作，固要之，乃以实告。丁叹曰："孽自前生，死吾分耳。"寻卒。后寻诸人，

① 无算——无数。
② 荷杖——肩扛扁担。
③ 野鹤公——指丁耀元，号野鹤，清初人，文学家，著有《续金瓶梅》。
④ 参玄——参究玄理。
⑤ 《楞严》——佛教大乘教派经典之一。
⑥ 证道——验证佛道。
⑦ 岐黄——相传为医家之祖，此代指中医学。
⑧ 疏方——一条条地开药方。
⑨ 董尚书——董可威，曾官至工部尚书。

果有紫花和尚，高僧也，青州董尚书夫人尝供养家中；亦无有知其冤之所自结①者。

周　克　昌

淮上②贡生周天仪，年五旬，止一子，名克昌，爱昵之。至十三四岁，丰姿益秀；而性不喜读，辄逃塾，从群儿戏，恒终日不返。周亦听之。一日，既暮不归，始寻之，殊竟乌有。夫妻号咷，几不欲生。

年余，昌忽自至，言："为道士迷去，幸不见害。值其他出，得逃归。"周喜极，亦不追问。及教以读，慧悟倍于曩畴③。逾年，文思大进，既入郡庠试，遂知名。世族争婚，昌颇不愿。赵进士女有姿，周强为娶之。既入门，夫妻调笑甚欢；而昌恒独宿，若无所私。逾年。秋战而捷。周益慰。然年渐暮，日望抱孙，故常隐讽昌。昌漠若不解。母不能忍，朝夕多絮语。昌变色，出曰："我久欲亡去，所不遽舍者，顾复之情④耳。实不能探讨房帏，以慰所望。请仍去，彼顺志者且复来矣。"追曳之，已踣，衣冠如蜕⑤。大骇，疑昌已死，是必其鬼也。悲叹而已。

次日，昌忽仆马而至，举家惶骇。近诘之，亦言：为恶人掠卖于富商之家；商无子，子焉。得昌后，忽生一子。昌思家，遂送之归。问所学，则顽钝如昔。乃知此为真昌；其入泮、乡捷者，鬼之假也。然窃喜其事未泄，即使袭孝廉之名。入房，妇甚狎熟；而昌靦然有怍色，似新婚。甫周年，生子矣。

异史氏曰："古言庸福人⑥，必鼻口眉目之间具有少庸⑦，而后福随之；其精光陆离者⑧，鬼所弃也。庸之所在，桂籍可以不入闱而通，佳丽可以不亲迎而致；而况少有凭借，益之以钻窥者乎！"

---

① 冤之所自结——结冤的原由。
② 淮上——淮水之滨。
③ 曩畴——昔日。
④ 顾复之情——喻父母养育之情。
⑤ 蜕(tuì)——蝉、蛇类动物脱下的皮。
⑥ 庸福人——平庸而有福之人。
⑦ 少庸——有点平庸。
⑧ 精光陆离者——容貌卓秀，喻才智超常之人。

嫦 娥

太原宗子美，从父游学，流寓广陵。父与红桥①下林妪有素。一日，父子过红桥，遇之，固请过诸其家，瀹茗②共话。有女在旁，殊色也。翁亟赞之。妪顾宗曰："大郎温婉如处子，福相也。若不鄙弃，便奉箕帚，如何?"翁笑，促子离席，使拜媪曰："一言千金矣!"先是，妪独居，女忽自至，告诉孤苦。问其小字，则名嫦娥。妪爱而留之，实将奇货居之也。时宗年十四，睨女窃喜，意翁必媒定之；而翁归若忘。心灼热，隐以白母。翁笑曰："曩与贪婆子戏耳。彼不知将卖黄金几何矣，此何可易言!"

逾年，翁媪并卒。子美不能忘情嫦娥，服将阕③，托人示意林妪。妪初不承。宗忿曰："我生平不轻折腰，何媪视之不值一钱? 若负前盟，须见还也!"妪乃云："曩或与而翁戏约，容有之。但无成言，遂都忘却。今既云云，我岂留嫁天王④耶? 要日日装束，实望易千金；今请半焉，可乎?"宗自度难办，亦遂置之。适有寡媪僦居西邻，有女及笄，小名颠当。偶窥之，雅丽不减嫦娥。向慕之，每以馈遗阶进；久而渐熟，往往送情以目，而欲语无间。一夕，逾垣乞火。宗喜挽之，遂相燕好。约为嫁娶，辞以兄负贩未归。由此蹈隙往来，形迹周密。一日，偶经红桥，见嫦娥适在门内，疾趋过之。嫦娥望见，招之以手，宗驻足；女又招之，遂入。女以背约让宗，宗述其故。女入室，取黄金一铤付之。宗不受，辞曰："自分永与卿绝，遂他有所约。受金而为卿谋，是负人也；受金而不为卿谋，是负卿也：诚不敢有所负。"女良久曰："君所约，妾颇知之。其事必无成；即成之，妾不怨君之负心也。其速行，媪将至矣。"宗仓卒无以自主，受之而归。隔夜，告之颠当。颠当深然其言，但劝宗专心嫦娥。宗不语；愿下之⑤，而宗乃悦。即遣媒纳金林妪，妪无辞，以嫦娥归宗。入门后，悉述颠当言。嫦娥微笑，阳怂恿之。

---

① 红桥——桥名，在今江苏扬州市。
② 瀹(yuè)茗——煮茶。
③ 阕——终了。
④ 天王——皇帝。
⑤ 愿下之——愿意以妾的身份居下。

宗喜，急欲一白颠当，而颠当迹久绝。嫦娥知其为己，因暂归宁，故予之间[①]，嘱宗窃其佩囊。已而颠当果至，与商所谋，但言勿急。及解衿狎笑，胁下有紫荷囊，将便摘取。颠当变色，起曰："君与人一心，而与妾二！负心郎！请从此绝。"宗曲意挽解，不听，竟去。一日，过其门探察之，已另有吴客僦居其中；颠当子母迁去已久，影灭迹绝，莫可问讯。

宗自娶嫦娥，家暴富，连阁长廊，弥亘街路。嫦娥善谐谑，适见美人画卷，宗曰："吾自谓，如卿天下无两，但不曾见飞燕、杨妃[②]耳。"女笑曰："若欲见之，此亦何难。"乃执卷细审一过，便趋入室，对镜修妆，效飞燕舞风，又学杨妃带醉。长短肥瘦，随时变更；风情态度，对卷逼真。方作态时，有婢自外至，不复能识，惊问其僚；复向审注，恍然始笑。宗喜曰："吾得一美人，而千古之美人，皆在床闼矣！"

一夜，方熟寝，数人撬扉而入，火光射壁。女急起，惊言："盗入！"宗初醒，即欲鸣呼。一人以白刃加颈，惧不敢喘。又一人掠嫦娥负背上，哄然而去。宗始号，家役毕集，室中珍玩，无少亡者。宗大悲，恇然失图[③]，无复情地。告官追捕，殊无音息。荏苒三四年，郁郁无聊，因假赴试入都。居半载，占验询察，无计不施。偶过姚巷，值一女子，垢面敝衣，偃儴[④]如丐。停趾相之，乃颠当也。骇曰："卿何憔悴至此？"答云："别后南迁，老母即世，为恶人掠卖旗下，挞辱冻馁，所不忍言。"宗泣下，问："可赎否？"曰："难矣。耗费烦多，不能为力。"宗曰："实告卿：年来颇称小有，惜客中资斧有限，倾装货马，所不敢辞。如所需过奢，当归家营办之。"女约明日出西城，相会丛柳下；嘱独往，勿以人从。宗曰："诺。"

次日，早往，则女先在，袿袿衣[⑤]鲜明，大非前状。惊问之，笑曰："曩试君心耳，幸绨袍之意[⑥]犹存。请至敝庐，宜必得当以报。"北行数武，即至其家，遂出肴酒，相与谈宴。宗约与俱归。女曰："妾多俗累，不能从。嫦娥消息，固颇闻之。"宗急询其何所，女曰："其行踪缥缈，妾亦不能深悉。西山有老尼，一目眇，问之，当自知。"遂止宿其家。天明示以径。宗至其

---

① 故予之间——故意给予其间隙。
② 飞燕、杨妃——赵飞燕、杨贵妃，此代指绝代佳人。
③ 恇(kuāng)然失图——惊吓得没了主意。
④ 偃儴(kuāng ráng)——匆忙状。
⑤ 袿(guī)衣——妇女上衣。
⑥ 绨袍之意——故人之情意。

处，有古寺，周垣尽颓；丛竹内有茅屋半间，老尼缀衲[①]其中。见客至，漫不为礼。宗揖之，尼始举头致问。因告姓氏，即白所求。尼曰："八十老瞽，与世睽绝，何处知佳人消息？"宗固求之。乃曰："我实不知。有二三戚属，来夕相过，或小女子辈识之，未可知。汝明夕可来。"宗乃出。次日再至，则尼他出，败扉扃焉。伺之既久，更漏已催，明月高揭，徘徊无计，遥见二三女郎自外入，则嫦娥在焉。宗喜极，突起，急揽其袪[②]。嫦娥曰："莽郎君！吓煞妾矣！可恨颠当饶舌，乃教情欲缠人。"宗曳坐，执手款曲，历诉艰难，不觉恻楚。女曰："实相告：妾实姮娥[③]被谪，浮沉俗间，其限已满，托为寇劫，所以绝君望耳。尼亦王母守府者，妾初谴时，蒙其收恤，故暇时常一临存。君如释妾，当为代致颠当。"宗不听，垂首陨涕。女遥顾曰："姊妹辈来矣。"宗方四顾，而嫦娥已杳。宗大哭失声，不欲复活，因解带自缢。恍惚觉魂已出舍，伥伥靡适[④]。俄见嫦娥来，捉而提之，足离于地；入寺，取树上尸推挤之，唤曰："痴郎，痴郎！嫦娥在此。"忽若梦醒。少定，女恚曰："颠当贱婢！害妾而杀郎君，我不能恕之也！"下山赁舆而归。既命家人治装，乃返身出西城，诣谢颠当；至则舍宇全非，愕叹而返。窃幸嫦娥不知。入门，嫦娥迎笑曰："君见颠当耶？"宗愕然不能答。女曰："君背嫦娥，乌得颠当？请坐待之，当自至。"未几，颠当果至，仓皇伏榻下。嫦娥叠指弹之曰："小鬼头陷人不浅！"颠当叩头，但求赊死[⑤]。嫦娥曰："推人坑中，而欲脱身天外耶？广寒十一姑[⑥]不日下嫁，须绣枕百幅、履百双，可从我去，相共操作。"颠当恭白："但求分工，按时赍送。"女不许，谓宗曰："君若缓颊，即便放却。"颠当目宗，宗笑不语。颠当目怒之。乃乞还告家人，许之，遂去。宗问其生平，乃知其西山狐也。买舆待之。次日，果来，遂俱归。

然嫦娥重来，恒持重不轻谐笑。宗强使狎戏，惟密教颠当为之。颠当慧绝，工媚。嫦娥乐独宿，每辞不当夕。一夜，漏三下，犹闻颠当房中，吃吃不绝。使婢窃听之。婢还，不以告，但请夫人自往。伏窗窥之，则见颠

① 缀衲——缝补僧衣。
② 袪(qū)——袖口，此指衣袖。
③ 姮娥——即嫦娥。
④ 伥伥靡适——昏昏然不知所往。
⑤ 赊死——缓期处死，求饶语。
⑥ 广寒十一姑——传说中月宫女神之一。

当凝妆作己状，宗拥抱，呼以嫦娥。女哂而退。未几，颠当心暴痛，急披衣，曳宗诣嫦娥所，入门便伏。嫦娥曰："我岂医巫厌胜者？汝欲自捧心效西子①耳。"颠当顿首，但言知罪。女曰："愈矣。"遂起，失笑而去。颠当私谓宗："吾能使娘子学观音。"宗不信，因戏相赌。嫦娥每趺坐，眸含若瞑。颠当悄以玉瓶插柳，置几上；自乃垂发合掌，侍立其侧，樱唇半启，瓠犀微露，睛不少瞬。宗笑之。嫦娥开目问之，颠当曰："我学龙女侍观音耳。"嫦娥笑骂之，罚使学童子拜。颠当束发，遂四面朝参之，伏地翻转，逞诸变态，左右侧折，袜能磨乎其耳。嫦娥解颐，坐而蹴之。颠当仰首，口衔凤钩，微触以齿。嫦娥方嬉笑间，忽觉媚情一缕，自足趾而上，直达心舍，意荡思淫，若不自主。乃急敛神，呵曰："狐奴当死！不择人而惑之耶？"颠当惧，释口投地。嫦娥又厉责之，众不解。嫦娥谓宗曰："颠当狐性不改，适间几为所愚。若非夙根深者，堕落何难！"自是见颠当，每严御之。颠当惭惧，告宗曰："妾于娘子一肢一体，无不亲爱；爱之极，不觉媚之甚。谓妾有异心，不惟不敢，亦不忍。"宗因以告嫦娥，嫦娥遇之如初。然以狎戏无节，数戒宗，宗不听；因而大小婢妇，竞相狎戏。

一日，二人扶一婢，效作杨妃。二人以目会意，赚婢懈骨作酣态，两手遽释；婢暴颠墀下，声如倾堵。众方大哗；近抚之，而妃子已作马嵬薨②矣。大众惧，急白主人。嫦娥惊曰："祸作矣！我言如何哉！"往验之，不可救。使人告其父。父某甲，素无行，号奔而至，负尸入厅事，叫骂万端。宗闭户惴恐，莫知所措。嫦娥自出责之，曰："主即虐婢至死，律无偿法；且邂逅暴殂，焉知其不再苏？"甲噪言："四支已冰，焉有生理！"嫦娥曰："勿哗。纵不活，自有官在。"乃入厅事抚尸，而婢已苏，抚之随手而起。"嫦娥返身怒曰："婢幸不死，贼奴何得无状！可以草索絷送官府！"甲无词，长跪哀免。嫦娥曰："汝既知罪，姑免究处。但小人无赖，反复何常，留汝女终为祸胎，宜即将去。原价如干数，当速措置来。"遣人押出，俾浼二三村老，券证署尾。已，乃唤婢至前，使甲自问之："无恙乎？"答曰："无恙。"乃付之去。已，遂召诸婢，数责遍扑。又呼颠当，为之厉禁。谓宗曰："今而知为人上者，一笑嚬亦不可轻。谑端开之自妾，而流弊遂不可止。凡哀者属

① 西子——西施，春秋越国美女。
② 马嵬薨——今陕西兴平县马嵬镇，此代指死。

阴,乐者属阳;阳极阴生,此循环之定数。婢子之祸,是鬼神告之以渐也。荒迷不悟,则倾覆及之矣。”宗敬听之。颠当泣求拔脱。嫦娥乃掐其耳;逾刻释手,颠当怃然为间[①],忽若梦醒,据地自投,欢喜欲舞。由此闺阁清肃,无敢哗者。婢至其家,无疾暴死。甲以赎金莫偿,浼村老代求怜恕,许之。又以服役之情,施以材木而去。宗常患无子。嫦娥腹中忽闻儿啼,遂以刃破左胁出之,果男;无何,复有身,又破右胁而出一女。男酷类父,女酷类母,皆论昏于世家。

异史氏曰:“阳极阴生,至言哉!然室有仙人,幸能极我之乐,消我之灾,长我之生,而不我之死。是乡乐,老焉可矣,而仙人顾忧之耶?天运循还之数,理固宜然;而世之长困而不亨者,又何以为解哉?昔宋人有求仙不得者,每曰:‘作一日仙人,而死亦无憾。’我不复能笑之也。”

鞠 乐 如

鞠乐如,青州人。妻死,弃家而去。后数年,道服荷蒲团至[②]。经宿欲去,戚族强留其衣杖。鞠托闲步至村外;室中服具,皆冉冉飞出,随之而去。

褚 生

顺天陈孝廉,十六七岁时,尝从塾师读于僧寺,徒侣綦[③]繁。内有褚生,自言山东人,攻苦讲求,略不暇息;且寄宿斋中,未尝一见其归。陈与最善,因诘之。答曰:“仆家贫,办束金[④]不易,即不能惜寸阴,而加以夜半,则我之二日,可当人三日。”陈感其言,欲携榻来与共寝。褚止之曰:“且勿,且勿!我视先生,学非吾师也。阜城门[⑤]有吕先生,年虽耄,可师,

① 怃然为间——惆怅若失,只一会儿。
② 道服荷蒲团至——身穿道服,肩背蒲团回家。
③ 綦——极多。
④ 束金——同“束脩”,十条干肉脯作学费。
⑤ 阜城门——故北京城门之一。

请与俱迁之。”盖都中设帐者多以月计，月终束金完，任其留止。于是两生同诣吕。吕，越之宿儒，落魄不能归，因授童蒙，实非其志也。得两生甚喜；而褚又甚慧，过目辄了，故尤器重之。两人情好款密，昼同几，夜同榻。

月既终，褚忽假归，十余日不复至。共疑之。一日，陈以故至天宁寺[①]，遇褚廊下，劈檾淬硫[②]，作火具焉。见陈，忸怩不安。陈问：“何遽废读？”褚握手请间，戚然曰：“贫无以遗先生，必半月贩，始能一月读。”陈感慨良久，曰：“但往读，自合极力。”命从人收其业，同归塾。戒陈勿泄，但托故以告先生。陈父固肆贾，居物致富，陈辄窃父金，代褚遗师。父以亡金责陈，陈实告之。父以为痴，遂使废学。褚大惭，别师欲去。吕知其故，让之曰：“子既贫，胡不早告？”乃悉以金返陈父，止褚读如故，与共饔飧[③]，若子焉。陈虽不入馆，每邀褚过酒家饮。褚固以避嫌不往；而陈要之弥坚，往往泣下，褚不忍绝，遂与往来无间。

逾二年，陈父死，复求受业。吕感其诚，纳之；而废学既久，较褚悬绝矣。居半年，吕长子自越来，丐食寻父。门人辈敛金助装，褚惟洒涕依恋而已。吕临别，嘱陈师事褚。陈从之，馆褚于家。未几，入邑庠，以“遗才”应试。陈虑不能终幅[④]，褚请代之。至期，褚偕一人来，云是表兄刘天若，嘱陈暂从去。陈方出，褚忽自后曳之，身欲踣，刘急挽之而去。览眺一过，相携宿于其家。家无妇女，即馆客于内舍。居数日，忽已中秋。刘曰：“今日李皇亲园[⑤]中，游人甚伙，当往一豁积闷，相便送君归。”使人荷茶鼎、酒具而往。但见水肆梅亭，喧啾不得入。过水关，则老柳之下，横一画桡[⑥]，相将登舟。酒数行，苦寂。刘顾僮曰：“梅花馆近有新姬，不知在家否？”僮去少时，与姬俱至。盖构栏李遏云也。李，都中名妓，工诗善歌，陈曾与友人饮其家，故识之。相见，略道温凉。姬戚戚有忧容。刘命之歌，为歌《蒿里》[⑦]。陈不悦，曰：“主客即不当卿意，何至对生人歌死曲？”姬起谢，强颜欢笑，乃歌艳曲。陈喜，捉腕曰：“卿向日《浣溪纱》[⑧]读之数过，今并忘

---

① 天宁寺——位于北京市南。
② 劈檾(qǐng)淬硫——劈檾(麻)成缕，淬以硫黄等类引火物。
③ 饔飧——早晚餐。
④ 终幅——终篇。
⑤ 李皇亲园——位于北京市南。
⑥ 画桡(ráo)——画舫，代指小船。
⑦ 《蒿里》——古乐府曲名，送葬时所用。
⑧ 《浣溪纱》——词牌名，此指用此词牌填写的词。

之。"姬吟曰:"泪眼盈盈对镜台,开帘忽见小姑来。低头转侧看弓鞋,强解绿蛾开笑面。频将红袖拭香腮,小心犹恐被人猜。"陈反复数四。已而泊舟,过长廊,见壁上题咏甚多,即命笔记词其上。日已薄暮,刘曰:"闱中人将出矣。"遂送陈归。入门,即别去。陈见室暗无人,俄延间,褚已入门;细审之,却非褚生。方疑,客遽近身而仆。家人曰:"公子惫矣!"共扶拽之。转觉仆者非他,即己也。既起,见褚生在旁,惚惚若梦。屏人而研究之。褚曰:"告之勿惊:我实鬼也。久当投生,所以因循于此者,高谊所不能忘,故附君体,以代捉刀;三场毕,此愿了矣。"陈复求赴春闱。曰:"君先世福薄,悭吝之骨,诰赠所不堪也。"问:"将何适?"曰:"吕先生与仆有父子之分,系念常不能置。表兄为冥司典簿,求白地府主者,或当有说。"遂别而去。

陈异之。天明,访李姬,将问以泛舟之事,则姬死数日矣。又至皇亲园,见题句犹存,而淡墨依稀,若将磨灭。始悟题者为魂,作者为鬼。至夕,褚喜而至,曰:"所谋幸成,敬与君别。"遂伸两掌,命陈书褚字于上以志之。陈将置酒为饯,摇首曰:"勿须。君如不忘旧好,放榜后,勿惮修阻。"陈挥涕送之。见一人伺候于门;褚方依依,其人以手按其项,随手而匾,掬入囊,负之而去。过数日,陈果捷。于是治装如越。吕妻断育几十年,五旬余,忽生一子,两手握固不可开。陈至,请相见,便谓掌中当有文曰"褚"。吕不深信。儿见陈,十指自开,视之果然。惊问其故,具告之。共相欢异。陈厚贻之,乃返。后吕以岁贡廷试入都,舍于陈;则儿十三岁,入泮矣。

异史氏曰:"吕老教门人,而不知自教其子。呜呼!作善于人,而降祥于己,一间[①]也哉!褚生者,未以身报师,先以魂报友,其志其行,可贯日月,岂以其鬼故奇之与!"

盗 户

顺治间,滕、峄[②]之区,十人而七盗,官不敢捕。后受抚,邑宰别之为

① 一间——所差无几。
② 滕、峄——今山东滕县、峄县。

"盗户"。凡值与良民争,则曲意左袒之,盖恐其复叛也。后讼者辄冒称盗户,而怨家则力攻其伪;每两造具陈,曲直且置不辨,而先以盗之真伪,反复相苦,烦有司稽籍焉。适官署多狐,宰有女为所惑,聘术士来,符捉入瓶,将炽以火。狐在瓶内大呼曰:"我盗户也!"闻者无不匿笑。

异史氏曰:"今有明火劫人者,官不以为盗而以为奸;逾墙行淫者,每不自认奸而自认盗:世局又一变矣。设今日官署有狐,亦必大呼曰'吾盗'无疑也。"

章丘漕粮徭役,以及征收火耗,小民尝数倍于绅衿,故有田者争求托焉。虽于国课[①]无伤,而实于官橐有损。邑令钟,牒请厘弊[②],得可。初使自首;既而奸民以此要士[③],数十年鬻去之产,皆诬托诡挂,以讼售主。令悉左袒之,故良懦多丧其产。有李生亦为某甲所讼,同赴质审。甲呼之"秀才";李厉声争辨,不居秀才之名。喧不已。令诘左右,共指为真秀才。令问:"何故不承?"李曰:"秀才且置高阁,待争地后,再作之不晚也。"噫!以盗之名,则争冒之;秀才之名,则争辞之:变异矣哉!有人投匿名状云:"告状人原壤[④],为抗法吞产事:身以年老不能当差,有负郭田五十亩,于隐公元年[⑤],暂挂恶衿颜渊[⑥]名下。今功令森严,理合自首。讵恶久假不归,霸为己有。身往理说,被伊师率恶党七十二人,毒杖交加,伤残胫股;又将身锁置陋巷,日给箪食瓢饮,囚饿几死。互乡约地证,叩乞革顶严究,俾血产归主,上告。"此可以继柳跖之告夷、齐[⑦]矣。

某　乙

邑西某乙,故梁上君子[⑧]也。其妻深以为惧,屡劝止之;乙遂翻然自

① 国课——国家税收。
② 牒请厘弊——发文书请求改革弊政。
③ 要士——要挟士人。
④ 原壤——春秋鲁国人,相传其母死而歌,被孔子杖击其胫。
⑤ 隐公元年——公元前722年,春秋时鲁国记年之始。
⑥ 颜渊——孔子名弟子,安贫乐道。
⑦ 柳跖之告夷、齐——柳跖,春秋战国时人,为天下名盗;夷,伯夷,齐,叔齐,殷商末孤竹君二子,耻食周粟而死;此喻恶人先告状。
⑧ 梁上君子——指窃贼。

改。居二三年，贫窭不能自堪，思欲一作冯妇[1]而后已之，乃托贸易，就善卜者，以决趋向。术者曰："东南吉，利小人，不利君子。"兆隐与心合，窃喜。遂南行，抵苏、松[2]间，日游村郭，凡数月。偶入一寺，见墙隅堆石子二三枚，心知其异，亦以一石投之。径趋龛后卧。日既暮，寺中聚语，似有十余人。忽一人数石，讶其多，因共搜之，龛后得乙。问："投石者汝耶？"乙诺。诘里居、姓名，乙诡对之。乃授以兵，率与俱去。至一巨第，出耎梯[3]，争逾垣入。以乙远至，径不熟，俾伏墙外，司传递、守囊橐焉。少顷，掷一裹下；又少顷，缒一箧下。乙举箧知有物，乃破箧，以手揣取，凡沉重物，悉纳一囊，负之疾走，竟取道归。由此建楼阁、买良田，为子纳粟[4]。邑扁[5]其门曰"善士"。后大案发，群寇悉获；惟乙无名籍，莫可查诘，得免。事寝既久，乙醉后时自述之。

曹[6]有大寇某，得重资归，肆然安寝。有二三小盗，逾垣入，捉之，索金。某不与；灼箠并施，罄所有，乃去。某向人曰："吾不知炮烙之苦如此！"遂深恨盗，投充马捕[7]，捕邑寇殆尽。获曩寇，亦以所施者施之。

霍　女

朱大兴，彰德[8]人。家富有而吝啬已甚，非儿女婚嫁，座无宾，厨无肉。然佻达喜渔色，色所在，冗费不惜。每夜，逾垣过村，从荡妇眠。一夜，遇少妇独行，知为亡者，强胁之，引与俱归。烛之，美绝。自言："霍氏。"细致研诘。女不悦，曰："既加收齿[9]，何必复盘察？如恐相累，不如早去。"朱不敢问，留与寝处。顾女不能安粗粝，又厌见肉臛[10]，必燕窝、鸡

---

① 一作冯妇——代指再偷一次。
② 苏、松——苏州府、松江府。
③ 耎梯——用绳索结成的梯形攀登用具。
④ 纳粟——捐资买官。
⑤ 扁——同"匾"。
⑥ 曹——曹州府，治今山东菏泽市。
⑦ 马捕——捕快。
⑧ 彰德——府名，治今河南安阳市。
⑨ 收齿——收纳。
⑩ 肉臛(huò)——肉羹。

心、鱼肚白作羹汤，始能餍饱。朱无奈，竭力奉之。又善病，日须参汤一碗。朱初不肯。女呻吟垂绝，不得已，投之，病若失。遂以为常。女衣必锦绣，数日，即厌其故。如是月余，计费不赀，朱渐不供。女啜泣不食，求去。朱惧，又委曲承顺之。每苦闷，辄令十数日一招优伶为戏。戏时，朱设凳帘外，抱儿坐观之；女亦无喜容，数相诮骂，朱亦不甚分解。居二年，家渐落。向女婉言，求少减；女许之，用度皆损其半。久之，仍不给，女亦以肉糜相安；又渐而不珍[①]亦御矣。朱窃喜。忽一夜，启后扉亡去。朱怊怅若失，遍访之，乃知在邻村何氏家。

何大姓，世胄也，豪纵好客，灯火达旦。忽有丽人，半夜入闺闼。诘之，则朱家之逃妾也。朱为人，何素藐之；又悦女美，竟纳焉。绸缪数日，益惑之，穷极奢欲，供奉一如朱。朱得耗[②]，坐索之，何殊不为意。朱质于官。官以其姓名来历不明，置不理。朱货产行赇[③]，乃准拘质。女谓何曰："妾在朱家，原非采礼媒定者，胡畏之？"何喜，将与质成[④]。座客顾生谏曰："收纳逋逃，已干国纪；况此女入门，日费无度，即千金之家，何能久也？"何大悟，罢讼，以女归朱。过一二日，女又逃。

有黄生者，故贫士，无偶。女扣扉入，自言所来。黄见艳丽忽投，惊惧不知所为。黄素怀刑[⑤]，固却之。女不去。应对间，娇婉无那。黄心动，留之，而虑其不能安贫。女早起，躬操家苦，劬劳过旧室焉。黄为人蕴藉潇洒，工于内媚，因恨相得之晚；止恐风声漏泄，为欢不久。而朱自讼后，家益贫；又度女不能安，遂置不究。

女从黄数岁，亲爱甚笃。一日，忽欲归宁，要黄御送之。黄曰："向言无家，何前后之舛[⑥]？"曰："曩漫言之。妾镇江人。昔从荡子，流落江湖，遂至于此。妾家颇裕，君竭资而往，必无相亏。"黄从其言，赁舆同去。至扬州境，泊舟江际。女适凭窗，有巨商子过，惊其艳，反舟缀[⑦]之，而黄不知也。女忽曰："君家綦贫，今有一疗贫之法，不知能从否？"黄诘之，女曰：

---

① 不珍——不是珍馐美味之食。
② 耗——消息。
③ 行赇——行贿。
④ 质成——争讼，对质于公堂之上。
⑤ 怀刑——守法。
⑥ 舛（chuǎn）——矛盾。
⑦ 缀——尾随。

"妾相从数年,未能为君育男女,亦一不了事。妾虽陋,幸未老耄,有能以千金相赠者,便鬻妾去,此中妻室、田庐皆备焉。此计如何?"黄失色,不知何故。女笑曰:"君勿急,天下固多佳人,谁肯以千金买妾者?其戏言于外,以觇其有无。卖不卖,固自在君耳。"黄不肯。女自与榜人[①]妇言之,妇目黄,黄漫应焉。妇去无几,返言:"邻舟有商人子,愿出八百。"黄故摇首以难之。未几,复来,便言如命,即请过船交兑。黄微哂。女曰:"教渠姑待,我嘱黄郎,即令去。"女谓黄曰:"妾日以千金之躯事君,今始知耶?"黄问:"以何词遣之?"女曰:"请即往署券,去不去固自在我耳。"黄不可。女逼促之,黄不得已诣焉。立刻兑付。黄令封志之,曰:"遂以贫故,竟果如此,遽相割舍。倘室人必不肯从,仍以原金璧赵。"方运金至舟,女已从榜人妇从船尾登商舟,遥顾作别,并无凄恋。黄惊魂离舍,嗌[②]不能言。俄商舟解缆,去如箭激。黄大号,欲追傍之。榜人不从,开舟南渡矣。瞬息达镇江,运资上岸。榜人急解舟去。黄守装闷坐,无所适归,望江水之滔滔,如万镝之丛体[③]。方掩泣间,忽闻娇声呼"黄郎"。愕然回顾,则女已在前途。喜极,负装从之,问:"卿何遽得来?"女笑曰:"再迟数刻,则君有疑心矣。"黄乃疑其非常,固诘其情。女笑曰:"妾生平于吝者则破之,于邪者则诳之也。若实与君谋,君必不肯,何处可致千金者?错囊充牣,而合浦珠还[④],君幸足矣,穷问何为?"乃雇役荷囊,相将俱去。

至水门内,一宅南向,径入。俄而翁媪男妇,纷出相迎,皆曰:"黄郎来也!"黄入参[⑤]公姥。有两少年揖坐与语,是女兄弟大郎、三郎也。筵间味无多品,玉柈四枚,方几已满。鸡蟹鹅鱼,皆脔切为箇。少年以巨碗行酒,谈吐豪放。已而导入别院,俾夫妇同处。衾枕滑耎,而床则以熟革代棕藤焉。日有婢媪馈致三餐,女或时竟日不出。黄独居闷苦,屡言归,女固止之。一日,谓黄曰:"今为君谋:请买一人,为子嗣计。然买婢媵则价奢;当伪为妾也兄者,使父与论婚,良家子不难致。"黄不可。女弗听。有张贡士之女新寡,议聘金百缗,女强为娶之。新妇小名阿美,颇婉妙。女嫂呼之;

① 榜人——船伕。
② 嗌(ài)——气结喉塞。
③ 如万镝之丛体——如万箭射身。
④ 错囊充牣(rèn),而合浦珠还——钱袋充盈,霍女去而复返。
⑤ 参——拜见。

黄瑟蹴[1]不安，女殊坦坦。他日，谓黄曰："妾将与大姊至南海，一省阿姨[2]，月余可返，请夫妇安居。"遂去。

夫妻独居一院，按时给饮食，亦甚隆备。然自入门后，曾无一人复至其室。每晨，阿美入觐媪，一两言辄退。娣姒[3]在旁，惟相视一笑。既流连久坐，亦不款曲。黄见翁，亦如之。偶值诸郎聚语，黄至，既都寂然。黄疑闷莫可告语。阿美觉之，诘曰："君既与诸郎伯仲，何以月来都如生客？"黄仓猝不能对，吃吃而言曰："我十年于外，今始归耳。"美又细审翁姑阀阅，及妯娌里居。黄大窘，不能复隐，底里尽露。女泣曰："妾家虽贫，无作贱媵者，无怪诸宛若鄙不齿数矣！"黄惶怖莫知筹计，惟长跪一听女命。美收涕挽之，转请所处。黄曰："仆何敢他谋。计惟孑身自去耳。"女曰："既嫁复归，于情何忍？渠虽先从，私也；妾虽后至，公也。不如姑俟其归，问彼既出此谋，将何以置妾也？"居数月，女竟不返。一夜，闻客舍喧饮。黄潜往窥之，见二客戎装上座：一人裹豹皮巾，凛若天神；东首一人，以虎头革作兜牟[4]，虎口衔额，鼻耳悉具焉。惊异而返，以告阿美，竟莫测霍父子何人。夫妻疑惧，谋欲僦寓他所，又恐生其猜度。黄曰："实告卿：即南海人还，折证[5]已定，仆亦不能家此也。今欲携卿去，又恐尊大人别有异言。不如姑别，二年中当复至。卿能待，待之；如欲他适，亦自任也。"阿美欲告父母而从之，黄不可。阿美流涕，要以信誓，乃别而归。黄入辞翁姑。时诸郎皆他出，翁挽留以待其归，黄不听而行。登舟凄然，形神丧失。至瓜州[6]，忽回首见片帆来，驶如飞；渐近，则船头按剑而坐者，霍大郎也。遥谓曰："君欲遄[7]返，胡再不谋？遗夫人去，二三年谁能相待也？"言次，舟已逼近。阿美自舟中出，大郎挽登黄舟，跳身径去。先是，阿美既归，方向父母泣诉，忽大郎将舆登门，按剑相胁，逼女风走。一家慑息，莫敢遮问。女述其状，黄不解何意，而得美良喜，开舟遂发。

至家，出资营业，颇称富有。阿美常悬念父母，欲黄一往探之；又恐以

---

① 瑟蹴(cù)——惊异。
② 阿姨——指霍女之母的姊妹。
③ 娣姒(sì)——妯娌。
④ 兜(dōu)牟——头盔。
⑤ 折证——对证。
⑥ 瓜州——镇名，位于今镇江对岸。
⑦ 遄(chuán)——急速。

霍女来，嫡庶复有参差。居无何，张翁访至，见屋宇修整，心颇慰，谓女曰："汝出门后，遂诣霍家探问，见门户已扃，第主亦不之知，半年竟无消息。汝母日夜零涕，谓被奸人赚去，不知流离何所。今幸无恙耶？"黄实告以情，因相猜为神。后阿美生子，取名仙赐。至十余岁，母遣诣镇江，至扬州界，休于旅舍，从者皆出。有女子来，挽儿入他室，下帘，抱诸膝上，笑问何名。儿告之。问："取名何义？"答云："不知。"女曰："归问汝父当自知。"乃为挽髻，自摘髻上花代簪之；出金钏束腕上。又以黄金内袖，曰："将去买书读。"儿问其谁，曰："儿不知更有一母耶？归告汝父：朱大兴死无棺木，当助之，勿忘也。"老仆归舍，失少主；寻至他室，闻与人语，窥之，则故主母。帘外微嗽，将有咨白。女推儿榻上，恍惚已杳。问之舍主，并无知者。数日，自镇江归，语黄，又出所赠。黄感叹不已。及询朱，则死才三日，露尸未葬，厚恤之。

异史氏曰："女其仙耶？三易其主不为贞。然为吝者破其悭[①]，为淫者速其荡，女非无心者也。然破之则不必其怜之矣，贪淫鄙吝之骨，沟壑何惜焉？"

司 文 郎

平阳[②]王平子，赴试北闱，赁居报国寺[③]。寺中有余杭生先在，王以比屋居，投刺[④]焉。生不之答。朝夕遇之，多无状。王怒其狂悖，交往遂绝。一日，有少年游寺中，白服裙帽，望之傀然[⑤]。近与接谈，言语谐妙，心爱敬之。展问邦族，云："登州宋姓。"因命苍头设座，相对噱谈[⑥]。余杭生适过，共起逊坐。生居然上座，更不㧑挹[⑦]。卒然问宋："亦入闱者耶？"答曰：

---

① 悭(qiān)——吝啬。
② 平阳——府名，治今山西临汾市。
③ 报国寺——位于今北京市内。
④ 投刺——前去拜访。
⑤ 傀(guī)然——高大状。
⑥ 噱(jué)谈——谈笑。
⑦ 㧑(huī)挹——谦逊。

"非也。驽骀[①]之才,无志腾骧[②]久矣。"又问:"何省?"宋告之。生曰:"竟不进取,足知高明。山左、右[③]并无一字通者。"宋曰:"北人固少通者,而不通者未必是小生;南人固多通者,然通者亦未必是足下。"言已,鼓掌。王和之,因而哄堂。生惭忿,轩眉攘腕而大言曰:"敢当前命题,一校文艺乎?"宋他顾而哂曰:"有何不敢!"便趋寓所,出经授王。王随手一翻,指曰:"'阙党童子将命[④]。'"生起,求笔札。宋曳之曰:"口占可也。我破已成:'于宾客往来之地,而见一无所知之人焉。'"王捧腹大笑。生怒曰:"全不能文,徒事嫚骂,何以为人!"王力为排难,请另命佳题。又翻曰:"'殷有三仁[⑤]焉。'"宋立应曰:"三子者不同道,其趋一也。夫一者何也?曰:仁也。君子亦仁而已矣,何必同?"生遂不作,起曰:"其为人也小有才。"遂去。

王以此益重宋。邀入寓室,款言移晷[⑥],尽出所作质[⑦]宋。宋流览绝疾,逾刻已尽百首,曰:"君亦沉深于此道者?然命笔时,无求必得之念,而尚有冀倖得之心,即此已落下乘。"遂取阅过者一一诠说。王大悦,师事之;使庖人以蔗糖作水角[⑧]。宋啖而甘之,曰:"生平未解此味,烦异日更一作也。"从此相得甚欢。宋三五日辄一至,王必为之设水角焉。余杭生时一遇之,虽不甚倾谈,而傲睨之气顿减。一日,以窗艺示宋。宋见诸友圈赞已浓,目一过,推置案头,不作一语。生疑其未阅,复请之。答已览竟。生又疑其不解。宋曰:"有何难解?但不佳耳!"生曰:"一览丹黄,何知不佳?"宋便诵其文,如夙读者,且诵且訾。生跼蹐汗流,不言而去。移时,宋去;生入,坚请王作。王拒之。生强搜得,见文多圈点,笑曰:"此大似水角子!"王故朴讷,觍然而已。次日,宋至,王具以告。宋怒曰:"我谓'南人不复反矣[⑨]',伧楚[⑩]何敢乃尔!必当有以报之!"王力陈轻薄之戒以

① 驽骀(tái)——劣马,喻平庸。
② 腾骧——马昂奔腾扬,喻为上进。
③ 山左、右——指今山东、山西两省。
④ 阙党童子将命——语出自《论语》,以此作考试题目,意谓"这个小老乡不努力攻读而是想走捷径。"
⑤ 殷有三仁——指殷商末年的三位大臣:微子、箕子、比干。
⑥ 晷(guǐ)——日影。
⑦ 质——请教。
⑧ 水角——水饺。
⑨ 南人不复反矣——语出《三国志》孟获言。
⑩ 伧楚——鄙陋之人。

劝之，宋深感佩。

既而场后，以文示宋，宋颇许。偶与涉历殿阁，见一瞽僧坐廊下，设药卖医。宋讶曰："此奇人也！最能知文，不可不一请教。"因命归寓取文。遇余杭生，遂与俱来。王呼师而参之。僧疑其问医者，便诘症候。王具白请教之意。僧笑曰："是谁多口？无目何以论文？"王请以耳代目。僧曰："三作两千余言，谁耐久听！不如焚之，我视以鼻可也。"王从之。每焚一作，僧嗅而颔之曰："君初法大家，虽未逼真，亦近似矣。我适受之以脾。"问："可中否？"曰："亦中得。"余杭生未深信，先以古大家文烧试之。僧再嗅曰："妙哉！此文我心受之矣，非归、胡[1]何解办此！"生大骇，始焚己作。僧曰："适领一艺，未窥全豹，何忽另易一人来也？"生托言："朋友之许，止此一首；此乃小生作也。"僧嗅其余灰，咳逆数声，曰："勿再投矣！格格而不能下，强受之以膈[2]；再焚，则作恶矣。"生惭而退。数日榜放，生竟领荐；王下第。生与王走告僧。僧叹曰："仆虽盲于目，而不盲于鼻；帘中人[3]并鼻盲矣。"俄余杭生至，意气发舒，曰："盲和尚，汝亦啖人水角耶？今竟何如？"僧曰："我所论者文耳，不谋与君论命。君试寻诸试官之文，各取一首焚之，我便知孰为尔师。"生与王并搜之，止得八九人。生曰："如有舛错，以何为罚？"僧愤曰："剜我盲瞳去！"生焚之，每一首，都言非是；至第六篇，忽向壁大呕，下气如雷。众皆粲然。僧拭目向生曰："此真汝师也！初不知而骤嗅之，棘于鼻，棘于腹，膀胱所不能容，直自下部出矣！"生大怒，去，曰："明日自见，勿悔，勿悔！"越二三日，竟不至；视之，已移去矣。乃知即某门生也。

宋慰王曰："凡吾辈读书人，不当尤人[4]，但当克己：不尤人则德益弘，能克己则学益进。当前踧落[5]，固是数之不偶；平心而论，文亦未便登峰，其由此砥砺，天下自有不盲之人。"王肃然起敬。又闻次年再行乡试，遂不归，止而受教。宋曰："都中薪桂米珠，勿忧资斧。舍后有窖镪，可以发用。"即示之处。王谢曰："昔窦、范[6]贫而能廉，今某幸能自给，敢自污

---

① 归、胡——指明代归有光、胡友信，以精于八股文著称于世。
② 膈(gé)——胸腔和腹腔间的膈膜。
③ 帘中人——指阅卷官员。
④ 尤人——怨恨他人。
⑤ 踧落——失意。
⑥ 窦、范——指宋代窦仪、范仲淹，二人皆少贫，居官后廉洁自律。

乎?”王一日醉眠,仆及庖人窃发之。王忽觉,闻舍后有声;窃出,则金堆地上。情见事露,并相慑伏。方诃责间,见有金爵,类多镌款,审视,皆大父[①]字讳。盖王祖曾为南部郎[②],入都寓此,暴病而卒,金其所遗也。王乃喜,秤得金八百余两。明日告宋,且示之爵,欲与瓜分,固辞乃已。以百金往赠瞽僧,僧已去。积数月,敦习益苦。及试,宋曰:“此战不捷,始真是命矣!”

俄以犯规被黜。王尚无言;宋大哭,不能止。王反慰解之。宋曰:“仆为造物所忌,困顿至于终身,今又累及良友。其命也夫!其命也夫!”王曰:“万事固有数在。如先生乃无志进取,非命也。”宋拭泪曰:“久欲有言,恐相惊怪。某非生人,乃飘泊之游魂也。少负才名,不得志于场屋。佯狂至都,冀得知我者,传诸著作。甲申之年[③],竟罹于难,岁岁飘蓬。幸相知爱,故极力为‘他山’之攻,生平未酬之愿,实欲借良朋一快之耳。今文字之厄若此,谁复能漠然哉!”王亦感泣,问:“何淹滞?”曰:“去年上帝有命,委宣圣及阎罗王核查劫鬼,上者备诸曹任用,余者即俾转轮。贱名已录,所未投到者,欲一见飞黄[④]之快耳。今请别矣!”王问:“所考何职?”曰:“樟潼府[⑤]中缺一司文郎[⑥],暂令聋僮署篆,文运所以颠倒。万一倖得此秩,当使圣教昌明。”明日,忻忻而至,曰:“愿遂矣!宣圣命作‘性道论’[⑦],视之色喜,谓可司文。阎罗稽簿,欲以‘口孽’[⑧]见弃。宣圣争之,乃得就。某伏谢已,又呼近案下,嘱云:‘今以怜才,拔充清要;宜洗心供职,勿蹈前愆。’此可知冥中重德行更甚于文学也。君必修行未至,但积善勿懈可耳。”王曰:“果尔,余杭生其德行何在?”曰:“不知。要冥司赏罚,皆无少爽。即前日瞽僧,亦一鬼也,是前朝名家。以生前抛弃字纸过多,罚作瞽。彼自欲医人疾苦,以赎前愆,故托游廛肆耳。”王命置酒。宋曰:“无须。终岁之扰,尽此一刻,再为我设水角足矣。”王悲怆不食,坐令自啖。顷刻,已过三盛,捧腹曰:“此餐可饱三日,吾以志君德耳。向所食,都在舍后,已成

---

① 大父——祖父。
② 南部郎——明初建都南京,指在南京当官。
③ 甲申之年——即明崇祯十七年(1644 年),明亡。
④ 飞黄——传说中的神马,飞黄腾达,此喻科举得志。
⑤ 樟潼府——指梓潼帝君府,主宰天下文教之神。
⑥ 司文郎——官名,此指职掌文运之神。
⑦ 性道论——人性、天道的论文,此为杜撰题目。
⑧ 口孽——佛教用语,也称“口业”。

菌矣。藏作药饵，可益儿慧。”王问后会，曰：“既有官责，当引嫌也。”又问：“梓潼祠中，一相酹祝，可能达否？”曰：“此都无益。九天甚远，但洁身力行，自有地司牒报，则某必与知之。”言已，作别而没。

王视舍后，果生紫菌①，采而藏之。旁有新土坟起，则水角宛然在焉。王归，弥自刻厉。一夜，梦宋舆盖而至，曰：“君向以小忿，误杀一婢，削去禄籍；今笃行已折除矣。然命薄不足任仕进也。”是年，捷于乡；明年，春闱又捷。遂不复仕。生二子，其一绝钝，啖以菌，遂大慧。后以故诣金陵，遇余杭生于旅次，极道契阔，深自降抑，然鬓毛斑矣。

异史氏曰：“余杭生公然自诩，意其为文，未必尽无可观；而骄诈之意态颜色，遂使人顷刻不可复忍。天人之厌弃已久，故鬼神皆玩弄之。脱能增修厥德，则帘内之‘刺鼻棘心’者，遇之正易，何所遭之仅也。”

丑 狐

穆生，长沙人。家清贫，冬无絮衣。一夕枯坐，有女子入，衣服炫丽而颜色黑丑，笑曰：“得毋寒乎？”生惊问之，曰：“我狐仙也。怜君枯寂，聊与共温冷榻耳。”生惧其狐，而厌其丑，大号。女以元宝置几上，曰：“若相谐好，以此相赠。”生悦而从之。床无裀褥，女代以袍。将晓，起而嘱曰：“所赠，可急市软帛作卧具；余者絮衣作馔，足矣。倘得永好，勿忧贫也。”遂去。生告妻，妻亦喜，即市帛为之缝纫。女夜至，见卧具一新，喜曰：“君家娘子劬劳哉！”留金以酬之。从此至无虚夕。每去，必有所遗。

年余，屋庐修洁，内外皆衣文锦绣，居然素封。女赂贻渐少，生由此心厌之，聘术士至，画符于门。女啮折而弃之，入指生曰：“背德负心，至君已极！然此奈何我！若相厌薄，我自去耳。但情义既绝，受于我者，须要偿也！”忿然而去。生惧，告术士。术士作坛，陈设未已，忽颠地下，血流满颊；视之，割去一耳。众大惧，奔散；术士亦掩耳窜去。室中掷石如盆，门窗釜甑，无复全者。生伏床下，蓄缩汗耸。俄见女抱一物入，猫首猧②尾，

① 紫菌(jùn)——紫芝，菌类植物，古人以为仙药，服食可长寿。
② 猫首猧尾——概指狸猫。

置床前，嗾之曰："嘻嘻！可嚼奸人足。"物即龁履，齿利于刃。生大惧，将屈藏之，四肢不能动。物嚼指，爽脆有声。生痛极，哀祝。女曰："所有金珠，尽出勿隐。"生应之。女曰："呵呵！"物乃止。生不能起，但告以处。女自往搜括，珠钿[①]衣服之外，止得二百余金。女少之。又曰："嘻嘻！"物复嚼。生哀鸣求恕。女限十日，偿金六百。生诺之，女乃抱物去。久之，家人渐聚，从床下曳生出，足血淋漓，丧其二指。视室中，财物尽空，惟当年破被存焉。遂以覆生，令卧。又惧十日复来，乃货婢鬻衣，以足其数。至期，女果至；急付之，无言而去。自此遂绝。

生足创，医药半年始愈，而家清贫如初矣。狐适近村于氏。于业农，家不中资；三年间，援例纳粟，夏屋连蔓，所衣华服，半生家物[②]。生见之，亦不敢问。偶适野，遇女于途，长跪道左。女无言，但以素巾裹五六金，遥掷之，反身径去。后于氏早卒，女犹时至其家，家中金帛辄亡去。于子睹其来，拜参之，遥祝："父即去世，儿辈皆若子，纵不抚恤，何忍坐令贫也？"女去，遂不复至。

异史氏曰："邪物之来，杀之亦壮；而既受其德，即鬼物不可负也。既贵而杀赵孟[③]，则贤豪非之矣。夫人非其心之所好，即万钟[④]何动焉？观其见金色喜，其亦利之所在，丧身辱行而不惜者欤？伤哉贪人，卒取残败！"

吕 无 病

洛阳孙公子，名麒，娶蒋太守女，甚相得。二十夭殂，悲不自胜。离家，居山中别业。适阴雨，昼卧，室无人。忽见复室帘下，露妇人足，疑而问之。有女子褰帘入，年约十八九，衣服朴洁，而微黑多麻，类贫家女。意必村中僦屋者，呵曰："所须宜白家人，何得轻入！"女微笑曰："妾非村中人，祖籍山东，吕姓。父文学士[⑤]。妾小字无病。从父客迁，早离顾复。

① 钿(diàn)——饰物。
② 半生家物——多半是穆生家的东西。
③ 赵孟——即赵盾，春秋时晋国大夫，曾执国政。
④ 万钟——喻指大量的粮食和财富。
⑤ 文学士——博学之士，泛指读书人。

慕公子世家名士，愿为康成文婢[①]。”孙笑曰：“卿意良佳。但仆辈杂居，实所不便，容旋里后，当舆聘之。”女次且曰：“自揣陋劣，何敢遂望敌体[②]？聊备案前驱使，当不至倒捧册卷。”孙曰：“纳婢亦须吉日。”乃指架上，使取通书[③]第四卷——盖试之也。女翻检得之。先自涉览，而后进之，笑曰：“今日河魁[④]不曾在房。”孙意少动，留匿室中。女闲居无事，为之拂几整书，焚香拭鼎，满室光洁。孙悦之。至夕，遣仆他宿。女俯眉承睫，殷勤臻至。命之寝，始持烛去，中夜睡醒。则床头似有卧人；以手探之，知为女，捉而撼焉。女惊起，立榻下。孙曰：“何不别寝，床头岂汝卧处也？”女曰：“妾善惧。”孙怜之，俾施枕床内。忽闻气息之来，清如莲蕊，异之；呼与共枕，不觉心荡；渐于同衾，大悦之。念避匿非策，又恐同归招议。孙有母姨，近隔十余门，谋令遁诸其家，而后再致之。女称善，便言：“阿姨，妾熟识之，无容先达，请即去。”孙送之，逾垣而去。

孙母姨，寡媪也。凌晨起户，女掩入。媪诘之，答云：“若甥遣问阿姨。公子欲归，路赊[⑤]乏骑，留奴暂寄此耳。”媪信之，遂止焉。孙归，矫谓姨家有婢，欲相赠，遣人舁之而还，坐卧皆以从。久益嬖之，纳为妾。世家论婚，皆勿许，殆有终焉之志。女知之，苦劝令娶；乃娶于许，而终嬖爱无病。许甚贤，略不争夕；无病事许益恭：以此嫡庶偕好。许举一子阿坚，无病爱抱如己出。儿甫三岁，辄离乳媪，从无病宿，许唤不去。无何，许病卒。临诀，嘱孙曰：“无病最爱儿，即令子之可也；即正位焉亦可也。”即葬，孙将践其言，告诸宗党；佥谓不可；女亦固辞，遂止。

邑有王天官女，新寡，来求婚。孙雅不欲娶，王再请之。媒道其美，宗族仰其势，共怂恿之。孙惑焉，又娶之。色果艳；而骄已甚，衣服器用，多厌嫌，辄加毁弃。孙以爱敬故，不忍有所拂。入门数月，擅宠专房，而无病至前，笑啼皆罪。时怒迁夫婿，数相闹斗。孙患苦之，以多独宿。妇又怒。孙不能堪，托故之都[⑥]，逃妇难也。妇以远游咎无病。无病鞠躬屏气，承望颜色，而妇终不快。夜使直宿床下，儿奔与俱。每唤起给使，儿辄啼。

① 康成文婢——即东汉古文经学大师郑玄家的奴婢，此喻指孙生。
② 敌体——处于对等地位的妻子。
③ 通书——指历书。
④ 河魁——丛星名，月中凶神。
⑤ 路赊——路远。
⑥ 托故之都——借口有事赶赴京城。

妇厌骂之。无病急呼乳媪来抱之，不去；强之，益号。妇怒起，毒挞无算，始从乳媪去。儿以是病悸，不食。妇禁无病不令见之。儿终日啼，妇叱媪，使弃诸地。儿气竭声嘶，呼而求饮；妇戒勿与。日既暮，无病窥妇不在，潜饮儿。儿见之，弃水捉衿，号咷不止。妇闻之，意气汹汹而出。儿闻声辍涕，一跃遂绝。无病大哭。妇怒曰："贱婢丑态！岂以儿死胁我耶！无论孙家襁褓物，即杀王府世子，王天官女亦能任之！"无病乃抽息忍涕，请为葬具。妇不许，立命弃之。妇去，窃抚儿，四体犹温，隐语媪曰："可速将去，少待于野，我当继至。其死也，共弃之；活也，共抚之。"媪曰："诺。"无病入室，携簪珥出，追及之。共视之，已苏。二人喜，谋趋别业，往依姨。媪虑其纤步为累，无病乃先趋以俟之，疾若飘风，媪力奔始能及。约二更许，儿病危，不复可前。遂斜行入村，至田叟家，倚门待晓，扣扉借室，出簪珥易资，巫医并致，病卒不瘳。女掩泣曰："媪好视儿，我往寻其父也。"媪方惊其谬妄，而女已杳矣。骇诧不已。是日，孙在都，方憩息床上，女悄然入。孙惊起曰："才眠已入梦耶！"女握手哽咽，顿足不能出声。久之久之，方失声而言曰："妾历千辛，与儿逃于杨——"句未终，纵声大哭，倒地而灭。孙骇绝，犹疑为梦；唤从人共视之，衣履宛然，大异不解。即刻趣装，星驰而归。

既闻儿死妾遁，抚膺大悲。语侵妇，妇反唇相稽。孙忿，出白刃；婢妪遮救，不得近，遥掷之。刀脊中额，额破血流，披发嗥叫而出，将以奔告其家。孙捉还，杖挞无数，衣皆若缕，伤痛不可转侧。孙命舁诸房中护之，将待其瘥而后出之。妇兄弟闻之，怒，率多骑登门；孙亦集健仆械御之。两相叫骂，竟日始散。王未快意，讼之。孙捍卫[1]入城，自诣质审，诉妇恶状。宰不能屈，送广文[2]惩戒以悦王。广文朱先生，世家子，刚正不阿。廉得情，怒曰："堂上公以我为天下之龌龊教官，勒索伤天害理之钱，以吮人痈痔[3]者耶！此等乞丐相，我所不能！"竟不受命。孙公然归。王无奈之，乃示意朋好，为之调停，欲生谢过其家。孙不肯，十反不能决。妇创渐平，欲出之，又恐王氏不受，因循而安之。妾亡子死，夙夜伤心，思得乳媪，一问其情。因忆无病言"逃于杨"，近村有杨家疃，疑其在是；往问之，并无

---

① 捍卫——护卫。
② 广文——泛指儒学教官。
③ 吮人痈痔——喻为奉迎上官而做卑鄙下流之事。

知者。或言五十里外有杨谷，遣骑诣讯，果得之。儿渐平复；相见各喜，载与俱归。儿望见父，嗷然大啼，孙亦泪下。妇闻儿尚存，盛气奔出，将致诮骂。儿方啼，开目见妇，惊投父怀，若求藏匿。抱而视之，气已绝矣。急呼之，移时始苏。孙恚曰："不知如何酷虐，遂使吾儿至此！"乃立离婚书，送妇归。王果不受，又舁还孙。孙不得已，父子别居一院，不与妇通。乳媪乃备述无病情状，孙始悟其为鬼。感其义，葬其衣履，题碑曰"鬼妻吕无病之墓"。无何，妇产一男，交手于项而死之。孙益忿，复出妇；王以舁还之。孙乃具状，控诸上台，皆以天官故，置不理。后天官卒，孙控不已，乃判令大归。孙由此不复娶，纳婢焉。

妇既归，悍名噪甚，三四年无问名者。妇顿悔，而已不可复挽。有孙家旧媪，适至其家。妇优待之，对之流涕；揣其情，似念故夫。媪归告孙，孙笑置之。又年余，妇母又卒，孤无所依，诸娣姒颇厌嫉之；妇益失所，日辄涕零。一贫士丧偶，兄议厚其奁妆而遣之，妇不肯。每阴托往来者致意孙，泣告以悔，孙不听。一日，妇率一婢，窃驴跨之，竟奔孙。孙方自内出，迎跪阶下，泣不可止。孙欲去之，妇牵衣复跪之。孙固辞曰："如复相聚，常无间言则已耳；一朝有他，汝兄弟如虎狼，再求离逷，岂可复得！"妇曰："妾窃奔而来，万无还理。留则留之，否则死之！且妾自二十一岁从君，二十三岁被出，诚有十分恶，宁无一分情？"乃脱一腕钏，并两足而束之，袖覆其上，曰："此时香火之誓，君宁不忆之耶？"孙乃荧眦欲泪，使人挽扶入室；而犹疑王氏诈谖①，欲得其兄弟一言为证据。妇曰："妾私出，何颜复求兄弟？如不相信，妾藏有死具在此，请断指以自明。"遂于腰间出利刃，就床边伸左手一指断之，血溢如涌。孙大骇，急为束裹。妇容色痛变，而更不呻吟，笑曰："妾今日黄粱之梦已醒，特借斗室为出家计，何用相猜？"孙乃使子及妾另居一所，而己朝夕往来于两间。又日求良药医指创，月余寻愈。妇由此不茹荤酒，闭户诵佛而已。居久，见家政废弛，谓孙曰："妾此来，本欲置他事于不问；今见如此用度，恐子孙有饿莩者矣。无已，再腆颜②一经纪之。"乃集婢媪，按日责其绩织。家人以其自投也，慢之，窃相诮讪，妇若不闻。既而课工，惰者鞭挞不贷，众始惧之。又垂帘课主计仆，

---

① 诈谖（xuān）——欺诈。
② 腆颜——厚颜。

综理微密。孙乃大喜，使儿及妾皆朝见之。阿坚已九岁，妇加意温恤，朝入塾，常留甘饵以待其归；儿亦渐亲爱之。一日，儿以石投雀，妇适过，中颅而仆，逾刻不语。孙大怒，挞儿。妇苏，力止之，且喜曰："妾昔虐儿，中心每不自释，今幸销一罪案矣。"孙益嬖爱之，妇每拒，使就妾宿。居数年，屡产屡殇，曰："此昔日杀儿之报也。"阿坚既娶，遂以外事委儿，内事委媳。一日曰："妾某日当死。"孙不信。妇自理葬具，至日，更衣入棺而卒。颜色如生，异香满室；既殓，香始渐灭。

异史氏曰："心之所好，原不在妍媸[①]也。毛嫱、西施[②]，焉知非自爱之者美之乎？然不遭悍妒，其贤不彰，几令人与嗜痂者并笑矣。至锦屏之人[③]，其夙根原厚，故豁然一悟，立证菩提[④]；若地狱道中，皆富贵而不经艰难者矣。"

钱 卜 巫

夏商，河间[⑤]人。其父东陵，豪富侈汰，每食包子，辄弃其角，狼藉满地。人以其肥重，呼之"丢角太尉"。暮年，家綦贫，日不给餐；两肱瘦，垂革如囊，人又呼"募庄僧"[⑥]——谓其挂袋也。临终，谓商曰："余生平暴殄天物，上干天怒，遂至饥冻以死。汝当惜福力行，以盖父愆。"商恪遵治命，诚朴无二，躬耕自给。乡人咸爱敬之。富人某翁哀其贫，假以资，使学负贩，辄亏其母。愧无以偿，请为佣。翁不肯。商瞿然[⑦]不自安，尽货其田宅，往酬翁。翁诘得情，益怜之，强为赎还旧业；又益贷以重金，俾作贾。商辞曰："十数金尚不能偿，奈何结来世驴马债也？"翁乃招他贾与偕。数月而返，仅能不亏；翁不收其息，使复之。年余，货资盈辇[⑧]，归至江，遭飓，舟几覆，物半丧失。归计所有，略可偿主，遂语贾曰："天之所贫，谁能

① 妍媸——美丑。
② 毛嫱、西施——古代两个绝色美女。
③ 锦屏之人——泛指深闺女子。
④ 菩提——佛教用语，佛果、正觉，佛教真理。
⑤ 河间——府名，治今河北河间县。
⑥ 募庄僧——沿村庄募化之僧人。
⑦ 瞿然——吃惊状。
⑧ 辇——车。

救之？此皆我累君也！”乃稽簿付贾，奉身而退。翁再强之，必不可，躬耕如故。每自叹曰：“人生世上，皆有数年之享，何遂落拓如此？”

会有外来巫，以钱卜，悉知人运数。敬诣之。巫，老妪也。寓室精洁，中设神座，香气常熏。商入朝拜讫，巫便索资。商授百钱，巫尽内木筒中，执跪座下，摇响如祈祷状。已而起，倾钱入手，而后于案上次第摆之。其法以字为否，幕为亨[①]；数至五十八皆字，以后则尽幕矣。遂问：“庚甲[②]几何？”答：“二十八岁。”巫摇首曰：“早矣！早矣！官人现行者先人运，非本身运。五十八岁，方交本身运，始无盘错[③]也。”问：“何谓先人运？”曰：“先人有善，其福未尽，则后人享之；先人有不善，其祸未尽，则后人亦受之。”商屈指曰：“再三十年，齿已老耄，行就木矣。”巫曰：“五十八以前，便有五年回闰，略可营谋；然仅免饥寒耳。五十八之年，当有巨金自来，不须力求。官人生无过行，再世享之不尽也。”

别巫而返，疑信半焉。然安贫自守，不敢妄求。后至五十三岁，留意验之。时方东作[④]，病痁[⑤]不能耕。既痊，天大旱，早禾尽枯。近秋方雨，家无别种，田数亩悉以种谷。既而又旱，荞菽半死，惟谷无恙；后得雨勃发，其丰倍焉。来春大饥，得以无馁。商以此信巫，从翁贷资，小权子母，辄小获；或劝作大贾，商不肯。迨五十七岁，偶葺墙垣，掘地得铁釜；揭之，白气如絮，惧不敢发。移时，气尽，白镪满瓮。夫妻共运之，秤计一千三百二十五两。窃议巫术小舛[⑥]。邻人妻入商家，窥见之，归告夫。夫忌焉，潜告邑宰。宰最贪，拘商索金。妻欲隐其半，商曰：“非所宜得，留之贾[⑦]祸。”尽献之。宰得金，恐其漏匿，又追贮器，以金实之，满焉，乃释商。居无何，宰迁南昌同知[⑧]。逾岁，商以懋迁[⑨]至南昌，则宰已死。妻子将归，货其粗重；有桐油若干篓，商以直贱，买之以归。既抵家，器有渗漏，泻注他器，则内有白金二铤；遍探皆然。兑之，适得前掘镪之数。商由此暴富，

---

① 亨——顺利通达。
② 庚甲——年岁。
③ 盘错——盘曲交替。
④ 时方东作——时值春耕。
⑤ 病痁（shān）——患疟疾。
⑥ 舛——差错。
⑦ 贾——招致。
⑧ 同知——知州、知府的佐官。
⑨ 懋迁——贸易。

益赡贫穷，慷慨不吝。妻劝积贻子孙，商曰："此即所以遗子孙也。"邻人赤贫至为丐，欲有所求，而心自愧。商闻而告之曰："昔日事，乃我时数未至，故鬼神假子手以败之，于汝何尤？"遂周给之。邻人感泣。后商寿八十，子孙承继，数世不衰。

异史氏曰："汰侈已甚，王侯不免，况庶人乎！生暴天物，死无含饭，可哀矣哉！幸而鸟死鸣哀，子能干蛊[①]，穷败七十年，卒以中兴；不然，父孽累子，子复累孙，不至乞丐相传不止矣。何物老巫，遂发天之秘？呜呼！怪哉！"

姚　安

姚安，临洮人，美丰标[②]。同里宫姓，有女字绿娥，艳而知书，择偶不嫁。母语人曰："门族丰采，必如姚某始字之。"姚闻，绐[③]妻窥井，挤堕之，遂娶绿娥。雅甚亲爱。然以其美也，故疑之：闭户相守，步辄缀焉；女欲归宁，则以两肘支袍，覆翼以出，入舆封志[④]，而后驰随其后，越宿，促与俱归。女心不能善，忿曰："若有桑中约[⑤]，岂琐琐所能止也！"姚以故他往，则扃女室中。女益厌之，俟其去，故以他钥置门外以疑之。姚见大怒，问所自来。女愤言："不知！"姚愈疑，伺察弥严。

一日，自外至，潜听久之，乃开锁启扉，惟恐其响，悄然掩入。见一男子貂冠卧床上，忿怒，取刀奔入，力斩之。近视，则女昼眠畏寒，以貂覆面也。大骇，顿足自悔。宫翁忿质官。官收姚，褫衿苦械[⑥]。姚破产，以巨金赂上下，得不死。由此精神迷惘，若有所失。适独坐，见女与髯[⑦]丈夫，狎亵榻上，恶之，操刀而往，则没矣；反坐，又见之。怒甚，以刀击榻，席褥断裂。愤然执刀，近榻以伺之，见女面立，视之而笑。遽斫之，立断其首；

---

① 干蛊——以子贤德掩父母之过。
② 丰标——风度仪态。
③ 绐——欺骗。
④ 入舆封志——待坐入轿中后，贴上封条。
⑤ 桑中约——男女幽会。
⑥ 褫衿苦械——扒掉学子衿服，动用酷刑。
⑦ 髯——颊毛。

既坐，女不移处，而笑如故。夜间灭烛，则闻淫溺之声，亵不可言。日日如是，不复可忍，于是鬻其田宅，将卜居他所。至夜，偷儿穴壁入，劫金而去。自此贫无立锥，忿恚而死。里人藁葬[①]之。

异史氏曰："爱新而杀其旧，忍乎哉！人止知新鬼为厉，而不知故鬼之夺其魄也。呜呼！截指而适其屦[②]，不亡何待！"

采 薇 翁

明鼎革，干戈蜂起。於陵[③]刘芝生先生，聚众数万，将南渡。忽一肥男子诣栅门，敞衣露腹，请见兵主。先生延入与语，大悦之。问其姓名，自号采薇翁。刘留参帷幄，赠以刃。翁言："我自有利兵，无须矛戟。"问："兵何在？"翁乃捋衣露腹，脐大可容鸡子；忍气鼓之，忽脐中塞肤嗤然，突出剑跗[④]；握而抽之，白刃如霜。刘大惊，问："止此乎？"笑指腹曰："此武库也，何所不有。"命取弓矢，又如前状，出雕弓一具；略一闭息，则一矢飞堕，其出不穷。已而剑插脐中，即都不见。刘神之，与同寝处，敬礼甚备。

时营中号令虽严，而乌合之群，时出剽掠。翁曰："兵贵纪律；今统数万之众，而不能镇慑人心，此败亡之道也。"刘喜之，于是纠察卒伍，有掠取妇女财物者，枭以示众。军中稍肃，而终不能绝。翁不时乘马出，遨游部伍间，而军中悍将骄卒，辄首自堕地，不知何因。因共疑翁。前进严饬之策，兵士已畏恶之；至此益相憾怨。诸部领谮于刘曰："采微翁，妖术也。自古名将，止闻以智，不闻以术。浮云、白雀之徒[⑤]，终致灭亡。今无辜将士，往往自失其首，人情汹惧；将军与处，亦危道也，不如图之。"刘从其言，谋俟其寝而诛之。使觇翁，翁坦腹方卧，鼻息如雷。众大喜，以兵绕舍，两人持刀入，断其头；及举刀，头已复合，息如故，大惊。又砍其腹；腹裂无

---

① 藁葬——裹以苇席埋葬。
② 屦(jù)——鞋子。
③ 於(wū)陵——古地名，在今山东邹平县境。
④ 剑跗(fū)——剑把。
⑤ 浮云、白雀之徒——指剑侠神仙。

血，其中戈矛森聚，尽露其颖[①]。众益骇，不敢近；遥拨以矟[②]，而铁弩大发，射中数人。众惊散，白刘。刘急诣之，已杳矣。

崔　猛

崔猛，字勿猛。建昌[③]世家子。性刚毅，幼在塾中，诸童稍有所犯，辄奋拳殴击，师屡戒不悛；名、字，皆先生所赐也。至十六七，强武绝伦，又能持长竿跃登夏屋。喜雪不平，以是乡人共服之，求诉禀白者盈阶满室。崔抑强扶弱，不避怨嫌；稍逆之，石杖交加，支体为残。每盛怒，无敢劝者。惟事母孝，母至则解。母谴责备至，崔唯唯听命，出门辄忘。比邻有悍妇，日虐其姑。姑饿濒死，子窃啖之；妇知，诟厉万端，声闻四院。崔怒，逾垣而过，鼻耳唇舌尽割之，立毙。母闻大骇，呼邻子极意温恤，配以少婢，事乃寝。母愤泣不食。崔惧，跪请受杖，且告以悔。母泣不顾。崔妻周，亦与并跪。母乃杖子，而又针刺其臂，作十字纹，朱涂之，俾勿灭。崔并受之。母乃食。

母喜饭僧道，往往餍饱之。适一道士在门，崔过之。道士目之曰："郎君多凶横之气，恐难保其令终。积善之家，不宜有此。"崔新受母戒，闻之，起敬曰："某亦自知；但一见不平，苦不自禁。力改之，或可免否?"道士笑曰："姑勿问可免不可免，请先自问能改不能改。但当痛自抑；如有万分之一，我告君以解死之术。"崔生平不信厌禳，笑而不言。道士曰："我固知君不信。但我所言，不类巫觋[④]，行之亦盛德；即或不效，亦无妨碍。"崔请教，乃曰："适门外一后生，宜厚结之，即犯死罪，彼亦能活之也。"呼崔出，指示其人。盖赵氏儿，名僧哥。赵，南昌人，以岁祲[⑤]饥，侨寓建昌。崔由是深相结，请赵馆于其家，供给优厚。僧哥年十二，登堂拜母，约为弟昆。逾岁东作[⑥]，赵携家去。音问遂绝。

---

① 颖——尖。
② 矟(shuò)——同"槊"，类似长茅。
③ 建昌——府名，今江西南城县。
④ 巫觋(xí)——巫师。
⑤ 祲——浸，深。
⑥ 东作——春耕。

崔母自邻妇死，戒子益切，有赴诉者，辄摈斥之。一日，崔母弟卒，从母往吊。途遇数人，絷一男子，呵骂促步，加以捶扑。观者塞途，舆不得进。崔问之，识崔者竞相拥告。先是，有巨绅子某甲者，豪横一乡，窥李申妻有色，欲夺之，道无由[①]。因命家人诱与博赌，贷以资而重其息，要使署妻于券，资尽复给。终夜，负债数千；积半年，计子母三十余千。申不能偿，强以多人篡取其妻。申哭诸其门。某怒，拉系树上，榜笞刺剟，逼立"无悔状"。崔闻之，气涌如山，鞭马前向，意将用武。母搴帘而呼曰："唶[②]！又欲尔耶！"崔乃止。既吊而归，不语亦不食，兀坐直视，或有所嗔。妻诘之，不答。至夜，和衣卧榻上，辗转达旦。次夜复然，忽启户出，辄又还卧。如此三四，妻不敢诘，惟慑息以听之。既而迟久乃反，掩扉熟寝矣。是夜，有人杀某甲于床上，刳腹流肠；申妻亦裸尸床下。官疑申，捕治之。横被残梏，踝骨皆见，卒无词。积年余，不堪刑，诬服，论辟[③]。会崔母死。既殡，告妻曰："杀甲者，实我也。徒以有老母故，不敢泄。今大事已了，奈何以一身之罪殃他人？我将赴有司死耳！"妻惊挽之，绝裾而去，自首于庭。官愕然，械送狱，释申。申不可，坚以自承。官不能决，两收之。戚属皆诮让申。申曰："公子所为，是我欲为而不能者也。彼代我为之，而忍坐视其死乎？今日即谓公子未出也可。"执不异词，固与崔争。久之，衙门皆知其故，强出之，以崔抵罪，濒就决矣。会恤刑官赵部郎，案临阅囚，至崔名，屏人而唤之。崔入，仰视堂上，僧歌也。悲喜实诉。赵徘徊良久，仍令下狱，嘱狱卒善视之。寻以自首减等，充云南军。申为服役而去。未期年，援赦而归：皆赵力也。

既归，申终从不去，代为纪理生业。予之资，不受。缘橦技击之术，颇以关怀。崔厚遇之，买妇授田焉。崔由此力改前行，每抚臂上刺痕，泫然流涕。以故乡邻有事，申辄矫命排解，不相禀白。有王监生者，家豪富，四方无赖不仁之辈，出入其门。邑中殷实者，多被劫掠；或迕之，辄遣盗杀诸途。子亦淫暴。王有寡婶，父子俱烝[④]之。妻仇氏，屡沮王，王缢杀之。仇兄弟质诸官，王赇属，以告者坐诬。兄弟冤愤莫伸，诣崔求诉。申绝之

---

① 道无由——找不到理由。
② 唶(jiè)——斥责声。
③ 论辟——判处死刑。
④ 烝(zhēng)——乱伦。

使去。过数日,客至,适无仆,使申瀹茗。申默然出,告人曰:“我与崔猛朋友耳,从徙万里,不可谓不至矣;曾无廪给,而役同厮养,所不甘也!”遂忿而去。或以告崔。崔讶其改节,而亦未之奇也。申忽讼于官,谓崔三年不给佣值。崔大异之,亲与对状,申忿相争。官不直之,责逐而去。又数日,申忽夜入王家,将其父子婶妇并杀之,粘纸于壁,自书姓名;及追捕之,则亡命无迹。王家疑崔主使,官不信。崔始悟前此之讼,盖恐杀人之累己也。关行附近州邑,追捕甚急。会闯贼犯顺,其事遂寝。

及明鼎革,申携家归,仍与崔善如初。时土寇啸聚,王有从子得仁,集叔所招无赖,据山为盗,焚掠村疃。一夜,倾巢而至,以报仇为名。崔适他出;申破扉始觉,越墙伏暗中。贼搜崔、李不得,掳崔妻,括财物而去。申归,止有一仆,忿极,乃断绳数十段,以短者付仆,长者自怀之。嘱仆越贼巢,登半山,以火爇绳,散挂荆棘,即反勿顾。仆应而去。申窥贼皆腰束红带,帽系红绢,遂效其装。有老牝马初生驹,贼弃诸门外。申乃缚驹跨马,衔枚而出,直至贼穴。贼据一大村,申絷马村外,逾垣入。见贼众纷纭,操戈未释。申窃问诸贼,知崔妻在王某所。俄闻传令,俾各休息,轰然嗷应。忽一人报东山有火,众贼共望之;初犹一二点,既而多类星宿①。申坌息②急呼东山有警。王大惊,束装率众而出。申乘间漏出其右,返身入内。见两贼守帐,绐之曰:“王将军遗佩刀。”两贼竞觅。申自后斫之,一贼踣;其一回顾,申又斩之。竟负崔妻越垣而出。解马授辔,曰:“娘子不知途,纵马可也。”马恋驹奔驶,申从之。出一隘口,申灼火于绳,遍悬之,乃归。

次日,崔还,以为大辱,形神跳躁,欲单骑往平贼。申谏止之。集村人共谋,众恇怯莫敢应。解谕再四,得敢往二十余人,又苦无兵。适于得仁族姓家获奸细二,崔欲杀之,申不可;命二十人各持白梃,具列于前,乃割其耳而纵之。众怨曰:“此等兵旅,方惧贼知,而反示之。脱其倾队而来阖村③不保矣!”申曰:“吾正欲其来也。”执匿盗者诛之。遣人四出,各假弓矢火铳,又诣邑借巨炮二。日暮,率壮士至隘口,置炮当其冲④;使二人匿火而伏,嘱见贼乃发。又至谷东口,伐树置崖上。已而与崔各率十余人,

---

① 星宿——星星。
② 坌(fén)息——大口喘息。
③ 阖村——全村。
④ 冲——要冲之地。

分岸伏之。一更向尽，遥闻马嘶，贼果大至，襁[①]属不绝。俟尽入谷，乃推堕树木，断其归路。俄而炮发，喧腾号叫之声，震动山谷。贼骤退，自相践踏；至东口，不得出，集无隙地。两岸铳矢夹攻，势如风雨，断头折足者，枕藉沟中。遗二十余人，长跪乞命。乃遣人絷送以归。乘胜直抵其巢。守巢者闻风奔窜，搜其辎重而还。崔大喜，问其设火之谋。曰："设火于东，恐其西追也；短，欲其速尽，恐侦知其无人也；既而设于谷口，口甚隘，一夫可以断之，彼即追来，见火必惧：皆一时犯险之下策也。"取贼鞫之，果追入谷，见火惊退。二十余贼，尽劓刖[②]而放之。由此威声大震，远近避乱者从之如市，得土团[③]三百余人。各处强寇无敢犯，一方赖之以安。

异史氏曰："快牛必能破车[④]，崔之谓哉！志意慷慨，盖鲜俪矣。然欲天下无不平之事，宁非意过其通者与[⑤]？李申，一介细民，遂能济美。缘橦飞入，剪禽兽于深闺；断路夹攻，荡幺魔于隘谷。使得假五丈之旗[⑥]，为国效命，乌在不南面而王哉！"

诗 谳[⑦]

青州居民范小山，贩笔为业，行贾未归。四月间，妻贺氏独居，夜为盗所杀。是夜微雨，泥中遗诗扇一柄，乃王晟之赠吴蜚卿者。晟，不知何人；吴，益都之素封，与范同里，平日颇有佻达之行，故里党共信之。郡县拘质，坚不伏，惨被械梏，诬以成案；驳解往复，历十余官，更无异议。吴亦自分必死，嘱其妻罄竭所有，以济茕独。有向其门诵佛千者，给以絮裤；至万者絮袄：于是乞丐如市，佛号声闻十余里。因而家骤贫，惟日货田产以给资斧。阴赂监者使市鸩。夜梦神人告之："子勿死，曩日'外边凶'，目下'里边吉'矣。"再睡，又言，以是不果死。

---

① 襁——拉箭弦声。
② 劓刖(yì yuè)——割鼻、断足。
③ 土团——乡勇。
④ 快牛必能破车——刚勇之人一定招致灾祸。
⑤ 宁非意过其通者与——难道仅按常理就能想像的吗？
⑥ 五丈之旗——借指朝廷授予其军权。
⑦ 谳——狱，案。

未几，周元亮先生分守是道，录囚至吴，若有所思。因问："吴某杀人，有何确据？"范以扇对。先生熟视扇，便问："王晟何人？"并云不知。又将爰书细阅一过，立命脱其死械，自监移之仓[①]。范力争之。怒曰："尔欲妄杀一人便了却耶？抑将得仇人而甘心耶？"众疑先生私吴，俱莫敢言。先生标朱签[②]，立拘南郭某肆主人。主人惧，莫知所以。至则问曰："肆壁有东莞[③]李秀诗，何时题耶？"答云："旧岁提学案临，有日照[④]二三秀才，饮醉留题，不知所居何里。"遂遣役至日照，坐拘李秀。数日，秀至。怒曰："既作秀者，奈何谋杀人？"秀顿首错愕，曰："无之！"先生掷扇下，令其自视，曰："明系尔作，何诡托王晟？"秀审视，曰："诗真某作，字实非某书。"曰："既知汝诗，当即汝友。谁书者？"秀曰："迹似沂州王佐。"乃遣役关拘王佐。佐至，呵问如秀状。佐供："此益都铁商张成索某书者，云晟其表兄也。"先生曰："盗在此矣。"执成至，一讯遂伏。

先是，成窥贺美，欲挑之。恐不谐。念托于吴，必人所共信，故伪为吴扇，执而往。谐则自认，不谐则嫁名于吴，而实不期至于杀也。逾垣入，逼妇。妇因独居，常以刃自卫。既觉，捉成衣，操刀而起。成惧，夺其刀。妇力挽，令不得脱，且号。成益窘，遂杀之，委[⑤]扇而去。三年冤狱，一朝而雪，无不诵神明者。吴始悟"里边吉"乃"周"字也。然终莫解其故。

后邑绅乘间请之，笑曰："此最易知。细阅爰书，贺被杀在四月上旬；是夜阴雨，天气犹寒，扇乃不急之物，岂有忙迫之时，反携此以增累者，其嫁祸可知。向避雨南郭，见题壁诗与箑头[⑥]之作，口角相类，故妄度李生，果因是而得真盗。"闻者叹服。

异史氏曰："人之深者，当其无有有之用[⑦]。词赋文章，华国之具也，而先生以相天下士，称孙阳[⑧]焉。岂非入其中深乎？而不谓相士之道，移

---

① 自监移之仓——从内牢移至外监。
② 朱签——红色竹签，拘捕犯人的凭证。
③ 东莞——古县名，治今山东莒县。
④ 日照——县名，今属山东莒县。
⑤ 委——丢弃。
⑥ 箑(shà)头——扇子。
⑦ 当其无有有之用——深入事理之人，能于无用处发现有用的证据。
⑧ 孙阳——即伯乐，春秋时秦国人，善相马。

于折狱[1]。《易》曰：'知几其神。'[2]先生有之矣。"

鹿　衔　草

关外[3]山中多鹿。土人戴鹿首，伏草中，卷叶作声，鹿即群至。然牡少而牝多。牡交群牝，千百必遍，既遍遂死。众牝嗅之，知其死，分走谷中，衔异草置吻旁以熏之，顷刻复苏。急鸣金施铳，群鹿惊走。因取其草，可以回生。

小　棺

天津有舟人某，夜梦一人教之曰："明日有载竹笥[4]赁舟者，索之千金；不然，勿渡也。"某醒，不信。既寐，复梦，且书"⿸厂页、⿸厂⿱页⿰页页、⿸厂⿱⿰页页页"三字于壁，嘱云："倘渠吝价，当即书此示之。"某异之。但不识其字，亦不解何意。

次日，留心行旅。日向西，果有一人驱骡载笥来，问舟。某如梦索价。其人笑之。反复良久，某牵其手，以指书前字。其人大愕，即刻而灭。搜其装载，则小棺数万余，每具仅长指许，各贮滴血而已。某以三字传示遐迩，并无知者。未几，吴逆[5]叛谋既露，党羽尽诛，陈尸几如棺数焉。徐白山说。

邢　子　仪

滕有杨某，从白莲教党，得左道之术。徐鸿儒诛后，杨幸漏脱，遂挟术

① 移于折狱——体现在断案上。
② 知几其神——了解事物的微妙变化而能把握其间道理。
③ 关外——山海关以外地区。
④ 竹笥——竹制方形盛器。
⑤ 吴逆——指吴三桂。

以遨。家中田园楼阁，颇称富有。至泗上[1]某绅家，幻法为戏，妇女出窥。杨睨其女美，归谋摄取之。其继室朱氏，亦风韵，饰以华妆，伪作仙姬；又授木鸟，教之作用；乃自楼头推堕之。朱觉身轻如叶，飘飘然凌云而行。无何，至一处，云止不前，知已至矣。是夜，月明清洁，俯视甚了。取木鸟投之，鸟振翼飞去，直达女室。女见彩禽翔入，唤婢扑之，鸟已冲帘出。女追之，鸟堕地作鼓翼声；近逼之，扑入裙底；展转间，负女飞腾，直冲霄汉。婢大号。朱在云中言曰："下界人勿须惊怖，我月府姮娥也。渠是王母第九女，偶谪尘世。王母日切怀念，暂招去一相会聚，即送还耳。"遂与结襟而行。方及泗水之界，适有放飞爆者，斜触鸟翼；鸟惊堕，牵朱亦堕，落一秀才家。

秀才邢子仪，家赤贫而性方鲠[2]。曾有邻妇夜奔，拒不纳。妇衔愤去，谮诸其夫，诬以挑引。夫固无赖，晨夕登门诟辱之。邢因货产，僦居别村。有相者顾某，善决人福寿，邢踵门叩之。顾望见笑曰："君富足千钟，何着败絮见人？岂谓某无瞳耶？"邢嗤妄之。顾细审曰："是矣。固虽萧索，然金穴不远矣。"邢又妄之。顾曰："不惟暴富，且得丽人。"邢终不以为信。顾推之出，曰："且去且去，验后方索谢耳。"是夜，独坐月下，忽二女自天降，视之，皆丽姝。诧为妖，诘问之，初不肯言。邢将号召乡里，朱惧，始以实告，且嘱勿泄，愿终从焉。邢思世家女不与妖人妇等，遂遣人告其家。其父母自女飞升，零涕惶惑；忽得报书，惊喜过望，立刻命舆马星驰而去。报邢百金，携女归。

邢得艳妻，方忧四壁，得金甚慰。往谢顾。顾又审曰："尚未尚未。泰运已交，百金何足言！"遂不受谢。先是，绅归，请于上官捕杨。杨预遁，不知所之，遂籍其家，发牒追朱。朱惧，牵邢饮泣。邢亦计窘，始赂承牒者，赁车骑携朱诣绅，哀求解脱。绅感其义，为竭力营谋，得赎免；留夫妻于别馆，欢如戚好。绅女幼受刘聘；刘，显秩[3]也，闻女寄邢家信宿[4]，以为辱，反婚书，与女绝姻。绅将议姻他族；女告父母，誓从邢。邢闻之喜；朱亦喜，自愿下之。绅忧邢无家，时杨居宅从官货，因代购之。夫妻遂归，出囊

① 泗上——泗水之滨。

② 方鲠(gěng)——正直刚介。

③ 显秩——显要之官。

④ 信宿——两宿。

金，粗治器具，蓄婢仆，旬日耗费已尽。但冀女来，当复得其资助。一夕，朱谓邢曰："孽夫杨某，曾以千金埋楼下，惟妾知之。适视其处，砖石依然，或窖藏无恙。"往共发之，果得金。因信顾术之神，厚报之。后女于归[①]，妆资丰盛，不数年，富甲一郡矣。

异史氏曰："白莲歼灭而杨独不死，又附益[②]之，几疑恢恢者疏而且漏矣。孰知天留之，盖为邢也。不然，邢即否极而泰[③]，亦恶能仓卒起楼阁、累巨金哉？不爱一色，而天报之以两。呜呼！造物无言，而意可知矣。"

李　生

商河[④]李生，好道[⑤]。村外里余，有兰若；筑精舍[⑥]三楹[⑦]，趺坐其中。游食缁黄[⑧]，往来寄宿，辄与倾谈，供给不厌。一日，大雪严寒，有老僧担囊借榻，其词玄妙。信宿将行，固挽之，留数日。适生以他故归，僧嘱早至，意将别生。鸡鸣而往，扣关不应。逾垣入，见室中灯火荧荧，疑其有作，潜窥之。僧趣装矣，一瘦驴縶灯檠上。细审，不类真驴，颇似殉葬物；然耳尾时动，气咻咻然。俄而装成，启户牵出。生潜尾之。门外原有大池，僧系驴池树，裸入水中，遍体掬濯已；着衣牵驴入，亦濯之。既而加装超乘，行绝驶[⑨]。生始呼之。僧但遥拱致谢，语不及闻，去已远矣。王梅屋言：李其友人。曾至其家，见堂上额书："待死堂"，亦达士也。

---

① 于归——出嫁。
② 附益——喻聚敛暴富。
③ 否(pǐ)极泰来——运气由最坏转为最好。
④ 商河——县名，今属山东省。
⑤ 道——此指佛法。
⑥ 精舍——居士诵经修行的斋舍。
⑦ 三楹——三间。
⑧ 游食缁黄——指四方云游的僧道。
⑨ 行绝驶——飞奔而去。

陆 押 官

赵公，湖广武陵①人，官宫詹②，致仕③归。有少年伺门下，求司笔札。公召入，见其人秀雅；诘其姓名，自言陆押官。不索佣值。公留之，慧过凡仆。往来笺奏，任意裁答，无不工妙。主人与客弈，陆睨之，指点辄胜。赵益优宠之。

诸僚仆见其得主人青目，戏索作筵。押官许之，问："僚属几何？"会别业主计者④约三十余人，众悉告之数以难之。押官曰："此大易。但客多，仓卒不能遽办，肆中可也。"遂遍邀诸侣，赴临街店。皆坐。酒甫行，有按壶起者曰："诸君姑勿酌，请问今日谁作东道主？宜先出资为质，始可放情饮啖；不然，一举数千，哄然都散，向何取偿也？"众目押官。押官笑曰："得无谓我无钱耶？我固有钱。"乃起，向盆中捻湿面如拳，碎掐置几上；随掷，遂化为鼠，窜动满案。押官任捉一头，裂之，啾然腹破，得小金；再捉，亦如之。顷刻鼠尽，碎金满前，乃告众曰："是不足供饮耶？"众异之，乃共恣饮。既毕，会直三两余。众秤金，适符其数。众索一枚怀归，白其异于主人。主人命取金，搜之已亡。反质肆主，则偿资悉化蒺藜。仆白赵，赵诘之。押官曰："朋辈逼索酒食，囊空无资。少年学作小剧⑤，故试之耳。"众复责偿。押官曰："某村麦穰中，再一簸扬，可得麦二石，足偿酒价有余也。"因浼一人同去。某村主计者将归，遂与偕往。至则净麦数斛，已堆场中矣。众以此益奇押官。

一日，赵赴友筵，堂中有盆兰甚茂，爱之。归犹赞叹之。押官曰："诚爱此兰，无难致者。"赵犹未信。凌晨至斋，忽闻异香蓬勃，则有兰花一盆，箭叶多寡，宛如所见。因疑其窃，审之。押官曰："巨家所蓄，不下千百，何

---

① 武陵——县名，今湖南常德市。
② 宫詹——詹事，职掌皇后、太子家事。
③ 致仕——告老还乡。
④ 主计者——管家。
⑤ 小剧——小魔术。

须窃焉?”赵不信。适某友至,见兰惊曰:“何酷肖[①]寒家[②]物!”赵曰:“余适购之,亦不识所自来。但君出门时,见兰花尚在否?”某曰:“我实不曾至斋,有无固不可知。然何以至此?”赵视押官,押官曰:“此无难辨:公家盆破,有补缀处;此盆无也。”验之始信。夜告主人曰:“向言某家花卉颇多,今屈玉趾,乘月往观。但诸人皆不可从,惟阿鸭无害。”——鸭,宫詹僮也。遂如所请。公出,已有四人荷肩舆,伏候道左。赵乘之,疾于奔马。俄顷入山,但闻奇香沁骨。至一洞府,见舍宇华耀,迥异人间;随处皆设花石,精盆佳卉,流光散馥,即兰一种,约有数十余盆,无不茂盛。观已,如前命驾归。

押官从赵十余年。后赵无疾卒,遂与阿鸭俱出,不知所往。

蒋 太 史

蒋太史超[③],记前世为峨嵋[④]僧,数梦至故居庵前潭边濯足。为人笃嗜内典[⑤],一意台宗[⑥],虽早登禁林[⑦],常有出世之想。假归江南,抵秦邮[⑧],不欲归。子哭挽之,弗听。遂入蜀,居成都金沙寺;久之,又之峨嵋,居伏虎寺,示疾怛化[⑨]。自书偈[⑩]云:“翛然[⑪]猿鹤自来亲,老衲[⑫]无端堕业尘[⑬]。妄向镬汤求避热,那从大海去翻身[⑭]。功名傀儡场中物,妻子骷髅队里人。只有君亲无报答,生生常自祝[⑮]能仁。”

---

① 肖——像。
② 寒家——贫寒之家。
③ 蒋太史超——蒋超,曾官至翰林修撰。
④ 峨嵋——山名,在今四川境内,佛教四大名山之一。
⑤ 内典——泛指佛经。
⑥ 台宗——中国佛教天台宗,因居浙江天台山而得名。
⑦ 禁林——翰林院的别称。
⑧ 秦邮——地名,今江苏高邮县。
⑨ 示疾怛化——指佛家患病去世。
⑩ 偈(jì)——佛经中悟道的颂词。
⑪ 翛(xiāo)然——自然超脱。
⑫ 老衲——僧人自称。
⑬ 业尘——世间。
⑭ 翻身——解脱。
⑮ 祝——祈祷。

邵士梅

邵进士，名士梅[1]，济宁人。初授登州教授[2]，有二老秀才投刺，睹其名，似甚熟识；凝思良久，忽悟前身。便问斋夫[3]："某生居某村否？"又言其丰范，一一吻合。俄两生入，执手倾语，欢若平生。谈次，问高东海况。二生曰："犹死二十余年矣，今一子尚存。此乡中细民，何以见知？"邵笑曰："我旧戚也。"先是，高东海素无赖；然性豪爽，轻财好义。有负租而鬻女者，倾囊代赎之。私一媪，媪坐隐盗，官捕甚急，逃匿高家。官知之，收高，备极搒掠，终不服，寻死狱中。其死之日，即邵生辰。后邵至某村，恤其妻子，远近皆知其异。此高少宰[4]言之，即高公子冀良同年[5]也。

顾生

江南顾生，客稷下，眼暴肿，昼夜呻吟，罔所医药。十余日，痛少减。乃合眼时，辄睹巨宅：凡四五进，门皆洞辟；最深处有人往来，但遥睹不可细认。一日，方凝神注之，忽觉身入宅中，三历门户，绝无人迹。有南北厅事[6]，内以红毡贴地。略窥之，见满屋婴儿，坐者、卧者、膝行者，不可数计。愕疑间，一人自舍后出，见之曰："小王子谓有远客在门，果然。"便邀之。顾不敢入，强之乃入。问："此何所？"曰："九王世子居。世子疟疾新瘥，今日亲宾作贺，先生有缘也。"言未已，有奔至者，督促速行。

俄至一处，雕榭朱栏，一殿北向，凡九楹。历阶而升，则客已满座。见一少年北面坐，知是王子，便伏堂下。满堂尽起。王子曳顾东向坐。酒既

---

① 士梅——邵士梅，清初山东济宁人，进士，虔信灵魂转世说。
② 教授——明清府学学官。
③ 斋夫——学舍杂役。
④ 少宰——吏部侍郎的别称。
⑤ 同年——同年考中进士。
⑥ 厅事——官府办公场所。

行，鼓乐暴作，诸妓升堂，演"华封祝"[1]。才过三折[2]，逆旅主人及仆唤进午餐，就床头频呼之。耳闻甚真，心恐王子知，遂托更衣而出。仰视日中夕，则见仆立床前，始悟未离旅邸。心欲急返，因遣仆阖扉去。甫交睫，见宫舍依然，急循故道而入。路经前婴儿处，并无婴儿，有数十媪蓬首驼背，坐卧其中。望见顾，出恶声曰："谁家无赖子，来此窥伺！"顾惊惧，不敢置辨，疾趋后庭，升殿即坐。见王子颔下添髭尺余矣。见顾，笑问："何往？剧本过七折矣。"因以巨觥示罚。移时曲终，又呈诪目[3]。顾点"彭祖娶妇[4]"。妓即以椰瓢行酒，可容五斗许。顾离席辞曰："臣目疾，不敢过醉。"王子曰："君患目，有太医在此，便合诊视。"东座一客，即离坐来，两指启双眦，以玉簪点白膏如脂，嘱合目少睡。王子命侍儿导入复室，令卧；卧片时，觉床帐香软，因而熟眠。居无何，忽闻鸣钲锽聒，即复惊醒。疑是优戏未毕；开目视之，则旅舍中狗舐油铛也。然目疾若失。再闭眼，一无所睹矣。

陈 锡 九

陈锡九，邳[5]人。父子言，邑名士。富室周某，仰其声望，订为婚姻。陈累举不第，家业萧条，游学于秦，数年无信。周阴有悔心。以少女适王孝廉为继室；王聘仪丰盛，仆马甚都。以此愈憎锡九贫，坚意绝昏；问女，女不从。怒，以恶服饰遣归锡九。日不举火，周全不顾恤。一日，使佣媪以榼[6]饷女，入门向母曰："主人使某视小姑姑饿死否。"女恐母惭，强笑以乱其词。因出榼中肴饵，列母前。媪止之曰："无须尔！自小姑入人家，何曾交换出一杯温凉水？吾家物，料姥姥亦无颜啖噉得。"母大恚，声色俱变。媪不服，恶语相侵。纷纭间，锡九自外入，讯知大怒，撮毛批颊，挞逐出门而去。次日，周来逆女，女不肯归；明日又来，增其人数，众口呶呶，如

---

① 华封祝——剧目名，华封人祝帝尧长寿、富有、多子孙。
② 三折——三出，三段。
③ 诪(chū)目——戏单。
④ 彭祖娶妇——剧目名。
⑤ 邳(pī)——州名，治今江苏邳县境内。
⑥ 榼(kē)——食盒。

将寻斗。母强劝女去。女潸然拜母，登车而去。过数日，又使人来逼索离婚书，母强锡九与之。惟望子言归，以图别处。周家有人自西安来，知子言已死，陈母哀愤成疾而卒。

锡九哀迫中，尚望妻归；久而渺然，悲愤益切。薄田数亩，鬻治葬具。葬毕，乞食赴秦，以求父骨。至西安，遍访居人。或言数年前有书生死于逆旅，葬之东郊，今冢已没。锡九无策，惟朝丐市廛，暮宿野寺，冀有知者。会晚经丛葬处，有数人遮道，逼索饭价。锡九曰："我异乡人，乞食城郭，何处少人饭价？"共怒，捽之仆地，以埋儿败絮塞其口，力尽声嘶，渐就危殆。忽共惊曰："何处官府至矣！"释手寂然。俄有车马至，便问："卧者何人？"即有数人扶至车下。车中人曰："是吾儿也。孽鬼何敢尔！可悉缚来，勿致漏脱。"锡九觉有人去其塞，少定，细认，真其父也。大哭曰："儿为父骨良苦。今固尚在人间耶！"父曰："我非人，太行总管[①]也。此来亦为吾儿。"锡九哭益哀。父慰谕之。锡九泣述岳家离婚。父曰："无忧，今新妇亦在母所。母念儿甚，可暂一往。"遂与同车，驰如风雨。移时，至一官署，下车入重门，则母在焉。锡九痛欲绝，父止之。锡九啜泣听命。见妻在母侧，问母曰："儿妇在此，得毋亦泉下耶？"母曰："非也，是汝父接来，待汝归家，当便送去。"锡九曰："儿侍父母，不愿归矣。"母曰："辛苦跋涉而来，为父骨耳。汝不归，初志为何也？况汝孝行已达天帝，赐汝金万斤，夫妻享受正远，何言不归？"锡九垂泣。父数数[②]促行，锡九哭失声。父怒曰："汝不行耶！"锡九惧，收声，始询葬所。父挽之曰："子行，我告之：去丛葬处百余步，有子母白榆是也。"挽之甚急，竟不遑别母。门外有健仆，捉马待之。既超乘[③]，父嘱曰："日所宿处，有少资斧，可速办装归，向岳索妇；不得妇，勿休也。"锡九诺而行。马绝驶，鸡鸣至西安。仆扶下，方将拜致父母，而人马已杳。寻至旧宿处，倚壁假寐，以待天明。坐处有拳石碍股；晓而视之，白金也。市棺凭舆，寻双榆下，得父骨而归。合厝[④]既毕，家徒四壁。幸里中怜其孝，共饭之。将往索妇，自度不能用武，与族兄十九往。及门，门者绝之。十九素无赖，出语秽亵。周使人劝锡九归，愿即送女去，锡

---

① 太行总管——此指阴间官。
② 数数——屡屡。
③ 超乘——跳上马。
④ 合厝(cuò)——合葬。

九还。

初，女之归也，周对之骂婿及母，女不语，但向壁零涕。陈母死，亦不使闻。得离书，掷向女曰："陈家出汝矣！"女曰："我不曾悍逆，何为出我？"欲归质其故，又禁闭之。后锡九如西安，遂造凶讣，以绝女志。此信一播，遂有杜中翰[①]来议姻，竟许之。亲迎有日，女始知，遂泣不食，以被韬[②]面，气如游丝。周正无法，忽闻锡九至，发语不逊，意料女必死，遂舁归锡九，意将待女死以泄其愤。锡九归，而送女者已至；犹恐锡九见其病而不内，甫入门，委之而去。邻里代忧，共谋舁还；锡九不听，扶置榻上，而气已绝。始大恐。正遑迫间，周子率数人持械入，门窗尽毁。锡九逃匿，苦搜之。乡人尽为不平；十九纠十余人锐身急难，周子兄弟皆被夷伤，始鼠窜而去。周益怒，讼于官，捕锡九、十九等。锡九将行，以女尸嘱邻媪。忽闻榻上若息，近视之，秋波微动矣；少时，已能转侧。大喜，诣官自陈。宰怒周讼诬。周惧，啖以重赂，始得免。

锡九归，夫妻相见，悲喜交并。先是，女绝食奄卧，自矢必死。忽有人捉起曰："我陈家人也，速从我去，夫妻可以相见；不然无及矣！"不觉身已出门，两人扶登肩舆。顷刻至官廨，见翁姑[③]具在，问："此何所？"母曰："不必问，容当送汝归。"一日，见锡九至，甚喜。一见遽别，心颇疑怪。翁不知何事，恒数日不归。昨夕忽归，曰："我在武夷[④]，迟归二日，难为保儿矣。可速送儿归去。"遂以舆马送女。忽见家门，遂如梦醒。女与锡九共述曩事，相与惊喜。从此夫妻相聚，但朝夕无以自给。

锡九于村中设童蒙帐[⑤]，兼自攻苦，每私语曰："父言天赐黄金，今四堵空空，岂训读[⑥]所能发迹耶？"一日，自塾中归，遇二人，问之曰："君陈某耶？"锡九曰："然。"二人即出铁索絷之。锡九不解其故。少间，村人毕集，共诘之，始知郡盗所牵。众怜其冤，醵[⑦]钱赂役，途中得无苦。至郡见太守，历述家世。太守愕然曰："此名士之子，温文尔雅，乌能作贼！"命脱缧

---

① 中翰——清内阁中书别称。
② 韬——藏。
③ 翁姑——公婆。
④ 武夷——山名，位于今福建崇安县境内。
⑤ 童蒙帐——当启蒙教师。
⑥ 训读——讲解诵读。
⑦ 醵——聚。

绁，取盗严梏之，始供为周某贿嘱。锡九又诉翁婿反面之由，太守更怒，立刻拘提。即延锡九至署，与论世好，盖太守旧邳宰韩公之子，即子言受业门人也。赠灯火之费以百金；又以二骡代步，使不时趋郡，以课文艺①。转于各上官游扬其孝，自总制②而下，皆有馈遗。锡九乘骡而归，夫妻慰甚。一日，妻母哭至，见女伏地不起。女骇问之，始知周已被械在狱矣。女哀哭自咎，但欲觅死。锡九不得已，诣郡为之缓颊③。太守释令自赎，罚谷一百石，批赐孝子陈锡九。放归，出仓粟，杂糠秕而辇运之。锡九谓女曰："尔翁以小人之心度君子矣。乌知我必受之，而琐琐杂糠覈④耶？"因笑却之。

锡九家虽小有，而垣墙陋蔽。一夜，群盗入。仆觉，大号，止窃两骡而去。后半年余，锡九夜读，闻挝门声，问之寂然。呼仆起视，则门一启，两骡跃入，乃向所亡也。直奔枥下，咻咻汗喘。烛之，各负革囊；解视，则白镪满中。大异，不知其所自来。后闻是夜大盗劫周，盈装出，适防兵追急，委其捆载而去。骡认故主，径奔至家。周自狱中归，刑创犹剧；又遭盗劫，大病而死。女夜梦父囚系而至，曰："吾生平所为，悔已无及。今受冥谴，非若翁莫能解脱，为我代求婿，致一函焉。"醒而呜泣。诘之，具以告。锡九久欲一诣太行，即日遂发。既至，备牲物酹⑤祝之，即露宿其处，冀有所见，终夜无异，遂归。周死，母子逾贫，仰给于次婿。王孝廉考补县尹⑥，以墨⑦败，举家徙沈阳⑧，益无所归。锡九时顾恤之。

异史氏曰："善莫大于孝，鬼神通之，理固宜然。使为尚德之达人也者，即终贫，犹将取之，乌论后此之必昌哉！或以膝下之娇女，付诸颁白之叟，而扬扬曰：'某贵官，吾东床也。'呜呼！宛宛婴婴者如故，而金龟婿以谕葬归，其惨已甚矣；而况以少妇从军乎？"

---

① 文艺——此指八股文。
② 总制——总督。
③ 缓颊——说情。
④ 糠覈(hé)——谷糠、米屑。
⑤ 酹(lèi)——祭奠。
⑥ 县尹——县令。
⑦ 墨——贪赃枉法。
⑧ 沈阳——与今同。

卷九

邵临淄

临淄某翁之女，太学①李生妻也。未嫁时，有术士推其造②，决其必受官刑。翁怒之，既而笑曰："妄言一至于此！无论世家女必不至公庭，岂一监生不能庇一妇乎？"既嫁，悍甚，捶骂夫婿为常。李不堪其虐，忿鸣于官。邑宰邵公准其词，签役立勾③。翁闻之，大骇，率子弟登堂，哀求寝息。弗许。李亦自悔，求罢。公怒曰："公门内岂作辍④尽由尔耶？必拘审！"既到，略诘一二言，便曰："真悍妇！"杖责三十，臀肉尽脱。

异史氏曰："公岂有伤心于闺闼耶？何怒之暴也！然邑有贤宰，里无悍妇矣。志之，以补'循吏传'⑤之所不及者。"

于去恶

北平⑥陶圣俞，名下士⑦。顺治间，赴乡试，寓居郊郭。偶出户，见一人负笈侄儴⑧，似卜居未就者。略诘之，遂释负于道，相与倾语，言论有名士风。陶大说之，请与同居。客喜，携囊入，遂同栖止。客自言："顺天人，姓于，字去恶。"以陶差长，兄之。于性不喜游瞩，常独坐一室，而案头无书卷。陶不与谈，则默卧而已。陶疑之，搜其囊箧，则笔研之外，更无长物。怪而问之，笑曰："吾辈读书，岂临渴始掘井耶？"一日，就陶借书去，闭户抄

---

① 太学——国子监的代称。
② 推其造——推算其生辰八字。
③ 签役立勾——得到签牌的衙役立即拘捕人犯。
④ 作辍——一举一动。
⑤ 循吏传——为奉职守法的官员作传，首创于《史记·循吏传》。
⑥ 北平——府名，顺天府的前身。
⑦ 名下士——有盛名之士。
⑧ 侄儴(kuāng ráng)——焦急不安。

甚疾，终日五十余纸，亦不见其折叠成卷。窃窥之，则每一稿脱，则烧灰吞之，愈益怪焉，诘其故，曰："我以此代读耳。"便诵所抄书，顷刻数篇，一字无讹。陶悦，欲传其术；于以为不可。陶疑其吝，词涉诮让。于曰："兄诚不谅我之深矣。欲不言，则此心无以自剖；骤言之，又恐惊为异怪。奈何？"陶固谓："不妨。"于曰："我非人，实鬼耳。今冥中以科目授官，七月十四日奉诏考帘官[①]，十五日士子入闱，月尽榜放矣。"陶问："考帘官为何？"曰："此上帝慎重之意，无论乌吏鳖官，皆考之。能文者以内帘用，不通者不得与焉。盖阴之有诸神，犹阳之有守令也。得志诸公，目不睹坟典[②]，不过少年持敲门砖，猎取功名，门既开，则弃去；再司簿书十数年，即文学士，胸中尚有字耶！阳世所以陋劣幸进，而英雄失志者，惟少此一考耳。"陶深然之，由是益加敬畏。

一日，自外来，有忧色，叹曰："仆生而贫贱，自谓死后可免；不谓迍邅[③]先生，相从地下。"陶请其故，曰："文昌[④]奉命都罗国[⑤]封王，帘官之考遂罢。数十年游神耗鬼，杂入衡文[⑥]，吾辈宁有望耶？"陶问："此辈皆谁何人？"曰："即言之，君亦不识。略举一二人，大概可知：乐正师旷、司库和峤[⑦]是也。仆自念命不可凭，文不可恃，不如休耳。"言已怏怏，遂将治任，陶挽而慰之，乃止。至中元[⑧]之夕，谓陶曰："我将入闱。烦于昧爽时，持香炷于东野，三呼去恶，我便至。"乃出门去。陶沽酒烹鲜以待之。东方既白，敬如所嘱。无何，于偕一少年来。问其姓字，于曰："此方子晋，是我良友，适于场中相邂逅。闻兄盛名，深欲拜识。"同至寓，秉烛为礼。少年亭亭似玉，意度谦婉。陶甚爱之，便问："子晋佳作，当大快意。"于曰："言之可笑！闱中七则[⑨]，作过半矣；细审主司[⑩]姓名，裹具径出。奇人也！"陶扇

---

① 帘官——乡、会试贡院内的考官。
② 坟典——即三坟五典，最古的书名。
③ 迍邅(zhūn zhān)——迟缓难行，运气不佳。
④ 文昌——即梓潼帝君，职掌文运之神。
⑤ 都罗国——作者杜撰的国名。
⑥ 衡文——审卷。
⑦ 乐正师旷、司库和峤——师旷，春秋时晋国乐师，任乐正之职，精音律，先天目盲；和峤，晋人，家极富，但极吝啬，有钱癖。此喻主考官贪财受贿，装聋作哑。
⑧ 中元——农历七月十五日为中元节。
⑨ 闱中七则——考场中的条例，亦称"七艺"。
⑩ 主司——主考官。

炉进酒，因问："闱中何题？去恶魁解①否？"于曰："书艺。经论各一，夫人而能之。策问②：'自古邪僻固多，而世风至今日，奸情丑态，愈不可名，不惟十八狱所不得尽，抑非十八狱所能容。是果何术而可？或谓宜量加一二狱，然殊失上帝好生之心。其宜增与、否与，或别有道以清其源，尔多士其悉言忽隐。'弟策虽不佳，颇为痛快。表：'拟天魔殄灭，赐群臣龙马天衣有差③。'次则，'瑶台应制诗'④、'西池桃花赋'⑤。此三种，自谓场中无两矣！"言已鼓掌。方笑曰："此时快心，放兄独步⑥矣；数辰后，不痛哭始为男子也。"天明，方欲辞去。陶留与同寓，方不可，但期暮至。三日，竟不复来。陶使于往寻之。于曰："无须。子晋拳拳，非无意者。"日既西，方果来。出一卷授陶，曰："三日失约，敬录旧艺百余作，求一品题。"陶捧读大喜，一句一赞，略尽一二首，遂藏诸笥。谈至更深，方遂留与于共榻寝。自此为常。方无夕不至，陶亦无方不欢也。

一夕，仓皇而入，向陶曰："地榜已揭，于五兄落第矣！"于方卧，闻言惊起，泫然流涕。二人极意慰藉，涕始止。然相对默默，殊不可堪。方曰："适闻大巡环⑦张桓侯将至，恐失志者之造言也；不然，文场尚有翻覆。"于闻之，色喜。陶询其故，曰："桓侯翼德，三十年一巡阴曹，三十五年一巡阳世，两间之不平，待此老而一消也。"乃起，拉方俱去。两夜始返，方喜谓陶曰："君不贺五兄耶？桓侯前夕至，裂碎地榜，榜上名字，止存三之一。遍阅遗卷，得五兄甚喜，荐作交南巡海使⑧，旦晚舆马可到。"陶大喜，置酒称贺。酒数行，于问陶曰："君家有闲舍否？"问："将何为？"曰："子晋孤无乡土，又不忍恝然⑨于兄。弟意欲假馆相依。"陶喜曰："如此，为幸多矣。即无多屋宇，同榻何碍。但有严君，须先关白。"于曰："审知尊大人慈厚可依。兄场闱有日，子晋如不能待，先归何如？"陶留伴逆旅，以待同归。次日，方暮，有车马至门，接于莅任。于起，握手曰："从此别矣。一言欲告，

---

① 魁解(jiè)——乡试第一名。
② 策问——科举考试时史评或时政等问题的对答。
③ 差——等级。
④ 瑶台应制诗——意谓神仙也奉皇帝之命做的诗。
⑤ 西池桃花赋——写一篇瑶池蟠桃园中的桃花赋。
⑥ 放兄独步——任您领先。
⑦ 大巡环——虚拟的官名。
⑧ 交南巡海使——交州(今广东、广西)巡海使。
⑨ 恝然——淡漠。

又恐阻锐进之志。”问:“何言?”曰:“君命淹蹇,生非其时,此科之分十之一;后科桓侯临世,公道初彰,十之三;三科始可望也。”陶闻,欲中止。于曰:“不然,此皆天数。即明知不可,而注定之艰苦,亦要历尽耳。”又顾方曰:“勿淹滞,今朝年、月、日、时皆良,即以舆盖送君归。仆驰马自去。”方忻然拜别,陶中心迷乱,不知所嘱,但挥涕送之。见舆马分途,顷刻都散。始悔子晋北旋,未致一字,而已无及矣。

三场毕,不甚满志,奔波而归。入门问子晋,家中并无知者。因为父述之,父喜曰:“若然,则客至久矣。”先是陶翁昼卧,梦舆盖止于其门,一美少年自车中出,登堂展拜。讶问所来,答云:“大哥许假一舍,以入闱不得偕来。我先至矣。”言已,请入拜母。翁方谦却,适家媪入曰:“夫人产公子矣。”恍然而醒,大奇之。是日陶言,适与梦符,乃知儿即子晋后身也。父子各喜,名之小晋。儿初生,善夜啼,母苦之。陶曰:“倘是子晋,我见之,啼当止。”俗忌客忤,故不令陶见。母患啼不可耐,乃呼陶入。陶呜之曰:“子晋勿尔!我来矣!”儿啼正急,闻声辍止,停睇不瞬,如审顾状。陶摩顶而去。自是竟不复啼。数月后,陶不敢见之:一见,则折腰索抱;走去,则啼不可止。陶亦狎爱之。四岁离母,辄就兄眠;兄他出,则假寐以俟其归。兄于枕上教“毛诗”,诵声呢喃,夜尽四十余行。以子晋遗文授之,欣然乐读,过口成诵;试之他文,不能也。八九岁,眉目朗彻,宛然一子晋矣。陶两入闱,皆不第。丁酉,文场事发[①],帘官多遭诛遣,贡举之途一肃,乃张巡环力也。陶下科中副车[②],寻贡[③]。遂灰志前途,隐居教弟。尝语人曰:“吾有此乐,翰苑[④]不易也。”

异史氏曰:“余每至张夫子[⑤]庙堂,瞻其须眉,凛凛有生气。以其生平喑哑如霹雳声,矛马所至,无不大快,出人意表。世以将军好武,遂置与绛、灌[⑥]伍;宁知文昌事繁,须侯固多哉!呜呼!三十五年,来何暮也!”

---

① 文场事发——指清顺治十四年(1657年),乡试科场发生受贿事件而举子们大受牵累。
② 副车——副榜。
③ 寻贡——不久成为贡生。
④ 翰苑——翰林院。
⑤ 张夫子——指张飞。
⑥ 绛、灌——绛,周勃;灌,灌婴,均为汉初名将,但勇武无文。

狂　生

刘学师言："济宁有狂生某，善饮；家无儋石[①]，而得钱辄沽，初不以穷厄为意。值新刺史莅任，善饮无对。闻生名，招与饮而悦之，时共谈宴。生恃其狎，凡有小讼求直者，辄受薄贿为之缓颊；刺史每可其请。生习为常，刺史心厌之。一日早衙，持刺登堂。刺史览之微笑。生厉声曰：'公如所请，可之；不如所请，否之。何笑也！闻之：士可杀而不可辱。他固不能相报，岂一笑不能报耶？言已，大笑，声震堂壁。刺史怒曰：'何敢无礼！宁不闻灭门令尹[②]耶！'生掉臂竟下，大声曰：'生员无门之可灭！'刺史益怒，执之。访其家居，则并无田宅，惟携妻在城堞上住。刺史闻而释之，但逐不令居城垣。朋友怜其狂，为买数尺地，购斗室焉。入而居之，叹曰：'今而后畏令尹矣！'"

异史氏曰："士君子奉法守礼，不敢劫人于市，南面者奈我何哉！然仇之犹得而加者，徒以有门在耳；夫至无门可灭，则怒者更无以加之矣。噫嘻！此所谓'贫贱骄人'[③]者耶！独是君子虽贫，不轻干人，乃以口腹之累，喋喋公堂，品斯下矣。虽然，其狂不可及。"

徽　俗

徽[④]人多化物类[⑤]，出院求食。有客寓旅邸，时见群鼠入米盎，驱之即遁。客伺其入，骤覆之，瓢水灌注其中，顷之尽毙。主人全家暴卒，惟一子在。讼官，官原而宥之。

---

① 儋石(dàn shí)——储备的口粮。
② 灭门令尹——灭门知县，喻其威虐。
③ 贫贱骄人——虽贫贱但不屈从于权贵。
④ 徽——不详。
⑤ 物类——别的动物。

凤　仙

刘赤水，平乐[①]人，少颖秀。十五入郡庠。父母早亡，遂以游荡自废。家不中资，而性好修饰，衾榻皆精美。一夕，被人招饮，忘灭烛而去。酒数行，始忆之，急返。闻室中小语，伏窥之，见少年拥丽者眠榻上。宅临贵家废第，恒多怪异，心知其狐，亦不恐，入而叱曰："卧榻岂容鼾睡！"二人遑遽，抱衣赤身遁去。遗紫纨裤一，带上系针囊。大悦，恐其窃去，藏衾中而抱之。俄一蓬头婢自门罅[②]入，向刘索取。刘笑要偿。婢请遗以酒，不应；赠以金，又不应。婢笑而去。旋返曰："大姑言：'如赐还，当以佳偶为报。'"刘问："伊谁？"曰："吾家皮姓，大姑小字八仙，共卧者胡郎也；二姑水仙，适富川[③]丁官人；三姑凤仙，较两姑尤美，自无不当意者。"刘恐失信，请坐待好音。婢去复返曰"大姑寄语官人：好事岂能猝合？适与之言，反遭诟厉；但缓时日以待之，吾家非轻诺寡信者。"刘付之。过数日，渺无信息。薄暮，自外归，闭门甫坐，忽双扉自启，两人以被承女郎，手捉四角而入，曰："送新人至矣！"笑置榻上而去。近视之，酣睡未醒，酒气犹芳，赪颜醉态，倾绝人寰。喜极，为之捉足解袜，抱体缓裳。而女已微醒，开目见刘，四肢不能自主，但恨曰："八仙淫婢卖我矣！"刘狎抱之。女嫌肤冰，微笑曰："今夕何夕，见此凉人！"刘曰："子兮子兮，如此凉人何！"遂相欢爱。既而曰："婢子无耻，玷人床寝，而以妾换裤耶！必小报之！"从此无夕不至，绸缪甚殷。袖中出金钏一枚，曰："此八仙物也。"又数日，怀绣履一双来，珠嵌金绣，工巧殊绝，且嘱刘暴扬[④]之。刘出夸示亲宾，求观者皆以资酒为贽，由此奇货居之。女夜来，作别语。怪问之，答云："姊以履故恨妾，欲携家远去，隔绝我好。"刘惧，愿还之。女云："不必。彼方以此挟妾，如还之，中其机矣。"刘问："何不独留？"曰："父母远去，一家十余口，俱托胡郎经纪，若不从去，恐长舌妇造黑白也"。从此不复至。

---

① 平乐——古县名，今广西东部。
② 门罅——门隙。
③ 富川——县名，在广西平乐县东北。
④ 暴扬——极力宣扬。

逾二年，思念綦切。偶在途中，遇女郎骑款段马，老仆鞚之，摩肩过；反启障纱相窥，丰姿艳绝。顷，一少年后至。曰："女子何人？似颇佳丽。"刘亟赞之。少年拱手笑曰："太过奖矣！此即山荆也。"刘惶愧谢过。少年曰："何妨。但南阳三葛，君得其龙[①]，区区者又何足道！"刘疑其言。少年曰："君不认窃眠卧榻者耶？"刘始悟为胡。叙僚婿[②]之谊，嘲谑甚欢。少年曰："岳新归，将以省觐，可同行否？"刘喜，从入萦山。山上故有邑人避乱之宅，女下马入。少间，数人出望，曰："刘官人亦来矣。"入门谒见翁妪。又一少年先在，靴袍炫美。翁曰："此富川丁婿。"并揖就坐。少时，酒炙纷纶，谈笑颇洽。翁曰："今日三婿并临，可称佳集。又无他人，可唤儿辈来，作一团圞之会。"俄，姊妹俱出。翁命设坐，各傍其婿。八仙见刘，惟掩口而笑；凤仙辄与嘲弄；水仙貌少亚，而沉重温克，满座倾谈，惟把酒含笑而已。于是履舄交错，兰麝熏人，饮酒乐甚。刘视床头乐具毕备，遂取玉笛，请为翁寿。翁喜，命善者各执一艺，因而合座争取；惟丁与凤仙不取。八仙曰："丁郎不谙可也，汝宁指屈不伸者？"因以拍板掷凤仙怀中。便串繁响。翁悦曰："家人之乐极矣！儿辈俱能歌舞，何不各尽所长？"八仙起，捉水仙曰："凤仙从来金玉其音，不敢相劳；我二人可歌'洛妃'[③]一曲。"二人歌舞方已，适婢以金盘进果，都不知其何名。翁曰："此自真腊[④]携来，所谓'田婆罗'[⑤]也。"因掬数枚送丁前。凤仙不悦曰："婿岂以贫富为爱憎耶？"翁微哂不言。八仙曰："阿爹以丁郎异县，故是客耳。若论长幼，岂独凤妹妹有拳大酸婿耶？"凤仙终不快，解华妆，以鼓拍授婢，唱"破窑"[⑥]一折，声泪俱下；既阕，拂袖径去，一座为之不欢。八仙曰："婢子乔性犹昔。"乃追之，不知所往。刘无颜，亦辞而归。至半途，见凤仙坐路旁，呼与并坐，曰："君一丈夫，不能为床头人吐气耶？黄金屋自在书中，愿好为之。"举足云："出门匆遽，棘刺破复履矣。所赠物，在身边否？"刘出之。女取而易之。刘乞其敝者。辴然曰："君亦大无赖矣！几见自己衾枕之物，亦要怀藏者？如相见爱，一物可以相赠。"旋出一镜付之曰："欲见妾，当于书卷

---

① 南阳三葛，君得其龙——诸葛三兄弟，刘备得到最好的，即诸葛亮。
② 僚婿——即俗称"连襟"。
③ 洛妃——洛水女神洛嫔，此指据其传说改编的戏剧。
④ 真腊——古国名，今柬埔寨。
⑤ 田婆罗——菠萝蜜，水果，味甜美。
⑥ 破窑——戏曲名，据元杂剧改编。

中觅之；不然，相见无期矣。”言已，不见，怊怅而归。

视镜，则凤仙背立其中，如望去人于百步之外者。因念所嘱，谢客下帷。一日，见镜中人忽现正面，盈盈欲笑，益重爱之。无人时，辄以共对。月余，锐志渐衰，游恒忘返。归见镜影，惨然若涕；隔日再视，则背立如初矣：始悟为己之废学也。乃闭户研读，昼夜不辍；月余，则影复向外。自此验之：每有事荒废，则其容戚；数日攻苦，则其容笑。于是朝夕悬之，如对师保[①]。如此二年，一举而捷。喜曰：“今可以对我凤仙矣！”揽镜视之，见画黛弯长，瓠犀微露，喜容可掬，宛在目前。爱极，停睇不已。忽镜中人笑曰：“‘影里情郎，画中爱宠[②]’，今之谓矣。”惊喜四顾，则凤仙已在座右。握手问翁媪起居，曰：“妾别后，不曾归家，伏处岩穴，聊与君分苦耳。”刘赴宴郡中，女请与俱；共乘而往，人对面不相窥。既而将归，阴与刘谋，伪为娶于郡也者。女既归，始出见客，经理家政。人皆惊其美，而不知其狐也。

刘属富川令门人，往谒之。遇丁，殷殷邀至其家，款礼优渥，言：“岳父母近又他徙。内人归宁，将复。当寄信往，并诣申贺。”刘初疑丁亦狐，及细审邦族，始知富川大贾子也。初，丁自别业暮归，遇水仙独步，见其美，微睨之。女请附骥[③]以行。丁喜，载至斋，与同寝处。棂隙可入，始知为狐。女言：“郎勿见疑。妾以君诚笃，故愿托之。”丁嬖之，竟不复娶。刘归，假贵家广宅，备客燕寝，洒扫光洁，而苦无供帐；隔夜视之，则陈设焕然矣。过数日，果有三十余人，赍旗采酒礼而至，舆马缤纷，填溢阶巷。刘揖翁及丁、胡入客舍，凤仙逆妪及两姨入内寝。八仙曰：“婢子今贵，不怨冰人矣。钏履犹存否？”女搜付之，曰：“履则犹是也，而被千人看破矣。”八仙以履击背，曰：“挞汝寄于刘郎。”乃投诸火，祝曰：“新时如花开，旧时如茶谢；珍重不曾着，姮娥来相借。”水仙亦代祝曰：“曾经笼玉笋，着出万人称；若使姮娥见，应怜太瘦生。”凤仙拨火曰：“夜夜上青天，一朝去所欢；留得纤纤影，遍与世人看。”遂以灰捻柈中，堆作十余分，望见刘来，托以赠之。但见绣履满柈，悉如故款。八仙急出，推柈堕地；地上犹有一二只存者，又伏吹之，其迹始灭。次日，丁以道远，夫妇先归。八仙贪与妹戏，翁及胡屡

① 师保——此指老师。
② 影里情郎，画中受宠——语出《西厢记》。
③ 附骥——追随。

督促之，亭午①始出，与众俱去。

初来，仪从过盛，观者如市。有两寇窥见丽人，魂魄丧失，因谋劫诸途。侦其离村，尾之而去。相隔不盈一尺，马极奔，不能及。至一处，两崖夹道，舆行稍缓；追及之，持刀吼咤，人众都奔。下马启帘，则老妪坐焉。方疑误掠其母，才他顾，而兵伤右臂，顷已被缚。凝视之，崖并非崖，乃平乐城门也；舆中则李进士母，自乡中归耳。一寇后至，亦被断马足而絷之。门丁执送太守，一讯而伏。时有大盗未获，诘之，即其人也。明春，刘及第。凤仙以招祸，故悉辞内戚之贺。刘亦更不他娶。及为郎官，纳妾，生二子。

异史氏曰："嗟乎！冷暖之态，仙凡固无殊哉！'少不努力，老大徒伤'。惜无好胜佳人，作镜影悲笑耳。吾愿恒河②沙数仙人，并遣娇女婚嫁人间，则贫穷海中，少苦众生矣。"

佟 客

董生，徐州③人。好击剑，每慷慨自负。偶于途中遇一客，跨蹇同行。与之语，谈吐豪迈。诘其姓字，云："辽阳④佟姓。"问："何往？"曰："余出门二十年，适自海外归耳。"董曰："君遨游四海，阅人綦多，曾见异人⑤否？"佟曰："异人何等？"董乃自述所好，恨不得异人之传。佟曰："异人何地无之，要必忠臣孝子，始得传其术也。"董又毅然自许；即出佩剑，弹之而歌；又斩路侧小树，以矜⑥其利。佟掀髯微笑，因便借观。董授之。展玩一过，曰："此甲铁⑦所铸，为汗臭所蒸，最为下品。仆虽未闻剑术，然有一剑，颇可用。"遂于衣底出短刃尺许，以削董剑，毳⑧如瓜瓠，应手斜断，如马蹄。董骇极，亦请过手，再三拂拭而后返之。邀佟至家，坚留信宿。叩

① 亭午——中午。
② 恒河——印度名河。
③ 徐州——州名，今江苏徐州市。
④ 辽阳——府名，今辽宁辽阳市。
⑤ 异人——有奇技在身之人。
⑥ 矜——自负。
⑦ 甲铁——废旧铠甲之铁。
⑧ 毳(cuì)——通"脆"。

以剑法,谢不知。董按膝雄谈,惟敬听而已。

更既深,忽闻隔院纷拏。隔院为生父居,心惊疑。近壁凝听,但闻人作怒声曰:“教汝子速出即刑,便赦汝!”少顷,似加搒掠,呻吟不绝者,真其父也,生捉戈欲往。佟止之曰:“此去恐无生理,宜审万全。”生皇然请教,佟曰:“盗坐名相索,必将甘心焉。君无他骨肉,宜嘱后事于妻子;我启户,为君警厮仆。”生诺,入告其妻。妻牵衣泣,生壮念顿消,遂共登楼上,寻弓觅矢,以备盗攻。仓皇未已,闻佟在楼檐上笑曰:“贼幸去矣。”烛之,已杳,逡巡出,则见翁赴邻饮,笼烛方归;惟庭前多编菅遗灰焉。乃知佟异人也。

异史氏曰:“忠孝,人之血性;古来臣子而不能死君父者,其初岂遂无提戈壮往时哉,要皆一转念误之耳。昔解缙与方孝孺相约以死,而卒食其言;安知矢约归后,不听床头人呜泣哉?”

邑有快役[①]某,每数日不归,妻遂与里中无赖通。一日归,值少年自房中出,大疑,苦诘妻,妻不服。既于床头得少年遗物,妻窘无词,惟长跪哀乞。某怒甚,掷以绳,逼令自缢。妻请妆服而死,许之。妻乃入室理妆;某自酌以待之,呵叱频催。俄妻炫服出,含涕拜曰:“君果忍令奴死耶?”某盛气咄之。妻返走入房,方将结带,某掷盏呼曰:“咍[②],返矣!一顶绿头巾[③],或不能压人死耳。”遂为夫妇如初。此亦大绅者类也,一笑。

辽 阳 军

沂水某,明季充辽阳军。会辽城陷,为乱兵所杀;头虽断,犹不甚死。至夜,一人执簿来,按点诸鬼。至某,谓其不宜死,使左右续其头而送之。遂共取头按项上,群扶之,风声簌簌,行移时,置之而去。视其地,则故里也。沂令闻之,疑其窃逃。拘讯而得其情,颇不信,又审其颈无少断痕,将刑之。某曰:“言无可凭信,但请寄狱[④]中。断头可假,陷城不可假。设辽城无恙,然后受刑未晚也。”令从之。数日,辽信至,时日一如所言,遂释之。

---

① 快役——即“捕快”。

② 咍(hāi)——叹词。

③ 一顶绿头巾——原指元明娼妓及乐人家的男子头戴青碧头巾,后指妻子有外遇,给丈夫戴“绿帽子”。

④ 寄狱——暂押在狱。

张 贡 士

安邱[①]张贡士，寝疾，仰卧床头。忽见心头有小人出，长仅半尺；儒冠儒服，作俳优状。唱昆山曲[②]，音调清澈，说白自道名贯，一与己同；所唱节末，皆其生平所遭。四折[③]既毕，吟诗而没。张犹记其梗概，为人述之。

爱 奴

河间徐生，设教于恩[④]。腊初[⑤]归，途遇一叟，审视曰："徐先生撤帐矣。明岁授教何所？"答曰："仍旧。"叟曰："敬业[⑥]姓施。有舍甥延求明师，适托某至东疃聘吕子廉，渠已受贽[⑦]稷门[⑧]。君如苟就，束仪[⑨]请倍于恩。"徐以成约为辞。叟曰："信行君子也。然去新岁尚远，敬以黄金一两为贽，暂留教之，明岁另议何如？"徐可之。叟下骑呈礼函，且曰："敝里不遥矣。宅綦隘，饲畜为艰，请即遣仆马去，散步亦佳。"徐从之，以行李寄叟马上。行三四里许，日既暮，始抵其宅，沤钉兽环[⑩]，宛然世家。呼甥出拜，十三四岁童子也。叟曰："妹夫蒋南川，旧为指挥使。止遗此儿，颇不钝，但娇惯耳。得先生一月善诱，当胜十年。"未几，设筵，备极丰美；而行酒下食，皆以婢媪。一婢执壶侍立，年约十五六，风致韵绝，心窃动之。席既终，叟命安置床寝，始辞而去。天未明，儿出就学。徐方起，即有婢来捧巾侍盥，即执壶人也。日给三餐，悉此婢；至夕，又来扫榻。徐问："何无僮

---

① 安邱——县名，今山东安丘县。
② 昆山曲——即昆曲。
③ 四折——四段。
④ 恩——旧县名，治今山东省西北部。
⑤ 腊初——农历十二月初。
⑥ 敬业——施恩老者的名。
⑦ 贽——聘金。
⑧ 稷门——原指齐都临淄城西边南门，此代指临淄。
⑨ 束仪——束脩，即学费。
⑩ 沤钉兽环——门饰，喻府第尊贵。

仆?”婢笑不言,布衾径去。次夕复至。入以游语,婢笑不拒,遂与狎。因告曰:“吾家并无男子,外事则托施舅。妾名爱奴。夫人雅敬先生,恐诸婢不洁,故以妾来。今日但须缄密,恐发觉,两无颜也。”一夜,共寝忘晓,为公子所遭,徐惭怍不自安。至夕,婢来曰:“幸夫人重君,不然败矣!公子入告,夫人急掩其口,若恐君闻。但戒妾勿得久留斋馆而已。”言已,遂去。徐甚德之。然公子不善读,诃责之,则夫人辄为缓颊。初犹遣婢传言;渐亲出,隔户与先生语,往往零涕。顾每晚必问公子日课。徐颇不耐。作色曰:“既从儿懒,又责儿工,此等师我不惯作!请辞。”夫人遣婢谢过,徐乃止。自入馆以来,每欲一出登眺,辄锢闭之。一日,醉中怏闷,呼婢问故。婢言:“无他,恐废学耳。如必欲出,但请以夜。”徐怒曰:“受人数金,便当淹禁死耶!教我夜窜何之乎?久以素食为耻,贽固犹在囊耳。”遂出金置几上,治装欲行。夫人出,脉脉不语,惟掩袂哽咽,使婢返金,启钥送之。徐觉门户偪侧[①];走数步,日光射入,则身自陷冢中出,四望荒凉,一古墓也。大骇。然心感其义,乃卖所赐金,封堆植树而去。

过岁,复经其处,展拜而行。遥见施叟,笑致温凉,邀之殷切。心知其鬼,而欲一问夫人起居,遂相将入村,沽酒共酌。不觉日暮,叟起偿酒价,便言:“寒舍不远,舍妹亦适归宁,望移玉趾,为老夫祓除[②]不祥。”出村数武,又一里落。叩扉入,秉烛向客。俄,蒋夫人自内出,始审视之,盖四十许丽人也。拜谢曰:“式微之族,门户零落,先生泽及枯骨,真无计可以偿之。”言已,泣下。既而呼爱奴,向徐曰:“此婢,妾所怜爱,今以相赠,聊慰客中寂寞。凡有所须,渠亦略能解意。”徐唯唯。少间,兄妹俱去,婢留侍寝。鸡初鸣,叟即来促装送行;夫人亦出,嘱婢善事先生。又谓徐曰:“从此尤宜谨秘,彼此遭逢诡异,恐好事者造言也。”徐诺而别,与婢共骑。至馆,独处一室,与同栖止。或客至,婢不避,人亦不之见也。偶有所欲,意一萌,而婢已致之。又善巫,一挼挲[③]而疴立愈。清明归,至墓所,婢辞而下。徐嘱代谢夫人。曰:“诺。”遂没。数日返,方拟展墓[④],见婢华妆坐树下,因与俱发。终岁往还,如此为常。欲携同归,执不可。岁杪[⑤],辞馆

① 偪侧——狭小。
② 祓(fú)除——年初举行的除灾祈福的祭仪。
③ 挼挲(ruó suō)——按摩。
④ 展墓——拜谒墓地。
⑤ 岁杪——年终。

归，相订后期。婢送至前坐处，指石堆曰："此妾墓也。夫人未出阁时，便从服役，夭殂瘗此。如再过，以炷香相吊，当得复会。"

别归，怀思颇苦，敬往祝之，殊无影响。乃市榇发冢，意将载骨归葬，以寄恋慕。穴开自入，则见颜色如生。肤虽未朽，衣败若灰；头上玉饰金钏，都如新制。又视腰间，裹黄金数铤，卷怀之。始解袍覆尸，抱入材内，赁舆载归；停诸别第，饰以绣裳，独宿其旁，冀有灵应。忽爱奴自外入，笑曰："劫坟贼在此耶！"徐惊喜慰问。婢曰："向从夫人往东昌[①]，三日既归，则舍宇已空。频蒙相邀，所以不肯相从者，以少受夫人重恩，不忍离逷耳。今既劫我来，即速瘗葬，便见厚德。"徐问："有百年复生者，今芳体如故，何不效之？"叹曰："此有定数。世传灵迹，半涉幻妄。要欲复起动履，亦复何难？但不能类生人，故不必也。"乃启棺入，尸即自起，亭亭可爱。探其怀，则冷若冰雪。遂将入棺复卧，徐强止之。婢曰："妾过蒙夫人庞，主人自异域来，得黄金数万，妾窃取之，亦不甚追问。后濒危，又无戚属，遂藏以自殉。夫人痛妾夭谢，又以宝饰入殓。身所以不朽者，不过得金宝之余气耳。若在人世，岂能久乎？必欲如此，切勿强以饮食；若使灵气一散，则游魂亦消矣。"徐乃构精舍，与共寝处。笑语一如常人；但不食不息，不见生人。年余，徐饮薄醉，执残沥强灌之；立刻倒地，口中血水流溢，终日而尸已变。哀悔无及，厚葬之。

异史氏曰："夫人教子，无异人世；而所以待师者何厚也！不亦贤乎！余谓艳尸不如雅鬼，乃以措大之俗莽[②]，致灵物不享其长年，惜哉！"

章丘朱生，素刚鲠，设帐于某贡士家。每谴弟子，内辄遣婢为乞免。不听。一日，亲诣窗外，与朱关说。朱怒，执界方[③]大骂而出。妇惧而奔；朱追之，自后横击臀股，锵然作皮肉声。令人笑绝！

长山某，每延师，必以一年束金，合终岁之虚盈，计每日得如干数；又以师离斋、归斋之日，详记为籍；岁终，则公同按日而乘除之。马生馆其家，初见操珠盘来，得故甚骇；既而暗生一术，反嗔为喜，听其复算不少校。翁大悦，坚订来岁之约。马辞以故。遂荐一生乖谬者自代。及就馆，动辄诟骂，翁无奈，悉含忍之。岁杪，携珠盘至。生勃然忿极，姑听其算。翁又

① 东昌——府名，今山东聊城县。
② 措大之俗莽——措大，对贫寒读书人的蔑称；俗莽，粗俗鲁莽。
③ 界方——界尺。

以途中日，尽归于西，生不受，拨珠归东。两争不决，操戈相向，两人破头烂额而赴公庭焉。

单　父　宰

青州民某，五旬余，继娶少妇。二子恐其复育，乘父醉，潜割睾丸而药糁之。父觉，托病不言。久之，创渐平。忽入室，刀缝绽裂，血溢不止，寻毙。妻知其故，讼于官。官械其子，果伏。骇曰："余今为'单父宰'[①]矣！"并诛之。

邑有王生者，娶月余而出其妻。妻父讼之。时淄宰辛公[②]，问王："何故出妻？"答云："不可说。"固诘之，曰："以其不能产育耳。"公曰："妄哉！月余新妇，何知不产？"忸怩久之，告曰："其阴甚偏。"公笑曰："是则偏之为害，而家之所以不齐也。"此可与"单父宰"并传。一笑。

孙　必　振

孙必振[③]渡江，值大风雷，舟船荡摇，同舟大恐。忽见金甲神[④]立云中，手持金字牌下示；诸人共仰视之，上书"孙必振"三字，甚真。众谓孙："必汝有犯天谴，请自为一舟，勿相累。"孙尚无言，众不待其肯可，视旁有小舟，共推置其上。孙既登舟，回首，则前舟覆矣。

邑　人

邑有乡人，素无赖。一日，晨起，有二人摄之去。至市头，见屠人以半

---

① 单（shàn）父宰——单父邑（今属山东）的邑令。
② 辛公——即辛民，曾任淄川知县，后以诗文自娱。
③ 孙必振——清初山东诸城县人，为官有政绩。
④ 金甲神——即"金刚力士"、"金刚"，佛、道中的护法神。

猪悬架上,二人便极力推挤之,遂觉身与肉合,二人亦径去。少间,屠人卖肉,操刀断割,遂觉一刀一痛,彻于骨髓。后有邻翁来市肉,苦争低昂,添脂搭肉,片片碎割,其苦更惨。肉尽,乃寻途归;归时,日已向辰①。家人谓其晏起②,乃细述所遭。呼邻问之,则市肉方归,言其片数、斤数,毫发不爽。崇朝③之间,已受凌迟④一度,不亦奇哉!

元 宝

广东临江山崖巉岩⑤,常有元宝⑥嵌石上。崖下波涌,舟不可泊。或荡桨近摘之,则牢不可动;若其人数应得此,是一摘即落,回首已复生矣。

研 石

王仲超言:"洞庭君山⑦间有石洞,高可容舟,深暗不测,湖水出入其中。尝秉烛泛舟而入,见两壁皆黑石,其色如漆,按之而软;出刀割之,如切硬腐⑧。随意制为研⑨。既出,见风则坚凝过于他石。试之墨,大佳。估舟游楫,往来甚从,中有佳石,不知取用,亦赖好奇者之品题⑩也。"

---

① 向辰——接近早晨七点到九点。
② 晏起——起床晚。
③ 崇朝——从天亮到早饭之间。
④ 凌迟——即剐刑,古酷刑之一。
⑤ 巉岩——险峻的山岩。
⑥ 元宝——马蹄形银锭。
⑦ 洞庭君山——即湘山,位于洞庭湖中,传说为湘君女神住处。
⑧ 硬腐——豆腐干。
⑨ 研——砚台。
⑩ 品题——称颂。

武 夷

武夷山[①]有削壁千仞，人每于下拾沉香[②]玉块焉。太守闻之，督数百人作云梯[③]，将造顶以觇其异，三年始成。太守登之，将及巅，见大足伸下，一拇粗于捣衣杵[④]，大声曰："不下，将堕矣！"大惊，疾下。才至地，则架木朽析，崩坠无遗。

大 鼠

万历间[⑤]，宫中有鼠，大与猫等，为害甚剧。遍求民间佳猫捕制之，辄被啖食。适异国来贡狮猫[⑥]，毛白如雪。抱投鼠屋，阖其扉，潜窥之。猫蹲良久，鼠逡巡自穴中出，见猫，怒奔之。猫避登几上，鼠亦登，猫则跃下。如此往复，不啻百次，众咸谓猫怯，以为是无能为者。既而鼠跳掷渐迟，硕腹似喘，蹲地上少休。猫即疾下，爪掬顶毛，口龁首领，辗转争持，猫声呜呜，鼠声啾啾。启扉急视，则鼠首已嚼碎矣。然后知猫之避，非怯也，待其惰也。彼出则归，彼归则复，用此智耳。噫！匹夫按剑，何异鼠乎！

张 不 量

贾人某，至直隶界，忽大雨雹，伏禾中。闻空中云："此张不量田，勿伤其稼。"贾私意张氏既云"不良"，何反祐护[⑦]。雹止，入村，访问其人，且问

---

① 武夷山——位于今福建境内。
② 沉香——香木名，入水能沉，故名。
③ 云梯——一种攀高用具。
④ 捣衣杵——洗衣时的工具。
⑤ 万历间——明神宗朱翊钧年号(1573－1619 年)。
⑥ 狮猫——即狮子猫，类似今日波斯猫。
⑦ 祐护——降福荫护。

取名之义。盖张素封，积粟甚富。每春贫民就贷，偿时多寡不校，悉内之，未尝执概[①]取盈，故名“不量”，非不良也。众趋田中，见棵穗[②]摧折如麻，独张氏诸田无恙。

牧　竖

两牧竖[③]入山至狼穴，穴有小狼二，谋分捉之。各登一树，相去数十步。少顷，大狼至，入穴失子，意甚仓皇。竖于树上扭小狼蹄耳故令嗥；大狼闻声仰视，怒奔树下，号且爬抓。其一竖又在彼树致小狼鸣急；狼辍声四顾，始望见之，乃舍此趋彼，跑号如前状。前树又鸣，又转奔之。口无停声，足无停趾，数十往复，奔渐迟，声渐弱；既而奄奄僵卧，久之不动。竖下视之，气已绝矣。今有豪强子[④]，怒目按剑，若将搏噬；为所怒者，乃阖扇去。豪力尽声嘶，更无敌者，岂不畅然自雄[⑤]？不知此禽兽之威，人故弄之以为戏耳。

富　翁

富翁某，商贾多贷其资。一日出，有少年从马后，问之，亦假本[⑥]者。翁诺之。既至家，适几上有钱数十，少年即以手叠钱，高下堆垒之。翁谢去，竟不与资。或问故，翁曰：“此人必善博，非端人[⑦]也。所熟之技，不觉形于手足矣。”访之果然。

---

① 执概——手执尺状的量谷物的工具。
② 稞穗——即“棵穗”。
③ 牧竖——牧童。
④ 豪强子——横行霸道之人。
⑤ 畅然自雄——得意地自视为英雄。
⑥ 假本——借本钱。
⑦ 端人——正派人。

王　司　马

新城王大司马霁宇①镇北边时，常使匠人铸一大杆刀，阔盈尺，重百钧。每按边，辄使四人扛之。卤簿②所止，则置地上，故令北人捉之，力撼不可少动。司马阴以桐木依样为刀，宽狭大小无异，贴以银箔，时于马上舞动。诸部落望见，无不震悚。又于边外埋苇薄③为界，横斜十余里，状若藩篱，扬言曰："此吾长城也。"北兵至，悉拔而火之。司马又置之。既而三火，乃以炮石伏机其下，北兵焚薄，药石尽发，死伤甚众。既遁去，司马设薄如前。北兵遥望皆却走，以故帖服若神。后司马乞骸归，塞上复警。召再起；司马时年八十有三，力疾陛辞。上慰之曰："但烦卿卧治耳。"于是司马复至边。每止处，辄卧幛中。北人闻司马至，皆不信，因假议和，将验真伪。启帘，见司马坦卧，皆望榻伏拜，挢舌④而退。

岳　　神

扬州提同知⑤，夜梦岳神召之，词色愤怒。仰见一人侍神侧，少为缓颊。醒而恶之。早诣岳庙，默作祈禳。既出，见药肆一人，绝肖所见。问之，知为医生。及归，暴病。特遣人聘之。至则出方为剂，暮服之，中夜而卒。或言：阎罗王与东岳天子，日遣侍者男女十万八千众，分布天下作巫医，名"勾魂使者"。用药者不可不察也！

---

① 新城王大司马霁宇——即王象乾，明末山东新城人，字霁宇，官至兵部尚书，镇边有功。
② 卤簿——官员出行时的仪仗队。
③ 苇薄——以芦苇编成的席子。
④ 挢(jiǎo)舌——喻惊惧得舌头打卷，说不出话来。
⑤ 同知——府州佐官。

小　　梅

蒙阴[①]王慕贞，世家子也。偶游江浙，见媪哭于途，诘之。言："先夫止遗一子，今犯死刑，谁有能出之者？"王素慷慨，志其姓名，出橐中金为之斡旋，竟释其罪。其人出，闻王之救己也，茫然不解其故，访诣旅邸，感泣谢问。王曰："无他，怜汝母老耳。"其人大骇曰："母故已久。"王亦异之。抵暮，媪来申谢，王咎其谬诬。媪曰："实相告：我东山老狐也。二十年前，曾与儿父有一夕之好，故不忍其鬼之馁也。"王悚然起敬，再欲诘之，已杳。

先是，王妻贤而好佛，不茹荤酒；治洁室，悬观音像，以无子，日日焚祷其中。而神又最灵，辄示梦，教人趋避，以故家中事皆取决焉。后有疾，綦笃，移榻其中；又别设锦裀于内室而扃其户，若有所伺。王以为惑，而以其疾势昏瞀，不忍伤之。卧病二年，恶嚣，常屏人独寝。潜听之，似与人语；启门视之，又寂然。病中他无所虑，有女十四岁，惟日催治装遣嫁。既醮，呼王至榻前，执手曰："今诀矣！初病时，菩萨告我命当速死；念不了者，幼女未嫁，因赐少药，俾延息以待。去岁，菩萨将回南海，留案前侍女小梅，为妾服役。今将死，薄命人又无所出。保儿，妾所怜爱，恐娶悍怒之妇，令其子母失所。小梅姿容秀美，又温淑，即以为继室可也。"盖王有妾，生一子，名保儿。王以其言荒唐，曰："卿素敬者神，今出此言，不已亵乎？"答云："小梅事我年余，相忘形骸，我已婉求之矣。"问："小梅何处？"曰："室中非耶？"方欲再诘，闭目已逝。

王夜守灵帏，闻室中隐隐啜泣，大骇，疑为鬼。唤诸婢妾启钥视之，则二八丽者，缞服在室。众以为神，共罗拜之。女敛涕扶掖。王凝注之，俯首而已。王曰："如果亡室之言非妄，请即上堂，受儿女朝谒；如其不可，仆亦不敢妄想，以取罪过。"女觍然出，竟登北堂[②]。王使婢为设座南向，王先拜，女亦答拜；下而长幼卑贱，以次伏叩，女庄容坐受；惟妾至，则挽之。自夫人卧病，婢惰奴偷，家久替。众参已，肃肃列侍。女曰："我感夫人盛意，

---

① 蒙阴——县名，明清属山东青州府。
② 北堂——正房。

羁留人间，又以大事相委，汝辈宜各洗心，为主效力，从前愆尤，悉不计校；不然，莫谓室无人也！”共视座上，真如悬观音图像，时被微风吹动。闻言悚惕[①]，闲然并诺。女乃排拨丧务，一切井井。由是大小无敢懈者。女终日经纪内外，王将有作，亦禀白而行；然虽一夕数见，并不交一私语。既殡，王欲申前约，不敢径告，嘱妾微示意。女曰：“妾受夫人谆嘱，义不容辞；但匹配大礼，不得草草。年伯[②]黄先生，位尊德重，求使主秦晋之盟[③]，则惟命是听。”时沂水黄太仆，致仕闲居，于王为父执[④]，往来最善。王即亲诣，以实告。黄奇之，即与同来。女闻，即出展拜。黄一见，惊为天人，逊谢不敢当礼；既而助妆优厚，成礼乃去。女馈遗枕履，若奉舅姑，由此交益亲。合卺后，王终以神故，亵中带肃，时研诘菩萨起居。女笑曰：“君亦太愚，焉有正直之神，而下婚尘世者？”王力审所自。女曰：“不必研穷，既以为神，朝夕供养，自无殃咎。”女御下常宽，非笑不语；然婢贱戏狎时，遥见之，则默默无声。女笑谕曰：“岂尔辈尚以我为神耶？我何神哉！实为夫人姨妹，少相交好；姊病见思，阴使南村王姥招我来。第以日近姊夫，有男女之嫌，故托为神道，闭内室中，其实何神。”众犹不信。而日侍边傍，见其举动，不少异于常人，浮言渐息。然即顽奴钝婢，王素挞楚所不能化者，女一言无不乐于奉命。皆云：“并不自知。实非畏之；但睹其貌，则心自柔，故不忍拂其意耳。”以此百废具举。数年中，田地连阡，仓廪万石矣。

又数年，妾产一女。女生一子——子生，左臂有朱点，因字小红。弥月，女使王盛筵招黄。黄贺仪丰渥，但辞以耄，不能远涉；女遣两媪强邀之，黄始至。抱儿出，袒其左臂，以示命名之意。又再三问其吉凶。黄笑曰：“此喜红也，可增一字，名喜红。”女大悦，更出展叩。是日，鼓乐充庭，贵戚如市。黄留三日始去。忽门外有舆马来，逆女归宁。向十余年，并无瓜葛，共议之，而女若不闻。理妆竟，抱子于怀，要王相送，王从之。至二三十里许，寂无行人，女停舆，呼王下骑，屏人与语，曰：“王郎王郎，会短离长，谓可悲否？”王惊问故，女曰：“君谓妾何人也？”答曰：“不知。”女曰：“江南拯一死罪，有之乎？”曰；“有。”曰：“哭于路者吾母也；感义而思所报，乃

① 悚惕——恐惧状。
② 年伯——对父辈友人的尊称。
③ 秦晋之盟——借指两姓有世代联姻之好。
④ 父执——父亲的挚友。

因夫人好佛，附为神道，实将以妾报君也。今幸生此襁褓物，此愿已慰。妾视君晦运将来，此儿在家，恐不能育，故借归宁，解儿危难。君记取：家有死口时，当于晨鸡初唱，诣西河柳堤上，见有挑葵花灯来者，遮道苦求，可免灾难。”王曰：“诺。”因讯归期。女云：“不可预定。要当牢记吾言，后会亦不远也。”临别执手，怆然交涕。俄登舆，疾若风。王望之不见，始返。

经六七年，绝无音问。忽四乡瘟疫流行，死者甚众，一婢病三日死。王念曩嘱，颇以关心。是日与客饮，大醉而睡。既醒，闻鸡鸣，急起至堤头，见灯光闪烁，适已过去。急追之，止隔百步许，愈追愈远，渐不可见，懊恨而返，数日暴病，寻卒。王族多无赖，共凭陵其孤寡，田禾树木，公然伐取，家日陵替。逾岁，保儿又殇，一家更无所主。族人益横，割裂田产，厩中牛马俱空；又欲瓜分第宅，以妾居故，遂将数人来，强夺鬻之。妾恋幼女，母子环泣，惨动邻里。方危难间，俄闻门外有肩舆入，共觇，则女引小郎自车中出。四顾人纷如市，问：“此何人？”妾哭诉其由。女颜色惨变，便唤从来仆役，关门下钥。众欲抗拒，而手足若痿。女令一一收缚，系诸廊柱，日与薄粥三瓯[1]。即遣老仆奔告黄公，然后入室哀泣。泣已，谓妾曰：“此天数也。已期前月来，适以母病耽延，遂至于今。不谓转盼间已成丘墟！”问旧时婢媪，则皆被族人掠去，又益欷歔。越日，婢仆闻女至，皆自遁归，相见无不流涕。所絷族人，共谍儿非慕贞体胤[2]，女亦不置辨。既而黄公至，女引出迎。黄握儿臂，便捋左袂，见朱记宛然，因袒示众人，以证其确。乃细审失物，登簿记名，亲诣邑令。令拘无赖辈，各笞四十，械禁严追；不数日，田地马牛，悉归故主。黄将归，女引儿泣拜曰：“妾非世间人，叔父所知也。今以此子委叔父矣。”黄曰：“老夫一息尚在，无不为区处[3]。”黄去，女盘查就绪，托儿于妾，乃具馔为夫祭扫，半日不返。视之，则杯馔犹陈，而人杳矣。

异史氏曰：“不绝人嗣者，人亦不绝其嗣，此人也而实天也。至座有良朋，车裘可共；迨宿莽既滋，妻子陵夷，则车中人望望然去之矣。死友而不忍忘，感恩而思所报，独何人哉！狐乎！倘尔多财，吾为尔宰。”

---

① 瓯——古盛具。
② 体胤——亲生骨肉。
③ 区处——安排料理。

药　僧

济宁某，偶于野寺外，见一游僧，向阳扪虱；杖挂葫芦，似卖药者。因戏曰："和尚亦卖房中丹[①]否？"僧曰："有。弱者可强，微者可巨，立刻见效，不俟经宿。"某喜，求之。僧解衲角，出药一丸，如黍[②]大，令吞之。约半炊时，下部暴长；逾刻自扪，增于旧者三之一。心犹未足，窥僧起遗，窃解衲，拈二三丸并吞之。俄觉肤若裂，筋若抽，项缩腰橐，而阴长不已。大惧，无法。僧返，见其状，惊曰："子必窃吾药矣！"急与一丸，始觉休止。解衣自视，则几与两股鼎足而三矣。缩颈蹒跚而归，父母皆不能识。从此为废物，日卧街上，多见之者。

于　中　丞

于中丞成龙[③]，按部至高邮。适巨绅家将嫁女，装奁甚富，夜被穿窬[④]席卷而去。刺史[⑤]无术。公令诸门尽闭，止留一门放行人出入，吏目[⑥]守之，严搜装载。又出示，谕阖城户口各归第宅，候次日查点搜掘，务得赃物所在。乃阴嘱吏目：设有城门中出入至再者，捉之。过午得二人，一身之外，并无行装。公曰："此真盗也。"二人诡辨不已。公令解衣搜之，见袍服内着女衣二袭，皆奁中物也。盖恐次日大搜，急于移置，而物多难携，故密着而屡出之也。

又公为宰[⑦]时，至邻邑。早旦，经郭外，见二人以床舁病人，覆大被；枕上露发，发上簪凤钗一股，侧眠床上。有三四健男夹随之，时更番以手

---

① 房中丹——春药。
② 黍(shǔ)——黏米。
③ 于中丞成龙——即于成龙，明清之际山西人，曾官至兵部尚书，有"古今第一廉吏"之美誉。
④ 穿窬(yú)——穿壁逾墙。
⑤ 刺史——知州的别称。
⑥ 吏目——官名，职掌缉捕等杂役。
⑦ 宰——知县。

拥被,令压身底,似恐风入。少顷,息肩路侧,又使二人更相为荷。于公过,遣隶回问之,云是妹子垂危,将送归夫家。公行二三里,又遣隶回,视其所入何村。隶尾之,至一村舍,两男子迎之而入。还以白公。公谓其邑宰:“城中得无有劫寇否?”宰曰:“无之。”时功令[①]严,上下讳盗,故即被盗贼劫杀,亦隐忍而不敢言。公就馆舍,嘱家人细访之,果有富室被强寇入家,炮烙而死。公唤其子来,诘其状。子固不承。公曰:“我已代捕大盗在此,非有他也。”子乃顿首哀泣,求为死者雪恨。公叩关往见邑宰,差健役四鼓出城,直至村舍,捕得八人,一鞫而伏。诘其病妇何人,盗供:“是夜同在勾栏,故与妓女合谋,置金床上,令抱卧至窝处[②]始瓜分耳。”共服于公之神。或问所以能知之故,公曰:“此甚易解,但人不关心耳。岂有少妇在床,而容人手衾底者?且易肩而行,其势甚重;交手护之,则知其中必有物矣。若病妇昏愦而至,必有妇人倚门而迎;止见男子,并不惊问一言,是以确知其为盗也。”

皂 隶

万历间,历城令梦城隍索人服役,即以皂隶八人书姓名于牒[③],焚庙中;至夜,八人皆死。庙东有酒肆,肆主故与一隶有素。会夜来沽酒,问:“款何客?”答云:“僚友[④]甚多,沽一尊少叙姓名耳。”质明,见他役,始知其人已死。入庙启扉,则瓶在焉,贮酒如故。归视所与钱,皆纸灰也。令肖八像于庙。诸役得差,皆先酬之乃行;不然,必遭笞谴。

绩 女

绍兴有寡媪夜绩,忽一少女推扉入,笑曰:“老姥[⑤]无乃劳乎?”视之,

---

① 功令——朝廷考核官员的有关条例。
② 窝处——窝赃地。
③ 牒——录名簿。
④ 僚友——犹今“同事”。
⑤ 老姥(mǔ)——对年老妇人的尊称。

年十八九，仪容秀美，袍服炫丽。媪惊问："何来？"女曰："怜媪独居，故来相伴。"媪疑为侯门亡人[1]，苦相诘。女曰："媪勿惧。妾之孤，亦犹媪也。我爱媪洁，故相就。两免岑寂[2]，固不佳耶？"媪又疑为狐，默然犹豫。女竟升床代绩，曰："媪无忧，此等生活，妾优为[3]之，定不以口腹相累[4]。"媪见其温婉可爱，遂安之。

夜深，谓媪曰："携来衾枕，尚在门外，出溲时，烦捉[5]之。"媪出，果得衣一裹。女解陈榻上，不知是何等锦绣，香滑无比。媪亦设布被，与女同榻。罗衿甫解，异香满室。既寝，媪私念：遇此佳人，可惜身非男子。女子枕边笑曰："姥七旬，犹妄想耶？"媪曰："无之。"女曰："既不妄想，奈何欲作男子？"媪愈知为狐，大惧。女又笑曰："愿作男子，何心而又惧我耶？"媪益恐，股战摇床。女曰："嗟乎！胆如此大，还欲作男子！实相告：我真仙人[6]，然非祸汝者。但须谨言，衣食自足。"媪早起，拜于床下。女出臂挽之，臂腻如脂，热香喷溢；肌一着人，觉皮肤松快。媪心动，复涉遐想。女哂曰："婆子战慄才止，心又何处去矣！使作丈夫，当为情死。"媪曰："使是丈夫，今夜那得不死！"由是两心浃洽，日同操作。视所绩[7]，匀细生光；织为布，晶莹如锦，价较常三倍。媪出，则扃其户；有访媪者，辄于他室应之。居半载，无知者。

后媪渐泄于所亲，里中姊妹行皆托媪以求见。女让曰："汝言不慎，我将不能久居矣。"媪悔失言，深自责；而求见者日益众，至有以势迫媪者。媪涕泣自陈。女曰："若诸女伴，见亦无妨；恐有轻薄儿，将见狎侮。"媪复哀恳，始许之。越日，老媪少女，香烟相属于道。女厌其烦，无贵贱，悉不交语；惟默然端坐，以听朝参而已。乡中少年闻其美，神魂倾动，媪悉绝之。

有费生者，邑之名士，倾其产，以重金啗媪。媪诺，为之请。女已知之，责曰："汝卖我耶？"媪伏地自投。女曰："汝贪其赂，我感其痴，可以一

---

① 侯门亡人——贵族家中逃出来的姬妾。
② 岑寂——孤寂。
③ 优为——擅长。
④ 口腹相累——意谓供给饮食。
⑤ 捉——提。
⑥ 仙人——狐精的婉称。
⑦ 绩——同"织"。

见。然而缘分尽矣。”媪又伏叩。女约以明日。生闻之，喜，具香烛而往，入门长揖。女帘内与语，问：“君破产相见，将何以教妾也？”生曰：“实不敢他有所干。只以王嫱、西子，徒得传闻；如不以冥顽见弃，俾得一阔眼界，下愿已足。若休咎自有定数，非所乐闻。”忽见布幕之中，容光射露，翠黛朱樱，无不皆现，似无帘幌之隔者。生意炫神驰，不觉倾拜。拜已而起，则厚幕沉沉，闻声不见矣。悒怅间，窃恨未睹下体[①]；俄见帘下绣履双翘，瘦不盈指。生又拜。帘中语曰：“君归休！妾体惰矣！”媪延生别室，烹茶为供。生题《南乡子》[②]一调于壁云：“隐约画帘前，三寸凌波玉笋尖；点地分明莲瓣落，纤纤，再着重台更可怜。花衬凤头弯，入握应知软似绵；但愿化为蝴蝶去，裙边，一嗅余香死亦甘。”题毕而去。女览题不悦，谓媪曰：“我言缘分已尽，今不妄矣。”媪伏地请罪。女曰：“罪不尽在汝。我偶堕情障，以色身示人，遂被淫词污亵，此皆自取，于汝何尤。若不速迁，恐陷身情窟，转劫难出矣。”遂襆被出。媪追挽之，转瞬已失。

红 毛 毡

红毛国[③]，旧许与中国相贸易。边帅见其众，不许登岸。红毛人固请：“赐一毡地足矣。”帅思一毡所容无几，许之。其人置毡岸上，仅容二人；拉之，容四五人；且拉且登，顷刻毡大亩许，已数百人矣。短刃并发，出于不意，被掠数里而去。

抽 肠

莱阳民某昼卧，见一男子与妇人握手入。妇黄肿，腰粗欲仰，意像愁苦。男子[④]促之曰；“来，来！”某意其苟合者，因假睡以窥所为。既入，似

---

① 下体——下身。
② 《南乡子》——词牌名。
③ 红毛国——指荷兰。
④ 意像——心绪和表情。

不见榻上有人。又促曰:“速之!”妇便自坦胸怀,露其腹,腹大始鼓。男子出屠刀一把,用力刺入,从心下直剖至脐,蚩蚩有声。某大惧,不敢喘息。而妇人攒眉忍受,未尝少呻。男子口衔刀,入手于腹,捉肠挂肘际;且挂且抽,顷刻满臂。乃以刀断之,举置几上,还复抽之。几既满,悬椅上;椅又满,乃肘数十盘,如渔人举网状,望某首边一掷。觉一阵热腥,面目喉膈覆压无缝。某不能复忍,以手推肠,大号起奔。肠堕榻前,两足被絷,冥然而倒。家人趋视,但见身绕猪脏;既入审顾,则初无所有。众各目谓目眩,未尝骇异。及某述所见,始共奇之。而室中并无痕迹,惟数日血腥不散。

张 鸿 渐

张鸿渐,永平①人。年十八,为郡名士,时卢龙令赵某贪暴,人民共苦之。有范生被杖毙,同学忿其冤,将鸣部院,求张为刀笔之词,约其共事。张许之。妻方氏,美而贤,闻其谋,谏曰:“大凡秀才作事,可以共胜,而不可以共败:胜则人人贪天功,一败则纷然瓦解,不能成聚。今势力世界,曲直难以理定;君又孤,脱有翻覆,急难者谁也!”张服其言,悔之,乃婉谢诸生,但为创词②而去。质审一过,无所可否。赵以巨金纳大僚,诸生坐结党被收,又追捉刀人③。

张惧,亡去。至凤翔④界,资斧断绝。日既暮,踟躇旷野,无所归宿。歘睹小村,趋之。老妪方出阖扉,见生,问所欲为。张以实告,妪曰:“饮食床榻,此都细事;但家无男子,不便留客。”张曰:“仆亦不敢过望,但容寄宿门内,得避虎狼足矣。”妪乃令入,闭门,授以草荐,嘱曰:“我怜客无归,私容止宿,未明宜早去,恐吾家小娘子闻知,将便怪罪。”妪去,张倚壁假寐。忽有笼灯晃耀,见妪导一女郎出。张急避暗处,微窥之,二十许丽人也。及门,见草荐,诘妪。妪实告之,女怒曰:“一门细弱,何得容纳匪人⑤!”即问:“其人焉往?”张惧,出伏阶下。女审诘邦族,色稍霁,曰:“幸是风雅士,

---

① 永平——府名,治今河北卢龙县。
② 创词——起草讼词。
③ 捉刀人——代笔人。
④ 凤翔——府名,治今陕西凤翔县。
⑤ 匪人——不是亲近人。

不妨相留。然老奴竟不关白，此等草草，岂所以待君子。”命妪引客入舍。俄顷，罗酒浆，品物精洁；既而设锦裍于榻。张甚德之，因私询其姓氏。妪曰：“吾家施氏，太翁夫人俱谢世，止遗三女。适所见，长姑舜华也。”妪去。张视几上有《南华经》[①]注，因取就枕上，伏榻翻阅。忽舜华推扉入。张释卷，搜觅冠履。女即榻捺坐曰：“无须，无须！”因近榻坐，腆然曰：“妾以君风流才士，欲以门户相托[②]，遂犯瓜李之嫌[③]。得不相遐弃否？”张皇然不知所对，但云：“不相诳，小生家中，固有妻耳。”女笑曰：“此亦见君诚笃，顾亦不妨。既不嫌憎，明日当烦媒妁。”言已，欲去。张探身挽之，女亦遂留。未曙即起，以金赠张曰：“君持作临眺之资[④]；向暮，宜晚来，恐傍人所窥。”张如其言，早出晏归，半年以为常。

一日，归颇早，至其处，村舍全无，不胜惊怪。方徘徊间，闻妪云：“来何早也！”一转盼间，则院落如故，身固已在室中矣。益异之。舜华自内出，笑曰：“君疑妾耶？实对君言：妾，狐仙也，与君固有夙缘。如必见怪，请即别。”张恋其美，亦安之。夜谓女曰：“卿既仙人，当千里一息[⑤]耳。小生离家三年，念妻孥不去心，能携我一归乎？”女似不悦，曰：“琴瑟之情，妾自分[⑥]于君为笃；君守此念彼，是相对绸缪者，皆妄也！”张谢曰：“卿何出此言。谚云：‘一日夫妻，百日恩义。’后日归念卿时，亦犹今日之念彼也。设得新忘故，卿何取焉？”女乃笑曰：“妾有褊心：于妾，愿君之不忘；于人，愿君之忘之也。然欲暂归，此复何难：君家咫只耳。”遂把袂出门，见道路昏暗，张逡巡不前。女曳之走，无几时，曰：“至矣。君归，妾且去。”张停足细认，果见家门，逾垝垣[⑦]入，见室中灯火犹荧。近以两指弹扉。内问为谁，张具道所来。内秉烛启关，真方氏也。两相惊喜，握手入帏。见儿卧床上，慨然曰：“我去时儿才及膝，今身长如许矣！”夫妇依倚，恍如梦寐。张历述所遭。问及讼狱，始知诸生有瘐死者[⑧]，有远徙者，益服妻之远见。方纵体入怀，曰：“君有佳偶，想不复念孤衾中有零涕人矣！”张曰：“不念，

---

① 《南华经》——即《庄子》一书。
② 以门户相托——代指招男入赘。
③ 瓜李之嫌——私自相会，惹人猜疑。
④ 临眺之资——游览费用。
⑤ 千里一息——呼吸之间行千里，喻极快。
⑥ 自分——自认为。
⑦ 垝(guǐ)垣——倒坍的垣墙。
⑧ 瘐死者——病死狱中者。

胡以来也？我与彼虽云情好，终非同类；独其恩义难忘耳。”方曰：“君以我何人也？”张审视，竟非方氏，乃舜华也。以手探儿，一竹夫人[①]耳。大惭无语。女曰：“君心可知矣！分当[②]自此绝矣，犹幸未忘恩义，差足自赎。”

过二三日，忽曰：“妾思痴情恋人，终无意味。君日怨我不相送，今适欲至都，便道可以同去。”乃向床头取竹夫人共跨之，令闭两眸，觉离地不远，风声飕飕。移时，寻落。女曰：“从此别矣。”方将订嘱，女去已渺。怅立少时，闻村犬鸣吠，苍茫中见树木屋庐，皆故里景物，循途而归。逾垣叩户，宛若前状。方氏惊起，不信夫归；诘证确实，始挑灯呜咽而出。既相见，涕不可抑。张犹疑舜华之幻弄也；又见床卧一儿，如昨夕，因笑曰：“竹夫人又携入耶？”方氏不解，变色曰：“妾望君如岁，枕上啼痕固在也。甫能相见，全无悲恋之情，何以为心矣！”张察其情真，始执臂欷歔，具言其详。问讼案所结，并如舜华言。方相感慨，闻门外有履声，问之不应。盖里中有恶少甲，久窥方艳，是夜自别村归，遥见一人逾垣去，谓必赴淫约者，尾之入。甲故不甚识张，但伏听之。及方氏亟问，乃曰：“室中何人也？”方讳言：“无之。”甲言：“穿听已久，敬将以执奸也。”方不得已，以实告。甲曰：“张鸿渐大案未消，即使归家，亦当缚送官府。”方苦哀之，甲词益狎逼。张忿火中烧，把刀直出，剁甲中颅。甲踣，犹号；又连剁之，遂死。方曰：“事已至此，罪益加重。君速逃。妾请任其辜。”张曰：“丈夫死则死耳，焉肯辱妻累子以求活耶！卿无顾虑，但令此子勿断书香，目即瞑矣。”天明，赴县自首。赵以钦案[③]中人，姑薄惩之。寻由郡解都，械禁颇苦。

途中遇女子跨马过，一老妪捉鞚，盖舜华也。张呼妪欲语，泪随声堕。女返辔，手启障纱，讶曰：“表兄也，何至此？”张略述之。女曰：“依兄平昔，便当掉头不顾；然予不忍也。寒舍不远，即邀公役同临，亦可少助资斧。”从去二三里，见一山村，楼阁高整。女下马入，令妪启舍延客。既而酒炙丰美，似所夙备。又使妪出曰：“家中适无男子，张官人即向公役多劝数觞，前途倚赖多矣。遣人措办数十金为官人作费，兼酬两客，尚未至也。”二役窃喜，纵饮，不复言行。日渐暮，二役径醉矣。女出，以手指械，械立

① 竹夫人——南方夏季床上用的取凉用具。
② 分当——理应。
③ 钦案——皇帝命办的案子。

脱;曳张共跨一马,驶如龙。少时,促下,曰:“君止此。妾与妹有青海之约[①],又为君逗留一晌,久劳盼注矣。”张问:“后会何时?”女不答,再问之,推堕马下而去。既晓,问其地,太原也。遂至郡,赁屋授徒焉。托名宫子迁。居十年,访知捕亡浸怠,乃复逡巡东向。既近里门,不敢遽入,俟夜深而后入。及门,则墙垣高固,不复可越,只得以鞭挝门。久之,妻始出问。张低语之。喜极,纳入,作呵叱声,曰:“都中少用度,即当早归,何得遣汝半夜来?”入室,各道情事,始知二役逃亡未返。言次,帘外一少妇频来,张问伊谁,曰:“儿妇耳。”问:“儿安在?”曰:“赴郡大比未归。”张涕下曰:“流离数年,儿已成立,不谓能继书香,卿心血殆尽矣!”话未已,子妇已温酒炊饭,罗列满几。张喜慰过望。居数日,隐匿屋榻,惟恐人知。一夜,方卧,忽闻人语腾沸,捶门甚厉。大惧,并起。闻人言曰:“有后门否?”益惧,急以门扇代梯,送张夜度垣而出;然后诣门问故,乃报新贵者也。方大喜,深悔张遁,不可追挽。

张是夜越莽穿榛,急不择途;及明,困殆已极。初念本欲向西,问之途人,则去京都通衢不远矣。遂入乡村,意将质衣而食。见一高门,有报条[②]粘壁上;近视,知为许姓,新孝廉也。顷之,一翁自内出,张迎揖而告以情。翁见仪容都雅,知非赚食者,延入相款。因诘所往,张托言:“设帐都门,归途遇寇。”翁留诲其少子。张略问官阀,乃京堂林下者[③];孝廉,其犹子也。月余,孝廉偕一同榜归,云是永平张姓,十八九少年也。张以乡谱俱同,暗中疑是其子;然邑中此姓良多,姑默之。至晚解装,出“齿录”[④],急借披读,真子也。不觉泪下。共惊问之,乃指名曰:“张鸿渐,即我是也。”备言其由。张孝廉抱父大哭。许叔侄慰劝,始收悲以喜。许即以金帛函字,致告宪台[⑤],父子乃同归。方自闻报,日以张在亡为悲;忽白孝廉归,感伤益痛。少时,父子并入,骇如天降,询知其故,始共悲喜。甲父见其子贵,祸心不敢复萌。张益厚遇之,又历述当年情状,甲父感愧,遂相交好。

---

① 青海之约——仙海之约。

② 报条——报喜的纸帖。

③ 京堂林下者——退休居乡的京官。

④ 齿录——即“同年录”,指同年科举考中者。

⑤ 宪台——御史的别称,此指“上司”。

太　医

万历间，孙评事少孤，母十九岁守节。孙举进士，而母已死。尝语人曰："我必博诰命[①]以光泉壤，始不负萱堂苦节[②]。"忽得暴病，綦笃。素与太医善，使人招之；使者出门，而疾益剧。张目曰："生不能扬名显亲，何以见老母地下乎！"遂卒，目不瞑。

无何，太医至，闻哭声，即入临吊。见其状，异之。家人告以故，太医曰："欲得诰赠，即亦不难。今皇后旦晚临盆矣。但活十余日，诰命可得。"立命取艾[③]，灸尸一十八处。炷将尽，床上已呻；急灌以药，居然复生。嘱曰："切记勿食熊虎肉。"共志之；然以此物不常有，颇不关意。既而三日平复，仍从朝贺[④]。

过六七日，果生太子，召赐群臣宴。中使出异品[⑤]，遍赐文武，白片朱丝[⑥]，甘美无比。孙啖之，不知何物。次日，访诸同僚，曰："熊膰[⑦]也。"大惊失色；即刻而病，至家遂卒。

牛　飞

邑人某，购一牛，颇健。夜梦牛生两翼飞去，以为不祥，疑有丧失。牵入市损价售之。以巾裹金，缠臂上。归至半途，见有鹰食残兔，近之甚驯。遂以巾头絷股[⑧]，臂之[⑨]。鹰屡摆扑，把捉稍懈，带巾腾去。此虽定数，然不疑梦，不贪拾遗，则走者何遽能飞哉？

---

① 诰命——帝王封赠的命令。
② 萱堂苦节——母亲苦苦地守贞节。
③ 艾——艾炷，中医的灸法之一。
④ 朝贺——入朝向皇帝贺喜。
⑤ 异品——珍异物品。
⑥ 白片朱丝——熊掌切片。
⑦ 熊膰(fān)——熊掌。
⑧ 絷股——拴住鹰腿。
⑨ 臂之——架鹰于臂上。

王 子 安

王子安，东昌①名士，困于场屋。入闱后，期望甚切。近放榜时，痛饮大醉，归卧内室。忽有人白："报马来。"王踉跄起，曰："赏钱十千！"家人因其醉，诳而安之曰："但请睡，已赏矣。"王乃眠。俄又有入者曰："汝中进士矣！"王自言："尚未赴都，何得及第？"其人曰："汝忘之耶？三场毕矣。"王大喜，起而呼曰："赏钱十千！"家人又诳之如前。又移时，一人急入曰："汝殿试翰林，长班②在此。"果见二人拜床下，衣冠修洁。王呼赐酒食，家人又绐之，暗笑其醉而已。久之，王自念不可不出耀乡里，大呼长班，凡数十呼，无应者。家人笑曰："暂卧候，寻他去。"又久之，长班果复来。王捶床顿足，大骂："钝奴③焉往！"长班怒曰："措大④无赖！向与尔戏耳，而真骂耶？"王怒，骤起扑之，落其帽。王亦倾跌。妻入，扶之曰："何醉至此！"王曰："长班可恶，我故惩之，何醉也？"妻笑曰："家中止有一媪，昼为汝炊，夜为汝温足耳。何处长班，伺汝穷骨？"子女皆笑。王醉亦稍解，忽如梦醒，始知前此之妄，然犹记长班帽落；寻至门后，得一缨帽如盏⑤大，共疑之。自笑曰："昔人为鬼揶揄，吾今为狐奚落矣。"

异史氏曰："秀才入闱，有七似焉。初入时，白足提篮⑥，似丐。唱名⑦时，官呵隶骂，似囚。其归号舍⑧也，孔孔伸头，房房露脚，似秋末之冷蜂。其出场也，神情惝怳⑨，天地异色，似出笼之病鸟。迨望报也，草木皆惊，梦想亦幻。时作一得志想，则顷而楼阁俱成；作一失志想，则瞬息而骸骨已朽。此际行坐难安，则似被絷之猱⑩。忽然而飞骑传人，报条无我，此

---

① 东昌——府名，治今山东聊城县。
② 长班——官员身旁随叫随到的公役。
③ 钝奴——蠢才。
④ 措大——对贫寒读书人的蔑称。
⑤ 盏——杯具。
⑥ 白足提篮——明清科举考场搜身以防挟带纸条的考场规则；白足，指考生按规定穿着；提篮，篮中只准带文具、食物。
⑦ 唱名——点名入场。
⑧ 号舍——标有序号的考场。
⑨ 惝怳(chǎng huǎng)——神志模糊。
⑩ 猱(náo)——猿猴。

时神色猝变，嗒然若死，则似饵毒之蝇，弄之亦不觉也。初失志，心灰意败，大骂司衡[①]无目，笔墨无灵，势必举案头物而尽炬之；炬之不已，而碎踏之；踏之不已，而投之浊流。从此披发入山，面向石壁，再有以'且夫'、'尝谓'[②]之文进我者，定当操戈逐之。无何，日渐远，气渐平，技又渐痒；遂似破卵之鸠，只得衔木营巢，从新另抱矣。如此情况，当局者痛哭欲死；而自旁观者视之，其可笑孰甚焉。王子安方寸之中，顷刻万绪，想鬼狐窃笑已久，故乘其醉而玩弄之。床头人[③]醒，宁不哑然失笑哉？顾得志之况味，不过须臾；词林诸公[④]，不过经两三须臾耳。子安一朝而尽尝之，则狐之恩与荐师[⑤]等。"

刁　姓

有刁姓者，家无生产。每出卖许负之术[⑥]——实无术也——数月一归，则金帛盈橐。共异之。

会里人有客于外者，遥见高门内一人，冠华阳巾[⑦]，言语啁嗻[⑧]，众妇丛绕之。近视，则刁也。因微窥所为。见有问者曰："吾等众人中，有一夫人[⑨]在，能辨之乎？"盖有一贵人妇微服其中，将以验其术也。里人代为刁窘。刁从容望空横指曰："此何难辨。试观贵人顶上，自有云气环绕。"众目不觉集视一人，觇其云气。刁乃指其人曰："此真贵人！"众惊以为神。

里人归，述其诈慧。乃知虽小道，亦必有过人之才；不然，乌能欺耳目、赚金钱，无本而殖哉！

---

① 司衡——考官。
② 且夫、尝谓——均为八股文常用套语。
③ 床头人——指妻子。
④ 词林诸公——翰林院的诸位先生。
⑤ 荐师——同考官在考卷上批"荐"字，推荐给主考官，考生称推荐人为"荐师"。
⑥ 许负之术——指相术。
⑦ 华阳巾——道士所着的头巾。
⑧ 啁嗻——此指别人听不懂他的话。
⑨ 夫人——古代有较高社会地位妇女的封号。

农 妇

邑西磁窑坞①有农人妇，勇健如男子，辄为乡中排难解纷。与夫异县而居。夫家高苑②，距淄百余里；偶一来，信宿③便去。妇自赴颜山④，贩陶器为业。有赢余，则施丐者。一夕与邻妇语，忽起曰："腹少微痛，想孽障⑤欲离身也。遂去。天明往探之，则见其肩荷酿酒巨瓮二，方将入门。随至其室，则有婴儿绷卧。骇问之，盖娩后已负重百里矣。故与北庵尼善，订为姊妹。后闻尼有秽行⑥，忿然操杖，将往挞楚，众苦劝乃止。一日，遇尼于途，遽批之。问："何罪？"亦不答。拳石交施，至不能号，乃释而去。

异史氏曰："世言女中丈夫，犹自知非丈夫也，妇并忘其为巾帼矣。其豪爽自快，与古剑仙无殊，毋亦其夫亦磨镜者⑦流耶？"

金 陵 乙

金陵卖酒人某乙，每酿成，投水置毒⑧焉；即善饮者，不过数盏，便醉如泥。以此得"中山"⑨之名，富致巨金。

早起，见一狐醉卧槽边；缚其四肢，方将觅刃，狐已醒，哀曰："勿见害，请如所求。"遂释之，辗转已化为人。时巷中孙氏，其长妇患狐为祟，因问之。答云："是即我也。"乙窥妇娣⑩尤美，求狐携往。狐难之。乙固求之。

---

① 磁窑坞——集镇名，位于淄川。
② 高苑——旧县名，今属山东省。
③ 信宿——再宿。
④ 颜山——山名。
⑤ 孽障——佛教用语，此指对腹中胎儿的昵称。
⑥ 秽行——男女性关系混乱。
⑦ 磨镜者——指唐人传奇小说《聂隐娘》中聂隐娘的剑客丈夫，具神秘色彩，而又无其他技艺，此指农妇之夫。
⑧ 投水而置毒——酒中掺水并下毒。
⑨ 中山——古名酒之一。
⑩ 娣——弟妻。

狐邀乙去，入一洞中，取褐衣授之，曰："此先兄所遗，着之当可去。"既服而归，家人皆不之见；袭衣裳而出，始见之。大喜，与狐同诣孙氏家。

见墙上贴巨符，画蜿蜒如龙，狐惧曰："和尚大恶，我不往矣！"遂去，乙逡巡近之，则真龙盘壁上，昂首欲飞。大惧亦出。盖孙觅一异域僧，为之厌胜，授符先归，僧犹未至也。

次日，僧来，设坛作法。邻人共观之，乙亦杂处其中。忽变色急奔，状如被捉；至门外，踣[①]地化为狐，四体犹着人衣。将杀之。妻子叩请，僧命牵去，日给饮食，数月寻毙。

郭　安

孙五粒[②]，有僮仆独宿一室，恍惚被人摄去。至一宫殿，见阎罗在上，视之曰："误矣，此非是。"因遣送还。既归，大惧，移宿他所；遂有僚仆[③]郭安者，见榻空闲，因就寝焉。又一仆李禄，与僮有夙怨，久将甘心，是夜操刀入，扪之，以为僮也，竟杀之。郭父鸣于官。时陈其善为邑宰，殊不苦之。郭哀号，言："半生止此子，今将何以聊生！"陈即以李禄为之子。郭含冤而退。此不奇于僮之见鬼，而奇于陈之折狱也。

济之西邑有杀人者，其妇讼之。令怒，立拘凶犯至，拍案骂曰："人家好好夫妇，直[④]令寡耶！即以汝配之，亦令汝妻寡守。"遂判合之。此等明决[⑤]，皆是甲榜所为[⑥]，他途不能也。而陈亦尔尔，何途无才！

折　狱

邑之西崖庄，有贾某被人杀于途；隔夜，其妻亦自经死。贾弟鸣于官。

① 踣(bó)——仆倒在地。
② 孙五粒——即孙秠，明清之际淄川人，官至通政使司左通政使。
③ 僚仆——同一主人家的仆人。
④ 直——竟然。
⑤ 明决——此处为讽刺语。
⑥ 甲榜所为——进士出身的官员所干的事。

时浙江费公祎祉[①]令淄，亲诣验之。见布袱裹银五钱余，尚在腰中，知非为财也者。拘两村邻保审质一过，殊少端绪，并未搒掠，释散归农；但命约地细察，十日一关白而已。逾半年，事渐懈。贾弟怨公仁柔，上堂屡聒。公怒曰："汝既不能指名，欲我以桎梏加良民耶！"呵逐而出。贾弟无所伸诉，愤葬兄嫂。

一日，以逋赋[②]故，逮数人至。内一人周成，惧责，上言钱粮措办已足，即于腰中出银袱，禀公验视。验已，便问："汝家何里？"答云："某村。"又问："去西崖几里？"答云："五六里。""去年被杀贾某，系汝何亲？"答云："不识其人。"公勃然曰："汝杀之，尚云不识耶！"周力辨，不听；严梏之，果伏其罪。先是，贾妻王氏，将诣姻家，惭无钗饰，聒夫使假于邻。夫不肯；妻自假之，颇甚珍重。归途，卸而裹诸袱，内袖中；既至家，探之已亡。不敢告夫，又无力偿邻，懊恼欲死。是日，周适拾之，知为贾妻所遗，窥贾他出，半夜逾垣，将执以求合，时溽暑，王氏卧庭中，周潜就淫之。王氏觉，大号。周急止之，留袱纳钗[③]。事已，妇嘱曰："后勿来，吾家男子恶，犯恐俱死！"周怒曰："我挟勾栏数宿之资，宁一度可偿耶？"妇慰之曰："我非不愿相交，渠常善病，不如从容以待其死。"周乃去，于是杀贾，夜诣妇曰："今某已被人杀，请如所约。"妇闻大哭，周惧而逃，天明则妇死矣。公廉得情，以周抵罪。共服其神，而不知所以能察之故。公曰："事无难辨，要在随处留心耳。初验尸时，见银袱刺万字文，周袱亦然，是出一手也。及诘之，又云无旧[④]，词貌诡变，是以确知其真凶也。"

异史氏曰："世之折狱者，非悠悠置之，则缧系数十人而狼藉之耳。堂上肉鼓吹[⑤]，喧阗旁午[⑥]，遂嚬蹙[⑦]曰：'我劳心民事也。'云板[⑧]三敲，则声色并进，难决之词，不复置念；专待升堂时，祸桑树以烹老龟耳[⑨]。呜呼！民

---

① 浙江费公祎祉——即费祎祉，清初浙江人，曾为淄川县令。
② 逋赋——拖欠赋税。
③ 留袱纳钗——留下包袱，收纳王氏之钗。
④ 无旧——无旧交。
⑤ 肉鼓吹——堂上拷打犯人的声响。
⑥ 喧阗旁午——哄闹、纷乱。
⑦ 嚬蹙——皱眉蹙容，装出忧心样子。
⑧ 云板——旧官员以此为报事工具，俗称"惊堂木"。
⑨ 祸桑树以烹老龟——桑树、老龟，喻原告和被告，意谓胡乱判案，滥施刑罚，殃及无辜。

情何由得哉！余每曰：'智者不必仁，而仁者则必智；盖用心苦则机关[①]出也。''随在留心'之言，可以教天下之宰民社者[②]矣。"

邑人胡成，与冯安同里，世有郤[③]。胡父子强，冯屈意交欢，胡终猜之。一日，共饮薄醉，颇顷肝胆。胡大言："勿忧贫，百金之产不难致也。"冯以其家不丰，故嗤之。胡正色曰："实相告：昨途遇大商，载厚装来，我颠越于南山眢井[④]中矣。"冯又笑之。时胡有妹夫郑伦，托为说合田产，寄数百金于胡家，遂尽出以炫冯。冯信之。既散，阴以状报邑。公拘胡对勘，胡言其实，问郑及产主皆不讹。乃共验诸眢井。一役缒下，则果有无首之尸在焉。胡大骇，莫可置辨，但称冤苦。公怒，击喙[⑤]数十，曰："确有证据，尚叫屈耶！"以死囚具禁制之。尸戒勿出，惟晓示诸村，使尸主投状。逾日，有妇人抱状，自言为亡者妻，言："夫何甲，揭数百金作贸易，被胡杀死。"公曰："井有死人，恐未必即是汝夫。"妇执言甚坚。公乃命出尸于井，视之，果不妄。妇不敢近，却立而号。公曰："真犯已得，但骸躯未全。汝暂归，待得死者首，即招报令其抵偿。"遂自狱中唤胡出，呵曰："明日不将头至，当械折股[⑥]！"押去终日而返，诘之，但有号泣。乃以梏具置前作刑势，却又不刑，曰："想汝当夜扛尸忙迫，不知坠落何处，奈何不细寻之？"胡哀祈容急觅。公乃问妇："子女几何？"答曰："无。"问："甲有何戚属？""但有堂叔一人。"慨然曰："少年丧夫，伶仃如此，其何以为生矣！"妇乃哭，叩求怜悯。公曰："杀人之罪已定，但得全尸，此案即结；结案后，速醮可也。汝少妇，勿复出入公门。"妇感泣，叩头而下。公即票[⑦]示里人，代觅其首。经宿，即有同村王五，报称已获。问验既明，赏以千钱。唤甲叔至，曰："大案已成；然人命重大，非积岁不能成结。侄既无出，少妇亦难存活，早令适人。此后亦无他务，但有上台检驳，止须汝应声耳。"甲叔不肯，飞两签下[⑧]；再辩，又一签下。甲叔惧，应之而

---

① 机关——计策。
② 宰民社者——做地方官的人。
③ 郤——嫌隙。
④ 眢（yuān）井——枯井。
⑤ 喙（huì）——嘴巴。
⑥ 械折（shé）股——夹断腿。
⑦ 票——官牌。
⑧ 飞两签下——掷下两签，命令施刑。

出。妇闻，诣谢公恩。公极意慰谕之。又谕："有买妇者，当堂关白。"既下，即有投婚状者，盖即报人头之王五也。公唤妇上，曰："杀人之真犯，汝知之乎？"答曰："胡成。"公曰："非也。汝与王五乃真犯耳。"二人大骇，力辨冤枉。公曰："我久知其情，所以迟迟而发者，恐有万一之屈耳。尸未出井，何以确信为汝夫？盖先知其死矣。且甲死犹衣败絮，数百金何所自来？"又谓王五曰："头之所在，汝何知之熟也！所以如此其急者，意在速合耳。"两人惊颜如土，不能强置一词。并械之，果吐其实。盖王五与妇私已久，谋杀其夫，而适值胡成之戏也。乃释胡。冯以诬告，重笞，徒三年。事结，并未妄刑一人。

异史氏曰："我夫子[①]有仁爱名，即此一事，亦以见仁人之用心苦矣。方宰淄时，松[②]才弱冠[③]，过蒙器许，而驽钝不才，竟以不舞之鹤为羊公辱[④]。是我夫子有不哲[⑤]之一事，则某实贻之也。悲夫！"

义 犬

周村有贾某，贸易芜湖[⑥]，获重资。赁舟将归，见堤上有屠人缚犬，倍价赎之，养豢舟上。舟人固积寇[⑦]也，窥客装，荡舟入莽，操刀欲杀。贾哀赐以全尸，盗乃以毡裹置江中。犬见之，哀嗥投水，口衔裹具，与共浮沉。流荡不知几里，达浅搁乃止。

犬泅出，至有人处，狺狺[⑧]哀吠。或以为异，从之而往，见毡束水中，引出断其绳。客固未死，始言其情。复哀舟人，载还芜湖，将以伺盗船之归。登舟失犬，心甚悼焉。抵关三四日，估楫[⑨]如林而盗船不见。

适有同乡估客将携俱归，忽犬自来，望客大嗥，唤之却走。客下舟趁

---

① 夫子——指费祎祉。
② 松——作者本人。
③ 弱冠——未成年。
④ 竟以不舞之鹤为羊公辱——作者自愧无能，辜负了赏识者的厚望。
⑤ 不哲——不明智。
⑥ 芜湖——县名，今安徽芜湖市。
⑦ 积寇——惯匪。
⑧ 狺狺(yín yín)——犬吠声。
⑨ 估楫——商船。

之。犬奔上一舟，啮人胫股，挞之不解。客近呵之，则所啮即前盗也。衣服与舟皆易，故不得而认之矣。缚而搜之，则裹金犹在。呜呼！一犬也，而报恩如是。世无心肝者，其亦愧此犬也夫！

杨　大　洪

大洪杨先生涟[①]，微时为楚名儒，自命不凡，科试后，闻报优等者，时方食，含哺出问："有杨某否？"答云："无。"不觉嗒然自丧，咽食入鬲[②]，遂成病块，噎阻甚苦。众劝令录遗才[③]；公患无资，众醵[④]十金送之行，乃强就道。夜梦人告之云："前途有人能愈君疾，宜苦求之。"临去，赠以诗，有"江边柳下三弄笛，抛向江心莫叹息"之句。明日途次，果见道士坐柳下，因便叩请。道士笑曰："子误矣，我何能疗病？请为三弄可也。"因出笛吹之。公触所梦，拜求益切，且倾囊献之。道士接金，掷诸江流。公以所来不易，哑然惊惜。道士曰："君未能恝然[⑤]耶？金在江边，请自取之。"公诣视果然。又益奇之，呼为仙。道士漫指曰："我非仙，彼处仙人来矣。"赚公回顾，力拍其项曰："俗哉！"公受拍，张吻作声，喉中呕出一物，堕地塥然[⑥]，俯而破之，赤丝中裹饭犹存，病若失。回视道士已杳。

异史氏曰："公生为河岳，没为日星[⑦]，何必长生乃为不死哉！或以未能免俗，不作天仙，因而为公悼惜：余谓天上多一仙人，不如世上多一圣贤，解者必不议予说之傎[⑧]也。"

---

① 大洪杨先生涟——即杨涟，别字大洪，明末湖北人，官至左副都御史，为东林党首领之一，因与魏忠贤的阉党作对，而瘐死狱中。
② 鬲——同"膈"。
③ 录遗才——录遗考试，获乡试资格。
④ 醵(jù)——凑钱。
⑤ 恝(jiá)然——淡漠。
⑥ 塥(bì)然——坠地声，借作象声词用。
⑦ 日星——犹日月，指杨涟浩气长存。
⑧ 傎——同"颠"。

查牙山洞

章丘[①]查牙山，有石窟如井，深数尺许。北壁有洞门，伏而引领望见之。会近村数辈，九日登临[②]，饮其处，共谋入探之。三人受灯，缒而下。

洞高敞与夏屋[③]等；入数武，稍狭，即忽见底。底际一窦[④]，蛇行可入。烛之，漆漆然暗深不测。两人馁而却退；一人夺火而嗤之，锐身塞而进。幸隘处仅厚于堵，即又顿高顿阔，乃立，乃行。顶上石参差危耸，将坠不坠。两壁嶙嶙峋峋然，类寺庙山塑，都成鸟兽人鬼形：鸟若飞，兽若走，人若坐若立，鬼罔两示现忿怒；奇奇怪怪，类多丑少妍。心凛然作怖畏。喜径夷，无少陂[⑤]。逡巡几百步，西壁开石室，门左一怪石鬼，面人而立，目努，口箕张，齿舌狞恶；左手作拳，触腰际；右手叉五指，欲扑人。心大恐，毛森森似立。遥望门中有爇灰，知有人曾至者，胆乃稍壮，强入之。见地上列碗盏，泥垢其中；然皆近今物，非古窑也。傍置锡壶四，心利之，解带缚项系腰间。即又旁瞩[⑥]，一尸卧西隅，两肱及股四布以横。骇极。渐审之，足蹑锐履[⑦]，梅花刻底犹存，知是少妇。人不知何里，毙不知何年。衣色黯败，莫辨青红；发蓬蓬似筐许，乱丝粘着髑髅上；目、鼻孔各二；瓠犀[⑧]两行，白巉巉，意是口也。存想首颠当有金珠饰，以火近脑，似有口气嘘灯，灯摇摇无定，焰纁黄[⑨]，衣动掀掀。复大惧，手摇颤，灯顿灭。忆路急奔，不敢手索壁，恐触鬼者物也。头触石，仆，即复起；冷湿浸颔颊，知是血，不觉痛，抑不敢呻；坌息奔至窦，方将伏，似有人捉发住，晕然遂绝。

众坐井上俟久，疑之，又缒二人下。探身入窦，见发罥石上，血淫淫已僵。二人失色，不敢入，坐愁叹。俄井上又使二人下；中有勇者，始健进，

---

① 章丘——县名，今属山东省。
② 九日登临——重阳节登高。
③ 夏屋——大屋。
④ 窦——洞。
⑤ 陂(pō)——斜坡。
⑥ 旁瞩——向旁边看。
⑦ 锐履——尖足女鞋。
⑧ 瓠犀——女性洁白细密的牙齿。
⑨ 焰纁黄——灯光暗淡。

曳之以出。置山上，半日方醒，言之缕缕。所恨未穷其底极；穷之，必更有佳境。后章令闻之，以丸泥封窦，不可复入矣。

康熙二十六、七年间，养母峪之南石崖崩，现洞口；望之，钟乳林林如密笋。然深险，无人敢入。忽有道士至，自称钟离[①]弟子，言："师遣先至，粪除洞府。"居人供以膏火，道士携之而下，坠石笋上，贯腹而死。报令，令封其洞。其中必有奇境，惜道士尸解[②]，无回音耳。

安　期　岛

长山刘中堂鸿训[③]，同武弁[④]某使朝鲜。闻安期岛[⑤]神仙所居，欲命舟往游。国中臣僚佥谓不可，令待小张。盖安期不与世通，惟有弟子小张，岁辄一两至。欲至岛者，须先自白。如以为可，则一帆可至；否则飓风覆舟。逾一二日，国王召见。入朝，见一人佩剑，冠棕笠，坐殿上；年三十许，仪容修洁。问之，即小张也。刘因自述向往之意，小张许之。但言："副使不可行。"又出，遍视从人，惟二人可以从游。遂命舟导刘俱往。

水程不知远近，但觉习习如驾云雾，移时已抵其境。时方严寒，既至，则气候温煦，山花遍岩谷。导入洞府，见三叟趺坐。东西者见客入，漠若罔知；惟中坐者起迎客，相为礼。既坐。呼茶。有僮将盘去。洞外石壁上有铁锥，锐没石中；僮拔锥，水即溢射，以盏承之；满，复塞之。既而托至，其色淡碧。试之，其凉震齿。刘畏寒不饮。叟顾僮颐示之。僮取盏去，呷其残者；仍于故处拔锥，溢取而返，则芳烈蒸腾，如初出于鼎。窃异之。问以休咎。笑曰："世外人岁月不知，何解人事？"问以却老术[⑥]，曰："此非富贵人所能为者。"刘兴辞，小张仍送之归。既至朝鲜，备述其异。国王叹曰："惜未饮其冷者。此先天之玉液[⑦]，一盏可延百龄。"

---

① 钟离——即钟离权，道教八仙之一。
② 尸解——道士死的婉称。
③ 长山刘中堂鸿训——即刘鸿训，明长山县人，官至文渊阁大学士。
④ 武弁——武官。
⑤ 安期岛——传说中的仙人岛。
⑥ 却老术——长生术。
⑦ 玉液——传说可助人长生不老的神液。

刘将归，王赠一物，纸帛重裹，嘱近海勿开视。既离海，急取拆视，去尽数百重，始见一镜；审之，则鲛宫龙族，历历在目。方凝注间，忽见潮头高于楼阁，汹汹已近。大骇，极驰；潮从之，疾若风雨。大惧，以镜投之，潮乃顿落。

沅 俗

李季霖[①]摄篆沅江[②]，初莅任，见猫犬盈堂，讶之。僚属曰："此乡中百姓，瞻仰风采也[③]。"少间，人畜已半；移时，都复为人，纷纷并去。一日，出谒客，肩舆在途。忽一舆夫急呼曰："小人吃害矣！"即倩役代荷，伏地乞假。怒诃之，役不听，疾奔而去。遣人尾之。役奔入市。觅得一叟，便求按视。叟相之曰："是汝吃害矣。"乃以手揣其肤肉，自上而下力推之；推至少股，见皮内坟起，以利刃破之，取出石子一枚，曰："愈矣。"乃奔而返。后闻其俗有身卧室中，手即飞出，入人房闼，窃取财物。设被主觉，絷不令去，则此人一臂不用[④]矣。

云萝公主

安大业，卢龙[⑤]人。生而能言，母饮以犬血，始止。既长，韶秀，顾影无俦；慧而能读。世家争婚之。母梦曰："儿当尚主[⑥]。"信之。至十五六，迄无验，亦渐自悔。一日，安独坐，忽闻异香，俄一美婢奔入，曰："公主至。"即以长毡贴地，自门外直至榻前。方骇疑间，一女郎扶婢肩入；服色容光，映照四堵。婢即以绣垫设榻上，扶女郎坐。安仓皇不知所为，鞠躬便问："何处神仙，劳降玉趾？"女郎微笑，以袍袖掩口。婢曰："此圣后府中

① 李季霖——清初人，进士，曾官沅江知县，有政声。
② 沅江——今湖南沅水。
③ 风采——风度、容色。
④ 不用——不听使唤。
⑤ 卢龙——今河北卢龙县。
⑥ 尚主——娶公主为妻。

云萝公主也。圣后属意郎君，欲以公主下嫁，故使自来相宅。”安惊喜，不知置词；女亦俛首：相对寂然。安故好棋，楸枰[①]尝置坐侧。一婢以红巾拂尘，移诸案上，曰：“主日耽此，不知与粉侯孰胜？”安移坐近案，主笑从之。甫三十余着，婢竟乱之，曰：“驸马负矣！”敛子入盒，曰：“驸马当是俗间高手，主仅能让六子。”乃以六黑子实局中，主亦从之。主坐次，辄使婢伏座下，以背受足；左足踏地，则更一婢右伏。又两小鬟夹侍之；每值安凝思时，辄曲一肘伏肩上。局阑未结，小鬟笑云：“驸马负一子。”进曰：“主惰，宜且退。”女乃倾身与婢耳语。婢出，少顷而还，以千金置榻上，告生曰：“适主言宅湫隘，烦以此少致修饰，落成相会也。”一婢曰：“此月犯天刑[②]，不宜建造；月后吉。”女起；生遮止，闭门。婢出一物，状类皮排[③]，就地鼓之；云气突出，俄顷四合，冥不见物，索之已杳。母知之，疑以为妖。而生神驰梦想，不能复舍。急于落成，无暇忌；刻日敦迫，廊舍一新。

先是，有滦州[④]生袁大用，侨寓邻坊，投刺于门；生素寡交，托他出，又窥其亡而报之。后月余，门外适相值，二十许少年也。宫绢单衣，丝带乌履，意甚都雅。略与顷谈，颇甚温谨。悦之，揖而入。请与对弈，互有赢亏。已而设酒留连，谈笑大欢。明日，邀生至其寓所，珍肴杂进，相待殷渥。有小僮十二三许，拍板清歌，又跳掷作剧。生大醉，不能行，便令负之。生以其纤弱，恐不胜。袁强之。僮绰有余力，荷送而归。生奇之。次日，犒以金，再辞乃受。由此交情款密。三数日辄一过从。袁为人简默，而慷慨好施。市有负债鬻女者，解囊代赎，无吝色。生以此益重之。过数日，诣生作别，赠象箸、楠珠等十余事，白金五百，用助兴作。生反金受物，报以束帛。后月余，乐亭有仕宦而归者，橐资充牣。盗夜入，执主人，烧铁钳灼，劫掠一空。家人识袁，行牒追捕。邻院屠氏，与生家积不相能，因其土木大兴，阴怀疑忌。适有小仆窃象箸，卖诸其家，知袁所赠，因报大尹[⑤]。尹以兵绕舍，值生主仆他出，执母而去。母衰迈受惊，仅存气息，二三日不复饮食。尹释之。生闻母耗，急奔而归，则母病已笃，越宿遂卒。收殓甫毕，为捕役执去。尹见其少年温文，窃疑诬枉，故恐喝之。生实述

① 楸枰——围棋盘。
② 犯天刑——风水先生择日建宅的预言，主凶兆。
③ 皮排——可吹火的皮囊。
④ 滦州——州名，今河北滦县。
⑤ 大尹——县令的尊称。

其交往之由。尹问:"何以暴富?"生曰:"母有藏镪,因欲亲迎,故治昏室[①]耳。"尹信之,具牒解郡。邻人知其无事,以重金赂监者,使杀诸途。路经深山,被曳近削壁,将推堕之。计逼情危,时方急难,忽一虎自丛莽中出,啮二役皆死,啣生去。至一处,重楼叠阁,虎入,置之。见云萝扶婢出,凄然慰吊:"妾欲留君,但母丧未卜窀穸[②]。可怀牒去,到郡自投,保无恙也。"因取生胸前带,连结十余扣,嘱云:"见官时,拈此结而解之,可以弭祸。"生如其教,诣郡自投。太守喜其诚信,又稽牒知其冤,销名令归。至中途,遇袁,下骑执手,备言情况。袁愤然作色,默不一语。生曰:"以君风采,何自污也?"袁曰:"某所杀皆不义之人,所取皆非义之财。不然,即遗于路者,不拾也。君教我固自佳,然如君家邻,岂可留在人间耶!"言已,超乘而去。生归,殡母已,杜门谢客。忽一日,盗入邻家,父子十余口,尽行杀戮,止留一婢。席卷资物,与僮分携之。临去,执灯谓婢:"汝认之,杀人者我也,与人无涉。"并不启关,飞檐越壁而去。明日,告官。疑生知情,又捉生去。邑宰词色甚厉。生上堂握带,且辨且解。宰不能诘,又释之。

既归,益自韬晦,读书不出,一跛妪执炊而已。服既阕,日扫阶庭,以待好音。一日,异香满院。登阁视之,内外陈设焕然矣。悄揭画帘,则公主凝妆坐,急拜之。女挽手曰:"君不信数,遂使土木为灾,又以苫块之戚,迟我三年琴瑟:是急之而反以得缓,天下事大抵然也。"生将出资治具。女曰:"勿复须。"婢探椟,有肴羹热如新出于鼎,酒亦芳冽。酌移时,日已投暮,足下所踏婢,渐都亡去。女四肢娇惰,足股屈伸,似无所着。生狎抱之。女曰:"君暂释手。今有两道,请君择之。"生揽项问故,曰:"若为棋酒之交,可得三十年聚首;若作床笫之欢,可六年谐合耳。君焉取?"生曰:"六年后再商之。"女乃默然,遂相燕好。女曰:"妾固知君不免俗道,此亦数也。"因使生蓄婢媪,别居南院,炊爨纺织,以作生计。北院中并无烟火,惟棋枰、酒具而已。户常阖,生推之则自开,他人不得入也。然南院人作事勤惰,女辄知之,每使生往谴责,无不具服。女无繁言,无响笑,与有所谈,但俯首微哂。每骈肩坐,喜斜倚人。生举而加诸膝,轻如抱婴。生曰:"卿轻若此,可作掌上舞。"曰:"此何难!但婢子之为,所不屑耳。飞燕[③]

① 昏室——即"洞房"。
② 未卜窀穸(zhūn xī)——未择墓地。
③ 飞燕——即赵飞燕。

原九姊侍儿，屡以轻佻获罪，怒谪尘间，又不守女子之贞；今已幽之。”阁上以锦裤[①]布满，冬未尝寒，夏未尝热。女严冬皆着轻縠；生为制鲜衣，强使着之。逾时解去，曰：“尘浊之物，几于压骨成劳！”一日，抱诸膝上，忽觉沉倍曩昔，异之。笑指腹曰：“此中有俗种矣。”过数日，颦黛不食，曰：“近病恶阻，颇思烟火之味。”生乃为具甘旨。从此饮食遂不异于常人。一日曰：“妾质单弱，不任生产。婢子樊英颇健，可使代之。”乃脱衷服[②]衣英，闭诸室。少顷，闻儿啼，启扉视之，男也。喜曰：“此儿福相，大器也！”因名大器。绷纳生怀，俾付乳媪，养诸南院。女自免身，腰细如初，不食烟火矣。忽辞生，欲暂归宁。问返期，答以“三日”。鼓皮排如前状，遂不见。至期不来；积年余，音信全渺，亦已绝望。生键户下帏，遂领乡荐。终不肯娶；每独宿北院，沐其余芳。一夜，辗转在榻，忽见灯火射窗，门亦自阚，群婢拥公主入。生喜，起问爽约之罪。女曰：“妾未愆期，天上二日半耳。”生得意自诩，告以秋捷，意主必喜。女愀然曰：“乌用是傥来者为！无足荣辱，止折人寿数耳。三日不见，入俗幛又深一层矣。”生由是不复进取。过数月，又欲归宁。生殊凄恋。女曰：“此去定早还，无烦穿望。且人生合离，皆有定数，撙节之则长，恣纵之则短也。”既去，月余即返。从此一年半岁辄一行，往往数月始还，生习为常，亦不之怪。又生一子。女举之曰：“豺狼也！”立命弃之。生不忍而止，名曰可弃。甫周岁，急为卜婚。诸媒接踵，问其甲子，皆谓不合。曰：“吾欲为狼子治一深圈，竟不可得，当令倾败六七年，亦数也。”嘱生曰：“记取四年后，侯氏生女，左胁有小赘疣，乃此儿妇。当婚之，勿较其门地也。”即令书而志之。后又归宁，竟不复返。

生每以所嘱告亲友。果有侯氏女，生有疣赘。侯贱而行恶，众咸不齿，生竟媒定焉。大器十七岁及第，娶云氏，夫妻皆孝友。父钟爱之。可弃渐长，不喜读，辄偷与无赖博赌，恒盗物偿戏债。父怒，挞之，卒不改。相戒提防，不使有所得。遂夜出，小为穿窬。为主所觉，缚送邑宰。宰审其姓氏，以名刺送之归。父兄共絷之，楚掠惨棘，几于绝气。兄代哀免，始释之。父忿恚得疾，食锐减。乃为二子立析产书，楼阁沃田，尽归大器。可弃怨怒，夜持刀入室，将杀兄，误中嫂。先是，主有遗裤，绝轻耎，云拾作

① 锦裤——锦制的帷幕。
② 衷服——贴身内衣。

寝衣。可弃斫之，火星四射，大惧奔出。父知，病益剧，数月寻卒。可弃闻父死，始归。兄善视之，而可弃益肆。年余，所分田产略尽，赴郡讼兄。官审知其人，斥逐之。兄弟之好遂绝。又逾年，可弃二十有三，侯女十五矣。兄忆母言，欲急为完婚。召至家，除佳宅与居；迎妇入门，以父遗良田，悉登籍交之，曰："数顷薄产，为若蒙死守之，今悉相付。吾弟无行，寸草与之，皆弃也。此后成败，在于新妇：能令改行，无忧冻馁；不然，兄亦不能填无底壑也。"侯虽小家女，然固慧丽，可弃雅畏爱之，所言无敢违。每出，限以晷刻；过期，则诟厉不与饮食。可弃以此少敛。年余，生一子。妇曰："我以后无求于人矣。膏腴数顷，母子何患不温饱？无夫焉，亦可也。"会可弃盗粟出赌，妇笑之，弯弓[①]于门以拒之。大惧，避去。窥妇入，逡巡亦入。妇操刀起。可弃反奔，妇逐斫之，断幅伤臂，血沾袜履。忿极，往诉兄，兄不礼焉，冤惭而去。过宿复至，跪嫂哀泣，乞求先容于妇，妇决绝不纳。可弃怒，将往杀妇，兄不语。可弃忿起，操戈直出。嫂愕然，欲止之。兄目禁之。俟其去，乃曰："彼固作此态，实不敢归也。"使人觇之，已入家门。兄始色动，将奔赴之，而可弃已坌息入。盖可弃入家，妇方弄儿，望见之，掷儿床上，觅得厨刀；可弃惧，曳戈反走，妇逐出门外始返。兄已得其情，故诘之。可弃不言，惟向隅泣，目尽肿。兄怜之，亲率之去，妇乃内之。俟兄出，罚使长跪，要以重誓，而后以瓦盆赐之食。自此改行为善。妇持筹握算，日致丰盈，可弃仰成而已。后年七旬，子孙满前，妇犹时捋白须，使膝行焉。

异史氏曰："悍妻妒妇，遭之者如疽附于骨，死而后已，岂不毒哉！然砒、附[②]，天下之至毒也，苟得其用，瞑眩大瘳，非参、苓所能及矣。而非仙人洞见脏腑，又乌敢以毒药贻子孙哉！"

章丘李孝廉善迁，少倜傥不泥，丝竹词曲之属皆精之。两兄皆登甲榜，而孝廉益佻脱。娶夫人谢，稍稍禁制之。遂亡去，三年不返，遍觅不得。后得之临清勾栏中。家人入，见其南向坐，少姬十数左右侍，盖皆学音艺而拜门墙者也。临行，积衣累笥，悉诸妓所贻。既归，夫人闭置一室，投书满案。以长绳拴榻足，引其端自棂内出，贯以巨铃，系诸厨下。凡有

---

① 弯弓——拉开弓箭。

② 砒、附——砒霜、附子，毒药。

所需，则蹑绳；绳动铃响，则应之，夫人躬设典肆，垂帘纳物而估其直；左持筹，右握管；老仆供奔走而已：由此居积致富。每耻不及诸姒[①]贵。锢闭三年，而孝廉捷。喜曰："三卵[②]两成，吾以汝为毈[③]矣，今亦尔耶？"

又，耿进士崧生，亦章丘人。夫人每以绩火佐读：绩者不辍，读者不敢息也。或朋旧相诣，辄窃听之：论文则瀹茗作黍；若恣谐谑，则恶声逐客矣。每试得平等，不敢入室门；超等，始笑逆之。设帐得金，悉内献，丝毫不敢隐匿。故东主馈遗，恒面较锱铢。人或非笑之，而不知其销算良难也。后为妇翁延教内弟。是年游泮，翁谢仪十金，耿受榼返金。夫人知之曰："彼虽周亲，然舌耕[④]谓何也？"追之返而受之。耿不敢争，而心终歉焉，思暗偿之。于是每岁馆金，皆短其数以报夫人。积二年余，得如干数。忽梦一人告之曰："明日登高，金数即满。"次日，试一临眺，果拾遗金，恰符缺数，遂偿岳。后成进士，夫人犹呵谴之。耿曰："今一行作吏[⑤]，何得复尔？"夫人曰："谚云：'水长则船亦高。'即为宰相，宁便大耶？"

鸟　　语

中州[⑥]境有道士，募食乡村。食已，闻鹂[⑦]鸣；因告主人使慎火。问故，答曰："鸟云：'大火难救，可怕！'"众笑之，竟不备。明日，果火，延烧数家，始惊其神。好事者追及之，称为仙。道士曰："我不过知鸟语耳，何仙也！"适有皂花雀[⑧]鸣树上，众问何语。曰："雀言：'初六养之，初六养之；十四、十六殇之。'想此家双生[⑨]矣。"今日为初十，不出五六日，当俱死也。"询之，果生二子；无何，并死，其日悉符。

---

① 姒（sì）——嫂，弟之妻称兄之妻。
② 三卵——指李氏三兄弟。
③ 毈（duàn）——未孵化成鸟，指科举无望。
④ 舌耕——教书谋生。
⑤ 一行作吏——一经当官。
⑥ 中州——今河南省。
⑦ 鹂——黄鹂鸟，善鸣。
⑧ 皂花雀——麻雀。
⑨ 双生——双胞胎。

邑令闻其奇，招之，延为客。时群鸭过，因问之。对曰："明公[①]内室，必相争也。鸭云：'罢罢！偏向他！偏向他！'"令大服，盖妻妾反唇，今适被喧聒而出也。因留居署中，优礼之。时辨鸟言，多奇中。而道士朴野，肆言辄无所忌。令最贪，一切供用诸物，皆折为钱以入之。一日，方坐，群鸭复来，令又诘之。答曰："今日所言，不与前同，乃为明公会计[②]耳。"问："何计？"曰："彼云：'蜡烛一百八，银朱[③]一千八。'"令惭，疑其相讥。道士求去，令不许。逾数日，宴客，忽闻杜宇[④]。客问之，答曰："鸟云：'丢官而去。'"众愕然失色。令大怒，立逐而出。未几，令果以墨败[⑤]。呜呼！此仙人儆戒之，惜乎危厉熏心者，不之悟也！

齐俗呼蝉曰"稍迁"，其绿色者曰"都了"。邑有父子，俱青、社生[⑥]，将赴岁试，忽有蝉集襟上。父喜曰："稍迁[⑦]，吉兆也。"一僮视之，曰："何物稍迁，都了而已[⑧]。"父子不悦。已而果皆被黜。

天 宫

郭生，京都[⑨]人。年二十余，仪容修美。一日，薄暮，有老妪贻尊酒。怪其无因。妪笑曰："无须问。但饮之，自有佳境。"遂径去。揭尊微嗅，洌香肆射，遂饮之。

忽大醉，冥然罔觉。及醒，则与一人并枕卧。抚之，肤腻如脂，麝兰喷溢，盖女子也。问之，不答。遂与交。交已，以手扪壁，壁皆石，阴阴有土气，酷类坟冢。大惊，疑为鬼迷，因问女子："卿何神也？"女曰："我非神，乃仙耳。此是洞府。与有夙缘，勿相讶，但耐居之。再入一重门，有漏光处，

---

① 明公——对位尊者的尊称。
② 会计——计算。
③ 银朱——丹砂类颜料，供官府批公文用。
④ 杜宇——杜鹃鸟的别称。
⑤ 以墨败——以贪赃被免职。
⑥ 青、社生——被降为青衣生员、被罚的"发社"生员。
⑦ 稍迁——稍微升官。
⑧ 都了而已——都了结罢了，此取谐音，为不祥征兆。
⑨ 京都——明代京都北京。

可以溲便。"既而女起，闭户而去。久之，腹馁，遂有女僮来，饷以面饼、鸭臛①，使扪啖之。黑漆不知昏晓。无何，女子来寝，始知夜矣。郭曰："昼无天日，夜无灯火，食炙不知口处；常常如此，则姮娥何殊于罗刹，天堂何别于地狱哉！"女笑曰："为尔俗中人，多言喜泄，故不欲以形色相见。且暗中摸索，妍媸亦当有别，何必灯烛！"居数日，幽闷异常，屡请暂归。女曰："来夕与君一游天宫，便即为别。"次日，忽有小鬟笼灯入，曰："娘子伺郎久矣。"从之出。星斗光中，但见楼阁无数。经几曲画廊，始至一处，堂上垂珠帘，烧巨烛如昼。入，则美人华妆南向坐，年约二十许；锦袍炫目；头上明珠，翘颤四垂；地下皆设短烛，裙底皆照：诚天人也。郭迷乱失次，不觉屈膝。女令婢扶曳入坐。俄顷，八珍罗列。女行酒曰："饮此以送君行。"郭鞠躬曰："向觌面不识仙人，实所惶悔；如容自赎，愿收为没齿不二之臣。"女顾婢微笑，便命移席卧室。室中流苏绣帐，衾褥香软。使郭就榻坐。饮次，女屡言："君离家久，暂归亦无所妨。"更尽一筹②，郭不言别。女唤婢笼烛送之。郭不言，伪醉眠榻上，抗之不动。女使诸婢扶裸之。一婢排私处曰："个男子容貌温雅，此物何不文也！"举置床上，大笑而去。女亦寝，郭乃转侧。女问："醉乎？"曰："小生何醉！甫见仙人，神志颠倒耳。"女曰："此是天宫。未明，宜早去。如嫌洞中怏闷，不如早别。"郭曰："今有人夜得名花，闻香扪干，而苦无灯火，此情何以能堪？"女笑，允给灯火。漏下四点，呼婢笼烛，抱衣而送之。入洞，见丹垩精工，寝处褥革棕毡尺许厚。郭解屦拥衾，婢徘徊不去。郭凝视之，风致娟好，戏曰："谓我不文者，卿耶？"婢笑，以足蹴枕曰："子宜僵矣！勿复多言。"视履端嵌珠如巨菽。捉而曳之，婢仆于怀，遂相狎，而呻楚不胜。郭问："年几何矣？"答云："十七。"问："处子③亦知情乎？"曰："妾非处子，然荒疎已三年矣。"郭研诘仙人姓氏，及其清贯、尊行。婢曰："勿问！即非天上，亦异人间。若必知其确耗，恐觅死无地矣。"郭遂不敢复问。次夕，女果以烛来，相就寝食，以此为常。一夜，女入曰："期以永好；不意人情乖沮，今将粪除天宫，不能复相容矣。请以卮酒为别。"郭泣下，请得脂泽为爱。女不许，赠以黄金一斤、珠百颗。

① 鸭臛——鸭肠。
② 更尽一筹——一更已尽。
③ 处子——处女。

三盏既尽，忽已昏醉。既醒，觉四体如缚，纠缠甚密，股不得伸，首不得出。极力转侧，晕堕床下。出手摸之，则锦被囊裹，细绳束焉。起坐凝思，略见床棂①，始知为己斋中。时离家已三月，家人谓其已死。郭初不敢明言，惧被仙谴，然心疑怪之。窃间一告知交，莫有测其故者。被置床头，香盈一室；拆视，则湖绵杂香屑为之，因珍藏焉。后某达官闻而诘之，笑曰："此贾后之故智也。仙人乌得如此？虽然，此事亦宜慎秘，泄之，族矣！"有巫尝出入贵家，言其楼阁形状，绝似严东楼②家。郭闻之，大惧，携家亡去。未几，严伏诛，始归。

异史氏曰："高阁迷离，香盈绣帐；雏奴蹀躞，履缀明珠：非权奸之淫纵，豪势之骄奢，乌有此哉？顾淫筹③一掷，金屋变而长门；唾壶未干，情田鞠为茂草。空床伤意，暗烛销魂。含颦玉台之前，凝眸宝幄之内。遂使糟丘④台上，路入天宫；温柔乡中，人疑仙子。伧楚⑤之帷薄固不足羞，而广田自荒者，亦足戒已！"

乔 女

平原乔生，有女黑丑：壑一鼻⑥，跛一足。年二十五六，无问名者。邑有穆生，四十余，妻死，贫不能续，因聘焉。三年，生一子。未几，穆生卒，家益索；大困，则乞怜其母。母颇不耐之。女亦愤不复返，惟以纺织自给。有孟生丧耦，遗一子乌头，才周岁，以乳哺乏人，急于求配；然媒数言，辄不当意。忽见女，大悦之，阴使人风示女。女辞焉，曰："饥冻若此，从官人得温饱，夫宁不愿？然残丑不如人，所可自信者，德耳；又事二夫，官人何取焉！"孟益贤之，向慕尤殷，使媒者函金加币而说其母。母说，自诣女所，固要之；女志终不夺。母惭，愿以少女字孟；家人皆喜，而孟殊不愿。居无

---

① 床棂——床榻和窗棂。
② 严东楼——即严世蕃，别号东楼，严嵩之子，明史上臭名昭著。
③ 淫筹——据说严世番喜淫，以白绫汗巾为秽巾，每与妇人性交一次，则丢弃一条，岁终计算，称为"淫筹"。
④ 糟丘——指纵酒放荡。
⑤ 伧楚——魏晋南北朝时吴人对楚人的鄙称，此借指严世蕃之辈。
⑥ 壑一鼻——鼻子一侧有残缺。

何，孟暴疾卒，女往临哭尽哀。

孟故无戚党，死后，村中无赖悉凭陵之，家具携取一空，方谋瓜分其田产。家人亦各草窃以去，惟一妪抱儿哭帷中。女问得故，大不平。闻林生与孟善，乃踵门而告曰："夫妇、朋友，人之大伦也。妾以奇丑，为世不齿，独孟生能知我；前虽固拒之，然固已心许之矣。今峰死子幼，自当有以报知己。然存孤易，御侮难；若无兄弟父母，遂坐视其子死家灭而不一救，则五伦中可以无朋友矣。妾无所多须于君，但以片纸告邑宰；抚孤，则妾不敢辞。"林曰："诺。"女别而归。林将如其所教；无赖辈怒，咸欲以白刃相仇。林大惧，闭户不敢复行。女听之数日，寂无音；及问之，则孟氏田产已尽矣。女忿甚，挺身自诣官。官诘女属孟何人，女曰："公宰一邑，所凭者理耳。如其言妄，即至戚无所逃罪；如非妄，则道路之人可听也。"官怒其言戆①，诃逐而出。女冤愤无以自伸，哭诉于搢绅之门。某先生闻而义之，代剖于宰。宰按之，果真，穷治诸无赖，尽反所取。

或议留女居孟第，抚其孤；女不肯。扃其户，使媪抱乌头，从与俱归，另舍之。凡乌头日用所需，辄同妪启户出粟，为之营辨；己锱铢无所沾染，抱子食贫，一如曩日。积数年，乌头渐长，为延师教读；己子则使学操作。妪劝使并读，女曰："乌头之费，其所自有；我耗人之财以教己子，此心何以自明？"又数年，为乌头积粟数百石，乃聘于名族，治其第宅，析令归。乌头泣要同居，女乃从之；然纺绩如故。乌头夫妇夺其具，女曰："我母子坐食，心何安矣。"遂早暮为之纪理，使其子巡行阡陌，若为佣然。乌头夫妻有小过，辄斥谴不少贷；稍不悛②，则怫然③欲去。夫妻跪道悔词，始止。未几，乌头入泮，又辞欲归。乌头不可，捐聘币，为穆子完婚。女乃析子令归。乌头留之不得，阴使人于近村为市恒产百亩而后遣之。

后女疾求归。乌头不听。病益笃，嘱曰："必以我归葬！"乌头诺。既卒，阴以金啗穆子，俾合葬于孟。及其，棺重，三十人不能举。穆子忽仆，七窍血出，自言曰："不肖儿，何得遂卖汝母！"乌头惧，拜祝之，始愈，乃复停数日，修治穆墓已，始合厝④之。

---

① 戆（zhuàng）——刚直而愚。
② 悛（quān）——改悔。
③ 怫（fú）然——动怒状。
④ 合厝（cuò）——夫妻合葬。

异史氏曰:“知己之感,许之以身,此烈男子之所为也。彼女子何知,而奇伟如是?若遇九方皋[①],直牡[②]视之矣。”

蛤

东海有蛤[③],饥时浮岸边,两壳开张;中有小蟹出,赤线系之,离壳数尺,猎食既饱,乃归,壳始合。或潜[④]断其线,两物皆死。亦物理之奇也。

刘夫人

廉生者,彰德[⑤]人。少笃学;然早孤,家綦贫。一日他出,暮归失途。入一村,有媪来谓曰:“廉公子何之?夜得毋深乎?”生方皇惧,更不暇问其谁何,便求假榻。媪引去,入一大第。有双鬟笼灯,导一妇人出,年四十余,举止大家。媪迎曰:“廉公子至。”生趋拜。妇喜曰:“公子秀发,何但作富家翁乎!”即设筵,妇侧坐,劝釂甚殷,而自己举杯未尝饮,举箸亦未尝食。生惶惑,屡审阀阅。笑曰:“再尽三爵告君知。”生如命已。妇曰:“亡夫刘氏,客江右[⑥],遭变遽殒。未亡人独居荒僻,日就零落。虽有两孙,非鸱鸮,即驽骀耳。公子虽异姓,亦三生骨肉也;且至性纯笃,故遂腼然相见。无他烦,薄藏数金,欲倩公子持泛江湖,分其赢余,亦胜案头萤枯死也。”生辞以少年书痴,恐负重托。妇曰:“读书之计,先于谋生。公子聪明,何之不可?”遣婢运资出,交兑八百余两。生皇恐固辞。妇曰:“妾亦知公子未惯懋迁[⑦],但试为之,当无不利。”生虑重金非一人可任,谋合商侣。妇曰:“勿须。但觅一朴悫谙练[⑧]之仆,为公子服役足矣。”遂轮纤指一卜

① 九方皋——春秋时人,善相马,与伯乐齐名。
② 牡——雄,喻指男子。
③ 蛤(gé)——蛤蜊,即海蚌。
④ 潜——偷偷地。
⑤ 彰德——府名,治今河南安阳市。
⑥ 江右——江西。
⑦ 懋迁——贸易。
⑧ 朴悫(què)谙练——忠厚可靠,熟悉商务。

之,曰:“伍姓者吉。”命仆马囊金送生出,曰:“腊尽涤盏,候洗宝装矣。”又顾仆曰:“此马调良,可以乘御,即赠公子,勿须将回。”生归,夜才四鼓,仆系马自去。明日,多方觅役,果得伍姓,因厚价招之。伍老于行旅,又为人戆拙不苟,资财悉倚付之。往涉荆襄,岁杪始得归,计利三倍。生以得伍力多,于常格外,另有馈赏,谋同飞洒[①],不令主知。甫抵家,妇已遣人将迎,遂与俱去。见堂上华筵已设;妇出,备极慰劳。生纳资讫,即呈簿籍;妇置不顾。少顷即席,歌舞鞺鞳,伍亦赐筵外舍,尽醉方归。因生无家室,留守新岁。次日,又求稽盘。妇笑曰:“后无须尔,妾会计久矣。”乃出册示生,登志甚悉,并给仆者,亦载其上。生愕然曰:“夫人真神人也!”过数日,馆谷丰盛,待若子侄。

一日,堂上设席,一东面,一南面;堂下一筵西向。谓生曰:“明日财星临照,宜可远行。今为主价粗设祖帐,以壮行色。”少间,伍亦呼至,赐坐堂下。一时鼓钲鸣聒。女优进呈曲目,生命唱“陶朱”[②]。妇笑曰:“此先兆也,当得西施[③]作内助矣。”宴罢,仍以全金付生,曰:“此行不可以岁月计,非获巨万勿归也。妾与公子,所凭者在福命,所信者在腹心。勿劳计算,远方之盈绌,妾自知之。”生唯唯而退。往客淮上,进身为鹾贾[④],逾年,利又数倍。然生嗜读,操筹不忘书卷,所与游皆文士;所获既盈,隐思止足,渐谢任于伍[⑤]。桃源[⑥]薛生与最善;适过访之,薛一门俱适别业,昏暮无所复之,阍人延生入,扫榻作炊。细诘主人起居,盖是时方讹传朝廷欲选良家女,犒边庭,民间骚动。闻有少年无妇者,不通媒妁,竟以女送诸其家,至有一夕而得两妇者。薛亦新昏于大姓,犹恐舆马喧动,为大令所闻,故暂迁于乡。初更向尽,方将拂榻就寝,忽闻数人排闼入。阍人不知何语,但闻一人云:“官人既不在家,秉烛者何人?”阍人答:“是廉公子,远客也。”俄而问者已入,袍帽光洁,略一举手,即诘邦族。生告之。喜曰:“吾同乡也。岳家谁氏?”答云:“无之。”益喜,趋出,急招一少年同入,敬与为礼。卒然曰:“实告公子:某慕姓。今夕此来,将送舍妹于薛官人,至此方知无

---

① 飞洒——原指官府将杂项税收分摊到正常项目下收缴,此指破格款待伍氏。
② 陶朱——陶朱公,即范蠡,助越王勾践灭吴后,为避祸,泛舟湖上经商致富,此指经商。
③ 西施——春秋越国美女,后从范蠡。
④ 鹾(cuó)贾——盐商。
⑤ 谢任于伍——把经商转交给伍氏。
⑥ 桃源——县名,今属湖南省。

益。进退维谷之际。适逢公子，宁非数乎！”生以未悉其人，故踌躇不敢应。慕竟不听其致词，急呼送女者。少间，二媪扶女郎入，坐生榻上。睨之，年十五六，佳妙无双。生喜，始整巾向慕展谢；又嘱阍人行沽，略尽款洽。慕言：“先世彰德人；母族亦世家，今陵夷矣。闻外祖遗有两孙，不知家况何似。”生问：“伊谁？”曰：“外祖刘，字晖若，闻在郡北三十里。”生曰：“仆郡城东南人，去北里颇远；年又最少，无多交知。郡中此姓最繁，止知郡北有刘荆卿，亦文学士，未审是否，然贫矣。”慕曰：“某祖墓尚在彰郡，每欲扶两榇归葬故里，以资斧未办，姑犹迟迟。今妹子从去，归计益决矣。”生闻之，锐然自任。二慕俱喜。酒数行，辞去。生却仆移灯，琴瑟之爱，不可胜言。次日，薛已知之，趋入城，除别院馆生。生诣淮，交盘已，留伍居肆；装资返桃源，同二慕启岳父母骸骨，两家细小，载与俱归。入门安置已，囊金诣主。前仆已候于途。从去，妇逆见，色喜曰：“陶朱公载得西子来矣！前日为客，今日吾甥婿也。”置酒迎尘，倍益亲爱。生服其先知，因问：“夫人与岳母远近？”妇云：“勿问，久自知之。”乃堆金案上，瓜分为五；自取其二，曰：“吾无用处，聊贻长孙。”生以过多，辞不受。凄然曰：“吾家零落，宅中乔木，被人伐作薪；孙子去此颇远，门户萧条，烦公子一营办之。”生诺，而金止受其半。妇强内之。送生出，挥涕而返。生疑怪间，回视第宅，则为墟墓。始悟妇即妻之外祖母也。既归，赎墓田一顷，封植伟丽。

刘有二孙，长即荆卿，次玉卿，饮博无赖，皆贫。兄弟诣生申谢，生悉厚赠之。由此往来最稔。生颇道其经商之由，玉卿窃意冢中多金，夜合博徒数辈，发墓搜之，剖棺露胔[①]，竟无少获，失望而散。生知墓被发，以告荆卿。荆卿诣生同验之，入圹，见案上累累，前所分金具在。荆卿欲与生共取之。生曰：“夫人原留此以待兄也。”荆卿乃囊运而归。告诸邑宰，访缉甚严。后一人卖坟中玉簪，获之，穷讯其党，始知玉卿为首。宰将治以极刑；荆卿代哀，仅得赊死。墓内外两家并力营缮，较前益坚美。由此廉、刘皆富，惟玉卿如故。生及荆卿常河润[②]之，而终不足供其博赌。一夜，盗入生家，执索金资。生所藏金，皆以千五百为箇[③]，发示之。盗取其二，

---

① 胔(zì)——腐肉。
② 河润——济助。
③ 箇(gè)——古计量单位，如“锭”。

止有鬼马在厩，用以运之而去，使生送诸野，乃释之。村众望盗火未远，噪逐之；贼惊遁。共至其处，则金委路侧，马已倒为灰烬。始知马亦鬼也。是夜止失金钟一枚而已。先是，盗执生妻，悦其美，将就淫之。一盗带面具，力呵止之，声似玉卿。盗释生妻，但脱腕钏而去。生以是疑玉卿，然心窃德之。后盗以钏质赌，为捕役所获，诘其党，果有玉卿。宰怒，备极五毒。兄与生谋，欲以重贿脱之，谋未成而玉卿已死。生犹时恤其妻子。生后登贤书[①]，数世皆素封焉。呜呼！“贪”字之点画形象，甚近乎“贫”。如玉卿者，可以鉴矣！

陵 县 狐

陵县李太史家，每见瓶鼎古玩之物，移列案边，势危将堕。疑厮仆所为，辄怒谴之。仆辈称冤，而亦不知其由，乃严扃斋扉，天明复然。心知其异，暗觇[②]之。一夜，光明满室，讶为盗。两仆近窥，则一狐卧椟上，光自两眸出，晶莹四射。恐其遁，急入捉之。狐啮腕肉欲脱，仆持益坚，因共缚之。举视，则四足皆无骨，随手摇摇若带垂焉。太史念其通灵，不忍杀；覆以柳器[③]，狐不能出，戴器而走。乃数其罪而放之，怪遂绝。

---

① 贤书——乡试中举。
② 觇(chān)——窥视。
③ 柳器——用柳枝编制的盛器。

卷 十

王 货 郎

济南业酒人[①]某翁，遣子小二[②]如齐河索贳价[③]。出西门，见兄阿大。——时大死已久。二惊问："哥那得来？"答云："冥府一疑案，须弟一证之。"二作色怨讪。大指后一人如皂状者，曰："官役在此，我岂自由耶！"但引手招之，不觉从去，尽夜狂奔，至泰山下。忽见官衙，方将并入，见群众纷出。皂拱问："事何如矣？"一人曰："勿须复入，结矣。"皂乃释令归。大忧弟无资斧。皂思良久，即引二去，走二三十里，入村，至一家檐下，嘱云："如有人出，便使相送；如其不肯，便道王货郎言之矣。"遂去。二冥然而僵。既晓，第主[④]出，见人死门外，大骇。守移时，微苏；扶入饵之，始言里居，即求资送，主人难之。二如皂言，主人惊绝，急赁骑送之归。偿之，不受；问其故，亦不言，别而去。

罢 龙[⑤]

胶州王侍御，出使琉球[⑥]。舟行海中，忽自云际堕一巨龙，激水高数丈。龙半浮半沉；仰其首，以舟承颔；睛半含，嗒然若丧[⑦]。阖舟大恐，停桡不敢少动。舟人曰："此天上行雨之疲龙也。"王悬敕[⑧]于上，焚香共祝之。移时，悠然遂逝。舟方行，又一龙堕，如前状。日凡三四。又逾日，舟

① 业酒人——以卖酒为业之人。
② 小二——山东方言，次子。
③ 贳(shì)价——赊酒钱。
④ 第主——房主。
⑤ 罢龙——疲惫之龙。
⑥ 琉球——古国名，今琉球群岛。
⑦ 嗒(tà)然若丧——喻极度疲惫。
⑧ 敕——圣旨。

人命多备白米，戒曰："去清水潭不远矣。如有所见，但糁米于水，寂无哗。"俄至一处，水清澈底。下有群龙，五色，如盆如瓮，条条尽伏。有蜿蜒者，鳞鬣爪牙，历历可数。众神魂俱丧，闭息含眸，不惟不敢窥，并不能动。惟舟人握米自撒。久之，见海波深黑，始有呻者。因问掷米之故，答曰："龙畏蛆，恐入其甲。白米类蛆，故龙见辄伏，舟行其上，可无害也。"

真　生

长安士人贾子龙，偶过邻巷，见一客风度洒如。问之则真生，咸阳僦[①]寓者也。心慕之。明日，往投刺，适值其亡；凡三谒，皆不遇。乃阴使人窥其在舍而后过之，真走避不出；贾搜之始出。促膝倾谈，大相知悦。贾就逆旅，遣僮行沽。真又善饮，能雅谑，乐甚。酒欲尽，真搜箧出饮器，玉卮无当[②]，注杯酒其中，盎然已满；以小盏挹取入壶，并无少减。贾异之，坚求其术。真曰："我不愿相见者，君无他短，但贪心未静耳。此乃仙家隐术，何能相授。"贾曰："冤哉！我何贪。间萌奢想者，徒以贫耳。"一笑而散。由是往来无间，形骸尽忘。每值乏窘，真辄出黑石一块，吹咒其上，以磨瓦砾，立刻化为白金，便以赠生；仅足所用，未尝赢余。贾每求益，真曰："我言君贪，如何，如何！"贾思明告必不可得，将乘其醉睡，窃石而要之。一日，饮既卧，贾潜起，搜诸衣底。真觉之，曰："子真丧心，不可处矣！"遂辞别，移居而去。

后年余，贾游河干，见一石莹洁，绝类真生物。拾之，珍藏若宝。过数日，真忽至，睐然[③]若有所失。贾慰问之。真曰："君前所见，乃仙人点金石也。曩从抱真子[④]游，彼怜我介，以此相贻。醉后失去，隐卜当在君所。如有还带之恩[⑤]，不敢忘报。"贾笑曰："仆生平不敢欺友朋，诚如所卜。但

---

① 僦——租赁。
② 玉卮无当——无底酒杯。
③ 睐(tǐ)然——失意状。
④ 抱真子——疑《抱朴子》。
⑤ 还带之恩——归还珍贵失物之恩。

知管仲[①]之贫者，莫如鲍叔[②]，君且奈何？”真请以百金为赠。贾曰：“百金非少，但授我口诀，一亲试之，无憾矣。”真恐其寡信。贾曰：“君自仙人，岂不知贾某宁失信于朋友者哉！”真授其诀。贾顾砌上有巨石，将试之。真掣其肘，不听前。贾乃俯掬甎[③]半置砧[④]上曰：“若此者，非多耶？”真乃听之。贾不磨甎而磨砧；真变色欲与争，而砧已化为浑金。反石于真。真叹曰：“业如此，复何言。然妄以福禄加人，必遭天谴。如逭[⑤]我罪，施材百具[⑥]、絮衣百领，肯之乎？”贾曰：“仆所以欲得钱者，原非欲窖藏之也。君尚视我为守财卤[⑦]耶？”真喜而去。

贾得金，且施且贾；不三年，施数已满。真忽至，握手曰：“君信义人也！别后被福神奏帝，削去仙籍；蒙君博施，今幸以功德消罪。愿勉之，勿替[⑧]也。”贾问真：“系天上何曹？”曰：“我乃有道之狐耳。出身綦微，不堪孽累，故生平自爱，一毫不敢妄作。”贾为设酒，遂与欢饮如初。贾至九十余，狐犹时至其家。

长山某，卖解信药[⑨]，即垂危，灌之无不活；然秘其方，即戚好不传也。一日，以株累被逮。妻弟饷食狱中，隐置信 焉。坐待食已，而后告之。某不信。少顷，腹中溃动，始大惊，骂曰：“畜产速行！家中虽有药末，恐道远难俟；急于城中物色薜荔[⑩]为末，清水一盏，速将来！”妻弟如其教。迨觅至，某已呕泻欲死，急投之，立刻而安。其方自此遂传。此亦犹狐之秘其石也。

布 商

布商某，至青州境，偶入废寺，见其院宇零落，叹悼不已。僧在侧曰：

---

① 管仲——春秋齐国人，与鲍叔友善相知。
② 鲍叔——春秋齐国人，深知管仲之才华。
③ 甎——同“砖”。
④ 砧——捣衣石。
⑤ 逭(huàn)——躲过。
⑥ 施材百具——给百具棺材。
⑦ 守财卤——守财奴。
⑧ 替——懈怠。
⑨ 解信药——解毒药。
⑩ 薜荔——木莲，果实可入药。

"今如有善信，暂起山门[①]，亦佛面之光。"客慨然自任。僧喜，邀入方丈[②]，款待殷勤。既而举内外殿阁，并请装修；客辞以不能。僧固强之，词色悍怒。客惧，请即倾囊，于是倒装而出，悉授僧。将行，僧止之曰："君竭资实非所愿，得毋甘心于我乎[③]？不如先之。"遂握刀相向。客哀之切，弗听；请自经，许之。逼置暗室而迫促之。适有防海将军经寺外，遥自缺墙外望见一红裳女子入僧舍，疑之。下马入寺，前后冥搜，竟不得。至暗室所，严扃双扉，僧不肯开，托以妖异。将军怒，斩关[④]入，则见客缢梁上。救之，片时复苏，诘得其情。又械问女子所在，实则乌有，盖神佛现化也。杀僧，财物仍以归客。客益募修庙宇，由此香火大盛。赵孝廉丰原[⑤]言之最悉。

彭二挣

禹城[⑥]韩公甫自言："与邑人彭二挣并行于途，忽回首不见之，惟空蹇[⑦]随行。但闻号救甚急，细听则在被囊中。近视囊内累然，虽则偏重，亦不得堕。欲出之，则囊口缝纫甚密；以刀断线，始见彭犬卧其中。既出，问何以入，亦茫不自知。盖其家有狐为祟，事如此类甚多云。"

何仙

长山王公子瑞亭，能以乩卜[⑧]。乩神自称何仙，乃纯阳弟子[⑨]，或谓是吕祖所跨鹤云。每降，辄与人论文作诗。李太史质君[⑩]师事之，丹黄课

---

① 山门——佛寺大门。
② 方丈——佛寺中长老或主持的说法处。
③ 得毋甘心于我乎——难道莫不是以报复我而得心快意吧。
④ 关——门扇。
⑤ 赵孝廉丰原——即赵丰原，清初举人。
⑥ 禹城——县名，今属山东省。
⑦ 空蹇(jiǎn)——无人坐的驴或劣马。
⑧ 乩(jī)卜——扶乩问卜。
⑨ 纯阳弟子——即吕洞宾之弟子 。
⑩ 李太史质君——李质君，清初进士，曾官庶吉士。

艺[①]，理绪明切；太史揣摩成，赖何仙力居多焉，因之文学士多皈依之。然为人决疑难事，多凭理，不甚言休咎。

辛未[②]，朱文宗[③]案临济南，试后，诸友请决等第。何仙索试艺，悉月旦之。座中有与乐陵[④]李忭相善者，李固好学深思之士，众属望之，因出其文，代为之请。乩注云："一等。"少间，又书云："适评李生，据文为断。然此生运数大晦，应犯夏楚[⑤]。异哉！文与数适相符，岂文宗不论文耶？诸公少待，试一往探之。"少顷，又书云："我适至提学署中，见文宗公事旁午[⑥]，所焦虑者殊不在文也。一切置付幕客六七人，粟生、例监[⑦]，都在其中，前世全无根气，大半饿鬼道中游魂，乞食于四方者也。曾在黑暗狱中八百年，损其目之精气，如人久在洞中，乍出则天地异色，无正明也。中有一二为人身所化者，阅卷分曹，恐不能适相值耳。"众问挽回之术，书云："其术至实，人所共晓，何必问？"众会其意，以告李。李惧，以文质孙太史子未，且诉以兆。太史赞其文，因解其惑。李以太史海内宗匠，心益壮，乩语不复置怀。后案发，竟居四等。太史大骇，取其文复阅之，殊无疵摘。评云："石门公祖[⑧]，素有文名，必不悠谬至此。是必幕中醉汉，不识句读者所为。"于是众益服何仙之神，共焚香祝谢之。乩书曰："李生勿以暂时之屈，遂怀惭怍。当多写试卷，益暴之，明岁可得优等。"李如其教。久之署中颇闻，悬牌特慰之。次岁果列优等，其灵应如此。

异史氏曰："幕中多此辈客，无怪京都丑妇巷中，至夕无闲床也。呜呼！"

牛同人

（上缺）牛过父室，则翁卧床上未醒，以知此为狐。怒曰："狐可忍也，

---

① 丹黄课艺——评改八股文习作。
② 辛未——清康熙三十年（1691年）。
③ 朱文宗——即朱雯，清初进士，曾任山东提学使。
④ 乐陵——县名，今属山东省。
⑤ 夏（jiǎ）楚——代指岁考四等。
⑥ 旁午——繁杂。
⑦ 粟生、例监——廪生经捐纳而得到监生资格。
⑧ 公祖——士绅对知府以上官员的尊称。

胡败我伦！关圣号为'伏魔'[①]，今何在，而任此类横行！"因作表上玉帝[②]，内微诉关帝之不职。

久之，忽闻空中喊嘶声，则关帝也。怒叱曰："书生何得无礼！我岂专掌为汝家驱狐耶？若禀诉不行，咎怨何辞矣。"即令杖牛二十，股肉几脱。少间，有黑面将军[③]缚一狐至，牵之而去，其怪遂绝。

后三年，济南游击[④]女为狐所惑，百术不能遣。狐语女曰："我生平所畏，惟牛同人而已。"游击亦不知牛何里，无可物色。适提学按临，牛赴试，在省偶被营兵迕辱，忿诉游击之门。游击一闻其名，不胜惊喜，伛偻甚恭。立捉兵至，捆责尽法。已，乃实告以情。牛不得已，为之呈告关帝。俄顷，见金甲神降于其家，狐方在室，颜猝变，现形如犬，绕屋嚎窜。旋出，自投阶下。神言："前帝不忍诛，今再犯，不赦矣！"縶系马颈而去。

神　女

米生者闽人，传者忘其名字、郡邑。偶入郡，醉过市廛，闻高门中箫鼓如雷。问之居人，云是开寿筵者，然门庭殊清寂。听之笙歌繁响，醉中雅爱乐之，并不问其何家，即街头市祝仪[⑤]，投晚生刺焉。或见其衣冠朴陋，便问："君系此翁何亲？"答言："无之。"或言："此流寓者侨居于此，不审何官，甚贵倨[⑥]也。既非亲属，将何求？"生闻而悔之，而刺已入矣。无何，两少年出逆客，华裳炫目，丰采都雅，揖生入。见一叟南向坐，东西列数筵，客六七人，皆似贵胄[⑦]；见生至，尽起为礼，叟亦杖而起。生久立，待与周旋，而叟殊不离席。两少年致词曰："家君衰迈，起拜良艰，予兄弟代谢高贤之见枉也。"生逊谢而罢。遂增一筵于上，与叟接席。未几，女乐作于下。座后设琉璃屏，以幛内眷。鼓吹大作，座客不复可以倾谈。筵将终，

① 关圣号为'伏魔'——明万历三十三年(1605 年)，明朝廷加封关羽为"三界伏魔大帝神威远震天尊关圣帝君。"
② 玉帝——玉皇大帝。
③ 黑面将军——指传说中关羽部将周仓。
④ 游击——武官名。
⑤ 市祝仪——买贺礼。
⑥ 贵倨——自贵倨傲。
⑦ 贵胄——贵族子弟。

两少年起，各以巨杯劝客，杯可容三斗；生有难色，然见客受，亦受。顷刻四顾，主客尽釂，生不得已，亦强尽之。少年复斟；生觉惫甚，起而告退。少年强挽其裾。生大醉逿地①，但觉有人以冷水洒面，恍然若寤。起视，宾客尽散，惟一少年捉臂送之，遂别而归。后再过其门，则已迁去矣。

自郡归，偶适市，一人自肆中出，招之饮。视之不识；姑从之入，则座上先有里人鲍庄在焉。问其人，乃诸姓，市中磨镜者也。问："何相识？"曰："前日上寿者，君识之否？"生言："不识。"诸言："予出入其门最稔。翁，傅姓，不知其何省、何官。先生上寿时，我方在墀下，故识之也。"日暮，饮散。鲍庄夜死于途。鲍父不识诸，执名讼生。检得鲍庄体有重伤，生以谋杀论死，备历械梏；以诸未获，罪无申证，颂系之。年余，直指巡方②，廉知其冤，出之。

家中田产荡尽，衣巾革褫③，冀其可以辨复，于是携囊入郡。日将暮，步履颇殆，休于路侧。遥见小车来，二青衣夹随之。既过，忽命停舆。车中不知何言，俄一青衣问生："君非米姓乎？"生惊起诺之。问："何贫窭若此？"生告以故。又问："安之？"又告之。青衣去，向车中语；俄复返，请生至车前。车中以纤手搴帘，微睨之，绝代佳人也。谓生曰："君不幸得无妄之祸，闻之太息。今日学使署中，非白手④可以出入者，途中无可解赠……"乃于髻上摘珠花一朵，授生曰："此物可鬻百金，请缄藏之。"生下拜，欲问官阀，车行甚疾，其去已远，不解何人。执花悬想，上缀明珠，非凡物也。珍藏而行。至郡，投状，上下勒索甚苦；出花展视，不忍置去，遂归。归而无家，依于兄嫂。幸兄贤，为之经纪，贫不废读。

过岁，赴郡应童子试⑤，误入深山。会清明节，游人甚众。有数女骑来，内一女郎，即曩年车中人也。见生停骖⑥，问其所往。生具以对。女惊曰："君衣顶⑦尚未复耶？"生惨然于衣下出珠花，曰："不忍弃此，故犹童子⑧也。"女郎晕红上颊，既嘱坐待路隅。款段而去。久之，一婢驰马来，

---

① 逿(dàng)地——跌倒在地。
② 直指巡方——明清时的巡按御史，巡行地方考察。
③ 革褫——革除功名。
④ 白手——空手。
⑤ 童子试——初级考试，获生员资格。
⑥ 停骖(cān)——停马。
⑦ 衣顶——冠服，代指生员资格。
⑧ 童子——童生，未获任何资格的读书人。

以裹物授生，曰："娘子言：今日学使之门如市；赠白金二百，为进取之资。"生辞曰："娘子惠我多矣！自分掇芹[①]非难，重金所不敢受。但告以姓名，绘一小像，焚香供之，足矣。"婢不顾，委地下而去。生由此用度颇充，然终不屑夤缘[②]，后入邑庠第一。以金授兄；兄善居积，三年旧业尽复。

适闽中巡抚为生祖门人，优恤甚厚，兄弟称巨家矣。然生素清鲠，虽属大僚通家，而未尝有所干谒。一日，有客裘马至门，都无识者。出视，则傅公子也。揖而入，各道间阔。治具相款，客辞以冗，然亦不竟言去。已而肴酒既陈，公子起而请间[③]；相将入内，拜伏于地。生惊问何事。怆然曰："家君适罹大祸，欲有求于抚台[④]，非兄不可。"生辞曰："渠虽世谊，而以私干人，生平所不为也。"公子伏地哀泣。生厉色曰："小生与公子，一饮之知交耳，何遂以丧节强人！"公子大惭，起而别去。越日，方独坐，有青衣人入，视之，即山中赠金者。生方惊起，青衣曰："君忘珠花耶？"生曰："唯唯，不敢忘。"曰："昨公子，即娘子胞兄也。"生闻之，窃喜，伪曰："此难相信。若得娘子亲见一言，则油鼎可蹈耳；不然，不敢奉命。"青衣出，驰马而去。更半复返，扣扉入曰："娘子来矣。"言未几，女郎惨然入，向壁而哭，不作一语。生拜曰："小生非卿，无以有今日。但有驱策，敢不惟命！"女曰："受人求者常骄人，求人者常畏人。中夜奔波，生平何解此苦，只以畏人故耳，亦复何言！"生慰之曰："小生所以不遽诺者，恐过此一见为难耳。使卿夙夜蒙露，吾知罪矣！"因挽其袪[⑤]，隐抑搔之。女怒曰："子诚敝人[⑥]也！不念畴昔之义，而欲乘人之厄。予过矣！予过矣！"忿然而出，登车欲去。生追出谢过，长跪而要遮之。青衣亦为缓颊。女意稍解，就车中谓生曰："实告君：妾非人，乃神女也。家君为南岳都理司[⑦]，偶失礼于地官[⑧]，将达帝[⑨]听；非本地都人官[⑩]印信，不可解也。君如不忘旧义，以黄纸一幅，为

① 掇芹——考取秀才。
② 夤缘——攀附关系。
③ 请间——请单独谈话。
④ 抚台——巡抚的敬称。
⑤ 袪(qū)——衣袖。
⑥ 敝人——心术不正之人。
⑦ 南岳都理司——道教所尊奉的南岳衡山之神。
⑧ 地官——道教所尊奉的三官之一。
⑨ 帝——天帝。
⑩ 本地都人官——指当地巡抚。

妾求之。"言已,车发遂去。生归,悚惧不已。乃假驱祟,言于巡抚。巡抚谓其事近巫蛊,不许。生以厚金赂其心腹,诺之,而未得其便。既归,青衣候门,生具告之,默然遂去,意似怨其不忠。生追送之曰:"归语娘子:如事不谐,我以身命殉之!"既归,终夜辗转,不知计之所出。适院署有宠姬购珠,生乃以珠花献之。姬大悦,窃印为之嵌①之。怀归,青衣适至。笑曰:"幸不辱命。但数年来贫贱乞食所不忍鬻者,今还为主人弃之矣!"因告以情。且曰:"黄金抛置,我都不惜。寄语娘子:珠花须要偿也。"

逾数日,傅公子登堂申谢,纳黄金百两。生作色曰:"所以然者,为令妹之惠我无私耳;不然,即万金岂足以易名节哉!"再强之,声色益厉。公子惭而去,曰:"此事殊未了!"翼日,青衣奉女郎命,进明珠百颗,曰:"此足以偿珠花否耶?"生曰:"重花者,非贵珠也。设当日赠我万镒②之宝,直须卖作富家翁耳;什袭而甘贫贱③,何为乎?娘子神人,小生何敢他望,幸得报洪恩于万一,死无憾矣!"青衣置珠案间,生朝拜而后却之。越数日,公子又至。生命治肴酒。公子使从人入厨下,自行烹调,相对纵饮,欢若一家。有客馈苦糯④,公子饮而美之,引尽百盏,面颊微赪⑤,乃谓生曰:"君贞介士,愚兄弟不能早知君,有愧裙钗⑥多矣。家君感大德,无以相报,欲以妹子附为婚姻,恐以幽明⑦见嫌也。"生喜惧非常,不知所对。公子辞而出,曰:"明夜七月初九,新月钩辰⑧,天孙⑨有少女下嫁,吉期也,可备青庐⑩。"次夕,果送女郎至,一切无异常人。三日后,女自兄嫂以及婢仆大小,皆有馈赏。又最贤,事嫂如姑。

数年不育,劝纳副室,生不肯。适兄贾于江淮,为买少姬而归。姬,顾姓,小字博士,貌亦清婉,夫妇皆喜。见髻上插珠花,甚似当年故物;摘视,果然。异而诘之,答云:"昔有巡抚爱妾死,其婢盗出鬻于市,先人廉其值,

---

① 嵌——盖印。
② 万镒(yì)——喻数不胜数的无价物。
③ 什袭而甘贫贱——精心珍藏,甘愿贫贱,不忍变卖。
④ 苦糯——米酒之一。
⑤ 赪(chēng)——赤色。
⑥ 裙钗——代指神女。
⑦ 幽明——阴阳两世相隔。
⑧ 新月钩辰——佳兆。
⑨ 天孙——星名,织女星。
⑩ 青庐——新婚用房。

买而归。妾爱之，先父无子，生妾一人，故所求无不得。后父死家落，妾寄养于顾媪之家。顾，妾姨行，见珠，屡欲售去，妾投井觅死，故至今犹存也。”夫妇叹曰：“十年之物，复归故主，岂非数哉。”女另出珠花一朵，曰：“此物久无偶矣！”因并赐之，亲为簪于髻上。姬退，问女郎家世甚悉，家人皆讳言之。阴语生曰：“妾视娘子，非人间人也；其眉目间有神气。昨簪花时得近视，其美丽出于肌里，非若凡人以黑白位置中见长耳。”生笑之。姬曰：“君勿言，妾将试之。如其神，但有所须，无人处焚香以求，彼当自知。”女郎绣袜精工，博士爱之，而未敢言，乃即闺中焚香祝之。女早起，忽检箧中，出袜，遣婢赠博士。生见而笑。女问故，以实告。女曰：“黠哉婢乎！”因其慧，益怜爱之；然博士益恭，昧爽时，必薰沐以朝。后博士一举两男，两人分字[①]之。生年八十，女貌犹如处子。生抱病，女鸠[②]匠为材，令宽大倍于寻常。既死，女不哭；男女他适，女已入材中死矣。因并葬之。至今传为“大材冢”云。

异史氏曰：“女则神矣，博士而能知之，是遵何术欤？乃知人之慧，固有灵于神者矣！”

湘　裙

晏仲，陕西延安[③]人。与兄伯同居，友爱敦笃。伯三十而卒，无嗣；妻亦继亡。仲痛悼之，每思生二子，则以一子为兄后。甫举一男，而仲妻又死。仲恐继室不恤其子，将购一妾。邻村有货婢者，仲往相之，略不称意，情绪无聊，被友人留酌醺醉而归。途中遇故窗友梁生，握手殷殷，邀过其家。醉中忘其已死，从之而去。入其门，并非旧第，疑而问之。答云：“新移此耳。”入而谋酒，则家酿已竭，嘱仲坐待，挈瓶往沽。仲出立门外以俟之。见一妇人控驴而过，有童子随之，年可八九岁，面目神色，绝类其兄。心恻然动，急委缀之，便问：“童子何姓？”答言：“姓晏。”仲益惊，又问：“汝父何名？”答言：“不知。”言次，已至其门，妇人下驴入。仲执童子曰：“汝父

① 字——哺育。
② 鸠——召集。
③ 延安——府名，今陕西延安市。

在家否?”童诺而入。顷之,一媪出窥,真其嫂也。讶叔何来[①]。仲大悲,随之而入。见庐落亦复整顿,因问:“兄何在?”曰:“责负[②]未归。”问:“跨驴何人?”曰:“此汝兄妾甘氏,生两男矣。长阿大,赴市未返;汝所见者阿小。”坐久,酒渐解,始悟所见皆鬼。以兄弟情切,即亦不惧。嫂温酒治具。仲急欲见兄,促阿小觅之。良久,哭而归曰:“李家负欠不还,反与父闹。”仲闻之,与阿小奔而去,见有两人方捽兄地上。仲怒,奋拳直入,当者尽踣。急救兄起,敌已俱奔。追捉一人,捶楚无算,始起。执兄手,顿足哀泣;兄亦泣。既归,举家慰问,乃具酒食,兄弟相庆。居无何,一少年入,年约十六七。伯呼阿大,令拜叔。仲挽之,哭向兄曰:“大哥地下有两男子,而坟墓不扫;弟又子少而鳏,奈何?”伯亦凄恻。嫂谓伯曰:“遣阿小从叔去,亦得。”阿小闻之,依叔肘下,眷恋不去。仲抚之,倍益酸辛。问:“汝乐从否?”答云:“乐从。”仲念鬼虽非人,慰情亦胜无也,因为解颜。伯曰:“从去,但勿娇惯,宜啖以血肉,驱向日中曝之,午过乃已。六七岁儿,历春及夏,骨肉更生,可以娶妻育子;但恐不寿耳。”言间,门外有少女窥听,意致温婉。仲疑为兄女,便以问兄。兄曰:“此名湘裙,吾妾妹也。孤而无归,寄养十年矣。”问:“已字否?”伯云:“尚未。近有媒议东村田家。”女在窗外小语曰:“我不嫁田家牧牛子。”仲颇有动于中,而未便明言。既而伯起,设榻于斋,止弟宿。

仲雅不欲留,而意恋湘裙,将设法以窥兄意,遂别兄就榻。时方初春,气候犹寒,斋中夙无烟火,森然起栗。对烛冷坐,思得小饮,俄而阿小推扉入,以杯羹斗酒置案上。仲喜极,问:“谁之为?”答云:“湘姨。”酒将尽,又以灰覆盆火,掷床下。仲问:“爷娘寝乎?”曰:“睡已久矣。”“汝寝何所?”曰:“与湘姨共榻耳。”阿小俟叔眠,乃掩门去。仲念湘裙惠而解意,益爱慕之;又以其能抚阿小,欲得之心益坚,辗转床头,终夜不寝。早起,告兄曰:“弟孑然无偶,烦大哥留意也。”伯曰:“吾家非一瓢一担者[③],物色当自有人。地下即有佳丽,恐于弟无所利益。”仲曰:“古人亦有鬼妻,何害?”伯似会意,便言:“湘裙亦佳。但以巨针刺人迎[④],血出不止者,便可为生人妻,

---

① 讶叔何来——惊讶小叔子何以至此。
② 责负——讨债。
③ 一瓢一担——贫寒之家。
④ 人迎——穴位,在左手寸部。

何得草草。”仲曰：“得湘裙抚阿小，亦得。”伯但摇首。仲求之不已，嫂曰：“试捉湘裙强刺验之，不可乃已。”遂握针出门外，遇湘裙，急捉其腕，则血痕犹湿。盖闻伯言时，早自试之矣。嫂释手而笑，反告伯曰：“渠作有意乔才[①]久矣，尚为之代虑耶？”妾闻之怒，趋近湘裙，以指刺匡[②]而骂曰：“淫婢不羞！欲从阿叔奔去耶？我定不如其愿！”湘裙愧愤，哭欲觅死，举家腾沸。仲乃大惭，别兄嫂，率阿小而出。兄曰：“弟姑去；阿小勿使复来，恐损其生气也。”仲诺之。

既归，伪增其年，托言兄卖婢之遗腹子。众以其貌酷类，亦信为伯遗体。仲教之读，辄遣抱一卷就日中诵之。初以为苦，久而渐安。六月中，几案灼人，而儿戏且读，殊无少怨。儿甚惠，日尽半卷，夜与叔抵足，恒背诵之。叔甚慰。又以不忘湘裙，故不复作“燕楼”[③]想矣。

一日，双媒来为阿小议姻，中馈无人[④]，心甚燥急。忽甘嫂自外入曰：“阿叔勿怪，吾送湘裙至矣。缘婢子不识羞，我故挫辱之。叔如此表表，而不相从；更欲从何人者？”见湘裙立其后，心甚欢悦。肃嫂坐；具述有客在堂，乃趋出。少间复入，则甘氏已去。湘裙卸妆入厨下，刀砧盈耳矣。俄而肴胾罗列，烹饪得宜。客去，仲入，见湘裙凝妆坐室中，遂与交拜成礼。至晚，女仍欲与阿小共宿。仲曰：“我欲以阳气温之，不可离也。”因置女别室，惟晚间杯酒一往欢会而已。湘裙抚前子如己出，仲益贤之。

一夕，夫妻款洽，仲戏问：“阴世有佳人否？”女思良久，答言：“未见。惟邻女葳灵仙，群以为美；顾貌亦犹人，要[⑤]善修饰耳。与妾往还最久，心中窃鄙其荡也。如欲见之，顷刻可致。但此等人，未可招惹。”仲急欲一见。女把笔似欲作书，既而掷管曰：“不可，不可！”强之再四，乃曰：“勿为所惑。”仲诺之。遂裂纸作数画若符，于门外焚之。少时，帘动钩鸣，吃吃作笑声。女起曳入，高髻云翘，殆类画图。扶坐床头，酌酒相叙间阔。初见仲，犹以红袖掩口，不甚纵谈；数盏后，嬉狎无忌，渐伸一足压仲衣。仲心迷乱，不知魂之所舍。目前唯碍湘裙；湘裙又故防之，顷刻不离于侧。葳灵仙忽起，搴帘而出；湘裙从之，仲亦从之。葳灵仙握仲，趋入他室。湘

---

① 乔才——坏坯子。
② 匡——眼眶。
③ 燕楼——燕子楼，位于今江苏徐州市，为唐人张建封为家妓关盼盼所建，此指蓄妓娶妾。
④ 无人——没有妻子。
⑤ 要——主要。

裙甚恨，而无可如何，愤然归室，听其所为而已。既而仲入，湘裙责之曰："不听我言，后恐却之不得耳。"仲疑其妒，不乐而散。次夕，葳灵仙不召自来。湘裙甚厌见之，傲不为礼；仙竟与仲相将而去。如此数夕。女望其来，则诟辱之，而亦不能却也。月余，仲病不起，始大悔，唤湘裙与共寝处，冀可避之；昼夜防稍懈，则人鬼已在阳台①。湘裙操杖逐之，鬼忿与争，湘裙荏弱，手足皆为所伤。仲寝以沉困。湘裙泣曰："吾何以见吾姊矣！"又数日，仲冥然遂死。

初见二隶执牒入，不觉从去。至途患无资斧，邀隶便道过兄所。兄见之，惊骇失色，问："弟近何作？"仲曰："无他，但有鬼病耳。"实告之。兄曰："是矣。"乃出白金一裹，谓隶曰："姑笑纳之。吾弟罪不应死，请释归，我使豚儿②从去，或无不谐。"便唤阿大陪隶饮。反身入家，遍告以故。乃令甘氏隔壁唤葳灵仙。俄至，见仲欲遁。伯揪返骂曰："淫婢！生为荡妇，死为贱鬼，不齿群众久矣；又祟吾弟耶！"立批之，云鬟蓬飞，妖容顿减。久之，一妪来，伏地哀恳。伯又责妪纵女宣淫，呵詈移时，始令与女俱去。伯乃送仲出，飘忽间已抵家门，直抵卧室，豁然若寤，始知适间之已死也。伯责湘裙曰："我与若姊，谓汝贤能，故使从吾弟；反欲促吾弟死耶！设非名分之嫌③，便当挞楚！"湘裙惭惧啜泣，望伯伏谢。伯顾阿小喜曰："儿居然生人矣！"湘裙欲出作黍，伯辞曰："弟事未办，我不遑暇。"阿小年十三，渐知恋父；见父出，零涕从之。父曰："从叔最乐，我行复来耳。"转身遂逝，自此不复通闻问矣。后阿小娶妇，生一子，亦年三十而卒。仲抚其孤，如侄生时。仲年八十，其子二十余矣，乃析之。湘裙无所出。一日，谓仲曰："我先驱狐狸于地下可乎④？"盛妆上床而殁。仲亦不哀，半年亦殁。

异史氏曰："天下之友爱如仲，几人哉！宜其不死而益之以年也。阳绝阴嗣，此皆不忍死兄之诚心所格⑤；在人无此理，在天宁有此数乎？地下生子，愿承前业者，想亦不少；恐承绝产之贤兄贤弟，不肯收恤耳！"

---

① 阳台——男女合欢之处。
② 豚儿——谦称自己的儿子。
③ 名分之嫌——大伯子过问弟媳事，有逾礼份。
④ 我先驱狐狸于地下可乎——我先为狐狸驱清圹墓，埋在地下可以吗？死的婉称。
⑤ 格——致。

三　生

湖南某，能记前生三世。一世为令尹，闱场入帘。有名士兴于唐被黜落，愤懑而卒，至阴司执卷讼之。此状一投，其同病死者以千万计，推兴为首，聚散成群。某被摄去，相与对质。阎王便问："某既衡文，何得黜佳士而进凡庸？"某辨言："上有总裁[①]，某不过奉行之耳。"阎罗即发一签，往拘主司。久之，勾至。阎罗即述某言。主司曰："某不过总其大成；虽有佳章，而房官不荐[②]，吾何由而见之也？"阎罗曰："此不得相诿[③]，其失职均也，例合笞。"方将施刑，兴不满志，戛然大号；两墀诸鬼，万声鸣和。阎罗问故，兴抗言曰："笞罪太轻，是必掘其双睛，以为不识文之报。"阎罗不肯，众呼益厉。阎罗曰："彼非不欲得佳文，特其所见鄙耳。"众又请剖其心。阎罗不得已，使人褫去袍服，以白刃劙[④]胸，两人沥血鸣嘶。众始大快，皆曰："吾辈抑郁泉下，未有能一伸此气者；今得兴先生，怨气都消矣。"哄然遂散。

某受剖已，押投陕西为庶人子。年二十余，值土寇大作，陷入贼中。有兵巡道往平贼，俘掳甚众，某亦在中。心犹自揣非贼，冀可辨释。及见堂上官，亦年二十余，细视，乃兴生也。惊曰："吾合尽矣！"既而俘者尽释，惟某后至，不容置辨，竟斩之。某至阴司投状讼兴。阎罗不即拘，待其禄[⑤]尽。迟之三十年，兴始至，面质之。兴以草菅人命，罚作畜。稽某所为，曾挞其父母，其罪维均。某恐来生再报，请为大畜。阎罗判为大犬，兴为小犬。

某生于北顺天府市肆中。一日，卧街头，有客自南中[⑥]来，携金毛犬，大如狸。某视之，兴也。心易其小，龁之。小犬咬其喉下，系缀如铃；大犬摆扑嗥窜。市人解之不得，俄顷俱毙。并至冥司，互有争论。阎罗曰："冤

---

① 总裁——会试主考官。
② 房官不荐——乡会试的同考官不向上推荐。
③ 相诿——相互推诿。
④ 劙(lí)——浅割，划破。
⑤ 禄——禄命。
⑥ 南中——泛指南方。

冤相报，何时可已？今为若解之。"乃判兴来世为某婿。某生庆云[①]，二十八举于乡。生一女，娴静娟好，世族争委禽焉。某皆弗许。偶过临[②]郡，值学使发落诸生，其第一卷李姓——实兴也。遂挽至旅舍，优厚之。问其家，适无偶，遂订姻好。人皆谓某怜才，而不知有夙因也。既而娶女去，相得甚欢。然婿恃才辄侮翁，恒隔岁不一至其门。翁亦耐之。后婿中岁淹蹇，苦不得售[③]，翁为百计营谋，始得志于名场。由此和好如父子焉。

异史氏曰："一被黜而三世不解，怨毒之甚至此哉！阎罗之调停固善；然墀下千万众，如此纷纷，勿亦天下之爱婿，皆冥中之悲鸣号动者耶？"

长 亭

石太璞，泰山人，好厌禳之术。有道士遇之，赏其慧，纳为弟子。启牙签[④]，出二卷——上卷驱狐，下卷驱鬼。乃以下卷授之，曰："虔奉此书，衣食佳丽皆有之。"问其姓名，曰："吾汴城[⑤]北村元帝[⑥]观王赤城也。"留数日，尽传其诀。石由此精于符箓，委贽者踵接于门。

一日，有叟来，自称翁姓，炫陈币帛，谓其女鬼病已殆，必求亲诣。石闻病危，辞不受贽，姑与俱往。十余里，入山村，至其家，廊舍华好。入室，见少女卧縠幛中，婢以钩挂幛。望之，年十四五许，支缀于床，形容已槁。近临之，忽开目云："良医至矣。"举家皆喜，谓其不语已数日矣。石乃出，因诘病状。叟曰："白昼见少年来，与共寝处，捉之已杳；少间复至，意其为鬼。"石曰："其鬼也，驱之匪难；恐其是狐，则非余所敢知矣。"叟云："必非必非。"石授以符，是夕宿于其家。夜分，有少年入，衣冠整肃。石疑是主人眷属，起而问之。曰："我鬼也。翁家尽狐。偶悦其女红亭，姑止焉。鬼为狐祟，阴骘[⑦]无伤，君何必离人之缘而护之也？女之姊长亭，光艳尤绝。

---

① 庆云——县名，今属山东省。
② 临——通"邻"。
③ 不得售——没考中。
④ 启牙签——打开书函套上的牙签。
⑤ 汴城——今河南开封市。
⑥ 元帝——即玄帝，道教所尊奉的神祇。
⑦ 阴骘（zhì）——阴德。

敬留全璧[①]，以待高贤。彼如许字[②]，方可为之施治；尔时我当自去。"石诺之。是夜，少年不复至，女顿醒。天明，叟喜，以告石，请石入视。石焚旧符，乃坐诊之。见绣幕有女郎，丽若天人，心知其长亭也。诊已，索水洒帏。女郎急以碗水付之，蹀躞[③]之间，意动神流。石生此际，心殊不在鬼矣。出辞叟，托制药去，数日不返。鬼益肆，除长亭外，子妇婢女，俱被淫惑。又以仆马招石，石托疾不赴。明日，叟自至。石故作病股状，扶杖而出。叟拜已，问故，曰："此鳏之难也！曩夜婢子登榻，倾跌，堕汤夫人[④]泡两足耳。"叟问："何久不续？"石曰："恨不得清门如翁者。"叟默而出。石走送曰："病瘥当自至，无烦玉趾也。"又数日，叟复来，石跛而见之。叟慰问三数语，便曰："顷与荆人[⑤]言，君如驱鬼去，使举家安枕，小女长亭，年十七矣，愿遣奉事君子。"石喜，顿首于地。乃谓叟："雅意若此，病躯何敢复爱。"立刻出门，并骑而去。入视祟者既毕，石恐背约，请与媪盟。媪遽出曰："先生何见疑也？"即以长亭所插金簪，授石为信。石朝拜之，乃遍集家人，悉为祓除[⑥]。惟长亭深匿无迹；遂写一佩符，使人持赠之。是夜寂然，鬼影尽灭，惟红亭呻吟未已，投以法水，所患若失。石欲辞去，叟挽止殷恳。至晚，肴核罗列，劝酬殊切。漏二下，主人乃辞客去。石方就枕，闻叩扉甚急；起视，则长亭掩入，辞气仓皇，言："吾家欲以白刃相仇，可急遁！"言已，径返身去。石战惧无色，越垣急窜。遥见火光，疾奔而往，则里人夜猎者也。喜。待猎毕，乃与俱归。心怀怨愤，无之可伸，思欲之[⑦]汴寻赤城。而家有老父，病废已久，日夜筹思，莫决进止。

忽一日，双舆至门，则翁媪送长亭至，谓石曰："曩夜之归，胡再不谋？"石见长亭，怨恨都消，故亦隐而不发。媪促两人庭拜讫。石将设筵，辞曰："我非闲人，不能坐享甘旨。我家老子昏髦[⑧]，倘有不悉，郎肯为长亭一念老身，为幸多矣。"登车遂去。盖杀婿之谋，媪不之闻；及追之不得而返，媪

① 全璧——完璧，喻保其贞节。
② 许字——许嫁。
③ 蹀躞——踱来踱去。
④ 汤夫人——汤婆子，南方冬季放在被中暖脚用。
⑤ 荆人——谦称己妻。
⑥ 祓除——以祭祀驱邪的一种仪礼。
⑦ 之——到，往。
⑧ 昏髦——年老糊涂。

始知之，颇不能平，与叟日相诟谇①。长亭亦饮泣不食。媪强送女来，非翁意也。长亭入门，诘之，始知其故。

过两三月，翁家取女归宁。石料其不返，禁止之。女自此时一涕零。年余，生一子，名慧儿，买乳媪哺之。然儿善啼，夜必归母。一日，翁家又以舆来，言媪思女甚。长亭益悲，石不忍复留之。欲抱子去，石不可，长亭乃自归。别时，以一月为期，既而半载无耗。遣人往探之，则向所僦宅久空。又二年余，望想都绝；而儿啼终夜，寸心如割。既而石父病卒，倍益哀伤；因而病惫，苫次②弥留，不能受宾朋之吊。方昏愦间，忽闻妇人哭入。视之，则缞绖者长亭也。石大悲，一恸遂绝。婢惊呼，女始辍泣，抚之良久，始渐苏。自疑已死，谓相聚于冥中。女曰："非也。妾不孝，不能得严父心，尼归三载③，诚所负心。适家人由海东经此，得翁凶问④。妾遵严命⑤而绝儿女之情，不敢循乱命⑥而失翁媳之礼。妾来时，母知而父不知也。"言间，儿投怀中。言已，始抚之，泣曰："我有父，儿无母矣！"儿亦噭啕⑦，一室掩泣。女起，经理家政，柩前牲盛洁备，石乃大慰。而病久，急切不能起。女乃请石外兄款洽吊客。丧既闭，石始杖而能起，相与营谋斋葬⑧。葬已，女欲辞归，以受背父之谴。夫挽儿号，隐忍而止。未几，有人来告母病，乃谓石曰："妾为君父来，君不为妾母放令去耶？"石许之。女使乳媪抱儿他适，涕洟出门而去。去后，数年不返。石父子渐亦忘之。

一日，昧爽启扉，则长亭飘入。石方骇问，女戚然坐榻上，叹曰："生长闺阁，视一里为遥；今一日夜而奔千里，殆矣！"细诘之，女欲言复止。请之不已，哭曰："今为君言，恐妾之所悲，而君之所快也。迩年徙居晋界，僦居赵缙绅之第。主客交最善，以红亭妻其公子。公子数逋荡⑨，家庭颇不相安。妹归告父；父留之，半年不令还。公子忿恨，不知何处聘一恶人来，遣神绾锁，缚老父去。一门大骇，顷刻四散矣。"石闻之，笑不自禁。女怒曰：

---

① 诟谇——埋怨。
② 苫次——居丧期间。
③ 三载——三年。
④ 凶问——凶信。
⑤ 严命——父命。
⑥ 乱命——指父将死之际胡乱说的话。
⑦ 噭啕(jiào táo)——啼哭不止。
⑧ 斋葬——祭祀下葬。
⑨ 逋荡——在外吃喝嫖赌，放荡之极。

“彼虽不仁，妾之父也。妾与君琴瑟数年，止有相好而无相尤。今日人亡家败，百口流离，即不为父伤，宁不为妾吊乎！闻之忭舞[①]，更无片语相慰藉，何不义也！”拂袖而出。石追谢之，亦已渺矣。怅然自悔，拚[②]已决绝。过二三日，媪与女俱来，石喜慰问。母子俱伏。惊而询之，母子俱哭。女曰：“妾负气而去，今不能自坚，又欲求人，复何颜矣！”石曰：“岳固非人；母之惠，卿之情，所不忘也。然闻祸而乐，亦犹人情，卿何不能暂忍？”女曰：“顷于途中遇母，始知絷吾父者，盖君师也。”石曰：“果尔，亦大易。然翁不归，则卿之父子离散；恐翁归，则卿之夫泣儿悲也。”媪矢以自明，女亦誓以相报。石乃即刻治任如汴，询至元帝观，则赤城归未久。入而参之，便问：“何来？”石视厨下一老狐，孔前股而系之，笑曰：“弟子之来，为此老魅。”赤诚诘之，曰：“是吾岳也。”因以实告。道士谓其狡诈，不肯轻释。固请，乃许之。石因备述其诈，狐闻之，塞身入灶，似有惭状。道士笑曰：“彼羞恶之心，未尽亡也。”石起，牵之而出，以刀断索抽之。狐痛极，齿龈龈然[③]。石不遽抽，而顿挫之，笑问曰：“翁痛之，勿抽可耶？”狐睛睒闪，似有愠色。既释，摇尾出观而去。

石辞归。三日前，已有人报叟信，媪先去，留女待石。石至，女逆而伏。石挽之曰：“卿如不忘琴瑟之情，不在感激也。”女曰：“今复迁还故居矣，村舍邻迩，音问可以不梗。妾欲归省，三日可旋。君信之否？”曰：“儿生而无母，未便殇折。我日日鳏居，习已成惯。今不似赵公子，而反德报之，所以为卿者尽矣。如其不还，在卿为负义，道里虽近，当亦不复过问，何不信之与有？”女次日去，二日即返。问：“何速？”曰：“父以君在汴曾相戏弄，未能忘怀，言之絮絮；妾不欲复闻，故早来也。”自此闺中之往来无间，而翁婿间尚不通吊庆云。

异史氏曰：“狐情反复，谲诈已甚。悔婚之事，两女而一辙，诡可知矣。然要而婚之，是启其悔者已在初也。且婿既爱女而救其父，止宜置昔怨而仁化之；乃复狎弄于危急之中，何怪其没齿不忘也！天下有冰玉[④]之不相能者，类如此。”

---

① 忭(biàn)舞——欢欣鼓舞。
② 拚(pàn)——舍弃。
③ 龈龈然——咬牙切齿声。
④ 冰玉——冰，冰清，代指岳父；玉，玉润，代指女婿。

席 方 平

席方平，东安[①]人。其父名廉，性戆拙。因与里中富室羊姓有郤，羊先死；数年，廉病垂危，谓人曰："羊某今贿嘱冥使搒我矣。"俄而身赤肿，号呼遂死。席惨怛不食，曰："我父朴讷，今见陵于强鬼，我将赴地下，代伸冤气耳。"自此不复言，时坐时立，状类痴，盖魂已离舍矣。

席觉初出门，莫知所往，但见路有行人，便问城邑。少选[②]，入城。其父已收狱中。至狱门，遥见父卧檐下，似甚狼狈。举目见子，潸然流涕，便谓："狱吏悉受赇嘱，日夜搒掠，胫股摧残甚矣！"席怒，大骂狱吏："父如有罪，自有王章，岂汝等死魅所能操耶！"遂出，抽笔为词。值城隍早衙，喊冤以投。羊惧，内外贿通，始出质理。城隍以所告无据，颇不直席。席忿气无所复伸，冥行百余里，至郡，以官役私状，告之郡司。迟之半月，始得质理。郡司扑席，仍批城隍复案[③]。席至邑，备受械梏，惨冤不能自舒。城隍恐其再讼，遣役押送归家。役至门辞去。席不肯入，遁赴冥府，诉郡邑之酷贪。冥王立拘质对。二官密遣腹心与席关说，许以千金。席不听。过数日，逆旅主人告曰："君负气已甚，官府求和而执不从，今闻于王前各有函进，恐事殆矣。"席以道路之口[④]，犹未深信。俄有皂衣人唤入。升堂，见冥王有怒色，不容置词，命笞二十。席厉声问："小人何罪？"冥王漠若不闻。席受笞，喊曰："受笞允当，谁教我无钱也！"冥王益怒，命置火床。两鬼捽席下，见东墀有铁床，炽火其下，床面通赤。鬼脱席衣，掬置其上，反复揉捺之。痛极，骨肉焦黑，苦不得死。约一时许，鬼曰："可矣。"遂扶起，促使下床着衣，犹幸跛而能行。复至堂上，冥王问："敢再讼乎？"席曰："大怨未伸，寸心不死，若言不讼，是欺王也。必讼！"王曰："讼何词？"席曰："身所受者，皆言之耳。"冥王又怒，命以锯解其体。二鬼拉去，见立木高八九尺许，有木板二，仰置其下，上下凝血模糊。方将就缚，忽堂上大呼

---

① 东安——县名，此指山东沂水县。
② 少选——一会儿。
③ 复案——复审此案。
④ 道路之口——道听途说之言。

"席某",二鬼即复押回。冥王又问:"尚敢讼否?"答曰:"必讼!"冥王命捉去速解。既下,鬼乃以二板夹席,缚木上。锯方下,觉顶脑渐阙,痛不可禁,顾亦忍而不号。闻鬼曰:"壮哉此汉!"锯隆隆然寻至胸下。又闻一鬼云:"此人大孝无辜,锯令稍偏,勿损其心。"遂觉锯锋曲折而下,其痛倍苦。俄顷,半身阙矣。板解,两身俱仆。鬼上堂大声以报。堂上传呼,令合身来见。二鬼即推令复合,曳使行。席觉锯缝一道,痛欲复裂,半步而踣。一鬼于腰间出丝带一条授之,曰:"赠此以报汝孝。"受而束之,一身顿健,殊无少苦。遂升堂而伏。冥王复问如前;席恐再罹酷毒,便答:"不讼矣。"冥王立命送还阳界。

隶率出北门,指示归途,反身遂去。席念阴曹之暗昧尤甚于阳间,奈无路可达帝听。世传灌口二郎①为帝勋戚,其神聪明正直,诉之当有灵异。窃喜两隶已去,遂转身南向。奔驰间,有二人追至,曰:"王疑汝不归,今果然矣。"捽回复见冥王。窃意冥王益怒,祸必更惨;而王殊无厉容,谓席曰:"汝志诚孝。但汝父冤,我已为若雪之矣。今已往生富贵家,何用汝鸣呼为。今送汝归,予以千金之产、期颐之寿,于愿足乎?"乃注籍中,嵌以巨印,使亲视之。席谢而下。鬼与俱出,至途,驱而骂曰:"奸猾贼!频频翻复,使人奔波欲死!再犯,当捉入大磨中,细细研之!"席张目叱曰:"鬼子胡为者!我性耐刀锯,不耐挞楚。请反见王,王如令我自归,亦复何劳相送。"乃返奔。二鬼惧,温语劝回。席故蹇缓,行数步,辄憩路侧。鬼含怒不敢复言。约半日,至一村,一门半辟,鬼引与共坐;席便据门阈②。二鬼乘其不备,推入门中。惊定自视,身已生为婴儿。愤啼不乳,三日遂殇。魂摇摇不忘灌口,约奔数十里,忽见羽葆③来,旛戟横路。越道避之,因犯卤簿④,为前马所执,絷送车前。仰见车中一少年,丰仪瑰玮。问席:"何人?"席冤愤正无所出,且意是必巨官,或当能作威福,因缅诉毒痛。车中人命释其缚,使随车行。俄至一处,官府十余员,迎谒道左,车中人各有问讯。已而指席谓一官曰:"此下方人,正欲往愬,宜即为之剖决。"席询之从者,始知车中即上帝殿下九王,所嘱即二郎也。席视二郎,修躯多髯,不类

① 灌口二郎——疑秦蜀郡太守李冰之次子,后世误传为杨戬(玉帝之外甥)。
② 门阈(yú)——门槛。
③ 羽葆——以鸟羽制成的仪仗。
④ 卤簿——贵官出行时的护卫仪仗队。

世间所传。

九王既去，席从二郎至一官廨，则其父与羊姓并衙隶俱在。少顷，槛车中有囚人出，则冥王及郡司、城隍也。当堂对勘，席所言皆不妄。三官战栗，状若伏鼠。二郎援笔立判；顷之，传下判语，令案中人共视之。判云："勘得冥王者：职膺王爵，身受帝恩。自应贞洁以率巨僚，不当贪墨以速官谤。而乃繁缨棨戟[①]，徒夸品秩之尊；羊狠狼贪，竟玷人臣之节。斧敲斫，斫入木，妇子之皮骨皆空；鲸吞鱼，鱼食虾，蝼蚁之微生可悯。当掬西江之水，为尔湔肠[②]；即烧东壁之床，请君入瓮。城隍、郡司，为小民父母之官，司上帝牛羊之牧。虽则职居下列，而尽瘁者不辞折腰；即或势逼大僚，而有志者亦应强项[③]。乃上下其鹰鸷之手，既罔念夫民贫；且飞扬其狙狯之奸[④]，更不嫌乎鬼瘦。惟受赃而枉法，真人面而兽心！是宜剔髓伐毛[⑤]，暂罚冥死；所当脱皮换革，仍令胎生。隶役者：既在鬼曹，便非人类。只宜公门修行，庶还落蓐之身；何得苦海生波，益造弥天之孽？飞扬跋扈，狗脸生六月之霜；隳突叫号，虎威断九衢之路。肆淫威于冥界，咸知狱吏为尊；助酷虐于昏官，共以屠伯是惧。当以法场之内，剁其四肢；更向汤镬之中，捞其筋骨。羊某：富而不仁，狡而多诈。金光盖地，因使阎摩殿上尽是阴霾；铜臭熏天，遂教枉死城中全无日月。余腥犹能役鬼，大力直可通神。宜籍羊氏之家，以偿席生之孝。即押赴东岳施行。"又谓席廉："念汝子孝义，汝性良懦，可再赐阳寿三纪[⑥]。"因使两人送之归里。

席乃抄其判词，途中父子共读之。既至家，席先苏；令家人启棺视父，僵尸犹冰，俟之终日，渐温而活。及索抄词，则已无矣。自此，家道日丰，三年间良沃遍野；而羊氏子孙微矣，楼阁田产，尽为席有。里人或有买其田者，夜梦神人叱之曰："此席家物，汝乌得有之！"初未深信；既而种作，则终年升斗无所获，于是复鬻于席。席父九十余岁而卒。

异史氏曰："人人言净土[⑦]，而不知生死隔世，意念都迷，且不知其所

---

① 棨(qǐ)戟——附有套衣的木戟。
② 湔(jiān)肠——洗肠，喻洗刷其罪。
③ 强项——不低头，刚直不阿。
④ 狙狯(jú kuài)之奸——狡诈的计谋。
⑤ 剔髓伐毛——脱胎换骨，改恶从善。
⑥ 三纪——三十六年。
⑦ 净土——佛教尊奉的西天极乐世界。

以来，又乌知其所以去；而况死而又死，生而复生者乎？忠孝志定，万劫不移，异哉席生，何其伟也！”

素　　秋

俞慎，字谨庵，顺天旧家子。赴试入都，舍于郊郭。时见对户一少年，美如冠玉。心好之，渐近与语，风雅尤绝。大悦，捉臂邀至寓所，相与款宴。问其姓氏，自言金陵人，姓俞名士忱，字恂九。公子闻与同姓，又益亲洽，因订为昆仲①；少年遂以名减字为忱②。明日，过其家，书舍光洁；然门庭踧落③，更无厮仆。引公子入内，呼妹出拜，年约十三四，肌肤莹澈，粉玉无其白也。少顷，托茗献客，家中亦无婢媪。公子异之，数语遂出。由是友爱如胞。恂九无日不来寓所，或留共宿，则以弱妹无伴为辞。公子曰："吾弟留寓千里，曾无应门之僮，兄妹纤弱，何以为生矣？计不如从我去，有斗舍可共栖止，如何？"恂九喜，约以闱后。试毕，恂九邀公子去，曰："中秋月明如昼，妹子素秋，具有蔬酒，勿违其意。"竟挽入内。素秋出，略道温凉，便入复室，下帘治具。少间，自出行炙。公子起曰："妹子奔波，情何以忍！"素秋笑入。顷之，搴帘出，则一青衣婢捧壶；又一媪托柈进烹鱼。公子讶曰："此辈何来？不早从事，而烦妹子？"恂九微哂曰："素秋又弄怪矣。"但闻帘内吃吃作笑声，公子不解其故。既而筵终，婢媪撤器，公子适嗽，误堕婢衣；婢堕唾而倒，碎碗流炙。视婢，则帛剪小人，仅四寸许。恂九大笑。素秋笑出，拾之而去。俄而婢复出，奔走如故。公子大异之。恂九曰："此不过妹子幼时，卜紫姑之小技④耳。"公子因问："弟妹都已长成，何未婚姻？"答云："先人即世，去留尚无定所，故此迟迟。"遂与商定行期，鬻宅，携妹与公子俱西。

既归，除舍舍之；又遣一婢为之服役。公子妻，韩侍郎之犹女⑤也，尤怜爱素秋，饮食共之。公子与恂九亦然。而恂九又最慧，目下十行，试作

① 昆仲——兄弟。
② 忱——减去原名中"士"字。
③ 踧(cù)落——冷落。
④ 卜紫姑之小技——民间祭祀紫姑之神的一种习俗。
⑤ 犹女——义女。

一艺，老宿不能及之。公子劝赴童试。恂九曰："姑为此业者，聊与君分苦耳。自审福薄，不堪仕进；且一入此途，遂不能不戚戚于得失，故不为也。"居三年，公子又下第。恂九大为扼腕，奋然曰："榜上一名，何遂艰难若此！我初不欲为成败所惑，故宁寂寂耳。今见大哥不能发舒，不觉中热，十九岁老童，当效驹驰也。"公子喜，试期送入场，邑、郡、道皆第一。益与公子下帷攻苦。逾年科试，并为郡、邑冠军。恂九名大噪，远近争婚之，恂九悉却去。公子力劝之，乃以场后为解。无何，试毕，倾慕者争录其文，相与传颂；恂九亦自觉第二人不屑居也。榜既放，兄弟皆黜。时方对酌，公子尚强作噱；恂九失色，酒盏倾堕，身仆案下。扶置榻上，病已困殆。急呼妹至，张目谓公子曰："吾两人情虽如胞，实非同族，弟自分已登鬼箓[①]。衔恩无可相报，素秋已长成，既蒙嫂氏抚爱，媵之可也。"公子作色曰："是真吾弟之乱命也[②]！其将谓我人头畜鸣[③]者耶！"恂九泣下。公子即以重金为购良材。恂九命舁至，力疾而入，嘱妹曰："我没后，即阖棺，无令一人开视。"公子尚欲有言，而目已瞑矣。公子哀伤，如丧手足。然窃疑其嘱异，俟素秋他出，启而视之，则棺中袍服如蜕；揭之，有蠹鱼径尺，僵卧其中。骇异间，素秋促入，惨然曰："兄弟何所隔阂？所以然者，非避兄也；但恐传布飞扬，妾亦不能久居耳。"公子曰："礼缘情制，情之所在，异族何殊焉？妹宁不知我心乎？即中馈当无漏言，请勿虑。"遂速卜吉期，厚葬之。

初，公子欲以素秋论婚于世家，恂九不欲。既殁，公子以商素秋，素秋不应。公子曰："妹子年已二十矣，长而不嫁，人其谓我何？"对曰："若然，但惟兄命。然自顾无福相，不愿入侯门，寒士而可。"公子曰："诺。"不数日，冰媒相属，卒无所可。先是，公子之妻弟韩荃来吊，得窥素秋，心爱悦之，欲购作小妻。谋之姊，姊急戒勿言，恐公子知。韩去，终不能释，托媒风示公子，许为买乡场关节[④]。公子闻之，大怒诟骂，将致意者批逐出门，自此交往遂绝。适有故尚书之孙某甲，将娶而妇忽卒，亦遣冰来。其甲第云连，公子之所素识，然欲一见其人，因与媒约，使甲躬谒。及期，垂帘于内，令素秋自相之。甲至，裘马骀从。炫耀闾里；人又秀雅如处子。公子

---

① 鬼箓——死者名册。
② 乱命——病重昏乱时的遗言。
③ 人头畜鸣——长着人脑袋，像畜牲般做事。
④ 乡场关节——打通考场上的关系。

大悦，见者咸赞美之，而素秋殊不乐。公子不听，竟许之，盛备奁装，计费不赀，素秋固止之，但讨一老大婢，供给使而已。公子亦不之听，卒厚赠焉。既嫁，琴瑟甚敦。然兄嫂常系念之，每月辄一归宁。来时，奁中珠绣，必携数事，付嫂收贮。嫂未知其意，亦姑从之。甲少孤，有寡母溺爱过于寻常，日近匪人，渐诱淫赌，家传书画鼎彝，皆以鬻偿戏债。而韩荃与有瓜葛，因招饮而窃探之，愿以两妾及五百金易素秋。甲初不肯；韩固求之，甲意似摇，然恐公子不甘。韩曰："我与彼至戚，此又非其支系，若事已成，彼亦无如何；万一有他，我身任之。有家君在，何畏一俞谨庵哉！"遂盛妆两姬出行酒，且曰："果如所约，此即君家人矣。"甲惑之，约期而去。至日，虑韩诈谖，夜候于途，果有舆来，启帘照验不虚，乃导去，姑置斋中。韩仆以五百金交兑俱明。甲奔入，伪告素秋，言："公子暴病相呼。"素秋未遑理妆，草草遂出。舆既发，夜迷不知何所，遑行良远，殊不可到。忽见二巨烛来，众窃喜其可以问途。无何，至前，则巨蟒两目如灯。众大骇，人马俱窜，委舆路侧。将曙复集，则空舆存焉。意必葬于蛇腹，归告主人，垂首丧气而已。

数日后，公子遣人诣妹，始知为恶人赚去，初不疑其婿之伪也。取婢归，细诘情迹，微窥其变。忿甚，遍诉都邑。某甲惧，求救于韩。韩以金妾两亡，正复懊丧，斥绝不为力。甲呆憨无所复计，各处勾牒至，俱以赂嘱免行。月余，金珠服饰，典货一空。公子于宪府[1]究理甚急，邑官皆奉严令，甲知不可复匿，始出，至公堂实情尽吐。蒙宪票拘韩对质。韩惧，以情告父。父时已休致，怒其所为不法，执付隶。既见诸官府，言及遇蟒之变，悉谓其词枝[2]；家人搒掠殆遍，甲亦屡被敲楚。幸母日鬻田产，上下营救，刑轻得不死，而韩仆已瘐毙矣。韩久困囹圄，愿助甲赂公子千金，哀求罢讼。公子不许。甲母又请益以二姬，但求姑存疑案，以待寻访；妻又随叔母命，朝夕解免，公子乃许之。甲家綦贫，货宅办金，而急切不能得售，因先送姬来，乞其延缓。

逾数日，公子夜坐斋头，素秋偕一媪，蓦然忽入。公子骇问："妹固无恙耶？"笑曰："蟒变乃妹之小术耳。当夜窜入一秀才家，依于其母。彼自

① 宪府——御史的别称。
② 词枝——瞎编说谎。

言识兄，今在门外。请入之也。”公子倒屣而出，烛之，非他，乃周生，宛平[①]之名士也，素以声气相善。把臂入斋，款洽臻至。倾谈既久，始知颠末。初，素秋昧爽款生门，母纳入，诘之，知为公子妹，便欲驰报。素秋止之，因与母居。慧能解意，母悦之。以子无妇，窃属意素秋，微言之。素秋以未奉兄命为辞。生亦以公子交契，故不肯作无媒之合，但频频侦听。知讼事已有关说，素秋乃告母欲归。母遣生率一媪送之，即嘱媪媒焉。公子以素秋居生家久，窃有心而未言也；及闻媪言，大喜，即与生面订为好。先是，素秋夜归，将使公子得金而后宣之。公子不可，曰：“向愤无所泄，故索金以败之耳。今复见妹，万金何能易哉！”即遣人告诸两家，顿罢之[②]。又念生家故不甚丰，道赊远，亲迎殊艰，因移生母来，居以恂九旧第；生亦备币帛鼓乐，婚嫁成礼。一日，嫂戏素秋：“今得新婿，曩年枕席之爱，犹忆之否？”素秋笑，因顾婢曰：“忆之否？”嫂不解，研问之，盖三年床第，皆以婢代。每夕，以笔画其两眉，驱之去，即对烛独坐，婿亦不之辨也。益奇之，求其术，但笑不言。

次年大比，生将与公子偕往。素秋曰：“不必。”公子强挽之而去。是科，公子中式，生落第归，隐有退志。逾年，母卒，遂不复言进取矣。一日，素秋告嫂曰：“向问我术，固未肯以此骇物听也。今远别，行有日矣，请秘授之，亦可以避兵燹。”惊而问之。答曰：“三年后，此处当无人烟。妾荏弱不堪惊恐，将蹈海滨而隐。大哥富贵中人，不可以偕，故言别也。”乃以术悉授嫂。数日，又告公子。留之不得，至于泣下，问：“往何所？”即亦不言。鸡鸣早起，携一白须奴，控双卫[③]而去。公子阴使人尾送之，至胶莱之界，尘雾幛天，既晴，已迷所往。三年后，闯寇[④]犯顺，村舍为墟。韩夫人剪帛置门内，寇至，见云绕韦驮[⑤]高丈余，遂骇走，以是得保无恙焉。

后村中有贾客至海上，遇一叟似老奴，而髭发尽黑，猝不能认。叟停足笑曰：“我家公子尚健耶？借口寄语：秋姑亦甚安乐。”问其居何里，曰：“远矣，远矣！”匆匆遂去。公子闻之，使人于所在遍访之，竟无踪迹。

---

① 宛平——旧县名，在今北京市南。
② 罢之——指罢讼。
③ 控双卫——牵两头驴。
④ 闯寇——对闯王李自成的蔑称。
⑤ 韦驮——佛教天神，为护法之神。

异史氏曰："管城子无食肉相[①]，其来旧矣。初念甚明，而乃持之不坚。宁知糊眼主司[②]，固衡命不衡文耶？一击不中[③]，冥然遂死，蠹鱼之痴，一何可怜！伤哉雄飞，不如雌伏[④]。"

贾　奉　雉

贾奉雉，平凉[⑤]人。才名冠一时，而试辄不售。一日，途中遇一秀才，自言郎姓，风格洒然，谈言微中[⑥]。因邀俱归，出课艺就正。郎读罢，不甚称许，曰："足下文，小试取第一则有余，闱场取榜尾则不足。"贾曰："奈何？"郎曰："天下事，仰而跂[⑦]之则难，俯而就之甚易，此何须鄙人言哉！"遂指一二人、一二篇以为标准，大率贾所鄙弃而不屑道者。闻之笑曰："学者立言，贵乎不朽，即味列八珍，当使天下不以为泰[⑧]耳。如此猎取功名，虽登台阁，犹为贱也。"郎曰："不然。文章虽美，贱则弗传[⑨]。君欲抱卷以终也则已；不然，帘内诸官，皆以此等物事进身[⑩]，恐不能因阅君文，另换一副眼睛肺肠也。"贾终默然。郎起笑曰："少年盛气哉！"遂别去。是秋入闱复落，邑邑不得志，颇思郎言，遂取前所指示者强读之。未至终篇，昏昏欲睡，心惶惑无以自主。又三年，闱场将近，郎忽至，相见甚欢。出所拟七题，使贾作之。越日，索文而阅，不以为可，又令复作；作已，又訾之。贾戏于落卷[⑪]中，集其阘茸泛滥[⑫]、不可告人之句，连缀成文，俟其来而示之。郎喜曰："得之矣！"因使熟记，坚嘱勿忘。贾笑曰："实相告：此言不由中，

---

① 管城子无食肉相——管城子，代指读书人，意谓读书人天生没有做官的福相。
② 糊眼主司——瞎了眼的主管官员，喻无辨识力。
③ 一击不中——汉张良派人击杀秦始皇失败，喻乡试未中。
④ 伤哉雄飞，不如雌伏——与其奋发向上是可悲凉的，倒不如忍让不争。
⑤ 平凉——县名，今属甘肃省。
⑥ 微中——委婉的言谈，切中事理。
⑦ 跂——踮脚尖。
⑧ 泰——过分。
⑨ 传——流传于世。
⑩ 物事进身——以陋劣的八股文升官。
⑪ 落卷——落选考卷。
⑫ 阘(tà)茸泛滥——格调低下的八股文。

转瞬即去，便受榎楚[①]，不能复忆之也。”郎坐案头，强令自诵一过；因使袒背，以笔写符而去，曰：“只此已足，可以束阁群书矣。”验其符，濯之不下，深入肌理。至场中，七题[②]无一遗者。回思诸作，茫不记忆，惟戏缀之文，历历在心。然把笔终以为羞；欲少窜易，而颠倒苦思，竟不能复更一字。日已西坠，直录而出。郎候之已久，问：“何暮也？”贾以实告，即求拭符；视之，已漫灭矣。回忆场中文，遂如隔世。大奇之，因问：“何不自谋？”笑曰：“某惟不作此等想，故能不读此等文也。”遂约明日过诸其寓。贾诺之。郎既去，贾取文稿自阅之，大非本怀，怏怏不自得，不复访郎，嗒丧而归。未几，榜发，竟中经魁[③]。又阅旧稿一读一汗，读竟，重衣尽湿，自言曰：“此文一出，何以见天下士矣！”方惭怍间，郎忽至，曰：“求中既中矣，何其闷也？”曰：“仆适自念，以金盆玉碗贮狗矢，真无颜出见同人。行将遁迹山丘，与世长绝矣。”郎曰：“此亦大高，但恐不能耳。果能之，仆引见一人，长生可得，并千载之名，亦不足恋，况傥[④]来之富贵乎！”贾悦，留与共宿，曰：“容某思之。”天明，谓郎曰：“吾志决矣！”不告妻子，飘然遂去。

渐入深山，至一洞府。其中别有天地。叟坐堂上，郎使参之，呼以师。叟曰：“来何早也？”郎白：“此人道念已坚，望加收齿。”叟曰：“汝既来，须将此身并置度外，始得。”贾唯唯听命。郎送至一院，安其寝处，又投以饵，始去。房亦精洁；但户无扉，窗无棂，内惟一几一榻。贾解屦登榻，月明穿射矣；觉微饥，取饵啖之，甘而易饱。窃意郎当复来。坐久寂然，杳无声响，但觉清香满室，脏腑空明，脉络皆可指数。忽闻有声甚厉，似猫抓痒，自牖睨之，则虎蹲檐下。乍见，甚惊；因忆师言，即复收神凝坐。虎似知其有人，寻入近榻，气咻咻，遍嗅足股。少倾，闻庭中嗥动，如鸡受缚，虎即趋出。又坐少时，一美人入，兰麝扑人，悄然登榻，附耳小言曰：“我来矣。”一言之间，口脂散馥。贾瞑然不少动。又低声曰：“睡乎？”声音颇类其妻，心微动。又念曰：“此皆师相试之幻术也。”瞑如故。美人笑曰：“鼠子动矣！”初，夫妻与婢同室，狎亵惟恐婢闻，私约一谜曰：“鼠子动，则相欢好。”忽闻是语，不觉大动，开目凝视，真其妻也。问：“何能来？”答云：“郎生恐君岑

① 榎(jiǎ)楚——体罚学生的用具。
② 七题——七艺，第一场试时文七篇(四书三篇，经书四篇)。
③ 经魁——五经之首，乡试第一名。
④ 傥——不经意。

寂思归，遣一妪导我来。”言次，因贾出门不相告语，偎傍之际，颇有怨怼。贾慰藉良久，始得嬉笑为欢。既毕，夜已向晨，闻叟谯呵声，渐远庭院。妻急起，无地自匿，遂越短墙而去。俄顷，郎从叟入。叟对贾杖郎，便令逐客。郎亦引贾自短墙出，曰：“仆望君奢①，不免躁进；不图情缘未断，累受扑责。从此暂去，相见行有日也。”指示归途，拱手遂别。

贾俯视故村，故在目中。意妻弱步②，必滞途间。疾趋里余，已至家门，但见房垣零落，旧景全非，村中老幼，竟无一相识者，心始骇异。忽念刘、阮返自天台③，情景真似。不敢入门，于对户憩坐。良久，有老翁曳杖出。贾揖之，问：“贾某家何所？”翁指其第曰：“此即是也。得无欲问奇事耶？仆悉知之。相传此公闻捷即遁；遁时，其子才七八岁。后至十四五岁，母忽大睡不醒。子在时，寒暑为之易衣；迨殁，两孙穷踧，房舍拆毁，惟以木架苫覆蔽之。月前，夫人忽醒，屈指百余年矣。远近闻其异，皆来访视，近日稍稀矣。”贾豁然顿悟，曰：“翁不知贾奉雉即某是也。”翁大骇，走报其家。时长孙已死；次孙祥，至五十余矣。以贾年少，疑有诈伪。少间，夫人出，始识之。双涕霪霪④，呼与俱去。苦无屋宇，暂入孙舍。大小男妇，奔入盈侧，皆其曾、玄⑤，率陋劣少文。长孙妇吴氏，沽酒具藜藿；又使少子杲及妇，与己共室，除舍舍祖翁姑。贾入舍，烟埃儿溺，杂气熏人。居数日，懊惋殊不可耐。两孙家分供餐饮，调饪尤乖⑥。里中以贾新归，日日招饮；而夫人恒不得一饱。吴氏故士人女，颇娴闺训⑦，承顺不衰。祥家给奉渐疏，或嘑尔⑧与之。贾怒，携夫人去，设帐东里。每谓夫人曰：“吾甚悔此一返，而已无及矣。不得已，复理旧业，若心无愧耻，富贵不难致也。”居年余，吴氏犹时馈饷，而祥父子绝迹矣。

是岁，试入邑庠。邑令重其文，厚赠之，由此家稍裕。祥稍稍来近就之。贾唤入，计曩所耗费，出金偿之，斥绝令去。遂买新第，移吴氏共居之。吴二子，长者留守旧业；次杲颇慧，使与门人辈共笔砚。贾自山中归，

---

① 望君奢——对其期望过高。
② 弱步——行走迟缓。
③ 刘、阮返自天台——相传东汉人刘晨、阮肇入天台山遇见二仙女之事。
④ 霪霪(yín yín)——泪流不止。
⑤ 曾、玄——曾孙、玄孙。
⑥ 乖——不合意。
⑦ 闺训——闺中女子所应遵守的规范。
⑧ 嘑(fú)尔——呼你，对长辈不敬。

心思益明澈，遂连捷登进士第。又数年，以侍御出巡两浙，声名赫奕，歌舞楼台，一时称盛。贾为人鲠峭[①]，不避权贵，朝中大僚，思中伤之。贾屡疏恬退[②]，未蒙俞旨[③]，未几而祸作矣。先是，祥六子皆无赖，贾虽摈斥不齿，然皆窃余势以作威福，横占田宅，乡人共患之。有某乙娶新妇，祥次子篡娶为妾。乙故狙诈，乡人敛金助讼，以此闻于都。当道交章攻贾。贾殊无以自剖，被收经年。祥及次子皆瘐死。贾奉旨充辽阳军。时杲入泮已久，为人颇仁厚，有贤声。夫人生一子，年十六，遂以属杲，夫妻携一仆一媪而去。贾曰："十余年富贵，曾不如一梦之久。今始知荣华之场，皆地狱境界，悔比刘晨、阮肇[④]，多造一重孽案耳。"

数日抵海岸，遥见巨舟来，鼓乐殷作，虞侯[⑤]皆如天神。既近，舟中一人出，笑请侍御过舟少憩。贾见惊喜，踊身而过，押隶不敢禁。夫人急欲相从，而相去已远，遂愤投海中。漂泊数步，见一人垂练于水，引救而去。隶命篙师荡舟，且追且号，但闻鼓声如雷，与轰涛相间，瞬间遂杳。仆识其人，盖郎生也。

异史氏曰："世传陈大士[⑥]在闱中，书艺既成，吟诵数四，叹曰：'亦复谁人识得！'遂弃去更作，以故闱墨不及诸稿。贾生羞而遁去，此处有仙骨焉。乃再返人世，遂以口腹自贬，贫贱之中人甚矣哉！"

胭　脂

东昌[⑦]卞氏，业牛医者，有女小字胭脂，才姿惠丽。父宝爱之，欲占凤于清门[⑧]，而世族鄙其寒贱，不屑缔盟，以故及笄未字。对户龚姓之妻王氏，佻脱善谑，女闺中谈友也。一日，送至门，见一少年过，白服裙帽，丰采甚都。女意似动，秋波萦转之。少年俯其首趋而去。去既远，女犹凝眺。

---

① 鲠峭——耿直。
② 恬退——淡泊。
③ 俞旨——皇帝认可的旨意。
④ 刘晨、阮肇——见指二人入天台山遇见二仙女事。
⑤ 虞侯——指大船上的侍从人员。
⑥ 陈大士——明末人，进士，有文名。
⑦ 东昌——府名，治今山东聊城县。
⑧ 占凤于清门——在清高自洁人家择婿。

王窥其意，戏之曰："以娘子才貌，得配若人，庶可无恨。"女晕红上颊，脉脉不作一语。王问："识得此郎否？"女曰："不识。"王曰："此南巷鄂秀才秋隼，故孝廉之子。妾向与同里，故识之。世间男子无其温婉，今衣素，以妻服未阕也。娘子如有意，当寄语使委冰焉。"女无言，王笑而去。

数日无耗，心疑王氏未暇即往，又疑宦裔不肯俯拾。邑邑徘徊，萦念颇苦，渐废饮食，寝疾惙顿。王氏适来省视，研诘病因。答言："自亦不知。但尔日别后，即觉忽忽不快，延命假息，朝暮人也。"王小语曰："我家男子，负贩未归，尚无人致声鄂郎。芳体违和，非为此否？"女赪颜良久。王戏之曰："果为此者，病已至是，尚何顾忌？先令其夜来一聚，彼岂不肯可？"女叹息曰："事至此，已不能羞。若渠不嫌寒贱，即遣媒来，疾当愈；若私约，则断断不可！"王颔之，遂去。王幼时与邻生宿介通，既嫁，宿侦夫他出，辄寻旧好。是夜宿适来，因述女言为笑，戏嘱致意鄂生。宿久知女美，闻之窃喜，幸其有机之可乘也。将与妇谋，又恐其妒，乃假无心之词[①]，问女家闺闼甚悉。次夜，逾垣入，直达女所，以指叩窗。内问："谁何？"答以"鄂生。"女曰："妾所以念君者，为百年，不为一夕。郎果爱妾，但宜速倩冰人；若言私合，不敢从命。"宿姑诺之，苦求一握纤腕为信。女不忍过拒，力疾启扉。宿遽入，即抱求欢。女无力撑拒，仆地上，气息不续。宿急曳之。女曰："何来恶少，必非鄂郎；果是鄂郎，其人温驯，知妾病由，当相怜恤，何遂狂暴如此！若复尔尔，便当鸣呼，品行亏损，两无所益！"宿恐假迹败露，不敢复强，但请后会。女以亲迎为期。宿以为远，又请。女厌纠缠，约待病愈。宿求信物，女不许。宿捉足解绣履而出。女呼之返，曰："身已许君，复何吝惜？但恐'画虎成狗'，致贻污谤。今亵物已入君手，料不可反。君如负心，但有一死！"宿既出，又投宿王所。既卧，心不忘履，阴揣衣袂，竟已乌有。急起篝灯，振衣冥索。诘之，不应。疑妇藏匿，妇故笑以疑之。宿不能隐，实以情告。言已，遍烛门外，竟不可得。懊恨归寝，犹意深夜无人，遗落当犹在途也。早起寻之，亦复杳然。

先是，巷中有毛大者，游手无籍。尝挑王氏不得，知宿与洽，思掩执以胁之。是夜，过其门，推之未扃，潜入。方至窗外，踏一物，耎若絮帛，拾视，则巾裹女舄。伏听之，闻宿自述甚悉，喜极，抽息而出。逾数夕，越墙

---

① 无心之词——漫不经心的话。

入女家，门户不悉，误诣翁舍。翁窥窗，见男子，察其意迹，知为女来者。心忿怒，操刀直出。毛大骇，反走。方欲攀垣，而卞追已近，急无所逃，反身夺刀；媪起大呼，毛不得脱，因而杀之。女稍痊，闻喧始起。共烛之，翁脑裂不能言，俄顷已绝。于墙下得绣履，媪视之，胭脂物也。逼女，女哭而实告之；但不忍贻累王氏，言鄂生之自至而已。天明，讼于邑。邑宰拘鄂。鄂为人谨讷，年十九岁，见客羞涩如童子。被执，骇绝。上堂不知置词，惟有战慄。宰益信其情真，横加梏械。生不堪痛楚，以是诬服。既解郡，敲扑如邑。生冤气填塞，每欲与女面相质；及相遭，女辄诟詈，遂结舌不能自伸，由是论死。往来复讯，经数官无异词。

后委济南府复案。时吴公南岱[①]守济南，一见鄂生，疑其不类杀人者，阴使人从容私问之，俾得尽其词。公以是益知鄂生冤。筹思数日，始鞫之。先问胭脂："订约后，有知者否？"答："无之。""遇鄂生时，别有人否？"亦答："无之。"乃唤生上，温语慰之。生自言："曾过其门，但见旧邻妇王氏与一少女出，某即趋避，过此并无一言。"吴公叱女曰："适言侧无他人，何以有邻妇也？"欲刑之。女惧曰："虽有王氏，与彼实无关涉。"公罢质，命拘王氏。数日已至，又禁不与女通，立刻出审，便问王："杀人者谁？"王对："不知。"公诈之曰："胭脂供言，杀卞某汝悉知之，胡得隐匿？"妇呼曰："冤哉！淫婢自思男子，我虽有媒合之言，特戏之耳。彼自引奸夫入院，我何知焉！"公细诘之，始述其前后相戏之词。公呼女上，怒曰："汝言彼不知情，今何以自供撮合哉？"女流涕曰："自己不肖，致父惨死，讼结不知何年，又累他人，诚不忍耳。"公问王氏："既戏后，曾语何人？"王供："无之。"公怒曰："夫妻在床，应无不言者，何得云无？"王供："丈夫久客未归。"公曰："虽然，凡戏人者，皆笑人之愚，以炫己之慧，更不向一人言，将谁欺？"命梏十指。妇不得已，实供："曾与宿言。"公于是释鄂拘宿。宿至，自供："不知。"公曰："宿妓者必非良士！"严械之。宿自供："赚女是真。自失履后，未敢复往，杀人实不知情。"公怒曰："逾墙者何所不至！"又械之。宿不任凌藉，遂以自承。招成报上，无不称吴公之神。铁案如山，宿遂延颈以待秋决矣。

---

① 吴公南岱——清初进士，曾任济南知府。

然宿虽放纵无行，故东国[①]名士。闻学使施公愚山贤能称最，又有怜才恤士之德，因以一词控其冤枉，语言怆恻。公讨其招供，反复凝思之，拍案曰："此生冤也！"遂请于院、司，移案再鞫。问宿生："鞋遗何所？"供言："忘之。但叩妇门时，犹在袖中。"转诘王氏："宿介之外，奸夫有几？"供言："无有。"公曰："淫乱之人岂得专私一个？"供言："身与宿介，稚齿交合，故未能谢绝；后非无见挑者，身实未敢相从。"因使指其人以实之，供云："同里毛大，屡挑而屡拒之矣。"公曰："何忽贞白如此？"命搒之。妇顿首出血，力辨无有，乃释之。又诘："汝夫远出，宁无有托故而来者？"曰："有之。某甲、某乙，皆以借贷馈赠，曾一二次入小人家。"盖甲、乙皆巷中游荡子，有心于妇而未发者也。公悉籍其名，并拘之。既集，公赴城隍庙，使尽伏案前。便谓："曩梦神人相告，杀人者不出汝等四五人中。今对神明，不得有妄言。如肯自首，尚可原宥；虚者，廉得无赦！"同声言无杀人之事。公以三木[②]置地，将并加之；括发裸身[③]，齐鸣冤苦。公命释之，谓曰："既不自招，当使鬼神指之。"使人以毡褥悉障殿窗，令无少隙；袒诸囚背，驱入暗中，始授盆水，一一命自盥讫；系诸壁下，戒令"面壁勿动，杀人者，当有神书其背"。少间，唤出验视，指毛曰："此真杀人贼也！"盖公先使人以灰涂壁，又以烟煤濯其手：杀人者恐神来书，故匿背于壁而有灰色；临出，以手护背，而有烟色也。公固疑是毛，至此益信。旋以毒刑，尽吐其实。判曰[④]："宿介：蹈盆成括杀身之道，成登徒子好色之名。只缘两小无猜，遂野鹜如家鸡之恋；为因一言有漏，致得陇兴望蜀之心。将仲子而逾园墙，便如鸟堕；冒刘郎而至洞口，竟赚门开。感帨惊尨，鼠有皮胡若此？攀花折树，士无行其谓何！幸而听病燕之娇啼，犹为玉惜；怜弱柳之憔悴，未似莺狂。而释幺凤于罗中，尚有文人之意；乃劫香盟于袜底，宁非无赖之尤！

---

① 东国——指齐鲁地区。

② 三木——加于犯人的颈、手、足上的木制刑具。

③ 括发裸身——将头发束起，剥掉上衣。

④ "判曰"——整段大意：宿介终以好色而致杀身。宿与王氏，虽是青梅竹马、两小无猜，但长大后一直私通，并视情妇王氏为正妻。宿冒充鄂生追求并赚得胭脂，是读书人的耻辱。庆幸的是，宿还能体恤胭脂病情和私衷，收敛淫念，可见文人的良心还未全泯灭，而强取订盟信物又无赖至极。宿介所为，被毛大窃知，结果形成宿介假冒鄂生、毛大假冒宿介的骗局，由此鄂生因宿介受冤、宿介又因毛大受冤。宿介代毛大受死，有些冤枉，对其实行降级处罚也就够了。毛大偷听宿介所为，生出诱骗胭脂的念头，却阴差阳错闯入卞翁家，杀死卞翁自保，致使鄂生、宿介蒙冤。胭脂天生丽质，怀春却招致灾祸。美丽的女人啊，可憎的情欲啊，真正是祸水。

蝴蝶过墙，隔窗有耳；莲花瓣卸，堕地无踪。假中之假以生，冤外之冤谁信？天降祸起，酷械至于垂亡；自作孽盈，断头几于不续。彼逾墙钻隙，固有玷夫儒冠；而僵李代桃，诚难消其冤气。是宜稍宽笞扑，折其已受之惨；姑降青衣，开其自新之路。若毛大者：刁猾无籍，市井凶徒。被邻女之投梭，淫心不死；伺狂童之入巷，贼智忽生。开户迎风，喜得履张生之迹；求浆值酒，妄思偷韩掾之香。何意魄夺自天，魂摄于鬼。浪乘槎木，直入广寒之宫；径泛渔舟，错认桃源之路。遂使情火息焰，欲海生波。刀横直前，投鼠无他顾之意；寇穷安往，急兔起反噬之心。越壁入人家，止期张有冠而李借；夺兵遗绣履，遂教鱼脱网而鸿离。风流道乃生此恶魔，温柔乡何有此鬼蜮哉！即断首领，以快人心。胭脂：身犹未字，岁已及笄。以月殿之仙人，自应有郎似玉；原霓裳之旧队，何愁贮屋无金？而乃感关雎而念好逑，竟绕春婆之梦；怨摽梅而思吉士，遂离倩女之魂。为因一线缠萦，致使群魔交至。争妇女之颜色，恐失'胭脂'；惹鸷鸟之纷飞，并托'秋隼'。莲钩摘去，难保一瓣之香；铁限敲来，几破连城之玉。嵌红豆于骰子，相思骨竟作厉阶；丧乔木于斧斤，可憎才真成祸水！葳蕤自守，幸白璧之无瑕；缧绁苦争，喜锦衾之可覆。嘉其入门之拒，犹洁白之情人；遂其掷果之心，亦风流之雅事。仰彼邑令，作尔冰人。"

案既结，遐迩传诵焉。自吴公鞫后，女始知鄂生冤。堂下相遇，靦然含涕，似有痛惜之词，而未可言也。生感其眷恋之情，爱慕殊切；而又念其出身微，且日登公堂，为千人所窥指，恐娶之为人姗笑，日夜萦回，无以自主。判牒既下，意始安帖。邑宰为之委禽，送鼓吹焉。

异史氏曰："甚哉！听讼之不可以不慎也！纵能知李代为冤，谁复思桃僵亦屈？然事虽暗昧，必有其间，要非审思研察，不能得也。呜呼！人皆服哲人之折狱明，而不知良工之用心苦矣。世之居民上者，棋局消日，紬被放衙，下情民艰，更不肯一劳方寸。至鼓动衙开，巍然坐堂上，彼哓哓者直以桎梏静之，何怪覆盆之下多沉冤哉！"

愚山先生，吾师也。方见知时，余犹童子。窃见其奖进士子，拳拳如恐不尽。小有冤抑，必委曲呵护之，曾不肯作威学校，以媚权要。真宣圣之护法①，不止一代宗匠衡文无屈士已也。而爱才如命，尤非后世学使虚

① 宣圣之护法——保护儒教的人。

应故事者所及。尝有名士入场,作“宝藏兴”[①]文,误记“水下”[②];录毕而后悟之,料无不黜之理。作词曰:“宝藏在山间,误认却在水边。山头盖起水晶殿,瑚长峰尖,珠结树颠;这一回崖中跌死撑船汉[③]! 告苍天:留点蒂儿[④],好与朋友看。”先生阅文至此而和之曰:“宝藏将山夸,忽然见在水涯。樵夫漫说渔翁话。题目虽差,文字却佳,怎肯放在他人下。尝见他,登高怕险;那曾见,会水淹杀[⑤]?”此亦风雅之一斑、怜才之一事也。

阿　纤

奚山者,高密[⑥]人。贸贩为业,往往客蒙沂之间。一日,途中阻雨,及至所常宿处,而夜已深,遍叩肆门,无有应者,徘徊庑[⑦]下。忽二扉豁开,一叟出,便纳客入。山喜从之。絷蹇登堂,堂上迄无几榻。叟曰:“我怜客无归,故相容纳。我实非卖食沽饮者。家中无多手指[⑧],惟有老荆弱女,眠熟矣。虽有宿肴,苦少烹鬵[⑨],勿嫌冷啜也。”言已,便入。少顷,以足床[⑩]来置地上,促客坐;又携一短足几至。拔来报往,蹀躞甚劳。山起坐不自安,曳令暂息。少间,一女郎出行酒。叟顾曰:“我家阿纤兴[⑪]矣。”视之,年十六七,窈窕秀弱,风致嫣然。山有少弟未婚,窃属意焉。因问叟清贯尊阀,答云:“士虚,姓古。子孙皆夭折,剩有此女。适不忍搅其酣睡,想老荆唤起矣。”问:“婿家阿谁?”答言:“未字。”山窃喜。既而品味杂陈,似所宿具。食已,致恭而言曰:“萍水之人,遂蒙宠惠,没齿所不敢忘。缘翁

---

① 宝藏兴——考场上的试题,语出《中庸》,指山中宝藏。
② 误记“水下”——山中的宝藏,却误记为水下的宝藏,二者不符。
③ 这一回崖中跌死撑船汉——指水下的宝藏被误记在山中,撑船汉拚死寻求,怎能不翻船呢?
④ 留点蒂儿——留点面子。
⑤ 会水淹杀——真正会游泳的人,不会被淹死;被淹死的,都是水性不好却自称不错的人。
⑥ 高密——县名,今属山东省。
⑦ 庑——屋檐。
⑧ 无多手指——没有更多的人。
⑨ 烹鬵(xín)——烹煮器具。
⑩ 足床——矮凳。
⑪ 兴——起床。

盛德，乃敢遽陈朴鲁：仆有幼弟三郎，十七岁矣。读书肄业，颇不顽冥[①]。欲求援系，不嫌寒贱否？”叟喜曰：“老夫在此，亦是侨寓。倘得相托，便假一庐，移家而往，庶免悬念。”山都应之，遂起展谢。叟殷勤安置而去。鸡既唱，叟已出，呼客盥沐。束装已，酬以饭金。固辞曰：“客留一饭，万无受金之理；矧[②]附为婚姻乎？”

既别，客月余，乃返。去村里余，遇老媪率一女郎，冠服尽素。既近，疑似阿纤。女郎亦频转顾，因把媪袂，附耳不知何辞。媪便停步，向山曰：“君奚姓乎？”山唯唯。媪惨然曰：“不幸老翁压于败堵，今将上墓。家虚无人，请少待路侧，行即还也。”遂入林去，移时始来。途已昏冥，遂与偕行。道其孤弱，不觉哀啼；山亦酸恻。媪曰：“此处人情大不平善，孤孀难以过度。阿纤既为君家妇，过此恐迟时日，不如早夜同归。”山可之。既至家，媪挑灯供客已，谓山曰：“意君将至，储粟都已粜去；尚存二十余石，远莫致之。北去四五里，村中第一门，有谈二泉者，是吾售主。君勿惮劳，先以尊乘运一囊去，叩门而告之，但道南村古姥有数石粟，粜作路用，烦驱蹄躈一致之也。”即以囊粟付山。山策蹇去，叩户，一硕腹男子出，告以故，倾囊先归。俄有两夫以五骡至。媪引山至粟所，乃在窖中。山下为操量执概，母放女收，顷刻盈装，付之以去。凡四返而粟始尽。既而以金授媪。媪留其一人二畜，治任遂东。行二十里，天始曙。至一市，市头赁骑，谈仆乃返。既归，山以情告父母。相见甚喜，即以别第馆媪，卜吉为三郎完婚。媪治奁装其备。阿纤寡言少怒，或与语，但有微笑；昼夜绩织，无停晷。以是上下悉怜悦之。嘱三郎曰：“寄语大伯；再过西道，勿言吾母子也。”居三四年，奚家益富，三郎入泮矣。

一日，山宿古之旧邻，偶及曩年无归，投宿翁媪之事。主人曰；“客误矣。东邻为阿伯别第，三年前，居者辄睹怪异，故空废甚久，有何翁媪相留？”山甚讶之，而未深信。主人又曰：“此宅向空十年，无敢入者。一日，第后墙倾，伯往视之，则石压巨鼠如猫，尾在外犹摇。急归，呼众共往，则已渺矣。群疑是物为妖。后十余日，复入视，寂无形声；又年余，始有居人。”山益奇之。归家私语，窃疑新妇非人，阴为三郎虑；而三郎笃爱如常。

---

① 顽冥——愚笨。
② 矧(shěn)——何况。

久之，家人纷相猜议。女微察之，至夜语三郎曰："妾从君数载，未尝少失妇德，今置之不以人齿，请赐离婚书，听君自择良偶。"因泣下。三郎曰："区区寸心，宜所夙知。自卿入门，家日益丰，咸以福泽归卿，乌得有异言？"女曰："君无二心，妾岂不知；但众口纷纭，恐不免秋扇之捐[①]。"三郎再四慰解，乃已。山终不释，日求善扑之猫，以觇其意。女虽不惧，然蹙蹙不快。一夕，谓媪小恙，辞三郎省侍之。天明，三郎往讯，则室内已空。骇极，使人于四途踪迹之，并无消息。中心营营，寝食都废。而父兄皆以为幸，交慰藉之，将为续婚；而三郎殊不怿[②]。俟之年余，音问已绝。父兄辄相诮责，不得已，以重金买妾；然思阿纤不衰。

又数年，奚家日渐贫，由是咸忆阿纤。有叔弟岚，以故至胶，迂道宿表戚陆生家。夜闻邻哭甚哀，未遑诘也。既返，复闻之，因问主人。答云："数年前，有寡母孤女，僦居于此。于是月前，姥死，女独处，无一线之亲，是以哀耳。"问："何姓？"曰："姓古。尝闭户不与里社通，故未悉其家世。"岚惊曰："是吾嫂也！"因往款扉。有人挥涕出，隔扉应曰："客何人？我家故无男子。"岚隙窥而遥审之，果嫂，便曰："嫂启关，我是叔家阿遂。"女闻之，拔关纳入，诉其孤苦，意凄怆悲怀。岚曰："三兄忆念颇苦，夫妻即有乖迕，何遂远遁至此？"即欲赁舆同归。女怆然曰："我以人不齿数故，遂与母偕隐；今又返而依人，谁不加白眼？如欲复还，当与大兄分炊；不然，行乳药[③]求死耳！"岚既归，以告三郎。三郎星夜驰去。夫妻相见，各有涕洟。次日，告其屋主。屋主谢监生，窥女美，阴欲图致为妾，数年不取其直，频风示媪，媪绝之。媪死，窃幸可谋，而三郎忽至。通计房租以留难之。三郎家故不丰，闻金多，颇有忧色。女曰："不妨。"引三郎视仓储，约粟三十余石，偿租有余。三郎喜，以告谢。谢不受粟，故索金。女叹曰："此皆妾身之恶幛也！"遂以其情告三郎。三郎怒，将讼于邑。陆氏止之，为散粟于里党，敛资偿谢，以车送两人归。

三郎实告父母，与兄析居。阿纤出私金，日建仓廪，而家中尚无儋石，共奇之。年余验视，则仓中盈矣。不数年，家中大富；而山苦贫。女移翁

---

① 秋扇之捐——喻妇女年老色衰而被遗弃。

② 怿(yì)——喜悦。

③ 乳药——服毒药。

姑自养之；辄以金粟周兄，狃[①]以为常。三郎喜曰："卿可云不念旧恶矣。"女曰："彼自爱弟耳。且非渠，妾何缘识三郎哉？"后亦无甚怪异。

瑞 云

瑞云，杭之名妓，色艺无双。年十四岁，其母蔡媪，将使出应客。瑞云告曰："此奴终身发轫之始[②]，不可草草。价由母定，客则听奴自择之。"媪曰："诺。"乃定价十五金，逐日见客。客求见者必以贽：贽厚者，接以弈，酬以画；薄者，留一茶而已。瑞云名噪已久，自此富商贵介，日接于门。

余杭贺生，才名夙著，而家仅中赀。素仰瑞云，固未敢拟同鸳梦，亦竭微贽，冀得一睹芳泽。窃恐其阅人既多，不以寒畯[③]在意；及至相见一谈，而款接殊殷。坐语良久，眉目含情，作诗赠生曰："何事求浆者，蓝桥叩晓关？有心寻玉杵，端只在人间。"生得之狂喜。更欲有言，忽小鬟来白"客至"，生仓猝遂别。既归，吟玩诗词，梦魂萦扰。过一二日，情不自已，修贽复往。瑞云接见良欢。移坐近生，悄然谓："能图一宵之聚否？"生曰："穷踧之士，惟有痴情可献知己。一丝之贽，已竭绵薄。得近芳容，意愿已足；若肌肤之亲，何敢作此梦想。"瑞云闻之，戚然不乐，相对遂无一语。生久坐不出，媪频唤瑞云以促之，生乃归。心甚邑邑，思欲罄家以博一欢，而更尽而别，此情复何可耐？筹思及此，热念都消，由是音息遂绝。

瑞云择婿数月，更不得一当，媪颇恚，将强夺之，而未发也。一日，有秀才投贽，坐语少时，便起，以一指按女额曰："可惜，可惜！"遂去。瑞云送客返，共视额上有指印黑如墨，濯之益真。过数日，墨痕渐阔；年余，连颧準彻[④]矣。见者辄笑，而车马之迹以绝。媪斥去妆饰，使与婢辈伍。瑞云又荏弱，不任驱使，日益憔悴。贺闻而过之，见蓬首厨下，丑状类鬼。起首见生，面壁自隐。贺怜之，便与媪言，愿赎作妇。媪许之。贺货田倾装，买之而归。入门，牵衣揽涕，不敢以伉俪自居，愿备妾媵，以俟来者。贺曰：

---

① 狃(niǔ)——习。

② 终身发轫(rèn)之始——喻指妓女初次接客。

③ 寒畯——贫穷的读书人。

④ 连颧(quán)彻——墨痕遍布左右颧骨和上下鼻梁。

"人生所重者知己:卿盛时犹能知我,我岂以衰故忘卿哉!"遂不复娶。闻者共姗笑之,而生情益笃。

居年余,偶至苏,有和生与同主人①,忽问:"杭有名妓瑞云,近如何矣?"贺以适人对。又问:"何人?"曰:"其人率与仆等②。"和曰:"若能如君,可谓得人矣。不知价几何许?"贺曰:"缘有奇疾,姑从贱售耳。不然,如仆者,何能于勾栏中买佳丽哉!"又问:"某人果能如君否?"贺以其问之异,因反诘之。和笑曰:"实不相欺:昔曾一觐其芳仪,甚惜其以绝世之姿,而流落不偶,故以小术晦其光而保其璞,留待怜才者之真鉴耳。"贺急问曰:"君能点之,亦能涤之否?"和笑曰:"乌得不能,但须其人一诚求耳。"贺起拜曰:"瑞云之婿,即某是也。"和喜曰:"天下惟真才人为能多情,不以妍媸易念也。请从君归,便赠一佳人。"遂与同返。既至,贺将命酒。和止之曰:"先行吾法,当先令治具者③有欢心也。"即令以盥器贮水,戟指而书之,曰:"濯之当愈。然须亲出一谢医人也。"贺笑捧而去,立俟瑞云自醴④之,随手光洁,艳丽一如当年。夫妇共德之,同出展谢,而客已渺,遍觅之不得,意者其仙欤?

仇　大　娘

仇仲,晋人,忘其郡邑。值大乱,为寇俘去。二子福、禄俱幼;继室邵氏,抚双孤,遗业幸能温饱。而岁屡祲⑤,豪强者复凌藉之,遂至食息不保。仲叔尚廉利其嫁,屡劝驾⑥,而邵氏矢志不摇。廉阴券⑦于大姓,欲强夺之;关说已成,而他人不之知也。里人魏名,夙⑧狡狯,与仲家积不相能,事事思中伤之。因邵寡,伪造浮言以相败辱。大姓闻之,恶其不德而止。久之,廉之阴谋与外之飞语,邵渐闻之,冤结胸怀,朝夕陨涕,四体渐

① 与同主人——和旅居的房东同住一处。
② 率(shuài)与仆等——和我差不多。
③ 治具者——喻指瑞云。
④ 醴(huì)——洗脸。
⑤ 祲(jìn)——受灾。
⑥ 劝驾——敦促。
⑦ 阴券——私下立契约,逼其强嫁。
⑧ 夙——一向。

以不仁，委身床榻。福甫十六岁，因缝纫无人，遂急为毕姻。妇，姜秀才屺瞻之女，颇贤能，百事赖以经纪。由此用渐裕，仍使禄从师读。

魏忌嫉之，而阳与善，频招福饮，福倚为腹心交。魏乘间告曰："尊堂病废，不能理家人生产；弟坐食，一无所操作。贤夫妇何为作马牛哉！且弟买妇，将大耗金钱。为君计，不如早析，则贫在弟而富在君也。"福归，谋诸妇；妇咄之。奈魏日以微言相渐渍，福惑焉，直以己意告母。母怒，诟骂之。福益恚，辄视金粟为他人之物而委弃之。魏乘机诱博赌，仓粟渐空，妇知而未敢言。既至粮绝，被母骇问，始以实告。母愤怒，而无如何，遂析之。幸姜女贤，旦夕为母执炊，奉事一如平日。福既析，益无顾忌，大肆淫赌。数月间，田屋悉偿戏债，而母与妻皆不及知。福资既罄，无所为计，因券妻贷资，苦无受者。邑人赵阎罗，原漏网之巨盗，武断一乡，固不畏福言之食也，慨然假资。福持去，数日复空。意踟蹰，将背券盟。赵横目相加。福惧，赚妻付之。魏闻窃喜，急奔告姜，实将倾败仇也。姜怒，讼兴。福惧甚，亡去。姜女至赵家，始知为婿所卖，大哭，但欲觅死。赵初慰谕之，不听；既而威逼之，益骂；大怒，鞭挞之，终不肯服。因拔笄自刺其喉，急救，已透食管，血溢出。赵急以帛束其项，犹冀从容而挫折焉。明日，拘牒已至，赵行行①不置意。官验女伤重，命笞之，隶相顾无敢用刑。官久闻其横暴，至此益信，大怒，唤家人出，立毙之。姜遂舁女归。

自姜之讼也，邵氏始知福不肖状，一号几绝，冥然大渐。禄时年十五，茕茕无以自主。先是，仲有前室女大娘，嫁于远郡，性刚猛，每归宁，馈赠不满其志，辄迕父母，往往以愤去，仲以是怒恶之；又因道远，遂数载已不一存问。邵氏垂危，魏欲招之来而启其争。适有贸贩者，与大娘同里，便托寄语大娘，且歆②以家之可图。数日，大娘果与少子至。入门，见幼弟侍病母，景象惨澹，不觉怆恻。因问弟福，禄备告之。大娘闻之，忿气塞吭，曰："家无成人，遂任人蹂躏至此！吾家田产，诸贼何得赚去！"因入厨下，爇火炊糜，先供母，而后呼弟及子啖之。啖已，忿出，诣邑投状，讼诸博徒。众惧，敛金赂大娘。大娘受其金，而仍讼之。官令拘甲、乙等，各加杖责，田产殊置不问。大娘愤不已，率子赴郡。郡守最恶博者。大娘力陈孤

① 行行(háng háng)——倔犟。
② 歆——引诱。

苦，及诸恶局骗之状，情词慷慨。守为之动，判令知县追田给主；仍惩仇福，以儆不肖。既归，邑宰奉令敲比[①]，于是故产尽反。大娘时已久寡，乃遣少子归，且嘱从兄务业，勿得复来。大娘由此止母家，养母教弟，内外有条。母大慰，病渐瘥，家务悉委大娘。里中豪强，少见陵暴，辄握刃登门，侃侃争论，罔不屈服。居年余，田产日增。时市药饵珍肴，馈遗姜女。又见禄渐长成，频嘱媒为之觅姻。魏告人曰："仇家产业，悉属大娘，恐将来不可复返矣。"人咸信之，故无肯与论婚者。

有范公子子文，家中名园，为晋第一。园中名花夹路，直通内室。或不知而误入之，值公子私宴，怒执为盗，杖几死。会清明，禄自塾中归，魏引与遨游，遂至园所。魏故与园丁有旧，放令入，周历亭榭。俄至一处，溪水汹涌，有画桥朱栏，通一漆门；遥望门内，繁花如锦，盖即公子内斋也。魏绐之曰："君请先入，我适欲私[②]焉。"禄信之，寻桥入户，至一院落，闻女子笑声。方停步间，一婢出，窥见之，旋踵即返。禄始骇奔。无何，公子出，叱家人绾索逐之。禄大窘，自投溪中。公子反怒为笑，命诸仆引出。见其容裳都雅，便令易其衣履，曳入一亭，诘其姓氏。蔼容温语，意甚亲昵。俄趋入内；旋出，笑握禄手，过桥，渐达曩所。禄不解其意，逡巡不敢入。公子强曳入之，见花篱内隐隐有美人窥伺。既坐，则群婢行酒。禄辞曰："童子无知，误践闺闼，得蒙赦宥，已出非望。但求释令早归，受恩匪浅。"公子不听。俄顷，肴炙纷纭。禄又起，辞以醉饱。公子捺坐，笑曰："仆有一乐拍名，若能对之，即放君行。"禄唯唯请教。公子云："拍名'浑不似'[③]。"禄默思良久，对曰："银成'没奈何'[④]。"公子大笑曰："真石崇[⑤]也！"禄殊不解。盖公子有女名蕙娘，美而知书，日择良偶。夜梦一人告之曰："石崇，汝婿也。"问："何在？"曰："明日落水矣。"早告父母，共以为异。禄适符梦兆，故邀入内舍，使夫人女辈共觇之也。公子闻对而喜，乃曰："拍名乃小女所拟，屡思而无其偶，今得属对，亦有天缘。仆欲以息女奉箕帚；寒舍不乏第宅，更无烦亲迎耳。"禄惶然逊谢，且以母病不能入赘为辞。公子姑令归谋，遂遣圉人负湿衣，送之以马。既归告母，母惊为不祥。于是

① 敲比——敲剥追比。
② 私——小便。
③ 浑不似——乐器名，形似琵琶。
④ 没奈何——银块较大，贼也偷不去。
⑤ 石崇——晋人，巨富，代指豪富。

始知魏氏险；然因凶得吉，亦置不仇，但戒子远绝而已。逾数日，公子又使人致意母，母终不敢应。大娘应之，即倩双媒纳采[①]焉。未几，禄赘入公子家。年余游泮，才名籍甚。妻弟长成，敬少弛；禄怒，携妇而归。母已杖而能行。频岁赖大娘经纪，第宅颇完好。新妇既归，仆从如云，宛然有大家风焉。

魏又见绝，嫉妒益深，恨无瑕之可蹈，乃引旗下逃人诬禄寄资[②]。国初立法最严，禄依令徙口外[③]。范公子上下贿托，仅以蕙娘免行；田产尽没入官。幸大娘执析产书，锐身告理，新增良沃如干顷，悉挂福名，母女始得安居。禄自分不返，遂书离婚字付岳家，伶仃自去。行数日，至都北，饭于旅肆。有丐子怔憧户外，貌绝类兄；近致讯诘，果兄。禄因自述，兄弟悲惨。禄解复衣，分数金，嘱令归。福泣受而别。禄至关外，寄将军帐下为奴。因禄文弱，俾主支籍[④]，与诸仆同栖止。仆辈研问家世，禄悉告之。内一人惊曰："是吾儿也！"盖仇仲初为寇家牧马，后寇投诚，卖仲旗下，时从主屯关外。向禄缅述，始知真为父子，抱头悲哀，一室为之酸辛。已而愤曰："何物逃东[⑤]，遂诈吾儿！"因泣告将军。将军即命禄摄书记；函致亲王，付仲诣都。仲伺车驾出，先投冤状。亲王为之婉转，遂得昭雪，命地方官赎业归仇。仲返，父子各喜。禄细问家口，为赎身计。乃知仲入旗下，两易配而无所出，时方鳏也。禄遂治任返。

初，福别弟归，蒲伏自投。大娘奉母坐堂上，操杖问之："汝愿受扑责，便可姑留；不然，汝田产既尽，亦无汝啖饭之所，请仍去。"福涕泣伏地，愿受笞。大娘投杖曰："卖妇之人，亦不足惩。但宿案未消，再犯首官[⑥]可耳。"即使人往告姜。姜女骂曰："我是仇家何人，而相告耶！"大娘频述告福而揶揄之，福惭愧不敢出气。居半年，大娘虽给奉周备，而役同厮养。福操作无怨词，托以金钱辄不苟。大娘察其无他，乃白母，求姜女复归。母意其不可复挽。大娘曰："不然。渠如肯事二主，楚毒岂肯自罹？要不能不有此忿耳。"率弟躬往负荆。岳父母诮让良切。大娘叱使长跪，然后

① 纳采——男家备彩礼去女家缔结婚约。
② 寄资——窝赃。
③ 口外——长城以北地区。
④ 主支籍——主管账目。
⑤ 逃东——逃人。
⑥ 首官——告官。

请见姜女。请之再四,坚避不出;大娘搜捉以出。女乃指福唾骂,福惭汗无以自容。姜母始曳令起。大娘请问归期,女曰:“向受姊惠綦多,今承尊命,岂复敢有异言?但恐不能保其不再卖也!且恩义已绝,更何颜与黑心无赖子共生活哉?请别营一室,妾往奉事老母,较胜披削①足矣。”大娘代白其悔,为翌日之约而别。次朝,以乘舆取归,母逆于门而跪拜之。女伏地大哭。大娘劝止,置酒为欢,命福坐案侧,乃执爵而言曰:“我苦争者,非自利也。今弟悔过,贞妇复还,请以簿籍交纳;我以一身来,仍以一身去耳。”夫妇皆兴席改容,罗拜哀泣,大娘乃止。

居无何,昭雪之命下,不数日,田宅悉还故主。魏大骇,不知其自,恨无术可以复施。适西邻有回禄之变②,魏托救焚而往,暗以编菅爇禄第,风又暴作,延烧几尽;止余福居两三屋,举家依聚其中。未几,禄至,相见悲喜。初,范公子得离书,持商蕙娘。蕙娘痛哭,碎而投诸地。父从其志,不复强。禄归,闻其未嫁,喜如岳所。公子知其灾,欲留之;禄不可,遂辞而退。大娘幸有藏金,出葺败堵。福负锸营筑,掘见窖镪,夜与弟共发之,石池盈丈,满中皆不动尊也。由是鸠工大作,楼舍群起,壮丽拟于世胄。禄感将军义,备千金往赎父。福请行,因遣健仆辅之以去。禄乃迎蕙娘归。未几,父兄同归,一门欢腾。大娘自居母家,禁子省视,恐人议其私也。父既归,坚辞欲去。兄弟不忍。父乃析产而三之:子得二,女得一也。大娘固辞。兄弟皆泣曰:“吾等非姊,乌有今日!”大娘乃安之。遣人招子,移家共居焉。或问大娘:“异母兄弟,何遂关切如此?”大娘曰:“知有母而不知有父者,惟禽兽如此耳,岂以人而效之?”福禄闻之皆流涕,使工人治其第,皆与己等。

魏自计十余年,祸之而益以福之,深自愧悔。又仰其富,思交欢之,因以贺仲阶进,备物而往。福欲却之;仲不忍拂,受鸡酒焉。鸡以布缕缚足,逸入灶;灶火燃布,往栖积薪,僮婢见之而未顾也。俄而薪焚灾舍,一家惶骇。幸手指众多,一时扑灭,而厨中百物俱空矣。兄弟皆谓其物不祥。后值父寿,魏复馈牵羊。却之不得,系羊庭树。夜有僮被仆殴,忿趋树下,解羊索自经死。兄弟叹曰:“其福之不如其祸之也!”自是魏虽殷勤,竟不敢

---

① 披削——出家为尼。
② 回禄之变——火灾。

受其寸缕，宁厚酬之而已。后魏老，贫而作丐，仇每周以布粟而德报之。

异史氏曰：“噫嘻！造物之殊不由人也！益仇之而益福之，彼机诈者无谓甚矣。顾受其爱敬，而反以得祸，不更奇哉？此可知盗泉[①]之水，一掬亦污也。”

曹 操 冢

许城[②]外有河水汹涌，近崖深黯。盛夏时，有人入浴，忽然若被刀斧，尸断浮出；后一人亦如之。转相惊怪。邑宰闻之，遣多人闸断上流，竭其水。见崖下有深洞，中置转轮，轮上排利刃如霜。去轮攻入，有小碑，字皆汉篆[③]。细视之，则曹孟德[④]墓也。破棺散骨，所殉金宝尽取之。

异史氏曰：“后贤诗云：‘尽掘七十二疑冢，必有一冢葬君尸。’宁知竟在七十二冢之外乎？奸哉瞒也！然千余年而朽骨不保，变诈亦复何益？呜呼，瞒之智，正瞒之愚耳！”

龙 飞 相 公

安庆[⑤]戴生，少薄行，无检幅[⑥]。一日，自他醉归，途中遇故表兄季生。醉后昏眊[⑦]，亦忘其死，问：“向在何所？”季曰：“仆已异物，君忘之耶？”戴始恍然，而醉亦不惧，问：“冥间何作？”答云：“近在转轮王殿下司录[⑧]。”戴曰：“人世祸福，当必知之？”季曰：“此仆职也，乌得不知。但过烦，非甚关切，不能尽记耳。三日前偶稽册，尚睹君名。”戴急问其何词，季曰：“不敢

---

① 盗泉——古泉名，故址位于今山东泗水县境内，后世以盗泉喻以非法手段获不义之财。
② 许城——许昌，今河南许昌市。
③ 汉篆——汉代通行的篆书。
④ 曹孟德——曹操。
⑤ 安庆——府名，治今安徽安庆市。
⑥ 无检幅——不修边幅。
⑦ 昏眊——双眼昏花。
⑧ 轮转王殿下司录——佛教中的转轮圣王以转轮降伏四方妖魔，指在转轮王手下主簿籍。

相欺，尊名在黑暗狱[①]中。”戴大惧，酒亦醒，苦求拯拔。季曰：“此非仆所能效力，惟善可以已之。然君恶籍盈指，非大善不可复挽。穷秀才有何大力？即日行一善，非年余不能相准[②]，今已晚矣。但从此砥行，则地狱或有出时。”戴闻之泣下，伏地哀恳；及仰首，而季已杳矣。悒悒而归。由此洗心改行，不敢差跌[③]。

先是，戴私其邻妇，邻人闻之而不肯发，思掩执之。而戴自改行，永与妇绝；邻人伺之不得，以为恨。一日，遇于田间，阳与语，绐窥眢井[④]，因而堕之。井深数丈，计必死。而戴中夜苏，坐井中大号，殊无知者。邻人恐其复生，过宿往听之；闻其声，急投石。戴移闭洞中，不敢复作声。邻人知其不死，劚[⑤]土填井，几满之。洞中冥黑，真与地狱无少异者。空洞无所得食，计无生理。蒲伏渐入，则三步外皆水，无所复之，还坐故处。初觉腹馁，久竟忘之。因思重泉下无善可行，惟长宣佛号而已。既见磷火浮游，荧荧满洞，因而祝之：“闻青磷悉为冤鬼；我虽暂生，固亦难反，如可共话，亦慰寂寞。”但见诸磷渐浮水来；磷中皆有一人，高约人身之半。诘所自来，答云：“此古煤井。主人攻煤，震动古墓，被龙飞相公决地海之水，溺死四十三人。我等皆鬼也。”问：“相公何人？”曰：“不知也。但相公文学士，今为城隍幕客，彼亦怜我等无辜，三五日辄一施水粥。思我辈冷水浸骨，超拔无日。君倘再履人世，祈捞残骨葬一义冢，则惠及泉下者多矣。”戴曰：“如有万分之一，此即何难。但深在九地，安望重睹天日乎！”因教诸鬼使念佛，捻块代珠，记其藏数[⑥]。不知时之昏晓：倦则眠，醒则坐而已。忽见深处有笼灯，众喜曰：“龙飞相公施食矣！”邀戴同往。戴虑水沮[⑦]，众强曳扶以行，飘若履虚。曲折半里许，至一处，众释令自行；步益上，如升数仞之阶。阶尽，睹房廊，堂上烧明烛一支，大如臂。戴久不见火光，喜极趋上。上坐一叟，儒服儒巾。戴辍步不敢前。叟已睹见，讶问：“生人何来？”戴上，伏地自陈。叟曰：“我耳孙[⑧]也。”因令起，赐之坐。自言：“戴潜，字

---

① 黑暗狱——传说地狱名。
② 相准——善恶相抵。
③ 差(cuō)跌——同“蹉跌”，差错。
④ 眢(yuān)井——枯井、废井。
⑤ 劚(zhú)——大锄，意掘土。
⑥ 藏数——指诵念佛经之数。
⑦ 沮——通“阻”。
⑧ 耳孙——远孙。

龙飞。向因不肖孙堂，连结匪类，近墓作井，使老夫不安于夜室，故以海水没之。今其后续如何矣？”盖戴近宗凡五支，堂居长。初，邑中大姓赂堂，攻煤于其祖茔之侧。诸弟畏其强，莫敢争。无何，地水暴至，采煤人尽死井中。诸死者家，群兴大讼，堂及大姓皆以此贫；堂子孙至无立锥。戴乃堂弟裔也。曾闻先人传其事，因告翁。翁曰：“此等不肖，其后乌得昌！汝既来此，当勿废读。”因饷以酒馔，遂置卷案头，皆成、洪制艺，迫使研读。又命题课文，如师教徒。堂上烛常明，不剪亦不灭。倦时辄眠，莫辨晨夕。翁时出，则以一僮给役。历时觉有数年之久，然幸无苦。但无别书可读，惟制艺百首，首四千余遍矣。翁一日谓曰：“子孽报已满，合还人世。余冢邻煤洞，阴风刺骨，得志后，当迁我于东原。”戴敬诺。翁乃唤集群鬼，仍送至旧坐处。群鬼罗拜再嘱。戴亦不知何计可出。

先是，家中失戴，搜访既穷，母告官，系缧多人，并少踪绪。积三四年，官离任，缉察亦弛。戴妻不安于室，遣嫁去。会里中人复治旧井，入洞见戴，抚之未死。大骇，报诸其家。舁归经日，始能言其底里。自戴入井，邻人殴杀其妇，为妇翁所讼，驳审年余，仅存皮骨而归。闻戴复生，大惧亡去。宗人议究治之，戴不许；且谓曩时实所自取，此冥中之谴，于彼何与焉。邻人察其意无他，始逡巡而归。井水既涸，戴买人入洞拾骨，俾各为具，市棺设地，葬丛冢焉。又稽宗谱名潜，字龙飞，先设品物祭诸其冢。学使闻其异，又赏其文，是科以优等入闱，遂捷于乡。既归，营兆东原①，迁龙飞厚葬之；春秋上墓，岁岁不衰。

异史氏曰：“余乡有攻煤者，洞没于水，十余人沉溺其中。竭水求尸，两月余始得涸，而十余人并无死者。盖水大至时，共泅高处，得不溺。缒而上之，见风始绝，一昼夜乃渐苏。始知人在地下，如蛇鸟之蛰，急切未能死也。然未有至数年者。苟非至善，三年地狱中，乌复有生人哉！”

珊　　瑚

安生大成，重庆人。父孝廉，蚤②卒。弟二成，幼。生娶陈氏，小字珊

① 东原——县名，今属山东省。
② 蚤——通“早”。

瑚，性娴淑。而生母沈，悍谬不仁，遇之虐，珊瑚无怨色。每早旦，靓妆往朝。值生疾，母谓其诲淫，诟责之。珊瑚退，毁妆以进。母益怒，投颡自挝[①]。生素孝，鞭妇。母始少解。自此益憎妇。妇虽奉事惟谨，终不与交一语。生知母怒，亦寄宿他所，示与妇绝。久之，母终不快，触物类而骂之，意皆在珊瑚。生曰："娶妻以奉姑嫜，今若此，何以妻为！"遂出珊瑚，使老妪送诸其家。方出里门，珊瑚泣曰："为女子不能作妇，归何以见双亲？不如死！"袖中出剪刀刺喉。急救之，血溢沾衿。扶归生族婶家。婶王氏，寡居无耦，遂止焉。

媪归，生嘱隐其情，而心窃恐母知。过数日，探知珊瑚创渐平，登王氏门，使勿留珊瑚。王召生入；不入，但盛气逐珊瑚。无何，王率珊瑚出见生，便问："珊瑚何罪？"生责其不能事母。珊瑚脉脉不作一言，惟俯首呜泣，泪皆赤，素衫尽染。生惨恻不能尽词而退。又数日，母已闻之，怒诣王，恶言诮让。王傲不相下，反数其恶，且言："妇已出，尚属安家何人？我自留陈氏女，非留安氏妇也，何烦强与他家事！"母怒甚而穷于词，又见其意气匈匈，惭沮大哭而返。珊瑚意不自安，思他适。先是，生有母姨于媪，即沈姊也。年六十余，子死，止一幼孙及寡媳；又尝善视珊瑚。遂辞王，往投媪。媪诘得故，极道妹子昏暴，即欲送之还。珊瑚力言其不可，兼嘱勿言。于是与于媪居，如姑妇焉。珊瑚有两兄，闻而怜之，欲移之归而嫁之。珊瑚执不肯，惟从于媪纺绩以自度。

生自出妇，母多方为生谋婚，而悍声流播，远近无与为耦。积三四年，二成渐长，遂先为毕姻。二成妻臧姑，骄悍戾沓，尤倍于母。母或怒以色，则臧姑怒以声。二成又懦，不敢为左右袒。于是母威顿减，莫敢撄[②]，反望色笑而承迎之，犹不能得臧姑欢。臧姑役母若婢；生不敢言，惟身代母操作，涤器洒扫之事皆与焉。母子恒于无人处，相对饮泣。无何，母以郁积病，委顿在床，便溺转侧皆须生；生昼夜不得寐，两目尽赤。呼弟代役，甫入门，臧姑辄唤去之。生于是奔告于媪，冀媪临存。入门，泣且诉。诉未毕，珊瑚自帏中出。生大惭，禁声欲出。珊瑚以两手叉扉。生窘极，自肘下冲出而归，亦不敢以告母。无何，于媪至，母喜止之。由此媪家无日

---

① 投颡（sǎng）自挝——以头撞地，自打嘴巴。

② 撄（yīng）——触犯。

不以人来，来辄以甘旨饷媪。媪寄语寡媳："此处不饿，后勿复尔。"而家中馈遗，卒无少间。媪不肯少尝食，缄留以进病者。母病亦渐瘥。媪幼孙又以母命将佳饵来问疾。沈叹曰："贤哉妇乎！姊何修者！"媪曰："妹以去妇何如人？"曰；"嘻！诚不至夫己氏[①]之甚也！然乌如甥妇贤。"媪曰："妇在，汝不知劳；汝怒，妇不知怨：恶乎弗如？"沈乃泣下，且告之悔，曰："珊瑚嫁也未者？"答云："不知，请访之。"又数日，病良已，媪欲别。沈泣曰："恐姊去，我仍死耳！"媪乃与生谋，析二成居。二成告臧姑。臧姑不乐，语侵兄，兼及媪。生愿以良田悉归二成，臧姑乃喜。立析产书已，媪始去。明日，以车来迎沈。沈至其家，先求见甥妇，亟道甥妇德。媪曰："小女子百善，何遂无一疵？余固能容之。子即有妇如吾妇，恐亦不能享也。"沈曰："呜呼冤哉！谓我木石鹿豕耶！具有口鼻，岂有触香臭而不知者？"媪曰："被出如珊瑚，不知念子作何语？"曰："骂之耳。"媪曰："诚反躬无可骂，亦恶乎而骂之？"曰："瑕疵人所时有，惟其不能贤，是以知其骂也。"媪曰："当怨者不怨，则德焉者可知；当去者不去，则抚焉者可知。向之所馈遗而奉事者，固非予妇也，而[②]妇也。"沈惊曰："如何？"曰："珊瑚寄此久矣。向之所供，皆渠夜绩之所贻也。"沈闻之，泣数行下，曰："我何以见我妇矣！"媪乃呼珊瑚。珊瑚含涕而出，伏地下。母惭痛自挞，媪力劝始止，遂为姑媳如初。

十余日偕归，家中薄田数亩，不足自给，惟恃生以笔耕，妇以针耨。二成称饶足，然兄不之求，弟亦不之顾也。臧姑以嫂之出也鄙之；嫂亦恶其悍，置不齿。兄弟隔院居。臧姑时有陵虐，一家尽掩其耳。臧姑无所用虐，虐夫及婢。婢一日自经死。婢父讼臧姑，二成代妇质理，大受扑责，仍坐拘臧姑。生上下为之营脱，卒不免。臧姑械十指，肉尽脱。官贪暴，索望良奢。二成质田贷资，如数内[③]入，始释归。而债家责负日亟，不得已，悉以良田鬻于村中任翁。翁以田半属大成所让，要生署券。生往，翁忽自言："我安孝廉也。任某何人，敢市吾业！"又顾生曰："冥中感汝夫妻孝，故使我暂归一面。"生出涕曰："父有灵，急救吾弟！"曰："逆子悍妇，不足惜

① 夫(fú)己氏——某人。
② 而——通"尔"，你。
③ 内——同"纳"。

也！归家速办金，赎吾血产①。”生曰：“母子仅自存活，安得多金？”曰：“紫薇树下有藏金，可以取用。”欲再问之，翁已不语；少时而醒，茫不自知。生归告母，亦未深信。臧姑已率人往发窖，坎地四五尺，止见砖石，并无所谓金者，失意而去。生闻其掘藏，戒母及妻勿往视。后知其无所获，母窃往窥之，见砖石杂土中，遂返。珊瑚继至，则见土内悉白镪；呼生往验之，果然。生以先人所遗，不忍私，召二成均分之。数适得揭取之二，各囊之而归。二成与臧姑共验之，启囊则瓦砾满中，大骇。疑二成为兄所愚，使二成往窥兄，兄方陈金几上，与母相庆。因实告兄，兄亦骇，而心甚怜之，举金而并赐之。二成乃喜，往酬责讫，甚德兄。臧姑曰：“即此益知兄诈。若非自愧于心，谁肯以瓜分者复让人乎？”二成疑信半之。次日，债主遣仆来，言所偿皆伪金，将执以首官。夫妻皆失色。臧姑曰：“何如！我固谓兄贤不至于此，是将以杀汝也！”二成惧，往哀责主；主怒不释。二成乃券田于主，听其自售，始得原金而归。细视之，见断金二锭，仅裹真金一韭叶许，中尽铜耳。臧姑因与二成谋：留其断者，余仍反诸兄以觇之。且教之言曰：“屡承让德，实所不忍。薄留二铤，以见推施之义。所存物产，尚与兄等。余无庸多田也，业已弃之，赎否在兄。”生不知其意，固让之。二成辞甚决，生乃受。称之少五两余，命珊瑚质奁妆以满其数，携付债主。主疑似旧金，以剪刀夹验之，纹色俱足，无少差谬，遂收金，与生易券。二成还金后，意其必有参差②；既闻旧业已赎，大奇之。臧姑疑发掘时，兄先隐其真金，忿诣兄所，责数诟厉。生乃悟反金之故。珊瑚逆而笑曰：“产固在耳，何怒为？”使生出券付之。二成一夜梦父责之曰：“汝不孝不弟，冥限已迫，寸土皆非已有，占赖将以奚为！”醒告臧姑，欲以田归兄。臧姑嗤其愚。是时二成有两男，长七岁，次三岁。无何，长男病痘死。臧姑始惧，使二成退券于兄。言之再三，生不受。未几，次男又死，臧姑益惧，自以券置嫂所。春将尽，田芜秽不耕，生不得已，种治之。臧姑自此改行，定省如孝子；敬嫂亦至。未半年而母病卒。臧姑哭之恸，至勺饮不入口。向人曰：“姑早死，使我不得事，是天不许我自赎也！”产十胎皆不育，遂以兄子为子。夫妻皆寿终。生三子举两进士，人以为孝友之报云。

① 血产——血汗挣来的产业。
② 参差——意见不同而发生争讼。

异史氏曰："不遭跋扈之恶，不知靖献之忠，家与国有同情哉。逆妇化而母死，盖一堂孝顺，无德以戡[①]之也。臧姑自克，谓天不许其自赎，非悟道者何能为此言乎？然应迫死，而以寿终，天固已恕之矣。生于忧患，有以矣夫！"

五　通

南有五通[②]，犹北之有狐也。然北方狐祟，尚百计驱遣之；至于江浙五通，民家有美妇，辄被淫占，父母兄弟，皆莫敢息，为害尤烈。有赵弘者，吴之典商[③]也。妻阎氏，颇风格。一夜，有丈夫岸然自外入，按剑四顾，婢媪尽奔。阎欲出，丈夫横阻之，曰："勿相畏，我五通神四郎也。我爱汝，不为汝祸。"因抱腰如举婴儿，置床上，裙带自脱，遂狎之。而伟岸甚不可堪，迷惘中呻楚欲绝。四郎亦怜惜，不尽其器。即而下床，曰："我五日当复来。"乃去。弘于门外设典肆，是夜婢奔告之。弘知其五通，不敢问。质明视妻，惫不起，心甚羞之，戒家人勿播。妇三四日始就平复，而惧其复至。婢媪不敢宿内室，悉避外舍；惟妇对烛含愁以伺之。无何，四郎偕两人入，皆少年蕴藉。有僮列肴酒，与妇共饮。妇羞缩低头，强之饮亦不饮；心惕惕然，恐更番为淫，则命合尽矣。三人互相劝酬，或呼大兄，或呼三弟。饮至中夜，上座二客并起，曰："今日四郎以美人见招，会当邀二郎、五郎醵[④]酒为贺。"遂辞而去。四郎挽妇入帏，妇哀免；四郎强合之，血液流离，昏不知人，四郎始去。妇奄卧床榻，不胜羞愤，思欲自尽，而投缳则带自绝，屡试皆然，苦不得死。幸四郎不常至，约妇痊可始一来。积两三月，一家俱不聊生。

有会稽[⑤]万生者，赵之表弟，刚猛善射。一日过赵，时已暮，赵以客舍为家人所集，遂导客宿内院。万久不寐，闻庭中有人行声，伏窗窥之，见一男子入妇室。疑之，捉刀而潜视之，见男子与阎氏并肩坐，肴陈几上矣。

---

① 戡——克，胜。
② 五通——淫鬼，邪神，活动于南方，民间多祭祀此神。
③ 典商——开设当铺的商人。
④ 醵(jú)——凑酒钱。
⑤ 会稽——县名，今浙江绍兴市。

忿火中腾，奔而入。男子惊起，急觅剑；刀已中颅，颅裂而踣。视之，则一小马，大如驴。愕问妇；妇具道之，且曰："诸神将至，为之奈何！"万摇手，禁勿声。灭烛取弓矢，伏暗中。未几，有四五人自空飞堕。万急发一矢，首者殪。三人吼怒，拔剑搜射者。万握刃依扉后，寂不少动。一人入，剁颈亦殪。仍倚扉后，久之无声，乃出，叩关告赵。赵大惊，共烛之，一马两豕死室中。举家相庆。犹恐二物复仇，留万于家，炰[①]豕烹马而供之；味美，异于常馐。万生之名，由是大噪。居月余，其怪竟绝，乃辞欲去。有木商某苦要之。

先是，木有女未嫁，忽五通昼降，是二十余美丈夫，言将聘作妇，委金百两，约吉期而去。计期已迫，合家惶惧。闻万生名，坚请过诸其家。恐万有难词，隐其情不以告。盛筵既罢，妆女出拜客，年十六七，是好女子。万错愕不解其故，离坐伛偻。某捺坐而实告之。万初闻而惊，而生平意气自豪，故亦不辞。至日，某仍悬彩于门，使万坐室中。日昃不至，窃意新郎已在诛数。未几，见檐间忽如鸟堕，则一少年盛服入。见万，反身而奔。万追出，但见黑气欲飞，以刀跃挥之，断其一足，大嗥而去。俯视，则巨爪大如手，不知何物；寻其血迹，入于江中。某大喜，闻万无耦，是夕即以所备床寝，使与女合卺焉。于是素患五通者，皆拜请一宿其家。居年余，始携妻而去。自是吴中止有一通，不敢公然为害矣。

异史氏曰："五通、青蛙[②]，惑俗已久，遂至任其淫乱，无人敢私议一语。万生真天下之快人也！"

又

金生，字王孙，苏州人。设帐于淮，馆缙绅园中。园中屋宇无多，花木丛杂。夜既深，僮仆散尽，孤影彷徨，意绪良苦。一夜，三漏将残，忽有人以指弹扉。急问之，对以"乞火"，音类馆童。启户内之，则二八丽者，一婢从诸其后。生意妖魅，穷诘甚悉。女曰："妾以君风雅之士，枯寂可怜，不

---

① 炰(páo)——烧烤。
② 青蛙——青蛙神，江南俗以此为淫邪之神。

畏多露[①]，相与遣此良宵。恐言其故，妾不敢来，君亦不敢纳也。”生又以为邻之奔女，惧丧行检，敬谢之。女横波一顾，生觉魂魄都迷，忽颠倒不能自主。婢已知之，便云：“霞姑，我且去。”女颔之。既而呵曰：“去则去耳，甚得云耶、霞耶！”婢既去，女笑曰：“适室中无人，遂偕婢从来。无知如此，遂以小字令君闻矣。”生曰：“卿深细如此，故仆惧有祸机。”女曰：“久当自知，保不败君行止，勿忧也。”上榻缓其装束，见臂上腕钏，以条金贯火齐[②]，衔双明珠；烛既灭，光照一室。生益骇，终莫测其所自至。事甫毕，婢来叩窗。女起，以钏照径，入丛树而去。自此无夕不至。生于去时，遥尾之；女似已觉，遽蔽其光，树浓茂，昏不见掌而返。

一日，生诣河北，笠带断绝，风吹欲落，辄于马上以手自按。至河，坐扁舟上，飘风堕笠，随波竟去。意颇自失。既渡，见大风飘笠，团转空际；渐落，以手承之，则带已续矣。异之。归斋向女缅述；女不言，但微哂之。生疑女所为，曰：“卿果神人，当相明告，以祛烦惑。”女曰：“岑寂之中，得此痴情人为君破闷，妾自谓不恶。纵令妾能为此，亦相爱耳。苦致诘难，欲见绝耶？”生不敢复言。

先是，生养甥女。既嫁，为五通所惑，心忧之而未以告人。缘与女狎昵既久，肺膈无不倾吐。女曰：“此等物事，家君能驱除之。顾何敢以情人之私告诸严君[③]？”生苦哀求计。女沉思曰：“此亦易除，但须亲往。若辈皆我家奴隶，若令一指得着肌肤，则此耻西江[④]不能濯[⑤]也。”生哀求无已。女曰：“当即图之。”次夕至，告曰：“妾为君遣婢南下矣。婢子弱，恐不能便诛却耳。”次夜方寝，婢来叩户。生急内入。女问：“如何？”答云：“力不能擒，已宫[⑥]之矣。”笑问其状。曰：“初以为郎家也；既到，始知其非。比至婿家，灯火已张，入见娘子坐灯下，隐儿若寐。我敛魂覆瓿[⑦]中。少时，物至，入室急退，曰：‘何得寓生人！’审视无他，乃复入。我阳若迷。彼启衾入，又惊曰：‘何得有兵气！’本不欲以秽物污指，奈恐缓而生变，遂急捉而

① 不畏多露——不怕劳苦。
② 火齐——宝珠之一。
③ 严君——父亲。
④ 西江——泛指大江。
⑤ 濯——洗清。
⑥ 宫——割除男性生殖器。
⑦ 瓿(bù)——盛酱用的瓦罐。

阉之。物惊嗥，遁去。乃起启瓻，娘子若醒，而婢子行矣。”生喜谢之，女与俱去。

后半月余，绝不复至，亦已绝望。岁暮，解馆欲归，女忽至。生喜逆之，曰：“卿久见弃，念必何处获罪；幸不终绝耶？”女曰：“终岁之好，分手未有一言，终属缺事。闻君卷帐①，故窃来一告别耳。”生请偕归。女叹曰：“难言之矣！今将别，情不忍昧：妾实金龙大王②之女，缘与君有夙分，故来相就。不合遣婢江南，致江湖流传，言妾为君阉割五通。家君闻之。以为大辱，忿欲赐死。幸婢以身自任，怒乃稍解；杖婢以百数。妾一跬步，皆以保母从之。投隙一至，不能尽此衷曲，奈何！”言已，欲别。生挽之而泣。女曰：“君勿尔，后三十年可复相聚。”生曰：“仆年三十矣；又三十年，皤然一老，何颜复见？”女曰：“不然，龙宫无白叟也。且人生寿夭，不在容貌，如徒求驻颜，固亦大易。”乃书一方③于卷头而去。生旋里，甥女始言其异，云：“当晚若梦，觉一人捉予塞盎中；既醒，则血殷床褥，而怪绝矣。”生曰：“我曩祷河伯④耳。”群疑始解。

后生六十余，貌犹类三十许人。一日，渡河，遥见上流浮莲叶，大如席，一丽人坐其上，近视，则神女也。跃从之，人随荷叶俱小，渐之如钱而灭。此事与赵弘一则，俱明季事，不知孰前孰后。若在万生用武之后，则吴下仅遗半通，宜其不足为害也。

申　氏

泾河⑤之侧，有士人子申氏者，家窭贫，竟日恒不举火。夫妻相对，无以为计。妻曰：“无已，子其盗乎⑥！”申曰：“士人子，不能亢宗⑦，而辱门户、羞先人，跖而生，不如夷而死！”妻忿曰：“子欲活而恶辱耶？世不田而

① 卷帐——辞去教职。
② 金龙大王——神名，因助朱元璋而受封。
③ 一方——一种延寿的药方。
④ 河伯——河神。
⑤ 泾河——泾水，源于平凉、华亭，汇入渭水。
⑥ 无已，子其盗乎——没法办，你去抢劫吧！
⑦ 亢宗——光宗耀祖。

农者，止两途：汝既不能盗，我无宁娼耳！”申怒，与妻语相侵。妻含愤而眠。申念：为男子不能谋两餐，至使妻欲娼，固不如死！潜起，投缳庭树间。但见父来，惊曰：“痴儿，何至于此！”断其绳，嘱曰：“盗可以为，须择禾黍深处伏之。此行可富，无庸再矣。”妻闻堕地声，惊寤；呼夫不应；爇火觅之，见树上缳绝，申死其下。大骇。抚捺之，移时而苏，扶卧床上。妻忿气少平。既明，托夫病，乞邻得稀酏[①]饵申。申啜已，出而去。至午，负一囊米至。妻问所从来，曰：“余父执[②]皆世家，向以摇尾为羞[③]，故不屑以相求也。古人云：‘不遭者可无不为[④]。’今且将作盗，何顾焉！可速炊，我将从卿言，往行劫。”妻疑其未忘前言之忿，含忍之。因淅米作糜。

申饱食讫，急寻坚木，斧作梃，持之欲出。妻察其意似真，曳而止之。申曰：“子教我为，事败相累，当无悔！”绝裾而去。日暮，抵邻村，违[⑤]村里许伏焉。忽暴雨，上下淋湿。遥望浓树，将以投止。而电光一照，已近村垣。远处似有行人，恐为所窥，见垣下有禾黍蒙密，疾趋而入，蹲避其中。无何，一男子来，躯甚壮伟，亦投禾中。申惧，不敢少动。幸男子斜行去。微窥之，入于垣中。默忆垣内为富室亢氏第，此必梁上君子[⑥]，伺其重获而出，当合有分。又念：其人雄健，倘善取不予，必至用武。自度力不敌，不如乘其无备而颠之[⑦]。计已定，伏伺良专。直将鸡鸣，始越垣出。足未及地，申暴起，梃中腰膂[⑧]，踣然倾跌，则一巨龟，喙张如盆。大惊，又连击之，遂毙。先是，亢翁有女，绝惠美，父母皆怜爱之。一夜，有丈夫入室，狎逼为欢。欲号，则舌已入口，昏不知人，听其所为而去。羞以告人，惟多集婢媪，严扃门户而已。夜既寝，更不知扉何自而开；入室，则群众皆迷，婢媪遍淫之。于是相告各骇，以告翁；翁戒家人操兵环绣闼，室中人烛而坐。约近夜半，内外人一时都瞑，忽若梦醒，见女白身卧，状类痴，良久始寤。翁甚恨之，而无如何。积数月，女柴瘠颇殆。每语人：“有能驱遣者，谢金三百。”申平时亦悉闻之。是夜得龟，因悟祟翁女者，必是物也。遂叩门求

---

① 稀酏（yǐ）——稀粥。
② 父执——父亲的友人。
③ 以摇尾为羞——以摇尾乞食为羞耻。
④ 不遭者可无不为——不逢其时，授予何职均可接受。
⑤ 违——离，距。
⑥ 梁上君子——窃贼。
⑦ 颠之——将其打倒。
⑧ 腰膂（lǚ）——腰椎。

赏。翁喜，延之上座，使人舁龟于庭，脔割之。留申过夜，其怪果绝，乃如数赠之。负金而归。

妻以其隔夜不还，方且忧盼；见申入，急问之。申不言，以金置榻上。妻开视，几骇绝，曰："子真为盗耶！"申曰："汝逼我为此，又作是言！"妻泣曰："前特以相戏耳。今犯断头之罪，我不能受贼人累也。请先死！"乃奔。申逐出，笑曳而返之，具以实告，妻乃喜。自此谋生产，称素封焉。

异史氏曰："人不患贫，患无行耳。其行端者，虽饿不死；不为人怜，亦有鬼佑也。世之贫者，利所在忘义，食所在忘耻，人且不敢以一文相托，而何以见谅于鬼神乎！"

邑有贫民某乙，残腊向尽，身无完衣。自念：何以卒岁？不敢与妻言，暗操白梃，出伏墓中，冀有孤身而过者，劫其所有。悬望甚苦，渺无人迹；而松风刺骨，不可复耐。意濒绝矣，忽见一人伛偻来。心窃喜，持梃遽出。则一叟负囊道左，哀曰："一身实无长物。家绝食，适于婿家乞得五升米耳。"乙夺米，复欲褫其絮袄。叟苦哀之。乙怜其老，释之，负米而归。妻诘其自，诡以"赌债"对。阴念此策良佳。次夜复往。居无几时，见一人荷梃来，亦投墓中，蹲居眺望，意似同道。乙乃逡巡自冢后出。其人惊问："谁何？"答云："行道者。"问："何不行？"曰："待君耳。"其人失笑。各以意会，并道饥寒之苦。夜既深，无所猎获。乙欲归，其人曰："子虽作此道，然犹雏也。前村有嫁女者，营办中夜，举家必殆。从我去，得当均之。"乙喜，从之。至一门，隔壁闻炊饼声，知未寝，伏伺之。无何，一人启关荷杖出行汲[①]，二人乘间掩入。见灯辉北舍，他屋皆暗黑。闻一媪曰："大姐，可向东舍一瞩，汝奁妆悉在椟中，忘扃鐍[②]未也。"闻少女作娇惰声。二人窃喜，潜趋东舍，暗中摸索得卧椟；启覆探之，深不见底。其人谓乙曰："入之！"乙果入，得一裹，传递而出。其人问："尽矣乎？"曰："尽矣。"又绐之曰："再索之。"乃闭椟，加锁而去。乙在其中，窘急无计。未几，灯火亮入，先照椟。闻媪云："谁已扃矣。"于是母及女上榻息烛。乙急甚，乃作鼠啮物声。女曰："椟中有鼠！"媪曰："勿坏而衣。我疲顿已极，汝宜自觇之。"女振衣起，发扃启椟。乙突出，女惊仆。乙拔关奔去，虽无所得，而窃幸得

---

① 行汲——挑水。

② 扃鐍(jué)——关锁。

免。嫁女家被盗，四方流播。或议乙。乙惧，东遁百里，为逆旅主人赁作佣。年余，浮言稍息，始取妻同居，不业白梃矣。此其自述，因类申氏，故附志之。

恒　娘

洪大业，都中[①]人，妻朱氏，姿致颇佳，两相爱悦。后洪纳婢宝带为妾，貌远逊朱，而洪嬖之。朱不平，辄以此反目。洪虽不敢公然宿妾所，然益嬖宝带，疏朱。后徙其居，与帛商狄姓者为邻。狄妻恒娘，先过院谒朱。恒娘三十许，姿仅中人，言词轻倩[②]。朱悦之。次日，答其拜，见其室亦有小妻，年二十以来，甚娟好。邻居几半年，并不闻其诟谇一语；而狄独钟爱恒娘，副室则虚员而已。朱一日见恒娘而问之曰："予向谓良人之爱妾，为其为妾也，每欲易妻之名呼作妾。今乃知不然。夫人何术？如可授，愿北面为弟子。"恒娘曰："嘻！子则自疏，而尤[③]男子乎？朝夕而絮聒之，是为丛驱雀[④]，其离滋甚耳！其归益纵之，即男子自来，勿纳也。一月后，当再为子谋之。"

朱从其言，益饰宝带，使从丈夫寝。洪一饮食，亦使宝带共之。洪时一周旋朱，朱拒之益力，于是共称朱氏贤。如是月余，朱往见恒娘。恒娘喜曰："得之矣！子归毁若妆，勿华服，勿脂泽，垢面敝履，杂家人操作。一月后，可复来。"朱从之：衣敝补衣，故为不洁清，而纺绩外无他问。洪怜之，使宝带分其劳；朱不受，辄叱去之。如是者一月，又往见恒娘。恒娘曰："孺子真可教也！后日为上巳节[⑤]，欲招子踏春园。子当尽去敝衣，袍裤袜履，崭然一新，早过我。"朱曰："诺。"至日，揽镜细匀铅黄，一如恒娘教。妆竟，过恒娘。恒娘喜曰："可矣！"又代挽凤髻，光可鉴影。袍袖不合时制，拆其线，更作之；谓其履样拙，更于笥中出业履，共成之，讫，即令易着。临别，饮以酒，嘱曰："归去一见男子，即早闭户寝，渠来叩关，勿听也。

---

① 都中——指北京。
② 轻倩——言词轻巧，情态动人。
③ 尤——责怪。
④ 为丛驱雀——喻正妻粗暴使丈夫宠爱小妾。
⑤ 上巳节——农历三月初三，古代士女踏青节。

三度呼，可一度纳。口索舌，手索足，皆吝之。半月后，当复来。”朱归，炫妆见洪。洪上下凝睇之，欢笑异于平时。朱少话游览，便支颐作情态；日未昏，即起入房，阖扉眠矣。未几，洪果来款关，朱坚卧不起，洪始去。次夕复然。明日，洪让之。朱曰：“独眠习惯，不堪复扰。”日既西，洪入闺坐守之。灭烛登床，如调新妇，绸缪甚欢。更为次夜之约，朱不可；长与洪约，以三日为率。

半月许，复诣恒娘。恒娘阖门与语曰：“从此可以擅专房矣。然子虽美，不媚也。子之姿，一媚可夺西施之宠，况下者乎！”于是试使睨，曰：“非也！病在外眦。”试使笑，又曰：“非也！病在左颐。”乃以秋波送娇，又冁然瓠犀[①]微露，使朱效之。凡数十作，始略得其仿佛。恒娘曰：“子归矣，揽镜而娴习之，术无余矣。至于床笫之间，随机而动之，因所好而投之，此非可以言传者也。”朱归，一如恒娘教。洪大悦，形神俱惑，惟恐见拒。日将暮，则相对调笑，跬步不离闺闼，日以为常，竟不能推之使去。朱益善遇宝带，每房中之宴，辄呼与共榻坐；而洪视宝带益丑，不终席，遣去之。朱赚夫入宝带房，扃闭之，洪终夜无所沾染。于是宝带恨洪，对人辄怨谤。洪益厌怒之，渐施鞭楚。宝带忿，不自修，拖敝垢履，头类蓬葆[②]，更不复可言人矣。

恒娘一日谓朱曰：“我术如何矣？”朱曰：“道则至妙；然弟子能由之，而终不能知之也。纵之，何也？”曰：“子不闻乎：人情厌故而喜新，重难而轻易？丈夫之爱妾，非必其美也，甘其所乍获，而幸其所难遘也。纵而饱之，则珍错亦厌，况藜羹乎！”“毁之而复炫之，何也？”曰：“置不留目，则似久别；忽睹艳妆，则如新至：譬贫人骤得粱肉[③]，则视脱粟[④]非味矣。而又不易与之，则彼故而我新，彼易而我难，此即子易妻为妾之法也。”朱大悦，遂为闺中之密友。

积数年，忽谓朱曰：“我两人情若一体，自当不昧生平。向欲言而恐疑之也；行相别，敢以实告：妾乃狐也。幼遭继母之变，鬻妾都中。良人遇我厚，故不忍遽绝，恋恋以至于今。明日老父尸解[⑤]，妾往省觐，不复还矣。”

---

① 瓠犀——美人牙齿。
② 蓬葆——蓬草。
③ 粱肉——精米肥肉。
④ 脱粟——粗米饭。
⑤ 尸解——道教对死亡的婉称。

朱把手唏嘘。早旦往视，则举家惶骇，恒娘已杳。

异史氏曰："买珠者不贵珠而贵椟：新旧易难之情，千古不能破其惑；而变憎为爱之术，遂得以行乎其间矣。古佞臣事君，勿令见人，勿使窥书。乃知容身固宠，皆有心传也。"

葛 巾

常大用，洛[1]人。癖好牡丹。闻曹州[2]牡丹甲齐、鲁，心向往之。适以他事如[3]曹，因假缙绅之园居焉。时方二月，牡丹未华，惟徘徊园中，目注句萌[4]，以望其拆[5]。作怀牡丹诗百绝[6]。未几，花渐含苞，而资斧将匮；寻典春衣，流连忘返。

一日，凌晨趋花所，则一女郎及老妪在焉。疑是贵家宅眷，亦遂遄返。暮而往，又见之，从容避去。微窥之，宫妆艳绝。眩迷之中，忽转一想：此必仙人，世上岂有此女子乎！急反身而搜之，骤过假山，适与媪遇。女郎方坐石上，相顾失惊。妪以身幛女，叱曰："狂生何为！"生长跪曰："娘子必是神仙！"妪咄之曰："如此妄言，自当絷送令尹！"生大惧。女郎微笑曰："去之！"过山而去。生返，不能徙步，意女郎归告父兄，必有诟辱之来。偃卧空斋，自悔孟浪。窃幸女郎无怒容，或当不复置念。悔惧交集，终夜而病。日已向辰，喜无问罪之师，心渐宁帖。而回忆声容，转惧为想。如是三日，憔悴欲死。秉烛夜分，仆已熟眠。妪入，持瓯而进曰："吾家葛巾娘子，手合鸩汤[7]，其速饮！"生闻而骇，既而曰："仆与娘子，夙无犯嫌，何至赐死？既为娘子手调，与其相思而病，不如仰药而死！"遂引而尽之。妪笑，接瓯而去。生觉药气香冷，似非毒者。俄觉肺膈宽舒，头颅清爽，酣然睡去。既醒，红日满窗。试起，病若失，心益信其为仙。无可夤缘，但于无

① 洛——洛阳。
② 曹州——州、府名，今山东荷泽县。
③ 如——往，到。
④ 句萌——草木的幼芽。
⑤ 拆——开放。
⑥ 百绝——百首绝句。
⑦ 鸩汤——毒药。

人时，仿佛其立处、坐处，虔拜而默祷之。

一日，行去，忽于深树内，觌面遇女郎，幸无他人，大喜，投地[①]。女郎近曳之，忽闻异香竟体，即以手握玉腕而起。指肤软腻，使人骨节欲酥。正欲有言，老妪忽至。女令隐身石后，南指曰："夜以花梯度墙，四面红窗者，即妾居也。"匆匆遂去。生怅然，魂魄飞散，莫能知其所往。至夜，移梯登南垣，则垣下已有梯在，喜而下，果有红窗。室中闻敲棋声，伫立不敢复前，姑逾垣归。少间，再过之，子声犹繁；渐近窥之，则女郎与一素衣美人相对着，老妪亦在坐，一婢侍焉。又返。凡三往复，三漏已催。生伏梯上，闻妪出云："梯也，谁置此？"呼婢共移去之。生登垣，欲下无阶，恨悒而返。

次夕复往，梯先设矣。幸寂无人，入，则女郎兀坐，若有思者。见生惊起，斜立含羞。生揖曰："自谓福薄，恐于天人无分，亦有今夕也！"遂狎抱之。纤腰盈掬，吹气如兰，撑拒曰："何遽尔！"生曰："好事多磨，迟为鬼妒。"言未及已，遥闻人语。女急曰："玉版妹子来矣！君可姑伏床下。"生从之。无何，一女子入，笑曰："败军之将，尚可复言战否？业已烹茗，敢邀为长夜之欢。"女郎辞以困惰。玉版固请之，女郎坚坐不行。玉版曰："如此恋恋，岂藏有男子在室耶？"强拉之出门而去。生膝行而出，恨绝，遂搜枕簟，冀一得其遗物，而室内并无香奁，只床头有水精如意，上结紫巾，芳洁可爱。怀之，越垣归。自理衿袖，体香犹凝，倾慕益切。然因伏床之恐，遂有怀刑之惧，筹思不敢复往，但珍藏如意，以冀其寻。

隔夕，女郎果至，笑曰："妾向以君为君子，而不知寇盗也。"生曰："良有之。所以偶不君子[②]者，第望其如意也。"乃揽体入怀，代解裙结。玉肌乍露，热香四流，偎抱之间，觉鼻息汗熏，无气不馥。因曰："仆固意卿为仙人，今益知不妄。幸蒙垂盼，缘在三生。但恐杜兰香之下嫁，终成离恨耳。"女笑曰："君虑亦过。妾不过离魂之倩女[③]，偶为情动耳。此事要宜慎秘，恐是非之口，捏造黑白，君不能生翼，妾不能乘风，则祸离更惨于好别矣。"生然之，而终疑为仙，固诘姓氏。女曰："既以妾为仙，仙人何必以姓名传。"问："妪何人？"曰："此桑姥。妾少时受其露覆，故不与婢辈同。"遂起，欲去，曰："妾处耳目多，不可久羁，蹈隙当复来。"临别，索如意，曰：

---

① 投地——伏地，行大礼。
② 偶不君子——偶而一次不当君子。
③ 倩女——钟情少女。

"此非妾物,乃玉版所遗。"问:"玉版为谁?"曰:"妾叔妹也。"付钩乃去。

去后,衾枕皆染异香。由此三两夜辄一至。生惑之,不复思归。而囊橐既空,欲货马。女知之,曰:"君以妾故,泻囊质衣,情所不忍。又去代步,千余里将何以归?妾有私蓄,聊可助装。"生辞曰:"卿情好,抚臆誓肌①,不足论报;而又贪鄙,以耗卿财,何以为人矣!"女固强之,曰:"姑假君。"遂捉生臂,至一桑树下,指一石,曰:"转之!"生从之。又拔头上簪,刺土数十下,又曰:"爬之。"生又从之。则瓮口已见。女探入,出白镪近五十两许;生把臂止之,不听,又出十余铤,生强反其半而后掩之。一夕,谓生曰:"近日微有浮言,势不可长,此不可不预谋也。"生惊曰:"且为奈何!小生素迂谨,今为卿故,如寡妇之失守,不复能自主矣。一惟卿命,刀锯斧钺,亦所不遑顾耳!"女谋偕亡,命生先归,约会于洛。生治任旋里,拟先归而后逆之;比至,则女郎车适已至门。登堂朝家人,四邻惊贺,而并不知其窃而逃也。生窃自危;女殊坦然,谓生曰:"无论千里外非逻察所及,即或知之,妾世家女,卓王孙当无如长卿何也②。"

生弟大器,年十七,女顾之曰:"是有惠根③,前程尤胜于君。"完婚有期,妻忽夭殒。女曰:"妾妹玉版,君固尝窥见之,貌颇不恶,年亦相若,作夫妇可称嘉偶。"生闻之而笑,戏请作伐。女曰:"必欲致之,即亦非难。"喜问:"何术?"曰:"妹与妾最相善。两马驾轻车,费一妪之往返耳。"生恐前情俱发,不敢从其谋。女固言:"不害。"即命车,遣桑妪去。数日,至曹。将近里门,媪下车,使御者止而候于途,乘夜入里。良久,偕女子来,登车遂发。昏暮即宿车中,五更复行。女郎计其时日,使大器盛服而逆之五十里许,乃相遇。御轮而归,鼓吹花烛,起拜成礼。由此兄弟皆得美妇,而家又日以富。

一日,有大寇数十骑,突入第。生知有变,举家登楼。寇入,围楼。生俯问:"有仇否?"答云:"无仇。但有两事相求:一则闻两夫人世间所无,请赐一见;一则五十八人,各乞金五百。"聚薪楼下,为纵火计以胁之。生允其索金之请;寇不满志,欲焚楼,家人大恐。女欲与玉版下楼,止之不听。炫妆而下,阶未尽者三级,谓寇曰:"我姊妹皆仙媛,暂时一履尘世,何畏寇

---

① 抚臆誓肌——竭诚图报,信誓旦旦状。

② 卓王孙当无如长卿何也——世家之女私奔,其家不敢张扬,为难男方。

③ 惠根——佛家用语,指通达道理,成就功德的根性。

盗！欲赐汝万金，恐汝不敢受也。”寇众一齐仰拜，喏声“不敢”。姊妹欲退，一寇曰：“此诈也！”女闻之，反身伫立，曰：“意欲何作，便早图之，尚未晚也。”诸寇相顾，默无一言。姊妹从容上楼而去。寇仰望无迹，哄然始散。

后二年，姊妹各举一子，始渐自言：“魏姓①，母封曹国夫人。”生疑曹无魏姓世家，又且大姓失女，何得一置不问？未敢穷诘，而心窃怪之。遂托故复诣曹，入境谘访，世族并无魏姓。于是仍假馆旧主人。忽见壁上有赠曹国夫人诗，颇涉骇异，因诘主人。主人笑，即请往观曹夫人。至则牡丹一本，高与檐等。问所由名，则以其花为曹第一，故同人戏封之。问其“何种”，曰：“葛巾紫②也。”心益骇，遂疑女为花妖。既归，不敢质言，但述赠夫人诗以觇之。女蹙然变色，遽出呼玉版抱儿至，谓生曰：“三年前，感君见思，遂呈身相报；今见猜疑，何可复聚！”因与玉版皆举儿摇掷之，儿堕地并没。生方惊顾，则二女俱渺矣。悔恨不已。后数日，堕儿处生牡丹二株，一夜径尺，当年而花，一紫一白，朵大如盘，较寻常之葛巾、玉版③瓣尤繁碎。数年，茂荫成丛；移分他所，更变异种，莫能识其名。自此牡丹之盛，洛下无双焉。

异史氏曰：“怀之专一，鬼神可通，偏反者亦不可谓无情也。少府寂寞，以花当夫人，况真能解语，何必力究其原哉？惜常生之未达也！”

---

① 魏姓——隐指牡丹葛巾出于魏家。
② 葛巾紫——牡丹品种名。
③ 玉版——同②。

卷十一

冯 木 匠

抚军周有德[①],改创故藩邸为部院衙署 。时方鸠工,有木作匠冯明寰直[②]宿其中。夜方就寝,忽见纹窗半开,月明如昼。遥望短垣上,立一红鸡;注目间,鸡已飞抢至地。俄一少女,露半身来相窥。冯疑为同辈所私;静听之,众已熟眠。私心怔忡,窃望其误投也。少间,女果越窗过,径已入怀。冯喜,默不一言。欢毕,女亦遂去。自此夜夜至。初犹自隐,后遂明告。女曰:"我非误就,敬相投耳。"两人情日密。既而工满,冯欲归,女已候于旷野。冯所居村,离郡固不甚远,女遂从去。既入室,家人皆莫之睹,冯始知其非人。迨数月,精神渐减,心益惧,延师镇驱,卒无少验。一夜,女艳妆来,向冯曰:"世缘俱有定数:当来推不去,当去亦挽不住。今与子别矣。"遂去。

黄 英

马子才,顺天人。世好菊,至才尤甚。闻有佳种,必购之,千里不惮。一日,有金陵客寓其家,自言其中表亲[③]有一二种,为北方所无。马欣动,即刻治装,从客至金陵。客多方为之营求,得两芽,裹藏如宝。归至中途,遇一少年,跨蹇从油碧车[④],丰姿洒落。渐近与语。少年自言:"陶姓。"谈言骚雅。因问马所自来,实告之。少年曰:"种无不佳,培溉在人。"因与论艺菊之法。马大悦,问:"将何往?"答云:"姊厌金陵,欲卜居于河朔耳。"马欣然曰:"仆虽固贫,茅庐可以寄榻。不嫌荒陋,无烦他适。"陶趋车前,向

---

① 抚军周有德——清初旗人,曾官山东巡抚,有政绩。
② 直——通"值",值班。
③ 中表亲——姑、舅或姨之亲。
④ 油碧车——古时妇女所乘车壁油涂饰之车。

姊咨禀。车中人推帘语，乃二十许绝世美人也。顾弟言："屋不厌卑，而院宜得广。"马代诺之，遂与俱归。

第南有荒圃，仅小室三四椽，陶喜，居之。日过北院，为马治菊。菊已枯，拔根再植之，无不活。然家清贫，陶日与马共食饮，而察其家似不举火。马妻吕，亦爱陶姊，不时以升斗馈恤之。陶姊小字[①]黄英，雅善谈，辄过吕所，与共纫绩。陶一日谓马曰："君家固不丰，仆日以口腹累知交，胡可为常。为今计，卖菊亦足谋生。"马素介，闻陶言，甚鄙之，曰："仆以君风流高士，当能安贫；今作是论，则以东篱为市井，有辱黄花[②]矣。"陶笑曰："自食其力不为贪，贩花为业不为俗。人固不可苟求富，然亦不必务求贫也。"马不语，陶起而出。自是，马所弃残枝劣种，陶悉掇拾而去。由此不复就马寝食，招之始一至。未几，菊将开，闻其门嚣喧如市。怪之，过而窥焉，见市人买花者，车载肩负，道相属也。其花皆异种，目所未睹。心厌其贪，欲与绝；而又恨其私秘佳本，遂款其扉，将就诮让。陶出，握手曳入。见荒庭半亩皆菊畦，数椽之外无旷土。劚[③]去者，则折别枝插补之；其蓓蕾在畦者，罔不佳妙：而细认之，尽皆向所拔弃也。陶入屋，出酒馔，设席畦侧，曰："仆贫不能守清戒，连朝幸得微资，颇足供醉。"少间，房中呼"三郎"，陶诺而去。俄献佳肴，烹饪良精。因问："贵姊胡以不字？"答云："时未至。"问："何时？"曰："四十三月。"又诘："何说？"但笑不言。尽欢始散。过宿，又诣之，新插者已盈尺矣。大奇之，苦求其术。陶曰："此固非可言传；且君不以谋生，焉用此？"又数日，门庭略寂，陶乃以蒲席包菊，捆载数车而去。逾岁，春将半，始载南中[④]异卉而归，于都中设花肆，十日尽售，复归艺菊。问之去年买花者，留其根，次年尽变而劣，乃复购于陶。陶由此日富：一年增舍，二年起夏屋。兴作从心，更不谋诸主人。渐而旧日花畦，尽为廊舍。更于墙外买田一区，筑墉[⑤]四周，悉种菊。至秋，载花去，春尽不归。而马妻病卒，意属黄英，微使人风示之。黄英微笑，意似允许，惟专候陶归而已。

年余，陶竟不至。黄英课仆种菊，一如陶。得金益合商贾，村外治膏

---

① 小字——小名。
② 黄花——指菊花。
③ 劚(zhú)——掘。
④ 南中——泛指南方。
⑤ 墉——土墙。

田二十顷，甲第益壮。忽有客自东粤来，寄陶生函信，发之，则嘱姊归马。考其寄书之日，即妻死之日；回忆园中之饮，适四十三月也。大奇之。以书示英，请问“致聘何所”。英辞不受采。又以故居陋，欲使就南第居，若赘焉。马不可，择日行亲迎礼。黄英既适马，于间壁开扇通南第，日过课其仆。马耻以妻富，恒嘱黄英作南北籍[①]，以防淆乱。而家所需，黄英辄取诸南第。不半岁，家中触类皆陶家物。马立遣人一一赍还之，戒勿复取。未浃旬，又杂之。凡数更，马不胜烦。黄英笑曰：“陈仲子[②]毋乃劳乎？”马惭，不复稽，一切听诸黄英。鸠工庀[③]料，土木大作，马不能禁。经数月，楼舍连亘，两第竟合为一，不分疆界矣。然遵马教，闭门不复业菊，而享用过于世家。马不自安，曰：“仆三十年清德，为卿所累。今视息人间[④]，徒依裙带而食，真无一毫丈夫气矣。人皆祝富，我但祝穷耳！”黄英曰：“妾非贪鄙；但不少致丰盈，遂令千载下人，谓渊明[⑤]贫贱骨，百世不能发迹，故卿为我家彭泽[⑥]解嘲耳。然贫者愿富，为难；富者求贫，固亦甚易。床头金任君挥去之，妾不靳也。”马曰：“捐他人之金，抑亦良丑。”英曰：“君不愿富，妾亦不能贫也。无已，析君居：清者自清，浊者自浊，何害？”乃于园中筑茅茨，择美婢往侍马。马安之。然过数日，苦念黄英。招之，不肯至；不得已，反就之。隔宿辄至，以为常。黄英笑曰：“东食西宿，廉者当不如是。”马亦自笑，无以对，遂复合居如初。

会马以事客金陵，适逢菊秋。早过花肆，见肆中盆列甚烦，款朵佳胜，心动，疑类陶制。少间，主人出，果陶也。喜极，具道契阔，遂止宿焉。要之归。陶曰：“金陵，吾故土，将婚于是。积有薄资，烦寄吾姊。我岁杪当暂去。”马不听，请之益苦。且曰：“家幸充盈，但可坐享，无须复贾。”坐肆中，使仆代论价，廉其直，数日尽售。逼促囊装，赁舟遂北。入门，则姊已除舍，床榻裀褥皆设，若预知弟也归者。陶自归，解装课役，大修亭园，惟日与马共棋酒，更不复结一客。为之择婚，辞不愿。姊遣二婢侍其寝处，居三四年，生一女。

---

① 南北籍——南北两宅各立账簿。
② 陈仲子——战国时齐人，有气节。
③ 庀(pǐ)——备。
④ 视息人间——活在世上。
⑤ 渊明——即陶渊明，晋代诗人。
⑥ 彭泽——县名，陶渊明曾任该县令。

陶饮素豪，从不见其沉醉。有友人曾生，量亦无对。适过马，马使与陶相较饮。二人纵饮甚欢，相得恨晚。自辰[1]以迄四漏[2]，计各尽百壶。曾烂醉如泥，沉睡座间。陶起归寝，出门践菊畦，玉山倾倒，委衣于侧，即地化为菊，高如人；花十余朵，皆大于拳。马骇绝，告黄英。英急往，拔置地上，曰："胡醉至此！"覆以衣，要马俱去，戒勿视。既明而往，则陶卧畦边。马乃悟姊弟菊精也，益敬爱之。而陶自露迹，饮益放，恒自折柬招曾，因与莫逆。值花朝[3]，曾乃造访，以两仆舁药浸白酒一坛，约与共尽。坛将竭，二人犹未甚醉。马潜以一瓻[4]续入之，二人又尽之。曾醉已惫，诸仆负之以去。陶卧地，又化为菊。马见惯不惊，如法拔之，守其旁以观其变。久之，叶益憔悴。大惧，始告黄英。英闻骇曰："杀吾弟矣！"奔视之，根株已枯。痛绝，掐其梗，埋盆中，携入闺中，日灌溉之。马悔恨欲绝，甚怨曾。越数日，闻曾已醉死矣。盆中花渐萌，九月既开，短干粉朵，嗅之有酒香，名之"醉陶"，浇以酒则茂。后女长成，嫁于世家。黄英终老，亦无他异。

异史氏曰："青山白云人，遂以醉死，世尽惜之，而未必不自以为快也。植此种于庭中，如见良友，如对丽人，不可不物色之也。"

书　　痴

彭城[5]郎玉柱，其先世官至太守，居官廉，得俸不治生产，积书盈屋。至玉柱，尤痴：家苦贫，无物不鬻，惟父藏书，一卷不忍置。父在时，曾书《劝学篇》，粘其座右，郎日讽诵；又幛以素纱，惟恐磨灭。非为干禄，实信书中真有金粟。昼夜研读，无问寒暑。年二十余，不求婚配，冀卷中丽人自至。见宾亲不知温凉，三数语后，则诵声大作，客逡巡自去。每文宗临

---

① 辰——下午四至六点。
② 四漏——四更。
③ 花朝——农历二月十五日，花朝节，百花生日。
④ 瓻(chī)——古盛酒具。
⑤ 彭城——古县名，今江苏徐州市。

试，辄首拔之①，而苦不得售②。

一日，方读，忽大风飘卷去。急逐之，踏地陷足；探之，穴有腐草；掘之，乃古人窖粟，朽败已成粪土。虽不可食，而益信"千钟"之说③不妄，读益力。一日，梯登高架，于乱卷中得金辇径尺，大喜，以为"金屋"之验④。出以示人，则镀金而非真金。心窃怨古人之诳已也。居无何，有父同年，观察是道，性好佛。或劝郎献辇为佛龛。观察大悦，赠金三百、马二匹。郎喜，以为金屋、车马皆有验，因益刻苦。然行年已三十矣。或劝其娶，曰："'书中自有颜如玉'，我何忧无美妻乎？"又读二三年，迄无效，人咸揶揄之。时民间讹言：天上织女私逃。或戏郎："天孙⑤窃奔，盖为君也。"郎知其戏，置不辨。

一夕，读《汉书》至八卷，卷将半，见纱剪美人夹藏其中。骇曰："书中颜如玉，其以此应之耶？"心怅然自失。而细视美人，眉目如生；背隐隐有细字云："织女。"大异之。日置卷上，反复瞻玩，至忘食寝。一日，方注目间，美人忽折腰起，坐卷上微笑。郎惊绝，伏拜案下。既起，已盈尺矣。益骇，又叩之。下几亭亭，宛然绝代之姝。拜问："何神？"美人笑曰："妾颜氏，字如玉，君固相知已久。日垂青盼，脱不一至，恐千载下无复有笃信古人者。"郎喜，遂与寝处。然枕席间亲爱倍至，而不知为人⑥。每读，必使女坐其侧。女戒勿读，不听。女曰："君所以不能腾达者，徒以读耳。试观春秋榜上，读如君者几人？若不听，妾行去矣。"郎暂从之。少顷，忘其教，吟诵复起。逾刻，索女，不知所在。神志丧失，嘱而祷之，殊无影迹。忽忆女所隐处，取《汉书》细检之，直至旧所，果得之。呼之不动，伏以哀祝。女乃下曰："君再不听，当相永绝！"因使治棋枰、樗蒲⑦之具，日与遨戏。而郎意殊不属。觑女不在，则窃卷流览。恐为女觉，阴取《汉书》第八卷，杂溷⑧他所以迷之。一日，读酣，女至，竟不之觉；忽睹之，急掩卷，而女已亡矣。大惧，冥搜诸卷，渺不可得；既，仍于《汉书》八卷中得之，叶数不爽。

---

① 首拔之——以第一名居首。
② 不得售——没考中乡试。
③ 千钟之说——钟，古量器，指《劝学篇》中"书中自有千钟粟"之说法。
④ 金屋之验——指"书中自有黄金屋"的验证，喻书生痴到极点。
⑤ 天孙——织女。
⑥ 为人——性生活。
⑦ 樗(chū)蒲——赌具。
⑧ 溷——同"混"。

因再拜祝，矢不复读。女乃下，与之弈，曰："三日不工[①]，当复去。"至三日，忽一局赢女二子。女乃喜，授以弦索，限五日工一曲。郎手营目注，无暇他及；久之，随指应节，不觉鼓舞。女乃日与饮博，郎遂乐而忘读。女又纵之出门，使结客，由此倜傥之名暴著。女曰："子可以出而试矣。"

郎一夜谓女曰："凡人男女同居则生子；今与卿居久，何不然也？"女笑曰："君日读书，妾固谓无益。今即夫妇一章[②]，尚未了悟，枕席二字有工夫。"郎惊问："何工？"女笑不言。少间，潜迎就之。郎乐极曰："我不意夫妇之乐，有不可言传者。"于是逢人辄道，无有不掩口者。女知而责之。郎曰："钻穴逾隙者，始不可以告人；天伦之乐[③]，人所皆有，何讳焉。"过八九月，女果举一男，买媪抚字之。

一日，谓郎曰："妾从君二年，业生子，可以别矣。久恐为君祸，悔之已晚。"郎闻言，泣下，伏不起，曰："卿不念呱呱者耶？"女亦凄然，良久曰："必欲妾留，当举架上书尽散之。"郎曰："此卿故乡，乃仆性命，何出此言！"女不之强，曰："妾亦知其有数，不得不预告耳。"先是，亲族或窥见女，无不骇绝，而又未闻其缔姻何家，共诘之。郎不能作伪语，但默不言。人益疑，邮传几偏[④]，闻于邑宰史公。史，闽人，少年进士。闻声倾动，窃欲一睹丽容，因而拘郎及女。女闻知，遁匿无迹。宰怒，收郎，斥革衣衿，梏械备加，务得女所自往。郎垂死，无一言。械其婢，略得道其仿佛。宰以为妖，命驾亲临其家。见书卷盈屋，多不胜搜，乃焚之；庭中烟结不散，暝若阴霾。

郎既释，远求父门人书，得从辨复[⑤]。是年秋捷，次年举进士。而衔恨切于骨髓。为颜如玉之位，朝夕而祝曰："卿如有灵，当佑我官于闽。"后果以直指巡闽[⑥]。居三月，访史恶款[⑦]，籍其家。时有中表为司理[⑧]，逼纳爱妾，托言买婢寄署中。案既结，郎即日自劾，取妾而归。

异史氏曰："天下之物，积则招妒，好则生魔：女之妖，书之魔也。事近

---

① 工——精通。
② 章——章节。
③ 天伦之乐——夫妇间的乐趣。
④ 偏——同"遍。"
⑤ 辨复——向上级官府申诉理由，请求恢复原职。
⑥ 以直指巡闽——以御史身份巡察福建。
⑦ 恶款——作恶的数量。
⑧ 司理——主管司法的州官。

怪诞,治之未为不可;而祖龙之虐[①],不已惨乎!其存心之私,更宜得怨毒之报也。呜呼!何怪哉!"

齐天大圣

许盛,兖[②]人。从兄成贾于闽,货未居积。客言大圣[③]灵著,将祷诸祠。盛未知大圣何神,与兄俱往。至则殿阁连蔓,穷极弘丽。入殿瞻仰,神猴首人身,盖齐天大圣孙悟空云。诸客肃然起敬,无敢有惰容。盛素刚直,窃笑世俗之陋。众焚尊叩祝,盛潜去之。

既归,兄责其慢。盛曰:"孙悟空乃丘翁[④]之寓言,何遂诚信如此?如其有神,刀槊雷霆,余自受之!"逆旅主人闻呼大圣名,皆摇手失色,若恐大圣闻。盛见其状,益哗辨之;听者皆掩耳而走。至夜,盛果病,头痛大作。或劝诣祠谢,盛不听。未几,头小愈,股又痛,竟夜生巨疽,连足尽肿,寝食俱废。兄代祷,迄无验。或言:神谴须自祝。盛卒不信。月余,疮渐敛,而又一疽生,其痛倍苦。医来,以刀割腐肉,血溢盈碗;恐人神其词,故忍而不呻。又月余,始就平复。而兄又大病。盛曰:"何如矣!敬神者亦复如是,足征余之疾,非由悟空也。"兄闻其言,益恚,谓神迁怒,责弟不为代祷。盛曰:"兄弟犹手足。前日支体糜烂而不之祷;今岂以手足之病,而易吾守乎?"但为延医剉药[⑤],而不从其祷。药下,兄暴毙。盛惨痛结于心腹,买棺殓兄已,投祠指神而数之曰:"兄病,谓汝迁怒,使我不能自白。倘尔有神,当令死者复生。余即北面称弟子,不敢有异词;不然,当以汝处三清之法[⑥],还处汝身,亦以破吾兄地下之惑。"至夜,梦一人招之去,入大圣祠,仰见大圣有怒色,责之曰:"因汝无状,以菩萨刀穿汝胫股;犹不自悔,啧有烦言。本宜送拔舌狱[⑦],念汝一生刚鲠,姑置宥赦。汝兄病,乃汝以庸医

① 祖龙之虐——指秦始皇焚书坑儒,喻指邑宰火烧书痴的藏书。
② 兖——今山东兖州市。
③ 大圣——《西游记》中的孙悟空。
④ 丘翁——指金、元时全真道龙门派创始人丘处机。
⑤ 剉药——制药。
⑥ 三清之法——指孙悟空在车迟国将元始天尊、灵宝道君、太上老君的圣像投入厕所。
⑦ 拔舌狱——传说中十八层地狱之一。

夭其寿数，与人何尤？今不少施法力，益令狂妄者引为口实。”乃命青衣使请命于阎罗。青衣白：“三日后，鬼籍已报天庭，恐难为力。”神取方版，命笔，不知何词，使青衣执之而去。良久乃返。成与俱来，并跪堂上。神问：“何迟？”青衣白：“阎摩不敢擅专，又持大圣旨上咨斗宿[①]，是以来迟。”盛趋上拜谢神恩。神曰：“可速与兄俱去。若能向善，当为汝福。”兄弟悲喜，相将俱归。醒而异之。急起，启材视之，兄果已苏，扶出，极感大圣力。盛由此诚服，信奉更倍于流俗。而兄弟资本，病中已耗其半；兄又未健，相对长愁。

一日，偶游郊郭，忽一褐衣人相之曰：“子何忧也？”盛方苦无所诉，因而备述其遭。褐衣人曰：“有一佳境，暂往瞻瞩，亦足破闷。”问：“何所？”但云：“不远。”从之。出郭半里许，褐衣人曰：“予有小术，顷刻可到。”因命以两手抱腰，略一点头，遂觉云生足下，腾踔而上，不知几百由旬[②]。盛大惧，闭目不敢少启。顷之，曰：“至矣。”忽见琉璃世界，光明异色，讶问：“何处？”曰：“天宫也。”信步而行，上上益高。遥见一叟，喜曰：“适遇此老，子之福也！”举手相揖。叟邀过诸其所，烹茗献客；止两盏，殊不及盛。褐衣人曰：“此吾弟子，千里行贾，敬造仙署，求少赠馈。”叟命僮出白石一柈[③]，状类雀卵，莹澈如冰，使盛自取之。盛念携归可作酒枚[④]，遂取其六。褐衣人以为过廉，代取六枚，付盛并裹之。嘱纳腰橐，拱手曰：“足矣。”辞叟出，仍令附体而下，俄顷及地。盛稽首请示仙号。笑曰：“适即所谓觔斗云[⑤]也。”盛恍然，悟为大圣，又求祐护。曰：“适所会财星，赐利十二分[⑥]，何须他求。”盛又拜之，起视已渺。既归，喜而告兄。解取共视，则融入腰橐矣。后辇货而归，其利倍蓰。自此屡至闽，必祷大圣。他人之祷，时不甚验；盛所求无不应者。

异史氏曰：“昔士人过寺，画琵琶于壁而去；比返，则其灵大著，香火相属焉。天下事固不必实有其人；人灵之，则既灵焉矣。何以故？人心所聚，物或托焉耳。若盛之方鲠，固宜得神明之佑；岂真耳内绣针、毫毛能

① 斗宿——此指南斗星（主生）、北斗星（主死）。
② 由旬——古印度长度单位，或四十里，或三十里。
③ 柈（pán）——盘、碟。
④ 酒枚——酒筹，饮酒量具。
⑤ 觔斗云——筋斗云，相传一纵十万八千里。
⑥ 十二分——十二分利市。

变,足下觔斗、碧落可升哉!卒为邪惑,亦其见之不真也。”

青 蛙 神

江汉之间,俗事蛙神最虔。祠中蛙不知几百千万,有大如笼者。或犯神怒,家中辄有异兆:蛙游几榻,甚或攀缘滑壁不得堕,其状不一,此家当凶。人则大恐,斩牲禳祷之,神喜则已。楚有薛昆生者,幼惠,美姿容。六七岁时,有青衣媪至其家,自称神使,坐致神意,愿以女下嫁昆生。薛翁性朴拙,雅不欲,辞以儿幼。虽故却之,而亦未敢议婚他姓。迟数年,昆生渐长,委禽于姜氏。神告姜曰:“薛昆生,吾婿也,何得近禁脔[①]!”姜惧,反其仪。薛翁忧之,洁牲往祷,自言不敢与神相匹偶。祝已,见肴酒中皆有巨蛆浮出,蠢然扰动;倾弃,谢罪而归。心益惧,亦姑听之。一日,昆生在途,有使者迎宣神命,苦邀移趾。不得已,从与俱往。入一朱门,楼阁华好。有叟坐堂上,类七八十岁人。昆生伏谒。叟命曳起之,赐坐案傍。少间,婢媪集视,纷纭满侧。叟顾曰:“入言薛郎至矣。”数婢奔去。移时,一媪率女郎出,年十六七,丽绝无俦。叟指曰:“此小女十娘,自谓与君可称佳偶;君家尊乃以异类见拒。此自百年事[②],父母止主其半,是在君耳。”昆生目注十娘,心爱好之,默然不言。媪曰:“我固知郎意良佳。请先归,当即送十娘往也。”昆生曰;“诺。”趋归告翁。翁仓遽无所为计,乃授之词,使返谢之,昆生不肯行。方诮让间,舆已在门,青衣成群,而十娘入矣。上堂朝拜翁姑,见之皆喜。即夕合卺,琴瑟甚谐。由此神翁神媪,时降其家。视其衣,赤为喜,白为财,必见,以故家日兴。

自婚于神,门堂藩溷皆蛙,人无敢诟蹴之。惟昆生少年任性,喜则忌,怒则践毙,不甚爱惜。十娘虽谦驯,但善怒,颇不善昆生所为;而昆生不以十娘故敛抑之。十娘语侵昆生,昆生怒曰:“岂以汝家翁媪能祸人耶?丈夫何畏蛙也!”十娘甚讳言“蛙”,闻之恚甚,曰:“自妾入门,为汝家田增粟,贾益价,亦复不少。今老幼皆已温饱,遂如鸮鸟生翼,欲啄母睛耶!”昆生

① 禁脔——喻独占之物。
② 百年事——婚姻大事。

益愤曰:"君正嫌所增污秽,不堪贻子孙。请不如早别。"遂逐十娘。翁媪既闻之,十娘已去。呵昆生,使急往追复之。昆生盛气不屈。至夜,母子俱病,郁冒[①]不食。翁惧,负荆于祠,词义殷切。过三日,病寻愈。十娘亦自至,夫妻欢好如初。

十娘日辄凝妆坐,不操女红,昆生衣履,一委诸母。母一日忿曰:"儿既娶,仍累媪!人家妇事姑,我家姑事妇!"十娘适闻之,负气登堂曰:"儿妇朝侍食,暮问寝,事姑者,其道如何?所短者,不能吝佣钱,自作苦耳。"母无言,惭沮自哭。昆生入,见母涕痕,诘得故,怒责十娘。十娘执辨不屈。昆生曰:"娶妻不能承欢,不如勿有!便触老蛙怒,不过横灾死耳!"复出十娘。十娘亦怒,出门径去。次日,居舍灾,延烧数屋,几案床榻,悉为煨烬。昆生怒,诣祠责数曰:"养女不能奉翁姑,略无庭训,而曲护其短!神者至公,有教人畏妇者耶!且盎盂[②]相敲,皆臣所为,无所涉于父母。刀锯斧钺,即加臣身;如其不然,我亦焚汝居室,聊以相报。"言已,负薪殿下,爇火欲举。居人集而哀之,始愤而归。父母闻之,大惧失色。至夜,神示梦于近村,使为婿家营宅。及明,赍材鸠工,共为昆生建造,辞之不止;日数百人相属于道,不数日,第舍一新,床幕器具悉备焉。修除甫竟,十娘已至,登堂谢过,言词温婉。转身向昆生展笑,举家变怨为喜。自此十娘性益和,居二年,无间言。

十娘最恶蛇,昆生戏函[③]小蛇,绐使启之。十娘色变,诟昆生。昆生亦转笑生嗔,恶相抵。十娘曰:"今番不待相迫逐,请从此绝。"遂出门去。薛翁大恐,杖昆生,请罪于神。幸不祸之,亦寂无音。积有年余,昆生怀念十娘,颇自悔,窃诣神所哀十娘,迄无声应。未几,闻神以十娘字袁氏,中心失望,因亦求婚他族;而历相数家,并无如十娘者,于是益思十娘。往探袁氏,则已垩壁涤庭,候鱼轩[④]矣。心愧愤不能自已,废食成疾。父母忧皇,不知所处。忽昏愦中有人抚之曰:"大丈夫频欲断绝,又作此态!"开目,则十娘也。喜极,跃起曰:"卿何来?"十娘曰:"以轻薄人相待之礼,止宜从父命,另醮而去。固久受袁家采币,妾千思万思而不忍也。卜吉已在

① 郁冒——郁闷。
② 盎盂——盆碗类食具,喻口角、磨擦。
③ 函——小匣子。
④ 鱼轩——古时贵夫人所乘以兽皮为饰的车子。

今夕，父又无颜反璧[①]，妾亲携而置之矣。适出门，父走送曰：'痴婢！不听吾言，后受薛家凌虐，纵死亦勿归也！'"昆生感其义，为之流涕。家人皆喜，奔告翁媪。媪闻之，不待往朝，奔入子舍，执手呜泣。

由此昆生亦老成，不作恶谑，于是情好益笃。十娘曰："妾向以君儇薄，未必遂能相白首，故不欲留孽根于人世；今已靡他，妾将生子。"居无何，神翁神媪着朱袍，降临其家。次日，十娘临蓐，一举两男。由此往来无间。居民或犯神怒，辄先求昆生；乃使妇女辈盛妆入闺，朝拜十娘，十娘笑则解。薛氏苗裔甚繁，人名之"薛蛙子家"。近人不敢呼，远人则呼之。

又

青蛙神，往往托诸巫以为言。巫能察神嗔喜：告诸信士曰"喜矣"，福则至；"怒矣"，妇子坐愁叹，有废餐者。流俗然哉？抑神实灵、非尽妄也？

有富贾周某，性吝啬。会居人敛金修关圣祠，贫富皆与有力，独周一毛所不肯拔。久之，工不就，首事者无所为谋。适众赛蛙神[②]，巫忽言："周将军仓命小神司募政，其取簿籍来。"众从之。巫曰："已捐者，不复强；未捐者，量力自注。"众唯唯敬听，各注已。巫视曰："周某在此否？"周方混迹其后，惟恐神知，闻之失色，次且[③]而前。巫指籍曰："注[④]金百。"周益窘。巫怒曰："淫债尚酬二百，况好事耶！"盖周私一妇，为夫掩执，以金二百自赎，故讦之也。周益惭惧，不得已，如命注之。既归，告妻。妻曰："此巫之诈耳。"巫屡索，卒弗与。一日，方昼寝，忽闻门外如牛喘。视之，则一巨蛙，室门仅容其身，步履蹇缓，塞两扉而入。既入，转身卧，以阈承颔[⑤]，举家尽惊。周曰："此必讨募金也。"焚香而祝，愿先纳三十，其余以次赍送，蛙不动；请纳五十，身忽一缩，小尺许；又加二十，益缩如斗，请全纳，缩如拳，从容出，入墙罅而去。周急以五十金送监造所，人皆异之，周亦不言其故。

---

① 反璧——退还聘礼。
② 蛙神——青蛙神。
③ 次且——同"趑趄"，脚步不稳。
④ 注——捐资。
⑤ 以阈（yù）承颔——以门槛抵住下巴，惭愧状。

积数日，巫又言："周某欠金五十，何不催并？"周闻之，惧，又送十金，意将以次完结。一日，夫妇方食，蛙又至，如前状，目作努。少间，登其床，床摇撼欲倾；加喙于枕而眠，腹隆起如卧牛，四隅皆满。周惧，即完百数与之。验之，仍不少动。半日间，小蛙渐集，次日益多，穴仓登榻，无处不至；大于碗者，升灶啜蝇，糜烂釜中，以致秽不可食；至三日，庭中蠢蠢，更无隙处。一家皇骇，不知计之所出。不得已，请教于巫。巫曰："此必少之也。"遂祝之，益以廿金，首始举；又益之，起一足；直至百金，四足尽起，下床出门，狼犺数步，复返身卧门内。周惧，问巫。巫揣其意，欲周即解囊。周无奈，如数付巫，蛙乃行，数步外，身暴缩，杂众蛙中，不可辨认，纷纷然亦渐散矣。

祠既成，开光祭赛，更有所需。巫忽指首事者曰："某宜出如干数。"共十五人，止遗二人。众祝曰："吾等与某某，已同捐过。"巫曰："我不以贫富为有无，但以汝等所侵渔之数为多寡。此等金钱，不可自肥，恐有横灾飞祸。念汝等首事勤劳，故代汝消之也。除某某廉正无苟且外，即我家巫，我亦不少私之，便令先出，以为众倡。"即奔入家，搜括籍椟。妻问之，亦不答，尽卷囊蓄而出，告众曰："某私克银八两，今使倾囊。"与众衡之，秤得六两余，使人志其欠数。众愕然，不敢置辨，悉如数纳入。巫过此茫不自知；或告之，大惭，质衣以盈之。惟二人亏其数，事既毕，一人病月余，一人患疔肿，医药之费，浮于所欠，人以为私克之报云。

异史氏曰："老蛙司募，无不可与为善之人，其胜刺钉拖索者，不既多乎？又发监守之盗，而消其灾，则其现威猛，正其行慈悲也。"

任　秀

任建之，鱼台[①]人，贩毡裘为业。竭资赴陕。途中逢一人，自言："申竹亭，宿迁[②]人。"话言投契，盟为弟昆，行止与俱。至陕，任病不起，申善视之。积十余日，疾大渐。谓申曰："吾家故无恒产，八口衣食，皆恃一人

---

① 鱼台——今山东鱼台县。

② 宿迁——今江苏宿迁县，距鱼台县较近。

犯霜露。今不幸，殂谢异域。君，我手足也，两千里外，更有谁何！囊金二百余金，一半君自取之，为我小备殓具，剩者可助资斧；其半寄吾妻子，俾辇吾榇而归。如肯携残骸旋故里，则装资勿计矣。”乃扶枕为书付申，至夕而卒。申以五六金为市薄材，殓已。主人催其移槥[①]，申托寻寺观，竟遁不反。任家年余方得确耗。任子秀时年十七，方从师读，由此废学，欲往寻父柩。母怜其幼，秀哀涕欲死，遂典资治任，俾老仆佐之行，半年始还。殡后，家贫如洗。幸秀聪颖，释服，入鱼台泮[②]。而佻达善博，母教戒綦严，卒不改。一日，文宗案临，试居四等。母愤泣不食。秀惭惧，对母自矢。于是闭户年余，遂以优等食饩。母劝令设帐，而人终以其荡无检幅，咸诮薄之。

有表叔张某，贾京师，劝使赴都，愿携与俱，不耗其资。秀喜，从之。至临清[③]，泊舟关外[④]。时盐航舣集，帆樯如林。卧后，闻水声人声，聒耳不寐。更既静，忽闻邻舟骰声[⑤]清越，入耳萦心，不觉旧技复痒。窃听诸客，皆已酣寝，囊中自备千文，思欲过舟一戏。潜起解囊，捉钱踟蹰，回思母训，即复束置。既睡，心怔忡，苦不得眠；又起，又解：如是者三。兴勃发，不可复忍，携钱径去。至邻舟，则见两人对赌，钱注丰美。置钱几上，即求入局。二人喜，即与共掷。秀大胜。一客钱尽，即以巨金质舟主，渐以十余贯作孤注。赌方酣，又有一人登舟来，眈视良久，亦倾囊出百金质主人，入局共博。张中夜醒，觉秀不在舟，闻骰声，心知之，因诣邻舟，欲挠沮之。至，则秀胯侧积资如山，乃不复言，负钱数千而返。呼诸客并起，往来移运，尚存十余千。未几，三客俱败，一舟之钱尽空。客欲赌金，而秀欲已盈，故托非钱不博以难之。张在侧，又促逼令归。三客燥急。舟主利其盆头[⑥]，转贷他舟，得百余千。客得钱，赌更豪；无何，又尽归秀。天已曙，放晓关矣，共运资而返。三客亦去。主人视所质二百余金，尽箔灰[⑦]耳。大惊，寻至秀舟，告以故，欲取偿于秀。及问姓名、里居，知为建之之子，缩

---

① 槥(huì)——小而薄的棺木。
② 泮——县学。
③ 临清——今山东临清县。
④ 关外——关卡之外。
⑤ 骰声——掷骰子声。
⑥ 盆头——意指赌具之主向赢家抽头分利。
⑦ 箔灰——涂有金属粉的烧纸灰。

颈羞汗而退。过访榜人,乃知主人即申竹亭也。

秀至陕时,亦颇闻其姓字;至此鬼已报之,故不复追其前郄[①]矣。乃以资与张合业而北,终岁获息倍蓰[②]。遂援例[③]入监。益权子母,十年间,财雄一方。

晚　　霞

五月五日,吴越间有斗龙舟之戏。刳木为龙,绘鳞甲,饰以金碧;上为雕甍朱槛;帆旌皆以锦绣;舟末为龙尾,高丈余。以布索引木板下垂,有童坐板上,颠倒滚跌,作诸巧剧;下临江水,险危欲堕。故其购是童也,先以金啖其父母,预调驯之,堕水而死,勿悔也。吴门则载美姬,较不同耳。

镇江有蒋氏童阿端,方七岁,便捷奇巧,莫能过,声价益起,十六岁犹用之。至金山[④]下,堕水死。蒋媪止此子,哀鸣而已。阿端不自知死,有两人导去,见水中别有天地;回视,则流波四绕,屹如壁立。俄入宫殿,见一人兜牟坐[⑤]。两人曰:"此龙窝君也。"便使拜伏。龙窝君颜色和霁,曰:"阿端伎巧可入柳条部。"遂引至一所,广殿四合。趋上东廊,有诸少年出与为礼,率十三四岁。即有老妪来,众呼解姥。坐令献技。已,乃教以钱塘飞霆之舞,洞庭和风之乐。但闻鼓钲喤聒,诸院皆响;既而诸院皆息。姥恐阿端不能即娴,独絮絮调拨之;而阿端一过,殊已了了。姥喜曰:"得此儿,不让晚霞矣!"

明日,龙窝君按部,诸部毕集。首按夜叉部:鬼面鱼服;鸣大钲,围四尺许;鼓可四人合抱之,声如巨霆,叫噪不复可闻。舞起,则巨涛汹涌,横流空际,时堕一点星光,及着地消灭。龙窝君急止之,命进乳莺部:皆二八姝丽,笙乐细作,一时清风习习,波声俱静,水渐凝如水晶世界,上下通明。按毕,俱退立西墀下。次按燕子部:皆垂髫人,内一女郎,年十四五已来,振袖倾鬟,作散花舞;翩翩翔起,衿袖袜履间,皆出五色花朵,随风飏下,飘

① 前郄(xì)——前仇。
② 倍蓰(xǐ)——加倍。
③ 援例——捐资买官。
④ 金山——位于今江苏镇江市西北。
⑤ 兜牟坐——头戴着头盔坐着。

泊满庭。舞毕，随其部亦下西墀。阿端旁睨，雅爱好之。问之同部，即晚霞也。无何，唤柳条部。龙窝君特试阿端。端作前舞，喜怒随腔，俯仰中节。龙窝君嘉其惠悟，赐五文袴褶[①]，鱼须金束发，上嵌夜光珠。阿端拜赐下，亦趋西墀，各守其伍。端于众中遥注晚霞，晚霞亦遥注之。少间，端逡巡出部而北，晚霞亦渐出部而南；相去数武，而法严不敢乱部，相视神驰而已。既按蛱蝶部：童男女皆双舞，身长短、年大小、服色黄白，皆取诸同。诸部按已，鱼贯而出。柳条在燕子部后，端疾出部前，而晚霞已缓滞在后。回首见端，故遗珊瑚钗，端急内袖中。

既归，凝思成疾，眠餐顿废。解姥辄进甘旨，日三四省，抚摩殷切，病不少瘥。姥忧之，罔所为计，曰："吴江王寿期已促[②]，且为奈何！"薄暮，一童子来，坐榻上与语，自言隶蛱蝶部。从容问曰："君病为晚霞否？"端惊问："何知？"笑曰："晚霞亦如君耳。"端凄然起坐，便求方计。童问："尚能步否？"答云："勉强尚能自力。"童挽出，南启一户；折而西，又辟双扉。见莲花数十亩，皆生平地上；叶大如席，花大如盖，落瓣堆梗下盈尺。童引入其中，曰："姑坐此。"遂去。少时，一美人拨莲花而入，则晚霞也。相见惊喜，各道相思，略述生平。遂以石压荷盖令侧，雅可幛蔽；又匀铺莲瓣而藉之，忻与狎寝。既，订后约，日以夕阳为候，乃别。端归，病亦寻愈。由此两人日一会于莲亩。

过数日，随龙窝君往寿吴江王。称寿已，诸部悉还，独留晚霞及乳莺部一人在宫中教舞。数月，更无音耗，端怅望若失。惟解姥日往来吴江府；端托晚霞为外妹[③]，求携去，冀一见之。留吴江门下数日，宫禁森严，晚霞苦不得出，怏怏而返。积月余，痴想欲绝。一日，解姥入，戚然相吊曰："惜乎！晚霞投江矣！"端大骇，涕下不能自止。因毁冠裂服，藏金珠而出，意欲相从俱死。但见江水若壁，以首力触不得入。念欲复还，惧问冠服，罪将增重。意计穷蹙，汗流浃踵。忽睹壁下有大树一章，乃猱攀而上，渐至端杪；猛力跃堕，幸不沾濡，而竟已浮水上。不意之中，恍睹人世，遂飘然泅去。移时，得岸，少坐江滨，顿思老母，遂趁舟而去。抵里，四顾居庐，忽如隔世。次且至家，忽闻窗中有女子曰："汝子来矣。"音声甚似晚

① 五文袴褶(zhě)——五彩军服。
② 促——逼近。
③ 外妹——表妹。

霞。俄，与母俱出，果霞。斯时两人喜胜于悲；而媪则悲疑惊喜，万状俱作矣。

初，晚霞在吴江，觉腹中震动，龙宫法禁严，恐旦夕身娩，横遭挞楚；又不得一见阿端，但欲求死，遂潜投江水。身泛起，沉浮波中，有客舟拯之，问其居里。晚霞故吴名妓，溺水不得其尸。自念衏院①不可复投，遂曰："镇江蒋氏，吾婿也。"客因代贳扁舟，送诸其家。蒋媪疑其错误，女自言不误，因以其情详告媪。媪以其风格韵妙，颇爱悦之；第虑年太少，必非肯终寡也者。而女孝谨，顾家中贫，便脱珍饰售数万。媪察其志无他，良喜。然无子，恐一旦临蓐，不见信于戚里，以谋女。女曰："母但得真孙，何必求人知。"媪亦安之。会端至，女喜不自已。媪亦疑儿不死；阴发儿冢，骸骨具存。因以此诘端。端始爽然自悟；然恐晚霞恶其非人，嘱母勿复言。母然之。遂告同里，以为当日所得非儿尸，然终虑其不能生子。未几，竟举一男，捉之无异常儿，始悦。久之，女渐觉阿端非人，乃曰："胡不早言！凡鬼衣龙宫衣，七七魂魄坚凝，生人不殊矣。若得宫中龙角胶，可以续骨节而生肌肤，惜不早购之也。"

端货其珠，有贾胡出资百万，家由此巨富。值母寿。夫妻歌舞称觞，遂传闻王邸。王欲强夺晚霞。端惧，见王自陈："夫妇皆鬼。"验之无影而信，遂不之夺。但遣宫人就别院传其技。女以龟溺毁容②，而后见之。教三月，终不能尽其技而去。

白 秋 练

直隶有慕生，小字蟾宫，商人慕小寰之子。聪惠喜读。年十六，翁以文业迂，使去而学贾，从父至楚。每舟中无事，辄便吟诵。抵武昌，父留居逆旅，守其居积。生乘父出，执卷哦诗，音节铿锵。辄见窗影憧憧，似有人窃听之，而亦未之异也。一夕，翁赴饮，久不归，生吟益苦。有人徘徊窗外，月映甚悉。怪之，遽出窥觇，则十五六倾城之姝。望见生，急避去。又

① 衏(háng)院——妓院。
② 龟溺毁容——以龟尿弄丑自己容貌。

二三日，载货北旋，暮泊湖滨。父适他出，有媪入曰："郎君杀吾女矣！"生惊问之，答云："妾白姓。有息女秋练，颇解文字。言在郡城，得听清吟，于今结想，至绝眠餐。意欲附为婚姻，不得复拒。"生心实爱好，第虑父嗔，因直以情告。媪不实信，务要盟约。生不肯。媪怒曰："人世姻好，有求委禽而不得者。今老身自媒，反不见内，耻孰甚焉！请勿想北渡矣！"遂去。少间，父归，善其词以告之，隐冀垂纳。而父以涉远，又薄女子之怀春也，笑置之。

泊舟处，水深没棹；夜忽沙碛拥起，舟滞不得动。湖中每岁客舟必有留住守洲者，至次年桃花水[①]溢，他货未至，舟中物当百倍于原直也，以故翁未甚忧怪。独冀明岁南来，尚须揭资[②]，于是留子自归。生窃喜，悔不诘媪居里。日既暮，媪与一婢扶女郎至，展衣卧诸榻上，向生曰："人病至此，莫高枕作无事者！"遂去。生初闻而惊；移灯视女，则病态含娇，秋波自流。略致讯诘，嫣然微笑。生强其一语。曰："'为郎憔悴却羞郎'，可为妾咏。"生狂喜，欲近就之，而怜其荏弱。探手于怀，接脗[③]为戏。女不觉欢然展谑，乃曰："君为妾三吟王建'罗衣叶叶[④]'之作，病当愈。"生从其言。甫两过，女揽衣起坐曰："妾愈矣！"再读，则娇颤相和。生神志益飞，遂灭烛共寝。女未曙已起，曰："老母将至矣。"未几，媪果至。见女凝妆欢坐，不觉欣慰；邀女去，女俯首不语。媪即自去，曰："汝乐与郎君戏，亦自任也。"于是生始研问居止。女曰："妾与君不过倾盖之交[⑤]，婚嫁尚不可必，何须令知家门。"然两人互相爱悦，要誓良坚。女一夜早起挑灯，忽开卷凄然泪莹，生急起问之。女曰："阿翁行且至。我两人事，妾适以卷卜，展之得李益《江南曲》[⑥]，词意非祥。"生慰解之，曰："首句'嫁得瞿塘贾'，即已大吉，何不祥之与有！"女乃少欢，起身作别曰："暂请分手，天明则千人指视矣。"生把臂哽咽，问："好事如谐，何处可以相报？"曰："妾常使人侦探之，谐否无不闻也。"生将下舟送之，女力辞而去。无何，慕果至。生渐吐其情。父疑其招妓，怒加诟厉。细审舟中财物，并无亏损。谯呵乃已。一夕，翁不

---

① 桃花水——桃花汛。
② 揭资——筹措资金。
③ 接脗(hàn)——脗，下唇；即接吻。
④ 罗衣叶叶——指唐诗人王建《宫词》中的一句。
⑤ 倾盖之交——偶遇的朋友。
⑥ 江南曲——指唐诗人李益《江南曲》，有"嫁于弄潮儿"句，此指吉利。

在舟，女忽至，相见依依，莫知决策。女曰：“低昂有数[1]，且图目前。姑留君两月，再商行止。”临别，以吟声作为相会之约。由此值翁他出，遂高吟，则女自至。四月行尽，物价失时，诸贾无策，敛资祷湖神之庙。端阳[2]后，雨水大至，舟始通。

生既归，凝思成疾。慕忧之，巫医并进。生私告母曰：“病非药禳可痊，惟有秋练至耳。”翁初怒之；久之，支离益惫，始惧，赁车载子，复入楚，泊舟故处。访居人，并无知白媪者。会有媪操柁湖滨，即出自任。翁登其舟，窥见秋练，心窃喜，而审诘邦族，则浮家泛宅[3]而已。因实告子病由，冀女登舟，姑以解其沉痼。媪以婚无成约，弗许。女露半面，殷殷窥听，闻两人言，眦泪欲堕。媪视女面，因翁哀请，即亦许之。至夜，翁出，女果至，就榻呜泣曰：“昔年妾状，今到君耶！此中况味，要不可不使君知。然羸顿如此，急切何能便瘳？妾请为君一吟。”生亦喜。女亦吟王建前作。生曰：“此卿心事，医二人何得效？然闻卿声，神已爽矣。试为我吟‘杨柳千条尽向西[4]’。”女从之。生赞曰：“快哉！卿昔诵诗余，有《采莲子》[5]云：‘菡萏香连十顷陂。’心尚未忘，烦一曼声度之。”女又从之。甫阕，生跃起曰：“小生何尝病哉！”遂相狎抱，沉疴若失。既而问：“父见媪何词？事得谐否？”女已察知翁意，直对“不谐”。既而女去，父来，见生已起，喜甚，但慰勉之。因曰：“女子良佳。然自总角[6]时，把柁棹歌[7]，无论微贱，抑亦不贞。”生不语。翁既出，女复来，生述父意。女曰：“妾窥之审矣：天下事，愈急则愈远，愈迎则愈拒。当使意自转，反相求。”生问计，女曰：“凡商贾之志在利耳。妾有术知物价。适视舟中物，并无少息。为我告翁：居某物，利三之；某物，十之。归家，妾言验，则妾为佳妇矣。再来时，君十八，妾十七，相欢有日，何忧为！”生以所言物价告父。父颇不信，姑以余资半从其教。既归，所自置货，资本大亏；幸少从女言，得厚息，略相准。以是服秋练之神。生益夸张之，谓女自言，能使己富。翁于是益揭资而南。至湖，数日不见

① 低昂有数——成败均有定数。
② 端阳——端阳节，农历五月初五。
③ 浮家泛宅——水上人家，飘泊不定。
④ 杨柳千条尽向西——唐诗人刘方平《代春怨》诗中的一句，喻离愁别苦。
⑤ 采莲子——词调名。
⑥ 总角——童年。
⑦ 棹(zhào)歌——古乐府中的一首，此指摇桨唱歌。

白媪;过数日,始见其泊舟柳下,因委禽焉。媪悉不受,但涓吉送女过舟。翁另赁一舟,为子合卺。女乃使翁益南,所应居货,悉籍付之。媪乃邀婿去,家于其舟。翁三月而返。物至楚,价已倍蓰。将归,女求载湖水。既归,每食必加少许,如用醯酱[①]焉。由是每南行,必为致数坛而归。

后三四年,举一子。一日,涕泣思归。翁乃偕子及妇俱如楚。至湖,不知媪之所在。女扣舷呼母,神形丧失。促生沿湖问讯。会有钓鲟鳇[②]者,得白骥[③]。生近视之,巨物也,形全类人,乳阴毕具。奇之,归以告女。女大骇,谓夙有放生愿,嘱生赎放之。生往商钓者,钓者索直昂。女曰:"妾在君家,谋金不下巨万,区区者何遂靳直也!如必不从,妾即投湖水死耳!"生惧,不敢告父,盗金赎放之。既返,不见女,搜之不得,更尽始至。问:"何往?"曰:"适至母所。"问:"母何在?"觍然曰:"今不得不实告矣:适所赎,即妾母也。向在洞庭,龙君命司行旅[④]。近宫中欲选嫔妃,妾被浮言者所称道,遂敕妾母,坐相索。妾母实奏之。龙君不听,放母于南滨,饿欲死,故罹前难。今难虽免,而罚未释。君如爱妾,代祷真君[⑤]可免。如以异类见憎,请以儿掷还君。妾自去,龙宫之奉,未必不百倍君家也。"生大惊,虑真君不可得见。女曰:"明日未刻[⑥],真君当至。见有跛道士,急拜之,入水亦从之。真君喜文士,必合怜允。"乃出鱼腹绫一方,曰:"如问所求,即出此,求书一'免'字。"生如言候之。果有道士蹩躠[⑦]而至,生伏拜之。道士急走,生从其后。道士以杖投水,跃登其上。生竟从之而登,则非杖也,舟也。又拜之。道士问:"何求?"生出罗求书。道士展视曰:"此白骥翼也,子何遇之?"蟾宫不敢隐,详陈巅末。道士笑曰:"此物殊风雅,老龙何得荒淫!"遂出笔草书"免"字,如符形,返舟令下。则见道士踏杖浮行,顷刻已渺。归舟,女喜,但嘱勿泄于父母。

归后二三年,翁南游,数月不归。湖水既罄,久待不至。女遂病,日夜

---

① 醯(xī)酱——醋、酱。
② 鲟鳇(xún huáng)——鱼名,类鲟鱼。
③ 白骥——淡水海豚。
④ 司行旅——主管行旅。
⑤ 真君——修炼成仙者的尊称。
⑥ 未刻——下午一点至三点。
⑦ 蹩躠(bié xiè)——走路时一瘸一拐。

喘急，嘱曰："如妾死，勿瘗，当于卯、午、酉[①]三时，一吟杜甫梦李白诗[②]，死当不朽。候水至，倾注盆内，闭门缓妾衣，抱入浸之，宜得活。"喘息数日，奄然遂毙。后半月，慕翁至，生急如其教，浸一时许，渐甦。自是每思南旋。后翁死，生从其意，迁于楚。

王　者

湖南巡抚某公，遣州佐押解饷金六十万赴京。途中被雨，日暮愆程，无所投宿，远见古刹，因诣栖止。天明，视所解金，荡然无存。众骇怪，莫可取咎。回白抚公，公以为妄，将置之法。及诘众役，并无异词。公责令仍反故处，缉察端绪。

至庙前，见一瞽者，形貌奇异，自榜云："能知心事。"因求卜筮。瞽曰："是为失金者。"州佐曰："然。"因诉前苦。瞽者便索肩舆[③]，云："但从我去，当自知。"遂如其言，官役皆从之。瞽曰："东。"东之。瞽曰："北。"北之。凡五日，入深山，忽睹城郭，居人辐辏[④]。入城，走移时，瞽曰："止。"因下舆，以手南指："见有高门西向，可款关自问之。"拱手自去。

州佐如其教，果见高门，渐入之。一人出，衣冠汉制，不言姓名。州佐述所自来。其人云："请留数日，当与君谒当事者。"遂导去，令独居一所，给以食饮。暇时闲步，至第后，见一园亭，入涉之。老松翳日，细草如毡。数转廊榭，又一高亭，历阶而入，见壁上挂人皮数张，五官俱备，腥气流熏。不觉毛骨森竖，疾退归舍。自分留鞹[⑤]异域，已无生望，因念进退一死，亦姑听之。明日，衣冠者召之去，曰："今日可见矣。"州佐唯唯。衣冠者乘怒马甚驶，州佐步驰从之。俄，至一辕门，俨如制府衙署，皂衣人罗列左右，规模凛肃。衣冠者下马，导入。又一重门，见有王者，珠冠绣绂，南面坐。州佐趋上，伏谒。王者问："汝湖南解官耶？"州佐诺。王者曰："银俱在此。

---

① 卯、午、酉——早、中、晚。

② 杜甫梦李白诗——指李白晚年被流放时，杜甫作《梦李白二首》，以示对其深深怀念之情。

③ 肩舆——轿子。

④ 辐辏——喻密集。

⑤ 鞹(kuò)——本为去毛皮革，代指死。

是区区者，汝抚军即慨然见赠，未为不可。”州佐泣诉：“限期已满，归必就刑，禀白何所申证？”王者曰：“此即不难。”遂付以巨函云：“以此复之，可保无恙。”又遣力士送之。州佐慑息，不敢辨，受函而返。山川道路，悉非来时所经。既出山，送者乃去。

数日，抵长沙，敬白抚公。公益妄之，怒不容辨，命左右者飞索以绢[1]。州佐解襆出函，公拆视未竟，面如灰土。命释其缚，但云：“银亦细事，汝姑出。”于是急檄属官，设法补解讫。数日，公疾，寻卒。先是，公与爱姬共寝，既醒，而姬发尽失。阖署惊怪，莫测其由。盖函中即其发也。外有书云：“汝自起家守令，位极人臣。赇赂贪婪，不可悉数。前银六十万，业已验收在库。当自发贪囊，补充旧额。解官无罪，不得加谴责。前取姬发，略示微警。如复不遵教令，旦晚取汝首领。姬发附还，以作明信。”公卒后，家人始传其书。后属员遣人寻其处，则皆重岩绝壑，更无径路矣。

异史氏曰：“红线金合[2]，以儆贪婪，良亦快异。然桃源仙人[3]，不事劫掠；即剑客所集[4]，乌得有城郭衙署哉！呜呼！是何神欤？苟得其地，恐天下之赴愬[5]者无已时矣。”

某 甲

某甲私其仆妇，因杀仆纳妇，生二子一女。阅十九年，巨寇破城，劫掠一空。一少年贼，持刀入甲家。甲视之，酷类死仆。自叹曰：“吾今休矣！”倾囊赎命。迄不顾，亦不一言，但搜人而杀，共杀一家二十七口而去。甲头未断，寇去少苏，犹能言之。三日寻毙。呜呼！果报不爽[6]，可畏也哉！

---

① 绢(tà)——捆绑。
② 红线金合——指唐人袁郊《甘泽谣·红线》中的故事，红线女夜盗金盒，儆戒为官者。
③ 桃源仙人——指晋人陶渊明《桃花源记》中所写的桃源中人。
④ 剑客所集——侠客聚居处。
⑤ 愬——同“诉”。
⑥ 不爽——一点不差。

衢州三怪

张握仲从戎衢州[①],言:"衢州夜静时,人莫敢独行。钟楼上有鬼,头上一角,像貌狞恶,闻人行声即下。人骇而奔,鬼亦遂去。然见之辄病,且多死者。又城中一塘,夜出白布一匹,如匹练横地。过者拾之,即卷入水。又有鸭鬼,夜既静,塘边并寂无一物,若闻鸭声,人即病。"

拆楼人

何冏卿[②],平阴人。初令秦中[③],一卖油者有薄罪,其言戆[④],何怒,杖杀之。后仕至铨司[⑤],家资富饶。建一楼,上梁日,亲宾称觞为贺。忽见卖油者入,阴自骇疑。俄报妾生子。愀然曰:"楼工未成,拆楼人已至矣!"人谓其戏,而不知其实有所见也。后子既长,最顽,荡其家。佣为人役,每得钱数文,辄买香油食之。

异史氏曰:"常见富贵家楼第连亘,死后,再过已墟。此必有拆楼人降生其家也。身居人上,乌可不早自惕哉!"

大蝎

明彭将军宏,征寇入蜀。至深山中,有大禅院,云已百年无僧。询之土人,则曰:"寺中有妖,入者辄死。"彭恐伏寇,率兵斩茅而入。前殿中,有皂雕[⑥]夺门飞去;中殿无异;又进之,则佛阁,周视亦无所见,但入者皆头

① 衢州——旧府名,治今浙江衢县。
② 何冏(jiǒng)卿——即何海晏,明末进士,曾官太仆寺少卿。
③ 秦中——今陕西中部。
④ 戆——愚直。
⑤ 铨司——指吏部文选清吏司。
⑥ 皂雕——黑色雕。

痛不能禁。彭亲入,亦然。少顷,有大蝎如琵琶,自板上蠢蠢而下。一军惊走。彭遂火其寺。

陈云栖

真毓生,楚夷陵[①]人,孝廉之子。能文,美丰姿,弱冠知名。儿时,相者曰:"后当娶女道士为妻。"父母共以为笑。而为之论婚,低昂苦不能就。

生母臧夫人,祖居黄冈[②],生以故诣外祖母。闻时人语曰:"黄州[③]'四云',少者无伦。"盖郡有吕祖[④]庵,庵中女道士皆美,故云。庵去臧氏村仅十余里,生因窃往。扣其关,果有女道士三四人,谦喜承迎,仪度皆雅洁。中一最少者,旷世真无其俦,心好而目注之。女以手支颐,但他顾。诸道士觅盏烹茶。生乘间问姓字,答云:"云栖,姓陈。"生戏曰:"奇矣!小生适姓潘[⑤]。"陈赪颜发頬,低头不语,起而去。少间,瀹茗,进佳果。各道姓字:一,白云深,年三十许;一,盛云眠,二十已来;一梁云栋,约二十有四五,却为弟[⑥]。而云栖不至。生殊怅惘,因问之。白曰:"此婢惧生人。"生乃起别,白力挽之,不留而出。白曰:"而欲见云栖,明日可复来。"生归,思恋綦切。次日,又诣之。诸道士俱在,独少云栖,未便遽问。诸道士治具留餐,生力辞,不听。白拆饼授箸,劝进良殷。既问:"云栖何在?"答云:"自至。"久之,日势已晚,生欲归。白捉腕留之,曰:"姑止此,我捉婢子来奉见。"生乃止。俄,挑灯具酒,云眠亦去。酒数行,生辞已醉。白曰:"饮三觥,则云栖出矣。"生果饮如数。梁亦以此挟劝之,生又尽之,覆盏告辞。白顾梁曰:"吾等面薄,不能劝饮。汝往曳陈婢来,便道潘郎待[⑦]妙常已久。"梁去,少时而返,具言:"云栖不至。"生欲去,而夜已深,乃佯醉仰卧。两人代裸之,迭就淫焉。终夜不堪其扰。天既明,不睡而别。数日不敢复

---

① 夷陵——州名,治今湖北宜昌市。
② 黄冈——县名,今湖北黄冈县。
③ 黄州——府名,府治在黄冈。
④ 吕祖——吕洞宾。
⑤ 奇矣,小生适姓潘——此指真毓生以言词挑逗潘生。
⑥ 弟——师弟。
⑦ 待——等。

往,而心念云栖不忘也,但不时于近侧探侦之。一日,既暮,白出门,与少年去。生喜,不甚畏梁,急往款关。云眠出应门。问之,则梁亦他适。因问云栖。盛导去,又入一院,呼曰:"云栖!客至矣。"但见室门阖然而合。盛笑曰:"闭扉矣。"生立窗外,似将有言,盛乃去。云栖隔窗曰:"人皆以妾为饵,钓君也。频来,身命殆矣。妾不能终守清规,亦不敢遂乖①廉耻,欲得如潘郎者事之耳。"生乃以白头相约。云栖曰;"妾师抚养,即亦非易。果相见爱,当以二十金赎妾身。妾候君三年。如望为桑中之约②,所不能也。"生诺之。方欲自陈,而盛复至,从与俱出,遂别归。中心怊怅,思欲委曲夤缘,再一亲其娇范,适有家人报父病,遂星夜而还。

无何,孝廉卒。夫人庭训最严,心事不敢使知,但刻减金资,日积之。有议婚者,辄以服阕为辞。母不听。生婉告曰:"曩在黄冈,外祖母欲以婚陈氏,诚心所愿。今遭大故,音耗遂梗,久不如黄省问;旦夕一往,如不果谐,从母所命。"夫人许之。乃携所积而去。至黄,诣庵中,则院宇荒凉,大异畴昔。渐入之,惟一老尼炊灶下,因就问。尼曰:"前年老道士死,'四云'星散矣。"问:"何之?"曰:"云深、云栋,从恶少去;向闻云栖寓居郡北;云眠消息不知也。"生闻之,悲叹。命驾即诣郡北,遇观③辄询,并少踪绪。怅恨而归,伪告母曰:"舅言:陈翁如岳州④,待其归,当遣伻⑤来。"逾半年,夫人归宁,以事问母,母殊茫然。夫人怒子诳;媪疑甥与舅谋,而未以闻也。幸舅远出,莫从稽其妄。

夫人以香愿登莲峰⑥,斋宿山下。既卧,逆旅主人扣扉,送一女道士寄宿同舍,自言:"陈云栖。"闻夫人家夷陵,移坐就榻,告诉坷坎,词旨悲恻。末言:"有表兄潘生,与夫人同籍,烦嘱子侄辈一传口语,但道某暂寄鹤栖观师叔王道成所,朝夕厄苦,度日如岁。令早一临存;恐过此以往,未之或知也。"夫人审名字,即又不知,但云:"既在学宫,秀才辈想无不闻也。"未明早别,殷殷再嘱。夫人既归,向生言及。生长跪曰:"实告母:所谓潘生,即儿也。"夫人既知其故,怒曰:"不肖儿!宣淫寺观,以道士为妇,

① 乖——违背。
② 桑中之约——男女私会。
③ 观——道教寺观。
④ 岳州——府名,治今湖南岳阳市。
⑤ 伻——送信传话的使者。
⑥ 莲峰——指五祖山山峰。

何颜见亲宾乎！”生垂头，不敢出词。会生以赴试入郡，窃命舟访王道成。至，则云栖半月前出游不返。既归，悒悒而病。

适臧媪卒，夫人往奔丧，殡后迷途，至京氏家，问之，则族妹也。相便邀入。见有少女在堂，年可十八九，姿容曼妙，目所未睹。夫人每思得一佳妇，俾子不怼，心动，因诘生平。妹云：“此王氏女也，京氏甥也。怙恃俱失，暂寄此耳。”问：“婿家谁？”曰：“无之。”把手与语，意致娇婉，母大悦，为之过宿，私以己意告妹。妹曰：“良佳。但其人高自位置；不然，胡蹉跎至今也。容商之。”夫人招与同榻，谈笑甚欢；自愿母夫人[①]。夫人悦，请同归荆州[②]；女益喜。次日，同舟而还。既至，则生病未起。母慰其沉痾，使婢阴告曰：“夫人为公子载丽人至矣。”生未信，伏窗窥之，较云栖尤艳绝也。因念：三年之约已过；出游不返，则玉容必已有主。得此佳丽，心怀颇慰。于是韈然动色，病亦寻瘳。母乃招两人相拜见。生出，夫人谓女：“亦知我同归之意乎？”女微笑曰：“妾已知之。但妾所以同归之初志，母不知也。妾少字夷陵潘氏，音耗阔绝，必已另有良匹。果尔，则为母也妇；不尔，则终为母也女，报母有日也。”夫人曰：“既有成约，即亦不强。但前在五祖山[③]时，有女冠问潘氏，今又潘氏，固知夷陵世族无此姓也。”女惊曰：“卧莲峰下者母耶？询潘者，即我是也。”母始恍然悟，笑曰：“若然，则潘生固在此矣。”女问：“何在？”夫人命婢导去问生。生惊曰：“卿云栖耶？”女问：“何知？”生言其情，始知以潘郎为戏。女知为生，羞与终谈，急返告母。母问其何复姓王。答云：“妾本姓王。道师见爱，遂以为女，从其姓耳。”夫人亦喜，涓吉为之成礼。先是，女与云眠俱依王道成。道成居隘，云眠遂去之汉口。女娇痴不能作苦，又羞出操道士业，道成颇不善之。会京氏如黄冈，女遇之流涕，因与俱去，俾改女子装，将论婚士族，故讳其曾隶道士籍。而问名者，女辄不愿，舅及姑妗皆不知意向，心厌嫌之。是日，从夫人归，得所托，如释重负焉。合卺后，各述所遭，喜极而泣。女孝谨，夫人雅怜爱之；而弹琴好弈，不知理家人生业，夫人颇以为忧。

积月余，母遣两人如京氏，留数日而归。泛舟江流，欻一舟过，中一女冠，近之，则云眠也。云眠独与女善。女喜，招与同舟，相对酸辛。问：“将

---

① 母夫人——认夫人为母。
② 荆州——州名，治今湖北江陵县。
③ 五祖山——位于今湖北蕲州境内，相传宋代名僧法演禅师曾居此山。

何之?”盛云:“久切悬念。远至鹤栖观,则闻依京舅矣。故将诣黄冈,一奉探耳。竟不知意中人已得相聚。今视之如仙,剩此漂泊人,不知何时已矣!”因而欷歔。女设一谋:令易道装,伪作姊,携伴夫人,徐择佳偶。盛从之。

既归,女先白夫人,盛乃入。举止大家;谈笑间,练达世故。母既寡,苦寂,得盛良欢,惟恐其去。盛早起代母劬劳,不自作客。母益喜,阴思纳女姊,以掩女冠之名,而未敢言也。一日,忘某事未作,急问之,则盛代备已久。因谓女曰:“画中人不能作家,亦复何为。新妇若大姊者,吾不忧也。”不知女存心久,但恐母嗔。闻母言,笑对曰:“母既爱之,新妇欲效英、皇[①],何如?”母不言,亦辗然笑。女退,告生曰:“老母首肯矣。”乃另洁一室,告曰:“昔在观中共枕时,姊言:‘但得一能知亲爱之人,我两人当共事之。’犹忆之否?”盛不觉双眦莹莹,曰:“妾所谓亲爱者,非他:如日日经营,曾无一人知其甘苦;数日来,略有微劳,即烦老母恤念,则中心冷暖顿殊矣。若不下逐客令,俾得长伴老母,于愿斯足,亦不望前言之践也。”女告母。母令姊妹焚香,各矢无悔词,乃使生与行夫妇礼。将寝,告生曰:“妾乃二十三岁老处女也。”生犹未信。既而落红殷褥,始奇之。盛曰:“妾所以乐得良人者,非不能甘岑寂也;诚以闺阁之身,觍然酬应如勾栏,所不堪耳。借此一度,挂名君籍,当为君奉事老母,作内纪纲[②]。若房闱之乐,请别与人探讨之。”三日后,襆被从母,遣之不去。女早诣母所,占其床寝,不得已,乃从生去。由是三两日辄一更代,习为常。

夫人故善弈,自寡居,不暇为之。自得盛,经理井井,昼日无事,辄与女弈。挑灯瀹茗,听两妇弹琴,夜分始散。每与人曰:“儿父在时,亦未能有此乐也。”盛司出纳,每纪籍报母。母疑曰:“儿辈常言幼孤,作字弹棋,谁教之?”女笑以实告。母亦笑曰:“我初不欲为儿娶一道士,今竟得两矣。”忽忆童时所卜,始信定数不可逃也。生再试不第。夫人曰:“吾家虽不丰,薄田三百亩,幸得云眠纪理,日益温饱。儿但在膝下,率两妇与老身共乐,不愿汝求富贵也。”生从之。后云眠生男女各一,云栖女一男三。母八十余岁而终。孙皆入泮;长孙,云眠所出,已中乡选[③]矣。

---

① 英、皇——女英、娥皇,同嫁于舜。
② 内纪纲——内室管家。
③ 乡选——乡试。

司札吏

游击官某，妻妾甚多。最讳其小字，呼年曰岁，生曰硬，马曰大驴；又讳败曰胜，安为放。虽简札往来，不甚避忌，而家人道之，则怒。一日，司札吏白事，误犯；大怒，以研[①]击之，立毙。三日后，醉卧，见吏持刺[②]入，问："何为?"曰："'马子安'来拜。"忽悟其鬼，急起，拔刀挥之。吏微笑，掷刺几上，泯然而没。取刺视之，书云："岁家眷硬大驴子放胜[③]。"暴谬之夫，为鬼揶揄，可笑甚已！

牛首山[④]僧，自名铁汉，又名铁屎。有诗四十首，见者无不绝倒。自镂印章二：一曰"混帐行子"，一曰"老实泼皮"。秀水[⑤]王司直梓其诗，名曰"牛山四十屁"。款云："混帐行子、老实泼皮放。"不必读其诗，标名已足解颐。

蚰蜒

学使朱矞三[⑥]家，门限下有蚰蜒，长数尺。每遇风雨即出，盘旋地上如白练。按蚰蜒形若蜈蚣，昼不能见，夜则出，闻腥辄集。或云：蜈蚣无目而多贪也。

---

① 研——同"砚"。
② 刺——名帖。
③ 岁家眷硬大驴子放胜——指鬼揶揄此游击官而故意写的拜帖，正确写法为"年家眷生马子安拜"。
④ 牛首山——位于今南京附近。
⑤ 秀水——今浙江嘉兴县。
⑥ 朱矞三——即朱雯，清初进士，曾官山东提学使。

司　训[①]

教官某，甚聋，而与一狐善；狐耳语之，亦能闻。每见上官，亦与狐俱，人不知其重听[②]也。积五六年，狐别而去，嘱曰："君如傀儡，非挑弄之，则五官俱废。与其以聋取罪，不如早自高[③]也。"某恋禄，不能从其言，应对屡乖。学使欲逐之，某又求当道者为之缓颊。一日，执事文场。唱名毕，学使退与诸教官燕坐[④]。教官各扪籍靴中[⑤]，呈进关说。已而学使笑问："贵学何独无所呈进？"某茫然不解。近坐者肘之，以手入靴，示之势。某为亲戚寄卖房中伪器[⑥]，辄藏靴中，随在求售。因学使笑语，疑索此物，鞠躬起对曰："有八钱者最佳，下官不敢呈进。"一座匿笑。学使叱出之，遂免官。

异史氏曰："平原[⑦]独无，亦中流之砥柱也。学使而求呈进，固当奉之以此。由是得免，冤哉！"

朱公子子青[⑧]《耳录》云："东莱[⑨]一明经[⑩]迟，司训沂水[⑪]。性颠痴，凡同人咸集时，皆默不语；迟坐片时，不觉五官俱动，笑啼并作，旁若无人焉者。若闻人笑声，顿止。日俭鄙自奉，积金百余两，自埋斋房，妻子亦不使知。一日，独坐，忽手足动，少刻云：'作恶结怨，受冻忍饥，好容易积蓄者，今在斋房。倘有人知，竟如何？'如此再四。一门斗[⑫]在旁，殊亦不觉。次日，迟出，门斗入，掘取而去。过二三日，心不自宁，发穴验视，则已空空。顿足拊膺，叹恨欲死。"教职中可云千态百状矣。

---

① 司训——府、州、县一类学官。
② 重听——听力差。
③ 自高——辞官。
④ 燕坐——闲坐。
⑤ 扪籍靴中——从靴子中摸出事先准备好为某考生说情的名籍。
⑥ 房中伪器——房中有助于性生活的工具。
⑦ 平原——指东汉人史弼，任平原相，为政清廉。
⑧ 朱公子子青——即朱緗，字子青，作者的友人，曾撰有《耳录》一书。
⑨ 东莱——古郡名，治今山东掖县。
⑩ 明经——贡生。
⑪ 沂水——今山东沂水县。
⑫ 门斗——学官的侍役。

黑 鬼

胶州[①]李总镇，买二黑鬼，其黑如漆。足革粗厚，立刃为途，往来其上，毫无所损。总镇配以娼，生子而白，僚仆戏之，谓非其种。黑鬼亦疑，因杀其子，检骨尽黑，始悔焉。公每令两鬼对舞，神情亦可观也。

织 成

洞庭湖中，往往有水神借舟。遇有空船，缆忽自解，飘然游行。但闻空中音乐并作，舟人蹲伏一隅，瞑目听之，莫敢仰视，任所往。游毕，仍泊旧处。

有柳生，落第归，醉卧舟上。笙乐忽作。舟人摇生不得醒，急匿艎[②]下。俄有人捽生。生醉甚，随手堕地，眠如故，即亦置之。少间，鼓吹鸣聒。生微醒，闻兰麝充盈，睨之，见满船皆佳丽。心知其异，目若瞑。少间，传呼织成。即有侍儿来，立近颊际，翠袜紫舄，细瘦如指。心好之，隐以齿啮其袜。少间，女子移动，牵曳倾踣。上问之，因白其故。在上者怒，命即行诛。遂有武士入，捉缚而起。见南面一人，冠类王者。因行且语，曰："闻洞庭君为柳氏[③]，臣亦柳氏；昔洞庭落第，今臣亦落第；洞庭得遇龙女而仙，今臣醉戏一姬而死：何幸不幸之悬殊也！"王者闻之，唤回，问："汝秀才下第者乎？"生诺。便授笔札，令赋"风鬟雾鬓"[④]。生固襄阳[⑤]名士，而构思颇迟，捉笔良久。上诮让曰："名士何得尔？"生释笔自白："昔《三都赋》[⑥]十稔而成，以是知文贵工、不贵速也。"王者笑听之。自辰至午，稿始脱。王者览之，大悦曰；"真名士也！"遂赐以酒。顷刻，异馔纷纶。方问对

---

① 胶州——州名，今山东胶县。
② 艎(huáng)——大船。
③ 柳氏——指柳毅，唐人李朝威《柳毅传》中传主，相传为洞庭君。
④ 风鬟雾鬓——喻指龙女放牧时的苦难。
⑤ 襄阳——今湖北襄阳县。
⑥ 三都赋——晋人左思所作。

间，一吏捧簿进白：“溺籍[①]告成矣。”问：“人数几何？”曰：“一百二十八人。”问：“签差[②]何人矣？”答云：“毛、南二尉。”生起拜辞，王者赠黄金十斤，又水晶界方一握[③]，曰：“湖中小有劫数，持此可免。”忽见羽葆人马，纷立水面，王者下舟登舆，遂不复见，久之寂然。

舟人始自艎下出，荡舟北渡，风逆不得前。忽见水中有铁猫浮出。舟人骇曰：“毛将军[④]出现矣！”各舟商人俱伏。又无何，湖中一木直立，筑筑摇动。益惧曰：“南将军又出矣！”少时，波浪大作，上翳天日，四顾湖舟，一时尽覆。生举界方危坐舟中，万丈洪涛，至舟顿灭，以是得全。

既归，每向人语其异，言：“舟中侍儿，虽未悉其容貌，而裙下双钩，亦人世所无。”后以故至武昌，有崔媪卖女，千金不售；蓄一水晶界方，言有能配此者，嫁之。生异之，怀界方而往。媪忻然承接，呼女出见，年十五六已来，媚曼风流，更无伦比，略一展拜，反身入帏。生一见魂魄动摇，曰：“小生亦蓄一物，不知与老姥家藏颇相称否？”因各出相较，长短不爽毫厘。媪喜，便问寓所，请生即归命舆，界方留作信。生不肯留，媪笑曰：“官人亦太小心！老身岂为一界方抽身窜去耶？”生不得已，留之。出则赁舆急返，而媪室已空。大骇。遍问居人，迄无知者。日已向西，形神懊丧，邑邑而返。中途，值一舆过，忽搴帘曰：“柳郎何迟也？”视之，则崔媪，喜问：“何之？”媪笑曰：“必将疑老身拐骗者矣。别后，适有便舆，顷念官人亦侨寓，措办良艰，故遂送女归舟耳。”生邀回车，媪必不可。生仓皇不能确信，急奔入舟，女果及一婢在焉。见生入，含笑承迎。生见翠袜紫履，与舟中侍儿妆饰，更无少别。心异之，徘徊凝注。女笑曰：“眈眈注目，生平所未见耶？”生益俯窥之，则袜后齿痕宛然，惊曰：“卿织成耶？”女掩口微哂。生长揖曰：“卿果神人，早请直言，以祛烦惑。”女曰：“实告君：前舟中所遇，即洞庭君也。仰慕鸿才，便欲以妾相赠；因妾过为王妃所爱，故归谋之。妾之来，从妃命也。”生喜，沐手焚香，望湖朝拜，乃归。

后诣武昌，女求同去，将便归宁。既至洞庭，女拔钗掷水，忽见一小舟自湖中出，女跃登，如飞鸟集，转瞬已杳。生坐船头，于没处凝盼之。遥遥

---

① 溺籍——淹死者的名册。
② 签差——派遣。
③ 一握——一柄。
④ 毛将军——即猫将军，不详。

一楼船至，既近窗开，忽如一彩禽翔过，则织成至矣。一人自窗中递掷金珠珍物甚多，皆妃赐也。自是，岁一两觐[①]以为常。故生家富有珠宝，每出一物，世家所不识焉。

相传唐柳毅遇龙女，洞庭君以为婿。后逊位于毅。又以毅貌文，不能摄服水怪，付以鬼面，昼戴夜除；久之渐习忘除，遂与面合而为一。毅览镜自惭。故行人泛湖，或以手指物，则疑为指己也；以手覆额，则疑其窥己也：风波辄起，舟多覆。故初登舟，舟人必以此告戒之。不则设牲牢祭享，乃得渡。许真君[②]偶至湖，浪阻不得行。真君怒，执毅付郡狱。狱吏检囚，恒多一人，莫测其故。一夕，毅示梦郡伯[③]，哀求拔救。伯以幽明异路，谢辞之。毅云："真君于某日临境，但为求恳，必合有济。"既而真君果至，因代求之，遂得释。嗣后湖禁稍平。

竹 青

鱼客，湖南人，忘其郡邑。家贫，下第归，资斧断绝。羞于行乞，饿甚，暂憩吴王[④]庙中，拜祷神座。出卧廊下，忽一人引去，见王，跪白曰："黑衣队尚缺一卒，可使补缺。"王曰："可。"即授黑衣。既着身，化为乌，振翼而出。见乌友群集，相将俱去，分集帆樯。舟上客旅，争以肉向上抛掷。群于空中接食之。因亦尤效，须臾果腹。翔栖树杪，意亦甚得。逾二三日，吴王怜其无偶，配以雌，呼之"竹青"。雅相爱乐。鱼每取食，辄驯无机[⑤]。竹青恒劝谏之，卒不能听。一日，有满兵过，弹之中胸。幸竹青衔去之，得不被擒。群乌怒，鼓翼搧波，波涌起，舟尽覆。竹青仍投饵哺鱼。鱼伤甚，终日而毙。忽如梦醒，则身卧庙中。先是，居人见鱼死，不知谁何，抚之未冷，故不时令人逻察之。至是，讯知其由，敛资送归。

后三年，复过故所，参谒吴王。设食，唤乌下集群啖，祝曰："竹青如

---

① 觐——拜见。
② 许真君——东晋道士许逊，相传成仙得道。
③ 郡伯——郡守。
④ 吴王——即三国时吴国大将甘宁，宋代追赠为吴王。
⑤ 无机——不机灵。

在，当止。”食已，并飞去。后领荐[①]归，复谒吴王庙，荐以少牢[②]。已，乃大设以飨乌友，又祝之。是夜宿于湖村，秉烛方坐，忽几前如飞鸟飘落；视之，则二十许丽人，辗然曰：“别来无恙乎？”鱼惊问之，曰：“君不识竹青耶？”鱼喜，诘所来。曰；“妾今为汉江神女，返故乡时常少。前乌使两道君情，故来一相聚也。”鱼益欣感，宛如夫妻之久别，不胜欢恋。生将偕与俱南，女欲邀与俱西，两谋不决。寝初醒，则女已起。开目，见高堂中巨烛荧煌，竟非舟中。惊起，问：“此何所？”女笑曰：“此汉阳[③]也。妾家即君家，何必南！”天渐晓，婢媪纷集，酒炙已进。就广床上设矮几，夫妇对酌。鱼问：“仆何在？”答：“在舟上。”生虑舟人不能久待。女言：“不妨，妾当助君报之。”于是日夜谈讌，乐而忘归。舟人梦醒，忽见汉阳，骇绝。仆访主人，杳无音信。舟人欲他适，而缆结不解，遂共守之。积两月余，生忽忆归，谓女曰：“仆在此，亲戚断绝。且卿与仆，名为琴瑟，而不一认家门，奈何？”女曰：“无论妾不能往；纵往，君家自有妇，将何以处妾乎？不如置妾于此，为君别院[④]可耳。”生恨道远，不能时至。女出黑衣，曰：“君向所著旧衣尚在。如念妾时，衣此可至；至时，为君解之。”乃大设肴珍，为生祖饯。即醉而寝，醒则身在舟中。视之，洞庭旧泊处也。舟人及仆俱在，相视大骇，诘其所往。生故怅然自惊。枕边一襆，检视，则女赠新衣袜履，黑衣亦折置其中。又有绣橐维絷腰际，探之，则金资充牣焉。于是南发，达岸，厚酬舟人而去。

归家数月，苦忆汉水，因潜出黑衣着之，两胁生翼，翕然凌空，经两时许，已达汉水。回翔下视，见孤屿中，有楼舍一簇，遂飞堕。有婢子已望见之，呼曰：“官人至矣！”无何，竹青出，命众手为缓结，觉羽毛划然尽脱。握手入舍，曰：“郎来恰好，妾旦夕临蓐矣。”生戏问曰：“胎生乎？卵生乎？”女曰：“妾今为神，则皮骨已更，应与曩异。”越数日，果产，胎衣厚裹，如巨卵然，破之，男也。生喜，名之“汉产”。三日后，汉水神女皆登堂，以服食珍物相贺。并皆佳妙，无三十以上人。俱入室就榻，以拇指按儿鼻，名曰“增寿”。既去，生问：“适来者皆谁何？”女曰：“此皆妾辈。其末后着藕白者，

---

① 领荐——中乡试。
② 少牢——以猪、羊祭祀。
③ 汉阳——县名，今属湖北省。
④ 别院——别庄。

所谓'汉皋解珮'[①],即其人也。"居数月,女以舟送之,不用帆楫,飘然自行。抵陆,已有人絷马道左,遂归。由此往来不绝。

积数年,汉产益秀美,生珍爱之。妻和氏,苦不育,每思一见汉产。生以情告女。女乃治任,送儿从父归,约以三月。既归,和爱之过于己出,过十余月,不忍令返。一日,暴病而殇,和氏悼痛欲死。生乃诣汉告女。入门,则汉产赤足卧床上,喜以问女。女曰:"君久负约。妾思儿,故招之也。"生因述和氏爱儿之故。女曰:"待妾再育,令汉产归。"又年余,女双生男女各一:男名"汉生",女名"玉珮"。生遂携汉产归。然岁恒三四往,不以为便,因移家汉阳。汉产十二岁,入郡庠。女以人间无美质[②],招去,为之娶妇,始遣归。妇名"卮娘",亦神女产也。后和氏卒,汉生及妹皆来擗踊[③]。葬毕,汉生遂留;生携玉珮去,自此不返。

段 氏

段瑞环,大名[④]富翁也。四十无子。妻连氏最妒,欲买妾而不敢。私一婢,连觉之,挞婢数百,鬻诸河间栾氏之家。段日益老,诸侄朝夕乞贷,一言不相应,怒徵声色。段思不能给其求,而欲嗣一侄,则群侄阻挠之,连氏悍亦无所施,始大悔。愤曰:"翁年六十余,安见不能生男!"遂买两妾,听夫临幸,不之问。居年余,二妾皆有身。举家皆喜。于是气息渐舒,凡诸侄有所强取,辄恶声梗拒之。无何,一妾生女,一妾生男而殇。夫妻失望。又将年余,段中风[⑤]不起,诸侄益肆,牛马什物,竞自取去。连诟斥之,辄反辱相稽,无所为计,朝夕呜哭。段病益剧,寻死。诸侄集柩前,议析遗产。连虽痛切,然不能禁止之。但留沃墅[⑥]一所,赡养老稚,侄辈不肯。连曰:"汝等寸土不留,将令老妪及呱呱者饿死耶!"日不决,惟忿哭自

① 汉皋解珮——出自《韩诗外传》,喻指有艳福。
② 美质——好女子。
③ 擗踊(pǐ yǒng)——为双亲送葬,悲痛时捶胸顿足。
④ 大名——府名,治今河北大名县。
⑤ 中风——因脑血管意外而突然昏厥。
⑥ 沃墅——肥沃的田庄。

挝。忽有客入吊，直趋灵所，俯仰尽哀。哀已，便就苫次[①]。众诘为难，客曰："亡者吾父也。"众益骇。客从容自陈。

先是，婢嫁栾氏，逾五六月，生子怀，栾抚之等诸男[②]。十八岁入泮。后栾卒，诸兄析产，置不与诸栾齿[③]。怀问母，始知其故，曰："既属两姓，各有宗祐，何必在此承人百亩田哉！"乃命骑诣段，而段已死。言之凿凿，确可信据。连方忿痛，闻之大喜，直出曰："我今亦复有儿！诸所假去牛马什物，可好自送还；不然，有讼兴也！"诸侄相顾失色，渐引去。怀乃携妻来，共居父忧。诸段不平，共谋逐怀。怀知之，曰："栾不以为栾，段复不以为段，我安适归乎！"忿欲质官，诸戚党为之排解，群谋亦寝。而连以牛马故，不肯已。怀劝置之。连曰："我非为牛马也，杂气集满胸，汝父以愤死，我所以吞声忍泣者，为无儿耳。今有儿，何畏哉！前事汝不知状，待予自质审[④]。"怀固止之，不听，具词赴宰控。宰拘诸段，审状，连气直词恻，吐陈泉涌。宰为动容，并惩诸段，追物给主。既归，其兄弟之子，招之来，因其不与党谋者，所以追物尽散给之。连七十余岁，将死，呼女及孙媳属曰："汝等志之：如三十不育，便当典质钗珥，为夫纳妾。无子之情状，实难堪也！"

异史氏曰："连氏虽妒，而能疾转，宜天以有后伸其气也。观其慷慨激发，吁！亦杰矣哉！"

济南蒋稼，其妻毛氏，不育而妒。嫂每劝谏，不听，曰："宁绝嗣，不令送眼流眉者忿气人也！"年近四旬，颇以嗣续为念。欲继兄子，兄嫂俱诺，而故悠忽之。儿每至叔所，夫妻饵以甘脆，问曰："肯来吾家乎？"儿亦应之。兄私嘱儿曰："倘彼再问，答以不肯。如问何故不肯，答云：'待汝死后，何愁田产不为吾有。'"一日，稼出远贾，儿复来。毛又问，儿即以父言对。毛大怒曰："妻孥在家，固日日盘算吾田产耶！其计左矣！"逐儿出，立招媒媪，为夫买妾。时有卖婢者，其价昂，倾资不能取盈，势将难成。其兄恐迟而变悔，遂暗以金付媪，伪称为媪转贷者玉成之。毛大喜，遂买婢归。毛以情告夫，夫怒，与兄绝。年余，妾生子。夫妻大喜。毛曰："媪不知假

---

① 苫次——指守丧。
② 等诸男——将其与其他儿子等同看待。
③ 齿——并列。
④ 质审——向官府申诉。

贷何人,年余竟不置问。此德不可忘。今子已生,尚不偿母价也!”稼乃囊金诣媪。媪笑曰:“当大谢大官人。老身一贫如洗,谁敢贷一金者。”具以实告。稼感悟,归告其妻,相为感泣。遂治具邀兄嫂至,夫妇皆膝行,出金偿兄,兄不受,尽欢而散。后稼生三子。

狐 女

伊衮,九江[①]人。夜有女来,相与寝处。心知为狐,而爱其美,秘不告人,父母亦不知也。久而形体支离。父母穷诘,始实告之。父母大忧,使人更代伴寝,卒不能禁。翁自与同衾,则狐不至;易人,则又至。伊问狐,狐曰:“世俗符咒,何能制我。然俱有伦理,岂有对翁行淫者!”翁闻之,益伴子不去,狐遂绝。后值叛寇横恣,村人尽窜,一家相失。伊奔入昆仑山[②],四顾荒凉。日既暮,心恐甚。忽见一女子来,近视之,则狐女也。离乱之中,相见忻慰。女曰:“日已西下,君姑止此。我相佳地,暂创一室,以避虎狼。”乃北行数武,遂蹲莽中,不知何作。少顷返,拉伊南去;约十余步,又曳之回。忽见大木千章[③],绕一高亭,铜墙铁柱,顶类金箔;近视,则墙可及肩,四围并无门户,而墙上密排坎窞[④]。女以足踏之而过,伊亦从之。既入,疑金屋非人工可造,问所自来。女笑曰:“君子居之,明日即以相赠。金铁各千万计,半生吃着不尽矣。”既而告别。伊苦留之,乃止。曰:“被人厌弃,已拚永绝;今又不能自坚矣。”及醒,狐女不知何时已去。天明,逾垣而出。回视卧处,并无亭屋,惟四针插指环内,覆脂合[⑤]其上;大树,则丛荆老棘也。

---

① 九江——今江西九江市。
② 昆仑山——位于今安徽潜山县东北。
③ 章——大树。
④ 坎窞(dàn)——洞穴。
⑤ 脂合——胭脂盒。

张 氏 妇

凡大兵[①]所至，其害甚于盗贼：盖盗贼人犹得而仇之，兵则人所不敢仇也。其少异于盗者，特不敢轻于杀人耳。甲寅岁，三藩作反[②]，南征之士，养马兖郡[③]，鸡犬庐舍一空，妇女皆被淫污。时遭霪雨，田中潴水[④]为湖，民无所匿，遂乘桴入高粱丛中。兵知之，裸体乘马，入水搜淫，鲜有遗脱。惟张氏妇不伏，公然在家。有厨舍一所，夜与夫掘坎深数尺，积茅焉；覆以薄，加席其上，若可寝处。自炊灶下。有兵至，则出门应给之。二蒙古兵强与淫。妇曰："此等事，岂可对人行者！"其一微笑，啁嗻[⑤]而出。妇与入室，指席使先登。薄折，兵陷。妇又另取席及薄覆其上，故立坎边，以诱来者。少间，其一复入。闻坎中号，不知何处。妇以手笑招之曰："在此处。"兵踏席，又陷。妇乃益投以薪，掷火其中。火大炽，屋焚。妇乃呼救。火既熄，燔尸焦臭。人问之，妇曰："两猪恐害于兵，故纳坎中耳。"由此离村数里，于大道旁并无树木处，携女红往坐烈日中。村去郡远，兵来率乘马，顷刻数至。笑语啁嗻，虽多不解，大约调弄之语。然去道不远，无一物可以蔽身，辄去，数日无患。一日，一兵至，甚无耻，就烈日中欲淫妇。妇含笑不甚拒，隐以针刺其马，马辄喷嘶，兵遂絷马股际[⑥]，然后拥妇。妇出巨锥猛刺马项，马负痛奔骇。缰系股不得脱，曳驰数十里，同伍始代捉之。首躯不知处，缰上一股，俨然在焉。

异史氏曰："巧计六出[⑦]，不失身于悍兵。贤哉妇乎，慧而能贞！"

---

① 大兵——指清兵。
② 三藩作反——指清初三藩之乱。
③ 兖郡——兖州府，今山东兖州市。
④ 潴(zhū)水——积水。
⑤ 啁嗻(zhāo zhē)——鸟鸣声，形容番语。
⑥ 絷马股际——将马缰绳拴在自己大腿根上。
⑦ 巧计六出——汉陈平助刘邦曾六度出奇计取胜，此指张氏妇屡用巧计。

于 子 游

海滨人说："一日，海中忽有高山出，居人大骇。一秀才寄宿渔舟，沽酒独酌。夜阑①，一少年入，儒服儒冠，自称：'于子游'。言词风雅。秀才悦，便与欢饮。饮至中夜，离席言别，秀才曰：'君家何处？元夜茫茫，亦太自苦。'答云：'仆非土著，以序近清明，将随大王上墓。眷口先行，大王姑留憩息，明日辰刻发矣。宜归，早治任也。'秀才亦不知大王何人。送至鹢首②，跃身入水，拨剌而去，乃知为鱼妖也。次日，见山峰浮动，顷刻已没。始知山为大鱼，即所云大王也。"俗传清明前，海中大鱼携儿女往拜其墓，信有之乎？

康熙初年，莱郡③潮出大鱼，鸣号数日，其声如牛。既死，荷担割肉者，一道相属。鱼大盈亩，翅尾皆具；独无目珠。眶深如井，水满之，割肉者误堕其中，辄溺死。或云，"海中贬大鱼，则去其目，以目即夜光珠"云。

男 妾

一官绅在扬州买妾，连相④数家，悉不当意。惟一媪寄居卖女，女十四五，丰姿姣好，又善诸艺。大悦，以重价购之。至夜，入衾，肤腻如脂。喜扪私处，则男子也。骇极，方致穷诘。盖买好僮，加意修饰，设局以骗人耳。黎明，遣家人寻媪，则已遁去无踪。中心懊丧，进退莫决。适浙中同年某来访，因为告诉。某便索观，一见大悦，以原价赎之而去。

异史氏曰："苟遇知音，即与以南威⑤不易。何事无知婆子，多作一伪境哉！"

---

① 夜阑——夜深 。
② 鹢(yì)首——船头。
③ 莱郡——莱州府，治今山东掖县。
④ 相(xiàng)——相看。
⑤ 南威——春秋时晋之美女。

汪　可　受

湖广黄梅县[①]汪可受[②]，能记三生：一世为秀才，读书僧寺。僧有牝马产骡驹，爱而夺之。后死，冥王稽籍，怒其贪暴，罚使为骡偿寺僧。既生，僧爱护之，欲死无间。稍长，辄思投身涧谷，又恐负豢养之恩，冥罚益甚，遂安之。数年，孽满自毙。生一农人家。堕蓐能言，父母以为怪，杀之，乃生汪秀才家。秀才近五旬，得男甚喜。汪生而了了[③]；但忆前生以早言死，遂不敢言。至三四岁，人皆以为哑，一日，父方为文，适有友人过访，投笔出应客。汪入见父作，不觉技痒，代成之。父返见之，问："何人来？"家人曰："无之。"父大疑。次日，故书一题置几上，旋出；少间即返，翳行悄步而入。则见儿伏案间，稿已数行，忽睹父至，不觉出声，跪求免死。父喜，握手曰："吾家止汝一人，既能文，家门之幸也，何自匿为？"由是益教之读。少年成进士，官至大同巡抚。

牛　　犊

楚中一农人赴市归，暂休于途。有术人[④]后至，止与倾谈。忽瞻农人曰："子气色不祥，三日内当退财，受官刑。"农人曰："某官税已完，生平不解争斗，刑何从至？"术人曰："仆亦不知。但气色如此，不可不慎之也！"农人颇不深信，拱别而归。次日，牧犊于野，有驿马过，犊望见，误以为虎，直前触之，马毙。役报农人至官，官薄惩之，使偿其马。盖水牛见虎必斗，故贩牛者露宿，辄以牛自卫；遥见马过，急驱避之，恐其误触也。

---

① 黄梅县——今湖北黄梅县。
② 汪可受——明末进士，曾官兵部侍郎。
③ 了了——聪明晓事。
④ 术人——指相士。

王　大

李信，博徒也。昼卧，忽见昔年博友王大、冯九来，邀与遨戏。李亦忘其为鬼，忻然从之。既出，王大往邀村中周子明，冯乃导李先行，入村东庙中。少顷，周果同王至。冯出叶子①，约与撩零②。李曰："仓卒无博资，辜负盛邀，奈何？"周亦云然。王云："燕子谷黄八官人放利债，同往贷之，宜必诺允。"于是四人并去。飘忽间，至一大村，村中甲第连垣，王指一门，曰："此黄公子家。"内一老仆出，王告以意。仆即入白。旋出，奉公子命，请王、李相会。入见公子，年十八九，笑语蔼然。便以大钱一提③付李，曰："知君悫直④，无妨假贷。周子明我不能信之也。"王委曲代为请。公子要李署保，李不肯。王从旁怂恿之，李乃诺。亦授一千而出。便以付周，且述公子之意，以激其必偿。

出谷，见一妇人来，则村中赵氏妻，素喜争善骂。冯曰："此处无人，悍妇宜小祟⑤之。"遂与捉返入谷。妇大号，冯掬土塞其口。周赞曰："此等妇，只宜椓杙⑥阴中！"冯乃捋裤，以长石强纳之。妇若死。众乃散去，复入庙，相与赌博。

自午至夜分，李大胜，冯、周资皆空。李因以厚资增息悉付王，使代偿黄公子；王又分给周、冯，局复合。居无何，闻人声纷挐，一人奔入曰："城隍老爷亲捉博者，今至矣！"众失色。李舍钱逾垣而逃。众顾资，皆被缚。既出，果见一神人坐马上，马后絷博徒二十余人。天未明，已至邑城，门启而入。至衙署，城隍南面坐，唤人犯上，执籍呼名。呼已，并令以利斧斫去将指⑦，乃以墨朱各涂两目，游市三周讫。押者索贿而后去其墨朱，众皆赂之。独周不肯，辞以囊空；押者约送至家而后酬之，亦不许。押者指之

① 叶子——纸牌。
② 撩零——赌博。
③ 提——串。
④ 悫(què)直——憨直。
⑤ 小祟——稍稍给予她点灾祸。
⑥ 椓杙(zhuó yì)——敲入木橛。
⑦ 将指——中指。

曰："汝真铁豆，炒之不能爆也！"遂拱手去。周出城，以唾湿袖，且行且拭。及河自照，墨朱未去；掬水盥之，坚不可下，悔恨而归。

先是，赵氏妇以故至母家，日暮不归。夫往迎之，至谷口，见妇卧道周。睹状，知其遇鬼，去其泥塞，负之而归。渐醒能言，始知阴中有物，宛转抽拔而出。乃述其遭。赵怒，遽赴邑宰，讼李及周。牒下，李初醒；周尚沉睡，状类死。宰以其诬控，笞赵械妇，夫妻皆无理以自申。越日，周醒，目眶忽变一赤一黑，大呼指痛。视之，筋骨已断，惟皮连之，数日寻堕。目上墨朱，深入肌理。见者无不掩笑。一日，见王大来索负。周厉声但言无钱，王忿而去。家人问之，始知其故。共以神鬼无情，劝偿之。周龂龂[①]不可，且曰："今日官宰皆左袒赖债者，阴阳应无二理，况赌债耶！"次日，有二鬼来，谓黄公子具呈在邑，拘赴质审；李信亦见隶来，取作间证：二人一时并死。至村外相见，王、冯俱在。李谓周曰："君尚带赤墨眼，敢见官耶？"周仍以前言告。李知其吝，乃曰："汝既昧心，我请见黄八官人，为汝还之。"遂共诣公子所。李入而告以故，公子不可，曰："负欠者谁，而取偿于子？"出以告周，因谋出资，假周进之。周益忿，语侵公子。鬼乃拘与俱行。无何，至邑，入见城隍。城隍呵曰："无赖贼！涂眼犹在，又赖债耶！"周曰："黄公子出利债，诱某博赌，遂被惩创。"城隍唤黄家仆上，怒曰："汝主人开场诱赌，尚讨债耶！"仆曰："取资时，公子不知其赌。公子家燕子谷，捉获博徒在观音庙，相去十余里。公子从无设局场之事。"城隍顾周曰："取资悍不还，反被捏造！人之无良，至汝而极！"欲笞之。周又诉其息重。城隍曰："偿几分矣？"答云："实尚未有所偿。"城隍怒曰："本资尚欠，而论息耶？"笞三十，立押偿主。二鬼押至家，索贿，不令即活，缚诸厕内，令示梦家人。家人焚楮锭二十提，火既灭，化为金二两、钱二千。周乃以金酬债，以钱赂押者，遂释令归。既苏，臂疮坟起，脓血崩溃，数月始痊。后赵氏妇不敢复骂；而周以四指带赤墨眼，赌如故。此以知博徒之非人矣！

异史氏曰："世事之不平，皆由为官者矫枉之过正也。昔日富豪以倍

---

① 龂龂（yín yín）——争辩貌。

称之息折夺[①]良家子女，人无敢息[②]者；不然，函刺一投，则官以三尺法[③]左袒之。故昔之民社官[④]，皆为势家役耳。迨后贤者鉴其弊，又悉举而大反之。有举人重资作巨商者，衣锦厌粱肉，家中起楼阁、买良沃，而竟忘所自来。一取偿，则怒目相向。质诸官，官则曰：'我不为人役也。'是何异懒残和尚[⑤]，无工夫为俗人拭泪哉！余尝谓昔之官谄，今之官谬；谄者固可诛，谬者亦可恨也。放资而薄其息，何尝专有益于富人乎？"

张石年宰淄川，最恶博。其涂面游城，亦如冥法，刑不至堕指，而赌以绝。盖其为官，甚得钩距法[⑥]。方簿书旁午时[⑦]，每一人上堂，公偏暇，里居、年齿、家口、生业，无不絮絮问。问已，始劝勉令去。有一人完税缴单，自分无事，呈单欲下。公止之，细问一过，曰："汝何博也？"其人力辩生平不解博。公笑曰："腰中尚有博具。"搜之，果然。人以为神，而并不知其何术。

乐 仲

乐仲，西安人。父早丧，遗腹生仲。母好佛，不茹荤酒。仲既长，嗜饮善啖，窃腹诽母，每以肥甘劝进。母咄之。后母病，弥留，苦思肉。仲急无所得肉，刲左股献之。病稍瘥，悔破戒，不食而死。仲哀悼益切，以利刃益刲右股见骨。家人共救之，裹帛敷药，寻愈。心念母苦节，又恸母愚，遂焚所供佛像，立主[⑧]祀母。醉后，辄对哀哭。年二十始娶，身犹童子。娶三日，谓人曰："男女居室，天下之至秽，我实不为乐！"遂去妻。妻父顾文渊，浼戚求返，请之三四，仲必不可。迟半年，顾遂醮女。仲鳏居二十年，行益不羁：奴隶优伶皆与饮；里党乞求，不靳与[⑨]；有言嫁女无釜者，揭灶头举

---

① 折夺——抢掠。
② 息——呼吸。
③ 三尺法——法律。
④ 民社官——地方官。
⑤ 懒残和尚——指唐高僧明瓒禅师，曾居衡岳寺，因懒而吃剩食而得名。
⑥ 钩距法——调查疑情的方法。
⑦ 旁午时——繁忙时。
⑧ 主——神主，木制牌位。
⑨ 不靳与——不吝赠送。

赠之。自乃从邻借釜炊。诸无行者知其性,朝夕骗赚之。或以博赌无赀,对之欷歔,言追呼急,将鬻其子。仲措税金如数,倾囊遗之;及租吏登门,自始典质营办。以故,家日益落。

先是仲殷饶,同堂子弟,争奉事之,凡有任其取携,莫与较;及仲蹇落,存问绝少。仲旷达,不为意。值母忌辰,仲适病,不能上墓,欲遣子弟代祀;诸子弟皆谢以故。仲乃酹诸室中,对主号痛;无嗣之戚,颇萦怀抱。因而病益剧。瞀乱中①,觉有人抚摩之;目微启,则母也。惊问:"何来?"母曰:"缘家中无人上墓,故来就享,即视汝病。"问:"母向居何所?"母曰:"南海②。"抚摩既已,遍体生凉。开目四顾,渺无一人,病瘥。

既起,思朝南海。会邻村有结香社者,即卖田十亩,挟赀求偕。社人嫌其不洁,共摈绝之。乃随从同行。途中牛酒薤蒜③不戒,众更恶之,乘其醉睡,不告而去。仲即独行。至闽,遇友人邀饮,有名妓琼华在座。适言南海之游,琼华愿附以行。仲喜,即待趋装,遂与俱发;虽寝食与共,而毫无所私。及至南海,社中人见其载妓而至,更非笑之,鄙不与同朝。仲与琼华知其意,乃俟其先拜而后拜之。众拜时,恨无现示。及二人拜,方投地,忽见遍海皆莲花,花花璎珞垂珠;琼华见为菩萨,仲见花朵上皆其母。因急呼奔母,跃入从之。众见万朵莲花,悉变霞彩,障海如锦。少间,云静波澄,一切都杳,而仲犹身在海岸。亦不自解其何以得出,衣履并无沾濡。望海大哭,声震岛屿。琼华挽劝之,怆然下刹,命舟北渡。途中有豪家招琼华去,仲独憩逆旅。有童子方八九岁,丐食肆中,貌不类乞儿。细诘之,则被逐于继母。心怜之。儿依依左右,苦求拔拯,仲遂携与俱归。问其姓氏,则曰:"阿辛,姓雍,母顾氏。尝闻母言:适雍六月,遂生余。余本乐姓。"仲大惊。自疑生平一度④,不应有子。因问乐居何乡,答云:"不知。但母没时,付一函书,嘱勿遗失。"仲急索书。视之,则当年与顾家离婚书也。惊曰:"真吾儿也!"审其年月良确,颇慰心愿。然家计日疏,居二年,割亩渐尽,竟不能畜僮仆。

一日,父子方自炊,忽有丽人入,视之,则琼华也。惊问:"何来?"笑

---

① 瞀(mào)乱中——昏迷中。
② 南海——相传观世音菩萨的居处。
③ 薤(xiè)蒜——葱韭蒜之类,为斋戒者所忌。
④ 生平一度——平生只和妻子性交一次。

曰："业作假夫妻，何又问也？向不即从者，徒以有老妪在；今已死。顾念不从人，无以自庇；从人，则又无以自洁：计两全者，无如从君，是以不惮千里。"遂解装代儿炊。仲良喜。至夜，父子同寝如故，另治一室居琼华。儿母之。琼华亦善抚儿。戚党闻之，皆馔[1]仲，两人皆乐受之。客至，琼华悉为治具，仲亦不问所自来。琼华渐出金珠赎故产，广置婢仆牛马，日益繁盛。仲每谓琼华曰："我醉时，卿当避匿，勿使我见。"华笑诺之。一日，大醉，急唤琼华。华艳妆出。仲睨之良久，大喜，蹈舞若狂，曰："吾悟矣！"顿醒。觉世界光明，所居庐舍，尽为琼楼玉宇，移时始已。从此不复饮市上，惟日对琼华饮。华茹素，以茶茗侍。一日，微醺，命琼华按股，见股上刲痕，化为两朵赤菡萏[2]，隐起肉际。奇之。仲笑曰："卿视此花放后，二十年假夫妻分手矣。"琼华信之。既为阿辛完婚。琼华渐以家付新妇，与仲别院居。子妇三日一朝，事非疑难不以告。役二婢：一温酒，一瀹茗而已。一日，琼华至儿所，儿媳咨白良久，共往见父。入门，见父白足坐榻上。闻声，开眸微笑曰："母子来大好！"即复瞑。琼华大惊曰："君欲何为？"视其股上，莲花大放。试之，气已绝。即以两手捻合其花，且祝曰："妾千里从君，大非容易。为君教子训妇，亦有微劳。即差二三年，何不一少待也？"移时，仲忽开眸笑曰："卿自有卿事，何必又牵一人作伴也？无已，姑为卿留。"琼华释手，则花已复合。于是言笑如初。积三年余，琼华年近四旬，犹如二十许人。忽谓仲曰："凡人死后，被人捉头舁足，殊不雅洁。"遂命工治双槥[3]。辛骇问之，答云："非汝所知。"工既竣，沐浴妆竟，命子及妇曰："我将死矣。"辛泣曰："数年赖母经纪，始不冻馁。母尚未得一享安逸，何遂舍儿而去？"曰："父种福而子享，奴婢牛马，皆骗债者填偿尔父，我无功焉。我本散花天女[4]，偶涉凡念，遂谪人间三十余年，今限已满。"遂登木自入。再呼之，双目已含。辛哭告父，父不知何时已僵，衣冠俨然。号恸欲绝。入棺，并停堂中，数日未殓，冀其复返。光明生于股际，照彻四壁。琼华棺内，则香雾喷溢，近舍皆闻。棺既合，香光遂渐减。

既殡，乐氏诸子弟觊觎[5]其有，共谋逐辛，讼诸官。官莫能辨，拟以田

---

① 馔(nuǎn)——娘家在女儿婚后三日送去的礼物。
② 菡萏(hàn dàn)——荷花。
③ 双槥(huì)——两口棺材。
④ 散花天女——佛教中的天女名。
⑤ 觊觎(jì yú)——非分的企图。

产半给诸乐。辛不服，以词质郡，久不决。初，顾嫁女于雍，经年余，雍流寓于闽，音耗遂绝。顾老无子，苦忆女，诣婿，则女死甥逐。告官。雍惧，赂顾，不受，必欲得甥。穷觅不得。一日，顾偶于途中，见彩舆过，避道左。舆中一美人呼曰："若非顾翁耶？"顾诺。女子曰："汝甥即吾子，现在乐家，勿讼也。甥方有难，宜急往。"顾欲详诘，舆已去远。顾乃受赂入西安。至，则讼方沸腾。顾自投官，言女大归[①]日、再醮日，及生子年月，历历甚悉。诸乐皆被杖逐，案遂结。及归，述其见美人之日，即琼华没日也。辛为顾移家，授庐赠婢。六十余生一子，辛顾恤之。

异史氏曰："断荤远室，佛之似也。烂熳天真，佛之真也。乐仲对丽人，直视之为香洁道伴，不作温柔乡观也。寝处三十年，若有情，若无情，此为菩萨真面目，世中人乌得而测之哉！"

香　玉

劳山下清宫[②]，耐冬[③]高二丈，大数十围，牡丹高丈余，花时璀璨似锦。胶州黄生，舍读其中。一日，自窗中见女郎，素衣掩映花间。心疑观中焉得此。趋出，已遁去。自此屡见之。遂隐身丛树中，以伺其至。未几，女郎又偕一红裳者来，遥望之，艳丽双绝。行渐近，红裳者却退，曰："此处有生人！"生暴起。二女惊奔，袖裙飘拂，香风洋溢，追过短墙，寂然已杳。爱慕弥切，因题句树下云："无限相思苦，含情对短釭[④]。恐归沙吒利[⑤]，何处觅无双[⑥]？"归斋冥思。女郎忽入，惊喜承迎。女笑曰："君汹汹似强寇，令人恐怖；不知君乃骚雅士，无妨相见。"生叩生平，曰："妾小字香玉，隶籍平康巷。被道士闭置山中，实非所愿。"生问："道士何名？当为卿一涤此垢。"女曰："不必，彼亦未敢相逼。借此与风流士，长作幽会，亦佳。"问：

---

① 大归——彻底被休离夫家。
② 下清宫——道观名。
③ 耐冬——木本植物，初夏开花。
④ 短釭——短灯。
⑤ 沙吒利——唐人许尧佐《柳氏传》中的番将，曾劫走柳氏，后在人相助下，柳氏与其心爱人重新团聚。
⑥ 无双——刘无双，唐人薛调《无双传》之传主。

"红衣者谁?"曰:"此名绛雪,乃妾义姊。"遂相狎。及醒,曙色已红。女急起,曰:"贪欢忘晓矣。"着衣易履,且曰:"妾酬君作,勿笑:'良夜更易尽,朝暾已上窗。愿如梁上燕,栖处自成双。'"生握腕曰:"卿秀外惠中,令人爱而忘死。顾一日之去,如千里之别。卿乘间当来,勿待夜也。"女诺之。由此夙夜必偕。每使邀绛雪来,辄不至,生以为恨。女曰:"绛姐性殊落落,不似妾情痴也。当从容劝驾,不必过急。"

一夕,女惨然入曰:"君陇不能守,尚望蜀耶[1]? 今长别矣。"问:"何之?"以袖拭泪,曰:"此有定数,难为君言。昔日佳作,今成谶语矣。'佳人已属沙吒利,义士今无古押衙'[2],可为妾咏。"诘之,不言,但有呜咽。竟夜不眠,早旦而去。生怪之。次日,有即墨[3]蓝氏,入宫游瞩,见白牡丹,悦之,掘移径去。生始悟香玉乃花妖也,怅惋不已。过数日,闻蓝氏移花至家,日就萎悴。恨极,作哭花诗五十首,日日临穴涕洟。一日,凭吊方返,遥见红衣人挥涕穴侧。从容近就,女亦不避。生因把袂,相向汍澜。已而挽请入室,女亦从之。叹曰:"童稚姊妹,一朝断绝! 闻君哀伤,弥增妾恸。泪堕九泉,或当感诚再作;然死者神气已散,仓卒何能与吾两人共谈笑也。"生曰:"小生薄命,妨害情人,当亦无福可消双美。曩频烦香玉,道达微忱,胡再不临?"女曰:"妾以年少书生,什九薄幸;不知君固至情人也。然妾与君交,以情不以淫。若昼夜狎昵,则妾所不能矣。"言已,告别。生曰:"香玉长离,使人寝食俱废。赖卿少留,慰此怀思,何决绝如此!"女乃止,过宿而去。数日不复至。冷雨幽窗,苦怀香玉,辗转床头,泪凝枕席。揽衣更起,挑灯复踵前韵[4]曰:"山院黄昏雨,垂帘坐小窗。相思人不见,中夜泪双双。"诗成自吟。忽窗外有人曰:"作者不可无和。"听之,绛雪也。启户内之。女视诗,即续其后曰:"连袂人何处? 孤灯照晚窗。空山人一个,对影自成双。"生读之泪下,因怨相见之疏。女曰:"妾不能如香玉之热,但可少慰君寂寞耳。"生欲与狎。曰:"相见之欢,何必在此。"于是至无聊时,女辄一至。至则宴饮唱酬,有时不寝遂去,生亦听之。谓曰:"香玉吾爱妻,绛雪吾良友也。"每欲相问:"卿是院中第几株? 乞早见示,仆将

① 陇不能守,尚望蜀——"得陇望蜀"的反用,连我都守不住,还想得到绛雪。
② 古押衙——《无双传》中人物。
③ 即墨——县名,今属山东青岛市。
④ 斤——斧头。

抱植家中，免似香玉被恶人夺去，贻恨百年。”女曰：“故土难移，告君亦无益也。妻尚不能终从，况友乎！”生不听，捉臂而出，每至牡丹下，辄问：“此是卿否？”女不言，掩口笑之。

旋生以腊归过岁。至二月间，忽梦绛雪至，愀然曰：“妾有大难！君急往，尚得相见；迟无及矣。”醒而异之，急命仆马，星驰至山。是道士将建屋，有一耐冬，碍其营造，工师将纵斤矣。生急止之。入夜，绛雪来谢。生笑曰：“向不实告，宜遭此厄！今已知卿；如卿不至，当以炷艾[①]相炙。”女曰：“妾固知君如此，曩故不敢相告也。”坐移时，生曰：“今对良友，益思艳妻。久不哭香玉，卿能从我哭乎？”二人乃往，临穴洒涕。更余，绛雪收泪劝止。又数夕，生方寂坐，绛雪笑入曰：“报君喜信：花神感君至情，俾香玉复降宫中。”生问：“何时？”答曰：“不知，约不远耳。”天明下榻，生嘱曰：“仆为卿来，勿长使人孤寂。”女笑诺。两夜不至。生往抱树，摇动抚摩，频唤无声。乃返，对灯团艾，将往灼树。女遽入，夺艾弃之，曰：“君恶作剧，使人创痏[②]，当与君绝矣！”生笑拥之。坐未定，香玉盈盈而入。生望见，泣下流离，急起把握。香玉以一手握绛雪，相对悲哽。及坐，生把之觉虚，如手自握，惊问之。香玉泫然曰：“昔妾，花之神，故凝；今妾，花之鬼，故散也。今虽相聚，勿以为真，但作梦寐观可耳。”绛雪曰：“妹来大好！我被汝家男子纠缠死矣。”遂去。

香玉款笑如前；但偎傍之间，仿佛一身就影。生悒悒不乐。香玉亦俯仰自恨，乃曰：“君以白蔹屑[③]，少杂硫黄，日酹妾一杯水，明年此日报君恩。”别去。明日，往观故处，则牡丹萌生矣。生乃日加培植，又作雕栏以护之。香玉来，感激倍至。生谋移植其家，女不可，曰：“妾弱质，不堪复戕。且物生各有定处，妾来原不拟生君家，违之反促年寿。但相怜爱，合好自有日耳。”生恨绛雪不至。香玉曰：“必欲强之使来，妾能致之。”乃与生挑灯至树下，取草一茎，布掌作度，以度树本[④]，自下而上，至四尺六寸，按其处，使生以两爪齐搔之。俄见绛雪从背后出，笑骂曰：“婢子来，助桀为虐耶！”牵挽并入。香玉曰：“姊勿怪！暂烦陪侍郎君。一年后不相扰

① 炷艾——中医用艾绒团，点燃熏灸经络穴位。
② 创痏（wěi）——创伤而致疤痕。
③ 白蔹（liǎn）——中草药名。
④ 度树本——量树干。

矣。"从此遂以为常。

生视花芽，日益肥茂，春尽，盈二尺许。归后，以金遗道士，嘱令朝夕培养之。次年四月至宫，则花一朵，含苞未放；方流连间，花摇摇欲拆；少时已开，花大如盘，俨然有小美人坐蕊中，才三四指许；转瞬飘然欲下，则香玉也。笑曰："妾忍风雨以待君，君来何迟也！"遂入室。绛雪亦至，笑曰："日日代人作妇，今幸退而为友。"遂相谈讌。至中夜，绛雪乃去。二人同寝，款洽一如从前。

后生妻卒，生遂入山不归。是时，牡丹已大如臂。生每指之曰："我他日寄魂于此，当生卿之左。"二女笑曰："君勿忘之。"后十余年，忽病。其子至，对之而哀。生笑曰："此我生期，非死期也，何哀为！"谓道士曰："他日牡丹下有赤芽怒生，一放五叶者，即我也。"遂不复言。子舆之归家，即卒。次年，果有肥芽突出，叶如其数。道士以为异，益灌溉之。三年，高数尺，大拱把，但不花。老道士死，其弟子不知爱惜，斫去之。白牡丹亦憔悴死；无何，耐冬亦死。

异史氏曰："情之至者，鬼神可通。花以鬼从，而人以魂寄，非其结于情者深耶？一去而两殉之，即非坚贞，亦为情死矣。人不能贞，亦其情之不笃耳。仲尼读唐棣而曰'未思'①，信矣哉！"

三　仙

一士人赴试金陵②，经宿迁③，遇三秀才，谈论超旷，遂与沽酒款洽。各表姓字：一介秋衡，一常丰林，一麻西池。纵饮甚乐，不觉日暮。介曰："未修地主之仪，忽叨盛馔，于理不当。茅茨不远，可便下榻。"常、麻并起，捉襟唤仆，相将俱去。至邑北山，忽睹庭院，门绕清流。既入，舍宇清洁。呼童张灯，又命安置从人。麻曰："昔日以文会友，今场期伊迩，不可虚此良夜。请拟四题合阄，各拈其一，文成方饮。"众从之。各拟一题，写置几上，拾得者就案构思。二更未尽，皆已脱稿，迭相传视。秀才读三作，深为

① 仲尼读唐棣而曰'未思'——仲尼，孔子；唐棣，树名；意指忠贞相爱，必得至情。

② 金陵——今南京市。

③ 宿迁——今江苏宿迁县。

倾倒,草录而怀藏之。主人进良酝,巨杯促釂[①],不觉醺醉。主人乃导客就别院寝。客醉,不暇解履,和衣而卧。乃醒,红日已高,四顾并无院宇,主仆卧山谷中。大骇。见傍有一洞,水涓涓流。自讶迷惘。探怀中,则三作俱存。下问土人,始知为"三仙洞"。中有蟹、蛇、虾蟆三物,最灵,时出游,人常见之。士人入闱,三题即仙作,以是擢解[②]。

鬼　隶

历城县二隶,奉邑令韩承宣[③]命,营干[④]他郡,岁暮方归。途遇二人,装饰亦类公役,同行话言。二人自称郡役。隶曰:"济城快皂[⑤],相识十有八九,二君殊昧生平。"二人云:"实相告,我城隍鬼隶也。今将以公文投东岳。"隶问:"公文何事?"答云:"济南大劫,所报者,杀人之名数也。"惊问其数。曰:"亦不甚悉,约近百万。"隶问其期,答以"正朔"[⑥]。二隶惊顾,计到郡正值岁除[⑦],恐罹于难;迟留恐贻谴责。鬼曰:"违误限期罪小,入遭劫数祸大。宜他避,姑勿归。"隶从之。未几,北兵[⑧]大至,屠济南,扛尸百万。二人亡匿得免。

王　十

高苑[⑨]民王十,负盐于博兴[⑩]。夜为二人所获。意为土商[⑪]之逻卒也,舍盐欲遁;足苦不前,遂被缚。哀之。二人曰:"我非盐肆中人,乃鬼卒

---

① 釂(jiào)——干杯。
② 擢解——考中举人。
③ 韩承宣——明末进士,曾官淄川、历城县令。
④ 营干——办事。
⑤ 快皂——捕快。
⑥ 正朔——正月初一。
⑦ 岁除——除夕。
⑧ 北兵——清兵。
⑨ 高苑——旧县名,治今属山东博兴县。
⑩ 博兴——今山东博兴县。
⑪ 土商——当地盐商。

也。”十惧,乞一至家,别妻子。不许,曰:“此去亦未便即死,不过暂役耳。”十问:“何事?”曰:“冥中新阎王到任,见奈河[①]淤平,十八狱坑厕俱满,故捉三种人淘河:小偷、私铸、私盐;又一等人使涤厕:乐户也。”

十从去,入城郭,至一官署,见阎罗在上,方稽名籍。鬼禀曰:“捉一私贩王十至。”阎罗视之,怒曰:“私盐者,上漏国税,下蠹民生者也。若世之暴官奸商所指为私盐者,皆天下之良民。贫人揭锱铢之本,求升斗之息,何为私哉!”罚二鬼市盐四斗,并十所负,代运至家。留十,授以蒺藜骨朵[②],令随诸鬼督河工。鬼引十去,至奈河边,见河内人夫,繦续[③]如蚁。又视河水浑赤,臭不可闻。淘河者皆赤体持畚锸,出没其中。朽骨腐尸,盈筐负舁而出;深处则灭顶求之。惰者辄以骨朵击背股。同监者以香绵丸如巨菽,使含口中,乃近岸。见高苑肆商,亦在其中。十独苛遇之:入河楚背,上岸敲股。商惧,常没身水中,十乃已。经三昼夜,河夫半死,河工亦竣。前二鬼仍送至家,豁然而苏。先是,十负盐未归,天明,妻启户,则盐两囊置庭中,而十久不至。使人遍觅之,则死途中。舁之而归,奄有微息,不解其故。及醒,始言之。肆商亦于前日死,至是始苏。骨朵击处,皆成巨疽,浑身腐溃,臭不可近。十故诣之。望见十,犹缩首衾中,如在奈河状。一年,始愈,不复为商矣。

异史氏曰:“盐之一道,朝廷之所谓私,乃不从乎公者也;官与商之所谓私,乃不从其私者也。近日齐、鲁新规,土商随在设肆,各限疆域。不惟此邑之民,不得去之彼邑;即此肆之民,不得去之彼肆。而肆中则潜设饵以钓他邑之民:其售于他邑,则廉其直;而售诸土人,则倍其价以昂之。而又设逻于道,使境内之人,皆不得逃吾昂。其有境内冒他邑以来者,法不宥。彼此之相钓,而越肆假冒之愚民益多。一被逻获,则先以刀杖残其胫股,而后送诸官;官则桎梏之,是名‘私盐’。呜呼!冤哉!漏数万之税非私,而负升斗之盐则私之;本境售诸他境非私,而本境买诸本境则私之,冤矣!律中‘盐法’最严,而独于贫难军民[④],背负易食者,不之禁,今则一切不禁,而专杀此贫难军民!且夫贫难军民,妻子嗷嗷,上守法而不盗,下知

---

① 奈河——迷信所传地狱中的河名。
② 蒺藜骨朵——缀有铁质或硬木质蒜头形的古兵器。
③ 繦续——人群不断。
④ 贫难军民——贫困的军户和民户。

耻而不娼；不得已，而揭十母而求一子[①]。使邑尽此民，即‘夜不闭户’可也。非天下之良民乎哉！彼肆商者，不但使之淘奈河，直当使涤狱厕耳！而官于春秋节[②]，受其斯须之润[③]，遂以三尺法助使杀吾良民。然则为贫民计，莫若为盗及私铸耳：盗者白昼劫人，而官若聋；铸者炉火烜天，而官若瞽；即异日淘河，尚不至如负贩者所得无几，而官刑立至也。呜呼，上无慈惠之师，而听奸商之法，日变日诡，奈何不顽民日生，而良民日死哉！”

各邑肆商，旧例以若干石盐资，岁奉本县，名曰“食盐”。又逢节序，具厚仪。商以事谒官，官则礼貌之，坐与语，或茶焉。送盐贩至，重惩不遑。张公石年宰淄，肆商来见，循旧规，但揖不拜。公怒曰：“前令受汝贿，故不得不隆汝礼；我市盐而食，何物商人，敢公堂抗礼乎！”捋裤将笞。商叩头谢过，乃释之。后肆中获二负贩者，其一逃去，其一被执到官。公问：“贩者二人，其一焉往？”贩者曰：“逃去矣。”公曰：“汝腿病不能奔耶？”曰：“能奔。”公曰：“既被捉，必不能奔；果能，可起试奔，验汝能否。”其人奔数步欲止。公曰：“奔勿止！”其人疾奔，竟出公门而去。见者皆笑。公爱民之事不一，此其闲情，邑人犹乐诵之。

大　男

奚成列，成都[④]士人也。有一妻一妾。妾何氏，小字昭容。妻早没，继娶申氏，性妒，虐遇何，且并及奚；终日哓聒[⑤]，恒不聊生。奚怒，亡去。去后，何生一子大男。奚去不返，申摈何不与同炊，计日授粟。大男渐长，用不给，何纺绩佐食。大男见塾中诸儿吟诵，亦欲读。母以其太稚，姑送诣读。大男慧，所读倍诸儿。师奇之，愿不索束脩。何乃使从师，薄相酬。积二三年，经书全通。一日归，谓母曰：“塾中五六人，皆从父乞钱买饼，我何独无？”母曰：“待汝长，告汝知。”大男曰：“今方七八岁，何时长也？”母曰：“汝往塾，路经关帝庙，当拜之，祐汝速长。”大男信之，每过必入拜。母

① 揭十母而求一子——持十本而求一利。
② 春秋节——一年四季。
③ 斯须之润——指贿赂。
④ 成都——今四川成都市。
⑤ 哓聒——吵嚷。

知之，问曰："汝所祝何词？"笑云："但祝明年便使我十六七岁。"母笑之。然大男学与躯长并速：至十岁，便如十三四岁者；其所为文竟成章。一日，谓母曰："昔谓我壮大，当告父处，今可矣。"母曰："尚未，尚未。"又年余，居然成人，研诘益频，母乃缅述之。大男悲不自胜，欲往寻父。母曰："儿太幼，汝父存亡未知，何遽可寻？"大男无言而去，至午不归。往塾问师，则辰餐未复。母大惊，出资佣役，到处冥搜，杳无踪迹。

大男出门，循途奔去，茫然不知何往。适遇一人将如夔州[①]，言姓钱。大男丐食相从。钱病其缓[②]，为赁代步，资斧耗竭。至夔，同食，钱阴投毒食中，大男瞑不觉。钱载至大刹，托为己子，偶病绝资，卖诸僧。僧见其丰姿秀异，争购之。钱得金竟去。僧饮之，略醒。长老[③]知而诣视，奇其相，研诘，始得颠末。甚怜之，赠资使去。有泸州[④]蒋秀才，下第归，途中问得故，嘉其孝，携与同行。至泸，主其家。月余，遍加咨访。或言闽商有奚姓者，乃辞蒋，欲之闽。蒋赠以衣履，里党皆敛资助之。途遇二布客，欲往福清[⑤]，邀与同侣。行数程，客窥囊金，引至空所，挚其手足，解夺而去。适有永福[⑥]陈翁过其地，脱其缚，载归其家。翁豪富，诸路商贾，多出其门，翁嘱南北客代访奚耗。留大男伴诸儿读。大男遂住翁家，不复游。然去家愈远，音梗矣。

何昭容孤居三四年，申氏减其费，抑勒令嫁。何志不摇。申强卖于重庆贾，贾劫取而去。至夜，以刀自劙[⑦]。贾不敢逼，俟创瘥，又转鬻于盐亭[⑧]贾。至盐亭，自刺心头，洞见脏腑。贾大惧，敷以药，创平，求为尼。贾曰："我有商侣，身无淫具，每欲得一人主缝纫。此与作尼无异，亦可少偿吾值。"何诺。贾舆送去。入门，主人趋出，则奚生也。盖奚已弃儒为商，贾以其无妇，故赠之也。相见悲骇，各述苦况，始知有儿寻父未归。奚乃嘱诸客旅，侦察大男。而昭容遂以妾为妻矣。然自历艰苦，疴痛多疾，不能操作，劝奚纳妾。奚鉴前祸，不从所请。何曰："妾如争床笫者，数年

① 夔(kuí)州——旧府名，治今四川奉节县。
② 病其缓——以大男行走迟缓而厌烦。
③ 长老——主持僧人。
④ 泸州——今四川泸州市。
⑤ 福清——今福建福清县。
⑥ 永福——今福建永福县。
⑦ 自劙(lí)——自割。
⑧ 盐亭——今四川盐亭县。

来固已从人生子，尚得与君有今日耶？且人加我者，隐痛在心，岂及诸身而自蹈之[①]？”奚乃嘱客侣，为买三十余老妾。逾半年，客果为买妾归。入门，则妻申氏。各相骇异。先是，申独居年余，兄苞劝令再适。申从之，惟田产为子侄所阻，不得售。鬻诸所有，积数百金，携归兄家，有保宁[②]贾，闻其富有奁资，以多金啖苞，赚娶之。而贾老废不能人[③]。申怨兄，不安于室，悬梁投井，不堪其扰。贾怒，搜括其资，将卖作妾。闻者皆嫌其老。贾将适夔，乃载与俱去。遇奚同肆，适中其意，遂货之而去。既见奚，惭惧不出一语。奚问同肆商，略知梗概，因曰：“使遇健男，则在保宁，无再见之期，此亦数也。然今日我买妾，非娶妻，可先拜昭容，修嫡庶礼。”申耻之。奚曰：“昔日汝作嫡，何如哉！”何劝止之。奚不可，操杖临逼。申不得已，拜之，然终不屑承奉，但操作别室。何悉优容之，亦不忍课其勤惰。奚每与昭容谈宴，辄使役使其侧；何更代以婢，不听前[④]。

会陈公嗣宗宰[⑤]盐亭。奚与里人有小争，里人以逼妻作妾揭讼奚。公不准理，叱逐之。奚喜，方与何窃颂公德。一漏既尽，僮呼叩扉，入报曰：“邑令公至。”奚骇极，急觅衣履，则公已至寝门；益骇，不知所为。何审之，急出曰：“是吾儿也！”遂哭。公乃伏地悲咽。盖大男从陈公姓，业为官矣。初，公至自都，迂道过故里，始知两母皆醮，伏膺哀痛。族人知大男已贵，反其田庐。公留仆营造，冀父复还。既而授任盐亭，又欲弃官寻父，陈翁苦劝止之。会有卜者，使筮焉。卜者曰：“小者居大，少者为长；求雄得雌，求一得两：为官吉。”公乃之任。为不得亲，居官不茹荤酒。是日，得里人状，睹奚姓名，疑之。阴遣内使细访，果父。乘夜微行而出。见母，益信卜者之神。临去，嘱勿播，出金二百，启父办装归里。父抵家，门户一新，广畜仆马，居然大家矣。申见大男贵盛，益自敛。兄苞不愤，讼官，为妹争嫡。官廉得其情，怒曰：“贪资劝嫁，已更二夫，尚何颜争昔年嫡庶耶！”重笞苞。由此名分益定。而申姊何，何亦姊之。衣服饮食，悉不自私。申初

① 自蹈之——自己承袭他人以前的做法。
② 保宁——府名，治今四川阆中县。
③ 老废不能人——因年老残废而不能过性生活。
④ 不听前——不用申氏在面前服侍。
⑤ 宰——当知县。

惧其复仇,今益愧悔。奚亦忘其旧恶,俾内外皆呼以太母[①],但诰命[②]不及耳。

异史氏曰:"颠倒众生,不可思议,何造物之巧也!奚生不能自立于妻妾之间,一碌碌庸人耳。苟非孝子贤母,乌能有此奇合,坐享富贵以终身哉!"

外 国 人

己巳秋,岭南从外洋飘一巨艘来。上有十一人,衣鸟羽,文采璀璨。自言:"吕宋国[③]人。遇风覆舟,数十人皆死;惟十一人附巨木,飘至大岛得免。凡五年,日攫鸟虫而食;夜伏石洞中,织羽为帆。忽又飘一舟至,橹帆皆无,盖亦海中碎于风者,于是附之将返。又被大风引至澳门。"巡抚题疏[④],送之还国。

韦 公 子

韦公子,咸阳[⑤]世家。放纵好淫,婢妇有色,无不私者。尝载金数千,欲尽览天下名妓,凡繁丽之区,无不至。其不甚佳者,信宿[⑥]即去;当意,则作百日留。叔亦名宦,休致归,怒其行,延明师,置别业,使与诸公子键户读。公子夜伺师寝,逾垣归,迟明而返。一夜,失足折肱,师始知之。告公,公益施夏楚,俾不能起而怒药之。及愈,公与之约:能读倍诸弟,文字佳,出勿禁;若私逸,挞如前。然公子最慧,读常过程。数年,中乡榜。欲自败约,公箝制之。赴都,以老仆从,授日记籍,使志其言动,故数年无过

① 太母——仆人其官员主人嫡母的敬称。
② 诰命——朝廷授予五品以上官夫人的封赠。
③ 吕宋国——今菲律宾群岛。
④ 题疏——奏闻皇帝。
⑤ 咸阳——今陕西咸阳市。
⑥ 信宿——再宿。

行。后成进士，公乃稍弛其禁。公子或将有作，惟恐公闻，入曲巷[①]中，辄托姓魏。

一日，过西安，见优僮[②]罗惠卿，年十六七，秀丽如好女，悦之。夜留缱绻，赠贻丰隆。闻其新娶妇尤韵妙，私示意惠卿。惠卿无难色，夜果携女至，三人共一榻。留数日，眷爱臻至。谋与俱归。问其家口，答云："母早丧，父存。某原非罗姓。母少服役于咸阳韦氏，卖至罗家，四月即生余。倘得从公子去，亦可察其音耗。"公子惊问母姓，曰："姓吕。"生骇极，汗下浃体，盖其母即生家婢也。生无言。时天已明，厚赠之，劝令改业。伪托他适，约归时召致之，遂别去。后令苏州，有乐伎沈韦娘，雅丽绝伦，爱留与狎。戏曰："卿小字取'春风一曲杜韦娘'[③]耶？"答曰："非也。妾母十七为名妓，有咸阳公子与公同姓，留三月，订盟婚娶。公子去，八月生妾，因名韦，实妾姓也。公子临别时，赠黄金鸳鸯，今尚在。一去竟无音耗，妾母以是愤悒死。妾三岁，受抚于沈媪，姑从其姓。"公子闻言，愧恨无以自容。默移时，顿生一策。忽起挑灯，唤韦娘饮，暗置鸩毒杯中。韦娘才下咽，溃乱呻嘶。众集视，见已毙矣。呼优人至，付以尸，重赂之。而韦娘所与交好者尽势家，闻之皆不平，贿激优人，讼于上官。生惧，泻橐弥缝，卒以浮躁免官。

归家，年才三十八，颇悔前行。而妻妾五六人，皆无子。欲继公孙[④]；公以门内无行，恐儿染习气，虽许过嗣，必待其老而后归之。公子愤欲招惠卿，家人皆以为不可，乃止。又数年，忽病，辄挝心曰："淫婢宿妓者，非人也！"公闻而叹曰："是殆将死矣！"乃以次子之子，送诣其家，使定省之。月余果死。

异史氏曰："盗婢私娼，其流弊殆不可问。然以己之骨血，而谓他人父，亦已羞矣。乃鬼神又侮弄之，诱使自食便液。尚不自剖其心，自断其首，而徒流汗投鸩，非人头而畜鸣者耶！虽然，风流公子所生子女，即在风尘中，亦皆擅场[⑤]。"

---

① 曲巷——妓女所居地。
② 优僮——年轻漂亮的演唱艺人。
③ 春风一曲杜韦娘——语出刘禹锡赠李绅的《歌妓诗》。
④ 继公孙——以叔父之孙为嗣。
⑤ 擅场——技艺高超。

石清虚

邢云飞，顺天人。好石，见佳石，不惜重直。偶渔于河，有物挂网，沉而取之，则石径尺，四面玲珑，峰峦叠秀。喜极，如获异珍。既归，雕紫檀为座，供诸案头。每值天欲雨，则孔孔生云，遥望如塞新絮。

有势豪某，踵门求观。既见，举付健仆，策马径去。邢无奈，顿足悲愤而已。仆负石至河滨，息肩桥上，忽失手堕诸河。豪怒，鞭仆。即出金雇善泅者，百计冥搜，竟不可见。乃悬金署约而去。由是寻石者日盈于河，迄无获者。后邢至落石处，临流于邑[①]，但见河水清澈，则石固在水中。邢大喜，解衣入水，抱之而出。携归，不敢设诸厅所，洁治内室供之。

一日，有老叟款门而请。邢托言石失已久。叟笑曰："客舍非耶？"邢便请入舍，以实其无。及入，则石果陈几上。愕不能言。叟抚石曰："此吾家故物，失去已久，今固在此耶。既见之，请即赐还。"邢窘甚，遂与争作石主。叟笑曰："既汝家物，有何验证？"邢不能答。叟曰："仆则故识之。前后九十二窍，孔中五字云：'清虚天石供。'[②]"邢审视，孔中果有小字，细如粟米，竭目力才可辨认；又数其窍，果如所言。邢无以对，但执不与。叟笑曰："谁家物，而凭君作主耶！"拱手而出。邢送至门外；既还，已失石所在。邢急追叟，则叟缓步未远，奔牵其袂而哀之。叟曰："奇哉！经尺之石，岂可以手握袂藏者耶？"邢知其神，强曳之归，长跽请之。叟乃曰："石果君家者耶、仆家者耶？"答曰："诚属君家，但求割爱耳。"叟曰："既然，石固在是。"入室，则石已在故处。叟曰："天下之宝，当与爱惜之人。此石，能自择主，仆亦喜之。然彼急于自见[③]，其出也早，则魔劫未除。实将携去，待三年后，始以奉赠。既欲留之，当减三年寿数，乃可与君相终始。君愿之乎？"曰："愿。"跽乃以两指捏一窍，窍软如泥，随手而闭。闭三窍，已，曰："石上窍数，即君寿也。"作别欲去。邢苦留之，辞甚坚，问其姓字，亦不言，遂去。

---

① 临流于（wū）邑——面对河水悲泣。
② 清虚天石供——月宫石制供品。
③ 自见（xiàn）——自现于世。

积年余，邢以故他出，夜有贼入室，诸无所失，惟窃石而去。邢归，悼丧欲死。访察购求，全无踪迹。积有数年，偶入报国寺①，见卖石者，则故物也，将便认取。卖者不服，因负石至官。官问："何所质验？"卖石者能言窍数。邢问其他，则茫然矣。"邢乃言窍中五字及三指痕，理遂得伸。官欲杖责卖石者，卖石者自言以二十金买诸市，遂释之。邢得石归，裹以锦，藏椟中，时出一赏，先焚异香而后出之。

有尚书某，购以百金。邢曰："虽万金不易也。"尚书怒，阴以他事中伤之。邢被收，典质田产。尚书托他人风示其子。子告邢，邢愿以死殉石。妻窃与子谋，献石尚书家。邢出狱始知，骂妻殴子，屡欲自经，家人觉救，得不死。夜梦一丈夫来，自言："石清虚。"戒邢勿戚："特与君年余别耳。明年八月二十日，昧爽时，可诣海岱门②，以两贯相赎。"邢得梦，喜，谨志其日。其石在尚书家，更无出云之异，久亦不甚贵重之。明年，尚书以罪削职，寻死。邢如期至海岱门，则其家人窃石出售，因以两贯市归。

后邢至八十九岁，自治葬具；又嘱子，必以石殉。及卒，子遵遗教，瘗石墓中。半年许，贼发墓，劫石去。子知之，莫可追诘。越二三日，同仆在道，忽见两人奔踬③汗流，望空投拜，曰："邢先生，勿相逼！我二人将④石去，不过卖四两银耳。"遂絷送到官，一讯即伏。问石，则鬻宫氏。取石至，官爱玩，欲得之，命寄诸库，吏举石，石忽堕地，碎为数十余片。皆失色。官乃重械两盗论死。邢子拾碎石出，仍瘗墓中。

异史氏曰："物之尤者祸之府。至欲以身殉石，亦痴甚矣！而卒之石与人相终始，谁谓石无情哉？古语云：'士为知己者死。'非过也！石犹如此，何况于人！"

曾　友　于

曾翁，昆阳⑤故家也。翁初死未殓，两眶中泪出如瀋，有子六，莫解所

---

① 报国寺——位于今北京市内。
② 海岱门——今北京崇文门。
③ 奔踬(zhì)——跌跌撞撞地跑。
④ 将——拿取。
⑤ 昆阳——州名，今属云南归宁县。

以。次子悌,字友于,邑名士,以为不祥,戒诸兄弟各自惕,勿贻痛于先人;而兄弟半迂笑之。先是,翁嫡配生长子成,至七八岁,母子为强寇掳去。娶继室,生三子:曰孝,曰忠,曰信。妾生三子:曰悌,曰仁,曰义。孝以悌等出身贱,鄙不齿,因连结忠、信为党。即与客饮,悌等过堂下,亦傲不为礼。仁、义皆忿,与友于谋,欲相仇。友于百词宽譬[①],不从所谋;而仁、义年最少,因兄言亦遂止。孝有女,适邑周氏,病死。纠悌等往挞其姑,悌不从。孝愤然,令忠、信合族中无赖子,往捉周妻,搒掠无算,抛粟毁器,盎盂无存。周告官。官怒,拘孝等囚系之,将行申黜。友于惧,见宰自投。友于品行,素为宰重,诸兄弟以是得无苦。友于乃诣周所负荆,周亦器重友于,讼遂止。

孝归,终不德友于。无何,友于母张夫人卒,孝等不为服,宴饮如故。仁、义益忿。友于曰:"此彼之无礼,于我何损焉。"及葬,把持墓门,不使合厝[②]。友于乃瘗母隧道中。未几,孝妻亡,友于招仁、义同往奔丧。二人曰:"'期'且不论,'功'于何有[③]!"再劝之,哄然散去。友于乃自往,临哭尽哀,隔墙闻仁、义鼓且吹,孝怒,纠诸弟往殴之。友于操杖先从。入其家,仁觉先逃。义方逾垣,友于自后击仆之。孝等拳杖交加,殴不止。友于横身障阻之。孝怒,让[④]友于。友于曰:"责之者,以其无礼也,然罪固不至死。我不怙[⑤]弟恶,亦不助兄暴。如怒不解,身代之。"孝遂反杖挞友于,忠、信亦相助殴兄,声震里党,群集劝解,乃散去。友于即扶杖诣兄请罪。孝逐去之,不令居丧次[⑥]。而义创甚,不复食饮。仁代具词讼官,诉其不为庶母行服。官签拘孝、忠、信,而令友于陈状。友于以面目损伤,不能诣署,但作词禀白,哀求寝息,宰遂消案。义亦寻愈。由是仇怨益深。仁、义皆幼弱,辄被敲楚,怨友于曰:"人皆有兄弟,我独无!"友于曰:"此两语,我宜言之,两弟何云!"因苦劝之,卒不听。友于遂扃户,携妻子借寓他所,离家五十余里,冀不相闻。

友于在家虽不助弟,而孝等尚稍有顾忌;既去,诸兄一不当,辄叫骂其

---

① 宽譬——宽慰。
② 合厝(cuò)——合葬。
③ '期'且不论,'功'于何有——指古葬礼,期服之亲还不奉礼,功服之亲还奔丧做什么?
④ 让——责怪。
⑤ 怙(hù)——放任。
⑥ 丧次——吊丧者的排列顺序。

门，辱侵母讳。仁、义度不能抗，惟杜门思乘间刺杀之，行则怀刀。一日，寇所掠长兄成，忽携妇亡归。诸兄弟以家久析，聚谋三日，竟无处可以置之。仁、义窃喜，招去共养之。往告友于。友于喜，归，共出田宅居成。诸兄怒其市惠[①]，登门窘辱。而成久在寇中，习于威猛，大怒曰："我归，更无人肯置一屋；幸三弟念手足，又罪责之。是欲逐我耶！"以石投孝，孝仆。仁、义各以杖出，捉忠、信，挞无数。成乃讼宰，宰又使人请教友于。友于诣宰，俯首不言，但有流涕。宰问之，曰："惟求公断。"宰乃判孝等各出田产归成，使七分相准[②]。自此仁、义与成倍加爱敬。谈及葬母事，因并泣下。成恚曰"如此不仁，真禽兽也！"遂欲启圹，更为改葬。仁奔告友于。友于急归谏止。成不听，刻期发墓，作斋于茔。以刀削树，谓诸弟曰："所不衰麻相从者，有如此树！"众唯唯。于是一门皆哭临，安厝尽礼。自此兄弟相安。而成性刚烈，辄批挞诸弟，于孝尤甚。惟重友于，虽盛怒，友于至，一言即解。孝有所行，成辄不平之，故孝无一日不至友于所，潜对友于诟诅。友于婉谏，卒不纳。友于不堪其扰，又迁居三泊[③]，去家益远，音迹遂疏。

又二年，诸弟皆畏成，久亦相习。而孝年四十六，生五子：长继业、三继德，嫡出；次继功、四继绩，庶出；又婢生继祖。皆成立。效父旧行，各为党，日相竞，孝亦不能呵止。惟祖无兄弟，年又最幼，诸兄皆得而诟厉之。岳家近三泊，会诣岳，迂道诣叔。入门，见叔家两兄一弟，弦诵怡怡，乐之，久居不言归。叔促之，哀求寄居。叔曰："汝父母皆不知，我岂惜瓯饭瓢饮乎！"乃归。过数月，夫妻往寿岳母。告父曰："儿此行不归矣。"父诘之，因吐微隐。父虑与叔有夙隙，计难久居。祖曰："父虑过矣。二叔，圣贤也。"遂去，携妻之三泊。友于除舍居之，以齿儿行[④]，使执卷从长子继善。祖最慧，寄籍三泊年余，入云南郡庠。与善闭户研读，祖又讽诵最苦。友于甚爱之。

自祖居三泊，家中兄弟益不相能。一日，微反唇，业诟辱庶母。功怒，刺杀业。官收功，重械之，数日死狱中。业妻冯氏，犹日以骂代哭。功妻

① 市惠——买好。
② 七分相准——将全部财产分成七份，每人各占一份。
③ 三泊——县名，今属云南省。
④ 齿儿行(háng)——列入儿辈行列。

刘闻之，怒曰："汝家男子死，谁家男子活耶！"操刀入，击杀冯，自投井死。冯父大立，悼女死惨，率诸子弟，藏兵衣底，往捉孝妾，裸挞道上以辱之。成怒曰："我家死人如麻，冯氏何得复尔！"吼奔而出。诸曾从之，诸冯尽靡。成首捉大立，割其两耳。其子护救，继绩以铁杖横击，折其两股。诸冯各被夷伤，哄然尽散。惟冯子犹卧道周。成夹之以肘，置诸冯村而还。遂呼绩诣官自首。冯状亦至，于是诸曾被收。惟忠亡去，至三泊，徘徊门外。适友于率一子一侄乡试归，见忠，惊曰："弟何来？"忠未语先泪，长跪道左。友于握手拽入，诘得其情，大惊曰："似此奈何！然一门乖戾，逆知奇祸久矣；不然，我何以窜迹至此。但我离家久，与大令[①]无声气之通，今即蒲伏而往，徒取辱耳。但得冯父子伤重不死，吾三人中幸有捷者，则此祸或可少解。"乃留之，昼与同餐，夜与共寝。忠颇感愧。居十余日，见其叔侄如父子，兄弟如同胞，凄然下泪曰："今始知从前非人也。"友于喜其悔悟，相对酸恻。俄报友于父子同科[②]，祖亦副榜[③]。大喜。不赴鹿鸣[④]，先归展墓。明季科甲最重[⑤]，诸冯皆为敛息。友于乃托亲友赂以金粟，资其医药，讼乃息。

举家泣感友于，求其复归。友于乃与兄弟焚香约誓，俾各涤虑自新，遂移家还。祖从叔不愿归其家。孝乃谓友于曰："我不德，不应有亢宗之子[⑥]；弟又善教，俾姑为汝子。有寸进时，可赐还也。"友于从之。又三年，祖果举于乡。使移家，夫妻皆痛哭而去。不数日，祖有子方三岁，亡归友于家，藏伯继善室，不肯返；捉去辄逃。孝乃令祖异居，与友于邻。祖开户通叔家，两间定省如一焉。时成渐老，家事皆取决于友于。从此门庭雍穆称孝友焉。

异史氏曰："天下惟禽兽止知母而不知父，奈何诗书之家，往往蹈之也！夫门内之行[⑦]，其渐渍子孙者，直入骨髓。古云：其父盗，子必行劫，其流弊然也。孝虽不仁，其报亦惨；而卒能自知乏德，托子于弟，宜其有操

---

① 大令——县令的尊称。
② 同科——同榜中举。
③ 副榜——意指准贡生。
④ 鹿鸣——鹿鸣宴，宴请主考官和新进举人。
⑤ 科甲最重——以科举出身进入仕途，称之为"正途"。
⑥ 亢宗之子——光宗耀祖之子。
⑦ 门内之行——家门内的德行。

心虑患之子也。若论果报,犹迂也。”

嘉平公子

嘉平[①]某公子,风仪秀美。年十七八,入郡赴童子试。偶过许娼之门,见内有二八丽人,因目注之。女微笑点首,公子近就与语。女问:“寓居何处?”具告之。问:“寓中有人否?”曰:“无。”女云:“妾晚间奉访,勿使人知。”公子归,及暮,屏去僮仆。女果至,自言:“小字温姬。”且云:“妾慕公子风流,故背媪而来。区区之意,愿奉终身。”公子亦喜。自此三两夜辄一至。一夕,冒雨来,入门解去湿衣,罥诸椸上[②];又脱足上小靴,求公子代去泥涂。遂上床以被自覆。公子视其靴,乃五文新锦[③],沾濡殆尽,惜之。女曰:“妾非敢以贱物相役,欲使公子知妾之痴于情也。”听窗外雨声不止。遂吟曰:“凄风冷雨满江城。”求公子续之。公子辞以不解。女曰:“公子如此一人,何乃不知风雅!使妾清兴消矣!”因劝肄习,公子诺之。

往来既频,仆辈皆知。公子姊夫宋氏,亦世家子,闻之,窃求公子一见温姬。公子言之,女必不可。宋隐身仆舍,伺女至,伏窗窥之,颠倒欲狂,急排闼。女起,逾垣而去。宋向往甚殷,乃修贽[④]见许媪,指名求之。媪曰:“果有温姬,但死已久。”宋愕然退,告公子,公子始知为鬼。至夜,因以宋言告女。女曰:“诚然。顾君欲得美女子,妾亦欲得美丈夫。各遂所愿足矣,人鬼何论焉?”公子以为然。

试毕而归,女亦从之。他人不见,惟公子见之。至家,寄诸斋中。公子独宿不归。父母疑之。女归宁,始隐以告母。母大惊,戒公子绝之。公子不能听,父母深以为忧,百术驱之不能去。一日,公子有谕仆帖[⑤],置案上,中多错谬:“椒”讹“菽”,“姜”讹“江”,“可恨”讹“可浪”。女见之,书其后:“何事‘可浪’?‘花菽生江’。有婿如此,不如为娼!”遂告公子曰:“妾

① 嘉平——古县名,治今属安徽全椒县。
② 罥(juàn)诸椸(yí)上——将衣物挂在衣架上。
③ 五文新锦——崭新的五彩织锦。
④ 修贽——备办礼品。
⑤ 谕仆帖——谕告仆人的便条。

初以公子世家文人，故蒙羞自荐[①]。不图虚有其表！以貌取人，毋乃为天下笑乎！”言已而没。公子虽愧恨，犹不知所题，折帖示仆。闻者传为笑谈。

异史氏曰：“温姬可儿！翩翩公子，何乃苛[②]其中之所有哉！遂至悔不如娼，则妻妾羞泣矣。顾百计遣之不去，而见帖浩然，则‘花菽生江’，何殊于杜甫之‘子章髑髅’哉[③]！”

《耳录》[④]云：道傍设浆者，榜云：“施‘恭’[⑤]结缘。”讹茶为恭，亦可一笑。

有故家子，既贫，榜于门曰：“卖古淫器。”讹磘为淫云：“有要宣淫、定淫[⑥]者，大小皆有，入内看物论价。”崔卢[⑦]之子孙如此甚众，何独“花菽生江”哉！

---

① 自荐——主动同公子睡觉。
② 苛——刻求。
③ 则‘花菽生江’，何殊于杜甫之‘子章髑髅’哉——杜甫曾有《戏作花卿歌》一诗，盛赞花敬定在平定段子璋叛乱中体现出的勇猛，此处意谓像‘花菽生江’这样的错句，同杜甫的这首诗吟诵起来，一样也有驱邪作用。
④ 《耳录》——作者友人朱缃所著。
⑤ 恭——大小便。
⑥ 宣淫、定淫——“淫”字类“磘”（“磘”同“窑”）字，所以将宣窑、定窑故意错写成宣淫、定淫。
⑦ 崔卢——崔姓、卢姓，均为魏晋以来两大世族，此借指大姓贵族之家。

卷十二

二　班

殷元礼，云南人，善针灸之术。遇寇乱，窜入深山。日既暮，村舍尚远，惧遭虎狼。遥见前途有两人，疾趁之。既至，两人问客何来，殷乃自陈族贯[①]。两人拱敬曰："是良医殷先生也，仰山斗[②]久矣！"殷转诘之。二人自言班姓，一为班爪，一为班牙。便谓："先生，予亦避难，石室幸可栖宿，敢屈玉趾，且有所求。"殷喜从之。俄至一处，室傍岩谷。爇柴代烛，始见二班容躯威猛，似非良善。计无所之，亦即听之。又闻榻上呻吟，细审，则一老妪僵卧，似有所苦。问："何恙？"牙曰："以此故，敬求先生。"乃束火照榻，请客逼视。见鼻下口角有两赘瘤，皆大如碗。且云："痛不可触，妨碍饮食。"殷曰："易耳。"出艾团之，为灸数十壮[③]，曰："隔夜愈矣。"二班喜，烧鹿饷客；并无酒饭，惟肉一品。爪曰："仓猝不知客至，望勿以犹[④]亵为怪。"殷饱餐而眠，枕以石块。二班虽诚朴，而粗莽可惧，殷转侧不敢熟眠。天未明，使呼妪，问所患。妪初醒，自扪，则瘤破为创。殷促二班起，以火就照，敷以药屑，曰："愈矣。"拱手遂别。班又以烧鹿一肘赠之。

后三年无耗。殷适以故入山，遇二狼当道，阻不得行。日既西，狼又群至，前后受敌。狼扑之，仆；数狼争啮，衣尽碎。自分必死。忽两虎骤至，诸狼四散。虎怒，大吼，狼惧尽伏。虎悉扑杀之，竟去。殷狼狈而行，惧无投止。遇一媪来，睹其状，曰："殷先生吃苦矣！"殷戚然诉状，问何见识。媪曰："余即石室中灸瘤之病妪也。"殷始恍然，便求寄宿。媪引去，入一院落，灯火已张，曰："老身伺先生久矣。"遂出袍裤，易其敝败。罗浆具酒，酬劝谆切。媪亦以陶碗自酌，谈饮俱豪，不类巾帼。殷问："前日两男子，系老姥何人？胡以不见？"媪曰："两儿遣逆先生，尚未归复，必迷途

---

① 族贯——姓氏、籍贯。
② 山斗——泰斗，喻德高望重。
③ 壮——中医艾灸一灼为一壮。
④ 犹(yóu)——犹言简慢，喻招待不周。

矣。”殷感其义，纵饮，不觉沉醉，酣眠座间。既醒，已曙，四顾竟无庐，孤坐岩上。闻岩下喘息如牛，近视，则老虎方睡未醒。喙间有二瘢痕，皆大如拳。骇极，惟恐其觉，潜踪而遁。始悟两虎即二班也。

车 夫

有车夫载重登坡，方极力时，一狼来啮其臀。欲释手，则货敝[①]身压，忍痛推之。既上，则狼已龁片肉而去。乘其不能为力之际，窃尝一脔，亦黠而可笑也。

乩 仙

章丘米步云，善以乩卜[②]。每同人[③]雅集，辄召仙相与赓和[④]。一日，友人见天上微云，得句，请以属对，曰：“羊脂白玉天。”乩批云：“问城南老董。”众疑其妄。后以故偶适城南，至一处，土如丹砂，异之。见一叟牧豕其侧，因问之。叟曰：“此‘猪血红泥地’也。”忽忆乩词，大骇。问其姓，答云：“我老董也。”属对不奇，而预知遇城南老董，斯亦神矣！

苗 生

龚生，岷州[⑤]人。赴试西安，憩于旅舍，沽酒自酌。一伟丈夫入，坐与语。生举卮劝饮，客亦不辞。自言苗姓，言噱粗豪。生以其不文，偃蹇[⑥]

---

① 敝——损坏。
② 乩(jī)卜——又称“扶乩”、“扶鸾”，求神问事的一种迷信方法。
③ 同人——志同道合者。
④ 赓和——唱和。
⑤ 岷州——古州名，治今甘肃岷县。
⑥ 偃蹇——傲慢。

遇之。酒尽，不复沽。苗生曰："措大[①]饮酒，使人闷损！"起向垆头[②]沽，提巨瓻而入。生辞不饮，苗捉臂劝釂，臂痛欲折。生不得已，为尽数觞。苗以羹碗[③]自吸，笑曰："仆不善劝客，行止惟君所便。"生即治装行。约数里，马病卧于途，坐待路侧。行李重累，正无方计，苗寻至。诘知其故，遂谢装付仆，已乃以肩承马腹而荷之，趋二十余里，始至逆旅，释马就枥。移时，生主仆方至。生乃惊为神，相待优渥，沽酒市饭，与共餐饮。苗曰："仆善饭，非君所能饱，饫饮可也。"引尽一瓻，乃起而别曰："君医马尚须时日，余不能待，行矣。"遂去。

后生场事毕，三四友人邀登华山[④]，藉地作筵。方共宴笑，苗忽至，左携巨尊，右提豚肘，掷地曰："闻诸君登临，敬附骥尾。"众起为礼，相并杂坐，豪饮甚欢。众欲联句。苗争曰："纵饮甚乐，何苦愁思。"众不听，设"金谷之罚"[⑤]。苗曰："不佳者，当以军法从事！"众笑曰："罪不至此。"苗曰："如不见诛，仆武夫亦能之也。"首座靳生曰："绝巘[⑥]凭临眼界空。"苗信口续曰："唾壶击缺[⑦]剑光红。"下座沉吟既久，苗遂引壶自倾。移时，以次属句，渐涉鄙俚。苗呼曰："只此已足，如赦我者，勿作矣！"众弗听。苗不可复忍，遽效作龙吟，山谷响应；又起俯仰作狮子舞。诗思既乱，众乃罢吟，因而飞觞再酌。时已半酣，客又互诵闱中作[⑧]，迭相赞赏。苗不欲听，牵生豁拳。胜负屡分，而诸客诵赞未已。苗厉声曰："仆听之已悉。此等文只宜向床头对婆子读耳，广众中刺刺者可厌也！"众有惭色，更恶其粗莽，遂益高吟。苗怒甚，伏地大吼，立化为虎，扑杀诸客，咆哮而去。所存者，惟生及靳。

靳是科领荐。后三年，再经华阴，忽见嵇生，亦山上被噬者。大恐欲驰，嵇捉鞚使不得行。靳乃下马，问其何为。答曰："我今为苗氏之伥[⑨]，从役良苦。必再杀一士人，始可相代。三日后，应有儒服儒冠者见噬于

---

① 措大——对读书人的蔑称。
② 垆头——酒店。
③ 羹碗——汤碗。
④ 华山——今陕西华山阴县。
⑤ 金谷之罚——作诗不成，罚酒三杯。
⑥ 绝巘(yǎn)——山峰高险处。
⑦ 唾壶击缺——语出《世说新语》，喻武夫豪情激发，方显本色。
⑧ 闱中作——考场上所做的八股文。
⑨ 伥(chāng)——传说中引虎吃人的鬼。

虎，然必在苍龙岭[①]下，始是代某者。君于是日，多邀文士于此，即为故人谋也。”靳不敢辨，敬诺而别。至寓，筹思终夜，莫知为谋，自拚背约，以听鬼责。适有表戚蒋生来，靳述其异。蒋名下士，邑[②]尤生考居其上，窃怀忌嫉。闻靳言，阴欲陷之。折简邀尤，与共登临，自乃着白衣[③]而往，尤亦不解其意。至岭半，肴酒并陈，敬礼臻至。会郡守登岭上，与蒋为通家，闻蒋在下，遣人召之。蒋不敢以白衣往，遂与尤易冠服。交着未完，虎骤至，衔蒋而去。

异史氏曰：“得意津津者，捉衿袖，强人听闻；闻者欠伸屡作，欲睡欲遁，而诵者足蹈手舞，茫不自觉。知交者亦当从旁肘之蹑之，恐座中有不耐事之苗生在也。然嫉忌者易服而毙，则知苗亦无心者耳。故厌怒者苗也——非苗也。”

蝎 客

南商贩蝎者，岁至临朐[④]，收买甚多。土人持木钳入山，探穴发石搜捉之。一岁，商复来，寓客肆。忽觉心动，毛发森悚，急告主人曰：“伤生既多，今见怒于虿[⑤]鬼，将杀我矣！急垂拯救！”主人顾室中有巨瓮，乃使蹲伏，以瓮覆之。移时，一人奔入，黄发狞丑。问主人：“南客安在？”答曰：“他出。”其人入室四顾，鼻作嗅声者三，遂出门去。主人曰：“可幸无恙矣。”及启瓮视客，客已化为血水。

杜 小 雷

杜小雷，益都[⑥]之西山人。母双盲。杜事之孝，家虽贫，甘旨无缺。

---

① 苍龙岭——通往华山北峰的岭名。
② 邑——县。
③ 白衣——布衣。
④ 临朐——今山东临朐县。
⑤ 虿(chài)——蝎类毒虫。
⑥ 益都——今山东益都县。

一日，将他适，市肉付妻，令作馎饦[①]。妻最忤逆，切肉时杂蜣螂[②]其中。母觉臭恶不可食，藏以待子。杜归，问："馎饦美乎？"母摇首，出示子。杜裂视，见蜣螂，怒甚。入室，欲挞妻，又恐母闻。上榻筹思，妻问之，不语。妻自馁，彷徨榻下。久之，喘息有声。杜叱曰："不睡，待敲扑耶！"亦觉寂然。起而烛之，但见一豕，细视，则两足犹人，始知为妻所化。邑令闻之，絷去，使游四门，以戒众人。谭薇臣曾亲见之。

毛 大 福

太行毛大福，疡医[③]也。一日，行术归，道遇一狼，吐裹物，蹲道左。毛拾视，则布裹金饰数事[④]。方怪异间，狼前欢跃，略曳袍服，即去。毛行，又曳之。察其意不恶，因从之去。未几，至穴，见一狼病卧，视顶上有巨疮，溃腐生蛆。毛悟其意，拨剔净尽，敷药如法，乃行。日既晚，狼遥送之。行三四里，又遇数狼，咆哮相侵，惧甚。前狼急入其群，若相告语，众狼悉散去。毛乃归。

先是，邑有银商宁泰，被盗杀于途，莫可追诘。会毛货金饰，为宁氏所认，执赴公庭。毛诉所从来，官不信，械之。毛冤极不能自伸，惟求宽释，请问诸狼。官遣两役押入山，直抵狼穴。值狼未归，及暮不至，三人遂反。至半途，遇二狼，其一疮痕犹在。毛识之，向揖而祝曰："前蒙馈赠，今遂以此被屈。君不为我昭雪，回去搒掠死矣！"狼见毛被絷，怒奔隶。隶拔刀相向。狼以喙拄地大嗥；嗥两三声，山中百狼群集，围旋隶。隶大窘。狼竞前啮絷索，隶悟其意，解毛缚，狼乃俱去。归述其状，官异之，未遽释毛。后数日，官出行，一狼衔敝履委道上。官过之，狼又衔履奔前置于道。官命收履，狼乃去。官归，阴遣人访履主。或传某村有丛薪者，被二狼迫逐，衔其履而去。拘来认之，果其履也。遂疑杀宁者必薪，鞫之果然。盖薪杀宁，取其巨金，衣底藏饰，未遑收括，被狼衔去也。

---

① 馎饦(bó tuō)——又称"不托"，面食名，类水饺。
② 蜣螂(qiāng láng)——俗称"屎窠螂"。
③ 疡(yáng)医——治肿毒疮痛类病的医生。
④ 事——件。

昔一稳婆[①]出归，遇一狼阻道，牵衣若欲召之。乃从去，见雌狼方娩不下。妪为用力按捺，产下放归。明日，狼衔鹿肉置其家以报之。可知此事从来多有。

雹 神

唐太史济武[②]，适日照[③]，会安氏葬。道经雹神李左车[④]祠，入游眺。祠前有池，池水清澈，有朱鱼数尾游泳其中。内一斜尾鱼，唼呷[⑤]水面，见人不惊。太史拾小石将戏击之。道士急止勿击。问其故，言："池鳞皆龙族，触之必致风雹。"太史笑其附会之诬，竟掷之。既而升车东行，则有黑云如盖，随之以行。簌簌雹落，大如绵子[⑥]。又行里余，始霁。太史弟凉武在后，追及与语，则竟不知有雹也。问之前行者亦云。太史笑曰："此岂广武君作怪耶！"犹未深异。安村外有关圣祠[⑦]，适有稗[⑧]贩客，释肩门外，忽弃双簏，趋祠中，拔架上大刀旋舞，曰："我李左车也。明日将陪从淄川唐太史一助执绋[⑨]，敬先告主人。"数语而醒，不自知其所言，亦不识唐为何人。安氏闻之，大惧。村去祠四十余里，敬修楮帛[⑩]祭具，诣祠哀祷，但求怜悯，不敢枉驾。太史怪其敬信之深，问诸主人。主人曰："雹神灵迹最著，常托生人以为言，应验无虚语。若不虔祝以尼[⑪]其行，则明日风雹立至矣。"

异史氏曰："广武君在当年，亦老谋壮事者流也。即司雹于东，或亦其不磨之气，受职于天。然业已神矣，何必翘然自异哉！唐太史道义文章，天人之钦瞩已久，此鬼神之所以必求信于君子也。"

---

① 稳婆——接生婆。
② 唐太史济武——唐梦赉，字济武，清初进士，曾官翰林院检讨（官名，尊称"太史"）。
③ 日照——今山东日照县。
④ 李左车——秦末谋士，相传死后为雹神。
⑤ 唼呷——鱼类吞食吸饮声。
⑥ 绵子——棉子。
⑦ 关圣祠——关帝庙。
⑧ 稗（bài）——小。
⑨ 执绋（fú）——送葬。
⑩ 楮（chǔ）帛——纸钱。
⑪ 尼——阻止。

李 八 缸

太学[①]李月生，升宇翁之次子也。翁最富，以缸贮金，里人称之“八缸”。翁寝疾，呼子分金：兄八之，弟二之。月生觖望[②]。翁曰：“我非偏有爱憎，藏有窖镪，必待无多人时，方以畀[③]汝，勿急也。”过数日，翁益弥留。月生虑一旦不虞，觑无人，就床头秘讯之。翁曰：“人生苦乐，皆有定数。汝方享妻贤之福，故不宜再助多金，以增汝过。”盖月生妻车氏，最贤，有桓、孟[④]之德，故云。月生固哀之。怒曰：“汝尚有二二余年坎壈[⑤]未历，即予千金，亦立尽耳。苟不至山穷水尽时，勿望给与也！”月生孝友敦笃，亦即不敢复言。无何，翁大渐，寻卒。幸兄贤，斋葬之谋，勿与校计。月生又天真烂漫，不较锱铢，且好客善饮，炊黍治具，日促妻三四作，不甚理家人生产。里中无赖窥其懦，辄鱼肉之。逾数年，家渐落。窘急时，赖兄小周给，不至大困。无何，兄以老病卒，益失所助，至绝粮食。春贷秋偿，田所出，登场辄尽。乃割亩为活，业益消减。又数年，妻及长子相继殂谢，无聊益甚。寻买贩羊者之妻徐，冀得其小阜；而徐性刚烈，日凌藉之，至不敢与亲朋通吊庆礼。忽一夜梦父曰：“今汝所遭，可谓山穷水尽矣。尝许汝窖金，今其可矣。”问：“何在？”曰：“明日畀汝。”醒而异之，犹谓是贫中之积想也。次日，发土葺墉[⑥]，掘得巨金。始悟向言“无多人”，乃死亡将半也。

异史氏曰：“月生，余杵臼交[⑦]，为人相诚无伪。余兄弟与交，哀乐辄相共。数年来，村隔十余里，老死竟不相闻。余偶过其居里，因亦不敢过问之，则月生之苦况，盖有不可明言者矣。忽闻暴得千金，不觉为之鼓舞。呜呼！翁临终之治命[⑧]，昔习闻之，而不意其言言皆谶[⑨]也。抑何其神哉！”

---

① 太学——国子监。
② 觖(jué)望——愿望未能满足。
③ 畀(bì)——给予。
④ 桓、孟——桓，桓少君，东汉鲍宣之妻；孟，孟光，东汉梁鸿之妻，均为贤惠之妻。
⑤ 坎壈(lǎn)——困顿。
⑥ 葺(qì)墉——修理围墙。
⑦ 杵臼交——贫贱之交。
⑧ 治命——临终前清醒的遗嘱。
⑨ 谶(chèn)——预言。

老龙船户

朱公徽荫巡抚粤东[①]时，往来商旅，多告无头冤状。千里行人，死不见尸，数客同游，全无音信，积案累累，莫可究诘。初告，有司尚发牒行缉；迨投状既多，竟置不问。公莅任，历稽旧案，状中称死者不下百余，其千里无主，更不知凡几。公骇异恻怛，筹思废寝，遍访僚属，迄少方略，于是洁诚熏沐，致檄城隍之神[②]。已而斋寝，恍惚见一官僚，搢笏[③]而入。问："何官？"答云："城隍刘某。""将何言？"曰："鬓边垂雪，天际生云，水中漂木，壁上安门。"言已退。既醒，隐谜不解。辗转终宵，忽悟曰："垂雪者，老也；生云者，龙也；水上木为舡[④]；壁上门为户：岂非'老龙舡户'耶！"盖省之东北，曰小岭，曰蓝关，源自老龙津以达南海[⑤]，每由此入粤。公遣武弁，密授机谋，捉龙津驾舟者，次第擒获五十余名，皆不械而服。盖此等贼以舟渡为名，赚客登舟，或投蒙药[⑥]，或烧闷香[⑦]，致客沉迷不醒；而后剖腹纳石，以沉水底。冤惨极矣！自昭雪后，遐迩欢腾，谣颂成集焉。

异史氏曰："剖腹沉石，惨冤已甚，而木雕之有司，绝不少关痛痒，岂特粤东之暗无天日哉！公至则鬼神效灵，覆盆[⑧]俱照，何其异哉！然公非有四目两口，不过痌瘝之念[⑨]，积于中者至耳。彼巍巍然，出则刀戟横路，入则兰麝熏心，尊优虽至，究何异于老龙舡户哉！"

---

① 粤东——泛指今广东。
② 城隍之神——当地土地神。
③ 搢笏——指身着公服。
④ 舡(chuán)——船。
⑤ 南海——相传为观世音菩萨居处。
⑥ 蒙药——蒙汗药，投入酒中，饮后使人昏迷沉睡。
⑦ 闷香——迷魂香，点燃后使人麻醉。
⑧ 覆盆——覆置的盆，喻沉冤莫申。
⑨ 痌瘝(tōng guān)之念——对民众疾苦犹如自己有病在身的想法一样。

青城妇

费邑[①]高梦说为成都[②]守，有一奇狱。先是，有西商客成都，娶青城山[③]寡妇。既而以故西归，年余复返。夫妻一聚，而商暴卒。同商疑而告官，高亦疑妇有私，苦讯之。横加酷掠，卒无词。牒解上司，并少实情，淹系狱底，积有时日。后高署有患病者，延一老医，适相言及。医闻之，遽曰："妇尖嘴否？"问："何说？"初不言，诘再三，始曰："此处绕青城山有数村落，其中妇女多为蛇交，则生女尖喙，阴中有物类蛇舌。至淫纵时，则舌或出，一入阴管，男子阳脱[④]立死。"高闻之骇，尚未深信。医曰："此处有巫媪，能内药[⑤]使妇意荡，舌自出，是否可以验见。"高即如言，使媪治之，舌果出，疑始解。牒报郡。上官皆如法验之，乃释妇罪。

鸮　鸟

长山杨令，性奇贪。康熙乙亥间，西塞用兵[⑥]，市民间骡马运粮。杨假此搜括，地方头畜一空。周村为商贾所集，趁墟者[⑦]车马辐辏。杨率健丁悉篡夺之，不下数百余头。四方估客[⑧]，无处控告。时诸令皆以公务在省。适益都令董、莱芜令范、新城令孙，会集旅舍。有山西二商，迎门号诉。诉有健骡四头，俱被抢掠，道远失业，不能归，哀求诸公为缓颊也。三公怜其情，许之。遂共诣杨。杨治具相款。酒既行，众言来意。杨不听。众言之益切。杨举酒促釂以乱之，曰："某有一令[⑨]，不能者罚。须一天

---

① 费邑——县名，今山东费县。
② 成都——与今略同。
③ 青城山——在四川灌县。
④ 阳脱——男子耗尽精液，虚脱而死。
⑤ 内药——一种置于女阴中能诱发性欲的房中药，类春药。
⑥ 西塞用兵——指清康熙三十四年(1689 年)，清军平定新疆噶尔丹叛乱。
⑦ 趁墟者——赶集人。
⑧ 估客——商人。
⑨ 令——酒令。

上、一地下、一古人，左右问所执何物，口道何词，随问答之。”便倡[①]云：“天上有月轮，地下有昆仑，有一古人刘伯伦[②]。左问所执何物，答云：‘手执酒杯。’右问口道何词，答云：‘道是酒杯之外，不须提。’”范公云：“天上有广寒宫，地下有乾清宫，有一古人姜太公[③]。手执钓鱼竿，道是‘愿者上钩’。”孙云：“天上有天河，地下有黄河，有一古人是萧何[④]。手执一本大清律，他道是‘赃官赃吏’。”杨有惭色，沉吟久之，曰：“某又有之。天上有灵山，地下有太山，有一古人是寒山[⑤]。手执一帚，道是‘各人自扫门前雪’。”众相视觍然。忽一少年傲岸而入，袍服华整，举手作礼。共挽坐，酌以大斗。少年笑曰：“酒且勿饮。闻诸公雅令，愿献刍荛[⑥]。”众请之。少年曰：“天上有玉帝，地下有皇帝，有一古人洪武朱皇帝[⑦]。手执三尺剑，道是‘贪官剥皮’。”众大笑。杨恚骂曰：“何处狂生敢尔！”命隶执之。少年跃登几上，化为鸮[⑧]，冲帘飞出，集庭树间，回顾室中，作笑声。主人击之，且飞且笑而去。

异史氏曰：“市马之役[⑨]，诸大令健畜盈庭者十之七，而千百为群，作骡马贾者，长山外不数数[⑩]见也。圣明天子爱惜民力，取一物必偿其值，焉知奉行者流毒若此哉！鸮所至，人最厌其笑，儿女共唾之，以为不祥。此一笑，则何异于凤鸣哉！”

古　瓶

淄邑北村井涸，村人甲、乙缒入淘之。掘尺余，得髑髅。误破之，口含黄金，喜纳腰橐。复掘，又得髑髅六七枚。悉破之，无金。其旁有磁瓶二、

① 倡——首先提议。
② 刘伯伦——刘伶，字伯伦，晋人，竹林七贤之一，纵酒放达，传世有《酒德颂》。
③ 姜太公——即太公望吕尚，又名姜子牙，助武王伐纣，受封于齐，为齐国之始。
④ 萧何——汉初人，助刘邦建汉，律令多出其手。
⑤ 寒山——唐中后期僧人，天台宗，有诗名。
⑥ 刍荛——打柴草之人，对自己谦称。
⑦ 洪武朱皇帝——明太祖朱元璋，年号洪武。
⑧ 鸮（xiāo）——俗称“猫头鹰”。
⑨ 市马之役——指康熙三十四年（1689 年），对新疆准噶尔部用兵向民间征马事件。
⑩ 数数（shuò shuò）——屡屡。

铜器一。器大可合抱，重数十斤，侧有双环，不知何用，班驳陆离。瓶亦古，非近款[①]。既出井，甲、乙皆死。移时乙苏，曰："我乃汉人。遭新莽之乱[②]，全家投井中。适有少金，因内口中。实非含敛之物[③]，人人都有也。奈何遍碎头颅？情殊可恨！"众香楮共祝之，许为殡葬，乙乃愈；甲则不能复生矣。颜镇孙生闻其异，购铜器而去。袁孝廉宣四[④]得一瓶，可验阴晴：见有一点润处，初如粟米，渐阔渐满，未几雨至；润退，则云开天霁。其一入张秀才家，可志朔望[⑤]：朔则黑起如豆，与日俱长；望则一瓶遍满；既望[⑥]，又以次而退，至晦[⑦]则复其初。以埋土中久，瓶口有小石粘口上，刷剔不可下。敲去之，石落而口微缺，亦一憾事。浸花其中，落花结实，与在树者无异云。

元少先生

韩元少[⑧]先生为诸生时，有吏突至，白主人欲延作师，而殊无名刺。问其家阀，含糊对之。束帛缄贽，仪礼优渥。先生许之，约期而去。至日，果以舆来。迤逦[⑨]而行，道路皆所未经。忽睹殿阁，下车入，气像类藩邸。既就馆，酒炙纷罗，劝客自进，并无主人。筵既撤，则公子出拜；年十五六，姿表秀异。展礼罢，趋就他舍，请业[⑩]始至师所。公子甚慧，闻义辄通。先生以不知家世，颇怀疑闷。馆有二僮给役，私诘之，皆不对。问："主人何在？"答以事忙。先生求导窥之，僮不可。屡求之，乃导至一处，闻拷楚声。自门隙目注之，见一王者坐殿上，阶下剑树刀山，皆冥中事。大骇。方将却步，内已知之，因罢政。叱退诸鬼，疾呼僮。僮变色曰："我为先生，

① 近款——近代款式。
② 新莽之乱——指公元八年，王莽改汉为新，自立为帝，在位十八年。
③ 含敛之物——下葬时死者口中的金玉之物。
④ 袁孝廉宣四——袁宣四，清初举人。
⑤ 朔望——阴历每月初一称"朔"，每月十五称"望"。
⑥ 既望——阴历每月十六。
⑦ 晦——阴历每月最后一天。
⑧ 韩元少——清初状元，官至礼部尚书，有文名。
⑨ 迤逦——曲折行走。
⑩ 请业——请教学业。

祸及身矣!”战惕奔入。王者怒曰:“何敢引人私窥!”即以巨鞭重笞讫。乃召先生入,曰:“所以不见者,以幽明异路。今已知之,势难再聚。”因赠束金使行,曰:“君天下第一人[①],但坎壈未尽耳。”使青衣捉骑送之。先生疑身已死。青衣曰:“何得便尔!先生食御[②]一切,置自俗间,非冥中物也。”既归,坎坷数年,中会、状[③],其言皆验。

薛 慰 娘

丰玉桂,聊城[④]儒生也。贫无生业。万历间,岁大祲[⑤],孑然南遁。及归,至沂而病。力疾行数里,至城南丛葬处,益惫,因傍冢卧。忽如梦,至一村,有叟自门中出,邀生入。屋两楹,亦殊草草。室内一女子,年十六七,仪容慧雅。叟使瀹[⑥]柏枝汤,以陶器供客。因诘生里居、年齿,既已,乃曰:“洪都姓李,平阳族[⑦]。流寓此间,今三十二年矣。君志此门户,余家子孙如见探访,即烦指示之。老夫不敢忘义。义女慰娘,颇不丑,可配君子。三豚儿[⑧]到日,即遣主盟[⑨]。”生喜,拜曰:“犬马齿[⑩]二十有二,尚少良配。惠以眷好,固佳;但何处得翁之家人而告诉也?”叟曰:“君但住北村中,相待月余,自有来者,止求不惮烦耳。”生恐其言不信,要之曰:“实告翁:仆故家徒四壁,恐后日不如所望,中道之弃,人所难堪。即无姻好,亦不敢不守季路之诺[⑪],即何妨质言[⑫]之也?”叟笑曰:“君欲老夫旦旦耶?我稔知君贫。此订非专为君,慰娘孤而无倚,相托已久,不忍听其流落,故以奉君子耳。何见疑!”即捉臂送生出,拱手合扉而去。

---

① 天下第一人——指考中状元。
② 食御——食用。
③ 会、状——会元、状元。
④ 聊城——今山东聊城县。
⑤ 祲(jìn)——灾荒。
⑥ 瀹(yuè)——泡、煮。
⑦ 平阳族——平阳(今属山西临汾)氏族,名门望族。
⑧ 豚儿——谦称自己的儿子。
⑨ 主盟——主婚。
⑩ 犬马齿——自称年龄的谦词。
⑪ 季路之诺——季路,孔门弟子,以诚信著称,此指允婚。
⑫ 质言——实言。

生觉,则身卧冢边,日已将午。渐起,次且入村。村人见之皆惊,谓其已死道旁经日矣。顿悟叟即冢中人也,隐而不言,但求寄寓。村人恐其复死,莫敢留。村有秀才与同姓,闻之,趋诘家世,盖生缌服叔[①]也。喜导至家,饵治之,数日寻愈。因述所遇,叔亦惊异,遂坐待以觇其变。居无何,果有官人至村,访父墓址,自言平阳进士李叔向。先是,其父李洪都,与同乡某甲行贾,死于沂,某因瘗诸丛葬处。既归,某亦死。是时翁三子皆幼。长伯仁,举进士,令淮南[②]。数遣人寻父墓,迄无知者。次仲道,举孝廉。叔向最少,亦登第。于是亲求父骨,至沂遍访。是日至,村人皆莫识。生乃引至墓所,指示之。叔向未敢信,生为具陈所遇。叔向奇之。审视两坟相接,或言三年前有宦者,葬少妾于此。叔向恐误发他冢,生遂以所卧处示之。叔向命舁材其侧,始发冢。冢开,则见女尸,服妆黯败,而粉黛如生。叔向知其误,骇极,莫知所为。而女已顿起,四顾曰:"三哥来耶?"叔向惊,就问之,则慰娘也。乃解衣蔽覆,舁归逆旅。急发傍冢,冀父复活。既发,则肤革犹存,抚之僵燥,悲哀不已。装敛入材,清醮[③]七日;女亦缞绖若女。忽告叔向曰:"曩阿翁有黄金二锭,曾分一为妾作奁。妾以孤弱无藏所,仅以丝线紮腰,而未将去,兄得之否?"叔向不知,乃使生反求诸圹,果得之,一如女言。叔向仍以线志者分赠慰娘。暇乃审其家世。

先是,女父薛寅侯无子,止生慰娘,甚钟爱之。一日,女自金陵舅氏归,将媪问渡。操舟者乃金陵媒也。适有宦者,任满赴都,遣觅美妾,凡历数家,无当意者,将为扁舟诣广陵[④]。忽遇女,隐生诡谋,急招附渡。媪素识之,遂与共济。中途,投毒食中,女妪皆迷。推妪堕江;载女而返,以重金卖诸宦者。入门,嫡始知,怒甚。女又惘然,莫知为礼,遂挞楚而囚禁之。北渡三日,女方醒。婢言始末,女大泣。一夜,宿于沂,自经死,乃瘗诸乱冢中。女在墓,为群鬼所凌,李翁时呵护之,女乃父事翁。翁曰:"汝命合不死,当为择一快婿。"前生既见而出,反谓女曰:"此生品谊可托。待汝三兄至,为汝主婚。"一日曰:"汝可归候,汝三兄将来矣。"盖即发墓之日也。

---

① 缌(sī)服叔——远房叔父。
② 淮南——今安徽寿县。
③ 清醮(jiào)——古时请僧道诵经礼神以超度死者亡灵的一种仪礼。
④ 广陵——今江苏扬州市。

女于丧次[①]，为叔向缅述之。叔向叹息良久，乃以慰娘为妹，俾从李姓。略买衣妆，遣归生，且曰："资斧无多，不能为妹子办妆。意将偕归，以慰母心，何如？"女亦欣然。于是夫妻从叔向，辇柩并发。及归，母诘得其故，爱逾所生，馆诸别院。丧次，女哀悼过于儿孙。母益怜之，不令东归，嘱诸子为之买宅。适有冯氏卖宅，直六百金。仓猝未能取盈，暂收契券，约日交兑。及期，冯早至；适女亦从别院入省母，突见之，绝似当年操舟人。冯见亦惊。女趋过之。两兄亦以母小恙，俱集母所。女问："厅前跮蹀[②]者为谁？"钟道曰："此必前日卖宅者也。"即起欲出。女止之，告以所疑，使诘难之。仲道诺而出，则冯已去，而巷南塾师薛先生在焉。因问："何来？"曰："昨夕冯某浼早[③]登堂，一署券保。适途遇之，云偶有所忘，暂归便返，使仆坐以待之。"少间，生及叔向皆至，遂相攀谈。慰娘以冯故，潜来屏后窥客，细视之，则其父也。突出，持抱大哭。翁惊涕曰："吾儿何来！"众始知薛即寅侯也。仲道虽与街头常遇，初未悉其名字。至是共喜，为述前因，设酒相庆。因留信宿，自道行踪。盖失女后，妻以悲死，鳏居无依，故游学至此也。生约买宅后，迎与同居。翁次日往探，冯则举家遁去，乃知杀媪卖女者，即其人也。冯初至平阳，贸易成家；比年赌博，日就消乏，故货居宅，卖女之资，亦濒尽矣。

慰娘得所，亦不甚仇之，但择日徙居，更不追其所往。李母馈遗不绝，一切日用皆供给之。生遂家于平阳，但归试甚苦。幸于是科得举孝廉。慰娘富贵，每念媪为己死，思报其子。媪夫姓殷，一子名富，好博，贫无立锥。一日，博局争注，殴杀人命，亡归平阳，远投慰娘。生遂留之门下。研诘所杀姓名，盖即操舟冯某也。骇叹久之，因为道破，乃知冯即杀母仇人也。益喜，遂役生家。薛寅侯就养于婿，婿为买妇，生子女各一焉。

---

① 丧次——居丧期间。
② 跮(dié)蹀——蹀来蹀去，焦急不安状。
③ 浼(měi)——拜托。

田　子　成

江宁[①]田子成，过洞庭，舟覆而没。子良耜，明季进士，时在抱中。妻杜氏，闻讣，仰药而死。良耜受庶祖母抚养成立，筮仕[②]湖北。年余，奉宪命[③]营务湖南。至洞庭，痛哭而返。自告才力不及，降县丞，隶汉阳，辞不就。院司强督促之，乃就。辄放荡江湖间，不以官职自守。

一夕，舣舟江岸，闻洞箫声，抑扬可听。乘月步去，约半里许，见旷野中茅屋数椽，荧荧灯火；近窗窥之，有三人对酌其中。上座一秀才，年三十许；下座一叟；侧座吹箫者，年最少。吹竟，叟击节赞佳。秀才面壁吟思，若罔闻。叟曰："卢十兄必有佳作，请长吟，俾得共赏之。"秀才乃吟曰："满江风月冷凄凄，瘦草零花化作泥。千里云山飞不到，梦魂夜夜竹桥西。"吟声怆恻。叟笑曰："卢十兄故态作矣！"因酌以巨觥，曰："老夫不能属和，请歌以侑酒。"乃歌"兰陵美酒"之什[④]。歌已，一座解颐。少年起曰："我视月斜何度矣。"突出见客，拍手曰："窗外有人，我等狂态尽露也！"遂挽客入，共一举手。叟使与少年相对坐。试其杯皆冷酒，辞不饮。少年起，以苇炬燎壶而进之。良耜亦命从者出钱行沽，叟固止之。因讯邦族，良耜具道生平。叟致敬曰："吾乡父母[⑤]也。少君姓江，此间土著[⑥]。"指少年曰："此江西杜野侯。"又指秀才："此卢十兄，与公同乡。"卢自见良耜，殊偃蹇不甚为礼。良耜因问："家居何里？如此清才，殊早不闻。"答曰："流寓已久，亲族恒不相识，可叹人也！"言之哀楚。叟摇手乱之曰："好客相逢，不理觞政[⑦]，聒絮如此，厌人听闻！"遂把杯自饮，曰："一令请共行之，不能者罚。每掷三色，以相逢为率[⑧]，须一古典相合[⑨]。"乃掷得幺二三，唱曰："三

---

① 江宁——府名，治今南京市。
② 筮仕——外出作官。
③ 宪命——上司之命。
④ "兰陵美酒"之什——指李白《客中作》一诗。
⑤ 父母——父母官。
⑥ 土著——当地人。
⑦ 觞政——指饮酒。
⑧ 率(lǜ)——标准。
⑨ 须一古典相合——所掷点数与一典故相合。

加幺二点相同[①]，鸡黍三年约范公[②]：朋友喜相逢。"次少年，掷得双二单四[③]，曰："不读书人，但见俚典，勿以为笑。四加双二点相同，四人聚义古城中：兄弟喜相逢。"卢得双幺单二[④]，曰："二加双幺点相同，吕向两手抱老翁[⑤]：父子喜相逢。"良耜掷，复与卢同，曰："二加双幺点相同，茅容二簋款林宗[⑥]：主客喜相逢。"令毕，良耜兴辞。卢始起，曰："故乡之谊，未遑倾吐，何别之遽？将有所问，愿少留也。"良耜复坐，问："何言？"曰："仆有老友某，没于洞庭，与君同族否？"良耜曰："是先君[⑦]也，何以相识？"曰："少时相善。没日，惟仆见之，因收其骨，葬江边耳。"良耜出涕下拜，求指墓所。卢曰："明日来此，当指示之。要亦易辨，去此数武，但见坟上有丛芦十茎者是也。"良耜洒涕，与众拱别。

至舟，终夜不寝，念卢情词似皆有因。昧爽而往，则舍宇全无，益骇。因遵所指处寻墓，果得之。丛芦其上，数之，适符其数。恍然悟卢十兄之称，皆其寓言；所遇，乃其父之鬼也。细问土人，则二十年前，有高翁富而好善，溺水者皆拯其尸而埋之，故有数坟在焉。遂发冢负骨，弃官而返。归告祖母，质其状貌皆确。江西杜野侯，乃其表兄，年十九，溺于江；后其父流寓江西。又悟杜夫人殁后，葬竹桥之西，故诗中忆之也。但不知叟何人耳。

王 桂 庵

王樨，字桂庵，大名世家子。适南游，泊舟江岸。临舟有榜人女，绣履其中，风姿韶绝。王窥既久，女若不觉。王朗吟"洛阳女儿对门居[⑧]"，故使女闻。女似解其为己者，略举首一斜瞬之，俯首绣如故。王神志益驰，以金一锭投之，堕女襟上。女拾弃之，金落岸边。王拾归，益怪之，又以金

① 三加幺二点相同——一、二相加为三，与三点相同。
② 鸡黍三年约范公——典出《后汉书》，喻为朋友约期相会。
③ 双二单四——两个二点，一个四点。
④ 双幺单二——两个一点，一个二点。
⑤ 两手抱老翁——典出《陕西通志》，指父子相逢。
⑥ 茅容二簋(guǐ)款林宗——典出《后汉书》，指主客相逢。
⑦ 先君——已死的父亲。
⑧ 洛阳女儿对门居——唐诗人王维《洛阳女儿行》一诗，王桂庵借此诗暗指舟家女。

钏掷之，堕足下；女操业不顾。无何，榜人自他归。王恐其见钏研诘，心急甚；女从容以双钩覆蔽之。榜人解缆，径去。王心情丧惘，痴坐凝思。时王方丧偶，悔不即媒定之。乃询舟人，皆不识其何姓。返舟急追之，杳不知其所往。不得已，返舟而南。务毕，北旋，又沿江细访，并无音耗。抵家；寝食皆萦念之。

逾年，复南，买舟江际，若家焉。日日细数行舟，往来者帆楫皆熟，而曩舟殊杳。居半年，资罄而归。行思坐想，不能少置。一夜，梦至江村，过数门，见一家柴扉南向，门内疏竹为篱，意是亭园，径入。有夜合[①]一株，红丝满树。隐念：诗中"门前一树马缨花[②]"，此其是矣。过数武，苇笆光洁。又入之，见北舍三楹，双扉阖焉。南有小舍，红蕉蔽窗。探身一窥，则椸架[③]当门，罥画裙其上，知为女子闺闼，愕然却退；而内亦觉之，有奔出瞰客者，粉黛微呈，则舟中人也。喜出望外，曰："亦有相逢之期乎！"方将狎就，女父适归，倏然惊觉，始知是梦。景物历历，如在目前。秘之，恐与人言，破此佳梦。

又年余，再适镇江[④]。郡南有徐太仆[⑤]，与有世谊，招饮。信马而去，误入小村，道途景象，仿佛平生所历。一门内，马缨一树，梦境宛然。骇极，投鞭而入。种种物色，与梦无别。再入，则房舍一如其数。梦既验，不复疑虑，直趋南舍，舟中人果在其中。遥见王，惊起，以扉自幛，叱问："何处男子？"王逡巡间，犹疑是梦。女见步趋甚近，閛然扃户。王曰："卿不忆掷钏者耶！"备述相思之苦，且言梦征。女隔窗审其家世，王具道之。女曰："既属宦裔，中馈必有佳人，焉用妾？"王曰："非以卿故，婚娶固已久矣。"女曰："果如所云，足知君心。妾此情难告父母，然亦方命[⑥]而绝数家。金钏犹在，料钟情者必有耗闻耳。父母偶适外戚，行且至。君姑退，倩冰委禽，计无不遂；若望以非礼成耦，则用心左矣。"王仓卒欲出。女遥呼王郎曰："妾芸娘，姓孟氏。父字江蓠。"王记而出。罢筵早返，谒江蓠。江迎入，设坐篱下。王自道家阀，即致来意，兼纳百金为聘。翁曰："息女

① 夜合——马缨花，夜合花。
② 门前一树马缨花——元代虞集《水仙神》一诗末句，意指欢迎男子来家。
③ 椸(yí)架——衣架。
④ 镇江——旧府名，今江苏镇江市。
⑤ 太仆——太仆寺卿。
⑥ 方命——违命。

已字矣。”王曰：“讯之甚确，固待聘耳，何见绝之深？”翁曰：“适间所说，不敢为诳。”王神情俱失，拱别而返。当夜辗转，无人可媒。向欲以情告太仆，恐娶榜人女为先生笑；今情急，无可为媒，质明，诣太仆，实告之。太仆曰：“此翁与有瓜葛，是祖母嫡孙，何不早言？”王始吐隐情。太仆疑曰：“江蓠固贫，素不以操舟为业，得毋误乎？”乃遣子大郎诣孟，孟曰：“仆虽空匮，非卖婚者。曩公子以金自媒，谅仆必为利动，故不敢附为婚姻。既承先生命，必无错谬。但顽女颇恃娇爱，好门户辄便拗却，不得不与商榷，免他日怨婚也。”遂起，少入而返，拱手一如尊命，约期乃别。大郎复命，王乃盛备禽妆，纳采于孟，假馆太仆之家，亲迎成礼。

居三日，辞岳北归。夜宿舟中，问芸娘曰：“何于此处遇卿，固疑不类舟人子。当日泛舟何之？”答云：“妾叔家江北，偶借扁舟一省视耳。妾家仅可自给，然傥来物[①]颇不贵视之。笑君双瞳如豆，屡以金赀动人。初闻吟声，知为风雅士，又疑为儇薄子作荡妇挑之也。使父见金钏，君死无地矣。妾怜才心切否？”王笑曰：“卿固黠甚，然亦堕吾术矣！”女问：“何事？”王止而不言。又固诘之，乃曰：“家门日近，此亦不能终秘。实告卿：我家中固有妻在，吴尚书女也。”芸娘不信，王故壮其词以实之。芸娘色变，默移时，遽起，奔出；王蹑履[②]追之，则已投江中矣。王大呼，诸船惊闹，夜色昏闭，惟有满江星点而已。王悼痛终夜，沿江而下，以重价觅其骸骨，亦无见者。邑邑[③]而归，忧痛交集。又恐翁来视女，无词可对。有姊丈官河南，遂命驾造之。

年余始归。途中遇雨，休装民舍，见房廊清洁，有老妪弄儿厦间。儿见王入，即扑求抱，王怪之。又视儿秀婉可爱，揽置膝头。妪唤之，不去。少顷，雨霁，王举儿付妪，下堂趣装。儿啼曰：“阿爹去矣！”妪耻之，呵之不止，强抱而去。王坐待治任，忽有丽者自屏后抱儿出，则芸娘也。方诧异间，芸娘骂曰：“负心郎！遗此一块肉，焉置之？”王乃知为己子。酸来刺心，不暇问其往迹，先以前言之戏，矢日自白。芸娘始反怒为悲，相向涕零。先是，第主[④]莫翁，六旬无子，携媪往朝南海[⑤]。归途泊江际，芸娘随

---

① 傥来物——不意而来之物。
② 蹑履——来不及穿好鞋。
③ 邑邑——同“悒悒”，忧闷不乐。
④ 第主——宅主。
⑤ 南海——传说观世音菩萨居处。

波下，适触翁舟。翁命从人拯出之，疗控终夜，始渐苏。翁媪视之，是好女子，甚喜，以为己女，携归。居数月，欲为择婿，女不可。逾十月，生一子，名曰寄生。王避雨其家，寄生方周岁也。王于是解装，入拜翁媪，遂为岳婿。居数日，始举家归。至，则孟翁坐待，已两月矣。翁初至，见仆辈情词恍惚，心颇疑怪；既见，始共欢慰。历述所遭，乃知其枝梧者有由也。

寄　生 附

寄生，字王孙，郡中名士。父母以其襁褓认父，谓有夙惠，钟爱之。长益秀美，八九岁能文，十四入郡庠。每自择偶。父桂庵有妹二娘，适郑秀才子侨，生女闺秀，慧艳绝伦。王孙见之，心切爱慕。积久，寝食俱废。父母大忧，苦研诘之，遂以实告。父遣冰于郑；郑性方谨，以中表为嫌，却之。王孙益病，母计无所出，阴婉致二娘，但求闺秀一临存之。郑闻，益怒，出恶声焉。父母既绝望，听之而已。

郡有大姓张氏，五女皆美；幼者名五可，尤冠诸姊，择婿未字。一日，上墓，途遇王孙，自舆中窥见，归以白母。母探知其意，见媒媪于氏，微示之。媪遂诣王所。时王孙方病，讯知笑曰："此病老身能医之。"芸娘问故。媪述张氏意，极道五可之美。芸娘喜，使媪往候王孙。媪入，抚王孙而告之。王孙摇首曰："医不对症，奈何！"媪笑曰："但问医良否耳：其良也，召和而缓[①]至，可矣；执其人以求之，守死而待之，不亦痴乎？"王孙欷歔曰："但天下之医，无愈和者。"媪曰："何见之不广也？"遂以五可之容颜发肤，神情态度，口写而手状之。王孙又摇首曰："媪休矣！此余愿所不及也。"反身向壁，不复听矣。媪见其志不移，遂去。一日，王孙沉痼中，忽一婢入曰："所思之人至矣！"喜极，跃然而起。急出舍，则丽人已在庭中。细认之，却非闺秀，着松花色细褶绣裙，双钩微露，神仙不啻也。拜问姓名，答曰："妾，五可也。君深于情者，而独钟闺秀，使人不平。"王孙谢曰："生平未见颜色，故目中止一闺秀。今知罪矣！"遂与要誓。方握手殷殷，适母来抚摩，遽然而觉，则一梦也。回思声容笑貌，宛在目中。阴念：五可果如所

① 和而缓——和、缓，均为春秋时名医。

梦，何必求所难遘。因而以梦告母。母喜其念少夺，急欲媒之。王孙恐梦见不的，托邻妪素识张氏者，伪以他故诣之，嘱其潜相五可。妪至其家，五可方病，靠枕支颐，婀娜之态，倾绝一世。近问："何恙？"女默然弄带，不作一语。母代答曰："非病也。连日与爹娘负气耳！"妪问故。曰："诸家问名，皆不愿，必如王家寄生者方嫁。是为母者劝之急，遂作意不食数日矣。"妪笑曰："娘子若配王郎，真是玉人成双也。渠若见五娘，恐又憔悴死矣！我归，即令倩冰，如何？"五可止之曰："姥勿尔！恐其不谐，益增笑耳！"妪锐然以必成自任，五可方微笑。妪归，复命，一如媒媪言。王孙详问衣履，亦与梦合，大悦。意虽稍舒，然终不以人言为信。过数日，渐瘳，秘招于媪来，谋以亲见五可。媪难之，姑应而去。久之，不至。方欲觅问，媪忽忻然来曰："机幸可图。五娘向有小恙，因令婢辈将扶，移过对院。公子往伏伺之。五娘行缓涩，委曲可以尽睹矣。"王孙喜，明日，命驾早往，媪先在焉。即令絷马村树，引入临路舍，设座掩扉而去。少间，五可果扶婢出。王孙自门隙[①]目注之。女从门外过，媪故指挥云树以迟纤步，王孙窥觇尽悉，意颤不能自持。未几，媪至，曰："可以代闺秀否？"王孙申谢而返，始告父母，遣媒要盟。以妁往，则五可已别字矣。王孙失意，悔闷欲死，即刻复病。父母忧甚，责其自误。王孙无词，惟日饮米汁一合[②]。积数日，鸡骨支床[③]，较前尤甚。媪忽至，惊曰："何惫之甚？"王孙涕下，以情告。媪笑曰："痴公子！前日人趁汝来，而故却之；今日汝求人，而能必遂耶？虽然，尚可为力。早与老身谋，即许京都皇子，能夺还也。"王孙大悦，求策。媪命函启伻[④]约次日候于张所。桂庵恐以唐突见拒。媪曰："前与张公业有成言，延数日而遽悔之；且彼字他家，尚无函信。谚云：'先炊者先餐。'何疑也！"桂庵从之。次日，二仆往，并无异词，厚犒而归。王孙病顿起。由此闺秀之想遂绝。

初，郑子侨却聘，闺秀颇不怿；及闻张氏婚成，心愈抑郁，遂病，日就支离。父母诘之，不肯言。婢窥其意，隐以告母。郑闻之，怒不医，以听其死。二娘怼曰："吾侄亦殊不恶，何守头巾戒[⑤]，杀吾娇女！"郑恚曰："若所

① 门隙（xì）——门缝。
② 一合（gě）——十合为升，一合约为一小碗。
③ 鸡骨支床——喻病体瘦弱之极。
④ 伻（bēng）约——派人约定。
⑤ 头巾戒——迂腐儒生的清规戒律。

生女，不如早亡，免贻笑柄！”以此夫妻反目。二娘与女言，将使仍归王孙，若为媵[①]。女俯首不言，意若甚愿。二娘商郑，郑更怒，一付二娘，置女度外，不复预闻。二娘爱女切，欲实其言。女乃喜，病渐瘥。窃探王孙，亲迎有日矣。及期，以侄完婚，伪欲归宁，昧旦，使人求仆舆于兄。兄最友爱，又以居村邻近，遂以所备，亲迎车马，先迎二娘。既至，则妆女入车，使两仆两媪护送之。到门，以毡贴地而入。时鼓乐已集，从仆叱令吹擂，一时人声沸聒。王孙奔视，则女子以帕蒙首，骇极，欲奔；郑仆夹扶，便令交拜。王孙不知何由，即便拜讫。二媪扶女，径坐青庐[②]，始知其闺秀也。举家皇乱，莫知所为。时渐濒暮，王孙不复敢行亲迎之礼。桂庵遣仆以情告张；张怒，遂欲断绝。五可不肯，曰：“彼虽先至，未受雁采[③]；不如仍使亲迎。”父纳其言，以对来使。使归，桂庵终不敢从。相对筹思，喜怒俱无所施。张待之既久，知其不行，遂亦以舆马送五可至，因另设青帐于别室。王孙周旋两间，蹀躞无以自处。母乃调停于中，使序行以齿。二女皆诺。及五可闻闺秀差长，称“姊”有难色。母甚虑之。比三朝公会[④]，五可见闺秀风致宜人，不觉右之，自是始定。然父母恐其积久不相能，而二女却无间言，衣履易着，相爱如姊妹焉。王孙始问五可却媒之故。笑曰：“无他，聊报君之却于媪耳。尚未见妾，意中止有闺秀；即见妾，亦略靳[⑤]之，以觇君之视妾，较闺秀何如也。使君为伊病，而不为妾病，则亦不必强求容矣。”王孙笑曰：“报亦惨矣！然非于媪，何得一觐芳容。”五可曰：“是妾自欲见君，媪何能为。过舍门时，岂不知眈眈者在内耶。梦中业相要，何尚未知信耶？”王孙惊问：“何知？”曰：“妾病中梦至君家，以为妄；后闻君亦梦，妾乃知魂魄真到此也。”王孙异之，遂述所梦，时日悉符。父子之良缘，皆以梦成，亦奇情也。故并志之。

异史氏曰：“父痴于情，子遂几为情死。所谓情种，其王孙之谓欤？不有善梦之父，何生离魂之子哉！”

---

① 媵（yìng）——妾。
② 青庐——新婚之室。
③ 雁采——婚礼的六礼之一。
④ 三朝公会——婚后第三日婆家、娘家人相互见面。
⑤ 靳——吝惜。

周　生

周生，淄邑[①]之幕客。令公出[②]，夫人徐，有朝碧霞元君之愿，以道远故，将遣仆赍仪代往。使周为祝文。周作骈词[③]，历叙平生，颇涉狎谑。中有云："栽般阳满县之花，偏怜断袖；置夹谷弥山之草，惟爱余桃[④]。"此诉夫人所愤也，类此甚多。脱稿，示同幕凌生。凌以为亵，戒勿用。弗听，付仆而去。未几，周生卒于署；既而仆亦死；徐夫人产后，亦病卒。人犹未之异也。周生子自都来迎父榇[⑤]，夜与凌生同宿。梦父戒之曰："文字不可不慎也！我不听凌君言，遂以亵词，致干神怒，遽夭天年；又贻累徐夫人，且殃及焚文之仆：恐冥罚尤不免也！"醒而告凌，凌亦梦同，因述其文。周子为之惕然。

异史氏曰："恣情纵笔，辄洒洒自快，此文客之常也。然淫嫚之词，何敢以告神明哉！狂生无知，冥谴其所应尔。但使贤夫人及千里之仆，骈死而不知其罪，不亦与刑律中分首从者，殊多愦愦耶？冤已！"

褚　遂　良

长山赵某，税屋[⑥]大姓。病症结[⑦]，又孤贫，奄然就毙。一日，力疾就凉，移卧檐下。及醒，见绝代丽人坐其傍。因诘问之，女曰："我特来为汝作妇。"某惊曰："无论贫人不敢有妄想；且奄奄一息，有妇何为！"女曰："我能治之。"某曰："我病非仓猝可除；纵有良方，其如无资买药何！"女曰："我医疾不用药也。"遂以手按赵腹，力摩之。觉其掌热如火。移时，腹中痞

---

① 淄邑——淄川县。
② 令公出——县令因公外出。
③ 骈词——盛行于南北朝时的一种讲究对偶和韵律的文体。
④ 余桃——代指县令宠爱男色，而不好女色，实际上是对碧霞元君的侮弄。
⑤ 榇(chèn)——棺木。
⑥ 税屋——租房而居。
⑦ 病症结——腹中有痞块之病。

块,隐隐作解拆[①]声。又少时,欲登厕。急起,走数武,解衣大下,胶液流离,结块尽出,觉通体爽快。返卧故处,谓女曰:“娘子何人？祈告姓氏,以便尸祝[②]。”答云:“我狐仙也。君乃唐朝褚遂良[③],曾有恩于妾家,每铭心欲一图报。日相寻觅,今始得见,夙愿可酬矣。”某自惭形秽,又虑茅屋灶煤,玷染华裳。女但请行。赵乃导入家,土莝[④]无席,灶冷无烟,曰:“无论光景如此,不堪相辱;即卿能甘之,请视瓮底空空,又何以养妻子？”女但言:“无虑。”言次[⑤],一回头,见榻上毡席衾褥已设;方将致诘,又转瞬,见满室皆银光纸裱贴如镜,诸物已悉变易,几案精洁,肴酒并陈矣。遂相欢饮。日暮,与同狎寝,如夫妇。主人闻其异,请一见之。女即出见,无难色。由此四方传播,造门者甚伙。女并不拒绝。或设筵招之,女必与夫俱。一日,座中一孝廉,阴萌淫念。女已知之,忽加诮让。即以手推其首;首过棂外,而身犹在室,出入转侧,皆所不能。因共哀免,方曳出之。积年余,造请者日益烦,女颇厌之。被拒者辄骂赵。值端阳[⑥],饮酒高会,忽一白兔跃入。女起曰:“舂药翁[⑦]来见召矣!”谓兔曰:“请先行。”兔趋出,径去。女命赵取梯。赵于舍后负长梯来,高数丈。庭有大树一章,便倚其上;梯更高于树杪。女先登,赵亦随之。女回首曰:“亲宾有愿从者,当即移步。”众相视不敢登。惟主人一僮,踊跃从其后。上上益高,梯尽云接,不可见矣。共视其梯,则多年破扉,去其白板耳。群入其室,灰壁败灶依然,他无一物。犹意僮返可问,竟终杳已。

刘　全

邹平[⑧]牛医侯某,荷饭饷耕者。至野,有风旋其前,侯即以杓掬浆祝

---

① 解拆——裂解。
② 尸祝——设位祈祷。
③ 褚遂良——唐初大臣、书法家。
④ 土莝(cuò)——土炕上铺着碎草。
⑤ 言次——言语之间。
⑥ 端阳——农历五月初五。
⑦ 舂药翁——指传说中月宫里的玉兔。
⑧ 邹平——今山东邹平县。

奠之。尽数杓，风始去。一日，适城隍庙，闲步廊下，见内塑刘全献瓜[①]像，被鸟雀遗粪，糊蔽目睛。侯曰："刘大哥何遂受此玷污！"因以爪甲为除去之。后数年，病卧，被二皂[②]摄去。至官衙前，逼索财贿甚苦。侯方无所为计，忽自内一绿衣人出，见之讶曰："侯翁何来？"侯便告诉。绿衣人责二皂曰："此汝侯大爷，何得无礼！"二皂喏喏，逊谢不知。俄闻鼓声如雷。绿衣人曰："早衙矣。"遂与俱入，令立墀下，曰："姑立此，我为汝问之。"遂上堂点手，招一吏人下，略道数语。吏人见侯，拱手曰："侯大哥来耶？汝亦无甚大事。有一马相讼，一质便可复返。"遂别而去。少间，堂上呼侯名。侯上跪，一马亦跪。官问侯："马言被汝药死，有诸？"侯曰："彼得瘟症，某以瘟方治之。既药不瘳[③]，隔日而死，与某何涉？"马作人言，两相苦。官命稽籍，籍注马寿若干，应死于某年月日，数确符。因呵曰："此汝大数已尽，何得妄控！"叱之而去。因谓侯曰："汝存心方便，可以不死。"仍命二皂送回。前二人亦与俱出，又嘱途中善相视。侯曰："今日虽蒙覆庇，生平实未识荆。乞示姓字，以图衔报。"绿衣人曰："三年前，仆从泰山来，焦渴欲死。经君村外，蒙以杓浆见饮，至今不忘。"吏人曰："某即刘全。曩被雀粪之污，闷不可耐。君手为涤除，是以耿耿。奈冥间酒馔，不可以奉宾客，请即别矣。"侯始悟，乃归。既至家，款留二皂，皂并不敢饮其杯水。侯苏，盖死已逾两日矣。从此益修善。每逢节序，必以浆酒酬刘全。年八旬，尚强健，能超乘驰走。一日，途间见刘全骑马来，若将远行。拱手道温凉毕，刘曰："君数已尽，勾牒出矣。勾役欲相招，我禁使弗须[④]。君可归治后事，三日后，我来同君行。地下代买小缺[⑤]，亦无苦也。"遂去。侯归告妻子，招别戚友，棺衾俱备。第四日日暮，对众曰："刘大哥来矣。"入棺遂殁。

---

① 刘全献瓜——典出《西游记》，指唐均州人刘全曾替唐太宗李世民赴阴曹进奉瓜果。
② 二皂——二鬼吏。
③ 瘳(chōu)——治愈。
④ 弗须——不必。
⑤ 小缺——小官职。

土化兔

靖逆侯张勇[①]镇兰州[②]时，出猎获兔甚多，中有半身或两股尚为土质。一时秦中争传土能化兔。此亦物理之不可解者。

鸟使

苑城[③]史乌程家居，忽有鸟集屋上，香色[④]类鸦。史见之，告家人曰："夫人遣鸟使召我矣。急备后事，某日当死。"至日果卒。殡日，鸦复至，随槥[⑤]缓飞，由苑之新[⑥]。及殡，鸦始不见。长山吴木欣目睹之。

姬生

南阳[⑦]鄂氏，患狐，金钱什物，辄被窃去。迕之，祟益甚。鄂有甥姬生，名士不羁，焚香代为祷免，卒不应；又祝舍外祖使临己家，亦不应。众笑之。生曰："彼能幻变，必有人心。我固将引之，俾入正果。"数日辄一往祝之。虽不见验，然生所至，狐遂不扰。以故，鄂常止生宿。生夜望空请见，邀益坚。一日，生归，独坐斋中，忽房门缓缓自开。生起，致敬曰："狐兄来耶！"殊寂无声。又一夜，门自开。生曰："倘是狐兄降临，固小生所祷祝而求者，何妨即赐光霁[⑧]？"却又寂然。案头有钱二百，及明失之。生至夜，增以数百。中宵，闻布幄铿然。生曰："来耶？敬具时铜数百备用。仆

---

① 张勇——明清之际人，因平三藩之乱有功，授靖逆侯。
② 兰州——与今略同。
③ 苑城——县名，今属山东省。
④ 香色——样子、声色。
⑤ 槥(huì)——棺木。
⑥ 新——新城，今山东桓台县。
⑦ 南阳——府名，治今河南南阳市。
⑧ 光霁——光风霁月，喻人美丽。

虽不充裕，然非鄙吝者。若缓急有需，无妨质言，何必盗窃?”少间，视钱，脱去二百。生仍置故处，数夜不复失。有熟鸡，欲供客而失之。生至夕，又益以酒。而狐从此绝迹矣。鄂家祟如故。生又往祝曰:“仆设钱而子不取，设酒而子不饮;我外祖衰迈，无为久祟之。仆备有不腆[①]之物，夜当凭汝自取。”乃以钱十千、酒一罇，两鸡皆聂切[②]，陈几上，生卧其傍，终夜无声，钱物如故。狐怪从此亦绝。

生一日晚归，启斋门，见案上酒一壶，燂鸡[③]盈盘;钱四百，以赤绳贯之，即前日所失物也。知狐之报。嗅酒而香，酌之色碧绿，饮之甚醇。壶尽半酣，觉心中贪念顿生，蓦然欲作贼。便启户出。思村中一富室，遂往越其墙。墙虽高，一跃上下，如有翅翎。入其斋，窃取貂裘、金鼎而出。归置床头，始就枕眠。天明，携入内室。妻惊问之，生嗫嚅而告，有喜色。妻骇曰:“君素刚直，何忽作贼!”生恬然不为怪，因述狐之有情。妻恍然悟曰:“是必酒中之狐毒也。”因念丹砂可以却邪，遂研入酒，饮生。少顷，生忽失声曰:“我奈何做贼!”妻代解其故，爽然自失。又闻富室被盗，噪传里党。生终日不食，莫知所处。妻为之谋，使乘夜抛其墙内。生从之。富室复得故物，事亦遂寝。生岁试冠军，又举行优，应受倍赏。及发落之期[④]，道署梁上粘一帖云:“姬某作贼，偷某家裘、鼎，何为行优?”梁最高，非跂足[⑤]可粘。文宗疑之，执帖问生。生愕然，思此事除妻外无知者;况署中深密，何由而至?”因悟曰:“此必狐之为也。”遂缅述无讳，文宗赏礼有加焉。生每自念:无取罪于狐，所以屡啗[⑥]之者，亦小人之耻独为小人耳[⑦]。

异史氏曰:“生欲引邪入正，而反为邪惑。狐意未必大恶，或生以谐引之，狐亦以戏弄之耳。然非身有夙根，室有贤助，几何不如原涉所云，家人寡妇一为盗污，遂行淫[⑧]哉！吁！可惧也!”

吴木欣云:“康熙甲戌，一乡科[⑨]令浙中，点稽囚犯。有窃盗，已刺字

---

① 不腆(tiǎn)——不够丰美。
② 聂(zhé)切——切成薄片。
③ 燂(xún)鸡——烧鸡。
④ 发落之期——科举考试根据成绩优劣而赏罚。
⑤ 跂足——踮起脚尖。
⑥ 啗(dàn)——诱惑。
⑦ 小人之耻独为小人——小人为遮羞而拉别人一同做小人。
⑧ 一为盗污，遂行淫——一旦失足，便不能自止。
⑨ 乡科——举人。

讫，例应逐释。令嫌‘窃’字减笔从俗，非官板正字[①]，使刮去之；候创平，依字汇[②]中点画形象另刺之。盗口占一绝云：‘手把菱花仔细看，淋漓鲜血旧痕斑。早知面上重为苦，窃物先防识字官。’禁卒笑之曰：‘诗人不求功名，而乃为盗？’盗又口占答之云：‘少年学道志功名，只为家贫误一生。冀得资财权子母，囊游燕市博恩荣。’”即此观之，秀才为盗，亦仕进之志也。狐授姬生以进取之资，而返悔为所误，迂哉！一笑。

果 报

安丘[③]某生，通卜筮之术[④]。其为人邪荡不检，每有钻穴逾墙之行，则卜之。一日忽病，药之不愈，曰：“吾实有所见。冥中怒我狎亵天数，将重谴矣，药何能为！”亡何，目暴瞽，两手无故自折。

某甲者，伯无嗣。甲利其有，愿为之后。伯既死，田产悉为所有，遂背前盟。又有叔，家颇裕，亦无子。甲又父之。死，又背之。于是併三家之产，富甲一乡。一日，暴病若狂，自言曰：“汝欲享富厚而生耶！”遂以利刃自割肉，片片掷地。又曰：“汝绝人后，尚欲有后耶！”剖腹流肠，遂毙。未几，子亦死，产业归人矣。果报如此，可畏也夫！

公 孙 夏

保定[⑤]有国学生某，将入都纳资[⑥]，谋得县尹。方趣装而病，月余不起。忽有僮入曰：“客至。”某亦忘其疾，趋出迎客。客华服类贵者。三揖入舍，叩所自来。客曰：“仆，公孙夏，十一皇子座客[⑦]也。闻治装将图县

① 官板正字——官板书所用的正体字。
② 字汇——字典类图书。
③ 安丘——今山东安丘县。
④ 卜筮之术——占卜之术。
⑤ 保定——府名，治今河北保定市。
⑥ 纳资——捐钱买官。
⑦ 座客——座上客。

秩，既有是志，太守不更佳耶？”某逊谢，但言：“资薄，不敢有奢愿。”客请效力，俾出半资，约于任所取盈。某喜求策。客曰：“督抚皆某昆季之交[①]，暂得五千缗，其事济矣。目前真定[②]缺员，便可急图。”某讶其本省[③]。客笑曰：“君迂矣！但有孔方[④]在，何问吴越、桑梓[⑤]耶？”某终踌躇，疑其不经。客曰：“无须疑惑。实相告：此冥中城隍缺也。君寿尽，已注死籍。乘此营办，尚可以致冥贵。”即起告别，曰：“君且自谋，三日当复会。”遂出门跨马去。某忽开眸，与妻子永诀。命出藏镪，市楮锭万提，郡中是物为空。堆积庭中，杂刍灵鬼马，日夜焚之，灰高如山。三日，客果至。某出资交兑，客即导至部署，见贵官坐殿上，某便伏拜。贵官略审姓名，便勉以“清廉谨慎”等语，乃取凭文[⑥]，唤至案前与之。

某稽首出署。自念监生卑贱，非车服炫耀，不足震慑曹属。于是益市舆马；又遣鬼役以彩舆迓其美妾。区画方已，真定卤簿[⑦]已至。途中里途，一道相属，意得甚。忽前导者钲息旗靡。惊疑间，见骑者尽下，悉伏道周；人小径尺，马大如狸。车前者骇曰：“关帝至矣！”某惧，下车亦伏。遥见帝君从四五骑，缓辔而至。面多绕颊，不似世所模肖者；而神采威猛，目长几近耳际。马上问：“此何官？”从者笑：“真定守。”帝君曰：“区区一郡，何直得如此张皇！”某闻之，洒然毛悚；身暴缩，自顾如六七岁儿。帝君命起，使随马蹄行。道旁有殿宇，帝君入，南向坐，命以笔札授某，俾自书乡贯姓名。某书已，呈进。帝君视之，怒曰：“字讹误不成形象！此市侩耳，何足以任民社[⑧]！”又命稽其德籍。旁一人跪奏，不知何词。帝君厉声曰：“干进罪小，卖爵罪重！”旋见金甲神绾锁去。遂有二人捉某，褫去冠服，笞五十，臀肉几脱，逐出门外。四顾车马尽空，痛不能步，偃息草间。

细认其处，离家尚不甚远。幸身轻如叶，一昼夜始抵家。豁若梦醒，床上呻吟。家人集问，但言股痛。盖瞑然若死者，已七日矣，至是始寤。便问：“阿怜何不来？”——盖妾小字也。先是，阿怜方坐谈，忽曰：“彼为真

---

① 昆季之交——兄弟之交。
② 真定——府名，治今河北正定县。
③ 本省——清代规定，本省人不许在本省做官。
④ 孔方——指铜钱。
⑤ 吴越、桑梓——代指外地、家乡。
⑥ 凭文——捐钱所得官职的证书。
⑦ 卤簿——贵官出行时的仪仗队。
⑧ 任民社——任地方官。

定太守，差役来接我矣。”乃入室严妆，妆竟而卒，才隔夜耳。家人述其异。某悔恨爬胸，命停尸勿葬，冀其复还。数日杳然，乃葬之。某病渐瘳，但股疮大剧，半年始起。每曰：“官资尽耗，而横被冥刑，此尚可忍；但爱妾不知舁向何所，清夜所难堪耳。”

异史氏曰：“嗟夫！市侩固不足南面哉！冥中既有线索，恐夫子马迹所不及至，作威福者，正不胜诛耳。吾乡郭华野先生传有一事，与此颇类，亦人中之神也。先生以清鲠受主知[①]，再起总制荆楚。行李萧然，惟四五人从之，衣履皆敝陋。途中人竟不知为贵官也。适有新令赴任，道与相值。驼车二十余乘，前驱数十骑，驺从以百计。先生亦不知其何官，时先之，时后之，时以数骑杂其伍。彼前马者怒其扰，辄呵却之；先生亦不顾瞻。亡何，至一巨镇，两俱休止。乃使人潜访之，则一国学生，加纳赴任湖南者也。乃遣一介召之使来。令闻呼骇疑，反诘官阀，始知为先生，悚惧无以为地。冠带匍伏而前。先生问：‘汝即某县县尹？’答曰：‘然。’先生曰：‘蕞尔[②]一邑，何能养如许驺从？履任，则一方涂炭矣！不可使殃民社，可即旋归，勿前矣。’令叩首曰：‘下官尚有文凭。’先生即令取凭，审验已，曰：‘此亦细事，代若缴之可耳。’令伏拜而出。归途不知何以为情，而先生行矣。世有未莅任而已受考成者[③]，实所创闻[④]。先生奇人，故有此快事耳。”

韩　　方

明季，济郡[⑤]以北数州县，邪疫大作，比户皆然。齐东[⑥]农民韩方，性至孝。父母皆病，因具楮帛[⑦]，哭祷于孤石大夫[⑧]之庙。归途零涕。遇一人，衣冠清洁，问：“何悲？”韩具以告。其人曰：“孤石之神，不在于此，祷之

① 受主知——得到皇帝的赏识。
② 蕞(zuì)尔——微小。
③ 考成者——考核官吏政绩。
④ 创闻——往昔所无的我闻。
⑤ 济郡——今山东济南市。
⑥ 齐东——旧县名，今属山东省。
⑦ 楮帛——纸线。
⑧ 孤石大夫——传说中的神医。

何益？仆有小术，可以一试。”韩喜，诘其姓字。其人曰：“我不求报，何必通乡贯乎？”韩敦请临其家。其人曰：“无须。但归，以黄纸置床上，厉声言：‘我明日赴都，告诸岳帝①！’病当已。”韩恐不验，坚求移趾。其人曰：“实告子：我非人也。巡环使者②以我诚笃，俾为南县土地③。感君孝，指授此术。目前岳帝举④枉死之鬼，其有功人民，或正直不作邪祟者，以城隍、土地用。今日殃入者，皆郡城北兵所杀之鬼，急欲赴都自投，故沿途索赂，以谋口食耳。言告岳帝，则彼必惧，故当已。”韩悚然起敬，伏地叩谢。及起，其人已渺。惊叹而归。遵其教，父母皆愈。以传邻村，无不验者。

异史氏曰：“沿途祟人而告往，以求不作邪祟之用，此与策马应‘不求闻达之科’⑤者何殊哉！天下事大率类此。犹忆甲戌、乙亥之间⑥，当事者使民捐谷，具疏谓民乐输。于是各州县如数取盈，甚费敲扑。时郡北七邑被水，岁祲，催办尤难。唐太史偶至利津，见系逮者十余人。因问：‘为何事？’答曰：‘官捉吾等赴城，比追乐输耳。’农民不知‘乐输’二字作何解，遂以为徭役敲比之名，岂不可叹而可笑哉！”

纫　针

虞小思，东昌⑦人。居积为业。妻夏，归宁而返，见门外一妪，偕少女哭甚哀。夏诘之，妪挥泪相告。乃知其夫王心斋，亦宦裔也。家中落，无衣食业，浼中保⑧贷富室黄氏金，作贾。中途遭寇，丧资，幸不死。至家，黄索偿，计子母不下三十金，实无可准抵。黄窥其女纫针美，将谋作妾。使中保质告之：如肯，可折债外，仍以廿金压券。王谋诸妻。妻泣曰：“我

① 岳帝——东岳大帝。
② 巡环使者——巡视人间生死祸福之鬼。
③ 土地——乡神名。
④ 举——推举。
⑤ 不求闻达之科——热衷于功名，而又自称不求闻达。
⑥ 甲戌、乙亥之间——指康熙三十三、三十四年间对新疆准噶尔部用兵事。
⑦ 东昌——府名，治今山东聊城县。
⑧ 中保——保人。

虽贫，固簪缨之胄[①]。彼以执鞭[②]发迹，何敢遂媵吾女！况纫针固自有婿，汝何得擅作主！”先是，同邑傅孝廉之子，与王投契，生男阿卯，与襁中论婚。后孝廉官于闽，年余而卒。妻子不能归，音耗俱绝，以故纫针十五，尚未字也。妻言及此，王无词，但谋所以为计。妻曰：“不得已，其试谋诸两弟。”盖妻范氏，其祖曾任京职，两孙田产尚多也。次日，妻携女归告两弟。两弟任其涕泪，并无一词肯为设处。范乃号啼而归。适逢夏诘，且诉且哭。

夏怜之，视其女，绰约可爱，益为哀楚。遂邀入其家，款以酒食，慰之曰：“母子勿戚，妾当竭力。”范未遑谢，女已哭伏在地，益加惋惜。筹思曰：“虽有薄蓄，然三十金亦复大难。当典质相付。”母女拜谢。夏以三日为约。别后，百计为之营谋，亦未敢告诸其夫。三日，未满其数，又使人假诸其母。范母女已至，因以实告。又订次日，抵暮，假金至，合裹并置床头。至夜，有盗穴壁，以火入。夏觉，睨之，见一人臂挎短刀，状貌凶恶。大惧，不敢作声，伪为睡者。盗近箱，意将发扃。回顾，夏枕边有裹物，探身攫去，就灯解视；乃入腰橐，不复胠箧[③]而去。夏乃起呼。家中唯一小婢，隔墙呼邻，邻人集而盗已远。夏乃对灯啜泣。见婢睡熟，乃引带自经于棂间。天曙婢觉，呼人解救，四肢冰冷。虞闻奔至，诘婢始得其由，惊涕营葬。时方夏，尸不僵，亦不腐。过七日，乃殓之。既葬，纫针潜出，哭于其墓。暴雨忽集，霹雳大作，发墓，纫针震死。虞闻，奔验，则棺木已启，妻呻嘶其中，抱出之。见女尸，不知为谁。夏审视，始辨之。方相骇怪。未几，范至，见女已死，哭曰：“固疑其在此，今果然矣！闻夫人自缢，日夜不绝声。今夜语我，欲哭于殡宫，我未之应也。”夏感其义，遂与夫言，即以所葬材穴葬之。范拜谢。虞负妻归，范亦归告其夫。闻村北一人被雷击死于途，身有字云：“偷夏氏金贼。”俄闻邻妇哭声，乃知雷击者即其夫马大也。村人白于官，官拘妇械鞫，则范氏以夏之措金赎女，对人感泣，马大赌博无赖，闻之而盗心遂生也。官押妇搜赃，则止存二十数；又检马尸得四数。官判卖妇偿补责还虞。夏益喜，全金悉仍付范，俾偿债主。

葬女三日，夜大雷电以风，坟复发，女亦顿活。不归其家，往捉夏氏之

① 簪缨之胄——贵族后裔。

② 执鞭——职务微贱。

③ 胠箧(qū qiè)——撬开箱子。

门，盖认其墓，疑其复生也。夏惊起，隔扉问之，女曰："夫人果生耶！我纫针耳。"夏骇为鬼，呼邻媪诘之，知其复活，喜内入室。女自言："愿从夫人服役，不复归矣。"夏曰："得无谓我损金为买婢耶？汝葬后，债已代偿，可勿见猜。"女益感泣，愿以母事。夏不允。女曰："儿能操作，亦不坐食。"天明告范，范喜，急至，亦从女意，即以属夏。范去，夏强送女归。女啼思夏。王心斋自负女来，委诸门内而去。夏见惊问，始知其故，遂亦安之。女见虞至。急下拜，呼以父。虞固无子女，又见女依依怜人，颇以为欢。女纺绩缝纫，勤劳臻至。夏偶病剧，女昼夜给役。见夏不食，亦不食；面上时有啼痕，向人曰："母有万一，我誓不复生！"夏少瘳，始解颜为欢。夏闻流涕，曰："我四十无子，但得生一女如纫针亦足矣。"夏从不育；逾年忽生一男，人以为行善之报。

居二年，女益长。虞与王谋，不能坚守旧盟。王曰："女在君家，婚姻惟君所命。"女十七，惠美无双。此言出，问名者趾错于门，夫妻为拣富室。黄某亦遣媒来，虞恶其为富不仁，力却之。为择于冯氏。冯，邑名士，子慧而能文。将告于王；王出负贩未归，遂径诺之。黄以不得于虞，亦托作贾，迹王所在，设馔相邀，更复助以资本，渐渍习洽①。因自言其子慧以自媒。王感其情，又仰其富，遂与订盟。既归，诣虞，则虞昨日已受冯氏婚书。闻王所言，不悦，呼女出，告以情。女怫然曰："债主，吾仇也！以我事仇，但有一死！"王无颜，托人告黄以冯氏之盟。黄怒曰："女姓王，不姓虞。我约在先，彼约在后，何得背盟！"遂控于邑宰，宰意以先约判归黄。冯曰："王某以女付虞，固言婚嫁不复预闻，且某有定婚书，彼不过杯酒之谈耳。"宰不能断，将惟女愿从之。黄又以金赂官，求其左袒，以此月余不决。

一日，有孝廉北上，公车过东昌，使人问王心斋。适问于虞，虞转诘之，盖孝廉姓傅，即阿卯也。入闽籍，十八已乡荐矣。以前约未婚。其母嘱令便道访王，问女曾否另字也。虞大喜，邀傅至家，历述所遭。然婿远来数千里，患无凭据。傅启箧，出王当日允婚书。虞招王至，验之果真，乃共喜。是日当官覆审，傅投刺谒宰，其案始销。涓吉约期乃去。会试后，市币帛而还，居其旧第，行亲迎礼。进士报已到闽，又报至东，傅又捷南

---

① 渐渍习洽——逐渐熟悉融洽。

宫[①]。复入都观政[②]而返。女不乐南渡,傅亦以庐墓在,遂独往扶父柩,载母俱归。又数年,虞卒,子才七八岁,女抚之过于其弟。使读书,得入邑庠,家称素封,皆傅力也。

异史氏曰:“神龙中亦有游侠耶?彰善瘅恶[③],生死皆以雷霆,此‘钱塘破阵舞’[④]也。轰轰屡击,皆为一人,焉知纫针非龙女谪降者耶?”

桓　　侯

荆州[⑤]彭好士,友家饮归。下马溲便,马龁草路傍。有细草一丛,蒙茸可爱,初放黄花,艳光夺目,马食已过半矣。喜拔其余茎,嗅之有异香,因纳诸怀。超乘复行,马骛驶绝驰,颇觉快意,竟不计算归途,纵马所之。忽见夕阳在山,始将旋辔。但望乱山丛沓,并不知其何所。一青衣人来,见马方喷嘶,代为捉衔,曰:“天已近暮,吾家主人便请宿止。”彭问:“此属何地?”曰:“阆中[⑥]也。”彭大骇,盖半日已千余里矣,因问:“主人为谁?”曰:“到彼自知。”又问:“何在?”曰:“咫尺耳。”遂代鞚疾行,人马若飞。过一山头,见半山中屋宇重叠,杂以屏幔,遥睹衣冠一簇,若有所伺。彭至下马,相向拱敬。俄,主人出,气象刚猛,巾服都异人世。拱手向客,曰:“今日客,莫远于彭君。”因揖彭,请先行。彭谦谢,不肯遽先。主人捉臂行之。彭觉捉处如被械梏,痛欲折,不敢复争,遂行。下此者,犹相推让,主人或推之,或挽之,客皆呻吟倾跌,似不能堪,一依主命而行。登堂,则陈设炫丽,两客一筵。彭暗问接坐者:“主人何人?”答云:“此张桓侯[⑦]也。”彭愕然,不敢复咳。合座寂然。酒既行,桓侯曰:“岁岁叨扰亲宾,聊设薄酌,尽此区区之意。值远客辱临,亦属喜遇。仆窃妄有干求[⑧],如少存爱恋,即亦不强。”彭起问:“何物?”曰:“尊乘已有仙骨,非尘世所能驱策。欲市马

---

① 捷南宫——考中进士。
② 观政——初入仕途,在京供职,类见习期。
③ 彰善瘅(dàn)恶——奖善憎恶。
④ 钱塘破阵舞——指唐人李朝威《柳毅传》中,钱塘君救龙女后,演此乐舞。
⑤ 荆州——府名,治今湖北江陵县。
⑥ 阆(làng)中——县名,今属四川阆中县。
⑦ 张桓侯——张飞。
⑧ 干求——求取。

相易，如何？”彭曰：“敬以奉献，不敢易也。”桓侯曰：“当报以良马，且将赐以万金。”彭离席伏谢。桓侯命人曳起之。俄顷，酒馔纷纶。日落，命烛。众起辞，彭亦告别。桓侯曰：“君远来焉归？”彭顾同席者曰：“已求此公作居停主人[①]矣。”桓侯乃遍以巨觞酌客，谓彭曰：“所怀香草，鲜者可以成仙，枯者可以点金；草七茎，得金一万。”即命僮出方授彭。彭又拜谢。桓侯曰：“明日造市，请于马群中任意择其良者，不必与之论价，吾自给之。”又告众曰：“远客归家，可少助以资斧。”众唯唯。觞尽，谢别而出。途中始诘姓字，同座者为刘子翚。同行二三里，越岭即睹村舍。众客陪彭并至刘所，始述其异。

先是，村中岁岁赛社[②]于桓侯之庙，斩牲优戏，以为成规，刘其首善者也。三日前，赛社方毕。是午，各家皆有一人邀请过山。问之，言殊恍惚，但敦促甚急。过山见亭舍，相共骇疑。将至门，使者始实告之；众亦不敢却退。使者曰：“姑集此，邀一远客行至矣。”盖即彭也。众述之惊怪。其中被把握者，皆患臂痛；解衣烛之，肤肉青黑。彭自视亦然。众散，刘即襆被供寝。既明，村中争延客；又彭入市相马。十余日，相数十匹，苦无佳者；彭亦拚苟就之。又入市，见一马骨相似佳；骑试之，神骏无比。径骑入村，以待鬻者；再往寻之，其人已去。遂别村人欲归。村人各馈金资，遂归。马一日行五百里。抵家，述所自来，人不之信。囊中出蜀物，始共怪之。香草久枯，恰得七茎，遵方点化，家以暴富。遂敬诣故处，独祀桓侯之祠，优戏三日而返。

异史氏曰：“观桓侯燕宾，而后信武夷幔亭[③]非诞也。然主人肃客，遂使蒙爱者几欲折肱，则当年之勇力可想。”

吴木欣[④]言：“有李生者，唇不掩其门齿，露于外盈指。一日，于某所宴集，二客逊[⑤]上下，其争甚苦。一力挽使前，一力却向后。力猛肘脱，李适立其后，肘过触喙，双齿并堕，血下如涌。众愕然，其争乃息。”此与桓侯之握臂折肱，同一笑也。

---

① 居停主人——寄宿的房主。

② 岁岁赛社——年年秋收后，以酒食祭祀土地神的一种仪式。

③ 武夷幔亭——出自唐人陆羽《武夷山记》，言秦始皇置幔亭于武夷山，化虹桥通天地，大宴乡人。

④ 吴木欣——长山（今山东邹平县）人。

⑤ 逊——谦让。

粉 蝶

阳曰旦，琼州[①]士人也。偶自他郡归，泛舟于海，遭飓风，舟将覆；忽飘一虚舟[②]来，急跃登之。回视，则同舟尽没。风愈狂，瞑然任其所吹。亡何，风定。开眸，忽见岛屿，舍宇连亘。把棹近岸，直抵村门。村中寂然，行坐良久，鸡犬无声。见一门北向，松竹掩蔼。时已初冬，墙内不知何花，蓓蕾满树。心爱悦之，逡巡遂入。遥闻琴声，步少停。有婢自内出，年约十四五，飘洒艳丽。睹阳，返身遽入。俄闻琴声歇，一少年出，讶问客所自来。阳具告之。转诘邦族，阳又告之。少年喜曰："我姻亲也。"遂揖请入院。院中精舍[③]华好，又闻琴声。既入舍，则一少妇危坐[④]，朱弦方调，年可十八九，风采焕映。见客入，推琴欲逝。少年止之曰："勿遁，此正卿家瓜葛。"因代溯[⑤]所由。少妇曰："是吾侄也。"因问其"祖母尚健否？父母年几何矣？"阳曰："父母四十余，都各无恙；惟祖母六旬，得疾沉痼，一步履须人耳。侄实不省姑系何房，望祈明告，以便归述。"少妇曰："道途辽阔，音问梗塞久矣。归时但告而父，'十姑问讯矣'，渠自知之。"阳问："姑丈何族？"少年曰："海屿姓晏。此名神仙岛，离琼三千里，仆流寓亦不久也。"十娘趋入，使婢以酒食饷客，鲜蔬香美，亦不知其何名。饭已，引与瞻眺，见园中桃杏含苞，颇以为怪。晏曰："此处夏无大暑，冬无大寒，花无断时。"阳喜曰："此乃仙乡。归告父母，可以移家作邻。"晏但微笑。

还斋炳烛，见琴横案上，请一聆其雅操。晏乃抚弦捻柱。十娘自内出，晏曰："来，来！卿为若侄鼓之。"十娘即坐，问侄："愿何闻？"阳曰："侄素不读《琴操》[⑥]，实无所愿。"十娘曰："但随意命题，皆可成调。"阳笑曰："海风引舟，亦可作一调否？"十娘曰："可。"即按弦挑动，若有旧谱，意调崩

① 琼州——府名，位于今海南琼山市。
② 虚舟——空船。
③ 精舍——代指书房、学舍。
④ 危坐——端坐。
⑤ 溯——通"诉"，追诉。
⑥ 《琴操》——相传东汉人蔡邕所著的解说琴曲之书。

腾;静会之[①],如身仍在舟中,为飓风之所摆簸。阳惊叹欲绝,问:"可学否?"十娘授琴,试使勾拨,曰:"可教也。欲何学?"曰:"适所奏'飓风操',不知可得几日学?请先录其曲,吟诵之。"十娘曰:"此无文字,我以意谱之耳。"乃别取一琴,作勾剔之势,使阳效之。阳习至更余,音节粗合,夫妻始别去。阳目注心凝,对烛自鼓;久之,顿得妙悟,不觉起舞。举首,忽见婢立灯下,惊曰:"卿固犹未去耶?"婢笑曰:"十姑命待安寝,掩户移檠[②]耳。"审顾之,秋水澄澄,意态媚绝。阳心动,微挑之;婢俯首含笑。阳益惑之,遽起挽颈。婢曰:"勿尔!夜已四漏,主人将起,彼此有心,来宵未晚。"方狎抱间,闻晏唤"粉蝶"。婢作色曰:"殆矣!"急奔而去。阳潜往听之。但闻晏曰:"我固谓婢子尘缘未灭,汝必欲收录之。今如何矣?宜鞭三百!"十娘曰:"此心一萌,不可给使,不如为吾侄遣之。"阳甚惭惧,返斋灭烛自寝。天明,有童子来侍盥沐,不复见粉蝶矣。心惴惴恐见谴逐。俄晏与十姑并出,似无所介于怀,便考所业。阳为一鼓。十娘曰:"虽未入神,已得什九,肄熟可以臻妙。"阳复求别传。晏教以"天女谪降"之曲,指法拗折,习之三日,始能成曲。晏曰:"梗概已尽,此后但须熟耳。娴此两曲,琴中无硬调矣。"

阳颇忆家,告十娘曰:"吾居此,蒙姑抚养甚乐;顾家中悬念。离家三千里,何日可能还也!"十娘曰:"此即不难。故舟尚在,当助一帆风。子无家室,我已遣粉蝶矣。"乃赠以琴,又授以药曰:"归医祖母,不惟却病,亦可延年。"遂送至海岸,俾登舟。阳觅楫,十娘曰:"无须此物。"因解裙作帆,为之萦系。阳虑迷途,十娘曰:"勿忧,但听帆漾耳。"系已,下舟。阳凄然,方欲拜谢别,而南风竞起,离岸已远矣。视舟中糗粮已具,然止足供一日之餐,心怨其吝。腹馁不敢多食,惟恐遽尽,但啖胡饼[③]一枚,觉表里甘芳。余六七枚,珍而存之,即亦不复饥矣。俄见夕阳欲下,方悔来时未索膏烛。瞬息,遥见人烟;细审,则琼州也。喜极。旋已近岸,解裙裹饼而归。

入门,举家惊喜,盖离家已十六年矣,始知其遇仙。视祖母老病益惫;出药投之,沉疴立除。共怪问之,因述所见。祖母泫然曰:"是汝姑也。"

---

① 会之——领会这个曲子。
② 移檠(qíng)——端灯。
③ 胡饼——芝麻烧饼。

初，老夫人有少女，名十娘，生有仙姿。许字晏氏。婿十六岁，入山不返。十娘待至二十余，忽无疾自殂，葬已三十余年。闻旦言，共疑其未死。出其裙，则犹在家所素着也。饼分啖之，一枚终日不饥，而精神倍生。老夫人命发冢验视，则空棺存焉。

旦初聘吴氏女未娶。旦数年不还，遂他适。共信十娘言，以俟粉蝶之至；既而年余无音，始议他图。临邑①钱秀才，有女名荷生，艳名远播。年十六，未嫁而三丧其婿。遂媒定之，涓吉成礼。既入门，光艳绝代。旦视之，则粉蝶也。惊问曩事，女茫乎不知。盖被逐时，即降生之辰也。每为之鼓"天女谪降"之操，辄支颐凝想，若有所会。

李　檀　斯

长山李檀斯，国学生也。其村中有媪走无常②，谓人曰："今夜与一人舁檀老投生淄川柏家庄一新门中，身躯重赘，几被压死。"时李方与客欢饮，悉以媪言为妄。至夜，无疾而卒。天明，如所言往问之，则其家夜生女矣。

锦　瑟

沂人王生，少孤，自为族③。家清贫；然风标修洁，洒然裙屐少年也。富翁兰氏，见而悦之，妻以女，许为起屋治产。娶未几而翁死。妻兄弟鄙不齿数。妇尤骄倨，常佣奴其夫；自享馐馔，生至，则脱粟瓢饮，折稊为匕④，置其前。王悉隐忍之。年十九，往应童试，被黜。自郡中归，妇适不在室，釜中烹羊臛熟，就啖之。妇入，不语，移釜去。生大惭，抵箸地上，曰："所遭如此，不如死！"妇恚，问死期，即授索为自经之具。生忿投羹碗，

① 临邑——邻县。
② 走无常——民间传说中替鬼卒办事的阳间人。
③ 自为族——只有王姓一人。
④ 折稊(tí)为匕——折断草茎当筷子。

败妇颡[①]。生含愤出，自念良不如死，遂怀带入深壑。

至丛树下，方择枝系带，忽见土崖间，微露裙幅；瞬息，一婢出，睹生急返，如影就灭，土壁亦无绽痕。固知妖异；然欲觅死，故无畏怖，释带坐觇之。少间，复露半面，一窥即缩去。念此鬼物，从之必有死乐。因抓石叩壁曰："地如可入，幸示一途！我非求欢，乃求死者。"久之，无声。王又言之。内云："求死请姑退，可以夜来。"音声清锐，细如游蜂。生曰："诺。"遂退以待夕。未几，星宿已繁，崖间忽成高第，静敞双扉。生拾级而入。才数武，有横流涌注，气类温泉。以手探之，热如沸汤；不知其深几许。疑即鬼神示以死所，遂踊身入。热透重衣，肤痛欲糜；幸浮不沉。泅没良久，热渐可忍，极力爬抓，始登南岸，一身幸不泡伤。行次[②]，遥见厦屋中有灯火，趋之。有猛犬暴出，龁衣败袜。摸石以投，犬稍却。又有群犬要吠，皆大如犊。危急间，婢出叱退，曰："求死郎来耶？吾家娘子悯君厄穷，使妾送君入安乐窝，从此无灾矣。"挑灯导之。启后门，黯然行去。入一家，明烛射窗，曰："君自入，妾去矣。"

生入室四瞻，盖已入己家矣。反奔而出。遇妇所役老媪曰："终日相觅，又焉往！"反曳入。妇帕裹伤处，下床笑逆，曰："夫妻年余，狎谑顾不识耶？我知罪矣。君受虚诮[③]，我被实伤，怒亦可以少解。"乃于床头取巨金二铤置生怀，曰："以后衣食，一惟君命，可乎？"生不语，抛金夺门而奔，仍将入壑，以叩高第之门。既至野，则婢行缓弱，挑灯尤遥望之。生急奔且呼，灯乃止。既至，婢曰："君又来，负娘子苦心矣。"王曰："我求死，不谋与卿复求活。娘子巨家，地下亦应需人。我愿服役，实不以有生为乐。"婢曰："乐死不如苦生，君设想何左也！吾家无他务，惟淘河、粪除、饲犬、负尸，作不如程[④]，则刵耳劓鼻[⑤]、敲肘刖趾[⑥]。君能之乎？"答曰："能之。"又入后门，生问："诸役可也。适言负尸，何处得如许死人？"婢曰："娘子慈悲，设'给孤园'[⑦]，收养九幽横死[⑧]无归之鬼。鬼以千计，日有死亡，须负

---

① 颡(sǎng)——额头。
② 摸行次——摸索着行走。
③ 虚诮——诮让无实际损害。
④ 作不如程——不能按规定完成定额。
⑤ 刵(èr)耳劓(yì)鼻——割去耳、鼻，古酷刑。
⑥ 敲肘刖趾——敲碎臂肘，砍断脚趾。
⑦ 给孤园——据传中印度侨萨罗国舍卫城长者，施给佛祖释迦牟尼的修道庄园。
⑧ 横死——暴亡。

瘗之耳。请一过观之。”移时,入一门,署“给孤园”。入,见屋宇错杂,秽臭熏人。园中鬼见烛群集,皆断头缺足,不堪入目。回首欲行,见尸横墙下;近视之,血肉狼藉。曰:“半日未负,已被狗咋①。”即使生移去之。生有难色。婢曰:“君如不能,请仍归享安乐。”生不得已,负置秘处。乃求婢缓颊,幸免尸污。婢诺。行近一舍,曰:“姑坐此,妾入言之。饲狗之役较轻,当代图之,庶几得当以报。”去少顷,奔出,曰:“来,来!娘子出矣。”生从入。见堂上笼烛四悬,有女郎近户坐,乃二十许天人也。生伏阶下。女郎命曳起之,曰:“此一儒生,乌能饲犬;可使居西堂,主簿。”生喜,伏谢。女曰:“汝以朴诚,可敬乃事。如有舛错,罪责不轻也!”生唯唯。婢导至西堂,见栋壁清洁,喜甚,谢婢。始问娘子官阀。婢曰:“小字锦瑟,东海薛侯女②也。妾名春燕。旦夕所需,幸相闻。”婢去,旋以衣履衾褥来,置床上。生喜得所。黎明,早起视事,录鬼籍。一门仆役,尽来参谒,馈酒送脯甚多。生引嫌,悉却之。日两餐,皆自内出。娘子察其廉谨,特赐儒巾鲜衣。凡有赍赉③,皆遣春燕。婢颇风格,既熟,颇以眉目送情。生斤斤自守,不敢少致差跌,但伪作騃钝。积二年余,赏给倍于常廪,而生谨抑如故。

一夜,方寝,闻内第喊噪。急起,捉刀出,见炬火光天。入窥之,则群盗充庭,厮仆骇窜。一仆促与偕遁,生不肯,涂面束腰,杂盗中呼曰:“勿惊薛娘子!但当分括财物,勿使遗漏。”时诸舍群贼方搜锦琴不得,生知未为所获,潜入第后独觅之。遇一伏妪,始知女与春燕皆越墙矣。生亦过墙,见主婢伏于暗陬④。生曰:“此处乌可自匿?”女曰:“吾不能复行矣!”生弃刀负之。奔二三里许,汗流竟体,始入深谷,释肩令坐。歘一虎来。生大骇,欲迎当之,虎已衔女。生急捉虎耳,极力伸臂入虎口,以代锦瑟。虎怒,释女,嚼生臂,脆然有声。臂断落地,虎亦返去。女泣曰:“苦汝矣!苦汝矣!”生忙遽未知痛楚,但觉血溢如水,使婢裂衿裹断处。女止之,俯觅断臂,自为续之;乃裹之。东方渐白,始缓步归。登堂如墟。天既明,仆媪始渐集。女亲诣西堂,问生所苦。解裹,则臂骨已续;又出药糁其创,始去。由此益重生,使一切享用,悉与己等。臂愈,女置酒内室以劳之。赐

① 咋(zé)——咬。
② 东海薛侯女——东海郡(相当今山东枣庄一带)薛侯之女。
③ 赍赉(jī lài)——奉送赏赐。
④ 暗陬(zōu)——昏暗的角落。

之坐，三让而后隅坐[①]。女举爵如让宾客。久之，曰："妾身已附君体，意欲效楚王女之于臣建[②]。但无媒，羞自荐耳。"生惶恐曰："某受恩重，杀身不足酬。所为非分，惧遭雷殛[③]，不敢从命。苟怜无室，赐婢已过。"一日，女长姊瑶台至，四十许佳人也。至夕，招生入，瑶台命坐，曰："我千里来，为妹主婚，今夕可配君子。"生又起辞。瑶台遽命酒，使两人易盏。生固辞，瑶台夺易之。生乃伏地谢罪，受饮之。瑶台出，女曰："实告君：妾乃仙姬，以罪被谪。自愿居地下，收养冤魂，以赎帝谴。适遭天魔之劫，遂与君有附体之缘。远邀大姊来，固主婚嫁，亦使代摄家政，以便从君归耳。"生起敬曰："地下最乐！某家有悍妇，且室宇隘陋；势不能员园委曲，以每[④]其生。"女笑曰："不妨。"既醉，归寝，欢恋臻至。过数日，谓生曰："冥会不可长，请郎归。君干理家事毕，妾当自至。"以马授生，启扉自出，壁复合矣。

生骑马入村，村人尽骇。至家门，则高庐焕映矣。先是，生去，妻召两兄至，将箠楚报之；至暮，不归，始去。或于沟中得生履，疑其已死。既而年余无耗。有陕中贾某，媒通兰氏，遂就生第与妇合。半年中，修建连亘。贾出经商，又买妾归，自此不安其室。贾亦恒数月不归。生讯得其故，怒，系马而入。见旧媪，媪惊伏地。生叱骂久，使导诣妇所，寻之已遁；既于舍后得之，已自经死。遂使人舁归兰氏。呼妾出，年十八九，风致亦佳，遂与寝处。贾托村人，求反其妾，妾哀号不肯去。生乃具状，将讼其霸产占妻之罪。贾不敢复言，收肆西去。方疑锦瑟负约；一夕，正与妾饮，则车马扣门而女至矣。女但留春燕，余即遣归。入室，妾朝拜之。女曰："此有宜男相[⑤]，可以代妾苦矣。"即赐以锦裳珠饰。妾拜受，立侍之；女挽坐，言笑甚欢。久之，曰："我醉欲眠。"生亦解履登床，妾始出；入房，则生卧榻上；异而反窥之，烛已灭矣。生夜不宿妾室。一夜，妾起，潜窥女所，则生及女方共笑语。大怪之。急反告生，则床上无人矣。天明，阴告生；生亦不自知，但觉时留女所、时寄妾宿耳。生嘱隐其异。久之，婢亦私生，女若不知之。

---

① 隅坐——坐在偏座上。
② 楚王女之于臣建——春秋时楚国大夫钟建负楚平王之女随君出逃避祸，后楚王女主动向钟建求婚，结为夫妻。
③ 雷殛——雷击。
④ 每——贪。
⑤ 宜男相——能生男孩的体貌。

婢忽临蓐难产，但呼“娘子”。女入，胎即下；举之，男也。为断脐置婢怀，笑曰：“婢子勿复尔！业多[①]，则割爱[②]难矣。”自此，婢不复产。妾出五男二女。居三十年，女时返其家，往来皆以夜。一日，携婢去，不复来。生年八十，忽携老仆夜出，亦不返。

太　原　狱

太原有民家，姑妇皆寡。姑中年，不能自洁，村无赖频频就之。妇不善其行，阴于门户墙垣阻拒之。姑惭，借端出妇[③]；妇不去，颇有勃谿[④]。姑益恚，反相诬，告诸官。官问奸夫姓名。媪曰：“夜来宵去，实不知其阿谁，鞫女自知。”因唤妇。妇果知之，而以奸情归媪，苦相抵。拘无赖至，又哗辨[⑤]：“两无所私，彼姑妇不相能，故妄言相诋毁耳。”官曰：“一村百人，何独诬汝？”重笞之。无赖叩乞免责，自认与妇通。械妇，妇终不承，逐去之。妇忿告宪院，仍如前，久不决。时淄邑孙进士柳下令临晋[⑥]，推折狱才，遂下其案于临晋。人犯到，公略讯一过，寄监讫，便命隶人备砖石刀锥，质理[⑦]听用。共疑曰：“严刑自有桎梏。何将以非刑折狱耶？”不解其意，姑备之。明日，升堂，问知诸具已备，命悉置堂上。乃唤犯者，又一一略鞫之。乃谓姑妇：“此事亦不必甚求清析。淫妇虽未定，而奸夫则确。汝家本清门，不过一时为匪人所诱，罪全在某。堂上刀石具在，可自取击杀之。”姑妇趑趄，恐邂逅抵偿[⑧]，公曰：“无虑，有我在。”于是媪妇并起，掇石交投。妇衔恨已久，两手举巨石，恨不即立毙之；媪惟以小石击臀腿而已。又命用刀。妇把刀贯胸膺，媪犹逡巡未下。公止之曰：“淫妇我知之矣。”命执媪严梏之，遂得其情。笞无赖三十，其案始结。

附记：公一日遣役催租，租户他出，妇应之。役不得贿，拘妇至。公怒

---

① 业多——佛教用语，此指多产子女。
② 割爱——割断情爱。
③ 借端出妇——找借口休妻。
④ 勃谿——指婆媳争吵。
⑤ 哗辨——高声争辩。
⑥ 临晋——旧县名，今属山西省。
⑦ 质理——审讯案件。
⑧ 邂逅抵偿——碰巧将人打死而抵死罪。

曰："男子自有归时，何得扰人家室！"遂笞役，遣妇去。乃命匠多备手械，以备敲比[①]。明日，合邑传颂公仁。欠赋者闻之，皆使妻出应，公尽拘而械之。余尝谓：孙公才非所短，然如得其情，则喜而不暇哀矜矣。

新郑讼

长山石进士宗玉[②]，为新郑[③]令。适有远客张某，经商于外，因病思归，不能骑步，赁禾车一辆，携资五千，两夫挽载以行。至新郑，两夫往市饮食，张守资独卧车中。有某甲过，睨之，见旁无人，夺资去。张不能御，力疾起，遥尾缀之，入一村中；又从之，入一门内。张不敢入，但自短垣窥觇之。甲释所负，回首见窥者，怒执为贼，缚见石公，因言情状。问张，备述其冤。公以无质实，叱去之。二人下，皆以官无皂白。公置若不闻。颇忆甲久有逋赋[④]，遣役严追之。逾日，即以银三两投纳。石公问金所自来。甲云："质衣鬻物。"皆指名以实之。石公遣役令视纳税人，有与甲同村者否。适甲邻人在，唤入问之："汝既为某甲近邻，金所从来，尔当知之。"邻曰："不知。"公曰："邻家不知，其来暧昧。"甲惧，顾邻曰："我质某物、鬻某器，汝岂不知？"邻急曰："然，固有之矣。"公怒曰："尔必与甲同盗，非刑询不可！"命取梏械。邻人惧曰："吾以邻故，不敢招怨；今刑及己身，何讳乎。彼实劫张某钱所市也。"遂释之。时张以丧资未归，乃责甲押偿之。此亦见石之能实心为政也。

异史氏曰："石公为诸生时，恂恂雅饬[⑤]，意其人翰苑[⑥]则优，簿书则诎[⑦]。乃一行作吏[⑧]，神君之名，噪于河朔。谁谓文章无经济哉！故志之以风[⑨]有位者。"

---

① 敲比——敲扑追比。
② 石进士宗玉——石日琮，字宗玉，清初进士。
③ 新郑——今河南新郑县。
④ 逋赋——拖欠赋税。
⑤ 恂恂雅饬——文雅端方，恭恭敬敬。
⑥ 翰苑——翰林院。
⑦ 诎——短。
⑧ 一行作吏——初次做官。
⑨ 风——讽谏。

李象先

李象先，寿光[①]之闻人[②]也。前世为某寺执爨[③]僧，无疾而化。魂出栖坊上，下见市上行人，皆有火光出颠上[④]，盖体中阳气也。夜既昏，念坊上不可久居，但诸舍暗黑，不知所之。唯一家灯火犹明，飘赴之。及门，则身已婴儿。母乳之。见乳恐惧；腹不胜饥，闭目强吮。逾三月余，即不复乳；乳之，则惊惧而啼。母以米渖间枣栗哺之，得长成。是为象先。儿时至某寺，见寺僧，皆能呼其名。至老犹畏乳。

异史氏曰："象先学问渊博，海岱清士[⑤]。子早贵，身仅以文学[⑥]终，此佛家所谓有福业未修者耶？弟亦名士，生有隐疾，数月始一动[⑦]；动时急起，不顾宾客，自外呼而入，于是婢媪尽避；使及门复痿[⑧]，则不入室而反。兄弟皆奇人也。"

房文淑

开封[⑨]邓成德，游学至兖[⑩]，寓败寺中，佣为造齿籍[⑪]者缮写。岁暮，僚役各归家，邓独炊庙中。黎明，有少妇叩门而入，艳绝，至佛前焚香叩拜而去。次日，又如之。至夜，邓起挑灯，适有所作，女至益早。邓曰："来何早也?"女曰："明则人杂，故不如夜。太早，又恐扰君清睡。适望见灯光，知君已起，故至耳。"生戏曰："寺中无人，寄宿可免奔波。"女哂曰："寺中无

① 寿光——今山东寿光县。
② 闻人——有声望之人。
③ 执爨——烧火。
④ 颠上——头顶上。
⑤ 海岱清士——东海、泰山一带的高洁之士。
⑥ 以文学终——以生员（秀才）而终老。
⑦ 动——性欲冲动。
⑧ 痿——阳痿。
⑨ 开封——府名，治今河南开封市。
⑩ 兖——州名，治今山东兖州市。
⑪ 告齿籍——编制户口名册。

人，君是鬼耶？”邓见其可狎，俟拜毕，曳坐求欢。女曰：“佛前岂可作此。身无片椽，尚作妄想！”邓固求不已。女曰：“去此三十里某村，有六七童子，延师未就。君往访李前川，可以得之。托言携有家室，令别给一舍，妾便为君执炊，此长策也。”邓虑事发获罪。女曰：“无妨。妾房氏，小名文淑，并无亲属，恒终岁寄居舅家，有谁知。”邓喜。既别女，即至某村，谒见李前川，谋果遂。约岁前即携家至。既反，告女。女约候于途中。邓告别同党，借骑而去。女果待于半途，乃下骑以辔授女，御之而行。至斋，相得甚欢。积六七年，居然琴瑟，并无追逋逃者。女忽生一子。邓以妻不育，得之甚喜，名曰“兖生”。女曰：“伪配终难作真。妾将辞君而去，又生此累人物何为！”邓曰：“命好，倘得余钱，拟与卿遁归乡里，何出此言？”女曰：“多谢，多谢！我不能胁肩谄笑①，仰大妇眉睫，为人作乳媪，呱呱者难堪也！”邓代妻明不妒，女亦不言。月余，邓解馆，谋与前川子同出经商。告女：“我思先生设帐，必无富有之期。今学负贩，庶有归时。”女亦不答。至夜，女忽抱子起。邓问：“何作？”女曰：“妾欲去。”邓急起，追问之，门未启，而女已杳。骇极，始悟其非人也。邓以形迹可疑，故亦不敢告人，托之归宁而已。

初，邓离家，与妻娄约，年终必返；既而数年无音，传其已死。兄以其无子，欲改醮之。娄更以三年为期，日惟以纺绩自给。一日，既暮，往扃外户，一女子掩入，怀中绷儿，曰；“自母家归，适晚，知姊独居，故求寄宿。”娄内之。至房中，视之，二十余丽者也。喜与共榻，同弄其儿，儿白如瓠。叹曰：“未亡人②遂无此物！”女曰：“我正嫌其累人，即嗣为姊后，何如？”娄曰：“无论娘子不忍割爱；即忍之，妾亦无乳能活之也。”女曰：“不难。当儿生时，患无乳，服药半剂而效。今余药尚存，即以奉赠。”遂出一裹③，置窗间。娄漫应之，未遽怪也。既寝，及醒呼之，则儿在而女已启门去矣。骇极。日向辰④，儿啼饥。娄不得已，饵其药，移时湩流⑤，遂哺儿。积年余，儿益丰肥，渐学语言，爱之不啻己出，由是再醮之心遂绝，但早起抱儿，不能操作谋衣食，益窘。

---

① 胁肩谄笑——强装欢颜。
② 未亡人——寡妇自称。
③ 裹——包。
④ 辰——辰时，七时至九时。
⑤ 湩(zhòng)——乳汁。

一日，女忽至。娄恐其索儿，先问其不谋而去之罪，后叙其鞠养之苦。女笑曰："姊告诉艰难，我遂置儿不索耶?"遂招儿。儿啼入娄怀。女曰："犊子不认其母矣！此百金不能易，可将金来，署立券保。"娄以为真，颜作赪，女笑曰："姊勿惧，妾来正为儿也。别后虑姊无豢养之资，因多方措十余金来。"乃出金授娄。娄恐受其金，索儿有词，坚却之。女置床上，出门径去。抱子追之，其去已远，呼亦不顾。疑其意恶。然得金，少权子母，家以饶足。又三年，邓贾有赢余，治装归。方共慰藉，睹儿问谁氏子。妻告以故。问："何名?"曰："渠母呼之，'宛生。'"生惊曰："此真吾子也！"问其时日，即夜别之日。邓乃历叙与房文淑离合之情，益共欣慰。犹望女至，而终渺矣。

秦　桧

青州冯中堂①家，杀一豕，燖②去毛鬣，肉内有字云："秦桧③七世身。"烹而啖之。其肉臭恶，因投诸犬。呜呼！桧之肉，恐犬亦不当食之矣！

闻益都④人说：中堂之祖，前身在宋朝为桧所害，故生平最敬岳武穆⑤。于青州城北通衢旁建岳王殿，秦桧、万俟卨⑥伏跪地下。往来行人瞻礼岳王，则投石桧、卨，香火不绝。后大兵征于七之年⑦，冯氏子孙毁岳王像。数里外，有俗祠"子孙娘娘"，因舁桧、卨其中，使朝跪焉。百世下，必有杜十姨、伍髭须⑧之误，甚可笑也。

又青州城内，旧有澹台子羽⑨祠。当魏珰⑩烜赫时，世家中有媚之者，

① 冯中堂——冯溥，清初进士，官至内阁大学士。
② 燖(qián)——烧烫后拔其毛。
③ 秦桧——宋代奸臣。
④ 益都——县名，分属山东省。
⑤ 岳武穆——即岳飞，南宋抗金将领，死后被追封为鄂王，谥武穆。
⑥ 万俟卨(mó qí qì)——南宋奸臣，与秦桧狼狈为奸。
⑦ 于七之年——指清初于七领导的反清暴动。
⑧ 杜十姨、伍髭须——杜十姨，杜十娘，与杜拾遗(杜甫)无关，以讹传讹，杭州的蠢才竟误以杜十娘像配祀刘伶；伍髭须，伍子胥，本为春秋时吴国大夫，而蠢才却以为有五处胡须的"五髭须"。
⑨ 澹台子羽——春秋时鲁国人，孔门弟子，貌丑而有德行。
⑩ 魏珰——魏忠贤，明后期大宦官，为害甚烈。

就子羽毁冠去须，改作魏监。此亦骇人听闻者也。

浙 东 生

浙东生房某，客于陕，教授生徒。尝以胆力自诩。一夜，裸卧，忽有毛物从空堕下，击胸有声；觉大如犬，气咻咻然，四足挠动。大惧，欲起；物以两足扑倒之，恐极而死。经一时许，觉有人以尖物穿鼻，大嚏[①]，乃苏。见室中灯火荧荧，床边坐一美人，笑曰："好男子！胆气固如此耶！"生知为狐，益惧。女渐与戏，胆始放，遂共狎昵。积半年，如琴瑟之好。一日，女卧床头，生潜以猎网蒙之。女醒，不敢动，但哀乞。生笑不前。女忽化白气，从床下出，恚[②]曰："终非好相识！可送我去。"以手曳[③]之，身不觉自行。出门，凌空翕飞[④]。食顷，女释手，生晕然坠落。适世家园中有虎阱[⑤]，揉木为圈，绳作网以覆其口。生坠网上，网为之侧[⑥]；以腹受网，身半倒悬。下视，虎蹲阱中，仰见卧人，跃上，近不盈尺，心胆俱碎。园丁来饲虎，见而怪之。扶上，已死；移时，渐苏，备言其故。其地乃浙界，离家止四百余里矣。主人赠以资遣归。归告人曰："虽得两次死，然非狐则贫不能归也。"

博 兴 女

博兴[⑦]民王某，有女及笄。势豪某窥其姿，伺女出，掠去，无知者。至家逼淫，女号嘶撑拒，某缢杀之。门外故有深渊，遂以石系尸，沉其中。王觅女不得，计无所施。天忽雨，雷电绕豪家，霹雳一声，龙下攫豪首去。天

---

① 嚏(tì)——打喷嚏。
② 恚(huì)——愤怒。
③ 曳——拉，拖。
④ 翕(xī)飞——二人合飞。
⑤ 虎阱——捕捉老虎的陷阱。
⑥ 侧——倾斜。
⑦ 博兴——今山东博兴县。

晴，渊中女尸浮出，一手捉人头，审视，则豪头也。官知，鞫其家人，始得其情。龙其女之所化与？不然，何以能尔也？奇哉！

一　员　官

济南同知[①]吴公，刚正不阿。时有陋规，凡贪墨者亏空犯赃罪，上官辄庇之，以赃分摊属僚，无敢梗者。以命公，不受；强之不得，怒加叱骂。公亦恶声还报之，曰："某官虽微，亦受君命。可以参处[②]，不可以骂詈也！要死便死，不能损朝廷之禄，代人上枉法赃耳！"上官乃改颜温慰之。人皆言斯世不可以行直道；人自无直道耳，何反咎斯世之不可行哉！会高苑[③]有穆情怀者，狐附之，辄慷慨与人谈论，音响在坐上，但不见其人。适至郡[④]，宾客谈次，或诘之曰："仙固无不知，请问郡中官共几员？"应声答曰："一员。"共笑之。复诘其故，曰："通郡官僚虽七十有二，其实可称为官者，吴同知一人而已。"

是时泰安知州张公，人以其木强[⑤]，号之"橛子"。凡贵官大僚登岱者，夫马兜舆之类，需索烦多，州民苦于供亿。公一切罢之。或索羊豕，公曰："我即一羊也，一豕也，请杀之以犒驺从。"大僚亦无奈之。公自远宦，别妻子者十二年。初莅泰安，夫人及公子自都中来省之，相见甚欢。逾六七日，夫人从容曰："君尘甑犹昔，何老誖[⑥]不念子孙耶？"公怒，大骂，呼杖，逼夫人伏受。公子覆母号泣，求代。公横施挞楚，乃已。夫人即偕公子命驾归，矢曰："渠即死于是，吾亦不复来矣！"逾年，公卒。此不可谓非今之强项令[⑦]也。然以久离之琴瑟，何至以一言而躁怒至此，岂人情哉！而威福能行床第[⑧]，事更奇于鬼神矣。

---

① 同知——官员，知府的副职。
② 参处——弹劾处分。
③ 高苑——旧县名，今属山东省。
④ 郡——府城，指统辖高苑的济南府。
⑤ 木强——朴实、倔犟。
⑥ 老誖（bèi）——年老昏痴糊涂。
⑦ 强项令——不肯低头的倔犟县令。
⑧ 床第（zǐ）——床席，代指夫妻性生活。

丐 仙

高玉成，故家子，居金城①之广里。善针灸，不择贫富辄医之。里中来一丐者，胫有废疮，卧于道，脓血狼藉，臭不可近。居人恐其死，日一饴②之。高见而怜焉，遣人扶归，置于耳舍③。家人恶其臭，掩鼻遥立，高出艾亲为之灸，日饷以疏食。数日，丐者索汤饼。仆人怒诃之。高闻，即命仆赐以汤饼。未几，又乞酒肉。仆走告曰："乞人可笑之甚！方其卧于道也，日求一餐不可得；今三饭犹嫌粗粝，既与汤饼，又乞酒肉。此等贪饕④，只宜仍弃之道上耳！"高问其疮，曰："痂渐脱落，似能步履，顾假呻嗄作呻楚状。"高曰："所费几何！即以酒食馈之，待其健，或不吾仇也。"仆伪诺之，而竟不与；且与诸曹偶语，共笑主人痴。次日，高亲诣视丐，丐跛而起，谢曰："蒙君高义，生死人而肉白骨，惠深覆载。但新瘥未健，妄思馋嚼耳。"高知前命不行，呼仆痛笞之，立命持酒炙饵丐者。仆衔之，夜分，纵火焚耳舍，乃故呼号。高起视，舍已烬，叹曰："丐者休矣！"督众救灭。见丐者酣卧火中，齁声雷动。唤之起，故惊曰："屋何往？"群始惊其异。高弥重之，卧以客舍，衣以新衣，日与同坐处。问其姓名，自言："陈九。"居数日，容益光泽，言论多风格。又善手谈⑤，高与对局，辄败；乃日从之学，颇得其奥秘。如此半年，丐者不言去，高亦一时少之不乐也。即有贵客来，亦必偕之同饮。或掷骰为令，陈每代高呼采，雉卢⑥无不如意。高大奇之。

每求作剧，辄辞不知。一日，语高曰："我欲告别。向受君惠且深，今薄设相邀，勿以人从也。"高曰："相得甚欢，何遽诀绝？且君杖头空虚，亦不敢烦作东道主。"陈固邀之曰："杯酒耳，亦无所费。"高曰："何处？"答云："园中。"时方严冬，高虑园亭苦寒。陈固言："不妨。"乃从如⑦园中。觉气

① 金城——古郡名。
② 饴(sì)——喂。
③ 耳舍——偏屋，正门两旁的屋舍。
④ 贪饕(tāo)——极度贪食。
⑤ 手谈——下围棋。
⑥ 雉卢——代指赌博。
⑦ 如——到，往。

候顿暖，似三月初。又至亭中，益暖。异鸟成群，乱哢清咮[1]，仿佛暮春时。亭中几案，皆镶以瑙玉。有一水晶屏，莹澈可鉴：中有花树摇曳，开落不一；又有白禽似雪，往来䎌[2]于其上。以手抚之，殊无一物。高愕然良久。坐，见鸜鹆[3]栖架上，呼曰："茶来！"俄见朝阳丹凤[4]，衔一赤玉盘，上有玻璃琖二，盛香茗，伸颈屹立。饮已，置琖其中，凤衔之，振翼而去。鸜鹆又呼曰："酒来！"即有青鸾黄鹤[5]，翩翩自日中来，衔壶衔杯，纷置案上。顷之，则诸鸟进馔，往来无停翅；珍错杂陈，瞬息满案，肴香酒洌，都非常品。陈见高饮甚豪，乃曰："君宏量，是得大爵。"鸜鹆又呼曰："取大爵来！"忽见日边炯炯，有巨蝶攫鹦鹉杯，受斗许，翔集案间。高视蝶大于雁，两翼绰约，文采灿丽，亟加赞叹。陈唤曰："蝶子劝酒！"蝶展然一飞，化为丽人，绣衣翩跹，前而进酒。陈曰："不可无以佐觞。"女乃仙仙而舞。舞到酣际，足离于地者尺余，辄仰折其首，直与足齐，倒翻身而起立，身未尝着于尘埃。且歌曰："连翩笑语踏芳丛，低亚花枝拂面红。曲折不知金钿落，更随蝴蝶过篱东。"余音嫋嫋，不啻绕梁。高大喜，拉与同饮。陈命之坐，亦饮之酒。高酒后，心摇意动，遽起狎抱。视之，则变为夜叉，睛突于眥，牙出于喙，黑肉凹凸，怪恶不可状。高惊释手，伏几战栗。陈以箸击其喙，诃曰："速去！"随击而化，又为蝴蝶，飘然飏去。高惊定，辞出。见月色如洗，漫语陈曰："君旨酒嘉肴，来自空中，君家当在天上。盍携故人一游？"陈曰："可。"即与携手跃起。遂觉身在空冥，渐与天近。见有高门，口园如井，入则光明似昼。阶路皆苍石砌成，滑洁无纤翳。有大树一株，高数丈；上开赤花，大如莲，纷纭满树。下一女子，捣绛红之衣于砧[6]上，艳丽无双。高木立睛停，竟忘行步。女子见之，怒曰："何处狂郎，妄来此处！"辄以杵投之，中其背。陈急曳于虚所[7]，切责之。高被杵，酒亦顿醒，殊觉汗愧。乃从陈出，有白云接于足下。陈曰："从此别矣。有所嘱，慎志勿忘：君寿不永，明日速避西山中，当可免。"高欲挽之，反身竟去。

---

① 乱哢（lòng）清咮（zhòu）——群鸟杂乱鸣叫。
② 句䎌（gōu zhōu）——鸟鸣声。
③ 鸜鹆（qú yù）——即"八哥"。
④ 朝阳丹凤——凤凰。
⑤ 青鸾黄鹤——传说中的神鸟。
⑥ 砧——捣衣石。
⑦ 虚所——无人之处。

高觉云渐低，身落园中，则景物大非。归与妻子言，共相骇异。视衣上着杵处，异红如锦，有奇香。早起，从陈言，裹粮入山。大雾障天，茫茫然不辨径路。蹑荒急奔，忽失足，堕云窟中，觉深不可测；而身幸不损。定醒良久，仰见云气如笼。乃自叹曰："仙人令我逃避，大数终不能免，何时出此窟耶！"又坐移时，见深处隐隐有光，遂起而渐入，则别有天地。有三老方对弈，见高至，亦不顾问，棋不辍。高蹲而观焉。局终，敛子入盒，方问客何得至此。高言："迷堕失路。"老者曰："此非人间，不宜久淹。我送君归。"乃导至窟下，觉云气拥之以升，遂履平地。见山中树叶深黄，萧萧木落，似是秋杪[①]。大惊曰；"我以冬来，何变暮秋？"奔赴家中，妻子尽惊，相聚而泣。高讶问之，妻曰："君去三年不返，皆以为异物矣。"高曰："异哉，才顷刻耳。"于腰中出其糗粮，已若灰烬。相与诧异。妻曰："君行后，我梦二人皂衣闪带[②]，似谇赋者[③]，汹汹然入室张顾，曰：'彼何往？'我诃之曰：'彼已外出。尔即官差，何得入闺闼中！'二人乃出，且行且语云'怪事怪事'而去。"乃悟已所遇者，仙也；妻所梦者，鬼也。高每对客，衷杵衣[④]于内，满座皆闻其香，非麝非兰，着汗弥盛。

人　妖

马生万宝者，东昌[⑤]人，疏狂不羁。妻田氏，亦放诞风流，伉俪[⑥]甚敦。有女子来，寄居邻人某媪家，言为翁姑所虐，暂出亡。其缝纫绝巧，便为媪操作，媪喜而留之。逾数日，自言能于宵分[⑦]按摩，愈女子瘵蛊。媪常至生家，游扬其术，田亦未尝着意。生一日于墙隙窥见女，年十八九已来，颇风格，心窃好之。私与妻谋，托疾以招之。媪先来，就榻抚问已，言："蒙娘子招，便将来。但渠畏男子，请勿以郎君入。"妻曰："家中无广舍，渠侬[⑧]

① 秋杪——晚秋季节。
② 闪带——闪光的腰带。
③ 谇(suì)赋者——追逼赋税的人。
④ 衷杵衣——将被捣过的衣服贴身穿上。
⑤ 东昌——府名，治今山东聊城县。
⑥ 伉俪——夫妻。
⑦ 宵分——深夜。
⑧ 渠侬——古吴地方言，此代指其夫。

时复出入,可复奈何?”已又沉思曰:“晚间西村阿舅家招渠饮,即嘱令勿归亦大易。”媪诺而去。妻与生用拔赵帜易汉帜计①,笑而行之。

日曛黑,媪引女子至,曰:“郎君晚回家否?”田曰:“不回矣。”女子喜曰:“如此方好。”数语,媪别去。田便燃烛展衾,让女子先上床,己亦脱衣隐烛。忽曰:“几忘却,厨舍门未关,防狗子偷吃也。”便下床启门易生,生窸窣入,上床与女共枕卧。女颤声曰:“我为娘子医清恙②也。”间以昵词。生不语。女即抚生腹,渐至脐下。停手不摩,遽探其私,触腕崩腾。女惊怖之状,不啻误捉蛇蝎,急起欲遁。生沮③之,以手入其股际,则擂垂盈掬,亦伟器也。大骇呼火。生妻谓事决裂,急燃灯至,欲为调停。则见女赤身投地乞命,妻羞惧趋出。生诘之。云是谷城④人王二喜,以兄大喜为桑冲门人⑤,因得转传其术。又问:“玷几人矣?”曰:“身出行道不久,只得十六人耳。”生以其行可诛,思欲告郡,而怜其美,遂反接而宫之⑥,血溢殒绝。食顷复苏,卧之榻,覆之衾,而嘱曰:“我以药医汝,创痏⑦平,从我终焉可也,不然事发不赦。”王诺之。

明日,媪来。生绐之曰:“伊是我表侄女王二姐也,以天阉为夫家所逐,夜为我家言其由,始知之。忽小不康,将为市药饵,兼请诸其家,留与荆人作伴。”媪入室,视王,见其面色败如尘土,即榻问之。曰:“隐所暴肿,恐是恶疽。”媪信之去。生饵以汤,糁⑧以散,日就平复。夜辄引与狎处,早起则为田提汲补缀,洒扫执炊,如媵婢然。

居无何,桑冲伏诛⑨,同恶者七人并弃市⑩,惟二喜漏网。檄各属严缉。村人窃共疑之,集村媪隔裳而探其隐,群疑乃释。王自是德生,遂从马以终焉。后卒,即葬府西马氏墓侧,今依稀在焉。

异史氏曰:“马万宝可谓善于用人者矣。儿童喜蟹可把玩,而又畏其钳,因断其钳而蓄之。呜呼,苟得此意,以治天下可也。”

---

① 拔赵帜易汉帜计——指汉赵井陉之战中,韩信诱赵军出营后,以轻骑入越营,拔赵帜,立汉帜,大破赵军。此指夫妻调包,欺骗对方。

② 清恙——敬称他人患病。

③ 沮(jǔ)——阻止。

④ 谷城——古县名,今属山东省。

⑤ 桑冲门人——桑冲弟子。桑冲,明石州人,以男饰女,巧习女红,以接近妇女,暗中奸污,明成化年间事发被诛。

⑥ 宫之——将其男性生殖器割掉。

⑦ 创痏(wěi)——创伤。

⑧ 糁——撒上药粉。

⑨ 伏诛——被处决正法。

⑩ 弃市——杀人示众。

附　录

蛰　蛇

予邑郭生，设帐于东山之和庄，蒙童五六人，皆初入馆者也。书室之南为厕所，乃一牛栏；靠山石壁，壁上多杂草蓁莽。童子入厕，多历时刻而后返。郭责之。则曰："予在厕中腾云。"郭疑之。童子入厕，从旁睨之，见其起空中二三尺，倏起倏堕；移时不动。郭进而细心审，见壁缝中一蛇，昂首大于盆，吸气而上。遂遍告庄人共视之。以炬火焚壁，蛇死壁裂。蛇不甚长，而粗则如巨桶。盖蛰于内而不能出，已历多年者也。

龙

博邑有乡民王茂才，早赴田。田畔拾一小儿，四五岁，貌丰美而言笑巧妙。归家子之，灵通非常。至四五年后，有一僧至其家。儿见之，惊避无迹。僧告乡民曰："此儿乃华山池中五百小龙之一，窃逃于此。"遂出一钵，注水其中，宛一小白蛇游衍于内，袖钵而去。

爱　才

仕宦中有妹养宫中而字贵人者，有将官某代作启，中警句云："令弟从长，奕世近龙光，貂珥曾参于画室；舍妹夫人，十年陪凤辇，霓裳遂灿于朝霞。寒砧之杵可掬，不捧夜月之霜；御沟之水可托，无劳云英之捧。"当事者奇其才，遂以文阶换武阶，后至通政使。

梦　狼　附则二

又邑宰杨公，性刚鲠，撄其怒者必死。尤恶隶皂，小过不宥。每凛坐堂上，胥吏之属，无敢咳者。此属间有所白，必反而用之。适有邑人犯重罪，惧死。一吏索重赂，为之缓颊。邑人不信，且曰："若能之，我何靳报焉。"乃与要盟。少顷，公鞫是事。邑人不肯服。吏在侧呵语曰："不速实供，大人械梏死矣！"公怒曰："何知我必械梏之耶？想其赂未到耳。"遂责吏，释邑人。邑人乃以百金报吏。要知狼诈多端，此辈败我阴骘，甚至丧我身家。不知官官者作何心腑，偏要以赤子饲麻胡也！

图书在版编目（CIP）数据

聊斋志异/(清)蒲松龄著.—北京:华夏出版社，2013.4（2017.3重印）
（中国古典文学名著丛书）
ISBN 978-7-5080-7502-0

Ⅰ.①聊… Ⅱ.①蒲… Ⅲ.①笔记小说－中国－清代 Ⅳ.①I242.1

中国版本图书馆CIP数据核字(2013)第041314号

聊斋志异

作　　者　（清）蒲松龄　著
责任编辑　韩平

出版发行　华夏出版社
经　　销　新华书店
印　　刷　三河市万龙印装有限公司
装　　订　三河市万龙印装有限公司
版　　次　2013年4月北京第1版
　　　　　　2017年3月北京第7次印刷
开　　本　880×1230　1/32开
印　　张　23
字　　数　708千字
定　　价　18.00元

华夏出版社　地址:北京市东直门外香河园北里4号　邮编:100028
　　　　　　网址:www.hxph.com.cn　电话:(010)64663331(转)